盛世帝王妃

SHENGSHI
DIWANGFEI

上册

痴心错付终身误

1

JIEYU
WORKS

解语 著

新世界出版社
NEW WORLD PRESS

图书在版编目（CIP）数据

盛世帝王妃 : 痴心错付终身误. 1 : 全3册 / 解语著 . -- 北京 : 新世界出版社, 2018.11

ISBN 978-7-5104-6633-5

Ⅰ.①盛… Ⅱ.①解… Ⅲ. ①长篇小说－中国－当代 Ⅳ.①I247.5

中国版本图书馆CIP数据核字（2018）第251056号

盛世帝王妃 1：痴心错付终身误

作　　者：解　语
责任编辑：冀　晖
责任印制：王宝根
出版发行：新世界出版社
社　　址：北京西城区百万庄大街24号（100037）
发 行 部：（010）6899 5968　（010）6899 8733（传真）
总 编 室：（010）6899 5424　（010）6832 6679（传真）
http：//www.nwp.cn
http：//www.nwp.com.cn
版 权 部：+8610 6899 6306
版权部电子信箱：nwpcd@sina.com
印　　刷：三河市金元印装有限公司
经　　销：新华书店
开　　本：710mm×980mm　1/16
字　　数：1130千字　印张：60
版　　次：2018年11月第1版　2018年11月第1次印刷
书　　号：ISBN 978-7-5104-6633-5
定　　价：118 元（全三册）

盛世帝王妃 1

SHENGSHI DIWANGFEI

目录［上］

目录［中］

盛世帝王妃 1

SHENGSHI DIWANGFEI

目录［下］

第一章　黄粱梦醒泪满怀

西楚，隆安元年三月二十日。永德宫的杏花与往年一样，如期开放，一树挨着一树，繁密茂盛，无数犹如冰绡般的杏花在灿烂若金的阳光下盛开，晶莹剔透之余又透着一抹浅红，如少女颊边的那一抹绯色；而在另一边是同样开得如火如荼的合欢花，那粉粉可爱的绒花惹得人移不开眼。

“叽叽喳喳！”两只燕子自远处飞来，在杏树与合欢树间穿梭，仿佛在捉迷藏，每当翅膀划过那一簇簇似锦繁花时，花朵便会簌簌而下，铺落满地。

树下，两名宫女在比试踢毽子，两个用各色羽毛做成的毽子在二人脚间翻飞，什么盘踢、绷踢、里接，各式花样轮番着来，好不热闹。

不远处，一名女子盈盈浅笑地望着她们，眉如翠羽，肌如冰雪的女子站在漫天杏花雨中，犹如花中仙子，虽略有几分病容，却美貌不减，反而多了一分楚楚动人的风姿。

所谓闭月羞花，沉鱼落雁，大抵就是如此吧。

此女正是西楚国的皇后，亦是四年前以倾城之貌、惊世之才名满天下的南昭国璇玑公主慕千雪。当年诸国皇子一齐赶往南昭国求亲的盛况，即使是在四年后的今日，依旧为天下人津津乐道。

最后，楚国四皇子萧若傲脱颖而出，抱得美人归。三年后，楚帝废嫡长子太子之位，改立庶妃所生的萧若傲为太子。同年，楚帝驾崩，萧若傲登皇帝位，第二年，改年号隆安。

“咳咳！”一阵急拂而过的春风，令慕千雪掩唇急咳起来，纤瘦的身子随着咳嗽微微发抖，仿佛不堪重负。

旁边的宫女忙替她抚背，待止了咳后，关切地道：“娘娘可是冷了？奴婢扶您进去歇着吧。”

“也好。”只这一会儿工夫，慕千雪的脸色就比刚才苍白了许多。

正当宫女扶着慕千雪欲退入殿中之时，一名年约十四五岁、身量娇小的宫女满面喜色地奔来，未及行礼已急切道：“娘娘，陛下回来了！陛下回来了！”

慕千雪一怔，旋即眉眼间浮起重重惊喜之色：“你说什么？陛下归来？出征前不是说要等入夏之时方能归来吗？”

正月过后，萧若傲便领兵二十万，出征燕国。自前汉覆灭后，曾经统一的中原大地，诸侯割据，战火遍地，在经历了多年的战火后，一些小势力或被吞并或被屠戮，最终只剩下六大势力，并称六国，分别是东凌、南昭、西楚、北周、齐国、燕国。六国之中，以北周实力最强，齐国紧随其后，至于西楚，只比最弱的燕国稍强一些。而当时的萧若傲，在楚帝十几个儿子中并不起眼，任谁也想不到，最终他竟会登上皇位，成为西楚国的君主，而且西楚的实力，在这几年间迅速增强，隐隐有追上南昭之势，不过西楚与南昭本就是姻亲，倒也不存在什么争斗之意。

宫女喘了口气，满面喜色地点头道：“千真万确，当真是陛下回来了，这会儿已经在万象殿了，想是战事顺利，故而提早归来。”

“战事顺利……”慕千雪喃喃重复了一遍，欣然道，“这么说来，燕国已被灭？”

“奴婢不清楚，不过应该是的。”宫女话音未落，慕千雪已是急切地道：“快，夏月，快扶本宫去万象殿。”

“娘娘您身子不好，此去万象殿又有些路程，还是等奴婢传步辇来好一些。”夏月话音未落，慕千雪已道：“入春之后，本宫的身子已经好了许多，这么一点儿路不碍事，快！”

在慕千雪的催促下，夏月只得与另一名宫女一左一右地扶着她往万象殿行去。

途经九华池时，意外瞧见徐惠妃站在池边，手中还捧着一盒鱼食，想必是来此处喂鱼的，不过这会儿她正满面惊讶地盯着眼前的宫女：“你说什么？陛下未灭燕国？”

“确切来说，不是陛下未灭燕国，而是陛下根本没去燕国。”宫女颈边的丁香米珠耳坠随着话音微微晃动。

徐惠妃听得一头雾水：“究竟是怎么一回事？你说清楚一些。”

“陛下领兵出了京城之后，便立刻改变了行军路线，因为陛下严令封锁这个消息，故而未曾外传。”

徐惠妃点头之余，新的疑问又浮上心头：“既然陛下未灭燕国，那这得胜归来的消息又是怎么一回事？”

宫女瞅着她，结结巴巴地道：“陛下是得胜了，但……灭的……不是燕国，而是……而是……”

徐惠妃等了半晌也不见她说下去，催促道：“而是什么，你倒是快说！”

“南昭国！”听得这三个字，徐惠妃双手一松，沉香木盒子脱手落在地上，盒中的鱼食撒了一地。

对于这一切，徐惠妃连看也未看一眼，只死死地盯着宫女，下一刻，她厉声喝道：“你胡说什么，南昭乃是皇后娘娘母国，陛下又最爱皇后娘娘，岂会挥兵南昭？！”

宫女急急地道：“奴婢没有胡说，娘娘知道，奴婢的表哥是陛下的近身侍卫，此次出征，他也一同去了，刚才奴婢从内廷司回来，恰好遇见了他，这事就是他与奴婢说的，千真万确。他还说，从一开始，陛下打算的就是灭南昭国！”

宫女的话令徐惠妃娇艳如玫瑰的双唇在这一刻褪尽所有颜色，好一会儿，她才从震惊中缓过来，涩声道：“陛下为何要这么做？”

宫女摇头道：“这个奴婢也曾问过表哥，可惜他并不知道，只知这一切都是陛下亲自下的命令，包括……屠城！”

听到这两个充斥着浓重血腥气息的字眼，徐惠妃顿时倒吸了一口凉气，与此同时，耳边突然传来惊慌的呼声：“娘娘！娘娘您怎么了？！”

徐惠妃匆忙转头看去，只见夏月二人满脸慌张地扶着跌坐在地上的慕千雪，她双目紧闭，面如金纸，甚是吓人！

看到慕千雪，徐惠妃的脸色瞬间变得比刚才更加苍白，匆忙奔了过去。她比夏月二人冷静一些，见到慕千雪昏迷不醒，当即以右手拇指用力按她的人中穴。

慕千雪缓缓睁开了双眼，徐惠妃暗自舒了一口气，对身边的宫女道：“绢儿，立刻去请太医过来！”

绢儿应了一声正要离去，却被人拉住了衣裳，拉住她的不是别人，正是慕千雪。

徐惠妃脸色一变，忙道：“娘娘，您虽然醒了，但还是让太医看看好一些。”

慕千雪没有理会她，只一味盯着绢儿，颤声道：“你……刚才说，陛下灭了南昭国，并且亲自下令……屠城？！”

绢儿不敢回答，向徐惠妃投去求救的目光。徐惠妃勉强挤出一丝笑容：“哪有这样的事情，娘娘定是听错了，南昭不仅是娘娘母国，也是我们西楚最坚定的盟友，陛下无缘无故灭南昭做什么。”说着，她对同样满是疑色的夏月道：“还不赶紧扶娘娘回永德宫！”

慕千雪的目光从徐惠妃的脸上缓缓扫过，下一刻，两滴泪水悄无声息地自眸中滴落：“看来……我并没有听错！”

“不是，娘娘您……”不等徐惠妃说下去，泪痕未干的慕千雪已是就着夏月的搀扶艰难地站了起来，咬着牙道：“去万象殿！”

一听这话，徐惠妃连忙阻止：“臣妾刚才已是说过了，陛下他并不曾灭南昭，娘娘还是先回永德宫歇息为好。”

慕千雪痛苦地闭一闭目：“事到如今，惠妃还要说这样言不由衷的话来瞒骗本宫吗？今日让你瞒了过去，那明日呢，后日呢，你能瞒我一辈子吗？”

徐惠妃被她问得哑口无言。是啊，瞒得了一时，瞒不了一世，纸终归包不住火。

她长叹一声道：“既是这样，臣妾陪您一起去吧。”她心知此事非同小可，既阻止不了，只有同去，万一起了争执，她也好从旁劝说。另外，她也很想知道究竟萧若傲为何要这么做。

慕千雪没有再说什么，撑着酸软的双腿快步赶往万象殿。萧若傲为帝之后，曾特意下旨，慕千雪可以随意出入皇宫中的任何地方，包括他的万象殿，以示对这位皇后的爱重之意，故而慕千雪一行未受任何阻拦便见到了刚刚出征归来的萧若傲，以及早他们一步来到万象殿的贵妃曹氏。

“见过皇后娘娘。”曹氏是当朝丞相之孙女，在慕千雪大婚后的第二年，嫁予当时还只是皇子的萧若傲为妾。她温婉贤淑，美貌动人，丝毫没有其他名门贵女身上常见的骄矜放纵，萧若傲对她虽不及慕千雪那般爱重，却也颇为宠爱，登基之后封她为贵妃，后宫中的地位仅次于慕千雪。

慕千雪看了一眼台阶上铠甲未卸的萧若傲，冷声道：“本宫与陛下有要事相商，你且先退下！”

若换作以前，曹氏必会依言下去，可这一次她却没有离去的意思，反而伸出纤长的食指，点着自己娇艳欲滴的娇唇，似笑非笑道：“臣妾猜……娘娘所说的要事，是指南昭国被灭一事吧？”

慕千雪蓦地转头，盯着她道：“你也知道了？”

“当然。”曹氏笑意不减，“确切地说，在陛下出征之前，臣妾就已经知道南昭将灭，只有娘娘不知。”

她的话令慕千雪瞳孔一阵急缩，旁边的徐惠妃急急道：“不可能，陛下身边的侍卫也是出城之后方才知道的，你又如何得知？”

曹氏轻蔑一笑，转身拾阶而上，发间鎏金掐丝莲花步摇垂下的累累珠络随着她的走动不时碰撞在一起，发出清脆的响声。

她一路走到一直未曾说过话的萧若傲身边，娇声道："陛下，该是时候告诉皇后了。"

萧若傲点点头，起身居高临下地看着慕千雪："朕此次出征，灭的不是燕国，而是南昭。"

虽已经知晓，但亲耳听得萧若傲承认时，慕千雪仍是眼前一阵发黑，连退数步，身体抵在冰凉的朱红圆柱上。夏月想要扶她，却被她一手推开，在努力喘息了几口后，她嘶声道："为什么要这么做？"

"为什么？"萧若傲长眸微眯，俊美的脸庞上露出一抹森冷的笑容，"这还用问吗，当然是为了拓我西楚国土，增加……"

"我不是问你这个！"慕千雪厉声打断他的话，"我是问你为何要灭南昭，那是我的母国，那里有生我养我的父母，有与我血脉相连的兄弟，这一切你都忘了吗？"

在铠甲的叮当声中，萧若傲来到慕千雪面前，神色异常平静地道："朕自然记得，但这并不足以让朕留他们性命！"

"你！"慕千雪没想到他在灭了自己母国，杀了那么多人之后，竟然毫无悔意，被气得一时说不出话来。直至这个时候，她才发现，自己竟然一点儿也不了解这个与自己做了四载夫妻的男人心里在想什么。

徐惠妃试探道："陛下，您之前不是说要去灭燕国的嘛，怎么出城之后又突然改变心意了？"

曹氏缓步走过来，娇声笑道："你错了，陛下从来没有改变过心意，由始至终，陛下所要灭的都是南昭国，燕国……只是幌子而已。"

萧若傲望着眸中充斥着浓浓恨意的慕千雪，徐徐道："燕国国力虽然不如我们西楚，但相差并不多，且燕国距离我们西楚有千里之遥，又位处山城，易守难攻，长途跋涉之下，想要攻破燕国的防守，谈何容易，就算勉强攻破，也是杀敌一千自损八百的结局，这不是朕想要的。可南昭不同，与我西楚毗邻而居，虽然城墙高耸，兵力也要略胜我们一筹，但在他们毫无防备之下，取胜的可能性比远征燕国要大许多，结果……朕果然赢了！"

"卑鄙小人！"慕千雪大恨，挥掌欲掴，却被萧若傲抓住了手腕，动弹不得，她用力挣扎，"放手！放开我！"

萧若傲面无表情地盯着她，冷言道："恨朕吗？"话音未落，慕千雪已是一口唾在他的面上，咬牙切齿道："我恨不能食你的肉，喝你的血！"

曹氏脸色一沉，一掌掴在慕千雪的脸上："放肆，你竟敢如此对待陛下，简直就是找死！"

徐惠妃曾受过慕千雪的恩惠，与她一直很要好，这会儿见她被曹氏掌掴，自是忍不住，肃然喝道："大胆，你怎敢这样对待皇后娘娘！"

气愤之余，徐惠妃心中也有几分疑惑，曹氏一向为人谨慎胆小，从不枉生是非，在宫中颇有人缘。今日之前，对慕千雪也极为尊重，晨昏定省，去永德宫的次数比她还要多，怎么这一转眼，竟像换了个人似的，变得这般嚣张无礼。

徐惠妃的话音尚未落下，曹氏已是毫不客气地喝道："你才大胆，这里什么时候有你说话的份了！"

徐惠妃被她斥得脸上青一阵白一阵，极是难堪，虽然自己的位次在曹氏之后，但同样是正一品宫妃，不管怎么算，只比她位高半筹的曹氏都没理由这般呵斥她。然而萧若傲对于这一切视若无睹，明显是在纵容曹氏。

那厢，曹氏犹不解恨，盯着尚未从那一掌中回过神来的慕千雪，阴恻恻地道："你真以为自己是母仪天下的皇后吗？我告诉你，我与陛下青梅竹马。由始至终，陛下真正想要的人都是我，我才是他心目中的皇后，你……只是一枚棋子！"

"棋子……"在喃喃数遍后，慕千雪终于回过神来，一把抓住曹氏的手腕，厉声道，"什么棋子，告诉我！"

她的力气极大，长长的指甲隔着衣袖掐进曹氏的手臂里，痛得后者皱了眉头，用力将她推开。看到她跌坐在地上，珠簪脱落，狼狈不堪的样子，曹氏唇角扬起报复的笑意。一直以来，她都居于慕千雪之下，每每相见，都需要仰视，实在憋屈得很。今日，终于不用戴假面具，可以俯视这个霸占了自己位置的女人，这些年的委屈一扫而光，真是痛快！

"你以为四年前陛下前往南昭求亲，真的是因为喜欢你吗？不是，陛下只是觉得，你会是一枚很好用的棋子，为了达成所愿，陛下将本属于我的一切，都给了你。"说到这个，曹氏的脸庞一阵扭曲，虽然这件事当年是她亲口同意的，但终归是心有不甘。

"果不其然，因为你这位南昭公主，可以促成与南昭结盟，消除多年来的南疆之患。先帝开始留意到陛下，三年时间，陛下屡立奇功，而太子却一再犯错，最终令先帝废太子而改立陛下！"

曹氏所说的每一个字，都如一把尖锥，钻过皮肤、经络一直刺到骨髓里，痛得她浑身冒冷汗。

她拒绝夏月的搀扶，撑着纤弱的身子艰难地从地上站起来，一步一步走到萧若傲身前，以往每一次对视时，她都可以在那双眼里看到自己的影子，可是这一次，那双眼幽沉似无底洞，无论她怎么找，都寻不到自己的身影。

“你一直……都在骗我？”问出这句话的时候，慕千雪浑身都在发抖，她怕……怕得到肯定的答案，怕自己这四年的美好都是一个谎言！

萧若傲望了她半晌，忽道：“你很美，天下传你有倾城之貌，半点儿也不……”

“我问你是否一直在骗我！”慕千雪神色狰狞地打断他，整个人因为激动而不停地颤抖着。

对于她的无礼，萧若傲并不生气，抬手抚过慕千雪苍白到发青的脸庞，徐徐道：“倾城之貌，惊世之才，娶其者当可得天下，曹相诚未欺朕。这几年，若非你在朕背后出谋划策，教我如何步步为营，我又怎能在先帝面前屡立功绩，逼得太子丑相百出，最后更是狗急跳墙。可以说，朕能够走到这一步，你的功劳最大！”

他的话，令慕千雪想起萧若傲登基前的岁月，她耗尽心力，一次次为之谋划，令萧若傲得以在十几名皇子之中脱颖而出，一步步成为先帝心中的太子人选。虽然那段日子很艰难，但她从来没有一句怨言，因为她爱萧若傲，爱到哪怕为之付出性命，也在所不惜。结果，萧若傲赢了，南昭却为此招来亡国之祸！

慕千雪挥开那只在脸颊上游移的手，咬牙切齿地道：“那你呢，就用毁灭南昭这种方式来报答我？！”

萧若傲神色自若地收回手：“登基为帝只是朕的第一个目标，朕真正想要的是平定诸国，让西楚成为这片中原大地唯一的国家，燕国遥远而贫瘠，南昭毗邻且国土辽阔，物产丰富，朕实在想不出有什么理由要舍近求远，弃富择贫！”

“那是我的母国，是我……”不等慕千雪说完，萧若傲已是冷冷道：“这不是理由！”

这般说着，他忽地笑了起来：“若当真与你结为夫妇，朕还真有些担心，关键时刻会狠不下心！”

这句话令一旁的徐惠妃心生不解，他们不是早在四年前就已经结为夫妇了吗，何来这话？

“你什么意思？”慕千雪隐约猜到了几分，却不敢细想下去，若真如她所料，那么这四载夫妻，当真是一场彻头彻尾的笑话！

萧若傲注视着她，轻笑道：“璇玑公主惊才绝艳，难道就猜不出朕的意思吗？”短暂停顿后他继续道，“你在南昭之时，身子一向无碍，到了西楚之后，却总是病痛缠身，体虚力弱，连周公之礼都行不了，你真相信是水土不服之故吗？”

“啊！”徐惠妃骇然惊呼，下一刻紧紧地捂住自己的唇，然眼眸中仍充斥着挥之不去的惊意，行不了周公之礼……难道帝后从未真正同房，皇后她……她至今仍是处子之身？这……这怎么可能！

慕千雪胸口剧烈地起伏着，眸中射出森冷的光芒，直欲弑人：“是你动了手脚？”

萧若傲坦然道：“不错，正如朕所说，你这般倾国倾城，若是夜夜相伴，育子诞女，朕怕是真的会将你当成妻子。所以，从你踏入西楚的第一天起，朕就使人在你的膳食中下药，令你这四年来，一直体虚力弱，无法与朕同房！因为……朕要的是天下，而不是你！”

慕千雪双唇不停地哆嗦，当年她在众多皇子贵胄之中，选中萧若傲为夫，之后南昭遣使从两千，带着足足延绵了十余里的嫁妆来到西楚，准备行礼成亲，结果一到西楚，她就突起高烧，呕吐不止。请了太医来看过后，说是水土不服之故，只能慢慢调养，后来烧倒是退了，但身子却异常虚弱，大婚之时她连下地的力气都没有，全靠两名侍女搀扶，才算勉强行完了礼。

洞房之时，萧若傲没有强迫身体虚弱的她行周公之礼，而是和衣抱了她一宿，令她甚是感动。在此之后，萧若傲一直都未做此要求，反倒是她过意不去，曾趁着身子稍稍好转之时，想要与他做一对真正的夫妻，却被他拒绝，说是两情久长，不急于朝暮，等她身子大好之后，再行此事不急。

在今日之前，她一直以为萧若傲是怜惜她身子虚弱，方才不急于同房，如今方知，这一切根本就是他的诡计！

她也终于懂了，太医之所以四年都治不好她的病，不是因为医术不济，而是太医根本不敢医治，更不敢告诉自己实情。萧若傲瞒了自己四年，也令自己病了整整四年！

她一向自诩聪明，结果却被人耍得团团转，可笑……更可恨！

慕千雪直勾勾地盯着萧若傲，良久，她屏息问道：“你在南昭杀了多少人？”

“朕本不欲屠戮太多，可惜那些南昭人都是冥顽不灵之辈，明明城已破，竟然还妄想抵抗，甚至有人拿着耕地用的铁锄来与朕的铁骑对抗，简直就是可笑，既然他们那么想死，朕自没有不成全之理！”

慕千雪瞳孔急缩，颤声道：“屠城……是真的？”

萧若傲露出一抹残忍的微笑：“不错，朕离开之时，南昭皇城之中，无一生者！”在说到最后几个字时，他的眉头微不可见地皱了一下，虽然南昭皇城之中，确实无一生者，但却少了一具尸体。

无一生者……无一生者……

这四个字在慕千雪耳边不断回响，夺去她眼中所有的光明，让她陷入无边无际的黑暗之中，身体如迎风弱柳，剧烈地摇晃着，随时都会摔倒。

徐惠妃心生不忍，想要过去搀扶，却被一个尖厉的声音阻止："谁也不许去扶她！"

徐惠妃终是不敢违背曹氏的意思，无奈地将刚伸出一半的手收了回来，同样被曹氏这句话吓住的，还有随慕千雪同来的那名宫女。

所幸还有夏月在，她从四年前就跟着慕千雪，主仆感情深厚，虽知会得罪曹氏，还是咬牙扶住了将要摔倒的慕千雪。

许久，慕千雪终于自漫无边际的黑暗中挣脱了出来，死命忍着已经来到眼眶边缘的泪水，嘶哑地道："我的父母，我的兄弟姐妹，都已经……已经……"几次咬牙，都未曾问出口。

不问，她还可以自欺欺人地认为他们仍然活着，一旦问了，可就连欺骗也成为一种奢望。

萧若傲知道她想问什么，不带一丝感情地冷笑道："既是无一生者，他们又怎么可能还活着！"

在他说出这句话时，慕千雪突然平静了下来，不吵也不闹，平静地道："我助你扫平阻碍，助你登上帝位，你却杀我至亲，屠我满门，好！好！"

在第二个"好"字出口之时，平静瞬间被撕破，慕千雪一把拔下夏月发间的簪子，状若疯狂地朝萧若傲冲去，眉眼间充满着无尽恨意！

此时此刻，她心中只有一个念头——杀了萧若傲，替家人、替南昭国的百姓报仇！

"小心！"曹氏的惊呼声还未落，萧若傲已经一把攥住慕千雪的手腕，令她手里的簪子无法再前进一寸，同时她的另一只手也被其抓住，并且被顺势一扭，令慕千雪不由自主地转了个身，变成背对着他的姿势。

慕千雪拼命挣扎着："放开我！我要杀了你！杀了你！"

曹氏一脸阴沉地来到慕千雪身前，狠狠地甩了她两个巴掌，怒喝道："你这个贱人，死到临头还想伤害陛下！该死！"刚才真是将她吓了一跳，心想幸好萧若傲没事，否则她非得活剥了这个贱人的皮不可！

慕千雪眸底血红，漾满无法言喻的愤怒与伤痛："该死的！你们这对卑鄙无耻的狗男女！我一定会杀了你们，一定！"

回应她的，又是两个重重的耳光，曹氏收回掴痛的手掌，斥声道："死到临头，还在嘴硬，哼，待会儿有你好受的。"说着，她娇艳的脸庞染上一层阴恻恻的笑意，"还记得你陪嫁过来的那两个丫头吗？一个与侍卫私通，珠胎暗结，羞愧难当，在屋中悬梁自尽；另一个为救落入池中的大皇子，溺水身亡。”

这两件事慕千雪自然记得，那两个丫头从小服侍她，待她嫁入西楚之后，亦跟了过来。岂料仅仅过了三年，二人就先后身亡，且所有事情都发生在短短两日之内。这件事令她悲痛不已，再加上身子不好，几次晕厥过去，她们的后事便托给了当时与她姐妹相称的曹氏去办。

她一直以为这两件事是意外，直至此时曹氏提及，方才意识到事情可能并不如她想的那么简单。

果不其然，曹氏娇声笑道：“本宫知道你在想什么，没错，那并不是意外，私通一事是假的，怀孕也是假的，侍卫还有那名大夫，都是本宫的人，本宫想让他们怎么说就怎么说，至于让一个人以上吊自尽的方式死去，并不是什么难事。溺毙的那一个，更是简单，只要让一个精通水性与龟息之法的人在水下拉住她的脚，让她无法游上水面就行了，就是委屈了一下大皇子！”

萧若傲的长子是一名位份低微的姬妾所生，且在大皇子刚满周岁的时候就病逝了。之后大皇子一直被养在曹氏膝下，没想到她竟利用一个三岁的孩子来害人，还不顾深秋的寒冷，将其推入池中，令其大病一场。

“为何要杀她们？”慕千雪自齿缝中挤出这六个字。

“谁让她们总是碍手碍脚，甚至……”曹氏饱满娇艳的双唇一张一合，“还发现药中的秘密！”

慕千雪瞳孔倏然一缩，她想起来了，二人出事之前，经常窃窃私语，神情古怪，不过她那阵子病得特别严重，经常昏昏沉沉的，便没有多问。

“亏得她们不知下药的人是谁，又见你精神不支，所以跑来与本宫商量，这可真是天堂有路却不走，地狱无门偏要闯，蠢得可怜！”

曹氏对着殿外的春光，扬唇微笑：“既然她们非要往死路上奔，本宫自无不成全之理，你说对不对？”

“贱人，你不得好死！”一连串的打击令慕千雪歇斯底里，若非被萧若傲紧紧钳制着不得动弹，她非得扑过去掐死曹氏不可！

曹氏故作害怕地对萧若傲道：“陛下您听听，她死到临头，还在恶言恶形地咒骂臣妾呢！”

萧若傲一把将慕千雪推倒在地，又狠狠地踹了她两脚，痛得她不得动弹后，才不带丝毫感情地道：“慕氏怀执怨怼，数违教令，无《关雎》之行，却有吕、霍之风。着，废其皇后之位，贬为庶人！”

曹氏眼中掠过一丝快意，当即道：“来人，剥去她皇后锦服！”

很快，两个身强力壮的内监冲进来，如恶虎一般，不顾慕千雪的挣扎，强行剥去她身上的九凤锦服，可怜慕千雪自幼养尊处优，何曾受过被人当众剥衣的羞辱，死忍许久的泪水终是落了下来！

一日之间，天翻地覆！

“陛下！”有内监进来，恭敬地道，“驿馆来人奏禀，北周使者在宫外求见！”

“北周使者？他来做什么？”萧若傲惊讶不已，北周是这片大陆上最为强大的国家，与西楚接壤，也是西楚最可怕的敌人，不过因为有齐国以及东凌的牵制，北周一直未曾寻到机会吞并西楚，彼此维持着一种微妙的平衡。

内监垂目道：“奴才问过使者，不过他说要等见了陛下才能说。”

曹氏目光一转，轻声道：“北周这会儿派使者过来，难不成是得知陛下灭了南昭国，所以前来试探虚实？只是……北周与南昭相隔两地，其间又有重山阻隔，按理来说，不应该这么快得到消息。”

“是否试探虚实，传那使者进来一问便知。”说着，萧若傲对尚候在一旁的内监道，“传使者进来。”

在内监依言离去后，萧若傲厌恶地扫了慕千雪一眼，对一直站在他身边的内监总管李昌道：“将她带去永德宫，与那些宫人一起关押起来，听候发落，没有朕的命令，任何人不得出入！”

“是。”李昌恭敬地答应一声，命宫人将慕千雪强行拖了出去。听着后者尖锐狠毒的咒骂声，曹氏瞥了一眼尚在殿中的徐惠妃，森然道：“怎么，徐惠妃还有事吗？”

徐惠妃身子一僵，旋即低头朝萧若傲行了一礼：“臣妾告退。”她用一种近乎逃离的速度，离开了万象殿，在她身后，是曹氏轻蔑的笑意。

在她们离开不久，一名年约三旬长眼薄唇的锦衣男子随内监踏进万象殿，在走到殿中央后，止步拱手行礼：“北周鸿胪寺卿江越见过楚帝陛下，陛下万岁万岁万万岁！”

坐在九龙御座上的萧若傲眉头微微一皱，鸿胪寺卿？也就是正四品官，要知道一般出使别国的使者至少三品，二品乃至一品的也比比皆是，北周皇帝随意派一个四品官出使西楚，未免也太不将他放在眼中！

萧若傲心思一向深沉，并未将这些表露在外，客气地道：“免礼。”

在江越直起身后，内监指了站在萧若傲身边的曹氏道：“贵使，这位是我朝的贵妃娘娘。”

他的意思是让江越向曹氏行礼，哪知后者只是倨傲地抬着头，根本没有行礼的意思，令内监好生尴尬。

曹氏将江越的无礼瞧在眼中，又气又恨，却不便当众发作，只能暗自扯着绢子出气。

萧若傲轻咳一声，打破了殿中的尴尬气氛："贵使此来，不知所为何事？"

江越取出一封黄绫面的书折，双手高呈于顶，朗声道："江某奉我国陛下之命，来此递呈国书，请楚帝过目！"

李昌不敢怠慢，上前接过国书，呈予萧若傲，后者看过后，面色变得异常古怪，盯着江越道："周帝要接慕千雪去北周？"

江越垂目道："不错，还望楚帝将璇玑公主交予江某，迎回我国！"

一听这话，曹氏当即道："不行，慕千雪乃我国皇后，岂可交给你！"

江越睨向萧若傲，似笑非笑道："江某第一次来西楚，倒是不知贵国风气如此开放，连妇人亦可参政议事！"

被他不轻不重地刺了一句，萧若傲心中有所不悦，不过此事确是曹氏失礼在先，江越并没有错，只得道："贵妃，此乃周楚两国之事，不得妄言！"

曹氏此时也意识到自己一时大意所犯的错，微一咬唇，屈膝道："臣妾知错，不过臣妾自问刚才之话并没有错，天下人皆知慕千雪乃陛下亲册的皇后，是西楚国母，周帝突然做此要求，好生没道理！"

"朕心中有数。"这般说着，他将目光转向江越，"贵妃所言不无道理，慕千雪为朕之皇后，周帝却要将她接去北周，这是何道理？"那封国书上，周帝只写了要求，并未写这么做的理由。

江越微微一笑，垂目道："事实上，这并不是我国陛下之意，而是南昭庄亲王之意！"

萧若傲轻吸一口凉气，南昭都城皇室几乎尽屠于他手，只有一人不见踪影，那就是庄亲王慕临风，活不见人，死不见尸！

他深谙"野火烧不尽，春风吹又生"的道理，故而在发现庄亲王不见之后，就命人四处搜寻，可此人仿佛凭空消失了一般，怎么也找不到。眼见时间渐过，他只得先行班师回朝，留下一队士兵继续在南昭都城中搜寻。如今终于有了庄亲王的消息，却是来自江越的口中。

"庄亲王何时去的北周？"面对萧若傲的询问，江越眸中的笑意较之刚才更深了几分："自是在楚帝灭南昭之时。说来庄亲王也是幸运，那一日，他正好出城打猎，从而躲过杀身之祸，听闻整个南昭皇室，只他一人得以生还。只是这亡国之祸，却是无论如何都躲不过了。楚帝行事之果断，连我国陛下都赞赏不止，说改日定要好好见一见！”在说最后一句时，言语间充满着讽刺之意，他是正统儒家出身，素来主张互敬互信、重义轻利，对于萧若傲背信弃义、不择手段的行为，自是极为看不惯。

第二章　禁苑如牢难脱身

萧若傲自是听出了他的不满，淡淡地道："周帝内政修明，有明章之治，朕尚为皇子之时，就很想一见，可惜一直没有这个机会，实在可惜！"

江越意味深长道："楚帝心怀远大，非一个西楚或者南昭能够装下，以后一定会有机会与我国陛下相见。"

萧若傲一举灭南昭之举，令六国争霸变成了五国争霸，同时也令其他诸国明白，这位新继位的楚帝，比谁都要有野心！

事实上，周帝早已视其为心腹大患，若非受齐国与东凌的牵制，怕是西楚这会儿已经大军压境。

至于另一大国齐国，也是一样的局面，怕一旦发兵西楚，会遭到北周与东凌的攻击。

而萧若傲正是料准了这一点，才敢当着全天下人的面消灭南昭，明目张胆地扩充西楚领土。

江越拱手道："江某已经将事情都说了，还请楚帝将璇玑公主带出来，好让江某回去复命。"

萧若傲面色微微一沉："朕刚才说过，慕千雪是西楚的皇后，除了西楚之外，她哪里都不能去！"

江越忍着冷笑道："楚帝若真视璇玑公主为皇后，就不会发兵南昭，屠城数日了。南昭已尽归楚帝所有，何不放璇玑公主一条生路，我国陛下也会领楚帝这个人情。"

萧若傲盯了他片刻，忽道："贵使刚才说，迎回慕千雪，是庄亲王慕临风之意，而非周帝对吗？"

江越隐约觉得他这句话问得有些不对，但一时之间又想不出，遂点头道：“不错。”

“那就是了，既非周帝之意，那周帝又如何会领朕这个人情。至于慕临风……他若真想将慕千雪接回去，就自己来！”

江越没想到他会揪住自己话语中这微小的漏洞，一时倒是不知要怎么接话了，而让慕临风自己来接，那简直就是笑话了，一旦踏入西楚之境，慕临风还有命离开吗？！

江越沉眸道：“接回璇玑公主一事，我国陛下在国书中写得清清楚楚，还请楚帝务必依国书所写为之，以免令两国交恶！”

“朕对周帝一向景仰佩服，绝无交恶之意，但慕千雪……”他长身而起，盯着站在台阶下的江越，冷冷道：“也绝不可能离开西楚之境，就算周帝亲来，朕也是这个答案！”

他清楚周帝不可能为一个亡国亲王或者一介女流亲来西楚要人，故而敢如此言语。

不过，若周帝见识到慕千雪的惊世之才，那就又另当别论了。所以，即便彻底得罪北周，他也绝不会让慕千雪踏出西楚一步！

江越脸色难看地道：“如此说来，楚帝是坚决不肯应这件事了？”

萧若傲嘴角噙了一缕冰冷的寒意：“不是朕不肯应，而是朕无法应。”不等江越再言语，他已是让李昌递回国书，“贵使请回！”

见他态度如此坚决，江越暗暗一咬牙，冷声道：“既是这样，能否让江某见一见璇玑公主，也好让江某回去复命。”

萧若傲淡淡地笑道：“慕千雪生性胆小，再加上体弱多病，所以……怕是要令贵使失望了。”说着，他对站在一旁的李昌道：“还不送贵使出去。”

“是。”李昌应了一声，来到江越身前，举手示意，“贵使请！”

“希望楚帝不会后悔今日的决定！”扔下这句话，江越拂袖离去。

望着江越远去的背影，曹氏冷眸道：“想不到慕临风不仅逃去了北周，还说动周帝遣使者来此要人，这慕氏一族的人，还真是个个都不简单！”说着，她不无担心，“陛下今日拒绝了周帝的要求，会否招来祸患？”

萧若傲伸手扶正她髻上一支微斜的白玉响铃簪，语气深沉地道：“北周固然强大，但与它毗邻的齐国还有东凌，皆不是省油的灯，在没有十足把握与他们抗衡之前，北周断不敢轻举妄动。再说，慕千雪绝不可落在朕以外的人手中，这一点，你是明白的。”

“臣妾明白。”这般说着，曹氏眼波轻转，似殿外婉转柔媚的春意，“刚才陛下说不能落在您以外的人手中，难道连臣妾也不可以吗？”

萧若傲望着她娇媚的眉眼，似笑非笑道："你想说什么？"

"臣妾想要陛下将慕千雪交给臣妾处置。"曹氏耳下的赤金垂心坠子在半空中划过一道寒芒。

萧若傲一怔，他知道，曹氏素来痛恨慕千雪夺去本该属于她的一切，哪怕是她亲自点头答应的，这怨愤之意也未削减半分，慕千雪一旦落入她之手，必死无疑！

突然间，脑海中毫无征兆地掠过第一次见到慕千雪的一幕，那是他得曹相点拨前去南昭求亲之时，与各国皇族贵公子一起，见到了站在南帝身边的慕千雪。

惊为天人！

这是他在那一刻唯一的想法。一直以为青梅竹马的曹氏已是绝色美人，待他见到慕千雪，方知道，曹氏的美只在于人间，而慕千雪的美却是犹如天上谪仙！

在按照曹相所教的法子，一步步得到慕千雪垂青，最终抱得美人归之时，他曾犹豫过，是否真要如之前计划的那样，将其视作一枚棋子。最后，对权力的渴望以及与曹氏十多年的感情，还是压倒了这份犹豫！

慕千雪是助他登上皇位的棋子，也仅仅只是一枚棋子！

曹氏等了一会儿，始终不见萧若傲回答，眸色顿时冷了下来："怎么，陛下不舍得？"

她的话惊醒了沉思的萧若傲，压下那丝微弱到几乎不可察觉的怜惜，摇头道："当然不是，既然你喜欢，朕就将她交给你发落。"

听得这话，曹氏转怒为喜："多谢陛下！"说完这句话，她即刻出了万象殿，快步往永德宫行去。她迫不及待地想要看到慕千雪在自己面前哀号求饶的样子，忍了四年，今朝终于可以痛痛快快地一雪前耻！

曹氏并不知道在她赶去之时，另一群人已是先一步悄无声息地出现在宫中，并且他们的目的地也是永德宫。

自从那群内监如狼似虎地将慕千雪推入永德宫中看押起来后，夏月就一直伏在地上哭，反倒是慕千雪，显得异常平静，仿佛适才万象殿所发生的事情，于她而言，只是一场荒诞不经的梦。

静静地坐了半晌，慕千雪起身走到夏月身前，蹲下身替她拭去脸上的斑斑泪痕："莫哭了，你不会有事的。"

夏月抬起蒙眬的泪眼，抽泣道："奴婢不是担心自己，而是担心陛下还有曹贵妃，他们……怕是不会就此放过娘娘！"

"我知道。"慕千雪的神色还是一如刚才那般平静，仿佛是在说别人之事。夏月抹了把泪，疑惑地望着慕千雪："娘娘，您不害怕吗？"

慕千雪扶着她起来，淡淡地道："怕又如何，他们会放过我吗？"

想着适才万象殿上萧若傲的无情，夏月的泪水顿时又下来了，她怎么也想不明白，为何事情会变成这个样子，明明这四年来，陛下对娘娘疼到了心尖上，每次娘娘生病的时候，都是陛下整夜衣不解带地照顾，结果……不仅这一切都是假的，就连娘娘所有的至亲之人，也都死在陛下的屠刀之下，她无论如何都不能理解，陛下怎能狠心到这等程度。现在是废中宫之位，下一步，恐怕就要娘娘的性命了！

想到此处，夏月抓住慕千雪的手，急急道："娘娘，趁着现在陛下还没对您怎么样，快逃吧，逃得远远的，永远都不要回来！"

夏月毫不作假的关心令慕千雪冰凉如雪的心泛起些微暖意："永德宫外有人把守，宫中更是守卫重重，如何逃？"

夏月低头想了一会儿，小巧的眉眼浮起一抹坚韧："奴婢会设法引开他们的注意力，到时候娘娘就趁机离开。"

慕千雪盯着她清透的眼眸，轻声道："但这样一来，你会死的，不害怕吗？"

她的话令夏月眼底掠过一丝惧意，但很快她便道："怕，可如果不是娘娘，奴婢早已经活活饿死了，能多活四年，已经算是赚了。"

夏月是个孤儿，从她记事起，就一直跟着一群乞丐以乞讨度日，用别人施舍的剩饭剩菜填饱可怜的肚皮，过着饥一顿饱一顿的日子。每年冬天都是他们最难熬的时候，经常讨要一整天，也没有什么收获，只能靠喝水来填饱肚皮。

四年前的冬天，京城爆发了小范围的饥荒，夏月连着几日都没讨要到东西吃，又饿又冷，晕倒在慕千雪送嫁的队伍前。慕千雪可怜她，便让人将她抬上马车，醒了之后又喂她东西吃，令夏月捡回一条命。夏月感念慕千雪救命之恩，便跟在她身边当差。

夏月见慕千雪不说话，以为她答应了，当即道："奴婢现在就去收拾东西，衣裳稍微带两件就行了，太多了容易引人注意，倒是银两多带一些，还有银票，对了……还有药，奴婢记得内殿有一些止血化瘀、清咳润肺的药，全部都带上。"

慕千雪拉住欲奔去内殿的夏月，摇头道："不必收拾了，我不会走的！"

夏月不敢相信地盯着慕千雪，回过神来后，焦灼道："为什么不走，难道娘娘真想在这里等死不成？"

慕千雪抚着她拧成一团的眉心："傻丫头，那么多守卫不是你一个人能够引开的，再者……我若走了，谁来替他们报仇！"

"他们……"夏月喃喃地重复了一句，下一刻，骇然惊道，"娘娘您还想杀陛下？”

慕千雪颊边的肌肉用力地抽搐着，眸光森寒如铁：“父母之仇，亡国之恨，岂能不报！”

“不要！”夏月拼命地摇头，“陛下身手高超，您杀不了他的，反而会提前招来杀身之祸。娘娘，奴婢求您了，逃吧，不管怎么样，总还有一线生机！”

慕千雪挣开她的手，走到花梨木窗前的双耳方瓶前，里面供着浅粉的合欢花，花瓣粉软轻盈，在照入殿中的春阳下曼曼如飞羽，散发着若有似无的淡雅清香。

“合欢”寓意“言归于好，合家欢乐”之美意，也往往象征着夫妻恩爱，两两相好。

萧若傲知道她喜欢合欢花，便在昔日的王府中遍植此树，登基之后，还特意命人将那些树全部移植到宫中，许诺每一年都要与她共赏花开花落，直至他们慢慢老去。

这些合欢花曾是她与萧若傲爱情的见证，如今却成了最大的讽刺！

慕千雪紧紧攥着一朵合欢花，待得松手之时，刚才还盈盈如一朵粉云的合欢花已变得不成样子。

此仇不报，誓不为人！

“夏月。”慕千雪的出声令夏月心中一喜，以为她改变了心意，连忙走过来道：“可是要奴婢去收拾东西？”

慕千雪微一摇头，道：“我记得去岁除夕之时，内务府送来的烟花还剩了一些是不是？”

夏月不明白她现在怎么还有心情说烟花，但还是如实答道：“是，去岁内务府送来的烟花足足有十大箱，除夕之时用了八箱，剩下的都按着娘娘的吩咐收在库房之中，说是……”后面的话，夏月没有说下去，但足够慕千雪回忆起当初的事情。

除夕之时，萧若傲定了年后进攻燕国，慕千雪便让夏月收起两箱烟花，说是等萧若傲得胜归来之时再放，哪知……萧若傲最后灭掉的却是南昭。

慕千雪痛苦地闭一闭目：“都去拿来。”

“娘娘您要烟花做什么？”夏月虽然纯良没有什么心机，却也不会天真得以为慕千雪这会儿突然心血来潮，想要放烟花了。

“你只管去拿来就是了，快去。”在慕千雪的催促下，夏月只得去取了烟花来，满满两大箱，里面整齐地排列着一个个烟花，幸好当时慕千雪嫌麻烦没有将烟花送回内务府。

刚从箱中取出烟花，慕千雪的眉头便立时皱了起来：“才放了三四个月，也没下什么雨，怎么就霉变得这么厉害？”

夏月诧异地望着手里的烟花，明明都是崭新的，何来霉变一说？这个念头尚未转过，耳边再次响起慕千雪担忧的声音：“霉得都发黑了，也不知还能不能用？”

一再确定自己没有看错后，夏月小心翼翼道：“娘娘，这些烟花好好的，并不曾霉变啊。”

慕千雪蹙眉道：“怎么没有，你自己瞧，全部都黑了，不是霉变是什么？”

“真的没有，一根根都好好包着红纸，崭新得很，没有黑。”若非瞧着神色正常，夏月几乎要以为慕千雪受刺激过度，得了失心疯。

“不可能，明明……”话说到一半，慕千雪突然止了声音，愣愣地望着夏月，她记得夏月穿的是宫中宫女惯穿的鹅黄束胸衣裳，可是这会儿却变成了灰色，还有她赏给夏月的那对翠珠耳坠，都成了灰色。

不对，不是它们变成了灰色，而是不知从什么时候起，她眼中的所有东西都变成了黑、灰、白这三种颜色，除此之外，再无其他！

她曾在一本古籍中看到有这样的记载，称之为色盲症，但凡患有此症者，不辨红绿，不识五色，终其一生，只见黑灰白三色。

古籍记载，此症多为先天，但也偶尔有几例是在受到极大的刺激之后，突然之间便得了色盲症，从此再也看不到五色缤纷的世界。

夏月见慕千雪一动不动地僵在那里，忧声道：“娘娘，您怎么了？”

慕千雪回过神来，淡然道：“没什么，只是一些小事罢了，帮我拆开烟花，倒出里面的火药，动作轻缓一些。”与亡国屠城的痛苦相比，区区色盲症根本算不得什么。

虽然每一个烟花里面的火药都不多，但两大箱烟花加在一起，也有不少，一旦爆炸，足以将这内殿夷为平地！

在将火药严严实实地裹在一块羊皮中，并将空烟花藏起来后，慕千雪对夏月道：“去告诉守在永德宫外的人，就说我知道南昭先祖立国之时所埋的一处宝藏，里面所藏之物，皆是价值连城，我愿意用这份宝藏来换取活命的机会，让萧若傲来见我！”

“宝藏？这是真的吗？”夏月惊讶之余，眉眼间浮上一丝丝欢喜，有这份宝藏在，说不定真可以换取慕千雪活命的机会。

慕千雪眸底掠过一丝悲哀：“当然是真的，快去吧！”

夏月连连点头，心思单纯的她，并没有仔细去想，在说这件事之前，慕千雪为何要摆弄火药。

夏月手还没来得及触及门闩，殿门就主动开了，几名面生的内监快步走了进来。

一瞧见他们，夏月顿时紧张起来，永德宫被封，这些人能够进来，必是出自萧若傲的授意，也就是说……陛下决定要杀娘娘！

想到此处，夏月急急张开双臂护在慕千雪身前，慌忙道："不许你们伤害娘娘！"

走在最前面的是一个五官明晰的男子，生得极是俊美，就是神色太过冷漠，生生坏了他脸部颇为好看的线条，令人望而却步。

那人没有理会夏月，只对她身后的慕千雪道："快随我走。"

在第一眼看到他时，慕千雪便知道，这样的人绝对不会是内监，待得看到第二眼时，更是升起一种似曾相识的感觉。

她的记性素来极好，一面之见，就足以此生铭记。思忖片刻，一个尘封四年的名字跃然于脑海中："你是东方溯？！"

这句话令东方溯眼底出现一丝波动，不过很快便归于无形，颔首道："公主好记性。"

东方溯，中原大陆第一强国北周的七皇子。四年前，他也在前往南昭求亲的贵公子之列，故而与慕千雪有一面之缘。

在确知来者身份后，新的疑问又浮上慕千雪心间："你怎么会在这里？"

"萧若傲带兵进攻南昭之时，慕兄正好在城外狩猎，得以躲过杀身之祸，他知道萧若傲既然做出这样的事情，就绝不会放过公主，所以前往北周托我来此救公主。"

"三哥没死，他还活着！"慕千雪悲寂的心底泛起一丝欢喜，待得平复了激动后，她有些诧异地看着东方溯，"只因三哥一句托付，你就远奔千里，甘冒性命之险来救我？"

"慕兄乃我至交好友，既然是他托付，自无不应之理。"说着，他催促道，"请公主立刻随我走。"

慕千雪盯了他片刻，忽地自嘲道："我一向自诩聪明，更有识人之能，却在此生最重要的事情上看走眼，以致酿下今日的苦果！"

当年选婿之时，身为她三哥的慕临风曾大力举荐东方溯，说他看似冷漠，其实重情重义，言出必行，乃是最好的夫婿人选。

虽有慕临风百般美言在前，但最终还是被慕千雪给否了，在她看来，东方溯少言寡语，面目阴沉，并不是她想嫁的那个人。

结果，她千挑万选的夫婿，带兵灭她国家、杀她父母、屠她同胞；她不屑一顾的那一个，却因为一句承诺，不顾危险赶来西楚救她，真是天大的讽刺！

"时间不多，先离开此处再说。"说话间，东方溯鼻翼微微一动，拧眉道，"怎么会有这么重的火药味？”

夏月在一旁道：“那是因为……”

慕千雪打断她，淡淡道：“没什么，倒是你，总共带了多少人？”

“连我在内，共计十二人。”此言一出，慕千雪神色顿时变得极为古怪，“看来此事并没有得周帝应允。”

东方溯默然片刻，道：“皇兄只答应派使者交涉，这会儿应该正在万象殿与萧若傲谈判，至于结果……不必我说，公主也能猜到了！”

虽然北周国力强盛，但掣肘同样多，东凌、齐国，哪一个都不是省油的灯，所以派使者向萧若傲施压，已是周帝所能做到的极限了。

“区区十二个人，你便敢闯入异国皇宫，不怕丢了性命吗？”

“我既应承了慕兄，就算粉身碎骨也一定会做到。”东方溯平静地说着。春风自未曾关严的窗缝中吹进来，吹起他垂在身后的乌黑长发，在半空中飞扬，明明神情一如刚才的冷漠，不苟言笑，却给慕千雪一种温暖的感觉。

慕千雪嘴角微扬，带着一丝浅不可见的笑容道：“你走吧。”

东方溯一怔：“你不走？”

慕千雪摇头道：“萧若傲是绝对不会放过我的，一旦发现我不见了，必会封锁全城，到时候谁都逃不了。还是说，你觉得只凭区区十二人，就可以与整个西楚抗衡？”不等东方溯言语，她又道，“回去告诉三哥，他是皇族唯一的血脉，一定要复立南昭！”

东方溯盯了她道：“那你呢？”

“若不是我，他不会成为今日的楚帝，父皇母后还有南昭千千万万的百姓也不会惨死，既由我而起，就该由我而终！”慕千雪话中透出的狠厉决绝，令东方溯瞳孔微缩：“你想与萧若傲同归于尽？”

慕千雪没有回答他的话，徐徐道：“西楚的形势我很清楚，萧若傲膝下子嗣年幼，他一死，那几名被封至各地为藩王的兄弟必会因为皇位而内斗不休，甚至令西楚四分五裂。齐国与西楚接壤，多年来又一直受北周压制，所以齐帝绝不会放过这个扩张领土的好机会。至于你那位皇兄会怎么做，想来不用我说了。可以说，杀了萧若傲，就等于毁了西楚百多年的基业！”

她咬紧牙关，一字一句道：“他害我国破家亡，我就要他成为西楚的千古罪人，悔恨终身！”

东方溯走到慕千雪身前，暗自嗅了一口始终萦绕在鼻尖的火药味，目光最终落在慕千雪手边那个用羊皮裹成的小包上，沉声道："若我没有猜错，这里面应该是火药，也就是你用来与萧若傲同归于尽的筹码。"

"不错，所以你赶紧走吧，万一被他们发现，想走也走不了了。"说罢，她转首对夏月道，"他们一走，就立刻照我之前吩咐你的话去传，引萧若傲来永德宫，然后你趁乱离去，远走高飞！"

夏月愣愣看了她半晌，下一刻，已是拼命摇头，慌乱道："不要！娘娘不要，那样您会死的！"

"我已注定是一个死人，与其白白死去，倒不如趁此机会毁了萧若傲与他最在意的东西！"话音未落，东方溯冷肃的声音已在她耳边响起："你以为萧若傲会后悔吗？不会，因为在西楚毁灭之前，他就已经死了，人死如灯灭，他什么都不会知道，更不会有所谓的难过与后悔！"

"再者，萧若傲能够骗你这么久，可见心思非同一般，你肯定他会中你的计，葬身于这些火药之下吗？"

慕千雪紧紧抿着唇，东方溯说的这些，她并非没有想到，只是……她已经别无选择！

东方溯看出她的心思，上前一步，目光烁烁地道："你并非只有这一个选择，我虽没有千军万马，但只要我有一口气在，就一定会护你离开西楚！"

"慕兄与我说过，你虽是女儿身，却有惊世之才，与其这样死去，倒不如留着性命，让萧若傲亲眼看着他最在意的东西毁在你这双手中，如此才可以让他永生永世活在痛苦之中！"

"亲手……"慕千雪喃喃重复着这两个字，低头看着自己素净纤长的双手，只要给她足够的兵力与后备，她确实可以毁了西楚，这一点她从不怀疑。只是……南昭已灭，她只身一人，拿什么去与一个国家斗，除非……

她抬头，望着近在咫尺的那张冷漠容颜："你会帮我吗？"

"会！"春光透过步步支锦窗照进来，在东方溯那张冷肃的脸庞上投下纵横交错的窗格影子。

他的回答总是这么简单，从不会说多余的话，更不会像萧若傲那样，说各种各样暖心体贴的话来讨慕千雪欢心。他就像一根木头，直直地立在那里，不论风吹，不论雨打，都不会弯折半分。无趣，却可以让人放心依靠。

"这是怎么回事，为何永德宫的宫人一个个都睡着了？"殿外突如其来的声音令殿中众人倏然一惊，夏月离着殿门最近，赶紧开了一丝门缝往外张望，只见身着华衣锦服的曹氏在众宫女和内监的簇拥下往这边快步走来。在他们过来的一路上，好几名永德宫的宫人或坐或躺在地上，无一例外皆是双目紧闭，昏沉不醒。

夏月赶紧关了门，慌声道：“不好，是曹贵妃来了！”

慕千雪暗自攥紧垂在身侧的双手，永德宫被下了禁令，曹氏能够踏进此地，必是得了萧若傲的允许，而目的……只有一个！

念头尚未转过，夏月身后已是传来重重的敲门声：“开门！快开门！”

夏月死死抵着门，不知所措道：“娘娘，怎么办？”

一旦曹氏进来，就会发现东方溯还有这满屋子的火药味，到时候，就什么都瞒不住了。

这个时候，敲门声倏然一静，鸦雀无声，若非门外依旧可见人影，几乎以为他们离开了。

“来人，给本宫把这门撞开！”这个骄矜霸道的声音自是曹氏无疑。

趁着他们准备之际，慕千雪忽道：“开门！”

夏月急急摇头：“不行，一旦开门，他们就什么都知道了。”

慕千雪瞥了一眼东方溯，道：“你不开门，他们是不会离开的，开门！”

见慕千雪执意如此，夏月只得开了门，她这一开，外头蓄足了力气打算撞门的内监顿时落了个空，收势不住跌倒在地上，哎哟哟地叫唤着。

曹氏看也不看那二人，一味盯着太监装扮的东方溯等人，随她一起进来的宫女用力嗅了几口后，脸色为之一变，凑到曹氏耳边低语道：“娘娘，奴婢闻到殿中有火药味，刚才他们又一直不肯开门，此间必有古怪，您小心！”

曹氏不动声色地点点头，长眸中的眼珠子微微一动，将目光移到慕千雪身上：“陛下要见你，立刻随本宫去万象殿。”

说完这句话，她转身就要往外走，却被东方溯一个移步，拦住了去路，她脸色微微一白，喝道：“大胆奴才，你是什么身份，竟然敢拦着本宫，还不赶紧让开！”

她的呵斥并未令东方溯让开，甚至连动也不曾动一下，倒是曹氏身后传来清冷如冰的声音：“萧若傲派你来，究竟是传我去万象殿，还是……杀我？”

曹氏脸色一变，别过脸不自在道：“本宫不知道你在说什么，总之你随本宫去万象殿就是了。”说着，她绕过东方溯就要走，可惜没走两步，便被人牢牢抓住了肩膀，动弹不得。至于她带来的人，也在同一时间，被人先后制住。

“你们想做什么？”这一次，曹氏的声音明显带上了几分颤意。早在看到东方溯的时候，她就意识到情况不对了，永德宫她经常来，每一个宫人她都识得，可东方溯等人却极其面生，再加上外面被人打晕的宫人以及弥漫在空气中的火药味，她料定事情不妙，所以故意说萧若傲要见慕千雪，想要借此离开永德宫，再唤侍卫对付他们，不承想却被看穿了。

慕千雪冷冷扫了她一眼，走到之前提醒曹氏的宫女身边，冷然道："去告诉萧若傲，我愿意用南昭多年前埋下的一处宝藏以及曹氏的性命，来换取我自己的性命。"

见宫女犹豫未决，慕千雪声音一寒，犹如秋日枯草上的白霜："怎么，这么不想你主子活命？"

听到她话中的森森杀意，宫女连忙道："不是，奴婢……奴婢这就去！"

一得了自由，她立刻快步离开，一刻也不敢耽搁。她一走，夏月蹙眉道："娘娘，您让她去请陛下过来，难道是还想……"

慕千雪抬手打断她的话，对同样拧紧了双眉的东方溯道："放心，你既应承了我，我自不会再做那样的打算。"

她的话令东方溯松弛了眉宇，转而道："既是如此，你为何还要让他来？"

慕千雪走到殿外，望着庭院中蓬勃盛开的杏花与合欢花，徐徐道："每隔一刻钟，御林军就会巡查一遍各宫门的情况，这会儿，想必已经发现有人私闯禁宫，从而严守各处宫门，禁宫之中共有三千御林军，就算你带来的人，能够以一敌十，甚至敌百，依旧逃不出这禁宫之地，唯一的办法，就是让萧若傲亲自送我们出去！"

曹氏寒声道："陛下绝不会让你离开此处半步，慕千雪，摆在你面前，只有死路一条，你若现在放了本宫，尚可死得痛快一些，否则本宫必要你求生不得，求死不能！"

慕千雪眸色阴寒地望着她，忽地嫣然一笑，犹如百花齐放，美不胜收，纵然曹氏是女子，也不禁有那么一刻失神："曹敏昭，你与我相识四年，除却被你们联手蒙蔽的这一次之外，你何时见我错过？"

曹氏被她问得哑口无言。确实，慕千雪多智近妖，从她开始帮着萧若傲踏出第一步起，就没有错过，敌人所走的每一步，甚至每一个念头，都在她的意料之中，即使偶尔有所偏差，也会在最短的时间内重新拟定计划，将之纠正过来。

可以说，若非她对萧若傲近乎盲目的信任，他们绝不可能骗到她，更不要说还是四年之久！

曹氏咬一咬细白的牙齿，道："你确实很聪明，但现在是三千御林军，就算你们有通天彻地之能，也不可能逃出去，本宫若是你，就不会再做无谓的挣扎！"

慕千雪唇角一扬："你不会是我，因为你不配！"

曹氏何曾被人这样当面奚落过，一时气得满面通红，狠狠地瞪着慕千雪："你这个尖牙利嘴的贱人，等陛下与御林军一到，本宫看你怎么办！”

慕千雪面色一沉，狠狠掐着曹氏的下巴，一字一句道：“你最好祈祷我没事，否则我必拉你陪葬！”

不知是被她目光还是言语所慑，曹氏竟真的不敢再言语，不过很快，她就算想说也没得说了，因为慕千雪让夏月把他们所有人的嘴都给堵上，除了含糊不清的“唔唔”声之外，再说不出一个字来。

在将他们一一绑起来后，慕千雪小心翼翼地捧起装满火药的羊皮袋，将之埋在一株合欢树下，只留了一根引线在外面，黑色的引线蜷曲在同样黑色的泥土中，若非细看，根本发现不了。

一阵疾风吹过，拂落粉软如飞羽的合欢花，与旁边浅红似凝脂的杏花花瓣交织着一道落在慕千雪月白色的裙摆上，一时望去，犹如印在上面一般，在这春日暖阳下，美得令人移不开目光。

可惜这座皇宫禁苑，于她而言，是犹如牢笼一般的黑暗存在，又何来“美”这个字。更何况，如今慕千雪的眼中，只有黑白灰三色，除此之外，再无其他。

慕千雪毫不犹豫地转身，任那一片片娇嫩的花瓣自裙裾间扬起，随后落入黑色的春泥之中。她停在东方溯身前，询问道：“你说总共有十二个人，也就是说，还有八个人没有露面是吗？”

东方溯屈指叩于唇下，发出一声清脆的哨响，紧接着一道道灰色的人影在铺着琉璃黄瓦的殿面出现，不多不少，正好八个人，也不知是何时潜伏在殿顶上的。

慕千雪看了一眼，道：“可有精通箭术之人？”

东方溯指了位于东侧的一人，简单说道：“十七最擅射箭，可以百步穿杨。”

慕千雪点点头，刚要说话，一阵春风拂面而来，下一刻她捂着唇剧烈地咳嗽起来，夏月替她抚背许久，方才勉强止住，面色异常潮红。

“何以咳得这么厉害？”若是往仔细了听，会发现东方溯看似淡漠的声音中，隐藏着一丝关心。

“没什么，只是刚才受了风，所以喉咙有些痒罢了，不碍事。”慕千雪随意寻了个借口答着。

夏月却是按捺不住，一语道破实情：“才不是受风呢，分明是陛下暗中所下的药在作怪。”

东方溯脸色一变，追问道：“下什么药？”

“自从娘娘来了西楚之后，一年里，总有大半的时间卧病在床，看了无数名医与太医总不见好转，每一个都说是水土不服引起的病症，这一病就是四年多，总不见好。直至今日陛下亲口说破，方才知道娘娘这病皆是他一手所为，是他在娘娘的饮食中下药，那些所谓的名医和太医，皆一早得了他的吩咐，在娘娘面前睁眼说瞎话，还为此杀了娘娘从南昭带来的贴身宫人。”说着这话，夏月已是红了眼圈，若非亲耳所闻，亲眼所见，她怎么也不相信，萧若傲竟可以铁石心肠到这等地步！

“都已是过去之事，还提来做什么。”慕千雪淡淡地说着，看不出什么情绪，只有望进眼底深处，方才能够瞧见在那里如潮水一般翻涌、一刻也不曾平静的恨意！

第三章　一入神机，回头无岸

东方溯眼底掠过一丝凛冽的杀机："今日之痛，来日我必替你还于萧若傲！"

慕千雪清楚他言出必行的性子，应了一声后，继续安排后面的事情。刚安排好，永德宫外便传来一阵急促的脚步声，紧接着一队训练有素、全副武装的御林军奔了进来，粗略看去，足足有上百人，一个个神情冷肃，手握在左侧刀柄之上，一旦慕千雪他们有所异动，钢刀立刻就会出鞘。

在将慕千雪等人团团围住后，御林军迅速让开一条道路，一道人影自道路尽头缓步走来，正是萧若傲。

"唔唔！"被绑在合欢树上的曹氏见到萧若傲，眼睛一亮，努力发出声音，提醒他救自己并小心埋在树下的火药，可惜她被堵了嘴，一个完整的字都说不出来。

萧若傲不知火药这回事，冷冷地盯着慕千雪道："死到临头，还敢闹出事情来，还不立刻放人！"

宫女来万象殿奏禀之时，御林军也刚刚发现有人击晕宫门守卫，擅闯入宫，稍加印证之下，他便猜到这些人正是助慕千雪挟持了曹氏之人。

只是，他想不明白，这四年来，他一直派人严密监视慕千雪，对她的一举一动可谓是了如指掌，从未听闻她背着自己暗中培植什么势力。南昭又被灭了，剩下一个慕临风如同丧家之犬躲在北周不敢露面，这几个人从何而来？

虽当年曾一同前往南昭求亲，但因入城时间不同，被分成了好几批，分开安排，故而萧若傲并未见过东方溯。

慕千雪精致无瑕的眉眼微微一弯，绽出一丝冰冷如刀锋的妩媚："她是我的救命符，岂能轻易放之。"

“不论你怎么做，都不过是垂死挣扎，逃不出朕的手心，死心吧！”他城府极深，虽关心曹氏，却未表露在外。

“如此说来，你是不打算要那批宝藏与曹氏的性命了？”慕千雪微微一笑，直至这个时候萧若傲方才发现她手里握着一把小巧的匕首，未等他言语，慕千雪已是莲步轻移，来到被牢牢缚在树干上的曹氏身边，冰凉的匕首在她颈间游移，令后者心惊胆战，却又无处可躲。

“既是没的谈，那我也没必要留着她性命！”随着这句话，慕千雪眸光一厉，手中微一使劲，锋利的匕首当即划破曹氏娇嫩的肌肤，殷红温热的鲜血顺着刀刃流下，触目惊心。

萧若傲没想到慕千雪说动手就动手，他虽心肠冷硬，但对青梅竹马的曹氏确有感情，不忍见她丧命于眼前，急忙喝道：“且慢！”

慕千雪停下手里的动作，扬眸道：“如何？”

萧若傲脸上肌肉微微一紧，冷声道：“南昭当真有宝藏留下？”

“百年前，南昭立国，先祖为保后世昌隆，故而埋下一大笔宝藏，此事除了父皇母后之外，便只有我与三哥知晓。只要你放我离开，我就将藏宝地告诉你，有了南昭与这笔宝藏，西楚很快就可以成为与北周一样的存在。”

“萧若傲，你已经屠灭南昭，我在世间再无亲人，就算活着，也不会对你造成任何威胁！”

萧若傲眸光黑沉，盯着她道：“若宝藏一事是真，放过你未为不可，只是……朕凭什么相信你的话？！”

慕千雪冷笑道：“我可不是你，言而无信！”

她的话令萧若傲脸色一沉，思忖片刻，沉声道：“好，朕答应你，若胆敢有半句欺骗，你纵然逃到天涯海角，朕也必取你性命！”

“一言为定，喏，还给你！”慕千雪倒也守信用，说完这句话后便收起了匕首。瞧见这一幕，萧若傲暗自舒了一口气，快步来到合欢树下，在替冷汗涔涔的曹氏解开绳子后，面色阴沉地厉喝道：“把慕千雪等人拿下，一个都不许跑了！”

听得这话，慕千雪眸光陡然一冷，寒声道：“萧若傲，你果然又出尔反尔？”在说这句话时，她不着痕迹地往后退了两步，悄然离开合欢树的范围。

萧若傲没有留意到她这个举动，将解下来的绳子掷在地上，不带半分感情道：“莫说根本没有什么宝藏，就算真有，也不足以换取你的性命。慕千雪，朕说过，你逃不出朕的掌心！”

他太清楚眼前这个看似柔弱的女子体内所蕴含的能量，虽说南昭已灭，但北周、齐国、东凌等国尚在，一旦让它们任何一方得到慕千雪，都会对自己造成极大的威胁。刚才的话，不过是虚与委蛇，想救出曹氏；由始至终，他都没打算放走慕千雪，此女——必须要死！

"是吗？"随着这两个字，慕千雪唇际的笑意逐渐放大，当萧若傲察觉到不对时，已是来不及了，冰冷如新雪的声音直贯入耳，"他若敢动一下，立刻放箭！"

直至这个时候，众人方才发现，在永德宫主殿的琉璃瓦顶，伏着一个灰色的人影，此时那人手中的长弓已是拉满，而弓弦上所搭的，是一支浇了火油，正在熊熊燃烧的箭。

萧若傲没想到慕千雪还有这样的安排，一时脸色阴沉得可怕，不过他并未有所担心："你以为区区一支火箭就可以唬住朕了吗？笑话！"

此时，曹氏已是扯下了嘴里的布，紧紧抓着萧若傲手臂，满面惊慌道："陛下，不只是火箭，她在此处埋了火药，一旦火箭射来，点燃引线，我们……我们会被活活炸死的！"

一听这话，萧若傲立刻道："不可能，永德宫哪里来的火药！"

慕千雪伸手接住一朵薄如冰绡的杏花，递到鼻下轻闻，漫然道："陛下这么快就忘了除夕时说过的话吗？得胜归来之时，便燃放那两箱烟花庆贺。虽说最后灭的不是燕国，但这烟花……我还是替陛下备着呢！"

"陛下，臣妾之前踏进永德宫的时候，确实闻到极其浓重的火药味。还有，您看……"曹氏战战兢兢地指着地上那根混在春泥中虽不起眼却足以要了他们性命的引线。

萧若傲的脸色难看无比，他明白了，慕千雪早就料到自己不会相信宝藏之说，所以从一开始，她的目的就是引自己到曹氏身边，从而利用埋在地下的火药胁迫自己。

这个贱人，留不得！

萧若傲深吸一口气，压下翻涌的恨意，逼视着慕千雪道："你想怎么样？"说话之时，他右手悄悄背到身后，朝随他同来的内监李昌做了一个摆手的动作。

"我的要求从来只有一个，你应该很清楚，若不答应，那就唯有玉石俱焚了！"说话间，慕千雪目光一转，盯着悄悄往外走去的内监，冷声道，"不想明年今日是萧若傲死忌的话，就给我站住！"

李昌身子倏然一僵，站在那里一动不敢动。那厢，慕千雪转眸道："萧若傲，天机卫是我助你建立，他们有多少能耐我比你更清楚，在他们到来之前，我有足够的时间将你炸得粉身碎骨！”

四年前，慕千雪助萧若傲夺嫡，为了对付太子与朝中各大势力，她让萧若傲暗中招揽江湖奇人异士组建了一支天机卫，隶属萧若傲一人指挥，成为他手里不见光的暗势力。一旦遇到一些不能用智计解决又不方便亲自动手的敌人，就由天机卫出手暗杀，并伪装成意外身亡的样子，四年来天机卫为萧若傲的帝王之路立下不少汗马功劳。

萧若傲尝到天机卫的好处，故而登基之后不仅没有解散天机卫，反而扩大规模，编入禁军亲卫之中，成为他手里一股不可缺少的势力。

除了慕千雪与萧若傲之外，只有跟随萧若傲多年的内监李昌知晓天机卫的具体情况，连曹氏也不清楚。平日里就是李昌负责传递圣令，所以他一看到萧若傲的手势，便猜到是让自己去通知天机卫。确实，以那些江湖人士的身手，当可神不知鬼不觉地解决屋顶那个人。

李昌本想趁乱离去，哪知没走几步，便被发现了，僵在那里，进也不是，退也不是。

见意图被识破，萧若傲脸色难看地道：“你以为这样就可以逼朕放了你吗？痴心妄想！”

面对他的嘲讽，慕千雪丝毫不动气，淡然道：“是否痴心妄想，试过就知道了，只是真到那时候，你被炸成了一堆碎骨与烂肉，这还未坐热的帝位可就要易主了，你说继位的会是代王还是成王？不论是谁，西楚没落是必然之事，‘逐鹿中原，一统诸国’更是从此沦为天大的笑话！”

萧若傲的眼皮狠狠地跳着，他筹谋多年，尚未一展雄心抱负就死在此处，是他绝不能接受的，可是放走慕千雪……怕是后患无穷！

曹氏绞着绳印未褪的双手，勉强鼓起一丝勇气道：“一旦此处爆炸，你自己也难以活命。”

“左右都是死，能够拉你们二人陪我一道命赴黄泉，可是划算得紧！”慕千雪根本不将她的威胁放在眼中。仰头望着枝头一朵朵在明灿阳光下盛放到极致的合欢花，凉声道：“萧若傲，昔年你曾以合欢花对我撒下种种谎言，今日死在此树之下，倒是一点儿都不冤。”说到此处，她眸色一厉，冷言道：“如何？想好了吗，我可没什么耐心了！”

随着这句话，她缓缓抬起手，云袖滑落，露出一段雪白的藕臂，看得曹氏心惊肉跳，十根指甲不由自主地掐紧萧若傲的手臂，近乎哀求地唤着：“陛下……”

萧若傲紧紧抿着薄唇，脸色异常灰白，他自知曹氏想说什么，在慕千雪不带一丝感情与犹豫的目光中，涩声道：“好，朕放你们走！”

虽然那支箭并不见得一定能够射中引线，又或者在射中之前，就会被他格飞落到远处，但他有太多心愿尚未达成，不敢拿性命与慕千雪赌这一局！

慕千雪冷冷地收回手，对站在一旁的东方溯道：“我们走！”

东方溯点点头，护着慕千雪与夏月缓缓往永德宫外走去。至于半蹲在殿顶的十七依旧将燃烧的箭矢对准萧若傲，不敢有半分松懈。

在他们将要退出宫门时，萧若傲道：“朕已经答应放你，还不让那人放下箭？”

“放下箭？”慕千雪轻笑出声，下一刻眉目如刺，“陛下言而无信的本领，我可领教得多了，怕是十七一放下箭，我们立刻就会乱刀加身，死在这里！放心，等我们平安之后，自会唤回十七！”

同样的当上一次，尚可说是天真。若上两次，那就是蠢笨如猪了！

萧若傲面色铁青，无奈性命被人攥在手里，就算再不甘，也只能咬牙强忍。他在心底发誓，就算追到天涯海角，也一定要取慕千雪的性命，此女……太过危险，绝不可活！

在即将退出永德宫时，慕千雪停住脚步，纤指一点李昌：“你随我们出去，告诉外面的御林军，让他们不要乱来，否则萧若傲死于非命，可别怪我没事先提醒！”

李昌向萧若傲看去，待后者点头后，他战战兢兢地随慕千雪离去。果不其然，宫苑之内，到处都是铠精盾坚的御林军，宫门更有重兵把守，若无李昌一路喝止他们停手，任他们几人确实难以全身而退。

退出宫门后，跟在东方溯后面的一个灰衣人闪身离去。再出现时，手里拉着数匹高头大马，应是之前藏起来的。

见他们准备上马，李昌大着胆子道：“娘娘，您现在已经出宫了，是否该遵照约定放了陛下？”

慕千雪望着他，目光凛冽而锐利：“你倒是忠心，难怪萧若傲事事倚重于你，想必这四年来，他欺骗我一事，你一直都是知晓的，对吗？”

李昌被她盯得心惊肉跳，低了头不敢说话，不过他的神情已是给了慕千雪答案，讽刺的笑意在她眼角蔓延：“很好！”

下一刻，她已是与东方溯一起上了马背，待其他人也各自上马后，一夹马腹往城门的方向疾奔而去，留下焦灼而不知所措的李昌。

所幸他们奔出不久，便有一道清冽的哨音响起，想必是用来唤回那名弓箭手的信号。

宫禁深处，传来萧若傲愤怒到极致的咆哮声："传令下去，立刻封锁城门，天机卫全城缉拿慕千雪这个贱人，生要见人，死要见尸！"

很快，一道道人影出现在宫城上，飞快地往各处城门掠去，誓要拦下慕千雪等人。

与此同时，乘在马背上的慕千雪轻轻叹了口气，自语道："可惜，竟未能取他性命。"

她虽说得很轻，却还是被呼啸而过的风带到与她同乘一马的东方溯耳中："让他看着西楚覆灭于你手，岂不更加痛快！"

听得他的话，慕千雪淡淡一笑，不再说话，眼下最要紧的是赶在城门关闭之前离开应天！

这是一场时间的角逐，看究竟是东方溯一行先奔出城，还是天机卫先封锁城门！

东方溯此次带来的马皆是千里挑一的良驹，全力奔跑之下，犹如风驰电掣，迅疾无比。不过随之而来的颠簸也让身子本就极其虚弱的慕千雪难以承受，全身犹如要散架了一般。

东方溯一直有留意慕千雪的情况，见她脸色青得吓人，急忙放缓了速度："你怎么样了？"

"我没事！"慕千雪强忍着蔓延于四肢百骸的痛楚，催促道，"时间不多了，一定要赶在酉时之前赶到城门，否则就晚了，快！"

萧若傲既然未死，就一定会令天机卫倾巢而出，全城缉捕。一炷香，这是她几经计算，得出可以平安离开应天的时间，一旦晚于这个时间，就会被困在应天城中，无路可逃！

而且……就算逃出应天，也不见得就安全，只要留下一点儿痕迹，天机卫的那些人就会穷追不舍。而她，已经没有时间去抹除这些痕迹了。

东方溯虽担心慕千雪的身体，却也明白事情紧急，只得咬牙扬鞭催着胯下的马，以最快的速度赶向城门！

狂奔半晌，城门终于出现在视线中，东方溯心中一喜，低声道："你再忍一会儿，就快出城了！"

慕千雪这会儿已是虚弱得说不出话来，只能点头示意。与此同时，身后传来急促的马蹄声，正是一路追来的天机卫，眼见城门将至，领头的一名中年人取出一块令牌，大声喝道："天机卫奉陛下之命，捉拿犯人，立刻关闭……"此人正是天机卫首领闫重山。

"嗖！"话说到一半，脑后响起尖锐的破空声，闫重山心生警觉急忙侧首避让，与此同时，一支箭矢擦着他的颧骨掠过，箭锋在他脸上留下一道极深的血痕，真是险之又险。

射箭之人，正是之前埋伏在永德宫殿顶的十七，他竟在御林军与天机卫的围攻之下逃了出来，且一直策马悄悄跟在天机卫的后面。

只是他这一动手，就暴露了行踪，天机卫当即分出三人，围住十七。而闫重山顾不得脸上的伤口，再次喝道："立刻关闭城门！不要让他们跑了！"

城门吏听得这话，急忙便要关起厚重的城门，可惜厚重的城门不是说关就关的，刚关到一半，东方溯等人已经奔到近前，那些城门吏见来不及关起城门，急忙搬来护栏挡在城门前！

东方溯眸光一冷，不仅没有慢下来，反而一夹马腹，用更快的速度奔了过去，厉喝道："冲！"

得了他的话，另外那几人也控制着马匹飞速奔去，生生撞飞了护栏，在城门吏吓得四散躲避之时，东方溯一行已从才关了一半的城门间飞奔而过！

"追！"闫重山面色阴沉地呵斥着，萧若傲已是下了死令，抓不住慕千雪，他们就得提头去见！

尚未奔出城门，胯下黑马突然人立而起，嘴里发出"嗷"的哀鸣声，紧接着往前栽去，闫重山反应极快，马刚有所异动，他已是用力一拍马背，借势跃起。

这一切发生在电光石火之间，等众人反应过来，闫重山已是立身一旁，至于他那匹马，跪倒在地上，右后腿上插着一支箭矢，不断流下暗红的鲜血。

中箭的并不止他这一匹马，左右两骑也几乎同时倒地，那两人反应不及闫重山，被马带着摔倒在地，所幸没有大碍，只是皮肉之伤。

射箭的自是十七，面对三人的截杀，他竟然还有时间连射三箭，且箭箭中的，这份箭术实在惊人。不过十七也不好受，斜阳之下，胸口多了一道深可见骨的伤痕，鲜血奔涌出来，染红了那身灰布长衣！

东方溯在疾驰中回头，看到的就是这绚红刺目的一幕，眼底掠过一抹悲色，他清楚，十七的命……怕是保不住了！

东方溯强迫自己收回目光，马不停蹄地往前奔去，事到如今，唯有逃出应天，方才不负十七所流的鲜血！

十七亦知自己命不久矣，他没有逃，而是从身后箭筒中取出最后三支箭，一齐搭在长弓上，对准重新跨上马的闫重山等人。

而此时，天机卫的众人也终于知道，适才十七并非连射三箭，而是在同一时间射出三箭，无一落空。

这一次，十七对准的依旧是那几匹撒腿追去的马。射人先射马，擒贼先擒王。

天机卫的人也看出他的意图，手里的攻势又加紧了几分，刚才已是疏忽了一回，这一次，说什么也不能让他再射出那三支箭。

每一次躲闪，十七身上都会洒下大片鲜血，令他身体越来越冷，眼前的东西也开始出现重影，不过他一直强撑着不肯倒下，双手更是死死攥着弓箭，盯着越奔越远的闫重山等人。

没时间了，再耗下去，那些人就该离开弓箭的射程范围了。想到此处，十七强忍着阵阵晕眩，将弓箭对准了闫重山等人座下马匹。

就在这个时候，一柄寒光四射的利剑往他胸口刺来，十七眸中掠过一抹狠意，竟是不闪不避，生受了这透胸而过的一剑!

那人也是愣住了，他这一剑只是想逼十七放弃射箭，岂料竟然真的刺中了。在他愣神之时，十七已是翻转长弓，将之搭在其肩上，随即暗自一咬舌尖，在借着剧痛恢复了片刻清晰的瞬间，三支箭脱弦而去，直取闫重山三人的座驾。

那人没想到自己竟被一个将死之人利用，一时心中大恼，拔出精钢打造的长剑，猛力削向十七的手，竟然将他握弓的那只手臂生生削了下来。

可惜，箭已脱弦，不论他怎么做，都无法阻止那三支箭势如破竹地往闫重山三人的座驾射去，与刚才一样，无一例外!

看到这一幕，十七那张灰白的脸上露出一丝笑意，一头栽倒在血泊之中。

“一入神机，回头无岸。既入得营中，便当摒弃以往一切，李三保这个名不可再用。你排行十七，就以十七为名。从今往后，生死与你无关，只为护主而活，你可明白？”

“三保……十七明白！”

“好，你在射箭一道之上，颇有天赋，就随我习箭术吧，一年之内，若不能百步穿杨，十七将会成为别人的名字。”

“那我呢？”

“你？呵呵，一个不懂得好好磨炼天赋的人，活着也没什么用。”

“你会杀了我？”

“呵呵，神机营中，没用的人只有死路一条，想拥有活下去的资格，就拼死强大起来吧。”

苍老与稚嫩的声音交替在十七耳边响起，这是他初入神机营时的一段对话，从那以后，“十七”这个名字足足跟了他十年，如今……终于到头了！

今日之后，他将化成一堆枯骨，十七之名，也将会有另外的人替上，不知……可会有人记得他，记得一个曾经叫李三保的人。

一入神机，回头无岸……

十七的两次射箭，成功阻碍了天机卫的追击。虽然闫重山当即再次换马追去，片刻也不敢耽搁，但在追出城门时，还是失去东方溯等人的踪迹，令他恼怒不已。

底下人追上来，望着那条一望无人的官道，紧张说道：“大人，怎么办？抓不到慕千雪，陛下不会放过我们！”

闫重山面色阴沉地打量着四周，最终落在官道左侧的一座孤山上，冷声道：“他们只比我们快了一步而已，绝不可能逃得这么快，必是躲入了此山之中！”

在短暂的停顿后，他迅速道：“传本座命令，立刻派人严守各处下山要道，一旦发现慕千雪一行踪迹，立刻以烟花示警。另外，你进宫一趟，将此事禀告陛下，请陛下派御林军来此一同搜山！”

“是！”天机卫动作极快，不出一炷香的时间，便已经将这座不大的山团团包围，莫说是人，就连一只苍蝇也休想飞出去。只等御林军一到，便可以进山搜查，就算翻遍这座山，也定要将他们搜出来。

在等待御林军过来之时，半闭的城门处传来激烈的争执声。过了一会儿，一名城门吏奔到闫重山面前，战战兢兢地低头道：“大人，有人来到城门处，嚷着非要出城。”

闫重山眉心一皱，不悦道：“没听到刚才的话吗？陛下有旨，关闭城门，除奉旨办案，任何人不得出城，让他立刻回去，否则格杀勿论！”

城门吏缩了缩脖子，愁眉苦脸道：“这些话小人都说了，可他还是坚持要出城，小人……实在没办法。”

“什么人？”在这等节骨眼上，竟然有人胆敢无视萧若傲禁令，还真是令他好奇。

“是北周来的使者大人。”听得这话，闫重山眯了眯眼睛，示意底下人仔细守着山路，然后带着两名天机卫策马往城门行去，城门吏赶紧跟在后面。

到了城门处，果见一名三旬左右的男子正在与城门吏争执，身边除了一辆半新马车之外，还站了几名护卫打扮之人，一个个太阳穴高高鼓起，眼神犀利，一看便知是高手。

看到闫重山过来，一众城门吏连忙低头行礼，眸中带着深切的惧意。对于不入流的城门小吏而言，隶属于皇帝一人，且在某一程度上执掌生杀之权的天机卫从来都是他们不敢仰视的存在。

闫重山看也不看他们，径直下马走到江越面前："这位想必就是北周来的使者了。"

江越盯了他道："不错，你又是何人？"

闫重山神色倨傲道："天机卫首座闫重山！"

这几年西楚渐渐强大，再加上天机卫在萧若傲登基之后逐渐由暗转明，江越虽是北周人，故而也略有耳闻，拱手道："原来是闫首座，失敬。"

"客气。"闫重山也不回礼，淡淡道，"江使者这是要去哪里？"

他的无礼令江越眸光微沉："江某奉陛下之命出使西楚，如今楚帝已经见过，江某自当回去复命，偏偏这几人诸多阻拦，既然闫首座在这里，那正好，还请立刻让他们让路。"

"若换了平日，江使者要走，本座自不会阻拦，但今日不行。"

"为何？"

"今日有刺客作乱，强闯宫禁，带走逆犯慕千雪。陛下有令，在抓到刺客之前，任何人不许出城！"

"任何人？"江越扫了他一眼，似笑非笑道，"闫首座刚才不就出城了吗？"

闫重山朝宫城的方向拱一拱手道："本座奉陛下之命，出城缉捕刺客，岂可一概而论。"说着，他不容置疑道，"来人，送江使者回驿站！"

面对闫重山的强势，江越拉下脸道："闫首座这是在命令江某吗？"

"本座是为江使者好，刺客凶悍异常，万一交战之时，误伤江使者就不好了。"闫重山语冷似冰。

"如此说来，江某倒还要谢谢闫首座了。"正当闫重山以为他听了自己的话时，江越却指着身后几人道，"虽然我这几名护卫武艺稀松平常，比不上天机卫，但护我一人安全还不是什么难事，不劳闫首座费心了，让路吧！"

闫重山面颊肌肉微跳，当年他凭着一身内外兼修的功夫，在江湖上闯下赫赫威名，无人敢惹。后来被萧若傲招揽成为天机卫首座，更是无人敢对其不敬，可以说，江越是十几年来第一个敢如此与他说话之人。

在强行绷住怒意后，闫重山对随他同来的天机卫道："还愣着做什么，立刻送使者回驿站！"

"谨遵首座谕令！"天机卫答应一声，来到江越身前，"江使者请！"

等了一会儿，不见江越有所动作，他也不多说，伸手往其肩膀攥来，显然是打算强行将他带离此处。

就在天机卫的手指将要触及江越之时，人影一闪，一只手已是握住了天机卫的手腕，令其动弹不得。

江越安然微笑："江某说过，他们虽不成器，但护我一人足矣！"

能够进入天机卫，成为皇帝身边的人，身手必定不凡，可现在这名天机卫的手却如同被铁钳箍住了一般，无法动弹。虽然另一只手无碍，却不敢轻举妄动，对面那人的目光太过恐怖，他毫不怀疑，只要稍有异动，那人就会生生拗断自己的手腕。

闫重山眸中寒锋闪动："如此说来，江使者是执意要违抗君令了？"

江越挑眉道："闫首座此言差矣，我乃北周人氏，楚帝从来都不是我的君主，又何来违抗君令一说？"

闫重山被他噎得说不出话来。是啊，江越乃是北周使者，并非西楚人氏，楚帝之令，对他可没什么约束力。

那厢，江越的声音尚在继续："出使西楚之前，陛下曾晓谕江某，见过楚帝之后，立刻回北周复命，不得耽搁，君命如山，江某实在不敢有违，还请闫首座不要让江某为难。"

闫重山盯了他片刻，冷冷道："江使者既入我西楚，就当遵守规则，只是晚归一两日罢了。素闻周帝英明，当不会为此事怪罪于你。"

"一两日？"江越带着一缕讽刺道，"守卫森严的宫城都困不住刺客，闫首座又何来的信心，可以在一两日之内擒住刺客？若你们一年抓不到刺客，我岂非要在此处待上一年？"

他的话落在素来心高气傲的闫重山耳中极其刺耳，闫重山当即道："不可能，日落之前，本座必生擒一干刺客！"

"既然闫首座已有十足的把握，又何必非要困江某于城中？让路吧，除非……"江越微微仰起下巴，以一种倨傲的态度盯着闫重山一字一句道，"你想边疆不宁！"

闫重山嗤笑一声，不以为然道："你认为周帝会为你一人，而与西楚大动干戈？"

"你若不信，尽可试试，不过江某提醒闫首座一句，这世间可没后悔药。"春末的阳光照在江越身上，令人看不清他脸上的表情。

闫重山面皮涨紫，自他成名之后，这是第一次被人如此威胁，却偏又无可奈何，身为中原第一强国的北周……确有狂傲的资格，就这随随便便派出的几名护卫，便压得天机卫抬不起头来。

见闫重山始终没有动作，江越眸色幽幽道："看来闫首座当真是想要两国不宁了，江某倒是无所谓，就是不知道楚帝怪罪下来之时，闫首座担不担得起这个罪名？"

闫重山被他说到痛处，不论他如何威名在外，终归只是一介臣子，万一真因他而引得北周攻伐，西楚遭难，以萧若傲的性子，是绝对不会放过他的。

萧若傲下令禁闭城门，本意是为了防止慕千雪等人逃出应天，可现在他们已经逃了出去，禁闭与否就显得没那么重要，为此得罪北周来使，实在有些得不偿失。

几经思量，闫重山缓缓松开袖中紧攥的双手，冷声道："让路！"

听得他的话，城门吏赶紧搬走栏障，让出一条可以让马车通过的道路，看到这一幕，江越唇角微勾，朝尚抓着天机卫手腕的护卫道："松手吧。"

一得了自由，天机卫赶紧退到闫重山身后，垂在身侧的右手不住颤抖，若是有人掀起衣袖，便会发现在他手腕上有五道清晰可见的暗紫色指痕，这么一会儿工夫就已经麻得没感觉了，若是再久一点儿，怕是整只手都要废了。

"多谢！"说完这两个字，江越上了马车，在护卫的簇拥下驶出城门，在他们走后不久，一名城门吏走到闫重山面前，欲言又止："首座大人……"

闫重山被江越摆了一道，正在气头上，自没什么好脸色给他："吞吞吐吐的做什么，说！"

城门吏似是被他的语气吓到了，低垂着头道："刚才……马车门打开的时候，小人隐约看到里面人影闪动，恐怕马车里面还有人在。"

"还有人？"闫重山疑惑地拧起眉，据他所知，北周派来的使者只有江越一人，而护卫是不可能坐在马车里的。换而言之，一个并不属于北周使团的人混了进来，会是谁？又为何要躲在马车中？

正当闫重山不得其解之时，身边一名天机卫指着未曾关闭的城门道："大人您看！"

闫重山抬眼看去，只见出城之后的江越，一改之前轻车缓行的模样，全速奔驰在官道上，仿佛后面有虎狼在追逐一般。

江越的反常令闫重山越发狐疑，只是怎么也想不通其中关键，这时，之前那名城门吏又道："首座大人，还有一件事，小人不知该不该说。"

闫重山不耐烦道："讲！"

"其实……刺客闯出去的时候，因为速度太快，所以小人们并未看清他们的模样。"

闫重山脸色一变，难不成……逃出城只是一个幌子，其实他们仍在城中？细想起来，他们差不多隔了将近一炷香的时候，方才追上刺客，这段时间足够他们行偷天换日、移花接木之计。

先利用底下人造成逃出应天城的假象，引开他们的注意力，然后躲在江越马车中，利用其北周使者的身份，大摇大摆出城。如此一来，就可以解释为何江越一出城就奔得这么快。

至于那名刺客拼死阻拦，不过是想让他们相信，慕千雪就在出城的那一行人当中。

唯一想不明白的就是，身为北周使者的江越，为何冒这样的险来帮慕千雪。

天机卫从其余几名城门吏口中得来的答案，也间接证实了闫重山的猜测，当时马匹迅疾如风，莫说是骑马之人的模样，就连是男是女都看不清。

好狡猾的狐狸，不过终归还是露出了尾巴！

第四章　千里逃亡

闫重山迅速翻身上马，口中厉喝道："天机卫众人听令，立刻追上前面的马车，钦犯就在那里！"

负责守山的天机卫虽不知发生了什么事，但既是闫重山下令，当即毫不犹豫地上马追赶。

在追出数十里后，终于逼停了江越的马车，江越走下马车，面色难看地道："闫首座这是做什么？"

闫重山骑在马背上，居高临下地望着江越："江使者好能耐，连本座都差点儿着了你的道！"

江越眸光微闪，冷言道："江某不明白闫首座的意思。"

"不要紧。"闫重山目光一转，落在车门紧闭的马车上，"只要江使者将马车上的人交出来就行了。"

江越脸色一变，脚步微移，挡住了车门："车中只我一人，又哪里有第二个人交给闫首座？"

虽然江越移步的动作很细微，仍是没逃过闫重山的目光，令他更加肯定，慕千雪就在马车上。

逆光中的闫重山眯眸道："包庇谋害陛下的刺客，这个罪名，就算是江使者你，也担待不起！"

"什么刺客，江某连见都没见过，又何来包庇之说？再者，闫首座倒是说说，江某为何要包庇刺客，有何好处？"

闫重山浓眉一挑，凉声道："既然江使者口口声声说没见过，想必不介意本座搜查马车！”说着，他侧首对跟随同来的一众天机卫道，“去，搜查马车！”

不等天机卫过来，江越已是厉喝道：“闫首座好大的架子，张嘴就说要搜马车，不过江某并非你西楚之人，闫首座还是把这威风架子收了为好。”

闫重山眸中掠过一抹寒锋，下一刻，喝道：“搜！”

“谁敢搜！”江越面色冰寒慑人，在喝住那群天机卫后，盯住闫重山道，“姓闫的，你当真想要挑起两国战争吗？”

“事关逆犯，唯有得罪了！”闫重山冷冷瞟了一眼那几名护卫，“本座知道江使者手下个个身手不凡，但双拳难敌四手，真要动起手来，对江使者可是不利！”

江越垂在身侧的手，紧了又松，松了又紧，许久，他气恼道：“今日之事，江某回去后，必当如实奏禀陛下，希望闫首座不要后悔！”

闫重山根本不将他的话放在心上，只要找到慕千雪，就算周帝当真问罪，萧若傲也不会怪罪于他。

在他的示意下，天机卫众人如狼似虎地扑向马车，很快从车厢中揪下一名青色襦裙的女子来。

看到这一幕，闫重山脸上露出一缕笑意，但很快就僵在了脸上，死死盯着那名女子的脸庞，怎么会……怎么会不是慕千雪！

那名女子柳眉杏眼，长得颇为美貌，但绝对不是慕千雪！

女子被这阵势吓坏了，缩着身子瑟瑟发抖，连话也不敢说，江越走过去，温言安慰：“没事的，别担心。”

在他的安抚下，女子稍稍定了神，但仍是不敢看那些凶神恶煞似的天机卫，颤声道：“大人，是不是……他们追来了？”

“与你无关，是我与他们有些误会。”说着，江越睨着面色铁青的闫重山，“这就是你们要找的逆犯吗？”

闫重山一言不发地望着底下那群天机卫，其中一名天机卫无奈道：“大人，马车中只有这一名女子！”

这句话摧毁了闫重山心里最后一丝期望，努力在唇角挤出一抹比哭还要难看的笑意：“一场误会，还望江使者莫要放在心上。”

江越冷笑一声：“闫首座这会儿说得轻描淡写，刚才可是铆足了劲儿，非要搜江某人的马车，还扣了江某人包庇逆犯这么一个大罪名，若是胆子小一些，只怕已是被闫首座给吓破了胆。”每一个字都尖锐刺人，完全没有要给闫重山面子的意思。

闫重山知道是自己错在先，就算再刺耳，也只能忍耐，扯着脸上僵硬的肌肉道：

“江使者若是一早请姑娘出来相见，也不至于闹出这么个误会。”

江越冷冷盯着他，哼了一声道：“依着闫首座这话，错的倒还是江某了，天机卫……哼，江某算是见识了！”

见闫重山被挤对得说不出话来，旁边一名身形精瘦的天机卫道：“若江使者心里无鬼，出城之后，为何要跑这么快？”

回答他的是一道扑面而来的疾风，未等他看清，左肩已是挨了一掌，“噔噔噔”连退数步方才稳住身形。

对面那名护卫收回手，眸色冰冷：“你算什么东西，也敢与我家大人如此说话？滚回去！”

那名天机卫捂着肩膀，恨得气血倒涌，面色通红，天机卫在西楚向来霸道惯了，何曾受过这样的气，想要冲上去，却被闫重山制止。

“本座这名手下虽然无礼了一些，但所言并非全无道理，若非适才见到江使者一反常态地疾驰出城，也不会有这场误会！”闫重山顿了顿，问道，“江使者是否解释一二？”

一直缩在江越身后的女子探出半个头来，怯怯道：“不关江大人的事，是小女子求江大人驶快一些。”

“你？”闫重山满面惊讶地盯着女子。

“我到京城之时，正好瞧见她被人追赶，一问之下，方知她母亲早逝，自小饱一顿饥一顿，长大后更被好赌的父亲卖入青楼，她不愿从此沦落风尘，所以趁着老鸨不察，逃了出来。我见她身世可怜，便答应带她出城，逃避青楼那些人的追捕。出城之时，她曾看到几名青楼护院在附近徘徊，怕被抓回去，所以驶得快一些，没想到竟被闫首座说成包庇逆犯，呵呵……”江越发出一连串冷笑，闫重山尴尬不已，干笑几声：“误会，误会，还望江使者大人有大量，莫要计较，周帝那边……”

“闫首座放心，江某必一五一十呈报陛下！”江越冷冷答了一句，“现在江某可以走了吗？”

“江使者请！”闫重山虽担心萧若傲的责罚，但错已铸下，担心亦无用。

江越扶着女子一道上了马车，在车轱辘的转动中缓缓离去，至于憋了一肚子气的闫重山，也调转马头带着一众天机卫往城门行去。

在途经那座位于城门附近的孤山之时，闫重山突然想起一件可怕的事情，既然……慕千雪并没有躲在江越马车中出城，那么最大的可能就是藏身于这座孤山之中，可就在不久之前，他撤走了所有包围孤山的人，虽然前后只有短短半个多时辰，但足够慕千雪一行人逃离！

换而言之……是他亲手放走了慕千雪！

想到此处，闫重山冷汗涔涔，慌忙命底下人重新包围孤山各处要道，他心里还存了一丝侥幸，慕千雪身子虚弱，说不定还没逃出孤山！

在安排好这一切后，他一夹马腹，面色阴沉地往城门奔去。此事都怪那个城门吏，若非他说见到马车里面有人，自己何至于怀疑江越包庇逆犯，兴师动众地带人追去，如今好了，不仅得罪江越，还给了慕千雪他们逃走的机会。

萧若傲知道这件事，不知会怎么处置自己！

刚一到城门，闫重山便愣住了，一众城门吏尽皆横七竖八地倒在地上，生死不知，百姓在远处指指点点，不敢过于靠近。

天机卫迅速赶至那些城门吏身边察看，所幸他们只是被人打晕，性命无碍，在一番施救后各自醒了过来。

闫重山下马环顾了一眼四周，并不见之前与他说话的那名城门吏，随手抓起一名刚刚苏醒的城门吏，厉声问道："是何人将你们打晕，之前与本座说话的那个人去哪里了？"

城门吏一睁眼就看到他这副狰狞的样子，好一会儿方才战战兢兢道："回首座大人，打晕小人们的，就是之前与您说话的那个人。"

闫重山没料到会是这么一个回答，满面惊讶："你说什么？"

城门吏如实道："您带人离开后不久，那人就突然发难，将小人们悉数打晕。"

"他叫什么名字？住在哪里？"说到这个份儿上，若还察觉不到问题，闫重山就枉活了这几十年。

城门吏摇头道："小人并不认识他。"

"你说什么，不认识他？"若非听得仔细，闫重山都要以为自己听错了。

城门吏极为肯定："是，在他与首座大人说话之前，小人从未见过他。"

闫重山已是咬牙切齿："既是这样，为何刚才不说？！"

"当时首座大人在，再加上小人想着他可能是从其他城门调来的，所以……就没问。"话音未落，闫重山已是将他掷在地上，一脚踹在他身上，"混账东西，这么重要的事情竟然不说，害本座着了他的道，令一众逆犯有机会逃走！"说着不解气，又狠踹了几脚，后者缩在地上，不敢呼痛。

底下人忧声道："大人，现在怎么办？"

闫重山用力吸了几口气，勉强平复了一下心情，正要说话，突然意识到自己步入的圈套并不止这么一个。

慕千雪一行刚逃出城，身为北周使者的江越就态度强硬地要出城，在自己放他离开后，立刻有人假扮城门吏来告诉自己，说在马车门开合之际，看到里面有人，并称未曾看清逃出城的一干逆犯模样，引导自己怀疑江越串通逆犯，从而撤走围困孤山之人，全力追捕。追到后，江越表现出极其抗拒的样子，让他更加以为慕千雪藏身马车之中，执意搜查，结果搜出一个从青楼逃出来的女子。同一时刻，假扮城门吏的人，打晕众人逃离应天。

这是一个精密复杂的连环计策，自己所走的每一步，都在对方的算计之中，没有任何偏差！

想明白了这一点后，寒意自背脊底升起，迅速蔓延至全身，浑身冰凉。

慕千雪，一定是慕千雪，只有她才能够布下如此可怕的局！

难怪萧若傲动用整个天机卫也要抓到她，让这样的人逃出西楚，必定后患无穷，可是眼下却被自己放走，他仿佛已经看到萧若傲的滔天怒火。

正当闫重山被重重恐惧包围的时候，一大拨盔甲鲜明的御林军出现在视线范围中，在离着闫重山数步远之处停下脚步，御林军统领上前一步，拱手道："奉陛下之命，带领两千御林军来此助闫首座搜山抓捕逆犯。"

总计只有三千御林军，萧若傲就派出两千搜山，可见他对慕千雪势在必得的决心。

闫重山狠命一咬舌尖，借着剧痛令自己冷静下来，情况虽然恶劣但还没有到绝境，说不定还有机会！

"请统领大人立刻带兵对这座孤山还有附近进行搜捕，本座去追捕共犯！"说完这句话，闫重山再一次上马，带着十数名天机卫疾奔出城。如果御林军搜不到慕千雪，那江越就是最后一条线索，即便他至今仍想不出江越如此襄助慕千雪的原因。

追捕江越一事，出乎意料地顺利，仅仅奔出数十里，便看到了江越的马车，就在离他们之前所见不远的地方，慢吞吞地行驶着。

闫重山精神一振，催马上前，以免让江越逃走，疾行之下，只是几个呼吸便赶上了马车，结果却令闫重山失望。

马车早就已经人去楼空，连个车夫也没有，任由马匹自己拉着，看来他们早就料到自己会追上来，故而弃马逃走。

底下人环顾了一眼空寂无人的四周，面色发白道："大人，现在怎么办？"

"找！翻遍整个外城也要将他们找出来。"闫重山从牙缝里挤出这句话来。

当整个天机卫与御林军大肆搜捕之时，慕千雪一行出现在离城百余里一条偏僻狭小的山路上。

马背上的慕千雪整个身子都倚靠在东方溯身上，半闭着双眼，脸色苍白到近乎透明，甚至可以瞧见底下根根青色的筋络。

东方溯回头看了一眼，道："没有人追来，我们在此歇一会儿。"

"不行！"慕千雪有气无力的话语钻入东方溯耳中，"他们不抓到我是不会罢休的，继续往东走，尽快赶到我与你说的那处地方，应该离这不远了。"

"可是你的身子……"东方溯何尝不知他们现在并未摆脱威胁，但慕千雪的情况，实在不宜继续赶路。

慕千雪仰头一笑，令那张比纸还要苍白数分的脸庞有了一丝神采："你放心，我好不容易才逃出来，一定……不会让自己有事的。"说着，她吃力地催促道，"快走吧。"

见她执意如此，东方溯只得一咬牙，握紧缰绳催马在这条偏僻不见人烟的山路上前行，直至日落时分，方才出了山路，与此同时，一间屋顶停满了乌鸦的屋子出现在视线中。

东方溯心中一喜，连忙低头对怀里的人道："公主，我们到了！"

"好。"在勉强说出这个字后，慕千雪眼前一黑，失去了意识，她的体力早已经到了极限，一路上都是靠意志力在强撑，如今心神一松，自是无力继续。

迷迷糊糊中，慕千雪看到了昭帝与昭后，他们微笑着朝她招手，可就在她奔过去的时候，帝后突然满身血水喷涌而出，流满了全身，他们的表情也在同一时刻，变得狰狞愤怒，齐齐质问她为何要帮着西楚覆灭南昭，杀害自己的至亲之人！

"没有……儿臣没有……父皇……父皇！"慕千雪猛然睁开眼睛，一下坐了起来。

东方溯听到动静，快步来到满头冷汗的慕千雪身边："怎么了？"

慕千雪用一种异常陌生的目光盯着他，犹如忘记了昏迷前的事情，好一会儿方才恢复正常，抹去额上的冷汗摇头道："做了一个噩梦而已，没事。"

见她不愿多说，东方溯也不追问，取过一个破瓦罐放在火堆上："我留了一些兔肉给你，热一下就能吃了。"

"现在什么时辰了？"慕千雪左右看看，他们置身于一间废弃的破庙，到处都是蜘蛛网和灰尘，神台上供着一尊神像，因为油漆剥落，损毁严重，已辨认不出是哪位神佛。身下垫着厚厚的干草，故而并不觉得硬。

破庙里只有她与东方溯二人，不见夏月与那些灰衣人的踪影，想是守在外面。

"差不多快到子时了。"东方溯推门看了一眼静静悬挂在夜空中的月亮，因为怕火光会引来追兵，故而所有窗户都用木板封了起来，确保没人会注意到这里。

“子时……”慕千雪低语了一句，问道，“江大人他们还没到？”

“没有，我已经让十五去查看了。至于夏月，她说想再找找附近有没有能吃的东西，我让十一随她一起去，以策万全。”东方溯往火堆里添了几根树枝，令原本有些微弱的火光重新亮了起来。

慕千雪眉尖微微一动：“你的护卫都是以数字为名吗？”

东方溯注视着火上的罐子，淡淡道：“他们皆是无父无母的孤儿，大多数人失去父母时年纪尚幼，连自己名字都不记得。就算记得，有些也因为各种各样的原因不愿提起，故而干脆以数字为名，倒也好记。”

慕千雪低着头不知在想什么，雪白的容颜在跳跃不定的火光映照下，似乎有了那么一丝血色。

“嗒嗒！”烧滚的汤水在罐中翻滚，顶着破了一个角的盖子发出细微的声响，东方溯拿袖子裹一裹手，将罐子从火堆上拿了下来，刚一揭开盖子，一股混着肉香的热气便溢了出来。

东方溯将之放到慕千雪面前后，又取出一个用木头做的勺子递过去：“我知你身子弱，不宜吃油腻的东西，但此处荒无人烟，又找不到野果子，只能委屈你吃这个了，所幸这野生野长的东西，整日在地里撒欢奔逐，倒是没太多油，趁热吃吧。”

“能够活着离开宫城，已经是意外之福，又何来委屈二字。”在接过勺子时，慕千雪有些意外，“你从哪里找来的？”

“你睡着之时我拿木头随手雕的，粗糙得很，不过好歹能用，不用以手当筷。”

慕千雪笑一笑，舀了一勺乳白的汤汁徐徐喝着，虽因为没有调味的东西而有些淡，但肉的鲜美渗在汤汁中，倒也不难喝。

其实慕千雪并没有什么胃口，但为了接下来的逃亡，还是强撑着吃了许多。

在将罐子收拾下去后，东方溯道：“可否问你一个问题？”

“你想问我为何知道此处有一个破庙？”

东方溯颔首道：“不错，据我所知，你嫁来南楚之后，就一直身子不好，四年来，应该少有外出之时，更不要说离开应天了，何以会知道如此偏僻荒凉的地方？”

慕千雪扬一扬黛眉，取过一根树枝拨弄着火堆徐徐道：“此处叫山阴村，原本住着几十户村民，日出而作，日落而息，每逢初一十五，就拿着自家产的东西去集市中卖些钱，虽不如城中那般热闹，但也不算荒凉。结果三年前，一场不知从何处而来的可怕疫病席卷了整个村子，得此病者，先是高烧不退，紧接着皮肤溃烂，最终五脏衰竭而亡，并且任何一个与他们近距离接触过的人都会受到感染。因为发病之前，刚好是集市，所以城里城外都有人得病，当时的楚帝为了避免民众恐慌，牢牢封锁着这个消息，可随着感染的人越来越多，消息开始变得难以封锁，城中在疯传或真或假的消息，这件事已经到了刻不容缓的地步，一定要有人去解决。早在疫病刚爆发的时候，应天城大大小小的名医，都被秘密召到宫中与太医一道研究此病，可始终束手无策，也就是说，只剩下一条路可行。”

“在大爆发之前，杀了所有染病之人！”

慕千雪点头道：“不错，但没人敢在朝堂上接下此事。一来有染病的风险，二来杀那么多人，于名声有碍。这种吃力不讨好的事情，自然没人喜欢。故而包括太子与几位皇子在内，皆以各种各样的理由推掉此事，最后……”慕千雪气息微滞，用力吸了一口方才接下去道，“我劝萧若傲接下了此事，我翻阅过许多医书，自古至今，没有一种疫病是凭空传染的，都需要媒介，或是唾沫或是血液，只要注意避开这些，便不会有碍。另外，此事虽稍有碍名声，却可以从此得入老皇帝之眼，这是当时的萧若傲最需要的。

“那些人被杀之后，统一带到了此处掩埋，为免再有人得病，萧若傲下令烧毁所有房屋，从此以后，山阴村成了一处荒地，这座庙宇虽逃过了大火，却也荒废了下来，从此无人供奉。

“这些都是三年前萧若傲随口与我说的，他一时半会儿应该猜不到我们会躲来此处。不过这里也非久留之地，天亮之后便离开。”

在东方溯颔首之时，她忽道：“我能否也问你一个问题？”

“我？”东方溯有些意外地指着自己，“你想知道什么？”

“相传，北周第一位皇帝在开国之初，曾组建了一支神秘莫测的影子军队，一个个身手高绝，谓之曰‘神机营’，多年来一直助其稳定北周，掌控朝局，甚至连边疆也有他们的存在。二十多年后，老皇帝驾崩，神机营却没有随之消失，相反成为一位又一位皇帝手中的利剑。剑之所指，无坚不摧。当初我组建天机卫时，就是照着神机营来建，但因建立时日太短，再加上招揽的江湖人士良莠不齐，远不能与神机营相提并论。”

“我也听说过这个传言，但这么多年来，从未真正见过，可见神机营根本就不存在。”东方溯低头拨弄着火堆，看不清他的神情。

“神机营神秘莫测，历代以来，除了北周当朝皇帝之外，无人知晓他们的事情，哪怕身为国之储君的太子也不例外，不过这一朝，似乎有些不同。”

东方溯眉头一动：“哦，有何不同？”

“除了周帝之外，还有王爷你知晓，甚至可以动用神机营。”东方溯添柴的动作一滞，复已如常，挑眉道："公主以为十五他们是神机营的人？"

慕千雪似笑非笑道："难道不是吗？"

东方溯看了她一会儿，摇头道："我不知公主为何会有这种想法，但十五他们是我早年一次意外收留的孤儿，统共就这么几个人，与神机营并无关系。公主若不信，尽可以去问十五他们。"

"或许他们的回答与王爷一致无二，但这并不会影响我的看法，他们必是神机营之人无疑。"

短暂的沉默后，东方溯道："公主为何如此肯定？"

她拍一拍不知何时沾在袖上的灰尘："当初招揽闫重山之时，我与他说过几句，他告诉我，自十五岁开始习武，每日苦练，直至三十岁时，方有大成，这还是在他根骨不错的情况下，若换一个根骨平常之人，三十岁，顶多只能小成。而你所带来的十一个人，年纪至多只有二十余岁，身手武功却个个与闫重山相差无几，这就意味着，他们必须在五六岁之时就开始习武，且个个都是习武之才，王爷觉得，会有这么巧的事情吗？"

"就因为这个？"

"还有一事，逃出京城之时，我让你吩咐十七负责断后，他应该明白，这是一个必死之局，却没有丝毫害怕甚至犹豫，只有那种自幼被灌输为主子献出性命之人，方才能够做到。"

东方溯眸光幽幽地望着慕千雪："观事入微，又善于料敌先机，算无遗策，难怪他一定要置你于死地！"

慕千雪心中一搐，她自然知道这个"他"是指谁："我说对了？"

东方溯微一咬牙，凝声道："不错，十五他们是神机营的人。"

慕千雪唇角勾起一道细微的弧度："今日虽然过得艰难，但能够见到传说中的神机营，也算是意外之喜吧。"

东方溯眸光深沉如水："你……能否替我保守这个秘密？"

慕千雪敏锐察觉到他话中的问题："是否还有什么内情？"

东方溯点头："事实上，你是父皇驾崩之后第一个知道神机营在我手里的人。"

慕千雪细细咀嚼了一番，半晌愕然道："连周帝也不知道？"

"是，父皇临终之时，将神机营交予我指挥，并且要我发誓，不可让任何人知道神机营在我手中，连皇兄也不例外。"

慕千雪蹙眉道："承帝为何要这么做？"承帝是北周前一代皇帝驾崩后的谥号。

虽然外人对神机营知之甚少，但有一件事从来都是清楚的，那就是自北周立国以来，神机营从来都是当权者手中的一柄利剑，也只有当权者才有资格掌控。可承帝却将他交给了只是亲王的东方溯，而非他亲选的嫡子东方洄，实在太过奇怪。

“我也曾问过父皇，但他不肯说，只让我好生守着这个秘密，哪怕是对着母妃，也不得透露半个字。”说到此处，东方溯苦笑道，“不过父皇怎么也想不到，竟会被你一眼看穿。”

“我还需要你替我复仇，自会替你保守这个秘密，只恐怕，看穿你那些护卫身份的，并不止我一人。”

“不会。”东方溯太过迅速的回答令慕千雪心头浮起些许好奇：“为何如此肯定？”

“事实上，自两年前我接管神机营之后，除了十九之外，其余人连我都是第一次见，而十九也从未于人前显露过武功。”

慕千雪意外道：“你是说，在来西楚之前，从未动用过神机营？”

“父皇临终前一再告诫，非性命攸关之事，不得动用神机营。这两年来若非经常看到十九，我几乎要忘了神机营之事，直至前些日子，慕兄来向我求援。虽然皇兄答应我，会派江越出使西楚要人，但萧若傲既起兵灭了整个南昭，又怎肯放过你，哪怕他惧于北周之威，不敢明着得罪，也有大把的借口可以推托。”

“所以你调动了神机营？”

东方溯眼底掠过一抹隐晦到无法察觉的感情：“慕兄与我是莫逆之交，我不想他连唯一的至亲也失去。不过这一次真的很险，要不是你一早布局，利用江越将闫重山引开，我们这会儿恐怕已被天机卫与御林军重重包围，难以离开应天。”

一如闫重山所想的那样，不论是江越还是那个假扮的城门吏，皆是慕千雪所安排。

虽然东方溯带来的人都是百里挑一的好手，但要全身而退，还是太难了一些，故而除了十七断后之外，另外安排了几个人去见以使者身份来到应天的江越，让他在闫重山面前演一场戏。与此同时，另一人扮成城门吏，令闫重山误以为他们在马车上，从而放弃对孤山的包围，等闫重山意识到自己上当的时候，他们早就离开了孤山，逃之夭夭。同样，江越也早就离开了。

整个计策最难的地方，在于对闫重山心思精准的把握，只要当中稍有差错，无论他们还是江越，都会有性命之忧！

“你怎么知道闫重山一定会上当？”

慕千雪盯着跳跃的火光徐徐道：“三年前，我助萧若傲建立天机卫，第一个看中的人选就是闫重山，为了能够顺利将他揽入麾下，我让萧若傲派了数十人暗中观察他的言行举止，然后再一五一十回禀于我，好让我辨析出闫重山的性格喜好。此人贪好虚荣名位，性子孤傲多疑。正是因为对他心性了若指掌，方才能够一下子将他招入麾下。虽然时过境迁，但一个人的心性是不会轻易改变的，所以我料定他会上当；再者，除此之外，我们也没有更好的法子。”说到此处，她冷笑一声，“没能抓到我这个钦命逃犯，萧若傲可不会轻易放过他。”

东方溯点点头：“你若是累的话，再歇一会儿，离天亮还有好些时候。”

“还好。”如此说了一句，慕千雪忽道，“小心江越。”

东方溯两道英挺的眉毛皱在了一起：“何出此言？”据他所知，慕千雪从来没有见过江越，甚至在今日之前连“江越”二字都没听过，突然出此言语，实在令人诧异。

“在我们借着江越逃离应天城的同时，神机营也暴露在江越的眼皮子底下，他没猜出便罢，否则……一旦他告知周帝，你这个秘密可就瞒不住了。”

其实慕千雪还有另一重担心没有说出口，那就是她对于周帝的价值以及周帝能够给她的许诺。毕竟她并不清楚周帝的为人，若换了东方溯，她丝毫不用担心，只看他为慕临风一句话甘冒性命之险，并动用最神秘莫测的神机营赶来西楚救她，便可见一斑。可惜，他只是一个王爷。为今之计只有等到了北周，见过周帝之后再做打算。

“我知道了。”东方溯的额头冒出了细细的冷汗。虽然江越猜到的可能性不大，但确实不得不防。

望着东方溯眼底那抹后怕，慕千雪眸光略略柔和了一些，一个念头不自觉地飘过脑海，如果自己当年听从三哥之话，择选东方溯为夫婿，便不会有今日之祸，可惜……就算来日她灭掉西楚，复辟南昭，父皇母后他们也无法复生，此生终归要永远背负这个遗憾与后悔。

只是，她猜不出为何承帝驾崩之前，要将神机营交给东方溯，而非他亲自挑选的继位者，难道……

“咚咚咚！”叩门声打断了慕千雪的沉思，东方溯快步来到门边，剑微微出鞘，沉声道：“什么人？”

“王爷，江大人与十九来了。”听得这个声音，东方溯神色一松，打开了门，借着月光，果见江越二人站在门外。

看到东方溯安然无恙，赶了一夜急路的江越也是松了一口气：“王爷您没事就好。”

东方溯点点头，侧身让开：“进来再说。”

若闫重山在这里，一定会认出走在江越身后的十九，赫然就是自称被好赌父亲卖入青楼的那名女子。

十九一进来便站到东方溯身后，睁着黑白分明的杏眼打量慕千雪。

江越自问这三十余年，见惯了各色各样的女子，十九就是一个美人胚子，但在看到慕千雪时，呼吸仍是忍不住为之一窒。好一位绝色佳人，难怪当年无数王孙公子拜倒在其石榴裙下。可惜这位倾城佳人命途多舛，所托非人。

江越上前，拱手为礼：“北周鸿胪寺卿江越见过慕……璇玑公主。”他知趣地没有称其为慕皇后，对于慕千雪而言，此刻最想摆脱的，莫过于“西楚皇后”这个身份。

“不敢。”慕千雪撑起身子回了一礼，“倒是千雪要多谢江大人替我们解围，才使我们得以摆脱闫重山的追捕。”

“公主客气了，不过江某确实没想到……”他目光一转，落在东方溯身上，“王爷竟会来西楚，且闯入宫城之中，此事想必陛下并不知晓？”

东方溯负手淡然道：“本王回去之后，自会向皇兄请罪，所有事情皆由本王一人承担，不会连累江大人。”

既然东方溯主动担下这件事，江越也没什么好说的，转而将他们与闫重山的照面说了一遍，皆如慕千雪所料，没有任何意外。

当得知所有计策皆出自慕千雪一人之手时，江越眼底掠过一丝忌惮，一个鼎鼎有名的江湖高手，大机卫首座，却被一个手无缚鸡之力的弱女子玩弄于股掌之上。若非亲眼所见，实在难以相信。

江越不是蠢人，联想到萧若傲近几年的突飞猛进，甚至取太子而代之的事迹，隐约猜到了几分萧若傲宁愿得罪北周，也不肯交出慕千雪的原因。

只是，慕千雪这样绝顶聪明，当可助萧若傲一统中原，这么好的一枚棋子，为何刚一登基就要毁去，将之留在身边不是更好吗？

这一点，他百思不得其解。

“这会儿距离天亮还有差不多两个时辰，江大人赶了一夜路，必是累了，将就着在此地休息一会儿，等天亮之后，我们就取道北境回去。”

江越正要答应，慕千雪摇头道：“不，我们不走北境。”

江越一愣：“这是为何？”

慕千雪浅笑如冰：“萧若傲虽然不知道王爷身份，但闫重山一定会将江大人从中阻挠一事告知萧若傲，如此一来，他就会猜到王爷是北周之人。在这种情况下，江大人以为，萧若傲下一步会做什么？”

第五章　取道东境

听到此处，江越的眉头已是紧紧皱了起来："公主是说，楚帝会加强北境防守？"

"不错，就算我们几个有三头六臂也难挡千军万马，所以北境是万万去不得的。"

东方溯思忖片刻，沉声道："公主之意，可是从东境走？"

"不错，此处离齐国边境虽然远一些，但萧若傲不会想到我们舍近求远，故而防守会松懈许多，包括这一路上的追捕。只要进入齐国境内，萧若傲便奈何我们不得。"

"王爷以为如何？"其实江越心里已经认同了慕千雪的办法，但主事之人是东方溯，他才是最终的决定者。

"一切按公主所言，取道东境，经齐国回北周，明晨就出发。"他们可以一路逃到此处，皆是因为慕千雪处处料敌先机之故，相信这一次也不会错。

又商议了几句前往东境的路线后，众人各自坐下歇息。自进来开始，十九一直没有说过话，只是跟在东方溯身后，颇为乖巧。

东方溯侧目道："明日要赶一天的路，途中也不知会遇到什么样的事，趁这会儿还有时间，你且睡会儿。"

十九柳眉轻弯，露出一抹柔和的笑意："奴婢刚才在马车上打过盹了，一点儿都不困，倒是王爷这一路惊心动魄的，最是劳神不过，该多睡一会儿。"

这个时候，有人推门走了进来，却是夏月和十一回来了，夏月一进来就奔到慕千雪身前，从兜起的衣袖里取出一个金黄的枇杷，献宝道："公主您看，在离此地两三里远的地方，长着几棵野枇杷树呢，奴婢尝了一个，一点儿都不酸，您快尝尝，奴婢摘来好多呢！"

慕千雪抹着她脏兮兮的脸颊："不是有兔肉果腹吗？大半夜的还去摘枇杷做什么？

也不怕摔着。”

“奴婢打小就是在山里长大的，经常爬树摘果，才不怕呢，至于那些个兔肉，虽然能填饱肚子，但公主饮食素来精细清淡，这样的粗肉哪里能入口。”说着，她将果子塞到慕千雪手里催促她快吃。

“傻丫头，你以为还是以前吗？”慕千雪黯然一笑，“现在的我可没挑剔讲究的资格。”

“可是……”

“好了，我吃了兔肉，很饱了，这些枇杷好生收着，明日路上吃。”

“嗯。”见她坚持，夏月只得答应，在欲扶慕千雪歇下之时，十九忽地来到她们身前，弯腰便要去抱地上的干草。

夏月拦了她道：“你做什么？”

十九一边避开她的阻拦继续取着干草一边道：“地上凉，我拿一些干草给王爷垫着，以免着凉。”

见她未经同意就自说自取，夏月不悦道：“你把干草取走了，那公主怎么办？赶紧还我。”说着伸手去夺，十九脚下一转，令夏月落了个空。

“我只取一半，余下那些，足够她用了。”十九眸光在慕千雪身上一扫而过。

她越是态度强硬，夏月就越是不乐意：“不行，公主身子弱受不得凉，就这么点儿干草，我还嫌少了呢。”

一听这话，十九原来还算平和的脸色顿时沉了下来，旁边的慕千雪轻斥道：“不得无礼，还不快退下。”

夏月不敢违逆她的话，但又不甘就这么让十九拿走，正犹豫之时，耳边响起东方溯的声音：“十九，我用不惯这个东西，和衣躺一会儿就好。”

十九眉头一皱，回头道：“王爷……”

“回来吧，别妨碍其他人休息。”在东方溯的坚持下，十九放下手里的干草回到他身边，不过看向慕千雪二人的目光中带上了一丝微不可察的敌意。

夏月将干草拿回原处铺好，道：“公主，您快睡吧。”

慕千雪掩唇咳嗽一声，低声道：“你这丫头，以后不得如此无礼。”

“哪有，明明是她无礼在先。”看慕千雪盯着自己不说话，夏月明白她的意思，无奈道，“以后不会了。”

见其应允，慕千雪方才闭目躺下，夏月也随之蜷缩了身子睡在一旁，不一会儿便发出均匀的呼吸声。

在其他人先后坠入梦乡之时，江越悄无声息地睁开没有丝毫睡意的双眼，落在东方溯身上，久久不曾移开。

万象殿此时的气氛紧张到了极点，闫重山惶恐不安地跪在光可鉴人的金砖上，额上布满了密密麻麻的冷汗，头几乎已经垂到了胸口。

一双石青色宝蓝蛟龙出海纹样的千层底靴子在他身前大踏步来回走动，带起风声，不知过了多久，那双靴子猛地一顿，紧接着一脚踹在闫重山身上，将他踹翻在地，觉着不解气又踹了两脚："平日里总说怎样怎样厉害，这会儿却连一个女子也截不住，反而被她耍得团团转，朕留着你们还有什么用？！"

闫重山顾不得身上的疼痛，连忙重新跪好："陛下息怒，臣实在没想到她竟会与北周使者串通！"

"北周……"萧若傲眯了双眼，他之前一直奇怪，南昭明明已灭，何以会突然冒出那些个高手拼死闯入宫禁救慕千雪。如今看来，应该与北周有关，只是……周帝为何要如此大费周章来救一个亡国女，难不成……他察觉到了慕千雪的价值？所以一边假意派使者要人，另一边安排高手闯宫救人，并与使者里应外合，将慕千雪带出应天城！

萧若傲脸色变得异常阴沉，不行，绝对不可以让周帝得到慕千雪，否则后患无穷！

闫重山小心翼翼地抬头道："臣已经派人一路追踪，相信很快就能抓到那群逆犯，陛下不必太过担心。"

萧若傲冷冷地瞟了他一眼："抓不到又当如何，拿你的人头来偿吗？"

"陛下息怒。"闫重山脑子飞快地转着，"臣以为，既然已经知道救走慕氏的是北周之人，那么他们一定会往北而行。北境边界，除了雁门关之外，其余地方都是悬崖峭壁，所以他们此行必会经过雁门关，只要我们严加看守，定可以将他们一举擒获！"

回应他的是一连串冷笑："连你都能想到的事情，慕千雪会想不到？"

闫重山愣了一下，旋即道："就算她想到也无可奈何，除非……"

"她一定会去北周，但此去并非只有雁门关一条路。"闫重山身后传来一个阴冷的声音。

曹氏扶着宫女的手逶迤入内，缠在颈间的细纱白布与她那一身镂金百蝶穿花大红妆缎锦衣衫格格不入。

"见过贵妃娘娘。"在闫重山侧身行礼之时，萧若傲已是快步来到曹氏身边，低声关切道："不是让你早些歇着，为何不听朕的话？"

曹氏抚过颈间的纱布，眉眼间是刻骨的恨意："一想到慕千雪逃窜在外，臣妾哪里还睡得着！”

为了萧若傲的大业，她忍气吞声四年，好不容易可以一朝扬眉吐气，结果不仅让慕千雪逃了，自己还伤在她手上。太医说了，这一刀划得颇深，就算用最好的药，恐怕还是会留下疤痕。

萧若傲握着她的手腕：“你不必担心，就算她逃到天涯海角，朕也一定抓她回来。”

曹氏扫过尚跪在地上的闫重山，淡淡道：“陛下自是有心，可惜身边之人不能为陛下分忧。”

闫重山满脸通红，他当然知道曹氏是在说自己，低头道：“都怪臣大意，中了慕氏的奸计，娘娘放心，这一次，臣必死守雁门关，绝不让慕氏与一干从犯离开西楚。”

曹氏的目光如冰针一般刺在闫重山红意未退的脸上：“闫首座将本宫的话当耳边风吗？”

闫重山听她语气不善，连忙低头道：“臣不敢！”

“本宫刚才说得很清楚，去北周并不止雁门关一条路，你死守雁门关又有何用？！”

闫重山试探道：“娘娘是说，慕氏会冒险从悬崖峭壁走？虽说此番来救她的人个个身手不弱，但慕氏本身弱不禁风，怕是走不了这路。”

曹氏嗤笑一声：“闫首座这是认定北境了，难道东境不行吗？”

萧若傲心中也是同样的想法，徐徐道：“取道东境辗转自齐国回北周，比直接从北境走要安全隐蔽许多。以慕千雪的心思，不可能想不到这一点。”说着，他又蹙眉道，“只是东境与北境不同，那里是平原之地，除却城关之外，还有许多地方与齐国相连，想要在这么长的一条边境线上抓到他们几人，并非易事。”

曹氏眼波流转，唇角蕴藏着若有似无的笑意：“陛下，臣妾倒是想到一个法子。”

萧若傲目光一亮，问道：“是何法子？快说！”

“南昭皇室虽灭，但还有不少分封各地的宗亲活着，与皇室或多或少有些关系，只要陛下善加利用这些人，不愁抓不到慕千雪。”

曹氏虽说得语焉不详，但萧若傲与她青梅竹马，心意相通，又岂会不懂，细思片刻，颔首道：“这确是一个不错的法子。”

“可惜慕临风不在咱们手上，不然效果更好。”曹氏不无遗憾地说着。

萧若傲冷笑道：“有那些人也差不多了。”

细细吩咐了一遍后，萧若傲眸色阴寒道：“朕已经替你铺好了路，若再让慕千雪逃走，你脖子上这颗人头也不必继续留着了。”

闫重山忙道：“陛下放心，臣这次一定将慕氏与一干逆犯抓捕回京，交由陛下与贵妃娘娘发落！”

“如此就最好了，下去吧！”

听得这话，闫重山如逢大赦，赶紧躬身退下，直至踏出万象殿，方才敢直起身子。一阵夜风吹来，身上冒起无数细细的鸡皮疙瘩，直至这个时候，闫重山方才发现自己已是惊出了一身的冷汗，亵衣紧紧贴在身上。

伴君如伴虎，真是一点儿都没错。

在抹去额间的冷汗后，他迅速离开宫城，去办萧若傲吩咐下来的事情。

慕千雪一行天刚亮便立刻离开了破庙，往东行去，尽量寻人迹罕至的荒山野岭行走，倒是没怎么遇到追兵，还算太平。不过夏月与十九也不知是否八字不对，经常因为一点儿小事起争执，互看对方不顺眼。

这一路上，运气好的时候能够碰上一些猎户建在山中偶尔来住一阵的房子或者废弃的庙宇，但大部分时候只能露宿荒郊野外。万幸的是到了五月后，天气一日比一日暖和，露宿倒也不是太难熬。就是苦了慕千雪，虽然此刻已经远离了萧若傲的毒药，但四年不曾间断的下药，令她身子变得极为孱弱，偶尔受一点儿风寒就能咳上半天。每每露宿，即使身上盖了好几件衣裳，仍是整夜整夜地咳嗽。

东方溯怕她撑不住，几次想要去城镇找大夫，都被慕千雪给拦下了，不想为此冒险泄露了行踪。

“咳咳！”虽然慕千雪已经极力压低了咳嗽声，仍被坐在身后的东方溯听在耳中：“冷了？”

“没有，就是喉咙有些痒，不打紧。”话音未落，一件玄色镶边缎面披风已是覆在她身上：“这样会好一些。”

慕千雪哂然一笑，每回只要听到自己咳嗽，东方溯都会这么做，次次如此，从无例外。

“看来今夜又要露宿野外了，只是看这天色，怕是要下雨。”慕千雪望着前方蜿蜒不见尽头的山路，眉眼间有着挥之不去的疲惫。虽然有东方溯护着，但骑马对她来说，仍是一件极耗体力的事。

东方溯望了一眼阴沉沉的天空道：“这雨一时还下不来，且再往前走一阵，说不定能够找到落脚的地方。”

前行了三四里地后，倒真发现一座建在山边的小屋，应该也是猎户留下的，东西一应俱全，就是灰尘多了一些，看样子很久没人住了。

趁着十五他们收拾东西之时，夏月去寻找水源，没过多久，她捧着一片新鲜碧绿的荷叶走到站在树下的慕千雪面前，一捧清澈透明的溪水在荷叶中间滚动，煞是好看。

“这里有荷叶吗？”

夏月指着来的方向道：“有啊，此处过去一里多的地方有一条小溪，沿着溪水走大概五六十步，便可看到一个小小的池塘，里面长了不少荷花，花苞都长出来了，以前徐惠妃最喜欢荷花了，常常邀公主去九华池……”说到一半，夏月意识到不对，连忙止了嘴边的话，不安道，“奴婢不该说这些的。”

“无妨，若连面对过往的勇气都没有，我又有什么资格谈复仇。”慕千雪语气很淡，看不出她心里在想什么。

喝过清冽的溪水，慕千雪忽道：“我去池塘那边瞧瞧。”

“奴婢陪您去。”夏月话音未落，慕千雪已是摇头道：“我想独自走走，你帮他们去一起收拾屋子吧。”

沿着夏月所指的方向一路走去，果然没多久便听到溪水淙淙的声音，再走几步便看到一条宽约一丈有余的山溪潺潺而下，清澈见底的溪水中不时有鱼悠闲地摆尾游过。

在朝山溪上游走了数十步后，一个隐藏在半人高野草中的池塘出现在视线中，碧绿如玉的荷叶一片接着一片，将这个小小的池塘铺得满满当当。含苞待放的荷花亭亭玉立于荷叶之上，一点儿粉红自苞尖透出，犹如少女脸上的胭脂。

蜻蜓扇动透明的翅膀在花苞间飞舞，不时停在上面。慕千雪伸出苍白近乎透明的手指，很快便吸引了一只蜻蜓停伫，指尖传来一阵酥麻。

振臂令蜻蜓重新飞起后，慕千雪淡淡道：“出来吧。”

除了天上隐隐传来的闷雷声，四周并无其他声响，慕千雪敛袖回身，挑了黛眉道：“还不出来？”

这一次，茂密草丛传来“窸窣”的声音，紧接着一个人影穿过草丛出现在慕千雪视线中。

东方溯走出草丛，疑惑道：“你怎么知道我在后面？”

这一路他跟得极是小心，莫说慕千雪是一个不懂武功之人，就算是十五，也未必会发现。

慕千雪似笑非笑道：“我单独外出之时，你有哪一次不是悄悄跟在后面？”这件事她也是无意中发现的，一次外出归来，夏月随口说起东方溯刚才也有外出，就比她早回来半盏茶的工夫，也不知是去哪里。

她暗暗记在心中，之后又外出了几次，每次回来都会问夏月东方溯的行踪，而每一回夏月的回答都相同，只要她不在，东方溯必定也不在，且次次都是先她一步回来。一次尚可说是巧合，两次三次都如此的话，那就只有一种解释——东方溯每一次皆在暗中尾随于她。

东方溯没想到她竟会知道这个，一时大为尴尬，好一会儿才不自在道："我也是怕你遇到追兵，所以才冒昧跟随，公主不要误会。"

"我知道。"慕千雪打断他的话，紧接着屈膝道，"多谢你一路照拂。"

"公主是慕兄唯一的至亲，我照顾公主也是应该的，至于这个'谢'字，待来日我助公主复仇之后，再说不迟。"

一道银蛇在天空掠过，紧接着是一阵轰隆隆的闷雷声，黑云在天空中凝聚，大有风雨欲来之势。

"天色不对，我们还是回去吧。"

"再走两日，差不多就要到东境了，一旦进入齐国地界，回北周便指日可待，我与你说的事可有想好？"

"你是指江越？"

"不错，昨日我咳得睡不着，意外瞧见江越一直盯着十五他们，看他的眼神，怕是已经起疑了。他若能护着你自然万事无碍，否则你就要早做决断。"后面两个字，慕千雪刻意咬重了几分。

"我知道了。"东方溯神色虽有些沉重，却不曾犹豫。虽然他至今不明白父皇将神机营传给他的用意，但他很清楚一件事，那就是神机营的秘密绝对不能泄露出去。

在经过溪边时，东方溯停下脚步，盯着淙淙流淌的溪水，忽地拔出长剑用力刺向水中，提剑之时，一尾手掌长的黑鱼被牢牢钉在剑尖，任凭它怎么挣扎，都无法重新跃入水中，之后东方溯又连刺几下，每次都能刺到一条或大或小的鱼。

"想不到你还有这手抓鱼的本领。"慕千雪折来一片荷叶，将尚在跳动的鱼装入荷叶之中。

一滴接着一滴的雨水，落入小溪之中，泛起一圈圈的涟漪，无法再看清水下的游鱼，东方溯收剑回鞘："几年前，东凌犯境，我奉父皇之命领兵出征。这一仗，一打就是几个月，恰逢国库中粮食欠收，粮草一时供应不上，所幸我们与东凌界之间有一条河，在皇兄运送的粮草到来之前，就靠这河中的鱼充饥，一阵子下来，别的没学会，这捕鱼的本领倒是见长。"说着，他笑一笑，"这些日子吃的不是野果就是兔肉、鹿肉这一类，想必你也腻了，今儿个正好可以换换口味，煲鱼汤喝。”

慕千雪哂然一笑：“如此说来，我岂不是又要谢谢你？”

“我说过，来日再谢不迟。”说话间，暗沉的天空再次响起闷雷声，东方溯一手接过荷叶，撑在慕千雪头顶，替她挡着越来越多的雨滴，“雨要下大了，赶紧走吧！”

二人一路急奔，总算赶在雨下大之前回到了落脚的地方，十九等人正在屋檐下焦急地张望，看到东方溯回来，十九当即替他掸着身上的雨水：“王爷，您去哪里了，让奴婢好生担心，万一遇到西楚追兵可如何是好？”

“之前听夏月说有一个长满荷花的池塘，便与公主过去瞧瞧，也是我之前没说清楚，让你担心了。”东方溯抹了把脸上的雨水，将一直攥在手里的荷叶交给十九，“我抓了几条鱼回来，你去洗洗，然后煲成汤。”

“嗯。”十九乖巧地接过鱼，“屋里生了火，王爷您进去烤一烤吧，别让这湿气渗进体内。”直至提鱼离去，她都不曾看过慕千雪一眼。

夏月冲着十九离去的背影扮了个鬼脸，慕千雪瞧见她这个举动，好笑地叩了一下她光洁的额头：“你这丫头，可是又与十九起争执了？”

夏月皱着小巧的鼻子道：“奴婢才没有呢，是她太过分了，找不到王爷就将事情推到公主身上，非说是公主拐走了王爷，还说如果王爷有什么事情，定不会放过我们，奴婢一时气不过，就与她争执了几句。”

东方溯就在一旁，自然也听到了夏月这番话，不禁道：“让夏月姑娘受委屈了，本王会好生训诫十九，定不会再有下一次。”

夏月正要说话，被慕千雪打断：“十九姑娘也是因为关心王爷，才会一时胡言失了分寸，并非心存恶意，王爷若为此斥责于她，岂不令人寒心，还请王爷看在千雪的薄面上，就此算了吧。”

东方溯盯了她片刻，道：“既然公主替她求情，那就依公主之意。”

在扶慕千雪入内烤火之时，夏月嘟囔道：“公主，您好端端的干吗帮她求情，要奴婢说，王爷狠狠训斥她一顿才对，这一路上她可没少给咱们脸色看。”

“十九毕竟是王爷的人，你让王爷去训斥她，岂不让王爷为难吗？”

夏月噘着嘴道：“可她真的很惹人讨厌，也不知王爷为什么要带一个侍女来西楚，也不嫌麻烦。”

“王爷这么做，自有他的用意。”慕千雪透过厨房的帘缝，看了一眼在里面忙活的十九，“倒是你，以后少与十九争执。”

夏月委屈道：“明明每次都是她不对在先，公主怎么反倒怪起奴婢来。”

慕千雪抚一抚她因为连日奔波而毛糙的发丝："这是为了你好。"

夏月不知道，但慕千雪却是很清楚，十九表面上是东方溯的侍女，其实是神机营的人，否则东方溯也不会将之带在身边。在十九那副柔弱乖巧的外表下，隐藏着狠厉卓绝的身手。

神机营的人自小与世隔绝，在他们的意识里，根本没有是非对错之分，除了主子之外，任何人皆可杀，甚至包括身边的同伴。

一旦十九被激起了杀心，夏月会很危险。

"为奴婢好？"夏月眨着黑白分明的眼睛，眼中尽是不解之色。

"不要多问，总之记住我的话。"见慕千雪不愿多说，夏月只得点头答应，在心里思索着她的话。

鱼汤很快就炖好了，十九舀了一碗雪白色的鱼汤递给东方溯。东方溯却摇头道："先拿去给公主。"

"是。"十九虽不情愿，仍是依言来到慕千雪面前，"随便做的，也不知合不合公主的胃口。"

慕千雪接过汤碗，轻笑道："十九姑娘精通厨艺，这鱼汤必定美味得很，又岂会不合胃口。"

十九眸底微闪："这一路过来，我并不曾做过什么菜，公主怎知我厨艺甚好？"一直以来，她只在东方溯一人面前自称"奴婢"。

慕千雪抿了一口雪白浓稠的鱼汤，温言道："行家一出手，便知有没有。看十九姑娘的动作，便知是深谙厨艺之人，这汤……很好喝。"

"公主既是喜欢，就多喝一些。"这般说了一句，十九重新进厨房盛了一碗给东方溯。

雨整整下了一夜，夜空中银蛇飞舞，惊雷阵阵，好不吓人。亏得有这么一个遮风挡雨的地方，否则这样淋上一夜的雨，莫说是身子虚弱的慕千雪，就连夏月与江越，怕是也得受凉生病。

夜半时分，蜷缩着身子睡在东方溯脚边的十九在黑暗中睁开双眼，默默地盯着与夏月一道睡在另一头的慕千雪，那双幽黑眼眸中闪动着异常复杂的光芒。

良久，十九收回目光，忽地背脊升起一阵凉意，有人在监视她。

他们这些自幼入神机营受训之人，除了练就一身好武艺之外，五官六识都会比寻常人灵敏一些。

是谁？难道是慕千雪发现了自己？

长睫微颤，不着痕迹地往慕千雪看去，借着一闪而逝的银蛇光亮，十九清楚地瞧见慕千雪与夏月都沉沉睡着，并没有睁眼的痕迹，这么说来，不是她。

那会是谁呢？

王爷与十五他们肯定不会，如此说来，只剩下一个人……

清晨起来，雨倒是停了，但这山路下过雨之后，泥泞难行，前进的速度比前两日慢了一半都不止。所幸此处已临近齐国边境，再加上这一路都不曾见追兵的踪迹，倒也不太着急，徐徐赶着路。

这般又走了两日，终于在第三天晌午时分走出了那片山林，来到两国交境之处。

与北境的高山峻岭相反，西楚与齐国的交界处是一片平原。原本居住着上百户人家，这十几年来，西楚与齐国边境一直相安无事，不曾起过战乱，令百姓得以安居乐业，繁衍生息，这会儿已经扩至两百余户，不时可见担着木柴的樵夫以及一些刚刚耕完地回来的农夫。

慕千雪姿容太过出众，一旦展露于人前，在这个小村子里很容易引起轰动，故而在离开荒无人迹的山林前，她蒙了一块轻纱在脸上。

十九用一些碎银子从一户人家那里换来一些馒头，正在各自分吃之时，一名中年汉子快步从他们身边走过，没走出多远，便被一名刚从山上走下来的樵夫拦住。

"牛哥这是去哪儿啊？"

"听说村长抓到一群犯人，我打算过去瞧瞧。"

"犯人？怎么着，咱们村有人犯事了吗？"

牛哥神秘兮兮道："不关咱们村的事，听说是从南边抓来的犯人，足有十几个人呢。"

"南边？"樵夫拧着眉头道，"难道是南昭？"

"可不就是，听说还是南昭皇族宗室之人，虽然之前因为不在都城得以逃过一死，但还是被抓住了，在官兵押解经过咱们村时，他们耍奸逃走，打算经此逃入齐国，亏得村长熟悉咱们村里大大小小的路，帮着官兵赶在他们逃入齐国境内之前抓到。嘿嘿，这次捉拿犯人有功，说不定陛下一高兴，会恩赏咱们村呢，到时候可就发达了。"

"还真有这个可能。"樵夫笑着应了一声，不解道，"话说回来，陛下无端端的为何要灭南昭？咱们的皇后娘娘还是南昭公主呢，这南昭一灭，皇后可怎么办？"此处远离应天，慕千雪被通缉的消息尚未传至此处。

牛哥挠一挠脑袋："谁知道呢，这种事也轮不到咱们费心。"说着，他催促道，"你去不去，不去的话我可走了啊。"

“当然去，我活了三十几年，可还没见过南昭人呢，怎么着也得开开眼界，走！”远去的二人并不知道，他们口中的“皇后娘娘”，此刻就在身后不远处。

东方溯担忧地望了望慕千雪，虽然白纱遮住了面容，令他无法看清慕千雪此刻的神情，但手里被她攥得不成样子的馒头足以说明，她此刻的心情绝不平静。

暗叹了一口气，东方溯唤过一个灰衣人：“十五，你去打听一下，究竟是怎么一回事。”

夏月恨恨道：“陛下实在太过分了，他还真打算赶尽杀绝，一个都不留吗？！”

慕千雪松开手，任由馒头掉在泥地上，阴冷似冰的声音自面纱后传来：“他本就是这样的人，你还指望他来讲情义道德吗？”

夏月默然无语，也就公主心智坚强，方才能够一直撑到现在，若换了她，一夕之间遭此巨变，怕是早就疯了。

有时候想想，疯癫未必不是一件好事，至少从此不会再知道“悲伤”为何物，浑浑噩噩活在自己的世界里。

等了小半个时辰，奉东方溯之命前去村中打听的十五出现在视线中，禀道：“王爷，昨日确有一队押送十余名南昭囚犯的官兵经过此处，因一时大意被那些犯人逃走，他们本想逃入齐国，结果被此处的村长带人抓了回来，此刻被押在祠堂门口示众，应该很快就会押送回应天。”

东方溯思忖半晌：“可有打听到负责押送的官兵情况？”

“打听到了，大约只有百余人，领头者是一名副千户，具体实力如何因属下未曾见过，不好妄加判断。”

慕千雪突然插话问道：“只是一名副千户？”

十五不知她此话之意，如实道：“是，应该还有两名百夫长跟随左右。”

“我知道了。”说完这几个字，慕千雪不再言语，异常冷静的神情令人看不出她的心思。

东方溯看了她一眼，起身指了十九几人道：“你们在此好生守护公主与江大人，其他人随我去祠堂瞧瞧。”

“王爷！”十九拦住东方溯的去路。

“还有事情？”

十九点了点头却不说话，东方溯明白她的意思，抬步来到离慕千雪她们十余步的地方：“说吧。”

十九仰头盯着他明亮的双眼：“王爷此去，可是打算救那些南昭囚犯？”

"慕氏一族，素来以仁义治国，从不苛待百姓侵占他国，不应遭此亡国灭族之祸。"这话等于是间接承认了十九的推断。

十九摇头道："这场大祸是南昭自己招来的，当由他们自己吞下苦果，王爷收留庄亲王，冒险潜入西楚救出璇玑公主已是仁至义尽，没有人可以说王爷半分不是。我们好不容易才来到此处，只要踏入齐国地界就算安全了，可一旦去救那些人，就会泄露行踪。王爷莫要忘了，距此十数里处就有西楚军队驻扎，一旦惊动他们，就会招来成千上万的追兵，到时候就算奴婢与十五他们拼尽一死，只怕也难护王爷平安，还望王爷三思。"十九娓娓劝说，仔细分析其中利弊关系，希望可以改变东方溯的心思。

待得经过身侧的农户走远后，东方溯道："依你之意，是要本王眼睁睁看着他们死？若慕兄问起，本王该如何答他？"

"不是奴婢冷血无情，实在是这事没法管，相信庄亲王也会体谅王爷的难处。"顿一顿，她又道，"若王爷实在不忍，待得回金陵后，可以恳请陛下发国书向楚帝要人。"

"且不说皇兄会否答应，就算当真发了国书，萧若傲也不会放人，公主就是最好的例子！"

十九现在最反感的就是慕千雪，只是当着东方溯的面不好发作，只能耐着性子道："若真如此，就是他们命中该绝。"

东方溯替十九拂去落在肩上的柳絮，摇头道："或许你说得没错，但我与慕兄是生死之交，他的族人就是我的族人，不管怎样，我都要试一试。放心吧，当年与东凌交战，千军万马之间都活了下来，这些小事，要不了本王的性命。"

"王爷！"十九没想到自己说了这么多，东方溯竟然还是要去救那些人。

"好了，我心意已定，不必多言。"说完这句话，东方溯转身离去。

凝望着他离去的身影，十九脱口道："王爷这么做，究竟是因为庄亲王还是因为璇玑公主？"

东方溯身形猛地一顿，回身直视着她："你说什么？"

"四年前，王爷千里迢迢赶往南昭求亲，结果被璇玑公主所拒。这四年来，陛下与太后几次为您指亲，都被您给拒绝了，一直孑然一人，令朝中流言四起，说您有暗疾。更有甚者说王爷您有……龙阳之好，污秽不堪入耳。"十九虽出身神机营，毕竟是未出嫁的女子，说这话时，脸庞微微发烧。

东方溯淡淡道："他们愿意怎么传，是他们的事情，无须理会。"

"是，因为王爷您并非不想成亲，只是一直都放不下璇玑公主！"在说这句话时，十九双眸浮起一层轻薄到几乎看不见的雾气。

东方溯眉心一蹙，沉眸道："不得胡言！"

"奴婢没有胡言，就算没有庄亲王之托，您也会拼死来救她。"说到此处，十九语重心长道，"王爷，您为她做的事已经够多了。若不是您，她这会儿早已经死在萧若傲刀下，又何必再冒险去救她的族人。"

"说完了吗？"东方溯直视于她，漠然道，"说完了就回去，同样的话，本王不想再听第二次！"

"可是……"

刚说了两个字，冰冷的声音已是当头兜来："若你不愿留下，本王允你现在就回北周。"

这一次，十九没有再言语，她清楚东方溯言出必行的心性，只要自己再多说一个字，就会立刻被赶回北周，不能继续留在他身边。

自两年前，神机营归东方溯指挥之后，她就一直以侍女的身份跟随左右。东方溯看似铁血无情，其实外冷内热，两年来从未重斥于她，更不要说是赶她离开了，现在却因为一个慕千雪，完全变了。

第六章　无情杀戮

慕千雪，说穿了也不过是空有一张美丽表皮的肤浅女子罢了，何德何能令王爷这般舍生忘死地护着她！

十九死死攥着双手，连指甲断在掌中也未有所觉，十五见她一直站着不动，过来道："怎么了，为何脸色如此难看？"

"没什么！"扔下这三个字，十九脸色阴沉地走到东方溯身边，不由分说道，"奴婢随王爷一起去！"

"你……"

"奴婢是王爷的侍女，自是王爷去哪里，奴婢就去哪里。"既然改变不了东方溯的心意，那么至少陪在他左右，这是十九的底线。

"随你吧。"东方溯有些无奈地应了一声，十九是整个神机营里唯一的女子，难免怜惜一些。

在重新指了一人留下后，东方溯深深看了慕千雪一眼，对十五道："若一个时辰后还不见我们回来，你等立刻护卫公主与江大人去齐国，切不可耽搁，我自会去齐国与你们会合。"

十五一向平静的眼眸因为这句话泛起一丝涟漪，很快又归于平静，拱手道："属下遵命。"

在东方溯将要离去之时，一直不曾说过话的慕千雪忽道："且慢。"

这一声来得突兀，东方溯愣了一下方才反应过来："公主可是还有什么吩咐？"

慕千雪欠一欠身，婉转轻灵的声音随着白纱的飘动徐徐响起："虽然千雪也很想救出族人，但恐怕事情没那么简单。"

东方溯不解道："公主何出此言？"

在他们言语议论之时，离祠堂不远处的一间青瓦红砖大屋里，一名玄衣劲装的中年男子正闭目坐在太师椅中，屈指叩着扶手，"笃笃"的声音一下又一下，在这间寂静的屋里回落着。阳光透过薄薄的窗纸映在他半边脸庞上，使得他的脸看起来一边白一边暗，犹如阴阳脸。

随着开门的声音，一名蓝衣束软银腰带的男子走了进来，恭敬道："启禀大人，一切已经安排妥当，如今整座村子差不多都在传这件事。"

"好！"座中男子停下叩指的动作，缓缓睁开双目，射出幽冷寒光，"现在我们要做的，就是等他们自投罗网。"此人不是别人，正是奉萧若傲之命全力缉拿慕千雪的闫重山，那些南昭宗室之人，正是他拿来诱捕慕千雪的饵。

男子瞅着他的脸色，犹豫道："大人，那干逆犯真会经此入齐国吗？万一他们是从北境走的，那咱们岂非白忙活一场？"

闫重山冷笑道："从北境走？那与自投罗网有何区别，相较之下东境可要安全多了，要换了是本座，同样会做此选择。"说着，他神色一冷，沉声道，"记着，在那群逆犯出现之前，千万不要暴露了行踪，否则本座拧下你们的脑袋！"

"大人放心，卑职等人皆隐蔽了行踪，不会有人发现。"

这次为了抓到慕千雪，萧若傲可算是下足了本钱，不仅整个天机卫调了过来，还从驻扎于附近的军营之中抽调了一千精兵供闫重山指挥。甚至还下了一道旨，若有必要，闫重山随时可以调动一万以下的军队。

不论是萧若傲还是闫重山都很清楚，这是他们最后的机会，一旦慕千雪越过边境进入齐国地界，想要再抓住她，可就千难万难了。

闫重山"嗯"了一声："让那个徐大江来见本座。"

徐大江是本村的村长，也是唯一一个知晓闫重山他们存在的人，其他村民都被蒙在鼓里，以为押送南昭囚犯的只是一群普通官兵。

徐大江一进来，就挤了讨好的笑容在那张白胖的脸上："小人见过首座大人，大人万福。"

闫重山扫了他一眼，凉声道："可有按本座交你的话传出去？"

"首座大人只管放心，从昨儿开始，小人照着您的话一字不落地传下去了，这会儿整个村子都在传南昭囚犯的事情，保证街知巷闻。"

"很好。"闫重山满意道，"只要抓到逆犯，少不了你的好处。"

"多谢首座大人！"徐大江再三揖首后忍不住心中好奇，试探道，"恕小人多嘴问一句，逆犯究竟是何许人，要劳您亲赴这边境之地？”

闫重山一言不发地盯着徐大江，后者被他盯得心里发毛，隐约意识到自己问了一个不该问的问题，无奈说出去的话犹如泼出去的水，想再收回是不可能的事了，只能站在那里干笑，苍白的额间蒙了一层细细的汗水。

许久，闫重山不紧不慢道：“徐村长，你可知什么样的人最短命吗？”

“小人……小人不知。”徐大江哆嗦着回答，脸色由白转青，笑容也挂不住了。

闫重山缓缓站起身，走到徐大江身前，声音异常温和：“知道得越多，这命啊，就越短。”

徐大江双腿不断打着哆嗦，他有一个堂兄在京城当个小官，京城的事情，多少听过一些，深知天机卫不是什么善茬，尤其是面前这位首座大人，生杀予夺，皆在他一念之间。

他越想越怕，赶紧屈膝跪下，用力掴着自己脸颊：“小人该死，整日胡言乱语，求您大人有大量，不要与小人一般见识。”

见闫重山不出声，徐大江越发害怕，双手也掴得越发用力，没几下这脸就红得跟煮熟的螃蟹似的，又好笑又可怜。

直至徐大江嘴角都掴出了血，闫重山方才慢悠悠道：“行了，本座又没说怪你，起来吧。”

徐大江知道他是在耍自己，却不敢有半丝不满，迭声道谢之后，小心翼翼地起了身。

“该你知道的，本座一定会告诉你。反之，多问无益，明白吗？”

徐大江迭声道：“小人明白，小人保证不会再有下一次。”

“行了，出去吧，若见到非你们本村的人出现，立刻来告知本座。”说着，他又叮嘱道，“记着，千万不要打草惊蛇，否则……你这脖子上的人头可就要不稳了。”

“小人一定仔细小心，绝不会坏了大人抓捕逆犯的要事。”徐大江连声答应后，弓着身子退下，就在快要踏出门槛之时，耳边突然又传来闫重山的话，“若有人问起你这脸上的红肿，该如何回答？”

徐大江倒也机灵，当即道：“小人刚才一时大意，没瞧着路，不小心跌倒撞了石头。”

“很好，去吧。”听到这四个字，徐大江松了一口气，赶紧退出屋子，一刻都不想多待。

闫重山眯眼望着重新关起的屋门，不知在想什么。过了片刻，他目光一转，落在旁边的天机卫身上，徐徐道：“你去替本座办一件事。”

除了一年一次的大祭之外，祠堂从未像今日一般热闹过，上百名村民挨个站在祠堂前，用好奇的目光打量着祠堂门口那十几个人，他们被一根长绳像绑蚱蜢一样一连串绑在一起。

这些人有男有女，年长的发须已是花白，最年幼的是一个只有三四岁的小女孩，紧紧依偎在一个约莫七八岁的女孩子身边，虽然脸上到处是脏污，依旧能够看出眉眼之间样貌颇为相似，应该是两姐妹。

这些就是从南昭各地抓回来的慕氏族人，为了赶在慕千雪之前将这些人带到此处，闫重山等人也是拼了命，日行千里的宝马就跑死了七八匹，其中动用的人力物力就更不必说了。

“姐姐，我怕。”妹妹瞅着越聚越多的人群，黑白分明的大眼睛里充满了恐惧。

“绣儿不怕，虽然爹和娘都不在了，但还有姐姐，姐姐会保护你的。”姐姐百宁虽心里害怕得紧，面上还是镇定地安慰着受惊的妹妹，现在她是绣儿全部的依靠。

徐大江抚着刺痛的脸颊站到一处地势较高的地方，这里可以清楚看到祠堂前站着的每一个人。他当村长足足有十二年，别说是人了，村里的牛羊猪狗他都认得一清二楚，只要任何一个非本村的人出现在这里，必然逃不出他的法眼。

一个二十岁左右的精瘦汉子留意到徐大江红肿的脸颊，走过来好奇道：“舅舅，你这脸怎么了，跟我哥前些天被马蜂叮了一样，不过你这样子，怕是得好几只马蜂一起叮才成。”

徐大江皮笑肉不笑道：“胆肥了是不是，连舅舅也敢开玩笑，信不信我把你扔下河去？”

一听这话，那个叫石头的汉子连忙道：“别别别，我这不是关心舅舅嘛。”

徐大江冷哼一声，没好气道：“刚才不小心摔了一跤，被跟你一样又臭又硬的石头磕了下脸。”

“哦。”石头虽然不太相信这话，但也不敢多问，指着被绑成一串的人群道，“舅舅，你说这人抓都抓了，为什么还要让他们站在这里，直接关起来不好吗？”

“那些官爷的心思，哪是你我能够猜透的，总之他们让咱怎么做，咱照着做就是了，千万别惹他们不高兴，知道吗？”

“这话舅舅已经说过好多次了，外甥我就算睡着了也不会忘记。”听得这话，徐大江放下心来，见他要走，忙招手道，“先别走，帮舅瞧瞧这些人里面有没有不是咱村的人，我瞧得眼都花了。”

石头疑惑道："无端端的为什么要看这个，难不成又有齐国奸细混进来了？"以前曾发生过齐国奸细混进村子里的事，所以一听到非本村之人，立刻就往这边想。

天机卫一事，徐大江不好与他说，只得顺了话道："是，所以你帮着我一起盯着。另外，可千万别说出去，要是打草惊蛇，我不饶你。"他学闫重山的样子说着。

"得令。"石头半开玩笑地应了一句，随即与徐大江一起睁大了眼睛在不断聚集的村民中寻找面生之人。

二人直至眼睛瞪酸了，也没找到面生之人，反而是来了一队官兵，走在最前面的是一个面目阴郁的武将。

徐大江认得他，正是此次押送南昭囚犯表面上的领兵人——副千户沈刚，他忙拉着石头迎上去，讨好道："千户大人，您怎么来了？"

沈刚拿眼角余光瞟了他一眼，淡淡道："怎么着，本千户不能来吗？"他最讨厌那个"副"字，故而出行在外，一律以"千户"自称，之前石头一时口快，称了一声副千户，可没少吃苦头。

"小人不是这意思，就是想着千户大人您有什么事情，吩咐一声就是了，何必劳驾您亲自过来。"徐大江并不在意他的轻蔑，事实上，在这些人眼中，自己确实只是一个微不足道的小人物罢了。杀了他，就跟踩死一只蚂蚁一样。

沈刚嗤笑一声，在徐大江还忙着揣测自己的回答是否妥当的时候，他已经大步走到那群犯人身前，扫视了一番后，对随他同来的士兵道："去，把他们全部吊起来。"

这祠堂门口，恰好有一排杆子，虽说用来吊十几个人勉强了一些，但还撑得住，那些士兵动作很麻利，不一会儿就吊得差不多了，只剩下两个孩子。

"不要，我不要绑上去，姐姐我不要！"绣儿哭哭啼啼地躲在姐姐身后，说什么也不肯被绑上去。

一个月前，她还是宗族之中备受宠爱的小姐。一转眼又是被抓，又是被绑，受尽了她这个年纪不该承受的痛苦，能够撑到现在，已是很不容易了。

"绣儿她还小，受不了这样的苦，求你们发发慈悲，不要绑她，我保证她会乖乖待在这里，绝对不会跑的。"百宁张开瘦弱的双臂，像只小母鸡一样护着幼小的绣儿，见士兵不为所动，她拉着绣儿跪了下去，不断磕头哀求。

那些个士兵瞧着实在可怜，犹豫地看着沈刚："大人，要不然……"

"要不然什么？"沈刚阴恻恻打断他的话，"你代替她吊上去是吗？"

见沈刚没有网开一面的意思，士兵们只得硬起心肠，强行抱开姐姐，在绣儿尖厉的哭喊中，将她们二人分别吊了上去。

绣儿被悬在半空中，脚无着落，吓得小脸惨白，不停地哭嚷着，任凭吊在一旁的姐姐如何哄劝都无济于事。

沈刚听得心烦，命士兵取来鞭子，狠狠抽在绣儿身上，骂道："给老子闭嘴！"本就破破烂烂的衣裳当即被抽破了，露出一道殷红的血痕。

绣儿只有三四岁，突然剧痛的第一个反应自然就是哭嚷，换来的是沈刚更加用力的几鞭子，百宁想要过去挡鞭子，无奈她被吊在空中，只能拼命哀求沈刚放过绣儿，另外那些南昭族人也帮着一道求情，可惜沈刚根本不为所动。

闫重山之所以挑他来此处埋伏抓人，就是看中其阴冷狠毒的性子，不会有妇人之仁。

后来还是一个跟了沈刚好多年的士兵好说歹说方才劝住了他，在沈刚放下鞭子的时候，绣儿已经痛得哭不出声了，小脸青得吓人，所幸还活着，这于她来说，已算是万幸了。

徐大江早已被这阵仗给吓傻了，他虽自幼在边境长大，但西楚与齐国数十年未动干戈，至于再往前推，倒是有战争，但两军交战之前，守军就会将他们迁入城池之中，等一切结束后再搬出来，所以村民们几乎没有见过什么血腥。

在激灵灵回过神来后，徐大江咽了口唾沫，小心翼翼道："大人，您……您把他们吊起来做什么？这万一……"他压低了声音，"首座大人问起，可怎么办？"

沈刚阴阴一笑，低声道："不妨告诉你，这件事就是首座大人安排的，只有他们越惨，那群逆犯才越有可能露出行踪！"说着，他面容一冷，"还不赶紧过去盯着，要是让逆犯逃走，这挺好的一个脑袋，可就要保不住了。"

徐大江被他说得脖子凉飕飕的，赶紧回到那个高台，与石头一起盯着人群，盯得眼睛都酸了，但别说，他还真有发现！

徐大江很肯定，站在人群后面的一男一女，绝对不是本村之人，他们就是闫重山要找的逆犯！

他让同样瞧见那两个人的石头好生盯着，自己极力压抑着激动，来到沈刚身边，小声道："大人，发现逆犯了！"

沈刚是一个极为沉得住气之人，压下张望的冲动，不动声色道："在哪里？"

徐大江朝西南方向努一努嘴："就在那边，一男一女。"

沈刚从应天过来，自是清楚闫重山要找的是什么人，当即唤过一人耳语几句，后者应了一声，迅速离去。

沈刚冷声吩咐道："在首座大人赶到之前，给我盯紧了，千万别让他们逃走，否则唯你是问！”

对此，徐大江自是满口答应：“千户大人放心，小人已经让石头死死盯着他们了，保准跑不了，要不然小人再去盯着？”

一得沈刚点头，他赶紧就回了原来的地方，与石头一起盯着，这可关系到身家性命，说什么也不敢马虎。

在他们二人的盯梢下，那一男一女似乎有所察觉，往这边看了一眼后，悄悄往后退去，显然是打算离开。

徐大江一边让石头跟上去，一边再次来到沈刚身畔，焦急道：“千户大人，他们好像发现咱们了，这会儿正准备走呢，您看这……该怎么办？”

“没用的东西！”沈刚狠狠瞪了他一眼，挥手将此刻在祠堂的士兵召集到自己身边，带着他们往西南方向行去，穿过人群后，瞧见石头手足无措站在那里，至于徐大江口中的一男一女已是不见了踪影。

沈刚面色阴沉地盯了石头：“他们人呢？”

石头慌乱道：“小人……小人不知道，刚才明明还在的，就转个头的工夫，人突然不见了，也不知去了哪里！”

“我不是千叮咛万嘱咐，叫你一定要盯牢他们嘛，你当我的话是耳旁风不成？”徐大江气得直敲他脑袋，心里怕得不得了，他是整个村子里唯一知道此事真相的人，闫重山若是怪罪下来……他简直不敢想象。

石头被敲得抱头鼠窜，满脸委屈道：“这不能怪我啊，谁叫他们跟个耗子似的跑那么快！”

“你还有脸说！”在用力踹了石头一脚后，徐大江转头赔笑道，“这么一会儿工夫，他们跑不远，小人现在就让人封锁村子，挨家挨户查，一定能够找到他们！”

沈刚目光阴沉道：“徐大江，你最好祈祷能够抓住那群逆犯，否则……”他冷笑一声，没有继续说下去，但就这么半句话，已经让徐大江手脚发抖，冷汗直冒。

很快，徐大江的话传遍了这座两百余户的村庄，村民虽不知发生了什么事，但见徐大江说得郑重其事，依言在村中搜寻那一男一女。

祠堂里，石头见徐大江急得犹如热锅上的蚂蚁，摸着尚有些痛的脑袋道：“舅舅，不就是两名奸细嘛，那么紧张做什么，以前又不是没有过。”

“你知道个屁！”徐大江瞪了他一眼，四下瞅了一下，见没人注意到他们，方才压低了声音道，“要是让他们跑了，我跟你都要人头落地！”

石头被吓了一跳，结结巴巴道：“人头……落地？舅舅，我胆小，你……你可别吓我。”

“我自己都一个头两个大了，哪有心思吓你。”

“那两个……究竟是什么……人？”石头不自觉地摸着脖子，总觉得后面似乎有把刀架着，凉得瘆人。

徐大江看到他这个样子，没好气道：“现在知道怕了，刚才让你盯紧的时候怎么就不听？”

“我这不是……”

徐大江打断道：“行了行了，你别跟我说了，有这空闲赶紧去找人，赶紧去！”在连推带搡地把石头赶出祠堂后，徐大江紧张地来回踱步，不时张望门口，度日如年。

在受了大半个时辰的煎熬后，终于有一个村民奔了进来，徐大江一把抓住他，满怀期待道：“可是找到了？”

这村民用力点头：“是，我们在西南方向的曲连山脚下发现了您说的一男一女，按您的吩咐，让人远远跟着，保准丢不了。”

“那就好！那就好！”徐大江一颗心总算落了地，在吩咐加派人手盯梢后，急急去了祠堂旁边的青瓦大屋，将这个消息告知闫重山。

得知有了慕千雪的消息，闫重山当即拍案而起：“传本座命令，集结所有天机卫与士兵，随本座去曲连山抓捕逆犯。”

沈刚就在一旁，略略迟疑道：“首座大人，只是抓捕几名逆犯罢了，所有人都去，会否太多了一些？”

闫重山冷笑道：“你以为慕千雪是那么好抓的吗？要真是这样，当初本座也不会让她逃出应天了。此女阴诡善计，狡诈如狐，谁若小瞧了她，吃亏的就是自己。就这一千多人，本座还嫌少呢。”

见他这么说，沈刚不再多言，点齐一千名士兵，随闫重山一道前往曲连山。

“首座大人您看，就在前面了。”徐大江指着前面一座郁郁葱葱的山林说着。

闫重山打量了一眼，冷声道：“她倒是聪明，知道山林茂密，不易搜寻。”

徐大江一边小步跑着一边讨好道：“可惜再狡猾的狐狸也逃不出猎人的掌心。”

“同样的好运，不会有第二次。”在闫重山说话之时，他们已是到了曲连山脚下，不过并没有见到慕千雪人影，只有一名村民等在那里，瞧见这么大的阵仗，吓得说不出话来，直至徐大江问了几遍，方才回过神来，指着曲连山道：“他们从这条路逃进山里去了，二虎几个跟了进去，这山里最多的就是苍耳，他们会沿路扔下，只要看着苍耳就能够跟上他们。”

所谓苍耳，是一种长在山上的矮木，果子有倒刺，但凡有人经过，那些倒刺就会钩住衣裳，此物有治疗风寒头痛、风湿痹痛的功效，但也有小毒。

曲连山并不高，大约只有十来丈的高度，且地势平缓，攀登起来并不会太过费力。

徐大江一路沿着扔下的苍耳果实来到山腰，这里是一片很大的平地，长着一大片合抱粗的树木，茂密的树叶遮蔽天空，令此处看起来幽暗阴森。远一些的地方，则长着一大片竹林，细长的竹叶随风摆动。想是这阵子有人砍伐过竹林，许多竹子被砍得只剩下根部露在那里。

苍耳所指的方向就是这片树林，在走了约莫半炷香的工夫后，他们遇到了两名躲在树后张望的村民。

徐大江轻手轻脚地走上去，小声问道："人呢？"

其中一人指着前方道："村长您看，就在那里坐着呢，我们不敢跟得太近。"说着，他难掩惊艳之色，"那女的好生漂亮，跟天仙似的，要是有这样的女子做婆娘，就算少活二十年也乐意。"旁边一人用力点头，显然也是认同他的话。

"少做你的春秋大梦。"徐大江轻斥了一句，睁目张望，这一看之下，顿时满脸疑色，这男子倒是他之前见的那一个，可女子就……大不一样了，分明不是同一个，真是奇怪。

"首座大人……"

"噤声！"闫重山抬手打断他的话，早在徐大江过去询问那会儿，他就已经发现了慕千雪与东方溯的位置。他这会儿心思全在抓捕慕千雪身上，哪还有闲心理会徐大江。

"沈千户，你带人将这一带包围起来，以免他们逃跑，小心一些，不要惊动他们，以布谷鸟叫为号。"

沈刚点一点头，挥手带了五百人猫腰离去，这些都是百里挑一的精兵，虽然数百人一起行动，愣是没发出什么声响，连脚步声也微弱得可以忽略不计，树林深处的那两人毫无察觉。

过了约莫半炷香的时间，树林对面传来"布谷布谷"的叫声，闫重山知道，沈刚已经形成了包围，随时都可以动手。

在命徐大江他们几人离开后，闫重山一按腰间的钢刀，带着天机卫一众大步往慕千雪所在的方向走去。

这一次，毫不掩饰的脚步声很快惊动了林中的两人，当细碎的阳光落在闫重山脸上时，慕千雪大惊失色，连忙扶着树干起身："你……你怎么会在这里？"

"当然是为了来见皇后娘娘！"闫重山皮笑肉不笑道，"一别近月，皇后娘娘可还安好？让臣找得好苦啊！”

慕千雪面庞煞白地盯着他，厉声道：“闫重山，你非要赶尽杀绝不可吗？”

闫重山一边逼近一边徐徐道：“娘娘这说的是哪里话，自从娘娘离开后，陛下挂念得紧，叮嘱臣一定要带娘娘回去，臣不敢不从！”

“好一句不敢不从。”慕千雪极力压抑着心底的恐惧，咬了银牙道，“当年虽是萧若傲招揽的你，但真正选你为天机卫首座的人却是我，这一点你很清楚。闫重山，能否看在这份旧情上放过我？来日我定当还你这个人情。”

“娘娘择选之恩，臣感激不尽，可惜，君命难违。”闫重山在离慕千雪十数步远的地方停下脚步，“还请娘娘不要让臣难做。”

“这么说来，就是没商量吗？”慕千雪盯着闫重山停下的脚步，悄悄松了口气。

闫重山哈哈大笑：“素闻娘娘聪敏过人，玲珑剔透，怎么在这件事上也糊涂起来了？今日不抓你回去，死的那个人就是臣！”

“应天城已经让你逃了一回，这次……你哪里都别想去！”说完这句，闫重山脸上虚伪的笑意一扫而空，用力一挥手，无数士兵从四面八方涌了过来，将慕千雪二人重重包围。

慕千雪望着四周，寒声道：“你早有埋伏？”

“没有十足的把握，臣又怎么敢现身呢。”闫重山得意地说着，“好了，闲聊到此为止吧，臣数到三，你们束手就擒，否则就别怪本座不客气了！”

“一。”

“二。”

在这紧张到令人窒息的气氛中，慕千雪忽道：“闫重山，你以为凭这么一些人，就可以擒住我了吗？”

“当然。”闫重山胸有成竹道，“难道你们还能插翅飞出去不成？”

慕千雪仰头，望着密密麻麻遮天蔽日的树叶，一缕笑意优雅地溢出唇角，“凡人……总是那么无知！”

闫重山听着不对，但又说不出具体的来，问道：“你什么意思？”

慕千雪长睫一动，素淡清冷的眸光落在闫重山身上，“我说你很无知，听清楚了吗？”

闫重山颊边肌肉一阵阵抽搐，怨毒在眼底凝聚，这么多年来，还是头一次被人当着面说无知，就连萧若傲也不曾这样说过。

“死到临头，还要占口舌之利，看来你真是活腻了。”他已是决定，不论慕千雪抵抗与否，他都要杀了这个女人，没人可以在愚弄他之后全身而退。

反正萧若傲只要求杀了慕千雪，是死是活，根本不重要。

“口舌之利？”慕千雪嗤笑一声，“我没那个闲情逸致，倒是你，临死之前，可还有什么话要说？”

闫重山的眼神犹如是在看一个疯子，下一刻，他挥手下令：“拿住这两个人，若有抵抗，格杀勿论！”

“遵命！”四周立刻响起一片利刃出鞘的声音，寒光四射的刀锋顿时令这片树林又冷了几分。

“杀！”在异口同声的喊叫中，无数士兵争先恐后地举刀向慕千雪二人冲来。虽说抓到逆犯人人有功，但第一个杀了慕千雪的人，必然占头功，这个机会，他们谁也不想错过！

面对蜂拥而来的士兵，慕千雪没有任何恐惧之色，反倒能在其眼底搜寻到几许怜悯，仿佛是在可怜这些士兵。

闫重山眉头微微一皱，定是他看错了，一个将死之人，就算要可怜，那也应该是可怜自己，怎么会……

这个念头尚未转完，东方溯突然一把揽住慕千雪的纤腰，用力一踏地面，整个人顿时飞了上去，护着慕千雪稳稳地落在树上。

以为躲在树上就可以活命了吗？愚蠢。

就在闫重山准备吩咐天机卫动手之时，异变突生！

冲在最前面的那一群士兵突然飞了起来，确切来说，是他们的头飞了起来，夹带着殷红妖异的鲜血。

因为惯性，他们的身体在失去头颅之后，继续往前冲了几步方才倒在地上，随即那些冲天而起的头颅也从半空中落了下来，掉在他们身体旁边。

这一切发生得太快，后面那些士兵收势不住，继续往前冲去，结果也是一样，在别人还没看清的时候，头颅与身体已是分了家。

死了上百人后，那些士兵方才终于收住了脚步，呆望着前面堆成一座小山的尸体与头颅，眼里充满了恐惧。

他们也算是见惯杀戮与鲜血的，可这么诡异的事情，还是第一次遇到，实在太可怕了。

“怦怦怦！”所有士兵的心脏都在狂跳着，盯着那一座尸山，说什么也不敢上前一步，唯恐自己会变成下一具尸体。

“怎么回事？”在沈刚的疑问声中，前面的士兵让开一条路，当他瞧见满地身首分离的尸体时，沈刚的眼皮一阵抽搐，不敢继续往前。

“小人也不知道，刚刚还好好的，突然间就成这样了，像有一把无形的刀，砍在他们的脖子上一样，诡异得很！”一名士兵一边说着，一边惶恐地打量着这片阴森幽暗的树林，唯恐那“刀”突然又出现。

旁边另一名士兵颤声道：“千户大人，您说……这里……是不是有鬼？要不然他们怎么会死得那么诡异，要不然……我们还是走吧？”

“谁说要走？”

闫重山这么一喝，那些士兵就算心里再怕也不敢出声，他大步走过来，袍襟带风，很快便越过了沈刚，且丝毫没有停步的意思。

沈刚怕悲剧重演，赶紧拉住他：“首座大人小心！”

闫重山的目光顺着那只手移到沈刚身上：“沈千户怕了？”

沈刚干笑一声：“有首座大人在，卑职怎么会怕，只是慕千雪诡计多端，小心一些总是好的。”

闫重山冷哼一声，挣开他的手，往虚空处一抹：“你自己瞧瞧。”

沈刚凝神望去，闫重山原本干净的指腹凭空多了一抹殷红的鲜血。首座大人什么时候学会变戏法了？

见沈刚仍是满脸疑惑，闫重山屈指在虚空处一弹，顿时响起“嗡”的声响，同时细微的血珠不断自半空中落下。

这一次，沈刚终于看清楚了，在他们前面差不多齐颈高的地方，竟横着一条钢丝，树林里光线不明，再加上这钢丝细如发丝，若不细看，根本发现不了。

“看清楚了吗？这就是杀了他们的凶器。”说话之时，闫重山目光一直落在垂坐于树上的慕千雪身上，忌惮之色，只增不减。

别看他现在一脸镇定，还识破了其中机关，其实也是一身冷汗，如果刚才他冲在前面，这会儿必定也与地上那些无头尸体一样。

慕千雪这个暗箭放得可真狠！

“这里也有一条。”

“还有这里。”

“这里也是。”

士兵们先后出声，皆是发现了横在他们身前的钢丝。当快速奔跑时，这一根根细如头发的钢丝就犹如一柄最锋利的刀，能够轻而易举地割断他们的脖子，杀人于无形。

“看来你是早早布下陷阱，故意引我们来这里，可惜啊，只是雕虫小技，救不了你的命！”

“是吗？”随着这两个字，闫重山看到了此生最美的笑颜，令他记起许多年前在书中看到的一句话。

一笑倾人城，再笑倾人国。

饶是闫重山心思坚如磐石，在这一刻，也不禁有那么一丝的恍惚。

同样的，这也是林中许多士兵此生看到的最后一幕。

“咻！咻咻！”无数刻意削尖的青竹从四面八方破空而来，在那些士兵反应过来之前已射入他们的胸膛之中。转眼之间，便已经倒下一大拨，而那些要命的青竹还在连绵不断地射来，无情地收割着他们的性命。

这不同于那几条钢丝，只要停下脚步就可以保全性命，此时不管他们动还是不动，那些青竹都如影随形，不死不休，与之相比，那四条钢丝根本不算什么。

随着死的人越来越多，活着的士兵心生恐惧，纷纷往树林外逃去，只有少数几名士兵还有那些天机卫在死撑。

闫重山一边挥刀抵挡着一根根青竹，一边睁着通红的双目向那些逃走的士兵厉喝：“全部都给本座站住，谁敢离开此处，立斩无赦！”

没有人理会他，立斩无赦，那也是被抓到以后的事了，可现在要是不走，立刻就会死在这里，变成一具冷冰冰的尸体。

第七章　宁为玉碎，不为瓦全

见他们不仅没有停下，反而逃窜得更快，闫重山气得几乎要吐血，一个不慎，手臂被尖如利剑的青竹划过，当即出现一道血淋淋的伤口。这还是他避得快，否则整条手臂都要被削下来。

为了追捕慕千雪，他带来了整个天机卫还有一千精兵，满以为就算慕千雪再诡计多端，也不可能赢得了自己。

可现在，他连慕千雪的衣角都没有碰到就已经损兵折将，死的死，逃的逃，能用的没几个，连自己也受了伤。

他终归还是低估了慕千雪，可惜……为时已晚！

沈刚用力斩断一根迎面而来的青竹，趁着空隙来到闫重山面前，急促道："大人，情况对我们很不利，快……"后面那个字还没来得及说出口，沈刚突然感觉胸口传来一阵冰凉，低头看去，只见一截竹尖透胸而出，暗红的鲜血沿着竹尖"滴答""滴答"地往下滴。

下一刻，他带着难以置信的神色仰面往地上倒去，那支要了他性命的青竹随着身体与地面的接触露出了全貌，三尺长的青竹混着黏稠暗红的鲜血，在微弱的阳光下显得格外妖异。

这是一场生死博弈，谁也不知道下一个死的是身边之人还是自己！

"沈千户！"闫重山狰目欲裂，这一次真是损失惨重，竟然连沈刚也死了。

沈刚的死，带走了士兵心里仅剩的那点儿勇气，逃走的人越来越多。不多时，留在树林中竟然只剩下区区十几人。要知道就在不久以前，他们还是一千多人。

闫重山怨毒地盯了一眼安然坐在树上的慕千雪，他终于明白，慕千雪眼中的怜悯因何而来，可惜，这一切发现得太晚了！

擒贼先擒王的道理，闫重山并非不懂。但一来青竹箭攻势太猛，从刚才到现在一直没有停歇，他根本没时间跃树去捉拿慕千雪，也不知那些人究竟准备了多少青竹箭。二来，他是老江湖，一眼就看出东方溯武功不弱，且不知道附近还有没有埋伏他们的人，所以不敢冒这个险。

一名天机卫边格挡青竹箭边来到闫重山身边，喘着气道："大人，不行了，我们快撤吧！"

闫重山死死咬着牙齿，几十年了，他还从没吃过这么大的亏，结果在同一个人手里接连吃了两次亏。

不报此仇，他誓不为人！

闫重山不是那种明知前面是死路还要不顾一切往前冲并撞得头破血流的人，能够坐到这个位置，自然有他的能耐与本事。

"撤！"闫重山当机立断，在一干天机卫的掩护下往外逃去，虽然十五等人全力袭杀，但还是被那群天机卫拼死杀出一条血路，令闫重山得以逃走，代价是瞎了一只眼睛。

在确定树林里安全后，东方溯带着慕千雪飘落于地："十五他们去追闫重山了，定不会让他逃走。"

慕千雪神色凝重道："我倒不怕他逃走，就怕……"后面的话，她迟迟没有说下去。

"就怕什么？"

慕千雪摇一摇头："没什么，希望十五他们赶得及。"

见她不说，东方溯也不再追问："这里血腥气浓，我们出去吧。"

慕千雪微一点头，在走出树林后，她望着天边如血的夕阳，忽道："有没有觉得我很残忍？"

"没有！他们是你的敌人，对付敌人，不需要任何同情，否则就是在与自己过不去。"

慕千雪低眉一笑："你这算是在安慰我吗？"

"算是吧。"东方溯轩眉道，"话说回来，你怎知那是一个陷阱？"

当时他带了十九等人准备去祠堂打探情况，并设法救那些被抓起来的南昭人。临去之前，被慕千雪唤住，并告诉他这件事很可能是个陷阱。

慕千雪展一展宽大如蝶翼的袖子，徐徐道："此处离南昭并不近，经此而回应天，本身就不太合理。再者，萧若傲对南昭上下戒心极重，又岂会只派区区一名副千户押送这么多犯人。所以我猜，萧若傲应是料到了我们会从东境走。但东境线极长，他没办法全线防备，从而布了这么一个局，以此来引我们主动露面。”说到此处，她冷然一笑，“不过我也没想到，他会如此舍得下本钱，派了那么多人来抓我。”

“即便萧若傲已为帝王之尊，你的存在依然令他害怕，只有杀了你，才能够安心。”停顿片刻，东方溯道，“经此一役，天机卫可算是全军覆没。”

慕千雪拂一拂被风吹乱的发丝，淡然道：“他已非昔日吴下阿蒙，损失一个天机卫不算什么，一声令下，很快就能重建。不过也正因为如此，天机卫……永远不可能变成神机营一样的存在。”

说完这句话，慕千雪掩唇剧烈地咳嗽起来，面色既红又青，东方溯忙替她拍背，待止了咳嗽后，扶她在一旁的石上坐下，关切道：“你今日耗费了太多精神，好生歇着，别再说话了。”

在察觉出南昭囚犯是一个用来诱捕他们的陷阱后，最好的法子就是避开陷阱，尽快越过边境进入齐国地界。

可那些人皆是慕氏一族的人，慕千雪又怎忍心眼睁睁看着他们死去，萧若傲与曹氏之所以让闫重山布下此局，就是料准了这一点。

他们猜对了，慕千雪确实无法对这些人坐视不理，但是，她用了一种谁也没想到的方法去应对。

她很清楚，既然这是一个陷阱，那么一定有重兵隐藏在村子里，闫重山带领的天机卫十有八九也在。

这群人有备而来，若是直接交战，吃亏的必然是自己这一方。

要赢，就一定要出其不意。

之所以将埋伏之地选在这里，一来此处树木茂密，光线昏暗；二来旁边就有一片竹林，方便他们就地取材，只要稍加改造，竹子就是最好的弓与箭。

一边在树林里安排，一边让十九与东方溯去祠堂，引闫重山一步步踏入她反设的陷阱中。

不过，她也确实没想到，这一次闫重山竟然带了上千名士兵来围捕她。幸好竹箭准备足够，再加上士兵突然遭到这种一边倒的屠杀，军心溃散，四下逃命，否则还真不好对付，唯一可惜的就是让闫重山给跑了，希望……自己担心的事情不会发生。

出谋划策这种事情，看似轻松，其实最耗费心力，历数各朝，但凡为军师者，多半不长命，就是因为这个原因。

歇息半晌，十五几人灰衣飘飘，飞快向山上掠来，很快就站定在他们面前，慕千雪扫了一眼，不曾见到闫重山，心不由得沉了几分。

“闫重山呢？”

十五眸光微微一闪，拱手道：“启禀王爷，属下们虽一路急赶，还是未能截住闫重山几人，令他们……逃回了祠堂。”

东方溯冷声道：“只是区区一个祠堂罢了，难道你们攻不进去吗？”

十九上前一步：“王爷，攻破一个祠堂自然不难，难就难在闫重山挟持了那些南昭旧人，一旦奴婢等人强攻，他就会玉石俱焚，杀了那些人陪葬。”

“你们何时变得这么无用，连一个受伤之人也截不住！”东方溯终于知道一直萦绕在慕千雪眉眼间的忧心是什么了。

十五不着痕迹地看了一眼旁边的十九，单膝跪地：“属下办事不力，请王爷治罪！”

慕千雪轻吸一口气，起身道：“现在不是追究这些的时候，闫重山提了什么要求？”

十五仰头道：“闫重山不肯说，只说要见公主。我让十六他们盯着闫重山，短时间内，那些南昭人应该不会有危险。”与十九一样，他只对东方溯一人自称“属下”。

一听这话，东方溯眉头顿时拧了起来：“闫重山穷途末路，不知会做出什么事来，还是我去吧，我答应你，定会设法带慕氏一族的人来见你。”

慕千雪摇头道：“我知道王爷是一片好意，但闫重山指名要见我，王爷此去，只会激怒闫重山，令事情恶化。”

“但是……”

“除了我与三哥之外，慕氏一族，就只剩下他们了，我不想拿他们的性命冒险，还望王爷明白。”

见她心意坚定，东方溯只得让步：“那好吧，我陪你一起去。”

有了决定之后，一行人当即下山，跨上事先备好的马匹往祠堂疾奔而去，在最后一缕天光也被黑暗无情吞噬之时，他们终于赶到了祠堂。

祠堂的门紧紧地闭着，除了门缝里透出的些许烛光，什么也瞧不见。

确定闫重山在里面后，慕千雪走到门口，冷声道：“闫重山，我来了，开门吧。”

不一会儿，里面传来门闩移动的声音，紧接着黑红相间的门缓缓打开，令慕千雪得以看清里面的情况。

十几名老老小小的南昭人被绑着跪在地上，几柄血迹未干的钢刀架在他们脖子上，一旦有所异动，他们立刻就会变成刀下亡魂。

闫重山坐在椅中，瞎掉的眼睛已经被包了起来，剩下一只眼睛充斥着怨毒之色。

看到慕千雪，跪在地上的那些南昭旧人激动不已，有几个甚至落下泪来。

“你终于来了！”闫重山阴恻恻地吐出这几个字。

慕千雪压抑着心中的激动，在东方溯与十九的陪伴下抬步入内，迎着闫重山阴毒如蛇的目光道：“你想怎样？”

闫重山抚着瞎掉的那只眼睛，一字一句道：“娘娘好本事，不只一眼识破了我们的计策，还反将一军，令我们死伤惨重，高，真是高明！”

慕千雪面无表情道：“这些废话不说也罢，只要你放了这些人，我就让你们离开这里，绝不食言。”

“娘娘倒是大方，可是……带不回娘娘，本座就算回到应天，也是死路一条。”

“天大地大，以闫首座的本事，又何必一定要回应天呢，齐国、燕国、东凌，哪一处不可安身立命？”

闫重山冷哼一声：“你说这些，无非是想要我放了他们。可以，不过你要答应我一个条件。”

“你只管说就是了。”慕千雪不喜欢这种被人拿捏在手里谈条件的感觉，但为了族人的性命，她只能暂时忍耐。

“很简单，只要……娘娘随本座回应天即可。”闫重山知道萧若傲在意的，从来只有慕千雪一人。只要将她带回去，莫说只是死了千余人，就算是死几千乃至一万人，萧若傲也不会怪罪他，他依旧会是天机卫首座。

那厢，东方溯听到他的要求，当即沉声喝道：“这绝无可能！”

闫重山看也不看他，盯了慕千雪道：“以娘娘一人性命，来换取这么多人活命，这笔买卖可是一点儿都不亏。还是说，娘娘宁愿看他们一个个人头落地，也不肯救上一救？”

东方溯面容肃冷道：“杀了他们，你也休想活命。”

“我知道，所以才要多拉几个人垫背。”闫重山并不将他的威胁放在眼中，绕着那十几个南昭旧人走了一圈后，一把抓起跪在最后的绣儿，阴声道，“不如……就从这个最小的开始！”

绣儿日间挨了沈刚好些鞭子，又被吊了许久，滴水未进，只剩下一口微弱的鼻息，与其说是跪着，倒不如说是躺靠在一旁的姐姐百宁身上。

被闫重山抓在半空中，她甚至连挣扎的力气都没有，只发出几声微弱似猫叫的哀求。

百宁急得眼泪直掉，不顾脖间的钢刀，慌声道："不要伤害我妹妹，求求你，她什么都不知道，你要杀就杀我，我求求你，不要伤害绣儿！"

闫重山根本不理会她的话，作势往地上掼去，慕千雪见状，急喝道："住手！"

她认识这两姐妹，是堂兄代王的女儿，代王被封在南境做藩王。她与代王虽非亲兄妹，但感情甚好，出嫁之时，代王一家还特意从南境赶来送嫁。没想到，再见时竟是这种情况。

闫重山止了手里的动作："这么说来，娘娘是答应回应天了？"

"我们好不容易才逃出应天，绝不可再回去！"东方溯不动声色地打量着祠堂，左右倒是各有两个窗子，但闫重山早有防备，拿木板封了个严严实实，无法利用。

那厢，慕千雪银牙紧咬，她很清楚，一旦答应闫重山的要求，摆在自己面前的就是一条死路，可要是不答应……

这些是除了她与三哥之外慕氏一族仅剩的人了，难道真要眼睁睁看着他们一个个死在闫重山手里吗?

闫重山露着森白的牙齿道："娘娘想好了吗？本座可没太多的耐心。"为了增加威慑力，他又将一直提在手中的绣儿举高了几分，百宁在一旁哭得嗓子都哑了。

十九眸光微闪，轻声道："王爷，不妨让公主先假意答应，有奴婢们在，他带不走公主的。"

东方溯想也不想便拒绝了她的提议："不行，不可以拿公主的性命冒险！"

十九眼底掠过一道隐晦不明的光芒，低语道："他需要靠公主脱身，一时半会儿，当不至于伤害公主，王爷大可以……"

"我说了不行就是不行，不必多言。"东方溯肃然打断十九的话，其实他心里明白，十九所言不失为一个法子，但要他拿慕千雪的性命去冒险，他实在做不到。

慕千雪听见他们的对话，上前一步，沉声道："好，我答应你！"

东方溯骇然色变，一把拉住她的手臂："闫重山是个疯子，一旦……"

慕千雪微微一笑，打断了他："我相信你！"

突如其来的四个字，令东方溯愣在了那里，好一会儿方才反应过来，她……这是将性命托付给了自己。

良久，东方溯缓缓松开抓着她胳膊的手，以一种近乎立誓的语气道："你一定不会有事。"

慕千雪笑一笑，举步走向闫重山，刚走了两步，便有人大喊："不可以！"

说这句话的，是南昭旧人中一名须发皆白的老者，话音未落，一名天机卫已是抬脚狠狠将他踹倒在地："老东西，闭上你的嘴！"

老者本就体弱，再加上一路奔波折磨，当即被他踹得吐血，令慕千雪痛心不已："皇叔！"

"不许过来！"老者顾不得口中腥甜的鲜血，厉声喝止住慕千雪，代价是又吐了一大口血，看这样子，那一脚怕是踢伤了他的内腑。

老者抹去嘴边的血，悲声道："我们死了不要紧，但璇玑——你一定要活下去。灭西楚，复南昭，为皇兄，为千千万万死在萧若傲手里的南昭人报仇！"

闫重山怕他坏了事情，又是一脚狠狠踢在他身上，恶声呵斥："给本座闭嘴！"

老者接连吐了几口血，面色灰败，然而他的目光一直不曾离开过慕千雪："璇玑，南昭是因你而毁，复辟南昭，是你欠我们的。答应我，在毁灭西楚复辟南昭之前，不可以为任何事任何人置身于危险之中，更不可以死！"他并不知道慕临风也活着，以为只剩下慕千雪一人。

"皇叔……"

老者厉声打断她的话："答应我！"

这一路逃亡，不论怎样艰难辛苦，慕千雪都不曾掉过一滴眼泪，可现在，眼泪却止不住地顺着脸颊往下落，濡湿了素白的衣襟。

她明白皇叔的意思，可是，这个决定对她来说，实在太难太难……

"闭嘴，本座叫你闭嘴！"闫重山气急败坏地将绣儿扔在地上，一把夺过天机卫手中的钢刀抵在老者满是皱纹的颈间，"再敢说一个字，本座现在就杀了你！"

如果慕千雪听了他的怂恿，不管这些南昭族人的死活，那他就完了。

"璇玑，父亲说得没错，你是南昭唯一的希望，绝不可以死在这里，更不能因为我们而死。"说话的是老者身边的中年人。

"公主活着，南昭就有希望。"

"萧若傲背信弃义，灭我南昭，杀我族人，公主一定要替死在他刀下的千千万万冤魂报仇！"

愤恨的声音一个接一个响起，令闫重山又慌又怕，瞪大了唯一的眼睛厉喝道："闭嘴！全部都闭嘴！"

没有人理会他，甚至连看一眼也不曾，一个个皆盯着闭目流泪的慕千雪，他们的反应令闫重山越发害怕，握刀的手不住颤抖。

"答应我！"老者拼尽全力的大吼，犹如一道惊雷，在慕千雪耳边狠狠炸响。

她睁开眼，迎着众人的目光，在一阵阵噬心的疼痛中艰难地说道："我答应你！"

听到她的话，老者长长地松了一口气，露出一抹与此处格格不入的笑容："有你这句话，我就放心了……放心了……"

话音刚落，老者突然从地上爬起来，用被绑住腕部的双手死命抓住闫重山手里的钢刀，狠狠往自己脖子抹去。

伴随着锋寒掠过，血花飞溅，老者的身影如断线风筝一般，倒在地上，一动不动，只有鲜血还在争先恐后地自颈间伤口处涌出，在地上汇聚成泊。

老者死了，但他的嘴角始终挂着笑容。

闫重山尚未从这重重血色中回过神来，又有一人握住尚在滴血的刀划过自己的脖子。

而其他几名天机卫的刀也先后被人握住，刀锋轻寒，收割着一条又一条的性命，仿佛回到了当初萧若傲带兵攻入南昭京师大肆屠杀时一样。不同的是，他们是主动求死。

对于这群南昭旧人而言，侥幸活下来，也将一辈子背负着亡国奴的痛苦，倒不如一死，以换取南昭复辟的机会。

闫重山无论如何都想不到，这群南昭人竟会一心求死，等他反应过来的时候，南昭人已是差不多都死了，只剩下少数几人。

看到族人一个个死在自己面前，慕千雪无力地跪在地上，泪流满面。她没有出声阻止，因为她清楚，这些人都抱定了必死之念，不会因自己几句劝阻而放弃，他们……宁死也要护住自己，护住复辟南昭的希望！

"不许死，没有本座的许可，谁都不许死！"闫重山用力推开又一个往他刀上撞来的南昭人，可惜为时已晚，一道深可见骨的伤痕出现在那人颈间，很快便断了气，至此，只剩下百宁与躺在地上生死不知的绣儿两人。

百宁瑟瑟发抖地跪在地上，半边身子与脸颊溅满了身边人的鲜血，乍一眼看去，犹如刚从血泊里捞出来一样，与另一边形成鲜明对比。

"蠢货，都是一群不知死活的蠢货！"随着手里的棋子一个接一个消失，闫重山慌乱不安，眼见十五等人渐渐逼近，他急忙将百宁抱在怀里，将刚刚沾满了好几个人鲜血的钢刀横在她细嫩的颈间，紧张道："站住，你们……你们再敢过来，我就杀了这个丫头！"

示意十五几人停下后，东方溯盯着浑身上下透着慌乱的闫重山道："你输了，投降吧。"

这句话刺到了闫重山的痛处，他近乎歇斯底里地吼道："没有！本座没有输，本座绝不会输！”

在努力平息了一下粗重的气息后，他眼眸通红地盯着尚跪在地上的慕千雪：“立刻随本座走！”

慕千雪抬起满是泪痕的双眼，盯着闫重山布满阴狠之色的那只独眼，良久，她忽地抚去脸上的泪痕，撑地站了起来。

东方溯神色一紧，扶住她道：“你不可以跟他走，否则就辜负了那些为你而死的族人。”

“我记得答应过皇叔的话，不灭西楚，不复南昭，我慕千雪绝不死。”慕千雪的声音异常平静，如寂静的湖面，不见一丝波动。

“姐姐……”地上传来轻如蚊蚋的声音，百宁一个激灵，连忙低头看去，果见绣儿睁开了一丝眼皮，她被刀架着脖子，无法动弹，只能安慰道：“绣儿你别怕，姐姐在，姐姐会保护你的。”

“姐姐，我好难受……好……”绣儿吃力地朝百宁伸出短短的手臂，然而只伸到一半便颓然落地，一动不动，那双眼睛也随之闭上。绣儿静静躺在地上，犹如睡着一般，可是众人都明白，绣儿……再也不会醒过来！

百宁愣在那里，大脑一片空白，待得反应过来后，她悲声大哭：“绣儿！绣儿！”

若非亲眼所见，任谁都无法想象，如此悲恸的声音是从一个七八岁的女孩口中发出的。

“放开我！放开！”百宁像发疯一样拼命挣扎着，张口狠狠咬在闫重山手腕上。

“啊！”后者猝不及防，下意识地松开手，百宁趁这个机会逃离他的控制，往绣儿奔去，还没奔两步，后背突然传来一阵剧痛，紧接着一阵天旋地转，摔倒在地上。

原来是闫重山被百宁所伤，恼恨加冲动之下，挥刀砍去。刚一砍完，闫重山就后悔了，百宁是他最后一张护身符，结果却被他自己给毁了，真是失策。

错已铸成，后悔无用，逃命要紧！

闫重山反应极快，一发现不能再用百宁威胁慕千雪后，就立刻奔到窗边，用力一脚踹破钉在窗上的木板，窜身逃了出去，余下那几名天机卫紧随其后，没入茫茫黑夜之中。

不等东方溯吩咐，十五与十九等人已是朝他们逃走的方向飘然追去。

慕千雪奔到百宁身边，抱起满身是鲜血的她，泪水无声落下，滴在百宁苍白如纸的脸上。

“姑姑……”百宁睁着双目，吃力说道，“我……疼……”

“姑姑知道！姑姑知道！”慕千雪泣声道，“是姑姑没用，不能保护你们，对不起，百宁，对不起！”

“姑姑，我很累……也很想……爹和娘……”百宁眼中的光芒正在迅速涣散，她的生命已是到了尽头……

慕千雪抱着她越来越凉的身子，眸色悲凄道：“睡吧，睡着了就能看到他们了。”

“真的吗？我真的可以看到爹和娘？”百宁急急问着，精神看着似乎比刚才好了一些，但慕千雪知道，这只是回光返照罢了。

“当然是真的，姑姑怎么会骗你，睡吧，好好睡吧，从此以后，再也不会有人伤害你与绣儿，你们一家人会幸福地在一起，永远永远……”

低头看去，百宁已是闭上了双眼，嘴角微弯，带着一抹淡淡的笑容。

自萧若傲屠灭南昭之后，她与绣儿从郡主沦为了逃犯，整日东躲西藏，没有一天安生日子，后来她们被闫重山所擒，因为试图逃跑，父母被闫重山所杀。

她亲眼看到父母满身是血倒在自己面前，那是她八年来见过最可怕的一幕，她很害怕，但又要装着坚强，因为父母死后，她是绣儿唯一的依靠。

这一路，她既要忍受闫重山那群人的苛待，又要用自己小小的肩膀替绣儿遮风挡雨，过得极其辛苦。

现在终于结束了，正如慕千雪所言，再没有人能够分开或者伤害他们一家……

茫茫夜色中，一轮明月悬挂在夜空中，静静注视着底下一追一逃的两拨人。

闫重山提气疾奔，身后的天机卫一个接一个死去，听着身后接连响起的惨叫声，他没有去救，甚至没有回头看一眼，这个时候，没有比保住自己性命更重要的了。

闫重山虽擅长御气之术，但这样长时间提气飞身，渐渐也有些受不住，无奈后面那几个人犹如附骨之疽，一直追着他不放，只能咬牙继续运起轻功逃命。

又奔了一炷香的时间后，一座大山挡住了闫重山的去路，正是日间来过的曲连山，不知不觉间，竟是跑到了这里。

闫重山不忧反喜，脚下又加快几分，迅速逃入山中，等十五他们追上来的时候，已是不见了踪迹。

十五看了一眼黑丛丛的山林，冷声道：“进去搜，一定要抓到他。”

“是。”诸人应了一声，各寻了一个方位往山上掠去，神机营之人，自小就锻炼夜视能力，此处虽暗，但还难不倒他们。

十九一边在幽暗的山林里走着一边警惕地看着四周，夏虫躲在草丛中，发出细细的

鸣叫声。

“啪！”细微但明显异于虫鸣的声音自左前方钻入五官六识比一般人灵敏的十九耳中，这分明是树枝被踩断的声音，夏虫没有这个能力，也就是说……

十九收敛了脚下的声音，悄悄往左前方行去，她身子轻盈，再加上轻功不错，这一路过去，竟是半点声音也没发出。在走了约莫七八丈后，借着月华之光，看到一株大树后面有一道淡淡的影子。

闫重山果然躲在这里，哼，这次看他还能往哪里跑。

十九在心里说了一句，越发小心地挪步过去，小巧精致的匕首已是握在掌中，在离着还有一丈路时，她忽地停下了脚步，眸色深深，不知在想些什么。

静立半晌，十九做了一个谁都想不到的决定，她悄然收起匕首，竟然转身离去。与来时一样，没发出任何声音，藏身于树后的闫重山并不知道自己刚刚在鬼门关转了一圈。

在十九走出约莫十余丈时，身后传来一声惨叫，这个声音……

十九神色为之一变，急忙回头看去，只见闫重山满面恐惧地仰面倒去，另一个人站在他旁边，手中拿着一柄尚在滴血的长剑。

十五？

看清那人模样后，十九满面疑色，她明明记得十五是往东南方向搜寻的，怎么会出现在截然相反的西北方向？

十五杀了闫重山后往十九方向走来，不知为何，明明他一如既往那般面无表情，却令十九感觉到一种无形的压力。

十九压下这种莫名其妙的感觉，朝已经走到近前的十五道：“你怎么会在这里？”

十五盯了她片刻，冷声道：“我若不来，闫重山已经逃走了。”

“原来他躲在这里，差点儿让他给蒙混过去了。”十九故作惊讶地说着。

十五眼底掠过一丝痛意：“是被他蒙混过去，还是你有意放过他？”

十九没想到他一开口就是这话，心头大是惊悚，强自镇定道：“认识你这么久，倒不知道原来你也会开玩笑。”

“你很清楚，我不是在开玩笑，而且……这也不是你第一次放过闫重山。”

十九暗暗攥紧屈起的十指，冷声道：“我不知道你在说什么，既然闫重山已死，那么回去复命吧。”

十五一把拉住欲要离去的十九：“你还准备瞒到什么时候？”

十九用力挣开他的手，冷眸道：“我说了不知道，你在说什么胡话。”

见她到了这个时候还不肯承认，十五有些气恼地提高了声音：“是不是到了王爷面前，你也准备这个样子？”

十九身子瞬间变得僵硬，殷红的朱唇亦变得一片灰白，低声道：“你怎么知道这些？”

十五长叹一口气：“你虽武功不弱，轻功也很好，但内力不足，一旦遇到闫重山这种内力深厚之人，会很被动。所以今日下午，奉命追捕闫重山之时，我怕你有危险，就悄悄跟在你后面。结果却让我发现，你明明发现了闫重山，却假装没看到，纵容他逃回祠堂，这次又是这样。十九，你为何要这么做，难道你认识闫重山？”

十九冷声道：“我三岁就被带回了神机营，从此一直待在神机营中，直至两年前，方才开始追随王爷，这一切你又不是不知道，岂会与闫重山相识。”

“那究竟是为什么？”十五自己也觉得不太可能，但除此之外，他实在想不出十九一再放走闫重山的原因。

十九垂目未语，直至十五又一次催促，方才迎上十五的视线：“你如何看慕千雪？”

十五一怔，拧眉道：“无端端怎么问起这个来？”

“回答我！”

在十九的坚持下，十五思忖片刻道：“她很聪明，用‘多智近妖’四个字来形容，一点儿也不为过。要不是她，我们死的就不会只是十七一个人。”

“你错了。”十九冷冷否决他的话，“若不是她，十七不会死，王爷也不会几次陷入险境。”

“你这是什么意思？”十五隐隐似乎抓到了什么，但具体也说不出。

“红颜祸水，对王爷来说，她——就是最大的祸水。”这十几个字，十九说得极为缓慢，足足用了比平常多一倍的时间方才说完。

这句话犹如一片极薄极利的柳叶刀划过皮肤，令十五起了一粒粒的鸡皮疙瘩，之前模糊的想法，也在这一刻变得清晰：“你放过闫重山，是为了借他的手来杀慕千雪？”

“我是为了王爷好。”十九这句话，等于间接承认了十五的猜测。

“你！”十五眉心怒气涌动，呵斥道，“王爷所下的命令，是让我们全力保护慕千雪，你却反过来要杀她，疯了不成？”

“疯的那个人是王爷！”十九脱口而出，青色的广袖长裙被夜风拂起，如迷失在午夜街头寻不到归处的蝴蝶。

十九极力平息了一下，冷声道：“你相信王爷当真是因为庄亲王，才冒这么大的险

来西楚救人吗？”

“不然呢？”

十九唇角微弯，勾起一抹冰冷的笑意：“四年前，王爷前往南昭求亲未果，四年来，任太后与陛下如何劝说，王爷始终不肯成亲。为什么？不是因为王爷不想成亲，而是他放不下心里那个人。”

“你是说慕千雪？”

“不是她又是谁。”十九眯了那双好看的杏眼，冷冷道，“惊世之才，倾城之貌。呵呵，倒真是一点儿不假。”

十五竟自十九这句话里，听出一丝妒意，脱口道：“你喜欢王爷？”

长睫在幽明不定的月色下狠狠一颤，十九不自在地别过头：“你不要胡说。”

十九这个反应，令十五更加肯定自己的猜测，她……真的对东方溯动了情。

一丝无人知晓的酸痛自心底生出，随着经络中温热的血液蔓延至四肢百骸……

“可还记得初入神机营时，我告诉你的第一条规矩是什么？”十九被带回神机营时，第一个见到的就是十五。

“我没有对任何人动情，你……”

“回答我！”清冷如冰雪的声音打断了十九后半句话。

十九咬一咬银牙，凝声道：“断绝七情，摒弃六欲；不问对错，唯主之命是从。”

“你既记得，为何还要明知故犯？你可知万一这件事被尊者所知，会有什么样的后果？”

十九垂在身侧的手指微微一颤：“我说得很清楚，我没有动情，更没有喜欢王爷。同样的话，我不想再说第三次。”

十五看了她片刻：“既不曾动情，为何要一再利用闫重山来杀慕千雪？”

十九吸了口气，冷声道：“神机营的使命是保护王爷。可慕千雪的存在，却会令王爷屡屡陷入险境。”

第八章　北周形势

“这次潜入西楚是危险了一些，但好歹都过去了，只要我们回到北周，就不会有事了。”十五道。

“你将事情想得太简单了。”十九嗤笑道，“我有一次听到王爷与慕千雪言语，王爷应允会助她复辟南昭，所以往后王爷的危险，只会多不会少，唯一的法子就是杀了慕千雪，帮王爷永远摆脱这个祸患。”

这件事十五倒是不知，默然片刻，他道：“你可曾想过，如果此事被王爷所知，会怎么样？”

十九目光倏然一厉，森然道：“你想去告发我？”

“天下无不透风的墙，王爷终有一天会知道。”

十九扬一扬线条优美的下巴，幽声道：“就算当真有那么一天……我也不后悔！”

十五胸口一阵翻绞，一种无法言喻的难受充斥在每一次呼吸间：“所以，慕千雪是非死不可了？”

“是！”

在得到十九肯定的答复后，十五深吸一口气，颔首道：“今日之事，我就当什么都不知道，至于能否杀得了慕千雪，就看你自己了，我不会过问，也不会帮你。”

他这句话等于默认了十九的行为，令后者松了一口气：“多谢。”

在十九转身离去之时，十五忽道：“记着，一入神机，回头无岸。我不希望有朝一日，要亲手处决你。”

“不会有那一日。”十九头也不回地说道。

他们回去时那些南昭旧人的尸体已经入土，就葬在祠堂西面的一块空地里，月光照

在一个个坟丘上，透着无言的悲凉与凄冷。

东方溯竖好最后一块墓碑，来到跪地不起的慕千雪身边："我与此处的几户村民说好了，每逢清明寒食，他们都会来此祭奠。待你复辟南昭之后，再将他们的尸体迁回故乡安葬。"

"多谢。"慕千雪的脸色苍白若素，月光下，透明得不见一丝血色。

东方溯看着她清减憔悴的面容，轻声道："我知道现在说什么都无法平息你心中的悲痛，但……"

"我没事。"慕千雪抬起那双红肿但已经不再流泪的双眸，"在复立南昭之前，我不会让自己有事。"

东方溯本就不擅长安慰人，见她这么说，点头道："那就好，不管你做怎样的决定，我都会倾力相助。"

慕千雪默默望着眼前这个沉默寡言的男子，再一次道："多谢。"

"见外了。"东方溯道，"我已经让人去接江越与夏月了，趁着离天亮还有些时间，我扶你去睡一会儿，待天亮后再去齐国。"

江越与夏月皆不懂武功，为免伏击闫重山之时被误伤，东方溯让人将他们安置在安全的地方。

慕千雪借着东方溯的搀扶，吃力地站起身来："夜长梦多，万一消息传到离此不远的西楚军营，那边派兵来围剿我们便走不了了，还是现在就动身吧。"

经她一提，东方溯也意识到其中的风险，当即道："好，等江越二人一到，就立刻动身前往齐国。"

见他们说完了话，候在一旁的十五拱手道："启禀王爷，闫重山被诛杀于曲连山，他手下的人亦无一逃走。"

"好，辛苦你们了。"可想而知，当这个消息传到应天时，萧若傲会是多么地震惊与愤怒，区区十几人，竟毁了他悉心培养了四年的天机卫与一千精兵，简直是匪夷所思。

相信从今往后，慕千雪三个字，将会成为萧若傲最大的心病！

西楚与齐国的交界线就在村子的东边，从祠堂过去，不过半个时辰的路程。

两国边境线延绵长达百里，除非战时没有人看守，只有一道不足一丈宽的河沟勉强作为天然的阻隔。

这对于神机营众人来说，自不是什么事，很快就从附近伐来树木做成木筏以供渡河。

慕千雪站在离河不远的一个小土丘顶上，默默望着笼罩在晨曦中的西楚，晨风拂过，吹起她素净如霜的衣裳，勾勒出衣下消瘦单薄的身形。

东方溯走到她身后，轻声道：“木筏已经做好，我们走吧。”

“好。”慕千雪简短应了一声，随他下了土丘，在登上木筏的那一刻，她再次回头，将这个毁了她一切的地方牢牢记在心中。

归来之日，就是西楚覆灭之时！

随着进入齐国境地，将近一个月的逃亡终于画上了一个句号。齐国与北周虽互相提防戒备，但表面还维持着正常的邦交，互通往来，东方溯一行以行商的身份顺利进入北周地界。

至此，众人的心总算是可以彻底放下了，萧若傲就算手再长，也不可能伸到齐国来，从边境过去，大约七日后便可赶到北周的都城金陵。

不过，对于东方溯而言，在抵达金陵之前，还有一件事情要解决。

进入齐国地界的第二日，他们赶到了离边境最近的一座县城，选了东街一家客栈落脚，地方虽然不大，但收拾得还算干净。

江越在他自己的那间客房中徐徐踱步，眉宇紧紧皱着，不知在思索什么。

“笃笃笃”叩门声打断了江越的凝思，随口道：“什么事？”

“小二说他们这里有新采摘来的上等洞庭碧螺春，本王要了一些，想与江大人一起品茶，不知可否？”

听得是东方溯的声音，江越连忙开了门，果见东方溯站在门口，赶紧将他请了进来，随即拱手赔罪：“下官以为是店小二，言语不敬，还望王爷见谅。”

“不知者不怪。”东方溯将一个茶罐子放在桌上，“若本王没有记错，洞庭碧螺春应该是江大人最喜欢的茶。”

江越惊讶道：“正是如此，王爷如何知晓？”

东方溯薄唇微勾：“不如咱们一边品茶一边说。”

“王爷说得是，下官这就让小二送水来。”在命小二拿来刚烧开的滚水后，江越一边沏茶一边揣测着东方溯的来意。在来西楚之前，他与东方溯并无什么往来，顶多就是上朝看到见个礼而已。

“王爷请。”他将一盏刚沏好的碧螺春递给东方溯，后者抿了一口碧绿清澈的茶汤，颔首道：“清香幽雅，鲜爽生津，确是上好的碧螺春。”

江越随之抿了一口，附声道：“确是很不错，论香气，比下官在京城花大价钱求来的碧螺春还要好上几分，想不到边陲小镇之中，竟会有此等好茶，真是令人意外。”

这句话后，屋中静了下来，二人各自慢慢啜饮着茶水，皆在等着对方先开口。

江越等了半晌，始终不见东方溯言语，终是忍不住道：“王爷，你何以知道下官钟爱这碧螺春？”

东方溯盯着他道：“在回答这个问题前，本王想先问江大人一件事。”

江越垂目道：“王爷只管问就是了，下官定当知无不言，言无不尽。”

“好。”东方溯摩挲着轻薄透光的茶盏，扬眉道，“江大人认为本王那些个护卫如何？”

江越眸光微微一跳，不动声色道：“王爷可是说十五他们？”

东方溯点头后，江越斟酌了一下说道：“十五他们身手高绝，骁勇善战，对王爷更是忠心耿耿。这一路上，若没有他们拼死相护，就算公主有千般智计，咱们恐怕也难以全身而退。”

“仅此而已？”

江越挑眉，疑惑道：“王爷以为还有什么？”

东方溯盯了他片刻，徐徐摇头：“本王一直觉得江大人是一个光明磊落之人，不承想也有这样言不由衷的时候。”

江越清咳一声，略有些不自在地避过东方溯目光：“恕下官愚钝，不明白王爷之意。”

“你猜到他们的身份了是不是？”东方溯突然没头没脑地问了一句。

“他们是王爷护卫，身份简单明了，又何须猜测。”阳光自临街那一侧的镂空方格窗扇中投进来，照见江越面皮下绷紧的肌肉。

“既然江大人不愿说，本王也不勉强，只请江大人答应本王一件事。”

“王爷请说。”

“在进入金陵之前，除十九之外，其他人都会离开，希望江大人不要与任何人提起他们，就当……从来没有见过。”

“连陛下也不能？”

在得到肯定的答复后，惊色攀上了江越的眼眸，他确实猜到了十五等人的身份，但一直想不通他们为何会跟随东方溯潜入西楚救人，神机营……从来都是只属于帝王。

要说周帝借调神机营给东方溯，似乎不对，若他们一开始就打着闯宫救人的主意，又何必派自己出使西楚多此一举。

现在，他似乎明白了，但……神机营在东方溯手中，这可能吗？

可若非如此，东方溯又何必特意请他隐瞒？

还有先帝，为何要将神机营传给一名他并不宠爱的庶出皇子？

疑问一个接着一个浮上心头，几次欲问，又不知从何问起。正自思索时，东方溯的声音在耳边响起："说了这么许多，本王还不曾回答江大人之前的问题，真是不该，江大人现在可想听？"

江越勉强平定了一下纷乱的心思，欠一欠身："下官愿闻其详。"

"江越，字崇耀，虽家境贫寒，但聪颖过人。十年寒窗苦读，十六岁那年中举，十八岁进士及第，十九岁入刑部为官。虽无背景，但因能力出众，熟悉刑名例律，短短五年间升为正五品刑部郎中。

"就在前途一片光明之时，他无意中发现刑部尚书郑全利用流落街头的乞丐或是孤儿，顶替那些犯了死罪的人，从中获利。每次那些人被押上行刑台前，郑全都会安排狱卒事先灌下哑药，令他们口不能言，至于负责验明正身的两名官员也是郑全的人，上下串通，那些无辜之人无处申冤，横死于刽子手刀下。

"有能耐买通郑全的，都是朝中的达官贵人，此事一旦被揭露出来，震动的远不止一个刑部，而他江越也会置身于危险之中，被无数人视为眼中钉肉中刺。相反，只要他不将此事说出去，无数金银就会自动送上门来，用之不尽，但他还是决定去揭开这黑幕，为什么？"

"为官者明知百姓有难而不闻不问，枉读圣贤书。"江越声音微微发颤，思绪亦被带回到了两年之前。

"不错，那一告，除了刑部之外，又牵扯出三品以上官员四人，三品以下十余人。本王至今仍记得两年前，你在朝堂上的那一番犀利言词，斥得那些人无言以对，羞愧难当，着实令本王佩服。

"那一日后，主犯郑全流放塞外，余党一律罢官革职，永不叙用。被私纵的那些死囚犯也一一追回，重新行刑。"

江越苦笑道："郑全残害无辜百姓，其罪又岂是流放就可以抵消了，分明就是陛下有意轻判。说穿了，还不是因为郑全有一个在宫中为宠妃的女儿。"

东方溯默然不语，这件事他听母妃说起过。郑妃为了保住郑全的性命，天天在皇兄面前以泪洗面，甚至在寝宫中上吊，幸好被宫人及时发现，否则已是香消玉殒。皇兄虽气愤郑全所作所为，但到底舍不得郑妃，所以最终还是饶了郑全性命。

为了这件事，江越曾一连上了几道折子，请求改判郑全死罪，可惜东方洄心意已定，那些个折子全部石沉大海，杳无音讯。

"自那一事后，本王就在心里将江大人引为知交，后来又有幸在白鹿书院举办的茶王辩论大会上见到江大人雄辩滔滔，驳得对手哑口无言，也就是在那个时候，知道江大人最喜欢的茶叶是洞庭碧螺春。

“正是因为见过江大人的口才，故而在思索出使西楚人选之时，本王第一个想到的就是江大人。”

江越愕然道：“这么说来，下官出使西楚一事，是王爷向陛下所提？”

“不错，皇兄本不同意，本王几番劝言，方才勉强应允。”说到后面，东方溯神色微有些不自在。

江越眼角微微一搐，定了神后，他道：“既然王爷举荐了下官，何以又亲自来西楚？”

在各自加满茶水后，东方溯捧着温热的瓷盏，道：“不瞒江大人，本王原想着萧若傲迫于北周压力，怎么着也会将公主交出来。直至与慕兄一番促膝长谈后，方才发现这个想法太天真了。”

“何出此言？”

东方溯眸光深深道：“这一路上，江大人也见到了公主的智谋妙计，萧若傲一个庶出的皇子，却笑到了最后，江大人以为，谁人居功最甚？”

江越轻轻倒吸一口冷气：“公主？”

“不错，这也是当年萧若傲前往南昭求亲的真正原因，他的目的，从来只在于帝位。”

“原来如此。”江越恍然大悟，他之前一直觉得奇怪，何以萧若傲会对慕千雪如此在意，为她一人出动了整个天机卫不说，还特意调来一千精兵，现在想来，一切都通顺了。

换了是他，也会不惜一切代价杀掉慕千雪，让这样的一个人活着，实在太可怕。

“所以几经思量，本王决定亲自带兵来西楚救人，所幸有惊无险，眼下……”他望着江越道，“就看江大人是否愿意替本王保守秘密了。”

“这……”

“江大人不必急着回答。”东方溯打断他的话，“此地离金陵还有数日路程，入金陵前，江大人再回答本王不迟。”

江越心中确有犹豫，见他这么说，自是求之不得：“也好。”

东方溯看了一眼窗外的天色：“好了，本王不打扰江大人了，小二待会儿会送晚膳上来，用过后早些歇息，明日一早还要赶路，罐中剩下的那些碧螺春，江大人留着慢慢品。”

江越这会儿最需要的就是静下心来好好想一想东方溯刚才那番话，当即起身送东方溯离开。

十九就等在外面，瞧见他出来，急忙问道："王爷，江越答应了吗？"

"暂时还没有。"东方溯迟疑片刻，带着十九去了与此相隔数间的客房，叩门后走了进去。

"来了。"慕千雪淡淡一笑，在东方溯坐下后，将一碗酒酿丸子推到他面前，"这是小二刚送来的，说是北周特有的小吃，我还是第一次吃，很不错。"

东方溯尝了一口，道："这里的酒酿丸子做得不够地道，等到金陵之后，我带你去吃正宗的。"

"好。"慕千雪打量着他道，"见过江越了？"

东方溯搁下手里的小勺："嗯，按着你的话，都与他说了，但是……这样真的合适吗？"

慕千雪扬脸道："不相信我？"

"当然不是，我只是怕会适得其反，倒不如照我之前说的，寻个其他借口，直接将十五他们的身份瞒过去更好。"

慕千雪摇头道："江越心思缜密，你所谓的那些借口，根本骗不到他，反而会令他觉得你满口谎言，不值得信任。"

十九插话道："依我说，最好的方法就是直接杀了江越，只有死人才能够保守秘密，也省得费这么多心思。"

夏月最是看她不顺眼，一听这话，当即嗤声道："一张嘴就是杀人，你以为杀人跟杀鸡一样简单吗？"

十九眼底寒芒闪动，这个夏月屡屡与她作对，若非碍着王爷，早就送她去见阎罗王了，偏她还毫无所觉，真是蠢到家了。

慕千雪将十九细微的神色变化看在眼中，容色淡淡道："杀一个江越不难，难的是回京之后，如何向周帝交代。"

"这有什么难的，就说途中被追兵给杀了，"十九不以为然道，"难不成陛下还会派人来西楚查吗？"

"如果真是如此呢？"

十九想也不想便道："不可能。"

慕千雪转着手里的茶碗，徐徐道："想要做到算无遗策，就要考虑到任何一种可能。"

十九对她的话嗤之以鼻，慕千雪也不与之辩解，将视线重新转到东方溯身上："王爷以为，江越对周帝是何心思？"

东方溯想一想道："皇兄是君，他是臣，他对皇兄自是一片忠诚。"

慕千雪笑一笑："三年前自是如此，现在……却未必。"

"为什么？"

"你跟我说过，在江越揭发刑部上下串通一气，以乞丐孤儿顶替死囚犯的黑幕后，周帝晋他为正四品鸿胪寺卿。"

"他揭发刑部上下贪污受贿，残害无辜百姓有功，自当奖赏。"

"真的是奖赏吗？"

东方溯脸色微微一白，不等他言语，慕千雪自顾自道："鸿胪寺掌管朝会、筵席、祭祀，并无什么实权，一个正四品鸿胪寺卿，论权力远不如刑部一个五品甚至六品官员。"

"刑部上下官职出缺，以江越的才干及功劳，封一个刑部侍郎也不为过，可是没有，周帝宁可从各部借调人手，甚至让吏部选一些备选的举人填补空缺，也不晋封江越，为什么？"

东方溯沉吟半晌："江越毕竟只是一个正五品官员，贸然晋封为从二品大员，怕是难以服众，故而让他先在别处历练一番，这也是常有的事情，没什么好奇怪的。"

"那现在呢，两年过去了，周帝可有再任用江越？"

东方溯被她问得哑口无言，是啊，要说历练，两年的时间差不多了，可江越至今仍居鸿胪寺卿一职，寸步未进。甚至在自己提及江越之时，皇兄好一会儿才想起，仿佛……早已经忘了这个人的存在。

看到他这个表情，慕千雪早已心中有数："江越虽有才干有能耐，对朝廷、对北周也是一腔热血，可这样的他并不得周帝喜欢。"

东方溯拧眉道："我……不太明白你的意思。"

"刑部一案，江越搅得惊天动地，整个刑部几乎都被他给掏空了，想要将之重新填满，谈何容易，想必为了这件事，周帝没少费心思。可就是这样，江越还不满足，一再上书要求处斩郑全，严惩涉案官员，他这样无疑是火上浇油，更不要说还有一位郑妃在旁边吹枕头风。你想，在这种情况下，周帝又怎么会看中江越？"

"但江越本意是为朝廷好，这一点，皇兄应该很清楚。"

慕千雪暗自叹了一口气，东方溯常年征战在外，对于帝王心术、官场门道，知道得还是太少了一些。

“大多数皇帝都不喜欢一个制造麻烦的臣子，与其焦头烂额地处理一堆麻烦事，倒不如死几个无关紧要的流民，看周帝对江越的态度，也不例外。”

“江越不是蠢人，这些简单的事情，他不会看不出来，所以我才说他对周帝未必还是忠心一片。”

东方溯想了一会儿：“就算真如你所言那般，与我们又有什么关系？”

“当他发现你比周帝更懂得他一片忠君爱民的心思，也更坦诚之时，心中的天平自然而然就会向你倾斜，到时候就算你不提，他也会帮你保守秘密。”

“原来如此。”听到这里，东方溯最后一丝疑惑也得以解开，“其实皇兄比我更紧张大周的子民，也更爱惜他们，并不像你所言的那样。江越一事，应该有他自己的考虑，我们不该以己度人。”

慕千雪淡淡一笑：“看来你与周帝关系甚好，可否与我说说？”

东方溯吃了一口已经有些凉了的酒酿丸子：“你想听什么？”

“三哥曾与我说过一些你的事情，据他所言，你与周帝并非一母所生。”

东方溯颔首道：“我母亲是父皇的一名容华，位份不高，恩宠也不多。她性子温和，不喜与人争执，就算吃了亏，每每一笑了之，只求安稳度日。可宫里头多的是欺善怕恶之辈，他们见母亲如此，就越发过分，克扣供俸更是成了常有之事。我记得七岁那一年冬天异常寒冷，我冻得生了病，高烧不止，日日咳嗽，母亲心疼，便让宫人去请太医，哪知那群太医一会儿说要侍奉太后，一会儿说宫中受寒之人众多，总之推三阻四不肯过来，直至母亲亲自去太医院，才总算过来，草草开了药。

“我发烧之后，就特别怕冷，可是母亲宫中已经好多年没有银炭供俸了。母亲心疼我，就去找内务府总管，想要些银炭取暖，结果被那管事百般刁难，好不容易拿了些炭回来，还是黑炭，一生起来就满屋子烟气，熏得我咳嗽不已，根本不能用，那几日我一直昏昏沉沉，记不太清那些日子的事情，印象最深的就是母亲抱着我哭的样子。”

夏月没想到东方溯还有这样心酸的往事，大为同情：“那先帝呢，他就不管王爷您吗？”

东方溯涩涩一笑：“母妃不善于争宠夺爱，往往数月方才能够见父皇一面，而父皇膝下子嗣足有十几人，又哪里顾得到一个四品容华所生的儿子。”

“那后来呢，王爷您病好了吗？”

东方溯回忆着多年前的往事：“母亲为了我又一次去内务府讨要银炭，成妃正好也在，将母亲一顿奚落，更与内务府总管一唱一和将母亲赶走。所幸途中遇到正在赏花的卫贵妃，她知晓事情始末之后，当即去内务府，严词训斥内务府总管，让他将这几年克扣的银炭还有其他供俸，全部送到母亲宫中去，一样都不许少，之后又传太医悉心医治。如此下来，我的病方才慢慢好转。”

“王爷口中的卫贵妃，应该就是北周现在的太后。”承帝有两位皇后，一位是少年时娶的原配妻子，与承帝伉俪情深，可惜福分浅薄，册立为后的第三年就因病过世。在后位虚悬数载后，承帝册贵妃卫氏为后，执掌六宫，立其子东方洄为储君。两年前，承帝驾崩，太子东方洄继位为帝，尊卫氏为太后。

东方溯点头道：“母后也是一个心肠温柔之人，知晓我们母子情况后，很是同情，多亏了她的照拂，我母子方才能够在后宫中安稳度日。还有皇兄，每每有其他皇子想要欺负我，他都会挡在我身前，所以我们的感情远比其他兄弟要好。”

慕千雪扬眉道：“原来是这样，难怪你如此护着周帝，不许我说他半句不是。”

东方溯哂然一笑：“不是我不许，而是皇兄确实是一位勤政爱民的好君主，公主见到皇兄，自然就会明白本王所言非虚。”

慕千雪笑而不语，若东方洄当真那般好，承帝为何不将神机营传给他，反而要传给一个并不受重视的庶子？

事情……远不如东方溯以为的那么简单。

接下来的几日，谁也没有再提神机营的事。第三日下午，他们终于赶到了金陵城外，可惜城门已闭，只得在城外找了一家客栈落脚，明日一早再进城。

东方溯问店家要了几捆草料，拿到后院去喂马，结果一到那里就看到江越站在马厩前，不禁惊讶道：“江大人怎么在这里？”

江越拱手，一脸正色道：“下官祖籍河南，江氏一系，父亲希望下官能够出人头地，光耀门楣，故而为下官取名江越，字‘崇耀’，王爷若是不弃，就唤下官一声‘崇耀’吧。”

东方溯没想到江越会突然说出这么一番话来，略有些惊讶，过了一会儿方才点头道：“好，崇耀。”

他的回答令江越露出欣然之色：“下官知道王爷每天这个时候都会亲自来喂马，所以特意在此等候。”

东方溯心中一动：“可是已经有了答案？”

“是。”江越接过东方溯捧在手里的草料，将它们一一添到马槽中，看着那些马探头嚼着鲜嫩的青草。

正当东方溯暗自揣测时，江越突然冒出一句没头没脑的话来：“陛下不会相信王爷单枪匹马从西楚宫城之中救出公主。十九姑娘的身份是王爷侍女，也不能提及。”

“你的意思是……”

江越微微一笑：“王爷希望下官隐瞒神机营一事，可不得事先想一个借口，以免陛下起疑吗？”

听得此话，东方溯哪里还会不明白，一桩心事落了地，拱手道：“多谢崇耀愿意帮本王这个忙，本王感激不尽，这份情意，本王当牢记于心。”

江越连忙扶住他：“王爷言重了，不过是举手之劳罢了，当务之急，是想好明日面圣的说辞。”

“江湖上有不少亡命之徒，他们武功高强，但不问对错是非，为了钱财，杀人放火什么都肯做。到时候将十五他们说成是拿钱办事的亡命之徒，救出人后，便离开了，崇耀以为如何？”

“亡命之徒……”江越摩挲着手指思忖片刻，颔首道，“王爷这个说辞倒是不错，也没什么破绽，应该能够瞒得过陛下。”

在商量了一些细节后，东方溯道：“另外，萧若傲追杀公主的真正原因，也请崇耀不要与任何人提及，以免招来祸患。”

既然决定了靠拢东方溯，江越爽快道：“下官明白，王爷只管放心就是了。”

在他们言谈之时，夏月也正在想着这件事，她咬着筷子：“公主，您说江大人会答应吗？明日一早可就要入城了。”

慕千雪夹着一块糖醋鱼肉放到夏月碗里：“食不言寝不语，与你说了那么多遍，怎么总是记不住？”

夏月吐一吐舌头，小声道：“奴婢这不是担心嘛，这都过去好几日了，也不见江大人给个准信，谁知道他心里在想什么。”

慕千雪淡淡道：“江越虽不太擅长揣测帝王心术，却是一个聪明人，应当不会看不明白。”

夏月思来想去，还是放心不下，皱着圆嘟嘟的脸庞道：“不怕一万，就怕万一，他要是真想不明白，打算告诉周帝，指不定会闹出什么麻烦来。要奴婢说，趁着这会儿还没入城，赶紧去问清楚，要真有个万一，也好早做打算。”她想了想，搁下吃了没几口的饭，起身道：“奴婢现在就去请江大人过来。”

慕千雪唤住她，似笑非笑道：“你这丫头，平日里倒没发现你这么心急。”

夏月一本正经道：“不是奴婢心急，而是此事关系公主在北周的安危，大意不得。”

慕千雪眸中闪过一丝暖意：“刚才我瞧见江越往马厩那边去了，王爷有亲自喂马的习惯，江越此去，当是为了见王爷，所以你说的那件事，应该很快就有答案了。”

“那……”夏月刚说了一个字，就被敲门声打断，过去开了房门，只见一个店小二捧着一个红漆托盘站在门口。

“什么事？”

店小二将手里的托盘往前递了递，笑道：“今儿个是小店东家娘子三十生辰，东家高兴，特意让厨房做了十份无火鸡，送给住店的贵客，讨个吉利，您这里也有一份。”

“原来是这样，你东家可真疼娘子。”夏月一边说着一边接过托盘放到桌面上。

慕千雪听到他们刚才的对话，问道：“你说这道菜叫无火鸡？”

“嗯，是咱们这里的名菜，每天都有许多人点，保准您吃过之后还想吃。”说话间，店小二已是揭开了盖子，一股醇厚浓郁的香气顿时在房中弥漫开来。夏月深吸了一口气，惊喜道：“这菜可真香，比御……呃，比家中俞厨子做的那些菜香多了。”她一时口快，差点儿将御厨二字给说了出来，幸好及时改口，方才没有引起店小二的怀疑。

慕千雪拿筷子拨了一下软润的鸡肉，疑惑道：“这鸡分明就是用火煮熟的，何以叫无火鸡？”

店小二笑道：“贵客别看这鸡肉鲜香熟嫩，但确确实实没有用火煮过，无火鸡三个字，如假包换。”

在店小二细细解释了一番后，慕千雪二人方才明白这无火鸡究竟是怎么一回事：先选取大小适合的母鸡，煺毛掏净内脏后，将腌雪菜填入腹中，用姜、葱、花椒、高粱酒等拌腌半小时。然后用猪网油和烫软的荷叶将鸡包起来，用小麻绳捆好，将鸡向上埋入生粗壶蛋的灰堆里，浇水后灰堆立即散发出热气，取一个鸭蛋塞入灰中，熟后再放第二个，连续三次。等三个鸭蛋都熟了之后，就可以取出来，剥开荷叶，里面的鸡已经熟透了，因为所有鲜味儿还有香气都被牢牢锁在荷叶里，所以远比用一般方法烧制的鸡肉更加鲜美醇香。

夏月饶有兴趣道：“这做法听着可真新鲜，就不知是不是真的那么好吃。”

店小二信心十足道：“就像小人刚才说的，保准姑娘您吃过一次还想吃第二次。”说着，他殷勤地将筷子递给慕千雪，“贵客您也尝尝。”

“好。”话虽如此，慕千雪却不接筷，反而对已经夹了一块鸡肉到嘴边的夏月道，“你刚才不是说衣裳没洗吗？还不赶紧去洗了。”

“奴婢待会儿就去洗。”夏月一边说着一边张嘴欲咬。

“趁着这会儿天还未暗，赶紧去洗了吧，这无火鸡我给你留着，回来的时候让小二热一热，可以吗？”最后这句话是在问那个店小二。

“当然可以。”不知为何，店小二的笑容瞧着有些勉强。

“那就行了，赶紧去吧。”见慕千雪态度坚决，夏月只得放下嘴边的美味，出去洗衣裳。

在夏月走后，店小二弯了个腰道：“贵客慢用，小的先下去了。”

“且慢。”慕千雪唤住已经走到门边的店小二，凝望着他略显单薄的背影，“既是来了，何不摘下面具一见？”

店小二身子一颤，头也不回道：“小人不明白贵客的意思。”

“坐下吧。”在一声轻咳后，慕千雪吐出一个令店小二骇然色变的名字，“十九。”

良久，店小二转过身来，目光阴鸷地盯着慕千雪：“你怎么知道是我？”

如果夏月在这里，一定会大吃一惊，店小二这会儿的声音与刚才截然不同，竟然……变成了女声，而且还是十九的声音。

“坐下再说。”慕千雪语调一如既往地平静。

店小二盯了她半晌，缓缓地走到桌对面坐了下来。慕千雪将碗筷略加收拾后，取过搁在床边架上的帕子，背对着十九擦干双手后方才回到原处，拿起反扣在桌上的茶碗，倒了一杯茶递过去：“这家客栈待客用的茶很不错，尝尝看。”

十九看也不看她递来的茶，冷冷道：“你还没回答我的话。”

慕千雪给自己也倒了一杯，双手捧着渐渐温热起来的茶碗：“通过人皮面具与一定的发声技巧，改变一个人的容貌与声音并不难，但自幼养成的习惯动作却不是说改就能改的。”

“什么意思？”

慕千雪微微一笑：“还记得你刚才是怎么递筷子给我的吗？”

“记得又怎么样？”

第九章　金陵相逢

“但凡男人递筷，都是并指递过去的，可你不是，你当时小指微微翘起，犹如初开的兰花，一般来说，只有女子才会如此。另外，就算再轻薄精巧的人皮面具，也终归不是自己的脸，神态难免有些不自然，只要仔细留意便可发现其中端倪。”

“就算是这样，也有可能是西楚派来的追兵，怎么能断定是我？”

慕千雪柳眉一扬，似笑非笑道：“且不说时间上的问题，你以为……萧若傲会派一个女子来杀我吗？”

“是我小觑你了。”随着这句话，她抬手在脸上抹过，手放下之时，已是完全变了一副模样，正是十九无疑。

“说吧，为什么要这么做？”

十九目光闪烁道：“有什么好说的，就是闲来无事，与你开个玩笑罢了。”

“是吗？”慕千雪自发间取下一枝银簪子，刺入那盘色香味俱全的无火鸡之中，下一刻，银簪以肉眼可见的速度变黑，且迅速往上蔓延，迫使慕千雪撒手。

“咚！”银簪掉在铺着绣有金玉满堂细棉桌布的桌子上，这么一会儿工夫，簪子最后一点儿银色也被吞噬殆尽，整根簪子散发着幽幽黑光，诡异得很。

看到这一幕，纵然是慕千雪也不禁微微色变：“好厉害的毒，神机营真是藏了不少好东西。”

“再厉害的毒又如何，还不是没能取你的性命。”十九冷冽的眸色中蕴含着浓重的杀机。

“但你并不打算就此放弃，对吗？”

“不错。”十九冷冷应着，她讨厌这种被人一眼看穿的感觉。

借闫重山之手杀死慕千雪的计划被十五破坏后，她就一直在寻找机会下手，可惜迟迟未能如愿。眼见明日就要进入金陵，十九终于按捺不住了，想出一个假扮店小二，以东家夫人生辰赠菜为由，在菜中下毒的计策，事后东方溯追查起来，大可以推说是西楚派来的追兵。

至于夏月这个多嘴饶舌又总爱与她作对的丫头，死了也不可惜。

对于自幼在神机营长大的十九来说，易容变声并不是什么难事。她自觉这个计策天衣无缝，岂料被慕千雪一眼识破，实在可恼。

不过，既然已经动手了，她就绝不会半途而废，今夜必取慕千雪性命！

慕千雪不疾不徐道："哪怕王爷查出是你所为，也无所谓？"

十九黑幽幽的瞳孔微缩，寒如冰魄的声音自那张饱满的樱唇逸出："没有人看到我进你房间，所有人都会以为是西楚追兵扮成店小二来杀你，包括……王爷！"

慕千雪突然觉得眼前一花，一抹青色伴随着凛冽的劲风迅速朝她袭来，未等看清，一只手已经扼住了她细嫩的脖颈。

十九居高临下地望着慕千雪，唇角微翘："纵然你有千般智计又如何，一旦离开身边人的保护，杀你并不比杀一只蚂蚁费力多少。"

慕千雪仰头，嘴角噙着一抹令人诧异的微笑："看来十九姑娘并没有弄清楚眼前的形势。"

"你说什……"十九倏然止了话语，神色僵硬地低头看去，只见一把小弩抵在腹部，比手掌还要短一些的一支小箭已经扣在绷紧的墨弦上，只要慕千雪手指一动，那支锋利的小箭就会立刻在她腹间开出一个血洞。

"你说谁的动作会更快一些？"慕千雪笑得一如平常那般云淡风轻，仿佛此刻在谈论的只是一件微不足道的小事。

"你什么时候拿在手里的？"十九脸色难看无比，她明明一直盯着慕千雪，怎会凭空多出一把小弩来。

慕千雪往床架的方向看了一眼："十九姑娘以为，我刚才过去，当真只是为了取帕子拭手吗？"

这把小弩是祠堂一事后，东方溯特意做来给她防身的，每晚临睡之前，她都会上好弦放在枕下，以防刺客。刚才发现店小二是十九假扮后，她就借着拭手的动作，悄悄从枕下取出小弩藏在袖中。

十九紧紧咬着下唇，狠一狠心肠说道："顶多就是舍了这条命，与你同归于尽而已。"

“王爷他们就在隔壁的客房中，在你杀我之前，我有足够的时间呼救，同归于尽……不过是你一厢情愿罢了。”

十九面如寒霜，她不想承认慕千雪的话，却不得不承认，以现在的情形来看，她确实没有与之同归于尽的资本。

在几乎咬碎了满口银牙后，十九含恨收回手，目光如冰针一般刺在慕千雪脸上：“你想去告诉王爷？”

“与告状相比，我对另一件事更感兴趣，只要你肯坦然相告，或许我可以替你瞒下这件事。”虽然颈间的威胁已去，但慕千雪并未收回小弩，依旧对着十九的要害，令后者不敢轻举妄动。

“什么事？”尽管极力压制，十九的眉眼间仍是透出一丝紧张，她终归还是害怕让东方溯知道自己的心思，因为那样一来，东方溯就算不杀她，也绝不会让她继续留在身边。

“为什么要杀我？”

十九一怔，她想不到慕千雪绕了半圈，问的竟是这么一个问题，静默半晌回复道：“你的存在，对王爷来说，犹如一张催命符，实在太过危险。”

“所以你就要杀我？”

“不错，只有你死了，王爷才能平安。”

慕千雪意味深长地看了她一眼：“对你家王爷来说，我是保命符也说不定。”

十九愕然地望着她：“什么意思？”

“现在与你说了你也未必会相信，给我三个月的时间，三个月后我告诉你为什么。”

十九紧蹙了两道秀气的柳眉，她猜不透慕千雪究竟打的什么主意：“如果到时候你的答案不能令我信服呢？”

慕千雪展一展袖：“我会待在金陵城中，你若不满只管来取我性命就是了，至于能否取去，就要看你的本事了。”

十九死死地盯着慕千雪深不见底的双眼，在一番长久的思索与权衡之后，她深吸一口气，点头道：“好，我等你三个月！”

复辟南昭非一朝一夕可成，短短三个月，量慕千雪也掀不起祸及王爷的风浪来。

而且她也确实很好奇，慕千雪为何会自称是王爷的保命符，催命与保命可是截然相反的两个意思。

听到房中传来的声音，临空攀在窗外的十五暗舒一口气，收起了手中的袖箭。自从祠堂一事后，他虽未再说什么，却一直都在暗中留意十九，之前见她易容装扮成店小二的模样，就猜到她是想对慕千雪动手，故而悄悄地潜到慕千雪屋外，观察屋中动静的同时，也在犹豫着要不要救慕千雪。

东方溯是神机营的主子，他们应该无条件遵从东方溯的命令，可是十九所言并非全无道理，把一心想要复辟南昭的慕千雪留在东方溯身边，不知会发生什么样的事。

他本以为，以十九的能耐足以控制住局面，毕竟慕千雪只是一个手无缚鸡之力的弱女子罢了，但没想到最后竟是十九落了下风，这个慕千雪还真是厉害得让人害怕，难怪萧若傲要追杀不休了。

若刚才慕千雪当真打算将这件事告诉东方溯，他就算冒着被发现甚至处死的危险，也要灭了慕千雪这个口，否则十九性命危矣！

十五踩着窗外的瓦片，悄无声息地回到自己屋子，摸黑取出火折子点燃了桌上的烛台，幽微的橘色光芒在照亮屋子的同时，也在十五身后投下一道孤寂的影子……

一夜无语，清晨起来后，众人收拾了东西，往金陵城行去，在离城门尚有一段路时，十五等人齐齐勒住马绳，不再往前一步。

夏月看到这一幕，蹙眉道："公主，为什么他们不能跟咱们一起回京，只要不将他们的身份说出去不就行了吗？"

慕千雪抚着袖子，淡淡地说道："你想得简单了，神机营虽一直隐身在暗处，不为人知，但创立近百年，多多少少有一些事情流传在外，一旦这么多人同时出现，很容易引起别人的怀疑，江越就是一个最好的例子，王爷身边留一个十九就够了。"

她看了一眼似懂非懂的夏月："还记得我与你说的话吗？"

一听这话，夏月连忙点头："奴婢记得，要是有人问起，就说跟随王爷入宫救咱们的是一群江湖上的亡命之徒，在将咱们送出西楚边境的时候就离开了。"

"记得就好，此事关系重大，切不要说漏了嘴。"说完这句话，慕千雪闭目不再言语，不知是在养神还是思索事情。

夏月不敢打扰，掀了车帘好奇地望着远处渐渐清晰的巍峨城门，总听人说金陵城是这天底下最繁华的地方，车水马龙，远非应天城所能相比，不知道是否真有那么繁华。

这是金陵的南城门，刚刚打开没多久，尚没什么人进出，守门士兵手执长枪肃然立在两边。

瞧见徐徐驶来的马车，两名士兵上前打算拦下检查，为首的小校眼尖，看到了骑在马背上的人，连忙道："睿王来了，赶紧让开！"

一听这话，那几名士兵皆露出敬畏之色，躬身退至一边，直至东方溯一行走远后，方才重新直起身子。

入城之后，江越去宫城向周帝复命，东方溯则带着慕千雪往位于城东的王府行去，在又行驶了约莫半个时辰后，马车停了下来，旋即东方溯掀起了车帘，伸手道：“到了。”

即便是在面对成百上千的追兵围捕也从容不迫的慕千雪，这一刻却紧张得双手微微发抖，迟迟不敢握住伸至眼前的手掌。

“你在害怕什么？”

慕千雪深吸了口气，努力安抚着慌乱害怕的心：“南昭之祸，可以说是我一手促成，我……”舌尖麻木苦涩，不知该怎么继续下去。

“毁灭南昭的是萧若傲，并非你。这一点慕兄很清楚，否则也不会求我去救你。下来吧，他很想见你。”

犹豫良久，慕千雪终于伸出仍在不住发抖的素手放在那只宽大的手掌中，由他牵着自己下了马车。

十九上前叩门，守门者得知是东方溯回来，赶紧奔出来行礼，激动道：“王爷您可算是回来了，让老奴好生担心。陛下还有太后、太妃他们派人来问了好多次，尤其是太妃，每日都会派人过来问一遍，这么多天您究竟去哪里了，怎么也不说一声？”

“去办些事情。”东方溯随口应了一句，牵着慕千雪的手往府中走去，夏月紧随其后。

直至这个时候，守门人方才发现自家王爷这次回来，身边多了两名女子，他拉住走在最后的十九，好奇地问道：“十九姑娘，那两人是谁呀，怎么会跟王爷一道回来？”

怪不得他会好奇，东方溯为人寡言严肃，从不喜风花雪月之事，他在府中当了那么多年的差，还是头一回见到东方溯带女子回府，实在稀罕得很。

“我怎么知道？你自己问王爷去。”十九绷着脸甩下这么一句话。

望着十九离去的身影，守门人摸着脑袋，自言自语道：“十九姑娘这是怎么了，跟吃了火药一样。”

东方溯带着慕千雪一路穿过重重门宇，来到西路一处精巧的院落中，刚一进来，便看到一人正执了一柄寒光四射的长剑，在空旷的院中上下翻飞，剑影重重，院中种着两株垂丝海棠，粉红娇嫩的花瓣不时随风落下，刚一碰触到剑影便立刻飞了出去，剑影内的地面干干净净，没有一片花瓣落入剑影之中。

慕千雪怔怔望着剑光中衣袂翻飞的人影，泪水不受控制地漫上了双眼。

“慕千雪，你拿水泼我做什么？”

“试剑法啊，师父说了，秋水剑法练到极处，水泼不进，针插不入。”

“你也说了练到极处，我才刚练了几天啊，怎么可能水泼不进，你分明就是故意的。”

“就是故意的又怎么样，谁叫你昨儿出宫时不带我一起去，哼，看你下次还敢不敢独自出宫。”

“你这刁滑的小妮子，难怪圣人说‘唯女子与小人难养也’，真是一点儿也没错。”

……

前尘旧事化作无数把小刀，在慕千雪体内横冲直撞，似要将她每一寸肌肤骨骼都撕裂开来，痛得喘不过气来。

“叮！”剑影倏然消失，慕临风怔怔地望着泪流满面的慕千雪，长剑已是掉落在地上。

慕临风脚步僵硬地走到慕千雪身边，视线一直牢牢锁在慕千雪身上不曾移开，忧伤、欣慰、庆幸、悲哀一一在他眼中掠过。

他抬手，抚过慕千雪湿润的脸颊：“终于等到你了，真好！”

慕临风的话令慕千雪的泪落得更凶，泣声道：“对不起，三哥，对不起。如果当初我没有嫁给萧若傲，又或者……早一些发现他的歹毒心肠，南昭就不会被灭，父皇母后还有南昭的百姓也不会死，对不起！”

以前父皇总说，她是上天赐给南昭的珍宝，谁知却是覆灭南昭的灾星。这一路上，她装得很坚强，可是内心无时无刻不在自责，无法原谅自己犯下的错。

慕临风哑声道：“萧若傲存心要骗你，又哪里会让你发现他的心思。总之……你能够平安是最要紧的，相信这也是父皇与母后最大的希望。”

提及视自己为掌上明珠的昭帝与昭后，慕千雪越发难过，许久方才勉强止了哭泣，一字一句道：“父母之仇、灭国之恨，千雪铭记于心，来日当向萧若傲百倍讨还。西楚不亡，此心不死！”

慕临风点头道：“你自幼聪敏过人，有惊世之才，三哥相信你一定可以覆灭西楚，为父母、为死去的族人百姓报仇！”

慕临风压下胸口的翻腾，走到东方溯面前，拱手长揖到底，肃声道：“多谢东方兄冒死替我救回千雪，大恩不言谢，只要我慕临风有一口气在，必不会忘记今日之恩。”

东方溯扶起他道：“慕兄见外了，你我是生死之交，理应如此。”停顿片刻，他转头道，“十九，你让人去将一直空置的东院收拾一下，给公主居住。”

十九神色有些古怪：“这西院还有许多厢房空着，何不让公主住在此处，也方便与庄亲王走动。”虽说没有明确的规定，但一般来说，府宅东院都是给正房夫人居住的，因为东方溯一直未曾娶妻，所以这睿王府的东院一直空置着。但就算这样，也不应该给慕千雪居住。

东方溯不知她这些心思：“夏日炎炎，西院树木不多容易西晒，公主身子孱弱，不适合住在这里，照我的话去做就是了。”

“是。”十九不情愿地应着。

东方溯重新转过视线：“我这次是瞒着皇兄去的西楚，现在既是回来了，当进宫去向皇兄请罪，先告辞了，晚些再过来。”

慕临风犹豫片刻，凝声道：“你未奉皇令而擅去西楚，周帝只怕会怪罪于你，还是我陪你一道去，有什么事情，我来担着。”

东方溯捡起地上的长剑交到他手中：“皇兄对我素来极好，再说这次也没出什么乱子，想来顶多只是训斥几句罢了，慕兄不必担心。”

“可是……”

东方溯拍一拍他的肩膀，打断道：“行了，你与公主多年没见，好好说话，有什么事情，只管吩咐下人就是了。”话音未落，他已是转身离去，显然是不打算给慕临风拒绝的机会。

“这个东方。”慕临风与他相识多年，哪里会不明白他的心思，面冷心热，表面冷冰冰，其实处处为他人考虑。这次要不是他，自己走投无路不说，千雪更无法活着离开西楚。这个人情，可真是欠大了，以后也不知要怎么还。

在快要走到府门口时，东方溯发现自己身后有脚步声，回头一看，却是十九，蹙眉道：“你跟来做什么？”

十九咬一咬唇，上前道：“奴婢想陪王爷一道进宫，万一陛下怪罪下来……”

东方溯打断道：“都说了不会有事，只管放心就是了。退一步说，万一陛下当真要怪罪，你去了也无济于事。”

十九低头盯着自己缎面鞋尖上的丁香绣花，嘟囔道：“本来从一开始就不该去救慕千雪。”

“你说什么？”十九说得很轻，东方溯没有听真切。

十九摇头道：“没什么，奴婢就是担心王爷。”

东方溯笑一笑：“好了，回去吧，记着将东院收拾出来。另外公主初来府中，难免有许多不适应，你挑几个心细机灵的下人过去侍候。”

“知道了。”在十九闷闷地应声后，东方溯走出府门，接过小厮递来的缰绳，策马离去。

当年承帝赐东方溯府邸之时，随手选了一座离宫城最远的宅子，策马小跑，差不多得小半个时辰。后来东方洄登基，加封东方溯为睿亲王时想要给他换个离宫城近些的宅子，却被他拒绝了。

“参见睿王！”

“参见睿王殿下！”

在宫城守卫与宫人的一路行礼中，东方溯跨进了承德殿的西间。北周有近十位亲王，但能够不奏而入的唯他一人，可见东方洄对他宠眷之盛。

东方溯双臂平伸，右手在下，左手在上，朝坐在御案后批奏折的那道明黄身影躬身行礼：“臣弟参见陛下，恭请陛下圣安！”殿中并不见江越身影，想是已经奏禀完回去了。

听到他的声音，御案后的男子缓缓抬起头来，他面容与东方溯酷似，同样的丰神朗朗，清俊不凡，但五官棱角要比东方溯柔和许多，在九珠金冠的映衬下，面如冠玉。他正是东方溯同父异母的兄长东方洄，也是北周的皇帝。

他旁边的老太监满面欣喜道：“陛下，是睿王回来了。”

东方洄没有理会他，搁下手中的朱笔，盯了仍保持着行礼姿势的东方溯，淡然道：“你可知罪？”

东方溯知道他必是从江越口中知道了自己去西楚救人之事，屈膝跪下道：“臣弟知罪，请陛下发落。”

“错在何处？”

“臣弟隐瞒陛下擅离金陵，此为罪一；不经陛下同意，闯入西楚宫城救人，此为罪二；牵扯江越，令楚帝知晓救走璇玑公主的是我们北周，令两国从此不睦，此为罪三。”

东方洄默默听着，良久，他起身来到东方溯身前，亲自将之扶起，叹道：“朕不怕楚帝知道是我们北周救走璇玑公主，也不怕与之为敌，区区一个西楚朕还不放在眼里。朕是担心你啊，七弟，幸好这次平安归来，万一途中出了什么事，你让朕怎么向母后交代，怎么向陈太妃交代？”

面对他毫不掩饰的关心，东方溯既羞愧又感动，低头道：“是臣弟鲁莽，请陛下治罪。”

东方洄叹了口气：“朕不是怪罪你，只是你这一次实在是太过胆大妄为了，一走就是一个多月，朕派人四处去找你，就是没想到你会去西楚。”

停顿片刻，他蹙眉道：“话说回来，朕都已经应承了你，派江越出使西楚，向楚帝讨要璇玑公主，你为何又要这么做？”

“臣弟当时以为，有陛下的国书在，楚帝当不至于拒绝，直至回去后与慕兄一番细谈，方才发现臣弟想得太简单了。”

东方洄微微一挑如墨双眉，等着东方溯说下去。

“楚帝野心勃勃，一登基便以灭燕为名除掉毫无防备的南昭，还大肆屠杀南昭都城之人，尤其是慕姓之人，一个都不放过。若非慕兄命大，恰好出城狩猎，恐怕早已死在他的屠刀之下。像他这样‘宁可我负天下人，不可天下人负我’的心性，是绝对不会放过公主的，就算公主对他没有任何威胁，对他来说也是一样，斩草必除根！”

东方洄示意他在左首的紫檀椅间坐下，有宫人端来新沏的茶。“西楚虽吞并了南昭，但想要将南昭彻底掌握在手里，还需要很长一段的时间。在此之前，他根本不足以与我北周相提并论，你凭什么断定，他有胆子拒绝朕的要求？”

“因为齐国与东凌。”东方溯凝声道，“我北周虽然国力强盛，无人可及，却被齐国与东凌牵制，一旦我们对西楚动兵，这两国一定会抓住机会起兵，令我们腹背受敌，以楚帝的心思，不会看不出这一点。”

东方洄抚着薄透如玉的茶盏，徐徐道：“他清楚朕一时半会儿奈何不了他，所以朕的国书在他眼中，只是废纸一张。”

“陛下英明。”东方溯垂目应了一声，又道，“楚帝就是看清了我们与齐国、东凌，三方牵制，无暇他顾。所以才敢出兵灭南昭，他有足够的时间去控制、消化南昭这一大块肥肉。”停顿片刻，他又道：“恕臣弟直言，虽然西楚势力暂时不及齐国与东凌，但楚帝心思阴诡，假以时日，必会成为我北周的心腹大患。”

“朕看出来了。”东方洄低头看着在茶汤中徐徐舒展的茶叶，“真是想不到，懦弱平庸的庆帝竟然生了一个这么有能力的儿子。”

东方洄口中的庆帝是西楚前一任皇帝，也就是萧若傲的父皇。为帝二十载，政绩平平，为人懦弱，耳根子又软，受小人唆使错杀了不少忠义之臣。慕千雪当初就是抓准他这个弱点，方才能够助萧若傲夺下储君之位。

沉默片刻，东方洄疑惑道：“皇城重地，必然戒备森严，你一个护卫士兵都没带，又是怎么救出璇玑公主的？”

东方溯依着之前想好的说辞讲述了一遍，听得他竟去利用江湖上的亡命之徒，东方洄不由得笑了起来："真亏你想得出来，不过不失为一个好主意，不过你得答应朕，此事绝不可再有第二次，否则朕就拿根绳子把你绑在睿王府，让你哪里都去不成。"

东方溯听出玩笑背后浓浓的关心，按下心中的感动，欠身道："是，臣弟答应陛下！"

东方洄满意地点点头："璇玑公主现在何处？"

"璇玑公主思念庄亲王心切，所以臣弟先送她去了府中，还请陛下恕罪。"

"他们兄妹分别多年，再加上遭此横祸，难免有许多话要说，这也是应该的。过几日是母后寿辰，到时候你带璇玑公主一道进宫。当年璇玑公主才貌双全之名，传遍诸国，朕很想见一见，想来母后也是。"

"臣弟遵旨。"在东方溯应承下来后，东方洄道："你不在的这些日子，母后与陈太妃都担心得不得了，既是回来了，就赶紧去见一见，好让她们安心。"

"是，臣弟这就过去。"东方溯再次行了一礼，躬身退出了西间。

在他走后，东方洄伸出修长白皙的手指，取过对面一口未动过的茶水，垂目望去，碧绿茶汤，清晰倒映出他的影子，舒展开来的茶叶静静沉在盏底。

"怀恩，你相信他的话吗？"懒懒的声音在承德殿中亮堂的西室响起。

被称作怀恩的老太监想了想，小声道："睿王与江大人所言对得上，老奴以为，应该……都是真的。"

一抹幽凉的笑容出现在东方洄唇边："应该？你什么时候学会与朕打马虎眼了？"

"老奴不敢。"怀恩躬身道，"老奴只是不太明白，陛下何以会怀疑睿王的话？"

东方洄轻轻晃动着手中的茶盏："璇玑既是楚帝决意要杀的人，那么就算他们侥幸逃出了宫城，也一定会紧追不休对吗？"

怀恩点头道："是，之前睿王也说了，一路上，他们屡次遭到追杀，所幸有江大人相助，又出其不意，取道东境，经齐国回北周，绕了一大圈，方才摆脱追兵。"

"那在踏入齐国之前呢，就靠那些江湖人士与追兵抗衡？"

"据老奴所知，江湖人士虽然不如军中士兵那样纪律森严，但胜在凶悍不畏死，有这些人在，对付那些个寻常士兵，并不是什么难事。"

他这句话令东方洄唇角轻轻上挑："有没有听说过天机卫？"

"天机卫？"怀恩蹙着花白的双眉仔细想了一番，摇头道，"回陛下的话，老奴不知。"

"楚帝登基之前暗中培植的势力，几年下来，倒也有些规模，有几分像……神机营！”

怀恩眼皮狠狠一跳，骇然道：“陛下是说……楚帝手里也有一个‘神机营’？”

“天机卫确实是模仿神机营而建，但要说是第二个‘神机营’，还远远称不上，只说两者之间的底蕴就差了一大截。”

怀恩松了一口气：“原来如此，要真是一样，这楚帝未免也太厉害了些。”

“据朕所知，天机卫里尽是一些武功高强的江湖人士，楚帝既然那么想要璇玑公主的性命，一定会使出天机卫这把利刃，可结果……却连他们一根寒毛都没有伤到。怀恩，你认为合理吗？”

“这……”怀恩思忖半晌，轻声道，“被陛下这么一说，确实有些不合理。”

“再者，朕还是皇子之时，也曾接触过一些江湖人士，不错，那些亡命之徒为了钱确实可以连命都出卖，但价格昂贵令人咋舌。老七虽说是个亲王，但他脾气臭，又不懂得钻营，家底还不如一个侯爷，除非变卖田产屋宅，否则他绝对出不起那价钱。”

“这么说来，睿王真有可能在骗陛下？”话音刚落，怀恩忽地脸色一变，脱口道，“那江大人……”

东方洄眼眸微眯，徐徐道：“江越在帮着老七一道骗朕。”

怀恩皱着那张老脸道：“老奴真是越听越糊涂了，睿王一直独来独往，何时结交了江大人？另外，既然睿王出不起那些亡命徒的卖命钱，又是谁帮着他一路逃亡？总不至于是他单人匹马，生生从西楚杀出一条血路来。”

“当然不是。”东方洄盯着投在脚边的窗影，一字一句道，“朕怀疑，神机营一事，朕一直都想错了方向。”

怀恩眼角微微抽搐，颤抖着道：“陛下是说……神机营在……在……”后面那几个字，始终未能说出口。

“在老七手里！”东方洄替他说了出来，眸中不时有寒光闪过。

怀恩怔怔望着东方洄，过度的震惊令他忘了身为奴才应有的谦卑与回避，过了好一会儿方才回过神来，急忙摇头：“这……这没道理啊，先帝怎么可能将神机营传给睿王，先帝在世的时候，他可是诸皇子中最不受待见的那一位，看当初赐给睿王的府邸就知道了，就这个……还是太后跟先帝要来的。”

东方洄心中也有着同样的疑惑，是啊，父皇那样不待见老七，又怎么会将如此重要的神机营传给他呢？

“而且……老奴一直在先帝身边侍候，先帝临终那阵子，并不曾传召过睿王，连陈妃都很少见。”怀恩口中的陈妃就是现在的陈太妃，也就是东方溯的生母。

“真的没有？”

“老奴虽然年纪大了，但这脑袋还算灵光，记得清清楚楚，先帝临终前除了陛下之外，只单独召见过信王、荣王、安王还有穆王四位，并无睿王。”

见东方洄面有疑色，怀恩只道是不信自己，忙又道：“陛下若是不信老奴之言，尽可以召当时在承德殿侍候的宫人来问。”

东方洄摆手道：“父皇在世之时，你就处处帮扶提点于朕，朕岂会不信你，只是……如非神机营，老七他凭什么闯过西楚的重重阻拦？”

怀恩十五岁进宫，三十岁时入承德殿侍候。此后二十年，一直深得承帝信任，一路从无品小太监做到正四品宫殿领侍的位置。

怀恩在宫中多年，深知一朝天子一朝臣的道理，所以早在多年前，就开始暗中结交当时为东宫太子的东方洄。表面没什么交集的二人私底下关系极是亲密，怀恩经常暗中提点于他，令东方洄每每在承帝面前奏对之时，都能占得先机，得尽承帝欢心。正是因为这个关系，东方洄继位之后，方才留怀恩在身边侍候，并且引为心腹。

怀恩细思片刻，摇头道：“这一点，老奴也是百思不得其解。”说着，他懊恼道，“都怪老奴无用，若是当时能够偷听到先帝召见几位王爷时的一言片语，陛下也不至于像现在这样毫无头绪。不过老奴实在是没想到，神机营竟然没传给陛下。”

承帝临终召见东方洄他们五人之时，所有人都被遣了出去，包括怀恩，所以他们之间的谈话，只有他们自己知道。

神机营从北周立国开始，就是当权者手中最锋利的一把刀，平乱除患，无往不利。可这百余年来的传统，却在东方洄手里出了意外。

没有神机营，东方洄这个皇帝，无疑有些名不副实。一旦传扬出去，对他很不利，甚至可能动摇他的统治，故而东方洄下了严令封锁这个消息，知道的人屈指可数，怀恩就是其中之一。

“父皇存心瞒着所有人，又岂会让你听到。”东方洄叩着轻薄透光的盏壁，思绪回到了两年前的那个夏天……

隆庆二十三年，他与众皇子一道顶着炎炎烈日跪在承德殿外为承帝祈福续命，但彼此心里都明白，五脏衰竭这个坎，承帝是不可能熬过去的，驾崩只是时间的问题。

果然，傍晚时分，手执拂尘的怀恩走了出来，分别将信王等四人请了进去。每个人在里面待的时间都不长，很快就走了出来，至于承帝与他们说了些什么，一个个皆是闭口不言。

在第五次走出殿外之时，怀恩终于来到等候许久的东方洄面前，恭敬道：“太子殿下，陛下请您进去。”

“多谢公公。”东方洄撑起酸麻的双腿，随他往内殿走去，在途经无人处时，他轻声问道，“公公，父皇召见大哥他们，是为何事？”

“信王他们一进去，陛下就将皇后娘娘还有奴才们都遣了出来，谁也不知道他们谈些什么，不过依奴才猜测，应该就是让他们好生辅佐殿下治理大周一类的话。这两年陛下虽说身子不好，可心里依旧明镜似的，谁是人谁是妖，分得清清楚楚，殿下不必担心。”

东方洄点点头，踏进内殿，映入眼帘的是一张灰败的脸庞，曾经的叱咤风云、威风凛凛，已离承帝而去，现在的他，只是一个奄奄一息的老人。

皇后卫氏与几位宠妃站在一旁不住地落泪，太医跪在一旁，就算穷尽整个大周之力，也无法再挽留这位统治了北周二十三年皇帝的性命。

不论平民百姓，还是王侯将相，都逃不过生老病死的轮回……

“太子。”浑浊的眼珠子往东方洄的方向望来。东方洄回过神来，快步过去，双目通红地跪在床榻边道：“儿臣在。”

第十章　失落的利刃

承帝点点头，在示意众人出去后，吃力说道："太子……你是储君，以后大周就落在你的肩上了，你一定要好好担起这个责任。"

东方洄用力点头，哽咽道："儿臣知道，儿臣一定会穷尽毕生之力，令大周更加强盛昌荣，绝不会让父皇失望。"

"好，还有……景渝他们之前虽有做得不对之处，但……终归是你的兄弟，流着相同的血，朕刚才已经一一训诫过了，你……答应朕，一定要善待他们，朕不希望将来在天上看到你们手足相残。"

东方洄当即道："他们是儿臣的亲兄弟，就算父皇不说，儿臣也一定会加以善待。"

"有你这句话，朕就安……心了……"承帝的声音渐次低微下去，双眼也有闭合之势。

一直等着承帝将神机营传给自己的东方洄见状，不由得大急，急忙摇晃着承帝皆是骨头的身体："父皇，神机营呢，他们在哪里，该如何传召他们？"

在他连番追问下，承帝的眼睛勉强又睁开了些许，喃喃道："神机营……"

"对，神机营！"东方洄虽然是太子，但也仅仅只是知道神机营的存在，除此之外一无所知，所以才会如此着急追问承帝。

"神机营……神机营……"承帝目光涣散地望着梁上的泥金彩画，一遍又一遍地重复着"神机营"三个字，可就是不回答东方洄的话，令后者心急不已，催促道："是啊，神机营，父皇您快些告诉儿臣。"

承帝僵硬地转过头颅，眼底光芒微弱得随时会熄灭："神机营……该你知道的时候……自然会知道……"

东方洄拧眉道："您已是将大周传给了儿臣，难道还不是时候吗？"见承帝双目又渐渐闭了起来，他心中大骇，承帝是唯一知道怎么控制神机营的人，要是他现在死了，自己就得不到神机营了，这是他绝对不能接受的。

"父皇您不要睡，告诉我，神机营到底在哪里，告诉我！"这一次，任凭东方洄怎么摇晃呼喊，承帝都不曾再睁开眼。

东方洄颤抖地伸出手指去探他的鼻息，那里一片死寂，没有任何生命的迹象！

死了……他还没把神机营传给自己就死了……

东方洄当时的感觉，就像被人当头打了一棒似的，大脑一片空白，无法思考。

"陛下，您怎么了？"怀恩的声音将东方洄自往事中拉了回来，他捻着手指道："没什么，朕只是想起了以前的事，怀恩，你说父皇究竟是什么意思，难道父皇……其实不想传位于朕？"

一听这话，怀恩连忙躬身道："陛下想到哪里去了，您是嫡子，而且论才干论能力，您都是先帝众皇子中的第一人，先帝不传位给您，还能传给谁？再说奴才跟了先帝那么多年，可从没见先帝有任何不满您储君之位的意思。"

东方洄捏一捏鼻梁，有些烦躁道："既是这样，父皇为何不将神机营传给朕，他要朕担起大周天下，朕答应了。他要朕善待大哥他们，朕也答应了。他究竟还有什么不满意？"

他并不是一个沉不住气的人，可每每提起不知所踪的神机营，总是很容易动气，这件事就像扎进肉里的一根刺。

"先帝应该有他自己的考虑，其实……"他悄悄瞅了东方洄一眼，小声道，"老奴觉得，有没有神机营，对陛下并无影响。老奴跟了先帝的那些年，也曾见过几次神机营的人，就是不晓得陛下是怎么传召他们的。在老奴看来，所谓神机营就是一群武功不错的死士而已，就算真落在信王他们手里，也掀不起什么风浪来。"

东方洄摇头道："你会这么想，是因为你根本不了解真正的神机营，这群人的能耐远大于你的想象。"沉默片刻，他又道，"还记得八皇叔吗？"

怀恩脸色一变，小心翼翼道："陛下是说二十年前逼宫作乱的岷王？"

"不错，八皇叔表面谦逊，实则野心勃勃。父皇继位之后，他贼心不死，暗中培植势力，趁父皇前往西山避暑只带了三千禁军的机会，带着他的七千人马悄悄赶到西山，意欲逼宫作乱。"

怀恩接过话道："可惜他时运不济得很，别人都没事，偏他行军途中恰好遇到山石崩塌，七千人马连同他自己都被山石活埋，无一生还，连先帝的衣角都没碰到。老奴在书里看到过一句话，叫作'其心不正，其命必薄'用来形容岷王是再恰好不过了。"

面对怀恩的打趣，东方洄淡然一笑，搁下早已经冰凉的茶碗："算算时间，你那会儿应该还没有进承德殿侍候。"

怀恩不明白他怎么突然说起了这个，小心翼翼道："陛下，可是老奴说错了什么？"

"你没有错，只是与其他人一样，被谎言所蒙蔽。"

"陛下是说……当年岷王的人马并非死于山石？"正如怀恩所言，他虽老了，这脑袋却还灵光得紧，一会儿工夫就揣测出了东方洄的意思。

"天底下哪有这么巧的事情，八皇叔连同他的七千人马，确实全部都死了，但不是死于山石崩塌，而是神机营！"

怀恩吓了一跳，试探道："您是说……神机营灭了整整七千人？"

"不错，母后当年跟着父皇一道在西山，亲耳听到神机营的人进来奏禀，绝不会有错。"

"可……"怀恩难以置信，"可那是整整七千人啊，且当中不乏精士强将，只凭一个神机营就灭了所有人，恕老奴直言，这……这未免也太过匪夷所思了。再说……神机营如何知道岷王的行军路线，这件事应该是保密的。"

"据母后从父皇那里听到的只言片语来看，神机营的人无孔不入，一早就混进了八皇叔的手下，所以他的一举一动，父皇一直都了如指掌，一旦八皇叔决定逼宫作乱，他的死期也就到了。而参与这场剿杀的神机营人数，只有区区一百余人。"说最后一句话时，东方洄的脸掠过一丝深深的忌惮。

怀恩倒吸一口凉气，颤声道："一百余人，那……那就是说以一敌七十？"

"不错，神机营一群人落在别人手里，你让朕怎么能够安心。而且……母后也不知道，究竟这一百余人是神机营的全部，还是仅仅一部分。"

听到这里，怀恩的冷汗也出来了，颤声道："如果仅只是一部分，那万数之内的军队，在神机营面前，岂非什么都不是？"虽说一万人的军队对于整个大周来说不算什么，但也足够可怕了。

"这样的一群人，为朕所用是为大利，否则……就是大患。"东方洄目光阴冷，似一条盘踞在草地中随时准备噬人的毒蛇。

"陛下说得极是。"怀恩连连点头，经过刚才那席话，他是万万不敢小觑神机营了。

“怀恩。”东方洄视线忽地扫过来，“你会不会也是神机营的人？”

怀恩被他这话给吓得脸都白了，忙不迭地跪下：“冤枉，陛下冤枉，老奴怎么会是神机营的人，老奴与那神机营根本半分关系也没有，请陛下明鉴！明鉴！”他一边喊冤一边不停地磕头，这个罪可真是大了，莫说落实，就是沾上一星半点儿，都得脱层皮，让他怎么能不害怕。

东方洄眸底掠过一丝松弛，旋即道：“朕不过是随口开玩笑罢了，你倒是当起真来，吓成这副样子，赶紧起来。”

怀恩哆哆嗦嗦地站起身，抹着额上冷汗，心有余悸道：“陛下这个玩笑可真是开得有点儿大了，吓掉老奴半条命。”

“你啊，别的都好，就是胆子小。”东方洄笑道，“朕认识你也不是一年两年了，你是什么样的人，朕还不清楚吗？”

怀恩赔着笑不敢言语，伴君如伴虎，东方洄这会儿说得好听，谁又知道他心里究竟是怎么想的。论疑心之重，眼前这位君主可比当年的承帝有过之而无不及。

那厢，东方洄的话还在继续：“不过话说回来，或许……真有神机营的人潜伏在昭明宫中。”

怀恩挑一挑灰白双眉，惊声道：“陛下是说，他们假扮成宫女或太监？”

在得到东方洄肯定的回答后，怀恩那张老脸皱成了一团，皱纹横七竖八地交杂在一起，令他看起来更老了几分：“每一个进宫里当差的人，都要查他们的身家背景，应该……不至于被神机营的人混入其中。”怀恩说得有些没底气，毕竟宫里头三千宫女和太监，偶尔被买通混进一两个来历不明的人，也不是没可能的事。

见东方洄沉着脸不说话，怀恩知道他这是对自己的话不满意，知趣道：“陛下，这一年一次的验身就快到了，不如趁着这次机会，老奴派人逐个查一查他们的底细？”

听得这话，东方洄面色稍霁：“就按你的话去做，记着，查仔细些，尤其是在承德殿侍候的人。”

“遵旨！”在怀恩答应后，东方洄忽地又道：“你当真觉得神机营不会在老七手上？”

怀恩垂目道：“不是老奴觉得，而是先帝实在没理由将如此重要的神机营传给一个根本不受待见的皇子。至于睿王究竟是怎么从西楚逃出来的……或许楚帝并不像陛下想的那般在意璇玑公主。”

“不会！”东方洄否决得极是干脆利落，没有半分犹豫，令怀恩疑惑不已：“陛下为何如此肯定？”

东方洄走回到御案前，拿过一份奏折随手翻看着：“朕问你，四年前，你可听说过萧若傲之名？”

怀恩回想片刻，摇头道：“楚帝当年籍籍无名，只是一个寻常皇子，老奴还真没有听说过。”

“那就是了，萧若傲生母出身不高，在过往近二十年的时间里，他并不得庆帝喜欢，可短短两三年内，太子还有那几个颇为得宠的皇子先后败于他手中，你不觉得奇怪吗？”身为这片大陆上最为强大国家的掌权者，东方洄一直都在留心其他各国的朝局政况，萧若傲无疑是近几年最大的一匹黑马。

怀恩细细一想，深以为然道：“被陛下这么一说，还真是，看来这位楚帝能耐不小。”

东方洄唇边浮起清冷的笑意：“或许真有能耐的并不是他，你想想，萧若傲所有的变化是从什么时候开始的？当时还发生了什么事情？”

怀恩扳指算了算道：“老奴若没记错的话，差不多是在三四年前，当时……”话说到一半，有些松弛的眼皮倏地一跳，脱口道，“难道与璇玑公主有关？”

“成亲前一年还庸庸碌碌，后一年就突飞猛进，要说当中没有任何关系，朕说什么也不信。”

怀恩迟疑道：“璇玑公主才名之盛，确实天下皆知，但她毕竟只是女流之辈，就算再会吟诗作对，作诗作赋，但与帝位争夺都扯不上关系。”

东方洄淡淡道：“如果璇玑之才，并不止于琴棋书画、诗词歌赋呢？”

“那就一切都解释得通了。”说着，怀恩轻言道，“陛下想拉拢她？”

“若她真有指点江山之才，朕没有理由放着不用，大周虽盛，但周边强敌环伺，平定之路，可是一点儿都不易走。”

怀恩深以为然地点头，承帝在世之时，何尝不是雄心勃勃，可惜一直到他去世，都未能打破六国鼎立的局面。反倒是弱小许多的西楚借着各国相互牵制、无暇他顾的机会先行吞并南昭，扩张了势力，真是世事难料。

“朕刚才已经与老七说了，让他在母后寿宴上带璇玑公主进宫，到时候就知道她是真才还是假料了。”

怀恩细声道：“听闻璇玑公主不只有才，这容貌也是倾国倾城，任何女子站在她身边，都成了庸脂俗粉，一直不知是真是假，这次托陛下之福，总算能够亲眼见一见了。”

东方洄斜睨了他一眼："怎么，嫌你家里那个不好了？"怀恩深得承帝恩宠，不只在宫外赐了宅子，还特降恩旨赐了宫女与他对食。虽然不能做一对真正的夫妻，但也算是一种慰藉，这些年来，怀恩虽然步步高升，却一直对其很好。

怀恩连忙道："哪能啊，老奴就是好奇，毕竟以前可是听了不少璇玑公主的传闻。"

东方洄笑一笑道："行了，朕还会不知道你那点儿心思吗？"

怀恩松了一口气，转而道："陛下，既然您觉得睿王有事隐瞒，要不要奴才……"

东方洄知道他的意思，摇头道："这件事朕自有打算，你不必管了，倒是排查宫人一事要尽快开始。"

"奴才明白。"在怀恩躬身答应时，东方洄忽道："去将绿衣唤来。"

怀恩脸色微微一变，低头道："遵旨。"

很快，一名身着绿色长衫，模样清秀的女子走了进来，敛袖屈膝行礼："绿衣参见陛下。"

东方洄抬一抬手，道："免礼。"

怀恩在一旁知趣地行了个礼："奴才告退。"

他虽然深得东方洄信任，连神机营一事也知晓，却唯独对这个叫"绿衣"的女子一无所知，只知东方洄还是东宫太子的时候，就已经跟在他身边了，这么多年来，一直追随左右。而且东方洄每次召见她的时候，都会遣退所有人，连他也不例外，所以绿衣的身份一直是个谜。

在怀恩退下后，东方洄淡然道："交代你办的事情怎么样了？"

"一切都依着陛下的话安排妥当了，不过他们刚进各府，想得到信任套取情报，还需要一段时间，这一点还请陛下见谅。"

东方洄点头："你的琉璃坊可还能再抽调出两个人来？"

绿衣想一想道："奴婢手下倒是还有几个能用的人，不知陛下要安插去何处？"

迎着绿衣询问的目光，东方洄徐徐吐出三个字来："睿王府。"

怀恩虽然对自己还算忠心，但与绿衣相比还是差了一些，所以有些事情，他更倾向于交给绿衣去办。

绿衣惊讶道："陛下觉得神机营在睿王手里？"

东方洄神色凝重："朕不敢肯定，但神机营关系重大，朕不能放过任何一个可能，总之你让他们尽量仔细查，任何一点儿蛛丝马迹都不要放过。"

"奴婢明白，奴婢会尽快安排人手进睿王府查探。"应承下来后，绿衣上前一步道，“有一件事，奴婢也正想禀告陛下。”

“什么事？”

“一年前，奴婢按照陛下的吩咐，从琉璃坊中挑了几个容色出众、善于随机应变的姐妹混入东凌，刺探情报。为免暴露身份，一直未敢与她们联系，可就在昨日，一辆马车突然来到倚翠阁，掀了车帘一看，正是奴婢之前派出去的那几人，但……全部都死了，遍体鳞伤，全身上下没有一点儿完好的地方。”想起她们身上一道道可怕的伤痕，绿衣露出不忍之色。

本已经将视线转移到奏折中的东方洄愕然抬头：“你说什么，都死了？”

“是，一个不少。”绿衣脸色凝重，“奴婢问过车夫，他是被人雇来赶车的，除了知道雇他的是一个男人之外，一无所知。不过从他所描述的衣着来看，十有八九是东凌人。”

“东凌……”东方洄喃喃重复着这两个字，英气的双眉拧在额心附近，“这已经是第二次了吧？”

“是，第一次是直接扔在城门外，这一回……则是倚翠阁，”绿衣忧声道，“虽然倚翠阁只是咱们最外围的情报点，就算暴露了也没什么，但照此下去，只怕他们早晚会查到琉璃坊。”

东方洄登基之后，一直有意收集各国情报，因为不曾得到神机营，所以他只能借助琉璃坊的力量。

两年下来，各国情况刺探到了不少，只有一国例外，那就是东凌。

在这片大陆上，东凌立国最久，也最神秘，互市是他们唯一与外界往来的地方，故而外人对他们知之甚少。所谓国力第三，也不过是外人大致的揣测罢了，究竟东凌国力如何，没有一个人能够说得清楚。

在这种一无所知的情况下，一旦来日开战，北周就会很吃亏，除非东方洄放弃攻占东凌的打算。即便这样，谁又敢保证东凌就不会进攻北周？所以东方洄让绿衣第一个安排刺探的就是东凌。

结果没过一个月，就被人给杀了，尸体扔在了城外。第二次再派人去时，绿衣谨慎了许多，整整一年都未与派去的人联系，可她们还是死了，而且这一回连倚翠阁也暴露了。

“她们都是奴婢亲手挑选出来的，不会轻易暴露了身份，奴婢怀疑……东凌那边，一直都在派人暗中查咱们。”

东方洄面无表情道：“看来朕将东凌视作第一心腹之患，并没有错。”

与一切摆在明面上的齐国，还有野心昭然的西楚相比，多年来，一直闷声不响的东凌无疑更加可怕。

“可要奴婢再选几个人送去东凌？”绿衣虽然心疼人手的折损，但眼下东凌的情况绝对不能放任不管。

东方洄想了一会儿道：“他们现在有了防备，再送去，也只是白白送死，缓一阵子再说。”

绿衣应了一声，迟疑道：“那东凌怎么办？”

东方洄屈指在紫檀桌上面重重叩了一下，眯了黑眸道：“你不是在其他几国安排了人手吗，那就借他们的口，将东凌的事情传扬开去，朕就不相信，齐帝他们会无动于衷。”

“是，奴婢这就去办。”绿衣明白，东方洄这是要借各国之力，一起剥开东凌的神秘外衣。

穿过凤祥门就是昭明宫的内庭，除了正轴上的几重宫殿之外，东西两翼各有十数重宫院，皆是黄色琉璃瓦重檐庑殿顶，檐绘各式彩画，华美尊贵，处处透着皇家气息。

东西两翼虽都是后宫内眷居住之处，但又有所不同，西翼为嫔妃居住处，东翼则是前朝太后以及太妃居住的地方。

本朝之前，在皇帝驾崩后，除却太后之外，太妃不得继续留住宫中。有子嗣封而为王的，随子嗣同住，无子嗣者一律送入皇家寺院，为大周祈福，从此与青灯古佛相伴，不得踏入昭明宫一步。这样的规矩对于这些在昭明宫中生活了大半辈子而又没有子嗣的女子来说，无疑是残忍的。

东方洄登基之后，太后卫氏怜惜这些相处多年的姐妹，不忍她们从此清苦度日，亲自向东方洄请求，后者乃是至孝之人，再说这也算是一桩功德事，便应承下来，空出东翼宫院供这些前朝嫔妃居住。

至于膝下有子的太妃，是搬去与子嗣同住，还是继续留在昭明宫中，由她们自己决定。

进了静芳斋之后，一路往西侧走，有一个小小的厨房，一名身着绛紫浣花锦纹长衣的女子正背对着厨房门口忙活。

“杏儿，冬瓜盅已经炖了一个多时辰了，起出来吧。”女子的声音细细柔柔，听在耳中如夏日清泉一般舒服。

“是。”宫女应了一声，将一个汤钵取了出来，正要打开盖子，女子阻止道：“盖子一揭，这香气就都逃了，连盖一起送到宁寿宫去吧。”

宫女惊讶道：“原来这冬瓜盅是给太后的吗？奴婢看主子一早起来忙活，还以为是您自己用呢。”

“我昨儿去宁寿宫给太后请安的时候，发现太后嘴边起了一个米粒大的疱，想是最近天热上火之故。这冬瓜盅用来消暑降火，是最好不过了。”

“主子对太后可真好。”宫女笑嘻嘻地说了一句，瞧见女子揭起了蒸笼，凑过去道，“玫瑰糕可也要拿一些去？”

女子摇头道：“你啊，说了这么多次也没记住。”

一名身形高挑的宫女走了进来：“太后不喜欢玫瑰的香气，但陛下喜欢，所以这玫瑰糕啊，主子是特意做给陛下吃的。”

杏儿恍然道：“对了，玫瑰糕是陛下爱吃的。”说着她吐一吐舌头道，“还是冬梅姐姐你记得清楚。”

“你这脑袋瓜子不知道在想些什么。”冬梅点一点她的额头，催促道，“别耽搁了，赶紧送去，否则过了午膳，太后哪里还吃得下去。”

杏儿兴冲冲地离去后，冬梅道：“主子，这厨房里又闷又热的，您赶紧出去吧，万一受热就麻烦了。”

女子一边将形如花瓣的玫瑰糕一块块取出来，一边道：“去过睿王府了？”

冬梅神色一黯，低低道：“去过了，睿王他……还没有回来。”

女子动作一滞，一块晶莹剔透的玫瑰糕掉落在地，虽然很快被宫人捡起，落地的那一面还是沾满了灰尘，不再如刚才那般通透。

“你下午再过去问问。”

冬梅望着她优美柔和的侧脸道：“陛下说了，是他遣睿王去办的密差，因为事情紧急，所以来不及与您说，这差事没那么危险，主子您别那么担心。”

说话间，一盘玫瑰糕已是装好了，女子侧首道：“你相信陛下的话？”

这女子就是东方溯的生母陈太妃。一辈子的与世无争，令她直至承帝驾崩时都只是一名容华，连封号都没有。东方洄登基之后，才尊奉她为太妃。

“陛下金口玉言，当然相信。”话虽如此，冬梅的目光却闪烁不定。

陈太妃叹了口气：“若当真是陛下遣溯儿去办差，他之前就不会几次三番遣人去睿王府，太后更不用问我是否知道溯儿去了哪里。所谓办差，不过是一个善意的谎言罢了，好让我不要那么担心。”

“太后那边是陛下忘了说，主子您……”

“冬梅。”陈太妃打断她的话，“事情究竟是怎么样，你清楚，我也很清楚，总之你照我的话去做。”

“是。”冬梅无奈地叹了口气，自家这位主子看似话少，其实心思通透得很，比谁都明白。陛下那些话根本骗不了她，之所以不揭穿，是不想坏了陛下与太后的一片好意。

“你将这些玫瑰糕送去承德殿，请陛下先尝一口，若是喜欢，我明儿个再做了送去。”

冬梅点点头，捧起青瓷盘往外走去，然而刚走几步，就猛地收住了脚，愣愣地望着站在小厨房门口的那道身影。下一刻，激动占据了她整张脸庞，语无伦次道：“主子……您看……您快看，快……快看！”

“看什么？”陈太妃一边说着一边转过身来，当看清门口所站之人时，她也愣住了，怔怔站在那里，半晌说不出话来。

东方溯忍着心中的激动，抬步跨过门槛走到陈太妃身前，跪下道：“儿臣未禀告母妃就擅自离京这么久，令母妃担心，请母妃处罚。”

“快起来。”陈太妃回过神来，连忙扶起东方溯，含泪道，“回来就好，回来就好。”悬了多日的心，这会儿终于得以放下。

陈太妃仔仔细细地打量着东方溯，确定他没受什么伤后，松了一口气：“这么多日子，你都去哪里了，事先怎么也不说一声，可知母妃有多担心，你平日里也不是这么没交代的人啊。”

面对陈太妃的一连串问题，东方溯犹豫道：“儿臣……去了一趟西楚。”

“西楚？”陈太妃一怔，紧接着那张一贯柔和温雅的脸庞变了颜色，“为璇玑公主而去？”

知子莫若母，东方溯是她十月怀胎所生，又自小抚养长大，一下子就猜中了东方溯的心思。

“是。”随着东方溯这声回答，此地陷入沉寂之中，母子二人谁都没有说话，气氛有些僵硬，冬梅瞅了二人一眼，小声道：“厨房闷热，主子与睿王殿下还是去暖阁说话吧，正好把今日一早浸在井里的西瓜给切了。”

“也好。”陈太妃净一净手，率先走了出去，东方溯紧随其后。时近正午，骄阳似火，就这么短短一段路，已是晒得满面通红，热得犹如要烧起来。

冬梅动作很快，他们坐下没多久，就已经端着水晶攒心大盘上来，里面摆着一块块切好的西瓜，绿皮红瓤，很是诱人。

冬梅取了一片西瓜递到东方溯手中："这西瓜是从江南那边运过来的，听说比咱们这里要甜许多，殿下您尝尝看。"

东方溯依言咬了一口，清甜的汁水顿时在嘴里蔓延："嗯，很甜。"

冬梅笑道："太后总共送来六个，主子知道殿下最喜欢吃西瓜，所以静芳斋只留了这么一个，余下的都送去睿王府了。就这一个，还是奴婢劝着留下来的，不然依着主子的意思，一个不剩全要送过去呢，也不管您在不在。"

东方溯抬眼看着对面一言不发的陈太妃，低声道："母妃……"

陈太妃抬手打断他的话，深吸了一口气道："你将这些日子发生的事情，一五一十说给我听，一件都不许漏了。"

东方溯依言将这一路上的事情说了一遍，为免惊到陈太妃，他尽量将事情往轻描淡写了说，但陈太妃生他养他，又哪里会听不出来。尽管这会儿东方溯好端端地站在面前，仍是一阵揪心。

"你这孩子，陛下不是已经应了你的要求，让江越去西楚要人了吗，为何还要做这么危险的事情？亏得是没事，否则……你让母妃怎么办？"说到此处，陈太妃已是红了眼圈。

"是儿臣鲁莽，但若儿臣当时没有去，璇玑公主已是死在楚帝刀下，此人之狠厉阴诡，非常人所能想象。"

"看他一登基就灭了南昭，就知不是一般人。"见东方溯吃完了手里的西瓜，陈太妃又拈了一片递过去，"可有去见过陛下与太后？"

东方溯点点头："儿臣先去的承德殿，之后到宁寿宫叩拜过太后方才过来。"

陈太妃眸光微动："陛下与太后可有因这件事怪罪于你？"

"没有，只是斥了几句，让儿臣以后不要再行这样鲁莽危险的事情。"

"那就好。"陈太妃低眉片刻，忽道，"她人在你府中？"

"是。"东方溯自知陈太妃口中的"她"是指谁。

"如此说来，慕氏兄妹都在你府中，往后有何打算，难不成一直住在你府中？"

"南昭覆灭，慕兄与璇玑公主家国不在，无处可去。儿臣那里左右空着的庭院很多，就让他们先住着，以后再慢慢计议。"

陈太妃盯着他道："溯儿，母妃问你一句话，你需老老实实回答。"

在东方溯点头后，她徐徐道："你对那璇玑公主，可是至今未曾忘情？"

东方溯正好咬了一口西瓜，听到这话，顿时愣了一下神，淡红的西瓜汁滴落在衣袖上，缓缓晕染开来。

他接过冬梅递来的帕子拭一拭唇，不自在道："母妃无端端怎么问起这个，那件事，儿臣早就已经放下了。"

"既是如此，为何四年来，陛下与太后屡屡为你指亲，你都不肯答应。又为何一听说璇玑公主有难，就奔赴千里相救，不顾母妃，不顾责罚，甚至连性命安危都不顾了。"

东方溯暗自攥紧双手，低头道："慕兄是儿臣至交，以前在外游历之时，他帮过儿臣不少，眼下他只有璇玑公主一个亲人，儿臣又岂能置之不理。再说这件事并没有母妃想的那么危险。"

"什么叫没那么危险，你现在是以一人之力与整个西楚为敌啊！"陈太妃焦灼地说着，她从来都淡泊宁静，很少这个样子。

陈太妃努力平复了一下气息，望着默默不语的东方溯道："有些话，你不愿意说，母妃也不追问，只一件事，你得答应母妃。"

"请母妃吩咐。"

"慕氏兄妹的事情，到此为止，接下来的事情，你不要再沾染半分。"

东方溯愕然看着没有半分玩笑之意的陈太妃："慕兄家国被灭，正是……"

陈太妃接过话："正是什么，需要你帮助还是复仇？"

东方溯脸色有些难看道："母妃之意，是要儿臣坐视不理？"

"不是坐视不理，而是你根本帮不了。"陈太妃轻叹了一口气，"母妃虽然久居深宫，但也知道复辟南昭，必然意味着要与西楚兵戎相见。"

"溯儿，不要忘了，你只是一个亲王。不错，陛下信任你，将锐健营十万兵力都交给你指挥，但动用其中一兵一卒都要经过陛下的同意。在这种情况下，你拿什么与西楚去争去斗，还是说……"陈太妃压低了声音，"你想要背弃陛下的信任？"

东方溯当即道："陛下待儿臣手足亲厚，儿臣又岂会背叛他。"最后一个字音尚未落下，陈太妃便已接了上来，"既是这样，你就该明白，慕氏兄妹之事，不是你所能插手的。"

"你可以留他们住在你府中，也可以衣食无缺供养着，但你一定要答应母妃，不要再管他们的事情。"陈太妃知道她这个要求有些自私，但东方溯是她唯一的孩子，她不能眼看着前面是悬崖，还放任他跳下去。

东方溯默默低着头，什么也没说，就在陈太妃以为他会应允的时候，沉缓但却坚定的声音在这间暖阁中响起："儿臣答应过璇玑公主，会助她复仇，儿臣不能言而无信！"

“这样的话你怎么可以随便应。”陈太妃没想到一向孝顺听话的儿子，这一次竟然拒绝得如此坚定，连一丝犹豫都没有，气息不由得急促了几分，“为了她，你连母妃的话也不听了吗？”

“请母妃恕罪。”东方溯知道陈太妃是为了他好，可一想到慕千雪所遭受的苦难与折磨，他就怎么也无法弃之不顾。

陈太妃盯着跪在自己面前的儿子，痛声道：“溯儿，当年她拒绝你的求亲，令你回金陵之后明里暗里受了多少白眼，你父皇又是怎么斥责你的，这一切的一切你都忘了吗？这样的女子，值得你不顾一切去维护去帮助吗？”

“儿臣这么做，并不仅仅是为她，也是为了慕兄。母妃就当……儿臣还慕兄以前的恩情。”

“你……”陈太妃不知该怎么说下去，冬梅怕他们二人闹僵，轻言道：“主子您别生气，有什么话慢慢说。”

陈太妃没有理会她，盯着东方溯道：“那你倒是说说，你要怎么助他们复立南昭？”

东方溯挺直了背脊道：“楚帝之野心，已经昭然若揭，如今的西楚对我大周而言，其威胁并不亚于齐国，这一点陛下心中亦很清楚，平衡已被打破，大周与西楚早晚会开战，一旦……”

“一旦西楚覆灭，之前被它吞并的南昭就可得以复立是吗？”

“是。”面对东方溯的回答，陈太妃连连摇头：“陛下承继先帝之遗愿，以统一六国、平定天下为毕生之愿。当西楚覆灭，诸国消亡，你又凭什么认为，陛下会允许南昭存在，会允许这样不完整的统一？”

第十一章　鸟尽弓藏

东方溯垂眸不语，陈太妃所言正是他最担心的地方，东方洄还是东宫太子的时候，就曾不止一次提过，他若登基必当覆灭六国，令大周成为这片大陆上唯一的国家。

这样的东方洄，他能够劝动吗？

陈太妃看出他的心思，叹了口气："是，诸兄弟之中，陛下待你最是亲厚不过，让你执掌兵权，可这件事关乎社稷天下，不是'亲厚'两个字就能够解决的。一个不好，反而会令你与陛下生分。"

在长久的沉默后，东方溯抬眼道："儿子明白母妃之意，但现在讨论这些为时过早，还是等以后再说吧。"

陈太妃银牙微微咬紧，她哪里会不明白，东方溯这是在敷衍自己呢，他心里还是想着帮慕氏兄妹复立南昭。

冬梅跟了陈太妃多年，最善于察言观色，瞅着气氛不对，怕他们母子又与刚才在小厨房里一样闹僵，对陈太妃道："这一个多月殿下一直在外奔波，一回金陵又立刻进宫请安，都不曾歇一歇，定是疲惫得很，不如让殿下先行回去歇息吧？"

陈太妃明白冬梅的意思，定一定心绪，对尚跪在地上的东方溯道："好了，回去好好歇一歇，也仔细想一想我与你说的那些话。"

"是，儿臣告退。"望着东方溯离去的身影，陈太妃忍不住叹了口气，愁绪攀上了眼角那些细细的鱼尾纹。

"这个孩子，平日里与他说什么都听得进去，唯独遇到那位南昭公主的时候，就固执得很，四年前是这样，四年后还是这样。陛下要是知道他这个意思，不知心里头会怎么想。"

冬梅替她扇着扇子："其实只要南昭对大周没有威胁，让他们继续存在也没什么不可。以咱们殿下与陛下的情义，这份恩情未必求不出来，您别太过担心了。"

"事情哪有你想的那么简单。"陈太妃又叹了口气，"这件事与他本无关系，他却非要揽上身，你让我怎么放心得下。"

冬梅低了头不知该怎么说才好，过了一会儿，耳边再度响起陈太妃的声音："看来此事还得从璇玑公主那里着手。"

冬梅眼皮一跳："主子是说……让璇玑公主离开殿下？"

"不错，此女留在溯儿身边太过危险，我不能冒这个险。"

"若能劝他们离开自然最好，但……"冬梅迟疑道，"殿下是他们眼下唯一的救命稻草，只怕不肯轻易放手。"

"由不得他们。"随着这句话，一抹极为少见的凌厉出现在陈太妃素来温婉平和的眉眼之中。

在睿王府的西院一角，慕氏兄妹絮絮说着各自这几年所发生的事情。在听得萧若傲一边利用慕千雪的智计登上太子乃至皇帝宝座一边对她下毒，令她四年来一直缠绵病榻之上时，慕临风几乎气炸了肺，握在手里的茶盏被他生生捏碎："天底下怎么会有这样无耻卑鄙又不择手段的人！"

慕千雪自嘲道："亏得我当时对他还有利用价值，所以下的只是慢性毒药，要不了性命，否则我连三哥的面都见不到了。"

慕临风捧着夏月重新沏好的新茶，一字一顿道："不报此仇，我慕临风誓不为人！"

平复了一下心中的恨意，慕临风道："你想借大周之力向西楚复仇？"

慕千雪没有回答，只是道："三哥不同意？"

慕临风沉吟片刻："如果东方兄是大周皇帝，我自是求之不得，但他只是一介王爷，许多事情有心无力，勉强为之，怕是会害了他。"他虽不及慕千雪那般聪明，却也是个通透的人，不想连累已经帮了他们许多的东方溯。

"我明白三哥的意思，那三哥准备怎么做？"

"虽然南昭覆灭，但南昭百姓还在，他们并不甘心从此依附于西楚，所以我打算回南昭，暗中组织对抗西楚的力量。"

慕千雪紧紧蹙着秀美的双眉："这不失为一个办法，可一旦让萧若傲发现，他必会用尽一切手段来杀你。"

"不入虎穴，焉得虎子。为了慕氏一族，再危险都要去做。"见慕千雪仍是愁眉不展，他与以前一样伸手揉一揉她如云的乌发，笑道，“放心吧，三哥命硬得很，他萧若傲收不走的。”

慕千雪默默点头，既然决定了要复辟南昭，就不能前怕狼后怕虎：“三哥准备什么时候动身？”

“就这几日吧。”不等慕千雪言语，他又道，“可别想跟去，路途遥远，你身子又不好，三哥没法照顾你。”

慕千雪知道他是怕自己有危险才故意这样说，回道：“我知道，我会留在金陵，正好有些事情，我也想弄清楚。”

“什么事？”

“三哥，你与睿王相识多年，他可曾与你提及过周帝？”

“周帝？”慕临风惊讶于她的问题，抚着盏壁精致的花纹，徐声道，“我只知他是承帝第四子，生母为继后卫氏。出身高贵，十五岁之时被封为太子，两年前承帝驾崩，他承继了帝位。据东方兄所言，他们兄弟二人感情一直很好，周帝继位后，封东方兄为亲王，并将城外十万锐健营交给他指挥。所以这次他虽瞒着周帝去西楚救你，但应该不会有什么事，顶多只是被训斥几句。”

未曾关严的朱红菱花长窗被风吹开，热气一下子疯狂地涌进来，吞噬着室内的凉意，一只色彩斑斓的蝴蝶在夏月关窗前飞了进来，停在桌上，翅膀微微张阖。

盯着蝴蝶美丽炫目的翅膀，慕千雪徐徐道：“或许……他们的兄弟感情，并不如睿王想的那般好。”

慕临风一惊：“何出此言？”

“我现在也不敢肯定，只是隐约有这种感觉，是对是错，要等见过周帝后，方才能够判断一二。”

“你想去见周帝？”

慕千雪徐徐摇头：“不是我想见，而是不得不见。西楚四年，我虽然一直隐匿幕后，不曾直接露面，但萧若傲崛起得太快，周帝不可能没有怀疑。若我没有猜错，周帝这会儿应该已经与睿王提及让我进宫相见一事，这一面，避不过。”

夏月一直站在旁边静静听着，这会儿见他们面有忧色，眨了杏仁般的眼睛道：“见周帝不是一桩好事吗？为何公主与庄王都好像不太高兴？”

“那你倒是说说，好在何处？”慕临风知道她对慕千雪忠心不二，所以刚才那些话并未避着她。

夏月一脸认真道：“公主才华惊世，无人可及，乃是帝师之才。大可向周帝要求，以辅佐他统一中原为条件，复立南昭。这样一来，庄王您也不必孤身去南昭犯险，岂不是两全其美？”

慕临风摸着笔挺的鼻梁，似笑非笑道：“小丫头，有没有听过‘鸟尽弓藏’这四个字？”

夏月茫然地摇头：“没有，怎么了？”

“不错，周帝若发现千雪有帝师之才，必会百般礼遇，莫说复辟南昭，就算说要分他半壁江山，周帝也会答应。可一旦当真统一了天下……”慕临风连连冷笑，“飞鸟尽，良弓藏；狡兔死，走狗烹。天下一统，谋士便失去了用处，与其拿江山交换，倒不如直接杀了干净！”

“啊！”夏月惊呼捂着自己的嘴，好半晌方才哆嗦道，“这……这怎么会呢，君子一诺尚且重如千金，何况是帝王，应该……”

“萧若傲的例子忘记了吗？”慕千雪一句话，将夏月嘴边所有的言语尽皆堵了回去，是啊，当初萧若傲不也口口声声说要与公主举案齐眉，白头偕老吗？结果一翻脸比谁都无情。

夏月绞着手指，嗫嚅道：“是奴婢想得太简单了，请公主与庄亲王恕罪。”

慕临风轻叹一声：“其实你说的法子也并非全然不能用，但前提是那个人必须是我们可以绝对信任的，但我思来想去，能够完全信任的，只得东方兄一人，可惜他不是帝王。”

慕千雪伸出纤指，在蝴蝶翅间轻轻一点，蝴蝶受惊之下立即振翅飞起，没头苍蝇一般在屋里慌乱地飞舞着，迫切想要寻找地方出去。

屋外响起一串脚步声，紧接着房门被人推了开来，一见有亮光，蝴蝶连忙扑棱着翅膀飞了出去，倒是将毫无防备的来人吓了一跳。

十九抚胸定一定神，冷冷地盯着慕千雪道：“王爷为了你的事情，入宫请罪，你可倒好，还有心思在这里扑蝶弄花。”

“公主才没有呢，是这蝴蝶自己不小心飞进来的，你别胡乱冤枉人。”夏月最是看不惯十九，虽然慕千雪一再叮嘱她不要与十九争执，可这火气一上来，哪还忍得住。

“借口倒是寻得很快。”讽刺了一句，十九将视线重新移到慕千雪身上，冷冰冰道，“东院已经收拾好了，随时都可以过去，出门往前笔直走，穿过垂花门再左拐走一会儿就到了，这么点儿路应该不需要画张地图给你。

“另外挑了六个人给你，应该差不多了，不够的话，你自己找府里的总管要，他姓蔡，叫他蔡总管就是了。”

十九说完，也不等慕千雪答应，转身就走，连门也不关，夏月气呼呼地上去关了门："这什么人，半点儿规矩也没有，得亏是睿王脾气好，要换了一个人，还不早将她赶出府去了啊，看了就讨厌。"

慕临风若有所思地摸着鼻梁，这是他的习惯，每每想事情的时候，都下意识地会做这个动作。

"夏月，东方兄这次去西楚，一直都贴身带着十九吗？"

"对啊，一路都带着，那么多人里面，最惹人讨厌的就是她了，也不知睿王为什么一直要带着他。"一说到十九，夏月就一肚子气，叽叽喳喳地将这一路上关于十九的事情都说了个遍。

慕临风仔细听着，虽然夏月说得有些杂乱，但还是让他听出了有用的地方："你说……连潜入西楚宫城的时候，十九也在？"

夏月仔细回想了一下，不确定道："奴婢当时没亲眼见着，所以不敢肯定，但公主问起睿王的时候，他确实说随他一道入宫的有一名女子。那就是十九了，反正除了她，奴婢没再见王爷带过别的女子同行。后来公主就是安排她与江大人同行，从而引开了天机卫。"

"这么说来，十九会武功？"

"武功？"夏月愣愣地重复着，她还真没想过这个问题，因为在她印象里，女子怎么能会武功呢，不过十九……

"奴婢记得，当时在东境对付追兵的时候，睿王与公主担心奴婢与江大人会有危险，事先将我们安置去了安全的地方，但十九没有，也许……她真的会武功吧，不然您问问公主，她应该知道得更清楚。"

"好。"慕临风回身想要询问，却发现慕千雪正在四处翻找，疑惑道，"千雪，你这是做什么？"

慕千雪头也不抬道："我在找纸和笔，三哥，你这里有吗？"

"有。"说着，他从桌案后的一个柜子里取出文房四宝交给慕千雪，"你好端端的要纸笔做什么？"

慕千雪命夏月收走桌案上的所有东西，然后从那堆匀薄如一坚洁如玉的澄心堂纸中挑了一张长五尺宽两尺有余的纸铺在桌案上，两端各用一个青田黄石雕镇纸压住。

"去取一碗清水来。"在夏月离去后，慕临风满面疑惑道："千雪，你到底要做什么？"

"三哥很快就会知道。"在挑了一支上好的狼毫笔后，慕千雪淡然道，"三哥可是要与我说十九？”

被她这么一提，慕临风方才记起自己要说的事情，连连点头：“对，就是她，我原以为她此去只是跟着照顾东方兄的衣食，可听夏月刚才的描述，她应该是懂武功的。”

“此处没有外人，告诉三哥也无妨，十九不仅懂武功，而且还很好，不输于你。”

“当真？”慕临风六岁就跟随教习师父练武，虽是皇室子弟却肯吃苦，二十年下来，练就了一身不错的武艺，寻常江湖人士，七八个也近不了他的身，他对此一直颇为自豪。这会儿听闻十九这么一个瘦瘦小小的女子武功竟然不比他弱时，吃惊不小。

慕千雪笑一笑：“我何时骗过三哥？”

慕临风打量着她道：“看你这样子，似乎知道一些三哥不知的事情。”

“有些事情还是不知道的更好一些。”虽说慕临风是绝对不会说出去的，但神机营一事，还是知道的人越少越好。

见她不愿说，慕临风也不多问，继续将话题带回到十九身上：“我看这丫头对你很是不满，甚至能从她眼里看到敌意，你得罪她了吗？”

“也算不上得罪，就是有些误会罢了，三哥不必担心，我能够解决。”

“那就好，总之你当心一些。如果实在不行，就告诉东方兄。”说到此处，他又拧眉道，“十九既然有这样好的武功，怎么会甘心在睿王府做一个丫头？”

“每个人都有他自己的理由，没必要去追根究底。”说话间，夏月照慕千雪的吩咐端了一碗清水进来。

在将些许清水倒在松花石砚后，慕千雪敛袖取过一块刻有“黄山松烟”四个字的墨在砚台里徐徐磨着，很快清水渐渐化为了浓黑的墨汁。

在感觉差不多后，她放下手中尚余许多的松烟墨，转而取过事先选好的狼毫笔，淡黄色的笔尖一碰到墨汁便迅速变黑，显然是吸满了墨。

“公主……”

夏月还没来得及问，便被慕千雪肃声打断：“从现在开始，到我搁下笔之前，需要绝对的安静，所以你们两个都不得出声，若怕闷，可以先行出去，我好了以后自会叫你们。”

二人都想知道慕千雪要做什么，自是不肯出去，屏息静气地站在一旁，夏月夸张地用两只手牢牢把自己的嘴捂了起来，唯恐不小心发出声音惊扰了慕千雪。

慕千雪深吸一口气闭起双目，这一闭就是将近一炷香的时间。等得慕临风二人百无聊赖又不能说话，只能在那里大眼瞪小眼。

双眼悄无声息地睁开，下一刻，慕千雪低头在细薄光润的纸上飞快画着，或是崇山峻岭，或是河川水道，又或者是一条条旁人看不明白的线条。

墨蘸了一次又一次，夏月倒也机灵，眼见砚中余墨不多，又加了些水在里面，拿着松烟墨轻轻磨着。屋中静寂无声，只有狼毫笔在纸上划过的声音以及外面传来的蝉鸣声。

偌大的一张纸，竟然被慕千雪画了个满满当当，在画完最后一个角落时，夏月以为她画好了，正想问这是什么，却见她又拿着刚蘸好墨的笔回到了最开始画起的地方，不过这一次慕千雪不再是画画，而是写字。

“铜陵、凉川、西平……”慕临风在心里默默念着出现在慕千雪笔下一个又一个的字，他终于知道慕千雪画的是什么了，是地图，南昭的地图！

慕千雪全神贯注于笔下那张渐渐成形的地图，并未发现屋中多了一个人，在写完最后一个字后，她长舒了一口气，搁下笔活动一下发酸的手腕，打量着墨迹未干的地图道：“这是我几年前在父皇书房中看到的南昭地图，所幸还记得，位置大致都没错，应该能够帮到三哥。”说着，她头也不抬道，“三哥，你找找有没有朱砂，我帮你圈几个地方。那些地方地势险恶，易守难攻，萧若傲才刚攻下南昭，他的手一时半会儿应该伸不过去。你到南昭之后，就先去那几个地方，借地利之便积蓄势力，然后再慢慢扩往四周。咱们现在的情况，不求快，但求稳，所以千万不要心急。”

一只修长的手将一盒朱砂递到她面前，一道递过来的还有一支新笔，颇为贴心。慕千雪接在手里，沉吟片刻，在地图上连着画了五个圈：“这五个地方都还行，至于先选哪一个，三哥你自己看着挑就是了。对了，咱们两个逃到了北周，萧若傲一定会派人封锁官道以防我们潜逃回去，所以三哥此去，记着一定要挑那些小道走。另外，上次我看十九带了一张颇为精巧的人皮面具，虽然还有破绽，但也不错了，晚些时候我问问她，到时候你戴在脸上，就算不慎遇到官兵，也应该能蒙混过去。”

“十九何时戴过人皮面具？”突如其来的声音吓得慕千雪松了手，沾有朱砂的笔往下掉去，所幸被一只手及时攥住，才没有弄污刚刚画好的地图。

东方溯将笔搁到架子上：“是本王唐突了，令公主受惊。”

“不碍事。”慕千雪这会儿已是回过神来，“王爷何时进来的？”

“有一会儿了，见公主在画地图便没有打扰。”东方溯低头看着桌案上密密麻麻写满了地名的地图，“如此复杂的地图，且又事隔数年，公主居然能凭记忆画出来，实在令本王惊叹。”

“王爷过奖了，三哥要回南昭，我帮不上忙，就只能帮着画张地图，不至于迷了路。”在晾干了墨迹后，她仔细折起交给慕临风，郑重道：“慕氏一族，只剩下你我二人，所以请三哥务必记住一句话——君子报仇，十年不晚！”

慕临风将地图收入怀中：“三哥明白你的意思，此去一定谨慎行事，不论遇到什么样的事，都以保住性命为前提。”

东方溯听着他们的言语，微蹙了剑眉道：“其实慕兄大可不必在这个时候孤身回南昭犯险，我已经答应了公主，会尽力助你们复国，难道慕兄还信不过我吗？”

“当然不是，只是我与千雪已经麻烦东方兄许多，实在不好再多相烦。”说着，他用力拍一拍东方溯的手臂，略有些哽咽，“我慕临风这辈子最大的幸事，就是有你这个能够生死相托的兄弟，多谢了！”

岁寒知松柏，患难见真情。真是一点儿都没错。

“都说是兄弟了，你这样开口闭口地言谢，反倒让人觉得矫情。”

这句话说得慕临风笑了起来，平复了一下心情后，他道：“千雪身子不好，又是女流之辈，不宜随我同去，故而还要麻烦东方兄再照顾一段时间。待我安定了之后，便来接她。”

东方溯颔首道：“我自当好好照顾公主，慕兄只管安心就是了。”说着，他将视线转到慕千雪身上，“公主尚未回答我的话，十九何时戴过人皮面具？”

一旁的夏月也是满面好奇，这一路上，她几乎寸步不离地跟着慕千雪，怎么全然不知此事。

慕千雪眸光微微一转，淡然道：“之前在客栈时，无意听十九提起人皮面具，正好她有，便戴着看了一下，很不错。”

“十九擅长易容以及变声技巧，可惜当时不知楚帝模样，不然当初入宫城救你时会方便许多。”东方溯没有对她的话起疑。

“东方兄这次进宫见周帝，他可有责怪你？”

“说了几句，不过皇兄也是因为担心我。”说着，他望着慕千雪道，“对了，有一件事要与你说，过几日是太后寿辰，皇兄让我带你一道入宫赴宴，一起热闹热闹。”

慕临风神色一动，他来金陵这么久，周帝都未曾传旨相见，如今千雪刚到金陵，周帝便要东方溯带她入宫，看来还真是让千雪猜对了。

太后寿辰只是借口，真正的目的是看一看萧若傲的倏然崛起是否与千雪有关，一旦他发现千雪有帝师之才，必然会用尽一切办法将她牢牢攥在手里，为己所用，从而达到一统中原的目的。

而功成之日，就是慕千雪丧命之时。一如不久之前她在西楚经历的一切，唯一区别是，这一次……不会再有人能够救得了她。

帝王，从来都是最无情的那一个，就算曾经有情，坐上那个位置后也会因为各种各样的原因而渐渐冷了心性，变得铁石心肠。

见几人都不说话且气氛有些不对，东方溯疑惑道：“怎么了？”

“可以不去吗？”说话的是慕千雪。

东方溯愣了一下，显然是没想到她会拒绝周帝的好意，虽有些为难，但还是道：“若你当真不想去，明日我与皇兄说就是了，应该不要紧。”

迎着他的目光，慕千雪微微一笑：“我与你玩笑罢了，你倒当真了，周帝盛情相邀，岂有不去之理，再说江大人那件事，我也想亲自谢谢他。”

慕千雪确实不愿见周帝，但她心里清楚，若不见这一面，周帝绝不会罢休，只怕会亲自登临睿王府，这样反而不好。

慕临风也明白这个道理，所以忍住了嘴边的话。

从西院出来，已是黄昏时分，夕阳西下，不再如之前那般炎热难耐，偶尔微风拂过，还有一丝凉意。

在去东院的路上，慕千雪一直垂眸不语，夕阳余晖洒落在她如白玉一般的脸庞上，可以清楚地看到眉眼间挥之不去的担忧。

“还在担心慕兄？”

见他看出了自己的心思，慕千雪也不隐瞒：“虽然三哥答应了我不会鲁莽行事，但想到他要孤身一人去已经变成狼虎之地的南昭，我就忍不住担心。”

东方溯点点头：“不如……我再回去劝劝慕兄，今日在承德殿里我已经与皇兄仔细说过楚帝。皇兄也认为此人将会是一个心腹大患，只要时机合适，我有很大把握劝说皇兄对西楚用兵，慕兄其实不必如此急着去南昭。”

慕千雪苦笑道：“三哥性子倔强，一旦他决定了什么事情，十头牛都拉不回来。再说王爷因为我们兄妹已惹了许多麻烦，又怎好意思总是麻烦你。”

“公主见外了。”东方溯想了一想，“这样吧，我选两名精干的手下陪慕兄一道去南昭，一来相互之间有个照应；二来有人同行，可以扮作行商伙计，不易引人注意。”不等慕千雪开口，他已是先一步道：“我决定的事情，同样不会轻易更改，所以拒绝的话可以省了。”

慕千雪哑然失笑：“这算不算强人所难？”

东方溯自己也忍不住笑了起来：“公主说是就是吧，好男不与女斗。”

十九过来时，恰好看到东方溯在夕阳浅红光晕下展颜轻笑的样子，一时不由得看痴了。东方溯五官明晰，是一个极为俊美的男子，只是平日里总冷着一张脸，不苟言笑，以至于别人不敢靠近。

十九跟了东方溯两年，还是头一回看到他这样发自内心的笑容，可偏偏是对慕千雪！

十九暗自攥紧了手，忍着心里的不满，上前行了一礼：“王爷。”

东方溯旁边的慕千雪被她主动忽视，见她将自家主子当成空气，夏月气得不得了，所幸她还记得慕千雪的吩咐，没去招惹十九，只是暗自生闷气。

东方溯没意识到三女之间涌动的暗流，随口问道：“东院收拾好了吗？”

“嗯，一切都按着王爷的吩咐安排，侍候的人也都送过去了。”

“好。”东方溯应了一声，转眸道，“我陪公主过去看看，有什么缺的就立刻让十九置办。”

慕千雪看了十九一眼：“十九办事那么妥帖，想必一切都置办齐全，又哪里会缺，不过我倒正有一件事想与王爷商量，咱们去东院说。”

几人一路来到东院，一进院子便看到一个大大的青花缸，里面蓄满了水，开着数朵或粉或白的睡莲，散发着幽幽清香，引来蜻蜓扇着两对透明的翅膀伫立在莲花尖，流连不去。

透过碧绿的莲叶可以看到几尾极其少见的红色锦鲤在水中悠闲地游着，尾巴犹如艳美的红绸，铺展于这干净清透的水中。

看得夏月啧啧惊叹，这个院落可比西院好多了。至于慕千雪，不论怎样的景致落在她眼中，都是黑白灰三色，美景二字，她怕是一辈子都与之无缘了。

除了这个大大的青花缸还有种在周围的时令花卉之外，庭院两边各种了许多树，郁郁葱葱，有这么多树挡着，夏天应该不会很热。

几名下人正拿着粘竿捕捉在树上拼命嘶鸣的夏蝉，笼子里已是捕了许多，瞧见他们进来，忙收了粘竿上前向东方溯行礼。在瞧见慕千雪时，不论男女皆露出惊艳之色，如此美貌的女子他们尚是头一回见到，均暗自猜测这位是否就是传言中要来东院住的璇玑公主。

十九最反感的就是有人对着慕千雪的美貌发愣，重重咳了一声，在将众人心思拉回来后，漠然道：“她就是你们以后的主子，记着我之前的吩咐，好生侍候，不得怠慢。”

十九是东方溯身边的人，说话自然有分量，那些人连连答应，朝慕千雪行礼，算是拜见了这位主子。

在命他们起身后，慕千雪走进了正堂，窗明几净，伸手抚过桌面，不见一丝尘埃，打扫得很是干净。屋中一切以简洁朴实为主，没有太过花哨华丽的摆设，倒是很符合东方溯的风格。

见慕千雪唇角微弯，一副似笑非笑的样子，东方溯微一蹙眉："怎么了？"

"没什么。"慕千雪接过下人递来的茶盏，"你们都下去吧，把门带上。"

在屋中只剩下他们几人后，东方溯道："公主何事要与我商量？"

慕千雪揭开盏盖，拨一拨茶面上的浮沫，淡淡道："我想向王爷借两个人。"

"借人？"东方溯没想到她会提这么一个要求，挑眉道，"哪两个？"

慕千雪纤手一指习惯性站在东方溯身后的十九道："她，还有十五。"

十九没想到慕千雪会突然将话题转向自己，愕然道："你这算什么意思？"

慕千雪笑一笑，望着满面疑惑的东方溯道："王爷肯吗？"

东方溯没立刻回答，而是道："你借他们二人做什么？"

"我自有我的用意，暂时不能告诉王爷，三个月里，他们归我指挥，听我调遣，王爷不得过问。"

东方溯尚未言语，十九已是一口回绝："不行！"

见众人目光都望了过来，十九抿一抿有些干燥的唇，望着慕千雪冷冷道："东院里那么多人，还不够你差遣的吗？拉我与十五做什么，你要是真嫌人手不够，我让蔡总管再调几个过来就是了，你想每一间屋里站一个也行。"

这个慕千雪，分明就是看她不顺眼，故而存心刁难折辱，早知这样，当初就不该放过她。

"我要的，不是那种寻常仆婢。"在简单地回了十九一句后，慕千雪再次看向那张五官分明的脸庞，"如何？"

十九怕东方溯真会答应，连忙道："王爷您别答应她，神机营的规矩您是知道的，从来只有一个主子，绝没有第二个。"要她听候慕千雪差遣，绝无可能。

东方溯心思飞转如轮，但怎么都猜不出慕千雪这么做的用意，良久，他道："你这样什么都不透露，我很为难，毕竟……你也清楚，十九他们并非寻常人。"

"时机合适之时，我自会告诉你，至于现在……"慕千雪声音微微一顿，"我只能保证，绝不会对你有害。"

在手边一口未动的茶水失去最后一丝温度之时，东方溯终于道："好吧。"虽然重重顾虑，但他终归是答应了，不为其他，只因为开口的那个是慕千雪。

这句话落在十九耳中，简直犹如五雷轰顶，一时间，连自幼听到的大的训诫都忘了，激动地朝东方溯道："不行，奴婢不答应！"

"十九……"

"我不听！"十九此刻什么都听不进去，脱口道，"王爷要讨好她，奴婢管不了，但要奴婢去侍候这种人，不可能！"

夏月柳眉倒竖："你说话客气一些，什么这种人，我家公主怎么了？"

"怎么了？"十九冷笑连连，眉眼间尽是讽刺之色，"一个整天搔首弄姿，靠美色勾引人的女子，还想要我怎么客气？"

夏月气得双目圆睁："你在胡说什么，公主什么时候搔……搔首弄姿过了？又什么时候勾引人过了？你简直就是莫名其妙，好端端的也不知发哪门子疯！"

东方溯也不悦地呵斥道："不得无礼，还不赶紧向公主赔罪！"

听得这句话，十九眼圈微微一红，倔强道："奴婢又没有说错，为什么要赔罪？"

一听这话，夏月火冒三丈，喝道："你这样侮辱诋毁我家公主，还叫没错，那什么才叫错？"

十九不理会夏月，只一味盯着东方溯："原本一切都好好的，可自从遇到慕千雪之后，就一下子全都变了。为了她，王爷远赴千里，亲自犯险；为了她，十七死了；现在王爷还要违背祖训，将我与十五交给她差遣。她不是专门勾引男人的狐狸精又是什么，王爷根本就不应该将她留在身边！"

"放肆！"东方溯这一次是当真动怒了，面庞透着一抹青色，"立刻向公主道歉，否则就以犯上罪论，行鞭五十！"

十九紧紧咬着银牙，一缕缕细细的红丝在眼中汇聚，直至牙根发酸之时，方才松开，倔强道："奴婢不会向她道歉，绝对不会！"

东方溯一时不知该怎么说，这两年来，十九对他一向温驯忠心，只要是他吩咐的事情，必然办得尽心尽力，妥帖无比，从来没有说过一个"不"字，更不要说是像现在这样违抗他的话，他实在想不明白，十九为何会对这件事反应如此之大，虽说神机营没这个先例，但也不算什么大事。

东方溯暗自吸了一口气，冷声道："我说最后一次，道歉！"

"不道歉！"十九一口回绝，她宁可生受五十鞭，也绝不向慕千雪道歉。

"好！"东方溯面色铁青道，"十九不遵神机营规矩，以下犯上，当行鞭五十，入夜后行刑。"

夏月虽然生气十九对慕千雪的无礼，但没想到东方溯一开口就是整整五十鞭的重刑，一时有些慌了神，攥着慕千雪的袖子，小声道："公主，这……这该怎么办？"

慕千雪拍一拍她的手，上前道："王爷，十九姑娘想是对我有些误会，才会口不择言，看在她初犯又非有意的分儿上，不如就算了。”

东方溯还没来得及说话，十九已是抢先道：“你不必在这里猫哭耗子假慈悲，五十鞭而已，我受得起！”

“我说你这人怎么这么不知道好歹，公主可是在帮你求情。”夏月还是头一次见到有人宁愿受罚也不肯说一句道歉的话，真不知该说她有骨气还是蠢。

第十二章　落花有意，流水无情

“晚些时候，我会传十五行刑，出去！”在将十九遣出去后，东方溯歉然，“十九的事，实在对不起，我不知道她会突然这样无礼，还请公主见谅。”停顿片刻，他又道，“既然十九不愿意，我再另外指个人给公主吧。”

“此事不急，倒是十九……她刚才说的，多是气话，王爷能否免了她的鞭刑？”

东方溯轻叹了口气：“以下犯上，是神机营第一大忌，行鞭五十，已是最轻的责罚。”

夏月在一旁听得咋舌，行鞭五十还是最轻的责罚，那最重的刑罚该是多么可怕。

慕千雪默然点头，在送走东方溯后，夏月一边掌灯一边骨碌碌地转着眼珠子，不知在想些什么。

在将屋里的灯台都点燃后，她望着映照在橘色灯影中的慕千雪，吐出了在舌尖转了好几个圈的话：“公主，您说十九是不是喜欢王爷？”这是她绞尽脑汁，唯一想到的能够解释十九如此失态的理由。

慕千雪看了她一眼，淡淡道：“终于看出来了？”

“那就是说奴婢猜对了。”夏月惊喜地说了一句，旋即有些得意，“奴婢就说怎么这一路上，她总是处处针对公主，原来是这样。”说着，她又捂嘴偷笑道：“不过看今日的样子，王爷对她是一点儿心思也没有，就像公主以前念过的一句诗，落花什么……什么有情，流水……无情。”

慕千雪好笑地纠正：“落花有意，流水无情。”

夏月连连点头：“对对对，就是这句话，她刚才那样分明就是嫉妒王爷对公主好，处处护着公主。”说着，她又想起一事，好奇道，“公主是不是早就看出来了？”

“就你问题最多。”言语间，慕千雪起身往外走，见夏月欲跟上来，她道，“我去外面走走，很快就回来，你别跟着了，去里屋将被褥收拾一下，然后看看有没有安息香，有的话就点一些。”自从西楚那件事情后，她就一直睡得不好，不易入眠，又容易惊醒。

在夏月答应后，慕千雪开门走了出去，这会儿天色已是彻底暗下来了，一轮明月静静悬在天边，洒下柔和的银辉。

入夜之后，暑气消退了许多，不再如日间那般闷热，两边传来低低的蝉鸣声，看来还留了几只在树上，未曾捕尽。

候在外面的小厮看她盯着传来蝉鸣的树，唯恐她怪罪，赶紧迎上前道：“这几只蝉狡猾得紧，白天捕它的时候不叫，这会儿就拼命叫，要不小人再去捕捕？”

“不必了，由着它们去吧。”慕千雪望着眼前这个眉清目秀的小厮，“你叫什么名字？”

小厮恭敬道：“回公主的话，小人叫徐立。”怕慕千雪听不明白，他又跟着解释道，“双人徐，立足的立。”

慕千雪细细听着他的话：“听你口音，似乎不是金陵人士？”

徐立惊讶地抬起头：“是，小人原是湖州人士，七岁那年，跟随家人逃难来到金陵，这一待就是十年。父亲说金陵是天子脚下，是咱们大周最好的地方，所以给小人改了名字，叫徐立，希望小人可以在金陵立足，站稳脚跟。”他倒是心直，一股脑儿就将自己的事情都给说了，没有半点儿隐瞒。

“只要踏实肯干，不怕辛苦，不论走到哪里，都能安身立命。”

徐立点头道：“嗯，王爷也是这么说的。”说着，他小心翼翼道，“公主以前来过金陵吗，不然怎么一下子就听了出来？”

“你与睿王他们的口音虽然区别不大，但还是有一些。”这般答了一句，慕千雪离开了院落，夜色中的睿王府静悄悄，只有风拂树叶以及夏虫嘶鸣的声音，偶尔遇到府中的下人，也都是安静轻声地行礼。

慕千雪的记忆力极好，走了多少路，转了几个弯，都清楚地记在脑子里。雪白裙裾逶迤于地，在这迷蒙的夜色中，犹如一朵盛开到极致的玉兰花。

在穿过一座汉白玉拱形石门后，来到了睿王府的后花园，虽然是在夜间，但两边皆有灯光照明，故而看得倒也清楚。

花园内假山流水，怪石林立，莲池水榭，廊回路转，虽然不大，但布局精致。园中景致千变万化，甚至可以说是一步一景，单论布局之妙，并不比昔日的西楚皇宫逊色。

如今是盛夏时分，满池莲花竞相盛开，轻浮于碧绿的荷叶上，夜风过处，荷叶曲卷，月色银辉下，有着日间不得见的静幽美好。

一个人影静静地坐在池畔，借着月光与灯光，可以看到其肩膀在微微抽动。镶嵌着珍珠的软底绣鞋踩过翠绿的青草来到人影的旁边，学着她的样子敛衣坐在池畔："还在为刚才的事情难过？"

十九迅速抹了一下脸庞，别过脸冷冷道："你最好马上离开，否则我不保证能够忍得住不杀你。"她从未这样讨厌过一个人，慕千雪是第一个。

慕千雪淡淡一笑，秀足轻抬，点到离岸最近的一株莲茎，令顶端的莲花一阵微晃，惊动了蛰伏在上面的一只蝴蝶，蝴蝶振翅飞起，盘旋一阵后，落在了另一株莲花之中："为什么宁愿挨鞭刑也不肯听我调遣？"

"我这辈子都只会听王爷一人的命令，你死了这条心！"月色下，十九的脸上隐约残留着些许湿润的痕迹。

慕千雪望着被风吹起重重涟漪的池面，轻声道："哪怕我要你去做的事情，关系睿王安危，也不肯吗？"

十九一怔，盯着那张月光下明媚如玉的侧脸："你什么意思？"

慕千雪似笑非笑道："怎么，终于肯正眼看我了吗？"

十九没心思与她玩笑，急切地追问道："我问你到底是什么意思。"

慕千雪也不卖关子，徐徐道："之前在客栈之时，我曾与你说过，对睿王而言，我或许是他的保命符。"

"那根本就是你的谎言。"十九事后越想越觉得不可能，明明就是她几次三番将王爷置于危险之中，又怎可能是什么保命符。都怪自己之前太单纯，竟然会信她的话，还许下三月之期的承诺。

"十九，你以为没有我的出现，睿王就一定能够安安稳稳度过此生吗？"说这句话的时候，慕千雪脸上已是没有任何笑意，神色异常凝重。

虽听出慕千雪话中有话，但十九还是不假思索道："当然。"

"你错了，事实上，从两年前开始，睿王就一直置身于危险之中，无一刻安稳可言。"还有一句话慕千雪没有说出口，危险……或者很早就出现了，并不止这两年。

她的话，落在十九耳中犹如天方夜谭，连连摇头："这怎么可能，你胡说。"

"给睿王带来危险的，不是别人，恰恰就是你，确切来说，是你们！"

这一次十九的反应颇快，当即猜出了她话中之意："你是说神机营？"

"不错，神机营对睿王而言，就如一把双刃剑，杀敌之余，也可能伤到自己。"话音未落，十九已是厉声否决：“神机营里的每一个人都对王爷忠心不二，绝对不会伤害王爷。”

“自北周立国以来，神机营代代随着帝位的传承赐予下一任的天子，这已经成为帝王身份的象征。可这一朝，却出了意外，神机营落在了睿王手里。”

十九不以为然道：“那又如何，将神机营传给谁，是承帝的自由。”

“可周帝不会这么想。”慕千雪指尖拈起一块小石子，轻轻抛入池中，“若我没有猜错，这两年来，周帝必然派人在四处追寻神机营的踪迹，世间没有不透风的墙，这件事他早晚会知道。到时候，你认为周帝会怎么做？”

十九心里“咯噔”一下，一丝忧虑被她的话给挑了起来，口中仍是倔强道：“这是承帝遗志，就算周帝不愿意，也只能遵从。”

慕千雪冷笑一声：“若真是这样，承帝临终前就不会千叮咛万嘱咐，让睿王不要将神机营一事告诉任何人，甚至连他的母妃都蒙在鼓中。”

十九被她说得哑口无言，是啊，承帝此举分明是在忌惮什么人，难道……是周帝？可周帝不是他亲选的东宫太子、北周储君吗？

没等她想明白，耳边又传来慕千雪的话：“卧榻之侧，岂容他人鼾睡。一旦神机营之事败露，睿王的性命也就到头了。我知道神机营个个身手不凡，不畏死，但还不足以与整个国家相抗衡！”

十九指尖微微发抖，好一会儿方才自干涩的喉咙里挤出一句话：“不会的，睿王与周帝感情深厚，就算周帝知道了这件事，也不会……伤害王爷。”

“你若不信，尽可等着，可一旦赌输了，代价就是睿王还有整个神机营上下的性命。”

十九紧紧捏着手指，努力想要止住颤抖，结果却抖得更加厉害，犹如寒风中的一片落叶，不论是脸庞还是双唇，都苍白得寻不到一丝血色。

如此不知过了多久，她望着慕千雪，颤声道：“可有法子替王爷解除此危局？”

“这就是我要你与十五去做的事情，我要知道所有关于周帝的事情，越详细越好，只有清楚对方的一切，方才能够制定对策。”

十九想也不想便点头道：“好，我与十五会全力追查，一有消息就告诉你。”

慕千雪扬一扬唇角：“你若之前肯稍稍耐些性子听我把话说完，又何至于如此，那五十鞭……”

“没关系。”十九淡淡道：“我与你不一样，从小到大，受罚对我来说是常有的事，区区五十鞭我受得起。只要王爷无事，我就算挨五百鞭也不要紧。”最后那句，她说得很轻，但慕千雪还是听到了，叹息无声无息地在心底响起……

情不知所起，一往而深。

“不早了，走吧。”十九拍拍身上的草屑站了起来，慕千雪也想跟着起身，岂料刚一动，胸口便传来一阵针刺般的痛楚。一阵剧烈的咳嗽疾涌而出，直咳得浑身乏力方才勉强停了下来，潮红背后是异常难看的脸色。

“没事吧？”十九神色不自在地问着。

慕千雪努力喘了几口气，伸手虚弱道：“想是吹了风之故，不要紧，不过怕是要麻烦你扶我回去了。”

“也不知你身子怎么这么弱，动不动就咳嗽，连走路也得人家搀扶，真没用。”虽然满口埋怨，但十九还是走上去握住慕千雪冰凉潮湿的手将她扶了起来，慢慢往东院走着。

夜间，十五奉命来东院见慕千雪，在得知竟是要调查周帝时，十五惊诧不已，待听得慕千雪分析其中利弊之后，也是忧心忡忡。

临行之前，慕千雪叮嘱他们在调查清楚之前，不得将此事告诉任何人，包括东方溯！

翌日，在晨光透过糊在窗上的纸照射进屋中之时，慕千雪缓缓地睁开了双眼，起身望去，窗下鎏金博山炉中的安息香已熄，不过屋中仍有余香萦绕。

一夜无梦，这是她逃离应天后睡得最好的一夜，在去一去睡意后趿鞋下了地，正好夏月端水走进来，看到已经起身的慕千雪，圆圆的脸庞顿时被忧色困扰，搁下盛着水的铜盆上前道：“公主可是又咳得睡不着？”

这一路上，慕千雪的睡眠一直不怎么好，浅眠又容易惊醒，遇上咳嗽，更是整夜整夜睡不着。昨夜侍候公主歇下的时候，听她咳嗽了好几声。

慕千雪哪会看不出她的忧心，笑道：“昨夜睡得很好，刚刚才醒，这安息香很好，可还有？”

听到她这么说，夏月放下心来，笑着点头：“有呢，昨夜里王爷派人送了满满一大盒来，足够用上好几个月。”

“睿王？”慕千雪惊讶道，“你去找他了？”

“没有。”夏月一边在细纱布上撒青盐一边答道，“昨夜公主走后，奴婢正在收拾床褥，蔡总管过来说是王爷交代他送来的，还说这是朝廷贡香，养神安眠最好不过，现在看来还真是不错。另外还送了一些银票过来，奴婢都收着呢。王爷这个人看着冰冷冷的，想不到还挺细心。”

东方溯……

慕千雪默默地在心里念了一遍，竟是五味杂陈，说不出究竟是何滋味。

洗漱过后，夏月取来一套鹅黄折枝玉兰的衣裳为慕千雪穿上，口中道："公主，今儿个是五月十五，徐立与奴婢说每个月十五，金陵城都会很热闹，卖什么的都有，还有杂耍变戏法的，您要不要出去看看？"

慕千雪伸手入袖："是你想出去看看吧？"

见被慕千雪看穿了心思，夏月嘻嘻一笑："被公主看出来了，奴婢以前总听人说金陵是如何如何繁华，比应天城还要好上许多，这会儿来了金陵，还真想出去看看。"

"你啊！"慕千雪轻笑一声，抚一抚额道，"今日精神不错，出去走走也好，正好过几日要入宫给太后贺寿，去瞧瞧有没有合适的寿礼。你把徐立叫上，让他帮着带路，另外再告诉蔡总管一声。"至于东方溯，这会儿应该还在上朝，未曾归府。

"嗯嗯。"见慕千雪答应，夏月高兴不已，趁着慕千雪用早膳之时，赶紧去与蔡总管说了这件事。在确知是慕千雪的意思后，蔡总管倒也爽快，当即安排了马车，另外又派了两名护卫跟随。

从马车驶出睿王府侧门的那一刻起，夏月就一直探头看着马车外的情景。昨日他们急着赶回睿王府，再加上天色尚早，街上冷冷清清的，什么都看不到。可今日不一样，还没进到主街，就已是人声鼎沸，摩肩接踵，两边摊贩一个挨着一个，不断吆喝叫卖着各色各样或常见或稀奇的东西，看得夏月眼花缭乱，恨不得立刻跳下马车去。

马车在主街街口停下，车夫为难道："公主，前路拥堵，咱们车子驶不过去。"

"就在这里停下吧。"随着这句话，慕千雪扶着夏月的手下了马车，徐立与两名护卫已是恭敬地站在旁边。

夏月取过放在马车中的斗笠为慕千雪戴在头上，雪白的轻纱自帽檐垂落，遮住了那张惊世容颜。

在交代车夫等在街口外之后，一行五人顺着人流走进这条金陵城中的主街。此处热闹不已，除了摆在路边延绵不见尽头的货摊之外，还有比邻而开的店铺，古玩珍宝、文房四宝、琴棋书画、刀剑兵器、卖什么的都有。

夏月手里举着一串刚刚才买的糖葫芦兴奋道："公主，这里真的好热闹，奴婢刚才还瞧见有人卖猴子呢，那猴子好小，就跟咱们的手掌一样大，从来没有见过，怪不得有人说这金陵是天下第一都城，真是比应天热闹多了。"

"这么快就忘了吩咐你的话？"轻柔好听的声音自白纱后传来。

夏月吐一吐粉红的舌尖，赶紧改口："奴婢错了，请姑娘恕罪。""公主"二字太过惹人注意，故而一离开睿王府，慕千雪就交代在府外的时候一律以“姑娘”相称，结果夏月一时高兴给忘了。

徐立指了左边的一家铺子道：“姑娘，您不是说要给太……老夫人买件寿礼吗？小人知道那家店里卖的沉香木不错，不如进去看看？”

“也好。”慕千雪应了一声，举步往店里走去，一踏进便闻到一股沉香木独有的香气，掌柜正在招呼其他客人，慕千雪没有叫他，自顾自看着。

店里摆的东西不少，既有手串，也有木雕的摆件，各色各样。最小的是一个扇坠子，最大的当数一个浮雕的八宝云蝠纹箱，差不多有三尺宽，一尺半高。除此之外，还有一些沉香粉末，香气大多是从这里散发出来的。

看着那一个个标注的价钱，夏月咋舌不已，来到慕千雪身边，小声道：“公主，这里的东西好贵，小小一个手串，就要足足五十两银子，分明就是一家黑店。”

“姑娘此言差矣。”突如其来的声音将夏月吓了一跳，不知何时，掌柜来到她身边，笑眯眯道，“我这里每一样东西都是货真价实，童叟无欺。”

一听这话，夏月顿时皱着小巧的琼鼻，不满道：“我怎么一点儿都瞧不出来，那手串总计才几颗珠子啊，就要五十两银子，哪有这么贵的？”

掌柜上下打量了她一眼：“姑娘应该是才来金陵不久吧？”

“你怎么知道？”

掌柜一正衣襟，眉眼间有着掩饰不住的得意之色：“若是久居金陵之人，必知我沉水居之名。”

夏月不以为然道：“好大的口气，不就是一家卖木头的铺子嘛，有什么了不起的。”

掌柜笑而不语，倒是徐立扯着夏月的袖子低声道：“这沉水居在金陵开了三十年，只卖上等精品沉香木，只要是沉水居标的价，那东西就一定值这个价。”

慕千雪取过夏月所说的那串手串，在指尖摩挲了一阵，徐声道：“木纹细密清晰，香气沉静，闻之令人心平气和，确是上等沉香，五十两一点儿都不贵。”

掌柜眼睛一亮：“看来这位姑娘是识货之人。”

“略知一些。”慕千雪自幼长在宫廷，自是见多识广。

这掌柜也是个性情中人，微一咬牙道：“若是姑娘喜欢这手串，四十五两拿去就是了。”别看只减了区区五两，却差不多是他全部的利润了。

慕千雪放下手串道：“木料确是不错，但几乎无雕工可言，作为寿礼还是略差了一些，不知掌柜可还有更好的东西没有？”

掌柜沉吟片刻，道：“姑娘稍等。”

他回到柜台后，自底下取出一个小巧的盒子，里面同样是一串手串，却比刚才所见的精致了不知多少倍，每一颗打磨圆润光滑的珠子上面都以极细的金丝嵌成一个寿字，单这做工已是价值不菲，更不要说珠子本身的价值了。

“这串是枷楠香木嵌金福字数珠手串，不论做工还是这沉香木的材质都是一等一的，是今年最好的一件货。姑娘您看，这每颗珠子上都嵌有寿字，用作贺寿之礼，那是最好不过的，说实话，若非看您是懂香之人，我还舍不得拿出来。”

夏月撇嘴道：“一会儿说是什么枷楠香木，一会儿又说是沉香木，前后不一，你该不会是在骗人吧？”

掌柜也不生气，笑道：“姑娘有所不知，这沉香木也叫枷楠香木，是同一种东西，还有叫沉水香、女儿香或者沉刀香的。”

慕千雪对着日光细细瞧了，点头道：“确实不错，多少银子？”

“二百两！”一听这话，夏月眼珠子瞪得溜圆：“不就几颗木头做的珠子再加一点儿金线嘛，居然就二百两，你还真敢狮子大开口。”

掌柜也不与她争辩，望着白纱后面若隐若现的脸庞道：“二百两已经是我能给姑娘最低的价格了，再低一两都不行，还望姑娘见谅。”

“是该值这么多。”慕千雪应了一声，对夏月道，“带了多少银子来？”

夏月虽然觉得不值，但慕千雪开了口，她只得如实道：“三百两。”东方溯让蔡总管送了五百两过来，她本打算带个五十两就够了，但慕千雪说要买寿礼，就多带了一些。

慕千雪将手串放回盒中，交给徐立拿着，对夏月道：“把钱付了吧。”

夏月应了一声，满脸不情愿地抽出两百银票放到掌柜手中。在扶慕千雪出门时，抬头看到悬挂在头顶的招牌，忍不住嘟囔道：“哼，什么沉水居，该叫抢钱居才对。”

她这个样子看得慕千雪一阵好笑：“真看不出来，你还是个小财奴。”

“奴婢……”夏月刚说了两个字，一人从后面疾奔而来，一头撞在刚刚走下台阶的夏月背上，慕千雪被扯得一个踉跄，幸好徐立眼疾手快，及时扶住，方才不至于摔倒。

“什么人嘛，撞到了人也不说一声，好生无礼。”夏月揉着被撞得生疼的左肩，气恼地埋怨着不顾而去的人影。

站在夏月身后的一名护卫忽地脸色一变，急忙将她拉上了台阶，夏月正要问怎么一回事，突然看到一大拨人推着挤着往前奔去，满脸兴奋，同时隐隐有说话声从后面传来，待得近一些后，总算是听清了：“捡钱啦，快去捡钱啊！”

夏月因此小脸有些发白，如果护卫刚才慢一步，这么多人疯一样地冲过来，她非得被撞断了骨头不可。

有一个人奔得慢了一些，被人挤倒在地，亏得是倒在台阶上，否则不知有多少双鞋子踩在他身上。就是这样，也被踩了好几下，痛得他脸色发白，可他还是强撑着站起来，忍痛继续前行，徐立在慕千雪的示意下拦住他道：“这位大哥，你们要去哪里捡钱啊？”

“前面有人在撒钱，洒了好多，你别挡着路！”那人匆匆回了一句，迫不及待地推开徐立，两眼放光地朝前奔去。

徐立愣愣地站在那里，他从来只听说当街抢钱的，这当街撒钱还是头一回听说。没等他再找人问，前方不远处传来一阵“叮叮当当”的声音，清脆悦耳。

随着这个声音，前方拥堵的人群再次疯狂地往前涌去，黑压压的人群中不断传来类似的话语：“钱啊，好多钱啊，快捡！”

那些铜钱似乎都洒在同一个方向，拥堵着街道的人潮皆往左侧涌去，右侧变得异常空旷。

夏月望着那你推我搡拼命俯身捡钱的人群，愕然道：“这金陵还真跟别的地方不一样，竟然当街撒钱。徐立，你知道撒钱的人是谁吗？”

“我也是头一回遇到这样的事，这……”话说到一半，徐立在拥挤的人群中看到一辆朱红顶盖马车沿着右侧缓缓驶来，连忙道，“快看！”

众人顺着他手指的方向看去，一辆极为华丽的马车出现在众人面前。四周垂着精巧的金铃，随着车轮转动，发出金石撞击的清脆响声。除此之外，还有丝穗垂坠，帷幔上绣有大朵的牡丹，极尽奢华之能事。能乘坐这样马车的人，非富即贵，更不要说两边还有数十名骑士护送。

一只戴着赤金环珠九转玲珑镯的纤纤玉手伸出车帘，将一大把铜钱抛入人群之中，令拥挤在一起的人群哄抢得越发厉害。

“我说沈姐姐要怎么在一炷香时间内通过这道街道，原来是拿钱开路。”马车中传来一个脆生生如同滚珠落般的声音。

“有钱能使鬼推磨，更何况是驱散区区一群凡人，看来这只五彩鹦鹉注定要归我了。”这个声音较刚才那一个更加慵懒柔媚，听其言语，应该就是撒钱的那个人。

之前那女子急急道：“哪有！咱们说好了，一炷香之内通过这条街方才算你赢，现在才过了一半呢，不见得你一定会赢。”

“看来你是不到黄河心不死，也罢，我就让你输得心服口服。”随着这句话，又是一把铜钱撒出马车外，同时声音隔着帘子传来，“驶快一些，我要在半炷香之内驶出这条街。”

“是。”车夫应了一声，一挥鞭子加快了速度，在空旷的右侧街道快速行驶着。

马车正好驶过身前，车中之人的对话被夏月听了个一清二楚，撇嘴道：“我道什么人这么好心，原来是这个样子，会这样拿钱砸人的，定不是什么好人。”

“呜……娘……我要娘，呜呜……”不知何时，一个约莫三四岁穿着一件打了许多补丁的青布小褂衫的孩童站在路中间，小手揉着双眼，哭得好生伤心。看他的样子，应是刚才混乱拥挤时与母亲失散了。

孩童站的地方，恰好是路中央，挡住了马车的去路，车夫不得不停了下来，车中女子察觉到马车停止，娇软的声音里掺杂了一丝不悦：“为何停下？”

“禀宗姬，有个孩童挡在了咱们前面，过不去。”

“宗姬？”夏月尚是第一次听到这样的称谓，疑惑地眨了眨眼。

慕千雪淡淡道：“宗姬就是诸王之女，与西楚的郡主相同。除此之外，在北周，皇帝之女称之为帝姬，与皇帝同辈者，方才称之为长公主，记着一些，下次莫要乱了称谓。”

“原来如此。”夏月恍然点头，默默记着慕千雪的话。

这个时候，一把铜钱自马车中撒出，当头当脑地砸在那个男童身上，被称为宗姬的女子催促道：“这些钱都给你，赶紧让开。”

如此幼小的孩童，对银钱并无什么概念，不仅没有去捡，反倒因为被砸痛了脑袋，站在原处哭得更加厉害，他的母亲也不知被挤去了何处。

马车右侧的帘子微微动了一下，紧接着女子脆声笑道：“嘻嘻，半炷香了，看来沈姐姐是没法在半炷香之内驶出这条街了。”

宗姬轻哼一声，又是一把铜钱撒在男童身上，在夏日阳光下，明灿灿的极是耀目，看得旁边那些人直咽口水，要不是碍着那些明刀明枪的护卫，他们早就奔过去抢了。

“这些总够了吧，让开！”但回应她的依旧是哇哇大哭之声。

“看来沈姐姐的法宝不灵了。”旁边幸灾乐祸的声音令宗姬越发不悦，再加上赌约，不耐烦的声音隔着华丽的帘幔传出来：“小小年纪就如此之刁滑，长大了也不会是什么好东西！”短暂地停顿后，声音变得冰凉如寒霜，“驶过去！”

车夫为难道：“可是那孩子……”

“我叫你驶过去，耳朵聋了吗？”在宗姬尖厉的呵斥下，车夫咬咬牙，无奈地扬鞭驱策那两匹浑身雪白无一丝杂色的马匹，往前方行去。虽然他竭力避让，但照这个趋势，男童依旧会伤在马蹄下。最令人心寒的是，街上那么多人，竟无一人上前将男童抱开。偶尔有想上去的人，还没来得及迈步，手就被人攥住了。在拦人者用力摇头，附耳低语几句之后，听完那些话，人们不约而同地将身子往后面缩着，唯恐被人瞧见，眼里有着深深的忌惮。

夏月实在看不过眼，不等慕千雪同意，便快步奔过去拦下已经距离男童不足三尺远的马车，气愤道："明明知道有孩子在，怎么还能驶过去，你们还是不是人？"

马车里传来"扑哧"的笑声，紧接着那个声音清脆的女子道："沈姐姐，她好像在骂你不是人呢。"

"放肆！"随着这声呵斥，精绣牡丹的帷幔被一只涂着鲜红蔻丹的手掀开，露出一张蕴了怒意的妩媚脸庞，发间金饰摇曳，十分华贵明艳。旁边还有一个模样小巧秀丽的女子，旁边悬了一个铁架，一只极为好看的五彩鹦鹉停在上面，之前那些话，应该就是出自她们二人之口。

夏月被她这声厉喝吓得往后退了一步，但很快站稳脚跟，将男童护在自己身后，仰起圆润的下巴："你才放肆呢，明知道此处人多，还这样胡乱驱赶马车，伤了人怎么办？"

车内的华贵女子素来养尊处优，何曾被人这样当面指责过，脸色难看道："伤人也是我的事情，与你何干。"接着，她又不以为然道，"伤就伤了，赔些钱就是了。"

夏月从未见过这样傲慢无礼又不拿别人性命当回事的女子，本来已经有些下去的火气顿时又窜了上来："有钱了不起吗，有钱就可以胡作非为吗？"

宗姬旁边那名女子摇着手里的泥金团扇，轻笑道："沈姐姐，看来她对你很不满呢。"说着，她掩唇笑道，"对了，再提醒沈姐姐一句，这香已是烧了一大半。莫说半炷香，在这炷香整个烧完之前，能不能驶出这条街都是问题，看来我的五彩鹦鹉保住了。"

她的话令宗姬脸色越发难看，冷冷地盯着夏月："你是什么人，胆敢对我无礼？"

夏月倒也有些心眼，没有直接自报家门："我是谁与你无关，总之刚才之事，就是你不对！"

宗姬气极反笑，搭着侍从的手走下马车，金丝孔雀翎大袖锦衣并着一袭玫瑰紫的裙裾，随着她的步履徐徐盛开，似一朵开到极尽艳丽的花。

宗姬在离着夏月数步远的地方站住，似笑非笑地对夏月说："你若现在跪地求饶，自掌嘴巴，我或许还可饶你一命。"

面对来意不善的宗姬，夏月有些胆怯，但还是顶着怯意回道："笑话，我又没有做错事，凭什么要下跪掌嘴，你这话好生没有道理！”

“好！”宗姬自饱满娇艳的双唇中吐出这个字，蓦然妩媚一笑，仿佛已经忘了刚才那些争执与不悦。

唯有深知她脾性的人，暗自打了个冷战。这位主子，越是生气，笑得就越是好看，看她现在这个样子，这回怕是气大发了。果不其然，下一刻，冷若冰霜的声音已是传入众人耳中：“将这个不知天高地厚的丫头带回府里，我要好好教教她，什么叫尊卑上下！”

“是！”几名腰系长剑的侍卫肃声答应，大步向夏月走来。夏月没想到这个宗姬居然嚣张到当街掳人，回身抱起那名孩子连退数步：“你们……你们想做什么？”尽管极力压制，声音仍是忍不住微微发颤。

侍卫根本不理会她的话，上前一把抓住她的手，往马车的方向拖去，徐立看到这一幕，紧张问道：“公主，这怎么办？这位主子是不会善罢甘休的。”

“你认识她？”慕千雪神色平静地问。

“这位是平阳王的嫡长女昌荣宗姬，也怪小人，这一个多月没出府，竟是把她给忘了。”徐立懊恼地说了一句，随即大致说了一下此女的来历。

平阳王沈谦是先帝在世时亲封的五大异姓王之一，多年来跟随先帝征战沙场，立下赫赫战功。他的妻子则是太后卫氏的幼妹，和平阳王成亲之后，诞下三子一女。昌荣宗姬沈惜君就是那唯一的女儿，得尽万千恩宠，就连卫太后对她也是极为宠溺，从而养成了她娇纵嚣张的性子，这几年闹出过不少事情，最严重的就数当街鞭打平民，曾经一时间闹得沸沸扬扬，不过最后还是被压了下去。尊贵的身份摆在那里，又有太后护着。不过经此一事，沈惜君倒是收敛了许多。

平阳王……卫太后……

在徐立说话的时候，那几名侍卫已是强行将夏月拉到马车的地方，徐立神情越发急切：“公主，夏月姐要是被带到平阳王府，非得去掉半条命不可，咱们得赶紧过去阻止。”说着他又低了头絮絮道，“王爷虽说不参与京中之事，但到底是亲王，宗姬应该会卖这个面子，不至于太过为难，或者再派名护卫回府禀报王爷，这会儿王爷应该已经下朝了，公主您说好不好？”抬起头来，眼前已是没了慕千雪的身影，徐立赶紧四下张望，见慕千雪正往昌荣宗姬的方向走去，连忙追了上去，心里极是忐忑。

第十三章　太后圣寿

“公……姑娘救我！”在夏月的求救声中，慕千雪走到已经回过身准备蹬上马车的沈惜君身后，双膝微微一屈：“见过宗姬！”

沈惜君回身打量着被白纱遮住了面容的慕千雪：“你是她主子？”

“管教无方，让宗姬见笑了。”

“你们主仆倒也有趣，奴才无礼狂妄，主子则遮遮掩掩，瞧着就让人不舒服，还不赶紧将帽子摘下来。”

“容颜粗鄙，怕惊了宗姬。”慕千雪静静地说了一句，“家婢虽有冒犯之事，但也是救人心切，还望宗姬高抬贵手，放她这一回，我回去后定当严加管教。”

沈惜君冷冷一笑：“你管教了这么久，不还是这副德行吗？这回想必也没什么用，还是我替你管教得好。”

“宗姬乃是金枝玉叶，实在不敢劳烦，还请宗姬放人。”对于慕千雪的好言好语，沈惜君嗤之以鼻：“这里还轮不到你来指手画脚，明日午后你来平阳王府门口等着，我管教好之后自会放人，走！”

沈惜君还没转身，慕千雪不疾不徐的声音已是传入耳中：“宗姬就这么希望我敲响京兆衙门门前的鸣冤鼓吗？”

“你什么意思？”

“京兆衙门离此并不远，一旦鸣冤鼓响，宗姬当街掳走良家妇女一事，很快便会传得人尽皆知，包括平阳王府与……昭明宫！”

沈惜君眸中射出一轮精光，森然道：“你这是在威胁我？”

慕千雪欠一欠身：“岂敢，只是不希望宗姬做一些令自己后悔之事，当今陛下乃是有德明君，若知宗姬在这金陵城中胡闹，怕是会不高兴。”

马车中的女子不以为然道：“沈姐姐乃是陛下表妹，感情素来极好，陛下岂会为这点儿小事不高兴。”

“勿以善小而不为，勿以恶小而为之。陛下圣明，当会记着这句话。”面纱下，朱唇微弯，一抹笑意似流水划过，“宗姬若不信，只管一试，我只怕宗姬到时候会后悔。”

沈惜君脸色难看异常，她长这么大，还从来没这样被人堵得说不出话过。许久，森冷的声音自红唇白牙间挤了出来：“果然是有什么样的奴才就有什么样的主子，全部都是牙尖嘴利，不过你以为这样就可以救走这个丫头了吗？天真！”说完这句话，她朝左右喝道，“去，把她也给抓了，一并带回王府。”

马车中的女子愣了一下，旋即拍手娇笑道：“好主意，这样一来，就没人去京兆衙门闹事了。”

“我只是一介弱质女流，抓我自然不是什么难事，只是……宗姬当真想好抓我的后果了吗？”这句看似轻飘飘的一句话，却令沈惜君喊住了已经走到慕千雪身边的侍从，神色迟疑不定。

是啊，抓一个女子容易，但看这女子言行谈吐，断非等闲之辈，万一……她虽有太后护着，但也并非当真可以在这金陵横行无忌，何况她前些日子才又被母亲警告了一番。

“你究竟是什么人？”随着这句话，沈惜君上前一步欲掀慕千雪的斗笠，可惜落了空，那张容颜依旧被牢牢遮在白纱后面。

“非礼勿视，非礼勿听，非礼勿言，非礼勿动。这么简单的话，宗姬应该听说过。”

“若我一定要看呢？”

慕千雪淡淡一笑：“我说过，只要宗姬想好承受由此带来的后果，不后悔，莫说是取下区区斗笠，就算将我带回平阳王府也不要紧。”

沈惜君面色阴晴不定，鲜红的手指隔着薄薄的夏衣，掐入侍从胳膊的皮肉里，但当着沈惜君的面，侍从不敢呼痛，甚至连眉头也不敢皱一下，默默地忍耐着。

对视良久，沈惜君恨恨一拂袖子，冷声道：“把人放了，我们走！”

望着蹬上马车的沈惜君，车中女子诧异道：“沈姐姐，你就这么放她走了，她……”

“闭嘴，有本事你自己抓她去。”沈惜君正心烦得紧，哪里有心情再听她喋喋不休。

女子讪讪地咽下了嘴边的话，她家世不如沈惜君，平日里嬉笑不要紧，真要认真起来，她可不敢得罪沈惜君。

徐立愣愣地望着在金铃声中驶走的马车，“这……这就完了？”他在京城长大，深知这位宗姬的性子，若换了往常，除非搬出睿王的名头，否则夏月非得被抓去平阳王府不可，可今日居然被这位璇玑公主三言两语给吓住了。他就在一旁听着，简单的几句话并没有多稀奇啊，可偏偏就这么神奇。

“不然你还想怎样，非得去一趟平阳王府才高兴吗？”夏月堵了他一句，抱着还在抽泣的孩子来到慕千雪面前，“还是姑娘厉害，三言两语就把她吓跑了。”

慕千雪摇头道：“你啊，总是改不了这毛躁的性子。”

“难道眼看这孩子伤在马蹄下，也无动于衷吗？”

“救人当然没错，只是说话太冲了一些，否则她也不至于那样不依不饶。”慕千雪抚过孩子被眼泪濡湿的脸庞，柔声道，“不哭了，我们带你去找娘亲，没事的。”回头见徐立还呆呆地盯着自己，不由得轻轻一笑，解释道，“昌荣宗姬虽然嚣张任性，但却不蠢，她清楚这金陵城有她得罪不起的人，故而不敢为区区小事冒这个险。”

正是因为善于揣测人心，能够在最短的时间内望穿对方的弱点与顾忌，方才能够做到世事洞明，如同先知。

孩童的娘亲很快就找了过来，千恩万谢地接走了失散的孩子。在准备离开之时，慕千雪意外在人群中见到一张熟悉的面容。

江越穿过人群来到慕千雪面前，隔着薄薄的轻纱拱手一礼：“多谢公主让下官看了一场精彩的攻心战。”从西楚到北周，他与慕千雪相处一个余月，哪还会认不出慕千雪的声音。

慕千雪垂目一笑：“让江大人见笑了。”

“没有没有，下官对公主一向佩服至极；若换了是下官，就算勉强救下那孩子，也得在昌荣宗姬手底下吃不少苦头。”刚才他也打算去救孩子，结果被夏月抢先一步。

“那个昌荣宗姬当真如此胡作非为，目无王法吗？”夏月向江越问道。

江越想了一会儿，说出一番颇为中肯的话：“她倒也不曾做出什么十恶不赦的事情，只是因为出身高贵，自幼集万千恩宠于一身，故而养成了骄纵霸道的性子，自觉高人一等，不将普通百姓放在眼中。”

夏月点点头，皱了皱小巧的鼻子道：“反正我不喜欢这个什么宗姬，希望以后都不要再遇到。”

江越呵呵一笑，意味深长道：“恐怕以后免不了还要打交道。”

一听这话，夏月两道柳眉顿时皱了起来，他们与这昌荣宗姬不过意外相逢，对方甚至连他们的身份也不知道，江越怎么就知道以后还要打交道?

“为什么？”

“夏月姑娘到时候就知道了。”江越负手轻笑，夏月突然发现细眉长眼的他弯起眉眼之时，竟是有些像藏身于深山中的狐狸。

“什么叫到时候，我……”

“好了，既然江大人不愿说便罢了。”在截断了夏月的话后，慕千雪道，“江大人这是要去哪里？”

“下官闲来无事，四处走走，不想正好遇到公主。”

憋了一肚子疑问的夏月随口道：“你不用去上朝吗？”

没等江越言语，徐立已是赶紧拉了拉她的袖子，低声道：“江大人是从四品官员，除非皇上宣召，否则是没资格进昭明宫的，更不要说是上朝了。”

听到这话，夏月知道自己问错了话，但话已出口，无法收回，也不知该怎么圆回来，只得站在那里干笑。

慕千雪睨了满脸尴尬的夏月一眼，轻言道：“江大人一心为民，忠义可嘉，千雪相信来日定当可以一展抱负。”

“希望吧。”江越意兴阑珊地应着，两年前那桩事情犹如一盆冷水，生生浇灭了他那腔雄心壮志。鸿胪寺卿这个差事，于他而言，不过是蹉跎岁月罢了。

慕千雪怎会看不出他的心思，却不便在这个时候多言，江越看了一眼天色道：“时辰不早，下官送公主回去吧。”

“不必了。”慕千雪摇头拒绝了他的好意，身侧的几人走过后，她忽地小声道：“近些日子，江大人不要去睿王府，也不要与睿王有所往来。”

江越惊讶地看了她一眼：“为何？”

“虽然你与睿王面圣时言辞一致，但以周帝的心思，恐怕难以彻底瞒过去，甚至……猜到更多的东西，所以近些日子，还是尽量不要往来好。”

江越心中一凛，尽管慕千雪说得隐晦艰涩，但他多少还是领会了一些，当即道：“下官明白了，多谢公主提点。”

慕千雪微一点头，以只有彼此能够听得到的声音道：“只要江大人初心不改，未必没有拨云见日的那一天。”

江越没说什么，只是向转身离去的慕千雪深施一礼。他见过慕千雪的能力，这般女子说出来的话，断不会是无的放矢。

五月二十日，卫太后五十五圣寿之日。慕千雪随东方溯站在昭明宫外，尚未踏进宫城，已是能看到宫墙内一座座鳞次栉比的宫殿，飞檐卷翘，金黄色琉璃瓦顶在晴好的阳光下闪闪如金波耀目。只是这小小一角，已经透出极致的华丽富贵，远胜西楚与南昭。盛世大周，的确非寻常王朝所能比拟。

跟随东方溯走到偌大的宫城中，不时有衣甲鲜明、生气勃勃的侍卫巡逻经过，躬身向二人行礼，待他们走远后，方才继续巡逻宫城。

慕千雪默默数了一下，短短三里地，已是遇到了五拨巡逻的侍卫，还不包括负责看守宫门的那些，真可谓是三步一哨，五步一岗，防卫严密。

东方溯指着不远处一座黄琉璃瓦歇山顶的宫殿道："前面就是宁寿宫了。"

"嗯。"慕千雪扶着夏月的手，气息微喘。昭明宫极大，从宫门到此处，将近三四里地，这么一路不歇地走过来，实在有些累。尽管在睿王府安养数日，东方溯又特意请了太医为她调理，可终归是难以彻底清除四年来积累在体内的余毒。太医也如实相告，她底子已亏，就算用尽世间奇珍异药调理，顶多只能恢复到往日六七成，且需要漫长的时间，非一朝一夕可成。

东方溯停下脚步道："你若是累了，就歇一会儿再过去，这会儿时辰也还早。"

"不要紧，走吧。"在慕千雪的坚持下，一行三人在宫人的行礼中踏进了宁寿宫。

宁寿宫庭院之中遍植恰逢时令的花卉，芍药、月季、蔷薇，还有许多夏月从来没有见过的奇花异草，在清晨浅金的阳光下，花团锦簇，争奇斗艳，看得夏月眼花缭乱。在这光辉锦簇背后，不知费了花匠几多心血。

最令人惊奇的是，这庭院左侧，竟是生生挖出一个池子来，以汉白玉杆围拢，小巧精致，池中开满了各色莲花，粗粗一数，竟有六七种之多。

"有客来！有客来！"尖细高昂的声音令几人一惊，下意识地往四周看去，并不见宫人踪影，正自奇怪之时，那个声音又响了起来，"有客来！有客来！"

这一次，东方溯几人看清楚了，廊前檐下悬着一个金架子，上面停着一只五色鹦鹉，拖着同样五彩绚丽的长尾在架子上跳来跳去，脚上的金链子发出细细的响动，刚才那声音就是它发出的。

"原来是你这个小东西，可真是……"话说到一半，夏月突然止了话，狐疑地打量着在低头喝水的鹦鹉，奇怪，她怎么觉得这只鹦鹉有些眼熟，仿佛在哪里见过，可一下子又想不起来。

未等夏月细想，一名穿着薄荷绿绸子绣花上衣，下系秋香色螺纹裙子，年约三旬的圆脸宫女走了出来，梳得一丝不乱的发间左侧簪了几朵一色的通花，右边则插了一枝银丝錾珠簪子。这身打扮，可比一般宫女贵重多了，想来是卫太后身边得脸的人。

宫女一见到东方溯便立刻笑着迎了上来，行了一个万福道："太后在里面听到赵家小姐送来的鹦鹉叫唤，让奴婢出来看看，没想到竟真是有客来，王爷快请！"说话间，她看到站在一旁装扮素净却依旧难掩倾国倾城之貌的慕千雪，眼底掠过一抹惊艳，她到底是太后身边的人，很快就猜到了慕千雪的身份："这位想必就是璇玑公主了。"

慕千雪双手搭于腰间，屈膝道："见过姑姑。"

"公主客气了。"在回了一礼后，宫女笑道，"久闻公主貌美如天仙下凡，今日有幸得见，实在是奴婢之福。"

"姑姑如此盛赞，千雪愧不敢当，不知姑姑如何称呼？"

"奴婢尹秋，公主万福。"再次行了一礼后，尹秋道，"太后正在里面等着呢，王爷与公主快请进去吧。"

尹秋引领着他们入内。宁寿宫正殿内，已是坐了好几位身穿各色华服的女子，正有说有笑。瞧见他们进来，皆将目光转了过来，在瞧见慕千雪时，神色皆起了细微的变化。

坐在最上首的，是一位身穿铁锈红镂银华服的妇人，乌黑发髻并未如旁人一般饰以金银琉璃，而是玉饰，沉静大气之余又不失雍容华贵。尽管眼角已有了细细的皱纹，但依旧可以从那五官轮廓之中看出其年轻时是个一等一的美人。旁侧稍低一些的位置，则是一名头戴九珠金冠的俊美男子，明黄衣衫上九龙盘旋，除却周帝之外，当不会再有第二个人。

东方溯走到殿中央，端然下跪："儿臣恭祝母后万寿无疆，千岁千岁千千岁！"卫太后是六宫之主，亦是东方溯这些庶子的嫡母。

"快起来。"卫太后笑吟吟地抬手，转而对左侧一名穿了一身石榴红衣裙身量娇小的女子道，"这鹦鹉倒真如平清你说的那般通灵性，说有客到来就真有客来，好！"

有女子脆生生的声音在这偌大的宫殿中响起："若非通灵之物，平清哪里敢献给太后。不是平清夸张，它会的可多了，甚至还能瞧出主人心情好坏，要是不好了，就想着法子逗主人开心。"

一个娇媚的声音随之响起："越说越神了，依你所言，这鹦鹉岂非成精了？"

"成精不至于，但它确实通灵，这一点沈姐姐也是亲眼见过的，否则也不会与我打那个赌了。"

女子轻哼一声："那不过是闲来无事，解乏而已。"停顿片刻，她又撒娇道，"姨母，您一直只夸平清一人，难道不喜欢惜君送您的寿礼了？"

"怎么会，你们所有人的寿礼，哀家都喜欢得紧。"

奇怪，这声音怎么如此耳熟？

自踏进正殿，就一直低头敛眉的夏月心中疑惑，悄悄抬头往声音传来的方向看去，待得看清说话的那两名女子后，险些惊呼出声，怎么会是她们？

那两名女子正是前些日子撒铜钱开路，驱策马车险些伤了一名幼童的昌荣宗姬以及同坐车上的另一名女子。

是了，徐立说过，昌荣宗姬的母亲是卫太后的幼妹，今日是卫太后生辰，她断无不来之理。至于那个叫"平清"的女子，能够与昌荣宗姬同乘一辆马车，身份自然也不会简单。

在二女争执告一段落后，东方洄笑道："母后寿辰，七弟总是所有兄弟中来得最早的一个，年年如此，从不例外。"

卫太后慈祥地望着东方溯："溯儿孝顺，哀家一直知道的。"

陈太妃也在，在椅中微微一欠身，轻声道："要说孝顺，溯儿哪里及得上陛下，陛下才真是至诚至孝，溯儿还差得很远。"

卫太后捻着佛珠道："谁说的，哀家瞧着他们两人都是一样的好，倒是你，每次提起溯儿，都说他这不好、那不好，也就溯儿心宽，不与你置气。"

陈太妃笑道："哪有，臣妾说的可都是实话呢，咱们这些姐妹，哪个不羡慕太后好福气。"

"你啊你啊！"卫太后摇一摇头，转眸看向垂目站在东方溯身边的慕千雪，"南昭璇玑公主？"

慕千雪上前行礼："千雪恭祝太后福寿康宁，与日月同辉！"

听得这个声音，沈惜君与赵平清不约而同地脸色一变，对视一眼，彼此皆从对方眼中看到了惊意，这个……不就是她们当日在街上听到的那个声音吗？难道那个白纱蒙面的女子就是她？

如此想着，二人一起往夏月看去，虽然后者低着头，但眉眼看得清楚，可不就是一开始拦在马车前与她们争执不休的那个丫头吗？！

这可真是冤家路窄！

在示意慕千雪起身后，卫太后招一招手："来，让哀家看清楚一些。"

慕千雪依言走上前，卫太后细细打量了她一番，颔首道："果如传言那般秀丽绝伦，是个绝妙的人儿，这楚帝当真是好狠的心肠。”

在一声轻叹过后，卫太后又道：“慕氏一族，还有多少人活着？”

“回太后的话，除了妾身与三哥之外，慕氏一族，已无一人在世。”侥幸逃过屠杀的那些族人，也都因为她尽皆死在祠堂。

“真是可怜。”卫太后叹息着拍一拍她冰凉的手，怜惜道，“往后你就在北周安安心心住下来，有什么事情只管与哀家说，哀家自会为你做主。至于西楚……楚帝造下这般杀孽，哀家相信天道循环，来日必有果报。”

“多谢太后垂怜。”慕千雪朝夏月看了一眼，后者会意地呈上捧在手中的锦盒，慕千雪打开盒盖道，“这手串是以枷楠木所制，香气馥郁，有降气温中、宁神静心之功效，虽不能与宫中千里挑一的贡品相论，但也算不错了，就是不知太后是否喜欢。”

卫太后略有些惊讶地接过手串，戴在手腕上，松紧正好，犹如量身定做似的，那一个个以金线镶成的寿字，如护身符一般环绕着卫太后的手腕，她笑着对尹秋道：“待会儿去传哀家的旨意，让他们不必再找了。”

“是。”尹秋点头答应。东方洄听着奇怪，询问道：“母后在找什么？”

尹秋代答道：“回陛下的话，前儿个太后往上林苑游赏，回来之时发现戴了多年的沉香手串不见了踪影，不知掉在何处。太后深喜那手串，这两日一直派人在上林苑寻找，可惜未曾找到，为了这件事，太后这两日一直闷闷不乐。哪知璇玑公主今日恰好送了一串沉香手串，且珠粒大小，皆与之前那串相同，真是巧得很。”

听了尹秋的话，东方洄当即道：“既是如此，母后为何不与儿子说，也好多派一些人去上林苑寻找？”

“你日理万机，国事繁忙，哀家不想你为这点儿小事分了神。”说着，卫太后目光再次落于慕千雪身上，神色和蔼道，“你这份礼很合哀家心意。”

听到卫太后夸奖慕千雪，沈惜君心里颇不是滋味，当即道：“姨母喜欢沉香手串，惜君回去后就让人找最上等的沉香料子打磨，哪像她那串，不知从哪里捡来的，一看就是下等次货，哪里配戴在姨母手上。”

卫太后脸色微微一沉，坐在右侧的一名容貌与她有六七分相似的美妇人见状，欠身道：“惜君这孩子自幼被臣妾宠坏了，说话没个分寸，还请太后见谅，臣妾回去后定当好生教导。”此人便是卫太后幼妹平阳王妃卫氏。

卫太后抚着手串不语，平阳王妃与之一母所生，岂会不知其心意，当即对尚坐在椅中的沈惜君道：“还不快向太后与公主赔罪？”

一听要向慕千雪赔罪，沈惜君顿时满心不忿，争辩道：“女儿又……”

“还敢说！”平阳王妃冷下脸打断她的话，呵斥道，“赔罪！”

见平阳王妃动了怒，卫太后又宁可帮外人也不帮自己，沈惜君心里既难过又委屈，恨不得离开这里，但她终归不敢，咬着微微发颤的红唇站起身来，先朝卫太后行了一礼：“请太后恕惜君无礼之罪。”

“罢了。”卫太后淡淡地说了一句，看不出她是喜是怒。

向卫太后赔罪倒是没什么，但一想到要向慕千雪赔罪，沈惜君这心里就跟见了死老鼠一样恶心，磨磨蹭蹭地不肯行礼，直至平阳王妃又催了一句，方才心不甘情不愿地挪动脚步来到慕千雪身前，眸光复杂地看了一旁面色如常的东方溯后，飞快屈一屈膝，僵硬道：“请公主恕罪！”

慕千雪回了一礼：“宗姬言重了。”

回到椅中坐下时，沈惜君眼中已是含满了泪水，而平清的嘴角不着痕迹地往上翘了半分，递过帕子，小声道：“擦一擦吧。”

“不用！”沈惜君倔强地说了一句，紧紧抿着唇，努力将浮在眼眶里的泪水逼了回去。

经此一事，殿内气氛变得有些凝滞，东方洄为了缓和气氛，笑道：“朕记得前年母后生辰，七弟呈了一个亲手雕的赐福天官，去年是禄星，如此算下来，今年应该是寿星了吧。”

平阳王妃在一旁笑道：“臣妾也记得，睿王前岁与去岁的那两个福官禄星，当真雕得栩栩如生，可比那些专门的工匠还要好，最难得的是这一刀一刀雕出来的孝心，陈太妃可真是有福。”

“溯儿这孩子，除了行军打仗之外也就会这个了，倒是让王妃见笑了。”说话的是陈太妃，她脸上永远是那副宁静温和的模样。

坐在东方洄身边的紫金锦服女子螓首微微一晃，带动凌云髻上的珠玉金饰，在殿中划出华丽如朝霞的光芒：“这雕刻最是耗费时间，本宫有一次问及工匠，说是雕刻一个手掌大小的摆件，从开始构思落笔到完工，至少也要十来天。睿王才刚回京不久，又哪里来得及雕刻寿星，陛下那么说，可不是为难睿王吗？”

她是东方洄为东宫太子之时迎娶的嫡妻，少年夫妻，自是恩爱得紧。东方洄登基立她为后，掌摄后宫之事，她也姓卫，是卫太后堂兄之女，算起来，与东方洄还是表兄妹。

“皇后说得不错，是朕疏忽了。”说着，东方洄扬眸望向东方溯手里的锦盒，笑道：“七弟快将寿礼拿出来吧，让朕看看你到底备了什么寿礼。”

“臣弟的寿礼，陛下早就已经猜到了。”在众人好奇的目光中，东方溯打开了锦盒，里面是一尊一尺半高，以鸡翅木雕成的寿星，广颜长须，执杖捧桃，笑容可掬。因为雕工细腻高超，明明只是一尊死物，却给人一种栩栩如生的感觉。

卫太后一眼认出这是东方溯的雕工，惊讶道：“你不是才回来吗，怎么就雕好了？”

“其实离开金陵之前，儿臣已经雕出了大致的模样，回来后日夜赶工，总算赶在母后寿辰的前一夜雕好，得以献给母后，恭祝母后圣寿无疆。”这么一说，众人方才发现东方溯眼底尽是血丝，定是这些日子熬夜所致。

“好！好！”卫太后爱不释手地抚摸着尹秋拿过来的寿星翁雕像，好一会儿方才命她拿下去仔细收好，随即招手唤过东方溯，心疼道，“你这孩子，来不及就算了，换了其他东西也一样，何必这么辛苦自己，万一累病了怎么办？”

“母后放心，儿臣身子健壮，偶尔熬几夜不打紧，最重要的是母后喜欢。”卫太后当年照拂他们母子的恩情，东方溯始终牢记在心，不曾忘怀，对卫太后自然是充满了感激与尊敬。

“喜欢，你送的东西哀家都喜欢。”卫太后笑言道，“不过哀家最喜欢的是你早日大婚，睿王府王妃的位置总不能一直空着。你母亲也是，一直盼着早日抱孙，偏你就是不娶，溯儿，你老实与哀家说，难道这满朝的名门贵女，就没一个人合你心意吗？”

听到这句话，一直在低着头生闷气的沈惜君忽地抬头往东方溯这边望来，神色有些紧张，平阳王妃将她这番模样看在眼里，微微一笑，锦袖微扬，拢在袖中的手在其手背上轻拍数下，后者粉面飞起一抹可疑的红色，目光却一直不离东方溯左右。

东方溯神色平静如常，并未因卫太后的话而起什么波澜：“儿臣也想与六哥一样，不论门楣身份，只娶一个真心所爱之人，从此一生一世一双人。”

“你啊。”卫太后无奈地摇摇头，旋即又有些不悦，“这个老六，自己荒唐也就罢了，还把你也给带坏了，待会儿他来，哀家非得好好说说他不可。”

沈惜君紧紧攥着纤细如青葱的十指，脸上的飞霞早已被苍白所取代，死死地盯着慕千雪，不知在想些什么。

“母后，儿臣又做错了什么，惹您老动气？”随着这个声音，一道修长挺拔的身影走了进来，是一个五官清朗的男子，紫金束冠，嘴角噙着戏谑的笑容。在他身后，还跟着一个宁静如秋水般的女子。

“怎么，自己犯的错自己不知道吗？”尽管刻意板了脸，却掩不住眼底的丝丝笑意。

这名男子正是东方溯口中的六哥东方渝，尽管封了恪王，但他却是那一辈所有皇子里面最洒脱不羁的一个，不喜朝廷之事，只做一个闲散王爷。

看出卫太后并非当真责怪自己，东方渝笑意不减道："儿臣真是不知，这些日子，儿臣一直与王妃在府中论诗书歌赋，连府门都没踏出一步，实在不知错从何来，还请母后明示。"

东方洄笑道："你一直拖到二十五岁才肯成亲，如今七弟也学你的样子，母后可不就怪到你头上来了吗？"

一听这话，东方渝顿时朝卫太后叫起冤来："儿臣可是一直劝着七弟早日成亲，开枝散叶，好让母后与陈太妃安心，是七弟不肯答应，与儿臣无关，他说……"

东方溯脸色微微一变，唯恐他说出什么不该说的话来，所幸东方渝及时止了话，未再说下去。

平阳王妃等了一会儿，不见他说下去，问道："睿王说了什么？"

东方渝眼珠微微一转，挤眉弄眼道："七弟说，他要娶，就一定得娶一个倾国倾城的大美人儿。"

看他那副夸张的样子，众人皆忍不住掩唇笑了起来，卫太后也有些绷不住脸，唯独沈惜君面色难看得紧，尽管她很不想承认，可……倾国倾城，指的可不就是慕千雪吗，难道……

在一番笑闹后，东方渝与恪王妃一起给卫太后拜寿，并呈上贺礼，随后其他皇子也陆陆续续来到宁寿宫贺寿，场面极是热闹。

到了午时，筵席已是备妥，众人移步来到偏殿，宫女如穿花蝴蝶，端上一道道美味珍馐。

一起向卫太后祝酒之后，这寿筵便正式开了席，沈惜君望着满桌的珍馐佳肴，却没有半分动筷的意思，目光不时望向坐在对面的东方溯与慕千雪。

平阳王妃夹了一块松子鸡到她碗中："快吃吧，不然都凉了。"

"不想吃。"沈惜君收回目光，声音听起来略有些沙哑。

平阳王妃掩袖喝了一口桂花酒，淡然道："你这孩子，之前还说有些饿，怎么一转眼又没胃口了？"

"母亲！"沈惜君银牙微咬，"别人不知，难道母亲也不知道吗，明明……"

"母亲知道，但刚才的情形你也都看到了，睿王不松口，太后也不好勉强。你啊，就再耐心等一等。"说着，平阳王妃叹了口气，轻声道，"你这孩子也是，明明有那么多王孙公子钟情于你，你却偏偏喜欢那个跟木头一样的睿王，他究竟哪里好？"

沈惜君晃着杯中金黄的液体，不以为然道：“母亲所说的那些王孙公子，一个个浅薄无知，什么钟情，不过是看中我平阳王府的权势罢了，若我今日是一个平民女子，只怕他们连看都懒得看一眼。”

沈惜君尽管骄纵霸道，但并不无知，甚至还有几分看人之能，清楚知道自己的富贵荣华从何而来，离开平阳王府，离开卫太后庇护，她沈惜君什么都不是。

“难道睿王与他们不一样吗？”

“当然，否则怎会屡屡拒绝太后的暗示。”在说这话的时候，沈惜君眸中露出异样的光彩。

平阳王妃叹了口气，劝道：“他既是无意娶你，你又何必非他不嫁。惜君，听母亲一句劝，若一开始就这样的不对等，就算来日你嫁了他，只怕也不会如你所想的那般美好。”

“不会！”沈惜君肯定道，“只要成了亲，他一定会喜欢上女儿。”停顿片刻，她又道，“这一世，女儿一定要得到睿王，他只能是女儿的！”说话间，充满敌意的目光落在对面垂目喝酒的慕千雪身上。

平阳王妃摇头不语，她深知自己女儿的性子，一旦决定了的事情，就算撞得头破血流也不会更改。

“你们母女俩嘀嘀咕咕地在说什么呢，可是这菜不合胃口？”卫太后的声音自上首传来，平阳王妃连忙起身道：“这每一道菜，都是难得一品的世间美味，哪里会不合胃口，臣妾与惜君……”

正当平阳王妃想着该如何答话时，沈惜君忽地起身道：“回姨母的话，惜君在与母亲说前几日在街上遇到的事呢。”

听得这话，卫太后来了几分精神，搁下筷道：“什么事情？也说给哀家听听。”

“是。”沈惜君应了一声道：“前些日子惜君与平清上街游玩的时候，不知从哪里跳出来两条野狗，挡住了马车，嘶叫不停，可是吓了我们一大跳，平清你说是不是？”

赵平清与她自幼玩在一起，哪里会不明白，往慕千雪的方向瞧了一眼：“是呢，这突然窜出来，真是吓人得很。”

皇后蹙眉道：“这狗无缘无故地怎么突然窜出来挡你们的道？”

“惜君当时也奇怪，按说又没轧着碾着它们，无缘无故地叫什么，后来看到它们摇尾跑过去，方才知道，原来是……是……”等了半晌也不见赵平清说下去，只是一味地笑，皇后忍不住催促道：“是什么？”

沈惜君止了笑，道：“它们叫，是因为马车轧了黄金万两。”

此言一出，众人尽皆露出诧异之色，怎么也想不明白，这街上怎么会有万两黄金，还是东方渝最先反应过来，神色古怪道：“昌荣说的，可是那污秽之物？”

“恪王所言正是。”一听这话，众人尽皆明白了过来，纷纷露出鄙夷嫌恶之色，坐在皇后下首的一名妃子仿佛闻到了臭气，拿绢子在小巧的鼻前扇了扇：“如此恶心的东西，昌荣宗姬竟觉得有趣吗？”

“虽说当时是恶心了一些，但这会儿回想起来，还真有些趣，就像古人说的那样，狗就算再怎么调教，也改不了吃……那个的本性，所以永远都只配做一条狗。”随着这话，她朝慕千雪投去挑衅的目光。

第十四章　卫氏一族

东方溯前往南昭求亲的事情沈惜君也知道，但现在已非四年前，既然慕千雪当时没有选择东方溯，那就表示他们没有缘分。

此生此世，东方溯注定是她的！

夏月在一旁气得胸口几乎要炸开，她就是再笨，也听出沈惜君是在讽刺她们，长这么大还是头一次被人这样指桑骂槐地羞辱，气极道："公主，她在骂我们两个是狗！"

慕千雪比夏月要沉得住气，淡淡道："我都听到了，今日太后寿辰，不要因为这点儿小事闹得不高兴。"

夏月脸庞憋得通红，她实在咽不下这口气，但慕千雪发了话，她只能咬牙强忍。

东方溯听到她们的对话，斜对入鬓的双眉微微一皱："怎么一回事？"

不等慕千雪言语，憋了一肚子火的夏月已是迫不及待地绕到东方溯身边，将那日街上发生的事情细细讲述了一遍。

东方洄留意到他们这边，笑道："怎么，平阳王妃那边说好，就轮到你们了，难不成也有什么趣事吗？"

在东方洄说话之时，夏月已是差不多讲完了整件事前因后果，东方溯微一思忖，拱手道："启禀陛下，夏月刚才还真与臣弟说了一件趣事，巧的是，也与狗有关。"

东方洄尚处于惊讶之时，卫太后已是饶有兴趣："既是这样，你也说来听听。"

东方溯朝沈惜君那边看了一眼，徐徐道："夏月久闻金陵繁华，便在十五那日出府游玩，岂料上街不久，便看到两条恶犬在街上横冲直撞，见人就咬，吓得路人四处躲避，混乱之时，一个男孩与母亲失散，险些被那两条恶犬咬伤，幸好夏月及时救了他，并且将那两条恶犬呵斥走。"

望着沈惜君二人铁青的脸色，夏月满腹的憋屈顿时烟消云散，这两人刚才骂得舒坦，现在遭报应了吧。

真是想不到，平日里看着睿王不苟言笑，连话也不愿多说，没想到竟然还会这样不着痕迹地损人，一下子替她与公主报了仇，真是痛快得很。

平阳王妃看到自家女儿的脸色，再对比之前的话，哪里会听不出来东方溯是在反讽，不过她心思颇深，只淡淡道："看来最近京城恶犬为患，得与京兆府尹说一声，让他派人好好清一清，免得以后真咬伤了人。"

沈惜君以为平阳王妃没听懂，急忙摇着她的手道："母亲……"

"还嫌闹得不够吗？"在打断了沈惜君的话后，平阳王妃朝卫太后举杯，笑吟吟道，"臣妾再祝太后福如东海长流水，寿比南山不老松。"

"好！"卫太后今日兴致颇高，掩袖饮尽白玉杯盏中散发着桂花幽香的酒水，之后又有几人敬酒，也都一一饮了。尹秋怕她饮醉，每次添酒都只添六分满。

因为三年国丧未满，故而未曾安排歌舞曲乐助兴，只一边用膳一边闲语，倒也温馨。

这桂花酒虽然不烈，后劲却不小，再加上卫太后素日里很少沾酒，故而一顿午膳下来，已觉微微头晕，遂让尹秋扶了她去内殿歇息。

卫太后离去后，众人也是各自拜别帝后散去。东方溯扶了陈太妃起身，打算去静芳斋坐会儿，岂料还没出门，便被人唤住。

"溯哥哥，小方子说上林苑里移来了许多新品花卉，今日天气也不热，你陪我去走走可好？"沈惜君绞着帕子，粉面微红。

东方溯眉头一皱，刚要拒绝，陈太妃先一步道："既然昌荣有这个兴致，你就陪她去走走，待会儿一起来静芳斋用些点心。"

"可是……"不等东方溯说下去，陈太妃已道："公主这里，自有母妃照顾，无须担心，去吧。"

东方溯尽管不喜欢沈惜君，但生性孝诚，见陈太妃一再言语，只得应承下来，与慕千雪说了一句后，陪着沈惜君一道出了宁寿宫。

在他们走后，陈太妃也带着慕千雪二人回了静芳斋。与宁寿宫相比，静芳斋要小许多，庭院里也只是简单地种了一些绿树，却别有一番清雅自在。

陈太妃更衣出来，见慕千雪尚站着，笑一笑道："坐下吧，此处没有外人，无须太过拘礼。"

"多谢太妃。"慕千雪一落座，便有宫人端上清茶，刚一揭开，就能闻到阵阵六安瓜片独有的清香，入口鲜醇回甘。

还未放下茶盏，便有陈太妃的声音传来："公主可尝得出这茶产自何处？"

慕千雪看着清澈透亮的茶汤以及底下一片片舒展开来犹如瓜子一般的茶叶，微笑道："六安瓜片，只产于安徽六安府，其中又分内山与外山好几个地方，最正宗也最稀少的，当数内山的蝙蝠洞附近，太妃这些，应该就是出自那里。"

陈太妃含笑点头："看来公主是个懂茶之人。"

慕千雪笑一笑垂目道："只是略懂皮毛罢了，让太妃见笑了。"

在片刻的静寂过后，陈太妃徐徐道："公主的事情，溯儿都与我说了，想不到楚帝如此心狠，半点儿夫妻情分都不念，这段日子真是难为你了。"

"这个恶果，是千雪一手造成。来日，定当加倍讨还。"所有仇恨怨愤，都被掩藏在平静的外表之下。

冬梅开口道："南昭百年基业都已经被楚帝给毁了，慕氏一族除了公主，也就只剩下庄亲王。恕奴婢直言，只凭你们二人，拿什么去向楚帝复仇？公主所说的加倍讨还，在奴婢看来，与以卵击石无异。"

夏月听得刺耳，忍不住道："依姑姑之意，难道就该忘记这个血海深仇，当什么事情都没发生过吗？"

"这也是没法子的事情，除非公主有以一人之力与整个西楚抗衡的能力，否则复仇之事，公主还是忘了的好，以免害人害己。"

在阻止了夏月继续言语后，慕千雪神情淡然地望向陈太妃："这也是太妃的意思吗？"

陈太妃没有正面回答她的话，只道："冬梅话虽冲了一些，但归根究底也是为公主好，纵观历史长河，从来没有不灭的王朝。既然已经发生了，与其一直活在仇恨的痛苦中，倒不如试着去接受，或许会好过一些。"

"太妃怕我连累睿王？"

陈太妃沉默了很久，方才道："我只有溯儿一个孩子，不希望他今后的日子都被捆绑在南昭的仇恨上，这并不是他该承受的。"

冬梅冷声道："王爷将你救出西楚，已是仁至义尽，你若还有良心，就不该再缠着王爷。"

慕千雪不以为意地笑笑，在环顾了四周一眼后，忽道："太妃，千雪能否问您一句话？"

陈太妃端过略略放凉了一些的茶盏："你只管说就是了。"

“睿王当真如他自己所言的那般不受先帝重视吗？”

陈太妃端着茶盏的手微微一抖：“这是何意？”

“睿王勇武过人，有统兵之才，表面不近人情，实则心性仁厚，有情有义。千雪怎么也想不明白，这样的人，何以这般不入承帝之眼。”

陈太妃浅浅抿了一口茶水：“溯儿性子沉默，不善言辞，我这个母妃又帮不了他什么，再加上先帝子嗣个个都比溯儿出色能干，先帝难免就忽略了溯儿，令他受了许多苦。”

尽管陈太妃神色变化极是细微，仍是被慕千雪看在眼里，这令她肯定，自己这几日的猜测并没有错：“恐怕承帝是有意忽略睿王，而这一点，太妃您是清楚的。”

陈太妃就算心思再沉稳，听到此处，也不禁变了颜色。至于冬梅，这会儿也用一种难以置信的目光盯着慕千雪，她怎么也想不明白，这位才第一次见面的璇玑公主，怎会知道这些，此事明明只有她与陈太妃知晓，连东方溯自己也被蒙在鼓里。

“这些话，公主都是从哪里听来的？”当心中最大的那个秘密被人揭开一角时，饶是素来最为沉静的陈太妃，也难以再维持平静之色。

“从何处得知并不要紧，要紧的是，太妃以为，这个秘密能瞒多久，十年？还是二十年？又或者……连一年都瞒不过去。”

陈太妃湖蓝镶银丝袖下的指尖微微颤抖：“我不知道公主从哪里听来这些，但我可以很清楚地告诉公主，并无这样的事。”

“太妃可以不承认这件事，但正如千雪刚才所言，天下没有永远的秘密，太妃又能够瞒多久？”

陈太妃极力想要抑制指尖的颤抖，却反而颤抖得更加厉害，风自半敞的长窗外吹进来，拂起陈太妃垂落于鬓边的银丝流苏，有几缕钩到了簪身，不复刚才的整齐。

这些年来，陈太妃时时刻刻担心着这个秘密会被揭穿，但她怎么也想不到，揭穿这一切的，竟是一个初次谋面且与大周没有任何关系的女子。

“你究竟是什么人？”冬梅这会儿看慕千雪的目光犹如在看怪物。

慕千雪没有说话，只是默默望着陈太妃，后者用力一攥双手，抬眼道：“你想怎么样？”

“千雪明白太妃护子心切，不希望睿王卷入危险之中，但恕千雪直言，只要这个秘密还存在，睿王就不会有真正的安宁，这一点，太妃应该比千雪更清楚。”

“没有你，危险可以少一些，不是吗？”陈太妃眸光在略显阴沉的天色下，是从未有过的凉冷。

慕千雪展一展广袖，幽幽道："任何事情都有它的两面性，这桩也不例外，危险与否，在于太妃怎么去看。"

冬梅对她的话嗤之以鼻："两面？难不成你留下来，反而对睿王有利吗？"

慕千雪笑而不语，只是徐徐饮着香气四溢的茶水，在将要见底之时，陈太妃打破了殿内令人窒息的沉默："你当真不会害溯儿？"

"睿王对我与三哥皆有救命之恩，我虽想要复仇，却不会枉顾睿王性命。相反，我会尽所能保他平安，解他危难。"

陈太妃扯一扯苍白的唇角，怆然道："这个危难连先帝都解不了，你一个女子又怎么可能解开。"这句话，等于间接承认了慕千雪之前的推断。

东方溯自小遭受的冷遇，并非承帝忽略，而是刻意为之，以保东方溯安宁。

"事在人为，没有什么事情是绝对不可能的。"停顿半晌，慕千雪的语调极为缓慢，"先帝顾忌的……可是卫氏一族？"

冬梅脱口道："你如何知晓？"话音未落，她已是意识到自己说错了话，可惜为时已晚，只能白着一张脸，惶恐不安地站在那里。

陈太妃横了冬梅一眼，转眸落在慕千雪身上："这些话都是谁告诉你的？"

"百年前，太祖皇帝戎马半生，在马背上打下了大周天下，从此北周成为中原大地上最强大的国家，而当年随太祖皇帝一起打江山的，还有徐、李、南宫、卫四大家族。徐、李两族，百多年来，人丁凋零，到二十年前，更是直系血脉断绝，只剩下一些旁系血脉还残存着；南宫一族，后人对朝政不感兴趣，渐渐淡出；而卫氏一族恰恰相反，一代比一代强盛，封侯拜相，越发地富贵显赫，到先帝那一代，不论是朝中文武百官，还是镇守各地的封疆大吏，超过一半之数姓卫，或者与卫氏有着千丝万缕的关系。说一句大不敬的话，大周……有半壁江山掌握在卫氏的手里。"

听到此处，陈太妃再也坐不住了，豁然起身，厉喝道："放肆，还不住口！"

慕千雪以袖掩唇，低低咳嗽数声，迎着陈太妃惊恐的目光徐徐起身："千雪自然可以住口，甚至可以在踏出静芳斋之后，永远忘记这一切，可是太妃这一生都会活在卫氏的阴影之下，时刻担心会被人发现您百般掩藏的秘密，担心睿王会成为卫氏一族俎板上的鱼肉。"

"够了，够了！"陈太妃颤声呵斥，神情是前所未有的惶恐与惧怕，冬梅不知道该怎么安抚，只能紧紧握住她冷似腊月寒冰的十指，可她自己的双手，又何尝不是冷如冰霜。

一滴雨打在漆着均匀朱漆的窗台上，比刚才更加阴沉的天空中传来沉闷的雷声，不时有银蛇掠过厚厚的云层。

“告诉我，是谁？”陈太妃眉头蹙如满是褶皱的群山，再无一丝淡泊宁静之色。她实在想不出，当年之事那般隐蔽，慕千雪这个初来金陵的南昭公主，究竟是从何处得知。

慕千雪知道她的意思：“我可以告诉太妃，不过在此之前，请太妃先回答一个问题。”

“说！”

“十九他们的真实身份，太妃是知道的对吗？”

长久的沉默与对视之后，陈太妃深吸一口气，颔首道：“不错，先帝与我说过。”

“果然。”慕千雪嘴角微微扬起，回答着陈太妃之前的问话，“没有人告诉我，不过，睿王来西楚救我之时，动用了神机营，其他事情，都是以此而推算出。”

数日前，她让十九与十五去调查关于东方洄的所有事情，直至昨夜方才回来，他们倒是没在东方洄身上查出什么，却意外发现卫氏这个庞然大物。若非有心追查，怎么也想不到卫氏一族的实力竟然已经庞大到了这个地步，说朝中一半是他们的人，还是保守的估计，七成……这个数字应该更准确一些。

在十九他们走后，慕千雪一直都在思索承帝将神机营传给东方溯的用意，直至天亮时分，方才有了些许眉目，但不敢十分确定。这会儿与陈太妃的一席对话，让猜测变成了肯定！

“不可能。”陈太妃以为慕千雪不肯说实话，恼声道，“只凭一个神机营，怎可能推算出这么多事？”

夏月扬起圆润的下巴：“猜出这些有什么好奇怪的，陛下还是靠着公主谋划才登上帝位的呢。”她是西楚人，虽来到北周，但一时难以改口，还是下意识地称萧若傲为陛下。

冬梅以为她说的是东方洄，蹙眉道：“你在胡说什么？”

陈太妃却是明白了夏月的意思，神色凝重道：“你说……楚帝的帝位，是公主助他得来的？”

“若非如此，他当年怎么会想尽办法，一定要娶公主为妻。”一说起这个，夏月就气得牙痒痒，天底下怎么会有这样狠心绝情的人。

“倾城之貌……惊世之才……”陈太妃徐徐地重复着当年关于慕千雪的传言，天下人都以为“惊世之才”指的是诗书歌赋，如今看来却是都错了。

“楚帝既要用你，又忌惮你早晚有一天会发现他的真面目，所以一登上帝位就立即出兵灭南昭，并下旨诛杀你？”

“萧若傲之志，远不止区区一个西楚，他要的是整个中原天下，可我活着，他就不能动南昭，南昭不灭，天下就不算一统，这是他绝对不能接受的事情。”慕千雪神色平静得仿佛是在说一件与己毫无关系的事情，唯有她自己清楚，亡国灭族之恨，从未有一刻消减。

冬梅皱眉道：“那他大可以等灭了其他几国之后再杀你。”

“如果在此之前被我发现了他的阴谋，从而暗中对付他呢？他不敢冒这个险。再者，眼下北周、齐国、东凌三国互相牵制，动弹不得，正是他扩张势力的最好时机。”慕千雪白皙纤细的十指微微蜷曲，冷然笑道，“这个时机，还是我替萧若傲挑选的，结果被灭的却成了南昭。”

夏月恨恨道：“他那么坏，一定会有报应的！”

一口气息自陈太妃口中缓缓吐出：“难怪楚帝要一路追杀于你，换作是我，也绝不会希望你活着。”顿一顿，她又道，“你既有这等才识，从神机营身上推算出这些事情，倒也说得过去。”

“现在，太妃可以告诉我当年究竟发生了什么事吗？”

陈太妃这会儿已是恢复了平静，抚着镶在袖边的银丝，淡淡道：“有朝一日，你证明自己确可替溯儿解这个危难，我自会告诉你一切。现在……还不是时候。”

慕千雪也料到陈太妃不会轻易告知这些，笑一笑道：“这一日应该不会太久。”

望着那张连女子瞧了也为之惊艳的容颜，陈太妃心中说不出是什么滋味。她原是想劝慕千雪离开，结果完全出乎她的预想。回想起来，从说第一句话起，她就在不知不觉间被慕千雪夺去了主动权，一直顺着后者的话在讲。

她活了四十多年，见过形形色色的人，却还是第一次遇到这样聪慧玲珑之人。

只是……溯儿面临的危难，只有一个办法可解，就算慕千雪再怎么聪明，恐怕也难以办到。

在一阵阵雷声中，雨水哗哗而下，青石地板上激起满地雪白的水花，落在琉璃瓦顶的雨水则沿着屋檐飞快落下，如一条条细小的瀑布。整个昭明宫都被笼罩在这场突如其来的倾盆大雨中。

上林苑中，东方溯站在一个精巧的八角亭里默默地望着激落的雨水，自台阶上溅起的水花打湿了他的袍角。

“溯哥哥，你再站进来一些吧，不然该湿了。”沈惜君也在亭子里，她的声音在这雨水朦胧的世界里听来格外柔媚，可惜东方溯对此无动于衷，连看也没有看她一眼，冷冷道：“不必了。”

木头！

沈惜君在心里嘟囔了一句，强行将他拉了进来：“怎么了，我是老虎吗，让你这样躲着我。”

东方溯眉头微微一蹙，挣开她的手：“当然不是，只是男女授受不亲，其实这上林苑你也常来，又何必非要我陪你过来。”

他这番无情的言语，令沈惜君心中气恼，又想起之前他在宁寿宫里帮着慕千雪讽刺揶揄自己的话，脱口道：“你老实告诉我，是不是还喜欢那个慕千雪？”

东方溯神色一变，别过脸道：“胡说什么。”

沈惜君绕到他眼前，咬牙道：“既是这样，你为什么不敢看我？那个女人除了一张脸还有什么好，值得你这样为她神魂颠倒，连命都不要了。别忘了四年前她是怎么对你的。”

东方溯沉下脸，冷冷道：“这是我的事情，与你无关！”

他冰冷的话语刺痛了沈惜君，声音微哽：“我是替你不值，为什么你就是不明白。”

“你的好意，我心领了，但正如我刚才所言，不论我做什么，都与你无关。”

“你！”沈惜君气得跺脚，她自出生起，就一直被人捧在手中，所有人对她都是千依百顺，无一句拂逆。再加上她长相美艳，还未满十四岁就有许多王孙公子托媒婆上门提亲，就算被拒了，也不死心，依旧想方设法献殷勤，希望换得美人垂青。

她沈惜君要家世有家世，要容貌有容貌，可东方溯这个木头疙瘩，却总是拒她于千里之外，想想都气。

沈惜君一咬银牙，用力将东方溯侧着的身子扳过来，大声道：“东方溯，这么久了，我是什么心意，难道你一点儿也不知道吗？”

这一次，东方溯终于肯正视她了，看到自己的身影出现在那双幽黑深邃的眼眸中时，沈惜君不禁心跳加速，两抹红霞飞上粉颊，令她看起来越发娇艳迷人。

“你的心意如何，我不知道，也不想去知道，但我很清楚自己的心意，我与你……不可能！”随着这句话，他拉开沈惜君的手，没有半分不舍。

沈惜君怔怔地看着东方溯，又低头看看自己空空的双手，怎么也不敢相信东方溯拒绝得竟然这样干脆利落，不留半分余地。

强行压下尖叫的冲动后，沈惜君抬起已经盈满了泪水的双眼：“因为慕千雪？”

“不是。”

话音未落，沈惜君已是尖声道：“我不信。”

“信不信由你。”东方溯并没有骗她，就算没有慕千雪，他也不会喜欢霸道任性的沈惜君。

冰冷无情的言语，犹如一把尖刀划过沈惜君心头，令她十八年来第一次知道什么叫作心痛。

沈惜君努力忍着盈盈欲坠的泪水与胸口一阵又一阵的抽痛，哑声道：“刚才在姨母面前，你为她讽我是恶犬，现在又为她拒绝我，究竟我哪里不如她？”

东方溯有些头疼，他实在想不明白，老九总说自己性子无趣，这辈子都不会有桃花缘，可沈惜君偏偏就缠着他不放。

“我已经说得很清楚，若有不是之处，还望宗姬见谅。”说完这句话，东方溯不顾瓢泼大雨，大步走出了亭子。

沈惜君见状，竟也追了出去，在滂沱大雨中拦下东方溯：“我不许你走！”只是这么片刻工夫，彼此的衣衫已是尽皆湿透，紧紧贴在身上。

东方溯没想到她竟会冒雨追出来，急忙喝道：“快回去！”

“你不把话说清楚，哪里都不许去！”隔着激落的雨水，沈惜君倔强的声音传入耳中。

这样的纠缠不休，令东方溯越发厌烦：“该说的我都已经说了，宗姬又何必苦苦纠缠。”

沈惜君还没来得及说话，东方溯已是绕过她快步离去。这一回，东方溯运起了轻功，任她如何奔跑追逐都只能眼看着那道身影离自己越来越远。

孤身立在漫天大雨中的沈惜君，犹如一只被人抛弃的小狗般无助可怜，一滴泪水缓缓划过脸颊，下一刻，已与冰凉的雨水混在一起。

只有沈惜君自己清楚，东方溯下在她心里的“魔咒”，这辈子都解不掉了。

“我要的东西，从来没有得不到，东方溯，你是属于我的，这辈子都是！”

东方溯一路冒雨来到静芳斋，陈太妃看到他满身湿透的样子，赶紧让杏儿去烧水备干净的衣裳，待得东方溯梳洗干净重新出来后，陈太妃方问出心中的疑惑：“怎么淋着雨就回来了，也不打把伞，淋病了怎么办，昌荣呢，不是说好一道来静芳斋的吗？”

“她还有事，先回宁寿宫了。”东方溯轻描淡写地说着，接过冬梅递来的热姜茶，他疑惑道，“母妃，公主呢？”

“公主有些气闷咳嗽，我让夏月扶她去暖阁歇一会儿。”说话时，陈太妃的目光一直不曾离开东方溯。察觉到她异样的目光，东方溯搁下已经空了的姜茶碗：“母妃为何这样看着儿臣？”

陈太妃缓缓道：“你老实告诉母妃，是不是与昌荣起争执了？”

东方溯沉默半晌，平静道：“也不算争执，只是与她把话说清楚了，以后……应该不会再来纠缠。”

“她人呢？”

“儿臣回来的时候她还站在雨中，这会儿应该回宁寿宫了。”

一听这话，陈太妃顿时皱紧了温婉的秀眉：“你这孩子，怎么能让昌荣淋着雨回宁寿宫呢，雨下得这么大，万一淋病了怎么办？”

提到这个，东方溯也有些内疚：“儿臣叫她不要淋雨，可她非不听，儿臣也没办法。”

“昌荣虽然性子骄纵了一些，但母妃看得出，她本性并不坏，对你也好，你又何必拒人于千里之外。”陈太妃心思细腻，早就看出了沈惜君的心思，尽管她也不喜欢这样的儿媳妇，但沈惜君是卫氏族人，且深得卫太后恩宠，万一有朝一日危难临身，或许可以保东方溯一条性命，故而她一直有意撮合二人。

“母妃什么时候成了昌荣的说客？”

陈太妃拍着东方溯的手，温言道：“母妃不是任何人的说客，只是不希望你这样一直蹉跎下去，难得昌荣对你有心，何不给彼此一个机会。”尽管慕千雪给了她极大的震撼，但还不足以让她将所有赌注都下在其身上。

东方溯不知陈太妃的苦心，皱眉道：“昌荣生性霸道，又贪好奢华，甚至视人命如无物，这样的女子，绝非儿臣良配。”

“殿下……”冬梅是知道陈太妃心意的，想要帮着劝说一二，陈太妃却打断她，徐徐道：“有朝一日，太后下旨赐婚，你也打算这么拒绝吗？”

东方溯眉尖微微一蹙：“母后明白事理，当不会勉强儿臣。”

“昌荣是太后最疼爱的晚辈，若她一意如此，怜惜之下太后未必不会答应，到时候你怎么办，抗旨不遵？”

她的话令东方溯眉头皱成了一个“川”字，母妃素来不怎么管他的事，今儿个却一直在帮昌荣说话，实在有些古怪，想到此处，他试探道：“母妃，是不是有人与您说了什么？”

陈太妃目光平和道：“没人说什么，母妃只是不想你为了一个不可能相守的女子，误了自己终身。”

“不会。”东方溯低着头，令人看不清他的神色。

陈太妃目光沉静而忧伤：“你是母妃十月怀胎所生，你什么心思，母妃最是清楚不过。溯儿，虽然慕千雪眼下身在金陵城，但一来她身上背负了太多的血海深仇。二来，她曾为西楚皇后，这是天下皆知的事情，你与她的缘分早在四年前就已经尽了。”

“儿臣知道。”东方溯的声音听起来很是平静，但修长的双手却在微微发抖。

陈太妃将这一切默默收在眼底：“你既知道，就当斩断那些不该存在的念想，早日寻一个能够与你共度终生的女子成亲，也好让母妃安心。”

“儿臣当谨记母妃之言。”这般说着，他起身道，“儿臣想去看看公主。”

“去吧。”

东方溯身影消失后，冬梅小声道：“太妃，要不要将当年事情告诉殿下，好让他明白您的苦心？”

“不行！”陈太妃想也不想便拒绝了冬梅的提议，“当年之事，溯儿知道得越多就越危险，如果可以，我宁愿他这辈子都不知道。”

大雨如注，浇透了昭明宫地面上的每一寸，无数花叶被这场大雨打落在地，只剩下光秃秃的茎秆伫立在雨中。

宁寿宫中，平阳王妃接过宫人递来的醒酒茶，亲自服侍卫太后喝下，随即道：“太后可觉得好一些？”

卫太后抚一抚额头，颔首道：“好些了，不像刚才晕得难受。”

平阳王妃将空盏交给宫人拿下去，轻笑道：“您素来不怎么饮酒，今儿个一下子喝那么多，这身子当然受不住了，往后可不能再这样了。”

卫太后笑斥道：“还不都是你们，一个个的轮流敬哀家酒，你啊，敬得最多！”

平阳王妃替她理一理裙裾，笑盈盈道：“臣妾这不是替太后高兴嘛，欢喜之下，忍不住多敬了几杯，还望太后恕罪。”

“哀家明白。”卫太后望着窗外未止的大雨感慨道，“真快啊，一晃眼都四十年过去了。”

“还记得太后出嫁那会儿，臣妾攥着您的嫁衣不放，舍不得您走呢。”

卫太后温然笑道：“哀家也记得，你那个时候才五岁，家里又只有哀家与你两姐妹，所以你打小就最喜欢跟在哀家的后面，自是舍不得哀家出嫁，后来你就隔三岔五央着母亲，要她带你来东宫，每回来了总是赖着舍不得走。”

“母亲若还在世，看到太后今日的风光尊荣，一定会很欣慰。”

平阳王妃的话令卫太后露出哀然之色："几个兄弟姐妹之中，母亲最疼哀家，可惜受哀家连累，在那场灾劫中早早病逝，未能得享天年，哀家此生最对不起的人就是母亲。"

平阳王妃蹲下身，轻轻握住她戴着通水玉琉璃护甲的手："母亲从未怪过太后。"

"哀家知道。"卫太后轻吸一口气，拉起她道，"哀家现在最喜欢看到的，就是你们整整齐齐的样子。"

"会的，有太后与陛下庇护，卫氏一族，必会永远昌隆鼎盛。"平阳王妃眼中有着飞扬自信的神采。

卫太后欣然一笑，正要说话，殿外传来宫人的惊呼声，紧接着一个浑身滴水犹如刚从河里捞出来的人影走了进来。

"惜君？！"平阳王妃骇然惊呼，难以置信地看着来人，好一会儿方才回过神来，快步上前，"你这……这是怎么了？"

卫太后也是满脸诧异："惜君，你不是与溯儿一道去上林苑游赏吗，何以冒雨回来，溯儿人呢？"

她不说还好，一说立即将沈惜君心里的难过勾了起来，忍不住"哇"地一声哭了起来，眼泪争先恐后涌出来，与脸上的雨水混在一起。

看自己最心爱的女儿哭得这般伤心，平阳王妃心疼不已，不顾她满身冰凉的雨水，将之拥进怀里，迭声安慰。在沈惜君渐渐止了泪后，平阳王妃道："告诉母亲，究竟出什么事了？"

沈惜君也不说话，只是低头啜泣，尹秋上前道："王妃，宗姬身上都湿了，还是让她先去换身衣裳吧，以免着凉。"

平阳王妃一时情急，竟忘了沈惜君这会儿还穿着湿衣裳，听得尹秋提醒，赶紧让沈惜君随宫人去将衣裳换了。

在一番焦灼的等待后，换了衣裳的沈惜君终于在宫女的搀扶下走了出来，平阳王妃拉过她依旧冰凉的手，催促道："快告诉母亲，是谁欺负你了？"

卫太后眸光一动，凝声道："可是与溯儿有关？"

听到这句话，沈惜君好不容易止住的眼泪又落了下来，抽泣着将刚才的事情说了一遍，平阳王妃听得又难过又心疼："这个睿王，难得你肯垂青于他，竟然摆出这么一副态度，实在过分。"说着，又埋怨起沈惜君来，"我早与你说过，睿王不是你的良配，偏就是不肯听，现在好了，自取其辱。"

最后这四个字，深深刺痛了沈惜君那颗高傲叛逆的心，用力挣开平阳王妃的手，激动道："对，我自取其辱，我高兴，我乐意，行了吗？！"

"你这孩子……"平阳王妃没想到她反应这么大，想过去安慰，可沈惜君根本听不进她的话，无奈之下只得朝卫太后投去求救的目光。

卫太后明白平阳王妃的意思，招手道："惜君，来，到哀家这里来。"

沈惜君犹豫片刻，缓步走过去，伏身于她膝上。卫太后抚着她湿漉漉的乌发，轻声道："睿王既不喜欢你，那就算了，哀家替你指一个比睿王更好的夫君。"

"不要！"沈惜君一口拒绝了卫太后的好意，"惜君就喜欢他，除了他之外，谁也不要。"

平阳王妃恼道："你怎么就是听不进劝，睿王究竟有什么好，让你这样为他神魂颠倒？"

有什么好……

这句话令沈惜君思绪有些恍惚，同样的问题，她也曾问过东方溯，后者避而不答。现在轮到她自己，竟也是答不上来，只知他是唯一一个能够影响自己喜怒哀乐的男子。

"他自有母亲不知道的好，总之女儿非他不嫁！"这般说着，她仰头望着卫太后，说出一句令众人吃惊的话来，"姨母，您是太后，也是溯哥哥的母后，只要您下旨赐婚，溯哥哥一定会遵从。"

"你个丫头，魔障了是不是！"平阳王妃气得一把将她拉开，斥道，"一个女子，竟然主动求着赐婚，传扬出去，莫说你被人笑，就连我与你父亲的脸也都丢尽了。"

第十五章　帝王心术

“我不管，总之我一定要嫁他！”从小到大的宠爱，养成了沈惜君执拗反叛的性子，平阳王妃越是反对，她就越是坚持。

“你！”平阳王妃作势欲掴，但终归是舍不得，恨恨地收回手，冷声道，“总之这件事我说什么都不答应！”

沈惜君也不理她，只是摇着卫太后的手撒娇哀求：“姨母，您一向最疼惜君了，事关惜君终身幸福，您一定会成全的是不是？”

“太后，您……”

卫太后抬手打断平阳王妃的话，垂目温言道：“哀家是可以赐婚，让溯儿娶你为妻，但惜君，俗话说强扭的瓜不甜，这样勉强得来的婚姻，会幸福吗？”

沈惜君一怔，旋即道：“他现在拒绝惜君，是因为心里还念着南昭那个狐狸精，等我们成亲之后，他自然就会慢慢忘记，知道我才是他应该爱的那个人。”

“如果他一直忘不了呢，又该如何？”

这一次，沈惜君过了很久才吐出两个字：“不会。”

卫太后眼中的神色越发怜惜：“惜君，你是哀家钟爱的孩子，哀家不希望你一时冲动，做出令自己后悔终生的事情，所以这婚，哀家是不会赐的。”

听到这话，平阳王妃松了一口气，沈惜君却不肯就此罢休，狠命咬一咬银牙，倔强道：“惜君不会后悔，求姨母赐婚！”

越是得不到的东西，她就越是非得到不可！

卫太后神色一冷，凉声道：“此事哀家已经决定了，不必再说！”

“姨母……”沈惜君还要再求，尹秋已是走过来，小声道：“太后决定的事情，是不会更改的，宗姬您还是起来吧。”

见沈惜君不说话，尹秋以为她听了进去，伸手去扶，却不想被她一下拂开，跪在地上一动不动，尹秋无奈地收回手。

看到她这样子，平阳王妃既恼恨又担心，唯恐她惹怒了卫太后，虽然是她的嫡亲长姐，但终归君臣有别，一旦惹卫太后动了真怒，就算是她也承受不起。

面对沈惜君无声的抗议，卫太后倒是没有露出什么怒意，垂目半晌，淡淡道：“半年，如果半年后，你还像现在这样坚持要嫁给睿王，哀家就为你们二人赐婚。”

此话一出，殿中二人一惊一喜，喜的自然是沈惜君：“姨母此话当真？”

“哀家何时骗过你？”说着，她抚一抚沈惜君还残留着泪痕的脸颊，“好了，起来吧。”

这一次，沈惜君没有再拒绝，提着裙裳起身：“多谢姨母。”

卫太后笑一笑，对尹秋道：“外面的雨停了吗？”

尹秋打开窗子看了一眼，道：“回太后的话，差不多停了，还有一点儿零星小雨在下着。”

卫太后微一颔首，对沈惜君道：“你上次不是说想养巴儿狗吗，哀家让内务府寻了几只来，你随尹秋去瞧瞧，若有中意的，抱走就是了。”

她们二人一走，平阳王妃便迫不及待道：“太后，您刚才为何要答应惜君，看睿王现在的态度，二人一旦成亲，惜君这后半辈子说不定就毁了，这可万万不行啊。”

“哀家知道，但惜君的性子，你应该比哀家更清楚，一味反对，只会令她更加坚持。倒不如先答应下来，然后再慢慢让她断了对溯儿的念想。”

“也只能这样了。”说着，平阳王妃又埋怨道，“都怪睿王，他既不喜欢惜君，又何必来招惹，现在好了，闹得惜君非他不嫁。”

卫太后睨了她道：“瞧你这话说的，溯儿的性子你又不是不知道，哪会主动招惹惜君，想是惜君她自己看上的。”

平阳王妃也知道自己说得有些过了，但她就是咽不下这口气。正在这时，宫人踩着光滑如镜的金砖走了进来，躬身道：“启禀太后，陈太妃来了。”

平阳王妃正在气头上，一听这话，当即没好气道：“她来做什么，嫌她儿子害得惜君不够，想来看笑话吗？”

“子钥！”清冷冷的声音并不重，却令平阳王妃激灵灵打了一个冷战，慌忙垂下头，不敢再言语。

卫太后收回目光，对尚候在殿中的宫人道：“去请陈太妃进来。”

“是。”宫人答应一声，躬身退了出去。不多时，陈太妃扶着冬梅的手走了进来，在殿中央停下脚步，双手搭于腰间，端然行礼：“参见太后，太后万福！”

“免礼。”陈太妃直起身后，平阳王妃也憋着气向其屈一屈膝，毕竟论身份，陈太妃要比她高一截。

命人赐座后，卫太后温言道：“这还下着小雨，妹妹怎么就过来了？”

“回太后的话，臣妾……是特意来向平阳王妃还有昌荣宗姬道歉的。”说着，她声音温柔地对尚寒着一张脸的平阳王妃道，“溯儿这孩子性子执拗，一时说了不该的话惹昌荣宗姬生气，我已经训斥过溯儿了，还望王妃莫要见怪。”

“不敢！”平阳王妃冷冷说着，尽管碍着卫太后，这满肚子的气不得发作，但也没什么好脸色给陈太妃。

太妃，哼，还不放在她眼里。

陈太妃对平阳王妃的冷淡不以为忤，接过冬梅手中的食盒，温声道：“这是昌荣最喜欢吃的银丝糕，我特意做了带过来，算作是赔礼。”

等了半晌，始终不见平阳王妃差人来拿食盒，陈太妃只得让冬梅拿过去放在平阳王妃手边的小几上。

卫太后微笑道：“不过是两个孩子一时不高兴，闹些小别扭罢了，你倒认起真来。”

陈太妃欠身道：“此事确是溯儿不对在先，赔礼是应该的。”说着，她看一眼四周，略有些疑惑，“不知昌荣宗姬去了哪里？”

“哀家让尹秋带她去内务府挑选新呈上来的小巴犬，看有没有合眼缘的。”顿顿，她道，“昌荣什么心思，哀家不说，妹妹想必也猜得到，溯儿……真的那么不喜欢昌荣吗？”

陈太妃斟酌着话语道：“倒也并非不喜欢，只是溯儿暂时还不想这么快成亲，所以只能辜负昌荣宗姬一番美意。”

“昌荣倒是没什么，只是溯儿……他也老大不小了，这一年拖一年的，实在不是一回事，就连沣儿都已经成亲了，就他还是孤身一人。”卫太后口中的“沣儿”是承帝最小的子嗣，十三皇子东方沣，今年十七，年前刚刚成亲。

“臣妾明白，臣妾会慢慢劝他的，其实昌荣宗姬性子直率活泼，臣妾也很是喜欢，若能与之结为夫妻，实在是溯儿之福。”

平阳王妃这会儿还是满肚子怨气呢，一听这话，当即冷声道：“昌荣何德何能，哪敢高攀睿王。”

卫太后扫了她一眼，淡淡道："好了，事情都已经过去了，你也不要总是揪着不放了，能不能在一起，看他们自己的缘分吧。"

卫太后开了口，平阳王妃就算再有怨气，也只得往肚子里咽，不过她是打定了主意，一定要在这半年内打消沈惜君嫁给东方溯的念头，她只有这么一个宝贝女儿，绝不能眼睁睁看着她跳入火坑。

一场大雨过后，暑意尽消，慕千雪与东方溯并肩走在朱红的宫墙下，清凉的风从前面扑来，吹起二人一碧一灰的衣衫。

走在后面的夏月望着前头不时绞在一起的衣襟，暗自叹气，如果当年公主选的那个人是睿王，南昭就不会灭，她也不会被迫背负整个国家的仇恨，可惜，如果……永远只能是如果。

"咳咳！"慕千雪掩唇轻咳了几声，东方溯见状，当即停下脚步："怎么？还是不舒服吗？"

"喉咙有些不舒服，回去喝过药就没事了。"在说这话时，慕千雪回头看了一眼身后的来路，似乎是在等什么人来。

很快，东方溯就为自己这个念头感到好笑，慕千雪今日是第一次入宫，在宫中并无一人相识，又能等什么人来。

"走吧，穿过这道门，再往前走一阵子就是宫门了，马车就等在那里。"

慕千雪点点头，跟随他的脚步继续往前走着，刚走没几步，后面便有一个尖细的声音传来："王爷留步！"

东方溯眉宇间掠过一丝讶色，这个声音是……怀恩？

转身望去，怀恩果然带着一个小太监快步往他们这边走来，待得到了近前，他一甩拂尘，笑眯眯地躬身行礼："老奴见过王爷，见过公主。"

"免礼。"东方溯打量着他那张总是挂着笑容的脸庞道，"公公怎么到这儿来了？"

"启禀王爷，老奴奉陛下之命请璇玑公主去承德殿。"怀恩尽管深受两朝皇帝倚重，但并未恃宠生娇，待人处事从来都是礼数周全，能够几十年始终荣宠不衰，与他这个性子不无关系。

"皇兄？所为何事？"

怀恩躬身答道："回王爷的话，陛下说有关于西楚的事情，想问一问公主。"

东方溯点一点头，对慕千雪道："走吧，我陪你过去。"

他的话令怀恩露出为难之色，毕竟周帝的意思是只传慕千雪一人，正思索着要怎么开口，慕千雪已是先一步道："不必了，我自己过去就行，有公公陪着，王爷还怕我迷路不成？"

"当然不是，只是你身子弱，我怕你走得多了又咳嗽难受。"

慕千雪笑一笑，柔声道："只要走慢一些就没事了，王爷不必担心。"

怀恩适时说道："老奴会好生照顾公主，真要是不舒服了，召个软轿抬公主过去，再不然传太医过来也方便，王爷只管放心。"

见他们二人都这么说了，东方溯也不坚持，正好他军中还有一些事务要处理。便道："那好吧，我让夏月留下来陪你，见过皇兄后乘马车回府就行了。"

目送东方溯离去后，慕千雪扶着夏月的手，随怀恩一路来到承德殿，较之富丽堂皇的宁寿宫和精巧雅致的静芳斋，作为昭明宫三殿之一的承德殿则要显得庄严肃穆许多，令人不禁升起敬畏之心。

走到汉白玉台阶前时，怀恩停下脚步，回身对夏月道："姑娘请在殿外等候。"

夏月转头望向慕千雪，征求她的意思，慕千雪微微一笑："听公公的话，我很快就出来。"

"嗯。"夏月乖巧地应了一声，留在原处看慕千雪随怀恩踏上平滑坚硬的台阶。

怀恩将慕千雪引到承德殿西间，此处是东方洄批阅群臣奏折的地方，一天里有大半时间都在此处。

怀恩恭敬地朝坐在御案后的人行礼："陛下，璇玑公主到了。"

慕千雪屈膝行礼："千雪参见陛下，万岁万岁万万岁！"

"平身。"尽管已非第一次相见，东方洄呼吸仍是为之一窒，只是这样静静站着，就已经美如画卷。倾国倾城这四个字，用在她身上真是再恰当不过，比当年流传出来的画像更加美得动人心魄。若非他四年前已经成亲，说不定也会前往南昭求亲。

在压下那份心悸后，东方洄温言道："听闻公主身子不好，坐下说话吧。"

"谢陛下。"落座不久，便有一名绿衣宫女端了一盏香茗奉上。

"公主之事，朕都听老七说了，实在令人难过。"

慕千雪低头黯然道："是千雪有眼无珠，引狼入室，令南昭遭遇亡国灭族之祸。"

"事已至此，还望公主节哀。"他道，"有一件事，朕始终想不明白，不知公主能否为朕解惑？"

慕千雪在椅中欠一欠身："陛下请说。"

"据朕所知，楚帝原只是一名不受待见的皇子，可就在四年前，突然屡立功绩，将一众皇子甚至太子都给压在了底下，使得庆帝决定改立他为太子，公主可知其中详情？”

“陛下可曾听过曹炳成之名？”

东方洄微一思索，颔首道：“朕听过，他是西楚的宰相，怎么了？”

“此人表面看似不偏不倚，其实一直在暗中支持萧若傲。他们早在多年前就开始谋划夺嫡一事，就连前往南昭求亲，也是曹炳成献的计策，好借南昭之势，让萧若傲在众皇子中脱颖而出。对于萧若傲来说，千雪只是他登上帝位的一块踏脚石，一旦得偿所愿，千雪自然就没有继续存在的价值了。与其继续虚与委蛇，倒不如趁着南昭还没有防备，一举攻下，扩充西楚势力。若非睿王冒死相救，按照他的计划，这会儿慕氏一族已经尽灭。”说到此处，她忽地起身向东方洄端然下拜，肃然道，“多谢陛下遣派使者去西楚营救千雪，陛下隆恩，千雪当铭记于心。”

“公主言重了。”东方洄起身亲自将她扶起，“朕虽然派了江越去，可真正将公主救出西楚的却是老七，这礼朕受之有愧。”

“陛下与睿王皆对千雪有救命之恩，此恩此德千雪没齿难忘。”

“最重要的是公主平安。”停顿片刻，东方洄徐声道，“公主可曾听闻过‘天机卫’之名？”

慕千雪身子微微一缩，眼中露出骇然之色，好一会儿方才带着些许颤抖道：“听过，是萧若傲手里的亲卫紧军，只听命于萧若傲一人，行踪神秘，听说……帮着他杀了不少人。这次逃出西楚之时，也曾遭到天机卫的追杀，所幸睿王带去的人武功高强，与天机卫不相上下，这才勉强逃了出来。”

“天机卫都是些什么人？”问这句话时，东方洄眼底有精光掠过。

“据说都是一些江湖人士，是曹炳成帮着招揽得来，具体如何，无从得知。萧若傲对我防备甚深，从不与我说这些，还是有一次曹氏无意中说漏了嘴，方才知晓一二。

“如果我能早点儿发现萧若傲用心不善，就不会有今时之祸，南昭……还有那些无辜的百姓，都是我害死的！”说到此处，慕千雪难忍心中的悔恨，以手捂面，低低哭泣。

东方洄轻叹一声，怜惜地递过帕子：“楚帝存心算计，又哪里会让公主发现。”

慕千雪拭了拭泪，哽咽道：“其实四年来，未必就没有半点儿端倪，是我太相信他，总以为他不会是那样的人，结果……”说到此处，忍不住又落下泪来，过了良久方才止住，那块帕子已是湿了一大半。

待慕千雪平复了心情后，东方洄转过话题道：“公主在老七府中住得可还习惯？”

“谢陛下关心，睿王很照顾千雪与三哥。”在短暂的静寂过后，慕千雪有些激动，“陛下，萧若傲此人野心极大，吞并南昭，只是他计划的第一步，他要的，是整个天下，一旦他消化了南昭，大周就会成为他的下一个目标，此人万万留不得。”

东方洄脸色有些古怪，盯了慕千雪半晌，道：“公主之意，是要朕举兵伐楚？”

“西楚刚刚攻下南昭，内政不稳，正是陛下进攻的大好时机，大周雄兵百万，攻下西楚绝非难事，一旦控制了西楚，就等于控制了两个国家，到时候大周国力必然大涨，齐国与东凌难望项背。”尽管极力压制，言语间仍是透出一丝急切，纤细的十指被她绞得发白。

见东方洄迟迟不语，慕千雪又道：“千雪所言，皆是实话，萧若傲确是狼子野心，陛下……”

“朕明白。”东方洄打断她的话，“大周与南昭毗邻而居，世代交好，昭帝仁贤之名，朕亦是早有耳闻，在得知西楚大举进攻南昭之时，朕就想发兵襄助，无奈齐国与东凌一直对我大周虎视眈眈，一旦发兵，两国就会倾巢来攻，到时候不但帮不了南昭，就连大周也会受难。”

慕千雪急忙道：“不会，他们国力远不如大周，当不会如此放肆。反倒是萧若傲，一旦让他彻底掌握了南昭，必会成为陛下与大周的心腹之患，远胜东凌与齐国，陛下切莫大意。”

“公主一片苦心，朕自是明白，只是眼下，实在不是好时机。”不等慕千雪言语，东方洄又道，“公主放心，朕一定会提防西楚，时机一到，立刻出兵攻伐。只要有朕在，萧若傲的野心就休想得逞。”

“可是……”

未等慕千雪说下去，东方洄已道：“公主今日又是给母后祝寿，又是被朕召来承德殿，想必很累了，怀恩，你送公主出宫。”

一听这话，慕千雪顿时急了：“陛下，萧若傲狼子野心，一旦让他成了气候，必会危害大周，不可不防。”

怀恩上前示意：“公主请。”

见东方洄不理会自己，慕千雪只得行一行礼，随怀恩走了出去，在他们身影消失于视线范围后，东方洄轻吐一口气，不无失望道：“所谓璇玑公主，不过如此。”

扮作宫女的绿衣走到他身边，徐徐道：“美则美矣，可惜是个木头美人。”

“朕原想着，她若真有帝师之才，就留在身边，助朕平定天下，可惜了。”

“通晓琴棋书画、四书五经之人，天下不知凡几，可有帝师之才的，万中无一。璇玑公主自幼长在深宫，养尊处优，不知人间疾苦，又岂会有那份指点江山的奇才，所谓惊世之才，不过是世人给予她的虚名而已，当不得真。”

东方洄长叹一声：“果然是朕期望太大了，如你所言，帝师之才，万中无一。”

“听她刚才的言语，楚帝能够登上帝位，应该是曹炳成的功劳，与她并无关系，顶多只是借助了一些她的背景。”说到此处，绿衣冷冷一笑，“这般庸碌之才，偏还自作聪明，竟想挑唆陛下出兵伐楚，替她报仇，真是不自量力。”

东方洄冷冷道：“确是蠢了一些，不过她说的并非全无道理，西楚是一定要除的，但不是现在。绿衣，你派人去南昭，尽量挑动那些南昭人对楚帝的仇恨，南昭这块肥肉，朕要他咬得下咽不下！”

绿衣答应后，他又道：“老七那边的人安排进去了吗？”

“睿王府极少招人，查得又严，所以一时尚未安排进去。”见东方洄有所不悦，她连忙道，“陛下放心，奴婢会尽快想到办法。”

“最好是这样。”这般说着，东方洄又道，“另外，关于东凌的消息可有传出去？”

绿衣连忙答道：“按陛下的吩咐，奴婢已经飞鸽传书给咱们安插在齐、楚、燕三国的人，应该很快就能散播出去。”停顿片刻，她又道，“奴婢在城中发现几个疑似东凌人，已派人暗中跟踪调查。”

“东凌……”东方洄屈指轻叩桌案，“笃笃”的声音在殿中响起，过了许久，东方洄停了手里的动作，凉声道，“最近东凌的动作越来越频繁，这可不是一个好兆头。”

绿衣思忖道：“楚帝吞并南昭之举，已经彻底打破了六国维持多年的平静。东凌，怕是也要再次有所动作了。”

东方洄眉头紧紧拧了起来，东凌……实在是令他很担心。

绿衣瞅了他一眼，小声道：“陛下，有一句话，奴婢不知当讲不当讲。”

“讲！”

“东凌素来神秘，不为外人知晓，对他们好奇的应该不止咱们大周。同样，对他们心存忌惮的，也不止大周。”

东方洄双眉一挑：“你是说齐国？”

绿衣点头道：“是。北燕弱小，西楚刚刚崛起，又与东凌隔得远，没那个能力去查探。但齐国不同，他们与东凌接壤，说不定早已经派人去过东凌。”

听到此处，东方洄已是明白了她的意思：“你想东凌发难之时，朕联合齐国一道对付东凌？”

“不！”绿衣肃声道，“奴婢更倾向于‘先下手为强’。”

东方洄没料到她会突然说出这样的话来，凝视着透过六棱交花窗棂照进来的昏黄天光，问道：“你想朕先开战？”

“既然两国之间必有一战，何不先发制人，将局面掌握在自己手中，甚至……”

东方洄幽幽接过她未完的话：“借此耗损齐国国力是吗？”

绿衣垂首道：“陛下英明。”

东方洄负手在室内来回走了几趟：“此事朕再想想，你先下去吧。”

且说怀恩那边，一直将慕千雪送到宫门口方才停下脚步，笑眯眯道：“公主慢走。”

“有劳公公了。”夏月还了一礼，扶着一言不发的慕千雪往候在宫门外的马车走去，车夫看到她们过来，当即放了小凳子在马车旁边，以便她们上车。

就在一只脚已经踩上小凳之时，慕千雪突然收了回来，挣开夏月的手快步往宫门走去，唤住已经走了一段路的怀恩：“公公留步！”

怀恩意外地转过身，惊道：“公主还有什么事？”

慕千雪疾步走到他身前，褪下腕上的赤金莲纹镶珍珠镯子塞到怀恩手里：“西楚野心勃勃，假以时日必会成为北周的心腹大患，这句话，还请公公务必告诉陛下。”

怀恩着实没想到，她竟然还没死心，微一摇头，将镯子递还到慕千雪手中：“老奴身份卑微，万万不敢在陛下面前议论国事，公主这个忙……老奴帮不上。”

见他不肯收，慕千雪急忙道：“公公深得陛下倚重，只要你开口，陛下一定会听，西楚一事只有公公才能劝得了陛下，请公公务必劝陛下除去西楚……”不等慕千雪说完，怀恩已是退后一步，躬身道：“老奴告退。”

“公公！公公！”这一次任凭慕千雪如何呼唤，怀恩都不曾停了脚步，反倒更快了几分，迅速消失在视线中。

夏月早已是看怔了，直至这会儿方才回过神来，但她看慕千雪的目光极为陌生，犹如在看一个不相识的人，而非侍候了四年的主子。

慕千雪将她古怪的神情看在眼中，也不说什么，淡淡道：“走吧。”

待得二人登上马车后，车夫收了小凳，扬鞭脆响，车轮平稳地转动起来，压过湿漉漉的青石地面。

马车里，夏月一直用那种怪异的目光盯着慕千雪，唇几次蠕动，但都没有发出声音。

“想问我为什么贿赂怀恩？”一听这话，夏月连连点头，将盘旋在嘴边的话一股脑儿说了出来："嗯，公主之前与奴婢说过，周帝与王爷不同，不是一个值得信任的人。还叮嘱奴婢，千万不能将神机营与公主的真实情况告诉周帝，连一个字都不能提。复辟南昭之事，更是不能指望周帝，可现在您却……"她实在无法接受一向冷静自持运筹帷幄的公主竟做出刚才那样没有章法的事情。

"你以为周帝召我过去，当真仅仅只是为了问西楚的事情吗？他……咳咳！"一连串的咳嗽冲口而出，打断未曾说完的话，与惯常的轻咳不同，这一回咳得很厉害，仿佛要将五脏六腑都咳出来一般，脸色潮红之余又透着层层青白，吓得夏月心慌意乱，不断替她抚背。

过了好半天，慕千雪才渐渐平静下来，软软地靠在夏月身上不停喘息，浑身的力气都消耗在刚才那番咳嗽中，这会儿连动动手指的力气也没有。

歇了许久，慕千雪才轻轻道："询问西楚不过是幌子，周帝真正的目的，是想知道萧若傲四年来的变化，是否与我有关。"

听得这话，夏月顿时变了颜色："江大人不是答应了王爷，会帮着隐瞒神机营与公主之事吗，难道他出尔反尔？"知道慕千雪真实情况的，除了东方溯就只有江越一人，东方溯是绝对不会害公主的，故而夏月第一个想到的就是江越。

"与江越无关。"慕千雪挪动着稍稍恢复了一些力气的身子，靠着软榻道，"萧若傲在我嫁予他之后，势力突飞猛进，连太子也败在他手里，再加上昔年盛传之名，周帝不可能一点儿怀疑都没有，早在他让睿王带我一道进宫祝寿的时候，就存了试探之心。"

夏月眼皮一颤，急急道："那……那现在怎么办？周帝会不会对公主不利，我们是不是要马上离开？"

面对夏月一连串的问题，慕千雪笑一笑，安抚道："我既坐在了这里，自然是没事。"

"那就好！"夏月长舒了一口气，抚了抚这会儿还在胸口里乱跳的心。说实话，她真是害怕了逃亡，自己粗生粗长的跟个野草一样，走到哪里都能活。可公主不一样，她被萧若傲下了整整四年的毒，身子弱得一阵大风都能吹倒，哪里经得起再一次的颠沛流离。

听慕千雪说完承德殿发生的事情后，夏月恍然道："奴婢明白了，公主刚才是故意做给怀恩公公看的。他是周帝的心腹，一定会把您试图贿赂他的事情告诉周帝。这样一来，周帝就会更加认定您不过如此，楚帝夺嫡成功的事情，更是与您没有半分关系。"

慕千雪揉一揉她柔软的发丝，笑道："跟了我几年，聪明不少。"

夏月嘻嘻一笑："奴婢再聪明也不及公主万分之一，三言两语就将周帝给瞒了过去。"

"周帝……"念着这两个字，慕千雪眸中露出凝重之色。尽管周帝极力掩饰，但她还是在其眼底看到了不逊于萧若傲的野心以及猜忌。

承德殿的那番对答，看似轻松，其实每一句甚至每个字，她都在心里再三斟酌，确保周帝不会起疑之后方才出口。只要当中说错一个字，就会招来周帝比之前更深的猜疑。因此不过一炷香的时间，却耗了许多心力。

静默半晌，夏月忽道："公主，周帝真的有那么不好吗，他不是睿王的兄长吗，奴婢看睿王就很好啊！"

"龙生九子，子子不同，睿王好，不代表周帝也好。周帝与萧若傲是同一类人，为了江山社稷，什么都可以牺牲，至亲之人也不例外。今日对我百般礼敬，来日就是刀刃加身，南昭……更是休想复立。"

夏月嘟囔道："怎么天底下的皇帝都是一个样，如果睿王是……"后面的话，想是觉得不妥，未曾说出口，但以慕千雪的心思，怎会猜不出来。

是啊，如果东方溯是这北周的皇帝，事情就会变得简单许多，可惜……

当年，究竟发生了什么事情，令承帝决定将帝位与神机营一分为二，权倾朝野的卫氏一族还有卫太后又在当中扮演了什么角色？

这些问题一直萦绕在慕千雪心头，无法解开！

入了六月之后，天气越发炎热，即便静静坐在屋中也是一身汗，更不要说出去了。夏蝉躲在树叶后面，声嘶力竭地叫着，天越热，它们就叫得越起劲，吵得人心烦。

"再拿高一点儿，上面还有许多。"夏月站在树下指挥着拿粘杆抓蝉的下人，他们一个个都晒得满脸通红。

两名下人极力举高了手臂，还是够不着最顶上的树冠，徐立在一旁无奈道："咱们这杆子不够长了，不然我重新去做一个？"

夏月的目光在两根粘竿上打了几个转，计上心头："拿绳子把这两柄粘杆绑起来，这样就够长了。动作快一些，公主被吵得已经好些天不能午睡，瞧着精神都差了。"

徐立答应着，正好有侍女端了煎好的药过来，她抹了抹颈间的汗，接过道："我拿进去给公主吧。"

刚推开门，便有一阵清凉扑面而来，令夏月精神为之一振，关起门后，她轻手轻脚地来到桌案前，朝伏首于案前的慕千雪道："公主，药好了，喝过后奴婢扶您去里屋睡一会儿，徐立他们在拿粘竿捕蝉，今儿个应该不会再吵了。”

“好。”在慕千雪喝药的时候，夏月探头往摊在桌案上的纸看去，她曾见过慕千雪绘制南昭地图，所以大致能看得出这是一幅地图，但不晓得是哪里的地图，上面还用朱砂笔画了几个圈。

夏月接过还剩了一点儿渣子的药碗，正要问这是什么地图，门突然被人推开。本该在外面捕蝉的徐立快步走了进来，匆匆行了一礼后，慌声道：“公主，王爷出事了！”

慕千雪脸色一变，当即道：“怎么一回事？”

“小人也不清楚，阿富回来说，王爷刚才回来的时候肩膀上插着一支箭，满身都是血，很是吓人，蔡总管已经去请大夫了。”话还没说完，慕千雪已是起身往外走去，夏月与徐立赶紧跟上。

东方溯住在中院的南轩之中，因为他生性喜静，故而在此处侍候的人只有寥寥几个，这会儿却是人来人往，每一个人的脸上都充斥着慌乱之色。

慕千雪踏上台阶之时，恰好有人端着一盆殷红的血水出来，触目惊心。

“大夫，王爷就在里面，赶紧的。”蔡总管拖着一个背着医箱的银须老者从后面奔来，在经过慕千雪身边时，脚步一顿，“公主……”

“不必管我，赶紧进去。”得了慕千雪的话，蔡总管不再迟疑，拖着刚喘了一口气的老者奔了进去。

避开进进出出的下人，一路来到里屋，东方溯面色苍白地坐在椅中。一支黝黑的小箭插在左肩处，鲜血不断从伤口处流下来，染红了青色的衣衫。银须老者正拿了把剪子剪开那里的衣裳，蔡总管等人搓手焦灼地等在一旁。

看到她进来，东方溯忍着肩膀传来的阵阵刺痛道：“你怎么来了？”

见他神志清醒，慕千雪松了一口气，上前道：“我听说你受伤了，所以过来看看，是谁如此胆大，竟敢在光天化日之下行刺你？”

“我没事，夏月，扶……”大夫刚碰了一下短箭，一阵难以言喻的剧痛顿时随着细细的经络传至全身，东方溯不禁痛得轻哼了一声，豆大的冷汗从额间滴落，脸色比糊在门窗上的纸还要苍白数分。待得稍稍缓过来一些后，他对夏月道：“扶你家公主回去。”

夏月还没来得及答应，慕千雪已道：“你不必担心我，比这更血腥的都见过了。”

蔡总管见老者一直盯着伤口却不动手，不禁催促道：“大夫，你发什么愣，倒是赶紧拔啊！”

老者为难道：“不是老朽不肯拔，而是实在不好拔啊！”

“这话怎么说？”

老者拿布小心翼翼地拭去伤口周边的血，指着几个黑点道：“你看，这些都是箭头的一部分，形成倒刺钩在皮肉里，一旦强行拔出，承受钻心刺骨的痛苦不说，整块肉都会被生生钩下来，最麻烦的是此处接近颈血脉，万一伤及又止不住血，那王爷可就……”后面的话，他不敢说下去。

蔡总管没想到小小一支箭竟如此诡异，拧眉道：“照你这么说，这箭岂非拔不得？”

“老朽实在没把握，不如……蔡总管请太医来看看，他们或许会有更好的法子或者效果更好的止血药。”要换了个寻常人，他还可试一试，但东方溯身份贵重，一旦死在他手里，莫说医庐开不下去，就连老命也难保。因此他想方设法地往外推，说什么也不肯接这烫手山芋。

第十六章　诸王遇刺

一听这话，蔡总管瞪着一旁的侍从道：“没听到吗，还不赶紧去太医院！”

“不用去了。”慕千雪唤住正要离去的侍从，上前亲自检查了东方溯的伤口，蹙眉道，“倒刺长在皮肉里，触之即痛，就算太医来了也必然要削掉那一块皮肉，同样有伤及颈血脉的危险，关键在于，一旦出事能否立即止血。”

蔡总管被她说得没了主意：“这……这可怎么办？”

“几年前，我在一本残缺的医书上看到过一个止血的药方，闲极无聊之时，曾让夏月做出来过，任何皮肉伤都是见药止血，对王爷应该也有效。”

夏月在一旁道：“嗯，那个方子很好的，公主当时还特意抄录了一份，让陛……楚帝带去军中，但凡用过的人，都说效果奇好。”

蔡总管精神一振，眼巴巴地望着慕千雪：“公主可还记得方子？”

在得到慕千雪肯定的答复后，蔡总管赶紧让人取来文房四宝，让她写下方子，随即拿给老者：“快瞧瞧，这些药你那医庐里有没有。”

老者看了一眼：“有几味药比较刁钻少见，不过老朽那里还凑得出来。”

“那就好。”在安排了人随老者一道去医庐取药后，蔡总管想想不放心，毕竟事关东方溯性命，于是上前道，“王爷，小人去一趟太医院，梅太医这会儿应该在。”

东方溯吃力地摇头道：“太医来了也是一样，有公主的方子足矣。”

“可是……”蔡总管刚说了两个字，有人小跑着奔进来，在他耳边低语几句，蔡总管脸色铁青，“知道了，你下去吧。”

在下人走后，东方溯抬了抬苍白的面容道：“出什么事了？”

“没……没什么。”蔡总管挤出一丝难看的笑容，“就是有个赶车的，经过咱们府门口时，不小心撞到石狮子翻了车，这会儿坐在地上嚎着不肯走，小人已经让人去处理了。”

东方溯盯了他，冷冷道：“看来你是做腻了这个总管之位，胆敢在本王面前撒谎。”

见东方溯沉了脸，蔡总管顿时双腿打战，慌忙道：“王爷恕罪，小人不是故意的，只是……只是……”

东方溯等了半晌也没见他说出个所以然来，左肩又一直传来阵阵疼痛，不耐烦道：“再吞吞吐吐的，就给本王滚出去！”

“今日遇刺的并不止王爷一人，信王、荣王、安王、恪王还有穆王都先后遇袭，手法与王爷完全相同，应该是同一伙人所为。”蔡总管迅速将自己知道的事情一股脑儿说了出来。

东方溯脸色大变，下意识地想要起身，结果扯动伤口，颊边肌肉因为疼痛不住跳动，待痛意稍减后，他迫不及待地问道：“你说什么，先后遇袭？”

“是！荣王、安王、恪王都受了伤，至于信王与穆王，避过了偷袭，只是受了一些惊吓。”

“荣王他们怎么样？”

“都已经送回府中，具体情况，暂时还不知道，京兆府那边已经在追查了。”

夏月暗自扳了扳指头，愕然道：“那加上王爷，岂非总共有六位王爷遇刺？”

蔡总管咬牙道：“也不知是谁吃了熊心豹子胆，居然胆敢在天子脚下行刺诸王，大周立国百年，还从没出过这样的事情！”

慕千雪沉吟片刻，问道：“王爷是怎么遇刺的？”

东方溯吸了口气，答道：“今日我去健锐营练兵，刚回城不久，便有一名女子拦住，问我倚翠阁在哪里。”

“倚翠阁？”夏月皱着圆圆的脸蛋，疑惑道，“这名字怎么听着那么像那种……地方？”

徐立听到她的话，压低了声音道：“倚翠阁就是青楼，烟花之地。”

慕千雪敛一敛袖，摇头道：“不对，王爷既是去练兵，一定是策马来去，寻常女子，怎么会拦马问路。”

东方溯颔首道：“我也觉得不对劲，而且……”他沉了眼眸缓缓道，“那是一个东凌女子。”

“东凌？”慕千雪紧紧蹙了秀眉，当年为了助萧若傲登基乃至来日平定天下，她曾通过古籍史书以及探子传回来的情报悉心研究过各国，不说了如指掌，却也大致有数。唯独这个东凌，南昭、西楚史书之中关于他们的记载少之又少。至于探子，倒是派了几拨，可都是有去无回，是生是死也不知道。至少在她离开西楚之前，没有任何关于东凌的消息传回来。

东方溯摊开一直握着的右手，里面是一枚用粉水晶打磨而成的樱花坠子，小巧精致："几年前，我曾与东凌交战，在他们死去的士兵身上发现过同样的坠子，几经打听，才知道樱花在东凌属于国花，他们那里很多人都会佩戴这样的坠子，而这枚就系在拦路女子的腰间。"

慕千雪细细记下他的话："后来呢？"

"我见她可疑，正打算盘问，她突然发难，以袖箭偷袭，不慎被她射中了肩膀，事发匆忙，我只夺下这个。"

跟随东方溯回来的一名参将心有余悸道："那东凌女子也不知在袖子里藏了多少柄袖箭，一下子就是密密一片，要不是王爷身手好，又早有防备，远不止射中肩膀这么简单了，这人毒连武器也毒。"

"你们没有抓到她？"夏月随口一问，却令那几名武将红了脸，好一会儿方才期期艾艾道："那女子身法怪异得紧，我们从来没见过，再加上王爷受了伤，所以没……没拦住。"

慕千雪自东方溯手中接过樱花坠子，疑惑道："东凌与各国素无往来，怎么这次……他们会派人来金陵？"

参将低头想了一会儿，道："是不是前几年他们败在王爷手里，心有不甘，所以这会儿派人刺杀？"

"别忘了，共有六位王爷遇袭，对睿王可以说是积怨，那其他几位呢，他们可没有跟东凌打过仗。"

参将想想也是，可除了这个原因之外，他们实在想不出别的。慕千雪也不多言，现在知道的信息太少，就算是她，也推断不出东凌此举用意何在。

过了一会儿，老者带了慕千雪所需的药材回来，因为时间紧迫，没有工夫按着方子去烘干蒸晒，只是简单地将药材研磨成粉，尽管药效差一些，但仍然远胜一般的金创药。

见药粉备好，东方溯看了一眼血肉模糊的肩膀，咬牙道："拔吧！"

即便蔡总管在旁边百般催促，老者仍是犹豫着不敢动手，说这药粉有止血奇效的是那两名女子，究竟是真是假，他可不知道，万一没效，又伤及颈血脉，他这条老命非得交代在这里不可。

蔡总管等得心焦，呵斥道："叫你快去没听到吗？"

老者勉强往前走了几步，终归还是没那胆子，颤声道："王爷，老朽年老力弱，实在是拔不动这箭，再加上老眼昏花……还是另请高明吧！"

蔡总管没想到等了半天竟是这么一句话，正要喝骂，东方溯明白他的心思，也不勉强，淡然道："罢了，出去吧。"

一听这话，老者如逢大赦，赶紧退了出去，连药箱也没拿。蔡总管朝他离去的方向啐了一口，回头道："王爷，小人这就去……"他想说去请太医来，哪知竟看到东方溯自己握住露在外面的半截箭身，连忙道，"王爷您要做什么？！"

"一块皮肉罢了，本王还舍得起，箭一起出，你就立刻替本王撒药止血。"说完这句话，东方溯右手攥紧箭身，用力往外拔去。一种绞肉抽筋的痛楚在体内剧烈翻涌，犹如要把人活生生撕开来一样，这种痛楚非一般人所能承受。好不容易止住的血再次涌了出来，殷红刺目，莫说是他自己，就连旁人看着也觉得痛。

东方溯死死咬着牙，尽管汗如泉涌，攥着箭身的手却没有松，缓慢而坚定地在不断涌出的鲜血中继续往外拔，夏月甚至能看到被箭上倒刺带出来的鲜红血肉，胃里一阵翻江倒海，赶紧别过头去不敢再看。

亏得东方溯性子异常坚忍，才能够忍住这种抽离灵魂似的痛，但意识已经渐渐模糊。

"噗！"随着最后一个倒刺生生将一块皮肉从肩膀上撕扯下来，一大捧鲜血急速涌出。与此同时，东方溯也失去了最后一点儿意识，昏厥在椅中。

在看到那股异乎寻常的鲜血涌出时，慕千雪意识到不好，这分明就是伤到了颈血脉。她一把从还没反应过来的蔡元手里夺过药粉，迅速撒在东方溯的伤口上，同时紧紧压住，一直等到鲜血不再涌出，方才渐渐松开手。血果然已经止住，东方溯除了因为失血气息有些微弱之外，并无大碍。

见伤口止血，蔡总管长舒了一口气，赶紧让人拿来纱布为东方溯包扎好伤口，然后小心翼翼地把他抬到床上。

蔡总管朝满手是血污的慕千雪长施一礼："多谢公主！"他是个明白人，刚才要不是慕千雪反应快，自家王爷怕是危险了。

慕千雪点一点头道："王爷失血颇多，你去抓几服补血养身的药来，另外……"她犹豫了一下，"陛下那里也得派人禀告一声。"

"小人知道。"此事闹得这么大，东方溯更是差点儿没了性命，就算慕千雪不说，他也是一定要去昭明宫禀告的。

在蔡总管走后，有下人捧了水来让慕千雪净手，洗了数盆，方才洗净手上的血污，至于沾在袖间的，却是洗不掉了。

“王爷已经没事了，奴婢扶您回去换身衣裳吧。”夏月侍候了慕千雪四年，知道这位主子素日里最见不得脏。

“嗯。”慕千雪神色复杂地看了一眼昏迷不醒的东方溯，扶着夏月的手走了出去。在踏进东院时，冰冷的声音传至夏月耳中，“去看看十九在不在，在的话让她立刻来见我！”

“是。”夏月应了一声，扶慕千雪回房后立即去见了十九。十九有些不情愿地来到西书房，一进来便道：“你说的事情还在调查中，暂时没有线索。”

“我知道，我找你来，是为了另一件事。”慕千雪伸开残留着淡淡血腥味的手掌，将一直握在掌中的樱花坠饰递过去，“我要你与十五全力寻找佩有此物的人。”

“樱花？”接过坠饰，十九发现慕千雪袖间大片大片的血渍，惊讶道，“这是谁的血？”慕千雪身体这么差，如果这些血是她的，这会儿哪里还能坐着与自己说话。

“是睿王！”

听得这三个字，十九呼吸一下子变得急促起来，紧紧盯着慕千雪：“王爷怎么了？”

“回府途中，遭人袭击，流了许多血，还好性命无碍，袭击他的人就佩着这样的东西。据王爷所言，此物是东凌独有，会佩这种东西的，也只有东凌人。”

听得东方溯没事，十九稍稍定了心：“金陵城里潜伏了一个东凌奸细。”

“不止一个。”待得听说信王他们也在差不多的时候遭遇了袭击，十九一阵愕然：“他们想做什么？”

“这正是我要你们查出的东西，这么多年，东凌一直封关锁国，除了互市之外不与他国往来，近些年唯一一次算得上往来的，就是与北周那一战。现在突然派出那么多人潜入金陵，且在同一日行刺诸王，其背后必有不可告人的阴谋，若不尽早查清楚，恐怕王爷还会有危险。”

“知道了。”事关东方溯性命，十九说什么也不敢怠慢，在她开门将要走出去时，慕千雪忽道：“另外再查一下倚翠阁，那名东凌女子行刺之前曾提过这个地方。”

望着合上的门，慕千雪抬起双手放在胸口的地方。直至这会儿，她还清楚地记得看到东方溯涌血昏迷时弥漫在胸口的那种心慌与害怕。

还有现在，一向心绪极少波动的她，在这一刻却对东凌刺客产生了超乎寻常的愤怒。要知道愤怒从来都是布局谋划者最大的敌人，尽管刚才强行压了下去，但慕千雪还是决定插手这件事，让十九他们全力调查。

从什么时候起，自己变得那么在意东方溯，仅仅因为东方溯是她复立南昭的助力，还是……

这个念头还未成形，便被她强行驱除脑海。经过萧若傲那件事，终她这一世，都不想再碰情爱二字，更何况现在南昭未复，大仇未报。

她与东方溯可以是朋友、盟友甚至是知己，但绝不会是夫妻！

承德殿中，东方洄一言不发地盯着跪在殿中的绿衣，面色异常难看。怀恩小心翼翼地走入殿中："启禀陛下，睿王府派人来报，睿王伤势比其他诸位王爷要重一些，但所幸性命无碍，这会儿正在府中养伤。"

"砰！"青筋鼓起的手掌狠狠拍在桌案上，东方洄咬牙道："好一个东凌，竟然敢在朕的眼皮子底下闹出这等事来，好！真是好！"

"奴婢无能，请陛下治罪！"绿衣的话令东方洄脸色更加难看，朝尚站在一旁的怀恩看了一眼，后者会意，躬身退了出去。

在朱红殿门合起的那一刻，一个白玉镇纸狠狠地掷在绿衣身上，东方洄咬牙切齿道："你什么时候变得这么没用，那么多东凌人潜伏在金陵城中，竟然一个都找不出来，还让他们闹出这样的事来。"

"奴婢该死！"绿衣忍痛道，"自从发现在金陵城中有东凌人的踪迹后，奴婢一直都在派人跟踪，但他们行踪诡异且极为警觉，每次跟到一半就被他们甩掉。有一次甚至跟到了一处死胡同里，但依旧失去了踪影。为了这事奴婢曾特意去了一趟那个死胡同，前后左右只有一个出口，负责跟踪的是追随奴婢多年的老人，他很清楚地记得那阵子没任何人出来。"

东方洄对她的话嗤之以鼻："依你所言，难道那个人是凭空消失了？"

"奴婢知道这个想法很匪夷所思，但除此之外，奴婢实在想不出其他的解释。"说着，绿衣又道，"其实关于这次行刺，奴婢有一事想不通。"

东方洄抚着隐隐作痛的额头，冷声道："说！"

"那群东凌人如果存心行刺诸王，想要取他们的性命，应该在武器上抹毒，确保万无一失才对，可他们并没有，奴婢怀疑，他们的目标并不在诸王性命。"

东方洄一怔，拧眉道："那他们的目标会是什么？"

"一时之间，奴婢也想不到，很可能是在酝酿什么阴谋。"绿衣能够得东方洄信任执掌琉璃坊，自是聪敏非凡，她与慕千雪想到了一处。

东方洄面色阴沉道：“朕已经下令封锁城门一段时间，在这段时间里，朕不管你用什么办法，一定要揪出那几个东凌人，而且是活捉！”

“咕咕，咕咕咕。”殿外传来鸽子的声音，绿衣知道，那是琉璃坊的信鸽回来了。在得到东方洄的允许后，绿衣起身走了出去。再次走进来时，手里多了一张小小的纸条，恭敬地递给东方洄。

纸上所写的字并不多，只有寥寥几行，却令东方洄一下变了颜色：“信王？！”

绿衣点头道：“是，与穆王不同，信王之所以避过东凌刺客的袭击并非侥幸，而是有人暗中相助，用暗器打伤了刺客，从而使射入屋中那支箭偏移，并且在离着十丈远的一处屋顶发现有人蹲伏的迹象。”

“十丈？”东方洄挑眉道，“能够在这个距离击中刺客，此人的武功怕是与你也不相上下。”

“是。”绿衣沉声道，“诸王之中，信王素来低调，不曾显山露水，若非这次的事情，还不知道他身边竟有这等高手，陛下，您说神机营……会不会在信王手里？”

“信王是父皇长子，颇得父皇喜欢，临终之前他是第一个被召去的，神机营……有这个可能！”东方洄思忖片刻，抬眼道，“派几个人日夜盯着信王府，在查清楚之前，不要打草惊蛇。”

“奴婢明白。”绿衣准备退下时，耳边再次响起东方洄冰冷的声音：“这两件事若是再办不好，你知道会有什么后果！”

绿衣身子一颤，咬牙道：“陛下放心，奴婢一定会办妥这两件事！”

“很好，下去吧，另外让怀恩进来，朕有事吩咐他。”绿衣走后，怀恩小步走了进来，恭敬地站在一旁等候东方洄吩咐。

东方洄轻轻敲了几下桌子，淡然道：“派几个太医去荣王他们府中，看看他们伤势究竟如何，你也一道去，多带一些补血养身的药材，信王与穆王虽然没受伤，但你也去瞧瞧，顺道问问他们对刺客知道多少。”

“遵旨。”怀恩带着东方洄的口谕退了出去。这会儿，金陵城中因为接二连三的刺杀闹得天翻地覆，街上到处都是巡防营全副武装的士兵。京兆府的衙差正在挨家挨户搜查，他们知道，这件事闹得这么大，受伤的又都是一些亲王、郡王，若不抓到刺客，他们都没好果子吃。

至于城门，早在圣旨刚下来的时候就已经关了起来。没有御令，任何人不得出入，可以说整个金陵城处于一个完全封闭的状态，刺客插翅难飞。

东方溯一直昏睡到第二天午后才醒来，守了一夜的蔡总管看到他睁开了眼睛，欢喜道："王爷终于醒了。"

"什么……时辰了？"久睡醒来，声音粗哑。

蔡总管一边取出用棉衣裹着保温的药盅一边道："您昏睡了一天一夜，这会儿刚刚过了午时。"

喂东方溯喝过药后，蔡总管絮絮道："昨儿个真是把小人们的魂都快吓没了，那箭拔出来后，血流了好多，亏得公主反应快，及时拿药替您止血，否则还不知道会怎么样，那些刺客真是该死！"

"公主……"东方溯喃喃念着这两个字，一道纤细柔弱的身影浮现在眼前，"她还好吗？"

"公主没事，就是沾了许多血。"蔡总管有些惊奇，"真是没想到，公主看起来柔柔弱弱的，居然一点儿都不怕血，可比小人们厉害多了。"睿王府里，除了少数几个，其他人都以为慕千雪只是一个普通女子，顶多就是身份不一样罢了。

东方溯扯一扯唇："从西楚逃出来的时候，几次遭到追杀，见了不少血，自是没那么怕了。"

"这倒也是。"外面传来叩门声，蔡总管过去开了门，说来也巧，来的正是慕千雪，他赶紧侧身行礼。

"王爷醒了吗？"

"回公主的话，刚刚醒才服了药。"

慕千雪点点头，扶着夏月的手走了进来。看到她进来，东方溯挣扎着想要起身，被慕千雪上前按住，切声道："你失了许多血，又刚醒，不要起来。"

东方溯自己也是觉得头晕乏力，不再勉强："昨夜的事，蔡元都与我说了，多谢公主。"

"你没事就好。"慕千雪笑一笑，在她收回按在他身上的纤手时，东方溯胸口涌起一种怅然若失的感觉。

明明知道不可能，却还是忍不住去期许……

"情况怎么样了？"

"蔡总管昨日已经将王爷遇袭的事情禀告陛下，陛下下令封锁城门，让巡防营与京兆尹府全力追查刺客，暂时还没消息。至于其他几位遇袭的王爷，伤势都还好，你不必担心。"

蔡总管在一旁补充道："怀恩公公昨日奉陛下的旨意来过，还带了太医来。另外，信王、穆王，尹秋、冬梅二位姑姑还有……昌荣宗姬都来看望过您。"

东方溯皱一皱浓眉道："连母妃也知道了？"

"太妃虽然幽居宫中，但此事闹得满城风雨，岂会没有耳闻。我仔细与冬梅姑姑说过了，太妃应该能够安心。"说话时，慕千雪不动声色地往蔡总管的方向看了一眼，东方溯明白他的意思，道："本王有些饿，让厨房去做碗粥来。"

待蔡元依言离去后，慕千雪轻声道："刺客的事情，我已经让十九他们去查了，还有你之前提过的倚翠阁。我细细想过，他们既然能干出偷袭的事情，用毒想必也不在话下，可他们偏偏没有，是大意忘了，还是……他们的目的，根本不在于你或者任何一位王爷。"

东方溯沉吟不语，确实，如果昨日射中他的箭淬有剧毒，怕是还没回府就已经毒发身亡，不禁问道："那他们的目的是什么？"

慕千雪摇头："信息太少，暂时推算不出。另外，在擒到那几个人之前，王爷要加强府中的守卫，毕竟谁也不知道这样的刺杀还会不会有第二次。最好是从神机营调几个人过来，刺客身手诡异，万一来袭，恐怕也只有他们能够挡得住。"

东方溯自慕千雪看似平静的语调中听出一丝关切，心生暖意，肩膀的痛楚也似减轻了许多："好，我想办法安排。"

"砰！"门被人猛力推开，一个人影风风火火地闯了进来："七哥，蔡元说你醒了，怎么样，疼得厉害吗？要不要再让太医来瞧瞧，我把府里上年份的人参都给带来了，要是不够的话，我立刻让人去买，再不然去找陛下要。"

听到这个声音，东方溯脸上一贯冷硬的线条柔和了些许，向疾奔而来的人影道："我没事，你不必担心。"

"怎么可能没事，蔡元都与我说了，那箭恰好射在肩颈这里，那些倒刺差点儿要了你的性命。这群该死的贼子，也不知从哪里冒出来的，要是让我找到，非得把他们生撕了不可！"

来者是承帝第九子东方泽，被封了穆王。慕千雪曾在卫太后寿诞上见过他，年仅十九岁，却在数年前就封了亲王，爵位比好几个兄长都要高。因为他是先皇后留下的唯一血脉，论身份之尊贵，连东方洄也逊他半筹，承帝生前对他极是宠爱。曾有朝臣猜测，若非年纪太轻，而东方洄生性仁和宽厚能力出众，承帝指不定会立东方泽为太子，继承皇位。

东方溯素来寡言少语，不得承帝喜欢，与诸兄弟走得也不亲近，除了东方洄之外，就数与东方泽最为要好。与东方溯的性子恰恰相反，东方泽冲动，喜欢热闹，疾恶如仇，不知为何会与东方溯投缘。

在他们说话的时候，两名小厮气喘吁吁地奔了进来，每人手里都捧着一堆长长的锦盒，一进来就全部交给蔡元。蔡元一时接不过来，不小心将其中一个锦盒掉在地上，掉出一株须发皆全的野山参，看那样子，至少有上百年的年份，价值数百两不止。

东方泽回头看到蔡元正小心翼翼地将人参捡回锦盒，当即道："既是掉出来了，就拿去洗洗，先把这支炖了给七哥补身子。"

"是。"蔡元应了一声，让人把这支人参拿到厨房去炖，其他的都收起来。

"你是怎么遇到的偷袭？"

一听这话，东方泽顿时来了火，气呼呼道："七哥知道，我喜欢收集古兵器，尤其是那些古剑。近日听说一字街那里有家兵器铺来了上年份的好货，就过去看看，结果还真有一柄古剑。尽管已经有三百年的历史，可剑一出鞘还是寒气逼人，剑声似龙吟，通体无一丝锈意。我想着这是一把好货，就想买下来，哪知店主说这是别人寄放在店里的，究竟卖不卖，他做不了主。我实在喜欢，就问他寄卖的人是谁，他说是倚翠阁的一个姑娘。"

听得"倚翠阁"三个字，慕千雪与东方溯脸色皆是微微一变，东方溯问道："是谁？"

东方泽没好气："店主说他也不知道。好不容易遇到一把喜欢的剑，却能看不能拿走，我正憋屈的时候，突然从剑身里看到一个人影悄无声息地站在我背后，手里不知拿着一个什么东西。我看情况不对，就赶紧让到一边，就是这个时候，一支小箭擦着我的手臂飞过，射在柜子上，等我回头的时候，后面已经没人了。"说着他一指站在旁边的两个小厮，恼声道，"问他们两个，竟说什么都没看到，也不知这眼睛长了有什么用。"

面对他的斥骂，两名小厮低了头不敢出声，估摸着他气消了一些后，其中一人小心翼翼地抬了头，委屈道："小人实在没想到有人会在光天化日之下行刺王爷，所以……就没往后看。"

东方泽冷哼一声："亏得本王运气好，否则这会儿已是死了。"

一听这话，两名小厮赶紧跪了下来，东方泽虽然生气，却也没打算怎么责罚，否则他们这会儿哪里还能好生生地站着。

慕千雪淡淡道："就算真不曾避过，穆王也只是受些皮肉伤罢了，不会有性命之险。"

直至这个时候，东方泽方才发现慕千雪也在，问道："公主何出此言？"

东方溯怕慕千雪说得太多露了锋芒，接过话道："是我与公主说的，刚才正说这事呢，结果你就闯了进来。"顿一顿，他道，"刚才你也说了，箭是擦着你手臂过去的，也就是说，刺客本来瞄准的是你的手臂，所以我敢肯定，这群东凌人的目的，并不在于咱们几兄弟的性命。"

东方泽睁大了眼睛，满脸惊讶道："七哥说……那群刺客是东凌人？"

"八九不离十。"一口气说了这么许多，东方溯有些疲惫，歇了一会儿又道，"再告诉你一件事，在遇刺之前，那名刺客曾向我问'倚翠阁'的所在。"

东方泽愕然道："又是倚翠阁？"

"嗯，我之前以为是她随口一问，可你刚才也提了倚翠阁，这绝非巧合，甚至……我怀疑大哥他们在遇刺之前，也曾听到'倚翠阁'这三个字。"

东方泽挠一挠头，清秀明晰的五官充满了疑惑："我倒是听过倚翠阁的名字，是一家青楼，跟刺客沾不上关系啊。"

东方溯盯着床边用来钩住帐幔的白铜钩子，徐徐道："会不会……刺客的目的根本在于倚翠阁。"

东方泽不以为然道："我不是说了吗，那就是一个秦楼楚馆，除了那些个风尘女子，还有什么好招人惦记的，刺客……"话说到一半，他突然止了话，神色古怪道，"七哥是说那家青楼有古怪？而刺客就是想要将我们引到那里去？"

"除此之外，我想不出第二个可能。"

东方泽想了半晌，摇头道："不对不对，这说不通。他们要是觉得倚翠阁有问题，自己去查就是了，何必费劲闹这么一出，要知道现在整个金陵都被封锁了，巡防营还有京兆衙门正挨家挨户搜查呢，这要是被抓到，就是死罪，谁会那么傻，跟自己性命过不去。"

"一是他们有把握不让人找到；二是他们来之前已抱定了必死的信念。这未必没有可能。"

"可……可他们这是图什么呢？"

"不知道，或许倚翠阁可以告诉我们答案。"

东方泽咬一咬牙道："好，我现在就去搜倚翠阁，我倒要瞧瞧，都是些什么牛鬼蛇神。"说完，他又道，"那我先走了，改日再来看七哥。"

"去之前不妨先去大哥他们那里问问，看我猜得对不对。"东方泽明白他的意思，应了一声，快步离去，衣袂卷起一阵风。

屋中静下来后，慕千雪笑一笑："九王倒是个急性子。"

"九弟前些年性子倒是还算沉稳，哪知年纪越长越急。"说着，他问道，"我刚才那番猜测可对？"

"嗯，我之前只是怀疑，这会儿差不多能够肯定了，问题必是出在倚翠阁上。只是不知那里藏了什么样的秘密，令这些人不惜冒险行刺诸王。"

东方溯回答不了，但能够让那些东凌人用这种方法逼迫他们去查的秘密，必然不小！

静默片刻，门口传来脚步声，紧接着蔡元走了进来，躬身道："王爷，昌荣宗姬来了。"

听到沈惜君的名字，东方溯眼底掠过厌烦之色："就说我还没醒，请她回去。"

蔡元正要答应，一个娇媚的声音自他身后传来："溯哥哥，你以前可是从来不会对我撒谎的。"

穿着一袭胭脂红绛丝桃叶锦衣的沈惜君笑吟吟地走了进来，丝毫没有不请自来的尴尬，笑意在看到慕千雪时一僵，但仍带着显而易见的敌意走到她身前："你在这里做什么？"

夏月怕慕千雪吃亏，赶紧护在前面："这话该是问你自己才对，王爷可没发话让你进来。"

"大胆！"沈惜君身后一名侍女横眉呵斥道，"小小丫头，竟敢对宗姬这般无礼，还不自行掌嘴！"

见她一开口就是掌嘴，夏月越发反感："我又没有说错话，为什么要掌嘴？"

"该死！"那名侍女朝沈惜君看一眼，随即走到夏月面前，扬手便要掴下。慕千雪没料到她们一进来便要伤人，一时来不及拉开夏月，眼见她就要受辱，一声厉喝在屋中响起："谁敢！"

侍女被这声突如其来的厉喝吓得一哆嗦，掴掌的手生生停在半空。

东方溯面色阴寒地撑起身子，冷冷道："昌荣宗姬好大的威风，居然管到我睿王府头上来了。还有你，胆子不小，居然敢当着本王的面放肆，还大言不惭要治本王家奴的罪，你以为有昌荣宗姬护着，本王就奈何不了你吗？"

侍女虽知道东方溯性子冷漠，但这般疾言厉色的样子还是第一次见，一时被吓得魂飞天外，赶紧收回手，慌声道："奴婢不敢，只是……只是……"

东方溯冷笑一声，接了话道："只是本王管不好自己的家奴，所以要劳你动手是不是？"

侍女哪敢说是，慌忙摇头："奴婢不是这个意思，还请王爷息怒！"话音未落，脸上已是挨了重重一掌，五个指印瞬间浮现在左颊上。

沈惜君寒声斥道："我是来探望溯哥哥的，你倒好，一进来便闹得不得安生，看来真是我平日里太过纵容，令你忘了该有的分寸。"

侍女捂着刺痛的脸颊，委屈道："奴婢没有，是……"

"还敢狡辩！"在沈惜君的瞪视下，侍女无奈收回了嘴边的话，改道："奴婢知错，请宗姬恕罪。"

沈惜君冷哼一声："这一巴掌是让你长点儿记性，要再有下一次，你也不用在我身边侍候了，滚！"

侍女走后，沈惜君来到床榻边，娇声道："溯哥哥，是我不好，带了这么一个不知分寸的东西过来，我已经罚过她了，你别生气了。"

"假惺惺！"夏月鄙夷地嘟囔了一句，慕千雪瞪了她一眼，敛袖道："千雪不打扰王爷与宗姬了，告辞。"

沈惜君巴不得她赶紧走，抢在东方溯前面朝蔡总管道："还不赶紧送公主出去。"

他们走后，沈惜君回头见东方溯依旧冷着一张脸，却不在意，细细地打量着他缠在肩膀上的厚厚纱布，满脸关切道："之前听说溯哥哥受伤的时候，真是吓死我了，幸好没有大碍，否则那群刺客就是有十个脑袋也不够砍的。"说着，她又道，"对了，我带了一些很好的金创药来，还有益气补血的药材，配合着用，伤势很快就会好起来。"另一名侍女听到她的话，赶紧将手里的东西放到桌上，大大小小足有十来个锦盒。

第十七章　有情无情

东方溯面无表情道："我没事，你可以走了，另外把你拿来的东西一并带走。"

他的冷漠令沈惜君笑容微滞，不过很快又笑靥如花："人家可是特意来看溯哥哥的，怎么刚进来就赶人家走，这可不是应有的待客之道。"

"多谢宗姬一番好意，不过你我男女有别，宗姬又是千金之躯，往后还是不要来了，以免坏了宗姬的名声。"他以为上林苑那次后沈惜君不会再缠着他，哪知还是一样，实在令他头疼。

"你我自幼相识，如今你受了伤，我来看看你，这是理所应当的，能坏了什么名声，不来才说不过去呢。"这般说着，她又道，"我知道溯哥哥喜欢雕木头，所以托人寻来两块上好的阴沉木，用来雕刻最好不过，他们这会儿正抬过来呢，保准溯哥哥会喜欢，等伤好了之后，就可以雕刻了。"

这阴沉木又称乌木，极其珍贵，被称为木中之精，其价值甚至还在紫檀沉香之上，素有"纵有黄金满箱，不如乌木一方"之说。也只有平阳王府这种底蕴深厚的富贵豪门，才能随随便便拿出来。

东方溯盯了她半晌，忽道："是否我之前说得还不够清楚？如果是的话，我可以再说一遍。"

沈惜君眸光微微一沉："你一定要这么绝情吗？"

"我与你是不可能的，不论你做多少事，都改变不了这个结果。"

面对他的伤人之语，沈惜君终于无法再维持脸上的笑意："你怎么想是你的事，但我不会放弃，现在不会，以后也不会。能够与你结为夫妻白首偕老的那个人，只有我，也只能是我！"

东方溯想也不想便否决了她的话："不可能！"

这几个字刺激了沈惜君，令她有些激动："没什么事情是不可能的。"不等东方溯言语，她又道，"我究竟有什么不好，令你如此嫌弃？"

在说这句话时，她心里万般委屈，论家世，论容貌，她都是一等一的。等着娶她的王孙公子足可以从街头排到街尾，唯独这个东方溯，对她始终不屑一顾，实在可恨。几次想要拂袖而去，再也不理会这块又冷又硬的木头，终归是抵不过如潮水一般层层叠叠袭来的相思之念，令她一再放低身段。

"宗姬很好，是本王无福，以后这睿王府，宗姬也不要再来了。"东方溯并非没有看到沈惜君眼里的难过，但这与他无关。

"你！"沈惜君没想到自己低声下气，一再讨好，换来的始终是他冷言冷语的拒绝，涩意在眼底蔓延。此时，屋外传来声音，是负责抬阴沉木的小厮到了，问是否拿进来。

沈惜君深吸一口气，压下那股涩意："拿进来吧。"

四名小厮抬着两块黑紫色木头进来，明明都只有一尺多高，宽也不过两尺，他们却抬得异常吃力。阴沉木并非常见在地上生长的木头，而是久埋于地下却未腐的古木，质量要比一般木头重许多。

东方溯看也不看，径直道："我说过不要，拿出去。"

一听这话，那四名小厮顿时犯起了难，抬在那里放也不是走也不是，不知所措地往沈惜君看去，沈惜君也不理会东方溯的话，自顾自地在房中看了一圈，拉开一个柜子，见里面空着，随手一指道："就放这里吧。"

东方溯剑眉狠狠一挑，喝道："我说了拿回去！"不知为何，在沈惜君打开那个柜子时，他的神色看起来有些慌张。

刚挪了两步的几名小厮吓得浑身一哆嗦，又停下了脚步，但沈惜君的声音立刻又传了过来："按我说的做，放进去。"

"沈惜君！"东方溯真是生气了，他还从来没见过这样的女子，全然没有女子该有的矜持。

"不妨实话告诉你，这两块阴沉木是我从姨母那里求来的，你若不要，自己还给姨母去，我绝不阻拦。"扔下这句话，她再次道："放进去！"

小厮赶紧将木头放好退出去，唯恐遭池鱼之殃。在关柜门时，沈惜君眼尖地看到一样东西，随即伸手拿了出来，待得看清时，沈惜君整个身子都在发抖。

看到她拿在手里的东西，东方溯脸色大变，不顾是否扯动伤口，伸手道："还给我！”

沈惜君背对着他，没有说话也没有回身，只是死命攥着那个小小的人形雕像，之前压下去的涩意在这一刻变本加厉地窜了出来，眼眶一下子就红了，泪水含在里面，随时都会落下。

“我叫你还给我！”若非有伤在身，东方溯早就冲过去了。

许久，沈惜君缓缓转过身子，抬起蕴满了泪水的双眸哑声道：“你果然……果然还在想着她！”

东方溯寒声道：“这是我的事情，你没资格过问！”

“我没资格……”沈惜君喃喃重复着他的话，下一刻，声音倏然变得尖利起来，“是，我没资格，但太后、陈太妃还有陛下他们都有资格，他们是绝不会放任你与那个女人在一起的！”那个人形雕像刻的不是别人，正是慕千雪，光滑无尘，显然经常拿在手里。

“她是西楚皇帝不要的弃后，是残花败柳，怎么配跟你在一起！”

“闭嘴！”东方溯面色阴沉如水，“把东西给我，然后滚出睿王府，我不想再看到你，更不想听到你说任何中伤公主的话！”

随着这句话落入耳中，沈惜君眼眶终于不堪重负，泪水落下，在脸颊留下两道悲伤的痕迹，心像被人拿刀狠狠在剜一样，连呼吸都带着痛，而她只能眼睁睁看着，什么都做不了。

“我中伤？我说错了什么，她不是楚帝不要的弃妇吗，不是被人玩腻的残花败柳吗？”恨意与嫉妒，令她冲口说出这些难听到近乎粗鄙的字眼，她无法接受自己求而不得的那个人居然对一个曾经嫁作人妇的女子痴心一片！

蔡元在一旁听得心惊肉跳，有心想要劝，又不知从何劝起，只能焦急地看着两人。

“蔡元！”东方溯一字一句道，“拿下她手里的东西，然后把她给我赶出去，从今往后，不许她踏入睿王府半步。谁敢违令，私放她入府，就打断双腿，赶出府去，永不续用！”

没等蔡总管答应，沈惜君已是厉声道：“你敢这么对我，姨母绝不会饶你！”

“我自会去向母后解释！”说完这句话，他再一次对蔡元道，“还不赶出去！”

“是。”蔡总管跟了东方溯好几年，还是头一回见他发这么大的火，哪里还敢怠慢，三步并作两步来到沈惜君身前，“宗姬请将东西交给小人！”

以沈惜君高傲的性子，哪里肯这么丢尽颜面地交出木偶，她咬着细细的银牙，举起手里的木偶对躺在床上的东方溯道：“想要是吗？有本事你自己来拿，否则休想拿回去！”

蔡元叹了口气：“宗姬这又是何必呢。”

“这里没你说话的份儿！”斥了蔡元一句后，沈惜君扬一扬手里的木偶，冷笑道，“来拿啊！”

在沈惜君的注视下，东方溯竟然真的慢慢坐了起来，蔡元见状连忙奔过去，扶住他道：“王爷您伤势未愈，万万不可下地啊，宗姬那边，小人……小人再想办法！”

东方溯没有理会他，咬牙撑着床沿艰难地站起身，每一个动作都会牵动左肩的伤口，引来一阵阵剧痛，但他不曾停步，缓慢却坚定地向沈惜君走去，甚至不要蔡元搀扶。

望着一步步朝自己走来，肩膀上纱布逐渐被鲜血染红的东方溯，沈惜君泪流满面，东方溯……你究竟有多么爱慕千雪，连这样的一个没有生命的木偶也可以拼尽一切去保护。

是痴，是傻，是蠢，是笨。

可偏偏自己就是对这个又痴又傻又蠢又笨的人舍不下，弃不掉！

短短几步路，对于这会儿的东方溯来说，犹如天梯一般漫长，几次差点儿摔倒都被他硬生生撑住，代价就是纱布被染红的面积越来越大。

“还我！”在终于走到沈惜君面前时，他勉力抬起止不住颤抖的手，自沈惜君手中夺过木偶。

“东方溯你这个大笨蛋！”扔下这句话，沈惜君哭着离开，随她来的那名侍女赶紧追上去。

她走后，东方溯力气耗尽摔倒在地，蔡元赶紧唤来下人将他抬到床上，在这个过程中，东方溯一直牢牢护着手里的木偶。

沈惜君一边抹泪一边跑了出来，本想就此离开，可跑到一半，又心有不甘，脚步一转，往东院行去，一众侍女小厮不知她要去哪里，只能紧紧跟在后面。

沈惜君不止一次来过睿王府，早就知道东方溯特意安排慕千雪住在东院中，想起这个，她心中妒火更甚。不论在哪个府邸，东院都是给正室夫人居住的，东方溯此举，分明就是将慕千雪当成睿王府的女主人！

她一进去就不顾下人的拦阻直奔正堂，用力推开门，将里面正在与慕千雪说话的夏月吓了一跳。待得看清来人后，夏月顿时沉下了脸：“你来做什么，这里不欢迎你。”

沈惜君根本不理会她，通红的双目死死地盯着慕千雪那张超凡脱俗的绝美容颜，嫉妒、愤怒、不甘在胸口如潮水一般翻涌不止。

“不得无礼。”轻斥了一句后，慕千雪敛衣起身，望着脸上泪痕未干的沈惜君道，“宗姬此来，不知是为何事？”

沈惜君冷哼一声，扬起尖尖的下巴：“慕千雪，你是什么身份自己最清楚不过，像你这样的人，根本没资格住在此处，若你还要脸皮，就立刻离开这里！”

在她看来，东方溯之所以对她那般冷淡，皆是因为慕千雪之故，只要她离开，东方溯断了念想，自然就会回心转意。

“你这人好生没道理，是王爷让公主住在这里的，你又凭什么赶人？”夏月对她真是反感到了极点，从没见过这样野蛮无礼的人。

“只要你肯离开，我可以给你一大笔银子，保你后半世富贵无忧。”身为平阳王府宗姬的她，自有底气说出这样的话。

“如果我没有记错，这睿王府的主子应该是睿王而非宗姬！”早在宁寿宫那一次，慕千雪就看出了沈惜君的心思，只是不曾说破罢了。

沈惜君面色一寒，咬牙道：“慕千雪，你别敬酒不吃吃罚酒！”

对于她的威逼利诱，慕千雪只是淡淡一笑：“送客！”

“贱人！”刚才那番话是沈惜君耐着最大的性子说出，却被慕千雪毫不留情地拒绝，自是什么火都冒了出来，扬手挥过去，却在半空中被人用力抓住，动弹不得！

沈惜君眸光凶狠地回头朝抓住自己手腕的侍女喝道：“放手！”

“宗姬虽然身份尊贵，但这不是平阳王府，还请宗姬自重！”拦下沈惜君这一掌的不是别人，正是十九。

沈惜君对她的话嗤之以鼻：“你算什么东西，也敢管我的事！”

十九没有说话，但也没有放开的意思。正自僵持之时，蔡总管带着几名小厮小跑着奔了进来，见慕千雪没有大碍，当即松了一口气，匆匆行了一礼后，看到沈惜君高举的手，哪里会猜不到发生了什么事，赔笑道：“天色不早，宗姬该回去了。”

“我偏不走又怎么样！”

蔡总管搓着手为难道：“王爷刚才说了什么话，宗姬是知道的，如果您执意不走，小人们只有得罪了！”

“你在威胁我？”

“小人不敢。”说着，蔡总管又凑上去几分，低声道，“王爷之前在南轩里说的都是一时气话，大有转圜的余地，可您今日若是伤了公主，王爷恐怕当真要与您老死不相往来了，还望宗姬三思，三思。”

听得这话，沈惜君犹豫起来，她不怕别的，就怕东方溯一人，万一真如蔡总管所言，可就真是后悔莫及了。

许久，她恨恨地收回手，狠狠瞪了慕千雪一眼，拂袖离去。

见终于把这尊菩萨给请走后，蔡总管长出了一口气，抹了抹额上的汗水，回身朝慕千雪道："让公主受惊了。"

"不碍事。"停顿片刻，慕千雪道，"宗姬刚才在南轩，可是与王爷起了争执？"

"谁说不是呢，宗姬她看到……"蔡总管险些将木偶的事情说出来，想着不妥，赶紧将嘴边的话收了回来，"宗姬性子倔强，王爷又是个硬脾气，一言不合就争执起来，并没有什么大事，公主不必担心。"顿一顿，他又道，"公主若没别的吩咐，小人先行告退了。"

沈惜君这一走，也不知是不是真的离开王府了，他得去盯着才行，万一再闹出点儿什么事情来，他这总管真是做到头了。

"好。"目送蔡总管离去后，慕千雪眸光一转，落在十九身上，"刚才之事，多谢你。"

十九看了一眼她站的地方，面无表情道："就算我没有拦住，那一掌也落不到你身上。"

慕千雪微微一笑，几次接触，她很清楚沈惜君那骄横跋扈的性子，所以一直暗中提防，在后者刚抬手的时候，就迅速往后退了一步，正如十九所说，纵然那一掌挥下，也伤不到她。

"你过来，可是查到了什么？"

听得这话，十九记起自己此来的目的，肃声道："倚翠阁确有古怪。"

慕千雪眸光微微一亮，轻摇了泥金团扇道："说下去。"

"倚翠阁表面看起来，仅仅只是一家青楼，供客人掷金寻乐，七年来，声名鹊起，成为金陵城排得上号的青楼。可七年以前的事情，却丝毫查不到。"

夏月撇嘴道："七年前倚翠阁都还没有开张，当然查不到，这有什么好奇怪的。"

十九冷冷睨了她一眼："金陵是大周帝都，能够在此处开起青楼的，除了大量的钱财之外，还需要足够的关系，否则只是这城中的地痞就能让你做不了生意。倚翠阁黑白两道都没有什么关系，却可以在这七年里一直安安稳稳，没有一个人去找麻烦，还不够奇怪？"

夏月答不上话来，她还真不知道一家青楼背后竟隐藏了这么多门道。

慕千雪抚着坠在扇柄下的紫色流苏，徐声道："倚翠阁的老鸨是何来历？"

"十五去查过，老鸨阮娘原是汴城一家青楼的姑娘，不算出名，大约七八年前被人赎了身，之后就来金陵开了这家倚翠阁。至于替她赎身的人是谁，开倚翠阁的钱财从何而来，又为何无人去寻倚翠阁的麻烦，暂时还不知道，我会与十五加紧去查。”

慕千雪思忖片刻，道：“她应该只是一个幌子。”

十九眼皮一跳：“你是说……阮娘背后藏了一个人？”

“不错，那个人才是倚翠阁真正的拥有者，也是他暗中打通黑白两道，令倚翠阁得以在金陵站稳脚跟。”

十九想了想，不解道：“他既有这样的能耐，为何七年来一直藏头露尾，还要特意寻一个青楼女子来作挡箭牌？”

“如果他开的当真是一间青楼，当然不必如此，可如果不是呢？”

十九眉心一皱：“那里每到夜晚就迎来送往，倚门卖笑，怎么会不是青楼？”

慕千雪微微一笑：“十九，你知道哪里最能打听得到情报吗？”

“朝堂？六部？驿站？”

十九一连说了好几个，都被慕千雪否决：“是客栈还有青楼。”

“不可能，这两个地方根本与情报全然沾不上边。”

“客栈里，天南地北，什么样的人都有，带来的消息自然也是什么都有。至于青楼……能够去得起青楼，尤其是像倚翠阁那样在金陵城中排得上名号的青楼，大多是有身份之人，非富即贵，他们知道的事情又怎么会少。”

“你是说，倚翠阁从这些人嘴里挖情报？”说到此处，她眼皮狠狠一跳，脱口道，“难道是东凌？”

慕千雪摇头道：“不会，那些东凌刺客为了将咱们视线引到倚翠阁，不惜闹出这么大的动静，又岂会是他们。”

十九低头想了一会儿，凝声道：“我想起一件事来，大约在你来金陵前一日，有人将几个死人扔在倚翠阁门口，听说那些人遍体鳞伤，死相恐怖，显然生前应该是遭过凌虐，而且都是女子。”

“这几具尸体被带到了京兆衙门，但最后不了了之。她们的身份以及杀人弃尸者的身份，都没有查出来。”

慕千雪低头轻轻转着腕间的一只羊脂玉镯，这是上次贺寿卫太后赏下来的，通体莹白，色如凝脂，乃是上等好料。

“看这样子，应该是他们惹怒了东凌，从而招来这疯狂的报复，只是……我想不明白，倚翠阁为何要去招惹东凌。”

慕千雪都想不明白的事情，十九更是不用说了，只道：“我与十五今夜再去查查。”

“不用了。”

慕千雪的回答令十九诧异：“为什么？”

“今夜会有很多人去查倚翠阁，咱们就不要去凑这个热闹了。”一缕似有若无的笑意出现在慕千雪唇边。

这日，天色还未彻底暗下，点着绢红灯笼的倚翠阁里已是挤了满满当当一厅人，外头还站了好几个，看来生意很好。只是面对这一屋子的客人，那些花枝招展的漂亮姑娘竟都站得远远的，不敢上前招呼。

一袭银红刺绣长衣的阮娘匆匆自楼上走了下来，还没下楼梯，一个龟奴已是走到她耳边低语了几句，阮娘点点头，待走下最后一级台阶时，妆容精致的脸上已经挂满了笑，带着一股香风来到坐在正当中的一名少年公子身边：“什么风把穆王爷您给吹来了？”

东方泽皮笑肉不笑道：“怎么，本王不能来吗？”

“怎么会呢，穆王爷肯赏脸来这倚翠阁，奴家不知道多高兴。”说着，取过桌上未曾动过的鎏银酒壶分别倒了两杯酒，笑盈盈道，“来来来，奴家敬王爷一杯，咱们倚翠阁的酒都是专门酿的，别处可喝不来。您看中哪个姑娘，就与奴家说，奴家一定让她好好侍候您。”

“咣当！”东方泽一把将她递过来的酒杯打落在地，冷声道：“废话少说，说，你们与刺客什么关系？”

阮娘眨着那双丹凤眼，一脸茫然道：“什么刺客？”

东方泽冷哼一声：“别在这里装糊涂，每一次动手之前，刺客都会提‘倚翠阁’三个字，还不是与你们有关。”

今天下午出了睿王府后，穆王就直奔信王府，果不其然，信王遇刺之前也听到“倚翠阁”之名。随后是荣王、安王、恪王，答案尽皆相同，这么多的相同绝不是巧合，要说那些刺客与倚翠阁无关，鬼都不相信。

“奴家不知王爷都听了些什么话来，但倚翠阁是让人寻开心的地方，怎么可能与刺客扯上关系，还望王爷明察。”

“你老老实实把事情交代了，本王或可从轻发落，否则一定严惩不贷。”

阮娘一脸冤枉道：“不是奴家不想交代，实在是无从交代，刺客的事情，奴家顶多就是从别人那里听说了一些，其他的什么也不知道。”

“那你倒是说说，为什么刺客动手之前，都要提你们倚翠阁的名字？”

阮娘神色微微一僵：“这……这奴家哪里知道，应该就是巧合吧。”

东方泽冷笑连连：“好一张能说会道的巧嘴，倒是将事情推得一干二净。”

“不是奴家推脱，而是确确实实无关，奴家还有这楼里的每一个人都是清清白白的，与那些刺客没有半分关系，王爷……”

“给本王仔细搜！”东方泽懒得听她废话，径直下令搜查倚翠阁。

阮娘连忙拦住走在前面的几个人，赔笑道：“王爷您……您这是做什么？奴家说的皆是实话，倚翠阁确实与行刺您还有几位王爷的事情无关啊，再说了，这里总共那么点儿大的地方，一眼就能看全，哪里还用搜查。”

“既是无关，那想必是不怕搜了。”别看东方泽性子冲动，也有精细的时候，这句话把阮娘噎得说不出话来，趁着她愣神的工夫，那些人已是冲上了楼。

阮娘脸色发白，她确实与行刺一事无关，但倚翠阁也不像她说的那么简单，一旦被人发现……只是想想，阮娘就惊出了一身冷汗。

在暗暗朝龟奴使了个眼色示意他离去后，阮娘再次挤出笑容朝东方泽道：“王爷，您这么一搜，可让奴家还怎么做生意啊。”

“你还想着做生意？”东方泽冷笑道，“本王告诉你，不论今儿个搜不搜得到，你们都休想做生意。”

缩在角落里的那些姑娘们听到了他的话，都敢怒不敢言。阮娘泪盈盈道：“这不做生意，您让奴家们拿什么吃饭？”她姿色虽不算顶尖，却别有一番风情，如今这个样子，颇为惹人怜惜。

可惜东方泽只要想到东方溯身受重伤，他自己也险些伤在箭下，就气不打一处来，哪里会吃她那一套：“一日交代不清楚与刺客的关系，倚翠阁就一日休想做生意！”

“王爷……”

东方泽狠狠瞪了她一眼：“再一堆废话，就先把你给抓了。”他身份尊贵，连东方洄都要让他三分，又岂会将一个青楼老鸨放在眼里。

阮娘无奈咽下嘴边的话，忐忑不安地看着在楼上翻箱倒柜的护卫们，差不多过了半个多时辰，搜遍了整间倚翠阁的护卫来到东方泽身前，拱手道：“王爷，什么也没搜到。”

东方泽眉尖一拧：“都搜仔细了？”

“楼上楼下，前院后院，包括厨房柴房都搜了，确实什么都没有。”

阮娘暗自吁了口气，笑道：“王爷您这会儿总该相信了吧，奴家打开门做生意，求的是和气生财，哪里会与那些穷凶极恶的刺客扯上关系，您看……要不……”

东方泽横了她一眼："本王刚才说得很清楚，你们一天交代不出与刺客的关系，倚翠阁就一天休想做生意！"

"这……这莫须有的事情，您让奴家怎么交代啊。"随着阮娘这话，楼里那些姑娘、龟奴纷纷出声附和。

"我们连刺客是谁，长什么样子都不知道，让我们交代什么？"

"这搜也搜了，找也找了，什么都没有，还围着不让人做生意，实在好生没道理。"

"可不是嘛，就算您是王爷也得讲道理啊！"

……

见指责的人越来越多，一众护卫有些为难，东方泽冷着脸狠狠一拍桌子，摆在上面的碗碟被震起老高，怒斥道："再敢吵闹，全部都抓回去！"

听得这话，众人连忙噤了声，唯恐真会被抓回去。阮娘绞着手指，眼角余光不时瞥向门口，像是在等什么人。

"府尹大人到！"听到这话，阮娘脸上浮起一抹喜色，连忙朝正走进来的一名身穿绯色圆领袍衫官服的中年人迎了上去，屈膝道："参见大人，大人万福。"

此人正是京兆府尹魏敬成，参与朝议，负责金陵治安，且金陵附近三十余个县府都归其管辖，虽官职只有正四品，论权力却大过一些二三品官员。

阮娘一边说着一边不停往东方泽的方向使眼色，魏敬成不动声色地瞧在眼里，在示意她起身后，快步来到东方泽身前，拱手道："下官给穆王请安，王爷万安！"

东方泽此刻正心气不爽，也不叫起，冷着一张脸道："你来做什么？"

魏敬成对此不以为忤，稍稍直起一些身子，恭敬道："下官听底下人来禀，说是倚翠阁这里出了一些事情，下官担心会是昨日那群恶徒作乱，所以赶紧带人来看看，没想到是王爷在这里。"

"嗯。"东方泽不咸不淡地应了一声，挥手道，"这里没你的事情，退下！"

阮娘好不容易将魏敬成请来，哪里肯这样放他走，赶紧拦在他面前："大人，奴家这倚翠阁一向都奉公守法，绝不敢做半点儿违反法纪的事，可王爷一来，就不问青红皂白地说奴家与刺客勾结，将这倚翠阁里里外外搜了一遍不说，还不让奴家做生意，请大人替奴家做主！"

魏敬成早就从报信的龟奴口中得知此事，不过当着东方泽的面，仍是装作一派惊讶的样子："王爷，这倚翠阁怎么会与刺客有关？"

"怎么，魏大人觉得本王信口胡说？"

“岂敢！”魏敬成赔了一礼，“下官只是觉得奇怪，王爷能否告知一二？”

虽然东方泽很不耐烦，但魏敬成毕竟与阮娘不一样，只好耐着性子道：“本王还有七哥他们，在被刺之前都听到倚翠阁之名，很明显，刺客与倚翠阁有关，就算不是她们派的刺客，也一定晓得刺客的身份！”

阮娘满脸委屈道：“奴家要是知道，早就告诉王爷了，哪里会等到现在。”

魏敬成沉吟片刻，道：“王爷，下官倒是觉得，刺客此举，是想故意扰乱我们视听，好有机会逃走。”

“逃走？”东方泽嗤笑道，“现在金陵城门尽闭，巡防营、京兆府全城搜捕，他们怎么逃？”

“现在这样子自然逃不走，可城门不能关一辈子，一旦久搜无果，城门早晚是要开的，只要他们躲过这段时间，就有机会逃出升天。”

被他这么一说，东方泽露出迟疑之色，魏敬成见状，赶紧趁热打铁：“倚翠阁上上下下，王爷您可都仔仔细细搜过了，真要有什么不妥的，早就被发现了，哪里会像现在这样，分明就是那群刺客布下的圈套，指不定他们这会儿正躲在什么地方偷笑呢。”

东方泽毕竟还年轻，见魏敬成说得合情合理，不禁信了他的话，用力一拍桌案，愤然起身：“好一群狡猾的刺客，待本王抓到后，定要将他们扒皮抽筋，以泄心头之恨。”

“王爷一夜辛劳，想来也累了，下官陪您回府，至于刺客的事情，一有什么发现，下官就立刻派人去禀告王爷，您放心，只要他们还在金陵城中，就一定跑不了！”

东方泽犹豫半晌，颔首道：“那好吧。”

魏敬成极好地掩饰住眼底那丝细微的喜色，抬手道：“王爷请！”

“王爷慢走。”阮娘赔着笑将东方泽送出去，总算是把这尊瘟神送走了。

眼瞅着东方泽就要踏出厅堂，一个幽冷的声音忽地从外面传了进来：“魏大人什么时候与倚翠阁走得这么近了？”

魏敬成脸色一变，只见一个发束紫金冠，蓄着八字须的长脸男子缓步踱了进来。

一见来者，魏敬成连忙躬身行礼：“下官见过信王殿下，千岁千岁千千岁！”

在阻止了急欲说话的东方泽后，来者淡然道：“魏大人尚未回答本王的话。”此人正是先帝皇子之中年纪最长的一个，信王东方洲。

魏敬成暗自叫苦，这位信王可没一根筋的穆王那么好糊弄。该死的，早不来晚不来，怎么偏偏就这个时候过来。

不管他怎么不愿意，人都已经来了，只能硬着头皮应付：“王爷说笑了，下官就是刚刚听底下人来禀，说倚翠阁……”

他话还没说完，信王身边的长史已是将躲在人后的一名龟奴拉了出来，一脸嘲讽道：“什么时候这龟奴成了魏大人的人？”

魏敬成脸颊一搐：“这话从何说起？”

“我亲眼看到他跑进京兆府的后门，紧接着魏大人您就带着人来倚翠阁了，他可不就是魏大人说的那个报信人吗？”

东方泽心头火起，指了一脸尴尬的魏敬成道：“好你个魏敬成，竟然敢骗本王？你可真是胆大包天！”

魏敬成硬着头皮道：“长史一定是看错了。”既然已经撒了谎，就只能继续撒下去，绝不能承认。

那龟奴倒也机灵，张口道：“小人今日一直在楼里面待着，一步也未曾离开过。”

东方洵抬手制止想要说话的东方泽，淡淡道：“既是这样，为何一来就百般哄劝穆王离开？”

魏敬成一脸肃然道：“下官与穆王说的每一个字，都是心中所想，绝无哄劝之说。”

东方洵薄薄的唇角勾起一抹意味不明的笑容：“如此说来，倒是本王错怪魏大人了。”不等魏敬成言语，他又道，“此处没事了，魏大人请回吧。”

魏敬成没想到对方没说几句就让自己走，踌躇道：“可这……”

“魏大人好生去搜查刺客，倚翠阁的事情，自有本王与穆王处理，不劳魏大人操心。”

“是。”见东方洵态度坚决，魏敬成只得不顾阮娘拼命使来的眼色，拱手告退，在将要踏出门槛之时，身后再度传来东方洵的声音：“十年寒窗苦读不易，魏大人要时刻记着自己是金陵城的父母官才好。”

魏敬成身子僵硬地停在了那里，好半天才半侧了身子，木然拱手：“多谢信王教诲。”

望着魏敬成离去的身影，阮娘百般不愿，又不能开口求他留下，只能暗自发急。其实她心里明白，就算自己开口，有这么两尊大神压着，魏敬成也是万万不敢留下的。

京兆府的人都退去后，东方洵走到椅旁坐下，漠然道：“该说的，穆王想必都与你们说过了，不说出实情，倚翠阁不得开张，里面的人也一个都不许出去。”

“王爷……”不等阮娘求情，东方洵已道：“没什么用的话，就不必说了。”

阮娘讪讪地闭了嘴，这下子就连她也看出来这位信王尽管话不多，却比穆王要难对付多了，也不知倚翠阁的秘密能否保住。

阮娘惴惴不安之时，一个隐藏在暗处的人影悄无声息地离开，一路来到相隔数条街道的楼里，在走到二楼尽头的一间小屋后，他推门走了进去，朝正在低头看一份份纸张的女子道："主人，倚翠阁出事了。"

女子陡然一惊，抬头露出明丽的五官："怎么一回事？"如果怀恩在这里，一定会认出这名女子就是经常跟在东方洄身边的绿衣。

来人将他所看到的事情讲述了一遍，随即道："两位王爷，一位京兆府尹都先后去了倚翠阁，必是出了大事。"

绿衣今日出宫整理底下人收集到的情报，不承想恰好遇到这桩事，凝声道："倚翠阁这两日做了什么？"

"与平常一样，并无异常，小人实在想不通，信王他们为何会突然去倚翠阁。"

静默片刻，绿衣道："你立刻去一趟京兆衙门见魏敬成，问清楚里面所发生的事情，仔细行踪，不要惊动了旁人。"

"是。"随着这声应答，他转身离去，留下绿衣一人在屋中出神。这两日事情一桩接着一桩地出，总觉得背后似有什么阴谋，可具体的她又说不出来。

"天干物燥，小心火烛。"街上传来打更声时，之前离去的那人也回来了。在听完他的话后，绿衣眉头几乎拧成了一团："你说那些刺客动手之前都提过倚翠阁之名？"

第十八章　幕后之人

“是，正因为如此，二位王爷才守着倚翠阁不肯离开，非要阮娘说出与刺客的关系，连魏大人也劝不住。”停顿片刻，那人小声道，“主人，万一被他们发现倚翠阁的秘密，又或者追着查到咱们这里怎么办？”

话音未落，阴寒刺骨的目光已是扫了过来：“害怕了？”

那人被她盯着心里发毛，连忙道：“不是，小人只怕会坏了主人的大事！”

绿衣面色稍霁，但眸中冷意依旧：“盯住倚翠阁，我明日就进宫见皇上，想办法解决这件事。另外，信王与那群刺客查得怎么样了？”

“暂时没什么进展，唯一可以肯定的是，信王身边不止一个高手。”

绿衣颔首道：“这两件事情是眼下当务之急，一定要尽快查清楚，尤其是那群刺客。”倚翠阁已是被搅得天翻地覆，再不抓到刺客，不知还会闹出什么事来。

翌日天一亮，绿衣便去了昭明宫，她有东方洄亲赐下的玉牌，可以随意出入宫禁。

东方洄下朝归来，听绿衣说完倚翠阁所发生的事情，也是满面惊意，在将事情仔细想了一遍后，面无表情道：“朕明白了，这就是那群东凌刺客的用意。”

绿衣试探道：“他们的目的在倚翠阁？”

东方洄冷冷道：“他们知道那两拨人是倚翠阁派去的，却不知道倚翠阁究竟掌握在谁的手里，与其费心费力地去查，倒不如假手于人。”

“几位王爷就是他们看中的棋子？”

“不错，在金陵城中，除了朕之外，论身份还有谁比他们高，一旦受袭，必会拼尽一切去查所有线索，哪怕明知道是刻意留下的也不例外。如此一来，他们的目的就达到了。”

“奴婢进宫之前，让人又去了一趟倚翠阁，虽然信王与穆王昨夜就走了，但二位王爷的人还在，控制着倚翠阁，不让他们与外界有任何接触。”见东方洄不说话，她又道，“倚翠阁一直是咱们三大情报来源之一，里面每个人都是精挑细选来的，就此失去的话，损失实在有些大，陛下您看是不是可以想想办法？”

刺探、追踪甚至暗杀对于琉璃坊来说都不是难事，可这次事情，涉及的都是大周最顶尖的一群人，非她琉璃坊所能解决，否则绿衣也不会向东方洄开这个口。

东方洄也明白这个道理，故而并未斥责什么，负手在光如明镜的金砖上走着，偌大的宫殿里，只能听到一下又一下的脚步声，不知过了多久，脚步声一顿，紧接着他道：“让王良去出这个面。”

“王太傅？”绿衣惊讶道，“他合适吗？”

“你忘了王良的儿子娶了谁为妾，他出面调和，也不算太过突兀。”东方洄身为九五之尊，当然可以一声令下，让信王他们再也不敢踏足倚翠阁，可这样做，几乎等于明昭昭地告诉全天下，倚翠阁是他的，这是绝对不行的。

被他这么一提，绿衣也想了起来，露出从昨夜到现在的第一抹笑容：“是了，王太傅出这个面最合适不过。”

“而且大哥与老九都曾在他门下受教，多少要给些面子。”顿一顿，他道，“朕不便派人去王府，你走一趟。”

“是。”绿衣应了一声，转而道，“穆王性子冲动，做事不分轻重，不顾前后，他去倚翠阁闹，算说得过去。但信王……奴婢想不明白，怎么也会参与到这件事里来，这可不像他的性子。”

“东方洲！”东方洄缓缓念出这三个字，面色不断变化，许久，他忽道，“绿衣，如果世人知道控制着倚翠阁的人是朕，他们会怎么想？”

听得这话，绿衣慌忙跪下：“请陛下放心，就算当真出了什么事，也自有奴婢担着，绝不会有一丝一毫牵连到陛下！”

“回答朕的话！”

绿衣自他声音里听不出喜怒，又不敢抬头，只得盯着那双玄色绣金龙的千层底靴惴惴不安道：“世人会以为陛下有失……有失仁君之风范，从而对陛下心存不满，甚至……甚至……动摇陛下的统治。”

一声轻哼自头顶垂落，令绿衣身子一紧，越发低了头，过了片刻，东方洄的声音再次传来：“待到那时，得益的会是谁？”

绿衣心生疑惑，泄露此事对东方洄的统治有百害而无一利，何来得益之说，正待要问，脑海里蓦然掠过一道锐利的星火，一个名字脱口而出："信王！"

东方洄眼眸微眯，无数精光在眼底闪过："他是父皇长子，也是诸皇子之中最善于讨父皇欢心的，如果没有朕，说不定父皇会将帝位传给他。自父皇过世后，他深居简出，极是低调，但他当真没有那样的心思吗？"

绿衣沉眸许久，抬头道："陛下以为，行刺一事，他是幕后主谋？可是前日他也遇刺了。"

东方洄冷笑一声："他受伤了吗？"

绿衣默然无语，是啊，东方洲虽然遇刺，却仅仅只是受了一些惊吓而已，毫发无损。究竟是暗中护卫他的高手施救及时，还是……根本就早有防备？

绿衣缓缓道："如此说来，信王表面臣服于陛下，其实一直在暗中谋划，想要取陛下而代之？"

东方洄展一展双臂，凉声道："朕早就知道朕那些个兄弟，没几个是省油的灯。果然，还没两年工夫，就已经迫不及待地蹿出来了。"

绿衣蹙眉道："这么说来，信王已经知道倚翠阁是属于陛下的，想借这件事抖搂出来，只是有一事奴婢想不明白。"

东方洄盯着长窗上一个个精巧的格子，淡淡道："那群刺客？"

"是，从奴婢掌握的情况来看，他们必是东凌刺客，信王久居金陵，怎么会与东凌搭上关系？"

"这个就要问他了。"说到此处，东方洄忍不住又是一声冷笑，"懂得勾结外敌来对付朕，真是长进得很。"

绿衣试探道："那信王那边……"

东方洄漠然道："之前安排的那枚棋子，是时候动用了，尽快查出信王与那群东凌人联系的方法，还有他们的藏身之处。"

绿衣神色一凛，当即道："奴婢明白。"

"让他当心神机营。"尽管还没有确切的证据，但从掌握的情报来看，神机营十有八九在信王手里。

绿衣下去后，东方洄来到早朝过后空旷无人的前殿。他一步步踏上台阶，坐上那张代表至高无上权力的金漆雕龙宝座，双手紧紧握住雕成龙头的扶手，脸上有着一种近乎狂热的执着。

这把宝座是属于他一人的，谁都休想染指！

接下来的几日，倚翠阁依旧被重重围着，无法开门做生意。尽管阮娘嘴皮磨破，好话说尽，但东方泽他们始终不肯离开。反倒是围住倚翠阁的人越来越多，原来是荣王他们得知行刺自己的刺客与倚翠阁有关，纷纷派人来守着倚翠阁，监视阮娘与楼里姑娘的一举一动。

阮娘有心想要进屋销毁收藏的情报，偏偏东方泖不知怎么一回事，竟不许她回自己的房间，而是另外指了一间空房给她住，令她一直寻不到机会。

在围了三日后，东方泖与东方泽二人再次一起来到倚翠阁。尽管全城搜捕，也关了城门，巡防营与京兆衙门也搜遍了金陵城，却始终没能找到那群刺客，他们好像凭空消失了一般。在这种情况下，倚翠阁就成了他们唯一的线索。

阮娘忐忑不安地看着在她屋中翻箱倒柜的护卫，赔笑道："二位王爷，奴家这房间，你们前前后后都搜三四遍了，要真有什么东西，早就找出来了，哪里还能藏到现在，天地良心，奴家真的与刺客没有半分关系。"

东方泽冷言道："有没有关系，我们自会追查，不用你在这里说。"

阮娘尽管心里气恼，却不敢露在脸上，继续赔笑道："王爷您怎么就是不相信奴家的话呢，您围了这么几日，咱们楼里面米啊菜啊的都快耗光了，就算您不撤人，好歹也让奴家派人去采买点东西回来，您总不至于狠心看着奴家这楼里百来号人，全部都活活饿死啊。"她适时换了一副可怜的模样，眼里甚至还能看到几丝泪意。

东方泽想想也是，正要答应，东方泖淡如凉水的声音自一旁传来："缺了多少东西，你列一张单子出来，本王让人采买好了送来。"

阮娘蜷曲在袖中的双手微微一紧，勉强笑道："怎么好意思麻烦王爷。"她心下生恨，本想趁这个机会把消息传出去，结果一下子被打了回来，这个东方泖还真是难缠。

"无妨。"东方泖一边说着一边在这间不大的屋子里看着，不过这一次，他将注意力放在四面墙壁上，不时屈指在雪白的墙壁上叩着，显然是在检查墙壁里是否藏有暗格。

看到这一幕，阮娘一颗心几乎快跳出了喉咙，藏在银红绯丝袖中的双手已是攥得发白。

东方泖走到靠床的那面墙时，"咔嚓"一声细微的响动自袖中传来，半寸多长的指甲被阮娘生生拗断在掌心。

一名护卫走了进来，拱手道："启禀王爷，王太傅来了，说要见您。"

东方泖收回手，惊讶地转过身来："王太傅？他来做什么？"

"卑职不知，这会儿正在楼下等您。"

“知道了。”示意护卫下去后，东方洲低头想了一会儿，对东方泽道，“走吧，我们一道下去。”

看着他们走下楼梯，阮娘暗自松一口气，真是好险，要是继续让信王查下去，墙中暗格的秘密恐怕就保不住了。

只是……他们这样纠缠不休，早晚是要被发现的，这可怎么办啊？

阮娘有心想要毁了藏在暗格里的情报，无奈身后一堆眼睛盯着，只得按下这个心思，装作若无其事地往楼下走去。阮娘来到楼下时，信王他们已经各自落座，当中一名须发花白、面色红润的老者，正是太傅王良。

在抿了一口下人端上来的香茗后，东方洲开门见山道：“太傅怎么会到这里来？”

“老夫听说二位王爷带人围了倚翠阁多日，便过来看看，不知二位王爷何故要大费周章地围着此处？”

东方泽当即将原因说了一遍，又道：“四位兄长皆被刺客所伤，尤其是七哥，差点儿连性命也丢了，倚翠阁不将此事交代清楚，我等绝不撤人。”

“竟有这样的事。”王良抚一抚颌下黑白掺杂的长须，拧眉道，“可这青楼烟花之地，怎么会与刺客扯上关系？”

“这就要问她们了。”见东方泽目光望过来，阮娘与之前一样赶紧叫屈。事实上，她们与那群刺客确实没有半分关系，只是自己这边藏着不可告人的秘密而已。

王良沉吟片刻，道：“这么说来，二位王爷并无实证，仅只是片面的猜测？”

东方泽眼睛一瞪：“什么猜测，这就是事实，我知道你儿子纳了这里的一个清倌为妾，但你也不能为了这个，就偏帮着倚翠阁。我告诉你，这件事你担不住！”他要是发起火来，谁的账都不买。

“王爷少安毋躁。”王良安抚了一句，“老夫明白您的心情，不过有一件事情，您怕是不知道。”

东方泽二人对视了一眼，道：“什么事？”

王良没有回答，扬声道：“进来吧。”

随着他的话，一个长相温婉的女子走了进来，屈身道：“镜玉见过二位王爷。”

东方洲长眉微挑，不等他发问，王良已道：“她就是犬子一年前纳的那名妾室。”说着，他又道，“你将知道的事情告诉二位王爷吧。”

“是。”镜玉应了一声，环视了站在楼里的众人一眼，脆声道，“此事要从两年前说起，当时倚翠阁来了一位面生的客人，口音很是古怪，但他出手阔绰，妈妈就找了烟红与柳翠二位姐姐陪他。原本一夜春风之后，也就没事了，可偏偏这位客人半夜突然暴毙，妈妈知道后吓坏了，也不敢报官，既怕府尹大人以为是我们害死了客人，又怕其他客人知道咱们楼里死过人后不敢再来，所以几经商议之后，决定将他悄悄掩埋起来。那客人东西不多，除了一些钱财之外，就只有一柄细窄的直刀，全部都埋在了一起。

“埋了那位客人之后，并没有人来找他，我们渐渐都忘了这件事，直至这次，妾身无意中从亲眼目睹刺杀荣王经过的人口中得知，那名刺客身上也配着一把同样的刀，再加上倚翠阁被几位王爷给围了，猜着是不是与两年前的事情有关，思来想去，就将这件事告诉了公公。”

阮娘在一旁连连点头：“对对对，是有这件事，奴家记得，烟红她们也能做证。”随着她的话，两名妆容精致的姑娘连连点头，其中一人道：“奴家醒来的时候，见他还躺着，以为是睡了，哪知随手一摸，身子冰冰凉的，可将奴家给吓坏了，赶紧叫醒烟红姐一起去找妈妈。”

王良接过话：“老夫仔细问了镜玉那把刀的模样，发现与书中记载的东凌刀很像，所以老夫推测，两年前死在倚翠阁的应该是一名东凌武士。”

东方汌眉间跳了跳：“太傅想说，那群东凌刺客在同一天行刺我们几兄弟，是为了报复两年前的事情？”

“不错，他们不知怎么查到那人死在倚翠阁，故而以行刺为名，将我们引来此处。”

阮娘皱着柳眉插话道：“说起来，倚翠阁这阵子是很不太平，先是经常有陌生人来打听，紧接着门口被人扔了好几具尸体，现在又出了这样的事情，早知道这样，奴家当时就不该图省事，自作主张地埋了那个暴毙的客人。”

“不可能！”东方泽梗着脖子道，“如果他们是为了报复，直接闯进倚翠阁，将这里杀个精光不就好了吗，何必闹出这么多事来。”

王良微微一笑，抚须道：“九王以为，两年前那个东凌人何故乔装来到咱们金陵？”

“我哪……”东方泽正想说他不知道，话到嘴边，忽地心中一动，拧眉道，“探子？”

“四年前那场交战后，东凌再无动静，但獠牙既已长出，又怎可能收回去，只是潜伏起来，等待更好的机会而已，派探子来金陵打探情况，也是情理之中的事情。”

“那人暴毙一事，阮娘知道，镜玉知道，倚翠阁上下许多人都知道，可那些东凌人不知道，在他们看来，是倚翠阁存心杀害探子，认为倚翠阁不是寻常烟花之地。他们既想报仇，又害怕对付不了倚翠阁，就想出这么一个办法来。”

东方洵眯着细长的眉眼，不冷不热道："这一切同样是太傅的猜测，包括……两年前的那桩事。"

阮娘赶紧道："这种关乎人命的事情，奴家怎么敢骗王爷，千真万确。"

镜玉走过来道："两年前掩埋那个人的时候，妾身也在，就在城里，妾身可以带您过去掘出那具尸体以证刚才的话！"

东方洵面色阴晴不定，显然是在思量镜玉的话。良久，他起身道："好，如果当真起出尸体与那把刀，本王就相信你们的话，立刻撤人！"

"王爷请！"镜玉说着就要往外走，却被东方洵唤住："你与王太傅留在此处，让阮娘带本王过去就行了。"

镜玉脸色微微一变，垂目道："那个地方颇为偏僻，只怕阮娘记不得具体在哪处了。"

阮娘连忙附声道："奴家记性素来不好，又过了两年之久，真有些记不太清了。"

东方洵微微一笑："不要紧，慢慢找就是了。"

"可是……"镜玉刚说了两个字，便被东方洵打断："就这么定了，走吧，早些找到，也好早些洗脱你们倚翠阁的嫌疑。"说着，他示意长史将阮娘带了出去，不给他们继续说话的机会。

镜玉暗暗心急，忍不住朝王良投去焦急的目光，两年前那件事是自己编造出来的，阮娘哪里会知道尸体掩埋在何处，要是找不到尸体，那他们就白费了这番功夫，这可怎么办？

王良也是一样心急，可东方洵摆明是对他们的话有所怀疑，这会儿不管他们说什么，都会令东方洵疑上加疑，到时候就算起出尸体，也解不了倚翠阁的围。

过了一会儿，之前带阮娘出去的长史走了进来，悄悄往王良的方向看了一眼，躬身道："王爷，马车安排好了，随时可以动身。"

东方洵点一点头，对一旁的东方泽道："老九，你也一起过去，这里有他们看着就行了。"

待他们离去后，镜玉来到王良身边，压低了声音急切问道："公公，现在怎么办？"

本来同样焦急的王良，这会儿突然变得气定神闲，端起茶盏淡然道："他们这一来一回怕是要费不少时间，坐下等吧。"

见他不答自己的话，镜玉更加心急，待要再说，耳边传来细若游丝的声音："听老夫的话，安安心心地等着，别让人瞧出异样来，阮娘不会有事的。"

镜玉尽管惊讶，但既然王良这么说了，她也只能耐着性子坐了下来。

且说阮娘那边，攥着绣有粉蔷薇的帕子忐忑不安地坐在东方洲身边，车厢随着车轮的滚动微微晃动。

“去哪里？”东方洲的声音看似温和，实则没有一丝温度。

“去……”阮娘紧张地绞着帕子，好一会儿才在东方泽的催促中接了下去，“牛头山。”

很快，车夫按照她说的地方驶去。约莫过了半个多时辰，马车渐渐慢了下来，在彻底停稳后，车夫打开车门，恭敬道：“王爷，牛头山到了。”

牛头山是唯一一座在金陵城中的山，与其说是山，倒不如说是一个略大些的土丘。高只有四五丈，不是很广的范围，上面长满了杂草树木，在渐暗的天色下透着一种说不出的阴森。

下了马车后，东方泽迫不及待道：“在哪里？”

阮娘眼珠子骨碌碌地转着，不知在想些什么，磨磨蹭蹭地往前走了几步后，指着山脚的一个地方道：“好像是在那里。”

东方泽瞪了她一眼，冷声道：“什么好像，到底在哪里？”

阮娘缩了缩肩膀，小声道：“时隔那么久，奴家真是有些记不清了，之前镜玉说来指路，您二位又不要。”

“依你所言，倒还是我们的不是了？”关于这一点东方泽也想不明白，为何信王放着认路的不要，非要让阮娘这个没记性的过来，见着就来气。

见他语气不善，阮娘哪里敢答话，低头盯着自己镶着银丝的鞋面。

相较之下，信王倒是平静得很，对拿着铁锹过来的护卫道：“挖开！”

几名护卫一起使力，没过多久就将阮娘指的地方挖出一个将近三尺深的洞，里面什么也没有。

阮娘赔笑道：“是奴家记错了，应该是……”她瞅了四周一眼，又指着半山腰的地方，“那里才对。”

在东方洲的示意下，护卫沿着人为踩出来的蜿蜒小路走了上去，结果与之前一样，并没有尸体。

接连两次指错，令东方泽彻底失去了耐心：“大哥，还是去将镜玉给带过来吧，否则不知要挖到什么时候。”

信王看了一眼背对着他们的阮娘，幽幽道：“老九，你相信王良他们的话？”

东方泽一愣：“大哥这是什么意思？”

“你不觉得这件事情太巧了吗，我们围了倚翠阁三日，阮娘半句也没提及倚翠阁死人的事情，结果王良来了，镜玉也来了，突然之间，所有人都想起了两年前那桩事。”

东方泽低头想了一会儿，试探道：“大哥是不是怀疑，两年前的事情，是他们杜撰出来的，好替倚翠阁洗脱嫌疑？”

“不错。”信王话音未落，东方泽已是拧了双眉摇头，“不对不对，那个镜玉我不知道，但王太傅教过我们，他的性格大哥应该很清楚，是绝不会撒谎的，就算有镜玉这层关系在也不可能。”

信王拧眉不语。确实，王良不仅是当朝太傅，也是当今天下有名的博学鸿儒，以他的身份地位，断然不会为一个青楼女子撒这么大的谎，更不要说他一直对独子纳镜玉为妾之事耿耿于怀，当年差点儿为此断绝父子关系。

“王太傅我不清楚，但镜玉一定是在撒谎。”信王冷冷道，“敢骗本王，哼，本王就要她自己把狐狸尾巴露出来！”

那厢，阮娘还在沿着山路来回绕看，嘴里不知在嘟囔着什么，东方泽在得了信王的眼色后，走到她身后，喝道：“想起来了没有？”

阮娘愁眉苦脸道：“奴家实在有些记不清了，不然……”

“是记不清还是根本没这件事？”火光下，东方泽的表情有些阴森。

阮娘眼皮狠狠一跳，慌意在眸中无所遁形，但还是强打起精神道：“关乎人命的事情，怎么会有假，您再给奴家一些时间，奴家一定能够找到当初埋他的地方。”说着，她匆匆忙忙往前走了一段路，指着一处杂草丛生的地方道，“奴家记得了，是在这里。”

“当真？”在东方泽半信半疑询问之时，信王走过来，盯了阮娘半晌，漠然道：“这是最后一次机会，如果还找不到你们说的那个人，本王会让倚翠阁之名，在京城永远消失！”

明明是盛夏夜里，阮娘却不由自主地打了个寒战，不敢与信王对视，后者不动声色地将她这些反应瞧在眼里，唤过两名护卫指着阮娘刚才所说的地方：“把此处挖开。”

“是。”在阮娘忐忑不安的神色中，一锹一锹的泥土被铲掉，一个浅浅的坑洞很快就出来了，且还在不断加深。

在挖到两尺多深的时候，两名护卫神色一动，不约而同地放缓了手里的动作，不再如刚才那般随意，显然这地底下有东西。

又挖了一盏茶的工夫后，一截森白的指骨露在土外，紧接着一只完整的白骨手臂露了出来，一同露出来的，还有一柄裹在黑色刀鞘里的细长窄刀。

东方洵浓黑的双眉顿时紧紧皱在了一起，他一直觉得两年前的事情是镜玉为替倚翠阁开脱而撒下的谎言，可眼下竟然真的挖到了尸体，连刀也在，难道这是真的?

思忖之时，东方泽已是自坑中捡起了那把刀，握住刀柄微一用力，随着一声清脆的龙吟，一柄长刀出现在众人视线中。尽管埋在土中两年，依旧寒光四射，无一丝锈迹，在刀身的最上端，刻了一个形似蛇头的标记。

“我见过这个标记，四年前七哥与东凌一战得胜后，带回了几把东凌人所用的刀，其中一把就与这个一样。”

东方洵沉着脸没说话，这会儿工夫，护卫已将整具尸体都挖了出来。两年的时间，令尸体的皮肉彻底腐烂，只剩下白骨与头发。

跟随东方洵同来的长史轻声道：“王爷，看来镜玉没有撒谎，咱们确是错怪倚翠阁了。”

阮娘适时地凑上来道：“王爷，您现在总该相信奴家了吧，奴家真是冤枉的。”见东方洵不说话，她又试探道，“王爷，您之前说过，要是起出尸体与刀，就撤人，您看现在……”

尽管对这件事还有所怀疑，但话是他说的，不能不认，对长史道：“你去传本王的命令，所有人撤离倚翠阁！”

听到这话，阮娘总算放下了心头大石，连连道谢，随长史一道去了倚翠阁。至于东方洵二人，则分别策马回了各自王府。

倚翠阁的事情至此告一段落，但因为那场行刺引起的暗潮还在金陵城中涌动，甚至有愈演愈烈的趋势。

巡防营、京兆府、神机营、琉璃坊以及各王府的人，都在或明或暗地追查刺客，可那群刺客始终销声匿迹，寻不到半分踪迹，令人怀疑他们会不会在封锁城门之前就已经逃出了金陵城。

“还是没有找到！”橘红烛光下，十九面色发白，眼下有一圈明显的乌青。

十九的回答令慕千雪蹙起秀气的眉尖，一言不发地捧着冰镇过的酸梅汤，在掌心最后一点儿温度也被冰冷的盏壁吞噬后，问道：“巡防营与京兆府那边呢？”

“他们比对着户籍册子，搜遍了金陵城每一户人家，但凡年过十岁又不在户籍册子里的，全部带回衙门审问调查，可惜没有任何收获。”

听着十九的言语，夏月轻咬着红润的唇：“难不成真让他们逃了？”

十九心头一沉，这正是她最担心的事情。金陵城外，天广地阔，有的是地方躲藏，就算神机营倾巢而出，怕也难以找到。

慕千雪低头盯着青花瓷盏中深红色的液体，不知在想些什么，桌上一盏红烛因为烧得久了，乌黑的烛芯蜷曲着，令火焰的光微弱了许多。外面不时传来呼呼的风声，看样子，夜里怕是又要下雨了。

“倚翠阁那边怎么样了？”

“昨日夜里，信王的人已经全部撤走了，我刚刚经过那边的时候，看到她们已经开始接客。”

“撤走？为什么？”慕千雪惊讶地问着，按她之前的推断，不查出倚翠阁的问题，信王他们是断然不会撤走的。

十九将打探到的事情说了一遍，随后道：“信王在牛头山挖出了白骨与东凌刀，证明镜玉所言非虚，倚翠阁是遭那群东凌人陷害，故而下令撤走。”

“王良……魏敬成……”慕千雪徐徐地念着这两个名字，连念数遍后，绛唇微勾，噙着淡漠的笑意，“我大概知道在背后控制倚翠阁的人是谁了，他果然用了这种方法去替代。”

“谁？”在十九惊疑的目光中，慕千雪缓缓吐出两个字：“周帝！”

“陛下？”十九与夏月同声惊呼，无论如何都想不到竟会是东方洄，夏月反应过来后，连连摇头，“倚翠阁是青楼妓院，陛下身为九五之尊，怎么会与之扯上关系，这不可能。”十九尽管没说话，但看她的神情，显然与夏月一个想法。

“魏敬成也就算了，可王良是经历三朝的太傅，你们觉得，除了周帝之外，还有谁能差得动他。”

“王良是因为听镜玉说了两年前的事情，这才会去倚翠阁，并非像你说的一样，受人差遣。”

慕千雪微微一笑：“王良是什么身份，岂会凭镜玉一面之词，就去倚翠阁？镜玉……说穿了，不过是一个能够让王良顺理成章插手倚翠阁事情的棋子罢了。”

“这不可能，镜玉嫁入王宅是一年前的事情了，除非陛下能够未卜先知，否则怎么会知道一年后的事情？”

慕千雪没有回答她的话，接着道：“倚翠阁在京城七年，这七年间，想必从良的女子，远不止镜玉一个，对吗？”

“这是自然，你问……”话说到一半，十九突然变了脸色，“你认为倚翠阁那些女子的从良是有预谋的？”

慕千雪颔首道：“正如你们所言，周帝是九五之尊，绝不能与倚翠阁扯上关系。

在这种情况下，想要护倚翠阁在京中的周全，最好的法子就是将那些女子嫁入各府宅为妾，形成一股隐秘而庞大的力量。一旦有人对付倚翠阁，这股隐秘的力量就会露出来，替其避劫挡灾，王良还有魏敬成都是其中之一。”

十九思忖片刻，沉声道：“这么说来，王良与魏敬成都是陛下的心腹？”

“一个是享有盛名的太傅，另一个是掌控京畿安危的京兆尹，不将他们二人拢在麾下，周帝如何能够安心待在昭明宫中？同理，巡防营统领也必定是周帝的心腹。”

十九默然不语，在之前的调查中，王良和魏敬成都与周帝和卫氏一族没什么关联。但眼下看来，他们的手远比自己以为的还要长。

“这么说来，东凌是知道了周帝与倚翠阁的关系，想借诸王的手，暴露此事，可这对他们有什么好处？仅仅只是为了破坏周帝的名声？”

慕千雪抿了一口已经变温的酸梅汤，凝声道：“金陵城中每一户人家都搜遍了吗？”

十九肯定道：“嗯，挨家挨户搜的，连废弃的破屋旧房都搜了。”为了追查此事，东方溯又特意调了二十名神机营的人供慕千雪差遣，日夜调查。

“各官宅王府呢？”

“这倒是没有。”十九猜到了她的意思，“难不成你怀疑那些东凌刺客藏身于京中的官宅王府之中？”

慕千雪起身徐步走到紧闭的朱红长窗前，外面除了依旧嘶吼猛烈的风声外，还多了雨打枫叶的沙沙声，并且越来越大，显然今晚又会有一场大雨。

“我让夏月去问过当时看守四方城门的士兵，皆说在行刺至城门关闭这段时间，没有见过行踪可疑的人出城，也不曾见过类似于这枚樱花坠子的饰物，所以我有理由相信他们仍在城中，只是藏在了一个谁也想不到的地方。”

十九紧紧蹙了眉尖：“若真是这样，朝臣之中岂非有东凌奸细？”

“或者……不是朝臣。”这句话令十九眼皮狠狠一跳，没有搜的只有官宅王府，若非官宅，那就是王府，皇族与东凌勾结，这……怎么可能。

十九嘴唇刚一动，慕千雪已是看穿了她的心思：“我知道大周与东凌世代为敌，四年前更爆发过一场战争，可是十九，你仔细想一想，若世人知道倚翠阁是周帝所有，会怎么想？”

这一次夏月倒是十分机灵，当即接过话道：“他们一定会觉得周帝假仁假义，虚伪透顶，就算嘴里不说，心里也会认为他不配为大周君主。”

慕千雪赞许地点点头：“正是这个道理，而且以周帝的为人，手里的暗势力绝不会只有一个倚翠阁，一旦全部被牵扯出来，周帝可就真要坐不稳那张龙椅了。”

“会是谁？”

“谁在这件事中得益最大，谁就最有可能是隐藏在幕后的那个人。”

十九低头想了一会儿，点头道：“我知道了，我这就去通知十五他们盯死信王！”说完这句话，她转身离开，在快要走到门口时，忽地双腿一软，不由自主地跪在地上，眼前一阵阵发黑，脸色难看得紧。

看到她这个样子，夏月顾不得二人之间的不快，忙上前扶住她：“你这是怎么了？”

“突然有些头晕，没事。”十九一边回答一边借着夏月的搀扶艰难站起身来。

第十九章　东凌杀手

在示意夏月将十九扶到椅中坐下后，慕千雪打量着她苍白异常的脸色，道：“你是不是好些天没休息了？”

“我撑得住。”十九双手颤抖地接过夏月递来的茶水，还没送到唇边，就已经洒了三分之一在手上。自从东方溯遇刺后，她一直在日夜不休地追查刺客踪迹，只有困得熬不住时才小睡一会儿，但最多不会超过两个时辰。多日下来，就算是自幼接受高强度训练的她，也有些受不住。

“我明白你想尽快抓到行刺睿王的凶手，我又何尝不是，但一个连自己都照顾不好的人，又凭什么去襄助别人？”

“就是，你把自己累倒了，还怎么去追查凶手。”夏月也在一旁帮着劝说，平日里，她与十九可是最不对头的，二人经常因为一点儿小事针锋相对。

“一日抓不到刺客，我就一日难以安枕。”十九曾悄悄去南轩看望过东方溯，想到后者差一点儿死在东凌刺客的箭下，她就心慌异常。这一次，那群东凌刺客只是为了挑事，不曾狠下杀手，但下一次，下下次呢?

或许这一切都是她杞人忧天，但她真的不敢将东方溯的安危交托给未知的明天，唯一能令她安心的办法，就是尽快抓到那群人，揪出幕后主使者，消除潜藏的危险。

慕千雪默默地望着她，许久，她道：“我明白了，去吧，每隔两个时辰，将查到的情报，还有诸王的动向告诉我一次。另外，倚翠阁那边也继续盯着，既然那群人将主意打到了倚翠阁去，就不会轻易罢手。还有……”她低头走了几步，继续道，“王良那边也让人盯着一些，他这一次出面，虽然找了镜玉托词，但未必能瞒过对方，一旦对方发现他是周帝的人，恐怕会针对他。”

“好。”简洁地应了一声后，十九撑起恢复了一些的身子往外走去，将要踏出门槛时，她忽地停下脚步，侧头道：“或许你说得没错。”

一阵夹杂着雨水的夜风拂过，门槛处已是不见了十九的踪迹，让夏月连问的机会都没有，只能在关了门后转而问慕千雪：“公主，她后面那句话是什么意思？”

“她已经开始意识到金陵城潜藏在平静表面下的危机，单凭睿王一人，就算手握神机营，想要熬过去也很难，更何况……”慕千雪蹙眉揉着不断传来刺痛感的太阳穴，“眼下的危机，只是冰山一角罢了。”

夏月惊声道：“公主是说……以后还会有更大的麻烦？”

慕千雪停下手里的动作，默默听着外面愈来愈激烈的雨声：“除了周帝与卫氏一族之外，那几位王爷一个个也都不是省油的灯，为了帝位，怕是什么样的手段都会使出来。而睿王……从执掌神机营的那一刻开始，就注定危险如影随形，不能置身事外，除非……他能够走到承德殿尽头。”

“承德殿尽头？”夏月一时没反应过来，待得明白慕千雪话中之意后，圆圆的脸庞被骇意笼罩，头发丝都差点儿竖了起来，咽了口唾沫小心翼翼道：“公主，你想……想……扶持睿王继位？”

“不好吗？”

“不是不好，而是……”夏月努力组织了一下语言，“睿王虽然为人正直，重情重义，但他非嫡非长，陈太妃在朝中又没什么势力。恕奴婢直言，就算周帝退位，承德殿那个位置，也轮不到睿王。”

“可是……”慕千雪望着桌上微微跳动的烛光，徐徐道，“想保睿王无事，想复立南昭，就只有这么一条路可走，再艰难也要试上一试。”

夜雨滂沱，笼罩了整个金陵城，街道上的更夫穿着蓑衣，拿梆子随意敲几下，便匆匆顶着雨往家里赶。尽管极力撑开蓑衣，雨水还是不断从用野猪皮做的雨鞋里面灌进去，每一步都像赤足蹚在水里。

金陵某一处宅院中，一个人影撑着一把油纸伞来到后院一间透着微弱光线的平房前。

“笃－笃笃－笃！”在四下长短不一的叩门声后，门悄无声息地开了一条缝，那人收了伞，侧身入内。

“为什么撤走？”屋内只有一盏小小的油灯点着，光线异常昏暗，桌边坐了一个娇小的人影，五官精致小巧，若是东方溯在这里，一定会认出此人就是那天拦路行刺的东凌女子。

那人搁下还在滴水的伞，走到东凌女子身边坐下，沉声道："他把王良请来了，又起出尸体与那把东凌刀，我不得不撤。"

女子盯了他片刻，凉声道："所以你打算放弃计划？"

那人冷冷道："当然不是，东方洄连同卫氏一族夺我帝位，不将这个卑鄙小人赶出承德殿，我绝不罢休！"顿一顿，他又道，"尽管倚翠阁暂时动不了，但你不觉得王良是一个更好的目标吗？"

女子露出一抹讶色："怎么说？"

"这一次，王良虽然解了倚翠阁之围，却也暴露出他与魏敬成一样，都是东方洄的走狗。如果他死了，镜玉又恰好在这个时候不见了，你说世人会怎么想？"

"认为是镜玉杀了王良？"

"若是王良身上还有伤呢？"

"你想说什么？"女子蹙起了细细的柳眉，一时有些摸不清他的用意。

那人唇角微弯，一抹冰冷的笑意出现在俊秀的脸庞上："他们会觉得，王良之所以去倚翠阁，是受镜玉胁迫。如此一来，那具尸体与东凌刀，也就不再是什么证据了，所有人的视线会再一次集中到倚翠阁……哼，本王倒要看看，到时候东方洄还怎么解这个围！"

女子似笑非笑道："据我所知，这个王良可是教过你，你当真打算杀他？"

"从他跟随东方洄的那一刻起，就已经是一个死人了，这是他自己选择的路，怪不得我。"

"我记得你们北周有句话叫作'一日为师，终身为父'，王爷这心可真够狠的。"

"难道本樱小姐希望本王对王良心慈手软？"

"当然不是，不过我当真有些担心，有朝一日，王爷会不会也这样对我们？"

"心狠手辣是用来对待敌人的，本王与本樱小姐可一直都是盟友，除非本樱小姐打算背弃我们的盟约。"

"当然不会。"女子笑盈盈地说着，深切的忌惮在眼底一闪而逝。

"此事宜早不宜迟，如果本樱小姐这边方便的话，本王希望今夜就动手。"

"王爷倒是心急。"话虽如此，女子还是扬脸朝某一处无人的角落道，"一刀。"

随着女子的话音，一个全身笼罩在黑暗中的人影诡异地出现在视线中，之前进来的那名男子呼吸微促，这样的情形已非第一次所见，可至今仍觉得不可思议，那人究竟是怎么做到凭空出现的？屋中尽管光线昏暗，却也不至于漏看这么大一个人。

东凌之术确实匪夷所思，他不敢肯定室内再没有隐藏起来的人，又或者……就在自己旁边。

在他心思飞转之时，被唤作一刀的人已是来到女子身前，垂目道："请小姐吩咐。"说来也奇怪，明明已经处于烛光范围内，却仿佛有一层黑纱始终笼罩着他，令人看不真切。

"知道王良吗？"在一刀点头后，女子弹一弹半透明的指甲，淡淡道，"去把他给杀了，杀之前先弄些伤，然后把一个叫镜玉的女子带来，记着，此事要做得干净利落，不要让别人发现了。"

"遵命！"一刀拱手答应后退去，重新没入黑暗之中，也不知是仍留在屋中，还是已经离去了。

"王爷，我遵父亲之命，全力辅助于你，你可莫忘了答应过的事情。"

那人收回心神，噙着一缕完美无瑕的微笑道："只要大事可成，本王一定兑现之前的诺言。"

这场倾盆大雨，在三更时分渐渐止住，只是零星的小雨还在继续滴滴答答地下着。黑暗中的金陵城，静谧安宁，这个时辰，家家户户都已经熟睡了，空旷的街道上空无一人，偶尔有几条流浪的野狗"呜呜"地低叫着经过。

几道黑影在屋顶悄无声息地穿掠着，最后落入西边的一处宅院中，很快，他们又重新窜了出来，按照原路返回。其中一个人腋下夹了一个一动不动的人，应该是昏过去了。

在飞掠过又一重宅院时，领头的黑衣人突然停下了脚步，紧接着左手一甩，一道寒光往虚空处飞掠而去。

"叮！"一轮青月似的光芒在黑夜中乍现，格飞了那道寒光，寒光在空中划过一道诡异的痕迹后，又重新回到了黑衣人手里。至此方才看清，是一个以精钢打造的回旋镖，而这名黑衣人，正是奉了本樱之命行事的一刀。

与此同时，在一刀等人的左侧出现两个同样全身笼在黑衣中的人，一刀辨不出来者的身份，警惕问道："你们是什么人？为什么跟着我们？"

"被发现了，怎么办？"十九低声与旁边的十五说着，她离开睿王府后，就将慕千雪的话告诉了十五等人，一番安排后，她和十五负责监视王良府邸。

他们赶到的时候，恰好瞧见一刀他们出来，本打算悄悄跟在后面，看他们去哪里，岂料竟被发现了行踪。

十五神色凝重地盯着对面的一刀等人，他的跟踪术尽管不是神机营顶尖的，却也在中上之列，自七年前出任务以来，还是第一次被人发现行踪，这群人……究竟是何来头？

那厢，一刀迟迟不见十五他们回答，失去了耐心，唤过两个人："去将他们杀了。"来之前本樱小姐可是下了死令，这件事不能让任何人知道，既然他们瞧见了，那就只有杀了。

此时，十九已是看清了被夹在腋下的那个人的模样，轻声道："是镜玉！"

十五微一点头，双目紧紧盯着往他们这边走来的两个黑衣人，沉声道："你看他们手里的刀。"

顺着他的目光看去后，十九瞳孔倏然一缩，寒意在眼底凝聚："是东凌刀！"

"这群人应该就是我们要找的东凌刺客，放……"穿云箭三个字还没说出口，对面那两个人突然失去了踪迹，令十五整个人寒毛直竖，急忙将十九护在身后。

自四岁入神机营始，见多了形形色色的事情，但这样古怪的还是头一回见。不是藏匿也不是轻功，就这么凭空消失，实在是太过诡异了，东凌竟有这样变幻莫测的功法？

看到了这一幕的十九，同样寒意直冒，与十五背贴着背，全神贯注地盯着四周。

"咻！"一道寒光伴随着破空声以迅雷不及掩耳之势自十九左前方袭来，划破了她的衣袖。与此同时，另一个人也自黑夜中出现，与十五缠斗在一起。

这二人身法极为诡异，东凌刀在他们手中犹如草地中刁钻的毒蛇，如影随形，稍不小心，就会被划开一道口子，且时不时地失去踪迹，令人防不胜防。十九几次想取出穿云箭，召唤位于金陵城中的同伴前来，但都被对方的攻势打断。

在他们几次消失又出现后，十五发现，他们并不是真的能够隐匿身形，而是与周围环境融为一体，令人难以发现，只要静下心来观察，多少还是能够发现一些端倪。发现这一点后，十五开始渐渐占据了上风；十九尽管近身战术不强，但胜在轻功了得，一时倒也撑得住。

一刀紧紧拧了双眉，这是他麾下最强的两个人，自从离开东凌之后，经历数战未逢敌手，现在却奈何不得对面那两人，他们……究竟是何来历？

尽管好奇十五他们的身份，但一刀清楚，眼下最要紧的是杀了他们，否则引来官府或者巡防营的人，那可就麻烦了。

想到此处，一刀双手握住寒光凛凛的窄刀加入到这场战斗中，这令十五二人压力大增，不论藏匿还是刀法，都比之前两人胜了一筹，死死压着他们，形势十分危急！

"嘶！"十九倒吸一口凉气，手臂出现一道刀伤，鲜血自薄如柳叶的伤口中不断涌出来。

十五心中大急，无奈他被那两个人死死缠着，自保都难，更不要说分身去救被一刀盯住的十九了，只能急声道："快放出穿云箭！快！"

十九何尝不知，但对方刀刀要命，她只能拼命躲避，根本腾不出空来放穿云箭，可不放，她与十五在这群人的围攻下必死无疑！

一刀挽手抖出一个奇异的刀花，紧接着那把刀带着嗡嗡声自刁钻的角度往十九刺去，面对迎面而来的寒刀，十九疾步后退。可是她忘了，身后是屋檐，一脚踏空，顿时整个人仰面往后倒去。

一刀冷冷看着这一幕，尽管十九避开了他的攻击，但此处离地差不多有两丈，这样摔下去，不死也得重伤。

"十九！"十五双目通红地吼着，用力一振长剑，生生逼开缠着自己的两个人，飞快奔向十九摔下去的方向，可没奔几步，便又被后面追上来的两人缠住，寸步难行！

正当一刀准备下去补一刀的时候，一道刺目的亮光带着尖锐的破空声飞上夜空，在漆黑一片的天空中炸开，化作一片绚烂的五色光雨后归于无形，仿佛从来没有出现过，只有淡淡的火药气息残留在空中。

一刀额上青筋暴跳，到了这个时候，他哪会不明白自己中了十九的计，她根本就是存心摔下去，好让自己放松警惕，借机放出穿云箭。

刚才那阵动静惊动了屋里的人，在他们点灯出来察看之前，十九跃身重新上了屋顶，与一刀等人无声对峙！

几道黑影自远处向这边掠来，一刀知道，这些必是看到穿云箭赶来的救兵，一旦让他们近前，吃亏的就是自己这边了。

想到此处，一刀当机立断，下令撤退，十九想要追上去，却被十五拦住："没用的，你跟不住他们。"

十九咬牙道："他们伤了王爷，无论如何，都要找出他们的藏身之处。"

"我知道，所以我去，等十四他们到了之后，你赶紧包扎一下伤口，然后把这件事告知公主。"扔下这句话，十五迅速离开，追上勉强还能看到一点儿影子的那群东凌人。

有了之前的教训，这一次十五没敢跟得太近，远远吊在后面，到底是神机营出身，在全力追踪藏匿的情况下，并未被那群东凌人发现。差不多绕了大半个金陵城后，那群东凌人消失在一处深宅大院。

十五伏在不远处的屋顶上，怔怔地看着他们消失的方向，如果他没有记错，那里应该是……这么说来，他才是那个把金陵搞得风起云涌的幕后主使?

隐藏得可真深!

压下心中的惊诧，十五准备离去，然刚一转身，脸色立刻变了，足尖在瓦片上一点，迅速退出数丈远，死死盯着不知何时出现在屋顶的娇小女子。

本樱轻嗅着捻在指尖的一朵粉红樱花，娇嫩的花瓣上还残留着细小的雨珠，带着一丝魅惑的声音在这片夜色中幽幽响起："一见到我就退这么远，怎么，我很丑吗？"

"你是什么人？"十五紧紧攥着手里的长剑，能够悄无声息地出现在他身后，这个女子分明比刚才那群东凌人还要可怕。

"我不就是你要找的人吗？"嫣然笑意间，本樱抬起小巧的双足，一步步向十五走来。

十五鼻尖冒出细微的汗珠，这个女子看似弱不禁风，却给他前所未有的压力，樱花……呃，王爷说过，樱花是东凌的国花，如此说来……

"你也是东凌人？"

本樱笑意一深："总算不是太笨，难怪能够瞒过我的手下来到此处。说吧，你是什么人，又是谁派你跟踪我们的？"

"那你呢，为什么不好好待在东凌，要来金陵城中作乱，还与他勾结在一起？"说话之时，十五一直戒备地盯着本樱，以防后者突然发难。

本樱停下脚步，微笑道："罢了，等擒下你之后，再慢慢审问吧，很巧，我千代一族最擅长的就是审讯，一定会令你很满意的。"随着最后一个字的落下，她手里的樱花花瓣突然化作几道流光，迅速朝十五射来，尽管后者早有防备，得以及时避过，仍是被其中一片花瓣在颈间划出一道细细的伤痕，殷红的鲜血顺着伤口滴下。

花瓣力尽之后，轻飘飘地落在屋顶上，娇嫩轻薄，风吹即起，丝毫看不出刚才就是这几片花瓣差一点儿要了十五的性命。

十五尚未自惊魂中定下神来，眼角余光瞥见一道寒光无声无息地朝他挥下，连忙就地一个打滚，将将避过，之前所在之处的瓦片在寒光中碎裂成无数小块。最诡异的是，这一切竟然没有发出任何声音，包括瓦片碎裂，仿佛所有声音在出来之前都被寒光吞噬殆尽。

寒光如影随形，招招夺命，压得十五全无还手之力，除了躲避还是躲避，自出神机营以来，他还从未这样狼狈过。

久攻不下，令本樱眉尖微蹙，她所使的是家族世代相传的流风刀法，这套刀法以力道阴柔、攻势狠厉见长。本樱资质奇高，又自幼习刀法，已得其精髓，寻常武人在她手上连三招也走不出，这也是她父亲放心让她来金陵的原因所在。可是眼下刀法已过十余招，竟还不能擒下此人，尽管因为要生擒不曾狠下杀手，但这也足够令人惊奇了。

不过，惊奇归惊奇，本樱可不打算放过十五，相反，在她看来，这样身手不凡又来历不明的人是一定要擒住审问清楚的。

本樱眸光一冷，攻势较之刚才又凌厉了几分。尽管十五拼命格挡，刁钻狠厉的东凌刀仍是在他身上留下数道伤口，洒下一片片温热的鲜血。

十五边退边挡，脸色难看至极，难道今夜……真要死在这里？

神机营里有一条规矩，但凡神机营之人，若是对战不敌，只可死不可被擒，故而每一个神机营死士的牙里，都会藏着一颗毒药，以便他们在被擒之时服毒自尽。

十五清楚自己的身份，也知道自己随时会死去，可他……始终是人，是人就会有牵绊与不舍，一张清丽冰冷的脸庞浮现在脑海中，十九……再也见不到了吗？

当所有寒光消失时，十五已是倒在了地上，一把细长锋利的东凌刀抵在他的颈间，笑意重新出现在本樱脸上："好了，随我走吧。"

十五在心里叹了口气，再舍不得，也终归是要舍下，下一世，他还能再遇见十九吗？

舌尖舔到了藏在最里面一颗牙齿里的毒药，正当他准备用力咬开之时，一只纤手突然扣住他的下颌，用力一扳，竟是生生扳得脱了臼，上下牙齿无法合在一起。

"既是落到了我的手里，生死可由不得你决定。"正如她之前所言，千代一族在东凌善于审讯逼供，曾见过咬破牙里藏毒自尽的人，故而十五嘴刚一动，本樱就有所察觉，先一步令他下颌脱了臼，无法自尽。

随着这话，那双细细的纤手又在十五两肩动了几下，后者闷哼一声，冷汗如黄豆一样落下，两条手臂呈一种古怪的姿势垂落在身侧。继下颌之后，本樱竟又将他的双臂弄脱臼了。

做完这一切，本樱收回东凌刀，拍一拍手正要带十五回府，突然面色一寒，回身抬手迎去，与一只手掌碰在一起，发出"砰"的一声闷响，下一刻，本樱捂着胸口连退数步。几乎是在同一时刻，一道黑影自她身边掠过，拎起十五往远处飞去，速度之快犹如一道急速消失的青烟。

"好大的胆子，敢在本小姐手上抢人！"本樱娇喝一声，压下翻腾的气血追赶那条黑影，然而越追越心惊，不论她如何施展轻功，始终追不上前面的人，甚至离得越来越远，在追过半个金陵城时，更是彻底失去了对方的踪迹。

本樱面色沉沉地站在屋顶，金陵……竟还有这样的高手，究竟是何来头？

随着天际露出第一道曙光，漫长的一夜终于过去了，可这一夜带来的风波，却远远没有静止！

本樱一回府宅，便立刻去见了那个人，后者听完她的描述，面色异常难看："你说他知道了你们在此处的事情？"

本樱脸色也不太好看："我本已经擒住了那个人，岂料突然又冒出一人来，将他救走！"

那人双手一紧，冷言道："一旦消息泄露出去，你我可就都完了！"

"我已经尽力了，但那人武功绝顶，实在无法追上。"这般说着，本樱又道，"可知他们是什么人？"

那人狠狠咬着牙，好一会儿方才自牙缝里挤出一句话来："如果我没有猜错，他们应该是神机营的人！"

本樱眼皮狠狠一跳："周帝的人？"神机营实在太过有名，就算她这个异国之人，也自幼耳闻。

那人不安地在屋中走着，好一会儿方才停下脚步："眼下东方洄必然已经知道你们是我的人，以他的性子，绝不会放过我，唯一的办法，就是先下手为强！"

本樱心思一转，已是明白了他的意思："你准备直接对周帝下手？"

"难道你还有更好的法子吗？"那人脸色有些狰狞，缓了口气又道，"这件事是你们闹出来的，所以这件事你们一定要帮我。"见本樱不说话，他寒声道："我知道你们的本事，可东方洄手里握着的是整个神机营还有巡防营甚至城外的健锐营，就算你们有三头六臂，也闯不出金陵城。"这句话既是提醒也是威胁，双方现在坐在同一条船上，一荣俱荣，一损……俱损，谁也逃不了！

在一番权衡利弊后，本樱笑吟吟道："王爷说到哪里去了，你我可是盟友，焉有不帮之理，只是不知王爷是否已经有了计划，我也好安排人手。"像她这样的人，不论心里怎么想，面上的话，永远都是漂漂亮亮的。

她的话令那人神色稍缓，将想到的计划细细说了一遍，本樱仔细记下后，颔首道："好，我这就去安排！"

本樱离去后，那人推门来到屋外，阴沉沉地望着昭明宫的方向，咬牙切齿道："东方洄，就算是死，我也要将你从帝位上拉下来！"

睿王府东院，慕千雪静静地坐在桌前，桌上的灯烛已经熄灭，焦黑的灯芯蜷曲在剩余的半截蜡烛上。

夏月端着早膳进来，盛了一碗百合粥递给慕千雪："公主您昨儿个一夜没睡，用过早膳后去歇一会儿吧，有什么事情奴婢叫您。"

"我没事。"慕千雪舀了一口粥，"十五回来了吗？"

"还没有。"夏月的回答令慕千雪心中一沉，昨夜她准备更衣歇息之时，十九带伤进来，将遇到东凌刺客的事情说了一遍。在得知他们掳走镜玉之后，她当即派人又去了一趟王良家中，发现王良死在内室之中，身上有多处伤痕。

在将两者联系起来后，慕千雪猜到了这背后的用意，唯一猜不出的，就是藏在这群东凌刺客背后的人，是信王还是……另有其人？

唯一的线索就是十五那边，可后者迟迟未归，令人既心焦又着急。

十九默默地站在东院中，一言不发地盯着前方的垂花拱门，袖端露出一截包扎伤口的白纱布。

夏月走到她身边，轻声道："你在这里站很久了，进去歇一会儿吧，十五吉人自有天相，不会有事的。"

十九嗤笑一声，摇头道："我们从来都不是什么吉人，上天又怎么会保佑我们。"

她的话令夏月一怔，是啊，神机营出来的人哪一个手上不曾沾染过鲜血，不管出于什么样的原因，他们都算不得吉人。

"总之我相信十五一定不会有事，说不定这会儿已经在回来的路上了，你别太过担心。"

十九转过头看了她很久，盯得夏月莫名其妙，难不成自己说得不对，可……怎么想都不觉得刚才那句话有问题啊。

这个时候，两个细如蚊蚋的字传入夏月耳中："谢谢！"

这下轮到夏月诧异地盯着十九，自相识以来，她与十九一直都看对方不顺眼，时不时地起争执，道谢还是头一遭。

夏月不自在地清咳一声，正想说什么，一个满身血污的人影自院门外走了进来。

"十五！"十九又惊又喜，连忙奔过去扶住他，悬了半夜的心总算是落了地，待看到他身上一道道被利刃划开的衣裳以及露出来的伤痕后，十九惊声道："被他们发现了？"她记得很清楚，十五离去的时候并没有这么多伤痕。

"只是皮肉伤，不要紧。"十五缓了口气，急切道，"快扶我去见公主，我知道那些东凌人藏在哪里了。"

十九点点头，与夏月一起扶了他入内，慕千雪看到十五的模样也是吃了一惊，赶紧让夏月去拿止血散来。

“可是查到了？”

十五喘了几口气，点头道：“查到了，公主，我们之前都猜错了。”

慕千雪眉尖微微一蹙：“你是说……藏身于幕后的，并不是信王？”

“嗯。”十五神色凝重地吐出一个所有人都始料未及的名字来，“是穆王！”

正在替他上药的夏月愕然抬头，待得回过神来后，连连摇头：“怎么可能是穆王，这不可能！”

她虽然来金陵日子不久，但耳濡目染之下对城中几位王爷也略有所知，穆王性子冲动热心，胸无城府且好打抱不平，这样的人，怎么看都不像是策划这场惊动整个金陵城阴谋之人。

十五沉声道：“千真万确，我亲眼看到他们进了穆王府，之后就再没有出来，在我准备离开之时，遇到一个手持樱花的女子，身形娇小，但内力很强，摘花飞叶，除此之外一手刀法也很恐怖，我在她手下竟然全无招架之力。”

“也是东凌人？”

面对慕千雪的言语，十五点头道：“她用的是东凌刀，应该没错，她曾提及自己是千代一族！”

十九疑惑道：“她为什么会放过你？”

十五摇头道：“她没有放过我，被她擒住之后，我本打算咬破牙中的毒囊自尽，岂料被她发现，先一步卸了我的下颌，双手也被她弄脱了臼。我本已经绝望，岂料突然出现一个人，将我从那名东凌女子手中救走！”

慕千雪黛眉微扬，追问道：“什么人？”

“我不知道，只知他武功比我高许多，恐怕……”十五低头想了一会儿，“连阿四他们都不是对手。”

十九被他的话吓了一跳，迭声道：“你确定吗？”阿四是神机营排名第四的高手，一身武功炉火纯青，论外家功夫，神机营中无人是他对手，若非隐身于暗处，北周十大高手榜上，必有他一席之地。阿四还有排在他前面的几个人，都是神机营众人需要仰视的存在，现在十五说救走他的人，武功比阿四更高，十九自是万般吃惊。

“确定！此人可以一掌逼退东凌女子，内力深厚可见一斑，还有他的轻功之高，更是前所未见，而且……”十五紧紧拧了眉心，不确定道，“他似乎知道我是王爷的人。”

慕千雪神色一紧，肃声道：“他与你说了什么？”

“倒是没说什么，但他把我放下的地方，恰好就在睿王府旁边，所以有些怀疑。”

那人放下十五后，又替他接好了脱臼的下颌与双臂方才离去。

十九疑惑地扬起头，拢住乌黑长发的平纹银簪在空中划过一道转瞬即逝的痕迹："这怎么可能，知道咱们归属于睿王的人少之又少，公主与夏月……"她看了一眼二人，"是不会说出去的。"

"我知道，所以才不敢确定。"

慕千雪思量着道："他会否是你们神机营的人？"

"不会，神机营的人，我都……"话说到一半，十五忽地止住了声音，过了一会儿，他道，"神机营里旁的人我都见过，包括阿二阿三他们，只除了一个。"

十九与他同为神机营之人，自知道他说的人是谁，问道："尊者？"

"不错，自我入神机营以来，从来没有真正见过尊者，即便是有什么命令，也都是让阿二阿三他们转达。神机营中见过尊者的，恐怕不会超过五个。"

夏月好奇道："尊者是谁？"

"尊者是神机营的统领，整个神机营中以他为最尊，但他很神秘，我们从来没见过，不知道他长什么样子，身在何处，可以说对他一无所知。"说到此处，十九眸光一动，盯了默默舀动着百合粥的慕千雪道，"你怀疑救十五的那个人是尊者？"

慕千雪徐徐道："会救十五，又知道他归属于睿王的，只能是神机营的人，至于是不是你们口中的尊者，就不得而知了，除非能够找到救了十五的那个人，亲口问一问他。"

"穆王一事，公主打算怎么办？"十五沉沉地问着，那个人来去无踪，除非他自己愿意现身，否则根本无从找起，眼下当务之急，还是穆王那桩事情。

慕千雪默默地走到朱红菱格轩窗前，一盆吊兰挂在窗边，清晨的霞光透过窗纸照在那一条条修长的枝条上，很是碧绿可爱。

十九望着那道纤细的背影，迟疑道："事到如今，公主还打算瞒着王爷？"

莹白手指抚过那一片片翠绿细长的叶子，若有似无的叹息在室中响起："该是时候让他知道了，毕竟……往后还有更艰难的时候。"

东方溯筋骨结实，经过数日的调养，已是好得差不多了，只是脸上还没什么血色，毕竟之前失了那么多血，得慢慢补回来。

这日太医换药离去后，东方溯见外面空气清新，不似往常那般炎热，一时手痒，忍不住在院中打了一套拳，松松在床上躺了多日的筋骨，在他打完最后一招时，慕千雪恰好踏入院落，微笑道："看来王爷恢复得很好。"

“本王能好得这么快，多亏了公主的奇药，太医刚刚还夸了半天呢，说如果军中多一些这样的药，士兵因伤而亡的情况就会少许多。”

慕千雪笑一笑道：“药方我已经给蔡总管了，王爷若觉得好用，拿去就是，那本古医书里还记载了几个不错的方子，到时候我一并写出来给王爷，说不定会有用。”

“那本王先谢过公主。”这般说着，他将慕千雪迎了进去，在命奉茶的侍女退下后，东方溯道，“公主此来，可是有了那群东凌人的线索？”

慕千雪微一点头：“昨夜十五与十九在王良府邸附近遇到了那群东凌人。”

第二十章　与虎谋皮

“王太傅？他们去做什么？”东方溯眉头微皱，虽然他这几日一直在府中休养，但并未漏了城中的消息，每日早晚，蔡元都会将金陵城最新动向告诉他，故而知道王良与镜玉曾去倚翠阁劝东方洲一行撤走的事情。

“他们杀了王良，并掳走镜玉。王良的死讯，应该很快会在金陵城中传开。”

听到王良被杀，东方溯脸色异常凝重：“他们要做什么？”之前中箭时，慕千雪的一番分析已是令他明白，那群东凌人走的每一步背后都有深意，这次想必也不例外。

“因为倚翠阁。”在东方溯不解的目光中，慕千雪徐声道，“王良的出现，令他被迫撤走围住倚翠阁的人，但他并不甘心，故而想要将王良之死，嫁祸到‘失踪’的镜玉身上，从而将整个金陵城的目光，再次带回到倚翠阁！”

东方溯凝视着那张秀美绝伦的脸庞，问道：“你口中的‘他’是谁？”

慕千雪听出他隐藏在平静下的那一丝颤抖，心知他对自己的话猜到了几分，但……真相远比他以为的还要残酷许多！

慕千雪取过一旁的茶水，轻啜了一口，忽道：“王爷与信王以及穆王二人关系如何？”

“你……”

“请王爷回答千雪的问题。”在她的坚持下，东方溯压下盘桓在心中的重重疑虑，说道：“大哥年长我许多，所以少有往来，他是个喜好读书之人，家中藏书万卷，平日没什么事情，就在府中看书，深居简出。至于九弟，倒是与我很亲近，上次公主也见过了。”

“穆王的性子……一直都是这么冲动吗？”

东方溯低头想了一会儿，道："倒也不是，九弟以前性子还算沉稳，就这两年，不知怎么一回事，越来越控制不住脾气，跳脱得很。"

"这两年……"慕千雪重复了一遍，扬眉道，"如此说来，穆王性子的转变，是从周帝登基以后开始的？"

东方溯听着不对，问道："公主想说什么？"

慕千雪深深地看了他一眼，凝声道："王爷可曾仔细想过，承帝当年为何要立周帝为太子，将帝位传给他？"

东方溯不假思索道："皇兄是父皇的嫡长子，且性情宽厚恩慈，有仁君风范，于情于理，皇兄都应该承继帝位。"

"于情于理？"慕千雪唇角微微一扬，带着一抹讽刺的笑意，"于情如何，我不知晓，但于理……周帝并不算是承帝的嫡长子。"

东方溯眸中露出惊讶之意，旋即似乎明白了什么："你指老九？"

"不错，九王之母是承帝的结发夫人，卫太后说到底只是继后，所以真正的嫡长子，应该是九王而非周帝。"

"九弟虽然天资不错，但他年幼好动，性子不够沉稳，难以担负起大周江山。"东方溯话音未落，慕千雪已是接了上来："那神机营呢，承帝又为何不肯传给周帝？"

东方溯双瞳微微一缩，视线紧紧锁在慕千雪脸上，再一次道："公主究竟想说什么？"

慕千雪展一展银丝滚边的广袖，叹然道："有些话，我一直想与王爷说，却又一直不知该如何开口。"

"是什么？"在问这话时，东方溯心头无端升起一股恐慌，甚至莫名有一种想离开这里的冲动。

"承帝册立周帝为太子，并非因为他嫡长子的身份，也不是因为能力性情，只是因为……除他之外，任何一位皇子都活不到继位之时。包括你或者九王。"

东方溯眼皮狠狠一跳："这怎么可能！"

"据我所知，这一朝有五位将军，因为军功卓越而被封为异姓王，其中平阳王娶了卫太后的幼妹为妻，汾阳王的儿子娶了卫太后侄女为妻，其余几位，也或多或少与卫氏一族有姻亲关系，我说的可对？"待东方溯点头后，她又道，"你再想一想朝中的文武百官，同样的，十之六七与卫氏一族有关。并且这种局面，早在许多年前就开始出现了。"

东方溯紧紧拧着双眉，他以前还真未曾留意过这些，如今想来，确如慕千雪所说，不论是文武百官，还是王公贵族，在他们中间都或多或少有卫氏一族的影子：“那又如何？”

慕千雪凝声道：“徐、李、卫、南宫四大家族，百多年前随太祖皇帝打下大周江山，之后其余三族先后落魄，独剩卫氏一族，人丁兴旺，一代胜过一代，不过势力还没有现在这么大。在二十几年前，卫氏一族更是遭到了一场大劫，百年基业险些毁于一旦。”

一口气说了这么许多，慕千雪有些气喘，在平息气息后，她徐徐道：“二十几年前，承帝刚刚登基，先皇后遭人下毒，性命垂危，承帝与先皇后少年夫妻，鹣鲽情深，得知此事，自是龙颜大怒。命人搜宫，结果在卫贵妃宫中搜出相同的毒药，承帝大怒，将卫贵妃打入冷宫，卫氏族人也尽皆被打入大牢。”当年在卫贵妃宫中服侍的一位宫女，年纪大了之后被遣出宫廷，因家乡已无亲人，故而在金陵城住了下来，以替青楼女子绞面度日。这件事，就是十九从她嘴里问出来的。

“尽管在太医的精心救治下，先皇后转危为安，但承帝仍是打算下旨处死卫贵妃，可就在传旨前夕，承帝意外得知，下毒者另有其人，卫贵妃是遭人陷害。

“得知自己冤枉了卫贵妃后，承帝将她放出冷宫，卫氏族人也尽皆释放，官复原职，但卫贵妃的母亲却没能活着走出牢房。出事之时，她正好染病在身，关入牢房之后无人理会，使得病情越来越严重，在承帝下旨释放的前一刻，撒手人寰。卫贵妃得知生母病逝，悲痛欲绝，大病一场。而承帝在这件事情后，出于内疚，对卫贵妃百般怜爱，先皇后过世后，册立她为继后。除此之外，他对卫氏族人也是极尽扶持照顾，令卫氏一族的势力在那段时间迅速扩张。等到承帝发现势头不对的时候，已经来不及了，卫氏一族把持了北周半壁江山，一旦动他们，大周必将内政动乱，给东凌与齐国可乘之机，为了大周的安定，承帝选择了屈服，册立他并不喜欢的东方洄为太子。”

“不可能！”东方溯紧紧攥着扶手，脸色难看道，“我不知道你从哪里听来这些，但父皇对皇兄一直都很器重，皇兄未及弱冠，就已经开始学习批阅奏折，处理政务。”

“你凭什么肯定承帝是真心教他这些？若当真如此，为何不将神机营一并传给他？”

“总之绝不会是你说的那样。”尽管回答不了慕千雪的疑问，但东方溯态度异常坚决，说什么也不相信承帝是被迫册立东方洄为太子。

“那么，请王爷再仔细想一想，陈太妃面对卫太后之时，究竟是敬多一些，还是畏多一些？”

“自是……”他本想说自是敬多一些，但多年前看到的一幕突然自脑海深处浮现，打断了他的话。

差不多是在十多年前，有一次他狩猎归来，因为很累，所以晚膳都没用，就直接睡下了。直至半夜时分方才醒，因为腹中饥饿，便起来找吃的。在经过陈太妃宫室之时，发现灯还亮着，便推开虚掩的门走了进去。陈太妃正伏首案前誊抄经文，冬梅也在，劝说天色已晚，待明日再抄写，可陈太妃不肯，说这些经文是当时已被册立为继后的卫氏所要，一早就要呈上去，耽搁不得。

细细回想，母妃说话之时，脸上确是透着几分恐惧，仿佛……很害怕卫氏；可明明卫氏一直对他们母子很好，即便后来贵为皇后，也处处照拂，为何母妃要露出那样的表情，难道……真如慕千雪所说?

虽然不知东方溯在想些什么，但慕千雪从他的表情变化间大概推测到了一些："我说对了是吗？"

尽管心中有疑，但东方溯仍道："由敬生畏，是再正常不过的事情，并不能说明什么。"

"到了这个时候，王爷还要极力维护他们吗？"

"不是维护，只是公主单凭这么几句话，就要本王否定相处了二十几年的人，实在很难。"

慕千雪轻叹了口气："重情是王爷的优点，但同样，也是王爷最大的弱点。在你对他们手下留情之时，却不知，他们正在对你赶尽杀绝。王爷当真想与陈太妃一起做这俎板上的鱼肉吗？"

东方溯紧紧地抿着苍白的唇，许久，他开口打破了这份沉寂："母后慈祥，皇兄仁厚，我相信他们不会如你所言的那样。"

慕千雪点一点头，声音清淡如山涧流水："王爷的决定，千雪自是没资格说什么，但千雪要提醒王爷一句，一旦错了，死的那个人，可就是九王！"

此言一出，东方溯豁然色变："你说什么？"

慕千雪抬起眼帘，在他难以置信的目光中一字一句道："十五昨夜跟踪那群东凌人，发现他们最终进了穆王府，而十五更险些遭一名东凌女子杀害，从十五的描绘来看，这名东凌女子，很可能就是当日行刺王爷之人。"

东方溯连连摇头："不可能，不会是九弟，他不会做这样的事。"

"十五这群人是什么性子，王爷比千雪更清楚，他们是绝不会撒谎的，与东凌人勾结的，不是别人，正是九王！"

东方溯用力咬着一口森白的牙齿，他何尝不知十五等人的脾性，但……实在无法相信东方泽就是这一切的始作俑者，他明明那样痛恨那群东凌人，又第一个带人围了倚翠阁，怎么就……要说是信王，他倒还容易接受一些。松开被咬得发酸的牙齿，他抬眼道："会不会是那群东凌人发现十五暗中跟踪，故意进到穆王府，毕竟……老九没有理由做这样的事情。"

"论身份，九王才是应该继承帝位的嫡长子，却被周帝所夺，岂会不怨恨？这份怨恨，足以成为理由。"

"你是说，老九做这些，是为了帝位？但倚翠阁……"

慕千雪知道他要问什么："倚翠阁是周帝用来收集情报的。"

"皇兄？"今日慕千雪说的每一句话，对他来说都是一个极大的冲击。

"周帝手上没有神机营，必然要用其他东西来替代，倚翠阁应该只是其中之一。九王不知怎么发现了这件事，就打算利用东凌人来扯出此事，坏周帝的名声，然后再一步步将周帝赶下帝位，取而代之。"说到此处，慕千雪摇头道，"九王终归还是年轻，将事情想得太过简单，就算这一切当真扯出来，撕下周帝伪善的面具，只要卫氏一族还盘踞在朝堂里，承德殿的位置就轮不到他去坐。还有东凌，百年来，一直闭关锁国，不与他国往来，如今突然与穆王联手，其背后，必有阴谋。"

东方溯在屋中不断地来回走着，努力消化着慕千雪的话，卫太后……皇兄……老九，这一切完全颠覆了他二十几年来的认知。

足足过了一炷香的时间，他方才停下脚步："为什么你说老九会……死？"直至这会儿，在说出那个"死"字时，依旧一阵心惊肉跳。

"天下人皆知神机营是属于周帝的，所以……九王猜不出十五他们的身份便罢，一旦猜出了，就会误以为周帝知晓了他勾结东凌人一事，从而改变计划。虽然我不知道他改变后的计划是什么，但我知道，人在害怕时往往会做出错误的决定。九王现在犹如行走在悬崖边，一个小小的错误，就足以让他摔得粉身碎骨，永不超生！"

东方溯清楚慕千雪的能耐，她说得这样严重，东方泽必是已经站在了最危险的地方。

慕千雪凝声道："我知道王爷与九王要好，但有一件事我要提醒王爷，一旦你决定救九王，神机营的秘密可就又要多一个人知晓了。若九王与您从此一心便罢，否则一旦被周帝与卫太后知晓……后患无穷！"

东方溯用力攥一攥双手，努力让自己冷静下来，在一番长久的沉寂后，他扬声唤道："蔡元！"

过了一会儿，蔡总管开门走了进来，恭声道："王爷有何吩咐？"

“你立刻去一趟穆王府，请九王过来，就说我有要事相商。”

“是。”蔡元应了一声，躬身退下，在一只脚踏出门槛时，耳边再次传来东方溯肃冷的声音，“不论九王在做什么，都让他给我放下过来，一刻都不得耽搁！”

“小人省得。”蔡元就算再蠢，也听出事有不对，但既然东方溯不说，他也不敢去多这个嘴，忍着满腹疑问退下去了穆王府。

睿王府地处偏僻，尽管蔡元紧赶慢赶还是费了一个多时辰方才将东方泽请过来，在下马准备入府之时，意外看到一个他们都颇为熟悉的人站在门口。

“你们好大的胆子，竟敢挡本宗姬的路，还不赶紧让开！”沈惜君面色冰冷地盯着拦住她去路的两名守卫。

其中一名守卫为难道：“宗姬息怒，不是卑职不肯让您进去，而是王爷下了命令……卑职实在没办法，还望宗姬不要为难我们了。”

“如果我一定要进去呢？”一想到东方溯之前所说的那番绝情言语，沈惜君又气又恨，若她争气一点儿，今日就不该来，可这些日子，她越是想忘了东方溯，就越是想得厉害。

“请宗姬恕罪。”这句话表示了护卫的态度，尽管他们惧怕沈惜君，但更怕府中的那一位。

沈惜君气得狠狠一跺脚，咬牙道：“总之今日我进定了，你们有本事尽管拦就是了。”说着，她就要上前推门，蔡元怕她真会不顾一切地闯进去，忙上前赔笑道：“参见昌荣宗姬，宗姬万福。”

沈惜君打量了他一眼，冷声道：“你怎么在这里？”

“小人……”蔡元眼珠子一转，心里有了主意，“回宗姬的话，小人奉王爷之命，请九王过来议事。其实宗姬的事情，小人今儿个才刚刚探过王爷口风，王爷他……”

见他迟迟不说下去，沈惜君焦急地催道：“睿哥哥怎么说，快讲！”

“是。”蔡元凑上前轻声道，“尽管没有明说，但已经有所松动，所以小人觉得，宗姬这会儿进去，并非明智之举。”

见沈惜君露出动摇之色，他又加紧道：“您放心，小人一定尽量帮您劝着一些王爷，其实本来就不是什么大事，说不定王爷过两日就收回成命了，您到时候再来，岂不更好。”

“万一睿哥哥还是那个臭脾气呢？”

“不管怎样，试一试总好过这样硬闯，宗姬您说对不对？”

沈惜君犹豫片刻，终是点头道：“那好吧，我过几日再来。”

听得这话，蔡元赶紧恭恭敬敬地将她送上了马车，直至马车远去后，方才吐出那口在嗓子眼里憋了半天的气。

东方泽挑一挑眉，似笑非笑道："七哥口气真松了？"他太清楚东方溯的脾气了，已经说出口的话，岂是区区一个蔡元可以更改的，若换了住在东院的那一位，倒是有几分可能。

蔡元知道瞒不过他，苦笑道："若不这样，怎么哄得昌荣宗姬离去，王爷可是发了话，放她进去的人，一律打折双腿，小人都一把老骨头了，万一打断了之后接不起来可怎么办？"

东方泽虚踢了他一脚，笑斥道："也就四十刚出头而已，就在本王面前装老，讨打不成！"

"小人哪敢，只是这上了四十之后，体力确是不如从前了。"蔡元一边笑着一边将东方泽迎进了府邸，在前往南轩的途中，东方泽道："你真不知道七哥这么急叫我来做什么？"

"小人要是知道，哪里会不和王爷说，实在是不知情啊。不过王爷唤小人去穆王府之前，倒是与公主说了许久的话。"

东方泽目光微微一动："他们都说了些什么？"

蔡元摇头道："当时屋子里除了他们之外，就只有一个夏月，小人实在无从得知。"

东方泽点点头，未再说什么，但心思一直飞转如轮，暗自猜测着东方溯叫他过来的用意。

进了南轩，不等蔡元回话，东方泽已在慕千雪对面椅中坐下，在打量了东方溯一眼后，两道英气的眉毛顿时拧了起来："七哥脸色怎么这么难看，可是伤口还疼？"

"我没事。"东方溯木然地应了一句，向候在一旁的蔡元挥了挥手，后者会意地退了下去。

望着关起的朱红长门，东方泽心头狠狠一跳，这南轩他不知来了多少次，可不知为何，这次竟觉得如坐针毡，浑身不自在，想喝茶掩饰却落个空，蔡元退得太急，来不及上茶。

东方泽收回手，轻咳一声道："七哥，你这么急叫我过来，到底是为了什么事？我可正打算去一字街呢。"

东方溯寒声道："老九，我问你一句话，你需得老老实实回答我，知道吗？"

"七哥，你……"

东方溯厉声打断他的话："回答我！"

东方泽愣愣看着东方溯，记忆中，后者虽然不苟言笑，但像现在这样严厉地吼斥他还是第一次，于是机械地点头道："知道了。"

"你与那群东凌人是什么关系？"

尽管隐隐觉得此行不善，但怎么也想不到，东方溯竟然一开口就是这话，七哥……七哥怎么会知道。

这不可能，此事连他府里那些个心腹都不知道，七哥更没理由知道，他一定是在诓自己，对，一定是这样！

东方泽勉力定了心神，一脸茫然道："七哥你在说什么，我与东凌人能有什么关系？我……"

"够了！"东方溯打断他的话，额头的青筋根根暴起，"事到如今，你还不与我说实话是吗？"

东方泽摊一摊手，一脸无辜道："我与七哥说的就是实话啊。"

"你！"见东方泽还在那里强辩不肯承认，东方溯压不住心头怒火，起身一拳挥去，后者毫无防备，被打了个正着，半边脸颊以肉眼可见的速度变红。

东方泽被打蒙了，待得回过神来后，气愤地起身道："你疯了吗？无缘无故打我做什么？"

"无缘无故？"东方溯气极反笑，"你勾结东凌人，行刺我还有大哥他们，弄得金陵大乱，又杀害王太傅掳走镜玉，这一切叫作无缘无故？"

见他将自己做的事情一桩接一桩抖了出来，东方泽不禁慌了神色，但仍是强撑着道："胡言乱语，我何时做过这样的事？"

"何时？"东方溯气得又是一拳挥下，不过这一次东方泽有了准备，及时挡住，色厉内荏道："我都说了没有，你发哪门子的疯！"

回应他的是又一记重拳，狠狠击在腹部，痛得东方泽弯了腰，一再挨打，令东方泽心头火起，开始挥拳反击。

望着打成一团的二人，夏月担心道："公主，要不奴婢去叫蔡总管他们进来把二位王爷拉开吧。"

"不用了，让他们打吧，不打这一架，二人心里的火都出不来，反倒不好。"

东方溯筋骨强健，又在军中磨炼了数年，尽管肩伤还未痊愈，仍是死死压制住东方泽。在一个钩脚将后者绊倒在地后，用力压住他的身子，冷声道："说不说？！"

东方泽尽管被揍得鼻青脸肿，仍是倔强道："我知道的都与你说了，你还想我说什么？难道非要我承认与东凌人勾结才高兴吗？”

见他到这个时候还冥顽不灵，东方溯越发气恼，咬牙道：“你不说是吗？好，我就打到你说为止！”

东方泽也犯起了倔性，回头盯着东方溯还有那只攥得发白的拳头，硬声道：“你打啊，有本事就把我打死在这里！”

东方溯咬一咬牙，正准备一拳挥下，一直默不作声的慕千雪忽地出声道：“九王以为，改日到了周帝面前，也能这样过关吗？”

东方泽吐出嘴里的血沫，带着几分敌意道：“可是你这女子在七哥面前胡言乱语，挑拨我们？”

慕千雪看到了他眼里的敌意，淡淡一笑：“此事确是我与睿王说的，但是否胡言挑拨，九王心里清楚。不论是周帝还是东凌人，都没你想得那么简单。继续一意孤行，只怕你身上这层皮，都要被他们扒得丁点儿不剩！”

她的声音轻柔温婉，犹如一股流过山涧的清泉，却令东方泽狠狠打了一个冷战，第一次仔仔细细打量着这个七哥从西楚救回来的女子。

他一直都知道慕千雪拥有倾城之貌，可也仅此而已，他并不是一个喜好美色之人，故而在最初的惊艳过后就抛诸脑后了，未曾再多费心神。直至这会儿……在那双妙目下，他竟有一种被看穿的感觉，这在过往的十九年中从未有过。

东方泽极力抑住那份扩散的慌意，回头道：“我与你是亲兄弟，你却宁可相信她也不肯相信我。你自己想一想，你受伤之后，是谁一趟一趟地往这里跑，是谁拿一大堆人参燕窝给你补身养伤，又是谁为了抓住害你的凶手满金陵城跑？我做了这么多，结果不只没有一句谢谢，还招来你这样对待，你……你到底有没有将我当作兄弟？”说到后面，不知是因为激动还是难过，声音微微发颤。

他的话令东方溯有那么一瞬间的怔忡，但很快便回过神来：“正因为当你是兄弟，才不希望你在这条错路上继续走下去。”在片刻的停顿后，他痛声道，“九弟，听七哥的话，回头吧。”

东方泽待要再辩解，慕千雪的声音已是悠悠传来：“王爷受伤后，九王来睿王府也好，送人参燕窝也罢，除了关心王爷之外，最根本的原因还是你内疚。你指使东凌袭击王爷等人，是想引起金陵动乱，并非当真想取什么人的性命，信王、荣王他们几个也确实只是受了一些最粗浅的皮肉伤，并无大碍，可偏偏在王爷身上出了意外，倒刺箭射中肩膀，伤及体内主血脉，险些危及性命。想来九王因为这件事，曾质问过那个东凌女子。对吗？”

东方泽紧紧抿着唇，一言不发，但他脸上那层浅薄的镇定正在一点点地被撕开！

慕千雪敛袖起身，淡然道："我再猜一猜，东凌女子告诉九王，她是一时失手，并非存心要将睿王伤得如此严重对不对？"

"你到底是谁？！"东方泽抬头望着站在面前的慕千雪，明明是一个弱不禁风的女子，却给他一种喘不过气来的压迫感。

慕千雪没有回答他的话，垂眸续道："只是九王忘了，王爷曾带兵击退过东凌的进攻，并在那场战役中杀敌数千，那群东凌人对于睿王又岂会没有一点儿怨恨。若非还有后续计划未完成，那支暗箭早已带有剧毒。"

东方泽低头不语，这一点他事后也想到了，可惜为时已晚，所幸东方溯没有大碍，否则他这一辈子都要活在内疚之中。毕竟……东方溯是所有兄弟之中，唯一一个真心待他之人。

"至于倚翠阁，你去那里，并不是想要找什么凶手，而是要逼出倚翠阁与周帝的关系，你想要周帝名声大败。可是九王，就算一切真如你所愿，周帝也依旧是周帝，承德殿的位置依旧是他的。"

"不会！"刚刚还很平静的东方泽突然双目通红地吼道，"只要世人知道他靠青楼妓馆这种地方收集情报，他们就不会再甘心臣服于他的统治，他休想再坐稳那个位置！"当他吼出这句话时，就等于承认了慕千雪的话，承认了与东凌人的关系。

"九王说的他们可是指朝中的文武百官？"

东方泽咧嘴露出森白的牙齿："百官也好，百姓也好，都不会再尊奉他为大周君主，东方洄，呸！他就是个彻头彻尾的小人！"

东方溯这会儿已经放开了他，尽管周帝一事，慕千雪已与他说了许多，但这会儿听着还是觉得刺耳，忍不住道："皇兄素来光明磊落，怎会是小人！"

回应他的是一阵异常讽刺的笑声："七哥，你还真是让他骗得彻底，光明磊落……"说到此处，那张英挺的脸庞变得狰狞如现身于日间的恶鬼，令人望之生寒，"要真是这样，帝位怎么会落在他的手里！"

"那是父皇的……"

"不是！"东方泽阴沉沉打断他的话，"父皇根本不想将帝位传给他，只是因为卫太后，因为卫氏一族才如此。我现在要做的，就是夺回本就属于我的东西！"

"这些都是谁告诉你的？"

东方泽深吸了几口气，压下满腔的恨意，咬牙道："是喜娘。"

东方溯拧眉道："你是说当年负责照顾你的奶娘，她不是前些年就过世了吗？"先皇后离世之时，东方泽尚在襁褓之中，承帝怜他年幼丧母，并未交给其他妃嫔抚养，而是亲自养在承德殿中。之前的奶娘还有宫女都去了承德殿照顾，喜娘就是其中之一，也是所有奶娘里与东方泽感情最深的一个。

“喜娘离宫后，我让她搬到我的一处园子居住。几年前，她得了伤寒，尽管我替她请来了太医，还是没能留住性命，离世之前，她告诉了我一件十多年前的旧事。当年母后临盆，父皇得知母后所生的是一位皇子后，欣喜万分，当即与母后说，待孩子长大一些，就册立为太子，以后承继帝位，为此他特意给我取名为泽，意为恩泽万物。父皇说这些话的时候，喜娘也在，她听得清清楚楚。”

“谁知道母后早早就过世了，之后父皇立卫氏为后，本来只是庶子的东方洄一跃成了嫡长子，嫡长子……呵呵，好不好笑，这还不算，他跟卫氏步步为营，抢了这个又抢那个，最后连我的东宫之位也抢走了。我没有母后庇佑，什么也做不了，只能眼睁睁看着他被册立为太子，又眼睁睁看着他登上帝位，甚至还要跪在地上向他行礼。”说到此处，东方泽已是恨得几乎不能自抑，垂在身侧的双手指节攥得发白，青筋一根根凸起在手背。

“父皇驾崩之前，曾将我召到寝宫中，他知道我与七哥要好，让我以后与七哥守望相助，互相扶持，还让我辅佐东方洄，呵！”东方泽冷笑一声，“我问父皇，喜娘说的那些话是不是真的，你猜父皇怎么说，他让我忘记这一切，当什么都不知道，还说这样我会活得轻松一些。

“可是父皇不知道，从我知道那件事开始，就永远没有‘轻松’二字可言，每一次我站在承德殿对东方洄行礼，对他的恨意就会深一分，直至忍无可忍！”

慕千雪插话道：“你怕引起周帝的怀疑，所以故意装作好冲动？”

“不错，别看东方洄表面对我们一派和气，其实虚伪得很，他跟卫氏一样，压根不安好心，在他们看来，恐怕我们这些兄弟全部都死了才是最好的。”

东方溯蹙眉轻喝：“母后与皇兄不是那样的人，不得胡言！”

“我没有！”东方泽激动道，“七哥可还记得四年前，你在边境抵抗东凌进攻之事？”

东方溯知道他不会无故提起此事：“你想说什么？”

“东方洄奉父皇之命，运送粮草，却迟迟不曾送到边境，令七哥与数万将士饱受饥饿之苦，若非那里正好有条河，让你们可以抓鱼充饥，又宰了许多战马，以马肉果腹，根本熬不到粮草送来的时候。”

“当时国库中粮食欠缺，皇兄已经尽快征调粮草，并不能怪他。”

东方泽冷笑道：“七哥远在边境，难怪不清楚。不错，当时各地减产，收上来的粮草不如以往，但要调出供你们用的粮草还是足够的，只是这样一来，城中便会没有存粮，所以有人建议只运一半过去。

“其实只要边境安定，城中有没有存粮根本不要紧，可他们宁可让在边境拼死拼活的将士饿肚子，也不肯全部运过去。七哥你猜猜，提这个建议的，都是些什么人？”

东方溯脸颊微微抽搐，他猜到了几分，但几次张口都没有勇气说出来，东方泽看到他这个样子，心里岂会不明白，轻笑一声：“不错，就是卫氏族人，就是他们不同意将全部粮草运去边境，还一个个说得振振有词。我听说后，真恨不得照着他们的屁股一个个踢过去，让他们去边境跟东凌人打仗！

“为了这件事，朝中扯了好多日子，而东方洄，由始至终都没有帮七哥说过什么。最后还是父皇顶着那群人的压力，拍板决定将所有粮草都运到边境，解七哥的燃眉之急，否则……说句不好听的，恐怕四年前七哥根本回不了金陵。事后他却还装成若无其事的样子，那种人的嘴脸，我看着都恶心！

“我不断告诉自已要忍耐，可是我真的忍不下去，所以在我意外发现倚翠阁是东方洄用来收集情报的地方后，就决定要撕下他伪善的面具，将他的真面目公诸众人，然后赶出承德殿。”

“你是怎么找到那群东凌人的？”这是慕千雪唯一未曾想明白的。

东方泽平息了一下怒火，道：“我本没有打算与东凌人合作，在一次调查倚翠阁的时候，意外发现东凌人的踪迹，暗中跟踪之时被他们发现，从而得知，东方洄曾两次派人潜入东凌，刺探情报。他们几经调查，发现与倚翠阁有关，在得知倚翠阁是属于东方洄之后，千代本樱向我提出合作之意。”

“他们的条件是什么？”世间没有无缘无故的好，他们必有自己的用意。

“他们助我取得帝位，我将东方洄交给他们发落！”

“仅此而已？”

“不然还有什么？”在东方泽不以为然的目光中，慕千雪笑着摇头，“九王你被他们骗了，东凌的目的，绝不止于周帝。”

“可他们明明说……”

慕千雪轻摇螓首，自髻上垂落的珠络在半空中划出一道清冷的光华：“他们怎么说没有用，有用的是他们心里怎么想。东凌人不远千里而来，仅仅只是为了取一人性命？”

东方泽低头不语，其实他也曾怀疑过千代本樱的话，但夺回皇位的执念盖过了一切，也令他下意识地忽视了当中存在的危机。

东方溯垂眸片刻，道："回想起来，四年前那一战，东凌虽然举兵来攻，但似乎……没有尽全力，倒有几分试探的意思。"

慕千雪颔首道："有这个可能，那一战令他们试出大周国力强盛，故而蛰伏四年，不敢轻举妄动。不过这金陵，怕是早就渗入了东凌人，而非像他们说的那样。"

第二十一章　促膝长谈

东方泽听着他们的言语，咬一咬牙道：“我不管他们什么用心，总之能够助我除去东方洄就好！”

东方溯沉声喝道：“如果他们图谋的是整个大周，你是否也要为了一己私念而拱手相送？！”

东方泽死命咬着牙道：“大周是先祖浴血打下来的，莫说是送，就算有人要抢，我也决不会让他们抢走，这一点你大可放心！”他知道自己这样等于与虎谋皮，可是他控制不住体内无尽的仇恨与愤怒，若不能发泄出来，自己早晚会被逼疯！

“只怕到时候由不得你说了算。”慕千雪嘴角噙着一抹清冷的悲伤，“南昭鲜血尚未干透，九王就要让大周重蹈覆辙吗？”

东方泽倔强道：“此事我自有分寸，不劳公主费心！”说着，他转身就要离开，没走两步，就被人用力扯住，动弹不得。

东方溯沉声道：“不把话说清楚，你哪里都不许去！”

东方泽挣脱不开，愤怒道：“你想知道的我都告诉你了，还想怎么样？放开！”

盯了片刻，东方溯沉沉开口：“你杀害王良意图嫁祸镜玉那件事，我已经知道了。说，你后面打算做什么？”

直至这个时候，东方泽方才发现，自己忽略了一个极其重要的问题，那就是东方溯他们怎么会知道自己那么多事，除非……

东方泽一脸古怪道：“昨夜那些黑衣人是七哥的？”

“是，他们是以前跟着我的几名士兵，知道我被东凌人暗箭射伤后，便在暗中调查。”既然把东方泽叫了过来，他就没打算隐瞒这件事，不过十五他们是神机营的事情，在东方泽来之前，他与慕千雪商量了一番，还是决定要加以隐瞒。

听得这话，东方泽先是一怔，旋即仰天大笑起来，一边笑一边大声道：“好！好！好！”

在连说了三个“好”字后，东方泽一敛笑意，冷冷道：“真是天助我也，本以为我的计划已经被东方洄知道了，现在看来，他还蒙在鼓中，毫不知情。哼，连老天都不想让他继续霸占着那张龙椅。”

“老九……”

东方泽抬手打断他的话：“七哥你什么也不用说，除非你杀了我，或者将今日你我的谈话告诉东方洄，让他杀了我，否则我绝对不会改变心意，他的性命我要定了！”

慕千雪凉声道：“睿王待你手足情深，自不会揭穿你，但你真以为自己可以对付得了周帝吗？”

“我知道你想说什么，放心，我会提防东凌人，这里始终是金陵，任他们再诡计多端也耍不出太多的花样！”事实上，除了那群东凌人之外，东方泽自己手里也有一批人，论身手武功自是比不过千代本樱他们，但胜在隐秘，至今未曾显露于人前。

“我说的不是东凌，而是周帝。”

东方泽愕然道：“什么意思？”

“如你所说，承帝当年明明不喜欢周帝，却还是将帝位传给了他，其中原因，你可曾想过？”

东方泽脸庞微一扭曲，冷哼道：“还不是因为卫氏这个贱妇，不知给父皇灌了什么迷汤，迷得父皇神魂颠倒。”

慕千雪微微叹息一声，摇头道：“承帝并非被人所惑，而是无可奈何，他能够选的太子，只有东方洄一人。”

东方泽对她的话嗤之以鼻：“父皇有那么多皇子，怎可能只东方洄一个选择，简直就是笑话。”

“北周大半江山与其说是掌控在东方一族手中，倒不如说是在卫氏一族的手里，文武百官，五位异姓王，驻守边境的将领，各地封疆大吏。九王，你仔细想一想，这几类人当中，哪一个没有卫氏的影子，又哪一个是你能够掌控的！”

东方泽被慕千雪这席话惊出了一身冷汗，是啊，不知不觉间，卫氏一族的触角伸到了大周每一个角落里，无处不在。

“只要卫氏一族还在，还拥有眼下的势力，除却周帝之外，承德殿的位置，谁也坐不上去，你也不例外。所以，不管你有怎样的计划，我都劝你放弃为好。”

东方泽心头大恨，本以为有东凌人相助，再加上倚翠阁的秘密，足以将东方洄拉下帝位，结果……一切都是他一厢情愿，不论他怎么做，都夺不回那个位置。

他用力一掐掌心，压下那份无力与沮丧，发狠道："大不了拼一个鱼死网破。"

"只怕鱼死网未破，一切只是徒劳无功！"慕千雪的话犹如一柄铁锤，狠狠地砸碎东方泽的最后一点儿希望，令他踉跄地跌坐在地上，嘴里喃喃地不知在说些什么。

看到他这个样子，东方溯心痛不已，他从不知道，表面开朗乐观的东方泽，心里竟藏了这么多痛苦。

许久，东方泽茫然涣散的目光渐渐重新聚焦，撑手自地上站了起来，目光掠过慕千雪停在东方溯身上："就算……真是飞蛾扑火，徒劳无功，我也要去，东方洄没资格坐那个位置，没资格！"最后三个字，他几乎是怒吼出来的。

"你怎么就是听不进去！"东方溯死死地拦住向门口冲去的东方泽，可他这会儿近乎癫狂，用力推过去，吼道："给我滚开！"

事关东方泽的性命，东方溯怎么肯让开，忍痛抵在门前："这是一条死路，你……"

"我知道！"东方泽面目狰狞道，"与其苟且偷生，还不如拼了这条性命去杀了东方洄来得痛快！"

"那弟妹呢，弟妹腹中的孩子呢，你全部都不管了吗？"

王妃……孩子……

这几个字终于令东方泽清醒一些，他停下了脚步，怔怔站在那里，脚一次又一次抬起，却一次又一次地收回。

他可以不顾自己的性命，但王妃与未出世的孩子……

见他冷静了一些，东方溯又道："不论你此去能否杀了皇兄，弟妹与她腹中的孩子都逃不过杀戮的屠刀，你当真忍心吗？！"

东方泽眼眸里的挣扎越发剧烈，许久，双膝一弯，"砰"的一声跪倒在坚硬的青石地上，一滴滴泪水自眼眶中滴落。

男儿有泪不轻弹，只是未到伤心时。

要保全妻儿性命，就只能放弃心里那份执着与仇恨。可是他不甘心，真的很不甘心！

拳头一下又一下砸着坚硬的地面，很快就砸得皮破血流，他仿佛没有感觉到疼痛，依旧不停地砸着。

东方溯默默地站在一旁，没有说话也没有阻止，他知道东方泽这会儿最需要的就是发泄。

在鲜血布满整个手背时，东方泽终于停了下来，从来都是意气风发的他，这会儿却被沮丧无助给包围，令人心疼。

“七哥，我该怎么办？”

东方溯拍着他的肩膀，安慰道：“没事的，不管前路如何艰难，都有七哥在。”

“我知道七哥对我好，可是……一想到东方洄我就好恨，七哥，我宁可坐在承德殿上的那个人是你，那样我磕头也磕得心甘情愿。”

“不要胡说！”东方溯连忙出声呵斥，对于大周的帝位，他从来都没有想过要染指。

东方泽嗤笑一声，摇首道：“除了出身，论军功，论人品，论能力，七哥你哪一点不如他。”

慕千雪走到他身前，垂目道：“留得青山在，不怕没柴烧。事在人为，只要九王有这个决心，未必没有达成所愿的那一日。”

东方泽怔怔地抬起头，那双秋水明眸深邃如幽潭，令他几乎迷失在里面，过了许久方才缓过神来，颤声道：“真的吗？”

“成事虽在天，谋事却在人。不走到那一刻，谁也不知道输与赢，所以九王大可不必如此绝望！”

不知为何，明明是一个手无缚鸡之力的弱质女流，这时却令东方泽毫无保留地相信她说的每一句话，每一个字。

他撑着身子缓缓自地上站起来，尽管手还在流血，但情绪平复了许多，不再如刚才那样激动。

在用力抹了把脸后，他深吸一口气，颔首道：“我明白公主的意思了，好，我答应你们，暂时不去找东方洄的麻烦。”

听到这句话，东方溯长舒了一口气，他是真的怕压不下东方泽那股倔性做出兄弟相残的事情。

东方泽拧一拧眉，为难道：“可是我这一收手，等于背叛了与东凌人的盟约，只怕他们不会就此罢休。”

“我知道，东凌人那边，九王且先稳着，明日我会与王爷过去一趟，应该可以说服他们，你不必太过担心。”

东方泽点点头：“那好，我先回去，明日等你们的消息。”

待东方泽离去后，慕千雪淡淡一笑，望着自刚才起就一直瞅着她的东方溯道：“王爷可是有话要问千雪？”

“是。”东方溯脸色异常凝重，“公主刚才与老九说那番话，难道你打算助他夺取承德殿的那个位置吗？”

“若我说是呢？”

东方溯盯了她片刻，沉声道：“不论皇兄与母后曾做过什么，终归不是大奸大恶之人，而且皇兄吏治清明，事必躬亲，不失为一代英主，所以还请公主打消此念，万勿再起！”

“到了这个时候，你还是心向周帝？”

东方溯沉默了很久，道：“他们终归是我的长辈与兄长，再者，一旦老九夺位，大周必定内乱，到时候东凌与齐国趁我们内政不稳之时乘虚而入，大周百年基业就会毁于一旦。来日九泉之下，还有何颜面去见大周的列祖列宗。”

在他说话之时，慕千雪一直笑意浅浅，令人看不出心中所思所想：“所以，即便赔上所有人的性命，也不可以这样做是吗？”

东方溯听着不对，扬眉道：“这是何意？”

“我听说，承帝驾崩之前，除了周帝之外，还曾另外召见过四位王爷是吗？”

“是，分别是大哥、三哥、五哥还有九弟。”

莹白指尖绕过扇柄下那一根根细长的流苏：“王爷以为，承帝为何要召见他们？”

东方溯拧一拧眉心：“临终之前，见一见自己钟爱的子嗣，亦是人之常情，并不奇怪。”

“那为何不召见王爷？”

东方溯一愣，旋即露出一抹苦涩的笑意：“我从来都不是父皇钟爱的那一个。”

“若不钟爱，何以会将间接代表帝王权威的神机营交给殿下掌管，这份殊荣可是周帝与九王都没有的。”

东方溯茫然摇头：“事实上，从接管神机营的那一刻起，我就一直在想这个问题，可是一直都想不明白，或许……是父皇病得太重，糊涂了吧。我还记得十二岁的时候，我与二哥他们下了课一起去给父皇请安，二哥他们每一个都得了父皇的褒奖，就连背错了文章的九弟也不例外，唯独我……”他怆然笑道，“明明一个字都没错，却被父皇一顿斥责，还罚我将整本经集抄写一遍。而且几乎每一次都如此，托父皇的福，经史子集，我差不多都有幸抄了一遍。文如此武也如此，不管我如何努力去做好，都入不了父皇的眼，罚站罚练功同样是家常便饭。钟爱……抱歉，我真的没有感觉。”

慕千雪思忖片刻，心中已是有了数：“王爷与其他人一样只看到事情表面，而忽略了其中的真意。”

“真意？”

慕千雪站得有些累了，回到椅中坐下，抬手将碎发拨到耳后，徐声道：“王爷仔细想一想，你是否被迫通晓一应经史子集，是否被迫将一副筋骨打熬得异常强健？”

东方溯被她问得答不上话来，是啊，正是因为承帝异乎寻常的严厉，令他未至十八岁就通晓了经史子集，并练就了一副强健的体魄，难道当真如慕千雪所说的那样？

这个念头还未彻底在脑海成形，便被他狠狠地甩了出去，父皇明明那么不喜欢自己，怎么会刻意栽培，应该只是无心插柳的巧合。对，一定是意外！

东方溯清一清嗓子，压下胸口那种令他慌乱的心悸：“公主想多了，母妃出身平平，我又不像大哥他们那样懂得讨父皇欢喜，父皇……”他摇一摇头，“不会的。”

“王爷太妄自菲薄了。”慕千雪掩唇咳嗽数声，“我虽不曾见过承帝，却也听了不少承帝之事，在大周近十代君王中，论政绩，承帝当在前列。这样的一位帝王，又岂会看不出自己儿子仁义双全，禀性纯良，百折不挠又肯踏实办差！”

东方溯静静地听着，目光一直落在透过长格窗子照在地上的那道明媚上，在沉默良久后，他涩然道：“这一切只是公主的猜测罢了，如果……我当真有公主说的那样好，为何父皇要刻意冷淡，这根本不合情理。”

“正如我刚才与九王所言，不解卫氏把持江山之局，周帝以外的任何一位皇子都活不到坐上龙椅的那一刻。”慕千雪攀过供在双耳花瓶中的一朵蔷薇，一边嗅着它清幽的香气一边道，“周帝确实不是承帝属意的继位者，同样的，九王也不是，王爷……”她清目微抬，落在东方溯身上，“才是那个人！”

“不可能！”那张一向没什么表情的脸上，这会儿露出些许激动的痕迹，自他有记忆以来，一直活在被承帝忽略的阴影之中，这会儿慕千雪却一下子抹杀他二十多年的记忆，说他是承帝最看重的皇子，实在让他无法接受。

“神机营就是最好的证明，另外……”慕千雪松开攀花的手，扶一扶有些松垮的珠钗，“承帝之所以在临终之前召穆王他们四位入内相见，我猜不是当真有话叮嘱，而是借此扰乱周帝的视线，令他以为神机营落在这四位王爷手里，从而避开对你的怀疑。”

东方溯很想反驳，却寻不出合适的话来，难道……当真如她所言？

垂在身侧的双手紧了松，松了又紧，手心里的汗出了一层又一层，黏得难受，一缕晨风自窗缝中吹进来，拂过那张唇色煞白的脸庞。

不知过了多久，冰冰凉的声音在这间静寂的屋子里响起：“你希望我与皇兄争夺帝位？”

“这是你唯一保全自己、保全陈太妃、保全九王的法子。”隐瞒许久的话，终于在这一刻说了出来。

东方溯挪着沉重的脚步来到她身前，面无表情道："你是从什么时候起这心思的？"

慕千雪心弦微颤，以她的心思，怎会看不出东方溯对自己起了疑，只是话说到这份儿上，再隐瞒反而不好："从我向你借十九他们开始。"

东方溯用力咬一咬干涩的下唇，呼吸急促而深沉："也就是说，这件事，你瞒了我一个多月。"

"起初我只是怀疑，直至十九他们查到卫氏潜藏在朝堂乃至大周的力量，方才有了几分肯定，并非有意瞒你，还请王爷见谅。"

"呵！"一声冷笑自不见血色的双唇间逸出，极为刺耳，"公主聪慧敏黠，有惊世之才，本王岂敢怪公主。只是有一句话，还请公主如实回答。"

慕千雪撑着疲倦的身子迎向东方溯有些咄咄逼人的目光："王爷请问。"

东方溯闭一闭目，尽量用平静的语气道："公主是否从一开始就是这么打算的，好借此复立南昭？"

他果然这么想了……

慕千雪在心里叹了口气，坦然道："不错，我确实很想复立南昭，但千雪还不至于卑鄙到拿恩人性命去冒险。"朗朗天光下，可以清晰看到她脸上不掺一丝虚伪的坦然。

对视片刻，歉意取代了东方溯眼中的刺芒，拱手长揖一礼："对不起，是本王误会公主了，请公主恕罪。"

慕千雪扶起他，轻言道："是千雪做得不妥，怪不得王爷有此想法，只是王爷，千雪此时所说，尽皆肺腑之言，无半分私念。论处境，王爷比九王更危险，九王只要忍住心中的仇恨即可，但你不行，周帝一定会千方百计找出执掌神机营的人。到时候你、陈太妃、九王、其他王爷，甚至包括这府里上上下下，都要死。"

"不会，皇兄不会这么对我。"他还在维护着东方洄，只是这一次，他的声音弱了许多，不再如之前几次那样坚定。

"权势从来都是这世间最恐怖的东西，为了它可以生死相向，可以兄弟阋墙甚至父子相残。王爷心性平和，无争夺之念，但并不是人人都与你一样。周帝……恕千雪直言，他与萧若傲是同一类人，为了帝位，什么都可以牺牲，亲情……更不在话下。这也是承帝为何要那样煞费苦心去保护你的原因所在。"

东方溯心里进行着激烈的天人交战，他不愿相信慕千雪的话，不愿相信自己信任了那么多年的皇兄是一个冷酷自私的人，更不愿相信卫太后对自己的呵护与疼爱是虚情假意，可是……他竟然找不到一句话去反驳慕千雪。

如此不知过了多久，东方溯带着一丝颤抖道："就算一切真如你所说，连父皇都要被迫妥协的卫氏一族，你让我拿什么去争去抢？"

"承帝妥协，是因为他在明，卫氏一族在暗，但现在情况恰好反了过来，我们在暗，卫氏一族在明。从这一点上说，我们已是占据了先机，而我也会全力帮助王爷踏上承德殿的最高处，受文武百官朝拜！"

这句话，从别人口中说出来，无疑会给人一种狂妄自大之感，可从慕千雪口中说出却再正常不过，不为其他，只因为她是璇玑公主，世间绝无仅有的奇女子！

东方溯用力揉一揉自刚才起就一直隐隐作痛的额头："此事一时急不得，容我再想一想，眼下最麻烦的是那些东凌人，万一他们将老九的事情说出去，后果不堪设想。"

"只要尚有利益可逐，东凌人就不会轻易翻脸，明天我会陪王爷前去九王府邸，与那些东凌人达成合作。"

"合作？"东方溯惊讶道，"你不是说那些东凌人不怀好意，欲谋我大周江山吗，何以还要与他们合作？"

慕千雪微笑道："他们有这份心思不假，但谋不谋得下，就要看各自的本事了，千雪虽本领浅薄，却也不是他们可以算计的。"

东方溯明白过来，她这是要反过来利用东凌的野心，也只有她敢这样与虎谋皮。不过，论算计之精，对人性揣测之准，确实无人可与她相提并论。

又问了几句细节后，东方溯颔首道："好，明日我去与他们谈，至于公主，还请留在府中。"

慕千雪诧异地抬起眉眼，明明说好了一道过去，何以东方溯又突然改了心思，不等她询问，东方溯已道："公主之才，越多人知道，对公主就越危险，所以以后这样的事情，一律由本王出面。"

慕千雪心思玲珑剔透，又岂会不明白东方溯是在维护自己，在颔首答应之时，心思不禁有些恍惚。

曾几何时，也有人这样对她嘘寒问暖，可结果却是一场再可怕不过的噩梦……

尽管暂时打消了东方泽的复仇之念，但王良一事已经不可逆转，一日之内，遍传金陵。因为镜玉同时失踪，故而如东方泽之前所料，整个金陵城的目光再一次集中到了倚翠阁，且比上一次更严重，毕竟事关当朝太傅的性命。信王、荣王等人联手给魏敬成施压，万般无奈之下，魏敬成只能带兵围了倚翠阁，让阮娘交出镜玉。阮娘真是有苦说不出，她哪知道镜玉藏在哪里，最近霉事一桩接着一桩，也不知招了哪门子的牛鬼蛇神，真是让人头痛。

事实上，头痛的何止她一个，绿衣乃至东方洄都头痛得很，尤其是东方洄，王良不论在朝廷还是天下读书人中都有极高的名望，有他在暗中帮衬，令东方洄少了许多麻烦，好比之前倚翠阁那桩事。结果才太平了那么一会儿，突然传来王良被杀的消息，且还疯狂传言是镜玉杀了王良，简直是笑话！

他明知这一切是有人存心设计，却无可奈何，只能眼睁睁看着倚翠阁再一次被围。

“陛下！”绿衣站在金殿下行礼，不等东方洄吩咐，怀恩已是知趣地退了下去，察言观色，是一个奴才最基本的生存之道。

“查到了吗？”连日来的一无所获，令东方洄越来越烦躁，要不是他沉得住气，这会儿怕已是忍不住插手倚翠阁的事了。

绿衣战战兢兢道：“回陛下的话，奴婢派人去过信王府，但那里防守得很严，所以……暂时还没有查到。”

“暂时？”东方洄冷笑连连，走到绿衣面前，勾起她光洁如玉的下巴，眯了那双狭长的丹凤眼，幽幽道，“朕记得上次你也是这么说的，绿衣，你这个‘暂时’的时间似乎也太久了一些。”

纤长的十指在翠绿绲边的衣袖里不停发颤，绿衣不敢与他对视，垂目道：“奴婢办差不力，请陛下责罚！”

东方洄冷哼一声，松手道：“查了这么久都没有进展，反倒愈来愈糟，是该罚！”

绿衣瑟瑟跪在地上，一句求饶的话也不敢说，她清楚这位帝王的性子，最讨厌推脱之人。

东方洄踩着一块块四尺见方平滑如镜的金砖来回走了几趟，强行压下心中的怒火，阴恻恻地问道：“可有其他发现？”

绿衣连忙振了精神道：“启禀陛下，在王太傅被害那一晚，奴婢看到王太傅宅院附近有烟花升起，应该是一种信号；奴婢当即就带人赶了过去，可惜离得太远，等奴婢赶到的时候，那里已经没人了，只在屋顶处发现一些血迹，但王太傅的尸体，奴婢暗中问过魏府尹，是在屋中被害的，并无移动的迹象，所以屋顶的鲜血不会是他的。”

东方洄眉尖一挑：“这么说来，当时在王家宅院的有两拨人？”

“奴婢也是这样想的，烟花很可能是其中一方用来求救的。如果一方是信王勾结用来杀害王太傅的东凌人，那么另一拨又是谁的人，为什么会与之发生争斗？”

东方洄右手拇指与食指轻轻搓动着，心思飞转，猜测着另一拨人的来历，殿内寂静无声，只有冰块化水滴入铜盆的轻微声响，一下又一下。

"那群东凌人武功如何？"

绿衣思忖片刻，道："奴婢不曾与他们直接交手，难以判断，但这群人可以在大庭广众之下射伤诸王，又逃之夭夭，无一人落网，可见武功高强。另外听目睹了刺杀的百姓说，那些东凌人武功招数很奇怪，令人防不胜防。"

"也就是说，寻常将士非他们之敌手？"

绿衣颔首道："连睿王都着了他们的道，恐怕是这样。"

东方洄唇角微弯，勾起一丝冰冷如秋霜的寒意："这金陵城里可真是藏龙卧虎，一个个都能耐得紧。"

绿衣唯恐他责怪，连忙道："奴婢一定会尽快查清楚另一拨人的身份！"

东方洄正要言语，门外传来怀恩恭敬的声音："陛下，太后来了。"

"请太后进来。"说着，他对尚跪在地上的绿衣道，"你先下去吧，朕待会儿再传你。"

"是。"绿衣朝东方洄还有缓步走进来的卫太后行了一礼，低头退出了大殿。

东方洄恭敬地扶卫太后至椅中坐下："母后有什么事情，让宫人来传儿子一声就是了，何必冒着酷暑亲自过来。"

"今日倒是还好，算不得太热。"在示意奉茶上来的宫人退下后，卫太后开口道，"哀家听说王良死了？"

"是，昨日清晨王宅仆人发现他被人杀害在自己屋中，另外……镜玉失踪，这会儿京兆府尹已是围了倚翠阁，追查镜玉下落。"

卫太后望着盏中碧绿似一汪上好碧玉琉璃的茶汤，淡然道："陛下应该知道，凭魏敬成是找不到镜玉的，而镜玉也不可能是凶手。"

东方洄无奈道："儿子知道，但儿子不能直接插手这件事，所以……只能让他们先围着倚翠阁。所幸之前信王他们的人撤走过，阮娘应该趁这机会都收拾妥当了，想必搜不出什么的。"

"倚翠阁那边，哀家倒是不担心。哀家担心的是藏于背后的那股势力，连东凌人都敢勾结，胆子真是不小！"素来慈眉善目的卫太后，在说到最后一句时，射出一轮令人心惊胆战的精光。

能够从一介嫔妃一步步登上皇后之位，一边让族人暗中掌控大周江山，一边将自己唯一的儿子扶持上帝位，这样的女子又岂会是一个寻常人。

"刚才绿衣来禀，说王良死的那一晚，曾有人在其屋顶打斗，其中一伙还放了烟花信号，一拨应该是杀害了王良的东凌人，另一拨人暂时还未查明身份，儿子会让绿衣尽快去查。”

卫太后略略沉吟：“你之前与哀家说，神机营可能落在信王手里？”她虽幽居宁寿宫，但对于外界发生的事情了如指掌。与其说大周半壁江山掌握在卫氏一族手里，倒不如说是掌握在她的手里。

“是有这个怀疑。”东方洄话音刚落，卫太后便道：“怎么说？”

东方洄知道她在问安插在信王身边的那个人：“尽管他已经在信王身边待了差不多五年，但还没有得到信王全然信任，故而不曾探听到神机营的事情，只肯定信王手里确有一股未知的暗势力。”

卫太后不置可否地点点头，目光一转，落在垂手立于一旁的尹秋身上：“你呢，也这样想？”

尹秋在日光的影子里屈一屈膝，低头道：“奴婢不敢妄言。”

“哀家让你说，你就只管说。”得了卫太后的话，尹秋思索半晌，徐声道：“奴婢记得，当年随太后一起入东宫之时，信王才刚刚出生，奴婢可以说是看着信王长大的。信王此人，学识丰富，尤其擅长书法，一手楷书连先帝也颇为赞赏，表面看来，品行端正，聪明能干，但信王生母，本是一名歌姬，出身低下，终她一生，最高的位份也不过是嫔，这样的出身，注定信王无缘帝位，所以……奴婢并不认为陛下会将神机营传给他。”尹秋能够成为卫太后的陪嫁丫鬟，并在随后的近三十年里一直被卫太后倚为心腹，自有她过人的本事，其中一条，就是心思冷静细腻，善于分析利弊。

“不是信王？”东方洄满面惊讶，旋即摇头道，“但绿衣明明查到，信王身边一直有高手暗中保护。”

尹秋微微一笑：“信王十六岁开府建衙，而今三十岁，十四年的工夫，足够他培植属于自己的势力，偶尔招揽到几个高手，并不是什么稀奇的事儿，琉璃坊不也有这样的人吗？”

东方洄仔细想了一番，道：“母后也是这样想的吗？”

卫太后抿了一口碧绿的茶汤，不紧不慢道：“先帝虽然不太看重祖制，但也不会让一个歌姬之子登上帝位，再者，信王表面谦逊，实则孤傲自大，性情偏执，他自以为隐藏得很好，但瞒不过哀家，更瞒不过先帝。”

“如此说来，神机营并不在信王手里？”

卫太后眼中精光一轮：“与其盯着信王，陛下倒不如多多留意穆王。”

“老九？”东方洄的惊讶比刚才更甚，“怎么可能是他！”

“皇帝忘了他是什么出身？”卫太后一针见血的言语，令东方洄眉心狠狠一跳，之前被他忽略的事情，一下子全部都涌了出来，是啊，要说众皇子中父皇最中意的那个，不是他也不是信王，而是东方泽。

“先帝……”卫太后望着虚空，一抹沉积多年的怨恨浮现在眉眼间，“最是偏向他们母子，要不是你几个舅舅还有表兄弟们争气，今日坐上帝位的，就是穆王。”

“这个儿子也明白，但是……”东方洄思索片刻，“老九的性子，母后也是知道的，冲动妄为，大周交到他手里，非得四分五裂，分崩离析不可。”

尹秋扶一扶卫太后髻边的玉簪：“奴婢倒与陛下看法略有不同。穆王虽说年轻了一些，但他得先帝亲自抚育，言传身教，是十余位皇子之中最像先帝的。而先帝……与冲动妄为这四个字，可是全然扯不上关系，陛下不妨再仔细想想。”

是啊，父皇还在世时，东方泽的性子可不像现在这么跳脱，难道……这是他用来掩人耳目的烟雾？若果真如此，这东方泽的心思可是深得紧。

“皇帝知道该怎么做了吗？”

东方洄回过神来，拱手道：“儿子明白，请母后放心。”

卫太后点一点头，与少女一般娇嫩白皙的手抚过折锦宝蓝裙裾，淡淡道：“只有找出神机营，才可以永绝后患，你的帝位也才能真正坐稳。”顿一顿，她又道，“刚才尹秋提的那些人，你如果认为有必要，尽管动用就是了。”

“是。”在东方洄的应声中，卫太后扶了尹秋的手起身，临行之前又记起一事，“西楚那边怎么样了？”

“南昭虽灭，但其百姓反抗十分激烈，眼下西楚控制的地方不过十之二三，其他地方仍在继续抵抗。上次听老七说起，慕临风已经悄悄回了南昭，准备召集南昭残军与百姓，不管他成功与否，后续冲突都会越发激烈。依儿子估计，至少五年之内，西楚无法完全控制南昭。”

“嗯。”卫太后抚一抚腕间慕千雪送来的枷楠香木嵌金福字数珠手串，沉吟片刻，“让人再去西楚查一查慕千雪。”

东方洄不以为然道：“儿子亲自试过慕千雪，此女自诩聪明，实则蠢笨不堪，萧若傲的事情，应该与她无关。”

“凡事谨慎一些总是没错的，另外，睿王那边你也要盯着一些，别让他到时候投靠了老九。”她的提防之心比东方洄更胜一筹。

待东方洄一一应下后，卫太后方才缓步离去，自背后望去，宝蓝裙裾逶迤盛开，大朵大朵的暗纹牡丹在裙裾间若隐若现。

卫氏凭借着过人的算计与忍耐，经历三朝，始终屹立不倒，享尽人间尊荣，犹如深宫中一朵永不凋零的牡丹。

但天下没有永不衰败的王朝，也没有真正不谢的牡丹，这一天……终将到来！

暮色如一对巨大的翅翼，自天际缓缓垂下，吞噬了如血一般鲜红的夕阳，只有一些流离四合的云彩还未被吞噬，在天边若隐若现。

东方溯刚踏进穆王府，东方泽便得到消息迎了出来，在见到只有他一人后，低声道："七哥，怎么不见公主？"

"此事我一人出面即可，公主在这件事里的关系……"东方溯停下脚步，神色凝重道，"不得与任何人提及！"

"为什么？"

"不必多问，总之照我的话做，否则就算是你，我也不会客气！"

见他不肯说，东方泽只得耸一耸肩道："好吧。"事实上，他也没打算与什么人说昨日发生的事情。

第二十二章　琉璃坊

穆王府比睿王府大了许多，里面小桥流水，楼台亭阁，院落一重又一重，以他们二人的步伐也差不多走了一炷香的工夫，方才来到最里面的一进院子。

“他们就在里面。”东方泽低声说着，此处平日里都是空着的，再加上位置偏僻，经常一天都没一个人经过，除了少数几个心腹，无人知晓此处住了全城通缉的东凌犯人。

东方溯点头走了进去，一踏进院门，就有一种被人盯住的感觉，浑身不自在，可环视四周，并不见人，真是奇怪。

“东凌人善于藏匿之术，很难发现他们。”东方泽看出他的心思，在其耳边轻声解释。说话间，他们已是来到一间平屋前，按照约定的方式叩门后，里面传来一个娇柔如水的声音，“进来。”

屋中这会儿已是掌了灯，千代本樱正坐在桌前徐徐擦拭着险些取走十五性命的那把东凌刀，见二人并肩走进来，本樱停下手里的动作，目光凌厉地逼视着东方泽：“九王带他来，是打算背弃我们的盟约吗？”

“怎会，七哥此来，是有些事情想与千代小姐商量。”在东方泽的言语下，本樱美目一转，落在东方溯身上，嫣然笑道：“我们又见面了。”

东方溯盯着这个曾以问路为名暗箭射伤自己的女子，沉声道：“是啊，又见面了。”

本樱扬一扬细长的柳眉，起身朝东方溯施了一礼，笑盈盈道：“之前多有得罪，还望睿王见谅。”

“过去之事，不提也罢。”东方溯摆一摆手，打量了本樱一番后，漠然道，“想不到千代小姐年纪轻轻，武功如此出众，连本王手下也差点儿死在千代小姐手里。”

本樱惊讶道：“前夜那人是王爷手下？”

“千代小姐以为呢？”东方溯冷笑道，“如果是陛下的神机营，你们这会儿早已被关入天牢之中。”

本樱在松了一口气的同时也多了一分警惕：“想不到王爷手下竟有这样的能人，不知能否让小女子见一见。”

“不方便。”东方溯毫不犹豫地拒绝了她的要求，事实上连他自己也不知道那个人是谁，更不知去何处找他。

“本王知道你们打算趁后日陛下前往太庙祭祖之时行刺杀一事。本王此来，就是想请千代小姐放弃这件事。”每年四季的首月，当朝皇帝都要前往太庙祭祖，称之为时享，虽然同样有禁军护卫，但较之昭明宫无疑要弱一些，所以东方泽才会选定这个机会动手。

“放弃？”本樱诧异地望向东方泽，后者颔首道：“这也是我的意思，之前我被气晕了头，这会儿仔细想来，此法并不可行！”

纤指在明亮如镜的刀身上划过，一双杏目清晰倒映之上，幽凉的声音充斥在这间不大的屋子里：“二位王爷将我千代一族当成什么人，招之即来、挥之即去的家奴吗？”

“此事……”

东方溯抬手阻止东方泽继续说下去，面无表情道：“本王知道千代小姐与手下之人，皆是身手不凡，但禁军、武将、神机营，这些人都会或明或暗地围绕在陛下身边，千代小姐认为，你们真可以千军之中取敌首级吗？”

本樱面色微微一变，旋即冷笑道：“不过是一群乌合之众罢了，算不得什么。”

东方溯盯了她片刻，忽道：“既是这样，就当本王没有来过，告辞！”说着，他转身就要离去，本樱没想到他说走就走，一时不知做何反应。

东方泽尽管也是满腹惊讶，但对于这个七哥，他有着无条件的信任，故而生生咽下已经到嘴边的话，静看事态发展。

“且慢！”在东方溯手握住门闩之时，本樱终于忍不住开口将他唤住，用力咬一咬小巧的唇瓣，“九王既然将王爷带到此处，想必与你说了我和他之间的协议，周帝派人潜入我东凌，意图不轨，此事不可不究。”

东方溯冷笑道：“如果千代小姐有足够的能力，本王自不会说什么，可惜没有，一个神机营就足以让你们吃不了兜着走。”

“大言不惭！”随着这句话，一道寒光自墙角出现，快如闪电地刺向东方溯后脑，后者眸光一寒，随手自桌上取过一个空茶盏，反手置于脑后。

“叮！”刀尖不偏不倚地被茶盏抵住，无法寸进，与此同时，一个黑影也暴露在烛光下，正是一刀。

东方溯冷冷道：“贵国这套隐匿身形的本领确实不错，但终归只是隐匿，不是消失。只要仔细观察，多少能够发现一些端倪，除了他之外，应该还有一人隐匿在屋中，千代小姐，本王说得对吗？”

本樱脸色微白，这个东方溯，从进屋到现在，才多少时间，居然就已经发现了一刀他们二人，真是不简单。难怪四年前一战，东凌会败在他的手上，还有前夜那个神秘高手……

千代本樱心思飞转如轮，很快已是有了决定，向尚未收回长刀的一刀喝道：“还不赶紧退下！”

在一刀收刀退到一边后，本樱亲自斟了一盅茶双手递给东方溯，恭敬道：“本樱管教不严，请王爷恕罪！”

“不敢！”东方溯面无表情地说着，也不伸手接茶，这样的态度令本樱摸不准他的心思，越发小心道：“王爷好意，本樱心中明白，只是我们千里来此，却空手而归，实在令人不甘。”

见她先服了软，东方溯面色稍缓：“君子报仇，十年不晚。”

本樱盯着他，试探道：“王爷要我等候时机刺杀周帝？”在得到东方溯肯定的答复后，她又道，“如此说来，王爷也痛恨周帝？”

她的话令东方溯胸口堵得慌，就在昨日之前，自己对东方洄还充满了敬重尊崇，认为他是一位好兄长、好皇帝，可一转眼……什么都变了。

“这个你不必管，只需知道本王与九王是站在同一边的就行了。只要你我今日达成共识，将来事成之后，本王必不会亏待千代小姐，大周与东凌也将会世代交好，永无战火！”

在长久的思索后，本樱抬了双眸，凝声道：“好，一切就依睿王的意思，自今日起，咱们就是盟友，从此同进共退，不背不弃！”

“同进共退，不背不弃！”东方溯接过本樱一直捧在手里的茶，一口饮尽。本樱明白，他这是以茶代酒，当即给自己与东方泽各倒了一杯，一起饮尽。

自那个小院落里出来，天已经彻底暗了下来，一钩弯月静静悬挂在黑缎一般的夜空中，洒下柔和的银光。

东方泽见四下无人，低声道：“七哥，你真打算一起对付东方洄吗？”还在屋里时，他就想问这个问题，只是碍于千代本樱在，一直生生忍到了现在。

东方溯停下脚步，感受着夜风拂过脸颊的凉爽："想知道？"

"当然。"东方泽一脸好奇，昨日离开之时，七哥还在一直帮着东方洄说话，何以一夜之间有了这么大的转变，难道是公主与他说了什么，令一向固执的七哥改变了心意？

东方溯抬头静静望着布满星子的夜空，慕千雪之语，如流水一般在耳边淌过，许久，他摇头道："我不知道。"

"不知道？可你刚才明明……"

东方溯收回目光，打断道："如果刚才我不那样说，千代本樱怎么会罢手。"

东方泽闻言失落不已，二人并肩慢慢走着，在快要走到门口的时候，他突然道："七哥，我昨日说的都是真心话。"

"我知道，也怪七哥大意，不知你心里藏了这么多委屈，往后你若是难受了，就来找七哥，不要一个人憋在心里。"

"我指的不是这个。"月光下，东方泽一双眼眸清亮有神，他缓慢清晰道，"我宁愿坐在承德殿中的那个人是七哥你！"

东方溯瞳孔猛地一缩，下一刻已是喝出与昨日相差无几的话来："不许胡言，我非嫡非长，岂可……"

东方泽打断道："与嫡庶长幼相比，我倒更喜欢'能者居之'这四个字。七哥，只要你想，我一定全力帮你！"他眼里闪动着异常的光彩，那是一种与利益争夺无关的信仰。

东方溯心绪纷乱如麻，他活了二十四年，从未想过要染指高高在上的那个位置，可现在身边的人，一个接一个劝他去争去夺，甚至还告诉他，从来都不待见他的父皇，对他寄予了超乎寻常的希望，这样的反差实在太大。

"七哥……"

东方溯抬手道："我知道你想说什么，此事……容我仔细想一想。"停顿片刻，他又叮嘱道，"在事情淡化之前，你多加小心，不要露了马脚，那群东凌人住在你府中之事，更要仔细再仔细，万万不能……"话说到一半，他突然脸色一变，迅速往漆黑的夜空看去，不过很快又收回了目光，若无其事道："老九，你年纪也不小了，怎么总还是这么鲁莽，堂堂亲王，竟与几个地痞流氓打架，传出去非得招人笑话不可。"

东方泽听得莫名其妙，他什么时候闲得与地痞流氓去打架了，正疑惑间，看到东方溯暗自使来的眼色，尽管不明白发生了什么事，但还是顺着他的话道："谁叫那几个贼小子当街调戏良家妇女的，当然要好生教训一番，看他们以后还敢不敢胡来。”说到此处，他又愤然道：“可恨的是他们竟然使阴招，拿香灰迷我眼睛，害我看不清楚，挨了他们好一顿揍，想起来就气人，可惜等我后来回去，已是找不到他们几个了，要不然一定加倍讨回来！”

“你啊，所幸只是一些地痞，否则就不止皮肉伤这么简单了，往后出门多带几个护卫，以免再发生同样的事情。”

“知道了，很晚了，我送七哥出去。”走到朱红大宅门前时，趁着错身的机会，东方溯在其耳边低声道：“我刚才发现有人在监视，恐怕来者不善。”

听到这话，东方泽吓了一跳，生生忍住抬头张望的冲动，低声道：“七哥确定？”

“嗯，一直在盯着我们，你自己多加当心。”因为被监视的感觉一直都在，东方溯不敢说得太多，悄声叮嘱一句后，便离开了穆王府。

有了东方溯的提醒，接下来的日子，东方泽一直谨言慎行，更未再踏足过那间小院，整座穆王府平静得连一丝最细微的风都没有。

倚翠阁的情况则正好相反，他们已经被京兆府尹围了整整七日，一应吃喝拉撒都在楼里，这也就算了，偏偏那几位王爷还不断地给魏敬成施压，逼得他将倚翠阁的人分别带回衙门不说，还旁听逼着用刑。

魏敬成审得胆战心惊，唯恐那些姑娘受不住刑供出一些不应该的事情，所幸一圈下来，这些姑娘嘴都还挺硬，什么都没说，令他暗自抹了把汗。

这日提审的是阮娘，这已经是她第三次被提审，每一回大同小异，审问、喊冤、行刑，周而复始。

“奴家真的什么都不知道，也不曾见过镜玉，求大人明鉴啊！”阮娘有气无力地求饶着，那双精心保养的小手已经被夹棍夹得又红又肿，犹如十根粗大的胡萝卜。

蓄着八字胡的荣王用力一拍扶手，冷哼道：“不见棺材不掉泪，给本王继续用刑，本王倒要看看，她能嘴硬到什么时候！”

“王爷……”魏敬成有心帮阮娘说话，结果刚一张口，便被荣王堵了回来，“怎么，魏大人不忍心了？”

“当然不是。”魏敬成朝面色不善的荣王赔着笑，旋即用力一拍惊堂木，狠下心肠，“来人，继续用刑！”

“不要！不要啊！”阮娘撕心裂肺地尖叫着，眼里充斥着无尽的惊恐，她实在怕了那种痛楚，十根手指都像要被生生夹断一样。

“大人您相信奴家，奴家真是冤枉的！”差役按住哭喊尖叫的阮娘，将夹棍套在她的十指上，随着两边差役用力拉紧，阮娘发出尖厉的惨叫，荣王皱一皱眉，冷声道：“捂上她的嘴，吵得本王耳朵疼。”

差役赶紧依言找来一块破布堵住阮娘的嘴，这下子连唯一发泄的地方也没了，所有痛楚一丝不漏地聚集在体内，煎熬着她的五脏六腑，全身上下都冒着冷汗。

等差役撤下刑具的时候，阮娘已是瘫软在地上，不停地喘着粗气，身上的衣衫已是湿透，犹如刚从水里捞上来一样。

荣王走到她身边，抬起穿着鹿皮靴子的脚在她身上重重踢了一下：“说，镜玉在哪里？”

阮娘虚弱地自喉咙里挤出几个字来：“不……不知道……”

这个回答无疑不是荣王要的，他寒着脸道：“嘴倒是真硬，不说是吗，那就继续用刑，直至肯说了为止！”

阮娘趴在地上，连求饶的话也没力气说，魏敬成走下来道：“王爷，不能再用刑了啊。”

荣王打量了他一眼：“你这么护着，难不成这老鸨是你的老相好？”

“王爷说笑了。”魏敬成尽管心里恼怒，却不敢发作，向荣王与坐在椅中未发一言的信王道，“非是下官护着阮娘，实在是她这个样子，再用刑的话恐怕会闹出人命来，她是倚翠阁的老鸨，要说有什么人知道镜玉的下落，非她莫属，若是死在这里，线索可就断了，还望二位王爷三思。”

被他这么一说，荣王也有些犹豫，转头道：“大哥，你说怎么办？”

信王把玩着手里的折扇，慢悠悠起身道：“魏大人说得有几分道理，就依他的话，改日再审吧，咱们都已经等了这么多日，也不差再等这几日。”

“好，听大哥的。”在走到门口时，荣王想想不解气，又回来踹了阮娘几脚，魏敬成不敢阻止，等他们走得不见人影后，方才让人赶紧带阮娘回牢房，至于他自己也跟着来到牢房里。

明明外面艳阳高照，里面却是一贯的阴暗潮湿，一门之隔，犹如两个世界。

“大人，救我……”阮娘伸手想要去拉魏敬成的袍角，却因为手指伤得太厉害，无法弯曲握牢。

“唉。”魏敬成叹了口气，蹲下身取出藏在袖中的药瓶，将绿色的药膏涂在她比常人整整粗了两倍的手指上，“不是本官不想救你，而是没法救，荣王的态度你也看到了，他们吃了这么大的亏，是不会就此罢休的。”

药膏的清凉令痛楚稍减，阮娘振了精神道：“王太傅那件事，我真的什么都不知道，也不曾见过镜玉，我是被冤枉的。”

魏敬成苦笑道：“本官自是相信你，可眼下做主的不是本官啊，你再忍一忍吧，这件事不会无休止地查下去。”

“如果……荣王他们不肯罢休呢？”阮娘哀求道，“大人，求您帮我与姑娘说说，姑娘神通广大，她一定会有办法的。”

魏敬成摇头道：“这次的事涉及好几位王爷，就算是姑娘恐怕也无能为力。”

“不会的，姑娘一定有办法救我们。”说着，她哭道，“我实在是受不住这刑了，我怕……会忍受不住。”

魏敬成脸色一变，寒声道：“你想背叛姑娘？”

一听这话，阮娘顿时打了个冷战，头摇得跟拨浪鼓似的：“我怎么敢背叛姑娘，只怕受多了刑，脑子糊涂，会不小心说错了话。”

魏敬成面色稍缓，但语气仍是冷得很：“你要真想保住这条性命还有倚翠阁上下的话，就管好自己的嘴！”

“我知道！”阮娘点头如捣蒜，随即又苦着脸道，“大人，您就帮我去与姑娘说一声，要是姑娘真没办法，我也就认了。”

魏敬成也怕这样审下去倚翠阁会撑不住，遂道：“好吧，本官去与姑娘说说。”

“多谢大人！多谢大人！”在阮娘的连声道谢中，魏敬成起身离开了阴暗潮湿的牢房。

傍晚时分的一场雷雨消解了酷热，凉爽的晚风卷着清凉的水汽，吹拂在金陵城的街头巷尾。

在天边最后一抹霞光也被黑暗吞噬后，一个青衣小帽的人低着头自京兆府衙后门走了出来，穿过一条又一条相连的街道来到一字街，这里是金陵城中最繁华的街道之一，两边店铺如云，琳琅满目，古玩、兵器、珠宝，形形色色。

但这一切热闹都比不上街尾的那间小楼，绢红灯笼一盏接着一盏悬挂在屋檐下，透着迷离而魅惑光芒的同时，也清晰照出匾额上苍劲有力的三个字——琉璃坊。

“青儿姑娘，我们已经约了杏姑娘数回，不知今日可有空？”几名青年男子围着门口一个丫鬟打扮的女子，神情急切。

被称为青儿的女子带着歉意道：“几位公子实在对不起，你们也知道，杏姑娘一日只见一人，她的约见已是排到了下个月末，实在是无暇相见，你们还是等下个月再来吧。”

“下个月未免也太久了一些，我们只听一曲便走，青儿姑娘能否通融一下？”

“不是奴婢不肯通融，实在是琉璃坊的规矩，还请几位公子体谅，不过其他几位姑娘倒还有空，若几位公子有兴趣，奴婢可以代为安排。”青儿言辞虽客气，态度却极为坚定，任谁来问，关于那位“杏姑娘”的回答都言辞一致，半步不肯退让。最后是一位约在今日的贵公子在众人羡慕的目光中进了琉璃坊。

对面一个摆摊卖豆花的老汉望着这一幕，连连摇头：“这些人也真是的，天天拿钱来吃闭门羹，竟还乐此不疲，真让人想不明白。说什么卖艺不卖身，说到底还不是一个倚门卖笑的青楼女子，被他们吹得像天仙一样。”

旁边一人听到他的话，笑道：“这就叫周瑜打黄盖——一个愿打一个愿挨。我可听说了，那位杏姑娘是琉璃坊的头牌，听她弹一曲，至少得五十两银子，而且还得等，少则半个月，多则一两个月。楼里其他姑娘，要价最低的也是十两往上。这里啊，就是一个销金窟。”

“五十两？”老汉咋舌道，“我卖一年的豆花也赚不到五十两银子啊，就一首曲子而已，听了还能成仙不成？”

那人努努嘴道：“能够来得起琉璃坊的，哪一个不是一掷千金的豪客，五十两在他们眼里，与咱们的五文钱差不多。至于那位杏姑娘，我听说好几位有身份的大人物想纳她为妾，金屋藏娇，她都不肯点头，宁可留在这琉璃坊中。”

老汉盛了一碗豆花给客人，叹道：“好好的从良不肯，非得在这种地方抛头露面，也不知是什么心思。”说到这里，他眯一眯眼，指着对面道，“你瞧那个人，看着也不是什么富贵的人，怎么也进去了？”

旁边那人顺着他手指的方向看去，只见一个青衣小帽的人走进了琉璃坊，他不以为然道：“说不定是哪位贵公子的下人，又或者……攒到了钱，来这里摆一回阔。不过要是我有那个钱，宁可去倚翠阁或者万花楼，至少那里的姑娘不只能看还能摸，不像这里，扫兴！”

老汉笑斥道：“看你平日里挺正经，想不到也有这个花花肠子，小心别让你家那口子知道，不然非得把你耳朵揪下来不可。”

那人摇头晃脑地吟道：“岂不闻‘牡丹花下死，做鬼也风流’。”

在他们将此事引为笑谈时，之前所见的那名青衣人随一名小厮来到琉璃坊的后院，与人声鼎沸、丝竹之声不绝于耳的前院相比，此处显得异常幽静，要不是院墙明明白白围在一起，还道是两个地方。

在走到一间两层小楼下面时，小厮停下脚步，恭敬道：“姑娘就在上面，大人请！”

“好。”青衣人点一点头，抬步踏上楼梯。他似乎对这里很熟，一上楼就左拐来到一间透着灯光的小屋前，抬手叩门。

“进来。”随着这个声音，青衣人推门走了进去，四目相对，绿衣惊讶道：“魏大人？”

这名不起眼的青衣人，正是乔装打扮后的京兆府尹魏敬成，他拱手道：“本官冒昧过来，还请绿衣姑娘见谅。”听他们的言语，应该是老早相识。

“大人言重了。”在请他坐下后，绿衣疑惑道，“大人怎么突然来了？”

魏敬成叹了口气：“还不是为了倚翠阁的事情，这几日信王他们一直死死盯着，每次提审都逼着本官用刑，尤其是阮娘，本官担心……阮娘会受不住刑说一些不该说的话，所以特意来此与姑娘商量，看有没有办法打消信王他们的怀疑，省得他们总是揪着倚翠阁不放。”

绿衣低眉片刻，沉声道：“只要镜玉一日找不到，信王他们的怀疑就一日不会打消。”

“正是这个道理，陛下那边……”魏敬成压低了声音试探道，“姑娘可有问过？”

绿衣眸中寒光一闪：“怎么，魏大人想请陛下出面？”

“不敢！不敢！”魏敬成连忙否认，他知道当中的利害关系，就算倚翠阁连同琉璃坊都闹得天翻地覆，东方洄也是绝对不会出面的。

默默半晌，绿衣道：“阮娘想要招供？”

魏敬成思忖半晌，坦言道：“不瞒姑娘，这次就是阮娘求着本官过来的，想请姑娘想个办法化解她与倚翠阁之难，否则……”

“否则就供出我来？”见魏敬成抿唇不语，绿衣知道自己猜对了，微微上翘的眼角含了一抹冷意，“年纪长了，胆子也跟着长了，忘了七年前是谁替她赎身，又是谁帮着她在京城开了倚翠阁，让她这七年一直过得舒舒坦坦，忘恩负义的东西！”

“阮娘确实过分，但眼下要紧的是解决这件事，以免连累姑娘。”魏敬成尽管是正四品朝官，执掌京畿治安与政务，却在没有任何品阶的绿衣面前赔尽了小心。因为他很清楚，决定彼此地位的，不是官职也不是品阶，而是在东方洄面前的恩宠与信任。这一点，绿衣无疑要胜过他许多。

绿衣静静不语，纤长的指甲无意识地拨弄着桌布上复杂的绣线，许久，她道：“倚翠阁里见过我的，只有阮娘一人。她死了，倚翠阁与琉璃坊的关系，自然而然就断了。”

“丁零零！”一阵疾风自屋外吹入，拂动垂在窗檐的银铃，发出清脆悦耳的响声。

魏敬成动一动有些僵硬的身体，呼吸稍显急促：“姑娘可是想……”他比了一个手起刀落的动作。

绿衣吹一吹半透明的指甲，淡淡道：“想要平息这件事，必须给信王他们一个交代，阮娘……无疑是一个最好的祭品。”她眼角一扬，似笑非笑道，“怎么，魏大人不忍心？”

“当然不是。”魏敬成并不是什么善男信女，在最初的惊异过后，他道，“本官明白姑娘的意思，只是担心阮娘一条性命，并不能让信王他们罢手。”

绿衣无声一笑：“只是这么杀了，自然不可，但若她担下所有事情，那就不一样了。”

魏敬成猜不透她的意思，拱手道：“请姑娘指教。”

绿衣走到敞开的长窗前，遥遥望着前面灯火通明的楼宇，徐徐说出她刚刚想到的计策。

随着绿衣的言语，魏敬成眉头越皱越紧，待最后一个字音消散于晚风中后，他迟疑道：“这样是否太过冒险了一些，而且信王他们未必会相信。”

绿衣转过身，五官在橘红烛火映照下，精致柔美：“他们相信与否并不重要，重要的是，魏大人你有了交代，可以顺理成章地放人撤兵。以一条性命解整个倚翠阁之危，很划算不是吗？”

“就怕他们不肯罢手！”

“只要魏大人你占了理，就不必怕他们，王爷……呵，听着尊贵，说穿了还不是一个臣子，有陛下在，他们翻不了天。而且，这件事情令陛下对他们很不满，瞧着吧，早晚会一个个地算回来。”

魏敬成心思飞快地转着，在一滴烛油落在灯台上时，他咬一咬牙道：“好，就按姑娘说的做。”他也是雷厉风行之人，既有了决定，当下不再耽搁，拱手道，“本官现在就去安排，多谢绿衣姑娘指点。”

“大人慢走，不送。”在绿衣的言语中，魏敬成悄然离开了琉璃坊，照着原路，由后门回到京兆府。刚换下那一身遮掩身份的青衣小帽，一名双十年华长相标致的锦衣女子便带着丫鬟走了进来，她是魏敬成去年才纳的妾室，很得其欢心：“老爷，您刚才去哪里了，妾身在府里找了一圈也没见您。”

魏敬成随口道：“我见今日天气凉爽，就出去走了一会儿。”

“妾身知道老爷这些日子辛苦，所以特意炖了一盅参汤过来，老爷您趁热喝。”说着，她舀了一碗参汤递到魏敬成面前，后者这会儿满脑子都想着怎么处理牢里的阮娘，哪里有心思喝什么参汤，随手搁在一旁："先放着吧，晚些再喝。"

女子见他愁眉不展，担心道："老爷，可是那几位王爷又给您施压了？"自从王太傅在家中被杀之后，魏敬成就经常唉声叹气，难有笑颜。

魏敬成点点头，转而道："没事，我会处理好，你回去歇着吧。"

女子见他心情不好，知趣道："妾身告退，老爷记得喝参汤。"

待她走后，魏敬成将府中的柳师爷唤了进来，在一番密谈后，柳师爷躬身离去，过了大概半个时辰方才回来，低声道："大人，都按照您的吩咐安排好了，等您见过阮娘后，他就会动手，保准阮娘见不到明天的太阳。您是现在过去，还是……"

"现在就去。"说话间，魏敬成已是大步踏了出去，柳师爷赶紧跟在后面，在夜色中一番兜转之后，停在一扇黑漆漆的铁门处。

随着柳师爷的叩门，很快有人来开了门，是一个四旬左右的中年汉子，也是此处的牢头，一边侧身让开一边恭敬道："卑职见过大人！"

魏敬成掩鼻走进气味混浊的牢房，除了牢头之外，还有几名狱卒在，见他进来，连忙起身行礼。

牢头引着他们一路来到最里面的一间牢房，这会儿时近三更，犯人差不多都已经睡着了，阮娘也不例外，背对他们一动不动躺在干草上。

牢头拿钥匙开了锁后，恭敬道："小人已经按照柳师爷的吩咐，将旁边还有对面的犯人换了地方关押，另外笔墨也准备好了，可要现在就拿过来？"

"去拿来吧。"这般说着，魏敬成走了进去，轻轻摇晃着阮娘的身子，后者睡意蒙眬地张开眼，待得看清魏敬成后，顿时没了困意，急忙坐起身来，迫不及待地问道："大人，你可是见过姑娘了，她怎么说？"

"嘘！"魏敬成做了一个噤声的手势，见没有惊动其他犯人后，方才低声道："我刚刚从姑娘那里回来，她与我说了一个法子，应该可以救你出去。"

听说自己有机会离开这个鬼地方，阮娘心中大喜，强压了那份激动道："什么法子？"

魏敬成迎着她希冀的目光，一字一句道："承认所有事情是你所为，包括王太傅之死。"

这句话犹如一盆凉水当头浇下，令阮娘从头冷到脚："什么意思？"不等魏敬成言语，她又提高了声调，尖声道，"你们想要推我去死？！"

"你想到哪里去了。"魏敬成伸手去抚阮娘的肩膀，后者却视他如瘟疫，缩身避开，魏敬成不以为忤地收回手，“姑娘一直倚你为心腹，怎么舍得让你有事，再说你出了事，倚翠阁谁来打理。”

阮娘神色稍缓，戒备道：“既是这样，为何要我承认那些事？”

“因为这是唯一可以救你的法子。”在牢头放下笔墨离去后，魏敬成方才继续说下去，“信王他们的态度，你看得比谁都清楚，要让他们放过你，根本不可能。”

“不是的，只要……”阮娘双手捧着脑袋，努力让自己冷静下来，“只要找到镜玉，他们就会知道王太傅的事情与我还有倚翠阁都没有半分关系。”

“且不说现在找不到镜玉，就算真找到了，万一镜玉一口咬定是你指使的怎么办？到时候你跳进黄河都洗不清。”

“不会，镜玉是我们的人，她不会胡说的，不会！”阮娘努力说着，可是越说越没底气，暗中算计倚翠阁的那群人诡计多端，做出来的事情总是出人意料。

“与其等镜玉出现，倒不如设法自救。”魏敬成低声道，“尽管信王、荣王他们强势，但始终本官才是京兆府尹，上上下下皆受本官管辖，包括大牢！”

柳师爷在一旁细声道：“只要府尹大人开口说犯人死了，那就一定是死了的，不会有人敢说一个‘活’字。”

“什么意思？”

柳师爷微微一笑：“很简单，你承认王太傅一事是你指使镜玉做的，让大人给几位王爷一个交代，大人就将你以暴毙之名送出牢房。虽说从此不能再以阮娘之名示人，也不能再待在金陵，但好歹保住了性命，也不用再受皮肉之苦。”

听得是这么一回事，阮娘松下了紧绷的身子，迟疑道：“万一这件事让荣王他们知道了，怎么办？”

柳师爷摇着他那个细长的脑袋：“荣王他们手再长，也伸不到京兆府来。你想想，这段时间要不是大人保着你，他们岂会仅仅只是上夹具那么简单，怕是你全身骨头都要被他们一寸寸敲断了。”

阮娘被他说得一阵哆嗦，看着魏敬成颤声道：“真只有这么一个法子吗？”

“我与姑娘商量了许久，思来想去，只有这么一个假死的法子可行。你放心，行此事的，都是本官心腹，绝对不会泄露出去。到时候你先藏在本官府中，待得金陵解封之后，再设法将你送出去。姑娘说了，宅子田地甚至是银子，都会替你备好，保证你后半辈子衣食无忧，也算是你这七年来尽心尽力替姑娘办事的酬劳。”这一番话魏敬成说得面不红耳不赤。

阮娘点点头，转而又道：“万一荣王要看尸体怎么办？”

柳师爷笑道："我刚才问过义庄，那边有好几具女尸，到时候随便拿一具来冒充就是了。"

阮娘抚着脸道："可是……"

柳师爷明白她的意思："放心，我们会事先划花尸体的脸，保证任谁来了都认不出，若是问起，就说你在牢里突然发了疯，抓花自己的脸，就算他们怀疑，也没办法。"

听得此话，阮娘安下心来，点头道："我明白，我应该怎么写？"

魏敬成压下心里的窃喜，取过纸笔给她："我念一句你写一句。"

很快，一封绝笔信就写好了，魏敬成逐字逐句看过，确定没问题后，吹干了墨迹收入袖中。

阮娘耐着性子等他做完这一切后，问道："大人，我什么时候可以出去？"

"本官已经与牢头说过了，他会安排，你只管安心等着就是了。"说着，魏敬成带着柳师爷离开了牢房。

阮娘这会儿已是没了睡意，站在栏栅前满心雀跃地张望着，想到自己很快就可以离开牢房，连手指也没之前那么痛了。

过了大概半个多时辰，牢头再次打开了门，阮娘急忙迎上去道："是不是现在就走？"

"是。"随着这个字，牢头举步走了进来，阮娘胡乱扒一扒蓬乱的头发："赶紧走吧，是这样出去，还是要装死抬出去，要不要再叫一个人来抬？"

牢头没有回应她的话，也没有出去，反倒是回手关起了牢门，这个举动令阮娘眼皮一跳，浮起不祥的预感，勉强挤了笑："牢头大哥还有什么事吗？"

牢头面无表情道："你该上路了。"

第二十三章　阮娘之死

“是……是该上路了。”不祥之感越发强烈，阮娘一边说着一边悄悄往未锁的牢门挪动着脚步，在离着还有几步之遥时，一只粗壮的手臂横在她身前：“你要去哪里？”

“当然是按大人说的，离开这里了。”阮娘僵硬的脸上已是挂不住笑容了。

牢头转头盯着她，阴恻恻地道：“是离开，但不是离开这里，而是离开阳间！”

尽管已经察觉到不对，但真正听他说出这句话时，阮娘还是吓了一跳，惊恐地脱口道：“你要杀我？”

“不是我，而是大人！”话音未落，阮娘已是急急道：“不可能，魏大人刚才明明与我说，会安排我假死离开，他不会骗……”声音倏然一顿，紧接着身子开始止不住地哆嗦，“他是……是骗我的？”

牢房外的油灯传来“哔剥”的一声轻响，弥漫着各种难闻气味的空气中又混入了一股烛油味，牢头走到牢门前，皮笑肉不笑道：“我不知道大人与你说了什么，总之大人交代我的事情，是杀了你！”

“不可以，你们不可以这样对我，不可以！”阮娘一边喃喃说着，一边往后退，想要逃离犹如地狱恶差的牢头，可这四面不是墙就是栏栅，唯一的出口还被牢头挡住了，她能逃到哪里去？

难道自己真要死在这牢房中？

阮娘悲哀地想着，同时恨极了魏敬成，后者根本就没打算救她，一切的一切只是为了骗她写下那封“绝笔认罪信”罢了，可恨她竟然全无怀疑，这会儿悔之晚矣。

魏敬成本无意杀自己，却在见过姑娘之后突然起了杀心，恐怕……是姑娘授意他这么做。

是，因为姑娘，这七年来，她不必再倚门卖笑，挣辛苦的皮肉钱，可这七年来，她一直兢兢业业为姑娘办事，从来不敢怠慢。哪怕是这阵子受尽皮肉之苦，也没供出她来，结果却换来这样的欺骗与绝情！

好恨，她好恨！

就算是死，她也决不会让害她的人好过！

想到此处，阮娘开口大呼："魏敬成要杀人灭……唔！"

牢头紧紧捂着她的嘴巴，长满横肉的脸上涌动着惊怒："死到临头还想闹事，果然该死！"他一边说一边紧张地瞅着四周，确定没有什么异常动静后松了一口气，亏得他反应及时，否则真让阮娘惊醒了其他犯人，那他可就吃不了兜着走了。

阮娘用力扳着捂在自己嘴上的手，无奈她只是一介女流之辈，论力气哪里是孔武有力的牢头对手，挣扎半晌，只在他手背上留下几道伤痕。

手背的痛楚激起了牢头的凶性，狠狠掐着阮娘的脖子，后者很快就被他掐得翻了白眼，双手双脚拼命挣扎着，可惜不论她怎样挣扎，都于事无补。

随着牢头加重力道，阮娘的动作渐渐弱了下去，又过了一会儿，彻底不动了，牢头手一松，整个人就如一个破布娃娃一样，倒在地上，颈上有一道鲜红的掐痕。

在确定阮娘断气后，牢头取出事先准备好的绳子，绕过栏杆上方打了个结，形成一个头套，然后抱起阮娘将她的头伸到套子里去，令阮娘双脚悬空地挂在栏杆前。纵然他力气颇大，做完这一切也是出了一身汗，喘了几口气后，抹除牢房里的痕迹，又将魏敬成之前交给他的那封信放在地上，随即若无其事地锁门走了出去。

之前被牢头刻意灌醉的几名狱卒这会儿还酩酊大醉，一动不动地趴在桌上，浑然不知刚刚有一名犯人死了。

牢头往嘴里灌了几口酒后，也装模作样地趴在桌上，直至第二天其他狱卒来换值方才装作醒来。

换班的一名狱卒一边接过钥匙一边笑道："头儿，你们这是喝了多少酒，这会儿闻着还满身酒气。"

牢头笑道："昨儿个聊得高兴，再加上新得了几坛好酒，不知不觉就多喝了一些，所幸也没什么事。"

旁边一人道："头儿昨夜带来的酒滋味真是好，我还是头一次喝到。"说着，他涎着脸道，"头儿，下回还能不能再弄些来？"

牢头敲了一下他的额头道："你当这酒是想要就有的吗，卖我酒的那个老头，这会儿也不知还在不在金陵。"

他的回答令那狱卒失望，尤其是没尝过酒的人，但也没法子。换值之前，要巡视牢房，确保上一班没有问题，这不过是例行公事，每次都没什么异常。

就在守了一晚的狱卒纷纷卸下腰刀的时候，牢房深处突然传来一声惊呼，众人听着不对，赶紧奔过去，到了那边顿时变了脸色，惊恐地望着悬在栏栅里面睁着眼睛双足一晃一晃的阮娘。

“她……她这是死了吗？”不知是谁说了一句，令一众狱卒回过神来，赶紧让执掌钥匙的人开了牢门进去，将阮娘从绳圈中放下来。一接触到阮娘的尸体，那名狱卒就知道她必是死了，因为身体已经变得冰凉僵硬，一点儿没有活人的痕迹。

果不其然，他们在阮娘鼻下探不到气息，这下子那些狱卒皆傻了眼，面面相觑，不知如何是好，紧接着他们都将目光望向面色不善的牢头，其中一人小声道：“头儿，这……这怎么办啊？”

牢头看着还在半空中晃悠的绳套，冷声道：“是谁给她的绳子？”

一名狱卒小声道：“没人给她啊，不过……她进来的时候，没有搜身，可能是那个时候带进来的。”顿一顿，他又道，“昨夜不是还好好的吗，大人还来看过她，怎么突然间就自杀了？”

“你问我我问谁！”牢头没好气地说了一句，沉默片刻，唤过一人让他去通知魏敬成。

过了一会儿，牢门外传来一串急促的脚步声，紧接着魏敬成和信王、穆王二人一起出现在牢房中。

一众狱卒没想到他们竟会一起过来，赶紧拱手行礼，心里忐忑不安。

魏敬成盯着站在最前面的牢头，满面震惊道：“你说阮娘死了？”

牢头为难地搓着手道：“是，小人们换值前巡视牢房，发现阮娘在牢里上吊自尽，放下来的时候，身子已经僵硬了。”

信王拧了长眉道：“身子僵硬，就说死了至少两个时辰，在这段时间里，你们一个个都没有发现吗？”

今天一下朝，东方泽就拉了他来京兆府，哪知见了魏敬成还没说几句话，就有狱卒来报，说阮娘在牢里上吊自尽，当即赶着过来了。

“小人……小人……”狱卒低着头迟迟不敢说下去，眼角余光不时瞥向尚摆在桌上的小酒坛子，东方泽留意到他这个举动，走到桌前晃了一下那几个酒坛，冷声道：“你们昨夜在这里喝酒？”

“王爷饶命！”狱卒双腿发软，“扑通”一声跪在地上，他这一跪，其他人也纷纷跪下去，战战兢兢道：“小人们想着夜里没什么事，就小小地喝……喝了几口，谁也没想到阮娘她会突然……自尽！”说着，他又急急道，“要知道会这样，小人们说什么也不敢沾半滴酒。”

东方泽冷笑道：“依着你的意思，阮娘自尽之前，还得跟你们说一声是不是？那下次有贼匪来劫狱的时候，要不要也跟你们说一声？”

狱卒被他骂得不敢抬头，只是不停求饶，魏敬成对这一切心知肚明，假装一脸惶恐道：“都怪下官教导无方，使得他们这般玩忽职守，下官有罪！”

“你是有罪！”信王冷冷看了他一眼，举步往关押着阮娘的牢房行去，众人赶紧跟在他后面。

当阮娘僵硬的尸体映入信王眼帘时，他脸色较之刚才又难看了几分，盯着还未解下来的绳索道：“她哪里来的绳子？”

牢头赔着小心道：“小人之前也在议论这个，可能是她自己带进来的，因为她不是重犯，所以押进来的时候没有仔细检查。”

信王听得冷笑连连，盯着魏敬成道：“魏大人，你这牢房管得可真松，是不是这牢里还有犯人带着刀枪剑戟啊？”

魏敬成低了头不敢言语。这个时候，东方泽已是将牢房检查了一遍，发现了牢头故意放在那里的信，捡起看过后，递给了信王：“大哥你看。”

信还未看完，信王的眉头已经皱成了一个川字：“王太傅当真是她指使镜玉杀的？”

“按照信里说的是这样，她受不了刑罚，又怕连累倚翠阁上下，写下这封信后上吊自尽。”

牢头眼珠子一转，抬起头道：“小人想起来了，昨晚上，阮娘问小人要过笔墨，说是想给远在异乡的家人寄封书信，小人见她可怜，便答应了，没想到她竟是拿来写绝命信的。”

魏敬成也看了书信，按照早就想好的话道：“这个阮娘，真是看不出来心肠如此狠辣，为了帮倚翠阁脱嫌，竟让镜玉胁迫王太傅撒谎，这也导致王太傅最后被镜玉所杀。”说着，他感慨道，“一切总算是水落石出了。”

按照信中所言，王太傅想要悄悄告发此事，镜玉发现后，争执间错手杀了王太傅，之后逃到倚翠阁，阮娘安排躲藏了起来，至于藏身何处，还有那群东凌人为何会盯着倚翠阁，阮娘只字未提，只说这一切是她一人所为，希望不要追究镜玉还有倚翠阁的其他人。

在短暂的沉默过后，东方泽忽道：“大哥，你相信这封信吗？”

信王听出他话中有话，扬一扬重新传回到手里的书信：“怎么，你觉得这封信是假的？”

“我没有比对过阮娘的笔迹，分不出信的真假，不过……有个地方很明白地告诉我，阮娘并非自杀！”

此言一出，魏敬成与牢头的眼皮皆是狂跳不已，此事做得如此隐秘，他怎么会知道？

牢头暗自一咬舌尖，小心翼翼道：“王爷，当时牢房门锁着，牢房里除了阮娘之外，并无其他人，恕小人直言，不会是他人所杀。”

东方泽绕着牢头走了一圈：“本王又没说她是被人所杀，你这么急着辩解做什么，难不成……”他半开玩笑道，“人是你杀的？！”

这句话犹如一道惊雷在耳边炸响，吓得牢头慌忙跪了下去：“小人与阮娘无冤无仇，怎么会杀她，小人没杀过任何人，请王爷明察。”

有狱卒替他说话道：“启禀二位王爷与大人，头儿当时与小人们一起喝得不省人事，人不可能是他杀的。”

东方泽笑道：“本王不过是开开玩笑罢了，那么认真做什么，起来吧。”

在牢头战战兢兢起来后，信王低斥道：“都什么时候了，你还有心思开玩笑。”

“大哥恕罪。”东方泽笑嘻嘻地拱了拱手，转而道，“说牢头杀人是开玩笑，但阮娘确实不是自杀。”

信王挑眉道：“为何这么肯定？”

东方泽收起嬉皮笑脸，蹲下身指着阮娘脖子：“大哥你瞧，这里看着是一道痕迹，事实上却有两条。”

信王仔细看了一下，确实有细微的区别，像是一道印子叠着一道印子，思忖间东方泽已是命人取下绳索，比对着道：“你看，这道痕迹呈螺旋形，与绳子相符，可另一道并没有这种痕迹。”

信王微一点头，道：“你是说，有人杀了阮娘，然后装成上吊自尽的假象，至于那封绝命书，也是伪造的？”

东方泽正色道：“书信真假，我不肯定，但她必是被人所害！”

魏敬成手心冒出一层薄薄的冷汗，他本打算阮娘一死，就立刻拖出去埋了。可是人算不如天算，信王二人偏偏在那个时候过来，又偏偏一向行事冲动不经大脑的东方泽竟会发现阮娘真正的死因，这可真是麻烦了。

尽管心里慌张得很，表面上魏敬成仍是一派平静："牢门关着，锁也没被破坏，杀他的人是怎么来去自如的？"

信王扫了他一眼，凉声道："魏大人忘了这世上有一种东西叫钥匙吗？"

一名狱卒闻言，唯恐他们怀疑到自己身上，急忙道："钥匙是小人负责保管，在换值之前，未曾离开过小人身体。"

东方泽站起身，讥笑道："你们几个喝得人事不省，别说是偷钥匙，就算有人放火烧牢房，恐怕也不知道。"

狱卒被他说得面红耳赤，低了头不敢言语，东方泽轻哼一声，对拧了眉毛的信王道："大哥，依我看，杀害阮娘的凶手，必是昨夜负责看守的狱卒之一。"

在一众狱卒连连叫屈的同时，魏敬成也道："二位王爷，下官底下这些人，虽说偶尔懒散了一些，但心性并不坏，绝不会做出作奸犯科之事，这一点下官可以替他们担保。"

东方泽凉声道："知人知面不知心，魏大人还是不要说得太肯定为好。"说着，他又道，"大哥，不如传仵作来仔细检查一下阮娘的尸体。"

"也好。"在信王的示意下，尸体被抬到了专门检验尸体的仵作房，趁着检查的工夫，信王命人自倚翠阁取来阮娘平日里写的账册或者书信，又将他府里的师爷唤了来，仔细比对鉴别之后，确定是阮娘的真迹无疑。

信王屈指叩着那张薄薄的书信，满面疑惑道："这可就奇怪了，如果阮娘是被人所杀，怎么会提前写下这样一封书信？这说不通。"

东方泽也是百思不得其解，他之前以为是别人冒充，岂料竟是真迹："希望仵作那边能查出线索。"

信王颔首之余，想起刚才在牢房里的事，端起茶笑道："一直以为老九你粗枝大叶，不承想竟有这么仔细的一面，倒是让大哥刮目相看。"

东方泽嘿嘿一笑："大哥你就别笑话我了，你也知道，我平日里闲着没事，喜欢看一些杂七杂八的书，其中有一本叫《集冤录》，里面记载了不少破案缉凶的手法，其中有一个就与阮娘的情况很像，所以才能够及时发现。"说着，他试探道，"大哥，依你看，这件事会不会与魏敬成有关？"室内只有他们二人，故而无须避讳什么。

信王拨着茶叶浮沫的动作一滞，淡然道："何出此言？"

"我也说不出来，但总觉得魏敬成似乎知道些什么，还有那个牢头，大哥，要不然先提审那牢头？"

信王轻啜了一口微烫的茶汤："你我既非三司也非刑部，以什么名义去审牢头？"

东方泽梗着脖子道："现在京兆府大牢里闹出了人命，就算不是三司刑部也可过问，还是说大哥想坐视凶手逍遥法外？"

"当然不是。"信王搁下茶盏，凉声道："阮娘之死蹊跷诡异，是一定要查清楚的，如你所言，魏敬成很可能涉及此事，毕竟他与倚翠阁一向走得很近，如果贸然去查，很容易被魏敬成拿了话柄，到时候反而不好。"

东方泽挠一挠头，茫然道："那到底要怎么办？"

"之前在牢里那么聪明，这会儿却又糊涂起来了。"轻斥了一句话，信王道，"刑部尚书与我关系不错，我已经让人去叫他过来了。人是死在京兆府衙门的，魏敬成有着脱不开的嫌疑，所以此事交由刑部审理，顺理成章。"

东方泽恍然大悟，笑道："还是大哥有办法。"

信王自氤氲的茶雾中斜睨了他一眼："不管遇到什么事情，都先想一想，不要总是毛毛躁躁的，否则很容易吃亏。"

东方泽讪讪道："我会的，多谢大哥。"

"小人参见二位王爷。"进来的是一个瘦小老头，正是京兆府的仵作。

一见到他，东方泽迫不及待道："怎么样，查出什么了没？"

"回王爷的话，阮娘她……"

信王抬手打断他的话，凉声道："在你答话之前，本王先提醒一句，此案涉及的并不仅仅只是阮娘一条性命，若有隐瞒或者欺骗，不只你要人头落地，就连你的家人、朋友也会受到牵连。"

仵作被他说得冷汗涔涔，佝偻着本就极为瘦小的身子战战兢兢道："小人不敢，不敢！"

信王对他的反应很满意，扬一扬下巴道："行了，说吧。"

仵作赶紧理了理思绪，一五一十道："穆王说得没错，阮娘是死于他杀，上吊只是一个伪装，死因是窒息，至于死亡时间应该是在昨夜三更前后，另外小人在她指甲缝里发现一些鲜血，小人怀疑她临死之前，曾抓伤过凶手！"

听到此处，东方泽精神一振，当即道："我这就去将那些狱卒抓来。"

在他离去后，信王询问道："阮娘生前可有被下药？"

仵作不知他为何有此一问，仔细想了想，摇头道："阮娘体内并没有中毒的迹象，除了双手之外，也再没有其他外伤。"

也就是说，阮娘是在神志清醒的情况下写的那封绝笔书，到底……这中间发生了什么事？

信王思索之时，刑部尚书俞泯中到了，在听信王讲了大概经过，又看了书信后，拱手道：“敢问王爷，魏敬成现在何处？”

在示意仵作下去后，信王道：“本王让他在书房里待着。”说着，他低声道，“泯中，本王要你仔仔细细调查这件事，魏敬成、王宅、倚翠阁一个都不要漏了。”

俞泯中点头之余，隐晦道：“王爷，您真觉得这倚翠阁是那位的？”

信王冷声道：“如果不是他的，怎么王良、魏敬成一个个的都冒了出来，这会儿还将阮娘伪装成自尽。”

俞泯中为难道：“可就算真查了出来，咱们也无可奈何啊，总不能明着与那位对着干？”

信王瞅着他道：“害怕了？”

俞泯中脸色一变，赶紧道：“王爷对下官有知遇之恩，只要是王爷开口，就算是刀山火海，下官也绝不会有半点儿迟疑，下官只是担心王爷，万一被那位发现，只怕他会对王爷不利。”

信王垂目抚过刺绣精致的衣襟：“本王心里有数，你只管按本王说的全力追查就是了。”

见信王心意已定，俞泯中只得点头答应。过了一会儿东方泽面色古怪地走了进来，在他后面跟着那个牢头。

信王心思一转，已是明白过来，挑眉道：“是他？”

东方泽回头狠狠瞪了一眼畏畏缩缩的牢头，没好气地往椅子里一坐：“大哥你自己问他。”

信王朝俞泯中使了个眼色，后者会意地走到牢头面前，仔细打量着，在看到他垂在身侧的双手时，脸色一变，一把抓起他的胳膊，只见牢头双手手背都有烫伤的痕迹，红红一片皮都破了，问道：“怎么回事？”

牢头有些哆嗦：“启禀大人，小人刚才有些口渴，就想去厨房讨些水喝，里面就一个小厨子，他拿了刚烧开的茶壶给小人倒水，哪知一不小心绊倒，茶壶落在小人手背上，一下就给烫成这样了。”

东方泽语气僵硬道：“我去厨房问过了，和他说的相符。”这般说着，他又心有不甘地拍着扶手，恼声道，“早不烫伤晚不烫伤，偏偏就在我们去查谁被阮娘抓伤的时候烫了，怎么想都觉得有问题。”

“阮娘真不是小人杀的，王爷您要怎么才肯相信？”牢头满面委屈地说着，瞧着还真有几分可怜。

“不管你怎么花言巧语，都休想要本王相信你。”东方泽眼珠一转，对信王道，“大哥，这样问他是不会说的，干脆用刑得了。”

一听这话，牢头跪在地上呼天抢地，听得人心烦。俞泯中对随他来的衙差道：“把他带回刑部，好生看管，若出了什么差池，本官唯你们是问。另外把尸体也带回去。”

衙差带人退下后，东方泽气呼呼道：“大哥，依我看，阮娘一定是京兆府上下串通杀害的，魏敬成他脱不了干系。”

信王盯了他一眼：“事情未查清楚之前，不得胡言，以免招人话柄。”

“可是……”

信王知道他想说什么，淡然道：“有俞尚书在，他一定会将此事查个水落石出，你不必担心。”

俞泯中适时道：“请王爷放心，下官一定彻查此事，找出藏身于背后的真凶，至于魏敬成……”他犹豫了一会儿，对信王道，“他始终是正四品的朝官，是否带回刑部，还得请示过陛下才行，请王爷见谅。”

“本王明白，辛苦俞尚书了。”

“王爷客气。”这般说着，俞泯中又道，“若是王爷没别的吩咐，下官现在就入宫去见陛下，也好早日开审此案。”

未等信王言语，东方泽先一步道：“大哥，要不然我们与俞尚书一道过去，毕竟这件事是咱们第一个发现的，陛下问起来，也答得清楚一些。”

信王思忖片刻，同意了他的提议，三人一道入宫见驾。他们刚一离府，柳师爷便立刻将这件事告诉被软禁在书房里的魏敬成，一听说他们进宫，魏敬成顿时整个人瘫软在椅中，冷汗一滴滴地自额头滴下，面色煞白如纸。

柳师爷强自镇定道：“这件事咱们做得妥妥当当，就算闹上刑部乃至朝堂，他们也找不到证据，您放心。”

魏敬成攥着扶手，哆嗦着薄薄的嘴唇：“就怕一日找不到证据定本官的罪，他们一日不会罢休！”

“陛下是不会任由他们胡来的。”柳师爷是魏敬成多年的心腹，知道不少事情。

魏敬成勉强定一定神，抬手抹去额间的汗水：“忤作查得怎么样，那个牢头呢？”

“忤作查到阮娘临死之前曾抓伤了人。”早在忤作刚验完尸出来的时候，柳师爷就悄悄从他嘴里问出来了话。

魏敬成双手倏然一紧，颤声道：“是牢头？”

柳师爷知道他在担心什么，安慰道：“大人放心，小人一知道这个情况，就让牢头故意烫伤了被抓伤的手背，弄得血肉模糊。”

听得这话，魏敬成长舒一口气：“总算你机灵，否则当真麻烦了。”话音未落，他又有些担心，“牢头可会说出去？”

“人是牢头亲手杀的，除非他想死，否则绝不会透露一个字，信王他们不过是徒劳无功。”

“希望一切如你所言。”说到此处，魏敬成又恨恨道，“还以为可以顺顺利利解决倚翠阁的事情，他们偏又来横插一脚，一想到他们刚才那副嘴脸，本官就气不打一处来。哼，明明狗屁不懂，却仗着自己是龙子龙孙，对本官呼来喝去，怎么说本官也是正四品朝官，到他们眼里，倒跟条狗差不多。”

“大人说到哪里去了，您且先消消火，待这件事情过去后，咱们再慢慢将这些日子受的屈辱一一讨回来。”

“也只能这样了。”魏敬成无奈地叹了口气，转而道，“你去外面盯着一些，一有什么消息，立刻来报，咱们已经失了先机，可不能再大意了。”

柳师爷肃声答应：“小人明白。”

东方泽一行，直至夕阳西下方才从承德殿出来。得东方洄应允，阮娘一案，正式交由刑部尚书俞泯中审理，所有涉及此案的人证物证，一律移交刑部。至于魏敬成，暂时仍住京兆府，如刑部需要，当全力配合，不可怠慢。

在与信王分开之后，东方泽趁着天色还未黑，策马回到自己府中，之后就再没有出来。

穆王府里，每天晚膳过后，厨房的小厮都会推着小车将做膳剩下的垃圾运出府去，这次也不例外。在他倾倒垃圾之时，黑暗中传来一声猫叫，想是附近流浪的猫儿。

小厮两边耳朵微微一动，推着倒好垃圾的小车离去，但方向并非穆王府。在连着穿过好几条街巷后，停在了一处门口，确定四下没人后，小厮轻轻叩动着上面的铜环，很快有人来开门让他进去。

停好推了一路的小车后，小厮随开门的侍女穿过垂花拱门，来到一进院落里，橘黄色烛光自左侧两扇交花方棱格子窗户里透出来。

侍女推门走了进来，朝坐在上首的二人屈一屈膝：“王爷、公主，穆王来了。”随着她的语气，那名小厮抬步进了屋子，可不就是东方泽。

东方溯的视线在一身粗布简衣装扮的东方泽身上掠过，难得玩笑地对一旁的慕千雪道：“平日里老九从来都是非绫罗不上身，今日这番装扮，可是头一回见，难得的很，乍一瞧着倒是挺像徐立他们的。”

东方泽翻了个白眼，扯着那身布衣道：“要不是为了来见七哥，我哪用穿成这样子，你可倒好，还取笑起我来。”

慕千雪掩唇笑道：“九王潇洒风流，就算一身布衣，也难掩那份与生俱来的贵气。”

东方泽高兴道：“还是公主有眼光，不像七哥，只知以貌取人，好生肤浅。”

“你啊！”东方溯笑着摇一摇头，待得夏月奉过茶后，他清一清嗓子道，“我听说，今日你与大哥还有俞泯中一道进宫面圣，可是京兆府出了什么事？”东方洄要求俞泯中在查清案情前尽量低调行事，故而这件事还没在金陵城传开。

一听这话，东方泽连忙搁下手里的茶，正色道：“果然如公主所料，我拉着大哥刚到京兆府，还没说几句话，便有狱卒来报，说阮娘在牢里上吊自尽。”

慕千雪摇一摇手里的六棱宫扇，凉声道：“我猜猜，阮娘是被人杀死的对吗？”

“不错，因为公主事先提醒，故而我仔细检查了阮娘颈上的瘀痕，发现有两道痕迹，一道是绳痕，另一道不是，仵作也证实了这一点。”

东方溯扬眉道：“这么说来，她是先被人杀死，然后再伪装成自尽？”

“应该就是这样，七哥你是没看到魏敬成当时的脸色，要多难看有多难看，这件案子眼下已经交给俞泯中审理，他是大哥的人，瞧着吧，有好戏看了。”说到此处，他好奇道，“敢问公主，你是怎么知道今日会出事的？”

包括魏敬成在内，所有人都以为今日之事是一个巧合，唯独东方泽心里明白，他是故意拉信王去京兆府的。就在前一夜，他突然收到慕千雪的密书，让他天亮后务必带信王去一趟京兆府，并且多留些时辰，那里很可能会有事情发生，结果当真如此。

慕千雪徐徐道：“自知道魏敬成是周帝的人后，我就一直派人盯着他，就在昨天夜里，他扮成下人的模样，自后门离开京兆府，去了一字街街尾的琉璃坊。”

东方溯拧眉道：“琉璃坊，那是什么地方？”

“七哥你整日不是军营就是府中，难怪会不知道，琉璃坊在金陵鼎鼎大名，远胜于倚翠阁。”

“也是青楼？”

东方泽笑容诡异：“虽然里面的姑娘一个个花容月貌，但至今为止，还没听说哪一个人有幸可以一亲芳泽。”

自刚才起，夏月就一直在念叨着“琉璃坊”三个字，这会儿终于想了起来，脱口道：“我记得了，上次陪公主去一字街买献给太后的手串时，曾经见到过，听徐立说，那是一个乐坊。”

“不错，那里的姑娘都有一手乐器的绝活，而且卖艺不卖身，与青楼大不相同，但还是有许多人趋之若鹜，听说琉璃坊的当家头牌杏姑娘一曲之价已经涨到了五十两，并且排到了一个月之后。”

夏月听得咋舌不已：“这么说来，魏大人去琉璃坊，是为了听曲？”

慕千雪摇头道：“若是为了听曲，尽可大大方方地去，何必乔装打扮，偷偷摸摸的呢？大周可没规定官员不许去青楼乐坊。”

夏月想想也是，满面疑惑道：“既不是为了听曲，那去琉璃坊做什么？”

慕千雪眼眸轻转，落在神色沉沉的东方溯脸上：“王爷想到了吗？”

东方溯蜷曲的手指微微一紧，对视片刻，道：“你想说琉璃坊也是属于皇兄的？”

“因为镜玉一事，诸王一直在给魏敬成施压，令他苦不堪言，偏偏在这个时候，他乔装去了琉璃坊，我思来想去，答案只有一个，就是琉璃坊有可以替他解决这件事的人。”

东方泽恍然道：“而琉璃坊给出的解决法子，就是暗中杀了阮娘，然后造一封担下所有事情的假遗书。”说到此处，他连连冷笑，“他们自以为做得神不知鬼不觉，却不知这一切全在公主的预料之中。不过杀人灭口，倒是很符合东方洄冷酷无情的作风，七哥你说是不是？”

东方溯薄唇抿成了一条僵硬的直线，这么多年来，他一直相信东方洄是一个光明磊落、仁德宽厚之人，可最近发生的事情却一次又一次越过他心里的那条线，颠覆他多年来的认知。

见他迟迟不说话，东方泽拧着两条英挺的眉毛，不满道：“七哥，不会到了这个时候，你还相信他吧？”

“不是。”东方溯理一理心思，转而道，“阮娘一事已经交给俞泯中审理，暂时不用我们插手。相较之下，我倒更担心老九的处境，我让十六查了数日，始终查不出那群人的来历。”

东方泽之所以要扮成小厮的模样来睿王府相见，就是为了避开暗中监视之人的耳目，之前那声猫叫，是十六给出的信号，告诉他一切安全，那群人没发现他。

慕千雪低头抚着扇面上栩栩如生的牡丹花：“我怀疑……那些是周帝派来的人。”

听得这话，二人脸色尽皆一变，东方溯急急追问：“公主是说，皇兄开始怀疑老九了？”

慕千雪淡然道：“从九王今日的言语来看，信王显然没对他生疑，至于其他几位王爷，我也都让十九他们查过，均无可疑，所以最有可能的就是周帝。”

“如此说来，老九现在的处境岂非很危险？”

“从目前的情况来看，周帝顶多只是怀疑，还没有什么确凿的证据，否则就不是监视这么简单了。”

东方泽心中一松，冷声道：“幸好七哥及时发现，否则这会儿说不定已经被他们知道那群东凌人藏身于我府中。”

慕千雪沉眸道：“只怕他们不甘就此罢手。”

东方泽不以为然道：“不甘又怎样，难道他们还能冲进我府中来搜查不成？”他是亲王又是先帝嫡子，在明面上，连周帝都要让他几分，谁又敢冲进穆王府去闹事。

慕千雪却没他这样乐观：“只怕明枪易躲，暗箭难防。”

第二十四章　大业之始

东方溯颔首道：“那群东凌人犹如一枚炸弹，不知什么时候就会引爆，当务之急，是将他们从穆王府中接出来，让九弟得以脱身。”

“十六提过，那些人不分昼夜地监视着穆王府，一旦有稍大一些的动作，立刻就会引起他们的怀疑。再者，现在满城都在搜捕东凌人，万一途中被官兵发现，后果更加严重。”

东方泽摩挲着冒了一点儿青色胡茬的下巴，拧眉道：“不能明着走，那暗中挖一条通出府邸的地道总可以了吧？”

“挖一条地道少则十来日，多则一个月，九王确定周帝等得了这么久吗？”

这句话无疑是否决了东方泽的提议，令他烦恼不已，赌气道：“明着不行，暗着也不行，岂非只能坐以待毙？既是这样，还说来做什么。”

慕千雪轻咳一声，徐声道：“事实上，就算真赶在周帝派人搜查之前，将东凌人送出府去，周帝对九王的怀疑依然还在，并没有打消。往后只要朝局或者金陵稍有风吹草动，他第一个怀疑的人就是九王。”

东方溯盯着烛光中蜷曲的灯芯，神色复杂道：“他与九弟始终血脉相连，当不至于狠下杀手！”

慕千雪毫不客气：“这只是王爷一厢情愿的想法罢了，不错，周帝登基后，确实善待诸王，封王加爵，但这一切并非出自真心，而是有所顾忌。”

“什么顾忌？”

在东方泽好奇的目光中，慕千雪徐徐吐出三个字来：“神机营！”刚才她想了半晌，最终还是决定将这件事和盘托出，有些事情，是时候决定了。

相较于东方溯的惊讶，东方泽更多的是不解："公主说……神机营是东方洄的顾忌？"

"不错。"话音未落，东方泽已是连连摇头，"神机营从来都是大周帝王手里的一把无往不利的利剑，怎么会是顾忌，公主说笑了。"

慕千雪往后靠了靠，唇角轻挑："如果这把利剑落在别人手里呢？"

"别人手里……"东方泽愣愣重复着这句话，紧接着他似乎明白了什么，猛地站了起来，呼吸急促道，"你说神机营不在东方洄手里？父皇没有传给他？"

在得到肯定的答复后，他露出像哭又像笑的表情，喃喃道："我知道，我就知道父皇不是真的想将帝位传给他，果然是这样！"

待得自激动中恢复过来后，他想到了另一个问题："公主怎么会知道这件事？"

"因为……"慕千雪抬手指向东方溯，再次说出惊人之语，"神机营就在睿王手中。"

东方泽顺着她手指的方向，愣愣看着东方溯，耳边不停回响着慕千雪的言语，七哥……神机营在七哥手里，这……这怎么可能。

不错，众兄弟之中，他唯一服气的就是东方溯。同样，近二十年兄弟，令他对东方溯的处境再清楚不过。自小到大，父皇对七哥莫说是关心，就连一个笑容也几乎没有。充斥在记忆里的，从来都是无视与喝骂，父皇临终之前，甚至没想起见七哥最后一面。

现在，慕千雪突然告诉他，父皇将神机营传给了七哥，这……这简直就像天方夜谭，又或者说，是自己听错了。

想到这里，他咽了口唾沫，盯着慕千雪道："公主能否再说一遍？"

"承帝将神机营传给了睿王！"这十一个字，慕千雪说得清清楚楚，东方泽也听得清清楚楚。

在压下那份震惊后，他走到东方溯身前："七哥，公主所言都是真的吗？"尽管知道慕千雪不可能拿这种事情来开玩笑，他还是想从东方溯口中得到肯定的答复。

尽管不知道慕千雪为何突然改变主意说出神机营的秘密，但既已经说了，东方溯也无意再隐瞒，颔首道："是，父皇驾崩前几日的夜里，召我去承德殿，将神机营传予我，因为父皇严令不许将这件事告诉任何人，故而没有与你说，你别介意。"

东方泽急急摇头："不会不会，我只是……父皇他真是令人意外！"过度的激动令他有些语无伦次。

"周帝没有得到神机营，所以他只能依靠倚翠阁还有琉璃坊来掌控金陵城。也正因为对神机营未知的恐惧，所以不敢轻易对诸王下手，但……这一日早晚会来临。"随着这句话，慕千雪起身走到东方溯身前，一个字一个字道，“王爷，您考虑好了吗？”

东方溯自知她问的是什么，沉吟片刻，道：“若我拒绝又当如何？”

面对他的话语，慕千雪面色平静地屈膝道：“那么请恕千雪无力解危，一切听天由命，或许一年，或许十年，这金陵城中将血流成河，没有任何力量可以去阻挡改变。”

东方泽听出一些端倪，试探道：“公主，你可是想让七哥去争夺承德殿的位置？”

慕千雪颔首道：“想要保你，保陈太妃，保他自己，就只有这一条路可走。而且……我相信这也是承帝的意思！”

“父皇……”随着这两个字，东方泽眼中燃起一簇火苗，激动地攥着东方溯的衣裳道，“虽然我不知道父皇为何会将神机营传给七哥，但既然传了，就表示七哥才是父皇中意的人选，承德殿的位置是属于你的，七哥一定要去夺回来！一定要！”

东方溯长叹一声，望着慕千雪道：“所以，我今日一定要决定是吗？”

“是。”这几日，金陵乃至各地的情报一直在源源不断地送到她手里，卫氏势力之大，令她越看越心惊，拖得越久，东方溯成功的机会就越渺茫，因此必须尽快决定。

东方泽等得心焦，又道：“七哥，这还有什么可考虑的，快答应吧。”

在他一声急过一声的催促中，东方溯终于点头，说出改变他一生轨迹的四个字来：“好，我答应！”

见他答应，东方泽高兴得几乎蹦起来，激动地拍着胸脯道：“七哥放心，就算拼了这条性命不要，我也一定会助你成事！”

“我知道。”说着，他将目光转向慕千雪，在一番长久对视后，拱手长施一礼，“请公主助我！”

慕千雪上前扶起他，凝声道：“千雪余生，皆为王爷所赐，自当倾尽全力襄助王爷成就大业！”

待得各自重新落座后，慕千雪敛一敛广袖，道：“想要保全九王，就要让周帝相信，指使东凌刺客的另有其人。”

东方泽心思一转，已是明白了她的言下之意：“公主是说寻一个替罪之人？”

慕千雪点一点头，转眸望向坐在另一边的东方溯：“王爷认为信王如何？”

东方溯目光一跳：“你想让他做这个替罪羊？”

“承帝过世之后，信王深居简出，异常低调，可十九却查到，他手里有一股暗势力。”

东方泽道：“我想起来了，负责行刺大哥的那个东凌人曾提过，当时有人打偏了他的箭，方才没能射中大哥，应该就是公主说的那些人。”

东方溯沉吟道："这么说来，大哥当真对帝位有觊觎之心，只是……仅仅因为这样，就让他背负这个罪名，未免有些说不过去。"

"一个人一旦起了心思，不走到最后一步是不会停手的，信王也不例外。而且……他所做的，比王爷以为的还要多许多。"说着，她取出一封卷宗递给东方溯，"这是我让十九他们查回来的，请王爷过目。"

东方溯疑惑地接在手里，待得看完卷宗上面的内容，脸色异常难看："大哥竟在暗中囤积兵马并且与齐国官员往来？"

慕千雪颔首道："就像九王与东凌合作一般，信王也在暗中寻找可以助他夺得帝位的力量，不过他现在应该还没有与齐国那边达成合作，所以一直隐忍未发，幽居府中韬光养晦。"

东方溯扬一扬手里的卷宗："这么说来，你一早就计划好了？"

"倒也不是，我之前让十九他们去查，只是想知道金陵城中各方的势力，岂料竟截获信王寄出的一封书信，从而意外查到这个。"

"与其任由事态恶化，不如趁此机会遏制，虽然会令信王受冤，但有王爷与九王相保，不至于有性命之忧。"

"万一东方洄一定要杀大哥呢？"东方泽有些担心地问着，尽管他并不喜欢同样虚假伪善的信王，但这个娄子毕竟是他捅出来的，若为此害得信王丢了性命，难免心有不安。

慕千雪肯定道："在未找到神机营之前，周帝还要维持他的仁君形象，不会对你们狠下杀手。此事虽然会委屈信王，却也并非全无一利。"顿一顿，她转过目光道，"千雪明白王爷是个光明正直之人，不愿行此阴小之事，但权谋算计之下，必然会有人牺牲，这是不可避免的。再者，信王他……"

"我明白！"在打断慕千雪的话后，东方溯深吸一口气，面庞微微扭曲，"一切照公主的意思去办，本王会全力配合。"说着，他起身拱一拱手，"夜色已深，不打扰公主歇息了，告辞。"

在他与东方泽的身影没入重重黑暗后，慕千雪收回目光，叹息道："夏月，我是否将他逼得太紧了一些？"

"公主这么做都是为了王爷好，这一点王爷心里也是清楚的，否则不会应承您的计划。"夏月关起房门，舀了一勺安息香放置在了细炭的错金博山香炉中，很快，一缕白烟袅袅升起，清幽宁神的香气充斥在室内。

"但我看得出，他心里并不愿意。"

“王爷素来光明磊落，这会儿突然如此，难免需要一些时间去适应，您别太过担心。”说话间，外面传来三更鼓声，夏月见慕千雪又要去拿摆在案上的卷宗，赶紧先一步按住，“您这阵子为了穆王的事情，没日没夜地推算十九他们送来的情报，总这个样子，身子会受不住的。”没有人比夏月更清楚，在慕千雪犹如先知一样的神算背后，是严重的心力与体力损耗。

“我没事。”任慕千雪如此言语，夏月就是不肯松手，“奴婢不管，总之今夜不许看了，否则奴婢就去告诉王爷。”

“你这丫头。”慕千雪拗不过她，只得进了内室歇息，在安息香含蓄的香气中沉沉睡去，这是东方溯遇刺后她睡得最早的一次，之前往往熬到四更甚至天亮时分才小睡一会儿。

绿衣并不知道琉璃坊已经曝光，按照东方洄的吩咐，一连数日派人紧紧盯着穆王府，可新近呈上来的一封情报却让她犹豫起来。

这是一名潜伏在信王府里的人送来的，按他所言，昨夜里他在信王府后院一间平房内发现几把细长的东凌刀。

至于穆王府那边，一直风平浪静，没有任何异常，东方泽除了上朝之外，就是去逛逛一字街，或者与信王他们去刑部询问阮娘一案的进展。

难道……勾结东凌的是信王？

在这个念头的驱使下，她重新调派人手，分出一部分去监视信王，并让信王府的内应设法潜入书房，查看信王的书信，看是否能找到与东凌人往来的蛛丝马迹。

两日后，几封书信秘密送到了绿衣手中，她看过后，不敢耽搁，立刻进宫见东方洄。

在将怀恩遣出去后，东方洄搁下手里的朱笔，抬头道：“查到了？”

绿衣恭敬地递上书信：“这几封信是从信王书房中偷出来的，足以证明，信王与东凌人勾结策划多日前的那场刺杀！”

“信王？！”东方洄惊讶地挑了挑眉，“不是老九吗？”

“奴婢之前也以为是九王，直至信王府的内应传来消息，说在信王府一处平日里无人去的屋子里发现几把东凌刀，奴婢这才意识到，可能我们疑错了人，又想起信王身边的暗卫，故而私下调了几个人去查信王。”说到这里，绿衣屈膝道，“未曾事先禀报陛下，还请陛下恕罪。”

“罢了，继续说下去。”

“是。”绿衣应了一声，娓娓道，“两日前，信王一名心腹，曾去过位于城西的一处宅院，那处宅院是先帝赏下的，多年来一直空置着。可奇怪的是，每隔七日，都会有卖米面蔬菜甚至鱼肉的小贩去后门送东西。奴婢去问过这些人，虽然他们口风很紧，还是被奴婢探出了一些，每隔七日送一次东西的惯例已经持续了八年，对方应该是给他们下了禁令，不得将此事外泄。”

“八年……他倒是想得长远。”东方洄眉目森森，眼底深处隐约可见杀意。

绿衣垂目道：“宅院里面住的究竟是什么人，暂时还没查清，唯一可以肯定的是，皆是武功高强之人，昨夜咱们的人稍微靠近了一些，就差点儿被发现。

“就在今日一早，咱们安排在信王府的长史送来这几封东凌人写给信王的书信，足以证明信王才是幕后主使者。”

东方洄屈指在御案上轻叩了几下：“这么说来，神机营是否落在信王手里，并不知道？”待得绿衣点头后，他又道，“穆王呢？”

“奴婢监视多日，并未发现穆王有任何可疑之举。”说着，绿衣忧心道，“陛下，信王一旦发现书信不见，必会销毁余下的证据，咱们得尽快行动才行。”

东方洄沉吟不语，兵贵神速这个道理他当然明白，但神机营……始终是他的心腹之患，万一真落在信王手里，一旦拼死反扑，对他可是大大的不利。

神机营……神机营……

东方洄越想越烦躁，负手在殿内来回走着，绿衣试探道：“陛下怎么了？”

东方洄正要说话，忽地想起一事，急忙道：“你说那些摊贩是从什么时候开始送东西去宅子里的？”

“八年前！”

“八年前，父皇还在世，不可能将神机营传给他。”想明白了这一点，东方洄心里一阵松快，只要不是神机营，就威胁不到他。

“怀恩！”随着东方洄的呼喊，候在外面的怀恩推门走了进来，躬身道：“陛下有何吩咐？”

“立刻传禁军统领来见朕！”

“是。”怀恩不敢多问，依着他的话去传口谕，不多时，一个身披盔甲体形精壮的男子走到殿中央，正是禁军统领张晋，他单膝跪地，恭声道：“请陛下吩咐！”

“朕要你带领五百人马，带上朕的金牌令箭包围信王府，不许任何人出入。另外，让你的副将带领一千人马，包围信王位于城西的一处宅子，那里很可能住着一群武功高强之人，让他小心一些。记着，不论是王府还是私宅，都不得逃走一人，否则朕唯你们是问！”

张晋愕然抬头：“陛下，出什么事了？”

“朕已经查到，信王就是当日指使东凌刺客行刺诸王之人！”这般说着，他对怀恩道，“你随张晋一道过去，给朕仔细搜查信王府，一处都不许漏了。”在这座承德殿里，除了绿衣之外，他最信任的人就是怀恩，让怀恩去搜查信王府，是最为稳妥的。

“老奴遵命！”很快，张晋带着五百人马围住了信王府，门房守卫看到这一幕，顿时傻了眼，赶紧去禀告信王。信王立刻带着长史走了出来，在看到满眼盔甲鲜明的禁军时，脸色亦是难看得紧，冷声道：“张统领这是什么意思？”

张晋拱一拱手道：“请信王恕罪，末将此来是奉了陛下的圣命。”说着，他双手取过摆放在锦盘中的金牌令箭。

金牌令箭所到之处，犹如周帝亲临，信王不敢怠慢，跪地三呼万岁，待得起身后，他凝声道：“不知陛下为何要包围信王府？”

“陛下得到密报，得知王爷您与之前在城中行刺诸王的东凌人有关，特命末将前来搜查。”

听得此言，信王顿时大笑起来，良久，他一敛笑声，冷喝道：“荒谬，本王岂会与那些东凌人有关，而且张统领不要忘了，当日本王也差点儿被刺客所伤！”

张晋面无表情道：“末将记得，但这是陛下的命令，请王爷见谅！”

信王狠狠地瞪了他一眼：“本王现在就去见陛下！”未等跨步，张晋已是拦在他身前：“陛下有令，任何人不得离开信王府一步，王爷也不例外。”

“你！”信王气得牙根痒痒，他身为亲王，又是当今皇帝的兄长，何曾被人这样无视过，这个张晋……哼，狗仗人势的东西！

信王在心里暗骂一声，扫了一眼金牌令箭，冷声道：“如果本王一定要离开呢，你还敢打本王不成？！”

怀恩唯恐他们真的会出手，赶紧越过一众士兵，来到信王面前，打了个千儿道：“王爷息怒，陛下并非当真怀疑王爷，只是既然有人报信，按例得来查一查。”

“是谁在陛下面前乱嚼舌根子？”

怀恩摊手道：“这个老奴当真不知道，只要王爷您没做的，自然就不会有事。”

信王瞳孔微缩，他虽不曾勾结东凌，但府中还是藏了一些见不得光的东西，万一让怀恩他们搜出来，对自己可是大大的不利。

信王冷哼一声：“本王这府邸，乃是先帝所赐，匾额更是先帝亲手所书，岂是你们说搜就搜的！”

怀恩为难道：“王爷，这是陛下的意思，还请您不要让老奴为难。”

“现在是你们在难为本王！”信王面色阴寒地扫过怀恩与张晋等人，“在本王没有亲耳听到陛下命令之前，任何人不得踏足信王府一步！”

“这可由不得王爷说了算！”张晋不买他的账，当即抬手喝道，“留下一半看守前后门，余下的随本将进去搜！”

“不许搜！”信王指着门楣上偌大的“信王府”三个金色，面色铁青地盯着张晋与那些蓄势待入的士兵，“先帝亲书，擅闯信王府，就是对先帝不敬！”

被他这么一喝，那些士兵顿时露出怯意，不敢再往前，只有张晋，再一次捧过金牌令箭，一步一步地往府门走去，看得信王额上青筋暴跳，又不敢真的阻拦，只能咬了牙关，冷声道：“你到底想怎么样？”

张晋面色一如刚才那般冷漠：“请王爷遵照陛下之令行事！”

怀恩怕他们会闹出事来，拉过信王低声道：“老奴知道王爷您心里不忿，但这是陛下的命令，老奴与张将军也没办法，也请王爷您体谅一二。恕老奴直言，您现在这样与张将军僵持，可是不太明智，传到陛下耳中，对您也是大大的不利。”

信王脸上一阵青一阵白，他知道怀恩说的是实话，不论他身份怎样尊贵，始终不及东方洄，与他硬抗，不利的只会是自己。

长史亦在一旁低声劝说，许久，信王咬一咬牙道：“好，本王看在怀恩公公的面上，不与他一般计较。”那些书信被他收在密格之中，他们应该找不到。

怀恩知道他这是服了软，躬身道：“多谢王爷体谅。”

在信王让开后，张晋带了两百士兵进王府一间间地搜过去，看着他们在屋中翻箱倒柜，弄得满地狼藉，信王恼恨不已。张晋，哼，等此事过去后，他一定要将今日之辱连本带利地讨回来。

怀恩带着几个士兵去了书房，一般处理公文和往来信件都是在书房里，所以临行之前，东方洄特意指定怀恩亲自搜查，不得假手于人。信王也跟了过来，不过他与长史一起被拦在门外，不得入内。

怀恩一一看了摆在桌案上的书卷，都是一些往来公文，并无异常，至于那几名士兵，也将摆在书架上面的书一一检查了一遍，同样没有异常。

难道是密报有误？

怀恩一边想着一边取过摆在双耳方瓶里的画卷，整个书房的东西，就剩下这些画卷还没有检查了。

一幅接着一幅在怀恩手里展开，皆是一些山水画，待得展到第四幅时，怀恩脸色一变，画卷中竟然夹着一封书信。

信王看到怀恩从画卷里找到一封信，满心疑惑，奇怪，他并没有在画卷中夹书信的习惯，怎么会……

“是你放的？”信王低声问着身边的长史。书房是整个信王府的禁地，除他之外，就只有少数几个人与负责打扫的下人允许入内，且下人打扫之时，必有人在一旁盯着。

长史连连摇头道：“王爷的东西，除非您有交代，否则卑职是绝对不动的，实在不知这信从何而来。”

不是他也不是长史，那这画中的信从何而来？

接下来的事情，更令信王惊奇，瓶中共有画卷十二幅，其中四幅竟都搜出书信，尽管不知信中的内容，但看怀恩脸色，也知道不是什么好事，偏偏又不好问，只能忐忑不安地等在那里。

在一一看过那四封书信后，怀恩面色难看地走到信王面前：“亏得老奴这样相信王爷，您竟然做出这样的事情，实在是令老奴失望。”

“公公这是何意？”信王目光一直盯着他手里那四封书信，他知道，问题必是出在此处。

怀恩叹息道：“事到如今，王爷还不肯说实话吗？”

“本王确实不知，还请公公明示。”

怀恩摇一摇头，举起手中的书信：“这是东凌人写给王爷的信，上面写得清清楚楚，是王爷指使东凌刺客行刺诸王，嫁祸倚翠阁。之后，您见王太傅替倚翠阁解了围，又心有不甘，指使他们杀害王太傅并掳走镜玉，令所有人都以为王太傅是镜玉杀的。”

信王愣愣地看着他，反应过来的第一个感觉就是荒谬，而且是荒谬绝伦！

那厢，怀恩还在气愤地说着：“王爷，您怎么可以做这样的事情，还有王太傅，他教过您学问，算起来还是您的师傅，您……您这次实在错得太离谱了！”

“本王没有！”信王摇头道，“本王没有做过这些，你不要血口喷人！”

“信里说得清清楚楚，老奴并无半句虚言。”说着，他痛声道，“您为什么要做这样的事情？！”

“本王都说了没有，给我！”面对这桩飞来横祸，信王心中大慌，急急想要抢过信。这几封信至关重要，怀恩岂肯给他，连忙后退数步，同时有士兵冲上来，挡在怀恩身前，阻止信王近前。

“本王可以发誓，这些信与本王没有任何关系，是有人嫁祸于本王。”信王脸色发青地说着。勾结东凌、行刺诸王、杀害王良，这几条罪名加在一起，就算他这个亲王也受不住。

“这也是有人嫁祸吗？”门外传来盔甲叮当的声音，紧接着两道身影逆光走了进来，当先一人正是张晋，后面跟了几名禁军，手里捧着数把以黑色鲨皮为鞘的细长窄刀还有夜行衣。

一看到那几把刀，信王脸色顿时又难看了数分，以他的眼力，自是一眼就认出那些是东凌刀，张晋这会儿拿进来，难不成……

张晋冷冷道：“这些刀与夜行衣，是末将自后院一间柴房中搜出来的，不知王爷要怎么解释？”

果然如此！

“本王不知道，也从来没见过这些东西，这一切都是有人栽赃嫁祸于本王。”信王咬牙说着，眼里有愤怒的火苗在窜动，要让他知道是谁这样害他，非得生扒了对方的皮不可。

“王爷倒是撇得干干净净。”张晋嗤笑一声，显然是不相信他说的话。

这个时候，一名士兵忽地指着墙壁道：“将军，这里是空的。”此处本挂着一幅画，后来怀恩在画卷中发现了密藏的书信，士兵就想检查一下挂在墙上的几幅字画，结果字画没问题，其中一幅画后面的墙壁却发现了问题。

信王呼吸急促，垂在身侧的双手抵制不住地发抖。那厢，张晋已是大步来到士兵所指的墙壁前，屈指敲了敲，果然发现声音空洞，里面应该是一个暗格，但检查了一圈，没有看到任何缝隙或是机关，他回头道：“麻烦王爷打开！”

等了一会儿，不见信王有所动作，张晋沉眸道：“既然王爷不肯动手，末将只好自己来了。”说着，他将全身劲道贯注于双拳之中，重重砸在墙上，仅仅是一拳，用上等青砖砌成的墙便出现细如蛛网的裂缝，墙灰“扑扑”地往下掉，可见张晋武功之强。

在张晋准备挥出第二拳时，长史忽地站了出来：“将军且慢，小人知道机关在哪里。”

张晋上下打量了他一眼：“打开！”

“是。”长史应了一声，走到长案后，握住椅子左侧扶手的蟒蛇头用力一转，在一连串“咔啦啦”的响声中，那一面墙壁竟然整个翻转了过来。众人恍然，难怪找不到缝隙了，原来整面墙都是机关，在墙的背后，是一间小小的密室，摆放了许多书信文件。

“是你陷害本王？”信王面色阴寒地盯着长史，言语间有着按捺不住的怒气，除了打小就跟随他的几个心腹之外，最倚重的就是这个五年前来他府中当差的长史，结果却被他给出卖！

“王爷在勾结东凌人之时，就该料到会有今日，怪不得小人！”长史话音未落，脖子已经被掐住，信王咬牙切齿道：“本王没有勾结东凌人，从来都没有，说，是谁指使你这么做的，否则本王就扭断你的脖子！”

信王的突然发难令众人大惊，顾不得密室里的书信，纷纷拔刀将他团团围住，张晋大声喝道：“请王爷立刻放手，否则休怪末将不客气！”

信王根本不理会他，赤红双目死死盯着被他掐得喘不过气来的长史，低吼道：“说！说啊！”

“没……没人！”长史艰难地自喉咙里吐出两个字，可惜这并不是信王要的答案，他再次加重了手里的力道，面目狰狞地吼道：“一定有人，是谁，快说！”

长史被他掐得两眼翻白，鼻间只有出气没有进气，再这样下去，非得活活被掐死不可！

张晋见事态紧急，狠一狠心，挥拳往信王胸口打去，将其打退数步，掐着长史的手也终于松开了。

长史瘫在地上，大口大口地喘着气，看向信王的目光中充满了恐惧，他刚才真的以为自己会死！

“放开！放开本王！”几名士兵在怀恩的示意下，紧紧按住信王，以免他又闹出什么事来。

怀恩上前扶起长史：“你怎么样了，要不要紧？”

长史抚一抚刺痛的脖颈，道：“多谢公公，小人没事。”

怀恩点点头：“你怎么知道这里有一间密室，信王告诉你的？”

“小人虽然跟了信王五年，但他对小人并非全然信任。密室之事，未曾提过只言片语。昨日小人收拾东西时，无意中发现椅子被固定在地上，好奇摸索之下，发现了这个机关。”说着，他急急道，“公公，信王勾结东凌，谋害王太傅的事情，小人事先毫不知情，不关小人的事情，请公公明鉴。”

“你这个卑鄙小人，枉本王如此信任你，竟然这样陷害本王，本王发誓，不论今日之后是生是死，都决不会放过你！”信王怨毒地咒骂着，今日这事，不止毁了他多年来的图谋，甚至连性命也不一定保得住，而这一切的一切都是拜这个长史所赐，让他怎能不恨！

有士兵奔进来，在张晋耳边低语几句，在示意他下去后，张晋对怀恩道：“公公，城西那边已经办妥，我们该去向陛下复命了。”

怀恩挑一挑花白的眉毛：“都擒住了？”

张晋点头道：“虽然死伤不少，但所幸都擒住了，无一逃走。”

信王在一旁打了个寒战，京西……难道是自己豢养死士的宅子被发现了？不，不会的，知道这件事的人少之又少，东方洄没理由会知道。

在这样的惶恐与猜测中，信王被带到了承德殿，东方洄在一一看过他们呈上来的书信与卷宗后，面色青白如霜冻，仅有的那抹血色如胭脂一般浮在面颊上，看起来异常诡异。

东方洄手指微颤地放下最后一封书信，撑着案沿起身，一步步走到信王面前，痛声道：“你一直是朕最尊重的兄长，可是现在……”他深吸一口气，咬牙道，“究竟朕哪里亏待了你，令你做出这样不顾大周、不顾先祖的事情来？”

“冤枉，臣冤枉！”信王强行挣开两边士兵，含泪道，“陛下待臣恩重如山，臣岂会做出这等忘恩负义、违背君臣之道的事情来，是府中长史受人指使，故意嫁祸于臣，求陛下明察。”

怀恩在一旁道：“陛下，长史这会儿正候在殿外，是否要传他进来？”

东方洄没有理他，径直盯着信王道：“好，朕就当那些书信与东凌刀是长史嫁祸给你的，那书房密室，还有养在你京西宅子里的那些人你怎么解释？难道也都是他人嫁祸的吗？”

信王面上血色瞬间褪尽，京西宅子的秘密果然是被发现了，他所有的一切，都被人挖了出来，毫无保留地摊在日光下。他……无路可逃了！

“大哥，朕一直那么信任你，可你却勾结外敌，豢养死士，残害兄弟，谋害王太傅，你……你怎么可以这么做？！”

“怎么可以……”信王喃喃重复着这句话，许久，他抬起那张灰败如死人的脸庞，“这一切，不是正合了你的心意吗？”

“大哥你在说什么，你……”

“够了！”信王暴喝一声，朝东方洄吼道，“不要再假情假意地叫什么大哥了，你心里根本没有将我当成你大哥，从来没有！”

“放肆！”怀恩挑动着花白双眉，细声喝道，“大胆信王，竟敢对陛下无礼，还不立刻跪下请罪！”

“请罪？”信王冷笑一声，“难道我跪在地上，他就会饶过我吗？不会，他好不容易才将我逼到这一步，又怎肯放弃。”

“朕逼你什么，现在是你做错了事，何以全部都赖到了朕身上？”

“我啊，”信王指着自己胸口大声道，“是父皇的长子，一直以来，我都以父皇为榜样，努力学习，想着有朝一日，可以替父皇分担繁杂的朝政，让他可以不用那么累。可结果呢，父皇却立了你为太子，将皇位传给了明明是次子的你，凭什么，凭什么啊！”积压了十年的不甘、痛苦、委屈全部都在这一刻爆发出来。

东方洄目中尽是阴骘：“从父皇册封朕为东宫太子的那一刻，朕就知道，你不甘心，但朕从来没在意过，登基之后，加封你为一等亲王，赏双亲王俸禄。朕做这么多，不为其他，只因为你是朕敬重的兄长。朕总以为，总有一天你会明白朕的苦心，万万没想到，你竟然用这种方式来报答朕。东方洲，你很好！”

信王冷笑连连：“到了这个时候，还不忘戴假面具来训斥我，演技可真好，难怪连父皇也被你蒙在鼓中，可惜，你骗不了我！”停顿片刻，他又厌恶道，“堂堂大周帝，竟然利用青楼来搜集情报，你说……这事如果传出去，别人会怎么看你？我的陛下！”最后四个字，是生生从牙缝中挤出来的，可见信王对他的恨意之深！

东方洄面目一沉，冷声道：“朕岂会与青楼有关，休得胡言！”莫说只是信王，就算绿衣当面指证，他也是绝对不会承认的！

信王早料到他会这么说，嗤声道：“不管你承认与否，这都是事实，只是你没想到会突然杀出一帮东凌人来，坏了你的好事。”

东方洄默默地盯着他，许久，叹息道：“朕以真心相待，换来的却是一副狼心狗肺，可悲可叹！”

“说得真是好听，可惜，二十几年了，东方洄，我从来没在你身上看到过‘真心’二字。”停顿片刻，他又道，“还有卫太后，你们母子都是一样，一辈子戴着假面具做人。”

见信王连卫太后也牵在内，东方洄脸色越发阴沉：“朕原本答应了父皇，会善待众兄弟，但你这次实在罪状滔天，且全无悔改之意，朕实在难以饶你！”

“你对我何曾有饶过之念，就算没有今日之事，你也早晚会动手。东方洄，你心里根本就不愿意任何一个兄弟活着，包括……老七！”

东方洄面色一紧，旋即道：“朕从无此念！”

对于他的话，信王报以一连串冷笑，显然并未有半分相信之意，张晋在一旁道：“陛下，信王罪恶滔天，又屡屡对陛下不敬，当依律严惩！”按照大周律例，勾结外敌，刺杀当朝重臣，皆是死罪。张晋这句话等于是让东方洄杀了信王，以绝后患。

以信王的心思，岂会听不出张晋言语之意，冷声道：“果然是什么样的主子养什么样的狗，一张嘴就要咬人！”

见他骂自己是狗，张晋恨得牙痒痒，拱手待要言语，有内监站在门外恭声道：“陛下，睿王与穆王求见！”

怀恩花白眉毛微微一挑，轻声道：“二位王爷应该是听说了信王府的事情，陛下若是不愿见，老奴去与他们说。”

东方洄捏一捏鼻梁，摆手道：“罢了，让他们进来吧。”

很快，东方溯二人出现在承德殿内，在行了一礼后，东方泽迫不及待道：“陛下，大哥犯了什么罪，为何要查抄信王府？”在外人面前，他仍是那个冲动任性的穆亲王。

怀恩将事情大致说了一遍，东方溯拧眉拱手道：“陛下，大哥一向友善亲和，只喜诗书，能否是一场误会？”

“朕何尝不希望这是一场误会，可是……”东方洄摇摇头，指着御案上那叠书信，“你们自己去看看！”

二人不动声色地对视了一眼，拿起那些书信一一看着，这件事本就是他们一手推动，信中所说之事，自是一清二楚。待得大概看过几封后，东方泽故作惊讶道：“是大哥指使那群东凌人行刺我们几个，并且杀了王太傅？”

张晋在一旁道：“不止如此，信王还勾结齐国，并且私自在园子里豢养死士。”

“我是豢养死士，勾结齐国，但东凌人一事，与我无关，你休想栽到我头上。”说到这里，信王忽地青筋暴跳，面庞扭曲地指了东方洄道，“我知道了，一切都是你的诡计，你指使张晋他们嫁祸我，东方洄，你好狠的心，竟用这种办法来害我，我就算做鬼也不会放过你！绝不会！”

“陛下乃是仁德之君，岂会如大哥所言！”说这句话的时候，东方溯心里五味杂陈，说不出是什么滋味。曾几何时，他发誓会效忠东方洄，可现在……他却在撒谎！

“仁德之君？”信王连连冷笑，“你们都被他的假面具骗了，瞧着吧，今日是我，来日就是你们。还有老五老六他们，他会把你们统统杀光，一个不留！”说到后面，信王已是陷入歇斯底里的疯狂之中。

东方泽摇头道：“陛下怎么会这样做，这些大不敬的话，大哥都是从哪里听来的？”

信王用力挥手：“蠢货，一个个都是蠢货，非要等到人头落地的时候才肯相信，哈哈哈，九泉之下，我等着你们。”

“相信大哥等不到这一日。”在冷冷看了信王一眼后，东方溯跪下道，“陛下，大哥虽然犯下大错，但终归是一父同胞，一起长大，还请陛下念在手足至亲的份儿上，饶大哥不死！”

东方泽也跟着跪了下来：“父皇临终之前，一直叮咛我们要手足相望，若他在天之灵看到我们兄弟相残，一定会很难过，臣弟恳请陛下开恩。”

信王没想到他们会帮自己求情，待得回过神来后，怆然道：“他费那么大劲儿，就为了杀我，又岂会放过我，不过是白费力气罢了。”

东方溯没理会他的言语，再次道：“请陛下开恩！”

“他纵有千错万错，也是我们的大哥，求陛下宽恕他这一回，相信这也是父皇的意思。”

东方洄一言不发地回到椅中坐下，从私心来说，他是绝对不想放过信王的，此人勾结东凌、齐国，野心可见一斑，只要信王活着，对他就是一个威胁。可信王是他大哥，若是这次杀了，他努力树立的仁德宽厚形象也就毁了。

这件事……实在有些棘手。

沉默良久，他命人将信王带下去，至于东方溯二人，还跪在地上不肯起来，随即目光一转，落在怀恩身上：“你有什么看法？”

怀恩赔笑道：“老奴身份卑微，岂敢妄言。”

东方洄不悦道：“朕让你说就说。”

“是。”怀恩在心里斟酌了一下，轻声道，“正如穆王所说，信王纵有千般万般的不好，终归是陛下您的兄长，王太傅已经不在了，就算您现在将信王杀了，他也不能活过来，反而会令陛下落得一个无情之名，老奴以为，这样并不好。”

“你是想让朕放过信王？”

怀恩恭敬道：“恕老奴直言，依罪而论，信王死有余辜，但若陛下能够法外开恩，饶他不死，相信天下人都会赞陛下仁德！”

东方洄默默听着他的话，在又一阵长久的沉寂后，徐徐道：“正如你们所言，纵他有千错万错，也是朕的大哥，朕不能半点儿情分也不念。”

听到这话，东方溯知道信王的命保住了，心中一块大石落了地：“臣弟代大哥谢过陛下，万岁万岁万万岁！”

在示意二人起身后，东方洄叹道：“虽然死罪可免，但活罪难逃，经此一事，大哥以后都不能再回金陵城了，这一点还望你们能够明白。”

“臣弟明白，陛下肯放大哥一条生路，已是仁至义尽，相信大哥余生都会感念陛下恩德。”

东方洄摇头道：“大哥刚才的样子，你们也都看到了，要他感念朕，怕是比登天还要难。”

东方泽扬眉道：“只要自己无愧于心，根本不必在乎别人是否感念。”

他这句话引得东方洄一笑，颔首道："好一句无愧于心，正是这个道理。"

三日后，宫城外贴出皇榜：信王东方训勾结东凌，行刺诸王，并且杀害太傅王良，罪行昭昭，本该处以死刑，顾念其是一时误入歧途，又是先帝长子，故网开一面，饶其死罪，改流放之刑，发配边疆做苦役，终身不得回京。其家眷，男丁一律没入掖幽庭为奴，女眷则没入官乐坊。

轰动一时的金陵行刺案，至此尘埃落定，京兆府与巡防营先后收兵，封闭多日的四方城门也重新打开，一切都恢复了原有秩序。

唯一要说有什么瑕疵，就是那群东凌人，虽然绿衣几次加派人手追踪，却始终未曾找到。

至于倚翠阁，在歇业一个月之后又重新开张，夜夜笙歌艳舞，依旧是金陵城中数得上的青楼楚馆。唯一与以前不一样的，就是倚翠阁的老鸨换了一个叫殷媚的女子，不只人如其名，妩媚动人，而且八面玲珑，长袖善舞，在她的经营下，倚翠阁生意一日好过一日。

发配至边疆的信王，在一次河边采石之时，一时脚滑，不慎跌落于河，等别人找到他的时候，已经溺水身亡，那个时候正好是八月十五中秋节，边境遥远，消息传回来之时，已是九月末。

在得到消息的那一夜，东方溯有生以来第一次喝得酩酊大醉，不省人事。别人或许不清楚，他却知道信王精通水性，曾一人游过涨潮的江河，因此他断不会溺水身亡，可现在信王死了，唯一的可能就是有人要他的性命，而这个人……除了东方洄，他想不到第二个！

由始至终，东方洄都不打算放过信王，只是为了维持他的"仁君"之名，方才假意放过信王，然后派人去边境暗杀。

他花二十余年时间认识的……从来都只是皇兄戴在脸上的一张假面具，可悲……可叹……

盛世帝王妃 1

SHENGSHI
DIWANGFEI

中册

痴心错付终身误

JIEYU WORKS

解语 著

新世界出版社
NEW WORLD PRESS

第二十五章　原来是你

信王的死并没有在金陵城里掀起多大的涟漪，人们更有兴趣讨论的是京中二位贵女的婚事，一位是平阳王府的昌荣宗姬，一位是户部赵尚书的千金。两个月前，东方洄登基之后第一次选秀，这二位贵女也在秀女之列，不过并未被留牌，听闻太后有意亲自为二位已经到了适婚年龄的贵女指婚，但迟迟没有赐婚的旨意下来，也因此成为金陵百姓茶余饭后谈论最多的话题，纷纷猜测太后最终会将她们赐予何人为妻。

自入了九月之后，天气一日凉过一日，尤其是下过雨后，不少人已经换上了秋衣，昭明宫中遍植桂花，到处可以闻到桂花的香气。

因为一次宫人在服侍卫太后歇下时忘了关窗子，令其受了风寒，卫太后一连数日都缠绵于病榻，无力起身。

东方洄倒是孝顺，每每下朝都会来宁寿宫请安，亲自侍候卫太后服药，这日也不例外，在服侍卫太后喝下最后一点儿药后，拿了一颗尹秋递来的梅子，送到卫太后嘴边："母后含着去去苦味。"

在卫太后含梅子解苦之时，他对尹秋道："太医今日可有来过？"

"来过了，说是比前几日好了许多，但毕竟外邪入侵，伤了肺经，还得再调养一阵子，药也不能停。"

东方洄点一点头，冷声道："那名宫女呢？"

尹秋恭敬道："奴婢已经将她打发去了掖幽庭，掖幽庭劳役繁重，几乎每个月都会有人死于重役，相信她熬不了多久，陛下放心！"

卫太后吐出小小的梅核："其实也不是什么严重的事情，斥责一番也就是了，打发去掖幽庭这个责罚，有些重了。"

“她害母后生病，罪不可赦，多活那么些日子，已经是对她格外开恩了，又何来‘重’字。”说罢又道，“此事已定，母后不必同情那个罪奴。”

“哀家岂会同情她，哀家是担心你。”卫太后拍着东方洄的手道：“仁贤之名，得来不易，哀家不想你为一个小小宫女而授人以柄。”

尹秋插话道：“奴婢事后检查她房间时，发现她有偷窃东西的习惯，这般行径，发落去掖幽庭一点儿都不为过。”说着，她垂目道，“也怪奴婢大意，让这样一个人进内殿服侍太后，请太后恕罪。”

“罢了。”这般说了一句，卫太后目光重新落在东方洄身上，“最近朝局如何？”

“母后放心，一切皆好。不过……”东方洄犹豫片刻，“儿子有一些事情把握不准，想请母后帮着想想，但又怕母后劳神。”

“哀家没事，你只管说就是了。”

得了卫太后的话，东方洄徐徐道：“之前母后曾让儿子派人去查一查慕千雪的底细，前两日，派去西楚的探子来报，说他几经周折，托人与一名天机卫搭上了关系，从他口中得到了一些消息。”

“天机卫确是楚帝一手组建，与慕千雪无关，但不知为何，当时的天机卫首座闫重山对慕千雪一直都很尊敬。”

尹秋言道：“慕千雪是楚帝嫡妻，东宫太子妃，闫重山对她尊敬一些，也无可厚非。”

东方洄没说什么，继续道：“他曾无意中看到闫重山与慕千雪在亭中说话，尽管听不清他们的对话，却清楚记得闫重山当时的表情，与其说尊敬，倒不如说是敬畏；这样的表情，闫重山就算是在楚帝面前，也未在脸上出现过。”

卫太后眉头一蹙：“像闫重山这样的江湖人士，只会对一种人敬畏，那就是实力高过自己的人，论武功，十个慕千雪也不堪闫重山一掌；若那人所言属实，只有一种可能。”

“智谋？”

“不错，除去武功，唯有绝顶智谋方可将之降伏。”

东方洄仔细想了想，摇头道：“慕千雪尽管有一副好皮囊，却是个草包美人，绝不可能如母后所言。”

“是吗？”卫太后垂目望着一直戴在腕间的枷楠手串，微笑道，“哀家与你说一件事，你听过之后，再回答哀家不迟。”

“母后请说。”

"哀家生辰的前几日，惜君与平清打赌，要在一炷香之内穿过最为繁华的街道，赌注就是平清送给哀家的那只鹦鹉。惜君以铜钱开道，顺利过了大半条街，可后面却被慕千雪的侍女挡住了，并且出言不逊。"

"惜君是什么性子，你与哀家都很清楚，自是不肯放过那名侍女，结果慕千雪三言两语，就令她发不了火，生生咽下了这口气。这样的女子，你还认为她是草包美人？"

东方洄满面惊讶道："竟有这样的事？"

"哀家也是昨儿个平清过来，方才意外得知的，慕千雪……只怕不像皇帝想的那般简单。"

东方洄低头思索半晌，摇头道："若她真如母后所言聪慧有才，就该知道朕现在不可能发兵攻打西楚，毕竟……"话说到一半，一道雪亮突然划过脑海，脱口道，"难道她是故意为之？"

卫太后淡淡一笑，抚过即便是在病中也依旧一丝不苟的发髻："皇帝终于想到了。"

东方洄恍然之余，又浮上重重疑惑："她应该明白，眼下能够助她复仇的，只有儿子一人，为何偏偏要故意将儿子推开，难道她不想报仇吗？"

"一朝被蛇咬，十年怕井绳。"卫太后凉声道，"她害怕皇帝会是第二个萧若傲，所以故意在皇帝面前装傻充愣，让你以为她是一个只知读死书的草包美人。"

东方洄眯了细长的丹凤眼，冷冷道："好一个慕千雪，竟然将朕骗得团团转，实在该死！"在压下心中的怒气后，他唤过怀恩，"你去一趟睿王府，传慕千雪入宫。"

"慢着。"卫太后阻止欲要离去的怀恩，双目平视东方洄，"皇帝见了慕千雪，准备怎么说？直接拆穿她的谎言？恐怕那样一来，会令她离皇帝更远，就算勉强屈从，也不会全心全意为皇帝谋划。"

"儿子知道，所以儿子会动之以情，晓之以理；只要她心里有一丝复仇之念，就一定会被儿子说动；再者，北燕积弱，东凌诡异，只要她不蠢就该知道儿子是她唯一的选择。"东方洄信心十足地说着。

"哀家倒不这么认为。"卫太后望着窗外结满了累累珊瑚红果实的几株西府海棠，徐徐道，"舍近求远，自是不明智，但在这金陵城里，皇帝不见得是慕千雪唯一的选择。"

"不是？"东方洄愕然道，"除了儿子之外，谁还能助她攻打西楚？"

"皇帝不妨想想她现在住在谁的宅子里。"

"老七？"话音未落，东方洄已是连连摇头，"老七虽然是亲王，也掌握着健锐营十万兵力，但没有朕的允许，莫说十万，连十个人他都调动不了，怎么可能助她去攻打西楚。”

“世事无绝对，就像当年的萧若傲，谁想过他竟然会成为西楚帝王；又有谁想到，立国近百年的南昭，会一朝毁在他的手里。”

东方洄眼皮重重一跳，脸色难看道：“母后之意，是说慕千雪很可能会故技重施？”

“哀家不敢肯定，但小心一些总是好的，皇帝你说对不对？”

东方洄面色凝重地点头，旋即道：“母后所言极是，那现在该怎么做，是否要收了老七手里的兵权？”

“让哀家想一想。”卫太后闭目靠在软枕上，她毕竟年纪大了，又还在病中，说了这么久的话不免有些疲倦，歇了一会儿，她道，“老七最近可有什么异常？”

东方洄仔细回想了一下，摇头道：“没有，一切与往常无异，儿子交代他的事情，也都一一办妥，并无偷懒。”

“总算他还没被慕千雪怂恿得昏了头。”卫太后面色冰冷地说着，全然不见她平日的慈祥和蔼，过了一会儿，她继续道，“不能让慕千雪继续留在老七府里。”

东方洄也有这个想法，当即道：“自从信王谋逆之后，信王府一直空着，不如儿子让人收拾一下，赐给慕千雪居住，然后再慢慢将她拉到咱们这边。”

卫太后就着尹秋的手喝了一口刚炖好的参汤，缓缓道：“不用这么麻烦，哀家有更好的法子。”

九月初九是一年一度的重阳节，这一日依着惯例要遍插茱萸，吃重阳糕，饮菊花酒，以求祛灾祈福。

夏月一早就忙开了，在东院各门各院旁边插上茱萸，又亲自去厨房做了重阳糕。这重阳糕共有九层，一眼望过去，犹如一座宝塔，上面还做了两只小羊，取重阳（羊）之意。

几名厨子围着刚刚出笼的重阳糕道：“这重阳糕做得可真好看，尤其是那两只羊，栩栩如生，可比咱们做的还要像。”

夏月得意道：“我可是下苦功跟专门做糕点的御厨学过的，不只样子好看，味道更好，公主每年吃的重阳糕都是我做的。”

一个厨子道：“去年重阳穆王来咱们府里，我做了重阳糕过去，可是被他一顿嫌弃，干脆你教教我吧。”

“教你可以，不过得晚一些，我先把重阳糕给公主送去。”说着，她指一指笼屉中还剩下的几块重阳糕，“公主吃不了这么多，你们拿去分了吧。”

“多谢夏姑娘。”那几名厨子嘻嘻哈哈地道了谢，分食那几块重阳糕。

夏月拿着东西一路回到东院，刚进垂花门，便看到慕千雪与一个鹅蛋脸女子走了出来，夏月一愣，细看竟是卫太后身边的尹秋。

“见过公主，见过尹秋姑姑。”夏月上前屈一屈膝，旋即疑惑道，“公主您这是要去哪里？”

尹秋代答道：“太后怕公主一人身在异乡太过寂寞，所以让我来这里请公主入宫一道过重阳节，也好热闹些。”

“劳太后这样记挂，千雪实在过意不去。”

尹秋笑道：“虽然太后与公主只见了一面，却很喜欢公主，经常在奴婢面前提起您，原本前些日子就想召您入宫的，偏偏又感了风寒。”

慕千雪惊讶道：“太后病了？”

“是啊，有个宫女大意忘了关窗子，令太后吹了一夜的冷风，足足病了十来天，事后发现那名宫女还有偷窃的恶习，实在可恨。”

夏月好奇道：“那她是不是被杖毙了？”

“陛下仁慈，只将她发落去了掖幽庭。”这般说着，尹秋转眸道，“公主，太后还等着呢，咱们走吧。”

“好。”慕千雪应了一声，对尚站在一旁的夏月道，“把重阳糕带上，随我一道入宫。”

很快，一乘软轿抬着慕千雪来到昭明宫，下轿之后穿过重重宫院来到宁寿宫，九月深秋，正是万木凋零落叶满地的季节，可这宁寿宫中，依旧一派生机勃勃，青石铺就的宫廷之中不见一片落叶。

尹秋带着慕千雪二人一路来到正殿，朝坐在上首的卫太后屈一屈膝：“太后，公主到了。”

慕千雪带着夏月上前一步，恭敬道：“千雪见过太后，太后万福金安！”

卫太后笑着抬一抬手，宽大的刺金袖子在照进殿内的秋阳下熠熠生辉：“免礼赐座。”

“谢太后。”落座之后，慕千雪方才发现殿中除了卫太后之外，还有一名文质彬彬的男子。不等她言语，那名男子已是站了起来，带着难以掩饰的惊艳之色拱手道：“久闻璇玑公主容色天下无双，今日一见，果然名不虚传。”

慕千雪起身还了一礼：“千雪不过是蒲柳之姿，当不得公子如此夸奖。”

“公主谦虚了，今日得见公主一面，文斌此生不虚。”说话之时，男子的双目一直不曾离开慕千雪的脸庞。

卫太后温言道：“文斌是哀家的本家侄子，前几年一直在江宁为官，不久前才刚调回金陵，如今在刑部任右侍郎。”

听到“刑部”二字，慕千雪眸光微微一动，在信王出事后没多久，俞泯中被人弹劾与信王勾结，并且暗中收受贿赂，最终难逃罢官流放的下场。因为刑部当时只有一位左侍郎，所以刑部交由他暂时主持大局，东方洄这会儿将卫文斌调来刑部任右侍郎，用意可想而知，卫氏一族，还真是不放过任何一个缝。这样算下来，六部除了一个兵部和工部之外，余下的全在卫氏的掌控之中。

慕千雪压下心中的冷笑，再次朝卫文斌行了一礼：“原来是卫侍郎，失敬。”

待得重新落座后，慕千雪示意夏月取出重阳糕，亲自奉至卫太后手边：“来得匆忙，只带了这个重阳糕，是夏月亲手所做，请太后品尝一二。”

尹秋拿了一小块递给卫太后，尝过后，卫太后颔首赞道：“嗯，这味道倒是比宫中御厨还要好，想不到夏月还有这等手艺。尹秋，去取一对金丝荷包来赏夏月。”

“多谢太后赏赐。”夏月跪谢接过尹秋递来的荷包，随即退回慕千雪身后。

一番絮语后，宫人来禀说是备好了午膳，众人移步至偏殿用膳。重阳用膳最要紧的自是菊花酒了，今日的菊花酒是卫文斌特意带入宫中的，他接过青玉酒壶，一边斟酒一边如数家珍道：“这菊花酒是去年重阳之时酿下的，采初开的菊花和一点儿青翠枝叶，掺入酿酒的粮食之中，然后再放入地黄、当归、枸杞等药，一直放至今年重阳。民间传言，此酒有治头风、明耳目、去痿痹、治百病的功效。虽说夸张了一些，但确有好处。”

慕千雪端起八分满的酒盏，在敬过卫太后之后轻啜了一口，颔首道：“既有菊花的清甜，又不失酒本身的醇厚，很好喝。”

她的言语令卫文斌很是高兴：“公主喜欢就好，这酒还有几坛，待会儿我让人送一坛去公主府中，想喝了随时都可以取出来。”

慕千雪笑一笑，垂目道：“多谢卫侍郎，不过我素日极少饮酒，一年也没几次，还是不夺人所爱了。”

“别的酒自是少喝为好，但菊花酒是吉祥酒，偶尔喝一些，有益无害。”不等慕千雪言语，卫文斌又道，“此事就这么说定了，我记得公主住在睿王府，回府后我立刻让他们送去。”

卫太后将这一幕看在眼里，笑道：“原来不是没酒，而是得看人送酒。”

卫文斌被笑得有些不自在：“哪有这回事，侄儿就是突然间想到府里还有一坛菊花酒，正好公主喜欢，所以就想着送给公主了。”

慕千雪疑惑道：“还有谁要菊花酒？”

卫太后笑呵呵道：“你们来之前，皇帝来给哀家请安，听说文斌带着自制的菊花酒入宫，就饮了一杯，甚为喜欢，让文斌再送一坛进来。哪知文斌支支吾吾地说只酿了一坛，令皇帝失望而归。原来不是没酒，而是舍不得送给皇帝，碰到舍得的人，就算不开口，也会千方百计地送出去。文斌，哀家说得对不对？”

卫文斌被她说得越发窘迫：“姑母您就别取笑侄儿了。”

卫太后知道他是不好意思，笑道：“好了好了，哀家不说了，用膳，用膳。”

卫文斌是一个很健谈的人，不时说一些江宁的风土人情以及为官时遇到的趣事，故而这顿午膳用得还算自在。

午膳过后不久，承德殿那边派人来将卫文斌传了过去，想是东方洄有什么事情要问他。

待他走后，卫太后和颜道：“今日秋高气爽，公主可有兴趣陪哀家去上林苑赏菊？”

慕千雪上前扶了卫太后，恭敬道：“能陪伴太后左右，是千雪之幸。”

这句话令卫太后很是受用，含笑由慕千雪扶着一路来到上林苑。秋季是菊花盛开之季，不论是家宅府院，还是山边路旁，总能看到菊花这个花中君子的影了。上林苑也不例外，不过此处所种的菊花可比外面名贵多了，如墨牡丹、玉翎管、瑶台玉凤、绿衣秋波、一团雪、侧金盏等，不计其数，将整个上林苑点缀得如霞似云，人入其中，常有一种尚在春时的错觉。

这盛景的背后，不知费了花匠多少心血。

在经过一处亭子时，慕千雪扶了卫太后进去歇息，宫人很快捧了茶盏与糕点进来，摆放在汉白玉石做成的石桌上。

卫太后抿了一口用雨前龙井冲泡而成的碧绿茶汤，徐徐道：“公主觉得文斌此人如何？”

慕千雪心头一跳，言辞谨慎道：“卫侍郎风趣幽默，应该是一个很不错的人。”

“文斌这孩子，是哀家看着长大的，尽管家中衣食无忧，却比那些寒门子弟还要争气、勤奋。能够有今日，靠的都是他自己，哀家从来没有插过手。在他二十岁那年，家里给他说了一门亲事，二人成亲之后，倒也夫妻恩爱，很是不错，两家都盼着他们能够早日开枝散叶，偏偏那孩子没福气，才成亲两年，就病重不起，勉强拖了半年，最终还是撒手而去，也未曾留下一儿半女。那阵子文斌形如枯槁，看得哀家好生心痛，所幸后面他慢慢好转，算起来，这已经是五年前的事情了。但对文斌而言，这五年走得比五十年还要累。”

“想不到卫侍郎竟有一段如此辛酸的往事。”

“逝者已矣，生者还要继续。哀家兄嫂几次要为他续弦，他始终不肯答应。”

“想是卫侍郎心里还放不下亡妻，再多给他一些时间吧。”

卫太后似笑非笑道：“那你呢，可曾放下？”

慕千雪攥着帕子的手微微一紧：“千雪不明白太后的意思。”

卫太后轻叹一声，拍着她的手道：“哀家知道楚帝伤你甚深，但日子总归还要继续，总不能因为一时之痛，就毁了自己一辈子，你说对不对？”

“太后一片苦心，千雪明白，但眼下国仇未报，家恨未消，千雪岂敢谈情爱二字。”

“这件事哀家与皇帝说过，他也应承了，等到时机合适，一定会发兵西楚，你不必太过担心。再者庄亲王也在，他自会设法复立南昭，你眼下最要紧的是照顾好自己。”

“哀家知道溯儿很照顾你，但这样长住睿王府，总不是个办法。哀家看得出，文斌很喜欢你，他又是个长情的人，相信一定会好好照顾你。”

慕千雪抽回手跪下：“千雪多谢太后厚爱，但千雪与卫侍郎不过一面之缘，现在就谈婚论嫁，实在有些早了，还请……太后多给千雪一些时间。”

卫太后面色微微一沉，很快便又恢复了一贯的慈祥温和，扶起她道：“既是这样，那就等你想好了再答复哀家，不过哀家真的很希望你能做哀家的侄媳妇。”

慕千雪不知该说什么，只能默默点头，陪卫太后回宁寿宫后方才离开。就在她们走后不久，本应在承德殿奏对的卫文斌匆匆走进了宁寿宫，未及行礼便迫不及待道：“姑母，公主答应了吗？”

卫太后笑一笑道：“看来你很中意她？”

卫文斌被她说中心事，搓手笑道：“这样美貌绝伦的女子，没一个男人会不中意。”

“她不肯正面回答哀家，不过看样子，应该是不愿嫁你。”卫太后这句话犹如一盆冷水当头浇下，将卫文斌浇了个透心凉，他不知所措道：“那……那怎么办？”说着，他跪在卫太后脚边，“姑母，您帮侄儿想想办法，侄儿非她不娶。”

要是没见过慕千雪也就算了，可现在那张绝世容颜早已经映入脑海中，就算拿刀挖也挖不掉了，若是最后不能抱得美人归，他非得郁闷死了不可。

卫太后睨了他一眼，不悦道："瞧你这个没出息的样子，赶紧起来。"

见卫文斌犹豫着不肯起身，尹秋笑笑道："太后只是说公主不愿嫁，可没说你们二人的婚事不可成，您大可不必担心。"

听尹秋这么一说，卫文斌亦察觉到其中玄机，顿时转忧为喜，麻利地起了身，知趣道："侄儿一切听姑母安排。"

"你放心，哀家既然开了口，她就算不想嫁，也一定得嫁！"

尹秋轻声道："恐怕璇玑公主会让睿王甚至是陈太妃出面求情。"

卫太后打量着指间那一套赤金蓝宝石护甲，淡淡道："不论谁出面，都求不了这个情，这门亲事，哀家指定了。"

这句话无疑是卫文斌最乐意听到的，他连连拱手："多谢姑母！多谢姑母！"

不同于卫文斌的欢喜，慕千雪这会儿心情沉重如一路被秋风吹落在轿顶的黄叶，她料到卫太后传她入宫，不会仅仅是为了饮酒用膳，却怎么也没料到卫太后竟然会突然摆这么一道！

随着轿子落地，夏月掀起了轿帘："公主，到了。"

"嗯。"慕千雪敛一敛急转的心思，扶着夏月的手下了轿，向抬轿的那几名太监温言道，"有劳几位公公了。"

"公主客气，奴才们告退。"在他们抬着空轿子远去后，慕千雪方才转身入府，一进府就看到蔡元在院子里张望，看到她进来，面露欢喜之色，快步迎上来道："公主您可算是回来了，王爷等您很久了。"

"王爷这会儿可是在南轩？"

"王爷在书房，说是让您回来后立刻去见他。"蔡元话音未落，慕千雪已是快步往书房行去。

午后的秋阳透过四四方方的窗格照落在地，似一抹浮于地面的淡金色云朵，东方溯坐在书案后静静地看着一封记载健锐营军务的折子。事实上，这封折子他已经看很久了，却连最开始那几行字都没有看完，反倒不时抬眼去看紧闭的房门。

终于看到了一直期盼的人影，东方溯顿时快步迎了上来，急切问道："可还好？"

迎着他紧张的目光，慕千雪徐声道："暂时还好。"

这个回答令东方溯心中一沉，继而更是在慕千雪眼底看到了丝丝缕缕的愁绪，凝声道："进来再说。"

待得关起书房的门后，东方溯再次道："母后何事传你入宫，可有为难你？"

慕千雪苦笑道："倒不曾为难于我，不过……"一时之间，竟不知该如何说出口。

夏月嘴快地接过话："太后说是接公主去宁寿宫共度重阳节，其实是想为公主赐婚！"

"赐婚？"东方溯满脸诧异地重复了一遍，继而眉眼被重重紧张所包围，"母后想将你指与何人？"

"新任刑部右侍郎卫文斌，他今日也在宁寿宫。"

"我知道他，是母后的本家侄子，俞泯中出事之后，皇兄特意将他调来京城出任右侍郎一职，等他熟悉了刑部之事后，应该就会擢升为正一品尚书了。"一口气将自己知晓的这些说完后，东方溯望着慕千雪，"你意下如何？"

慕千雪摇头道："你知我现在无心想这些，莫说我与卫文斌只见了一面，不知其禀性如何，就算一切真如太后所言，我也无心嫁他。"

东方溯缓缓松开不知何时攥得发白的双拳："这么说来，你已经回绝了母后？"

"还没有。"慕千雪凝声道，"这次的事情，王爷不觉得太不寻常了吗？"

被她这么一说，东方溯也察觉到不对。除了寿辰那次之外，卫太后不曾召见过慕千雪，甚至连提也没提起，这会儿却突然要为她指婚，确实有些怪异。可要说有什么企图，又想不出来。

慕千雪看到他眼里的不解，一字一句地吐出她思索了一路的话："我怀疑，卫太后已经知道了西楚的事情。"

东方溯一怔，继而骇然失色，脱口道："你说母后知道萧若傲是你扶持登上的帝位？这怎么可能！"

夏月也被吓了一跳，见东方溯目光望过来，她以为是怀疑自己，急急摆手道："公主的事情，奴婢从来没有与外人提过，一个字也没有，如有虚言，就让奴婢天打雷劈，不得好死！"

"本王不是怀疑你，而是让你想一想，最近可有遇到过什么不同寻常的事情？"夏月虽然有时候做事冲动，对慕千雪却是绝对的忠心，嘴巴也严实得很。

"不同寻常？"夏月仔细回想了一番，摇头道，"公主这阵子一直待在府中，一步都没踏出去过，整日除了看书就是看十九他们送来的情报，再不然就是与王爷还有穆王商议事情，除此之外，再无其他。"

东方溯屈指轻叩着桌案，双眉紧紧皱在一起："这可就奇怪了，母后怎么会突然知道公主的事情。"

日影偏移，一抹光影落在慕千雪露在裙裾外的月白色鞋尖上，绣线密密交织的牡丹在光影下栩栩如生。

“在西楚之时，虽然我从未站于人前，但只要有心打听，终归还是能够探听到一二的，看来之前的装傻充愣，并没有瞒过他们。”

夏月疑惑道：“就算卫太后当真知道了公主的能耐，与这赐婚又有什么关系？”

慕千雪睨了她一眼，淡淡道：“卫文斌是卫氏一族的人，一旦我嫁给他，就等于被牢牢绑在了卫氏一族这辆车上，此生都要供他们驱策，你说关系大不大？”

“原来是这样。”夏月恍然之余又紧紧皱了眉，“这个卫太后心机可真深，竟打这样的主意。”说着，她又不解道，“既然公主一早就猜到了她的打算，之前在宁寿宫时，为何不直接回绝？”

慕千雪叹了口气，为难道：“我若就此回绝，岂不等于与卫太后母子撕破脸，到时候，他们不只容不下我，恐怕连王爷也会受牵连。”

夏月为难道：“不能拒绝，难道真要答应吗？”

“不行！”东方溯凝望着慕千雪，眼里迸出异常坚毅的光芒，“这件婚事非你所愿，一定不能答应！”

这一刻，他的眼神很深，令慕千雪有些害怕地避开双眸，不敢与之对视。心慌意乱的她，并没有留意到东方溯眼底一闪而过的痛意。

东方溯暗自吸了一口气，道：“你开口拒绝，确是有所不便，还是我入宫去与母后说。”

“不要。”慕千雪一口拒绝了东方溯的提议，“太后既知我之事，这会儿只怕连你也疑在其中，你现在要做的是尽量置身事外，而不是参与进来。”

望着那双明眸，东方溯一字一句地说道：“就算当真被母后所疑，我也不会任由你嫁给卫文斌，绝不会！”

五年前的惊鸿一瞥，注定他这一生都不可能放下眼前的女子！

慕千雪紧紧攥着帕子，静寂的心因为他这句话泛起一层又一层的涟漪，不可控制。不知从何时开始，东方溯在她心里占据的分量越来越大。

夏月这一次倒是很机灵，怕自己横在中间会令他们有所不便，随意寻了个借口离开。待得书房里只剩下两人的时候，慕千雪轻声道：“那陈太妃呢，你也不管了吗？”

东方溯咬一咬牙：“若真到了那一刻，我会让十六他们护送母妃离开。”

慕千雪静静地望着他，仿佛要望进他的心里去，许久，她道：“为什么要对我这么好？”不等东方溯言语，她已是先一步道，“不要再说是因为三哥，我不信！”

东方溯默然地望着她露在袖外的纤纤十指，那是他此生最想握住的手，却一直无缘相握："那你希望听到什么答案？"

在一阵短暂的静寂过后，静幽的声音再次响起："四年前，你为何会去南昭求亲？我看得出，你并非一个喜好女色之人，璇玑公主之名，应该不足以吸引你千里迢迢赶赴南昭。"

东方溯那浓稠如流光隐月的目光掠过慕千雪的脸庞，徐徐地说出隐藏在心底多年的话："其实四年前并不是我第一次去南昭。我与慕兄因为一次意外相识之后，彼此气息相投，很快就成为知交好友。闲来无事之时，慕兄提及最多的就是公主，常说公主若为男子，南昭帝位必然非你莫属。他见我不相信，就强拉着我去南昭。刚入南昭都城，便碰到一起案子，有一个卖油的小贩不见了钱箱子里的钱，当时旁边有一对卖唱父女，小贩指称说是那对父女偷的铜钱。此事惊动了官差，官差询问之下，发现父女钱箱子里虽然有不少铜钱，但小贩长得满脸横肉，又说不出究竟没了多少铜钱，认为是那小贩恶人告状诬蔑那对父女，想讹他们的钱，遂打算将小贩锁回衙门。这个时候，一名面蒙纱巾的女子走出来，说她有法子证明父女钱箱子里的钱究竟是谁的。她让人取来一盆热水，将那些铜钱倒入热水之中，很快，水面浮起一层油花，最终那些铜钱判定是小贩所有，你可知为什么？"

慕千雪眼中满是锁不住的惊讶，犹如梦呓一般道："小贩以卖油为生，手上终年有油渍，经过他手里的铜钱，也都沾上了油，相反那对父女以卖唱为生，他们赚的铜钱不会带有油渍，所以这些铜钱是属于卖油小贩的。"

"不可以貌取人，更不可先入为主，凭一己喜恶断案。刑律面前，当人人平等。"东方溯双眼清晰倒映着慕千雪的身影，"公主这句话，我一直记得，从未忘记。"

当日在街上断案的女子正是慕千雪，她虽蒙了面，但慕临风是其兄长，岂会认不出声音。

慕千雪怎么也想不到，竟会从东方溯口中听到自己五年前说过的话，原来……他们早在五年前就相识了。

"我还记得，那对父女偷窃银钱，本该押去官府受刑，是公主怜他们孤苦无依，又是迫于生计才偷的铜钱，劝说那名卖油小贩放弃告状，方才令他们免于受刑。后来我见他们可怜，就拿了些银子给他们，让他们寻个落脚的地方做点儿小生意，免得四处奔波。"

慕千雪蓦地抬头，惊意如流星追月一般在眸中划过："原来那个人是你？"

东方溯疑惑道："什么那个人？"

慕千雪努力压下在胸口翻涌的惊意："我知那对父女生活艰难之后，曾拿银子给他们，但他们与我说，已经有位公子给过了，不愿再收。我曾寻找，但没有寻到人，原来他们口中的那位公子就是你！”停顿片刻，她神情复杂道，“这件事……你从来没与我说过。”

如果她一早知道东方溯就是那位不知名的公子，四年前，她未必会是那个选择。

东方溯涩然一笑：“四年前去求亲之时，我曾想说，可是……公主并不肯给我机会。”

慕千雪默然无言，四年前，一心想求良人的她，并不喜欢冷漠寡言的东方溯，仅仅说了几句话，就让宫人将他请了出去。之后，即便慕临风百般美言，她也不肯再见，最终选了表面看起来品貌非凡的萧若傲为夫婿。

四年前的他们，擦肩而过，彼此错过……

第二十六章　卫文斌其人

当最后一缕阳光也从窗格上消失时，慕千雪平视于他，轻声道："当年……我那样对你，你不怨我吗？"

东方溯有些失神地望着那张不需要任何脂粉珠玉点缀就可以压过世间所有女子的倾城容颜："我想过要怨，但怨不起来，所以只能作罢。"说到此处，他唇角勾起一抹轻浅的笑意，"所幸上天待我不薄，让我又见到了公主。"

四年光景，从南昭到西楚，如流水一般在慕千雪脑海中，她感慨道："可惜已经物是人非，慕千雪已非昔日的璇玑公主。"

东方溯上前一步，激动道："不，于我而言，你一直是你，从来没有变过。"

"怎么可能没变，我……"话音未落，十指倏然一紧，垂目看去，只见一双修长的手掌紧紧攥住自己的手指。

东方溯鼓起勇气，一字一句道："执子之手，与子偕老。只要你愿意，我愿生生世世守护你，纵江水为竭，天地相合，我亦不改此心！"

东方溯的手掌很温暖，如春日暖阳，融化着冬日里积下的满园冰雪，令慕千雪差点儿迷失在那抹温暖中。

她强迫自己抽离那抹温暖，在退步中怆然摇头："多谢王爷错爱，只是……千雪受不起！"

东方溯上前一步，再一次紧紧握住她的手："没有错爱，也没有受不起。千雪，不论是四年前，还是四年后，我待你都是一样的心意，从来没有变过，你相信我！"

慕千雪怔怔地望着他，泪水渐渐模糊了双眼，她一直都知道东方溯在意她，却不知竟爱得这样深沉。

如果四年前不曾错过，他们一定会是一对恩爱夫妻，可现在……终归是错过了！

慕千雪深吸一口气，压下眼中的泪意，一步一步往后退着，离开她渴望的温暖。同时，也一步步重新拉远两人之间的距离。

“我现在的身份是楚帝弃后，南昭罪人，不论卫太后还是陈太妃，都不会让你与我在一起。”

手里的空落，令东方溯心里发慌，他急切道：“不会，我会想办法说服母后与母妃，她们……”

慕千雪摇头打断他未完的话语：“陈太妃爱子心切，或许真的会答应。但卫太后会怎么想，她会认为你是故意与她争夺我，甚至是……争夺帝位！”

东方溯激动道：“难道你要我眼睁睁看着你被迫嫁给卫文斌吗？”不等慕千雪言语，他已是颓然跌坐在一旁的椅中，喃喃道，“我做不到，千雪，我做不到！”

慕千雪走到他身边，轻轻抚着他的肩膀：“这件事我会想办法，你不必太过担心，所幸太后没有立刻下旨赐婚，也给了我转圜的余地。”就算她此生真的要再嫁，那个人也绝对不会是卫文斌。

东方溯抬头，那双黝黑如墨玉的眼眸含了一缕深远的悲伤，在长久的相对后，目光渐渐变得坚毅：“如果今日我是坐在承德殿的那一个，就可以护你周全，无须受这样的刁难。”

慕千雪唇角微弯：“若王爷真能走到那一步，护的又岂止是千雪一人。”

这句之后，谁也没有再言语，只有两道身影静静映在窗棂上，如一幅定格的画卷……

十五与十九二人连夜奔赴江宁，调查卫文斌其人：而收到消息的东方泽，也设法让他安排在吏部的眼线查到卫文斌为官以来的卷宗，并悄悄抄录了一份。

东方泽一拿到抄录的卷宗就立刻带到了睿王府，慕千雪还没展开，他已是气馁地摇头：“吏部三年一考，每一次考评，卫文斌不论政绩还是官声都是上等，丝毫找不到能够用来做文章的东西。”

慕千雪仔细看着卷宗，果然如东方泽所言，卫文斌在江宁为官八年，政绩突出，清正廉直，深受百姓爱戴，是一名一等一的好官。

夏月也看到了卷宗内容，紧张道：“那怎么办，难道公主真要嫁给他吗？”

“当然不行！”

夏月忧声道：“今儿个太后那边已经派人来催过，看那样子，怕是……拖不了太久了。”

东方泽低头咬一咬指甲，狠心道：“没有问题，那我们就闹得他有问题，总之一定不能让他娶到公主。”相处越久，他就越清楚慕千雪的价值，如果没有这个聪明绝顶的女子襄助，七哥想要夺回帝位，说一句难如登天也不为过！

慕千雪搁下手里薄薄的纸张，微笑道：“人无完人，太过完美本身就是一个很大的问题。”

东方泽一怔，继而明白了她的意思：“公主是说，卫文斌的考评有假？”

慕千雪微微一笑，饮了一口茶水道：“我记得宁寿宫中见到卫文斌之时，他穿了一身枣红织金长袍，是用上等云锦所制，云锦只产于江南一地，素以用料考究、织造精细而著称，有“寸锦寸金”之称。大周官员俸禄并不算高，卫文斌真如卷宗所记载的那样清廉，试问怎么穿得起这样名贵的云锦？”

“这个……”东方泽蹙一蹙眉道，“卫文斌虽然俸禄不高，但出身世家，有几身名贵衣裳也不算什么。”

慕千雪笑一笑：“那请镖局押送货物呢？”

东方泽惊讶道：“押送什么货物？”

慕千雪取出一张小小的纸条递给东方泽：“这是十九他们昨夜刚刚飞鸽传书送来的，王爷请看。”

东方泽疑惑地接过纸条，上面只写了寥寥几行字，却令他神色倏变：“卫文斌竟然请了镖局押送十箱货物？”

慕千雪颔首道：“说来也是凑巧，十九他们本是奉了我的命令，去江宁调查卫文斌。在中途投宿之时，遇到一支镖队，得知他们是从江宁而来时，十九便想从他们口中打听一下卫文斌，岂知竟意外从一名说漏嘴的镖师口中得知，托他们押送这支镖的就是卫文斌，整整十箱，每一箱都沉甸甸的。”

“十九趁镖队歇息，悄悄打开其中一只箱子，里面皆是金银财帛，另外九箱，想必也不例外。”

东方泽听得口干舌燥，一口饮尽手边尚有些烫的茶水，有些失神道：“卫文斌回京之时，除了一些衣物之外，就只带了两箱书，所有人都以为他两袖清风，原来是明修栈道，暗度陈仓。”

“我已经让其他人去盯着那支镖队，算算路程，应该再过两日便会到金陵城。”

东方泽兴奋地接过话：“只要我们揭穿这支镖是卫文斌所有，就可以揭穿他所谓清正廉明的假面具。到时候，太后便没理由逼你嫁于他。”

“若他到时候否认怎么办？”

东方泽不以为然道：“财物明明就是他的，岂能否认。”

慕千雪笑着摇头道：“那些金银上面，可没刻着‘卫文斌’三个字，退一步说，就算真刻了，他也可以说是别人栽赃嫁祸，到时候你不仅奈何不了他，还会被卫太后盯上，得不偿失。”

东方泽用力挠一挠脑袋：“不是还有那些镖师吗？”

“那些镖师在走这趟镖之前必然得了吩咐，说不定连一家老小都被吩咐在内，偶尔说漏嘴不打紧，但要他们在衙门堂前白纸黑字指证卫文斌，几乎没这个可能。”

东方泽被她说得哑口无言，憋红了脸道：“依你这么说，岂不是白忙一场？”

慕千雪微微一笑，话锋突转：“王爷与刑部左侍郎关系如何？”

“杨和？”东方泽诧异之余道，“还算过得去，公主问他做甚？”

“若想坐实这些镖银归属于卫文斌，需得杨侍郎相助方可。”

在他们商议对付卫文斌之时，东方溯正静静候在宁寿宫中，差不多等了半个时辰，方见卫太后扶着尹秋的手进到殿中。

东方溯恭敬地拱手道：“儿臣给母后请安。”

“快起来。”卫太后招手示意他近前，“哀家不是让人传了话，哀家在礼佛，你不必在此等待，怎么不听？”

“母后礼佛，儿臣理应等候。”东方溯接过宫人递来的茶，亲自奉予卫太后，“刚才听宫人说，母后近日常有咳嗽，可有传太医看过？”

卫太后抿了口茶，温言道：“只是偶尔嗓子痒，咳嗽几声罢了，不要紧。”殿中供了桂花，绵绵软糯的香气无处不在，充斥在鼻尖。

“儿臣过来之前，让御膳房炖了冰糖雪梨，这东西虽非药却有止咳润肺的功效，母后待会儿多喝一些。”

“好。”卫太后慈祥道，“你虽非哀家亲生，却对哀家最是孝顺，不像皇帝，哀家都好几日没瞧见他了，这来宁寿宫的路，恐怕他都忘记了。”

东方溯笑道：“母后说到哪里去了，其实刚才下朝，皇兄也很想与儿臣一道来给母后请安，只是最近朝政繁忙，各地不断呈上奏折，皇兄实在脱不开身，这才未曾前来，还望母后莫怪。”

“行了，不说他了。”卫太后仔细打量了他一眼，怜惜道，“几日不见，溯儿仿佛清瘦了一些，面色也不大好看，可是要兼顾朝堂与健锐营两边的事情，太过辛苦之故？若是这样的话，哀家与皇帝去说，让他不要什么事都往你身上压，朝堂又不是只有你一个人。”除了掌管驻守城外的十万健锐营之外，东方溯还奉旨统领都察院，是诸皇子之中实权最大的一个。

东方溯心中一凛，卫太后这话，看似出于关心，实则分明是想寻机会削他的权柄。若非这阵子慕千雪经常提醒，根本察觉不到卫太后的真正用意。

他不动声色道：“多谢母后关心，儿臣并不辛苦，只是最近睡得不太好，所以面色不大好。儿臣多年来一直承蒙母后与皇兄照拂，为皇兄分忧，是儿臣应该做的，莫说眼下只是都察院与健锐营两边，就算再多，也不辛苦。”

“你这孩子就是心实，皇帝有你这样的手足，很好！很好！”卫太后对他的回答很满意，欣然点头。

此时，御膳房送来炖好的冰糖雪梨，东方溯亲自喂卫太后喝下，随后道：“儿臣离宫之前，会交代他们晚上再炖一次，一日两回，连服三日，应该就不会咳嗽了。”

“好。”卫太后笑着点头，眉眼慈祥温和，丝毫看不出算计之意，难怪能够骗过那么多人，“千雪可有与你提过哀家想替她赐婚一事？”

正将盏碗交给宫人的东方溯动作一滞，点头道：“提过，母后想撮合她与卫侍郎。”

“文斌你也认识，虽然曾娶过亲，但他生性正直，识文懂武又用情专一，配公主是最合适不过的。而且这样一来，公主也能重新拥有一个家，不再孤苦伶仃的一个人。”

“儿臣明白母后一片苦心，不知卫侍郎心意如何？”

卫太后含笑道：“文斌对公主一见钟情，眼下就等公主点头了，溯儿，公主可与你说过什么？”

“这是公主私事，儿臣不便多问，不过看似公主暂时未有嫁人之意，母后，不如……这件事缓缓再说？”

卫太后扬一扬浓淡合宜的长眉：“她担心文斌会是第二个萧若傲？”

东方溯垂目道：“母后英明，公主饱受情伤，再加上与卫侍郎不熟，难免会有所担心，还望母后莫怪。”

卫太后叹息道：“哀家怜惜她都来不及，又哪里会怪她，也正因为疼惜她，哀家才要为她指婚，免得她一个人胡思乱想，也免得耽误了这青春年华。”

“哀家让钦天监算了日子，九月十八是个好日子，哀家打算在那一日赐婚，溯儿以为如何？”在那温和笑容背后，蕴藏着深不可见的算计与试探。

东方溯心里“咯噔”一下，卫太后果然是打定了主意要这么做，他努力咽下已到嘴边的话，侧目看了一眼青花缠枝方口瓶中盛放于枝叶间的一朵朵金黄桂花，恭敬道：

"母后决定就是了，公主那边，儿臣会帮着劝说，相信不会有什么问题。"

这个回答令卫太后心头一松，看这样子，东方溯对慕千雪并非太过迷恋，当不至于受其蛊惑。

这样的恭敬与笑容，一直维持到步出宁寿宫。现在是九月十三，离九月十八只剩下五天，一定要在这五天里想出法子，否则可就真要抗旨了！

心里惦记这事，在去静芳斋请安时，不免有些心不在焉，陈太妃默默地看在眼中，敛袖执起提梁玉壶往杯中注满茶水之后，道："可是在想太后为璇玑公主赐婚之事？"

东方溯惊讶道："母妃也知道了？"

"前两日去请安的时候，太后与我提起过。"这般说着，她又道，"今日过去，太后都与你说了什么？"

东方溯沉声道："太后打算在九月十八那日下旨赐婚。"

陈太妃打量着他，有些担心道："你拒绝了？"

东方溯摇头道："这是公主的事情，儿臣不便插手，不过……儿臣并不认为卫文斌是公主的良配。"

陈太妃眸中掠过一丝松弛，她真怕东方溯会因为慕千雪一事惹恼卫氏。待得定了心神后，她徐声道："但是公主这样名不正言不顺地寄住在你府中，确实不太妥当，很容易惹来他人的闲言碎语。"

东方溯不以为然道："那种乱嚼舌根子的话，理来做甚。"

陈太妃摇头道："岂不闻'流言猛于虎'这句话吗？有时候，几句流言，就足以将人逼上死路。"

东方溯拧眉道："如此说来，母妃也赞成公主嫁给卫文斌？"

陈太妃长叹一声，拍着东方溯的手背道："母妃赞成与否并不重要，重要的是太后怎么想，她决定的事情，没人能够改变。"

陈太妃这句话落在东方溯耳中极不舒服，他脱口说出心中之言："儿臣绝不会让公主嫁给一个她不喜欢的人。"

冬梅眼皮一跳，急忙道："殿下，您可千万别胡来，那可是太后，违背不得，太后要赐婚，就由着她赐。"

"溯儿，冬梅说得不错，太后虽疼你，但终归尊卑长幼有别，万万不可任性妄为，以免惹太后不快。"陈太妃隐晦地提醒着，卫氏的性子，没人比她更清楚，一旦惹恼了卫氏，后患无穷。

东方溯暗自吸了一口气，平静道："母妃放心，非万不得已，儿臣不会胡来。"

陈太妃眸光微沉："这么说来，你还是打算插手？"

在一番长久的沉寂过后，东方溯轻声道："早在儿臣将公主从西楚带回来的那一刻起，就已经插手了。"

陈太妃盯了他片刻，长叹道："看来不论母妃说什么，你都听不入耳，罢了罢了。"

"请母妃恕罪。"面对东方溯的行礼，陈太妃又是一声叹息，"我乏了，你退下吧。"

"母妃好生歇息，儿臣改日再来请安。"再次拱手一礼后，东方溯退出了静芳斋。望着他离去的身影，冬梅急急道："太妃您为什么不再多劝劝，万一真要惹恼了太后，那可怎生得了啊！"

陈太妃苦笑道："你以为不插手这件事，溯儿便可一世无忧了吗？"

此话令冬梅想到东方溯身边潜伏的危机，咬一咬银牙："话是这么说，但多一事不如少一事，不如奴婢再去劝劝殿下？"

陈太妃抚一抚冰凉的额头，无奈道："他的性子你难道还不知吗？说再多也是无用，只希望……慕千雪有法子解决这次的事情吧。"

冬梅无言相对，只能暗自叹息，祈祷他们可以安然渡过此劫。

九月十五日傍晚，四个轿夫抬着一乘青呢小轿从刑部出来，坐在里面的是刑部左侍郎杨和。他每日下朝之后，都会来刑部处理公文以及各地呈上来的案件，等全部处理完之后才回府。

杨和看了一天的公文案件，疲惫得很，再加上轿子晃晃悠悠，不知不觉便睡了过去。等到醒来的时候，轿子已经停了，想是到府门口了，然而等了一会儿，迟迟不见管家来掀帘子，倒是有烛光自轿帘缝隙中照进来。

"这个管家，去哪里了。"杨和一边说着，一边自己掀帘走了出来，人还未站直便愣在了那里。轿子所停之处并非他以为的府门口，而是一处宽敞的庭院。

"醒了？"突如其来的声音将杨和吓了一跳，赶紧回头望去，借着路灯的光芒，杨和看到一张怎么也想不到的脸庞，满面惊讶道："穆王？"

东方泽晃一晃手里的青玉酒壶："本王知道杨大人心里有许多疑问，不妨坐下一边喝酒一边说。"

被他这么一说，杨和方才发现，离他几步远的地方有一张石桌，上面摆了几样精致的小菜。

杨和呆呆地随东方泽来到石桌前，直至被满上了面前的青玉酒杯方才惊醒过来，连忙道："下官不敢！"

东方泽笑一笑，在替自己也满上后，招呼道："坐下说话。"

依言落座后，杨和迫不及待地问出憋了许久的问题："王爷，下官……怎么会在这里的，那几名轿夫呢？"说到此处，他心中一动，紧张道，"可是他们不小心冲撞了王爷？"

东方泽笑道："他们没有冲撞本王，是本王有事与杨大人商谈，所以将杨大人请了过来，未曾事先知会，令杨大人受惊，还望恕罪。"说着，他起身朝杨和拱手作揖，后者赶紧起身避让："王爷切莫如此，下官受不起。"

待得各自重新落座，又对敬酒水后，杨和小心翼翼道："王爷有什么事情，只管吩咐，下官能够做到的，一定照办。"他这话为自己留了余地，能做的照办，不能做的，那就怪不得他了。

东方泽怎会听不出他的意思，低低一笑，一边重新满酒一边道："本王若没记错，杨大人应该是承庆八年的状元。"

杨和惊讶道："王爷好记性，下官正是承庆八年时考的科举。"

"杨大人是终承庆一朝唯一一位连中三元的状元。虽然本王当时还年幼，但事后常听父皇提及，杨大人殿试那篇文章，父皇当年可是爱不释手，亲点你为状元。算起来，大周立国近百年，能够连中三元的，不足十人，实在令本王佩服。"

提及自己昔年连中三元之事，杨和颇有些得意，口中则谦虚道："王爷过奖，下官也只是运气而已。"

"天下读书人不知凡几，怎不见他们有这样的运气。"说着，他再次举起酒杯，"本王再敬杨大人一杯。"

"多谢王爷。"在又一股甘醇的酒水穿过喉咙后，杨和自在了许多，不再如刚才那般拘束。

"本王记得，杨大人这个侍郎之位，还是父皇封的吧？"

杨和肃然点头："承庆十七年时，下官还只是刑部一名四品官员，当时正逢左侍郎出缺，先帝破格提拔下官为正二品侍郎。先帝待下官，实在是恩重如山。"

"父皇向来知人善用，破格提拔，是因为他知道杨大人有这个能力。在大周，从来都是能者居之。"

"能者居之……"这四个字触动了杨和，他一口饮尽杯中的酒，借此压下心中激涌而起的愤慨与不甘。

东方泽将这一切收入眼底，故意叹道："俞泯中与大哥一起勾结作乱，被罢了刑部尚书的位置，本王原以为，刑部尚书之位非杨大人莫属，毕竟不论资历还是能力，大人都是最合适的人选。岂料皇兄竟会突然调卫文斌来刑部，虽然眼下只是左侍郎，但看皇兄之意，应该很快就会让他接任尚书之位。"

杨和紧紧攥着明月下近乎透明的青玉酒杯，在秋虫的鸣叫中违心道："卫大人在江宁为官期间，清正廉直，政绩突出，又深受百姓爱戴，皇上属意他接替尚书之位，也是情理之中的事。"

"如果卫文斌真如杨大人所言，清正廉直，本王自然无话可说，只怕……耳听为虚！"

杨和在官场摸爬滚打多年，岂会听不出他话中有话，盯着东方泽道："王爷可是听说了什么？"

"本王听闻……"东方泽很懂得拿捏人心，止了话语，摇头道，"还是不说了。"

话听到一半，杨和这心里跟猫抓似的，哪里还忍得住，追问道："左右这会儿也没什么事，何妨说来听听，下官保证，未得王爷允许，绝不外泄半句。"

东方泽见戏做得差不多了，点点头，凑过身子轻声道："本王收到消息，卫文斌托镖局押送十箱东西从江宁至金陵，明日就会到，箱子里装的全部都是金银财帛！"

"金银财帛？"杨和脱口惊呼，骇然道，"王爷此话当真？"

"本王岂会拿这种事情开玩笑，刚刚听说之时，本王也吓了一跳，这个卫文斌表面道貌岸然，清正廉明，实则百般搜刮民脂民膏，江宁百姓对他怨声载道。"

"可是吏部明明年年考核，说……"话说到一半，杨和止住了话语。卫文斌是当今太后的侄子，皇亲国戚，吏部自然是怎么好怎么写，又怎么会写半句不好。

"本王一想到这样的人将会接替刑部尚书之位，心里就堵得慌，更替杨大人不值，唉！"东方泽一边叹息摇头，一边用眼角余光留意杨和的表情，可惜他一直低着头，只能从其紧攥的双手中看出他的不平静。

夜空中繁星点点，如散落于黑布中的明珠，围绕着晶莹如玉轮的圆月，洒下无边无际的银辉。

在桌上那几道菜肴失去最后一丝温度时，杨和举目望向东方泽："王爷特意将下官带来此处，想必不只是为了说这些，不妨直言。"

"果然瞒不过大人。"东方泽低头一笑，在一道冷风扑过后，敛去笑意缓缓道，"杨大人可愿从此屈居于一个贪财小人之下，任由他对你指手画脚？如果愿意，就当本王什么都没说过。"

杨和紧紧咬着牙根，他自是不愿刑部尚书之位落于旁人之手，可卫文斌是太后亲侄，他就算不愿又能如何?

东方泽看穿了他的心思："本王一向敬佩杨大人，只要您开口，本王一定会全力襄助，帮您夺回属于您的东西。"

杨和颤声道："就算勉强夺回，只怕也难以坐稳。"

东方泽明白他的意思，隐晦道："事在人为，就算是站在最高处的那个人，也不可能真正一手遮天。"

杨和面容一震，紧紧盯着东方泽："这么做对王爷有何益？"

东方泽抿了一口酒，淡淡道："杨大人在京中为官多年，难道还不知本王为人吗？本王做事不问人情不问身份，只问这里！"他指一指自己的胸口。

杨和明白他的意思，双手紧紧交握，在一番激烈的天人交战后，他忽地站起身来，朝东方泽长施一礼："恳请王爷襄助下官，若此事可成，下官必当铭感五内，从此唯王爷之命是从！"

东方泽亲自扶起他，含笑道："杨大人言重了，你放心，本王一定会尽力为之。来，我们坐下细说。"

九月十六日，卫文斌刚下朝回到府中，便听到一则令他骇然的消息，反复确认消息属实之后，他白着一张脸重新上了轿，催促着轿夫往昭明宫赶去。进宫之后，他没往承德殿行去，而是匆匆忙忙去了宁寿宫。

好不容易赶到宁寿宫，却不见卫太后身影，一问之下方知是去了佛堂，卫文斌急急赶到佛堂，刚到门口便被内监给拦住了："卫大人留步，太后正在里面礼佛，任何人不得打扰。"

卫文斌勉强按下心中的焦虑："本官有十万火急之事要面禀太后，还望公公通融一二，让本官进去。"

"这是宁寿宫的规矩，请卫大人见谅。"内监的话语虽然客气，却丝毫没有通融之意。

眼见时间一点点过去，卫文斌急得汗都出来了："本官真有万分要紧的事情，需要立刻见太后。要不然……公公替我去通禀一声？"

"奴才不敢打扰太后，大人还是在此待着吧。"内监看了一眼天色，"应该再过一个时辰就好了。"

"一个时辰？！"卫文斌眉头皱得犹如打了死结一般，沉吟片刻，取出几片金叶子塞在内监手里，不等后者言语，他先一步道，“若非火烧眉毛，本官绝对不敢为难公公，求公公务必为本官通传一声，如果太后怪罪下来，本官当一力承担，绝不会连累公公。”

内监握着金叶子愁眉不展，他知道卫文斌身份，不敢过分得罪，可宁寿宫规矩森严，他实在不敢贸然入内打扰太后礼佛。正自为难之时，眼角余光瞥见尹秋走出来，当即如逢大赦，急步过去道：“姑姑您出来就好了。”

尹秋不悦道：“何事喧闹不休，闹得太后在里面无法专心礼佛。”

内监连忙道：“回姑姑的话，是卫大人来了，嚷着非要见太后，小的怎么也拦不住。”

被他这么一提，尹秋方才留意到卫文斌也在，缓一缓脸色，欠身道：“见过卫大人。”

“姑姑快请起。”在这位太后最倚重的心腹面前，卫文斌不敢托大，赶紧虚扶了一把。

尹秋起身道：“太后礼佛的规矩，大人也是知道的，实在不方便让您进去，您要真有什么要紧的事情，不如由奴婢替您转达。”

卫文斌知道尹秋在这宁寿宫中等于半个主子，赶紧应了一声，在其耳边一阵低语，听完他的话，尹秋神色凝重道：“此事当真？”

卫文斌愁眉道：“千真万确，若非如此，本官何至于这么急着见太后。”

“大人且在此等候，奴婢现在就去禀告太后。”说完这句，她当即回身入了佛堂，未过多久，再次走了出来，躬身道，“太后请卫大人入内。”

“多谢姑姑。”卫文斌拱手一礼，随尹秋走了进去。一踏入佛堂，鼻尖便被一股浓郁的檀香所缠绕，一缕缕淡薄如雾的轻烟自薰炉顶端的小孔中升起，弥漫在整间佛堂之中。一尊宝相庄严的观世音像高高奉于祭台正中，两边立着善财童子与龙女。

卫太后背对着他们，跪在观音像前，徐徐捻动着手里的念珠，尹秋轻声道：“太后，卫大人来了。”

仅仅只是一个背影，卫文斌便觉口干舌燥，手脚哆嗦，颤声道：“侄儿参见姑母，姑母万福。”

卫太后指尖动作一滞，继而抬起一只手，尹秋会意地上前将她扶起。卫太后一步步走到神色慌张的卫文斌身前，墨绿裙裾蜿蜒于身后，她也不言语，只是静静盯着卫文斌。卫文斌被她盯得浑身不自在，熬了半天，终是受不住那种无形的压力，双膝一软，跪倒在那道墨绿身影，颤抖道：“姑母恕罪。”

卫太后冷冷盯着他："被劫去的是什么货物？"

"是……是……"在步入昭明宫之前，卫文斌就知道逃不过，但真要说之时，还是忍不住生出了怯意。

卫太后冷哼一声："既不肯说，又何必来见哀家。"

见她动气，卫文斌慌忙道："姑母息怒，侄儿说，那十个箱子里装的，都是金银之物。"

卫太后神色一震，难以置信道："你说什么，十箱金银？"

"是。"卫文斌硬着头皮答应，"本来一切顺利的，哪知在临入金陵之前，被一群不开眼的劫匪掠了去，不知所踪。"

卫太后垂目道："如果不是劫匪掠夺，这件事，你还打算继续瞒着哀家是不是？"

"侄儿……"卫文斌抠着细密的砖缝，冷汗密密布在额头，"侄儿岂敢隐瞒姑母，之所以事先未提，是想给姑母一个惊喜。"

卫太后冷笑道："惊，哀家感觉到了。喜，却是半分没有。"说到此处，话音倏地一冷，"文斌，你好大的胆子，连哀家也敢骗！"

本就提心吊胆的卫文斌听得这话，顿时吓得魂飞魄散，连连磕头："侄儿知错，求姑母恕罪，求姑母恕罪！"

卫太后面色冰冷道："临去江宁之前，哀家与你说过什么，卫家不缺银子，缺的是官声与威望，让你在江宁踏踏实实做官，得人传颂，如此方不负哀家还有你父母的一片苦心。你可倒好，将哀家的话当成耳边风。"十几年来，卫氏一族扩张得太快，表面看似稳固，其实当中有许多问题，只是当下有她这位太后坐镇，一时还看不出来。但以后就难说了，所以她这些年一直在着力培养族中有潜力的年轻一辈，卫文斌是她最寄予厚望的一个。结果却是这个样子，让她怎能不生气。

卫文斌苦着脸道："侄儿也不想的，只是当时那情况……侄儿实在身不由己。"见卫太后面色不悦，他又慌忙道，"都怪侄儿心智不坚，犯了糊涂，侄儿以后再也不敢了，求姑母恕罪。"

毕竟是自己的亲侄子，卫太后不忍太过苛责，稍稍缓了语气："那些财物没了也就没了，就当什么都没发生过，卫家不缺这些，往后不要再做这样的事情了。"

"侄儿不敢。"说着，他露出欲言又止之色，卫太后蹙眉道："怎么，还有事情？"

卫文斌咽了口唾沫，小心翼翼道："镖师说，那群劫匪似乎知道这些银子是侄儿的，侄儿担心他们会拿此做文章！"

“什么？”这一次饶是卫太后也不禁变了脸色，“他们怎么会知晓？”停顿片刻，她若有所思道：“可是那些镖师说出去的？”

“侄儿也不知道，镖师有他们自己的行规，早就得了侄儿的吩咐，就算拿刀架在他们脖子上，也是万万不会说的。”说着，卫文斌膝行上前，抓着卫太后的袖子哭丧道，“一旦此事宣扬出去，侄儿麻烦可就大了。姑母，您这次一定要帮帮侄儿。”

“帮？”卫太后拂袖甩开他的手，恼声道，“之前背着哀家胡作非为，这会儿闹出事了，就想哀家帮你善后。文斌，你这主意打得倒真不错。”

卫文斌伏在地上战战兢兢道：“侄儿知道自己犯下大错，不敢奢求姑母原谅，要不是实在没办法，侄儿也不敢来麻烦姑母，求姑母看在父亲的份儿上，再帮侄儿一次。”

听他提及年迈的兄长，卫太后心头微软，扶着尹秋的手至椅中坐下后，冷声道：“将事情具体说一遍给哀家听。”

“是。”她既开口询问，就是有意插手此事，卫文斌赶紧将自己知道的情况细细地说了一遍。

那群镖师接了卫文斌的镖后，一路从江宁到来金陵，为免引人注意以及招来劫匪，一路上走的都是偏僻小道，风餐露宿，尽管慢了一些，但总算无惊无险，平平安安。前两日，他们当中有人生了病，不便露宿，再加上金陵在望，就去客栈投宿了两夜，顺便请大夫来看看。原本一切正常，岂料就在昨日，突然来了一群蒙面劫匪，打伤一众镖师抢走镖银，临走之前，劫匪抛下话来，说知道这批镖银是何人所托，他们会将真相公诸天下。

听完卫文斌的叙述，尹秋蹙眉道：“也就是说，从一开始，他们就是冲着卫大人来的。”

卫文斌恨恨道：“要让我抓到这群人，非得扒了他们的皮不可。”

卫太后扫了他一眼，漠然道：“只怕现在是他们扒你的皮。”

一听这话，卫文斌顿时蔫了，怯怯道：“姑母，现在该怎么办？要是这事闹出来，莫说是接替刑部尚书，就连现在这个位置，侄儿恐怕也坐不稳。”

“总算你还有自知之明。”卫太后没好气地说着，卫氏一族虽然掌控了大半个北周，但在明面上还是要遵循大周的刑律，不好做得太过分。一旦卫文斌收受贿赂的事情暴露，他这个人就算是彻底毁了，无法再为官。

卫太后思忖片刻，道：“可有派人去出事的客栈查过？”

卫文斌连忙道：“昨日下午，侄儿一得到报信，就立刻带人过去，将客栈里里外外搜了一遍，可惜那群劫匪手脚异常干净，什么都没查到，只捡了一块烂牌子。”

卫太后眸光一动："是什么牌子，可有带在身上？"

"在。"卫文斌自袖中取出一块棕色的木牌递过去，泄气道，"侄儿早就看过了，除了一个鬼画符一样的图案外，什么也没有。"

正如卫文斌所说，木牌上除了一个形似火焰的图案，什么也没有，但却令卫太后与尹秋脸色齐齐一变，尹秋更是惊声道："太后，这不是聚火教的标记吗？"

见她认得木牌上的图片，卫文斌既惊又喜："什么聚火教？"

尹秋定一定神，道："聚火教是近几年冒出来的邪教，用一种邪异手段吸引教众，他们崇奉火神，故而命名为聚火教。他们认为只有火才能够洗涤世间，金陵城发生的几次大火，经查都是他们所纵。从去年开始，陛下就命京兆衙门全力缉拿聚火教，就在前两个月，京兆衙门得到密报，趁聚火教徒聚于京中一处巢穴时将他们一举捣破。可惜事先不知那座府邸有密道，许多教徒从密道逃走，不知去向，也不曾再露面。"

第二十七章 波谲云诡

卫文斌恍然之余又道：“这么说来，劫走我镖银的是聚火教之人？”在尹秋点头后，他又满脸疑惑道，“我与聚火教从无往来，他们怎么会无缘无故盯上我？”

卫太后拨动着手中的佛串，眉目冰冷道：“你与他们无往来，不代表别人也是一样。”

卫文斌心思转了几圈，惊声道：“姑母是说，有人指使聚火教对付侄儿？”

“世间没有无缘无故的爱，同样也没有无缘无故的恨。”卫太后低头看着一颗徘徊在指间的沉香佛珠，“好好想一想，你在江宁为官时，都得罪了什么人。”

卫文斌皱着两条眉毛仔细想了一会儿：“江宁官员之中，除了几个不知好歹的小官之外，大多与侄儿要好。”说着，他将不对付的几人名字报了一遍，一个知府，两个县官。

尹秋垂首道：“太后，这三个人都远在江宁，追查起来需要不少时间，奴婢以为，不妨先放一放，找到劫走镖银的那群聚火教徒才是当务之急。”

卫太后颔首道：“他们既打算用那些金银来害文斌，这会儿很可能已经进了金陵，你让绿衣去四方城门打听一下，看是否有人带着十箱货物入城，再设法找到他们的落脚之处，时间不多，让绿衣动作快一些。”

“多谢姑母！”卫文斌松了一口气，拱手长揖到底，这位姑母的厉害他再清楚不过，只要有她出手，这件事就等于解决了一半。

卫太后瞪了他一眼：“可记得答应过哀家的话？”

卫文斌连忙道：“姑母放心，侄儿往后一定痛改前非，好生办差，决不让姑母失望。”

“记着最好，再有下一次，就算你跪断了双腿，也休想哀家救你。”

在一连串的答应中，卫文斌退出了佛堂，尹秋则去见了绿衣，转达卫太后的意思，绿衣不敢怠慢，立刻出宫安排人手去四方城门打听。很快有消息传来，就在昨夜关城门之前，有一行数人推着几辆木轮车进城，上面摆着好些个桶，说是自家腌的咸菜拿到城里来卖，士兵当时未曾细查，这会儿想起来，那些桶加起来差不多有十来个。

绿衣照着这条线索查下去，在查到城西一处宅院时线索中断，而这间宅院，正是之前被京兆府查封的聚火教巢穴。

卫太后得到绿衣的回禀后，徐徐道：“竟懂得藏身于那里，果然狡猾。”

“最危险的地方，往往就是最安全的地方。”说到此处，尹秋微微一笑，“可惜再狡猾的狐狸也逃不出猎人的手掌。”

卫太后扬一扬唇角，拢了银丝绲边的袖子道：“总共有多少人，武功如何？”

“大约有八九个人，至于武功……”绿衣摇头道，“奴婢不曾与他们交手，所以无法确定。不过从那些镖师的回答来看，应该只是寻常江湖人士的身手，奴婢底下的人足以应付。”

卫太后垂目想了一会儿，道：“调两名供奉过去一道行事，这件事一定要做得干净利落，哀家不希望有任何意外。”

绿衣神色一凛，屈膝道：“奴婢明白，这就去办！”

卫太后口中的供奉，是这两年卫氏一族耗用无尽财力招揽到的真正高手，总共只有十余人，却无一不是江湖顶尖的高手，有几个还名列十大高手榜。

当夜，一行十余人趁夜色悄悄来到那群人藏身的宅院，一场激烈的厮杀随之爆发，殷红的鲜血在乳白色的月光下飞溅，勾勒出惊心动魄的艳丽！

半个时辰后，两道人影仓皇掠出宅院，一路飞奔，点点鲜血洒落于身后，在穿过数条街后，二人掠过位于一字街尾的琉璃坊。当然，他们入的是后面那座安静的小楼。

绿衣正在二楼阅看今日刚送来的情报，见到带伤而归的二人，大吃一惊，连忙道：“二位供奉何以这样狼狈，其他人呢？”

其中一人拉下面巾，露出一张干瘦阴冷的脸庞：“其他人都死了，只有我们哥俩拼死逃了出来。”

“全死了？怎么会这样？！”绿衣难以置信地重复着这三个字，这次总共派了十二人，除了卫太后说的两名供奉之外，余下十人皆是她手下的精英。这样的阵容，怎么看都可以将聚火教余孽一网打尽，结果却是自己人近乎全军覆没，实在令她有些难以接受。

另一人捂着伤口，冷声道："那些人武功之高，不在我俩之下，根本不是你说的寻常江湖人士。"

"这不可能，镖师明明说……"绿衣话未说完，刚才那名供奉已是不耐烦地打断，"难道我们还能骗你不成？"

"供奉误会了，绿衣岂会不信您二位，只是一时之间，想不明白那些邪教徒怎会如此难缠。"这些供奉尽管名义上归绿衣指挥，但一个个身份超然，绿衣不敢有半分得罪。

"总之你告诉太后，除非将所有供奉调过去，否则杀不了那些人。"扔下这句话，二人离开了小楼，留下绿衣一人在原地苦苦思索。

出了这么大的事情，绿衣是万万不敢隐瞒的。第二日宫门刚开，她便立刻去了宁寿宫，将事情一五一十说了一遍，卫太后听后亦是大为吃惊："连供奉也受了伤？"

绿衣如实道："是，二位供奉说藏身于宅院里的那些人武功奇高，除非将咱们的供奉全调过去，否则杀不了他们。"

尹秋愕然道："怎么会这样，之前那些聚火教徒可是连京兆府的差役都打不过，难道真有邪功不成？"

卫太后眸光阴沉道："看这架势，他们恐怕是将教中高手都给调了过来。既是这样，那就更留不得了。"

尹秋眉心一跳，俯身道："太后打算调集诸位供奉过去？"

卫太后沉吟未语，琉璃坊现在的十余名供奉是卫氏一族费了许多力气方才招揽到的，可以说每一个都是宝，轻易不会动用。将他们尽数调过去围剿那群贼匪，若是赢了固然好，可若是再像昨夜一样出意外，甚至全军覆没，损失就实在太大了，就连她也有些受不住。

"尹秋，你觉得应该让供奉过去吗？"

尹秋跟随卫太后多年，最是明白她的心思，轻声道："之前劫镖之时，那群聚火教徒故意隐藏实力，奴婢担心，那座宅子里还隐藏着一些咱们不知道的秘密，贸然调供奉过去风险太大，奴婢以为，此事不宜冒进，当从长计议。"

此话正合卫太后之意，颔首正要言语，走到殿门口的卫文斌听到尹秋的话，疾步奔进来，急切道："不行，这件事拖得越久，变数就越大，一定得尽快解决。"

卫太后横目向他："现在知道着急了，之前都做什么去了？"

"侄儿这不是已经知错了嘛。"

"你一句'知错'，可知哀家要为此赔上多少条性命？"若非是嫡亲侄子，又是自己一直以来极为看重的小辈，卫太后才不愿收拾这个棘手的烂摊子。

卫文斌讪讪地搓手道："是侄儿不懂事，让姑母费心了，侄儿保证，以后一定听姑母吩咐，绝不会再发生同样的事情。"

卫太后没有理会他，对尹秋道："将金陵城的地图取来。"

"是。"尹秋应了一声，很快取来一幅用澄心堂纸绘制的地图，展开在临窗长案上。这幅地图绘制极为精细，但凡城中上规模的宅子都可以在地图上找到，包括聚火教藏身的那处宅院。

在绿衣指出他们藏身的宅院后，卫太后目光绕着四周看了一圈，最后指着旁边一间稍小些的宅子道："这是什么地方？"

绿衣对金陵城中的情况很熟，当即道："回太后的话，那是信王的一处宅子，他出事之后，就一直空在了那里。"

卫太后唇角微扬，勾起颊边细细的纹路："很好，哀家要那里一日之内，变成一座私炮坊。"

这句毫无来由的话，令绿衣与卫文斌面面相觑，不明白她的意思。还是尹秋心思转得最快，试探道："太后可是想利用火药来对付那群聚火教徒？"

"不错。"卫太后抚着画工精细的地图，徐徐道："如你所言，谁也不知道那座宅子里还藏了些什么，贸然派所有供奉过去，风险太大。相较之下，用火药就没那么多风险了。"

听到这里，绿衣眼皮狠狠一跳，脱口道："太后之意，是要利用旁边那间宅子来炸毁他们藏身的宅院？"火药威力巨大，只要分量足够，莫说炸死那些劫匪，就算将两间宅院夷为平地也不在话下，但在宅院附近居住着不少百姓，一旦发生爆炸，只怕牵连甚广，卫太后……还真是不将人命放在眼中。

卫太后漠然道："怎么，你认为不妥？"

绿衣哪里敢说出心里的想法，连忙道："奴婢不敢，奴婢只是担心，一日之间，调不到这么多的火药。"

卫太后打量着指上的金镶翡翠护甲，淡淡道："哀家记得，工部那边囤了许多火器，想来火药也不少。"

尹秋眸光微微一转："工部那边火药确有不少，但工部尚书并不是咱们的人，恐怕不肯听咱们差遣，就算勉强令他调来，也是后患无穷。"

卫太后取过白瓷缠枝的茶盏，用盖子拨着茶面上的浮沫，于氤氲的茶雾中道："何必要让他知道，悄悄调来不是更好，难道他还能每日去巡视仓库不成？"

尹秋低眉想了一阵，笑道：“是奴婢糊涂了，平阳王二公子可不就正好在工部当差嘛，调些火药出来当不是什么难事。”

卫太后淡淡一笑，命尹秋取来笔墨写下一道手谕：“你拿着这道手谕去找沈近就是了，记着，小心一些，不要让人瞧见了。另外，调出来多少，下回就要补回去多少，万万不要少了。”沈近就是平阳王的二公子，也是沈惜君的兄长。

绿衣恭敬地接过手谕：“奴婢遵命。”

“去吧。”由始至终卫太后都不曾提及此次爆炸可能会伤及无辜性命。在她眼里，除了东方洄与卫氏族人之外，余者尽皆命如蝼蚁，不值一哂。

“且慢。”卫文斌唤住欲要离去的绿衣，愁眉道，“姑母，万一他们在今夜之前就将侄儿的事情抖搂出来，那可如何是好？”

卫太后瞪了他一眼，冷声道：“若真是这样，就是天不肯饶你，哀家也没法子。”她虽看重卫文斌，却还不至于为他一人，拿所有供奉的性命去冒险。

见卫太后心意已定，卫文斌只得无奈地回了自己宅子。刚一进门，管家便递上来一封信，说是不久前一个人送来的，指名要给卫文斌。

卫文斌狐疑地展开信，信中只有寥寥两行字，却令他脸色倏变，急忙道：“送信来的人呢？”

“信一送来就走了。”管家见他面色不对，凑过去道，“大人，出什么事了？”

卫文斌连忙收起信纸，冷声道：“没事，你下去吧。”

打发管家离去后，卫文斌在屋中来回踱步，神情甚是犹豫。如此足足过了半个时辰，他用力一咬牙，孤身一人离开宅院，来到一家名为“八仙居”的酒楼。

这会儿时辰还早，酒楼里没有几个客人，店小二见他站在店门口，赶紧过来招呼：“客官快里面请，您想喝点什么？”

卫文斌看了一眼酒楼里悠长的楼梯，低声道：“天字号雅间可是订了出去？”

“是，今儿个一早，有人来订了天字号雅间，交代说是要宴请一位姓卫的客官。”说着，店小二打量了卫文斌一眼，试探道，“客官可是姓卫？”

卫文斌没有理会他的话，追问道：“订雅间的是一个什么人？”

“这个……”店小二挠头道，“小人还真不知道，就记得是一个高高瘦瘦的客人，出手很是阔绰。”

“他抢了本官那么多金银，当然阔绰！”卫文斌在心里骂了一句，对店小二道，“我就是他要请的人，带我上去。”

“哎。”小二答应一声，赶紧带着卫文斌上了二楼的天字号雅间，八仙居的雅间都是用六扇折屏的屏风格开，彼此互不相犯，较之闹哄哄围坐于一堂的楼下无疑要清静许多。

小二沏了一壶茶过来，一边给卫文斌斟上一边道："那位客人事先交代了，说他还有些事情要办，一办好就立刻过来，请您在此稍等。"

"知道了。"小二离去后，卫文斌捧着茶默默思索那人将自己叫来此处的用意。那封信是那群聚火教劫匪送来的，上面写着，如果他不想贪墨一事暴露，就一人来八仙居的天字号雅间相见。

不知过了多久，外面响起一阵脚步声，紧接着一个瘦高人影走了进来，似笑非笑道："卫大人，我们终于见面了。"

卫文斌双手一颤，搁下洒出了大半茶水的青花瓷盏，盯着他道："就是你们劫走了我的镖？"

"不错。"那人走到桌边坐下，自顾自地倒了一杯茶，凉声道，"卫大人不过为官几载，就攒下了整整十箱金银，实在令我等佩服。最能耐的是，竟然还找人来刺杀我们兄弟，幸好我们早有防备，否则这会儿已是命丧黄泉！"

卫文斌紧咬着牙根，低声道："只要你们不乱说话，并且告诉我是谁指使的你们，那些金银我可以送给你们，就当交个朋友。"

那人虚虚一笑："卫大人身份尊贵，我等岂敢高攀。"

卫文斌碰了一个不软不硬的钉子，心里憋气又不敢发作，只能道："你究竟想怎么样？"

那人一口饮尽温热的茶，把玩着杯盏道："听说卫大人很得太后与陛下看重，这次调回京城，有意让你接替刑部尚书之位对吗？"

卫文斌摸不准他的用意，警惕道："有什么话就直说！"

"爽快！"那人笑一笑，凉声道，"我聚火教尊奉火神，以净化世间、洗涤邪恶为己任，却被朝廷认为是邪教，甚至派人围剿，抓了我们好几名兄弟，这会儿还关在京兆衙门里，生死未明。"

卫文斌若有所悟道："你想我救出他们？"

"大人果然聪明，一点就通。"他反手扣了茶盏，和颜道，"只要救出他们，大人的秘密，我们一定严加保守，绝不泄露。另外也可以告诉大人，是谁在暗中对付你。"

他的话令卫文斌大为心动，但又有所为难："京兆衙门并不归我管，想要从中救人，只怕很难。"

那人凉声道："条件我已经摆出来了，答不答应，就看大人自己了。"

卫文斌在心里暗骂了一句，眼珠子不停转着，过了一会儿，他一拍桌案道："好，我答应你！"

他的话令那张瘦长的脸上露出一抹笑意："只要他们平安归来，我一定遵守诺言，昨夜之事，也一笔勾销，大人尽可放心。"

卫文斌点头道："救人一事，需要仔细计划，所以这时间……"

那人倒是爽快，当即道："我明白，五日如何？"

卫文斌欣然点头："好，五日之内，我一定想办法救出你们的人。"他当然不是真心要救关押在京兆府中的聚火教徒，只是借机拖延时间罢了。只要拖过今晚，火药一炸，所有问题都会迎刃而解，唯一可惜的就是无法问出指使他们的人，不过也无所谓了，左右定是那几个人，他自会想法子收拾。

那人不知卫文斌心里真正的打算，以为他是真心想帮自己救人，很是高兴："一言为定，我在城西的宅子里静候卫大人佳音。"

在那人离开后，卫文斌也离开了雅间。他并不知道，自己刚才的那番言语，一字不差地落入隔壁雅间的两个客人耳中。

"岂有此理，简直岂有此理！"一名面目刚硬的中年人紧紧攥着酒杯，眉宇间涌起愤怒与气恼。

旁边一人朝站在一旁的下人低声吩咐了几句，在下人离开雅间后劝道："刘兄消消气，当心气坏了身子。"

"杨兄都听到了，卫文斌江宁为官，贪墨了十箱金银，而吏部每年的考核，都说他为官清廉，不贪百姓一丝钱财，简直就是笑话！"

杨和叹了口气："卫文斌是谁的侄子，刘兄不是不知道，莫说十箱金银，就算他贪墨了一百箱，吏部也不会在考核册上写他半句不是。"

中年人一拍桌案，疾言道："我知他是太后侄子，但天子犯法与庶民同罪，岂能由得他胡作非为。"停顿片刻，他又道，"若是让这样的人做了刑部尚书，定会重演昔年郑全之事，甚至更加恶劣。"

"唉，这也是没法子的事情。"杨和拍一拍他的肩膀，"刚才那些话，刘兄就当没听到吧。"

"不行！"中年人断然喝道，"既然让我知道了，就不能坐视不理，我现在就去写奏折，面呈陛下！"

"刘兄！"杨和一把拉住打算离开的中年人，苦劝道，"陛下不会因为你几道奏折就追究卫文斌，反倒是你，很可能惹祸上身，所以这奏折万万不能上。"说着，他又懊恼道，“都怪我不好，什么地方不好找，偏偏找你来此处饮酒，无端惹事上身。好了好了，这件事到此为止，不要再想了。”

“我身为左副都御史，身负弹劾百官、辩明冤枉、提督各道之职，岂可明知有人卑劣贪鄙败坏官纪而不管？更不要说他们还打算去京兆府尹劫囚。”此人叫刘明道，人如其名，一生行于光明之道，专管不平之事，谁的账都不买。正因为这副臭脾气，为官三十载，至今仍只是清水衙门里的一个三品官，还不及比他晚中进士的杨和。

“可是……”不等杨和说下去，刘明道已是神色坚定道，“杨兄不必再言，这件事我管定了。”

杨和连连摇头：“你啊，这么多年了，怎么就是改不了这副牛脾气。”

刘明道不以为然地晃晃脑袋，道：“我回去写奏折了，杨兄，我们改日再聚。”令他没想到的是，杨和竟然又一次拉住了他，当即不悦地皱了眉头，“杨兄与我相交多年，当知我言出必行。”

“我知道，所以我拉你不是为了阻止你。”

“那是……”在刘明道疑惑的目光中，杨和道：“你现在无凭无据，就算真写了弹劾奏折递上去，陛下也不会加以理会。”

刘明道冷声道：“此事是我亲耳所闻，岂是无凭无据。”

杨和摇头道：“刘兄岂不闻‘耳听为虚，眼见为实’这句话吗？陛下绝不可能因你一面之词，就定卫文斌的罪，想要弹劾有用，就一定要有证据。”

刘明道听着在理，道：“那依你之见，应该如何？”

“刚才他们走的时候，我让阿财悄悄跟了过去，只要找到聚火教邪徒藏身之处，刘兄需要的证据就等于到手了一半。”

刘明道双目微闭，待得再睁开之时，两束精光射出眼眸：“杨兄说的证据，可是那十箱金银？”

杨和抚须道：“那是最好的物证。”

刘明道性子直拗不弯，却并非没有头脑：“聚火教徒还有那群镖师，则是人证对吗？”

“不错，只要将这两样证据掌握在手里，就算陛下再有心偏袒，卫文斌也休想脱身，只是……”杨和沉声道，“刘兄，我再提醒你一次，这次弹劾非同小可，你一定要想清楚。另外，以我现在的身份，恐怕不便帮你。”

“我明白杨兄的难处，放心，此事我一人处理得过来。”说话间，之前离去的下人走了进来，朝杨和行了一礼道：“大人，小人依您的吩咐，一路跟踪那个人，发现他去了之前聚火教位于京西的宅院，那里应该就是他们的落脚点。”

杨和蹙眉道："本官记得那间宅院早前就被京兆府给查封了。"

"是查封了，所以他是从后门进去的，后门所在的那条巷子位处偏僻，经常一天都没什么人经过，故而一直无人发现。"

刘明道冷笑一声："倒是寻了个不错的藏身之处，可惜天网恢恢，疏而不漏。"

杨和想了一会儿，道："魏敬成一直在搜查聚火教余孽，刘兄不妨将这件事告诉魏敬成，让他派兵围剿京西宅院，既可抓住那群贼匪，又可搜出那十箱金银，一举两得。至于那群镖师，我可以帮刘兄追查。"

"那就多谢杨兄了。"刘明道从来都不是一个拖泥带水的人，当即道，"事不宜迟，我现在就去见魏敬成，告辞。"

听着刘明道脚步声远去后，下人轻声道："可要小人去通知王爷一声，让他有所准备？"

杨和颔首道："快去快回。"在下人依言离去后，他扔下一锭银子，也离开了酒楼。

且说魏敬成那边，得了刘明道消息不敢怠慢，当即带齐京兆府所有兵丁前往京西宅院，令他们惊奇的是，冲进宅院时里面竟然一个人也没有，只在花厅中搜到十个装着满满金银财帛的大箱子。

刘明道随手自其中一只箱子中抓了一把黄灿灿的金叶子，冷笑道："三年清知府，十万雪花银，这里又岂止十万银。"

"刘大人，你不是说聚火教余党藏身于此吗？怎么一个人都没有？"魏敬成一头雾水地问着，他并不知此事涉及卫文斌，否则借他一个胆子，也不敢这样带人冲进来。

"想是他们发现有人跟踪，所以事先逃走。"

魏敬成点头之余又道："那这十箱财物又是怎么一回事？也是聚火教的？"

迎着魏敬成疑惑的目光，刘明道抛下手中的金叶子，凉声道："这十箱金银是聚火教从一群镖师手里抢来的，而委托那群镖师押镖的，正是现在的刑部右侍郎——卫文斌！"

魏敬成脸色大变，难以置信道："这……这怎么可能，刘大人是否弄错了？"

"千真万确。"扔下这四个字，刘明道对被金银财物晃花了眼的衙差道，"将这十箱东西封存起来，然后抬到昭明宫去。"

魏敬成被他的话吓了一跳，连忙道："昭明宫？你想做什么？"

刘明道义正严言道："卫文斌在江宁为官期间贪得无厌，搜刮民脂民膏，这样的贪官自该奏禀陛下，请陛下严惩不贷。"

这个老东西，分明是故意给自己下套！

魏敬成在心里怒骂了一句，努力挤出一丝笑容："这些金银来历尚不曾查明，刘大人就一口咬定是卫大人贪墨所得，未免有些太过武断了。不如等查清楚之后，再禀告陛下？"

刘明道冷哼一声："此事乃本官亲耳听卫文斌所说，岂会有假。"说着，他又朝衙差喝道，"还不赶紧抬了去！"

"且慢！"魏敬成唤住衙差，疑惑道，"卫大人都与您说了什么？"就算卫文斌再蠢，也不可能将自己贪污受贿的事情主动告诉刘明道，当中必有古怪。

"魏大人不必多问，总之按本官的话去做就是了。"说着，刘明道又一次催促起了衙差，一众衙差不敢怠慢，抬着沉甸甸的十箱金银走了出去，魏敬成看在眼里急在心里，要真由着刘明道把这些金银抬到昭明宫，非得出大乱子不可，怎么办？怎么办？

魏敬成紧张地思索着法子，在临出宅子时，他暗自一咬牙，快走几步拉住前面的刘明道："刘大人，下官思来想去，始终觉得这件事有些不对，不如先将金银封存在京兆府中，待有了确切的证据之后，再呈予陛下不迟。"

刘明道上下打量了他一眼，冷声道："魏府尹难道是想包庇卫文斌？"

见他扣了这么一顶大帽子下来，魏敬成急忙道："刘大人说到哪里去了，下官只是觉得事有蹊跷，所以……"

刘明道甩开他的手，不客气地打断道："这些金银必是卫文斌的无疑，至于为何会在这里，又何以会与聚火教扯上关系，本官自会一一向陛下奏明，不劳魏府尹费心。"

见自己好话说了一箩筐，刘明道还是不肯买账，魏敬成不由得沉下了脸，冷冰冰道："若下官没有记错，京兆府似乎不归都察院管。"

刘明道眉头一皱："你什么意思？"

"东西是京兆府搜出来的，刘大人一句话，就要全部拿走，实在有些说不过去。"魏敬成虽在笑，双眸之中却一分笑意也无。

刘明道沉声道："魏府尹这么说，是打算袒护卫文斌了？"

"不敢。如果卫侍郎真如刘大人所言，贪污受贿，搜刮民脂民膏，下官一定据实上奏，绝不敢有半分隐瞒。但眼下仅凭这无主的十箱财物，就一口咬定卫侍郎是贪官，请恕下官不能苟同。"

"这么说来，魏府尹是不肯交出这十箱金银了？"

"京兆府搜查到的东西，一律封存于京兆府，这是百多年来的规矩，下官蒙陛下信任，忝居府尹一职，实在不敢坏了规矩，还请刘大人恕罪。"魏敬成看似客气，实则态度强硬。

“如果本官一定要拿走呢？”

“除非有陛下手谕，否则……恕下官直言，莫说是十箱金银，就算是一个铜钱，刘大人也休想拿走。”刘明道虽然官阶高过魏敬成，却手中无权，连个能用的兵丁都没有，否则也不至于要借助京兆府的力量搜查此处，所以魏敬成根本不怕他。

“你！”刘明道气得说不出话来，好一会儿方才一甩衣袖，恼声道，“好，本官现在就去面见陛下求取手谕，你好生看守这十箱金银，但有缺少，唯你是问！”

“下官一定仔细看守。”目送刘明道离去后，魏敬成脸色阴沉地唤过随他同来的柳师爷，“备轿，本官要立刻进宫，至于这十箱金银，全部带回到京兆府去，让人严加看管，不得有失。”

柳师爷也知事态紧急，赶紧照着他的话备了轿子，魏敬成刚一坐定，四名轿夫就抬着轿子，从另一条道往明昭宫行去。

一心着急进宫的魏敬成并不知道自己这番行踪，尽皆落入站在巷子转角处的东方溯与慕千雪的眼中。

“你猜他进宫是去见皇兄还是母后？”

一身软锦罗衣的慕千雪望着远去的青呢轿子，微笑道：“不论他见哪一个，都救不了卫文斌。”

东方溯负手道：“你亲手布的局，又岂是他们可以破解的，我只是担心……”

慕千雪含笑道：“你担心太后不肯就此罢休？”

“是。”东方溯轻叹了口气，“母后性子如何，你比我更清楚，想要她罢手——很难。”

“我知道，所以我已经为她备好了大礼。”慕千雪与他并肩走在清静无人的巷子里，石板两边的泥土上生长着不知名的野菊花，散发着清冷的香气。

“大礼？”东方溯惊讶地停下脚步。

慕千雪俯身折了一朵黄色雏菊在手里把玩，似笑非笑道：“王爷该不会以为卫氏一族之中，贪污受贿搜刮敛财的只有卫文斌一人吧？”

东方溯默然片刻，道：“你都查到些什么？”

慕千雪轻叹一声：“这些年来，卫氏一族仗着有卫太后与周帝撑腰，在各地为非作歹，圈占良田，欺压百姓甚至强抢良家妇女，比比皆是，百姓或是敢怒不敢言，或是无处申冤。相较之下，卫文斌那十箱金银实在算不得什么。”

“为何地方官从来不上奏？”

慕千雪摇头道："王爷这么快就忘了江越一事吗？疏不间亲，上奏就等于与卫氏为敌，随时会性命不保，他们又怎么敢。"

"我以前只知埋头军务，极少过问朝局，想不到当中竟然隐藏了这么多黑暗，皇兄……"他摇摇头，眉眼间尽是失望之色，知道得越多，他对于昭明宫那两个人就越失望。

"其实早在一个多月前，这些事情我就让十九他们查了，卫文斌算是一个意外。眼下罪证确凿的就有两桩，我已经安排了人，护送他们进京告御状。"慕千雪一片片扯着细长的菊花瓣，待扯得只剩一片后，扬一扬细细的茎秆，凉声道："想要赢，就必须将卫氏渗透在大周的爪牙一一拔除，然后再安上心向我们又有能力的官员，譬如杨和与江越。卫文斌一事之后，若无意外杨和会接替刑部尚书之职，到时候可以让他进言，将江越调回刑部当差，也算是兑现了王爷当初的许诺。"

"我明白你的意思，只是……"东方溯忧心忡忡道，"母后已经对你起疑，一旦让她发现是你在暗中主导这一切，依她的手段，万万不会放过你。"

慕千雪笑一笑："我知道，但我们只有这一条路可走，不是吗？"

东方溯望着她眼下因为连日筹谋而出现的青黑，怆然摇头："我总以为来了北周，可以保护你不受伤害，岂料竟然反过来要你保护我。千雪，我是不是很没用？"

他眼底闪现出难过与无力，慕千雪心疼地安慰道："王爷驰骋沙场，击退东凌入侵，又远赴西楚，救千雪于危难之中，乃是顶天立地的铮铮男子汉，岂会没用，只是不善于这种阴诡权谋之术罢了。而且，正是因为有王爷在，千雪才敢安心谋算。"在东方溯不解的目光中，她微笑道，"千雪知道，不论遇到怎样的危险，王爷都会拼尽一切护千雪周全。"

东方溯定定地望着她，秋风卷起地上的落叶一阵一阵扑到身上。良久，他哑声道："是，就算是与全天下为敌，我也一定会护你周全！"

慕千雪仰头，云霞倒映在那双明澈温柔的眼眸中："有王爷这句话，足矣。"

足矣……是啊，只要你平安喜乐，我此生足矣！

魏敬成一路紧赶慢赶，终于赶在刘明道之前进宫，见到东方洄之后，他赶紧将事情说了一遍。

东方洄起初还一边听一边批阅奏折，待到后面，这奏折上面的字，已是一个都看不进去了。

"虽然微臣将十箱金银扣下了，但看刘御史的样子，是断断不会罢休的，万一当真是卫侍郎所有，这可……如何是好？”

魏敬成话音未落，有宫人走进来，细声道：“启禀陛下，左副都御史刘明道在外求见。”

东方洄摩挲着握在指间的狼毫笔未语，怀恩最懂他的心思，对宫人道：“就说陛下正在午睡，让他明日再来。”

宫人朝东方洄瞅去，见他颔首，躬身退了下去，过了一会儿又走了进来，这次多了几分为难之色：“陛下，奴才照着怀总管的吩咐与刘大人说了，但他还是坚持等在外面，不肯离去。”

怀恩皱一皱眉，俯身道：“陛下，老奴去打发他走。”

“不必了，他愿意等就等着吧。”说着，东方洄长眸一转，看向尚站在底下的魏敬成，“你刚才说，受贿一事是卫文斌亲口告诉刘明道的？”

“刘御史确是这么说的，但微臣总觉得不太可能，或许是刘御史故意诬蔑也说不定。”

东方洄长眸微眯，凉声道：“刘明道的脾气朕很清楚，倔强刚硬，谁的账也不买，但诬蔑……不是他的性格。”

“陛下说得是。”这般说着，魏敬成又试探道，“卫大人那边……”

东方洄沉吟片刻，对魏敬成道：“你随朕去宁寿宫见太后。”随即又对怀恩道，“你出宫一趟，传卫文斌来宁寿宫。”

承德殿前后皆有门，所以并不怕刘明道发现。卫太后午后困乏正准备午睡，岂料竟听到这么一回事，顿时睡意全消，尹秋也是吓了一大跳。就在早些时候，卫太后刚刚安排好一切，只等入夜之后，就以私炮坊不慎爆炸为借口炸了那间宅子，毁掉所有人证与物证，结果还不到三个时辰，就出了这样惊心动魄的变化。若非清楚魏敬成不会拿这种事情来开玩笑，她几乎要以为这是一场笑谈。

卫太后捧着暖手炉，垂目道：“如此说来，刘明道是准备弹劾文斌了？”年轻时她曾被承帝废入冷宫，尽管待的时间不长，但那时正值寒冬腊月，冷宫四面徒墙，只有一床薄薄的被子，根本御不了寒，从冷宫出来后她大病一场，并落下了畏寒怕冷的毛病，每年秋冬她都是宫中最早用起暖手炉的那一个。

魏敬成躬身道：“启禀太后，刘御史这会儿已是等在承德殿外，想是为弹劾卫大人而来。”

东方洄眸光微闪，轻声道：“母后，文斌的事情，您是不是早就知道了？”

卫太后低叹一声：“哀家也是昨日才知道的，为了这件事，哀家狠狠地训斥了他一顿，他也答应哀家不会再这样，至于那十箱金银，就当是破财消灾，岂料突然又出了这样的事。”因为魏敬成尚在殿中，故而她只是含糊说了几句。

东方洄心里明白，转而道：“刘明道那边……母后认为儿子应该见他吗？”

卫太后抚过一丝不苟的鬓发，徐徐道：“他是左副都御史，有监察百官、提督各道之职，既然他有本启奏，皇帝自该见他。”

东方洄颔首之余，有些为难道：“可若刘明道提起那十箱金银，该如何是好？”

卫太后望着开在窗外或深红或浅红的秋杜鹃，淡淡道：“魏府尹，那些金银上面可有刻字，表明是文斌所有？”

魏敬成一怔，下意识道：“这倒不曾。”

“那就行了，金银是死物，不会开口说话，刘明道可以说这些是属于文斌的，文斌又何尝不能说是刘明道栽赃陷害。”说到此处，卫太后意味深长道，“很多时候，真相是什么并不重要，重要的是别人怎么看。”

“太后圣明！”魏敬成恍然之余，讨好道，“这个刘御史，明知卫大人是太后亲侄，还这样死咬着不放，实在是不知死活。”

卫太后抚过湖水色的裙裾，淡然道：“像这样不知进退、不辨好坏之人，留在朝中只会坏事，皇帝以为呢？”

“母后所言甚是，儿子知道该怎么办。”这般说着，他起身道，“儿子这就去见刘明道，晚些再过来给母后请安。”

“去吧。”在他们身影消失于漫天洒落的秋光之中后，尹秋见卫太后沉眸不语，轻声劝道：“太后放心，有陛下在，卫大人不会有事的。”

卫太后抬眸望向殿外的秋景，拧了两道长长的细眉：“尹秋，你有没有觉得今日之事有些古怪？”

“太后何出此言？”

卫太后摇头道：“哀家也说不清楚，总觉得不太对劲，仿佛……是有什么人在背后算计着一般。”

“算计？”尹秋心头一惊，脱口道，“难道是刘御史？”

卫太后默默沉思，过了不知多久，幽凉冷彻的声音在殿中响起：“刘明道没这样的能耐与本事。”

尹秋想了一会儿，摇头道：“可是除了刘御史，奴婢想不出第二个。”

“或许是哀家想多了。”说话间，有宫人进来禀报，说是卫文斌到了，卫太后脸色一沉，冷声道，“让他进来。”

宫人出去后不久，卫文斌快步走了进来，神色轻松地拱手行礼："侄儿见过姑母，不知姑母急着唤侄儿来，有何吩咐？"

卫太后打量着他道："看你眉眼松快，可是有什么好事？"

一听这话，卫文斌顿时眉飞色舞道："姑母有所不知，就在今晨回府之后，有人送来一封信，约侄儿去八仙居酒楼相见，传信来的不是别人，就是那群劫匪。"

卫太后不料他会突然说出这么一番话来，惊讶道："他们见你做什么？"

"之前京兆府围剿聚火教的宅子，抓了他们几名教徒，他们给侄儿五日的时间，让侄儿将这几人救出来。"

"你答应了？"

"是。"卫文斌有些得意，"一句应承，就能换来他们五日之内的风平浪静，至于五日之后……他们早就已经变成了一堆焦炭。"

卫太后冷笑一声："如此说来，哀家应该夸你机灵了？"

卫文斌听着不对，试探道："姑母，怎么了？"

尹秋看不过眼，提醒道："京西宅子已经被京兆府再次查封了，里面人去楼空，只留下您的那十箱金银。"

"什么？！"卫文斌震惊不已，愕然盯着尹秋，"这……这是真的吗？"

卫太后冷声道："刘明道都已经进宫准备弹劾你了，难道还会有假吗？"

什么叫从天堂跌入地狱，卫文斌这会儿是真真切切体会到了，回过神来后，他惊慌道："怎么会这样？"

看到他那副慌张失措的样子，卫太后气不打一处来，呵斥道："你问哀家，哀家问谁去，早知道会这么麻烦，哀家就不该帮你，由着你自生自灭得了。"

卫文斌最怕的就是卫太后撒手不管这件事，连忙跪下道："不要啊，姑母，您一向最疼侄儿，可不能见死不救啊！"

卫太后也是一时气话，缓了口气，冷声道："将出宫之后的事情，仔仔细细与哀家说一遍，一个字都不许落了。"

卫文斌连连答应，将事情从头到尾细叙了一遍，连走了哪几条街巷都没有落下，临了可怜兮兮道："侄儿想不明白，这件事怎么就传到了刘明道的耳朵里。"

卫太后盯着裙裾清晰的纹路，扬眉道："哀家听魏敬成转述，仿佛是你亲口告诉的刘明道。"

一听这话，卫文斌当即叫屈："冤枉，此事关系侄儿前途乃至性命，侄儿保密都来不及，又怎么会到处宣扬，除非……"话说到一半，他突然白了脸，嘴唇不住地哆嗦。

尹秋疑惑道："卫大人，怎么了？"

卫文斌费力地咽了口唾沫，颤声道："除非……隔墙有耳。"

卫太后豁然起身，脸色铁青道："谈这么重要的事情，你居然没看过四下是否有人？"

卫文斌苦着脸道："侄儿当时心慌意乱的，忘了探查四周，而且当时酒楼没什么人，想着应该……不会有人。"

"应该？"卫太后气极反笑，指了他道，"那哀家这会儿是不是也应该觉得你不会有事？"

"是侄儿大意，侄儿糊涂，侄儿保证一定不会有下一次。"见卫太后不为所动，他不停地磕头，随着"呼呼"的声响，额头很快红了一片。

尹秋轻声劝道："太后，事已至此，生气无用，眼下最要紧的是尽快解决这件事，不要令其继续恶化下去。"

卫太后何尝不知这个道理，只是恼怒卫文斌的大意与糊涂，在调匀了因气愤而急促的呼吸后，朝尚在不住磕头的卫文斌摆摆手："罢了，起来吧。"

"是。"卫文斌惶恐地站起身来，瞅着卫太后，想问又不敢问，卫太后知道他想说什么，冷声道："这件事已是闹到了皇帝面前，哀家也不好过多插手，不过你怎么也是正二品刑部尚书，刘明道无凭无据，仅凭一张嘴与十箱无主金银就想定你的罪，那是痴心妄想。"

听到这话，卫文斌顿时一颗定心丸落肚，舒展了双眉拱手道："多谢姑母！"

卫太后瞪了他道："仔细一些，别又大意闹出什么事来。"

卫文斌讪讪道："经过这次的事情，侄儿哪还敢不仔细。"他眼珠一转，轻声道，"刘明道此人，侄儿一直以为只是脾气怪了一些，眼下看来，他分明未将您与陛下放在眼中。食君之禄却未曾忠君，这样不忠之人，侄儿以为，不宜继续留在朝中为官。"

卫太后嘴角凝着浅薄的笑意："怎么，不乐意了？"

卫文斌连忙道："侄儿不敢，此事确实是侄儿失当，刘明道弹劾侄儿并没有错，只是在这件事里，他太过肆意任性，丝毫不顾及陛下与姑母，实在有负皇恩。"

"行了。"卫太后抚一抚脸颊，淡然道，"你那点儿心思，哀家清楚得很，不过你也没说错，刘明道确实不宜继续留在朝堂里。"

"姑母英明！"卫文斌高声称颂，眼中含着一抹得意之色。哼，三品左副都御史又如何，与卫家作对的人，只有死路一条。

第二十八章　虎口拔牙

承德殿前，一道穿着蓝色官服的身影笔直站着，此人正是刘明道，这个姿势，他已差不多维持了一个时辰。秋风平地而起，卷着宫人未曾及时扫去的落叶在他周身打转，层层凉意透过轻薄的单衣渗进身体。

一个内监走到他身边，轻声道："刘大人。"

刘明道打量着这个面生的宫人："公公有何事？"

内监四下看了一眼，细如蚊呐道："杨大人让奴才告诉您，他已经找到那群镖师了，就在八方客栈中。"但凡在朝堂中有点儿分量的官员，或多或少都收买了几个宫人作为耳目。

刘明道精神一振，当即道："好，本官知道了，多谢公公。"

"刘大人客气。"内监打了个千儿，悄无声息地退下去，仿佛他从不曾来过。就在内监离去后不久，头发花白的怀恩自殿中走了出来，尚隔着一段路，已是朝刘明道拱手行礼："让刘大人久等了。"

"不敢。"刘明道简单应付了一句，追问道，"陛下可是醒了？"

怀恩笑眯眯道："是，陛下刚刚醒转，听闻刘大人有要事启奏，让老奴赶紧请您进去。"说着，他伸手示意，"大人请！"

刘明道点点头，随他一路来到内殿，东方洄斜倚在一张软榻上，面上还挂着几分睡意，取过宫女递来的帕子拭一拭脸后，道："刘爱卿何事要见朕？"

刘明道撩袍跪下，肃声道："启禀陛下，臣要弹劾刑部右侍郎卫文斌！"

东方洄故作惊讶道："弹劾卫爱卿？这是为何？"

"臣已经具本写在奏折之中，请陛下过目。"说着，他自袖中取出进宫前写好的折子，呈予怀恩，后者赶紧递给东方洄。

奏折所写之事，东方洄早已心中有数，略略看了一番后，沉眸道："你在酒楼之中，亲耳听到卫爱卿与人交谈，说那十箱金银是他的？还答应救出关押在京兆府的聚火教徒？"

刘明道拱手道："是，臣听得清清楚楚，断不会有错。"

东方洄屈指轻敲着桌案，沉吟片刻，道："可是据朕所知，卫爱卿一直廉洁自律，吏部年年考核优良，风评极佳，又岂会做出这样的事。"

见他有意袒护卫文斌，刘明道有些激动："臣愿以顶戴花翎作保，奏折上所写的字字属实，绝无半分虚假！"

东方洄也不说信与不信，话锋一转，道："那十箱金银现在京兆府中？"

"是，臣本想抬来承德殿，但魏府尹坚持不肯交给臣，说一定要有陛下手谕方可。"

东方洄微一点头，唤过怀恩道："派人去传卫文斌入宫，另外你去一趟京兆府，让魏敬成带着那十箱金银来见朕。"

"遵旨！"怀恩依言退下，在经过刘明道身边时暗自叹了口气。这位刘大人倒是个疾恶如仇、不畏权势的好官，可惜他不懂官场规矩，早在踏进承德殿的那一刻，就已经一败涂地，偏他自己还不知道。

很快，卫文斌来到承德殿，紧接着魏敬成也带着那十箱金银到了，三人当面对质。

对于刘明道的弹劾，卫文斌自是大呼冤枉，不仅决不承认八仙居一事，更倒打一耙，说是刘明道故意陷害。至于魏敬成，有了之前宁寿宫那番对话，自是百般偏着卫文斌说话，令刘明道气愤不已。

卫文斌见戏做得差不多了，双膝跪下，一脸愤慨道："自臣入朝为官以来，从不敢有一刻忘记陛下恩德，多年来，一直恪尽职守，为百姓谋福祉，不敢有半分懈怠。臣自问对得起陛下，对得起天地良心。岂料竟招来刘御史这样诬蔑，实在令臣难过。"他努力挤出几滴眼泪出来，悲愤地磕头道，"求陛下还臣一个公允！"

他之前在宁寿宫磕红了额头，来之前特意拿粉遮了遮，这会儿再磕，那粉立刻掉了下来，露出又红又肿的额头。不知情的人见了，还以为他真是含冤莫白。

魏敬成适时地拱手道："启禀陛下，臣与卫大人虽不相熟，但臣同窗好友吕平在江宁为官数载，之前回京述职之时，曾与臣说过一些卫大人的事情。"

东方洄扬眉道："朕记得吕平，是江宁织造，他都说了什么？"

"吕平说卫大人自任江苏巡抚以来，屡平冤假错案，疏浚河道，禁止徇私受贿，深得百姓与底下官员爱戴。此乃吕平私下与臣所言，当无虚假，所以刘御史说这十箱金银是卫大人搜敛民财所得，臣实在难以苟同。”说到此处，他瞟了一眼站在身侧的刘明道，垂目道，“还望陛下彻查此事，以免受小人蒙蔽，错冤忠良！”

刘明道性子耿直，哪受得了魏敬成这样明嘲暗讽，愤然道：“魏府尹这是在说本官？”

“不敢。”魏敬成言不由衷地说了一句，转而道，“有一件事，下官一直不明，想请刘御史解答。”

“何事？”

“自从上次围剿之后，聚火教就销声匿迹，下官派了无数差衙在城中几番搜捕都未有所获，刘御史只是去酒楼饮酒，却一下子找到他们的藏身之处，实在巧得有些过分了。更巧的是，那些聚火教徒仿佛早就知道我们会去围捕，撤得一干二净，除了十箱金银什么也没留下。这种种巧合，令下官百思不得其解，只有请教刘御史。”

刘明道怎么说也是在官场摸爬滚打几十年的人，哪里会听不出他的言下之意，面色铁青道：“魏府尹认为本官与聚火教勾结，联合起来陷害卫文斌？”

魏敬成勾一勾下垂的嘴角，凉声道：“是与不是，刘御史心中最清楚不过。”

“没有！”刘明道气愤地说了一句，朝坐在御案后的东方洄道，“陛下，臣自幼秉承圣人之训，敬天地，忠君王，绝不敢做出此等不忠不义之事！”

不等东方洄言语，魏敬成再次拱手道：“陛下，臣相信卫大人为人，这十箱金银绝不会是他所有。”

刘明道见东方洄面有犹豫，唯恐他被说动，发了狠心跪下道：“陛下，臣愿以人头担保，今日所言无一句虚假！”

卫文斌一脸愤慨道：“刘明道，究竟我与你有何仇何怨，你要在陛下面前这样害我？”

“我……”

“好了。”东方洄打断二人的争执，看着殿内一字排开的十个箱子，叹道，“可惜金银是死物，不会说话，否则倒是可以问一问它们。”

东方洄本是随口一言，却提醒了刘明道，他急急道：“陛下，虽然金银不会说话，却有人可以指证这些金银是何人所有。”

莫说卫文斌脸色为之一白，就连东方洄也是暗自皱眉：“什么人？”

“就是负责押送这些金银来金陵城的镖师，臣查到他们住在八方客栈之中，只要陛下传他们来问一问托镖之人，此事便可一清二楚。”

听到这句话，卫文斌反倒定了心神，这个刘明道还真有几分能耐，竟然连那群镖师的住处都查到了。不过……也仅止于此了，那群镖师早得了他的吩咐，就算刀斧加身，也绝不敢透露半个字，刘明道注定白忙一场。

卫文斌暗自冷笑，拱手道："请陛下立刻传他们前来对质，也好还臣一个清白。"

"好。"东方洄点一点头，对回来不久的怀恩道，"你带几名禁军去一趟八方客栈，将他们带来。"

"遵旨！"怀恩再一次退出了承德殿，挑了几名禁军出宫前往八方客栈。

就在他们奉旨赶往八方客栈之时，那群镖师正神情紧张地盯着一个突然出现在他们屋中的陌生人。

镖头一边打量着来者一边警惕地问道："你是什么人？"

东方溯仿佛没听到他的话，走到桌前自顾自倒了一杯温热的茶水，待要送到嘴边，却被一只手牢牢按住："这茶不用来招待来历不明的人。"

东方溯盯着镖头青筋虬露的手，淡然道："我是谁并不重要，重要的是，你们还想不想活着回到江宁。"

镖头神色一变，目光闪烁道："我不知道你在说什么。"

东方溯拨开他的手，抿了一口苦涩的茶水："卫文斌委托你们镖局秘密押送十箱金银来金陵城，岂料就在入城前夕被人劫走了镖银，不知去向，我说得可对？"

此言一出，镖头与一众镖师尽皆脸色发青，这件事发生之后，他们一直守口如瓶，何以此人会知道得这么清楚，难道……

"是你劫走的镖？"面对镖头的询问，东方溯微微一笑："有空猜测这些，倒不如省下心思，好生想一想怎么保住性命。"

看似轻飘飘的一句话，却令镖头浑身激灵灵一抖，用力攥一攥双手，死死盯着东方溯道："你究竟是什么人？"

东方溯不理会他的话，淡然道："卫文斌是什么样的人，你们心里很清楚，眼下你们弄丢了他的镖，害他麻烦缠身，你们觉得，他会就此罢休？"

众镖师面面相觑，其中一人道："镖银运送，必有风险，夺镖之人武功高强，非我们能敌。"他倒也聪明，没有直接提及卫文斌之名，以免被抓了把柄。

"你说得没错，但不足以让卫文斌咽下这口气。"顿一顿，东方溯凉声道，"不妨再告诉你们一件事，卫文斌敛财贪污一事，已经捅到了陛下面前，十箱金银也找到了。不出所料，半个时辰内就会有人来传你们入宫！"

镖头那张粗犷的脸庞一片煞白，颤声道："你……你别以为随口胡诌几句，我们就会相信。”

“我是不是胡说，半个时辰后便可见分晓，只是到时候一切已晚，就算神仙下凡也救不了你们。”

镖头盯了他半晌，冷言道：“你又想说卫大人？”

东方溯淡淡一笑：“看来你心里也清楚，想活还是想死，你们自己决定吧。”说完这句话，他俯身落座，好整以暇地抿着茶。

他这个模样，令本就心里发慌的众镖师更加不安，聚在角落里交头接耳，过了好一会儿，镖头走过来道：“你不必在这里危言耸听，只要我们管好自己的嘴巴，性命自然无碍。”

“无碍？”东方溯摇头轻笑，好一会儿方才止了笑意徐声道，“你们一个个年纪不小，又经常在江湖行走，怎么说也算是半个江湖人，想不到竟然还如此天真。”

“眼下你们还有用处，卫文斌自是百般好言，甚至不惜许以重诺，可一旦让他摆脱了眼前的困境，新仇旧恨加起来，我想不出有什么理由放过你们这群知情人。”茶盏在东方溯修长的手指间打转，“确切来说，应该是不会放过你们整个镖局。”

众人默然不语，卫文斌在江宁为官时是出了名的既贪又狠，他……真有可能做出这样的事情。

在令人窒息的沉寂中，东方溯长身而起，扬眉道：“该说的我都已经说了，若你们非要一头往死路上栽，我也没办法，告辞。”说完这句话，他转身往门口走去，竟是半分犹豫也没有。

在双手即将触及门闩之时，身后传来镖头的声音：“为什么要告诉我们这些，你有什么目的？”

东方溯脚步一顿，回头道：“我自有我的目的，但同时，我也是真心不愿你们枉死于卫文斌之手。”

其中一名镖师迟疑地问道：“我们应该怎么做？”

“很简单，先下手为强！”

镖头眼皮一颤，脱口道：“你要我们指证卫大人？”

“只有卫文斌自顾不暇，你们才有活路。”话音未落，镖头已是连连摇头：“不行，这绝对不行！”

不只是他，其他镖师也是摇头，其中一人小声道：“按着你的话，卫大人有没有事，我们不知道，但我们一定没活路。”

东方溯早料到他们有此一说，扬眉道：“你们担心卫侯爷会报复？”

那人点头道："他是卫侯爷的长子，要是因为我们的指证而出了什么事，卫侯爷非得恨死我们不可。"

另一人愁眉苦脸道："岂止是卫大人，还有平阳王府、汾阳王府，甚至是……"他缩一缩脖子，压低声音道，"宁寿宫那位。"

镖头接过话："就算不提太后，其他几位那也都是跺一跺脚，整个金陵城都要抖上三抖的人，远不是我们这些人能够得罪的。"

等他们一一说完后，东方溯不疾不徐道："你们说得没错，卫文斌一旦出事，你们必会成为卫侯爷等人的眼中钉，不杀你们誓不罢休！"

镖头恼怒道："你既知道当中凶险，还口口声声让我们供出卫大人，分明是存心要我们死。"

面对他的指责，东方溯并不生气，微笑道："我既来见你们，自然有助你们避过死劫的办法。"

"不管卫侯爷等人如何生气，都不敢明目张胆地在金陵城对你们下手，危险的是你们离开金陵之后。而我可以帮你们秘密离开金陵，送到一个没人知晓的地方，并将你们在江宁的家人接过来，更名改姓，重新开始。"

镖头等人紧紧皱着双眉，他们在江宁生活多年，突然之间要远离故土，去一个全然陌生的地方，不免有些难以接受。

东方溯也不催促，静静等待着，过了约莫一盏茶的时间，隔壁响起一连串脚步声，一道传入耳中的还有店小二讨好的声音："几位大爷，您说的那些人，就住在这几间客房里。"

东方溯脸色一变，压低声音朝同样变了颜色的镖头等人道："传你们入宫的人来了，你们快做决定！"

镖头知道情况紧急，咬一咬牙问道："你所言当真？"

东方溯知道现在是关键时刻，当即道："一言既出，驷马难追！"

"你们意下如何？"镖头看向那群镖师。他们相互看了一眼后，道："我们听镖头你的。"

说话的这会儿工夫，门外那群人已是看过了隔壁那间往他们这里走来，一名镖师赶紧去将门闩上。至于东方溯，早在脚步声刚出现的时候就已退到了敞开的窗边，随时准备跃下。

店小二推了几下没能推开，晓得有人在里面反锁了门，叩门道："客官，有几位大爷有事情找您。"

东方溯知道这门挡不了多久，催促道："没时间了，你赶紧决定！"

在敲门声变得不耐烦时，镖头终于下了决心，咬牙道："好，我听你的，希望你不要食言，否则我们做鬼也不会放过你。"

东方溯松了一口气："我必会遵守诺言，护你们平安离开金陵。还有，不得告诉任何人见过我，否则交易作废，切记！"在镖头答应后，东方溯自二楼一跃而下，迅速消失在众人视线中。

东方溯一走，镖头立刻自床下取出平日里用来打发时间的马吊牌堆在桌上，又让三名镖师分别坐在桌前，装作打马吊。这一切就绪后才去开了门，店小二有些埋怨道："客官怎么这么久才开门？"

镖头指一指桌子，道："我们在打马吊，没听到你敲门声。"说着，他眼睛一瞪，故作生气道，"我们又没欠你房钱，为何把门敲得跟催命似的，害我输了牌？"

店小二赔笑道："客官息怒，不关小人的事，是这几位大爷急着要见您呢，小人也没办法。"说着，他侧开身子，露出站在后面的怀恩等人。

镖头虽然没接触过皇宫，但常年在外行走，眼力还是有的，一见怀恩那身绛红衣裳，便知是宫里来人，心想刚才那人果然没骗自己。

他压下心里的紧张，拱手道："这位是……"

怀恩一甩拂栉，微笑道："这位可是江宁震南镖局的周正镖头？"

"在下正是周正，不知怎么称呼？"

怀恩走进屋中，细声道："咱家奉陛下之命，特来传周镖头与诸位镖师进宫。"

此事周正早已从东方溯口中得知，但在怀恩面前，还是装出一副极其惊讶的样子，指了自己结结巴巴道："陛下……你说陛下要见……见我？这怎么可能？"

怀恩笑眯眯道："最近京城发生了一桩颇为棘手的案子，有人向陛下进言，说周镖头或许会知晓当中内情，故遣咱家来请周镖头。"

"原来如此。"周正恍然之余，又小心翼翼地问道，"请问公公，是什么案子？"

"周镖头进宫见到陛下，自然就知道了。"说话间，怀恩走到周正忘记关起的窗前，探头打量了一眼底下的巷子，"这么凉的天，周镖头怎么还开着窗子，风吹着不冷吗？"

周正怕他看出问题，赶紧随便寻了个借口："我们练武之人，最不怕的就是冷，这么点儿风我们还嫌热呢。"

"对对，再冷一些才好。"

"关了窗子闷得难受。"众镖师纷纷出声附和，怀恩也不多说什么，笑笑道："陛下还在承德殿等着，咱们走吧。”

“是。”周正带着一众镖师忐忑不安地随怀恩来到昭明宫，穿过宫门后，差不多又走了一盏茶的工夫，来到一间巍峨肃穆的宫殿前，怀恩停下脚步，小声道：“你们在这里等着，咱家进去禀报陛下。”

周正答应后，怀恩推开朱红殿门走了进去。过了片刻，他重新走出来，示意周正等人进去。

周正一行人战战兢兢地进到殿内，还没走到殿中间，就慌得跪了下去，伏身于地，声音不自觉地发颤：“草民……草民见过陛下，陛下万岁万岁万万岁！”

在他身后，那群镖师跟着行礼，同样是激动而慌张。对生活在最底层的他们来说，周帝是那样的高高在上，又是那样的遥远，从来没想过有朝一日竟然可以踏足皇宫，亲眼看到掌握无上权威的至尊。

“平身。”东方洄扫视了一眼，对卫文斌道，“你可认识他们？”

早在周正等人刚进来的时候，卫文斌就已经认了出来，这会儿见东方洄问起，装模作样地打量了一会儿，道：“启禀陛下，臣认识，他们是江宁震南镖局的镖头周正以及镖师。”

听得这话，刘明道当即道：“这么说来，你承认那十箱金银是你委托他们押送来金陵城的？”

“非也。”卫文斌早已想好了说辞，不慌不忙道，“两年前，曾有一桩案子因江宁知府草率判案，令被告不服，上诉至巡抚衙门，由我亲自审理过问，震南镖局就是那桩案子的被告。为了审明案情，我几乎见过震南镖局每一个人，他们自然也不例外。”说着，他对惶惶站在一旁的周正道，“你告诉陛下与刘大人，本官所言属实与否。”

周正微微抬起头，惶恐道：“是，两年前有人托了一批假人参，想要以此讹诈镖局，正是卫大人亲自断的案子。”

面对卫文斌暗自得意的眼神，刘明道轻哼一声，指着一字排开的十个箱子对周正等人道：“你们仔细瞧瞧，这些箱子可是几日前被人劫去的那些？”不等周正言语，他又道，“此乃陛下面前奏对，你等想清楚了再回答，以免犯下欺君之罪。”

周正似乎被他的话吓到了，站在那里不知如何是好，直至刘明道催促了一句，方才神色慌张道：“不是……不是的。”

刘明道冷笑一声：“你连东西都没看，怎知不是？分明就是心里有鬼！”

卫文斌暗自蹙眉，这个周正被刘明道唬了一句就吓成这副德行，真是没出息。在心里骂了一句后，他朝东方洄道：“陛下，周正等人本是市井小民，骤见君颜，难免会惊慌失措，臣以为，刘大人这样审问，实在不公。”

刘明道不甘示弱道：“陛下，臣只想尽快审清真相，还江宁百姓一个公道！”

卫文斌嗤声道：“刘大人口口声声公道，本官却是半点儿没看出来。”

东方洄抬手制止二人争执：“好了，你们都退下，朕亲自来问。”待得殿内重新安静下来后，他看向神色不安的周正，“你们来金陵做什么？”

周正低了头，颤声道：“回陛下的话，草民等人受托押送一批镖物来金陵。”

“什么镖物，雇主又是谁？”

周正攥一攥满是冷汗的手心，抬起眼战战兢兢地望着东方洄：“陛下，是否草民说出实话，就不会有事？”

“只要你们如实供述，朕自会恕你们无罪。”说着，东方洄朝那十个箱子扬一扬下巴，“去吧，看清楚一些。”

“多谢陛下。”周正叩谢一声，挪步来到金银耀眼的箱子前，待得一个个看过后，他回到原处，说出一句令东方洄意想不到的话来，“陛下，这十个箱子就是草民等人此次负责押送来金陵的镖物。”

卫文斌陡然一惊，镖银刚刚被劫之时他就交代过周正，不论谁问起，都要极力否认这批镖银，何以不听自己的话？他当即就想质问周正，无奈刘明道就在对面，只得生生将嘴边的话咽了下去，朝周正投去警告的目光，示意他不要乱说话。

东方洄也是吃了一惊，不过他城府极深，不动声色道：“是谁托你们走这趟镖？”

周正对卫文斌畏惧甚深，在察觉到他不怀好意的目光时，心中顿时为之一慌，有些后悔自己刚才的言语，就在他想要退缩的时候，脑海中响起东方溯的话。

卫文斌是不会给他活路的，想要活着见到家人，只能靠自己争取，置之死地，方可后生。

想到此处，他不再犹豫，仰头道：“启禀陛下，托镖之人，正是卫文斌卫大人！”

这一次，卫文斌是真的慌了，指着周正急声喝道：“大胆刁民，竟敢在陛下面前诬陷本官，你可知罪？！”

周正没有理会他的呵斥，朝东方洄跪下道：“卫大人离任江宁之时，来到震南镖局，托我们运送十个装满金银珠宝的箱子秘密来金陵交给他。”

“满口胡言！”卫文斌又恨又慌，面色煞白地喝道，“本官一生清廉，从不取百姓之物，你休要在这里血口喷人！”

“小人没有胡说。”望着凶神恶煞的卫文斌，周正心里反而没了惧意，“陛下有所不知，卫大人断案，从不问是非对错，只看谁送的银子多。好比两年前那一次，其实那人托咱们镖局运的确实是一批上好人参。总镖头一时起了贪念，运送之前，偷龙转凤，以次充好，结果被发现。原本知府判了那人胜诉，但总镖头不甘心交出人参并赔银，所以用一半人参以及三千两白银贿赂时为江宁巡抚的卫大人，请他重审此案。结果那人不只败诉，还平白挨了五十杖，回去之后，因伤势过重再加上心中悲愤，不出半个月就去了。

“卫大人贪财之名，江宁无人不知，陛下若是不信，尽可去问！”

见周正将自己做过的事情一一抖了出来，卫文斌心中大慌，急忙跪下道：“陛下，别听这个刁民胡说，臣自幼秉承圣人之训，绝不敢做出这样的事情。他……他一定是受人指使，故意加害臣，请陛下明察。”话音未落，耳边已是传来刘明道的声音：“陛下，人证物证俱在，足以证明卫文斌这些年在江宁弄权牟利，强征苛敛，令百姓怨声载道，请陛下严惩卫文斌，以平民怨！”

“不是，臣绝对没有如刘大人所言，臣冤枉。”卫文斌冷汗涔涔，心里恨死了刘明道与周正。

东方洄眉头紧紧皱着，他本以为今日只是走个过场，岂知刘明道不只找到十箱财物，还寻来镖师指证卫文斌，事情完全出乎他的预料。这种情况下，就算是他，恐怕也保不住卫文斌。

一直没怎么说过话的魏敬成小声道：“陛下，臣以为，此案尚有几处疑点，不如……等查清之后再做处置。”

不等东方洄言语，刘明道已是抢过话：“此案明明白白，确凿无误，还有什么疑点，魏府尹从一开始就帮着卫文斌说话，难不成受贿一事，你也有份儿？”

这么一顶大帽子扣下来，魏敬成哪里受得住，急忙道：“刘御史说到哪里去了，下官只是想着事关朝廷二品大员，应该谨慎审理，以免错冤好人。”说到后面，他声音不自觉地低了下去。

刘明道冷冷盯了他一眼，再次朝东方洄道：“卫文斌身为父母官，却不顾百姓生死，只知贪敛聚财，更辜负了陛下的一片皇恩，此等负民负君之人，必得严惩！”

望着满面惊惶的卫文斌，东方洄在心里叹了口气，他自是不愿意惩处卫文斌，但到了这一步，已由不得他决定。也是卫文斌咎由自取，竟然没有事先封住周正等人的嘴，令事情恶化到不可控制。

东方洄闭一闭目，再睁开之时，双眸寒光迫人：“卫文斌，你可知罪？”

卫文斌浑身一颤，身子不由自主地软了下去，失尽血色的双唇不住哆嗦：“臣……臣冤……”

“呯！”东方洄重重一拍龙案，震得茶水四溅，“事到如今，还在满口谎言，你想骗朕到何时？！”

卫文斌伏在地上战栗不止，冷汗出了一层又一层，恐惧无以言喻，明明……早就交代好了，为何周正等人会反口指证他，甚至连震南镖局那件案子都抖了出来，简直就像一心要置自己于死地！

他想要喊冤，可在东方洄的迫视下，“冤枉”这两个字怎么也喊不出口，唯有冷汗一滴接着一滴落在光滑如镜的金砖上。

“噔噔噔。”随着脚步声，一双黑缎方头刺金朝靴出现在卫文斌视线中，“朕总以为这些年你在江宁是真心实意地办差，没想到你竟做出这样的事情来，朕对你……真的很失望！”

卫文斌伸出冰凉潮湿的手攥住那抹明黄的袍角，颤声道：“陛下……陛下您听臣说，臣……”

“还有什么好说的！”东方洄一脚将卫文斌踢翻在地，面色冰冷道，“要不是刘爱卿听到你与聚火教徒的谈话，又找到这群镖师，朕这会儿还被你蒙在鼓里，以为你是忠君爱民的朝廷栋梁。”

“臣该死！臣该死！”卫文斌再一次伏在他脚前，涕泪横流地磕头，“是臣不好，鬼迷心窍，负了皇上的期望，臣一定会痛改前非，求陛下看在太后的份儿上，给臣一个机会。”

“你还有脸提母后！”东方洄面色冰冷道，“多年来，母后一直对你耳提面命，让你一定要做个好官，结果呢？”

“是臣不好，辜负了陛下与太后的期望，臣会改，臣一定会改过自新，求陛下开恩！”

东方洄垂目默默盯着他，良久，摇头道：“朕也很想给你改过的机会，但……太晚了！”

卫文斌自那双黝黑的眼眸中看到了决绝与杀机，面如土色，拼命摇头呼喊：“不要！陛下不要！”

东方洄没有理会他的哀求，扬声喝道：“来人！”

很快，两名腰挎钢刀的禁军走了进来，拱手道：“请陛下吩咐。”

东方洄扫了卫文斌一眼，面无表情道：“剥下卫文斌官服，押入刑部大牢，等候处置！”

见东方洄不肯立刻处置卫文斌，刘明道皱一皱眉，上前道：“陛下，卫文斌贪敛钱财，草菅人命，按律当处以斩刑！”

听到“斩刑”二字，卫文斌眼前一阵发黑，拼命哀呼求饶。

刘明道的步步紧逼令东方洄很是恼怒，但又不便发作，压下心中的怒火道：“刘爱卿不必着急，此案朕一定会按律处置，绝不姑息。”顿一顿，他摆手道，“你们都退下吧。”

“可是……”刘明道刚说了两个字，便被魏敬成大声打断：“陛下圣明，臣等告退。”

被他这么一喊，刘明道只得无奈地行礼告退，外面已是落日西坠，绚丽多彩的晚霞铺满了半边天空。

一踏出承德殿，魏敬成便阴阳怪气道：“听说刘大人一弹一个准，谁也逃不走，下官之前还有些不信，这会儿可是确信无疑了。不过……卫大人可是卫侯爷的长子，更是太后疼爱的晚辈，刘大人就不怕惹祸上身吗？”

刘明道肃声道：“既食君之禄，就得为君分忧，以身报国，若是人人都像魏府尹一样前怕狼后怕虎，只知奉迎讨好，大周危矣！”

魏敬成被他说得脸颊一阵抽搐：“刘大人这话，未免有些危言耸听了。”

刘明道深深看了他一眼：“魏府尹好自为之。”说完这句话，他拂袖而去。

魏敬成朝他离去的背影啐了一口，低声骂道：“不知死活的老东西，瞧着吧，有你哭的时候！”

怀恩前脚刚领着那群镖头踏出承德殿，东方洄后脚就取道后殿，再一次来到宁寿宫。卫太后正等着消息，一见他进来，当即问道：“情况如何？”

东方洄脸色难看道：“很不好。”

这三个字令卫太后心里“咯噔”一下，待得听完东方洄的讲述，心中的惊异已是无法用言语形容，好一会儿方才勉强定一定心神：“文斌现在何处？”

“儿子命禁军将他押入刑部大牢之中。”

尹秋恼声道：“这个刘明道，卫大人与他无冤无仇的，非要将人往死里逼。”

“刘明道！”卫太后缓缓吐出这三个字，眉心怒气涌动，就算卫文斌有千般万般的不是，也轮不到一个外人来指手画脚。不杀此人，难消恨意。

东方洄忧声道：“母后，文斌此次贪污数额至少有十几万两，按着大周律例，这个数额当处……斩刑！”

“不行！”卫太后当即否决了他的话，“文斌是哀家的侄子，绝不能杀。”

“儿子何尝愿意，但刘明道咬着此事不放，恐怕……拖不了太久。”

卫太后紧紧攥着扶手，面色冷凝如铁，良久，她徐徐道："陛下可还记得郑全？"

东方洄眉目一动："母后是想仿效郑全当年的手法？"

卫太后缓缓点头："要是真到了那一步，就寻个死囚来顶替文斌，保全他的性命。"

东方洄略略思忖，点头道："好，儿子知道了。"

"不过这是最后的法子，若是可以，哀家还是希望文斌能够留在金陵城里。"这般说着，卫太后又道，"那群镖师呢？"

"已经出宫了。"不等卫太后言语，东方洄已是会意道，"母后放心，儿子会让绿衣去处理。"

"好。"卫太后面无表情道，"敢欺我卫氏者，一个都不许放过！"

东方洄点头之余想起一件事来："母后，文斌弄成现在这样，他与璇玑公主的婚事该如何是好？"

卫太后揉一揉隐隐作痛的太阳穴，缓缓道："现在这样，赐婚是不行了，不过……也不能就此不管。"

东方洄略略思忖，道："据儿子所知，大伯二伯那边，已经没有适宜婚配的了。"

卫太后眸光冰冷道："本家没有，就从旁族之中选一个，总之一定要将这个女子攥在咱们手里。"顿一顿，她又道，"此事哀家会处理，皇帝不必担心。"

东方洄颔首之时，怀恩快步走了进来，行了一礼恭声道："启禀陛下，西楚使者在宫外求见。"

第二十九章　故人相见

卫文斌被关押入刑部大牢一事，很快在金陵城中传开，睿王府自然也得到了这个消息。

东院中，东方泽拍手笑道："好了好了，这下公主不用再担心嫁给那个表里不一的家伙了。"

夏月抚着胸口道："不嫁就好，这几日可真是担心死奴婢了，就怕会赶不及。"

相较于他们的欢喜与庆幸，慕千雪只是淡淡一笑："经此一事，卫文斌就算不死也前途尽毁，刑部尚书之位，不出意外的话，当落在杨和手里。"

东方泽深以为然道："其实杨和一直都是最合适的人选，只是东方洄想控制刑部，所以将卫文斌调了过来。可惜，他这一手好算盘毁在了公主手里。"说到这里，他起身朝慕千雪长施一礼，敬佩道，"公主神机妙算，实在令本王佩服！"

慕千雪掩唇咳了几声，微笑道："九王过誉了，若非卫文斌自己德行有缺，我的计划也不能如此顺利。"

"话虽如此，但能够在虎口拔牙的，公主是第一个，佩服佩服！"这般说着，东方泽看向一直垂首不语的东方溯，半开玩笑道，"七哥，你怎么瞧着不太高兴，难不成你还同情起卫文斌来？"

东方溯抬起沉郁的眉眼，缓缓道："我自不会同情他，我只担心……刚驱一虎，又来一狼，驱之不尽。"

东方泽听着糊涂，拧眉道："什么虎啊狼啊的，七哥在说什么？"

东方溯目光落在慕千雪身上，深沉而忧伤："卫氏一族那么多人，总能够再选出一个可以匹配公主之人。"

东方泽脸色一变："七哥是说，太后还想指婚？"

东方溯叹了一口气："不将公主绑在卫家这条船上，母后是不会放心的。"

一听这话，东方泽顿时急了："这么说来，我们岂非白忙一场，这可怎么办？七哥你倒是赶紧想个办法啊。"

"重新择人需要时间，在这段时间里，我会设法说服太后放弃指婚。"

东方泽连连摇头："太后向来是个说一不二的人，'放弃'这两个字，这么多年来，我从未在她身上瞧见过。"

慕千雪慢慢地剥着一个今晨刚刚运到金陵城的蜜橘："凡事都有第一次，现在没有，不代表以后也不会有，九王不必太过担心。"说着，她看了一眼窗外暗沉的天空，"趁着这会儿天色还不算太晚，九王不妨去见一见杨和。"

东方泽点头道："我也正有此意，明日早朝，肯定会议论卫文斌一案，到时候让杨和再狠狠参上一本，让他彻底翻不了身。"

慕千雪微微一笑，挑净橘肉上的白筋递给他："昨日刘御史那一本，已是将卫文斌打落十八层地狱，难以超生，九王又何必再去踩一脚，惹恼了周帝，岂非得不偿失。"

东方泽满面疑惑道："可公主刚才明明说……"

东方溯猜到了慕千雪的用意，打断道："公主只是让你去见杨和，并没有让你们弹劾卫文斌。"

东方泽听得越发糊涂："见杨和不就是为了上书弹劾卫文斌吗？怎么这会儿你们说的话我一句都听不懂。"

在东方泽不解的目光中，慕千雪缓缓道："杨和确实要上书，却不是弹劾卫文斌，恰恰相反，是要替他求情。"

"什么？"东方泽惊呼一声，攥紧了双手，柔软的橘肉一下子被他捏破，淡黄色的汁水顺着指缝流下来，滴在品蓝团福锦服上，留下一道道印痕。他看也不看，双目紧紧盯着慕千雪，"公主你……"他想说慕千雪是不是疯了，又觉得不妥，生生将那几个字咽了下去。

慕千雪岂会看不出他的心思，不疾不徐道："九王放心，卫文斌罪行昭昭，任谁都求不下这个情。"

"既是这样，为何还要多此一举？"

"公主之意，是让杨和做一个顺水人情，好让皇兄觉得杨和是站在他这一边的，如此一来，杨和不论仕途还是行事，都会方便许多。"说着，东方溯转眸望着慕千雪，"我说得可对？"

慕千雪掩唇咳嗽数声，点头道："正如王爷所言，在积蓄到足够的力量之前，绝不可让周帝察觉到朝廷中有官员向着我们。"

"我懂了。"东方泽本就是个聪明人，自是一点就透，当即掷了手里已经不成样子的橘肉，拭一拭手起身道，"我现在就去见杨和。"

东方泽离去后，东方溯默默望着慕千雪，慕千雪抚一抚脸颊，疑惑道："王爷何以这样看着千雪，可是哪里脏了？"

东方溯叹息一声："你当真有信心说服母后？"

慕千雪神色一滞，旋即笑了起来："王爷不相信千雪？"

"我知你有惊世之才，算无遗策，但现在说的是强行改变一个人的想法，谈何容易。"

慕千雪低头抚着腕间的羊脂玉镯，自卫太后赏下来的那一日起，她就日日戴着这只镯子，不为喜欢，只为借此时时刻刻提醒自己隐藏在宫中的危机："船到桥头自然直，总会有办法的。"

"只怕再多的法子，也不足以打消母后之念。"东方溯拧一拧双眉，开口道，"还是我去……"

"不行。"慕千雪知道他想说什么，肃然道，"请王爷答应千雪，非万不得已，绝不可走这一步。"一旦东方溯开口留她，必然招来卫太后的猜忌，在这种不均衡的势力角逐中，任何一点儿猜忌都有可能招来灭顶之灾。

东方溯知道她是担心自己的安危，心下感动："好，我答应你，但你也要应允我，一旦真到那个地步，须得听从我安排，不得有异议。"

"好。"脉脉温情在彼此之间流淌，她为他着想，他又何尝不是为她想着……

一如慕千雪所料，卫文斌一案成为翌日早朝最大的争论。朝中大臣分为两派，一派主张严惩，一派主张从宽处理，相互之间争执不下。尽管从严一派人数少一些，但荣王、安王皆在其中，分量并不比另一派轻多少。

最后东方洄将此案交由刑部、都察院、大理寺三司会审，责令他们三日之内审清此案。

早朝一散，一名长须及胸的老者急步来到宁寿宫，一见到卫太后便跪了下去，老泪纵横道："求太后开恩，救救文斌！"

卫太后长叹一声，无奈道："大哥，不是哀家不肯救文斌，实在是没法子救！"此人正是卫文斌之父，位列当朝一品侯爷的卫晋，也是卫太后的长兄。

卫晋急急道："太后身份尊贵，只要您下一道懿旨，立刻就可赦免文斌。"

卫太后脸色一沉："文斌糊涂，大哥也跟着糊涂吗？文斌贪墨受贿，横行江宁之事人证物证齐全，你让哀家怎么赦免他？"

"他可是您的亲侄子啊，难道真要眼睁睁看着他人头落地，看到大哥我白发人送黑发人才高兴吗？"

卫太后没好气道："这话大哥应该去问文斌，这些年来哀家是怎么叮嘱他的。结果呢，一句都没听进去，全成了耳旁风，直至出了事情才知道害怕，太晚了！"

卫晋被她斥得抬不起头来，好一会儿方才低声道："是，文斌他是不争气，辜负了太后期望，可臣只剩下他一个儿子了，若是他死了，臣……臣这脉可就绝后了，求太后恩典。"

卫晋一妻数妾，总共诞下四子五女，按理来说也算是香火鼎盛，子嗣众多。可不知为何，几个儿子还未成年就先后夭折，且再无所出，如今膝下只得卫文斌这么一根独苗，自是视若珍宝。

见卫太后不说话，卫晋越发惶恐难安，佝偻着干瘦的身子不停地磕头哀求，看到他这副模样，卫太后心有不忍，对尹秋道："去扶卫侯爷起来。"

尹秋应了一声，走到卫晋身边，扶了他的胳膊轻声道："侯爷，有什么话，您起来再说。"

卫晋拒绝她的搀扶，垂泪道："太后不救文斌，我就不起来。"

"侯爷放心，卫大人不会有性命之忧。"尹秋这句话令卫晋眸光一亮，"此话当真？"

"奴婢怎敢拿这种事情来开玩笑，自是真的。"说着，她朝捻动着佛珠的卫太后暗自努一努嘴，卫晋会意，赶紧撑着身子起身，瞅着卫太后试探道："太后可是已经有救文斌的法子？"

卫太后手指一顿，徐声道："朝中虽然大多数是我们的人，但终归不是全部，否则也不会有刘明道上书弹劾一事了，所以此次三司会审，文斌凶多吉少。"

"文斌遭此劫难，皆是拜这个老匹夫所赐，这个仇，我一定十倍讨还。"提及刘明道，卫晋恨得牙痒痒。

"三司结果，不论是哀家还是皇帝，都不可干涉，否则必招天下人口舌。所以，若真到那一步，只能暗救。"

卫晋不解其意，拱手道："请太后明示。"

"郑全因何获罪，想必大哥还记得，昨日哀家已经与皇帝说好了，若三司当真定了文斌死罪，就李代桃僵。"

卫晋恍然之余又拧眉道："这么一来，文斌岂非得更名改姓，离开金陵？"

"这也是没法子的事情，远走他乡，总比人头落地要好，等过个几年，风声没那么紧了，大哥可偶尔去看看他。"

"也只能这样了。"卫晋黯然点头，不管怎么说，卫文斌的命总算保住了，算是不幸中的大幸。

卫晋离去后不久，一名宫女走了进来，躬身朝闭目养神的卫太后道："启禀太后，昌荣宗姬来了。"

卫太后双目微睁，疑惑道："她这个时候来做什么？"

正在替她按着两边太阳穴的尹秋轻声道："想必也是为着卫大人一事，可要奴婢去与宗姬说一声，让她改日再来？"

卫太后摇一摇头："算了，让她进来吧。"

宫人依言退下后不久，沈惜君走了进来。她今天穿了一身芙蓉藕丝锦衣，底下是一条秋香色团绣蔷薇的纹锦长裙，与发间一对蔷薇粉晶掐丝步摇相映生辉，衬得她如花一般娇艳。

沈惜君走到殿中间，俏生生地行了一礼："惜君给姨母请安，姨母万安！"

"免礼。"卫太后招手示意她近前，温言道，"好些日子不见你进宫，还想着你是不是忘了哀家。"

沈惜君就着内监端来的小杌子坐下，撒娇道："惜君就算忘记自己也不会忘了姨母，只是前些日子贪凉不小心染了风寒，脑袋昏昏沉沉的，还经常咳嗽，怕传染给姨母，所以才不敢来给您请安。"

卫太后抚着她白皙的脸颊叹息道："你们这群孩子，年纪也不小了，却总是不懂得照顾自己，文斌是这样，你也是这样，一点儿都不让哀家省心。"

沈惜君眨一眨描绘如蝉翼的长睫，轻声道："姨母，文斌表哥……会怎么样，母亲昨儿个知道这件事后很是担心。"

"皇帝已经将这件案子交给三司会审，结果如何，哀家也不知道。"

"三司会审……"沈惜君咬着娇艳如玫瑰的红唇，"姨母不可以赦免文斌表哥吗？"

卫太后低低一叹："哀家何尝不想，可惜文斌错得太离谱，又被人牢牢捏住了七寸，哀家实在有心无力，希望佛祖庇佑吧。"她合一合掌，又叮嘱道，"最近金陵城中风云涌动，不甚太平，你在外行事收敛一些，不要再像以前一样任性，以免与文斌一样招来无妄之灾。"

“惜君知道。”她答应一声，扳着纤细的手指道，“这小半年发生的事情，可比以往几年加起来还要多，先是诸王遭刺，继而发现信王与东凌刺客勾结，好不容易平息下来，又出了文斌表哥的事情，简直就像遭了诅咒似的。”

卫太后睨了她一眼，淡淡道：“你想说什么？”她历经三朝，什么样的人与事情没见过，沈惜君那点儿小小心思又岂能瞒得过她双眼。

沈惜君垂目道：“这所有事情，都是在慕千雪来到金陵之后发生的，而在此之前，她更是将整个南昭都给毁了，分明就是一个不祥之人，继续留她在此，只怕还会有更多的事情。”

卫太后默默听着，语气一如既往地平静：“那依你之意，该当如何？”

沈惜君闻着殿内淡淡的檀香，仰起光洁小巧的下巴：“惜君听说，西楚派了使者来见陛下？”

“你消息倒快。”卫太后望着殿外不知何时下起来的蒙蒙秋雨：“不错，昨儿个傍晚，西楚使者来见皇帝，想要接回璇玑公主。”

这句话令沈惜君眸光微微一亮：“慕千雪本就是西楚皇后，留在咱们北周名不正言不顺，理该由他们接回。”

卫太后垂目于她：“是理该接回，还是你希望她被接回去？”

沈惜君手指一颤，低头道：“好好的在说慕千雪，姨母怎么突然扯到我身上来了。”

“真以为哀家看不出你那点儿心思？”卫太后落在面上的目光令沈惜君有微微的刺痛，不自在地别过脸道：“不知姨母在说什么。”

卫太后微一摇头：“就算慕千雪回到西楚，溯儿也不见得会喜欢上你。强扭的瓜不甜，惜君，你素来聪明伶俐，何以在这件事上如此糊涂，只要你愿意，哀家随时都可为你指一个比溯儿更好的夫君。”

一阵秋风带着霏霏细雨自窗外吹入，尹秋怕卫太后着凉，连忙上前关了窗子，又点了两边的烛台，令殿内明亮更甚刚才。

过了许久，沈惜君颤着带着一层湿蒙蒙水汽的长睫，低声道：“姨母认为有很多男子比溯哥哥更好，可惜君却觉得，他是世间最好的人。”

尹秋舀了一勺檀香添在错金博山炉中，那一缕淡薄的烟气又浓郁了起来：“恕奴婢直言，睿王脾气拗硬，又总板着一张脸，‘最好’二字实在无从说起。”

沈惜君那张从来都骄纵任性的脸上露出一抹少见的无奈笑容：“或许这就是所谓的各花入各眼。”

“你上次要去的阴沉木，溯儿都拿回来还给哀家了。另外，哀家听说，他甚至不许你踏足睿王府？”

提及此事，沈惜君眼底涩意越发强烈，又不敢在卫太后面前落泪，努力逼了回去，强颜欢笑道：“哪有这样的事，就是争执了几句，被下人听了去，结果越传越离谱，信不得。”

“你啊！”卫太后到底是怜惜她，不忍心戳穿她这脆弱的谎言。

在平复了一下心情后，沈惜君道：“姨母刚才说，陛下已经见过使者了，可有答应他们的要求？”

“慕千雪是溯儿拼死救回来的，所以皇帝要问过溯儿，方才会正式答复西楚使者。”一听这话，沈惜君急急道：“溯哥哥被那女子迷得神魂颠倒，一定不会同意的。”

卫太后抚过绣有大朵暗纹牡丹的裙裾：“若当真如此，也是没法子的事情。”

她的话令沈惜君越发焦急：“姨母，慕千雪是个不祥之人，留她在金陵，对咱们大周有百害而无一利，赶紧将她送走为好。”

“惜君。”卫太后眸光一沉，冷言道，“哀家虽疼惜你，却不代表你可以忘了分寸，此乃前朝政事，岂容得你来决定？”

望着她阴沉下来的目光，沈惜君有些害怕，可又不甘心，忍不住道：“可是……”

“宗姬。”尹秋怕她再说下去会惹卫太后动怒，连忙打断，“太后也有许多不便之处，您就不要再为难太后了。”见沈惜君不语，她又低声劝道，“使者还要过几日才走，咱们可以慢慢想法子，不必急于一时。”

沈惜君无奈地答应，她并不知道，不论她怎样请求，卫太后都是不会将慕千雪送回西楚的。亲情……在很多时候薄弱如纸。

她朝面色冷郁的卫太后行了一礼，小声道：“惜君一时妄言，请姨母恕罪，以后不会了。”

“不会就好。”这般说着，卫太后摆手道，“哀家乏了，你跪安吧。”

“是。”沈惜君黯然退出了大殿，候在外面的侍女看到她出来，连忙撑开伞挡住纷纷乱乱的雨丝。

望着伞橼外的雨丝，沈惜君想起刚才遭到的训斥，鼻子一酸，不由得落下泪来，侍女见状，慌忙道：“宗姬，您这是怎么了？”

“没事。”沈惜君不愿多说，举袖拭去颊边的泪痕，低声道，“我们走吧。”

侍女不敢多问，扶着她一路往外行去，在将要走到宫门处时，意外看到怀恩站在宫门口，正与一名穿着一袭湖蓝长袍的男子说话，男子急切道：“公公，我可以进去了吗？”

怀恩欠一欠身道：“陛下国事繁忙，实在无暇见使者，您还是先回驿站等候吧，待陛下得空，自会传召于您。”

“我明白周帝日理万机，但我国陛下要求之事并不复杂，只需周帝下一道旨意即可，我也好早些回国复命，不然我在这里等着？”

“咱家明白使者的心情，但陛下这会儿确实是没时间，还望使者见谅。”说着，他又道，“昨日听使者说是第一次来金陵，不妨趁这个机会好生游赏一下金陵。”

见怀恩态度坚决，使者知道今日是见不到周帝了，只得拱手离去，怀恩回身见到沈惜君站在不远处，走过来行了一礼：“见过昌荣宗姬。”

“公公免礼。”沈惜君望着宫门外撑伞离去的身影，挑眉道，“这就是西楚来的使者？”

怀恩点头道：“可不就是他，也是他来得不巧，正赶上卫大人出事，陛下哪有心思理他，让老奴来打发他回去呢。”

沈惜君眸光微闪，试探道：“我听说他来是想接回璇玑公主，陛下那边是什么意思？”

怀恩笑道：“昨儿个就匆匆见了一面，陛下未曾明说，老奴也不知道。”说着，他拱手道，“老奴还有事情要办，告辞。”

望着怀恩的背影，沈惜君轻声道：“这个老家伙，嘴还真紧。”

一顶四人抬的朱红描金浮雕轿子候在宫门外，看到沈惜君出来，冒雨站立的轿夫恭敬地撩起轿帘，放低了轿子。

沈惜君站在轿旁迟迟未曾上轿，目光穿过蒙蒙雨丝望着那道越行越远的湖绿身影。良久，她俯身上轿，在轿帘放下前，幽凉更甚秋雨三分的声音落入轿夫耳中：“跟着前面那个人。”

“是。”四名轿夫戴好斗笠稳稳抬起朱红小轿，远远跟在后面。心事重重的使者并未留意到有人尾随在自己后面，撑着油纸伞一路走在一块块用三尺见方青石铺就的道路上。

驿站离着宫城甚远，走了将近半个时辰也不过才走了一半的路，因为下雨的缘故，街上行人极少，仅有的也是行色匆匆。

“叮，叮叮咚……”在经过一座茶楼时，淙淙琴音令使者停驻了脚步，他并不懂音律，却立刻辨出这首曲子是《太平调》。

"太平调……"使者低低念着这三个字，神色极是古怪，待得一曲终了，他长叹了一口气，抬步欲走，却被人拉住了袖子："顾大人留步！"

使者讶然抬头，一张似曾相识的脸庞映入眼帘，但一下子又想不起来曾在哪里见过："姑娘你是……"

夏月垂目道："我家姑娘请顾大人入内一叙。"

使者疑惑道："你家姑娘是何人，还有你怎么知道我姓顾？"

夏月歪头轻笑道："顾大人当真不认识我了？"

"你……"使者极力在脑海中思索着，他很肯定见过这个女子，究竟是在哪里见的呢？金陵吗？他昨日才到金陵，见过的人屈指可数，当中并没有她。若不是金陵，难道是途中？又或者……

随着一道雪亮划过脑海，使者终于想起数年前的一面之缘："你是夏月？"

"顾大人终于想起来了。"夏月笑一笑，抬手道，"顾大人请。"

这一次，使者没有再犹豫，当即抬步走了进去，既知道了夏月的身份，那么她口中的姑娘，必是慕千雪无疑。

夏月引着他来到二楼一处雅座，一个女子静静临窗坐在那里，在她面前的桌上摆着一尾七弦古琴，之前听到的琴声想来就是从这里发出的。

难怪那么相似，根本就是同一个人。

使者上前几步，拱手长施一礼："臣见过皇后娘娘，娘娘千岁千岁千千岁。"

皇后……

这个久未听到的称呼，令慕千雪一时有些恍惚，曾几何时，她是那样喜欢这个称呼，因为那代表她是萧若傲明媒正娶的嫡妻，而现在……却成了噩梦的代名词。

慕千雪回过神来，轻启朱唇："我早已不是西楚皇后，当不得顾大人这么称呼。"

使者听出她话语间的抗拒，也是，她现在与西楚誓不两立，又怎肯再顶着这个称呼。使者在心里叹了口气，再次拱手道："见过璇玑公主。"

慕千雪示意使者坐下，微笑道："想不到竟还有机会见到顾大人。"

使者亦是感慨不已："臣也想不到，时隔四年之后，竟还有机会听公主弹奏《太平调》。"

纤指在琴弦上抚过，有清澈如珠的琴音响起："顾大人还记得？"

"公主以这一曲《太平调》救了臣与臣的家人，终臣一世，都不会忘记。"尽管按着慕千雪的吩咐改了称呼，但他还是以"臣"自称，以示对慕千雪的敬意。

顾长风原是太子的人，之后太子倒台，他也被牵连关入大牢，萧若傲看中他的才能，想要将他收在麾下，可惜几番劝说都被顾长风拒绝，怎么也不肯归服于他。在当时那种情况下，谁心里都明白，不归服的下场就是死。

就在顾长风离死路越来越近的时候，当时还是王妃的慕千雪来牢里见了他，一曲《太平调》，一番促膝长谈，终令顾长风改变心意，答应辅佐萧若傲。

他的话令夏月心生伤感，忍不住道："可惜这世间像顾大人一样懂得知恩图报的人太少。"

顾长风知道她指的是萧若傲，黯然道："人生不如意事十之八九。"

慕千雪垂下眼睑，指尖在一根细长坚硬的琴弦上滑过："天下百姓，无不向往太平盛世，殊不知所谓的太平盛世往往是靠骨山血海堆砌而成。"

顾长风知她是想起了萧若傲屠灭南昭之事，劝道："南昭一事，还请公主节哀。"

慕千雪看了一眼窗外细密的雨丝，淡然道："萧若傲派你来北周，是想带我回去？"

"是，陛下不希望公主留在北周，临行之前交代臣一定要接回公主，如果周帝不肯松口，就……"话说到一半，他突然止了声音。

夏月疑惑道："就怎么样，难不成还打算将公主抢回去吗？"

"不是抢回去，而是……"后面的话似乎很难启齿，顾长风几次张嘴，都没能说出口。

慕千雪勾一勾琴弦，面无表情道："若不能接回，就设法杀了我，永绝后患是吗？"

夏月骇然惊呼，在看到顾长风点头后，她难以置信道："他……他怎么可以这样对待公主？！"

"对他而言，我是一大祸患，自是欲杀之而后快。"慕千雪表情一如既往地平静，仿佛是在说一件与之不相干的事情，只有她自己清楚，心口是被人剜肉一般的疼痛!

夏月气愤地恨声斥道："堂堂一国之君，竟如此卑鄙无耻，实在可恨！"

慕千雪取过提梁茶壶，替顾长风斟满了茶："他主意打得不错，可惜选错了人，并不是人人都如他一般薄情寡义。"

顾长风正色道："受人滴水之恩，当涌泉相报，更何况公主予臣的是救命之恩。"

"我明白。"说着，慕千雪起身朝他端然一福，顾长风慌忙起身避让："公主这是做什么？"在他心里，慕千雪的分量甚至还要重过身为君王的萧若傲几分，只是萧若傲太过自信，从未发现这一点，否则也不会派顾长风出使北周了。

"多谢顾大人告诉千雪这些事情。"

“公主客气了。”顾长风摇头道，“陛下灭南昭一事，做得委实过分，可惜臣知道得太晚，错过了规劝的机会，所幸公主得以脱身，未受其害，庄亲王也活了下来，算是不幸中的大幸。”

待得各自重新落座后，慕千雪道：“幸好顾大人没劝，否则让萧若傲晓得你心向于我，又哪里会派你出使北周。”

夏月插话道：“顾大人，听说你昨夜就见过陛下了，他怎么说？可有应允？”在问到最后一句时，她整个人都紧张起来，唯恐东方洄应允了这件事。

“昨夜见得仓促，周帝只看了我带来的国书，并不曾表态，我刚才又去了一趟昭明宫，周帝不肯见我，看样子，他似乎并不愿让我带公主回西楚。”

听到这话，夏月松了一口气：“不愿意就好，否则回了西楚，公主哪里还有活路。”

顾长风微一咬牙：“你放心，就算周帝真答应下来，我也会在途中放走公主，就当是还公主昔日的恩情。”

“顾大人有心了。”慕千雪在椅中欠一欠身，“不过，应该不会到那一步。”

顾长风精神一振：“公主是说，周帝不会答应这件事？”

慕千雪点一点头：“周帝不肯见你，意味着他并不想答应萧若傲的要求，想来过几日就会明确回绝于你。”

听到这话，顾长风松了一口气：“那就好，有周帝庇佑公主，臣就放心了。”

慕千雪笑笑，也不纠正他的话：“这次我来，是想请你帮我一个忙。”

顾长风当即道：“公主请说，臣一定尽力而为。”

“周帝一定会在时机合适之时，召见顾大人，当他拒绝之时，请顾大人以萧若傲之名，向他提一个要求。”

听到这里，顾长风已是明白，她这是要自己假传圣旨，沉吟道：“什么要求？”

迎着他疑惑的目光，慕千雪徐徐吐出八个字来：“不得与任何人婚配！”

“婚配？”顾长风满面讶色，“这是怎么一回事？”

慕千雪斟酌着道：“不瞒顾大人，太后与周帝想为我择一夫婿，让我终身有靠，他们是一片好意，可我……西楚之事，令我身心尽伤，实在不想再与人婚配，又不好拒绝，唯有麻烦顾大人。”

顾长风思索片刻，点头道：“好，臣答应公主。”

他的话令慕千雪心中大石落了地，感激道：“多谢顾大人。”

“公主客气了，能够帮到公主，臣也算没白走这一趟，往后……您要好生照顾自己。”顿一顿，他隐晦道，“有些事情，该过去的就让它过去吧，总记在心里，对您没有好处。”

慕千雪知道他是想让自己放下南昭之恨，只是……灭国亡族之恨，岂是说放就能放下的。早在离开应天的那一刻，她就立下誓言，此生一定要亲手颠覆西楚，让萧若傲也尝一尝国破家亡的滋味。

在送走顾长风后，夏月兴奋道：“没想到事情会这么顺利，奴婢还以为要费许多口舌才能说服他呢。”

慕千雪抿了一口已经凉了的茶：“若不是清楚顾长风的性子，我岂会贸然来见他。”

夏月点头道：“这可还真是运气好，楚帝千不挑万不选，偏偏就选了顾大人，也算勉强做了一件好事。”

慕千雪正要说话，一道夹着雨丝的冷风吹进来，令她剧烈地咳嗽起来，面上泛起不正常的潮红，夏月赶紧上前关了窗子，拍着她佝偻消瘦的背脊。

自从住进睿王府后，东方溯知道慕千雪身子虚弱，故而人参、燕窝、雪蛤这一类滋补的东西从来没有断过，可不论吃下去多少，慕千雪依旧瘦得让人心疼。

许久，慕千雪终于止了咳嗽，松开捂着唇的手，却赫然发现手心里多了一抹触目惊心的殷红。

“血！”夏月惊呼一声，面色煞白道，“公主您……咳血？”

慕千雪也是吓了一跳，以往她也经常咳嗽，但从来没有出现过咳血的症状，难道……是自己的病又加重了？

“怎么办？怎么办？”夏月慌了神，手足无措地站在那里不知如何是好，在原地转了几个圈后，脑袋终于恢复了思考，“奴婢现在就去找王爷，让他赶紧去请太医来。”

“不许去！”慕千雪急忙唤住她，“不许将这件事告诉王爷！”现在事情那么多，又处在关键时刻，她不想让东方溯为自己分神。

“可您现在都咳血了，怎么还能瞒着王爷，奴婢一直都劝您不要太累熬坏了身子，您就是不听，总说没事，这下可该怎么办。”说着说着，夏月忍不住掉下泪来，脸上满是担忧之色。

“咳血而已，未必就是大病，你别自己吓自己。”慕千雪攥紧手掌，勉力撑起虚弱的身子，“走吧，扶我回王府。”说着，她又叮咛道：“记着，刚才的事情，不得与任何人说起，尤其是王爷。”

夏月无奈答应着："那太医怎么办？"

慕千雪忍着头脑中的晕眩："城中还有许多医术高超的大夫，你去请一位过来就是了。"

"可是……"不等夏月提出异议，慕千雪已是坚定道："照我的话去做！"

"是。"夏月无奈地应了一声，待要扶她离去，隔壁突然传来一阵嘈杂，并伴有女子的呵斥声。

这间茶楼与八仙居一样，雅座用屏风隔开，互不相扰，就是隔不了声音，说话很容易被隔壁雅座听到。

"我认得你，你是溯哥哥身边的侍女，你好大的胆子，竟然敢对我不敬，还不立刻放开！"这个熟悉的声音令夏月拧起了双眉，昌荣宗姬？她怎么会在这里？

念头尚未转完，便看到十九强押着面有怒意的沈惜君绕过屏风走了过来，冷声道："她刚才一直躲在隔壁偷听你与西楚使者说话。"

正在挣扎的沈惜君听到这话，当即道："满口胡言，我才没有偷听你们的话。"

十九冷笑道："既是没有，宗姬何以会来这里，又偏偏坐在公主雅座的旁边，难道是巧合？"

"我凭什么要告诉你！"沈惜君回头狠狠瞪了十九一眼，呵斥道，"你若再不放手，休怪我不客气。"

十九根本不理会她的威胁，向慕千雪道："她是尾随西楚使者来的，刚才那些话她应该都听到了，可要处置了她？"

对于凌驾在一切律法之上的神机营来说，除非整个卫氏一族联合起来，否则根本不在他们眼中。

沈惜君听出十九话锋中的杀意，激灵灵打了个冷战，声音发颤道："你……你想做什么？我警告你，不要胡来，否则父亲母亲还有……太后都不会放过你！"到了这个时候，她再蠢也看得出，十九绝不是一个普通的侍女。

"放开她。"慕千雪的话令十九柳眉一蹙，但还是依言松开了手。沈惜君一得了自由，忙不迭地退开数步，背抵着屏风惶恐警惕地盯着慕千雪等人，两只手腕各有一圈明显的瘀红。

慕千雪看到她这个样子，微微一笑，在命店小二重新沏茶上来后，道："许久未见宗姬了，既是遇见，不妨坐下喝杯茶。"

沈惜君这会儿哪有心情喝茶，戒备道："你想怎么样？"

慕千雪站得有些疲惫，扶了夏月的手回到椅中坐下，举目笑道："这话该是我问宗姬才对，为何要跟着西楚使者？”

沈惜君别过脸道：“谁说我跟着他，只是凑巧走了同一条道而已。”

夏月翻一翻白眼，口舌伶俐道：“是啊，凑巧走了同一条道，又凑巧进了同一间茶楼，再凑巧坐在了隔壁。宗姬的‘凑巧’可真不少。”

沈惜君被她一顿抢白，又气又怒，语气冷硬道：“那你们呢，可别告诉我，是‘凑巧’遇见西楚使者。”

慕千雪抿了一口清香四溢的茶水，微笑道：“此事确非凑巧，我知这是由昭明宫回驿站的必经之路，故而在此等候。”

见她承认，沈惜君容色越发冰冷：“你胆子可真不小，竟敢与使者串通欺骗陛下与太后，可惜天下没有不透风的墙。”

慕千雪制止欲要言语的夏月，平静道：“所以宗姬打算将这件事告诉陛下？”

听得这话，沈惜君冷笑连连：“怎么，你还想我替你保守秘密？”看似明媚的笑意里透着尖刻的恨意，若非这个女人，溯哥哥怎么会拒她于千里之外，甚至不许她踏进睿王府一步！

慕千雪低头一笑：“宗姬恨极了我，又岂肯替我保守秘密，只是……宗姬连睿王的性命也不顾了吗？”

沈惜君神色一僵，拧眉道：“你什么意思？”

“睿王心意如何，宗姬最清楚不过，若我因此事而受陛下怪罪，他一定会拼死相护。到时候，出事的不是我，而是睿王！”

沈惜君忍着胸口阵阵抽痛，嘴硬道：“你不必拿这话来唬我，溯哥哥才不会那样做呢。”

“我已经提醒过了，若宗姬不信，我也没法子。”顿一顿，她又道，“我不打扰宗姬了，告辞。”

沈惜君没想到她说走就走，一时不知如何是好，直至慕千雪步下最后一阶楼梯方才回过神来，急急追下去，朝已经走到门口的那道背影喊道：“你究竟要怎么样才肯放过溯哥哥？”

慕千雪脚步一顿，就在沈惜君以为她会回身答话之时，她抬步跨过门槛，乘上了候在外面的小轿。

夏月撑伞跟在轿边，走了一阵，忍不住回头望去，隔着潇潇细雨，她看到沈惜君难看至极的脸色。夏月收回目光，隔着帘子忧声道：“公主，这样没事吗？”

在几声咳嗽后，轿中传来微微喘息的声音：“睿王是昌荣宗姬最大的弱点，为了睿王，她一定会保守这个秘密。”若没有这样的把握，她也不敢将之放走。

“希望如此。”尽管慕千雪说得笃定，夏月还是有些不放心，一路冒雨回到睿王府，在扶慕千雪回到东院歇下后，她又赶紧出府去请了一位金陵城有名的大夫来。

第三十章　偷龙转凤，文斌未死

大夫替慕千雪把过脉，又仔细听她说了症状后，抚须道："从脉象和表相病症来看，公主应该是肺气虚损不足引致的久咳不愈。"

夏月点头道："是，之前来替公主看病的太医也这么说，但以前从来没有咳过血，何以会突然这么严重？"

大夫沉吟片刻，道："公主近日是否经常熬夜辛苦？"

待得夏月点头后，他道："体虚之人，最忌熬夜，长此以往，身体必然越来越差，甚至可能引致哮喘。"

"哮喘？"夏月面色苍白，这个病她是听说过的，一旦发病，最是凶险不过。

"不错，所幸公主眼下情况还没有严重到那一步，只要善加调理，应该可以控制，只是……"他神色凝重道，"万万不能再熬夜疲累了，否则再好的药，再高明的大夫，也帮不了公主。"

"我知道了，多谢大夫。"慕千雪应了一声，对夏月道，"随大夫去抓药吧。"

"是。"大夫开了方子后，夏月将他送了出去，哪知走到门口时恰好撞见东方溯回来，夏月赶紧打发大夫离去，努力装出一副若无其事的样子，"见过王爷。"

东方溯示意她起身，问道："刚才那个是什么人？"

"是……是……"夏月飞快转着心思，好一会儿方才勉强寻了一个借口，"是彩衣坊的裁缝，公主说最近天凉了，想做几身秋衣，就让他过来量身。"

"秋衣？"东方溯蹙眉道，"御衣坊前阵子不是刚送了做好的秋衣来吗？"

"是……来过了，但那些衣裳公主都不太满意，所以让彩衣坊的裁缝重新做几身。"夏月努力圆着谎言。

东方溯点一点头，对跟在身后的蔡元道："你去一趟彩衣坊，让他们选用最好的料子，做仔细一些。"

"不用！"夏月哪敢让蔡元过去，赶紧叫住他，"这些话奴婢已经叮嘱过了，他们知道的，不必再麻烦蔡总管。"

蔡元不晓得当中问题，笑呵呵道："彩衣坊离这里就几里路，过去一趟很方便，一点儿也不麻烦。"

蔡元的好意令夏月暗暗叫苦，真要是去了，非得穿帮不可，可还没等她想到拒绝的话，蔡元已是准备离去，她连忙上前拉住，匆忙之间不慎掉下藏在袖里的药方，想要捡起已是来不及，被东方溯先一步拿在手中。

糟糕！

夏月绞着手指，忐忑不安地看着东方溯。东方溯看过药方后，冷声道："公主怎么了？"自从慕千雪来到睿王府后，一应药方药材，全部是他亲自打理，经常用到的几味药，他闭着眼睛也能背出来，故而一看到熟悉的药名，就知道这张方子是慕千雪的。

夏月见瞒不过，只得将茶楼里的事情说了一遍，听到慕千雪吐血，东方溯顾不得撑伞，冒着渐大的秋雨疾步往东院奔去。

夏月送大夫离开后，慕千雪闭目倚在榻上，不知不觉间睡了过去。一觉醒来，意外看到东方溯坐在榻前，她坐直了身子，惊讶道："王爷何时来的？"

东方溯在她身后塞了两个鹅毛软枕，这样可以坐得舒服一些："有一会儿，见你睡着便没打扰，可感觉好些了吗？"

"嗯。"眼眸无意中扫过东方溯的肩膀，发现上面有被雨水濡湿的痕迹，留心看去，不只是那一块，整件衣衫乃至乌黑如墨的发丝都是湿的，"王爷淋雨了？"

"淋了一些，不打紧。"东方溯随口答应了一句，揭开用棉套裹着的小盅，将浓黑的药汁倒在瓷碗里，舀了一勺吹凉后递到慕千雪唇边，"喝药吧。"

慕千雪看了他片刻，转眸望向站在一旁的夏月："你告诉王爷了？"

夏月点头道："奴婢不是故意的，送大夫出去的时候正好碰上王爷，又被他看到了那张药方，实在是瞒不过。"

慕千雪轻叹一声，目光重新落到东方溯身上："我并非存心瞒你，只是不想你担心。"

东方溯没说什么，只示意她先喝药，待得慕千雪将一碗苦药喝尽后，他让夏月取来一早备下的梅子，让慕千雪解去口中的苦味。

慕千雪吐出小小的梅核后，东方溯替她掖一掖被角："明日我会让太医过来一趟，替你再诊诊脉。”

慕千雪的眸光在他脸上徘徊，许久，轻声道：“你在生我的气？”

东方溯动作一滞，在短暂的沉默后，他道：“你违约在先，难道我不该生气吗？”

“违约？”慕千雪疑惑道，“这话从何说起？”

示意夏月出去后，东方溯沉声道：“你是否说过，会助我夺得帝位，保我与母妃安宁？”

尽管不解他这么问的用意，慕千雪仍是如实回答：“是。”

“皇兄占尽天时地利，若没有你襄助，我根本没资格与他争夺帝位。”

“我说过，我会全力襄助王爷，绝不……”

“你没有！”东方溯冷冷打断她的话，“你明知自己身体不好，却夜夜熬至三更才睡，丝毫不顾惜身体，还让夏月瞒着。今日是咳血，那明日，后日呢？若因此输了这场争斗，又该如何？”

慕千雪默默地望着他，说到这个份儿上，她哪里会不明白东方溯的真正用意，绕一大圈，只是让她爱惜身子，不要再这样拼命透支心力。

她低头拨弄着暗紫缎面的锦被，低低道：“对不起。”

东方溯板着脸，冷冰冰道：“你没有对不起我，你对不起的是自己。”

明明被人训斥，慕千雪心里却无一丝不快，那双秋水明眸微微弯起：“我答应你，不会再有下一次，而且以后不论有什么事情，我都第一个与你说，可以了吗？”

东方溯半信半疑道：“当真？”

慕千雪伸出纤细的小指轻轻缠上东方溯放在膝上的小指，笑容静美似秋叶：“这样可以了吗？”

小指传来的柔软与温度令东方溯胸口一软，再也板不住脸：“记着，一言既出，驷马难追！”

“好！”慕千雪答应一声，道，“你衣裳都湿了，赶紧去换一身来，以免着凉。”

“不碍事。”东方溯随口说着，转而想起另一件事，“顾长风那边，你确定吗？”

“嗯。”慕千雪颔首道，“他与你一样，都是将情义看得极重之人，而且一诺千金，应承之事，一定会做到。”

东方溯点头道：“希望此事顺利，也省得你再费心耗神应付母后。”

“对了，今日朝堂情况如何？”

“与你所料的差不多，一派主宽一派主严，最后这件案子交由三司会审，杨和也是主审之一。”

“此事……”

“这么快就忘记了？”东方溯指一指她的手，慕千雪哑然失笑：“记得，小女子怎么敢忘了答应睿亲王的事情。”她指着自己光洁的额头，玩笑道，“这里面现在一片空白，王爷要是不信，不妨打开来瞧瞧。”

“净胡说。”东方溯笑斥了一句，“你才咳过血，这阵子一定要多休息，不可操劳，卫文斌还有顾长风那边我会盯着，你不必担心。”

“好好好。”慕千雪连应了数声，笑道，“我只是想让王爷转告九王，让杨和继续保持偏向卫文斌的态度。”

东方溯扬眉道：“你不怕皇兄真会赦了卫文斌的死罪？”

“不管是死是活，卫文斌都已经废了，勉强保下他的性命，只会折损周帝的名声，如果我是周帝……”手指轻轻一叩床榻，凉声道，“最后一定会杀了卫文斌。”

“我明白你的意思，但卫文斌始终是卫侯唯一的子嗣，不论卫侯还是母后，都不会让他死。”

他的话令慕千雪眉心倏然一跳，望着窗子不知在想些什么，秋雨打在树叶上的簌簌声音隔着窗子传进来。

“怎么了？”东方溯的声音令慕千雪回过神，一缕悠远淡漠的笑意出现在唇角：“或许……在这件事上，我们还会有别的收获。”

“此话何解？”

慕千雪抚额道：“我也只是一时猜测，对与不对，还要过段时间方才知晓。”

东方溯也不追问，见她面有倦色，温言道：“歇着吧，我明日再来看你。”

“嗯。”慕千雪应了一声，“那些镖师，还请王爷费心一些，尽量保他们性命。”

“我既应了他们，就一定会做到，你尽管放心就是了。”说着，东方溯又叮嘱了一遍，方才离去。

望着他离去的身影，慕千雪露出一抹浅淡但却异常温柔的笑容，这样的温柔，连她自己也没有发现……

九月二十二日，在百官行礼中，东方洄心情沉重地坐上楠木錾金漆云龙纹宝座。今日就是他之前限定的最后一日了，也就是说卫文斌是死是活，将在今日定夺。

果不其然，他刚一坐定，大理寺卿捧着一本折子站出来道：“陛下，卫文斌一案，大理寺、刑部、都察院已经俱审完毕，请陛下过目。”

怀恩连忙取过他呈过头顶的奏折恭敬地递给东方洄，尽管早有心理准备，可真正看到奏折上的内容时，东方洄眼皮还是狠狠跳了一下。

看完这封意简言赅的奏折后，他抬眼道："大理寺与都察院都认为卫文斌该死？"

刘明道上前肃声道："启禀陛下，臣等查明，卫文斌贪财弄权，搜刮民脂民膏不说，还为银钱故判案情甚至错杀无辜，罪行昭昭，不判死刑，不足以平民愤！"

"陛下。"杨和亦站出来道，"臣并不认同刘大人的说法，卫文斌虽犯下大错，但卫侯曾为我大周立下汗马功劳，罪不至死！"

刘明道眉头紧皱，不客气道："卫侯是卫侯，卫文斌是卫文斌，岂可混为一谈！"这几日杨和一直帮着卫文斌说话，令他很是反感，明明他以前与自己一样，最是痛恨贪污敛财之人。

杨和没理会他，再次朝东方洄拱手道："陛下素来以仁治国，圣人有云：老吾老以及人之老，幼吾幼以及人之幼。卫侯只得卫文斌一子，若他被处极刑，卫侯一脉就断了。试想卫侯忠义一生，却落得无子送终的下场，陛下您于心何忍！"

"陛下！"卫晋跪伏于地，老泪纵横道，"臣愿用所有军功爵位换取犬子一条性命，求陛下应允。"

刘明道肃声道："陛下，功是功，过是过，功过不可相抵，否则人人皆可以倚仗昔日功绩而为非作歹，更不要说那些功绩并不是属于卫文斌的。"

卫晋抬头恨恨地盯着刘明道："刘大人，究竟我卫家与你何仇何怨，令你要这样害文斌？"

"卫侯所言差矣，下官只是秉公处理，卫文斌有此下场，是他咎由自取，怪不得别人！"

"你！"卫晋气得浑身哆嗦，他身份尊贵，又是当今太后胞兄，谁人见了他都要礼让三分，还是第一次被人这样说。

杨和朗声道："陛下，律法不外乎人情，还请您看在卫侯与太后的份儿上，网开一面。"这句话看似平常，实则暗藏杀机，一旦东方洄真的驳回三司之议，饶卫文斌不死，就是偏袒徇私。传扬出去，对东方洄名声会有极大的影响，当金銮殿上的皇帝都做不到公正二字时，还能奢望这大周天下谁是公正的？

星星之火可以燎原，小小蚁穴亦可崩千里之堤！

"陛下，不诛卫文斌难平民愤！"荣王等人亦开始站了出来，纷纷请求东方洄严惩卫文斌。另一派自是不甘示弱，肃穆朝堂又与上次一样，变得嘈杂纷乱。

东方洄听得心烦意乱，用力一拍雕着龙头的扶手，厉喝道："够了！"

百官看到龙颜大怒，纷纷收声，不敢再言，唯有刘明道仍不依不饶地请求东方洄严惩卫文斌。

东方洄暗自咬牙，这个不知进退的老东西，有他好看的时候！

“陛下……”这一次，刘明道刚说了两个字，便被东方洄抬手制止。东方洄深吸一口气，违心道：“朕明白刘爱卿的意思，你说得不错，卫文斌罪大恶极，饶不得！”

这句话落在卫晋耳中，如同晴天霹雳，尽管卫太后已经给他交了底，可他私心里还是希望卫文斌可以光明正大地留在金陵。

他连连磕头，半真半假地泣声道：“老臣只得文斌这么一根独苗，求陛下开恩，只要文斌活着，老臣……老臣愿意代他去死！”

东方洄走到他身前，叹息着扶起他：“舅舅，朕对文斌开恩，谁又对被文斌冤杀的那些人开恩，他们也有父母家人，也有妻儿老小。”

卫晋垂泪道：“老臣知道文斌罪孽深重，但他本性不坏，只是一时迷乱心智而已，老臣膝下只他一子，求陛下看在老臣几十年来兢兢业业的份儿上，开恩啊！”

“舅舅的功绩，朕与大周都会牢牢记着，但……文斌，还请舅舅见谅！”

卫晋颤声道：“当真……一点儿转圜的余地都没有吗？”

“从文斌踏上这条路开始，就该明白会有今日的下场。”说完这句话，东方洄眸光肃然一冷，松开搀扶着卫晋的手，用所有人都可以听到的声音，一字一顿道，“卫文斌在江宁为官期间，贪墨无度，冤杀江宁百姓，罪不可恕，着即——”东方洄闭一闭目，不带一丝感情道，“判处斩立决，三日后行刑！”在保全卫文斌与自己名声之间，他最终还是选择了后者。这个选择无疑是对的，却也给东方洄埋下了隐患，而这一点当时他并没有察觉。

卫晋瘫倒在地，苍白的嘴唇不住哆嗦，却怎么也说不出一个完整的字来，虽说是做戏却也是真的难过。想不到他威风一世，临近花甲之年却要遭受父子生离之苦，以后想见一面都难。而且，卫文斌除了保住一条性命之外，其他一切算是彻底毁了，他二十多年的心血也全废了。

随着怀恩一声“退朝”，百官依次退去，只有卫晋怔怔地跪在空旷的殿中，东方洄垂目道：“舅舅放心，朕会保下文斌，不会真要了他的性命。”

卫晋抬起一下子苍老了许多的脸，双唇哆嗦着道：“老臣知道，只是……老臣心里实在咽不下这口气，刘明道欺人太甚！”

“朕又何尝咽得下，只是这一次他占了理，朕也拿他没法，不过舅舅放心，文斌之仇，舅舅之恨，朕一定会向他讨回。”

怀恩来到卫晋身边，细声道：“这地上凉得很，老奴扶您起来。”

在怀恩的搀扶下，卫晋吃力地站起来，难过道："老臣想去看看文斌，以后……也不知什么时候才能再见到了。"

"去吧，后面的事情，朕会办妥。"卫晋离去后，东方洄狠狠一捶旁边的蟠龙朱红圆柱，吓得怀恩心肝乱跳，忙不迭拉住他的手，幸好没有大碍，只是稍有些红肿："陛下当心龙体，这万一要是有所损伤，可不得了！"

东方洄面色阴冷道："有些人可不这么想！"

怀恩知道他还在为刚才的事情生气，劝道："刘大人是过分了一些，但他就是那样倔直的性子，您是知道的，他要是没那样，才叫稀奇呢！"

"是，朕知道！"东方洄咬牙道，"朕后悔没有及早拔了这根刺，以至于让他有机会闹出这样的事情来！"

"老奴明白，等这件事风头过去后，陛下随便寻个由头罢了刘大人官就是了，谅别人也不敢说什么。"

东方洄平复了一下心情，凉声道："刘明道好解决，其他人却是棘手得很。"

怀恩眼睛一转，试探道："陛下是说荣王他们？"

"这几天，他们上蹿下跳的样子你也都看见了，明摆着是一门心思要与朕作对。"

怀恩赔笑道："任他们再怎么折腾，说到底也只是小小萤虫，萤火之光又岂能与皓月争辉！"

东方洄冷哼一声："可惜他们没有这个自知之明，若非还未查到神机营落在何人手里，哪里还容他们猖狂！"

怀恩轻声道："信王已死，先帝临终召见的皇子只剩下荣王、安王与穆王三位，老奴相信，很快就会查出来，陛下不必太过心急。"

东方洄也知道此事急不得，缓了口气回到龙椅中坐下："文斌一事，你认为交给谁人去办合适？"

怀恩眼珠微微一转，躬身道："卫大人眼下被关押在刑部之中，若无意外，负责监斩的必是刑部，故而老奴以为，该从刑部择人去办。"

东方洄也是这个意思，微一颔首吐出一个名字来："杨和？"

怀恩沉吟片刻，仔细斟酌了字句道："杨大人眼下代掌刑部，又一直主张从宽处置卫大人一案，本是最合适的人选，可他并非陛下嫡系一脉，贸然将此事交给他去办，老奴以为，风险太大。"

怀恩等了一会儿，始终不见东方洄说话，反倒一个劲儿地盯着自己，不由得忐忑道："可是老奴说错了？"

东方洄笑道："昨儿个江福与朕说，你自入秋之后就犯了风湿的老毛病，夜里经常痛得睡不安稳，朕想着你也是五十多岁的人了，是不是该出宫去享享清福。"江福是怀恩的徒弟，这些年一直跟着怀恩在承德殿侍候。

怀恩闻言，急忙道："启禀陛下，最近秋雨缠绵，老奴这手脚是有些不听话，但只是小病，绝没有像江福说的那么严重，经过太医几次针灸之后，已是好了许多，妨碍不了侍候陛下，求陛下别赶老奴走。"

"朕若要赶你，就不会说这些了。"顿一顿，东方洄道，"江福虽然做事还算仔细，但终归不及你谨慎周密，就让他继续跟着你学吧。至于文斌一事，你说得不错，确实不宜交给杨和，朕会另外择人去办。"说着，他展一展双臂起身道："朕去一趟宁寿宫，你不必跟着了。"

"是。"在恭送东方洄离去后，怀恩当即来到御茶房，每天这个时辰江福都会在御茶房准备东方洄一天所用的茶叶，今日也不例外。

怀恩刚到门口，便听到一个再熟悉不过的声音："这阵子下雨天大潮，所有茶叶取过后一定要封牢，一旦让潮气进去，就会影响到茶叶原本的清香甘醇。往后再这样粗心大意，我可不饶你们。"

"是。"几名小太监赶紧答应，抬头时，看到站在门口的怀恩，连忙躬身行礼，"见过怀总管！"

"师父，您怎么来了？"江福也瞧见了，笑着迎上来，他年约三旬，薄唇长眉，一看就是个精明人。

怀恩抬步跨过门槛，冷冷道："怎么，咱家不能来吗？"

江福一怔，旋即笑道："师父说到哪里去了，我就是怕您走多了会劳累，来，我扶您坐下。"

怀恩拂开他伸过来的手："咱家虽然老了，但还不至于连走个路都要人搀扶，江公公好意，咱家心领了。"

江福尴尬地收回手，他就算再笨，也看出事情不对。在打发一众小太监下去后，他沏了一盏茶双手捧到怀恩面前，细声道："师父请用茶。"

等了一会儿，不见怀恩接过，只得搁在小几上："师父，可是我做错了什么，惹您老不高兴？"

怀恩面无表情道："江公公一向机灵能干，岂会做错事。倒是咱家一把老骨头，遭人嫌弃得紧。"

江福讨好道："师父老当益壮，又最懂陛下心意，深得陛下恩宠，谁敢嫌弃您啊。”

他本是随口一说，岂料怀恩盯了他道：“那个人可不就是你吗？”

江福脸色一变，不自在道：“师父这话从何说起，我是您一手带出来的徒弟，敬您都来不及，又岂会……”

怀恩痛声打断他的话：“亏你还记得是我一手带出来的，你跟了我七年，七年里我把你当亲子侄一样看待，手把手地教你，自问没有对不起你的地方。结果你现在翅膀硬了，就想一脚把我踢走。江福，你良心被狗吃了吗？”说到恨处，他不禁起身狠狠踹了江福几脚。

江福没敢躲避，咬牙忍了下来：“冤枉啊，徒弟怎么会有这样的想法。”

“没有？”怀恩气极反笑，“既是这样，你为何要告诉陛下我犯了风湿。江福，你就那么想坐咱家的位置？”

江福满脸委屈道：“师父可真是冤煞我了，我只是想着师父有疾在身不宜太过操劳，所以与陛下提了一提，绝对没有要踢走师父的意思。”

“说得好听！”怀恩冷哼一声，“你抢着在陛下面前表现也不是一次两次了，以往我念着师徒情谊，都不与你计较，没想到你竟越来越过分。”

“真的没有！”见怀恩不信，他举手道，“如果徒弟有半句不实之言，就叫天打……”

“老天爷忙得很，没空听你这些狗屁倒灶的誓言！”怀恩冷冷打断他的话，“我告诉你，只要有我在一日，你就休想坐上四品宫殿领侍的位置。”说完他拂袖离去，在临到门口时，脚步一顿，微侧了头道：“安分守己当你的差，你我尚可相见，否则……莫说我这做师父的不讲情面。”

江福急得眼泪都快出来了，朝跨出门口的怀恩喊道：“师父，徒弟真没有那样的心思。”

怀恩大步离去，连看也懒得看他一眼，他在宫中待了四十年，谁是鬼谁是人，他心里一清二楚!

在怀恩走得不见人影后，江福迅速收起那副无辜可怜的表情，朝怀恩离去的方向啐道：“老东西，都半截身子埋土里了，还非得霸占着不肯放。哼，我看你还能得意多久！”

不论宫里宫外，朝堂市井，只要有人，就免不了恩怨二字。

夜间，慕千雪用过晚膳后，倚在榻上看书，她看的并不是那些常见的经史子集，而是一本《风后八阵兵法图》。传闻此图是黄帝与其大将风后研创，里面共有九幅图，其中八幅各为一个阵法，最后一幅则是八阵正图。每一幅图皆有详细的介绍，很是难得。

东方溯知道她喜欢看兵书，故而四处搜罗寻得一批兵书，当中最贵重的就是这本《风后八阵兵法图》。

慕千雪正看得入神，突然被人抽走了手中的书，抬头一看，竟是夏月，不解地问："你这是做什么？"

夏月合起书册道："公主您已经差不多看了一个时辰，该歇息了。"

"一个时辰？"慕千雪惊讶道，"竟看了这么久吗？"

"您啊，每次一看起书来就忘了时辰，要是不盯着，怕是三更过了您还没睡呢。"说着，她盯着手里薄薄的书册，蹙眉道，"不过这书统共也就十几页，别说公主您一目十行，就算是奴婢，半个时辰也差不多能看完，怎么您看了这么久？"

"你可别小看这区区十几页，每一页都奥妙无穷，我瞧了这么久，也不过才弄懂了风扬与云垂两个阵法而已。"说着她伸手想要拿回书册，夏月赶紧将之背在身后："不管有多神奇，今夜都不许看了，否则奴婢去告诉王爷！"

慕千雪被她说得一笑："你这丫头，拿王爷来压我是不是？"

夏月扮了个鬼脸："谁让这王府里头，只有王爷才制得住您。"

"你这妮子！"慕千雪笑斥了一句，倒也没坚持，由着夏月把书册放回到楠木架上，"十九回来了吗？"

夏月一边绞着软巾一边道："没呢，下午出去后就没见她回来，也不知去哪里了。"话音刚落，门被人推开，十九带着一身秋寒走了进来。

看到她，夏月不由得乐了，还真是说曹操曹操就到。

十九不知夏月心思，走到床边，对慕千雪道："我和十五去打探了一下公主之前交代的那两户人家，已经到达金陵城外，明天应该就能入城。"

"江氏族人，可有发现他们？"

"没有，按着公主吩咐，严密保守此事，没有与人泄露半句。"

"好。"慕千雪应了一声，对风尘仆仆的十九道，"你也累了，赶紧去歇着吧，明日我还有事情要你们去查。"

"什么事？"

慕千雪沉吟半晌，道："我怀疑周帝不会就此杀了卫文斌。"

十九柳眉一蹙，摇头道："不可能，今日陛下在朝堂上当着文武百官的面下旨，处斩卫文斌，三日后行刑。不管怎么说，他都是一国之君，应该不至于做出尔反尔的事情。"

慕千雪微微一笑，意味深长道："救人从来都不是只有一种方法。"

她的话令十九眉心又紧了几分，秋风自窗外拂入，吹起蓝色的衣角，似一只在秋风里倔强飞舞的蝴蝶："公主之意，是说陛下会暗中相救？"

慕千雪抚着苍白的脸颊，笑意淡薄道："如你刚才所言，他是一国之君，又有琉璃坊为他所用，要悄悄救下一个人，并不是难事。"

十九低头想了一会儿，道："不出意外，负责监斩的应该是刑部，你想我们在接下来的三日里盯住刑部，不让他们有机会调包？"

"不！"慕千雪的回答出乎十九意料，她讶然道："不是？"

"盯着刑部，但不要阻止，由着他们去做，甚至可以在需要的时候，推上一把。"

夏月听得越发糊涂："公主您不是一直打算帮着睿王对付陛下他们吗，何以……一时间又改了心意？"

慕千雪长睫轻垂，幽深似窗外暗夜的目光落在腕间腻白无瑕的羊脂白玉镯上："你们都忘了，我们的目标，从来不是卫文斌。"

"我当然知道，是陛下与卫……"话说到一半，十九突然明白过来，目光烁烁如夜空中的星子，"你想后发制人？"

"当金陵城百姓发现亲眼看着被处斩的卫文斌活生生站在他们面前时，你猜……他们会作何想法？"慕千雪的笑容永远是那样明丽绝美，不见一丝锋机，可偏偏她却是最擅长权谋算计的那一个。

"我明白了，我会按着你的意思去做。"十九干脆地应了下来。沉默片刻，她语气生硬地问道："你的病怎么样？"

慕千雪笑一笑："只是小病罢了，要不了命。"

十九点点头，正打算离去，突然脸色一变，迅速往外掠过，紧接着外面传来十九的娇喝声："什么人？！"

夏月正想出去瞧瞧，意外看到十九面色阴沉地走了进来，手里还拿着一支钉着纸条的飞镖。

慕千雪面色一凛："刺客？"

十九打量着手里的飞镖，神色古怪道："应该不是刺客。"说着，她取下钉在飞镖上的那张纸递给慕千雪，慕千雪摊开看过后，面色变得比十九还要古怪。

夏月好奇道："公主，上面写了什么？"

慕千雪没有说话，只将纸条递过去，夏月念出上面仅有的四个字："移花接木。"

她眨一眨眼，不解道："这是什么意思？"

“看来猜到东方洄打算的不只我们。”说着，她对十九道，“可知是什么人？”

十九摇头道：“他一身黑衣蒙面，来去又很快，我根本辨不出他的身份。”

“我知道。”突如其来的声音自门口传来，十五不知什么时候站在了那里。

十九讶然道：“你认识他？”

“算不得认识。”十五走进来道，“可还记得从千代本樱手里救下我的那个蒙面人？”

“自然记得。”十九眼皮灼然一跳，脱口道，“是他？”

十五点头道：“虽然他来去很快，还是被我认出他的身法。”

十九思忖半晌，不确定道：“他先是救了你，这会儿又特意来送信告诉我们陛下意欲移花接木，难道真是尊者？”

慕千雪抚过光滑如璧的锦被，心思飞转如轮：“与他的身份相比，我更好奇他是怎么晓得周帝心思的，与我们一样猜测出来的还是……”

夏月等了半晌，迟迟不见她说下去，忍不住追问道：“还是什么？”

“没什么。”慕千雪没有将刚刚萌芽还无法确定的猜测说出口，“镖局那些人怎么样了？”

十五答道：“卫文斌已经被定罪，不再需要他们指证，所以他们会在明日离开金陵返回江宁。王爷已经指了十八他们沿途护卫，送去一个安全的地方，他们的家人也派去接了，公主只管放心。”

“那就好。”胸口的气闷令慕千雪忍不住咳了几声，夏月怕她又与之前一样劳神过度，劝道：“公主早些歇息吧，刑部还有那些镖师的事情，有王爷与神机营盯着呢，出不了事。”

说了这么久的话，慕千雪也确实累了，在他们退下后，闭目沉沉地睡去。

一场秋雨一场凉，半夜落下的秋雨，令第二日的天气又凉了几分，不少人穿上了薄薄的棉衣，以抵御那份寒凉。

翌日天刚亮，住宿在八方客栈里的周正等人就带着收拾好的行李离开客栈，卫文斌已经被定罪，作为证人的他们允许离京返乡。

在前往城门的途中，一名镖师快步来到周正身边，往左侧努一努嘴，低声道：“镖头，有人跟着咱们。”

周正不动声色道：“我瞧见了，别看他们，只管往城门走，王爷说过，他会派人在城外接应。”

镖师神色忧虑道："万一……王爷是骗咱们的，可怎么办？"

周正轻叹了口气："事到如今，咱们还有别的选择吗？只能一条道走下去，希望咱们没有信错了人。"

镖师无奈地点点头，他们走得很快，只用了差不多平时一半的时间便到了城门，看守城门的士兵简单检查了一下，便放他们出了城。

琉璃坊中，一名中年人来到位于后院的小楼上，朝背对着站在窗前的一道碧色纤影拱手道："启禀姑娘，他们已经出城。"

碧影转过身来，正是绿衣："咱们的人呢？"

"跟着一道出了城，应该很快就会有消息传来。"

"好。"在这个字后，中年人躬身退了出去，而小楼也恢复了平静。

秋阳由东往西，在变幻如流金的晚霞中坠入远山的另一端，当落日最后一抹余晖也被暮色吞噬时，小楼响起急促的脚步声。

中年人三步并作两步走进来，急切道："姑娘，出事了！"

绿衣搁下手里刚看了一半的卷册，抬眼道："没杀了那群人？"

中年人急急摇头，说出一句令绿衣骇然色变的话来："那群镖师怎么样，小人不知，但咱们派去的人——死了。"

绿衣豁然起身，双眸迸出寒如刀锋的冷光："你再说一遍！"

"小人原想着日落之前他们便可回来，哪知迟迟未见人影，小人有些担心，便打算出城去看看，哪知刚到城门，便看到城外有人一脸惊慌地奔过来，说是在离城十里的地方发现一群尸体。"

"小人跟着守城士兵来到那人所说的地方，发现……发现……"中年人满面恐惧道，"死的都是咱们派去的人，七具尸体。"

绿衣紧紧攥着双手："咱们统共派去了七人，也就是说，全部都死了，一个不剩！"

中年人低着头不敢答话，良久，绿衣平一平气息，寒声道："可知是谁杀了他们，那群镖师呢？"

"凶手没有留下任何痕迹，那群镖师也不知去向，小人猜测，是否根本就是那群镖师下的手？"

"不会。"绿衣冷冷道，"我问过卫文斌，那群镖师当中除了镖头周正勉强能够跻身二流高手之列外，余者武功尽皆平常，不可能杀得了我们的人，定是有人在暗中帮着他们。"

“那现在怎么办？”

绿衣狠狠一咬牙：“查！一定要查出是谁在暗中与我们作对，另外派一批人去江宁，那群镖师一定会逃回那里！”

中年人离去后，绿衣赶在宫门关闭之前进宫将这些事告诉了东方洄，东方洄得知此事，亦是诧异万分。不过事已至此，呵斥无用，只能让绿衣加紧追查，务必要找到那群杀人者以及镖师。

九月二十五日，一辆囚车从刑部大牢驶出，里面押着一个身着白色囚衣蓬头垢面的犯人。犯人的衣领后面插着一块牌子，除了“犯人卫文斌”五个大字之外，还有一个殷红的“斩”字。

囚车一路驶到位于菜市口的刑场，那里已经围了许多百姓。二十年来，卫氏一族权势滔天，即便犯了什么罪，顶多也就是罢官抄家，斩首还是头一回。

囚车停下后，卫文斌被人从囚车里拉下来，跪在刑台上，想是知道自己逃不过一死，卫文斌木然地跪在那里，不说话也不反抗，看起来浑浑噩噩的。

负责此次监斩的是刑部秋审司的王郎中，差役拱手道：“大人，犯人已经带到，请您验明正身。”

“好。”王郎中起身走到低着头的犯人面前，在辨认了一番那张满是脏污的脸后，点头道，“不错，正是人犯卫文斌。”

验过人犯之后，王郎中正准备回监斩台，眼角余光瞥见一辆朱顶马车停在刑场外，一名长须老者扶着车夫的手从马车中走下来。

王郎中快步迎上去，恭敬道：“下官见过卫侯爷。”

来者正是卫晋，在示意王郎中免礼后，他哑声道：“老夫想送犬子最后一程，不知是否方便？”

“当然可以，侯爷请。”王郎中满口应承之余又劝道，“事已至此，还望卫侯节哀，想来……卫大人也不愿看到您伤心难过。”

卫晋眼圈一红，举袖拭一拭眼角，哽咽道：“老夫明白王大人的意思，只是……文斌是老夫唯一的子嗣，现在眼看他要被斩首，老夫……这心里就跟刀割似的。”

王郎中叹气不语，在将卫晋引到刑台后，他悦然退了下去，留下卫氏父子相处。

卫晋接过管家手里的食盒，取出一碟碟精致的小菜，声音嘶哑道：“这些都是你平日里爱吃的小菜，你母亲一早起来做的，多吃一些。”

管家在一旁道：“夫人原本也要一起来的，可临出门前因为伤心过度晕厥了过去，没法来送大公子。”卫文斌默默地听着，连眼皮也没有动一下，也不知听进去没听进去。

卫晋端了一碟翡翠白玉丸子到他嘴边，一边喂一边絮絮说着卫文斌小时候的事情，卫文斌始终一言不发，机械地嚼着喂进嘴里的饭菜。

看着他这个样子，卫晋似乎越发地伤心，垂泪抱住他道：“都怪父亲没用，救不了你，你要怪就怪我吧。”

午时三刻将至，刽子手执着一顶宽大的鬼头刀走上刑台，管家收拾了东西，低声道：“侯爷，快到午时三刻了，咱们下去吧，以免误了行刑的时辰。”

“往后清明寒食，生死忌日，我与你母亲都会去看你，好生……去吧。”说完这句话，卫晋万般不舍地松开手，由管家扶着他下了刑台。

日影正照到午时三刻时，王郎中取过签筒中的红签，用力掷在地上：“行刑！”

随着这两个字，卫文斌颈后的牌子被取下，刽子手面无表情地举起锋利无比的鬼头刀，狠狠往其颈间斩下。

一刀过后，人头落地，没有任何悬念。

卫家将身首分离的尸体带回去安葬，至此，贪污受贿一案彻底结束。

但……是真的结束了吗？

翌日清晨，住在东城门附近的百姓出门之时，惊奇地发现一向早早开启的城门紧紧关着，反倒是有一个人被塞了嘴巴吊在城楼上，在他脖子上挂着一块牌子，上面写了八个字——偷龙转凤，文斌未死！

文斌，卫文斌？

可明明昨日有许多人看到他被斩首于刑场上，怎么可能还活着？难道是一场恶作剧？

围观的百姓越来越多，有曾经见过卫文斌的人认出被吊在城楼之人，确确实实就是卫文斌，如假包换。

人不可能死而复生，也不可能一身两命，那么唯一的可能，就是昨日被杀的并不是卫文斌，而是一个替死鬼，这也就是牌子上写的“偷龙转凤”。

第三十一章　弃车保帅

“让开让开！”人群后传来差役急切的催促声，在让开一条小路后，身为京兆府尹的魏敬成沉着脸快步走到城楼下。

果然是卫文斌！

魏敬成压下心中的惊异，命两名差役去将卫文斌放下来，他自己则走到城楼下，只见负责看守东城门的士兵一个个躺在地上呼呼大睡，这么大的动静都没能把他们吵醒。

柳师爷上前查看了一番，沉声道：“大人，他们恐怕是被下了药。”

魏敬成冷声道：“去取水来。”

很快，差役提来一大桶水，按着魏敬成的吩咐，分别浇在那些士兵头上。在冷水的刺激下，士兵们终于晕乎乎地睁开了眼睛，待得看清站在眼前的人后，连忙爬起来行礼。

“怎么回事？”

几名士兵相互看了一眼，其中一人小声道：“小人也不知道，只记得大约三更时辰，闻到一阵异香，紧接着就失去了意识，直至……”他瞅了面色难看的魏敬成一眼，不敢说下去。

“没用的东西！”魏敬成冷冷地呵斥着。这会儿工夫，差役已是将卫文斌带了下来，并取下塞在他嘴里的布，后者一看到魏敬成急忙喊道：“魏大人救我！”

在示意一干差役与士兵退出十数步远后，魏敬成满面疑惑道：“这究竟是怎么一回事？”以他人代替卫文斌被斩首一事极其隐秘，尽管魏敬成是东方洄的心腹，也并不知晓此事。

卫文斌看了一眼站在不远处使劲往这边打量的百姓，捂着脸急切道：“此事说来话长，总之是有人害我，离开此处再说。”

“好。”魏敬成想想也是，准备带他回京兆府，却被围观百姓堵了路，有胆大的喊道：“卫文斌不是被斩首了吗，为何还活着？”

“他并非卫文斌，是有人恶作剧！”魏敬成话音未落，便有人反驳道：“我认得，他就是卫文斌，绝不会错。”

魏敬成沉下脸呵斥道：“本官说了不是就不是，让开！”

在短暂的沉寂后，人群中传来声音：“昨日被斩首的那个人根本不是卫文斌，什么斩立决，根本就是假的，官官相护，真是好不要脸！”

“放肆！”魏敬成脸上有些挂不住，有心要让差役将说话的人抓起来，但一眼望过去，到处都是人，根本不知刚才说话的是哪一个。

正当他四处搜寻之时，刚才那个声音又响了起来：“原以为陛下英明，三司公正，原来天下乌鸦一般黑，根本没有公正二字可言，仁君英主，我呸！”

魏敬成这下子真是慌了，面色煞白地喝道：“大胆刁民，竟敢对陛下不敬，来人，去把他给我抓起来！”

差役不敢怠慢，当即冲入人群，可他们压根不知道说话的人是谁，长什么样子，只能没头苍蝇似的乱冲乱撞，惹来百姓不满。

望着闹哄哄的人群，柳师爷低声道：“大人，情况不大对劲儿，还是先回衙门吧。”

魏敬成也正有此意，趁着百姓的注意力被差役给吸引，带着卫文斌悄悄离开东城门，直至踏进京兆府衙门，方才松了一口气。在喝了口茶定一定神后，他遣下不相干的下人，朝手脚尚有些哆嗦的卫文斌问道：“卫大人现在可以说了吗？”

卫文斌咽了口唾沫，道：“实不相瞒，昨日在刑场上被斩首的，只是一个与我面目有几分相似的人。”

柳师爷昨日也在刑场，道：“仔细回想起来，那人面目脏污，确实看不清楚具体模样，远远看去，只是觉得像卫大人，不过行刑之前，负责监斩的王郎中曾验明正……”话说到一半，他突然紧紧闭住了嘴，想要调包犯人，首要买通的就是负责验身的监斩官。

魏敬成试探道：“这是卫侯爷的意思？那陛下……”

卫文斌晓得他是东方洄的人：“陛下也知道这件事，原本昨日我已经离开了金陵城，夜间休息的时候突然有人闯进来将我打晕，我连他们的样子都没看清，等我醒来已经被吊在城楼上了。”说着，他又惶恐不安道，“现在那么多人知道我还活着，会不会真的拉我去砍头啊？”

魏敬成安慰道："卫大人别急，只是一些无知愚民，应该不难应付，就怕……"

卫文斌慌张地问道："就怕什么？"

柳师爷代答道："就怕有人存心挑事，那样一来，就比较麻烦了。"

卫文斌倒也不蠢，当即想到之前在城门处听到的那个声音，攥了双手恨声道："要让我知道是谁在背后捣鬼，非得把他们的皮扒下来不可！"

魏敬成思忖片刻，道："此事得尽快告之陛下，柳师爷，让人去备轿，我与卫大人要立刻进宫。"

柳师爷应了一声，还没来得及下去准备，一名差役快步走了进来，神色焦急道："大人，外面来了许多百姓，把咱们府衙给围了，他们的情绪很激动，不断嚷嚷着让咱们……"他瞅了卫文斌一眼，小声道，"交出卫大人！"

"大胆！"魏敬成脸色难看道，"这群刁民，竟敢围困京兆府，想造反不成？！"

卫文斌早已慌了神，颤声道："魏大人，你可千万不能把我交给他们。"

"这是自然。"在安抚了卫文斌一句后，魏敬成带着柳师爷走了出去，如差役所言，外面站着很多百姓，看到他出来，嘈杂的人群为之一静。

魏敬成冷冷地扫视了一番，沉声道："你们好大的胆子，竟然敢来京兆府闹事，眼中可还有王法？立刻速速退去，否则休怪本官铁面无私！"

就在那些人因为他的呵斥露出退缩之意时，一个讽刺的声音从后面传来："好一句铁面无私，府尹大人讲出来不觉得脸红吗？"

魏敬成眼皮微微一动，这个声音分明就是之前在城门出口处不敬的那一个，他果然也来了。

"此话何意？"魏敬成一边引诱着那人继续说话，一边朝柳师爷使了个眼色，师爷会意，带了两名差役悄然离去。

在片刻的沉寂后，那个声音再度响起："卫文斌犯下死罪，昨日就被杀了头，这里很多人都看到了，结果他却还好好活着，究竟是他死而复生，还是被斩首的另有其人？"

魏敬成面目沉郁道："本官说得很清楚，刚才那人并非卫文斌。"

"我……我认得，他就是卫文斌。"一个青衣汉子缩了脖子小声说着。在他之后，有好几个人附声响应，指认之前吊在城楼上的人是卫文斌。

正当魏敬成想着该如何应对时，一块牌子被扔在他脚下："烦请魏大人解释一下牌子上面的字。"

魏敬成垂目看了一眼，漠然道："莫须有之事，本官为何要解释？"

“是不想解释，还是魏大人根本解释不了。”话音未落，人群中传来一阵骚动，原来是柳师爷终于找到了藏身在人群里的那个人，是一名二十岁左右的青年，这会儿被差役紧紧抓住了双臂，不得动弹。

柳师爷道：“给我把他押入大牢！”

青年用力挣扎：“我没有犯事，你们凭什么抓我？”

柳师爷冷喝道：“挑唆闹事，聚众扰乱衙门，还敢说没犯事，押下去！”

“我只是想知道卫文斌为什么没死，有什么错？你们这样分明就是心中有鬼。”顿一顿，他忽地笑了起来，“我知道了，就像牌子上面写的，偷龙转凤，利用无辜之人替卫文斌顶死，你们好卑鄙！”

“到底在你们这些做官的眼中，王法是什么，人命又是什么，是否有权有势的就算犯再大的法，也不用死。相反，我们这些奉公守法的升斗小民，不知什么时候就会被人抓去顶罪甚至是顶死！”

见魏敬成脸色越来越难看，柳师爷急忙喝道：“一个个愣着做什么，还不赶紧拉下去！”

差役刚扯着那青年走了几步，便被几个百姓挡住了去路：“他没有犯错，你们没道理将他押入大牢。”

柳师爷冷哼一声：“只凭他诬蔑朝廷命官这一条，就足以在牢里关上一辈子！”

一名手持烟斗的灰衣老汉走上来，拱手道：“既然你们说他诬蔑朝廷命官，那就请告诉我们，为何昨日就被处斩的卫文斌还会活着？”

“本官说了，他不是卫文斌，你们看错了。”魏敬成话音未落，灰衣老汉已是斩钉截铁道：“小人虽然年纪大了，但这双眼还亮堂得很，城楼上那人就是卫文斌，绝对没错！”

他这么一说，人群里传来响应声，开始只是三三两两，后面竟是越来越多，并且人群的情绪变得越来越激动，嚷着让他们放了那个青年，任柳师爷怎么嘶声呵斥都压不下来，柳师爷满头冷汗地望着魏敬成：“大人，这……这可怎么办？”

魏敬成也有些心怯，怎么也想不到平日里与绵羊一般的百姓竟有这样强硬的一面，眼见不断有人围聚过来，唯恐事情越闹越大，大声呵斥道：“所有人立刻退去，谁若不退，就全部抓入大牢！”

还别说，被他这么一喝，吵闹不休的人群还真静了下来。正当他们以为会就此退去时，灰衣老汉在旁边的石狮上磕一磕烟斗，又用力吸了一口，在呛人的烟雾中徐徐道：“大人宁可下令抓人，也不肯解释，看来我们的猜测并没有错。只是大人，卫文斌未死一事，整个金陵城都在传，难道你打算把金陵城的百姓都抓了吗，京兆府的大牢关得下吗？”

魏敬成被他问得无言以对，恼羞成怒地喝骂：“刁民，一群刁民！”

“小人只想知道真相，只想知这天子脚下还有没有王法，刁民二字，恕小人们受之不起！”灰衣老汉想是读过书的，这句话说得不卑不亢，令人无法反驳。

魏敬成脸上青一阵红一阵，为官这么多年，也算是处理过不少大大小小的事情，却没有一件像现在这么棘手，难道真要将这些人都抓起来吗？

正当魏敬成左右为难之时，一个熟悉的声音传入耳中：“哟，魏大人这里好生热闹，在做什么呢？”

魏敬成看清来人，连忙走过去拱手行礼：“参见穆王。”

“行了，你知道我不兴这些虚礼。”东方泽随意说了一句，指着人群打趣道，“魏大人这是打算派米还是赠银啊，引来这么多人。”

魏敬成苦着脸道：“王爷您就别取笑下官了，下官都快愁死了。”

东方泽打量了他一眼：“看样子是出事了，说来听听？”

魏敬成贴着他耳朵低低说了一句，东方泽神情陡变，盯了他道：“此话当真？”

“下官怎敢拿这事开玩笑，这会儿就在府衙里呢，下官本打算带他去见陛下，哪知来了这么多刁民闹事，劝也劝不走，抓也抓不得，真不知要怎么办。”

东方泽思忖片刻，道：“不如让本王去劝劝他们？”

魏敬成巴不得甩了这烫手山芋，赶紧点头：“王爷请。”

东方泽走过去，并没有立即出言劝说，而是示意差役放开那个青年，温和道：“可有受伤？”

青年有些受宠若惊道：“没……没受伤，只是手臂被他们抓得有些疼。”

“没事就好。”东方泽拍一拍他的肩膀，走上青石台阶，凝声道，“诸位，本王明白你们想要知道真相的心情，但你们这样为难魏大人也没用，毕竟卫文斌一案并非他审理或者监斩。事发突然，魏大人现在与你们一样，都是一头雾水，不知是怎么一回事。不如诸位先行回去，等我们查清这件事后，再告诉你们！”

青年摇头道：“只怕我们一回去，卫文斌立刻又被调包，你们一个个相互勾结包庇，不把百姓的性命当一回事，根本就不可信！”

刚才还和颜悦色的东方泽听到这句话，顿时寒了脸色，走到青年身前，冷声道：“你是第一个这么说本王的人，本王该夸你有胆识还是……蠢？”

青年想要说话，被那名灰衣老汉拉住：“穆王当真会给我等一个交代吗？”

东方泽尚未说话，那名青年已是急声道："张老爹，你别信他，这些人嘴里没一句实话。"

"别人怎么样我不知道，但穆王一定不会，你才刚来金陵不久，以后就会慢慢知道了。"在安抚了青年后，灰衣老汉望着东方泽道，"请王爷回答！"

东方泽肃声道："是，本王在此应承你等，三日之内必给你们一个满意的答复！"

"好！"灰衣老汉重重应了一声，朝身后的人群道，"既然穆王发了话，我等就卖穆王一个面子，三日之后再来！"

在他的言语下，众人渐渐退去，包括那名青年。在最后一个人也离开后，魏敬成长舒一口气，朝东方泽长揖一礼："这次真是多亏了王爷，否则真是要出大乱子了。"

东方泽摆一摆手："别说这些了，卫文斌呢。带我去见他。"

魏敬成不敢怠慢，赶紧带他去见了卫文斌。尽管早有心理准备，但亲眼看到卫文斌活生生站在自己面前时，东方泽还是吓了一跳："这……这到底是怎么一回事？"

魏敬成眼珠子微微一转，摇头道："下官也不知道，不论怎么问，他都不肯回答，只说要见陛下。"卫文斌一事牵涉甚广，在这个节骨眼儿上，还是不要告诉东方泽的好。

东方泽尽管对这个答案不太满意，却也没有怀疑，当即道："既是这样，赶紧进宫见陛下。"

一行三人很快来到昭明宫，途中为避免被更多人看到卫文斌，魏敬成特意拿了一顶黑纱斗笠给他戴着。

当卫文斌在承德殿除下斗笠时，东方洄豁然色变，难以置信地盯着卫文斌。当然，他不是惊讶卫文斌活着，而是卫文斌为什么还在金陵城里，并与魏敬成以及东方泽在一起。

"陛下就在眼前，你可以说了。"面对东方泽的言语，卫文斌咬牙道："我只与陛下一人说。"

东方泽眉头一拧，不悦道："你别得寸进尺，赶紧说！"

卫文斌紧紧抿着唇，显然是不打算说，东方泽心头火起，待要呵斥，耳边响起东方洄的声音："老九，你与敬成都退下！"

见他发了话，东方泽只得咽下嘴边的话，气哼哼地与魏敬成一道退了下去。在示意怀恩关起殿门后，东方洄面色阴寒道："怎么一回事？"

卫文斌赶紧将之前告诉魏敬成的话重复了一遍，随即惶惶道："陛下，此事分明是有人故意要害臣，您可一定要救救臣！"

东方洄不理会他，朝怀恩道："绿衣今日可有来过？"

怀恩垂目道："启禀陛下，老奴今日并未见过绿衣姑娘。"

他的回答令东方洄重重一捶御案，面色比之前更加难看。负责护送卫文斌出城的四个人皆是琉璃坊的人，由绿衣一手安排。按理来说，卫文斌被劫，她应该比魏敬成更早得到消息，进宫奏禀，可她没有。绿衣不会也不敢对自己隐瞒，所以只有一个可能，她没有得到报信，护送卫文斌的那四个人都死了，与之前追杀镖师的那些人一样，全部都死了！

从镖银被劫开始，就事事不顺，似乎一直有人在暗中与他们作对，破坏他们的计划，这个猜测，在第一拨人死去时得到了证实，眼下更是确信无疑。

卫文斌迟迟不见东方洄应承，忍不住道："陛下，臣……臣现在该怎么办？"

东方洄捏一捏鼻梁，沉声道："有多少人看到了你？"

"这个……"卫文斌回想了一下，小声道，"他们将臣绑在城楼上，许多人都……都看到了，来之前还有人去京兆衙门闹事，这会儿恐怕……恐怕……"

东方洄冷冷地接过话："恐怕整个金陵城都传遍了是吗？"

卫文斌闻言，赶紧跪下哀求："陛下，臣一直都照着您的吩咐行事，昨儿个连侯府都没回就出城了，您可不能不管臣啊！"

"陛下……"怀恩瞅着东方洄欲言又止，东方洄瞧见他这个样子，冷声道："想说什么就说，吞吞吐吐的成什么样子。"

"是。"怀恩低了头慢吞吞道，"救卫大人一事，乃是绝密，知道此事的人少之又少，何以那群人会知道得这么清楚，会否……"他抿了嘴没有说下去，不过已经足够让东方洄明白："你认为有内奸？"

怀恩躬身道："陛下英明，除却内奸泄密之外，老奴实在想不到第二个理由。"

东方洄微一点头，转而道："你倒说说，是谁在暗中与朕作对？"

怀恩想了一会儿，轻声道："老奴斗胆妄言，有能力与有资格与陛下作对的，也就那几位了，睿王与穆王一向都是站在陛下这边的，倒是……"

"倒是荣王与安王处处与朕作对是吗？"

"是，而且老奴总觉得，那样东西落在他们手里的机会更大一些，否则也不可能轻易杀了那么多人。"因为卫文斌在，怀恩不便直言神机营一事。

东方洄自知他的意思，深以为然地点点头，神色冰冷道："总有一日，朕要他们知道与朕作对的下场！"神机营一直是他心头那根刺，一日不拔，就一日难以安枕。

卫文斌听得一头雾水，焦急道："陛下，臣……臣要怎么办？"

东方洄恼恨地瞪了一眼，若非卫文斌不争气，哪里会有这么多事，要不是母后那边交代不过去，他真不想再管这个事！

“陛下。”殿外响起小太监的声音，“卫侯求见！”

“他来得倒快。”东方洄轻哼一声，“让他进来。”

“是。”随着这声答应，朱红殿门被推开，卫晋疾步走了进来，在朝东方洄行了一礼后，他气急败坏道：“陛下，此事分明是有人故意要害文斌！”

“朕知道，朕会派人去查，眼下麻烦的是文斌，已经有人去京兆府闹过，逼着魏敬成给说法，如今怕是整个金陵城都传遍了。”

卫文斌惶恐道：“父亲救我，我不想死！”

“为父知道，有为父在，你别担心。”在安抚了卫文斌后，卫晋拱手道，“陛下，能否让臣将文斌带回去？”

听到这句话，东方洄心头一股无名火起，硬生生压下后木然道：“舅舅打算带去哪里？”

卫晋听出东方洄隐藏在言语下的不满，但为了唯一的儿子，只能硬着头皮道：“臣想着文斌不方便留在金陵，所以……打算送他出城。”

“出城……”东方洄冷笑连连，下一刻，重重一掌拍在桌案上，“现在整个金陵城，几万双眼睛都盯着，你怎么送他出城？！”

见他动怒，卫晋慌忙跪下，屈身伏地惶恐道：“臣……臣会很小心，一定不会……不会让人发现！”

“不让人发现？”东方洄怒极反笑，“这次朕做得还不够小心隐蔽吗，结果呢？还是说舅舅嫌事情闹得还不够大，非得让他再被抓回来一次才高兴？”

“臣万万不敢有此念。”卫晋急急地申辩，旋即眼巴巴地望着东方洄，“那……那要怎么办，总不能真将文斌交出去吧？”

东方洄烦躁地在殿内来回走着，良久，他脚步一顿，将魏敬成唤了进来，指了惴惴不安的卫文斌道：“将他押去你那里关起来，听候发落。”

卫晋从他言语间听出一丝决绝，心中大慌，急急道：“陛下，文斌与您也算是自幼一起长大，他对陛下更是尊崇恭敬，您可不能不管他！”

东方洄抚着刺痛的额头：“朕没说不管他，关入京兆府大牢只是一时之策，朕会想办法救他出来。”

“是。”卫晋虽然舍不得儿子去蹲那阴暗潮湿的大牢，却也没办法。

他们尽皆离去后，怀恩让人取来炭火，点燃香炉，在袅袅升起的轻烟中对闭目坐在椅中的东方洄道："陛下，其实要救卫大人也不是全然没有法子。"

东方洄闻着萦绕在鼻尖的安神香，微微睁开双目："你是说不认卫文斌？"

"不错，只要抵死不承认卫大人的身份，百姓也无可奈何，或许短时间内百姓会有微词，但他们每天劳碌于柴米油盐，老奴相信，很快就会淡忘这件事。"

"就怕他们一直牢牢记着。"这般长叹一口气，东方洄疲惫地站起身来，"走，去宁寿宫。"

怀恩赶紧答应一声，取来油纸伞替他挡住从天而降的细绵雨丝，一路往宁寿宫行去。

缠绵不断的寒凉秋雨令卫太后整日不离暖手炉，纵使这样，手脚还总觉得不大爽利，偶尔还会感觉到一阵阵刺痛。太医言称是以前积下的老毛病，一个个都对此束手无策，只能用热巾帕敷手脚缓解刺痛感。

这日，尹秋正在替卫太后敷手，瞧见东方洄推门进来，笑着朝半闭着双目的卫太后道："太后您看，陛下来了。"

卫太后振一振精神，睁开了双眸，望着正在拂身拭去水渍的东方洄，和蔼道："这下雨的天怎么过来了，也不怕着凉。"

东方洄微扯了嘴角道："只是些许小雨罢了，不打紧。"

卫太后目光在他身上打了几个转，对候在一旁的宫人道："这里没你们的事了，都下去吧。"

待得殿内只剩下他们几个后，卫太后道："皇帝可是有事烦恼？"

东方洄苦笑道："真是什么事情都瞒不过母后。"

卫太后笑一笑，道："说吧，什么事。"

待听东方洄讲完卫文斌一事，卫太后神色凝重异常，良久，她声音低沉道："皇帝打算如何处理这件事？"

"儿子就是为此而来，文斌未死一事，闹得人尽皆知，不论咱们怎么否认，都只是掩耳盗铃。"

知子莫若母，他一开口，卫太后已是明白了他的意思，瞳孔微微一缩："你想处斩文斌？"

东方洄长叹一声："儿子知道文斌是舅舅唯一的子嗣，可这件事闹得太大，民怨沸腾，就算是儿子……也压不下去。"

"确实，不斩文斌，难定民心。"卫太后思忖片刻，"他可有来过？"

东方洄知道她问的是卫晋，当即道："文斌入宫不久舅舅就来了，想要带走文斌，被儿子拦了下来，文斌这会儿被押去京兆府大牢关了起来。舅舅那边……母后能否帮儿子劝劝？”

尹秋在一旁为难道：“卫大人是卫侯的独苗，恐怕就算太后发话，也难以让他松口。”

不等东方洄言语，卫太后已是冷哼道：“不肯松也得松，总不能为了他一个儿子搭上皇帝！”说到底，卫文斌只是一个侄子，在卫太后心里，万不能与她用了二十余年时间辛苦推上帝位的东方洄相提并论。

“尹秋，你让人去一趟侯爷府，传卫晋来见哀家。”在尹秋下去传谕后，卫太后道，“知道是谁在暗中使绊吗？”

“应该就是荣王他们几个，具体是谁，要查过才知道，只是……”东方洄语气沉重道，“因为这件事，咱们前前后后损失了十几名好手，琉璃坊现在人手不太充足。”

卫太后取下手里已经凉下来的帕子，抚着微红的关节凉声道：“又是神机营，这样下去不是办法。”

东方洄默然不语，神机营犹如一道坚固的枷锁，牢牢束缚着他们的手脚，明明知道，却无可奈何。

“这样下去不是办法。”卫太后屈指轻叩，许久，她对怀恩道，“你去瞧瞧尹秋回来了没有，哀家有话吩咐她。”

“是。”在怀恩离去后，卫太后招手示意东方洄近前，在他耳边低语几句，东方洄仔细听后点头道：“儿子明白，会照母亲的话去做。”

“成败只此一举，定要安排稳妥，万万不能再像这次一样。”

东方洄答应之余，迟疑道：“母后故意遣怀恩离去，可是怀疑怀恩？”

“在这件事没查明之前，谁都有可疑，怀恩也不例外。”卫太后眸光冰冷道，“哀家当年可没少吃身边人的苦！”

东方洄点点头，在陪卫太后絮语几句后离开了宁寿宫。不久，卫晋奉命前来，见到卫太后，还没说话，眼泪就先“吧嗒吧嗒”地掉了下来。

卫太后瞪了他一眼，道：“行了，都一把年纪的人了，还动不动就掉泪，哀家都替你臊得慌。”

卫晋举袖拭一拭泪，哽咽道：“太后，您可一定要救救文斌！”

“皇帝都与哀家说了，哀家何尝不愿意文斌活着，可是……”她叹了口气，“你要皇帝怎么向金陵城的百姓交代。”

卫晋急忙道：“陛下是九五至尊，只要他一句话，那些刁民焉敢有所不从。”

卫太后又好气又好笑："大哥，你真以为在这金陵城里，皇帝可以一手遮天吗？"

卫晋也发觉自己说得有些过了，跪道："臣不敢，但臣只有文斌一子，求太后看在你我兄妹一场的份儿上，再救一救他。"他咬一咬牙，狠心道，"臣保证，一定会将他送得远远的，绝不再踏足金陵城一步。"

望着卫晋佝偻着身躯的样子，卫太后长叹一声："可惜如今的形势，已不是皇帝或者哀家所能解决的了，你先起来。"

卫晋哪肯起身，急急道："怎么会，只要……"

"哀家知道你想说什么。"卫太后打断他的话，沉沉道，"调包之事已被天下人所知，绝不可再有第二次。"

卫晋心思急转："那就……咬死不认，这总可以了吧？"

卫太后盯了他半晌，声音沉重而坚定："大哥，哀家明白你的心情，但……哀家真的无能为力，皇帝也是一样。唯一能做的，就是尽量将你从这件事情中撇出去，不要受牵连。"

这句话落在卫晋耳中，犹如五雷轰顶，待得反应过来后，他爬到卫太后脚下，不断磕头哀求，任尹秋如何搀扶，卫太后如何劝说，都不肯起身，更言称要跪死在宁寿宫。

卫太后劝了半晌无用，不禁心头火起，声音冷冽如冰："尹秋你退下，他既然这么想跪死在这里就由着他去。"

见卫太后真的撒手不理，卫晋六神无主地僵在那里，好一会儿方才哆嗦着两片苍白的嘴唇道："当真……没法救？"

卫太后没有说话，尹秋在一旁道："太后那么疼爱卫大人，若有法子岂会不救，实在是……无计可施。"

卫晋一言不发地望着她，良久，他撑着身子艰难地站了起来，什么也没说，只是默默转身离去。

尹秋望着他远去的背影，忧心道："太后，奴婢担心卫侯会因为这件事对您与陛下不满。"

卫太后垂目抚着袖间细密的绣线，面色沉冷道："哀家对他已是仁至义尽，他若还要如此，哀家也没法子，卫家……并不是只有他一人。"

九月二十七，东方洄下令着都察院与大理寺审理卫文斌"死而复生"一案。

十月初六，都察院与大理寺查出刑部王郎中与另外三名官员收受卫文斌家人送去的银两，偷梁换柱，利用死囚顶替卫文斌被处斩。

十月初七，东方洄传下旨意，所有涉及此案的官员一律被罢免流放，家财充入国库。至于卫文斌，定于十月初八处斩，由杨和监斩。

将旨意传下去后，怀恩回到承德殿，望着站在长窗前的东方洄，小心翼翼道："陛下，您当真打算处斩卫大人？"

东方洄望着窗外残落的花叶，凉声道："文斌不死，金陵不定。"

怀恩摇头轻叹："这次的事真是难为陛下了。"微一停顿，他又道，"卫侯那边，可要老奴去看看？"

东方洄转身至椅中坐下，淡然道："怎么，怕舅舅生朕的气？"

怀恩赔笑道："卫侯深明大义，岂会不明白陛下的苦衷，但卫大人毕竟是他唯一的子嗣，这心里头免不了会有些难过，所以老奴想着要不要去开解一番。"

"总算你有心。"东方洄微微一笑，"很多事情不能光看表面，生与死亦是一样。"

怀恩眼皮猛地一跳，试探道："难道……明日处斩的那个，与上次一样，并不是卫大人本人？"

东方洄也不回答，微眯了眼眸道："怎么，你有意见？"

怀恩连忙躬身道："老奴不敢，老奴只是担心……万一被人发现，会不利于陛下。"

东方洄微微一笑："绿衣寻来一个擅长易容术之人，虽然不能做到毫无破绽，但用来骗过普通人，足够了。至于文斌，今日下午，会有人送他从东城门离去。"

"原来如此。"怀恩恍然大悟，旋即笑道，"能够救下卫大人自是最好不过。"

东方洄颔首之余，肃声道："刚才之事，不得与任何人说起，若有一丝泄露，朕唯你是问。"

怀恩迭声答应："陛下放心，就算有人拿刀逼问，老奴也绝不敢坏了陛下的安排。"

东方洄点一点头，抚额道："朕有些乏了，你先下去吧。"

"是。"在怀恩退下后，东方洄放下抚额的手冷冷盯着关起的朱红殿门，怀恩是不是内应，很快就会见分晓了。

申时，一队行商模样的人驶着一辆马车出城，一路往东行去，看起来行色匆匆，不时朝四周张望。

一夜无语，第二日早朝过后，绿衣带回了消息，他们派去的人，出城后差不多走了百余里，并未碰到有人拦截。

“如此说来，怀恩还有那几个人都不是内奸？”东方洄眉宇紧皱，昨日他与怀恩说的那些话都是谎言，目的是为了寻出潜伏在他身边的内奸，包括怀恩在内，他总共告诉了三个人。

绿衣垂目道：“应该是的，否则不会任由一刀他们离开。”

东方洄双眉皱得越发紧了，自言自语道：“若非他们，又会是谁呢？”

绿衣犹豫道：“陛下，会不会是咱们想错了，并没有内奸？”

“若没人里应外合，他们岂会对咱们计划知道得那么清楚。”在一阵短暂的沉默后，东方洄冷声道，“继续查，务必要查出那个人。”

十月初八，卫文斌验明正身，于午时三刻被处斩！

至此，卫文斌一案彻底告终，但在百姓之间引起的风波并没有就此结束。第一次处斩时，卫晋曾去刑场喂饭，身为父亲，岂会认不出自己儿子，唯一的解释就是，他也涉及在这件案子里，甚至他才是买通官员的那个人，只是都察院与大理寺故意将他放了过去，理由只有一个，那就是有人不希望他出事。

至于这个人是谁，大家心知肚明。

经此一事，金陵百姓对于承德殿这位，已是没有了之前那样的拥护与爱戴，而这……正是慕千雪所要的。

卫氏一族对大周江山掌控长达二十年之久，想要一夕之间将之瓦解，无疑是痴人说梦，唯一的法子，就是慢慢将之分化瓦解，从君民乃至卫氏族内……

第三十二章　冬雪

十月初十，在驿站中等待了半个月之久的顾长风，终于接到了传召他入宫的旨意。

在随传旨的小太监踏入承德殿后，顾长风朝端坐在上首的东方洄拱手行礼：“西楚使臣顾长风见过周帝陛下，万岁万岁万万岁！”

“免礼。”在示意顾长风起身后，东方洄道，“最近朝中事务繁多，一直无暇召见，让使臣久等了。”

“周帝客气了。”拱一拱手，顾长风试探道：“不知顾某何时能够迎回皇后？”

东方洄食指在御案上轻轻一敲：“朕若没有记错，楚帝已经废黜璇玑公主，改立曹氏为后。”

顾长风神情尴尬道：“不管怎样，她都曾是西楚之后，还望陛下允许顾某带她回去。”

东方洄长眉微挑：“南昭覆灭，整个皇室只剩下璇玑公主与庄亲王二人苟活于世，楚帝又何必苦苦相逼非杀不可呢？”

“周帝误会了，尽管陛下灭了南昭，对于公主，却始终一往情深，未曾有改，否则也不会特意派顾某来此迎接。”

东方洄盯了他片刻，轻笑道：“好一个能言善辩的顾长风，难怪楚帝会派你来做使臣了。”

顾长风垂目道：“周帝过奖了，顾某只是如实相告罢了。”

他的话令东方洄嘴角的笑意更深了几分：“朕也想成全楚帝一片真情，可惜璇玑公主并不肯随你归去。”

“公主只是一时误解，待回去后慢慢解释，自然就没事了。”

东方洄扫了他两眼，淡淡道：“璇玑公主是朕的客人，她不愿，朕也不好勉强，唯有令使臣失望了。”

顾长风抬头道：“此事关乎两国之谊，还望周帝三思。”

“朕已经思索得足够多了，若楚帝要因此坏了两国情谊，朕亦没有法子。”东方洄语气中含了一丝傲然，尽管大周现在腾不出手对付西楚，却也不是萧若傲能够威胁的。再者……北周与西楚有情谊可言吗？

顾长风等的就是他这句话，不过该做的戏还是要做足，方便他提出后面的要求：“这么说来，周帝是断然不肯交出璇玑公主了？”

“朕已经说得很清楚。”说罢，东方洄对一旁的怀恩道，“还不送使臣出去？”

“是。”怀恩恭敬地应了一声，来到顾长风面前，抬手道，“使臣请。”

顾长风没有理会他，盯着东方洄道：“既然周帝不肯交出璇玑公主，顾某也没办法，不过临行之前，陛下尚有一事交代，让顾某一定转达周帝陛下。”

东方洄示意怀恩退下，凉声道：“讲。”

顾长风照着慕千雪的吩咐，徐徐道：“尽管璇玑公主已被废黜，但毕竟曾是西楚皇后，这是不争的事实，不论过去多久，也不论她身在何处，都不得一女二嫁！”

东方洄脸色微变：“公主与西楚已无关系，嫁人与否，似乎轮不到楚帝过问。”

顾长风没有解释什么，只是一字一顿道：“请周帝务必答应。”

东方洄鼻翼微张，面无表情道：“若朕不答应呢，你将如何？”

“那周帝就是希望两国战场相见了，如果北周因此成为第二个南昭，周帝就是北周最大的罪人！”

“大胆！”他的话令怀恩为之色变，呵斥道，“区区西楚小国，也敢威胁陛下，简直放肆！”

尽管额头冷汗已现，顾长风依旧保持着平静之色：“顾某只是一介小臣，岂敢威胁周帝，刚才所言或有不中听之处，却是顾某肺腑之言！”

怀恩待要呵斥，耳边传来拍掌之声，只见东方洄一脸讽刺道：“如此说来，朕还要感谢你了？”

“不敢！”顾长风话音未落，东方洄已是重重一掌击在御案上，深不见底的黑眸之中有怒火涌动：“真以为你是西楚使者，朕就不会杀你吗？！”尽管有“两国交战不斩来使”的规定，但纵观古今，使者被杀的例子并不在少数。

顾长风暗自咽了一口气，忍着心中的恐惧道：“周帝掌北周生杀予夺，焉有不敢之理。但那样一来，等待北周的，将会是整个西楚的怒火！”

东方洄冷笑连连：“一个用卑劣手段灭了南昭的小国，也敢在朕面前放肆，朕的铁骑随时都可以踏平应天！”

“既是这样，何以迟迟不见周帝发兵？”在东方洄难看的脸色中，顾长风缓缓道，“北周虽然强大，但同样强敌环伺，根本就是自顾不暇，如果我国与齐国、东凌还有燕国联手，周帝，您说会怎么样？”

东方洄面色铁青地咬着牙，他现在最怕的就是诸国联手，北周虽强，却也做不到以一敌四。许久，他自发酸的牙齿中挤出十余个字来：“齐国与东凌岂会听从萧若傲的话。”

“当然不会，但顾某相信，他们会很有兴趣覆灭北周，分享这块肥土！”尽管东方洄掩饰得很好，顾长风还是在他眼底看到了一丝惧意。

怀恩冷声道：“你们就不怕他们得胜之后，会调转枪头对付西楚吗？”

顾长风不以为然道：“就算真如公公所言，那也是在北周覆灭之后的事了。”

“这么说来，萧若傲是打定主意要与朕为敌了？”

顾长风垂目道：“怎么会呢，我国陛下素来都是人敬我一尺，我敬人一丈，就看周帝如何抉择了！”

“好！好！好！”在连说了三个好字后，东方洄眸光阴寒道，“今日之事，朕会好生记着，来日见了萧若傲，定当好生与他说道说道。”

顾长风眼皮微微一跳：“这么说来，周帝是答应了？”

“璇玑公主本就无嫁人之意，又何须朕答应。”东方洄紧紧攥了双手，维持着仅有的尊严，想他身为第一强国的君主，竟然被人如此威胁，实在可恨。今日之辱，来日定当百倍还予萧若傲！

“如此就好。”说着，顾长风长施一礼，“周帝若没别的吩咐，顾某告退！”

在顾长风离去后，东方洄狠狠地将御桌上的东西扫落在地，眸底殷红如血：“萧若傲，朕定要你生不如死！”

在走出承德殿后，顾长风一阵腿软，冷汗更是如浆水一样自周身各处涌了出来，濡湿了衣衫。

刚才真的凶险万分，幸好周帝心存顾忌，被他唬了过去，否则这会儿怕是已经人头落地。

顾长风缓过来后，抹去额上的冷汗，虽然九死一生，但好在完成了公主的交托，也算是对得起公主当年的救命之恩了。

回到驿站后，顾长风并没有去见慕千雪，而是收拾行李在城门关闭之前离开了金陵城，消息传到睿王府时，已经是第二日了。

“这个顾大人，成不成的好歹传句话来，怎么能一声不响就走了呢。”夏月埋怨了一番，朝正在作画的慕千雪道，“公主，可要派人去追他？”

一朵牡丹在慕千雪笔下成形，盛开在这严寒冬季：“为什么要追？”

夏月不假思索地答道：“当然是询问公主您之前交托给他的事情。”

画完最后一笔，慕千雪搁下手中毛笔，含笑道：“不辞而别，可不就是最好的回答吗？”

夏月茫然地望着她：“这算什么回答？”

一只不知何时飞入屋里的蝴蝶扇动着艳丽的翅膀，飞到那朵栩栩如生的牡丹上，努力想要吸吮在这冬日里稀缺的花蜜，殊不知这只是一幅画罢了。

“顾长风不是一个没有交代的人，不留一句话而离去，原因只有一个，就是他已经说服了周帝。”慕千雪自双耳方瓶中取了一枝侍女今晨刚刚采摘来的蜡梅，移到蝴蝶旁边，蝴蝶闻到花香，立刻扇翅飞到梅花上，如饥似渴地吸吮着花蜜。

“原来如此。”恍然之余，夏月又欢喜道，“这么说来，公主以后都不必再担心太后赐婚？”

慕千雪轻舒一口气：“只要不被揭穿，应该就是了。”

有冷风灌进，令盆中正烧着的银炭闪了几闪，十九推门进来，垂目道：“公主，他们到了。”

“来得倒是时候。”慕千雪唇角轻扬，眸光淡漠道，“明日让他们一起去刑部喊冤，有多大就闹多大。热闹了这么多日，突然冷清下来，想必他们正不习惯。”

十九迟疑道：“一波刚平一波又起，我担心这样频繁的节奏会引来陛下怀疑，不如晚一阵子再说？”

“你以为他现在没怀疑吗？”慕千雪望着此刻吸足了花蜜在屋子里振翅飞舞的蝴蝶，凉声道，“恐怕他早就已经派了人在暗中追查。”

十九蹙眉道：“既然公主都知道，为何还要如此急进，就不怕适得其反吗？”

慕千雪微微一笑：“卫文斌一案，荣王与安王为了一挫卫氏一族的锐气，不只在朝堂上极力主张严惩，更在暗中拉拢大臣，谋求他们的支持。明日这两件案子一闹出来，你说周帝最先怀疑的会是谁？”

十九眼皮微微一跳：“荣王与安王？”

“不错。”慕千雪捻起香气锐减的梅枝，放到鼻端轻轻一嗅，“另外，人在急怒焦躁之中，很容易做出错误的决定，卫文斌一案，他已经错过一次了，若是再错……你说金陵百姓会怎么看他？”

十九低头细细思索着她的话，良久，她抬眼道：“我懂了，我会照你的意思去做。”

这一夜在呼啸的冷风中过去，天色刚刚放亮不久，刑部衙门外的鸣冤鼓就接连响起，有两户人家诉冤告状，他们彼此之间并不相识，所诉冤情也不相同，却奇异地有一个共同点，那就是他们所告之人皆姓卫，是当今太后的远亲。

这两件案子很快就传得人尽皆知，每一次开审，都会有许多百姓在堂外旁听，茶楼酒馆到处都在议论。

好不容易太平了两日的东方洄因为这两件案子，再一次陷入焦头烂额之中，一个圈占土地，一个强抢民女殴打人至死，皆是罪证确凿。只是地方官府与卫氏族人勾结一气，才故意判他们败诉，岂料他们竟然上京告状，闹得沸沸扬扬。

所有涉及此案之人，皆由刑部派人去原地拘来审问，差不多费了一个月的时间，方才审理结束。两件案子皆定罪于被告，依据大周律例，当分别判处充军与死罪，但承德殿最终定下来的刑罚，却是流放与遣刑，皆较律例所判轻了一等。

承德殿这样的袒护，无疑令金陵百姓对东方洄这位皇帝的不满之意更甚，尽管这股不满一时之间还威胁不到东方洄，但长此以往，终有一日会化为燎原之火！

十一月二十，下起了今年的第一场雪，莹白的雪花自铅云低垂的天空飘下，一片片轻盈似鹅毛，密密地落在青石铺就的地上。

宁寿宫中，尹秋端过烧着上好银炭的炭盆搁在卫太后脚边，殿内同样的炭盆足足放了四个，令此处暖洋如春，与殿外滴水成冰的寒冷截然相反。

尹秋自宫人手中取过一块织着如意团纹的绛紫绒毯盖在卫太后膝上，轻声道：“太后，还冷吗？”

“好多了。”卫太后抚着柔软厚密的绒毯，摇头道，“真是一年不如一年，哀家记得去年可没这么怕冷，老喽！”

尹秋将茶递到卫太后依旧冰凉的手中，笑道：“太后风华正茂，与那‘老’字可是半分关系都扯不上。”

“你呀，就会哄哀家开心。”卫太后笑着抿了一口茶，抚着微烫的盏壁徐徐道，“卫虎他们怎么样了？”她口中的卫虎等人，就是因圈地与强抢民女被罚的卫氏远亲。

“回太后的话，昨儿个就由差役押着离开金陵了。”见卫太后眉头深锁，尹秋安慰道，“太后别担心，都已经打点好了，这一路上差役们会妥善照顾，不会委屈了他们。”顿一顿，她又笑道：“对了，有一件喜事奴婢忘了与太后说呢。”

卫太后惊讶道：“是何喜事？”

“昨日李太医替郑妃娘娘诊脉的时候，发现郑娘娘已经有了一个月余的身孕。”

卫太后欣然颔首：“倒确实是一件可喜之事，哀家记得，上次嫔妃怀孕，还是在皇帝登基之前对吗？”

尹秋笑言道：“太后好记性，上一次是三年前，刘昭仪诞下怀柔帝姬。”

“皇帝膝下已有数位帝姬，皇子却只得一个，希望郑妃这次能替皇帝再添一位皇子。”说着，她道，“待会儿你去库房把那对五福如意送去给郑妃安枕。”

尹秋笑道：“有了太后赏赐的五福如意，郑娘娘必定能够一索得男，为陛下添子，为太后添孙。”

卫太后笑一笑，正要说话，一道冷风夹杂着雪花呼啸入殿。突如其来的寒冷令她弯了腰剧烈地咳嗽着，身子颤抖不止，连手里的佛珠都似拿不住。

尹秋连忙上前替她抚背，已经到嘴边的话，在看清推门而入的人影后，又生生咽了下去。

见卫太后咳得这般厉害，刚走进来的沈惜君惊呼一声，快步奔过来，偎在卫太后身边，与尹秋一起替她抚背顺气。

卫太后咳了好一会儿方才慢慢止住，沈惜君赶紧递过茶水，看她抿了几口后，方才道：“姨母，好些了吗，要不要传太医来看看？”

卫太后搁下茶盏，摆手道：“哀家没事，就是被风突然呛了一下，不打紧。”

沈惜君吐一吐粉红的舌尖，低头道：“是惜君粗心大意，害了姨母，请姨母恕罪。”

“好了，哀家又没怪你。”卫太后拍一拍她冰凉的手，眸光慈爱道，“这下雪天的怎么过来了，也不怕冻坏了身子。”

“这不是想念姨母了嘛。”沈惜君撒一撒娇，朝随她一道进来的侍女喝道，“还不赶紧拿进来煨着。”

侍女答应一声，自食盒中取出几个金橘，连皮一起煨在炭盆上方，不时翻个面，尹秋疑惑道：“宗姬，您这是做什么？”

“我知道每年入秋后，姨母就犯畏寒怕冷还有咳嗽的老毛病，太医治来治去，总是不见好，所以四处打听治这毛病的法子，前几日终于从一名郎中嘴里打听到一个偏方，效果好而且简单方便。”

尹秋有些好笑道：“就是这火煨橘子？”

沈惜君一本正经道："姑姑可别小看了这个偏方，昨儿个我让府里一名咳嗽数日的下人试着吃了几个煨熟的橘子，一直到今晨，都没有再咳嗽过一声，端的灵验。"

说话间，橘子已经煨好了，沈惜君接过一个煨得滚烫的橘子，小心翼翼地剥了外面的橘皮，挑净白筋后递到卫太后嘴边："姨母您试试。"

卫太后点点头，就着她的手吃了几瓣，笑道："这煨过的橘子哀家还真是头一回吃，嗯，别有一番滋味。"

"味道是差了一些，但总好过吃那些个苦药，姨母您说对不对？"沈惜君将剥下的橘皮丢入炭盆中，很快一股清晰的气味弥漫在殿中。

卫太后点点头，在将剩下几瓣橘肉吃了后，她似笑非笑地打量着沈惜君，沈惜君疑惑地抚着脸颊，不解道："姨母何以这样看着惜君？"

"你今日冒雪过来，只为了呈这道偏方给哀家？"

她的话令沈惜君脸庞微微一红，绞着帕子有些扭捏道："自然是为了姨母。"

卫太后唇角微勾，扬一扬绣了繁密花纹的广袖道："既是这样，你跪安吧，哀家有些乏了。"

见她扶了尹秋的手准备起身，沈惜君顿时急了起来，脱口道："姨母且慢，惜君还有事情禀告。"

卫太后收回手，笑望着她道："怎么，终于肯说了？"

见她看穿了自己的心思，沈惜君脸庞越发红了，犹如两朵桃花，低了头支支吾吾道："姨母……可还……可还记得半年之约？"

卫太后颔首道："哀家记得，今日正好是约满之日。"半年前，沈惜君跪在这宁寿宫中，求她为其与东方溯赐婚，后来在劝说下订下了半年之约。那一日，正是五月二十日。

沈惜君抬起头，尽管羞涩，却没有回避之意："惜君的心，与半年前一样，并无更改，请姨母依照约定，为惜君赐婚。"

卫太后盯了她片刻，轻叹道："看来哀家的话，你一句都没有听进去。婚，哀家可以为你指，但惜君，你一定会后悔！"

"不会！"沈惜君拉着她的袖子，急切道，"惜君不会后悔，永远都不会。"

"永远……"卫太后喃喃重复着这两个字，前尘往事如流水一般在脑海中掠过，唇角生出一抹苍凉如秋水的笑意，"在走到最后一刻之前，不要轻易说这两个字。"曾几何时，她也相信永远二字，结果却差点儿家破人亡。

突如其来的这句话令沈惜君有些奇怪，但她此刻并无心想这些，只一味请求卫太后下旨赐婚。

尹秋瞧着不忍，劝说道："宗姬集万千宠爱于一身，何必为了睿王这般委屈自己。您这样子，莫说太后，就连奴婢看着都心疼。"

沈惜君咬一咬饱满的唇："只要能与溯哥哥在一起，再多的委屈，我也甘之如饴！"提及东方溯，那双天生妩媚的眼眸之中有着如水的柔情。

卫太后抚着她娇艳如玫瑰的脸颊："惜君……"

"姨母！"沈惜君一脸正色地打断道，"惜君此生只嫁溯哥哥一人，若您当真不肯赐婚，惜君就剃度为尼，从此青灯古佛，长伴一生！"

尹秋赶紧道："宗姬芳华正盛，怎么能说这样的胡话。"

"这并非胡话，不能做溯哥哥的妻子，我宁愿出家为尼！"得不到的人与物，永远都是最好的，费尽心思想要攥在手里，却没有仔细去想那究竟适不适合自己。

沈惜君的坚决令尹秋暗自摇头，她凑到一言不发的卫太后耳畔："太后，可要奴婢去请平阳王妃来？"

"就算子钥来了，也是枉然。"这般说着，卫太后伸手将沈惜君自地上拉了起来，平视半晌，徐徐道，"永不后悔？"

迎着卫太后的目光，沈惜君一字一句道："终惜君一世，永不后悔！"

在长久到近乎时间停滞的静寂后，卫太后颔首道："哀家明白了，明日哀家会召礼部与钦天监来宁寿宫，确定大婚吉日！"

沈惜君大喜过望，等了整整半年，终于等到这句话了，她屈膝跪下，哽咽道："多谢姨母成全，姨母对惜君的好，惜君必当铭记一生，永不敢忘。"一重又一重的欢喜如潮水一般涌上心间，令她不禁落下泪来。

卫太后抚去她脸上蜿蜒的泪痕，沉沉道："希望哀家这么做，不是害了你。"

沈惜君急急道："不是！一定不是！"

卫太后笑一笑未再说什么，在留沈惜君用过午膳后，让人将她送了出去。

每日午后，卫太后都要小憩一个时辰，这日也不例外。尹秋侍候卫太后更衣后，忍不住问道："太后，您真决定了为宗姬与睿王赐婚？"

卫太后睨了她一眼，淡淡道："怎么，你不赞同？"

"奴婢不敢。"尹秋低头道，"奴婢只是担心宗姬这一嫁，将来会后悔。"

卫太后伸手缓缓抚过轻软如无物的云丝锦衾，漠然道："能劝的哀家与你都已经劝了，可她非要选这条路，就算来日后悔，也是她自己的事情。"

尹秋掖着被角低声道："奴婢明白，但终归……是有些可惜。"

“没什么好可惜的。”停顿片刻，卫太后漠然道，“也正好让哀家借此机会，试一试溯儿的态度。”

“睿王？”尹秋眉心一跳，不解道，“他怎么了？”

“信王、荣王、安王三个，都是脑后生反骨的主儿，但……不肯安分守己的，当真就他们几个吗？”

尹秋眉心一跳，低声道：“睿王母子素来老实本分，应该不至于如信王他们一样。”

“知人知面不知心，小心一些总是没错的。”说到此处，卫太后蹙眉道，“而且最近出了那么多事，哀家这心里总是不太安宁。”

尹秋点头之余，又想起一事来：“太后，璇玑公主之事，当真就此作罢了吗？”

卫太后幽幽地叹了口气：“皇帝已经答应了西楚使者，哀家若再赐婚，岂非令皇帝失信？”

“这倒也是。”尹秋轻斥道，“这个楚帝倒也真大胆，实力远不及我大周，竟然敢威胁陛下。”

提及此事，卫太后面色亦是为之一冷：“萧若傲实力虽不强，却很懂得借势，西楚有这样的国君，想不崛起也难。不过这也让哀家确定了一件事。”

尹秋一边替她除下指间的通水玉琉璃护甲一边问道：“何事？”

卫太后徐徐道：“西楚之盛，与璇玑……应无太大干系。”

尹秋会意道：“确实，若璇玑公主当真有惊世之才，楚帝派来的使者断不会就此作罢。既是无才，那么她是否攥在咱们手里，也就没那么要紧了。”

“正是这个道理。”卫太后就着尹秋的手缓缓平缓下去，闭目歇息之前，叮嘱道，“记得将五福如意送去郑妃那里，然后去一趟礼部与钦天监，让他们明日卯时来见哀家。”

尹秋应声之余，又道：“陈太妃是睿王生母，要不要奴婢去与她说一声？”

卫太后微一思忖，颔首道：“也好，按你的意思去做吧。”

“是。”尹秋轻手轻脚地放下帷帐，在卫太后均匀的呼吸声中走到靠窗的长案前，将一舀洁白如殿外正纷纷扬扬落下的雪花般的白檀添在错金博山炉中，原本有些淡了的烟雾又变得浓郁起来，丝丝缕缕，如一张无形的网罗，笼罩了大殿每一个角落。

雪——肆意落着，白茫茫一片，成为这片天地间唯一的颜色，雪花飞舞如春日里纷扬的柳絮。

得了卫太后应允的沈惜君心情异常好，不时将手伸出伞橼，接住飘落的雪花，然后再用力吹出去，令其重新落入茫茫大雪之中，玩得不亦乐乎。

侍女见她一双纤手冻得通红，紧张道："宗姬小心冻着。"

"我没事。"沈惜君随口应了一句，又一次将掌心的雪吹出去，这时耳边传来一个脆生生的声音："沈姐姐。"

沈惜君眸光透过纷飞的大雪，看到了一个娇小的身影，讶然道："平清？"

赵平清披着蜜粉色滚银边的大氅，上前屈一屈膝："平清见过沈姐姐。"

"妹妹不必多礼。"沈惜君亲自将之扶起，赵平清眼中掠过一丝隐晦的惊讶，她与沈惜君虽称得上要好，但沈惜君自持身份尊贵，又得太后恩宠，对她并不算多好，像现在这般平易近人，更是头一遭。

赵平清虽年纪不大，心思却不浅，不动声色道："沈姐姐是来给太后请安的吗？"

沈惜君颔首道："嗯，我得了一个治咳嗽的偏方，特来告之姨母。"

赵平清讨好道："姐姐对太后可真是孝顺又有心，难怪太后那样疼姐姐，视您如亲生的一般。"

这句话令沈惜君很是受用，脸上笑意更盛："那你呢，又为何入宫？"

"郑妃娘娘有了龙胎，我随母亲一道来看望，母亲这会儿还在陪娘娘说话呢，我听娘娘说上林苑梅花开得极好，就想去瞧瞧，结果这么巧遇到了姐姐。"说着，她又道，"姐姐若不急着离宫，不如一道去瞧瞧。听说今年花匠寻来了许多稀有品种，连别角晚水以及素白台阁都有。"

沈惜君惊讶道："这两种梅花我倒是听说过，只是金陵城土壤不适合它们生长，所以一直未曾见过，想不到花匠竟有办法移植成活。"

所谓别角晚水与素白台阁，都是梅花的品种，很是罕见，只在特定的地方生长，且数量稀少。别角晚水花如浅碗，内有碎瓣婆娑飞舞，花瓣层层叠叠，煞是好看。至于素白台阁，花如其名，花色纯白，花瓣同样层层相叠，十分清秀好看。

"既然姐姐有兴趣，那咱们一起过去，雪中赏梅，可别有一番情趣呢。"在赵平清的极力相邀下，沈惜君答应下来，与之一道往上林苑行去。

走了一会儿，赵平清侧目轻笑道："姐姐今日心情似乎很好？"

沈惜君唇角扬起一个饱满的弧度，深吸了一口清冽寒冷的空气："是啊，十八年，心情从未像今日这么好过。"

赵平清讶然之余，又轻笑道："看来是有什么好事，姐姐可否告之平清？"

"太后……"两朵红云飞起在沈惜君白皙的脸上，"已经答应为我赐婚！"

"赐婚？"赵平清掩唇惊呼，她并不知道那个半年之约，此刻倏然听闻赐婚，自是惊讶万分，同时心也是微微一沉，待得平复了惊讶后，试探道，“不知太后为姐姐指了哪一位名门公子？”

沈惜君双手负背，抬起小巧圆润的下巴道：“你猜！”

“傅公子？于公子？莫小侯爷？”赵平清接连说了几位金陵城里有名的青年才俊，皆被沈惜君给否了。

侍女在一旁轻笑道：“赵小姐您忘了，咱们宗姬一直以来属意的是哪一位？”

“多嘴。”沈惜君出声轻斥，眼里却是掩饰不住的笑意。

赵平清拢在袖中的双手为之一紧，面上却是笑靥如花，眼睛弯如新月：“我知道了，是睿亲王！”

沈惜君也是按捺不住心中的欢喜，笑着点头道：“正是睿亲王！”她现在恨不得告诉全天下，她将要成为睿王妃之事。

“那可真是恭喜姐姐，贺喜姐姐了！”赵平清努力维持着脸上那抹看似真切的笑容，“细想起来，也只有睿王才配得上姐姐。”

“这是自然。”沈惜君骄傲地扬着下巴，“你说的那几个人，都是仗着家族势力自命不凡的家伙，又岂能与溯哥哥相提并论。”

“是是是，平清知错。”赵平清笑着行了一礼，转而道，“不知太后将婚期定在了什么时候？还有旨意……怎么没有听闻？”

“今日才刚刚定下来，要等明儿个召见礼部、钦天监，定下日子之后，才会正式下旨赐婚。”

赵平清不胜欢喜地点头，拉了她的手道：“看到姐姐得偿所愿，平清真是打从心底里替姐姐高兴。”

“我知道。”沈惜君笑吟吟道，“说起来，你也差不多该到嫁人的年纪了，改明儿我让太后也为你指一门好亲事，你我二人一起出嫁，可不正好。”

赵平清一怔，旋即神色扭捏地抽回手：“姐姐别取笑我了。”

“什么取笑，我说的可是真心话。”说着，沈惜君有些好奇道，“话说回来，咱们相识这么久，可从未听你说起过属意哪家公子，趁着这会儿没外人在，赶紧与我说说，到时也好告诉太后。”

赵平清俏脸微红：“我都没有中意的人，能说什么呀。”

沈惜君抿唇笑道：“你这妮子，在我面前还要装模作样是不是，平日里可没见过脸皮子这么薄，快说，到底是谁？”

赵平清跺着脚道：“真没有，姐姐你就别乱点鸳鸯谱了，前面就是上林苑了，快些过去。”

见她始终不肯说，沈惜君也懒得再追问，本来就是一时兴起，并非当真有多关心赵平清。

二人赏过梅后相互辞别，赵平清带着侍女回了郑妃所住的霁月殿，赵夫人正在檐下等着，见她回来，招手道：“怎么去了这么久？”

“途中遇到沈姐姐，说了一会儿话，又一道去赏梅，故而回来得晚了一些，请母亲恕罪。”

赵夫人惊讶道：“昌荣宗姬也来了？”

“嗯，她来给太后请安。”这般说着，赵平清拢一拢大氅道，“母亲这是打算回去了？”

“嗯，郑娘娘身子困顿，这会儿已经歇下了。”说着，她去牵赵平清的手，在碰触到指尖时，愕然道，“手怎么这么凉？”

“想是刚才折梅花的时候冻着了。”赵平清笑指了指侍女捧在怀里的梅花，“我知道母亲喜欢梅花，特意折了一些少见的品种来，供母亲赏玩。”

赵夫人笑着捏一捏她小巧的琼鼻：“总算你有心，好了，回去吧。”

赵平清乖巧地点头，随赵夫人一路离开昭明宫，乘上等在那里的马车，在驶回到赵府时，她却不肯下马车：“母亲，我突然想起一些事来，要去一趟别处，很快就回来。”

赵夫人蹙起秀气的双眉：“不能明日再去吗，这会儿天可都快黑了，又下着雪。”

“很要紧的，明日就来不及了，我一办完就立刻回来。”见她坚持，赵夫人也不再说什么，只道：“好吧，快去快回。”

目送赵夫人踏入朱红大门后，赵平清冷声道：“去睿王府。”

第三十三章　太后赐婚

车轮在风雪中咕噜噜地转着，驶了差不多半个时辰后徐徐地停了下来。车夫掸一掸身上的雪花，隔着帘子道："小姐，到睿王府了。"

赵平清扶着侍女的手下了马车，一阵寒风夹着雪花迎面扑来，越过侍女撑起的伞落在脸上，那份冰凉令她不由自主地打了个寒战，身子微微哆嗦，拉紧了披在身上的大氅。天色一暗，这寒意似乎较之前又重了几分。

侍女怕她受凉，道："小姐，不如您在车里坐会儿，奴婢过去叩门？"

"不必了，走吧。"赵平清呵了口气，踩着地上已经积了半寸厚的积雪走至府门前，随着铜环叩动，一个佝偻的人影提着一盏"气死风"灯从小门里走了出来，在问明赵平清的身份与来意后，点头道："赵小姐稍等，小人这就进去通报。"

"且慢。"赵平清唤住门房，轻咬了贝齿道，"我有很重要的事情要告诉王爷，请他务必见我。"

门房抬起有些浑浊的双眼看了她一会儿，点头道："小人会依着赵小姐的话传达，但王爷肯不肯见您，就不是小人能够做主的了。"

在赵平清双足冻得发僵时，门房终于又走了出来，垂目道："王爷请赵小姐进去。"

赵平清心中一喜，向门房道了声谢，快步随他走了进去，一路来到南轩的东书房。

门房在檐下停住脚步："王爷就在里面，赵小姐请。"

赵平清点点头，轻吸一口气，推门走了进去，在看到俯首于案后的东方溯时，呼吸为之一滞，一抹不为人知的爱恋攀上眼眸。

没错，她与沈惜君一样，都爱恋着东方溯，只是沈惜君的爱意众人皆知，而她……

选择了深藏在心底，连身边最亲近的人都不知道。

并非她不想告诉别人，而是她清楚，一旦这份爱意被沈惜君知晓，以沈惜君的性子，一定会不顾一切毁了自己，而她……并没有与之抗衡的能力。

“下人说你有重要的事情要告诉本王？”东方溯的声音将赵平清自沉思中惊醒。赵平清连忙按住似小鹿一般在胸口乱撞的芳心，垂目道：“是，平清不敢贸然来打扰王爷，但几番思索，还是觉得有必要告诉王爷。”

东方溯合起手中的军情折子，简短地问道：“何事？”

“平清今日在宫中遇见了沈姐姐，听她说……”赵平清悄悄看了一眼神情冷峻的东方溯，说出令其始料未及的话来，“太后已经答允为她赐婚，而那个人就是王爷，旨意应该明后日就会下来。”

东方溯面色铁青地盯着她：“此话当真？”

“平清怎敢拿这种事情与王爷玩笑，千真万确，是平清亲耳听沈姐姐说的。”

东方溯又气又恼，一拳捶在桌案上，这阵子没见沈惜君来府上纠缠，以为她已经放弃了，想不到竟然恬不知耻地去找太后赐婚！

“平清知道王爷一直都不喜欢沈姐姐，故而特来告之王爷，现在太后旨意未落，或许还有转圜的余地。”

东方溯勉强克制住心中的恼怒，寒声道：“本王知道了，多谢赵小姐。”说罢，他对候在一旁的蔡元道，“送赵小姐出去。”

赵平清没想到他刚一听完就要遣自己离开，心中暗急，她可还有话没说完呢，眼见蔡元走过来，灵机一动，假意跌倒在地上。

蔡元一惊，连忙扶住她道：“赵小姐这是怎么了？”

赵平清故作虚弱地抚着额头道：“我……也不知道，就是头晕得紧。”趁着蔡元没瞧见，她悄悄向侍女使了个眼色，侍女跟随多年，深知她心意，当即会意道：“定是刚才急着来告诉王爷，途中不小心受了凉。可惜此处没有姜茶，不然还能驱寒暖身。”

蔡元搀扶着她至椅中坐下：“也是不凑巧，偏偏赶上下大雪，天寒地冻的。”

“不要紧，我撑得住。”赵平清一边说着一边勉强站了起来，然而刚站到一半便又无力地跌坐在椅中，半边身子靠在侍女身上不住喘息，一副虚弱无力的样子。

东方溯蹙一蹙眉，对蔡元道：“你让厨房的人去煮一碗姜茶来，记着浓一些。”

赵平清心中暗喜，面上则不安道：“怎好麻烦王爷，我还是回去的好。”说着，她作势要起，被走过来的东方溯按住：“只是一碗姜茶罢了，有什么麻烦的，你好生坐着就是了。”

尽管隔着厚厚的衣裳，但那一下短暂的碰触仍是令赵平清心如鹿撞，连忙低了头掩饰着脸上的两朵红云。

蔡元出去后，东方溯问道："你这样来告诉我，不怕昌荣怪你吗？"

赵平清低头抚着袖口油光滑亮的风毛，幽幽叹了口气："其实沈姐姐真的待我很好，一直以来都视如亲妹妹，处处照拂，可是平清总觉得，夫妻之间应该是两情相悦，情投意合，否则……就算勉强结成夫妻，也只会一世痛苦，甚至反目成仇。平清实在不希望王爷与沈姐姐走到那一步。所以，就算姐姐知道后怪罪，平清也不后悔。"

东方溯颔首道："你倒是想得透彻，如果沈惜君有你一半明白事理，就不会闹出这么多事了。"

赵平清望着他在橘红烛光下俊美如铸的侧脸，无奈道："其实平清也曾私下劝过沈姐姐数次，可惜她始终听不进去，反倒招来怨怪。"

"她本就是那样的性子！"提及沈惜君，东方溯脸上有着浓浓的讽刺与厌恶，他从未见过一个女子脸皮这么厚，犹如狗皮膏药一般，怎么也甩不去。

这句话后，两人不约而同地沉默下来，只有外面呼啸不止的风声透过窗子传入耳中，不时有枯枝等物被寒风卷起，击打在窗棂上，传来"笃笃"的声响。

不知过了多久，蔡元端着煮好的姜茶走进来，笑道："赵小姐，可以喝了，小心烫口。"

"多谢蔡总管。"赵平清道了声谢，接在手里慢慢饮着，一碗入腹后，她笑言道，"喝过之后，果然暖和了许多，手脚也有了力气。"说罢，她起身朝东方溯福一福，"天色不早，平清该告辞了，希望王爷明日能够顺利解决这件事。"

东方溯点一点头："往后赵小姐有什么事，只要是本王力所能及的，定会全力为之。"

"王爷言重了。"赵平清心中暗喜，再次行了一礼后，随蔡元走了出去。踏出南轩时她嘴角勾起一抹不易察觉的笑意。以东方溯对沈惜君的厌恶，一定会去求太后收回成命。想做睿王妃，呵呵，可没那么容易。

这场雪整整下了一日一夜，直至卯时二刻方才放霁，积雪从昨日的半寸深变成了半尺有余，每一脚踩下去，都是一个深深的印子。

早朝一散，东方溯立刻往宁寿宫行去，他走得很急，不过一炷香的工夫，已是来到了宁寿宫，正在庭院中扫雪的内监瞧见他进来，连忙跪下行礼。

东方溯看了一眼对面紧闭的朱红殿门，问道："太后可在里面？"

有内监细声答道："回王爷的话，太后刚刚礼完了佛，这会儿正在东偏殿用膳呢。”

东方溯点头道：“你通传一声，就说本王来给太后请安。”

“是。”内监踩着未曾扫净的雪走了过去，片刻后出来道，“太后请王爷进东偏殿说话。”

卫太后所在的地方，从来都是温暖如春，东偏殿也不例外。刚一进去，便有一股暖烘烘的热气扑面而来，迅速驱散他身上的寒意。

东方溯拱手道：“儿臣恭请母后圣安。”

卫太后和颜悦色地招手：“来，到哀家身边坐。”

待得东方溯依言近前落座后，她含笑道：“今儿个御膳房做的芝麻汤圆不错，入口糯滑又香甜似蜜，你也尝尝。”

“是。”东方溯答应时，尹秋已盛了一碗汤圆递到他手里，看他舀了个放到嘴里慢慢嚼着，卫太后笑道：“哀家记得你与皇帝小时候都喜欢吃这芝麻汤圆，每次御膳房做了，你们二人都要吃上满满一碗，有时候还不够。”

东方溯笑一笑道：“儿臣也记得，母后每次都让儿臣与皇兄少吃一些，就怕撑坏了肚子。”

“这汤圆是用糯米做的，虽然软糯可口却不好消化，自是不能多吃。”这般说着，卫太后目光在东方溯脸上徐徐扫过，“溯儿，可是有话想与哀家说？”

东方溯抚着青花缠枝的碗壁，迟疑道：“儿臣听闻……昌荣昨日来见过母后？”

卫太后眼皮微微一跳，不动声色道：“不错，她知道哀家入冬之后不时咳嗽，药石不灵，特意寻来一道偏方，昨日试过之后，确实不怎么咳了。”

东方溯修长的手指微微一紧，低声道：“据儿臣所知，她与母后说的并不止这些。”

卫太后瞥一眼东方溯，叹息道：“看来你已经知道了，不错，昌荣请哀家为她与你赐婚，哀家已经答应了，你母妃也很赞成这门亲事。晚些时候，钦天监与礼部的人就会过来商议大婚的日子。”

东方溯咬一咬牙，俯身跪下：“儿臣眼下并无成亲的打算，斗胆恳请母后收回成命。”

卫太后搁下手里的青玉勺子，摇头道：“溯儿，再过一个余月，你可就二十五了，再不成亲，还想拖到什么时候，哀家与你母妃盼着你娶妻生子，可是盼得脖颈都长了。”

“儿臣知道母后一片苦心，但……儿臣真的不想成亲，求母后再给儿臣一些时间。”

卫太后盯了他一会儿，起身走到摆放着错金香炉的梅花式填漆小几前，于袅袅升起的轻烟中沉声道：“只怕哀家给你再多的时间也无济于事，因为你从来都不愿放下她，但是溯儿，她并不是你能够娶的人。”

东方溯没有辩解，只磕头道：“求母后成全！”

卫太后走回到东方溯身前，俯身将他从地上拉起，就在东方溯以为她会松口之时，耳边响起缓慢却不容拒绝的声音：“其他事情哀家都能顺着你，唯独这件不行。”

东方溯心中大乱，急急道：“母后……”

卫太后抬手打断他的话，沉静道：“哀家不能眼睁睁看你为了一个不可能的女子，蹉跎了自己一生。若先帝还在，相信也会做出与哀家一样的决定。”

“可昌荣并不是儿臣属意的女子，勉强成亲，只会害了彼此。”

“昌荣这孩子脾气确是有些骄纵，但本性不坏，对你更是一片痴心，假以时日，你一定会发现她的好。你与昌荣都是哀家钟爱的孩子，哀家断断不会害了你们。”

“可是……”

“好了！”卫太后再次打断他的话，这一回神色较刚才冷了许多，“此事哀家心意已决，不必再多说。纵容了你这么多年，也是时候收收心了。”

东方溯怎肯就此作罢，重新跪下，低头望着映照出自己苍白面容的金砖：“请母后收回成命！”

东方溯的不知进退令卫太后心生不悦：“哀家已经说得很清楚了，退下！”

东方溯跪在地上一动不动，他宁愿终身不娶，也不要娶沈惜君为妻！

面对他的无声抗议，卫太后沉下眉眼，冷声道：“你现在连哀家的话都不听了是吗？”

东方溯正要说话，外面传来内监一贯的尖细声音：“启禀太后，陈太妃求见！”

卫太后缓一缓脸色，回到椅中坐下：“让她进来。”

不多时，陈太妃扶着冬梅的手走了进来，在她身后还跟着一个宫女，手里捧着一个锦盒。瞧见东方溯跪在地上，露出惊讶之色。在朝卫太后行了一礼后，她小心地问道：“太后，溯儿他……可是做错了什么，惹您生气？”

卫太后摇头道：“哀家倒是不生气，就是痛惜溯儿，都这么大的人了，半点儿也不知道为自己打算，哀家与你的一片苦心，可都算是白费了。”

尹秋在一旁道：“太妃有所不知，睿王今日过来，是为了请太后收回赐婚，他不愿迎娶昌荣宗姬。”

陈太妃惊呼一声，旋即惶恐地朝卫太后行礼："请太后恕罪，莫要与他置气，待臣妾回去好生劝劝他。"说着，她对冬梅道，"带睿王去静芳斋等我。"

"是。"冬梅来到尚跪在地上的东方溯身边，轻声道，"王爷，请随奴婢去静芳斋等候。"

东方溯哪肯就此离去，暗暗一咬牙："除非母后收回成命，否则……"

陈太妃脸色一变，急急打断他的话："没听到母妃的话吗，立刻随冬梅出去，不得放肆！"说着，她趁俯身去拉东方溯的机会，在其耳边低语，"不要硬来，以免事态恶化，母妃会设法劝说太后。"

东方溯略一迟疑，终是站了起来，在朝卫太后行了一礼后，随冬梅退了出去。

在他们走后，陈太妃来到卫太后身边，蹲下身替她揉捏着双腿，内疚道："都怪臣妾教导无方，养成了这孩子肆意任性的性格，幸好太后宽宏大量，不与他计较。"

卫太后闭着双目，徐徐道："你也不用什么都往自己身上揽，溯儿是哀家看着长大的，旁的什么都好，就是性子直拗了一些，一旦认准了什么事，不撞得头破血流，是万万不肯回头的。"

"太后说得是，臣妾屡次劝他改改性子，可这孩子就是听不进去。"

"若是寻常事情，由着也就由着，无伤大雅，可这是他的终身大事，任性不得，昌荣是平阳王之女，又是哀家的外甥女，并不算委屈了他。"卫太后双眸微微张开，一轮精光在眼底闪过。

"昌荣那孩子，臣妾也喜欢得紧，现在得蒙太后赐婚，真是再好不过了。"

卫太后示意她在一旁的小杌子上坐下，抬手抚过鬓发，淡淡道："可惜溯儿不这么想。"

"他会明白太后的一片苦心。"说话时，她手里的动作一直未停，不轻不重地揉捏着卫太后双腿。

卫太后含笑道："宁寿宫那么多宫人，却没一双手及得上你。记得前些年，哀家犯腿疾疼得睡不着那阵子，你天天过来给哀家按腿，常常一按就是半个时辰。亏得是有你，否则那段日子哀家不知该怎么熬过来。"

"这都是臣妾应该做的，再说臣妾也只能做做这些。"说着，陈太妃笑言道，"太后若不嫌弃，臣妾还与以前一样，天天过来给您按腿。"

卫太后笑呵呵道："哀家倒是想，但你毕竟是太妃，怎好总做这些辛苦事，就是哀家自己也过意不去。"

"侍候太后是臣妾的分内事，岂敢说辛苦。"陈太妃接过宫人递来的普洱，呈到卫太后手中。

卫太后抿了一口，感慨道："宫里老姐妹虽然不少，但与哀家贴心的，就只有你一个。"

陈太妃笑笑道："其实姐妹们心里一直都很尊敬太后，只是不知该如何表达而已。"

卫太后不置可否地笑一笑，拉住她的手道："尽顾着说溯儿的事情，倒是忘了问妹妹，今日何事过来？"

"太后不提，臣妾差点儿都忘记了。"陈太妃招手示意随她一道进来的宫女上前，取过锦盒道，"臣妾昨日听太后说了赐婚之事，心里实在欢喜，虽说聘礼一事，内务府那边会准备，但臣妾还是想着自己备一份，昨儿个翻了一夜，备得差不多了，其中最喜欢的就是这一样，想着等太后您这边旨意一下来，就让冬梅送到平阳王府去。"

卫太后笑道："你倒是比哀家还要心急，拿来给哀家看看。"

陈太妃赶紧呈上锦盒，轻轻打开后，一对紫玉雕云纹玲珑如意簪映入眼帘，尹秋也看到了，蹙眉道："这对簪子奴婢怎么瞧着这么眼熟，好像以前见过。"

卫太后抚过湿润光滑的簪身，徐声道："哀家记得，这是溯儿十六岁开牙建府时先帝赐给静芳斋的。"她抬眸看向陈太妃，"多年来，从未见你戴过。"

陈太妃笑道："紫色宝玉不多见，再加上臣妾那会儿年纪也不小了，就一直收着没戴，这会儿正好给昌荣，玲珑如意的意头也好，就是拿不准昌荣喜不喜欢，所以来问问太后。"

"你赏的东西，她焉有不喜欢之理。"卫太后将锦盒递还给她，"这对簪子应该是先帝赏给你最名贵的东西了，先帝……亏待了你。"

"都是过去的事情了，太后还说来做甚，再者……"陈太妃仰首笑道，"臣妾不是还有太后怜惜吗？"

"你啊！"卫太后笑着拍一拍她的手，"哀家已经与皇帝说了，溯儿这次大婚，一定要好好操办，绝不可冷清了。"

"多谢太后。"陈太妃满面感激地道谢，又陪着卫太后说了一会儿话后，方才退出了宁寿宫，在宫女的搀扶下回到了静芳斋。

东方溯正坐立不安地等在那里，一看到她进来，急忙迎上来道："母妃，太后怎么说？"

陈太妃没有理会他，径直走至正当中的酸梨枝雕螭纹椅中坐下，冬梅取过暖手炉放到她冰凉的手里。东方溯也意识到自己问得太急了一些，强按着心里的急切站在一旁。

待得双手恢复了些许暖意后，陈太妃睨了他道："你可知违逆太后的下场？"

东方溯垂在袖中的双手微微一紧，低头道："儿臣知道不该这样做，但要儿臣娶沈惜君为妻，万万不能！"

陈太妃盯了他半晌："还没放下？"

东方溯眼底掠过一丝痛意，垂目道："不论放下与否，儿臣都不会娶沈惜君！"

陈太妃长叹道："母妃知道你不喜欢沈惜君，昨日太后说起的时候，我也是吓了一跳，但太后心意已决，这桩婚事……"她摇头道，"溯儿，你还是听太后的安排吧。"

"只要一刻没下旨，就一刻还有机会，昌荣骄纵任性，胡作非为，断非儿臣良配。"

陈太妃目光在他脸上徘徊："只怕再好的女子，在你眼中也非良配。你应该知道，陛下已经答应西楚使者，不会让慕千雪二嫁，难道你想陪着她终身不娶吗？"

东方溯紧紧抿着薄唇，眸色漆黑如墨："事关儿臣终身，请母妃让儿臣自己决定。"

"母妃自可应允你，但太后……唉。"陈太妃拉起他，幽幽道，"母妃知道娶昌荣委屈了你，但这是太后的意思，由不得咱们拒绝，所幸昌荣对你一片真心，成亲后当会收敛性子，不再像现在这样任性妄为。"

对视片刻，东方溯挣开她的手，一步步往后退着："不论她怎么变，儿臣都不会娶她，儿臣现在就去宁寿宫请太后收回成命！"

"溯儿！"这一次陈太妃加重了语气，素来温婉柔和的五官变得有些沉冷，她走到嗡嗡烧着的炭火前，将手里的素锦帕子丢入炭盆里。那一点点不起眼的星火之光迅速化为贪婪的火舌，将帕子一点儿不剩地卷了进去，在火光中大口大口地"咀嚼"着，散发出毛发烧焦的气味。等到火舌消退时，帕子已是不见了，只剩下些许焦炭散落在炭火中。

"宁寿宫就如这炭盆，看似无风无波，不会伤人，可一旦触及到不该触碰的东西，就会被烧得尸骨不剩，你是母妃唯一的孩子，母妃不希望你受到任何伤害，明白吗？"这半年间，陈太妃多多少少也与他说了一些事情，故而这番话并不算太过突兀。

沉默半晌，东方溯闷声道："所以母妃就要儿臣像木偶一样，任人摆布，甚至连自己的终身大事也不能做主吗？"

陈太妃迎着他的目光，一字一句道："至少在你有足够能力摆脱焚身烈火之前，只能忍让！"

东方溯深吸一口气，倔强道："其他事情儿臣皆可听母妃的话，唯独这一件……"

“这一件怎么样，不听吗？”陈太妃冷声道，“你以为一旦火起，烧的只是你一个吗？错了，所有与你有关的人，都会被卷入其中，包括冬梅，包括母妃，还有……慕千雪！”

东方溯神色陡变，额间冒出细细的汗珠，是啊，以卫太后的手段，不出手则已，一旦出手，又怎会放过母妃她们。他之前一门心思想着求卫太后收回赐婚，竟忘了这一点。

望着他煞白的脸色，陈太妃知他意识到了当中的利害关系，缓和了语气道：“溯儿，就当是为了母妃，忍一忍好吗？或许昌荣并不如你想的那么差。”

她何尝喜欢沈惜君这个媳妇，可就算再不喜欢，也只能接受，甚至还要装出一脸欢喜的模样。

“答应母妃好吗？”这句话，陈太妃说得近乎哀求。

东方溯紧紧攥着双手，他不想让母妃担惊受怕，可这个“好”字怎么也说不出口。

冬梅劝道：“殿下，奴婢知道您不愿意，可眼下只有这么一条路能走，至多成亲后，您少与昌荣宗姬相处，彼此相敬如宾就是了。”

在炭盆里传来“哔剥”的爆炭声响时，东方溯终于开口道：“母妃，能否让儿臣再考虑一下？”

“殿下……”

陈太妃抬手阻止冬梅言语，凝声道：“好，你回去仔细想清楚，太后这边，母妃会尽量拖延，只是……不会太久。”

“儿臣告退。”在东方溯拖着沉重的双腿离去后，冬梅拧眉道：“其实刚才殿下已经动摇，太妃该逼着他应承下来才是，以免夜长梦多。”

陈太妃接过话：“你担心溯儿回去见到慕千雪之后，不肯妥协迎娶昌荣？”

冬梅点头道：“是，璇玑公主对殿下影响有多大，太妃最是清楚不过。她一句，比咱们说上十句百句都有用。”

陈太妃抚着襟间素雅的绣花，淡然道：“正是因为清楚，才让溯儿回去。”

冬梅一脸疑惑道：“奴婢不明白太妃的意思。”

“她是一个玲珑剔透的人，很清楚怎么选择才是对溯儿最有利的。”

“太妃的意思是，璇玑公主与咱们站在同一边？”在陈太妃点头后，冬梅又道，“可万一……她有意睿王妃之位呢？”

“落花有意随流水，流水无情逐落花。”陈太妃徐徐吟着，在一声微不可闻的叹息中道，“她很清楚，从四年前拒绝溯儿那一刻起，她就永远不可能再成为睿王妃，更何况还有亡国之恨压在她肩膀上。”

听着外面呼啸的风声，冬梅叹道：“希望如此。”

在东方溯离开静芳斋时，慕千雪乘着马车徐徐地行驶在满是积雪的街道上，趁着雪停，她去穆王府见了见东方泽，与他说了一些事情。

几个孩子正在街上嬉闹，用通红的小手相互扔着雪球，被砸中了也不生气，依旧嘻嘻哈哈地笑着，好不开心。

慕千雪望着趴在窗沿上一脸羡慕的夏月，打趣道：“要不要我让车夫停下，让你去玩一会儿？”

夏月吐一吐舌尖道：“公主您就别笑我了，奴婢都这么大人了，下去玩非得被人笑死不可，不过待会儿回去，倒是可以去堆几个雪人。以前在西楚时，可从没下过这么大的雪。”

慕千雪唇角一僵，夏月也意识到自己一时嘴快说错了话，连忙道：“奴婢该死，请公主……”

“没什么。”慕千雪打断她的话，淡淡道，“若是连这两个字都听不入耳，还有什么资格谈复仇。”

夏月用力点头，鼓着腮帮子道：“嗯，苍天有眼，公主一定能够得偿所愿。”

她这副模样引得慕千雪笑了起来，正要说话，马车猛地一停，令她不由自主地向前栽去。

“公主小心！”夏月一边惊呼一边迅速拉住慕千雪，另一只手拉着窗沿，总算是稳住了身子，没有掉下马车去。

夏月松气之余，一股怒意涌上胸口，她一把掀起帘子，朝车夫喝道：“为什么这样突然停下来，万一公主受伤，你担待得起吗？”

车夫满脸惶恐道：“夏月姑娘息怒，小人也不想的，是有人突然挡住了去路，实在没法子。”

夏月往马车前面看去，这一看竟让她瞧见一个熟悉的身影，两道秀气的柳眉顿时皱了起来：“是你？”

披着一袭银红羽纱镶风毛大氅的沈惜君站在下人中间冷冷盯着夏月：“看来你还是跟以前一样没规没矩。”

夏月不理会她的话，径直道：“为何挡着我们的马车？”

沈惜君轻哼一声：“让你家主子出来，我知道她在里面。”

“公主才没……”夏月刚说了几个字，慕千雪已是自车窗中探了出头来，轻咳一声，声音一如既往地轻柔："宗姬有事寻我？"

沈惜君眼底掠过一丝痛恼，她最讨厌的就是这个女人整日装病扮虚弱，就知道在溯哥哥面前博同情。哼，等她与溯哥哥成了亲，第一件事就是将这个女人赶出去。

沈惜君压下胸口翻涌的醋意，皮笑肉不笑道："倒是没事，就是恰巧遇到公主车驾，想着许久未见，便想着叙叙旧。"事实上，她从赵平清口中得知慕千雪一早去了穆王府，故意在此等着。

"宗姬有心了。"慕千雪扶着夏月的手下了马车，踩着厚厚的积雪来到沈惜君面前，在打量了对方一番后，微笑道，"宗姬今日看起来精神很是不错，可有什么喜事。"

沈惜君抚一抚脸颊，有些得意道："你眼睛倒是毒得很，不错，确是有一件喜事。"她抬起下巴，神情高傲道，"你应该会有兴趣知道。"

"哦？"慕千雪意外道，"不知是何喜事？"

夏月最看不惯她那副高高在上的样子，故意讽刺道："该不会是宗姬你要成亲了吧？算起来宗姬您过了年就有十九了，是该成亲了呢。"

站在沈惜君身后的一名侍女当即喝道："大胆，竟敢这样与宗姬说话，还不立刻跪下请罪！"

"无妨。"在喝退侍女后，沈惜君走到夏月面前不怒反笑，"你说得没错，我确是要成亲了。"

夏月那番话本是用来讽刺沈惜君的，没想到竟然真的说中了，一时倒是愣在那里。

"恭喜宗姬。"慕千雪微一欠身，笑吟吟道，"不知哪位公子有幸娶到宗姬为妻，我可认得？"

"这个人，公主不只认得，还很熟悉。"沈惜君唇角微扬，勾起一抹报复的笑容，上前一步，逐字道，"睿王东方溯！"

这五个字如冬日里最寒凉的冷风，令慕千雪未曾散去的笑容僵在了那里，东方……竟然是他？

夏月回过神来，急切道："不可能，王爷才不会娶你呢，休得胡言！"

"胡言？"沈惜君眸光冰如冷泉之水，"此乃太后旨意，你一个小小奴婢，竟然敢质疑太后，真是好大的胆子！"

夏月被她盯得有些发慌，但还是倔强道："你说是太后旨意就是吗？我还说你是假传懿旨呢！"

"懿旨不日之内就会下来，到时候你便知我说的是真是假，不过……"沈惜君伸出涂着嫣红蔻丹的手指，挑起夏月的下巴，眯眸道："你质疑太后，目无尊上，却是不争的事实，你说……该怎么处置好？"

夏月避开她的手，慌声道："我……我才没有呢，你不要胡说！"

"宗姬息怒，夏月素来心直口快，并非存心……"

沈惜君冷冷地打断慕千雪的话："心直口快就可以胡言妄语吗？那依公主的话，那些杀了人的，也可以说自己是一时冲动，并非存心了？"说着，她指了夏月娇喝道，"把她给我抓起来！"

夏月没想到她说动手就动手，想要后退，又怕连累慕千雪，只能面色苍白地僵在那里。不过就算再重来一次，她还是会说那些话，王爷……绝不会娶这样一个骄纵妄为的女子为妻。

"且慢！"慕千雪喝住冲夏月拥去的那几名下人，她这会儿神色已是平静了下来，"夏月确有失言，但并未冒犯太后凤颜。"

沈惜君嗤笑道："你若耳背，我可以重复一遍予你听。"

"夏月说的每一个字，我都听得很清楚，不劳宗姬。"这般说着，慕千雪又道，"所谓太后懿旨，皆是宗姬一人之言，除却宗姬之外无人知道真假，夏月对此有怀疑也是情理之中的事，算不得错。就算闹到京兆府甚至是太后面前，也站得住脚。"

对视片刻，沈惜君身子微微往前倾，凉声道："公主还是一如既往地喜欢强词夺理，难怪楚帝容不下你，就你这张不讲理的刁蛮嘴，换了谁都不喜欢，说不定南昭被灭，就是你所害！"

她说话之时，并没有刻意压低声音，旁边之人包括夏月在内，皆听得一清二楚。见沈惜君拿南昭之事来挖苦慕千雪，夏月大为愤恨，上前护住面色煞白的慕千雪，恼声道："你要罚就罚，说那么多废话做什么，你不知道喜欢饶舌的人死后下了地狱，是要被拔舌的吗？！"她虽害怕受皮肉之苦，但更见不得自家公主受辱。

"死丫头！"沈惜君眸中寒光一闪，伴着一声厉喝扬手往夏月挥去，眼见夏月脸上要多五个鲜红指印，一只手及时抓住她的手腕："沈姐姐息怒！"

沈惜君面色不悦地盯着紧紧攥着她手腕的赵平清道："放手！"

赵平清看了一眼四周，低声道："姐姐，很多人看着呢，还是算了吧。再说你打了她，自己不也手疼吗？"

"不行！"沈惜君正在气头上，哪里听得进她的劝说，"这个丫头三番两次对我无礼，这次我定要好好教训她一番，让她长些记性。"

"姐姐！"赵平清为难道，"不看僧面看佛面，她们到底是……睿王的人。"

一听这话，沈惜君顿时像被踩了尾巴的猫一样，她激动道："什么睿王的人，胡言乱语，分明是她们死皮赖脸缠着溯哥哥不放！"

赵平清似乎被她过激的反应给吓到了，愣愣地站在那里，好一会儿方才怯怯地拉着她的袖子小声道："是平清不好，说错了话，沈姐姐不要生平清的气，以后不会了。"

"哼！"沈惜君不假辞色地拂袖甩开赵平清的手，冷冷盯着夏月，忽地嫣然一笑，"不过也对，为这么一个贱婢弄疼了自己的手，确实不值得。阿紫，去给我掌嘴三十，记着，一下都不许少了！"

"奴婢遵命。"一个身形高挑的侍女应了一声，不怀好意地朝夏月走去，然而刚走几步，便被慕千雪拦住。慕千雪这会儿已是恢复了一贯的平静淡然，凝声道："我刚才说得很清楚，夏月并未犯错，你们无权责罚她！"

"有没有权责罚，可不是你说了算的，哼，说穿了不过是一个亡国奴罢了，摆什么公主的架子！"说完，沈惜君朝停在那里的阿紫喝道，"还不给我狠狠地打，谁若敢阻拦……"她扫了一下慕千雪，面色阴寒道，"就一并打了！"

"姐姐！"赵平清急得直跺脚，"不过是一件小事罢了，你又何必闹大呢，得饶人处且饶人，还是……"

"不用你来教训我！"沈惜君厉声打断她的话，眸光冰冷道，"平清，你何时与这姓慕的这般要好了，处处帮着她说话。"

"姐姐想到哪里去了。"赵平清急忙道，"我这么做，都是为了姐姐好。"

"是吗？"沈惜君冷笑不止，显然是不信她的话。

赵平清连忙道："姐姐你想，若是你教训了夏月，必定会传到睿王耳中，到时候岂非影响姐姐与睿王的感情？"

被赵平清这么一说，沈惜君果然迟疑了起来，但要她就此放过夏月，又万万不甘心，正自犹豫间，一串急促的马蹄声传入耳中，坐在马背上的正是刚刚从昭阳宫回来的东方溯。

东方溯一路都在想着要怎么回绝赐婚之事，不曾想竟在路上遇到沈惜君，而且慕千雪与赵平清也在，当即拉住缰绳，下马来到慕千雪身边，拧眉道："出什么事了？"

慕千雪微一欠身，淡然道："没什么，就是正好遇到昌荣宗姬，说了几句。"

东方溯盯了她一会儿，忽地目光一转，落在夏月身上："你来说。"

"回王爷的话，宗姬她……"夏月固然很想狠狠告沈惜君一状，挫一挫后者的嚣张气焰。可看公主刚才的态度，分明是不想将事情闹大，她到底要不要说实话。

正自犹豫之时，沈惜君走过来拉了拉东方溯的袖子，笑吟吟道："可不就是碰到了说几句话而已，还能有什么。对了，我听说城外梅山上的梅花都开了，虽不是什么稀有品种，却也很是好看，趁着这会儿雪停了，我们一道去赏梅可好？”

东方溯面无表情地抽出袖子道：“男女授受不亲，请宗姬自重。”

沈惜君神色一僵，很快便又笑意如初：“马车就在那里，我们走吧。”

“宗姬喜欢，自己去赏梅就是了，我还有事要做。”随意寻了个借口回绝沈惜君的提议后，东方溯转身看向慕千雪，温言道，“走吧，我陪你回去！”

见东方溯对自己与慕千雪完全是两个态度，沈惜君不禁心头火起，不顾赵平清的阻拦，娇喝道：“不许走！”

东方溯停下脚步，反感道：“你还想怎样？”

沈惜君扬起她小巧的下巴，倨傲道：“陪我去梅山！”

“没兴趣！”这一次东方溯连借口都懒得找，直接回绝。

“你！”沈惜君气得攥紧了粉拳，赵平清怕又闹起来，赶紧来到她身边，低声劝道：“姐姐算了，你要真想去梅山，我陪你去就是了。”

“走开！”沈惜君并不领她的情，一把将她推开，赵平清一下子没站稳，仰身往后跌去，侍女惊呼着想要去拉，却是晚了一步。

赵平清害怕地闭上了眼睛，等待着即将到来的疼痛，结果却没有她想象的那么疼，准确来说，只觉腰间略略有些硌到。

赵平清好奇地睁开眼睛，首先映入眼帘的是一双乌黑如墨玉的瞳仁，待得看清那双眼眸的主人时，脸颊顿时“噌”地一下红了起来，急忙挣开东方溯的怀抱，羞涩道：“多谢王爷相救。”

东方溯点点头，再次转身往慕千雪的方向走去，由始至终，他都没有看沈惜君一眼，这样的忽视令沈惜君越发恼恨，她奔到东方溯身前，满面寒霜地喊道：“你给我站住！”

东方溯被迫停下脚步，紧紧拧了双眉道：“闹够了没？”

“我要你陪我去梅山！”此时的沈惜君，与其说是想看满山梅花，倒不如说是赌一口气，她不允许自己输给慕千雪，绝不允许！

“不可能！”

尽管早就知道东方溯并不爱自己，但这三个字还是刺痛了沈惜君，泪水不受控制地泛上眼眸，濡湿了纤长细密的长睫。

在东方溯准备绕过她时，沈惜君忽道：“你以为这样就可以避我一世了吗？你错了，太后已经……”

东方溯漠然接过她的话：“答应为你我赐婚是吗？”

“你……你怎么会知道？”沈惜君樱唇微张，满面诧异地看着东方溯，这件事是昨日才定下来的，她只与身边亲近的人说过，东方溯怎么会知道？姨母那边吗？

她很快否决了这个念头，东方溯的性子姨母再清楚不过，为免横生枝节，在择定日子颁下赐婚旨意之前，姨母是不会告诉他的。

东方溯嘴角浮起一道冰冷的弧线：“就算是太后赐婚，我也不会娶你，沈惜君，你死了这条心吧！”

扔下这句话，他再不停留，扶着慕千雪上马车后，翻身重新上马，徐徐地往睿王府行去。

第三十四章　登门问罪

沈惜君愣愣地站在那里，直至东方溯一行人走得不见踪影后，方才反应过来，她不顾路人的目光，蹲下身子捧着脑袋发出一声声尖叫，每一声尖叫，都有一滴泪水随之而落，掉入积雪之中。

她这一辈子，所有的挫折、痛苦、悲伤，都是拜东方溯所赐。可偏偏……她就像着了魔一样，怎么也无法狠下心来摆脱他的影子

看到她这个样子，赵平清心有不忍，安慰道："姐姐，你冷静一些，王爷他……他说的应该只是一时气话，别往心里去。"

阿紫也在旁边跟着劝说："就是，这桩婚事是太后做主，哪里由得睿王答不答应，除非他不想要命了。"

她的话令赵平清脸色微微一变，不过很快便又恢复了原来模样，不住劝着沈惜君，在她们的安抚下，沈惜君的情绪渐渐平复下来。

赵平清拭着她脸上一道道的泪痕，温言道："外面冷，我扶姐姐回去吧，回到府中，什么都别想，好好睡一觉，睡醒就没事了。"

赵平清想要收回手，却被沈惜君猛地抓住手腕，她抓得很用力，即便隔着厚厚冬衣，也能感觉到那一根根尖锐的指甲，不禁骇然道："姐姐，你做什么？"

沈惜君盯了她，双目冷凛之色更甚环身的寒风："说，是不是你告诉溯哥哥的？"思来想去，知晓赐婚一事的人并不多，卫太后、父亲母亲、兄长、阿紫，他们都没理由去告诉东方溯。除了他们之外，还知道太后即将赐婚的，就只有赵平清一人。

赵平清别过脸，不自在道："我……我不知道姐姐在说什么！"

这个样子令沈惜君更加肯定，她攥着赵平清的手再次一紧，咬牙切齿道："果然是

你，赵平清，你好大的胆子！”

“我……我没有。”赵平清脸色煞白，额间冒出细细的汗珠，被沈惜君攥住的手腕像要断掉一般，也不知她哪里来这么大的力气。

“不承认是吗？”沈惜君冷笑一声，忽地松开手，没等赵平清缓过来，阴冷更甚于刚才的声音在耳边响起，“给我把她的头发剪了，我看她说不说！”

赵平清骇然失色，她知道沈惜君性子骄纵，却没想到竟然张口就要剪自己头发，怎么说自己也是堂堂侯爷千金。

阿紫也是变了颜色，剪头发虽然不会令人受伤，可在这大周，头发几乎可以说是女子的性命，除非削发为尼，否则是断然不会断发的。而且这大庭广众的，真要断了赵平清的头发，怕是以后都不用再见人了，更不要说嫁了。

阿紫大着胆子劝说道：“宗姬，这……这样恐怕不太好，或许……真与赵小姐无关！”

沈惜君横了她一眼，漠然道：“跟了我几年，眼力没见长，胆子倒是大了不少，是想我连你的头发也一并剪了吗？”

“奴婢不敢！”阿紫慌忙低头请罪，“奴婢这就去找剪子来！”

“不要！姐姐不要！”赵平清紧紧护着自己一头秀发，吓得花容失色，都快要哭出来了。

沈惜君对此不为所动，催着阿紫他们去找剪子。没过多久，阿紫拿着一把铜剪子过来，后面还跟着一个胖妇人，想是从她那里拿来的。

面对阿紫呈过来的剪子，沈惜君并不接过，径直吩咐道：“去，全部都给我剪了，一根也不许剩！”

“宗姬开恩！宗姬开恩！”面对缓步走过来的阿紫，随赵平清过来的两名侍女跪在地上不住哀求。

不论阿紫怎么放缓脚步，终归只有那么几步的距离，很快便走到了赵平清身前，轻叹一声。

“请赵小姐恕罪。”说完这句话，她拿了剪子作势往赵平清头上剪去，赵平清尖叫一声，连连后退，不小心跌倒在地，沾染了满身的雪花，她哭诉道：“不要，沈姐姐饶了我吧，我以后不敢了！”

在示意阿紫退下后，沈惜君上前居高临下地看着满脸泪痕的赵平清：“终于肯承认了？”

赵平清泣不成声道：“我……我只是不想姐姐一时意气用事，将来后悔，我这么做都是为了姐姐好！”

“为我好？”沈惜君连连冷笑，“如此说来，我岂非还要谢你？赵平清！”

“我说的都是真心话，如有一句虚言，就……”

“闭嘴！”沈惜君狠狠瞪了她，“你以为到了这个时候我还会相信你的话吗，为我好？赵平清，你当我是三岁孩童吗？”

“我……”赵平清哭得梨花带雨，惹人心怜，可惜并不能打动沈惜君，“十年了，我与你相识到现在差不多有十年了，从不知道你竟然这样心机深重，当面一套，背后一套。赵平清，你可真有本事！”

“不是的，不是这样的。”赵平清拼命摇头，“睿王对姐姐从无爱恋之心，就算勉强娶了姐姐，也不会有幸福，我不希望姐姐将来后悔。”

沈惜君俯身用力捏着她尖尖的下巴，面目狰狞道：“是真怕我后悔，还是你别有用心？”说到此处，她脸色一变，盯着赵平清道，“我记得你今年是十七对不对？”

在赵平清点头后，她手一紧，一字一句道：“寻常人家，十五六岁就定亲甚至是成亲了，可是你……平清，竟一点儿消息也没有。”

赵平清紧紧攥着衣裳，慌张道：“我……我不急，母亲也不舍得我这么早出嫁，想着……在家中多待两年。”

“是吗？”这两个字里充满了浓浓的怀疑，待要再说，身后传来一个熟悉的声音，“宗姬，您这是在做什么？”

沈惜君回身，只见一名四旬左右的绿衣女子站在不远处，她蹙一蹙眉道：“逐春姑姑？你怎么在这里？”

逐春屈一屈身，笑道：“奴婢是随王妃出来上香的，那么巧，半道遇着宗姬。”在离她不远的地方停着一辆翠顶朱帷的马车，垂挂在两边的灯笼上写着“平阳”二字。

“赵小姐怎么摔地上了，快快起来，小心着凉。”逐春一边说着一边上前搀扶起赵平清。

赵平清感激道：“多谢姑姑。”

逐春递过帕子，温言道：“这么一张好看的脸，怎么都是眼泪，赶紧擦擦。”她跟随平阳王妃多年，哪会看不出当中的问题，不过有些事情，不说破比说破好。

沈惜君却不这么想，一把夺过帕子，冷冰冰道：“对她这么客气做什么，着凉才好，让她好好想清楚自己。”

被她这么一吼，赵平清刚刚止住的眼泪顿时又掉了下来，逐春赔笑道：“宗姬不是一向与赵小姐最要好吗，怎么突然闹起脾气来？”

沈惜君哼一声没说话，此时停在不远处的马车中传出好听的声音："惜君，平清，你们都过来。"

面对平阳王妃的召唤，沈惜君与赵平清不敢怠慢，上前各自行了一礼，一只戴着赤金护甲的手微微掀开帘子，露出半张端庄明丽的面容："你们这是怎么了？"

赵平清抢先道："回王妃的话，平清刚才与姐姐有些小误会，不过现在已经没事了。"稍稍一顿，她又道，"平清出来很久了，家中父母怕是惦念，若没什么事，平清先行告退。"

平阳王妃的眸光在她脸上微微打了个转，温和道："好，快回去吧。"

沈惜君哪里肯依，跺脚道："母亲！"

平阳王妃没有理会她，对赵平清道："去吧。"

"多谢王妃。"赵平清不敢看沈惜君，带着两名侍女匆匆离去。

看到她们离去，沈惜君又气又急，恨恨道："母亲，你不知道赵平清有多可恶，绝不能就这么算了！"

平阳王妃面色微沉："依你之意，是要继续在此出丑了？"

沈惜君噘了嘴道："就算出丑，那也是她！"

"好了！"平阳王妃轻斥一声，道，"上马车来，仔细告诉母亲到底是怎么一回事，若她当真有过分之处，母亲必替你讨回。"

东方溯一行并不知道后面发生的事情，到了睿王府后，慕千雪便带着夏月往东院行去，岂料东方溯也跟了过来，二人也不说话，只是一前一后地走着。

待得进了正堂，奉上茶又烧了炭盆后，夏月知趣地拉了徐立他们退下，留下二人单独说话。

慕千雪率先打破了沉寂："王爷之前不该那样对昌荣宗姬。"

"依公主之意，我该满心欢喜地接受这门亲事是吗？"落在慕千雪身上的眸光哀伤而失望。

"但这是太后指婚，王爷不可拒绝。"慕千雪垂目盯着素白的手指，珠钗垂下的银线流苏在鬓边微微晃动。

"不论是谁指婚，我都不会娶沈惜君！"东方溯斩钉截铁地说着。

慕千雪抬目盯着他："王爷可知抗旨的下场？太妃、九王、军中亲信，乃至这睿王府上上下下的性命都不要了吗？"

堂中静了下来，只有炭盆里偶尔传来爆炭的声音，微弱的阳光透过莹白的窗纸照在东方溯身上，他问道：“那你呢，希望我娶她吗？”

慕千雪搁在膝上的指尖微微一颤，下一刻已是拢入宽大的广袖中，平静道：“昌荣宗姬身份尊贵，又深得太后恩宠，与王爷最是匹配不过。”

东方溯并未放过她这番细微的动作，于冰冷的唇齿间吐出三个字来：“你撒谎！”

“千雪所言皆是出自肺腑，并未欺骗王爷。”

东方溯走到她身前，凝声道：“若果真如此，你就看着我，把刚才的话再说一次！”

他眼中不加分毫掩饰的情意在慕千雪平静的心湖搅起重重涟漪，她知道东方溯想要的是什么，可是……她回应不了！

慕千雪闭一闭目，在强迫自己平静下来后，她抬眸一字一句道：“王爷与昌荣宗姬郎才女貌，乃是天作之合，千雪……恭喜王爷！”

“我不信！”东方溯连连摇头，忽地，他攥住慕千雪双臂，激动道，“这不是你心中所想，绝不是！”

“王爷……”不等慕千雪说下去，东方溯又道：“不论沈惜君如何纠缠，我想娶的，从来都只有你一人，千雪，你对我有情是不是？”

最后一句话，再次打破了慕千雪心湖的平静，且比刚才更加激烈，情……她对东方溯真的有情吗？就像当年，她对萧若傲有情一样？

慕千雪的默然令东方溯心中一喜，欣然握住她拢在广袖中的冰冷双手：“我说对了是吗？”

慕千雪任由他握着自己的手，浅淡的忧伤自那双秋水明眸中划过，似山间流水又似弥漫于清晨的烟雾：“就算真有情，那又如何，卫太后的性子我很清楚，一旦抗旨，她绝不会放过你，朝夕之间，你就会从一品亲王沦落为阶下囚。”

东方溯毫不犹豫道：“只要能与你一起，我愿放弃一切。”他眼中的情意浓郁如水，“寻一处无人山谷，建一木制小屋，铺一青石小路，与你晨钟暮鼓，安之若素。”

“晨钟暮鼓，安之若素……”慕千雪喃喃地念着这几个字，曾几何时，她也曾这般想着，却被鲜血与屠刀生生扼杀！

见慕千雪似乎心有所动，东方溯连忙道：“是，我会倾我一生待你好。千雪，你相信我！”

慕千雪回过神来，凝语道：“那太妃与九王呢？”

“我们可以带母妃与九弟一起走。”话音未落，慕千雪已是再次接了上来，“那睿王府上下还有那些军中亲信呢，王爷也统统带走吗？”

东方溯料到她会有此一问，当即道："若真到那一步，我自会想办法保他们平安。"

慕千雪摇头道："没用的，以王爷眼下的实力，根本护不了他们。"

东方溯咬牙道："是否我想出办法，或许令母后收回成命，你就与我在一起？"

一声叹息自慕千雪樱唇逸出："王爷当知，陛下应允了西楚使者，终我一生，不可二嫁。所以……对不起！"

他的深情，慕千雪不是不知道，但……错过就是错过，再也不可能回去。

她缓慢而坚定地拂开东方溯双手，低低道："这一生，你我有缘无分，若有来生，我必许你！"

明明屋中烧着炭火，暖洋如春，东方溯却仿佛伫身于冰天雪地，感觉不到一丝暖意。

他缓缓地攥紧褪尽暖意的双手，涩声道："不论你是否愿意与我一起，我都不会娶沈惜君，她——不配！"

不等慕千雪言语，他已是开门走了出去，望着他没入冷风中的身影，慕千雪胸口沉闷异常。

她欠东方溯的，这一世怕是都还不清……

此时，赵侯府正乱成一团。就在不久前，赵平清哭哭啼啼地回来，手腕还有下巴皆有殷红的瘀痕，分明是被人所伤，但不管谁来问，怎么问，她都不肯说一个字，只是将自己关在房间哭个不停，令人担心得很。

赵侯爷夫妇忧女心切，言辞逼问那两个随赵平清一道出去的侍女，方才知晓事情始末，听得二人直叹气。

赵夫人心疼女儿，呵斥道："这个沈惜君，平日里盛气凌人也就算了，这一次竟敢当街折辱平清，实在太过分了。侯爷，你可要替平清做主。"

赵侯爷叹道："我倒是想做主，可你说说，我能怎么办？赵家早就已经今非昔比了。平清若是男儿身尚可建功立业，重振家声，可她偏偏是个女子，等我百年之后，就连这祖上传下来的侯爵都要保不住了。"

虽然与卫晋一样，都是侯爷爵位，但赵侯爷在朝中只是领一个闲差，没有半分实权，与卫晋根本不可同日而语，否则赵平清又何必整日跟在沈惜君后面讨好她。

赵夫人想起自家的事情，也是叹息连连："那依侯爷之意，此事就这么算了？"

"不算也得算，昌荣宗姬背后可是平阳王府与太后，不论哪一个，咱们都得罪不起。”说着，赵侯爷又道，“你去做几个平清爱吃的小菜，亲自给她送去，再好好安慰一下，应该就没事了。”

“也只能这样了。”赵夫人正要去厨房，下人匆匆奔了进来，惶恐道：“启禀侯爷夫人，平阳王妃与昌荣宗姬来了。”

“她们来做什么？”赵夫人满面惊讶地问。

“小人不知，这会儿已经下了马车。”在示意下人退下后，赵夫人蹙眉道：“难不成平阳王妃知道昌荣宗姬做错了事，特意带她来道歉？”

赵侯爷连连摇头：“平阳王妃那人最是护短，莫说只是这么一点儿事，就算再大的事，以她的性子，也绝不可能登门道歉。”他虽庸碌无为，却也还有几分眼力。

“既不是道歉，她来做什么，总不至于是兴师问罪吧？”

赵侯爷也猜不透她们的来意，叮嘱道：“总之待会儿小心说话，莫要被她们抓了话柄。”

赵夫人虽心里有些不痛快，却也答应了。二人一路来到门口，朝华服盛装的平阳王妃行礼：“见过王妃，王妃万安。”

平阳王妃抬一抬手，笑吟吟道：“二位客气了，免礼。”说着，她瞥了一眼站在旁边的沈惜君，“怎么不行礼？”见她发了话，沈惜君只得勉强屈一屈膝，算作行礼。

在将她们迎到正厅坐下后，下人奉了茶上来，平阳王妃抿了一口，挑眉道：“是上好的碧螺春，不输宫中御茶，想不到赵侯爷府中还有这样好的茶叶。”

赵侯爷微露得意之色：“这茶是正月入宫朝拜之时皇后娘娘赏下来的，这会儿还留着一罐，王妃若是喜欢，我这就让人去拿来给您带回去。”

平阳王妃淡淡笑道：“原来是去岁的陈茶，难怪喝着有一股陈味儿。”说着，她搁下茶盏，凉声道，“多谢赵侯爷好意，不过我素来不喝陈茶，今日已算是破例。”

赵侯爷本是讨好平阳王妃，哪知碰了一鼻子灰，捧着手里的茶喝也不是，不喝也不是，满脸尴尬。

眼见自家老爷受辱，赵夫人心中不快，无奈平阳王妃身份摆在那里，不敢得罪，只能命下人去换了新茶来，旋即试探道：“不知王妃今日大驾光临，是为何事？”

平阳王妃低头一笑，垂落于两边的重重珠络因她这个动作相互碰撞在一起，发出清脆悦耳的声音：“也没什么，就是听说两个孩子吵架了，所以带惜君来向二位道歉。惜君这孩子，自幼被我与王爷宠坏了，性子一上来，就不管不顾，不分轻重，让平清受了委屈，实在过意不去。”

平阳王妃的话令赵侯爷受宠若惊，连忙道：“王妃言重了，就是两个孩子一时闹别扭，不打紧。”

“错就是错。”平阳王妃目光一转，落在把玩着腰间玉佩的沈惜君身上，徐声道，“还不赶紧向赵侯爷与赵夫人道歉？”

沈惜君噘着嘴不动，之前让她向赵侯夫妇行礼，已是一肚子不乐意，这会儿又要她道歉认错，更是不情愿。

赵侯爷连连摆手：“不过是小事一桩罢了，而且都过去了，王妃不要再为难宗姬了。”

平阳王妃不理会他，盯了沈惜君道：“连为娘的话也不听了吗？”

这一回，平阳王妃的语气比刚才重了许多，沈惜君终归还是有点儿怕她，眼中泪光一闪，万分委屈地上前屈膝道：“惜君不懂事，请赵侯爷与赵夫人原谅！”

“宗姬言重了。”赵侯爷夫妇赶紧将她扶起，不过这么一来，之前堵在心里的那口气，倒是消了七七八八。

在沈惜君退回来后，平阳王妃环视了四周一眼，含笑道：“怎么不见平清，可是还在生惜君的气？”

赵夫人忙道：“怎么会呢，只是她在自己房中，不知王妃与宗姬来了。”说着，她起身道，“我这就去将平清唤来。”

赵夫人一路来到赵平清位于东厢的房间，命人强行将门打开后，来到趴在桌上哭泣不止的赵平清身边，一边抚着她抽动的背脊一边将刚才发生在正厅里的事情说了一遍，随即道：“母亲知道你受了委屈，但平阳王妃亲自带着昌荣宗姬来道歉，也算有诚意，听母亲的话，这件事就这么算了吧，毕竟……平阳王府不是咱们能得罪的。”

赵平清抬起满是泪痕的脸庞看着赵夫人，良久，她点一点头，哽咽道：“嗯，我听母亲的。”

“乖。”赵夫人欣慰地点点头，拿帕子替她拭净泪痕，拉着一路来到正厅，尽管心里还有委屈未消，赵平清还是乖巧地行了一礼。

平阳王妃招手示意她近前，仔细打量了一番，和蔼地叹道：“瞧瞧这又红又肿的双眼，一定是哭过了，真让人心疼。”

赵平清瞅了旁边板着一张脸的沈惜君，小声道：“其实沈姐姐之前的训斥并没有错，平清确有不对之处。”

平阳王妃笑一笑，在示意她回到赵夫人身边后，抚着瑞香色裙裾盈盈道：“惜君那桩事情说完了，现在该说说别的事情了。”

赵氏夫妇对视了一眼，疑惑道：“敢问王妃，还有什么事情？”

平阳王妃拉过沈惜君的手，轻拍着道："我这个女儿啊，自幼娇生惯养，不论是我还是王爷又或者是太后，都宠着护着，不舍得她受一点儿委屈，这也令得她性子异常单纯，不懂得掩饰喜恶，更不懂得人心险恶的道理。别人稍稍对她好一些，她就对人掏心掏肺，没一点儿防备，让我这个做娘的操碎了心，就怕她一不小心被人给算计了。"

赵侯爷摸不准她突然说这些话的用意，小心翼翼地赔笑道："昌荣宗姬身份尊贵，谁又敢算计她。"

"我本来也这么想，直至这会儿才发现，原来还真有胆大包天的人。"尽管平阳王妃那张精心描绘过的脸上依旧是一副笑意吟吟的模样，但那双凤眼清冷如秋霜，寻不到一丝笑意。

赵侯爷隐隐察觉到不对，心口微悬道："王妃这话从何说起？"

平阳王妃凉声道："赵侯爷什么时候也学会了明知故问这一套？"

赵侯爷声音微颤道："王妃这话……不知从何说起？"

赵夫人接过话道："就是啊，我与老爷什么都不知道。"

平阳王妃唇边绽出一丝幽冷的笑容，转首看向轻咬着嘴唇的赵平清："那你呢，也不知道吗？"

赵平清身子微微一颤，怯怯地望着平阳王妃："平清不知，请王妃明示。"

瞧见她这个样子，沈惜君气不打一气来，竖眉上前呵斥道："你别在这里装可怜，我告诉你……"

"惜君！"平阳王妃扫了她一眼，打断道，"我平日里是怎么教你的，没规没矩的，还不退下。"

沈惜君怒火烧得正盛，哪肯就此退下："我又没说错，她……"

平阳王妃面色一寒，加重了语气喝道："忘了来之前，我与你说了什么吗？退下！"

沈惜君面上掠过一丝犹豫，默然半晌，终是退了下去，但愤恨的目光一直落在赵平清身上，令其浑身不自在。

在解决了这个小小冲突后，平阳王妃弹一弹涂着紫红蔻丹的指甲，继续道："惜君性子直率，所以平日里往来的人并不多，当中最要好的莫过于平清，所以我与王爷这些年来，一直拿平清当女儿看待，但凡惜君有的，总不忘给平清备上一份。平清，我说的可是真的？"

赵平清深深一福，一对明玉耳铛在粉白的颈边晃动："王妃待平清的好，平清一世都会记得。"

“一世记得……”平阳王妃幽幽一笑，展一展绣纹繁复的袖子，扬眉道，“平清你还是那么会说话，让人察觉不出一丝问题，难怪连我也被你骗了。”

赵平清一慌，急急摇头道：“王妃何出此言，平清从未欺骗过王妃。”

赵夫人也忍不住道：“是啊，平清这孩子从不说谎骗人，王妃您定是误会了。”

“误会？”平阳王妃一敛脸上残余的笑容，冷声道，“太后知道惜君与睿王两情相悦，愿结秦晋之好，就下旨为他们二人赐婚，此事未曾事先告诉睿王，是想给他一个惊喜。岂料赵平清知道后，竟跑到睿王面前挑拨离间，令睿王对惜君生出误会，不愿奉旨成亲。赵平清，惜君将你当成最好的姐妹，你却两面三刀，想要坏惜君一生幸福，你好大的胆子！”

赵平清被她这一番疾言厉语吓得花容失色，急急道：“没有，不是这样的。”

“不是？”平阳王妃冷笑道，“是你没去过睿王府，还是没与睿王说过赐婚之事？”

“我……我是说过，但我并未挑拨离间，我冤枉！”赵平清急得眼泪都快掉下来了。

赵氏夫妇在一旁听得气愤不已，明明就是沈惜君求着太后强行赐婚，到了平阳王妃嘴里却成了两情相悦，愿结秦晋之好，根本就是颠倒黑白。什么登门道歉，根本就是来兴师问罪的。

赵夫人心疼女儿，开口道：“王妃息怒，平清是我所生，她的性子我最清楚，绝不会如王妃所言，做出两面三刀之事。”

平阳王妃不假辞色道：“依赵夫人所言，是我冤枉赵平清了？”

赵夫人不敢得罪太甚，赔笑道：“我不是这个意思，只是……”

“够了！”平阳王妃冷冷打断，盯了神情惶恐的赵侯爷道，“赵侯爷，你说这件事该怎么办？”

赵侯爷赶紧站起身来，仔细斟酌了言语拱手道：“小女一时不懂事，做错了事，我在这里替她向王妃赔罪，还望王妃大人有大量，不要与她一般计较。待宗姬与睿王大婚之时，我一定备上厚礼道贺。”

他已经极力放低了姿态，希望大事化小，小事化无，可惜平阳王妃并不是这个心思，否则她也不会来这里了。

“难怪赵平清敢肆意妄为，连我平阳王府也不放在眼里，原来是有赵侯爷护着。”

赵侯爷心思飞快地转着，勉强又想到一个法子：“不如我现在带平清去一趟睿王府，当着睿王的面将事情说清楚，化解误会。”

平阳王妃凉声道："侯爷不知道结怨容易解怨难的道理吗？如果这么容易解决，天底下就不会有那么多的误会了。"

连说了两个法子，都被她给否了，赵侯爷束手无策道："那……依王妃之意，该当如何？"

平阳王妃扶一扶鬓边的珠花，忽地起身道："既然赵侯爷没有解决这件事的诚意，那我唯有禀告太后，请她老人家为惜君主持公道了。"

一听这话，赵侯爷顿时慌了，连忙拦住她的去路道："王妃留步，我……我……"他暗自一咬牙，狠心道，"但请王妃示下，我一定照办，绝无二话。"

平阳王妃止步盯着他道："果真？"

"断不敢欺骗王妃。"赵侯爷清楚，想要保住赵府不出大事，就一定要照着她的意思去做，否则一旦闹到太后面前，赵氏一脉仅存的基业怕是要毁在自己手里了。

平阳王妃斜斜横了他一眼道："好，我也不是不讲理之人，既然赵平清存心不善，要坏惜君婚事，那么……就一报还一报好了。"

赵夫人心惊肉跳地问道："王妃之意是……"

平阳王妃望着窗外渐渐充裕的阳光，似笑非笑道："过了年，平清就十八了，该是嫁人的时候了，否则留成老姑娘可不好了。"

赵侯爷连连应声："明儿个我就去找媒婆来，替平清定亲。"

赵平清眼圈泛红，这是她的终身大事，却只能任由别人做主，她连插话的资格都没有，真是好不公平。

平阳王妃笑吟吟道："那些个媒婆说的话没一句是真的，哪里能信，万一因此误了平清终身，岂非悔恨一生。"微一停顿，她道，"我这边倒是有一个不错的人选，世家出身，饱读诗书，为人正直，配平清最好不过。"

"不知……是哪位公子？"赵侯爷战战兢兢地问着，暗自祈祷千万不要如自己所想的那样。

迎着赵氏一家的目光，平阳王妃徐徐吐出七个字，"轻车都尉徐经治。"

赵夫人眼皮狠狠一跳，当即道："平清不能嫁给他。"

沈惜君瞪了她一眼，不悦道："何时由得你来做主？"

平阳王妃倒是不以为忤，含笑道："怎么，赵夫人对徐都尉不满意？他的祖先可是大周开国功臣，虽说不是直系，却也是所有旁系中血缘最近的一个，又有爵位在身，真要说起来，还是平清高攀了他呢。"

徐、李、南宫、卫，是助太祖打下大周江山的功臣，只是徐李两族人丁不盛，早在二十年前直系血脉就断绝了，只剩下旁系，徐经治就是徐氏一族的旁系。

赵夫人勉强挤出一丝笑意："正如王妃所说，徐都尉身份尊贵，我们平清……配不上他。"

她虽不怎么出门，却也清楚徐经治的为人。此人除了一个从三品的轻车都尉的爵位之外一无是处，整日游手好闲，连个一官半职都没有。最让她无法接受的是，此人喜好出入烟花之地，仗着祖上留下的产业，经常出入花街柳巷，但凡有点儿名气的青楼楚馆他都曾去过。家里还养了好几房姬妾，花心好色，金陵城中人尽皆知，许多人在背地里骂他是败家子。

他这个性子，莫说官家姑娘，就算是平民百姓的良家女子也不敢嫁。后来徐家没办法，为他张罗了一门外地的亲事，结果成亲之前，被对方发现他的德行，一怒之下退了亲，之后就一直未再谈下亲事，愁煞了他的父母。

这样的人，赵平清若是嫁过去，这一世可算是毁了，赵夫人就这么一个女儿，哪里能由着别人糟蹋。

"赵夫人倒也无须这般菲薄，徐家并不是那些势利人家，不会因此轻视了平清，再者，不是还有我在吗，他们若敢薄待，我第一个不答应。"

"王妃好意，我等心领了，但徐公子与平清实在不合适。"赵夫人虽神色谦恭，态度却是异常坚决，丝毫没有松口的意思。

平阳王妃抚着镶在护甲上的浑圆珍珠，淡淡道："看来赵夫人还不太明白这会儿的形势，合适与否……并不是你说了算的。"

"平清是我女儿，这点儿权力，想来我这个做娘的还是有的。"这般说着，赵夫人朝旁边赵侯爷使了个眼色，示意他也帮着一道说，务必要让平阳王妃打消这个念头。

"王妃……"赵侯爷刚说了两个字，平阳王妃便截断了他的话，"侯爷刚才可是说了，只要我开口，你一定照办，言犹在耳，这么快就要反悔？"

"不敢，只是事关平清终身，不能……不能……"后面几个字，在舌尖打了几个转，艰难道，"如此儿戏。"

平阳王妃用茶盖拨一拨浮在碧绿茶汤上的沫子，面无表情道："你女儿的终身不能儿戏，我女儿就可以了是吗？赵侯爷，你这算盘打得可真是不错。"

"王妃误会了，我……"

"好了！"平阳王妃饮了一口茶水，于氤氲的茶雾中再次打断他的话，"这件事情就这么定了，改明儿个我就入宫去与太后说，请她老人家赐婚，能得太后赐婚，这可是你们赵府无上的荣光。"

一听这话，赵侯爷顿时大慌，一旦太后下旨，那这桩婚事就真是铁板钉钉，赵平清非嫁徐经治不可了。

沈惜君犹嫌他们不够难过，火上浇油道：“赵府落魄了这么久，难得风光一次，可真不容易。”

“姐姐！”赵平清来到沈惜君面前，含泪道，“你一定要这样对我吗？”

这句话顿时将沈惜君的火气给勾了上来，恨恨地瞪眼道：“你还有脸问我，赵平清，枉我把你当姐妹，你竟然处处算计我，要不是今日被我揭穿，你还打算瞒我多久？！”

赵平清潸然落泪：“我从来没有算计过姐姐，甚至连想都没想过，我所做的那些，都是为了姐姐好！”

沈惜君强捺住掴掌的冲动，寒声道：“到了这个时候，你还满口胡言。赵平清，我与你相识十年，怕是你从未与我说过一句真心话！”

“不是这样的。”赵平清不住地摇头，泪水如断了线的珍珠，落个不停，“姐姐很清楚，睿王是不喜欢你的，就算你借着太后旨意，强行与他成亲，他还是不喜欢你，甚至更反感。姐姐，这样的婚姻，除了一个睿王妃的名头之外，根本没有幸福可言，你又何必呢！”

赵平清说的每一个字都正中沈惜君最痛之处，令她暴跳如雷，尖声道：“赵平清，你有什么资格管我的事！”

“你是我姐姐，我……”

“姐姐？”沈惜君怒极反笑，指着赵平清的额头，“我这辈子最大的错就是把你当姐妹，赵平清，你骗得我好苦！”

赵平清额头被她戳出了一个个指甲印，她忍着痛道：“姐姐，我是真的……”

“够了！”沈惜君厉声打断她的话，眸色阴冷如外面未化的积雪，“我再不会相信你说的任何话，一个字也不！”

“姐姐……”赵平清话未说完，沈惜君已是拂袖来到平阳王妃身前，“母亲，我们现在就进宫去见太后，请她下旨为赵平清赐婚！”

赵侯爷大惊失色，连忙上前道：“宗姬且慢！”

“滚开！”沈惜君一把将他推开，赵夫人扶住脚步踉跄的赵侯爷，气愤道：“你们不要欺人太甚！”

自刚才起就一直没说话的平阳王妃，听得赵夫人之言，面无表情道：“若非赵平清痴心妄想，意欲得到一些她根本不配得到的东西，岂会如此？一切皆是她咎由自取，我只治她一人，已是宽容，你们再要多嘴，休怪本王妃不讲情面！”

赵夫人想要再与她争辩，却被赵侯爷用力拉住，不住摇头，示意她不要再说了，以平阳王妃的霸道性子，继续下去，吃亏的只会是他们。

在赵平清不住的啜泣声中，平阳王妃拂一拂裙裾，起身道：“惜君，我们走吧。”

“是。”沈惜君出了一口恶气，心里痛快得紧，敢坏她婚事，她就要赵平清拿后半辈子几十年来偿还！

第三十五章　心机深沉

临行前，沈惜君张开樱桃红唇，朝赵平清面上重重唾了一口唾沫："癞蛤蟆想吃天鹅肉，你也配！"

"她们……她们……"赵夫人气得浑身发抖，指了离去的平阳王妃二人，半晌说不出话来，赵府这些年虽没落，却从未受过这等奇耻大辱，平阳王府实在欺人太甚！

待得缓过气来后，赵夫人垂泪道："侯爷，你赶紧想个办法，千万不能让平清真的嫁给徐家那个败家子。"

赵侯爷无力地跌坐在椅中，怆然道："她们背后是太后，我能有什么办法！"

听这话，赵夫人泪落得越发凶猛："那你就打算眼睁睁看她们毁了平清一辈子吗？那可是我们唯一的女儿啊！"

赵侯爷摊手道："那你想我怎么样？"

赵夫人无言以对，好一会儿抹着泪道："不然……我们也进宫去求求太后，或许会有用。"

对于她的话，赵侯爷嗤之以鼻："疏不间亲，平阳王妃可是太后的嫡亲妹妹，你觉得太后会听我们的还是平阳王妃的？"

"那……那就真的没办法了吗？"一想到自己辛辛苦苦养大的女儿要嫁给那么一个花心败家子，赵夫人就心如刀割。

赵侯爷长叹一口气："唯今之计，只有等平阳王妃气消了之后再去求她，所幸这会儿天色不早，又积雪重重，应该不至于今日就入宫。"说着，他又恼声道，"平清也是，无端端地去告诉睿王做什么，真是自找麻烦。"

他的话令赵夫人想起平阳王妃离去前的那番话，迟疑道："平清是不是喜欢睿王？”

赵侯爷骇了一跳：“竟有这样的事？”

“我也不知道，但听着平阳王妃她们的话，似乎是这意思。”说着，她想找赵平清问清楚，哪知放眼厅堂并无赵平清身影。一问下人，方才知道她已经回去了。

赵氏夫妇二人赶紧来到东院厢房之中，只见赵平清的两名贴身侍女满面焦急地站在外面叩门。

赵夫人忙上去问道：“怎么回事？”

侍女行了一礼，忧声道：“回夫人的话，小姐一回来就将自己关在房里，任奴婢们怎么敲门都不肯开。”

赵夫人赶紧上前叩门：“平清，是爹和娘，快开门。”

赵侯爷亦上前道：“平阳王妃刚才所说的都是一时气话，并非真要你嫁给徐经治。晚些时候，爹就去平阳王府一趟，你别担心。”

“平阳王府纵然势力再大，也不可一手遮天，咱们一定能想出办法来。”任他们怎么说怎么喊，就是不见赵平清回应，反倒是传来一声重物倒地的声音。

赵侯爷听着不对，让下人强行将门撞开，门刚一开，赵夫人便骇然惊呼，面孔苍白如身后未化的积雪，若非侍女扶着，这会儿怕是已经跌倒在地。

一双穿着月白镶珠绣鞋的脚在半空中用力蹬着，一条白绫穿过屋梁缠绕在赵平清颈间，两眼已是翻白，舌头也吐了出来，很是吓人。

赵侯爷最先反应过来，顾不得喊人，急忙上去抱住赵平清双腿。看到他这么做，那些下人也反应过来，上前七手八脚地将赵平清救了下来，小心翼翼地平放在地上。

赵夫人上前抱住昏迷的赵平清，泣声道：“平清！平清你快醒一醒，别吓娘，快醒啊！”他们夫妇年过半百，只得这么一女，自幼视如掌上明珠，好不容易养大，出落得亭亭玉立，若是这样死了，他们也不想活了。

在她的迭声呼唤下，赵平清终于幽幽醒了过来，也不说话，只是望着赵氏夫妇不停流泪。

赵侯爷心有余悸道：“你这孩子怎么这么傻，有什么事情不能解决的，非要走上这条绝路。”

“女儿宁死也不会嫁给徐经治。”颈间被白绫勒出来的红印，令她声音变得沙哑，脸上爬满了蜿蜒的泪痕。

“爹知道，爹什么都知道。”赵侯爷忍不住心中的难过，亦跟着落泪。

“是女儿不好，招惹了沈惜君，害得爹娘受委屈，对不起。”

“傻丫头，都是一家人，何须说这样见外的话。”在示意下人将赵平清扶到榻上躺下后，赵夫人握着她稍稍恢复了一点儿暖意的手，神色凝重道，“平清，娘问你一件事，你一定要老实回答娘。”

赵平清望了她半晌，鼓足了勇气道：“娘不必再问，是，沈惜君说得没错，女儿确实喜欢睿王。”

赵夫人连连摇头，痛声道：“你这孩子，这么大的事情为何不与为娘说？”

赵平清哑声道：“女儿虽喜欢睿王殿下，但女儿并没有奢望能够嫁给他，睿王的心早就装满了璇玑公主，根本不是女儿所能插足的。一直以来，女儿的心愿都是他可以得到幸福。他不喜欢沈惜君，从来都不喜欢，所以女儿知道太后将会下旨为他与沈惜君赐婚后，就悄悄去告诉了他。”

赵夫人恍然道：“昨日你说的事情，就是去见睿王？”

赵平清点一点头：“这样勉强，其实不论对睿王还是对沈惜君都不好，可惜沈惜君并不明白。”

“若她明白，就不会厚着脸皮找上门来了。”赵夫人没好气地说了一句，对赵侯爷道，“侯爷，郑妃娘娘与咱们总算还有点儿交情，不如……请她帮忙想想办法？”

“我知道。”赵侯爷应了一声，目光转向赵平清，“爹娘会尽量替你想办法，但你也要应承爹娘，千万不可以再做傻事。”

赵平清目光哀凉如水：“没用的，沈惜君母女的性子，女儿再清楚不过，不达目的誓不罢休，偏偏太后又宠她们，就算是郑妃，也改变不了什么。”

赵夫人安慰道：“郑妃这会儿正好怀着龙胎，说话可比以前有分量多了，再说太后也不是不讲理的人，一定会没事的。”话虽如此，她心里却没多大把握。

赵平清抹一抹泪，点头道：“总之女儿就算是死，也绝不嫁徐经治。”

赵夫人紧紧地搂着她单薄的肩膀：“母亲知道，母亲就算拼了这条性命不要，也不会让平阳王妃阴谋得逞。”

赵氏夫妇连夜托媒婆寻了几个在金陵城中与他们门第相仿未曾娶亲又品性不错的少年公子，一一记录在册。翌日一早便备了厚礼进宫见郑妃，不敢明着说与平阳王妃的过节，只托词赵平清年纪渐大，想她向皇上请旨，指一门合适的亲事。

郑妃伴驾多年，即便郑氏一族倒台之后，她依旧是东方洄身边受宠的妃子之一，心思自不会简单，很快就听出了问题。在她的追问下，赵氏夫妇只得说出平阳王妃一事。得知此事牵扯到平阳王府与卫太后，郑妃自不敢涉身其中，任赵氏夫妇百般哀求，都只是推辞。

在无奈离开了郑妃宫殿后，赵氏夫妇又四处奔波，可惜所有人一听到平阳王府四个字，皆避如蛇蝎，莫说是帮忙，连话都不愿与他们多说，唯恐惹祸上身。

几番奔波下来，除了一身疲惫之外，没有任何收获，更要命的是，不知怎么一回事，几乎一夕之间，整个金陵城都在传赵平清即将嫁给徐经治的消息，传得有鼻子有眼，就像是亲耳听到一样。

赵氏夫妇气恼不已，知道这件事的统共就那么几个人，可想而知，这件事一定是平阳王妃派人传出来的，存心坐实这件事，毁了平清一辈子。

唯一庆幸的是，宁寿宫那边迟迟没有赐婚的旨意下来，他们也曾去过宁寿宫求见，可惜没能见到卫太后，不知卫太后心里是怎么一个打算。

在求了一圈都没结果后，赵氏夫妇觍着脸来到了睿王府，东方溯是他们最后的希望。若还是不行，赵平清恐怕当真要嫁给徐经治了。

赵氏夫妇到睿王府的时候，东方溯正在书房与东方泽还有慕千雪一道议事，待得寒暄了一番后，各自落了座。

东方泽斜倚着身子，似笑非笑道："听说赵侯爷家的千金前两日许配给了徐家公子，准备何时成亲？"

赵侯爷连忙摆手道："王爷误会了，并无此事。"

"没有？"东方泽皱一皱眉道，"那可真是奇怪了，外头传得沸沸扬扬，还说是平阳王妃保的媒，不日之内还有太后旨意下来，听着不像是假的啊。"

赵侯爷苦笑道："有人故意散播这样的流言，难怪王爷会相信。"说着，他重重叹了口气，"不瞒二位王爷，这门亲事，确是平阳王妃所保，但下官与内子都不同意。"

赵夫人接过话道："徐经治是个什么样的品性，二位王爷想来都清楚得很，谁家姑娘要是嫁给他，这辈子就算是毁了，赵家虽然不是什么大富大贵，但怎么说也是书香门第、清清白白，要将平清嫁给他，我是万万舍不得的。"

慕千雪静静听着，待她说完后，道："既是这样，赵夫人当时何以不拒绝平阳王妃的保媒？"

一听这话，赵夫人眼圈顿时为之一红："哪里是我们不拒绝，是实在没法拒绝。"这般说着，她忽地朝东方溯跪下，垂泪道，"要不是实在走投无路，我们也不会来惊扰王爷，求王爷垂怜，务必救一救平清。"

东方溯没想到她会突然有此举动，连忙上前将之扶起："赵夫人有什么话，坐下慢慢说。"

赵夫人抹着泪将当日发生的事情说了一遍，泣声道："昌荣宗姬知道王爷不愿娶她，就将火全撒到了平清身上，非得毁了平清一辈子才高兴。王爷，平清总算是帮过您，求求您，一定要救救她。”说着，她又要跪下去，东方溯赶紧拉住道：“我知道，我会想法子的，赵夫人别急。”

他拦住了赵夫人却没能拦住赵侯爷：“这几日下官与内子能求的都求遍了，没一个肯帮忙，万般无奈之下，只有来求王爷，请王爷发发慈悲，救一救平清。只要王爷肯援手，从今往后，我赵氏一族，定当唯王爷之命是从。”

“赵侯爷言重了。此事因本王而起，本王一定会设法解决，快快请起。”见东方溯没有像别人一样推辞，赵侯爷松了一口气。

东方泽弹一弹指甲，冷笑道：“好一个沈惜君，一言不合就要毁人一生，这份刁蛮劲儿，怕是整个大周都无人能及，谁摊上她都没好事。”

赵侯爷摇头叹息，早知今日，他当时就不该让平清与沈惜君来往，现在悔之晚矣。

东方泽不知他心里的念头，搓着下巴为难道：“有平阳王妃插手，太后下旨赐婚的可能性很大，就算七哥去，恐怕也讨不得好。更何况……”他瞅着东方溯没说下去，眉宇间忧色重重。

事实上，这几日因为迎娶沈惜君一事，东方溯与卫太后闹得很僵，卫太后已经越来越没耐心了，旨意……怕是很快就会下来了。

他曾劝过七哥，为了大局着想，暂且牺牲一下，应承迎娶沈惜君，等以后夺得天下再做打算，无奈七哥一直不肯松口，赵氏夫妇来之前，他们就在说这件事呢。

赵侯爷被他说得没了主意，慌声道：“那……那要怎么办？”

东方泽叹了口气：“眼下这个情况，只能尽人事，听天命。”

“王爷！”自刚才起，就一直绞帕未语的赵夫人忽地抬起头来，望着东方溯道，“我知道这个请求很是过分，但为了平清……唯有厚颜相求。”

“赵夫人请说。”

赵夫人深吸一口气，鼓起勇气道：“只要王爷答应成亲，平阳王府就不会再生平清的气，也不会再强行指亲。”

东方溯尚未说什么，东方泽已是看不过眼，讥讽道：“赵夫人这个如意算盘打得可真是好，赵小姐终身要紧，七哥的终身就无所谓对吗？”

赵夫人面色涨红如鸽血，紧抿着唇不说话，赵侯爷也是一脸尴尬，其实他心里也曾起过这个念头，只是说不出口。

慕千雪抚着掌中的鎏金暖手炉，淡然道：“昌荣宗姬是一个睚眦必报的人，她既恨上了赵小姐，在达到目的前，就算是王爷，也不可能令她放手。”

赵夫人急急道："不会，昌荣宗姬倾心王爷，只要王爷开口，她一定会答应。"

"是，她会答应，但夫人敢保证她不在背地里使手段，想要害一个人，并不只有一种法子。"

赵夫人为之结舌，好一会儿方才道："后面的事情再慢慢做打算，当务之急是平清与徐经治的婚事。"说着，她又朝东方溯哀求道，"王爷，此事……"

东方溯长眉一抬，打断她的话："本王明白赵夫人爱女心切，这件事本王会全力周旋，至于能否劝成太后，正如穆王所说，还得看天意。"

见东方溯对自己的请求避而不答，赵夫人心里大急，脱口道："若非心系王爷，平清何至于弄成这个样子，现在王爷一句'天意'就想打发了吗？"

话刚出口，赵夫人便意识到不对，可惜已经来不及了。除了慕千雪，所有人都愣愣看着赵夫人，努力消化着她刚才那句话。

赵侯爷反应还算快，拉过赵夫人责怪道："你怎么把这个说出来了，平清可是女儿家，你也不怕毁了她清誉。"

赵夫人虽知道自己说错了话，但事已至此，再后悔也无用，只得道："说都说了，还能怎么样，再说，一旦嫁给徐经治，整个人都毁了，还要清誉有什么用。"说到后面，眼泪不禁又掉了下来。

她这么一落泪，赵侯爷说也不是，不说也不是，只能站在那里不住唉声叹气。

夏月闭上微张的嘴巴，俯身在慕千雪耳边低声道："奴婢之前还想，赵小姐怎么这么好特意来通知王爷，闹了半天，原来她也喜欢王爷呀。"

"不许多言。"慕千雪轻斥了一句，与夏月他们不一样，她早在知道赵平清私下来睿王府通知的时候，就猜到了赵平清的心思，毕竟这世间不会有无缘无故的好。不为权钱，那就只有为情，只是她没料到后面会生出这样的事来。

东方泽轻咳一声，率先开口打破了这个令人尴尬的僵局："这个……赵小姐嫁给徐经治是有些不适合。七哥，你什么时候进宫，叫我一声，我与你一道去与太后说情，应该会有用。"

"也好。"东方溯亦是浑身不自在，说来可笑，他钟情的女子，一直求而不得；不喜欢的女子，却一个接一个。

赵夫人对他们的回答并不满意，正要说话，外面传来一阵叩门声，开门后蔡元与一个面生的侍女走了进来。

"启禀王爷，这位姑娘说是赵府的侍女杜鹃，有急事要见赵侯……"没等蔡元说完，杜鹃已是来到赵侯爷二人面前，急声道："侯爷，夫人，小姐她出事了。"

赵侯爷夫妇大惊失色，急忙问她怎么一回事。原来今日在屋子里关了几天的赵平清心情好一些，便带着杜鹃与紫燕去外面走走，哪知道一踏出府门，就听到铺天盖地关于她将要与徐经治成亲的话语，令赵平清心情大坏，当即回了赵府，与之前一样，将自己关在房里。

自从出了上次的事情后，杜鹃她们留了个心眼，悄悄绕到窗外，在窗纸上戳了个洞，注意里面的动静。这一瞧之下，还真让她们看到了惊骇欲死的一幕。只见赵平清竟然拿着摔碎的青瓷碎片划手腕，吓得她们赶紧撞门进去，强行夺下她手里的碎片，杜鹃还因此被划了一道口子。所幸进去及时，赵平清只划了两道不深的口子，并无性命危险，只是她情绪很不稳定，怎么都不肯让紫燕他们上药包扎，无奈之下，杜鹃只有来找赵氏夫妇。

一听赵平清自残，赵夫人忙不迭跟着杜鹃离去，连礼都来不及行，赵侯爷倒还镇定一些，朝东方溯三人行了一礼，方才转身离去。在将要踏出门槛时，他忽地停下了脚步，回过身犹豫道："王爷，能否请你帮着去劝一劝平清，您的话，她应该能够听进去。"

"好。"对于赵平清，东方溯虽说不上喜欢，却也有几分怜惜，更何况整件事情是由自己而起，理应过去探望。

正当他们准备离去，身后忽地传来慕千雪的声音："王爷，我能否一起去看望赵小姐？"

东方溯没想到慕千雪会突然有这要求，一时有些意外，回身默默望着她，自从上次那番言谈后，二人之间的气氛一直有些怪异，相对片刻，他开口道："既然公主有这份心意，就一道过去吧，赵侯爷想来不会介意。"

赵侯爷连忙道："当然不会，公主请。"

东方泽伸了个懒腰，从窝了半天的椅子中站起来："既然你们都过去，也不差我一个，走吧，一道去。"

对此，赵侯爷自不会拒绝，一行数人很快就到了赵府，还未进赵平清闺房，便听到赵夫人撕心裂肺的哭声："娘只有你一个女儿，若你有什么三长两短，你让娘怎么活？"

一个虚弱的声音在哀哀的哭泣声中响起："女儿……宁死也不嫁徐经治。"

"不会的，娘一定不会让你嫁给徐经治那个满腹草包的东西。你相信娘，郑妃娘娘……已经答应帮忙了。"顿一顿，赵夫人急切的声音再次响起，"乖，听娘的话，先把伤口包扎了，你瞧瞧，这血流了好多了。"

推门进去，只见左手沾满鲜血的赵平清坐在地上，脸色苍白更甚于窗纸，豆大的泪珠一滴接着一滴从那双空洞的眼眸中滴落：“没人……没人会帮忙，他们只会帮着平阳王府落井下石。母亲，除了黄泉路之外，女儿已经无路可走了啊。”

“不是，不是这样的。”赵夫人哭得泣不成声，赵平清今年十七岁，就在几日之前，他们还一家和睦美好，可现在……短短几天内，赵平清两次寻死，这一生，从未像现在这么绝望过。

赵侯爷暗自抹一抹泪，指了东方溯道：“平清，你别这样，你瞧瞧，谁来了？”

赵平清顺着他手指的方向看去，空洞的双眼渐渐凝起一丝神采，声如梦呓：“王爷……王爷……”

看到赵平清凄苦无助的模样，东方溯心生怜惜，上前道：“本王在这里，是本王不好，连累了你。”

赵平清急忙摇头，张着没有血色的樱唇道：“这一切都是平清自己的选择，与王爷无关，平清只是没想到……沈姐姐她会做得这么绝，一点儿也不念那么多年的姐妹情分。”

“沈惜君从来都只会考虑她自己的喜怒哀乐。”稍稍一顿，东方溯道，“你的事情，赵侯爷都与本王说了，太后那边，我与九王都会替你想办法，赶紧将伤口包扎了，以免感染。”

一听这话，赵平清顿时露出紧张之色，不顾手腕上的伤口，紧紧抓住他的袖子：“不要，王爷不要去！”

东方泽在一旁道：“为何？难道你想嫁给姓徐的吗？”

“当然不是，只是……”尽管赵平清极力掩饰，还是无法完全隐藏眸底的情意，“平清不想给王爷添麻烦。再说……”她凄然道，“以沈姐姐的性子，就算王爷与九王去了，恐怕也没用，摆在平清面前的，就只有一条黄泉路。”

赵夫人急声斥道：“什么黄泉路，不许胡说，王爷既开了口，就定会解决这件事。”

东方泽接过话道：“平阳王府虽势大，却还不至于一手遮天，金陵城更不是他们沈家的一言堂，我与七哥都会帮你，你无须太过担心。”

不论他们怎么说，赵平清都只是不住摇头，攥着东方溯的手一字一句道：“王爷，答应平清，千万……千万不要去，太后是不会听您的，反而还会……惹祸上身。”

“那你……”

“我怎样都好，最要紧的是王爷没事。”她脱口而出，待得说完之后，方才意识到不对，双颊顿时绯红如烧，但双目并没有移开，等待着东方溯的回答。

“我若不去，太后迟早会下旨赐婚，到时候你怎么办，是抗旨还是继续寻短见，不论你选择哪一条路，最痛苦的都是赵侯爷夫妇。他们养育你十七年，你就以这样的方式去回报吗？”

“我……”赵平清被他说得左右为难，不知该怎么选择才好，只能不住地落泪，看到她这副无助的模样，东方溯叹了口气，道：“总之这件事我会想法子，你别太担心，更不要再伤害自己了。”

东方泽亦道：“车到山前必有路，船到桥头自然直。不到最后一刻，谁也不知道是什么结果，现在放弃，为时尚早。”

赵平清看看他又看看东方溯，终是点头道：“我知道了，我听王爷的话，会努力撑下去。”

听到这个回答，众人皆是松了一口气，赵夫人赶紧让杜鹃拿来纱布与药膏，正要接过亲自替赵平清包扎，却被一只纤白如素的手抢先了一步。

慕千雪接过东西，道：“赵夫人奔波一日想必也累了，还是我来吧，夫人与侯爷去前厅歇一会儿吧。”

赵夫人愣了一下，缓过神来后连忙道：“这如何使得！”

慕千雪笑一笑道：“不瞒夫人，我以前曾随太医学过包扎，这里应该不会有人包扎得比我更好。”

见她这么说，赵夫人也不好再拒绝：“既是这样，就麻烦公主了。”

东方溯疑惑的目光在慕千雪身上打了几个转，相处这么久，他还是第一次见到慕千雪对一个初次见面的人这么热情，不太像她平日的性子。不过这会儿当着赵侯爷夫妇的面，他也不好多问，压下心底的疑惑，与他们一道退了出去。

在他们走后，慕千雪对杜鹃道：“麻烦你去端一盆冷水来，上药之前，得先清洗伤口。”

杜鹃蹙眉道：“既是清洗伤口，该用热水才是，怎么是冷水？”

“热水散瘀活络，如今赵小姐的伤口血液刚刚有所凝聚，若此时用热水，很容易再次流血，反而不好。冷水则恰恰相反，可以促进伤口收缩。”

杜鹃尚有所犹豫的时候，赵平清已道：“照公主的意思去做。”

待得杜鹃走后，赵平清扶着紫燕的手，半坐在床榻上，感激道：“劳公主替我包扎，实在过意不去。”

慕千雪在紫燕端来的绣墩上坐下，抚过颜色素雅的长裙，目光幽凉：“若赵小姐真觉得过意不去，便不该弄出这么多事来。”

赵平清一怔，不解道：“公主何出此言？”

慕千雪眸光微转，落在悬挂于长窗边的一幅“刘海戏金蟾”画上，徐徐吐出惊人之语：“所有人都以为你被昌荣宗姬逼得走投无路，又岂知昌荣宗姬不过是你掌中的一只金蟾，被耍得团团转而毫不自知，一如这幅画。”

赵平清眼皮微微一跳，茫然道：“我不明白公主的意思。”

慕千雪微微一笑，起身走到长窗前，莹白坚韧的窗纸上有一个被戳出来的洞，大小如手指，残边卷起，寒风不断自洞口涌进来，拂动她垂落在鬓边的碎发：“按着杜鹃所言，这个洞应该是由外向内戳破的，可看这窗纸破裂的痕迹，却是由内向外。赵小姐，你作何解释？”

赵平清面色一变，迅速朝紫燕使了个眼色，后者连忙道：“定是之前抽手指的时候，不小心带了出来，以致公主误以为是由内向外。”

话音未落，慕千雪第二个问题立刻又接了上来：“屋中明明有剪子在，为何还要打碎茶盏，用相对滞钝许多的碎瓷片去割腕？”

“我当时心里难过，根本没想到剪子。”赵平清怯怯地答着，旋即抬起惊惶如小鹿般的眼眸望向慕千雪，“公主究竟想说什么？”

慕千雪走到她身前，眸光在对视中一点一滴地冷了下来：“不论是之前的上吊，还是现在的割腕，都不过是赵小姐演的一场好戏罢了，目的是为了让睿王觉得对不起你，甚至……由怜生爱，娶你为妃。我说得对吗？赵平清！”

赵平清咬着唇没有说话，然而露在袖外哆嗦不止的十指泄露了她内心的震惊与慌张。一直以来，她都觉得自己的计划天衣无缝，足以蒙骗过所有人，包括赵侯爷夫妇，岂料初次见面的慕千雪，竟凭着她一个小小的失误，识破了自己所有的计划，这个女人……究竟是何方神圣？

紫燕挡在赵平清身前，神色不自在地呵斥道：“小姐被平阳王妃害得就快要嫁给徐家公子了，怎么可能是假的、是演戏？你不要在这里胡言乱语！”

“不入虎穴，焉得虎子。”慕千雪弯一弯绛唇，冷声道，“赵平清很清楚，以她的家世，明着与昌荣宗姬争夺睿王，必输无疑。所以在知道太后即将为他们赐婚之时，决定孤掷一注，夺取睿王妃之位。”她转眸望着低头不语的赵平清，“你很了解睿王的性子，昌荣宗姬越闹，他对这门婚事就越反感，相较之下，为他受尽委屈的你，就要惹人怜爱得多了。

“你知道赵侯爷夫妇去了睿王府，所以安排了这一出，以便引睿王过来，博取他的同情。”慕千雪眼波冷淡地拂过赵平清那张细致小巧的脸庞，“心机深沉的人我见了不少，但像你这样连自己父母也欺骗的，还是第一次见。”

赵侯爷夫妇脸上那份忧女之心是假装不出来的，所以慕千雪断定，他们也被蒙在鼓里，不知这个亲生女儿的计划。

赵平清示意紫燕退开，泣声道：“是，我是喜欢睿王殿下，但我没有做过你说的那些事情，从来没有。”

杜鹃端着盛满水的铜盆进来，看到赵平清落泪，赶紧放下铜盆，紧张道：“小姐，您怎么又哭了，出什么事了？”

赵平清没有理会她，抹一抹泪，望着慕千雪道：“既然公主无心替我包扎，就请出去，之前那些话，我只当没听过，不会与任何人说起。”

慕千雪戚然一笑：“看来赵小姐仍然没打算放弃，是啊，进行到这一步，若是就此放弃，岂非真要嫁给徐家那个没用的败家公子？以赵小姐的心思与手段，岂会甘心。”

“够了！”赵平清神情激动道，“我自问不曾得罪过公主，何以公主要百般污蔑于我？究竟我做错了什么！”

慕千雪笑容蓦地一冷，一字一字道：“错在你不该算计睿王！”

“我……”

“我没兴趣听你的诡辩之词。”慕千雪毫不客气打断她的话，目光幽冷如凝结的冰雪，令人不寒而栗，“我可以告诉你，只要有我在一日，你就休想踏入睿王府一步，还是趁早死了这个心的好。”让这样一个心机深沉的女子待在东方溯身边，绝不是什么好事。

她垂眸扫过赵平清血污未清的左手腕：“戏已演完，这个伤口想必赵小姐会妥善处理，无须我来费心。”

望着慕千雪拂袖离去的身影，赵平清浑身力气都似被抽尽，软软瘫在床上。

在急急地关了门后，紫燕慌张地望着赵平清：“小姐，现在该怎么办，万一她将事情告诉睿王，那咱们所有的工夫就都白费了？”

杜鹃这会儿还是一头雾水：“这究竟是怎么一回事，为什么璇玑公主会说那些话？她知道了什么？”

紫燕颓然道：“她什么都知道了。”

“啊！”杜鹃惊呼一声，难以置信道，“这怎么可能，明明整个计划只有我们三人知道，连侯爷与夫人都不知情。”

紫燕将事情大概讲述了一遍后，心有余悸道：“只是那么一个小小的破绽而已，她就识破了小姐所有的计划，简直就像一个妖怪。”

杜鹃紧紧拧了秀眉道：“这样说来，岂非只能放弃？”

“不可能！”赵平清不知什么时候坐直了身子，紧紧攥着暗红的锦衾咬牙道，“已经走到这一步，绝不能放弃！”

“可是璇玑公主那边……”

赵平清眸中恨意丛生：“我就不相信，她真能挡住我的步伐！”话虽如此，心里却没有多少底气，只是……就像慕千雪说的，走到今日，她已是无路可退，唯有咬牙走下去。赢了得偿所愿，输了……

赵平清打了个寒战，不敢再想下去。

第三十六章　一言为定

一直到蹬上马车，夏月都保持着檀口微张的模样，慕千雪好笑道：“怎么，还舍不得闭上嘴？”

被她这么一说，夏月缓过神来，赶紧闭起了双唇，没过一会儿，忍不住问道：“公主，这一切真是赵小姐的计谋？”

一片六棱形的雪花自外面飘了进来，落在慕千雪手背上，冰凉入骨：“还记得来之前，我问你那日在街上咱们离开后发生的事情吗？”

夏月连连点头：“咱们走后，昌荣宗姬还不肯放过赵小姐，竟在大街上嚷着要剪赵小姐的头发，还逼下人去拿剪子来，堂堂宗姬凶悍如市井泼妇，连奴婢都替她汗颜。要不是平阳王妃来了，还不知会闹成什么样呢。”她最喜欢打听这些消息，一早就打听得清清楚楚。

慕千雪掀帘望着外面不知何时又下起来的细雪，幽幽道：“你只看到昌荣宗姬百般不好，却忽略了一件事，为什么她们二人会先后出现在街上？”

夏月蹙了眉心，试探道：“公主是说，连那一次都是赵小姐的算计？”

“赵平清本不在那里，偏偏沈惜君欲掌掴你之时她冒了出来，并帮着你说话，从而惹沈惜君不高兴，也正是因为那一次，令沈惜君知道她通风报信，与之翻脸，并惹出后来那么多事。”

夏月恍然道：“是啊，若那天她没有出现，这会儿还好端端做她的赵侯千金呢。”

“原本我也没起疑，直至杜鹃来禀，说赵平清在房中割腕自尽，早不出事晚不出事，偏偏挑在赵侯爷夫妇来睿王府的时候出事。”

“所以公主才要跟着王爷一道过来。”

慕千雪点头道："在看到窗纸上那个由内向外戳出来的洞时，我已经明白，相比沈惜君，赵平清才是那个可怕的人，她骗尽了所有人，连自己的父母都不例外。"

夏月气愤道："最讨厌这种表里不一装模作样的人了。公主，等王爷回府后，咱们就将赵平清的真面目告诉王爷，以免王爷再受她蒙骗。"刚才出来之时，蔡元告诉慕千雪，因为陛下急召，东方溯二人已经先一步走了。

车轮在细细的飞雪中咕噜噜地转着，约莫小半个时辰后，马车停了下来，车夫掀起帘子，恭敬道："公主，咱们到了。"

在扶慕千雪下了马车后，夏月无意中瞥见一辆停在不远处的华丽马车，惊讶道："咦，那不是平阳王府的马车吗，怎么在这里？"

未等慕千雪言语，一道披着绯红镶金丝鹤氅的身影自那辆马车中走了下来，目光穿过风雪，落在那人脸上，竟是沈惜君。

"她来做什么？"夏月狐疑地盯着沈惜君，沈惜君撑着油纸伞来到近前，冷然道："我等你很久了。"

慕千雪淡淡道："王爷奉旨进了宫，宗姬怕是要等上一会儿了。"

"我是来找你的。"沈惜君的回答令慕千雪大为意外。夏月吃过她两次亏，不敢太过无礼，维持着生疏的客气道："不知宗姬找我家公主做什么？"

"总算懂得怎么说人话了，没白费本宗姬一番教导。"讽刺了夏月一句后，沈惜君望向慕千雪，"公主打算在这里说话吗？"

慕千雪压下心中的疑惑，抬手道："宗姬请。"

沈惜君也不客气，当先走了进去。憋了一肚子气的夏月在她后面扮了个鬼脸，扶着慕千雪往里走着。她们出来时未曾下雪，未曾带伞，一路进来，发上衣上沾了不少雪花，在将之拂尽后，慕千雪接过徐立递来的手炉捧在手中取暖。

待得侍女奉上茶后，慕千雪道："宗姬现在可以说了吗？"

沈惜君瞥了一眼垂手站立在两旁的侍女，淡然道："公主不先让他们下去吗？"

慕千雪眉头微微一皱，挥手道："你们都退下。"

在屋中只剩下他们几个后，沈惜君满意地抿了一口茶，徐声道："我的来意很简单，就是要你替我劝溯哥哥同意这门亲事。"

"我？"任慕千雪如何玲珑剔透，也万万想不到沈惜君会提出这么一个要求。

"不错，我知道溯哥哥对你一向言听计从，只要你开口，他必定会答应。"在说这句话时，沈惜君心头一阵抽紧，自己爱逾性命的人却对另一个女子言听计从，实在是悲哀。

慕千雪尚未言语，夏月已是气极反笑："宗姬这话好生可笑，我家公主凭什么要替你劝王爷？又不欠你。"

沈惜君轻哼一声，眸色冰冷道："才夸了你一句，这么快就又得意忘形，真是朽木不可雕！"

慕千雪阻止想要出言反驳的夏月，淡然道："这件事，我帮不了宗姬，请回吧。"

一向骄纵的沈惜君，这一次并未因她这句话有所不悦，反而浮起盈盈笑意："公主当真想清楚了？"

"与其勉强去争抢，倒不如放手来得自在。"慕千雪微微蹙眉，沈惜君脸上意味不明的笑容令她有种不祥的感觉。

"自在？"沈惜君嗤笑道："那不过是无用之人拿来安慰自己的话罢了，在我的字典里，从来没有'放手'这两个字。"

夏月厌烦道："既是这样，你自己去想办法，来这里做什么。"

站在沈惜君身后的阿紫眸光一冷，低喝道："你怎敢这样与宗姬说话！"

"无妨。"沈惜君挥一挥手，似笑非笑道，"只当她是狗吠就行了，难道你还要与狗一般见识吗？"

阿紫会意地笑道："宗姬说得是，奴婢都忘记了，狗是听不懂人话的。"

听到她们当面骂自己是一条狗，夏月气得脸庞一阵青一阵白，慕千雪按住她微微发抖的手，冷声道："宗姬若是说完了，就请回吧。"

沈惜君扬一扬高傲的下巴，冷冷道："放心，我一定会回，因为我要去告诉陛下，有人串通西楚使者，捏造楚帝命令，欺上瞒下！"说到这里，她冷冷一笑，露出樱唇内的森白牙齿，"你说陛下知道后会怎么处置你，是斩首示众呢，还是腰斩甚至是凌迟？我想……不管是哪一个，都会很有趣，阿紫你说是不是？"

阿紫含笑道："岂止是有趣，简直是大快人心，到时候奴婢一定去刑场送送公主，毕竟相识一场。"

"是这道理。"说着，沈惜君扶着阿紫的手起身道，"好了，咱们走吧，再晚可就来不及入宫了。"

慕千雪眸光阴寒地望着沈惜君离去的背影，之前不祥的预感果然成了真，在沈惜君快要走到门口时，她终于开了口："你可知这一告，会有什么下场？"

沈惜君停下脚步，转过身来，笑靥如花："公主是想说会连累溯哥哥对吗？"

在慕千雪颔首后，她点着小巧的樱唇，轻笑道："我想过了，虽然我舍不得溯哥哥出事，可这也是没法子的事情，谁让他总是那么不知好坏。"

慕千雪盯了她半晌，凉声道："你不会舍得。"

"我会！"沈惜君敛了虚浮于脸上的笑容，饰于发间的华丽头饰在日光下闪烁着清冷的光泽，她骄纵霸道的声音在屋中响起，"我得不到的东西，我宁可毁了也不会让别人得到！"

夏月愤然道："你这人好生不讲道理，哪有……"

沈惜君猛地一挥云袖，声色俱厉地打断道："我为什么要与你们讲理，若非你们，溯哥哥何至于拒我于千里之外。不肯娶我是吗？好，我如他所愿！"说完这句话，她大步往前，用力拉开门走了出去，没入风雪中，阿紫怕她受凉，赶紧取过搁在檐下的油纸伞追了出去。

望着那道越走越远的绯红身影，夏月咬一咬牙，快步追上去冒雪拦住沈惜君，不顾地上的湿冷，跪下道："我求求你，不要将这件事告诉陛下！"

盯着跪在自己跟前的夏月，沈惜君冷笑连连："原来夏月姑娘也懂得'求'这个字吗？"

夏月忍着沈惜君的挖苦，低头道："只要宗姬肯放过公主，就算求上一千次一万次，奴婢也愿意！"

"是吗？"沈惜君语气微缓，就在夏月以为她会松口时，声音倏然一冷，"可惜就算你跪死在这里，也不足以消我心头之恨！"

她欲要离去，却被夏月抱住了双腿，不禁恼声道："还不滚开！"

"求宗姬开恩！"夏月不仅没有松开，反而抱得更紧，她清楚，一旦让沈惜君踏出睿王府，不论是慕千雪还是睿王，都会出大事。

沈惜君怒极反笑："你以为这样就能拦住本宗姬吗？"

夏月没有回答，只是一遍一遍说着相同的话："求宗姬开恩。"

"不可能！"随着这三个字，沈惜君抬手狠狠一掌掴在夏月脸上，夏月咬牙生生忍下，双臂依旧紧紧抱着。

沈惜君恼怒之下又掴了数掌，始终未能让夏月松手，气急败坏道："狗胆包天的东西，你真以为我不敢治你吗？"

夏月忍痛张开破裂流血的嘴角，再一次重复那五个字："求宗姬开恩！"

"好！好！好！"沈惜君接连说了三个好字，那双眼眸却是越发冰冷，犹如锋利的剑锋，朝阿紫喝道，"让蔡元过来，给我乱棍打死这个贱婢，左右已是这样，也不怕再多死一个人。"

徐立等人惊惶地看着这一幕，不晓得究竟发生了什么事，又不敢问站在后面的慕千雪，眼见阿紫要走，他鼓起勇气上前将之拦住：“宗姬息怒，不知夏月她犯了什么罪？”

他的询问令沈惜君更加怒火中烧，冷笑道：“看来这东院里的奴才一个个都胆大得很，全然不将本宗姬的话放在眼里，很好！”说着，她唤过另一个侍女，寒声道，“你去告诉母亲，就说睿王府有人欺辱于我，请母亲过来一趟。”

“慢着！”在漫天飞雪中站了许久的慕千雪，终于走了过来，一字一字道，“好，我答应你！”

她的话令沈惜君嘴角弯起，勾勒出一个妩媚嫣然的笑容，与刚才狠厉凶悍的模样截然相反，真是翻脸比翻书还快：“公主早这么说不就好了，何至于闹出这么大的误会。”说着，她竟一脸温和地扶起夏月，抚着她红肿的脸庞道，“瞧瞧，这好好的一张脸都给打肿了，阿紫，回府后记得派人送药膏来。”

夏月哪有心思听她说这些，望着慕千雪急切道：“公主您不能答应她，王爷……”

慕千雪神情僵硬道：“我意已决，你不必多言！”

“这就对了。”沈惜君笑吟吟地望着夏月，“瞧瞧，你家主子可比你识时务多了，往后多学着一些，对你有好处的。”说罢，她拍一拍手道，“好了，既然事情已经解决，我就先走了，我等着公主的好消息。”

在沈惜君等人离去后，夏月又气又急，刚要说话，慕千雪已道：“进屋再说。”

待夏月进来后，慕千雪上前关了门，岂料转过身时，十九竟然也在屋中，也不知她是什么时候进来的。

十九面无表情道：“你若不想她碍事，我现在就可以去解决了她。”

夏月眼皮一跳，试探道：“你说的解决是指……”

“杀了她。”十九的回答简单明了。对于自幼在神机营长大的她来说，杀人不过是手起刀落的事情，再简单不过。

尽管已经相处有一阵子了，但十九对人命的漠视还是令夏月打了个寒战，亏得这群人与她们站在同一边，否则想想就可怕。

十九默默地盯着慕千雪，慕千雪知道她是在等自己答案，摇头道：“不必了。”

夏月思忖片刻，咬牙道：“奴婢知道公主不愿双手染血，但昌荣宗姬这一次实在太过分了，与其受她威胁，倒不如狠下心来，彻底断了这个威胁。”

慕千雪垂目望着自己白皙到近乎透明的双手：“如果杀了沈惜君可以解决这件事，我不会手软。”她不是优柔寡断之人，事实上，这些年来，沾染在她手上的鲜血并不少。

夏月与十九对视了一眼，疑惑道："难道不行吗？"

慕千雪摇头道："沈惜君今日所说的每一句话都条理清晰，言辞谨慎，还懂得反客为主，不似她平日的言行，应该是有人指点过的，这个人……最有可能就是平阳王妃。"

十九眸光一冷："既是这样，就连平阳王妃也一并杀了。"对她来说，杀一个人是杀，杀两个人也是杀，并没有什么区别。

慕千雪苦笑道："杀一个沈惜君容易，毕竟只是宗姬。但是平阳王妃，我敢肯定，在她身边必然有高手暗中保护，你能否一击杀之，未为可知。就算让你杀了，也是祸患无穷。"

十九柳眉一皱："何出此言？"

"沈惜君与平阳王妃一死，太后与周帝必然大怒，而他们第一个怀疑的就会是王爷，一旦她全力追查，神机营的秘密必然难以守住，到时候会有什么结果，不用我说你也清楚。"

听得这话，十九惊出了一身冷汗，想不到一件看似简单的事情里竟是这么复杂，幸好她刚才没有冲动行事，否则这会儿怕是已经酿下大祸。

夏月脸色难看道："那现在怎么办，难道真要劝王爷娶她为妻？"一想到沈惜君会成为睿王妃，她就比吃了苍蝇还要恶心。

"恐怕只能这样了。"此言一出，慕千雪竟感觉到一阵心痛，原来……对于东方溯，她是真的动了情。只是在大势之下，她的情是那样微不足道。

"没用的。"十九神色复杂地望着慕千雪，"就算公主开口，王爷也不会娶沈惜君，她配不上王爷。"

慕千雪闭一闭目，带着一丝微不可察的悲伤道："我自有法子说服王爷。"

夏月拉着慕千雪的手，拼命摇头："不要，公主不要。咱们再想想办法，一定会有法……"她说得太急，不小心扯动脸上的伤口，顿时痛得说不出话来。

"我替你上药。"慕千雪将她按在椅中，取来药膏替她涂抹着红肿的脸颊，清凉的药膏缓解了夏月脸上的痛楚，令她得以再次开口："公主，不要去，一定还会有别的法子，再不然……我们把今日的事情告诉王爷，让他知道沈惜君的真面目，这样……"

"不许说！"慕千雪倏然沉下脸，眸光冷厉道，"今日之事，谁都不许泄露出去，更不许告诉王爷，否则立刻驱逐出去，永不再用！"

夏月难以理解道："这是为什么？"

慕千雪没与她解释什么，肃然道："总之照我的话去做，如有违背——夏月，就算是你，我也不会容情，记下了吗？”

夏月愣愣地望着慕千雪，记忆里，慕千雪对她从来都是和颜悦色，哪怕她偶尔犯了错，也只轻斥几句，这样的疾言厉色她还是头一回见，一时竟不知如何是好。

直至慕千雪再次追问，方才反应过来，有些畏惧地答道：“奴婢记下了。”

她的回答令慕千雪眸光一松，端起茶想要润一润干涩的嗓子，却发现茶已经凉了，夏月接过道：“奴婢去换一盏来。”

夏月离去后，十九轻声道：“你是怕王爷知道真相后不肯娶昌荣宗姬，从而惹祸上身是吗？”

慕千雪默默看着裙裾上用同色丝线绣出来的蜿蜒纹路，声音幽凉如天边落雪：“沈惜君不是最适合的睿王妃，但却是唯一的选择。”

“那你呢，甘心吗？”不等慕千雪言语，她又道，“王爷那样对你，我不相信你对他一点儿感情也没有。”

慕千雪涩涩一笑，抬眸道：“那你呢，又甘心吗？”

十九眸光一颤，黯然道：“王爷从未喜欢过我，但你不一样……”

“有何不一样。”慕千雪接过她的话，怆然道，“皆不过是大势之下的一颗棋子罢了，由不得自己做主。”

“可是……”

“好了。”慕千雪疲惫地抬起手，“这件事至此为止，王爷那边，我会去说服，你与夏月要做的，就是闭紧嘴巴，一个字都不要泄露出去。现在这种形势下，王爷一步都不可以走错！”

十九盯着她片刻，默默点头。这一刻，她对慕千雪仅余的敌意也彻底消散，王爷为她不惜付出性命，她为王爷又何尝不是殚精竭虑，处处筹谋。希望……上天能够善待他们。

一直等到天色渐晚，东方溯二人方才离开承德殿，神色颇为凝重，在冒雪跨上停在宫门外的马匹后，东方泽一拉缰绳，蹙眉道：“七哥，齐国这次增兵，难道真是准备侵犯我大周？”

东方溯望着连绵不断的飘雪，沉声道：“应该是吧，齐帝从来都不是善类。”

东方泽沉默片刻，在有节奏的马蹄声中道：“齐国国力虽不如我们，却也相差仿佛，一旦起兵，必会是一场苦战。”停顿片刻，他拧眉道，“说来也奇怪，这些年来我们与齐国一直井水不犯河水，为何突然不安分起来，难道他们不怕东凌乘虚而入吗？”尽管当初与千代本樱达成合作，但在他心里从来没有真正相信过千代本樱等人，“非我族类，其心必异”这句话，他从未忘记。

“东凌……”东方溯喃喃地重复着这两个字，在飞雪染白了那两道浓眉时，他道，“千代本樱那边可有动静？”

东方泽拂一拂肩上的落雪：“我前日才见过他们，未有异常，怎么，七哥怕齐国与东凌结盟？”

东方溯遥遥望着远处若隐若现的重山，徐徐道：“齐帝本是庶子，无资格继承皇位，齐恒帝却独排众议，留下遗诏，立他为储君，使得齐帝未及弱冠之龄就登基为帝。两个兄长不满失去皇位，秘密策动谋反，却在动手之前被不知如何得到消息的齐帝一举歼灭，妻女子嗣乃至亲信，悉数被杀，无一生还。也是从那以后，齐帝彻底掌控了所有军队，一声令下，三军莫敢不从。这样的一个人，断不会做没有把握的事，如果起兵，他必有后招，这一点陛下心里也清楚，所以才召我们入宫商议。”

东方泽深以为然地点点头：“不如，我现在去见千代本樱，看能否从她那里套出些事情来？”

东方溯摇头道：“没用的，千代本樱一直待在金陵城中，未必会知道东凌那边的事情，退一步说，就算知道，她也不会告诉你我。而且……与齐国结盟的，未必就是东凌。”

“不是东凌？”东方泽一怔，旋即会意过来，“七哥是指西楚？”

东方溯叹了口气：“相较东凌，西楚无疑更有动机一些。公主的存在，对楚帝而言始终是一个威胁，不杀不足以安心。”

“萧若傲这个卑鄙小人！”东方泽恨恨地骂了一句，待得经过的行人走远后，他忧声道，“两边受敌，我们的压力会很大，若能压得住尚好，否则恐怕东凌会插上一脚，到时候就是三方受敌了。”

东方溯叹了口气：“我明白你的担心，眼下只有走一步看一步了，希望情况没我们想的那么恶劣。”

“只能这样了。”东方泽无奈地点点头，二人在街口分开，各自回了府邸。

徐立穿过漫天飞雪来到檐下，一边收伞一边望着簌簌不止的落雪自言自语道：“看这样子，怕是又得下上两天方才会停。”

“王爷回来了？”突如其来的声音将徐立吓了一跳，待得看清是夏月后，方才松了一口气，依言答道：“嗯，王爷刚刚回府，我特来回禀公主。”说着，他疑惑道，“夏月姐怎么不在里面侍候公主？”

“公主说想要一个人静一静，我便出来了。”

徐立瞅了一眼她肿胀未消的脸庞，试探道：“夏月姐，昌荣宗姬究竟与公主说了什么，为何你要下跪求她，还有公主……”

夏月冷冷打断他的话：“不要问一些不该问的事情，对你没好处。”

徐立不敢再多言，唯唯诺诺地应了，旋即小心翼翼道：“要是夏月姐没什么别的事情，我进去见公主了。”

在夏月点头后，他轻手轻脚地推门走了进去，没过多久，慕千雪披着一件天青羽缎斗篷走了出来。

夏月取过徐立之前搁下的伞，撑开为慕千雪挡住被风吹进檐下的雪花：“奴婢陪您一道过去。”

慕千雪盯了她片刻，微微点头，由夏月扶着她往南轩行去。尽管有斗篷挡住风雪，这一路上慕千雪还是咳嗽不止。因为这个病，每年冬天都是她最难熬的时候，而这一年，似乎格外艰难……

慕千雪的到来令东方溯有些意外，在命蔡元去煮姜茶后，他瞧见夏月红肿的脸颊，讶然道：“这是怎么一回事？”

夏月早就想好了说辞，垂目道：“奴婢与徐立他们玩雪的时候不小心摔在地上。”

东方溯眸光一冷，寒声道：“是沈惜君对不对？”他一回来，蔡元便将沈惜君今日来过睿王府的事情告诉了他。原本按着东方溯之前的吩咐，沈惜君是不可以踏足睿王府的，但慕千雪允其进来，蔡元也不好阻止。

夏月的沉默无疑是默认了他的话，东方溯眉心涌起厌恶之色：“竟敢跑到本王府邸来伤人，实在放肆！”说着，他似想起了什么，紧张地打量慕千雪，“她可有伤到你？”

“没有。”慕千雪的回答令东方溯松了一口气，转而道：“往后她若再来烦扰，你让人将她赶走就是了，至于夏月一事，我会处理，公主不必担心。”

在一番静默后，慕千雪抬眸道：“千雪今日过来，确有事情与王爷商量，但并非夏月一事。”

东方溯颇有些意外：“哦？那是何事？”

慕千雪抚着手里暖暖的手炉，徐声道：“那门亲事……王爷考虑得如何？”

东方溯眉头一皱，不假思索道：“沈惜君性子骄纵狂妄，不顾他人感受，这样的女子，我是断然不会娶她的。”

“那太后呢？王爷打算如何向太后交代？”

东方溯眉头紧紧一皱："我会设法说服母后。"

慕千雪摇头道："王爷很清楚卫太后的性子，她决定的事情，是不会轻易更改的，王爷根本没把握劝服太后。"在短暂的静默后，柔美空灵的声音再次响起，"你想抗旨是不是？"

东方溯默默地抚着茶盏，许久，他凝眸于她，眼里有着深刻入骨的柔情："我说过，我想娶的人只有你慕千雪一人，除了你之外，我不会娶其他人，就算是母后，也不能勉强于我。"

"那太妃……"

东方溯抬手打断她的话，带着几分傲气道："我知公主想说什么，齐国在边境增兵，随时有可能进攻北周，西楚与东凌都有可能是齐国盟友，在平定这个祸患之前，他们不会轻易对我下手。"他虽年不过廿五，却早在四年前就展现出超凡的统兵之才，放眼整个大周，有资格在这方面与他并肩的没几个人。

慕千雪微一点头："或许吧，但祸患平定之后呢，王爷以为，卫太后或者周帝会因顾念亲情或者功绩，从而放过你与身边的人吗？"

"我知道他们不会，但这段时间，足够我安排后路，全身而退。"

"全身而退……"慕千雪低低重复着这四个字，下一刻她道，"那我们之前的计划呢，全盘放弃？"

东方溯目光灼灼道："对我来说，最重要的从来不是这大周江山，而是你！"

望着他深邃而纯粹的目光，慕千雪不是不感动，但是，她没那个资格！

慕千雪压下心中的感动，面色冰冷道："可是对我来说，王爷从来不是最重要的。"

她的话像黄蜂尾上的针，狠狠刺入东方溯胸口，痛得他呼吸一窒，艰涩道："于你来说，最重要的……是复仇？"

"是！"慕千雪努力抑住心中翻腾的痛楚，面无表情道，"王爷应该还记得，我为何会随你来到这北周。如果你不再是睿王，那么……"她走到东方溯身前，一个字一个字道，"你于我还有何用处？又如何兑现当初的承诺？"

销金红烛在鎏银蟠花的烛台上静静燃烧着，一滴滴软红如血的烛泪缓缓滑落，盈满了并不大的烛台。

东方溯撑着扶着缓缓站起身，望着那双清冷无情的眼眸，涩声道："所以……你今日来，是劝我迎娶沈惜君？"

"不错！"慕千雪神情冷漠道，"只要王爷遵奉太后之命，迎娶昌荣宗姬，你依然会是位高权重的一品亲王，我们的计划也不会前功尽弃，再者……王爷真的以为这周土之滨会有我们的容身之地吗？”

不等东方溯回答，她已是连连冷笑：“不会，不论我们怎么更名改姓，周帝都会找到我们，面对千军万马，神机营终归会有挡不住的那一刻。够了，我要的不是逃亡，而是复仇，覆灭西楚以慰所有南昭人的在天之灵！”

烛光在东方溯的眸中明灭回转，面孔被哀痛浸透得青白：“为了复仇，怎样都可以是吗？”

“是！”慕千雪大声说出这个字，拂袖转身背对着东方溯道，“我活着的意义就是复仇，为了复仇，我连自己都可以牺牲，更何况是你！”

她说的每一个字都如生着倒刺的鞭子一样，狠狠地抽在东方溯身上，令他浑身剧痛，颤抖如寒冬中枯黑的落叶。一直以来，他都相信“情之所至，金石为开”，眼下看来却是那样的可笑，由始至终，都是自己一厢情愿，他的情他的意，慕千雪从未在意过，她只将自己当成复仇的工具！

尽管已经千疮百孔，他仍然忍不住问道：“慕千雪，你对我……当真没有一点儿情意？”

慕千雪痛苦地闭一闭目，在强行逼回眼底的泪后，她转身，迎着东方溯哀恸的目光，一字一顿道：“没有！以前没有，现在没有，将来更不会有！”

冷风卷起漫天雪花叩着雕花窗棂上，尽管关得严实，还是有湿冷的气息渗了进来，压住在铜盆里燃烧的炭火。

“如果我依旧不肯娶沈惜君，你待如何？”

“我会恨你，一生一世！”明明是那样的心痛与不忍，到了嘴边，却化成这世间最淡漠寡情的字眼。

“哈，哈哈！”苍凉而哀伤的笑容在屋中响起，令人闻之心酸，夏月低头垂在阴影里，她不敢去看悲痛的东方溯，因为她怕自己一看之下，会忍不住说出实情。

许久，东方溯敛了笑声，目光再次落在慕千雪脸上，只是这一回，没有了之前的脉脉情深，没有了之前的爱恋无悔，有的只是犹如风雪的冷意：“慕千雪，我会如你所愿，迎娶沈惜君，也会如你所愿去争夺帝位，覆灭西楚，但任何事情都有价码，既然你不愿以情相抵，那么，就以命来偿！”

爱与恨，从来都只在一线之间！

夏月不忍见他们从此反目成仇，想帮着解释几句，慕千雪却比她更快：“好，只要王爷覆灭西楚，千雪这条性命任由王爷处置！”

她不假思索的回答浇熄了东方溯心里最后一丝期望。错付了，不论四年前还是四年后，他都错付了……

在一番长久的沉寂之后，他抬起眉眼，冷冷吐出四个字："一言为定！"

"一言为定！"

东方溯回到长案后，漠然道："公主若没什么事，就回东院去吧，本王还有许多公文要处理。"

"还有一件事。"慕千雪垂目道，"在沈惜君与赵平清的冲突中，后者看似处于弱势，被逼得无路可走。事实上，所有事情都是她一手策划的，所以王爷不必在太后面前为其求情。"

"赵小姐策划？"东方溯一怔，旋即讽刺道，"公主不觉这话说得太过可笑了吗，沈惜君当街威胁剪发，平阳王妃上门兴师问罪，欲将她许配给徐经治，难道这一切都是假的，是编造出来的吗？"

"是真，但一切都在赵平清的掌控之中，目的在于……"

"够了！"东方溯不客气地打断她，"赵平清一事，我会处理，不劳公主费心，出去！"

"王爷……"

东方溯正在气头上，哪里有心思听她继续说下去，呵斥道："出去！"

见他这个样子，慕千雪只得依言离去，在她身后，是茶盏掼在地上的碎裂声……

第三十七章　正侧二妃

刚走出书房，便迎面碰到煎了姜茶过来的蔡元，蔡元惊讶道：“公主这么快就走了？”

慕千雪勉强一笑：“王爷还有事情，不便多加打扰。”

在慕千雪身影没入暗沉沉的雪夜后，蔡元还想起捧在手里的姜茶，正想要追上去，年迈的门房匆匆过来，在他耳边低语了几句。

蔡元诧异道：“现在？”

门房点头道：“是，这会儿正等在府门口呢。”

“好，我这就去禀告王爷。”这么一耽搁，慕千雪已是走得不见身影，蔡元只得把姜茶往门房手里一递：“这碗姜茶赏给你喝吧。”

在门房迭声道谢中，蔡元轻手轻脚地推开了门，一脚踩下去，意外觉得脚底有东西，低头看去，竟是一片片尖锐不平的碎瓷片，顿时眼皮一阵疾跳，未等他回过神来，耳边传来森冷的声音：“出去！”

蔡元吓得浑身一哆嗦，白着一张脸惶恐道：“王爷，赵夫人在外求见。”

东方溯眉头一拧，缓了口气道：“她来做什么？”

“奴才不知，赵夫人只说是关乎性命之事，一定要见王爷。”蔡元一口气将门房的话转述了一遍，随即紧紧闭了嘴，连大气也不敢喘。印象中，王爷从未对璇玑公主说过一句重话，这回却发那么大的火，一定是出了大事。

在一阵令人近乎窒息的沉默后，东方溯再度开口：“让她进来，另外让人把东西收拾了。”

“是。”蔡元如逢大赦，赶紧退了出去。

在赵夫人进来时，地上大大小小的碎瓷片已经收拾干净了，她屈膝一福："见过王爷！"

"赵夫人免礼。"赐座奉茶后，东方溯道，"不知夫人漏夜前来是为何事？"

"我……我……"赵夫人低头绞着帕子迟迟未曾说下去，在东方溯等得不耐烦时，她忽地跪下去，声泪俱下道，"求王爷慈悲，救一救平清！"

东方溯愕然片刻，道："夫人有什么话，起来再说。"

赵夫人拒绝蔡元的搀扶，垂泪道："王爷若不答应，我就在此长跪不起。"

"究竟是何事？"东方溯追问于她。

赵夫人抹一抹泪，哽咽道："平清虽然性子温婉，却也有她的骄傲，她是断然不肯嫁给徐经治的。"

"本王知道，本王明日一早就去见太后，夫人放心，赵小姐不会有事。"说这句话时，他想起慕千雪那番决绝无情的话语，心中阵阵抽痛，不论怎样倾尽所有，在慕千雪眼中，他只是工具而已。

他的话并没有令赵夫人展颜，反而更加难过，哀哀道："就算王爷能够劝太后放弃赐婚的念头，也无法挽回平清的名声。"

"夫人多虑了，此事并不会破坏赵小姐名声。"

"王爷这么说，是因为根本不知道外面传得有多过分，简直字字诛心，甚至有人说，是平清不守妇道，勾……勾引徐经治。"说到此处，赵夫人刚刚有所止住的泪又落了下来，"咱们都知道这话是平阳王府那边故意散播出来的，但外人不晓得，还以为真是这样，一传十，十传百，王爷您说平清以后还怎么做人？"

东方溯叹了口气："是本王连累了赵小姐。"

"平清就是听了这些话，才会冲动地割腕自尽，王爷你们走后，我想着去劝一劝平清，哪知她竟告诉我，等这次事情过去后，她就落发出家，从此长伴青灯古佛。任我与侯爷怎么劝，她都不肯听，执意如此。"赵夫人悲声道，"我与侯爷就平清一个女儿，一想到她剃尽三千青丝，在佛院中度过一生，就心痛如绞。"

"夫人是想要本王去劝赵小姐？"

"不。"赵夫人的回答令东方溯诧异，而她接下来的言语，更是惊得东方溯自椅中站了起来。

"事到如今，我也没必要再瞒王爷，平清她……一直都仰慕王爷，正因为如此，才会冒着得罪沈惜君的危险来通知王爷。平清这一次态度很坚决，就算王爷去劝，怕是也不能令她回心转意，再者即便太后不赐婚，以平阳王妃母女的性子也不会放过平清。我思来想去，只有一个法子……”她深吸一口气，鼓起勇气一字一句道，“那就是请王爷娶平清为侧妃！”

东方溯难以置信地盯着她，好一会儿方才自震惊中缓过神来，紧紧拧了两道浓眉：“赵夫人可知自己在说什么？”

“我知道这个要求很过分，但除此之外，实在是没法子了。”说到此处，赵夫人急急道，“只要王爷肯娶平清，她一定会放弃出家的念头，求王爷答应。”

“不行。”东方溯想也不想就拒绝了赵夫人这个荒谬的要求，“本王对平清并无男女之情，岂可娶她为侧妃。”

“王爷就当可怜可怜平清，王爷若觉得侧妃的位份不合适，就算……只是庶妃也可以，只要平清喜欢，我与侯爷都不会计较。”为了女儿后半生，赵夫人放下侯爷夫人的脸面，极尽卑微之能，真是可怜天下父母心。

“不是位份的关系，而是……”东方溯一时想不出合适的话，好一会儿方才摇头道，“这样对赵小姐不公平。”

赵夫人哀然道：“王爷觉得，眼下的平清还有资格要求公平吗？”不等东方溯言语，她已是连连磕头，“求求王爷，求求您。”

东方溯上前搀住她：“夫人且先起来。”

“我说过，若王爷不答应，我绝不起身。”见东方溯迟迟不肯答应，她难过道，“难道王爷真要看到平清青丝断尽，僧衣裹身，或者被平阳王府逼得丢了性命方才高兴吗？”

“自然不是。”赵夫人的苦苦哀求令东方溯很是为难，“本王只怕委屈了赵小姐。”

见东方溯语气有所松动，赵夫人急忙道：“平清最希望的就是陪伴在王爷身边，岂会委屈。再者，以后有王爷护着平清，我与侯爷也能够放心。”她咬一咬牙，望着东方溯道，“王爷就当府中多养一个闲人，再不然……她的一应吃穿用度皆由我与侯爷负责。”

听着赵夫人低微到近乎尘埃里的言语，再想到赵平清连日来因为自己所受的苦楚，东方溯终归是不忍狠心拒绝：“此事……还请赵夫人容本王考虑一番。”

“王爷……”赵夫人犹要言语，东方溯打断道：“迎娶侧妃并非小事，这样贸然决定，于本王于赵小姐都不公平。”顿一顿，他又道，“就一夜吧，明日本王会亲去侯府。”

赵夫人并非不懂分寸之人，见东方溯话说到了这个份儿上，点一点头道：“那好，明日我与侯爷在府中恭候王爷大驾。”

在将她扶起来后，东方溯对候在一旁的蔡元道：“好生送赵夫人出去。”

蔡元应了一声，一手执灯一手打伞，恭敬地将赵夫人送到门口，直至轿夫抬着轿子远去后，方才转身回府。一边“咯吱咯吱”踩着积雪一边摇头，自言自语道：“怪事年年有，今年却是特别多。”

一阵冷风自后颈吹来，钻入衣领里，冻得蔡元打了一个哆嗦，抬手想要拉紧领子，却听到一个阴森森拖着长调的声音：“什么怪事啊，说来听听。”

“妈啊！”蔡元吓得整个人跳了起来，拔腿就跑，连伞也丢了，没跑几步，就听到身后传来一连串的笑声。

呃，怎么听着这么耳熟，好像是……

蔡元忍着心中的惧意，在寒风中哆哆嗦嗦地回头，隐约可见一个人影打着伞在夜雪中笑得前俯后仰。

鬼是不需要打伞的，也就是说，那是一个人。想到这里，蔡元胆子大了起来，提着灯笼走上前去，在看清那张年轻的脸后，抬手就往其后脑勺拍去，嘴里斥道：“好你个徐立，胆子大了啊，连你蔡爷我也敢吓，不想活了是不是？”

徐立抚着被拍疼的后脑勺，嘻嘻笑道：“只是开个玩笑而已，哪知蔡总管反应这么大，我可也被吓了一跳呢。”说着，他凑过来挤眉弄眼道，“想不到蔡总管你这么怕鬼！”

“怕你个头！”蔡总管被他说得脸上挂不住，又是一掌拍过去，“我这是敬畏鬼神，你懂什么。”

“是是是。”又挨了一掌的徐立不敢再刺激他，连连答应，等蔡元气消了一些后，他一脸好奇道：“刚才蔡总管说什么怪事今年特别多，是什么啊。”

蔡总管还记着刚才被吓的事情，板着脸道：“与你小子有什么关系，多管闲事。”

徐立捡起蔡总管丢在地上的伞，讨好地递过去嬉皮笑脸道：“总管您就说来听听嘛，求求您了。”

蔡总管被他缠得没办法，遂将刚才的事情说了一遍，徐立听得瞪大了眼睛，他本是为了满足自己的好奇心，万万没想到竟会听到这样的大事。

“那……那王爷他同……同意了吗？”过度的激动令他连话也有些说不利索。

“没有，王爷说明日答复赵夫人。”这般说着，蔡元摇头感慨道，“赵家虽然不算显赫，却也是书香门第，又有爵位在身，眼下却这般卑躬屈膝，真是难为了赵夫人。”

徐立点头之余，追问道：“那依总管您看，王爷会答应迎娶赵小姐为侧妃吗？”

蔡元仔细想了一会儿，摇头道："这个还真说不好，按理来说，迎娶她为侧妃并没有什么坏处。可王爷他心不在赵小姐那里，所以赵小姐的一片痴心，对王爷来说，就是一种负担。"

徐立挠着脑袋道："这王爷的心，既不在赵小姐那里，也不在昌荣宗姬那里，究竟是在哪里呢？"

蔡元瞪了他一眼，没好气道："亏得你还是在东院伺候的，这么简单的事情也没看出来吗？"

"简单？"徐立一脸不解地思索着他的话，好一会儿方才反应过来，兴奋道，"我知道了，王爷他……"

蔡元摆手打断道："知道就行了，不必四处嚷嚷。"说着，他叹道，"这件事若让别人知道了，只会羡慕王爷享尽齐人之福，哪里会明白王爷求而不得的痛苦，唉。"

蔡元离去后，徐立站在原处喃喃道："原来王爷喜欢的人是公主，难怪他对公主这么好。可现在太后逼王爷娶昌荣宗姬，赵夫人又逼王爷娶赵小姐，那公主怎么办？不行，我得赶紧把这个事告诉公主去。"

想到这里，他匆匆回了东院，因为天色暗沉，再加上夜雪纷飞，一时不慎与夏月撞了满怀，令夏月跌坐在雪地上。

徐立赶紧上前将夏月拉了起来："夏月姐你怎么样，要不要紧？"

夏月一边揉着痛处一边捡起撞掉在地上的药包："还好，不过你要是再撞得用力一点儿，只怕是要替我去请大夫了。"

徐立吐一吐舌头，歉疚道："夏月姐对不起，我急着要去见公主，所以走得快了一些，下次不会了，你别生气。"

"算了。"在拍去沾在身上的雪花后，夏月想起徐立前半句话，疑惑道，"为何急着见公主，出什么事了？"

一听这话，徐立顿时振了精神，将蔡元告诉他的事情一五一十地说了一遍，夏月骤然色变，急切道："这是真的？"

"蔡总管亲口所说，应该不会有假。"徐立看出夏月紧张得有些过分，疑惑道，"夏月姐，怎么了？"

夏月咬一咬牙，将药包塞到徐立怀里道："把这药拿到厨房去煎，三碗水煎一碗，七分满就好，公主那里我去说就行了。"

不等徐立答应，她已经匆匆回去，连伞也顾不得打，一进到屋中，便匆匆将徐立所说的事情复述了一遍，临了急切地跺脚道："真是怕什么来什么，赵平清心机这样深沉，一旦嫁进来，这王府怕是难以安宁了，更不要说还有一个昌荣宗姬在。”

慕千雪脸色煞白地听着，早在看透赵平清真面目的时候，她就料到后者会想方设法嫁进睿王府，但没想到会来得这么快，一定是赵平清怕她将其真面目告诉东方溯，故而加快了动作。

夏月焦急道：“公主，您可得赶紧想个法子啊！”

“我知道。”慕千雪轻咳几声，“去将那件天青羽缎斗篷拿来。”

夏月知道她是要去见东方溯，虽然不愿慕千雪在这大冷的夜里出去，但确实没有其他法子，始终解铃还须系铃人！

在替慕千雪兜头穿好斗篷，又取来平金暖手炉让她捧在掌中后，夏月上前开了门。门开的一瞬间，冷风扑头盖脑地吹了进来，令慕千雪脑仁一疼，像有钢针在刺一样，身子摇摇欲坠。

“公主小心。”夏月大惊，正要丢了手里的伞去扶她，一双手先一步扶住了慕千雪，却是十九。

待得晕眩感退去后，慕千雪侧目望了望十九道：“我没事了。”

“就你这两步喘三步倒的身子，没事才怪。”在顶了她一句后，十九别过脸，冷冰冰道，“夏月既要提灯，又是打伞，没法子搀你，我扶你过去吧。”

“多谢。”半年多相处下来，慕千雪与十九的关系已经改善许多。不过十九习惯了冷冰冰的模样，就算明明是关心的话，到了她嘴里也冷得瘆人，听着更像是吵架。

一路冒着寒雪冷风来到南轩的书房，一名小厮正站在檐下搓手，瞧见慕千雪他们过来，缩着脖子迎上来行礼。

慕千雪看了一眼透着橘黄烛光的书房，道：“王爷可是在里面？”

“是。”小厮应了一声，见慕千雪要进去，连忙拦住道，“公主留步，待小人先进去通禀一声。”

夏月眉头一皱，不悦道：“公主出入王府各处，从来都不需要通禀，南轩也不例外，难道你不知道吗？”

“小人知道，但……”小厮瞅了慕千雪一眼，小声道，“王爷刚刚发下话来，往后公主出入南轩要先行通禀，所以……还请公主见谅。”

慕千雪拉住要与之争辩的夏月，温言道：“我明白，烦请通禀一声，就说我有要事求见。”

慕千雪的通情达理令小厮松了一口气，再次行了一礼入内通禀，过了一会儿，他走出来，为难道：“王爷说夜色已深，不便见公主，请公主明日再来。”

慕千雪知道东方溯还在生自己的气，神色平静道："你去告诉王爷，若今夜见不到他，我不会离去。"

小厮无奈，只得再次替她通传，结果还是一样，东方溯始终不肯相见。眼见雪下得越来越大，小厮劝道："其实明日再来也是一样的，公主还是先行回去吧，这天寒地冻的，万一受凉可就麻烦了。"

任小厮如何言语，慕千雪只是一动不动地站在那里，见劝不动她，小厮只得闭了嘴，默默站在一旁。

"咳咳。"听着慕千雪压抑的咳嗽声，夏月又急又气，低声道："这个睿王，真是不分好坏！"说着，她就要上前叩门，被慕千雪唤住："不许无礼。"

夏月急切道："可是再这样站下去，公主非得又病倒不可，好不容易才好一些。"

"我清楚自己的身子，不打紧。"在慕千雪的坚持下，夏月只得退回了原处，正在这时，门"吱呀"打开，蔡元自里面走了出来，行了一礼道："王爷请公主进去。"

"有劳了。"慕千雪点一点头，举步走了进去，除了没有刺骨的寒风之外，书房里并不比外面暖和多少。

东方溯一贯是不烧炭盆取暖的，只有慕千雪过来的时候才会命人端炭盆过来，日间端来的那一盆炭还在，不过这会儿早就已经燃尽最后一丝余火，化成一摊死寂的冷灰。

"何事一定要见本王？"东方溯负手站在窗前，跟随慕千雪进来的寒风吹得鎏银蟠花烛台上的红烛微微晃动，光影明暗离合，令他的侧脸有些看不真切。

"赵夫人这次过来，可是想你迎娶赵平清？"她没有提蔡元，以免牵连他。

"你怎么知道？"东方溯惊讶地转过头来，很快又恢复了平静之色，在示意蔡元离去后，他漠然道，"险些忘了，璇玑公主神机妙算，推测出这些自是轻而易举。"

慕千雪没有理会他暗藏于言词间的讽刺，凝声道："赵平清心机极深，这样的女子娶在身边，于王爷而言是祸非福。"

"是啊，赵家无权无势，又哪里及得上平阳王府！"对慕千雪的恨意令东方溯嘴里说出来的每一个字都透着嘲讽。

"我不是这个意思，我……"慕千雪知道他误会了自己，急忙想要解释。

"够了！"东方溯面无表情道，"你是什么意思与我无关，我会按着你的要求，娶沈惜君，至于其他事情……不劳公主费心！"

他的冷漠与无情令慕千雪心中一痛，涩意在眼底弥漫，垂目低语："沈惜君一事，是千雪强人所难，对不起王爷。但赵平清确非王爷良配，还望王爷三思。"

"三思……"东方溯默默望着投在窗上的影子，有他，也有她，明明离得那样近，却是咫尺天涯。

“赵平清钟情于王爷，又知道自己争不过沈惜君，故而想出这么一条计策，利用自己的名节与后半生作赌注，换取嫁入睿王府的机会。”慕千雪道。

东方溯默默地望着她，一如以往的对视。只是这一回，在那双眼里，慕千雪看不到自己，只有幽幽的烛光：“就算赵平清真如你所言那般，至少……她所做的一切都是为了我，你呢？”

“千雪自知负了王爷，但……”她抬眸，目光温柔而宁静，“请王爷相信，千雪做的每一件事，都是为了王爷好。”

对于慕千雪的话，东方溯只是哂然冷笑，就在半日之前，她还为了复仇，逼迫自己娶一个根本不喜欢的女子，这会儿又说是为他好，真是可笑。

盯着那张绝美如谪仙的容颜，东方溯心中升起一股强烈的报复之意，开口道：“我想好了，明日一早，我便会入宫见太后，请她将赵平清赐予我为侧妃，与沈惜君同一日嫁入王府！”

慕千雪万万没想到东方溯会突然这么说，悚然色变：“王爷你可知自己在说什么？”

“本王当然知道。”东方溯嘴角衔着一缕报复的笑意，“同一日迎娶正妃与侧妃，可是大周多年没有的事情，相信一定会很热闹。”微一停顿，他凉声道，“公主不恭喜本王吗？”

“不行！”慕千雪连连摇头，“王爷绝不可以娶赵平清。”

“不可以？”东方溯目光森冷道，“本王礼敬公主，但不代表公主可以事事干涉！”

“千雪不敢，只是……”慕千雪才说了几个字，便被东方溯冷声打断：“本王心意已定，公主不必多言！”

“王爷……咳！咳咳！”忍了半晌的咳嗽自喉咙里蹿出来，咳得极是厉害，浑身都因咳嗽而发抖，额头更是渗出细细的冷汗。看到她咳得那般痛苦，东方溯心中一痛，对自己刚才故意刺激她的行径生出几许后悔来，但仍是攥紧了手，逼迫自己不去理会。

报复慕千雪的同时，何尝不是在报复他自己！

好半天，慕千雪方才在夏月的抚背中慢慢平静了下来，喘了几口气道：“除了赵平清，不论王爷立谁人为侧妃，千雪都不会过问。”

这句话刺痛了东方溯，他压下弥漫在心里的痛楚，一字一句道：“本王也说得很清楚，一定会娶赵平清为侧妃！”

迎着他冷硬的目光，慕千雪似乎明白了什么：“王爷这么做，是为了报复我？”

“不是！”尽管东方溯出言否认，但以慕千雪的心思，岂会看不出他根本就是言不由衷，痛声道，“为报复我而娶一个自己根本不喜欢的女子，值得吗？”

“本王都说了不是！不是！”东方溯冲口而出，额间青筋暴跳，神色狰狞如要噬人，这样过了许久，方才渐渐平静下来，唤了蔡元进来，冷然道，“送公主她们出去。”

“王爷，公主真是一心为您好，您就听她的劝吧。”夏月跪地劝着，可惜，东方溯连慕千雪的劝都听不进去，又哪里能听得进她的话，背对而立，一个字都不愿说。

蔡元走过来小声道：“天色已晚，公主还是先回去吧，有什么事情，明日再说也不迟。”

慕千雪心里明白，除非自己说出沈惜君胁迫她一事，否则说什么东方溯都不会听。可若是说了，之前所做的一切，就都白费了。

这个矛盾，夏月也看出来了，有心想说出来，又怕坏了慕千雪的计划，不知该怎么做才好。

在一番激烈的天人交战后，慕千雪长叹一声，示意十九拉起夏月：“我们走吧。”

一路无言，回到位于东院的房中后，慕千雪再一次咳了起来，比之前在书房时还要厉害，待得松开手时，掌心是触目惊心的鲜红，尽管她很快握起了手，但还是被夏月看到，夏月惊慌地唤来徐立，让他连夜去请大夫。

在徐立离开后，夏月跪在慕千雪膝前，豆大的眼泪不住落下，慕千雪忍着胸口犹如烈火焚烧一般的痛楚，喘息道：“真是个傻丫头，不就是一点儿血吗，有什么好哭的，快擦擦眼泪。”

夏月泣声道：“奴婢是替公主委屈，您明明就是一心为了王爷好，却被王爷那样误会。”

慕千雪轻轻抚着她满是泪痕的脸庞，轻声道：“这点儿委屈我还受得起，我只是没想到，最后……竟是我促成了赵平清的计划，真是百密一疏。”

一提起赵平清夏月就来气：“还说什么赵家书香门第，奴婢就没见过那么不要脸的女子，连自己名节也能拿来利用，简直比沈惜君还要可恨许多！”说到这里，她试探道，“公主，不如将真相告诉……”

“不行！”慕千雪厉声打断她的话，“眼下这种情况，绝对不可向王爷透露一个字！”

夏月心疼道：“可若是不说，王爷会越来越恨您，现在是娶赵平清，往后不知还会做什么，还有傍晚时分王爷说的那番话……”

“终有一日，他会明白，若不明白……”慕千雪垂目盯着掌心那一片……应该是殷红吧？不论怎样鲜艳的颜色，落在她眼里，都只化为黑白灰三色，“就当是我还了他。”

夏月听出她话中的决绝，慌得握住她纤细的手臂：“不要，公主不要！”

慕千雪拍一拍她的手，安慰道：“那只是最坏的打算，并非一定会走到那一步。”说着，她肃然道，“我知你心疼我，但这件事关乎王爷生死，没有我的允许，绝对一个字都不许与王爷提及！”

在夏月无奈地应下后，她望向一直没说过话的十九：“你应该不需要我提醒。”

十九默默地点头，隔了半晌，她开口道：“既然阻止不了她们二人入府，那么有一件事，你怕是得仔细想一想了。”

慕千雪低头拭着掌中的殷红，轻声道：“你是指往后的住处？”

“不错，不论是沈惜君还是赵平清，都容不下你继续住在府中，更何况这东院……”十九望着那张在昏黄烛光下苍白如纸的容颜，“留在此处，只会祸患重重。”

“我知道。”慕千雪叹一叹道，“所以在王爷大婚之前，我会寻地方搬出去，所幸这半年多，王爷经常有银子送来，倒也攒下了不少，应该够买一个小宅院。”

十九默然半晌，道：“让徐立去看吧，他在金陵住了多年，知道该怎么去找宅院。”

大雪纷飞，将刚刚恢复了一些颜色的金陵城再次化作银装素裹的冰雪世界。屋檐下、树枝间，到处可见长短不一的冰凌，折射着清冷逼人的光芒。

下了朝后，东方溯冒雪来到宁寿宫，与卫太后闭门长谈，直至晌午时分方才离开。随即卫太后亲自前往承德殿，一个时辰后，四名内监分别带着两道旨意前往平阳王府与赵侯府。

“朕奉皇太后慈谕，平阳王之女沈氏，恪恭久效于闺闱，升序用光以纶綍，咨尔某氏之女也,秉性端淑,持躬淑慎。温胥恭淑,有徽柔之质,柔明毓德,有安正之美,静正垂仪。动谐珩佩之和、克娴于礼，敬凛夙宵之节、靡懈于勤。太后躬闻之甚悦，兹特以指婚于睿王，于二月初十完婚。钦此！”

“昌荣谢主隆恩，万岁万岁万万岁！”沈惜君满心欢喜地谢恩领旨，在接过那道明黄圣旨时，心中感慨万千，等了这么多日，盼了这么多日，终于盼来这道赐婚旨意。

“有劳公公特意来此传旨，实在辛苦。”在平阳王妃说话之时，逐春早已会意地递过两锭各有五两重的金锭子，令那两名内监眉开眼笑，连连道谢。其中一个叫小何子的内监道："奴才们来之前，陛下已经传旨礼部，让他们准备睿王迎娶正侧二妃之事，到时候必是空前热闹。"

这句话令沈惜君脸上笑容一僵，满面疑惑道："你说什么，正侧二妃？"

两名内监脸色齐齐一变，他们本以为此事沈惜君早已知晓，眼下看来，怕是他们误会了，小何子打着哈哈道："没……没什么，奴才们还要回去向陛下复旨，告退了！"

"且慢！"平阳王妃唤住急欲离去的二人，冷声道，"把话说清楚了再走不迟。"

二人无奈停住脚步，在沈惜君的一再逼问下，小何子只得苦着脸道："其实陛下一共颁下两道旨意，一道传谕平阳王府，另一道传谕……传谕赵侯府！"

听到"赵侯府"三个字，沈惜君脸色顿时变得难看无比，寒声道："是给赵平清的？"

小何子不敢看她，低着头含糊道："应该……应该是。"

沈惜君狠狠一跺脚，咬牙切齿道："陛下是不是糊涂了，怎么能让赵平清那个贱人做溯哥哥的侧妃！"

"放肆！"平阳王妃面色一沉，瞪着她道，"陛下乃大周国君，岂容你如此不敬，立刻回房反省！"

"不要！"沈惜君这会儿满脑子都是对赵平清的恨意，哪里肯听平阳王妃的话，跺脚朝阿紫喝道，"立刻备马车，我要去赵侯府！"

"不许去！"平阳王妃喝住阿紫，冷声道，"你没听到母亲的话吗？"

沈惜君咬牙道："等我教训了那个贱人，自会来领罚！"

"越来越没礼数了，平清乃是赵侯千金，你怎可这样称呼。"说着，她歉疚地向小何子二人道，"这孩子自幼被我与太后给宠坏了，倒是让二位公公见笑了。"

"哪里哪里。"二人哪里敢接这话，连连躬身。

"对了，二位公公可知，陛下为何会突然为赵小姐赐婚？"

二人对视了一眼，小心翼翼道："具体原因奴才们并不清楚，不过……陛下命奴才们进去的时候，太后也在。"

平阳王妃黛眉微微一挑，不动声色道："好，我知道了，多谢二位公公。"

"不敢。"这般说着，小何子趁机道，"若是王妃没别的吩咐，奴才们告退了。"

这一次平阳王妃没有再留二人："逐春，送二位公公出去。"

二人一走，沈惜君立刻迫不及待道："姨母这是怎么一回事，不是早说了让她将赵平清指给徐经治吗，何以眼睁睁看着陛下将她指给溯哥哥也不拦着一些，两人一道糊涂了不成？”

“不得无礼。”面对平阳王妃的斥责，沈惜君撇着嘴道：“总之我不要与赵平清一起嫁给溯哥哥，死也不要，母亲你快想想办法！”

“母亲这不是正在想吗？莫急。”平阳王妃来回走了几趟，沉吟道，“你在府中好生待着，我去见一见太后，看究竟是怎么一回事。”

在沈惜君答应后，她又不放心地叮嘱道：“在我回来之前，你哪里都不许去，尤其是赵府，知道吗？”

“知道了，母亲快些去。”在催促着平阳王妃离去后，沈惜君往自己屋中行去，走了一半，突然停下脚步，令撑伞走在后面的阿紫险些撞到她后背，待得稳住身形后，阿紫道：“宗姬怎么了？”

沈惜君咬一咬银牙，寒声道：“去备马车，我要去赵府。”刚才这一路，她憋了半天，始终是咽不下这口气。

阿紫与另一名侍女莺红皆是眼皮一跳，后者轻声道：“可是王妃说了，不许……”

沈惜君不耐烦道：“让你们去就去，哪里来这么多废话，母亲若是怪罪下来，自有我担着，怪不到你们头上。”

见她心意已决，二人只得去备马车。冒雪来到赵府，她们到的时候，赵氏夫妇正好送传旨太监离去，他们脸上的笑意更加刺痛了沈惜君。

“破落了这么久的赵府，竟然出了一位亲王侧妃，实在是可喜可贺啊！”突如其来的声音把赵氏夫妇吓了一跳，待得看清是沈惜君后，既畏惧又气愤，赵侯爷轻咳一声，拱手道：“多谢宗姬！”

“侯爷客气。”沈惜君皮笑肉不笑地说着，旋即道，“平清呢，怎么没看到她？”

赵夫人怕她找自家女儿的麻烦，急急道：“平清身子虚弱得很，正在房中静养，让宗姬失望了。”

沈惜君嘴边的笑意较之前更甚了几分：“怎么会呢，既然妹妹不方便，我去见她就是了。”

赵夫人赶紧拦住她：“平清这两日染了风寒，万一传染给宗姬，那就不好了。”

“我素来身子强健，不怕。”说着，沈惜君便要强行入内，赵夫人哪敢让她进去：“不怕一万就怕万一，还是等平清身子好了之后再见不迟。”

沈惜君明眸微眯：“怎么，赵夫人不让我进去？”

“岂敢，只是……”未等赵夫人说完，沈惜君已是一个闪身，自她旁边的空隙中钻了过去，想再阻拦已是不及，只得急急喝道，“拦住她！”

几名下人赶紧挡在沈惜君面前，无奈沈惜君并没有止步的意思，依旧一步接一步地往前走，他们不敢碰触沈惜君，只能跟着一步步往后退。

赵夫人攥着同样心急如焚的赵侯爷手臂，紧张道："侯爷怎么办？"

赵侯爷犹豫片刻，三步并作两步来到沈惜君面前："请宗姬留步！"

对于他的话，沈惜君报以不屑的笑容："我若不留步，你待如何，强行将我赶出去吗？"

不等赵侯爷言语，阿紫已是毫不客气道："宗姬金尊玉贵，你若敢伤宗姬半分，就算是这世袭的侯爵之位也保不住你！"

赵侯爷气得脸色发青，想他堂堂侯爷，却被一个侍女当面威胁，实在可恨，偏又不能发作，强行挤了一丝笑容："岂敢，只是平清现在确实不方便见宗姬，还是改日为好。"

沈惜君冷下脸，寒声道："有胆子使手段，没胆子见我吗？让开！"

"宗姬请回。"赵侯爷尽管懦弱，却不是没脑子，他们早就将平阳王府得罪了，让与不让，都是一样结果。

就在双方僵持不下时，赵侯爷身后传来一个虚弱的声音："父亲，让姐姐过来吧。"

赵夫人快步走到那道撑着伞的碧色人影身边，心疼道："外面这么冷，你怎么出来了，快进去。"

赵平清微笑着摇头："女儿不冷，母亲别担心。"说着，她再次朝赵侯爷道，"父亲，我与姐姐这一面，早晚得见，避不开的。"

听到她的话，赵侯爷长叹一声，侧身让开，他一让，沈惜君立刻快步行至赵平清身前，冷冷相望。

"姐姐……"

"啪！"清脆的掌掴声在飞若柳絮的大雪中响起，正是一脸愤恨的沈惜君。

任谁也没料到沈惜君会一过来就动手，一时皆愣在那里，待得回过神来后，赵夫人紧紧将赵平清搂在怀里，愤然道："我们敬你是平阳王府的宗姬，但你也不要太过分了！"

沈惜君怒极反笑，指着泫然欲泣的赵平清恨声道："论过分我哪里比得上她，表面装着一副人畜无害的模样，其实满肚子坏水，百般算计！"

"我没有，我真的没有，姐姐你相信我！"赵平清一边说一边去拉沈惜君的手，却被沈惜君狠狠甩开，险些摔在地上。

沈惜君厉声喝骂道："亏得你还有脸叫我姐姐，简直是恬不知耻！"

赵平清被她骂得垂泪不止，赵夫人心疼女儿，争执道："平清从未做过半分对不起你的事情，倒是你，一直对平清呼来喝去，视她如下人！"

"没有对不起我？"沈惜君冷笑连连，劈手夺过紫燕捧在手里的圣旨，一把将之展开，厉声道，"那你告诉我，这是什么？"

"此乃陛下恩旨，宗姬如有疑惑，该去问陛下才是。"说着，赵侯爷伸出双手，"请宗姬归还圣旨！"

"要不是你们从中使手段，陛下会颁下这样的旨意？"沈惜君咬牙将圣旨掷回给他，盯着一直在低低啜泣的赵平清恨声道："不要以为有圣旨在，你就嫁定了溯哥哥。赵平清，我不会让你如愿，绝对不会！"

望着沈惜君愤然离去的身影，赵侯爷连连摇头："冤孽，真是冤孽！"

赵平清难过道："都是女儿不好，连累爹娘受委屈，女儿实在愧对爹娘！"

赵侯爷抚着她红肿的脸颊，怜惜道："说什么傻话呢，为父只是担心你，以后她为正你为侧，不知要受她多少气。"

赵夫人目光在圣旨上扫过，叹道："为娘现在也不知道，究竟让你嫁给睿王是好还是不好。"

赵平清握住二人冰凉的手："能够成为睿王侧妃，是女儿几世修来的福气，岂会不好。至于姐姐……"她神色一黯，努力挤出一丝笑来，"只是一时误会而已，等以后解释清楚就没事了，其实她人不坏，只是脾气有些大罢了。"

赵氏夫妇明白赵平清这样说是不想让他们担心，叹息着拍拍她的手，毕竟圣旨已下，就算真后悔也不能再回头了，希望……睿王侧妃这条路不会太难走。

第三十八章　除夕夜，烟花下

在他们正为赵平清往后的处境担心之时，平阳王妃正一脸惊异地看着闭目徐徐捻动着佛珠的卫太后，问道：“睿王主动要求？”

“不错。”卫太后半睁了双目，徐徐道，“今日一早，溯儿来见哀家，说是几经考虑，他愿意迎娶惜君为正妃，但同时有一个条件，那就是娶赵家女儿为侧妃，同一日成亲！”

平阳王妃冷眸道：“这个贱婢倒是真有手段，竟然哄得睿王主动求亲！”说着，她瞅着卫太后，试探道，“如此说来，真要让她与惜君一道嫁入睿王府？”

卫太后停下手里的动作，取过尹秋递来的茶饮了一口，淡淡道：“圣旨都下了，难道还有假吗？”

平阳王妃蹙眉道：“可惜太后没有早些为她与徐经治赐婚，否则也不至于如此。”

卫太后坐直了身子道：“你这么说，是在怪哀家？”

一听这话，平阳王妃忙站起来回话：“子钥不敢，只是担心赵平清心机深沉，以后惜君会受她欺负。”

卫太后怡然一笑，望着供在矮脚小几上的几枝梅花：“惜君是睿王正妃，又是哀家的外甥女，哪个敢欺负她。”

平阳王妃忧声道：“就怕明枪易躲，暗箭难防。太后知道，惜君那孩子高兴就是高兴，不高兴就是不高兴，半点儿不晓得隐藏心思。”

卫太后拢一拢鬓角，淡淡道：“这也是没法子的事，不过好在惜君是正妃，又有你这个母亲从旁提点。”

平阳王妃愁眉道：“话虽如此，但臣妾也不能时时在她身边提点。”

卫太后微微一笑，取过一枝梅花在手中把玩，微一用力，梅枝拦腰折断，开在枝间的白梅受到断枝震荡，落在卫太后深红裙裾上，恍如印在上面："何需时时提点，瞅准时机，一次就够了。"

平阳王妃描绘精致的黛眉微微一挑，精光滑过眼底，下一刻，已是欠下身去，恭敬道："臣妾明白，多谢太后提点。"

卫太后随手掷了梅枝："不过你也要多劝劝惜君，让她学着收敛性子，出嫁之后，毕竟不比平阳王府，尤其溯儿对她并无感情。"

"臣妾谨记。"在直起身后，平阳王妃忍不住叹了口气，"若非惜君这孩子死心眼，非睿王不嫁，哪里需要如此。"停顿片刻，她想起一事来，轻声道，"太后，这慕千雪还住在睿王府的东院里，该如何是好？"

卫太后疲惫地揉一揉额角："为了惜君，哀家已经过问太多睿王府的事情，这件事就留给惜君自己去解决吧。"

平阳王妃赔笑道："惜君性子拗直，哪里懂得解决，还是得请太后多多费心。"

"你倒是护得牢。"卫太后语气平淡如常，却令平阳王妃心中一跳，她与卫太后一母同胞，若论谁最了解卫太后，非她莫属，只是这么几个字，已是察觉出卫太后隐藏在背后的不满，于是小心翼翼地斟酌了言辞道："臣妾是想着，趁现在尽量替惜君铺平道路，让她往后好走一些。"

"铺得了一时，铺不了一世，往后的路，终归还是要靠惜君自己走。慕千雪也好，赵平清也罢，就当是给惜君的历练。"未等平阳王妃言语，她又道，"有哀家看着，翻不了天。"

卫太后已经把话说到了这个份儿上，平阳王妃自不好再说什么，欠身应下后，关切道："臣妾观太后神色疲倦，可是昨夜未睡好？"

卫太后倚身靠着浅金色的垫子，幽幽道："哀家昨夜梦到了母亲，她质问哀家，为什么不救文斌，为什么要任由皇帝下旨斩文斌，断了大哥唯一的血脉。"

平阳王妃叹息一声，安慰道："文斌一事，太后已经尽力了，是他自己不争气。母亲想必是不知其中缘由，才会托梦来质问太后，臣妾明日一早就去母亲坟前祭拜，告之文斌一事的经过，相信母亲会理解。"

卫太后点点头："大哥怎么样了？"

平阳王妃眸光微闪，温声道："臣妾昨日去见大哥，他已经没什么事了，太后不必挂心。"

卫太后牵起唇角，划出一抹凉意："他可是还在怪哀家？"

她的话令平阳王妃沉默下来，直至炭盆传来“哔剥”一声爆炭的声响，方才低低道：“文斌毕竟是大哥唯一的子嗣，倏然失去，难免伤心，太后再给他一些时间，能想通的。”

“希望如此。”卫太后看了一眼细腻莹润的窗纸，“母亲的坟，差不多是二十年前修的，几年前父亲过世之时也不曾重新修整，经历这么多年风吹雨打，想必早已残旧，哀家想重新修葺，你明日去的时候带几个经验丰富的工匠，看看如何修葺为好。”

“是。”平阳王妃应下后，含笑道，“太后仁孝，母亲若是泉下有知，一定很欣慰。”

卫太后重新捻动手里的佛珠，叹然道：“哀家能为母亲做的，也只有这些了。”

穆王府中，东方泽正拧眉盯着坐在对面一杯接一杯往嘴里灌酒的东方溯，在东方溯又一次执起青玉酒壶准备往杯中倒酒时，他终于忍不住出声阻止道：“七哥够了，再喝下去该醉了。”

东方溯寂寂一笑，注视着从倾斜壶嘴中流下的琥珀色液体，眼里密布了一道道的红血丝：“都说一醉解千愁，可不是正好吗？”

东方泽按住他端起酒杯的手：“那不过是自欺欺人的话罢了，酒醒之后，该愁的一样要愁，什么都解决不了。”

“至少可以求得一时宁静，有何不好。”说话之时，他用另一只手接过酒杯，一饮而尽。

看到他这副借酒消愁自暴自弃的样子，东方泽痛声道：“七哥你这又是何苦呢？！”

“苦……”东方溯喃喃地重复了一遍，摇头道，“这一切都是我自己的选择，何苦之有。”

“若真这样想，你就不会喝这么多酒了。”东方泽没好气地说着，见他又想倒酒，赶紧先一步将青玉酒壶抢在手里，叹道，“我知道七哥在生公主的气，但娶沈惜君，确实是七哥眼下最好的选择。至于公主……我并不觉得她是一个为了复仇而不择手段的功利女子，当中或许有什么误会，七哥不妨与公主心平气和地谈一次，怎么着也好过这样互不理睬。实在不行，我去与公主说说。”

他回府不久就听到消息，说承德殿发下两道赐婚的旨意，分别传去了平阳王府与赵侯府，于二月初十同一日，两女一同嫁予东方溯为正侧妃。

若说沈惜君那道旨意在意料之中，那么赵平清那道就真是万万没想到，他正要去睿王府问个究竟，还没动身东方溯就过来了，拉着他饮酒，不到半个时辰，一个人就喝了三壶酒，分明是借酒消愁。不过他也趁此机会断断续续地问清楚了事情经过。

东方溯几次伸手都未能拿回酒壶，转头睁着布满红血丝的双眼对候在一旁的穆王府管家道："再去取几壶酒来。"

"不许去！"东方泽喝住管家，咬一咬牙，拉过东方溯的手，"走，随我一起去见公主，当面问个清楚明白。"

"我不去！"东方溯用力挣开他的手，呼吸之间带着熏人的酒气。

东方泽又气又恼，跺脚道："你不去是吗，好，我去！"说罢，他大步往外走去，未等走到门口，一只青玉酒杯飞来，在他脚边碎成粉末，身后传来东方溯冷彻入骨的声音："哪里都不许去！"

东方泽转过身，无奈道："七哥，你明明是在乎公主的，为什么就……"

东方溯双目赤红地打断他："正因为我在乎她，所以才不许你去！"

他的话令东方泽愕然："这是为什么？"

东方溯执过酒壶，仰头往自己嘴里灌着，直至一壶酒见了底，方才"咣当"一声搁在桌上，目光寂寥而伤感："你说得没错，公主不是一个功利之人，所以昨日她与我说的那些话并非出自真心，不过是为了刺激我，从而让我答应娶沈惜君罢了。"

"七哥你……"东方泽一时不知该怎么说，事情似乎比他想的还要复杂。

"我知道，我一直都知道。"东方溯怆然笑着，一层水雾在眼底若隐若现，在打发管家离去后，他轻声道，"其实一开始，我真的中了她的计，异常生气，可是静下来细想之后，却是明白了她的一番苦心。之前是我想得太简单了，天下之大，莫非王土，就算我肋生双翼又能逃到哪里去，更不要说还涉及母妃与你们那么多人的性命。"

他低头，望着自己张开的双手，徐徐道："说到底，还是我太过弱小，如果今日我有与二哥对抗的能力，又何须这样处处被动。还有千雪，她背负着整个南昭的血海深仇，我却要求她放弃一切，与我隐居山林，实在是太过自私。人……不能只为自己而活。"

东方泽愣愣地站在那里，若非东方溯自己说出来，他万万想不到这个素日里沉默寡言的七哥，竟隐藏了这么许多心思。

"既是七哥什么都知道，为何还要因为与公主赌气，甚至为此多娶一个赵平清？"

东方溯舒缓地握紧摊开的手掌："其实昨夜想明白了千雪的心思后，我一直在犹豫是否要去向她道歉，直至赵夫人的出现，令我打消了这个念头。"

"赵夫人？"东方泽满面疑惑，想不明白这件事与赵夫人有什么关系。

“不错。”他自嘲地笑笑，眸光异常悲凉，“如非两情相悦，那么情……就变成了一种负担，就像沈惜君于我，又或者赵平清于我一般。能够卸下我这个负担，千雪应该会轻松一些吧。”

问世间情为何物，直教人生死相许……

默然半晌，东方泽难过道：“独自承担这一切，七哥不觉得太过辛苦吗？”

“只要她安好，我再辛苦也值得。”说完这句话，东方溯用力抹一把脸，“记着，今日这席话，绝对不可以告诉千雪。”

“我知道。”东方泽深深叹了口气，静默片刻，他道，“七哥还没告诉我为什么要娶赵平清，万一她真如公主所言，是一个蛇蝎美人，岂不是引狼入室？”

东方溯打开窗子，任由刺骨冷风卷着飞雪打在因为饮酒而滚烫通红的脸上：“与其一虎独大，不如引狼相争，让她们自相残杀！”

东方泽细细想着他的话，试探道：“七哥是说，利用赵平清来制约沈惜君？”

“不错。”东方溯闭目感受着冰冷与炙热的碰撞，过了一会儿，他忽地睁开双目，“老九，你可知母后面前，谁人最说得上话？”

东方泽仔细想了一会儿，道：“自然是二哥。”

东方溯摇头：“陛下虽是太后亲生，却不是最说得上话的那一个。”

“那是谁？”

迎着东方泽好奇的目光，东方溯缓缓吐出四个字来：“平阳王妃。”

“她？”东方泽先是一怔，旋即释然，颔首道，“也是，平阳王妃是母后幼妹，几十年来感情一直很好。”

“我们手上拥有的，除了健锐营之外，就只有一个刑部，这样的实力与陛下相比，相差太远，根本不足以与他抗衡。而以母后与二哥的疑心，是不会轻易下放更多的权力给我们，但若有平阳王妃从旁帮衬，那就不一样了。”

东方泽试探道：“七哥是打算利用沈惜君将平阳王妃绑在你的船上？”不等东方溯回答，他又道，“可就算没有赵平清，她也是七哥你的岳母，这并没有什么区别。”

东方溯面无表情道：“赵平清的存在，会让沈惜君时时刻刻感觉到威胁，若是我再对赵平清好一些，她所感受到的威胁就会更重。在这种情况下，平阳王妃为了保住沈惜君的正妃之位，一定会极力襄助于我。”

“这倒也是。”东方泽点头之余，怔怔地望着东方溯，东方溯察觉到他略显古怪的目光，侧目道：“为何这样看我？”

“我从不知道，原来七哥也会算计人，不过……”东方泽微微一笑，眸光异常清亮，“我喜欢！”

“人总是会变的。”东方溯撑着窗台，注视着外面漫天的风雪，凝声道，“混混沌沌过了半辈子，是时候清醒了。”

这件事成为他们二人之间的秘密，除了东方泽之外，再无第二个人知道东方溯的真正心思，就连慕千雪也被牢牢蒙在鼓里。

入了腊月后，雪一直断断续续地下着，天空也总是灰颓阴沉，没有放晴的迹象，让人不禁猜测，新年是否要在阴冷霜雪之中度过。

好在上天并没有这个打算，腊月二十九这日，阴沉了半个多月的天空终于放晴，久违的阳光穿过云层照落在金陵城中，虽然寒风未止，却令人心情愉悦，一扫之前的压抑。

到了除夕这日，天气更加晴好，浅金色的阳光照在身上有浅浅的暖意，堆积在瓦顶上多日的雪化成一道道清澈的雪水顺着屋檐流下来。

一早起来，夏月便带着徐立几个打扫院落，又将之前准备好的对联、窗花、灯笼一一张贴悬挂了起来，在她的忙碌下，东院终于有了新年将至的喜庆之意。

徐立挂完最后一个灯笼，下了梯子来到夏月身边，问道：“这样挂着可好？”

“嗯，距离正好，也没歪。”说着，夏月看了一眼天色，“阿朱他们都走了，你也赶紧回去吧，别误了与家人的年夜饭。”

睿王府本无除夕放下人归家的规定，但慕千雪怜他们思念家人心切，特允在东院伺候的下人归家过一夜，明日再回来。

徐立犹豫片刻，摇头道：“我还是不回去了，不然只有夏月姐与公主两人，太过冷清，公主心情又一直不怎么好。”

夏月神情一黯，旋即勉强笑道：“公主有我照顾着，没事，快走吧，除夕夜一年可只有一回呢。”

徐立想了一会儿，还是摇头：“夏月姐也说了一年一回，明年再回也是一样的，至于家里还有弟妹在，有他们陪着，家里不会冷清。”

“既是这样，你随我去厨房包饺子吧，差不多也该准备起来了。”见他执意不肯走，夏月也不勉强，再说这偌大的院落只有她们二人，也确实太过冷清了些。

这会儿还不到准备晚膳的时间，厨房里没什么人，只有两个小厨子蹲在墙角打盹。

徐立一边包着饺子一边偷偷瞅着夏月，他自以为隐蔽，殊不知都被夏月看在眼里，问道：“怎么了，有话与我说？”

见她看穿了自己心思，徐立有些尴尬，但还是抵不过心里的好奇，小心翼翼地问出憋了多日的话：“夏月姐，王爷与公主之间……发生什么事了，为何这一个月都不见王爷来东院一趟，以前可不是这样的。”

提到东方溯，夏月就忍不住来气，狠狠一捏手里刚刚包好的饺子：“还能怎样，狗咬吕洞宾，不识好人心呗。”

徐立咋一咋舌，压低了声音道：“可是与赵小姐有关？”

“何止与她有关，根本就是她一手造成，我活了这么多年，就没见过这样不要脸的女子，想想就让人生气。”

徐立听得越发好奇：“到底是怎么一回事？”

“总之赵平清不是好人，往后遇见她小心一些。”夏月含糊地答了一句，催促着徐立赶紧将饺子包好。

冬日的天暗得特别快，申时刚过，就已经暗沉沉一片，仅余几缕晚霞在重重暮云间挣扎。

夏月端了热腾腾的饺子走进屋中，笑着朝坐在窗边出神的慕千雪道：“公主，可以吃饺子了。”

慕千雪回过神来，瞧见徐立也在，讶然道：“怎么还不回去？”

夏月代答道：“奴婢与他说过了，但他坚持要留下，只能由着他去。”

徐立一边摆弄着碗碟一边笑嘻嘻道：“小人一回家，几个弟弟妹妹非得缠着要压岁钱不可，好不容易才攒了几个钱，小人可还想多捂一阵子呢，求公主千万别赶小人回去。”

“你啊！”慕千雪被他逗得掩唇轻笑，他们说话的工夫，夏月已是盛了一碗饺子递到慕千雪面前：“公主您快尝尝看，奴婢包了好几种您爱吃的馅。”

慕千雪接过徐立递来的筷箸，问道：“王爷那里送去了吗？”

夏月撇一撇嘴，不以为然道：“王爷去了昭明宫赴宴，再说厨房里那么多人，自然会有人做饺子送去，哪里需要咱们操这个心。”

慕千雪默然片刻，道：“话虽如此，还是盛一碗给王爷送过去。”

夏月鼓着腮帮子满心不乐意道：“公主啊，王爷都那样对您了，您还记着他做什么。”她可没忘记东方溯害得慕千雪咳血，从而躺在床上几日起不了身的事情，最可恨的是东方溯明明知道公主生病，却一眼都不曾来看过，简直就是无情冷血。

“总记着这些，只会令自己不痛快，快去吧！”在慕千雪的催促下，夏月不情不愿地答应下来，盛了一碗饺子装在食盒里送去了南轩。

蔡元正在檐下吩咐下人做事，瞧见夏月过来，笑着迎上来："夏姑娘怎么这会儿过来了，可是公主有什么吩咐？"

正所谓伸手不打笑脸人，蔡元这个样子，夏月也不好再绷着脸，扯一扯唇道："王爷回来了吗？"

"还没有。"蔡元回答之余，殷勤道，"夏姑娘有什么事情，不妨与我说。"

夏月将食盒递给他："这是公主让我送来的饺子，你替我交给王爷吧。"

蔡元自是迭声答应，夏月离去后不久，东方溯便回来了，想是宴席上喝了不少酒，隔着几步远都能闻到他身上的酒气。

扶他进屋后，蔡元绞来帕子递过去："王爷，可要小人去煎一碗醒酒茶来？"

"不必了。"东方溯拭一拭脸，抚着肚子道，"宴席上只顾着敬酒，也没吃什么菜，这会儿有些饿了，你去厨房看看有什么吃的，拿一些来。"

听得这话，蔡元心里一乐，赶紧取来搁在小几上的食盒："这是公主特意让夏月姑娘送来的饺子，正好给您垫饥。"说着，他将盛着饺子的青瓷碗取了出来，一摸碗壁还是热乎乎的，连着食盒里备好的醋与筷箸一并递给东方溯，"还热着呢，王爷您快吃吧。"

东方溯垂眸默默望着那碗饺子，却不接在手里，过了一会儿，他道："送回东院去吧，就说我已经吃过了，还有让她……以后都不要再送来。"

蔡元面有为难，小声劝道："好歹是公主一片心意，王爷您就吃几个吧。"

东方溯目光一冷，盯着他道："什么时候这睿王府轮到你来做主了？"

"小人不敢，王爷息怒，息怒！"蔡元连连躬身，见东方溯没有继续怪罪的意思，方才松了一口气，但这劝说的话是万万不敢再说了。

唉，他真是想不明白，王爷明明很关心公主，为何偏要装出一副不闻不问的模样，他在旁边看着都觉得难受。

在他快要走出门口时，身后响起东方溯的声音："本王让你准备的烟花呢？"

蔡元赶紧回过身，恭敬道："回王爷的话，都已经准备好了，按着你的吩咐，全部都放在前院，派了人在那里看守。"

在示意蔡元离去后，东方溯撑起因为醉酒而有些眩晕的身子，独自来到前院，负责看守烟花的小厮远远瞧见东方溯过来，连忙提着灯笼迎上来行礼，待得直起身后，轻声问道："王爷，可是现在就燃放？"

"把火折子给我，你退下吧。"

小厮听出他是打算自己燃放烟花，犹豫道："烟花以火药制成，燃放起来有些凶险，还是让奴才来吧。”

“本王自会小心，去吧。”在东方溯的坚持下，小厮只得递过火折子，又将灯笼搁在廊下，方才退了出去。

东方溯吹亮了火折子，点燃其中一个烟花的引线，当最后一点引线也消失时，一簇簇火光伴着尖锐的破空声划向天际，在漆黑的夜空中炸开，化作一朵又一朵流光溢彩，绚丽灿烂却也转瞬即逝的烟花……

“呼！”“呼呼！”此起彼伏的烟花声传遍了睿王府每一个角落，引人争相观看。慕千雪扶着徐立的手站在院中，明眸仰望夜空中那一朵朵以华丽姿态竞相绽放的漫天烟花。

徐立看得目不暇接，惊叹道：“这些烟花可真好看，我从来没见过这么美的烟花，也不知道是谁家在放。”他根本没往东方溯这边想，因为过去几年王府从来没有燃放过烟花。

宁夜寒风尽，烟花雨满楼。欲瞻花已去，无奈悯苛求。

望着熄灭又盛放似乎永无尽头的烟花雨，慕千雪合掌闭目，在震耳欲聋的漫天烟花声中许下这一年除夕的愿望：“请求上苍庇佑睿王平安，遇难呈祥，早日乘风化龙，取回他应得的一切。不求共结连理，只求他平安喜乐。”

慕千雪并不知道，就在她许愿之时，在墙的另一边东方溯也在烟花下祈愿：“东方溯此生别无所求，只求上天保佑她从此无病无灾，福寿绵长。只要她此生平安喜乐，我愿承受所有灾劫磨难，此生永不言悔！”

两道影子，投在同一道墙上，只是一个在这边，一个在那边，一墙之隔，却犹如两个世界。

第三十九章　大婚

新年过后，天气一日好过一日，尤其是在入了二月之后，颇有一种春日将至的感觉。

不论沈惜君如何不愿意，在圣旨之下也只能妥协，接受将与赵平清一道嫁入睿王府的事实。

除此之外，还有一件事令她很是烦躁。按理来说，不论哪一处府邸，东院都是正室所居，可这会儿都二月初六了，却迟迟不见慕千雪迁出来，难不成东方溯打算让其继续住着？那她住哪里，与赵平清一起挤西院吗？若当真如此，真是要被人笑死了！

正当沈惜君心烦意乱之时，阿紫走了进来，躬身道："宗姬，打听到了，慕千雪还住在王府里！"

"呼！"沈惜君用力一拍扶手，咬牙道："这个女人好不要脸，都已经这个时候了，竟然还赖在王府里不走！"

"宗姬仔细手疼。"阿紫被她吓了一跳，赶紧替她吹着通红的手掌，试探道，"不如……咱们再去求求王妃？"

"母亲这次是打定主意不管这件事了，再求也没用，太后也是一样的心思，实在让人心烦。"听她这么说，阿紫也没了主意，"这么说来，岂非只能让她继续住在王府里？"

"不行！"尽管一口否定了阿紫的话，却迟迟未曾想到解决的法子，正自心烦意乱之时，有侍女走了进来禀道："宗姬，赵小姐来了，说是要见您。"

"赵平清？"沈惜君眉目一挑，眸光冰冷道，"她竟还有胆子来见我！"

阿紫俯身道："奴婢这就去打发她走。"

“不用。”沈惜君唤住她，“人都到门口了，不见未免有些说不过去，说起来……”她打量着自己纤白手指，冷笑道，“那一日我还没有打痛快呢。”

“奴婢明白。”阿紫会意一笑，转脸朝尚候在一旁的侍女道，“你听到宗姬的话了，还不快去请赵小姐进来。”

“是。”在侍女退下后不久，裹着莲青色银底绲边大氅的赵平清走了进来，沈惜君还未来得及发难，她就已经屈膝跪了下去，抬起娇小如荷瓣的脸庞轻声道：“平清愧对姐姐，今日特来向姐姐请罪。”

沈惜君缓过神来，讥讽道：“赵小姐这唱的是哪出戏啊？”

赵平清拭一拭眼角的晶莹，涩声道：“平清知道姐姐心中有气，但请姐姐务必相信，平清从来……从来都没有背叛姐姐，更没有想过要与姐姐抢睿王。”

她这句话一下子勾起了沈惜君强压下来的愤怒，起身指了她厉声道：“是谁在暗中离间我与溯哥哥，又是谁寻死觅活地博取溯哥哥同情？好了，你现在如愿了，再过几日就会与我一同嫁入睿王府，成为睿王侧妃了，现在却跑来与我说这些，呵呵，你以为我会相信吗？”

赵平清被她说得连连落泪，好一会儿方才悲声道：“是，我是两次寻死，但那是因为姐姐逼我嫁给徐经治。我求不得姐姐原谅，唯有一死以求解脱，根本不知道后面会发生那么多事，更不知……母亲竟然会去求睿王！”

沈惜君眉头一蹙：“她去见睿王？”

赵平清点点头：“在我第二次求死未遂后，母亲怕我再寻死，瞒着所有人偷偷去见睿王，求他娶我为侧妃，睿王不忍母亲白发人送黑发人，故而答应。若非母亲今日无意中说漏了嘴，我至今还不知道。”说着，她拉着沈惜君绯红蹙银线的袖子，楚楚道，“姐姐你相信我，若事先知道，我绝不会让母亲走这一趟。”

沈惜君甩开她的手，冷哼道：“事已成定局，你自是说什么都可以。”

“姐姐……”

“闭嘴！”沈惜君打断她的话，面色冰冷道，“我说过，永远都不要叫我姐姐，你不配！”

杜鹃见自家小姐受委屈，忍不住出声道：“小姐今日是真心诚意来向宗姬认错，为何宗姬非要这般得理不饶人？”

沈惜君盯了杜鹃片刻，忽而笑了起来：“你们说这么多，无非是想求得我原谅。好，只要她答应我一件事，我就原谅她之前做的那些事。”

她的话令赵平清精神一振，连忙道：“姐姐请说，平清一定办到！”

沈惜君伸手抚过她光滑白皙的脸庞，一个字一个字地自红唇白齿间迸出：“只要你这会儿死在我面前，我就原谅你，如何？”

赵平清面色瞬间变得苍白，杜鹃更是气愤不已，对她道：“小姐您都瞧见了，她根本不在乎与您的姐妹之情，再说下去也没意思，咱们还是走吧。”

阿紫嘲讽道：“奴婢奉劝赵小姐一句，以后话不要说得太满，否则说了又做不到，出尔反尔，那可是丢脸得很。”

赵平清推开杜鹃的手，默默地望着沈惜君，许久，她轻声道：“是否我死了，一切恩怨就都烟消云散？”

“是！”沈惜君毫不犹豫地应着，她根本不相信赵平清真会因自己一句话而寻死。

“好！”赵平清低头垂目，嘴角漫出一抹幽凉的笑意，缓缓道，“平清……如姐姐所愿！”

未等沈惜君明白她这句话的意思，赵平清已是抬手拔下插在发髻上的银珠簪子，狠狠朝自己胸口刺去！

所有人都被她这个近乎疯狂的举动给吓住了，杜鹃反应最快，惊呼一声，在簪尖离着赵平清胸口还有半寸之时，紧紧攥住簪子，尖锐的簪尖毫不留情地划破她手指，鲜红的血珠立刻沁了出来，“滴滴答答”地落在地上。

杜鹃顾不得手上的疼痛，焦灼道：“小姐，您疯了吗？您要是死了，侯爷和夫人怎么办，夫人当日之所以去求睿王，就是不想您做傻事啊！”

“我……”赵平清盯着杜鹃满是鲜血的手掌，泪不住落下，到后面，竟是掩面痛哭起来，杜鹃也陪着落泪。

在她们哭成一团之时，沈惜君终于回过神来，想到刚才的事情，心里一阵后怕，这可是平阳王府，一旦赵平清死在此处，天下人都会认为是被她逼死，跳进黄河也洗不清，甚至还会影响四日后的大婚。

阿紫也是心有余悸，不客气道：“赵小姐你若是当真不想活了，就回赵侯府去死，在这平阳王府寻死觅活的算怎么一回事，威胁我们吗？”

杜鹃抹了把满是泪痕的脸庞，气不过道：“之前逼小姐死的人是你们，这会儿又说小姐威胁你们，简直……简直就是无耻。”

阿紫被她说得脸上有些挂不住，僵着脸喝道：“放肆，你怎敢这样与宗姬说话？”

“我说错了吗？”杜鹃这会儿也是豁出去了，寸步不让道，“宗姬口口声声说我家小姐与您争夺睿王，事实上，真正与您争夺睿王的人是璇玑公主。睿王屡屡拒婚皆是因她之故，甚至眼见大婚在即，还不肯让她迁出东院。您不恨她，却恨视您如亲姐姐处处替您考虑的小姐，您不觉得很可笑吗？”

“闭嘴！”沈惜君脸上一阵青一阵白，杜鹃说的每一句话都正中她心底痛处。

杜鹃唇边泛起一抹冷笑：“奴婢可以闭嘴，但璇玑公主不会就此消失。她不只在睿王府，更在睿王心中，你永远都摆脱不了！”

“闭嘴！我叫你闭嘴啊！”沈惜君厉声尖叫，挥手一掌掴在杜鹃脸上，五个指印顿时清晰浮现在杜鹃脸上。

在沈惜君再次扬手欲掴时，赵平清起身紧紧握住她的手，泣声道：“当日我之所以不赞同姐姐嫁给睿王，就是不想姐姐后半生一直活在璇玑公主的阴影中，只是我没想到，最后……竟会变成这样。”

沈惜君一想到慕千雪就心烦意乱，甩开她的手，横眉冷斥：“滚开！”

赵平清抚着胸口道：“是，我喜欢睿王，但从我知道姐姐也喜欢睿王的那一刻起，就将这份喜欢埋在心底。对我来说，只要能够远远看一眼睿王，那就足够了，可偏偏……天意弄人。”

她深吸一口气，强颜欢笑道：“不过姐姐放心，入府之后，我绝不会与你争夺睿王。”

阿紫瞥了她一眼，面露不屑道：“你以为自己争得过我家宗姬吗？”

赵平清没有理会她，朝面目阴沉的沈惜君道：“请姐姐相信，平清从来都不是你的敌人。”说着，她默默欠身，带着杜鹃退了出去。

走出平阳王府，赵平清扶着杜鹃的手跨上候在外面的马车。她们坐好后，车夫挥一挥鞭子，车轱辘缓缓地转动了起来。

杜鹃掀起车帘，望着后面渐离渐远的平阳王府，好一会儿方才收回目光，迟疑道：“小姐，您说昌荣宗姬会相信吗？”

赵平清弯唇勾勒出一抹冰冷幽凉的笑意，一扫之前的委屈与怯弱：“全然相信是不可能的，但足以让她与我站在同一边，共同对付那个女人！”说着，她取过帕子替杜鹃包住已经凝血的手掌，“这次委屈你了。”

杜鹃连忙道：“小姐言重了，只是区区一点儿皮肉之苦罢了，奴婢受得住，奴婢只担心……璇玑公主不容易对付。”平阳王府里的赔罪甚至是寻死，皆是赵平清所设之计，只为取信沈惜君，来日共同对付慕千雪。

“我知道。”赵平清弹一弹半透明的指甲，幽幽吐出一句冰冷彻骨的话来，“所以才要寻一个替死鬼！”

杜鹃会意地笑道：“小姐一定可以得偿所愿！”

螳螂捕蝉，黄雀在后。但究竟哪个才是真正的黄雀……

午后，原本晴朗的天空被乌云遮蔽，阴沉沉的似乎随时会下雨。偏偏这个时候，东方泽却非拉着慕千雪出府游赏花苑，慕千雪拗不过他，只得答应。

夏月扶着慕千雪来到府外，发现不见马车候着，未等她询问，东方泽已道："赏花的地方离此不远，走几步就到了。"

慕千雪有些疑惑道："据我所知，这附近并没有花苑，九王是否弄错了？"

东方泽神秘一笑："天机不可泄露，公主过去就知道了。"

见他不肯说，慕千雪也未多问，随他一路走着。如其所言，要去的地方离睿王府不过咫尺之距，很快便到了。

"这里？"夏月满脸诧异地指着紧闭的两扇木门，不论怎么瞧，这里都是一处再普通不过的宅院，与她所知的花苑全然扯不上关系。

"不错。"东方泽答了一句上前叩门。很快有一个六旬左右的老汉来开了门，笑吟吟地行了礼，东方泽道："可都布置好了？"

老汉连连答应："都布置好了，每一处都按着王爷您的吩咐行事，半点儿不差。"

东方泽满意地点点头，回身朝慕千雪道："花圃就在里面，我们进去吧。"

"好。"慕千雪应了一声，随他走了进去。这是一间三进院落的宅子，前面是正堂，后面是东西厢房以及后院。白墙黑瓦，虽不及王府那般富丽，却也干净整洁。

按理来说，后院是一间宅子最里面的地方，到了这里便该止步了，偏偏这间宅子的后院竟然开了一道垂花拱门。一条鹅卵石铺就的曲径小道自后院一直延伸到垂花拱门后面，仿佛是在无声地告诉来人，此处别有洞天。

当慕千雪沿着这条小道看清垂花拱门后面的景色时诧异不已。在这间并不起眼的宅子里，竟藏了一座足足有十几丈方圆的花苑。遍种奇花异草不说，亭台楼榭，小桥流水，廊回路转，一路走来，犹如漫步于江南山水间，一步一景。最令人惊奇的是，在花苑的东角苑，竟然伫立着一座戏台，天气晴好之时，可以请来戏班在此唱曲杂耍。戏台旁边几个花匠正在栽种花草，看到他们过来，纷纷躬身行礼。

夏月惊叹道："好美的花苑啊，若非事先知晓，奴婢还以为是在上林苑呢。"论规模，此处自是远不及昭明宫，但论精致与布局，却是不遑多让。

"确是不错，只是……"慕千雪四下环视了一眼，疑惑道，"看这间宅子并不像是富贵人家所有，何以会有这么大的花苑？"

东方泽走进一座八角亭中坐下："不瞒公主，这原本是两间宅子，相互连着，我买下后，将它们相互打通，一间依旧作宅子，另一间则拆了作花苑，年前就开始布置，一直到今儿个才算弄得差不多，除我之外，公主算是第一个见到这花苑的人。”

“原来如此。”慕千雪释了心中疑惑，抚着缠着紫藤萝的亭柱道，“这处花苑自是极好，只是……离穆王府稍远了一些，九王过来游玩略有些不便。”

“是远了一些，不过也正好。”

夏月瞅着他，不解道：“既是远了，怎么又说正好？”

东方泽屈指弹一弹她光洁的额头，笑道：“傻丫头，对本王来说远了，对你家公主来说可不是正好吗？”

“什么啊，与公主有何……”话说到一半，夏月忽地明白过来，愕然道，“九王是说，让公主住这里？”

“总算还不是太笨！”揶揄了夏月一句后，东方泽看向慕千雪，正色道，“我知道公主曾几次向七哥要求迁出睿王府。确实，七哥即将大婚，公主继续住在府中并不妥当，但离着太远，又不方便商议事情，这个位置最合适不过。”

慕千雪攀了一朵开在藤蔓上的紫色小花，迟疑道：“此处确实很好，但睿王……会同意吗？”为了搬迁一事，她曾去求见东方溯几次，东方溯一直都不曾答应。

东方泽拍着胸脯道：“只要公主答应，七哥那边，我去与他说。”

慕千雪思忖片刻，欠身道：“既是这样，就多谢九王了。”

“公主客气。”东方泽虚扶一礼，在陪着慕千雪往外行去时，他忽道，“公主你不要怪七哥，他也有他的苦衷。”

慕千雪淡淡道：“我知道，我也从来都没有怪过王爷。”

“那就好。”在回到睿王府后，慕千雪回了东院收拾衣物。东方泽则一路来到南轩，也不让人通报，直接走了进去。

东方溯自书案中抬起头来，问道：“她喜欢吗？”

“七哥花了那么多心思布置的花苑，公主怎么会不喜欢。”回答之余，东方泽叹了口气，“只是七哥，你不难受吗？”

东方溯静默一晌，淡淡道：“只要她安好，我怎样都不要紧。”

东方泽并不认同他的话：“可是我看得出来公主并不开心，除了最开始那一瞬间的惊艳之外，她的眉头从未真正舒展过。我看得出来，公主很在意七哥，至于七哥，对公主更是百般用心，明明彼此在意，为何不能坦然相待，非要这样别扭？”

“坦然又如何，我与她可以在一起吗？”不等东方泽言语，他已是抹了一把脸道，“不能，既是这样，又何必让她跟着我一起痛苦，就让她以为……我恨极了她。”

东方泽心有不忍："七哥你这是何苦呢，纸包不住火，终有一天公主会知道这一切，到时候怎么办？"

"到那个时候再说。"他眼里闪过一丝森然冷意，"记住，绝对不可以告诉公主。否则……就算是你，也没得做兄弟！"

"我知道。"东方泽尽管不赞同，却也只能答应。

见他答应下来，东方溯舒展了眉峰，抚过手里的折子道："这是昨日来的军情折子，齐国已在边境增兵，收到折子后，陛下开始调集粮草，这一战怕是免不了了。"

"齐帝还真敢打这一仗。"东方泽随手取过案前的折子看着，待一遍阅下来后，他道，"可知与齐国结盟的是东凌还是西楚？"

"我让十一他们去查了，暂时还没结果，但……在我看来，西楚的可能性更大一些。"

东方泽微一点头，询问道："陛下可有说一旦开战，让何人领兵？"

"倒是没有明说，但看陛下的意思……十有八九是属意平阳王。"

东方泽冷笑一声："也是，齐国国力与咱们相差仿佛，一旦开战，调动的兵马至少在二三十万之众，这么庞大的兵权自然要交给一个信得过之人。"

东方溯屈指轻叩着桌案，徐声道："老九，我想……领这个兵！"

东方泽愕然看着他，好一会儿方才缓过神来，连连摇头："他不会答应。"

东方溯也不着急，淡然道："理由呢？说来听听！"

"第一，两国交战少则一个月，多则数月甚至半年，七哥你新婚燕尔，离开这么久不合适；第二，论领兵的经验与资历，好几位将军在七哥之上，平阳王就是其中之一；第三，也是最重要的一点，如我之前所说，以东方洄那么多疑的性子，如此庞大的兵权绝不会轻易交出去。不错，众兄弟之中，他对七哥还算信任，但也仅止于此，远不能同与卫氏紧紧绑在一起的平阳王相提并论。"

东方溯一言不发地望着东方泽，令原本笃定的东方泽心生忐忑，忍不住问道："怎么，我说错了？"

东方溯赫然一笑："恰恰相反，你每一句都分析得很对。"

"既是这样，七哥为何如此看我？"

东方溯起身拍一拍他的肩膀，感慨道："一直以来，我都觉得你像个没长大的孩子，冲动任性，时时需要人提点。哪怕后来知道了你真正的心思，一时也没有改变这个念头，直至这会儿方才知道，你不仅早已长大，更比许多人要稳重通透。"

东方泽粲然一笑，露出两排整齐洁白的牙齿："不论是以前还是现在或者将来，我都是七哥的九弟，这一点永远不会变。”

“七哥知道。”东方溯捏一捏他健实的肩膀，收回手道，“你刚才说的三点，大致都对，唯独一件事错了。”

东方泽回想了一遍自己刚才的话，并不觉得有什么错，疑惑道：“哪一件？”

“与卫氏绑在一起的，并不仅仅是平阳王，还有……”东方溯指了自己道，“我！”

“七哥？”诧异之余，倒也很快反应过来，“七哥是指你与昌荣宗姬的婚事？”

“不错，大婚之时，我也算是半个卫家人了，与平阳王并没有太大区别。”

东方泽低头想了一会儿，拧眉道：“话是这么说，但平阳王夫妇成亲二十载，七哥却才成亲。确切来说，是连亲都还没有成过，在二哥心里的地位，是断然不及平阳王的。”

东方溯微微一笑：“可如果平阳王亲自举荐我呢？”

东方泽当即答道：“那当然不一样了，可平阳王无缘无故怎么会举荐七哥。”

“这就是我要一起娶沈惜君与赵平清的目的。”在东方泽不解的目光中，他盯着张贴在每一扇窗外的双喜红字，凉声道：“瞧着吧，这次统兵之权，我一定会拿下！”

东方泽眸光微闪，压低了声音道：“七哥可是想挟兵权而……”

东方溯明白他的意思，摇头道：“还不到那个时候，这次我若得兵权，以陛下的性子，定会布下后招，以防叛乱。我现在需要的，是军中无人敢动的赫赫军功。”

东方泽了解之余，又有些担心道：“七哥就不怕功高震主？”

“震主也就意味着我有资格与陛下一争长短，而不像现在这样全无还手之力！”自从那一夜决定全力争夺帝位后，他就一直在想办法扩张势力与威望，无奈他与东方洄相差太多，思来想去，想要拉近彼此距离的唯一捷径就是树立军功。

东方泽沉默半晌，轻声道：“战场凶险，随时都会马革裹尸还，七哥当真想好了吗？”

“富贵险中求，功名危中取。”东方溯徐徐念出这句话，见东方泽还是一脸担忧的样子，他轻喝道，“赶紧收了这副愁眉苦脸的样子，相士说过，我是长命之相，至少可以活到八十八。”

东方泽知道他是在安慰自己，顺着话道：“这可是七哥你自己说的，不许食言！”

“好。”东方溯答应一声，又道，“千雪搬出去后，虽然有十九他们暗中保护，但终归不比在府里，你多安排一些身手不错的护卫过去。”

对此，东方泽自是一口答应下来。

随着大婚临近，睿王府里的喜气一日重过一日。二月初七，睿王府调集数百石白米以施福添喜之名分派给城中百姓，一道派出去的还有一个个小小的福袋，里面或装三四个铜板，或装着七八个铜板，虽然不多，却引得百姓交口称赞。

与此同时，另一件事也在金陵百姓口中悄悄流传着，说的是卫太后父母的坟墓。正月十五过后，工部遣了许多石匠瓦工去城外重新修建卫太后父母的坟冢，以汉白玉为基，建廊柱台阶，石雕为墙，麒麟为镇。

据说这样的重修，至少要花费数万两银子，费时数月之久。然而就在刚刚过去不久的冬季，一些无家可归的乞丐因为严寒冬雪，无棉衣裹身被活活冻死，京兆府对于一具具僵硬的尸体，仅仅只是将他们拉到乱葬岗去。

死去的人享尽奢华，活着的人却连一件裹身的棉衣都没有，这样的差别实在令人心酸。百姓虽依旧是一贯的敢怒不敢言，却也再次加重了他们对东方洄母子的不满。

二月初八，慕千雪带着夏月、十九等人收拾东西搬出睿王府，迁入东方泽所“赠”的宅子里，因千雪姓慕，这间宅子被命名为慕宅。

离开睿王府时，慕千雪几次回头，都未曾见到那道身影，他……终归是未曾来相送。是啊，他那样恨自己，又岂会来相送，终归是自己妄想了。

“可要我陪你去一趟南轩？”耳中传来十九一贯清冷的声音，慕千雪摇一摇头：“他既不愿见，那就算了，走吧。”

在一声微不可闻的叹息声中，慕千雪举步跨出了门槛，月华纹锦长裙在身后缓缓曳过……

她并不知道，她想见的那个人，一直都在身后，只是……他看得到她，她却看不到他。

直至朱门隔绝了那道刻入心底的身影，东方溯方才自暗中走了出来，默默地望着紧闭的朱门。

蔡元送了慕千雪出去后，来到东方溯身边，询问道：“王爷，是否可以去打扫东院了？”后日就要大婚，但因为慕千雪之故，作为王妃居处的东院一直未曾收拾，留给他们的时间实在是不多了。

东方溯闭一闭目，咽下打从心底里涌上来的反感：“去吧，昌荣宗姬性喜奢华，让他们在东院多摆放一些金银贵重之物。”

“奴才省得。”蔡元答应一声，急急赶去安排，一番紧赶慢赶，总算是赶在二月初十天亮之前安排好了。

二月初十，无数朱漆鎏金、绑着红绸的箱子自平阳王府抬出，一担担，一杠杠，流光溢彩，浩浩荡荡，犹如一条披着红袍的金龙，蜿蜒着铺就令无数百姓艳羡的十里嫁妆。

相比之下，赵侯府这边就要寒酸许多，尽管他们倾尽所有为女儿置备嫁妆，仍是不及平阳王府十之二三，嫁妆仅仅只铺了三里而已。毕竟沈惜君那边，除却平阳王府之外，汾阳王府、卫皇后、卫侯府甚至是宁寿宫都有替其添妆，而以这几位的身份，所添之物，无一不是极其贵重，远非没落的赵侯府所能比拟。

在送赵平清乘上花轿之前，赵夫人想到两者之间的差距，不禁连连抹泪，赵平清知道她为何落泪，安慰道："母亲莫哭了。"

赵夫人难过道："是爹娘无用，不能为你准备更好的嫁妆，以昌荣宗姬的性子，必会拿着这件事情挤兑挖苦你。"

赵平清平静道："女儿今日虽不如她，但来日，一定会跃居她之上，光耀我赵家门楣。"

赵夫人叹气道："傻孩子，她可是正妃，你怎么跃居她之上。"

赵平清勾起涂抹着艳红唇脂的朱唇，凉声道："今日是正妃，不代表她一辈子都是正妃！"

赵夫人眼皮一跳，有些诧异地看向赵平清，直到这一刻，她方才隐约察觉，这个女儿在乖巧懂事的表象下，似乎还隐藏着另一副面貌。

"侯爷，夫人，时间差不多了，赶紧让小姐上花轿吧，以免误了吉时。"喜娘的声音隔门传来，打断了赵夫人的沉思，在覆上绣着鸳鸯戏水的喜帕前，她握住赵平清的手叮嘱道："往后有什么事情，只管让杜鹃她们过来传话，母亲与你父亲都会全力帮你。"

"多谢母亲。"在嫣然笑意间，赵平清扶着杜鹃的手走了出去。在透着重重喜意的锣鼓唢呐声中乘上了花轿，踏上前往睿王府的路，也正式踏上她百般算计得来的睿王侧妃之路。

等待在前路的，究竟是她以为的倾世尊荣还是一无所有，无人知晓……

承德殿内，东方洄双手平伸，由卫皇后替他穿上明黄九龙华袍，系上织锦缂丝腰带，当中配一块通体莹润的白玉。浓黑的长发被一顶赤金镶九珠簪冠整齐地束在头上，整个人看起来极是丰神俊朗。

卫皇后垂身替东方洄抚平衣裳，笑道："若非事先知晓，文武百官非得以为今日是陛下娶亲不可。"

东方洄朗声一笑："怎么，皇后怕朕抢了老七的风头？"

卫皇后抿唇笑道："臣妾有什么好怕的，就担心待会儿七王见了不愿站在陛下身边呢。不过话说回来，七王可真是福泽深厚，不仅同时迎娶正侧二妃，还得陛下亲自主婚。"早在去岁除夕家宴之时，东方洄便发了话，要亲自为东方溯主婚。

东方洄接过怀恩递来的参汤抿了一口，道："什么时辰了？"

怀恩恭敬道："回陛下的话，已经申时一刻了，辇驾已在宫外等候。"

东方洄将白玉描花盏碗递给卫皇后："吉时是申时三刻，该是时候过去了。"

卫皇后最后替东方洄理一理九龙华袍，屈膝道："臣妾恭送陛下！"

怀恩一甩拂尘，唱道："陛下起驾！"随着他这声唱喏，承德殿宫人纷纷跪下去，低头恭送东方洄离去。

东方洄正要起步，一名内监突然急匆匆奔了进来，一边奔一边神色慌张地喊道："陛下！陛下不好了！"

怀恩眉头一皱，快步走过去拦住他，低喝道："陛下好着呢，嚷嚷什么，今儿个可是睿王大喜的日子，你也敢来触霉头，嫌命太长了是不是？"

内监缓了口气，急切道："怀总管息怒，不是小的要触霉头，而是当真出大事了！"说着，他递过一封折子，"这是阳关谷八百里加急送来的折子，南境……出大事了！"

看到那封血迹斑斑的折子，怀恩不敢怠慢，赶紧接过递给东方洄："陛下，南境阳关谷，八百里军情急报。"

卫皇后在旁边听到他的话，疑惑道："这阳关谷不是前两日才派人送来折子吗，何以这么快又有急报了？"

东方洄也是奇怪，接过折子细细看了起来，待得看完奏折，面色阴沉如铁，盯着那名内监道："送折子来的人呢？"

"回陛下的话，正在宫外候着。"内监话音刚落，东方洄便道："立刻带他进来。"

当送信的士兵出现在承德殿时，所有人都被他身上的伤吓了一大跳，浑身是血不说，一道狰狞的伤痕自额头延伸至下巴，伤痕掠过的那只眼睛黑漆漆的看不到眼珠子，显然是已经瞎了。

在命宫人扶花容失色的卫皇后回去后，东方洄盯了神色萎靡不振的士兵道："不过短短几日，阳关谷何以就失守了？！"

士兵愕然地睁大了唯一的一只眼睛："早在一个月之前，阳关谷就被齐国所围，何以陛下说是几日？”

东方洄难以置信道：“你说什么，一个月？”

“是！”士兵肯定道，“一个月前，齐国突然出兵将阳关谷围得水泄不通，将军派了一千精兵护送小人突围，但最终活着来到金陵的只有小人一个，其他人全部都死了。”想到这半个月来的浴血厮杀以及身边不断倒下的兄弟，士兵不禁红了眼圈。

怀恩满面讶色道：“这不可能，前几日送来的奏报只说齐国增兵而已。”

“齐国增兵是一个多月前的事情了。”士兵的话令他们越发惊讶，东方洄取过摆在御案上的一封蓝皮折子递给士兵，“你瞧瞧。”

士兵看过后，道：“小人记得这封折子，将军在一个多月前就送出了，同样是八百里加急，当时齐国还未围困阳关谷，按照路程算，应该一个月之前就送到了。”

怀恩听得越发糊涂：“这折子确确实实是几天前才送到的，与你说的一个月……完全对不上，而且送来折子的那名士兵也没有说什么啊，除非……”他瞅了东方洄一眼没有说下去。

东方洄声音阴寒道：“除非送信来的根本就不是咱们大周的士兵对吗？”

怀恩缩了脖子小声道：“陛下英明！”

东方洄咬了牙关，一字一顿道：“好一个齐国，竟然在不声不响中吞掉了阳关谷，真是能耐！”

到了这个时候，他怎会还不明白，阳关谷守将在一个多月前发现齐国增兵，送出军情急报，提醒东方洄做好应战准备，岂料被齐国所截，并且在阳关谷守军毫无防备的情况下将之围住，截断了阳关谷与金陵之间的通信。直至一个月后，方才派人假冒大周士兵，将这封信送来金陵，令东方洄以为阳关谷还安然无恙。若非今日收到这封急报，他这会儿还蒙在鼓里。

怀恩面色苍白道：“陛下，阳关谷是南境最重要的一道防线，一旦被攻破……后果实在不堪设想！”

东方洄本就心中烦闷，被他这么一说，更是心烦意乱，横眉斥道：“还用你来提醒朕吗？”

“奴才多嘴。”怀恩抬手轻轻打了自己两巴掌，算作是自罚。

东方洄在殿中来回走着，良久，石青平金绣金龙靴子一顿，冰冷的声音在殿中响起：“派人去传平阳王来见朕。”

“遵旨。”怀恩答应一声，对尚站在一旁的内监道，“立刻去睿王府传平阳王入宫见驾！”

他这么一提，东方洄想了起来，今日是沈惜君出嫁的日子，平阳王与王妃会亲自送她去睿王府，会在那里用晚宴，并且兵部、户部大小官员都在那里，与其一来一回浪费时间，倒不如他直接去见平阳王，也正好为老七主婚。

想到这里，东方洄唤住欲要离去的内监道："罢了，还是朕过去吧。"说着，他大步往外走去，怀恩赶紧跟在后面。

此时，蔡元正焦急地在府门外张望，嘴里喃喃道："怎么还不来啊！"

夏月正好买了东西回来，看到他东张西望的样子，走过来问道："蔡总管在等谁呢，难不成花轿还没到吗？"

蔡总管擦一擦额上急出来的汗，焦声道："花轿早已经到了，就是迟迟不见陛下，这吉时可就快到了。"

"会不会是陛下朝政繁忙，一时给忘了？"东方洄主婚一事夏月是知道的。

蔡元也正担心这个，又不敢派人去昭明宫催，忐忑之时，他之前派去探路的人满面喜色地奔过来，人还未近前，声音已是传了过来："陛下来了！来了！"

听得这话，蔡元抚着胸口长舒一口气，一边派人去禀报东方溯等人，一边命与他一样等候许久的乐鼓手奏乐！

很快，以一袭暗红长袍为首的东方溯等人走了出来，朝正从辇车中下来的东方洄跪下行礼，齐声道："臣等恭迎陛下，陛下万岁万岁万万岁！"

东方洄上前亲自扶起东方溯："今日是你大喜之日，不必如此拘礼。"说罢他又道，"众爱卿平身。"

在一番谢恩之后，东方溯留意到东方洄青白难看的脸色，轻声道："陛下面色不太好看，可是龙体不适？"

东方洄勉强一笑："没有，只是出了一些事情，走吧，先进去行礼，以免误了吉时。"

见他这么说，东方溯也不便多问，与百官一起簇拥着东方洄走了进去。在他们经过身侧时，夏月觉得领口有些发硬发凉，像是什么东西掉在里面，但仔细感觉又好像没有，没往心里去。

待得他们入内后，夏月起身朝东方溯的背影吐一吐舌头，嘟囔道："不听公主劝说，非要再多娶一个蛇蝎心肠的女子入府，哼，往后有得你受！"

回到慕宅，夏月将买来的东西交给徐立拿下去，正准备进去见慕千雪，后背突然被一样硬硬的东西硌了一下。这次夏月很肯定，确实是有东西硌着自己，并非错觉。

奇怪，无缘无故的，衣裳里怎么会有东西呢？

带着这个疑惑，夏月来到自己屋里，待得一一除下衣物后，终于找到了元凶，竟是一颗食指大小晶莹圆润的珍珠。

这可真是奇了怪了，好端端的怎么会有一颗珍珠在自己衣裳里，而且看这大小色泽，价值至少在百两以上，绝非寻常人家所能拥有。夏月仔细回想了一遍自己今日去过的地方，怎么也想不出这颗珍珠的来历。

在拿起珍珠时，夏月发现了不对劲儿的地方，她在西楚皇宫服侍慕千雪四年，这般大小的珍珠也算是见了不少，记忆里，这种珍珠质地凝实，颇有些分量，可眼前这一颗，明明是珍珠却轻如蜜蜡。

夏月越想越奇怪，带着珍珠去见了慕千雪，后者得知也是满心疑惑，接在手中细细打量着，不论形状还是色泽，都是珍珠无疑，却偏偏轻若无物，实在是好生奇怪。

当慕千雪将珍珠对准照进屋中的阳光时，意外发现光线竟可穿透，也就是说……这颗珍珠是中空的。

发现了这个玄机，慕千雪很快就找到了打开珍珠的法子，里面果然是空心的，难怪会这般轻巧。

珍珠取自河蚌、海蚌，既可以打孔做成首饰，也可以磨成粉外敷内服，美容养颜，但将不过食指大小的珍珠从中截开掏空，随后又能够重新贴合成一粒完整珍珠却几乎看不到接缝的，慕千雪还是头一回见。

珍珠里面藏着一张纸条，写着一行极为潦草的字："阳关谷失守！"

慕千雪迅速在脑海中调出阳关谷的位置，下一刻，她攥紧纸条，脱口道："是齐国！"

夏月虽不清楚北周的边境，但她也看到了纸上的字，再联系慕千雪的话，岂有不明白之理："齐国举兵侵犯北周？可昨儿个穆王来的时候，不是还说齐国只是增兵，暂时还没有犯境吗？"

"穆王的消息恐怕是滞后了。"尽管没有士兵相告，以慕千雪的智慧也猜出了大概。

十九也在，她蹙眉道："就算齐国当真犯境，也该告诉陛下或者睿王他们，为何要告诉公主，且还是用这样的法子。"

慕千雪思忖片刻，凝声道："若我没有料错，陛下他们应该是知晓了。"停顿片刻，她举眸望向夏月，"当真不知道是谁将珍珠放在你衣中的？"

夏月摇头道："这一路上并没人碰触过奴婢，实在想不出这珍珠是什么时候放进去的。"

十九斜睨了她一眼，嗤笑道："连自己身上被人放了东西都不知道，真是蠢得可以。"

夏月与她素来不对付，这会儿见她趁机挖苦自己，当即气鼓鼓道："我要是像你一样学过武功，闭着眼睛也知道身边站了几个人。"说到这里，她忽地想起一事来，急忙对慕千雪道，"对了，之前在王府门口时，奴婢曾感觉到后颈一凉，很可能就是那个时候放进去的。不过当时陛下正好过来，很多人自奴婢身边走过，所以究竟是哪一个动的手脚，实在分不清。"

慕千雪眸光微微一动，旋即已是恢复了平静，重新展开皱成一团的纸条，道："齐国这次来势汹汹，传信之人应该是希望我想办法守住阳关谷，逼退齐国。"

"公主？"夏月诧异地睁大了眼睛，脱口道，"那人当公主是神仙不成，莫说此处离着战场好几百里远，就算去了战场，也不可能凭一人之力逼退齐国大军。"

十九屈指抵着下颌，沉吟道："我倒是更好奇，那个人是怎么知道公主底细的，除了王爷与九王之外，就只有我们几人知晓真相，而神机营是断然不会泄露出去的。"

慕千雪徐徐道："如果传信者本身就是神机营的人，那这个问题就解释得通了。"

"这倒也是。"十九点一点头，搁下这个问题转而问道，"你打算怎么办？"

慕千雪盯着那张只有五个字的纸条道："若我没有猜错，除了逼退齐国之外，传信者还要我达成一件事。"

在十九与夏月疑惑的目光中，她缓缓道："助睿王统兵！"

"统兵？"夏月惊呼一声，旋即头摇得跟拨浪鼓一样，"何人统兵乃由陛下决定，公主身在朝堂之外根本无权干涉。再者，就算公主当真想出法子来，王爷也未必会听，他这会儿可还误会着呢。"

十九这次难得没与她唱反调："论统兵之才，王爷自是不输于任何人，但他今日刚刚大婚，于情于理，陛下都不会让他带兵出征。"

"我知道。"慕千雪取过中空的珍珠将之重新合在一起，缝隙微不可见，"那人就是明白当中困难，方才借珍珠传信，让我想办法。"

夏月撇嘴道："这哪是想办法，分明就是强人所难。"

慕千雪没说什么，取过搁在手边的锦盒，里面摆放着一对质地雕工皆属上乘的白玉鸾纹佩，将之交给十九："你去一趟王府，将这个交给蔡总管，就说是我恭贺王爷大喜之礼。"

"王爷不听您劝，非要娶赵平清那个表里不一的女子为侧妃，您又何必再送礼过去。"十九气呼呼地说着。这对鸾纹佩还是她陪着慕千雪去买的，为此花费了数百两银子，原以为是慕千雪自己喜欢，不料竟是送给东方溯的。

“不管怎么样，娶亲都是大喜的事情，我又蒙王爷照顾这么久，岂可一点儿表示也没有。”这般说着，她对十九道，“快去吧。另外若是有机会见到穆王，设法问一下阳关谷失守之事，看他是否知道。”

十九答应一声，捧着锦盒离去。她到王府的时候，正好赶上新人行礼，遥遥望着正在行夫妻对拜之礼的东方溯。十九一阵神伤，不只为自己，更为东方溯……

“十九，你怎么在这里？”蔡元的声音惊醒了十九，她压下心思，将捧在手里的锦盒递过去，“这是公主送给王爷大婚之礼，祝他与二位王妃百年好合。”

“公主有心了。”蔡元接在手里，关切道，“公主搬过去后住得可还习惯，可有缺的？”

“还算习惯，也不缺什么。”

“那就好，若有什么少的，只管告诉我，王爷交代过，虽然公主搬出了王府，但一应开支用度，仍是由王府负责。”

“我知道了。”答话之余，十九留意到正堂里的新人已是行完礼分别送入洞房。与此同时，作为主婚人的东方洄并未立刻摆驾回宫，而是与平阳王以及户部、兵部尚书一道去了偏厅。

十九记着慕千雪的吩咐，在打发蔡元离去后，悄悄来到东方泽身边，当她问及阳关谷失守一事时，东方泽满面诧异，在将十九拉到一处僻静的地方后，迫切地问道：“这个消息你从哪里得来？”

听十九说完事情经过后，东方泽恍然道：“我说怎么一行过礼陛下就立刻召了平阳王他们去偏厅，竟然出了这么大的事情。”

“这么说来，九王也不知道阳关谷的情况？”

东方泽苦笑着摊一摊手：“要不是你提及，我根本不知阳关谷出了这么大的事情。话说回来，前两日送来的军报还好好的，怎么突然就失守了。”

十九蹙眉道：“那现在怎么办？”

东方泽眼珠一转，轻声道：“你随我来。”

第四十章　机关异术

偏厅里，平阳王拱手道："不知陛下召臣等来此，有何吩咐？"

"你们自己看。"东方洄自袖中取出那封血迹斑斑的军情折子，平阳王赶紧双手接过，待得一一阅看后，这三位手执大权的朝中一品大员皆是变了颜色。

户部尚书沉声道："看来齐国这次来犯，做足了准备。"

"李卿，如今户部存银多少，存粮又有多少？"

李鸿闻言连忙拱手道："启禀陛下，国库如今存银三千万两，存粮约为一万石。"

他的回答令东方洄眉宇皱得越发紧："秋收刚过不久，何以只有一万石这么少？"

"回陛下的话，大部分粮草都在各地官仓之中储备着，若要动用，需从各地调拨过来，总计加在一起，约有七万石之数。"

东方洄眉头微展，转而道："调过来需要多久？"

"需要……需要……"李鸿支吾了半晌，小声道，"一个月左右。"

"一个月？"东方洄用力一拍紫檀长几，寒声道，"齐国就快要打过来了，你却说还要一个月，你是认为阳关谷能再守上一个月，还是认为齐国可以缓一个月再进攻？"

见他动怒，李鸿赶紧跪在地上："陛下息怒，臣……臣再想想办法，应该……可以缩短个几天。"

东方洄冷哼一声，转目看向另一边的干瘦老头，此人是兵部尚书姜明，脾气古怪，有时候连东方洄的账都不买，但对大周一片忠心，威望极高又是三朝元老，故而东方洄暂时未动他的位置："姜卿这边如何？"

他们说话的时候，姜明已是将兵部的情况算了一下，道："陛下，十日之内，可以集结八万左右的士兵，加上城外的健锐营，差不多有十八万之众，应该可以抵住齐国先期进攻，让我们有足够的时间继续调兵，但……”他看了李鸿一眼，不客气道，“但这一切需要足够的粮草支持，否则就只有像李尚书说的那样，等上一个月了。”

他的话令东方洄对李鸿越发不满：“十日之内，一定要出兵！”

李鸿苦着脸不敢出声，传信需要时间，运送更需要时间，就算是把他的皮剥下来，也不可能在短短十日之内筹到足够的粮草。

平阳王低头思忖片刻，道：“陛下，从金陵到阳关谷，一路会经过几个规模不小的州府，不妨让士兵从那里取粮，或许数量不多，但总归可以撑上一阵。”

李鸿精神一振，连忙道：“平阳王所言甚是，臣记得定平、静阳两府皆有粮仓，加起来，差不多也有五千石。”

姜明心算片刻，道：“十八万士兵，再加上负责运粮的民夫，一万五千石并不能撑太久。”

李鸿怕东方洄怪罪下来，急急道：“陛下，臣会从附近州府调粮，尽快赶在粮草中断之前运到。”

“尽快？”东方洄漠然道，“你是在敷衍朕吗？”

“臣不敢！”李鸿话音未落，东方洄已是冷声道：“你可知一旦粮草断绝，对士气会有多大的影响，不必与齐军交手，咱们就先败了。到时候齐军打到金陵城外，这个责任你担得起吗？”

李鸿慌得满头大汗，也不敢举袖去擦，正自万般惶恐之时，外面突然传来一声厉喝：“是谁？！”

伴着一连串急促的脚步声响起的还有隐约的拳脚声音，东方洄朝怀恩使了个眼色，怀恩会意地走了出去，未过多久，他回到偏厅，在东方洄耳边低语几句，东方洄讶然道：“老九？”

怀恩细声道：“是，这会儿正被围着呢，等候陛下吩咐。”

东方洄默然片刻，道：“把他带进来。”

“是。”怀恩再次走了出去，待得回来时，身边多了一个人，正是东方泽，后者一边走一边揉着通红的手腕，一见了东方洄立刻道：“皇兄，那是什么人，竟然把臣弟当成刺客，简直岂有此理！”

“你还好意思说，堂堂一个王爷偷偷摸摸地躲在外面，成何体统。”东方洄刻意忽略了他的前半句话。

东方泽讪讪道：“臣弟……又不是故意的。”

东方洄瞪了他一眼：“行了，到前厅去帮老七一道招呼客人。”

“是。”见东方洄没有起疑，东方泽暗自松了一口气。刚才他与十九在外面偷听，岂料竟被人发现行踪，离开已是来不及，为掩护十九，他只得主动走了出去，引开那个人。话说回来，他自问武功不弱，但在刚才那个人面前，竟然敌不过十招，只怕禁军统领也非那人之敌，不知是何来头。想到东方洄身边隐藏了这样的高手，心中的忌惮又多了几分。

见东方泽迟迟不离开，东方洄拧眉道：“怎么，还有事情？”

东方泽迟疑道：“臣弟刚才在外面听到皇兄说阳关谷失守在即，是真的吗？”

“不错，齐国举兵进犯，并且阻截通信，令我们迟了将近一个月方才知道阳关谷被围之事，这会儿已是危在旦夕。”

东方泽一脸急切道：“如此大事，皇兄为什么不告诉臣弟还有七哥？”

“今日是老七大喜的日子，朕不想说这些扫兴，你也不要告诉老七，阳关谷的事情朕会设法解决，不过是一个齐国而已，掀不起什么大浪来！”

“齐国与我大周国力相差仿佛，蛰伏多年而一朝来犯，必是做足了准备，断然不可小觑，依臣弟之见，还是召七哥他们一起来商量吧。”

他的不识趣令本就心情烦闷的东方洄双眉紧皱，待要言语，一身暗红长袍的东方溯出现在门口，瞧见尚跪在地上的李鸿，讶然道：“陛下，出什么事了？”

东方洄扯一扯僵硬的唇角：“没什么，小事而已，倒是你，身为新郎官怎么撇下众多客人跑到这里来了，赶紧回去，朕很快就过去。”

东方泽故作冲动地嚷道：“阳关谷随时会被齐军攻破，怎么是小事！”

“什么？”东方溯陡然一惊，他之前见东方洄面色不悦，再加上行礼后召平阳王等人来偏厅议事，料到有事发生，但万万没想到，竟会是这等大事。

东方洄不悦地瞪了东方泽一眼，旋即道：“今日是老七你大婚之日，朕实在不愿说这些扫兴的事情，无奈军情紧急，实在耽搁不得，方才在此与平阳王他们商议。”

“臣弟之事与关乎大周安危的军情相比，实在不值一提。”说着，他疑惑道，“只是臣弟不明白，何以阳关谷会被围得这么突然？”

东方洄苦笑道：“一点儿也不突然，只是咱们都中了齐国奸计。”

在得知事情始末以及大周此时面临的困境后，东方溯沉吟道：“恕臣弟直言，平阳王之法或可解粮草之危，却不能解大周之危！”

他的话令平阳王那张国字脸一沉，盯了他道：“难道睿王以为，我大周士兵敌不过齐兵吗？”

“自然不是，只是……王爷当真认为这次举兵攻打我大周的，只有一个齐国吗？”

尽管与平阳王这会儿算是翁婿的关系，但东方溯仍是维持着原来的称呼，生疏而客气。

平阳王亦发现这个问题，但当着东方洄的面不便发作，只道："睿王有什么话，不妨明说。"

东方溯朝若有所思的东方洄拱一拱手："多年来，齐国与东凌一样一直觊觎我大周辽阔的疆土，但他们一直不曾动手，就连五年前东凌那一战，也是试探的成分更多一些，可现在齐国突然闹出这么大的动静，大有倾尽国力孤注一掷的架势，陛下不觉得奇怪吗？"

东方洄凝眸不语，右手食指一下一下叩着长几。良久，他道："依你所见，齐国会与谁联手？"

"燕国积弱，并无资格与齐国联手，而西楚与东凌……都有可能。"

东方洄额间青筋暴跳，好一会儿方才冷冷道："一旦朕派军前往阳关谷，与齐国勾结的那个国家，就会举兵来犯，杀朕一个措手不及是吗？"

"陛下英明！"

东方洄紧咬牙关，森森道："好！真是好得很！"

姜明赞许地看了东方溯一眼："依睿王所言，此战必然要做两手准备，我大周储兵八十万，就算两边开战，也不成问题，只是需要时间，偏偏眼下最缺的就是时间。"

东方洄沉思片刻，凝声道："当务之急是拦住齐军，不要让他们攻往金陵。姜爱卿，还是按着之前商议的来，调兵八万，加上健锐营的十万士兵，由平阳王统领，前往阳关谷抵御齐军！"

东方泽急切道："那东凌或西楚怎么办，由着他们攻破边境？"

东方洄眼眸冰冷如三尺寒冰："朕会传旨下去，分别召集士兵前往东境与西境，相信足以抵抗一阵，而这时间足够朕集结兵马，整合大军！"

诸人默默不语，眼下看来，也只有这个法子了，正当他们默认了这个法子时，东方溯忽地跪了下来："陛下，臣弟请求带兵前往南境，夺回阳关谷！"

在最初的惊讶过后，东方洄当即拒绝了他的要求："不行，你刚刚大婚，岂可带兵出征。平阳王身经百战，有他领兵，你还不放心吗？"

"自然不是，但……"不等东方溯说下去，东方洄已是打断道："好了，此事就这么定了，七弟好生在府中照顾王妃与平妃就是了。"说着，他拍一拍东方溯的肩膀，压低了声音道，"齐国举兵来袭，此战必然凶险，朕不想你有事。"顿一顿，他又道，"朕还有事，先行回宫了，平阳王还有姜卿你等也随朕过去。"说着，他往外走去，怀恩拖了长音喊道："陛下起驾！"

“臣弟恭送陛下！”直至东方洄一行走得不见身影，东方溯二人方才直起了身子，东方泽轻哼一声：“什么不想七哥有事，分明就是不愿意将兵权交给七哥。”东方洄那番话虽然轻，但他在一旁听了个清清楚楚。

东方溯收回目光，神色平静道：“这本就是意料中的事情。”

东方泽翻了个白眼道：“就怕事情不止如此，七哥刚才也听到了，他要征调健锐营给平阳王，若是暂时的也就罢了，就怕这一征调，他就不打算还回来了，这小半年来，他明着暗着可是削了五哥他们不少权，连我也险些挨了刀子！”

东方溯徐徐道：“我也猜到了，所以这次一定要得到这个统兵之权！”

“我当然也想七哥领兵出征，可他的态度七哥也瞧见了，别说给你机会，连多说几句都不愿意。”

“一开始不就料到会这样了吗？”东方溯摊开手掌，盯着掌心纵横交错的纹路，自言自语道，“否则我何必要娶她们二人。”

知晓齐国进犯、阳关谷即将失守消息的毕竟是少数中的少数，绝大多数人还被蒙在鼓中，以为边境安宁，天下太平。

这一夜，睿王府席开五十桌，觥筹交错，宾客喧哗，异常热闹。直至两更时分，宾客方才相继离去。

宾客已散，东方溯却还在一杯接一杯地喝着酒，不，确切来说是往嘴里灌酒。蔡元小声道：“王爷别喝了，这会儿已经快三更了，您该去东院安歇了。”虽然二妃同时入府，但新婚之夜，当是属于正妃沈惜君的。

“三更……”东方溯又倒了一杯酒，朝慕宅的方向举杯，微不可闻的声音在满是酒气的唇齿间低低响起，“千雪，我敬你！”

在将辛辣的酒狠狠倒入口中咽下后，他撑着桌沿站起身来，摇摇晃晃地走着，蔡元赶紧扶住他，走了一会儿觉得不对，提醒道：“王爷，这是去西院的路呢。”

“本王知道。”东方溯答了一声，仍是一步接一步地往西院走去，与绢红宫灯交织在一起的月光在他身后拉出一道长长的影子……

东院中，红帕下盛装打扮的沈惜君静静坐在挑着软罗红帐的床榻上，这样的姿势她已经保持了将近三个时辰，虽然很累，却甘之如饴。

王妃……睿王妃……

只要一想到这几个字，她便满心欢喜，等了这么久盼了这么久，终于如愿以偿了，从今往后，她就是名正言顺的睿王妃，是东方溯明媒正娶的妻子。唯一令她不太舒服的就是多了一个赵平清。

不过，细细想来，赵平清前些日子说的那番话也不无道理，慕千雪才是她最需要除去的人，与之相比，赵平清根本不算什么。

“宗姬，您一整天都没吃过什么东西，这里有莲子糕，您吃一块垫垫饥吧。”阿紫的声音自红帕外传来，沈惜君摇头道：“我不饿，你们自己吃吧。”

另一名陪嫁侍女阿兰掩唇笑道：“宗姬这会儿一心想着王爷，又哪里会感觉到饿。”

沈惜君被她说中心事，粉面羞红，娇声斥道：“好一个饶舌多嘴的丫头，信不信我把你赶出去！”

“奴婢知错，奴婢不敢了。”阿兰笑嘻嘻地求饶着，在她们笑闹时，外面传来打更的声音，阿紫细细听了道：“都已经三更了，王爷怎么还不过来。”

“我去瞧瞧。”阿兰说着走了出来，待得再回来时，脸上不仅没了出去时的笑意，还异常难看。

阿紫瞧着不对，低声道：“怎么了？”

阿兰瞅了一眼覆着云锦红帕的沈惜君，在阿紫耳边低语了一句，阿紫神色一变，为免惊动沈惜君，她以唇形问道：“当真？”

在阿兰肯定地点头后，阿紫脸色变得异常难看，默默不语，沈惜君虽然没听到声音，却也察觉出了几分不对：“怎么了？”

阿紫勉强一笑：“没什么，阿兰说……穆王高兴多喝了几杯，这会儿正发酒疯呢，王爷在照顾他。”

沈惜君半信半疑道：“真是这样？”

“当然了，奴婢怎么敢骗您。”这般说着，阿紫道，“宗姬今日被那些个繁文缛节扰了一天，必是累得很，不如奴婢侍候您歇下吧。”

沈惜君想也不想便道：“不行，母亲与喜娘都交代过，这喜帕必得要王爷亲自挑开才行。”

“可是……”阿兰刚说了两个字，便被阿紫以目光制止，可惜为时已晚，沈惜君刚刚压下去的怀疑又冒了出来，她抬手微微掀开一角帕子问道：“出什么事了？”

阿紫赔笑道：“没有，能有什么事情啊，奴婢就是怕您累坏了，所以才……”

沈惜君冷冷打断她未完的话语：“要想继续说废话，就给我滚出去！”说罢，她视线一转，盯着那双面上绣有玉兰花的绣鞋道，“阿兰，你说！”

“奴婢……奴婢……”阿兰绞着手指迟迟不敢说下去，直至沈惜君一再催促，方才无奈道，“奴婢刚才问了府中的下人，他们说……王爷去了西院！”

“什么？”红帕应声而落，露出沈惜君妩媚艳丽的脸庞，沈惜君看都不看扯落的红帕，死死盯着阿兰，“你说王爷去了哪里？”

阿兰怯怯地望着那张近乎扭曲的面容：“去了……西院！”

“赵平清！”沈惜君咬牙切齿地吐出这三个字，气得浑身发抖，双手攥得咯咯作响，精心修剪并涂着艳红蔻丹的指甲在掌心接连折断。

新婚之夜，东方溯宿在侧妃房中，让她这个正妃独守空房，此事传扬出去，她必会沦为整个金陵的笑柄，而这一切……都是拜赵平清所赐！

亏得那个贱人之前口口声声说什么姐妹情，结果呢，一转眼就抛到九霄云外去了。哼，慕千雪是她的挡路石，赵平清……又何尝不是，一个都不能放过！

“替我更衣！”沈惜君费尽全身力气，方才压下去西院找赵平清算账的冲动。母亲说过，入了睿王府她要学会忍，哪怕心里再恨也要忍着，如此才能够得到东方溯的心！

夜色如水，早开的梨花在幽凉的夜风中飞落，纷纷扬扬，一地雪白，犹如一场下在二月的春雪。

慕千雪缓步走到梨树下，捡起一片落花在指尖摩挲。梨树经过一年的沉淀与积累，方才开出如云似雪的梨花，可是一阵风拂过，花就落下了枝头，花开即花落，短暂得令人叹息，究竟这一年的酝酿是为了什么？

肩头骤然一暖，却是一件披风披在了身上：“春寒最是冻人，公主小心着凉。”

慕千雪转身望着不知何时来到身后的夏月：“怎么还不睡？”

夏月替她系好颈间的缎带：“公主不是也没睡吗？”

她的反问令慕千雪哂然一笑，抚着颈间油光水滑的风毛：“想是日间喝了太多浓茶，这会儿都没睡意，干脆出来走走。”

夏月默默看了一眼睿王府所在的方向，轻语道：“公主身子刚刚有所好转，不要想太多了。”

“我没事。”慕千雪岂会不明白她的意思，只是很多时候，并非说不想便能不想的。在片刻的静默后，她屈身拾起一捧绵白如雪的梨花，叹息道，“可惜了这些梨花，才刚开便谢了，等不到春光浓郁之时。”

夏月眼珠微微一转，笑语道：“说起这些梨树，徐立今儿个还在与奴婢说呢，他说等花苑的这些梨树结果后，摘了梨子去酿酒，公主若是舍不得辜负这些梨花，不妨收起来晒干，待得酿酒时加在里面，既添香气又好看。”

她的话令慕千雪心生欢喜，颔首道："这法子倒是不错，物尽其用又不辜负这些梨花一年的等待。"

见她赞同，夏月当即取来一个丝绢袋，仔细将落在地上的梨花收集起来，很快就收了满满一袋，花瓣密密挤在里面，似一群敛了翅膀的雪白蝴蝶。

束紧袋口后，夏月朝坐在亭中歇息的慕千雪扬一扬绢袋，欣然道："公主您瞧，收了这么多呢，明后日再来收几回，应该就差不多够用了。"

慕千雪没有理会她，确切来说，是根本没有听到夏月的话，她盯着茫茫夜色，不知在想什么。

夏月走入亭中，轻声道："公主在想什么？"

慕千雪回过神来，徐徐道："我在想十九带回来的消息，齐国围攻阳关谷，南境一战在所难免，但陛下属意的统兵之人却不是王爷。"

"奴婢知道，陛下属意的是平阳王。"说到此处，夏月眼皮一跳，脱口道，"公主难不成真想干涉此事？"

"军功是树立威望的最好方法，对王爷来说，南境之乱是一个机会！"她的想法与东方溯出奇地一致。

夏月为难道："这个奴婢也知道，可统兵出征，干系重大，非咱们所能干涉。"

手指在光滑如肌肤的裙裾上缓缓抚着，许久，清冷而坚定的声音在这深沉的夜色中响起："确实很难，但不见得没有法子！"

夏月愕然，待要说话，亭外忽地传来什么东西落地的声音，循声找了一阵，在草丛中寻到一样东西，大约小臂长短，样子古古怪怪，瞧不出是什么，只知是木头拼接出来的。

"公主您看。"夏月将手中的东西递给慕千雪，后者越看脸上的讶色越浓，统共不过一尺长短，结构却异常复杂，粗粗一数，拼接的木头竟有百块之多，而且……她瞧着这东西，怎么有些像鸟雀。

"花苑里没别的人，应该是哪家孩子顽皮，拿着玩耍时从围墙外扔进来的。"

"这么晚了，哪还有孩子在外玩耍。"说着，慕千雪起身道，"走，我们出去看看。"

夏月拗不过，只得提灯陪了她出去。明月静静悬在夜空中，无数璀璨如钻的星子围绕在四周，默默地凝视着人世间的悲欢离合。

一路走来，街上清冷空旷，一个人影也不见，只偶尔传来几声狗吠。夏月瞅着两边紧闭的房门，轻声道："找了这么久也不见，想是掷东西的那人已经离开了，很晚了，我们回去吧。”

“也罢。”慕千雪点一点头，扶了夏月的手往回走去，眼瞅着就到门口了，一个人影突然从暗中冲出来，经过夏月身边时将她撞了个趔趄。

夏月一边揉着被撞疼的肩膀一边恼声道：“谁啊，走路不长眼睛吗？”

“我不是故意冲撞姑娘的，实在是没注意，万望姑娘恕罪！”那个人影一边说一边不停作揖赔罪，借着月光可以看到是一名眉目清俊的年轻男子。

见他如此，夏月也不便过多责怪：“以后小心一些。”

那人松了一口气，感激道：“是是是，多谢姑娘！”

慕千雪忽地开口道：“冒昧问一句，公子深夜外出，是为何事？”

“我不见了一样很重要的东西，一定要把它找到。”那人匆匆答了一句便要离开，慕千雪伸手道：“公子要找的可是这个？”

那人瞧见慕千雪拿在手里的东西，顿时两眼放光，快步上前夺过，仔细看了一番后，小心翼翼地将之捧在怀里，满面欢喜道：“可算是找到了，还好还好，没有坏得太厉害。”

夏月好笑道：“不过是一堆木头，用得着这么紧张吗？”

一听这话，那人当即不乐意道：“什么木头，这可是机关鸟，全天下仅此一只！”

“鸟？”夏月掩嘴笑道，“你自己瞧瞧，这堆木头哪里像鸟了？”

见夏月不信，那人急切道：“这就是机关鸟，只是我还没有做好，所以不太像。”

慕千雪面露惊讶之色：“你懂机关术？”

“当然，我……”直至这会儿，那人方看清慕千雪的模样，眉如翠羽，肌如白玉，清丽脱俗，天上谪仙。他从不知道世间竟有如此美貌的女子，一下子看痴了神，连话也忘了说。

“咳！”夏月咳了一声见他没反应，翻一翻白眼，“这位公子，你这样盯着我家小姐看，似乎不太合适吧。”

听得这话，那人终于回过神来，脸上泛起一层可疑的红色，赶紧低了头拱手道：“在下唐突，冒……冒犯姑娘了。”说着，他偷偷瞅了慕千雪一眼，鼓起勇气道，“在下古逸臣，不知姑娘……可否告之芳名？”

一听这话，夏月顿时柳眉倒竖，喝道：“看你老老实实，原来也是一个登徒浪子！”怪不得夏月会有这么大反应，不论大周还是西楚，抑或南昭，贸然问一个初次见面的女子姓名，都是极不礼貌的行为。

“不是！”古逸臣急急摆手，一脸紧张道，“不是，我不是登徒浪子，只是……只是想知道姑娘的芳名而已，我不是坏人，千万不要误会。”他一心想要解释，结果却越描越黑。

“还说！”夏月狠狠地瞪了他一眼，对慕千雪道，“小姐别理这个登徒浪子，咱们走。”

“罢了，只是问个姓名，没那么严重。”安抚了夏月一句后，慕千雪温言道，“我姓慕，名千雪。”

“原来是慕姑娘，在下有礼。”古逸臣牢牢将这个名字记在心里。

“古公子客气。”慕千雪微微一笑，指着古逸臣拿在手里的东西道，“刚才这个东西落在我花苑中，古公子说它是机关鸟，难不成它会飞吗？”

一说起这个，古逸臣顿时眉飞色舞：“当然会飞，否则又怎么能叫机关鸟！”

夏月皱一皱琼鼻，质疑道：“就这一堆木片，怎么可能飞得起来，分明就是胡说。”

见她质疑自己，古逸臣神情激动道：“我从来不说胡话，刚才就是因为试飞才跑到你们的花苑中。”

夏月不以为然道：“既是这样，你倒是让它飞一个看看。”

“好！”古逸臣心里也是憋了一股子气，一口答应下来，随即低头捣弄着那只机关鸟。

夏月等了好一会儿也没见那只所谓的机关鸟飞起来，顶多就是在地上打了几个滚，无趣道：“究竟什么时候能飞？”

古逸臣面色涨红道：“之前摔下来的时候坏了机关，要等我回去修好之后才能飞。”见夏月一脸不信，他急急道，“要是不信，就与我一道去，我很快便能修好。”

夏月自不会答应，刚要拒绝，慕千雪先一步应承下来：“既是这样，那就打扰古公子了。”

夏月急忙拉过慕千雪，小声道：“小姐，他不知安的什么心思，怎么能过去呢，万一出事怎么办？”

“有十五他们暗中护卫，出不了事。”自从东方溯将一部分神机营调给慕千雪差遣后，不论她去哪里，都会有神机营的人暗中护卫，“而且……我很想见识一下真正的机关术！”在说这句话时，慕千雪的眼眸异常明亮。

夏月蹙一蹙眉，不解道：“这机关术有什么好见识的，不就是一些弩车、籍车吗？”

慕千雪摇头道：“那不过是最粗浅的皮毛，真正的机关术，巧夺天工，可化腐朽为神奇。”

夏月无疑是不信的，但慕千雪坚持要去她也没法子，只得陪着一道过去。所幸想到有神机营暗中护卫，倒也不怎么害怕。

古逸臣住得并不远，很快便到了。一间小小的宅子，檐下一盏灯笼在夜色中孤零零地亮着。

古逸臣一路领着他们来到东边的厢房。一开门，夏月便愣在了那里，她竟然看到一只木头做的小狗绕着柱子一圈圈地奔跑，夏月赶紧揉一揉眼睛，确定这是真的而非自己眼花。除了这只小狗，还有将近一人高的木牛，不过此物一动不动地待在角落里，没有如小狗一般令人吃惊。

“你们等一会儿。”说着，古逸臣匆匆走到桌案后，修理起了他那只机关鸟。

夏月一脸不解道：“小姐，明明就是用木头做成的狗，为何能够奔跑不停，难不成……”她凑到慕千雪耳边，小声道，“他会妖术？”

慕千雪好笑道：“哪里有什么妖术，早与你说过，真正的机关术，神秘莫测，非寻常人所能想象。至于这只狗能够奔跑不停……”她指着连接狗颈与柱子并随着机关狗的奔跑时长时短的细细绳索道，“关键应该是在绳索上，只是我对机关术了解不深，内中究竟有何玄机，要问古公子方才知道。”

夏月扫了一眼专心修理机关鸟的古逸臣，有些不情愿道：“这样看来，他似乎真有些本事。”

“你啊！”慕千雪刮一刮她的脸庞，走到古逸臣身边，看他如何修理那只机关鸟。

夏月等得有些犯困，正好有张椅子便想过去坐会儿。岂料刚一坐下，双手双脚便被弹出来的机关给扣住，动弹不得。扶手处更是弹出一个暗格，里面自动升起一张巴掌大的小弩，一枝黝黑的小箭架在拉满了的弓弦上对准夏月胸口。一旦弓弦松开，那支箭立刻就会飞射出来，瞬间取人性命。

夏月哪里见过这等阵仗，顿时吓得花容失色，带着哭腔喊道：“公主救我！”

慕千雪瞧见她这副模样，也是吓了一大跳，赶紧请古逸臣替她解危。随着古逸臣在椅后一阵拨弄，小弩收回了原处，扣着夏月手脚的机关也一一松开。

一得了自由，夏月赶紧自椅中站起来，抚着胸口，惊魂未定道：“这……这是什么椅子，怎么这般吓人？”她远远躲开椅子，说什么也不肯再靠近。

“都怪在下未曾事先提醒，以致姑娘受此惊吓，实在过意不去。”古逸臣满面愧疚地揖了一礼，“这是在下新做的机关椅，人一旦坐下去就会触动机关，束缚其手脚。”

夏月没好气地瞪了他道：“束缚手脚也就算了，偏偏还弄出这么一把弩箭来，难不成你想谋财害命吗？”

“没有没有！”一听这话，古逸臣急得连连摆手，“在下从来没有存过半分害人之心，之所以做这张椅子，也是为了自保。”

“自保？”夏月满面狐疑道，“怎么，有人要害你？”

古逸臣眸光一黯，轻声道：“这世间总有一些蛮不讲理的人。”他似不愿多说这些，含糊答了一句后，便回到案后继续修理那只机关鸟，直至四更天方才修理好。

当亲眼看到那只用木片铁丝做成的机关鸟在夜空中振翅飞翔时，慕千雪与夏月心中的震撼难以言喻。

这个时候，夏月也终于相信了慕千雪之前关于机关术的那句话：巧夺天工，化腐朽为神奇！

机关鸟做得并不完善，飞了不过两圈便一头栽在地上，且这一次摔得比之前更加厉害，近乎四分五裂，但已经足够给人留下无法磨灭的印象。

“现在这只机关鸟只是雏形，待我改善之后，就可以像真正的鸟一样，在天空中自在飞翔，还有……”每次说起机关术，不善言辞的古逸臣都会变得滔滔不绝，眼眸中更有异乎寻常的光彩。

慕千雪耐心地听着，待他说完后，微一欠身道：“古公子年纪轻轻，却有这等机关造诣，实在令千雪佩服。”说罢，她指了角落里的木牛道，“不知这几样东西，又有何玄奇之处？”

“这两样并没什么玄奇，只是能够驱动藏物罢了。另外就是还算牢固，很难被破坏。”为使慕千雪明白，他打开木牛腹部，里面空间颇大，可藏许多东西，至于行走，主要靠里面的机关，一次可行数里。

慕千雪若有所思道：“也就是说，只要隔数里拨动一次机关，木牛就可以不知疲倦，一直地走下去是吗？”

在得到肯定的答复后，慕千雪眸中闪动着喜色：“不知这样的木牛，古公子多久可以造好一头？”

古逸臣想一想道：“此物虽不算太过复杂，但也需要费不少工夫与材料，大约三日左右。”

慕千雪双眉微拧：“如果我给你足够的人手与材料，能否在一日之内做好一台？”

“这个……”古逸臣犹豫片刻道，“应该可以，只是慕姑娘问这个做什么，你若喜欢，直接把这个拿去就是了。”

慕千雪缓缓道：“我想向古公子购买这个木牛，十日之内，做出十头。至于价格，古公子开口便是。”

“十头？”古逸臣愕然道，“慕姑娘要这么多做什么，若是需要运物，一两台也就够了，每一台木牛腹中都可放数百斤的东西。”

“我需要运的东西很多，就是这会儿说的十台，只怕也不够。”说着，她欠下身去，郑重道，“此事对我甚至对大周都十分重要，还请古公子务必答应，至于原因，容我以后再慢慢相告。”

“慕姑娘快快请起。”尽管心中有许多疑惑，古逸臣还是应承了下来，答应会尽力替她做出十头木牛。

步出古宅时已是五更天，东方泛起熹微的晨光，在扶慕千雪回府的途中，夏月好奇地问道：“公主，您要那十头木牛做什么，还赶着十天这么急？”

“你忘了昨儿个九王过来时说的那些话了吗？”吹了一夜的风还在继续，慕千雪的衣角被翩翩吹起。

夏月当即道：“奴婢记得，九王说齐国来袭，陛下属意平阳王领兵出征，还要征调王爷所领的十万健锐营。”

“还有呢？”

夏月仔细想一想，道：“还有就是粮草不足，陛下逼着李尚书想办法调粮，以保大军粮草不断。”

慕千雪轻吸一口冷冽的空气，徐徐道：“粮草运送，需要大量的民夫，那些民夫每走一日，都需要消耗大量的粮食。所以到最后，能够运抵士兵手中的粮食至多只有原来的一半，有的甚者连四成都不到。但那些木牛不同，不吃不喝只需按时上机关即可。古逸臣……他根本不知道自己造出来的这些东西对大周来说意味着什么。”

“原来如此。”夏月恍然之余又满面疑惑道，“可是领兵出征的人是平阳王，公主岂非替别人做嫁衣。”

“我已想到法子。”说着，她将古逸臣抄录着制作木牛所需材料的纸条交给夏月，“穆王这会儿应该还没有上朝，你辛苦一些，赶紧过去一趟，让他在天黑之前备齐这些东西，另外，请他下朝之后与王爷一起来一趟慕宅，我有要事与他们商量。”

“好，奴婢这就去。”说话间，她们已是回到了慕宅，在命守在门口的下人搀住慕千雪后，夏月快步离去。

第四十一章　自作聪明

睿王府中，沈惜君木然地坐在铜镜前，任由阿紫替她梳洗装扮，脂粉很好地遮盖了一夜未睡的憔悴，唯独眼眸中的血丝依旧根根分明。

“小人特来给王妃请安。”蔡元殷勤的声音自外面传来。

阿紫轻声道：“王妃若是不愿见，奴婢去把他打发走。”

沈惜君看了一眼铜镜中妆容精致的自己，凉声道：“让他进来吧。”

“是。”阿紫上前开了房门，蔡元一进来便满面笑容地打了个千儿，“小人给王妃请安，王妃万福。”

沈惜君捡了一对赤金耳铛交给阿紫为自己戴上：“蔡总管倒是有心，起来吧。”

“多谢王妃。”蔡元直起身，笑意不减道，“王爷五更未过就上朝去了，临行前让小人告诉王妃，让您起身后与平妃一道前往昭明宫，他会在宫中等您二位。”

阿紫蹙眉道：“陛下不是给了王爷三日休沐嘛，怎么又上朝了？”

蔡元叹了一声：“原本是这样的，偏偏南境在这会儿出事，王爷哪里还待得住。”

沈惜君疑惑道：“南境出什么事了？”

“小人听王爷说，昨儿个陛下接到南境八百里告急，齐国举兵攻伐南境，阳关谷被围，死伤惨重，情况很不妙，陛下昨儿个刚替您与王爷主完婚，就立刻传了平阳王他们去偏厅议事呢。据说这会儿已经在调遣大军了，由平阳王统兵。”

“父亲？”

“正是。”蔡元欲言又止，沈惜君瞧见他这副模样，道，“蔡总管可是还有话要说？”

蔡元咬一咬牙，低头道：“小人知道王妃这会儿必在气恼王爷昨夜宿在西院之事，但……这件事真不能怪王爷！”

沈惜君心中一痛，冷声道：“那蔡总管的意思是怪我了？”

“小人岂敢。”蔡元连连摆手，见沈惜君没有继续追究的意思，方才继续道，“不瞒王妃，王爷他虽然嘴上不说，其实心里很紧张王妃。”

“紧张我？”沈惜君对他的话嗤之以鼻，紧紧攥了象牙梳，在掌心印下一个又一个梳齿印，“若真是这样，他昨夜就不会歇在西院！”

别人一世怀念的洞房花烛夜，在她这里，却是一辈子都无法抹去的耻辱！

“王妃这次是真的误会王爷了。”蔡元叹息道，“不错，原本太后赐婚，王爷确实不太愿意，可后来慢慢也想明白了，否则也不会让小人将东院布置成王妃喜欢的样子，您说是不是？”

确实，东院的陈设布置尽皆奢侈华丽，正合沈惜君心意。

沈惜君气消了一些，但还是板着脸道：“既是这样，他为何要歇在西院，存心气我是不是？”

蔡元连忙道：“一直到昨夜之前，王爷都是打算歇在东院的，这一点小人可以作证，如有半句不实，王妃就剪下小人这根舌头拿去喂狗。”

见他说得似模似样，沈惜君不由得信了几分，蹙眉道：“究竟是怎么一回事？”

“唉，这话还得从统兵出征一事说起，王爷知道陛下有意让平阳王统兵，当即奏请由他代平阳王出征南境。毕竟平阳王已经年过五旬，虽说老当益壮，但始终比不得年轻之时，且他又是王妃的父亲，万一出些什么事，王妃必得伤心难过。王爷本是一片好意，岂料被平阳王误会，有些话说得很不客气，令王爷心中苦闷，在夜宴上饮了许多酒，这酒劲儿一上来，难免做出一些违背初心的事。今早王爷出府之前，小人曾见他在东院门口徘徊，想是来见王妃，但又不知道怎么说。”

听到此处，沈惜君不仅怒气全消，嘴角更含了一抹既喜又嗔的笑意：“原来真是我误会了王爷。”

阿紫拍手笑道：“好了好了，这下子总算是雨过天晴了。”

“多嘴！”沈惜君轻斥一声，嘴角那缕笑意却是怎么也止不住。

蔡元瞅了她神色，轻声道：“有一句话，小人不知该不该说。”

沈惜君这会儿心情大好，当即道：“只管说就是了。”

“是。”蔡元应了一声，上前在她耳边道，“小人知道王妃一向很爱慕王爷，如果这一次王妃能够劝说平阳王辞去南征统帅一事，改由王爷替上，相信王爷一定会感激于您。”

沈惜君不料想他说的竟是此等大事，一时满面诧异，好一会儿方才迟疑道：“此事关系南境安危，岂是我能左右的，再说带兵出征太过危险，还是不要去的好。”

“王爷之所以想要代替平阳王南征，除了担心他的安危之外，也是因为自己一直以来的心愿就是征战沙场，荡平天下，如此方才不负陛下，不负先帝与大周列祖列宗。”

“王爷之意，我并非不懂，只是……征战沙场，实在太过危险，谁知道会不会……”后面的话沈惜君不敢说下去，她只要稍稍一想，就心慌得不得了。

“小人明白王妃顾虑，但王妃可有想过，若是不解决这件事，王爷心里一直会有根刺在，这对您可不是什么好事，甚至……还会给平妃机会，威胁您的地位。”

一听这话，沈惜君顿时竖了柳眉道：“她敢！”

蔡元低低一笑：“恕小人直言，平妃都已经走到这一步了，还有什么不敢的。今儿个一早，她侍候王爷更衣洗漱，可是没少讨好。”

沈惜君被他说得心烦意乱：“行了，你且先下去，待我仔细想想。”

蔡元也是个知趣的人，当即退了出去，一踏出东院他便长舒了一口气，总算把王爷一早交代的话都说给沈惜君听了。只是想不明白，为何王爷要借他的口说这些，此次齐国来势汹汹，带兵出征，赢了能挣些军功名声，可若是输了，随时会搭上性命，实在有些得不偿失。

蔡元离去后不久，阿兰进来道：“王妃，平妃来给您请安。”

“亏得她还有脸来见我。”沈惜君冷哼一声，对等着回话的阿兰道，“让她进来，另外，你去沏盏茶来，别怠慢了咱们这位平妃！”

阿兰会意一笑：“奴婢知道。”

很快，赵平清出现在沈惜君视线中，她今日穿了一袭浅粉绣夹竹桃的裙裳，远远看去，犹如一朵粉色轻云，颇为秀雅娇美。

“妾身见过王妃，王妃金安！”不等赵平清屈膝，沈惜君已是扶住她，微笑道：“妹妹不必多礼，快请坐。”

沈惜君的热情令赵平清愕然，试探道：“王妃您……不生气吗？”

沈惜君轻笑道：“这话问得可是好笑，我无端端的生什么气？”

“当然不是，只是……”赵平清坐在椅中，不安地绞着帕子，“昨夜王爷他……”

贱人！沈惜君在心里暗骂一句，面上还是一副笑意盈盈的模样：“我道是什么，原来是为着这事，只要王爷高兴，歇哪里都是一样的。再说昨儿个累了整整一天，这身子骨跟散了架似的，王爷要是真歇在我这里，怕是还侍候不周全呢。”

赵平清过来之时，已是做好了被恶骂的准备，岂料不仅没有恶言相向，反而还好言好语，真是反常得紧。她不敢大意，小心翼翼道："其实昨夜我有劝过，只是王爷醉了酒，听不进劝。"

"都说了不打紧，妹妹偏还说个不停，难不成在妹妹眼里，我就是一个小肚鸡肠的女子吗？"

赵平清连忙道："姐姐温惠贤良，知书识礼，岂会小肚鸡肠。若非姐姐一意钟情于王爷，这金陵城的公子哥儿，为了姐姐非得争破头不可。"

"就你最会哄人开心。"说话间，阿兰端了茶进来，递过去道："平妃用茶。"

"有劳了。"未等赵平清捧住，阿兰已经松开了手，滚烫茶水立刻倒在赵平清身上，赵平清惊呼一声，赶紧站起身来，饶是如此，双腿也已经被烫到，痛得她面色发青。

看到她这个样子，沈惜君心里一阵痛快，装模作样地呵斥着阿兰："你这丫头，怎么做事的？"

阿兰一脸委屈道："奴婢瞧见平妃娘娘已经接住了茶盏，就松开了手，哪知娘娘没拿稳烫了自己，实在不关奴婢的事！"

杜鹃刚才瞧得清楚，这会儿见她颠倒黑白，顿时气恼道："娘娘当时根本不曾碰到茶盏，是你先松了手，根本就是存心的。"

被她这么一说，阿兰显得越发委屈："我与平妃娘娘无冤无仇的，烫她做什么？"

"你是无仇无怨，那你家主子呢？"刚一出口，杜鹃便意识到自己说错了话，果然耳边传来阴森森的声音："你是说，我故意指使阿兰烫你家主子了？"

杜鹃暗暗叫苦，勉强定了神，屈膝道："王妃误会，奴婢岂敢有这样的念头。"

沈惜君目光阴冷道："我看你敢得紧！"

赵平清见势不对，赶紧忍着痛楚道："杜鹃不懂事，说错了话，还望姐姐大人大量，莫要与她计较。"

沈惜君盯了她片刻，忽地嫣然一笑："杜鹃不过是一个身份卑贱的丫头，我自不会与她一般见识，但妹妹你不同，你是睿王侧妃，一言一行皆代表了睿王府，让这样一个不懂分寸满口胡言的丫头跟在妹妹身边，实在是不太妥当！"

赵平清压了心底的怒气，赔笑道："姐姐教训得是，我一定好生教导杜鹃，绝不会再有今日之事。"说着，她赔笑道，"天色不早，我们还是赶紧入宫给太后与皇后娘娘请安吧，以免误了时辰。"

沈惜君并不接她的话，弹一弹指甲，慢条斯理道："若我没记错，杜鹃在妹妹身边差不多有十年了吧？"

赵平清不知她用意，小心翼翼道："姐姐记性真好，正好整整十年。"

沈惜君收敛了笑容，冷眸道："十年时间都没教出个样子来，可见妹妹并不善于教人，还是我辛苦一些，替妹妹好好教一教她。"

赵平清心中一慌，连忙道："怎好意思劳烦姐姐。"

沈惜君目光一横，凉声道："怎么，舍不得？"

"不是，只是……"

"不是就好。"沈惜君截断她的话，对阿兰道："杜鹃口无遮拦，以下犯下，着掌嘴三十，禁闭两日，任何人不得去见，否则以同罪论！"

听到沈惜君要活生生饿自己两日，杜鹃吓得面色苍白，慌忙朝赵平清道："娘娘救我！"

"杜鹃只是初犯，还望姐姐从轻发落。"赵平清哪里会不知道，沈惜君分明就是记恨昨夜东方溯歇在她屋里，这会儿借着杜鹃一事给她施下马威。

"这会儿不狠下心来，来日闯了大祸，可就追悔莫及了，我这也是为了妹妹好，就像……"沈惜君眸光森冷如铁，"昨夜妹妹知道我身子疲惫，替我照顾王爷一样，姐妹之间，可不是就要相互帮衬的吗？"

赵平清紧紧攥着双手，勉力挤出一丝笑："姐姐说得是。"

沈惜君拍一拍手，微笑道："既然妹妹没意见，那就这么定了。"说着，她示意阿兰将惶恐害怕的杜鹃带下去。

赵平清默默看着这一幕，待她们走得不见人影后，轻声道："姐姐，我们现在可以入宫了吗？"

"当然。"沈惜君扶着阿紫的手站起身来，见赵平清也要起身，上前牢牢按住她的肩膀，笑意吟吟道，"不过是我，而不是我们。"

"姐姐……"赵平清刚说了两个字，便被一根细长的手指抵住了双唇，"你自己瞧瞧，这裙裳都湿了一大半，怎么着也得换一身再入宫是不是？"

赵平清早已想好了应对的法子："我让紫燕带个暖手炉，一路烘烤，到昭明宫的时候应该差不多可以烘干了。"

"差不多？"沈惜君轻笑道，"在太后面前，就算一丁点儿的污渍，那也是失仪。以往妹妹就算哪里做得不好，丢的也是赵侯府的面子，轮不到我过问。但今时不同往日，妹妹这会儿是睿王侧妃，一旦失仪，丢的可就是王爷乃至这睿王府的面子，我身为睿王妃，岂能坐视不理。"

"我明白，但太后……"

“我自会向太后解释，妹妹只管安安心心去换衣裳就是了。”说着，她俯身在赵平清耳边一字一句道，“就算你费尽心思嫁给王爷，勾引他上你的床又如何，还不是一样被我踩在脚下，赵平清，我会慢慢与你算这笔账，直至算清楚为止！”

回到西院后，紫燕一边取来干净的衣裳一边恨声道：“这个昌荣宗姬仗着自己是正妃，就这样欺辱娘娘，整治杜鹃，实在过分，待得见了王爷后，一定要狠狠告她一状，看她往后还敢不敢这样。”

赵平清眸色冰冷道：“沈惜君这次能耐得紧，说一套做一套，看来这阵子平阳王妃没少教她。”

“教了又如何，还不是只会仗势欺人。”褪下裙裳后，只见赵平清腿上烫红了一大片，紫燕赶紧取来药膏替她擦上，又拿纱布裹了，“说来说去，她就是嫉妒昨夜王爷歇在娘娘这里，所以借故刁难。”

“我料到她不会轻易罢休，只是没想到她做得这么狠！”赵平清拢一拢发髻，眯眸道，“经过昨夜的事，之前的计划怕是行不通了。”

正在屈身替她整理裙裳的紫燕神色一动，抬眸道：“娘娘是说，与她联手对付璇玑公主之事？”

赵平清徐徐道：“不错，大婚之夜，独守空闺，她这会儿只怕恨我更甚璇玑公主。”

一听这话，紫燕顿时慌了神：“那怎么办，要不要告诉王爷？”

赵平清嗤笑一声：“先不说怎么与王爷开这个口，就算当真开了口，王爷顶多就是训斥她一顿了事，根本改变不了什么。一个不好，还会让王爷以为我是一个斤斤计较之人。”

紫燕想想也是，不甘道：“那就这么算了？”

“当然不是，只是……”赵平清望着窗外淡淡的春光，眸光冷如利剑，“打蛇要打七寸！”

一辆翠顶朱帷的马车徐徐停在昭明宫外，精心装扮的沈惜君扶着阿紫的手自马车中走下来，垂落地上的朱红裙裾上绣着大朵大朵的牡丹。

阿紫往宫门处看了一眼，轻笑道：“王妃您瞧，王爷正等着您呢。”

沈惜君凝眸望去，果见一袭石青朝服的东方溯站在宫门口，顿时心中一暖，上前屈膝行礼：“妾身见过王爷！”

“王妃免礼。”东方溯扶住之余往沈惜君身后张望了一眼，疑惑道，“怎么不见平妃？”

沈惜君微微一笑："原本应该一道过来的，但临出门时，妹妹不慎弄污了裙裾，回屋重新更衣，她怕王爷久等又怕误了给母后与母妃请安的时辰，故而让妾身先行过来，不然……"她试探道，"咱们在此等等妹妹？"

东方溯眼眸一动，淡然道："去母后那里等她也是一样的，走吧。"

"是。"沈惜君含笑答应，并肩往宁寿宫行去，走了一会儿，她轻声道，"妾身听蔡总管说，齐国犯我南境，是真的吗？"

东方溯忧心忡忡道："不错，陛下昨日接到的急报，此次齐国大举来犯，情况对我们很不利。虽然还没有进一步的消息，但阳关谷十之八九已经被攻破了，此次危机远胜于五年前。"

沈惜君静静听着，待他说完后，方才启唇道："那么王爷认为，两军交战我们能胜吗？"

东方溯不假思索道："若是本王统兵出战，自有赢他们的把握，但是现在陛下与平阳王……"他眸光一沉，有些烦躁地摆手道，"不要说这事了。"

沈惜君温顺地点点头，一路暗自盘算着，看来蔡元并没有骗她，东方溯确是想统兵征战。驱逐齐军，立下赫赫军功，自是一桩好事，可沙场无眼，万一……出点什么事，她该怎么办?

在这样的矛盾与纠结中，她随东方溯来到宁寿宫。陈太妃与平阳王妃已是先一步到了，正陪卫太后说话，瞧见只有他们二人进来，满面诧异，待得问明缘由后，卫太后拨弄着亭亭立于碧玉花插上的玉兰花瓣，淡然道："哀家还道她是个仔细的人，原来竟也这般粗心。"

陈太妃笑道："平清毕竟还年轻，难免有大意之时，往后多教教就好了。"

平阳王妃闻着殿中的檀香有些淡了，走到香炉前，取过宫女递来的银勺添了一勺檀香在里面，凉声道："就怕有些人是牛耳朵，教再多也只是对牛弹琴，白费了太妃一番苦心。"

说话间，有宫女进来，说是赵平清到了，卫太后微微扬眉，淡然道："让她进来吧。"

"是。"在宫女退下后不久，赵平清低首走了进来，跪下道："平清来迟，请母后恕罪！"

卫太后打量着她，声音平缓如镜："你也知道自己来迟了吗？"

听得这话，赵平清连忙伏下身去，步摇耳铛碰触在金砖上，叮叮作响，惶恐的声音在殿中响起："平清知罪，请母后息怒。"

平阳王妃拨一拨耳下的红翡耳铛，似笑非笑道："这些年宗族婚配的并不少见，但大婚后第一次来宁寿宫请安便迟到的还是头一遭见，平妃可真是能耐。"赵平清摆脱她的控制嫁入睿王府之事，始终是心里的一根刺，这会儿见其犯了错，岂有不踩上一脚之理。

赵平清不理会平阳王妃的明嘲暗讽，抬眼瞅着看不出喜怒的卫太后，哽咽道："平清虽非有意来迟，但错就是错，平清愿受母后责罚！"

跪在她身后的紫燕忽地磕了个头，咬牙道："启禀太后，今日晚至，并非娘娘之罪，而是睿王妃……"

"放肆！"赵平清打断她的话，神色冷厉地斥道，"母后面前，岂容你胡言乱语，还不闭嘴！"

紫燕委屈地低了头不敢言语，沈惜君眸中掠过一丝异动，早在来宁寿宫之前她就想好了推脱之词，故而并不惧紫燕告状，只是未曾想到赵平清竟会替她隐瞒，也不知这葫芦里卖的是什么药?

卫太后听出当中古怪，蹙眉道："怎么一回事？"

赵平清连忙道："回母后的话，出门之前，儿臣不慎沾染了污渍，幸亏姐姐及时发现，否则儿臣虽不至于迟至，却要在母后面前失仪了。"说着，她满面感激地朝沈惜君道，"之前匆忙，未曾向姐姐道谢，望姐姐见谅。"

"妹妹客气了。"沈惜君虚虚笑着，心里一阵嘀咕，这个赵平清，也不知葫芦里卖的什么药，让她一时摸不准。

陈太妃看了二人一眼，笑道："太后，平妃虽犯了错，却也是出于对太后您的敬重与孝心，不如就从轻发落吧。"

"既是妹妹开口求情，哀家就依你所言，从轻发落。"滚圆的佛珠一颗接着一颗在指尖滑过，转了半圈之后，她徐徐道："平清，哀家罚你去佛堂点灯五十，你可愿意？"

赵平清赶紧道："儿臣愿意，多谢母后，多谢母妃。"

沈惜君虽觉得这个惩罚过于轻了，却也知趣地没说什么。在赵平清点完灯回来后，卫太后赏下一对海棠玉颈圈，陈太妃赏的则是一对七宝簪子，皆是一模一样，意喻她们二人同心同德。

但谁都知道，想在这深宅大院里同心同德，难如登天!

离开宁寿宫后又去静芳斋坐了一会儿，待得回到睿王府已是晌午时分，蔡元早已在东花厅中备好了午膳。

沈惜君夹了一块厨房精心炮制的八宝鱼递到东方溯碗中，笑道："妾身知道王爷喜欢吃这八宝鱼，临出府前特意让厨房做的，王爷您尝尝看。"

东方溯并不看碗中的鱼肉，望着坐在右侧的赵平清道："平妃，今晨究竟是怎么一回事？"

赵平清不料他会突然问这个，正想着说辞，沈惜君已是先一步道："这事妹妹之前不是已经说得很清楚了吗，王爷何以又问起来，不就是……"

"本王问你话了吗？"东方溯目光冷冷地漫过她的脸庞，令沈惜君心中一颤，不由自主地咽了嘴边的话。

东方溯重新落了目光在赵平清脸上："此处没有旁人，你只管实说就是了。"

赵平清低眉道："昨夜杜鹃准备衣裳之时，未曾仔细检查，拿了有污渍的衣衫，误了给母后与母妃请安的时辰。"说着，她又急急道，"王爷放心，妾身会好好教导杜鹃，断然不会再犯同样的错。"

她这话提醒了东方溯，四下打量了一眼，疑声道："杜鹃呢，怎么不见她？"

赵平清绞着帕子，目光闪烁道："杜鹃她……身子不适，所以妾身让她在屋里歇息。"

"是吗？"东方溯狐疑地盯着赵平清，下一刻，目光落在紫燕身上，"既然你主子不肯说，你来说！"

赵平清为难道："王爷……"

东方溯抬手打断她的话，对犹豫不定的紫燕道："你只管说实话，自有本王替你做主。"

紫燕瞅了赵平清一眼，把心一横，将今早的事情一五一十说了一遍，临了垂泪道："王爷，杜鹃那句话只是想维护娘娘，并无恶意，王妃偏偏揪着她的无心之失不放，不只掌嘴还下令将她关入柴房，两日之内不许吃喝，几乎是去了半条命。"她越说越伤心，磕头道，"求王爷为娘娘、为杜鹃做主！"

赵平清不安道："王爷您别听紫燕胡说，并没有这样的事情。"

"孰是孰非，本王心里清楚。"东方溯淡淡说了一句，对蔡元道，"传本王的命令，把杜鹃放出来，另外再拿两匹绢纱赏她。"

听得这话，沈惜君哪里还忍得住，开口道："王爷，杜鹃以下犯上，目无尊卑，不可轻饶。"

东方溯唇角一扬："杜鹃以下犯上该罚，那王妃呢？"

沈惜君神色不自在道："妾身怎么了？"

“明明是你弄污了平妃衣裳，却在母后面前撒谎说是平妃自己弄污的，论罪……你可比杜鹃重多了。”

沈惜君咬着微微失色的朱唇，不悦道：“王爷怎可拿妾身与杜鹃那丫头相比。”

东方溯漠然道：“你是人，她也是人，何以不能比？”

沈惜君不服气道：“她是下人，身份卑微，根本就不配与妾身相提并论！”对视片刻，东方溯忽地笑了起来，颔首道：“你说得不错，杜鹃确是不能与你相提并论。”

沈惜君还没来得及高兴，后面的话已是如一盆冷水，当头浇下，令她浑身冰凉：“因为你犯的是欺君大罪！”

东方溯满面讽刺道：“大婚第二日就闯出这样的祸来，王妃，你可真是让本王刮目相看。”

沈惜君松开咬得发酸的银牙，颤声道：“王爷只听紫燕一面之词，就认定妾身欺君，不觉得这样对妾身来说太不公平了吗？”

东方溯把玩着青瓷碗盏，笑意冷如寒冰：“王妃拿太后来压本王的时候，怎么不提公平二字？”

见沈惜君被东方溯质问得哑口无言，赵平清心中一阵畅快，在这深宅大院里，身份从来都不能代表一切。

她假惺惺地劝道：“王爷，裙裳确是妾身自己弄污的，与王妃无关。至于杜鹃一事，是那丫头犯错在先，怪不得王妃罚她。”

“不用你在这里猫哭耗子假慈悲！”沈惜君厌恶地瞪了赵平清一眼，委屈地对东方溯道，“那王爷呢，新婚之夜宿在一个姬妾房里算怎么一回事？”

赵平清虽也被称一声娘娘，并且名字记入宗谱之中，但说到底，仍是一个妾室，低正室一等。

“歇在哪里是本王的自由，轮不到你来过问！”东方溯冷冰冰的言语险些令沈惜君落下泪来，未等她平复心情，东方溯的声音再次传来，“本王既娶了你为正妃，就会给你正妃应有的一切，但你也要时刻记着自己身份，否则下一次，就不仅仅是这样了。”停顿片刻，他拿起筷箸，淡淡道：“好了，用膳吧。”

“是。”赵平清应了一声，夹了一筷炖得软烂的红烧肉放到沈惜君碗中，讨好道，“姐姐多吃一些！”

沈惜君强忍着将碗砸向赵平清的冲动，站起身来，动作僵硬地朝东方溯福一福：“妾身身子突感不适，先行告退。”

不等东方溯答应，她已是快步离去，望着她匆匆而去的身影，赵平清满面歉疚道：

“都是妾身不好，害得王爷与姐姐起了争执。”

东方溯盛了一碗蟹黄羹递给她：“与你无关，吃饭吧。”

“嗯。”赵平清那话本就是为了试探东方溯态度，见他这么说，暗自欢喜，刚喝了一口，意外看到东方泽满面疑惑地走进来：“七哥，我进来的时候碰到王妃，她怎么眼圈通红的，你们两个吵架了？”

“小事罢了。”东方溯随口答了一句，“你怎么来了？”

东方泽笑嘻嘻道：“自是来七哥这里讨好饭吃。”说着，他对赵平清道，“平妃不会介意吧？”

赵平清笑意吟吟道：“当然不会。”在命侍女重新奉上一套碗筷后，她对东方溯道，“王爷，妾身想着还是去瞧瞧王妃，您与九王慢用。”

在目送赵平清主仆离去后，东方泽挑眉道：“她倒识趣，知道我此来必是有事与七哥商量，所以借口避开。”

“她一向都很识趣，否则怎能走到这一步。”若赵平清这会儿回过头来，一定会震惊于东方溯眼眸间的冰冷，比面对沈惜君时……更甚数分！

第四十二章　平阳王府

吃了半晌，东方泽又想起刚才的事，问道：“王妃到底怎么了？”

东方溯咽下嘴里的米饭，淡然道：“忘了我之前与你说的话？”

“之前……”东方泽想了一会儿，试探道，“统兵一事？”

在得到肯定的答复后，他紧紧拧了英气的双眉：“她会上当吗？”

“沈惜君虽骄纵霸道，心思却不复杂，为了讨好于我，她一定会按我安排的路走。”话音刚落，便见一名下人走进来，俯身在东方溯耳边低语了几句。

“知道了，你下去吧。”在下人走后，东方泽好奇地问道：“怎么了？”

“沈惜君刚刚出府，应该是往平阳王府去了。”这句话后，厅中久久无声，东方溯有些疑惑地抬起眼，只见东方泽正单手托腮，一脸古怪地瞧着自己，“怎么了？”

东方泽坐直了身子，拍一拍手：“我在想啊，你究竟是不是我七哥。”

“何出此言？”

“在我记忆里，七哥从来都是不屑于算计的，因为他觉得那是小人行径，可现在……却连自己的枕边人都算计在内，这反差实在有些大。”

东方溯夹起一筷晶莹细长的米粒，淡淡道：“人总是会变的，没什么好奇怪。”

东方泽叹了口气，别人不晓得，他却清楚，东方溯所做的一切都是为了慕千雪，包括违背初心，踏上阴诡算计之路！

“对了，你说有事与我商量，是什么事？”

东方溯的声音令东方泽回过神来，拍着脑袋道：“瞧我这记性，差点儿把正事给忘了，公主让我请七哥过府一趟。”

听到这个名字，东方溯心中一颤，低声道：“何事？”

“夏月没有细言，只说很要紧。另外，她给了我一张清单，让我尽快备齐上面的东西，说是用来制造运送粮食的工具。”

“运送粮食？”东方溯讶然道，“户部不是有许多用来运粮的推车吗，还制来做什么？”

东方泽耸一耸肩：“这个就得七哥自己去问公主了。”

东方溯点点头，在简单用过饭后，与东方泽一道去了慕宅。徐立早已在门口等候，看到他们过来，赶紧迎上去行了一礼：“公主已在正堂等候，二位王爷请。”

东方溯默默点头，一路踩过平整干净的青石板，风徐徐吹来，不时卷起他荻青色的袍角。

在四目相对的那一刻，二人心中皆是一颤，无穷无尽的思念不可控制地从心底深处涌了出来，蔓延在彼此之间……

东方溯强迫自己移开目光，故作冷漠地在椅中坐下：“公主急着叫本王过来，不知是为何事？”

他的冷漠令慕千雪心中微痛，暗自吸了口气，语气平静道：“听九王所言，王爷有意领兵征战南境是吗？”

“他倒是什么都与你说。”东方溯瞥了东方泽一眼，东方泽接过徐立递来的茶，笑道：“我这不是想着七哥一时还没想到万全之策，而公主又素来智计百出，所以想让公主帮着想想办法嘛。”

“这件事本王自有办法，不劳公主费心。”没有人知道，在东方溯看似冷漠的外表下隐藏着怎样的痛苦。

慕千雪在椅中欠一欠身：“恕千雪直言，以王爷现在的处境，至多只有三成机会，而我……可以将这个几率提高到七成。”

“七成？”饶是东方溯早就心知慕千雪之才，在听到这句话时也不禁露出惊讶之色。要知道从知道南境出事到现在不过两天时间。东方洄属意平阳王领兵，现在能有三成把握就不错了，她竟一开口就说有七成。

慕千雪点一点头，对夏月道：“把那东西带到前院。”

夏月依言离去后，慕千雪起身道：“请二位王爷随……咳咳！”话说到一半，她掩唇不停咳嗽，十九扶住她轻轻拍背。

东方溯双手紧紧握着扶手，待得慕千雪止了咳嗽，方才渐渐松开，冷声道：“公主若是身子不适，就去歇着吧，明日再说也不迟。”

“不过是喉咙有些不适罢了，不要紧。”慕千雪努力平复了一下气息，接着刚才的话，“请二位王爷随我去前院。”

他们赶到前院时，夏月骑着一头牛过来，待得仔细看过后，竟发现这是一头用木头做的木牛。

待得木牛停下后，东方泽绕着看了一圈，啧啧称奇：“明明是假的，竟然能够行走自如，真是稀奇，难道里面有人在操纵？”

夏月跳下木牛，打开其腹部的机关，里面除了一些机械杆子之外，空空如也，并不见东方泽所说的操纵者，也就是说，木牛所有行动皆靠其本身。

东方溯毕竟上过战场，见识要比东方泽要多一些，很快意识到这头木牛所代表的意义：“你竟通晓机关术？”

“略知一二，但远不足以做出这样的机关。”

“那此物从何而来？”在东方溯疑惑的目光中，慕千雪将古逸臣之事细细说了一遍，随后道：“每一头木牛腹部皆为中空，可藏粮四五百斤，不吃不喝不眠，只需按时上机关即可，用它运粮，可以大幅度减少粮草在途中的消耗。”

听完她的话，东方泽已是喜上眉梢，拊掌道：“我明白了，公主之前递来的清单，就是用来制作木牛的。”

“不错，我已经与古公子说好，只要材料一送到，他就立刻替我们制作十头与这个一模一样的木牛。”

“我已经让管家去准备，入夜之前应该能够送来一部分。”东方泽一边说一边兴奋地观察着木牛腹中的机关。

最初的惊讶过后，东方溯拧眉道：“虽然这些木牛可以在一定程度上缓解运粮以及粮草不足的问题，但还不足以让陛下倾向于我，七成……妄言了。”

慕千雪垂目道：“王爷所言甚是，所以千雪还备了一份礼呈给王爷。”

东方溯尚未言语，东方泽已是凑过来满脸好奇道：“难道还有其他机关之物？”

“机关术确是妙用无穷，但以古公子目前的造诣来看，还不足以左右战场。”

她的话令东方泽有些扫兴，随口道：“那是什么？”

慕千雪微微一笑，眸光落在十九与徐立几人身上：“都记熟了吗？”

“嗯。”相对于十九的肯定，徐立与另一名下人阿信要显得迟疑许多，徐立为难道：“记是记熟了，但……小人们只是粗通拳脚，又只练了半天，还生疏得紧。”

“无妨，只要按着我教你们的去做就行了。”见她这么说，徐立二人只得答应，取来四柄长剑，他们三个一人一把，剩下那把则递给了东方泽，东方泽面色古怪道：“公主这是要我与他们三人比武吗？”

慕千雪颔首道："不错，十九会将武功控制在与徐立二人差不多的水平，只要一炷香之内王爷破了他们的防守，又或者划破任何一个人的衣裳，这场比武就算我输。"

东方溯蹙眉道："好端端的为何要比武？"

"王爷可还记得《风后八阵兵法图》？"

东方溯思忖片刻，颔首道："记得，我从一名行商那里高价购得，你曾说过，里面记载的阵法博大精深，若能研究透彻，用在行军打仗上，将会有莫大的助益。"说到此处，他神色一动道，"你解析出了那些阵法？"

"这九幅阵法集结先人智慧，千雪虽研究良久，仍是未能悉数参透。"忧色在她眸间一闪而过，缓缓道，"不过我倒是从中领悟出一套简单有效的阵法，因为是以三人为一阵，所以取名为三才阵。"

"三才阵……"东方泽绕着十九三人走了一圈，摩挲着下巴道，"阵法一道，我也略有所知，应用得好可以事半功倍，但……徐立与阿信只是粗通拳脚，十九又仅能发挥一两成的实力，就算有阵法加持，我要伤到他们也不是什么难事。更不要说，他们才只练了半天而已，必输无疑。"

对于他的话，慕千雪只是一脸微笑："既然九王这么有信心，那我们现在就开始吧。"

"既然公主坚持，奉陪就是，刀剑无眼，万一伤到，还请见谅！"在下人点上香后，他屈指一弹清泽如秋水的剑身，下一刻，已是双足一顿，剑锋划破虚空，在翻飞的衣袂中如流星赶月一般地往一脸紧张的徐立刺去。

尽管慕千雪说了十九会控制实力，但出身神机营从死人堆中厮杀出来的她，就算只出一成实力，也远胜于徐立二人。

剑尖不断震颤，眼见就要刺中徐立，东方泽忽地眼前一花，待得重新看清时，对面的人已是变成了十九，紧接着手中长剑一震，"当"的一声，被生生震开，破灭了东方泽一招取胜的念头。

趁着东方泽变招的间隙，十九回头道："冷静些，只管按公主教你们的去做就行了。"

"嗯。"随着徐立二人冷静下来，东方泽感受到的压力越来越大，不论他怎么使招，都无法破开三位一体的防守，反而被逼得步步后退。

这可真是奇怪了，按着他们三人现在的情况，加起来也不及自己一半，偏偏处在下风的那个人是自己，三才阵……当真如此神奇吗？

双方交战，最忌分神，东方泽这个恍惚无疑给了十九机会，当即长剑一震，向东方泽刺去，后者再想避让已是不及，眼见就要落败，一颗石子准确无误击打在十九剑身上，令她失了准头。紧接着，数颗石子接二连三袭向三人，角度刁钻异常，原本密不透风的防守，在这些石头下竟渐渐变得支离破碎，未过多久，徐立便被击中了肩膀。

在用最后一颗石子打落阿信手里的剑后，东方溯拍一拍手，淡淡道："三才阵确有独到之处，明明是三人，联手之后，借助阵法之威有三乘三的功效，进退之间，犹如九人合力。"

"难怪我刚才一直胜不了，原来这样。"恍然之余，东方泽满脸好奇道，"只是我不明白，三人而已，怎么就变成九人之力了呢？"

"阵法与机关术一样，皆是玄妙莫测。"答了一句后，东方溯重新望向一言不发的慕千雪，凝声道，"此阵之所以有奇效，大部分原因在于他们的步法，移形换位，出人意料。但这个步法并不复杂，只要稍通阵法之人在旁仔细观察，便可摸出规律，破了阵法。"

慕千雪叹了一口气，点头道："王爷所得的那本《风后八阵兵法图》并不完整，确切来说，只有半本，所以我能悟出的东西很是有限。"

"半本？"东方溯愕然道："你不是与我说，九幅阵图尽皆完整吗？"

慕千雪苦笑道："我之前也以为完整，仔细研究之后方才发现，每一幅看似完整的图，其实都只是半幅；应该是先人怕心血失传，又恐这本兵法图落在心怀不轨之人手里，会造成生灵涂炭，故而将之拆解成两本，只有寻到另外半本，方能够补全，真正运用那九个阵法以及三才阵。"

东方溯瞧见她眼底的青黑之色，心知她为了研究三才阵，必然没少熬夜，强按下涌上胸口的怜惜之情，冷声道："这么说来，三才阵只是一个废阵？"

"虽然三才阵不完全，但陛下不懂阵法，相信足以瞒过他，这会儿离出征还有九日，九日之内千雪一定为王爷补全阵法！"

东方溯冷笑连连："若本王没记错，这本兵法图落在公主手中已有数月，这么长的时间，公主仅仅只是研究出一个残缺的阵法来，现在却说要在九日之内补全阵法，公主不觉得可笑吗？"

"我既应承了王爷，就一定会做到！"慕千雪话音未落，东方溯便扬声道："不必了，统兵一事，本王自会想办法，不劳公主费这个心。"

夏月看不过眼，蹙眉道："公主为了这个三才阵，连着几日都只睡两三个时辰，昨夜更是彻夜未眠，王爷不心存感激也就罢了，偏还这般奚落，未免过分！"

东方溯走到她身前，扬眉道："本王的事情，何时轮到你这个小小丫头来过问了？”

东方泽连忙上前打圆场：“夏月这丫头一直都是心直口快，七哥莫要怪她。话说回来，公主一向机智过人，说不定真能在九日之内补全这个阵法，不如……”

东方溯冷冷地打断他的话：“你可知战场之上，最要不得的就是‘说不定’这三个字。一旦做错了决定，为之付出代价的，将会是成千上万的士兵性命以及他们背后的家庭。”

“可是……”

“行了！”又一次打断东方泽的言语后，东方溯不假辞色地对慕千雪道，“公主好意，本王心领了，统命之事，本王已有打算，公主不必再费心。”说罢，他拂袖离去，一步迟疑也没有。

“公主别生气，七哥只是……只是……”东方泽想了半天也不知该如何解释，又不能把东方溯的真正心思说出来。

慕千雪掩唇咳嗽了一声，黯然道：“我明白，也怪我无用，看了这么久的阵图，只是研究出一个残缺的阵法，难怪睿王会不高兴。”

“没有，七哥只是不想公主劳心费神，伤了自己身子。”东方泽憋了半天终于挤出一句话来。

慕千雪望着远去的身影，轻声道：“九王能否帮我再劝劝王爷，我答应九王，一定会在九日之内补全阵法。”

东方泽轻咬了牙道：“当然，只是七哥的性子公主也略知一二，我只能尽力而为。”

“我明白，多谢九王。”在目送东方泽离去后，夏月拧眉道：“既然睿王不领情，公主又何必再硬凑上去，由着他自己去想办法得了。”

“终归是我对不起他，咳咳！”又是一阵急咳，令那张本就没什么血色的脸庞变得越发苍白。夏月与十九赶紧扶着她回屋坐下，正好下人端了刚刚煎好的药过来，夏月赶紧侍候着她服下，随即一脸紧张道：“可有好些？”

“好多了。”慕千雪抚一抚胸口道，“去把那本阵图拿来，我想再看看。”

“不行！”夏月一口拒绝，“从昨儿个到现在，公主一直未曾合过眼，再这样下去，阵法还没补全，身子先熬坏了。”

“我没事，快去拿来。”面对慕千雪的吩咐，夏月既不说话也不动，做着无声的抗议。

慕千雪无奈地摇摇头，起身想要去拿阵图，结果还未站直便被十九按回了椅中："欲速则不达的道理，公主应该明白，逼得太紧反而不好，张弛有度，方为长久之计。"

慕千雪的目光在二人身上徘徊片刻，似笑非笑道："你们两个何时变得这么要好，竟联起手来对付我？"

"才没有这样的事。"两人当即一口否认，待得说完，方才发现彼此说的竟是一样的话，顿时满脸不自在。

夏月轻咳一声，掩饰着尴尬道："公主身子孱弱，大夫叮嘱过，一定要多多休养，否则就算服再多的药也没用。"

十九接过话道："这会儿距离出兵还有九日，不必急于一时，说不定一觉醒来，十五那边就有消息了。"

"十五……"慕千雪叹了口气，目光茫然道，"希望真如你所言。"

"好了，公主快去歇息吧，要是十五回来，奴婢立刻去叫您。"在夏月二人的坚持下，慕千雪只得回屋歇息。她也确实累了，躺下不久便沉沉睡去。

再说东方泽那边，一路追到南轩，才让东方溯停下来，在将下人遣退后，他道："七哥，你明知公主一片好意，为何要说那些伤人的话？"

面对他的质问，东方溯什么也没说，只是走到案后默默看着今日刚刚送来的邸报，东方泽哪肯就此罢休，一把抽走邸报："七哥！"

东方溯没有理会，又拿了一份邸报看着，待得再次被抽走后，他叹了口气，抬眼道："我若不那样，以公主的性子，一定会日夜不眠地研究三才阵，到时候她身子怎么办？我问过太医，以她的情况，不可以再熬夜劳神了。"

"可是……"

"没什么好可是的。"东方溯取过他手里的两份邸报，静默片刻，他沉声道，"你得空多去去慕宅，劝公主多加休息，统兵之事我会办妥，让她无须担心。对了，底下人刚刚找来几味不错的药材，你得空时给公主送去。"

东方泽无奈点头，心里不住叹息，明明那样紧张在意，却要装出一副漠不关心的样子。这种折磨，换了是他，断然受不了。

平阳王府中，平阳王妃愕然望着站在自己面前的沈惜君问道："你说什么？"

"女儿希望母亲劝陛下，让王爷替父亲领兵出征。"沈惜君一字一句地说出她此行的目的。

平阳王妃怔怔看着她，好一会儿方才缓过神来，皱了两道细细的柳眉："是睿王让你来说这些的？”

“与王爷无关，是女儿自己的意思。”

“荒唐。”平阳王妃斥道，“此乃军国大事，岂容你来议论。”

沈惜君不以为然道：“女儿也是大周子民，为何不能议论？”

“总之就是不许再说了。”面对平阳王妃的言语，沈惜君不乐意道：“王爷英勇善战，能大败齐国，他领兵出征，比父亲合适。”

“你懂什么！”平阳王妃冷眸道，“睿王虽曾得胜，但仅仅只有一战，岂能与你父亲相提并论。再说此次出征，关乎大周安危，不可有半点儿闪失。”

“不错，父亲是身经百战，但是母亲不要忘了，父亲已经年过五旬，去年还曾摔下马跌断了右腿，虽然休养多时，但每逢阴雨天这右腿还是会隐隐作痛。”

“你的意思是说你父亲老了，不中用了是吗？”平阳王妃冷冷说着，若非眼前所站之人是她最心疼的女儿，早已下令赶出去。

“女儿不敢，女儿只是担心父亲，不想他一把年纪还要领兵出征，风餐露宿，甚至……甚至不知道自己什么时候会丢了性命。”

平阳王妃眼皮狠狠一跳，厉喝道：“闭嘴！”

沈惜君倔强道：“女儿自知放肆，但女儿说的句句都是实话。母亲，难道您一点儿都不担心吗？”

平阳王妃紧紧抿着唇，事实上，自从平阳王告诉她会领兵出征后，她无时无刻不在担心。两人成亲二十余载，前十几年，平阳王经常征战沙场，每次分别，她都提心吊胆，唯恐那一别是夫妻永诀。后来边境安定，不再出征，以为从此可以夫妻相伴到老，不曾想齐国突然犯境，平阳王又要再度上战场。

许久，平阳王妃抬眼盯着沈惜君，似要看到她心里去：“我自是担心你父亲，那你呢，惜君，睿王出征，你就不担心吗？”

沈惜君目光一颤，低头绞着绢子，平阳王妃取过那条皱巴巴的绢子，凉声道：“到底出了什么事？”

沈惜君见瞒不过，只得委委屈屈地将事情说了一遍，平阳王妃愕然道：“昨夜睿王没有与你圆房？”

这句话犹如一根刺，狠狠扎进沈惜君胸口，痛得她落下泪来，哽咽道：“莫说圆房了，他连走都没走进来过。”

阿紫一边替她拭了泪一边道：“要奴婢说，最过分的就是平妃。王爷昨夜喝多了酒，分不清东院西院，可她没喝，看到王爷过去，理应让人送回东院才是，偏偏她却与王爷圆了房。莫说是宗姬，就连奴婢都咽不下这口气，更不要说王爷刚才还为她训斥宗姬。”

沈惜君泣声道：“现在就这样，往后怕是连立足之地都没有了。”

“她敢！”平阳王妃柳眉一竖，冷声道，“不管怎样，你都是睿王正妃，她还能踩到你头上不成！”

“她现在已经踩了！”沈惜君越说越伤心，“也不知她给王爷灌了什么迷汤，让王爷这样护着她！”

“你还好意思说！”平阳王妃瞪了她道，“我早与你说过，睿王非你良配，你偏不听！”

“现在嫁都嫁了，说这些还有什么用。再说了，要不是父亲昨儿个在陛下面前说得那样过分，王爷何至于生我的气。”见平阳王妃不说话，她跺一跺脚道，“母亲不肯帮就算了，我自己去与陛下说！”

“站住！”平阳王妃喝住她，面色铁青道，“你不要命了是不是？”

沈惜君赌气道：“对，就是不要了，高兴了吗？”

“你！”平阳王妃气得说不出话来，逐春扶着她在椅中坐下，柔声劝道，“王妃息怒，宗姬毕竟还小，慢慢与她说。”

“她都已经十九了，还小什么。”平阳王妃冷冷地说着，僵持半晌，终归是狠不下这个心，僵着脸道，“不许去陛下那里胡闹，至于统兵一事……你让我想想。”

沈惜君等的就是这句话，当即答应，一言不发地站在那里，连大气也不敢喘，唯恐打扰了平阳王妃思索。

过了约莫一炷香的工夫，平阳王妃抚着月蓝云纹长衣，凝声道：“齐国隐忍十余年，如今一朝发难，必然非同小可，虽说主帅有三军护卫，却也凶险万分，你就不怕睿王出事？”

沈惜君贝齿轻咬：“王爷英勇过人，女儿相信他一定可以平安归来！”

“凡事皆有万一，万一他无法归来，待要如何？”

沈惜君神情一慌，紧接着道：“没有万一，王爷一定会归来！”这句话，与其说是说给平阳王妃听，倒不如说是在说给她自己听，马革裹尸还……她想都不敢想！

平阳王妃盯了她片刻，长叹一声：“罢了罢了。”

沈惜君心中一喜，连忙道：“母亲同意了？”

“我会尽力为之，但是否改由睿王领兵出征，还要看陛下的意思，我保证不了什么。”

沈惜君赶紧道："女儿明白，多谢母亲。"

望着笑靥如花的沈惜君，平阳王妃摇头对逐春道："瞧瞧，也不知这女儿生来做什么，一心向着外人。"

逐春笑道："睿王现在是咱们平阳王府的姑爷，算不得外人。"

"就是。"沈惜君蹲在平阳王妃膝前撒娇道，"再说了，女儿这不也是担心父亲安危嘛！"

平阳王妃捏一捏她小巧的鼻子，宠溺道："真是拿你没办法。"

沈惜君嘻嘻一笑，侧头枕在平阳王妃膝上，由她一下一下拍着自己的背，就像小时候那般。

沈惜君是幸福的，自幼得平阳王夫妇百般呵护，得尽宠爱。但同时，她也是不幸的，她最爱的那个人，只是视她如棋子！

两情相悦谓之曰爱，那么一厢情愿又是什么……

第四十三章　万宝阁

慕千雪这一觉，足足睡到黄昏时分方才醒来，在侍候她梳洗后，夏月笑道："这睡了一觉，气色果真是好多了。"

慕千雪抚一抚脸颊，忧声道："但还是不曾想到补全三才阵的法子。"

"公主聪明绝顶，从来没有事情可以难倒公主，奴婢相信这一次也不例外。"说着，她扶起慕千雪道，"不过眼下最要紧的是赶紧去用膳，饿着肚子可想不了办法。"

慕千雪被她引得笑了起来："来了北周那么久，别的没见你长进，就是这嘴皮子功夫越来越利索。"

夏月嘻嘻一笑，扶着她来到偏厅用膳，刚用了几口，多日不见的十五忽地走了进来，低声道："公主，有那半本兵法图的消息了。"

慕千雪面上泛起一丝喜色："在哪里？"自从发现《风后八阵兵法图》被拆解成两本后，她就让十五设法寻找另一本阵法图。

"在东街一家拍卖行手里，明天就是拍卖的日子，到时候半本兵法图会与其他珍宝一起拍卖，价高者得。"

"拍卖行……"慕千雪徐徐重复了一遍，"什么名字，他们从何处得到这半本兵法图？"

"拍卖行名为万宝阁，我只打听到兵法图是别人寄放在他们那里拍卖的，至于对方身份来历，万宝阁不肯透露分毫。"

十九皱眉道："既知兵法图所在，为何不设法将之取来？"她口里的"取"自是指"盗取"。

十五那张一向没什么表情变化的脸庞因她这句话泛起一抹苦笑："你怎知我没去

取过？”

十九一怔，旋即神色古怪道：“难道失败了？”

十五点点头，神色凝重道：“我刚靠近藏宝阁，就被看守的人发现了，那些人不知是何来历，皆是一等一的高手，若非我善于隐匿之术，难以全身而退！”

“区区一个拍卖行，竟然藏有这等高手。”十九满面愕然，十五武功如何她很清楚，放到江湖上，当可以跻身十大高手之列。

“这家万宝阁来历很是神秘。据说自大周立国开始，就已经存在于金陵城中，百年来历经风雨，一直屹立不倒。每月拍卖一次，每次所拍无一不是稀少罕见的珍品，令城中王公贵族趋之若鹜。可以说，万宝阁每次开拍，都是金陵城中一场不小的盛事，听闻连宫中那位都微服去过万宝阁。”

慕千雪细细听着，待他说完后，道：“这么说来，盗取是行不通了？”

十五思忖片刻，道：“如果将十六他们全部调集过去，或许可行，但一来我们不清楚万宝阁真正的实力，二来动静太大，并非良策。”

慕千雪也是这个意思：“既然这条路行不通，只有明日用真金白银去拍下兵法图。”说着，她对夏月道，“我们还有多少银票？”

夏月想一想，如实道：“大约还有一千两。”

慕千雪眉头紧蹙，一千两听起来不少，但明日会去万宝阁的都是王公贵族，这群人最不缺的就是银子，想凭一千两从他们手里抢到兵法图根本不可能。

慕千雪唤过夏月：“你去一趟穆王府，请九王过来一趟，另外告诉他，我问他借一万两！”万宝阁的半本兵法图，她势在必得！

“一万两？”夏月骇然惊呼，“只是半本残书罢了，就算每一张纸都是黄金做的，也不值那么多银子。”

“这本兵法图真正的价值，并非金银所能衡量，一万两……并不多，快去吧。”

“是。”夏月无奈答应，趁着天色未黑，离开慕宅往穆王府行去。约莫等了一个时辰，外面响起急促的脚步声，紧接着东方泽走了进来，夏月跟在他身后。

一跨过门槛，东方泽便迫不及待地问道：“公主，夏月说那半本兵法图在万宝阁，可是真的？”

在示意他坐下后，慕千雪徐徐道：“十五仔细打听过，当不会有假，只是万宝阁有高手把守，我们无法靠近，只能等明日拍取那半本兵法书。”

东方泽恍然道：“前阵子听说万宝阁得了一本稀罕的兵书，原来就是这个。”说着，他从怀里掏出一沓银票，“这里是七千两，剩下的那些，我让管家在筹了，明日拍卖之前就能送来。”

“多谢。”慕千雪接过银票，感激道，“这次真是麻烦九王了，九王放心，这银子我会设法还给你。”

一听这话，东方泽当即摆手道：“可千万别，公主拍买这半本《风后八阵兵法图》皆是为了七哥，我就算要讨债，也该是问七哥去讨才对。”

提及东方溯，慕千雪眸光一黯，轻声道：“王爷……可还好？”

“他没事，倒是公主，别将七哥之前的气话放在心上，他这个人就是嘴不对心，其实心里头比谁都关心公主。”

夏月撇嘴道：“关心？奴婢怎么没看出来？”

“你一个小丫头片子能看出什么来，别插话。”东方泽不理会气呼呼的夏月，继续朝慕千雪道，“七哥也有他自己的难处，还望公主多多谅解。”

“我明白。”慕千雪神色惆怅道，“若非我，睿王不至于娶沈惜君为妻，终归是我对不住他。”

东方泽叹了口气：“事已至此，多思无益，眼下最要紧的是好好保重身子，往后七哥还有许多要倚靠公主的地方。”

慕千雪微微一笑，道：“九王放心，千雪一定尽己所能，助睿王踏入承德殿。”

“一言为定！”这般说着，东方泽想起一事来，拍一拍手，很快有下人捧着大小不等的三个锦盒入内，小心翼翼地摆在长几上。

“这是七……七天前寻到的几味药材，与人参一样有强壮滋补的功效，但药性比人参温和许多，最是合适公主服用。”东方泽一时口快，差点儿把实话说了出来，幸好及时反应过来，生生将“七哥”改成了“七天”。

慕千雪没有起疑，笑言道：“九王有心了，只是你这隔三岔五就送药来，我就一个人一张嘴，哪里吃得完，库房里还堆着许多呢。”

东方泽当然不能说是东方溯让他送来的，嘿嘿笑道：“那就留着慢慢吃。对了，明儿个我要上朝，抽不出空来，我让管家陪你们去万宝阁，他以前随我去过几次，知道那里的规矩。”

夏月不以为然道：“不就是一个拍卖行嘛，还有什么规矩？”

“那可不是一个普通的拍卖行，但凡进了那里，就一定得遵守万宝阁老板定下的规矩，谁若违反了规矩，轻责受皮肉之苦，重则……”东方泽比画了一个抹脖的动作，将夏月吓了一大跳，面色苍白道：“这……这不可能吧，金陵城可是天子脚下，万宝阁怎敢这般放肆，再说……京兆府不管吗？”

“若是明着杀人，京兆府当然管，可……”东方泽冷冷一笑，“没凭没据的，你倒说说怎么管？”

夏月被他说得一头雾水：“什么没凭没据，不是杀人了吗？”

东方泽掸一掸墨色弹花长袍，凉声道：“与你说一件我知道的事吧。几年前，一个侯府公子在万宝阁竞拍一件奇珍，最后倒也确实被他拍到了，但临付账的时候，他又反悔了，觉得价格太高，想要压价一半，万宝阁当然不肯，那边的规矩一向都是以落槌价为准，莫说一半，就连一分银子都不让。侯府公子仗着自家在金陵城有几分势力，不将万宝阁放在眼中，强行带走了那样奇珍，至于银子……呵呵，一两都没给。

“平白得了一件奇珍，自是沾沾自喜，逢人便说这件事，岂料仅仅过了五日，侯府公子在自己房里被人割了头颅，那件奇珍也不翼而飞。他的家人当即去了京兆府报案，明眼人一看便知是万宝阁做的案，魏敬成也确实连夜包围了万宝阁，可不论他怎么查怎么盘问，都没有一点儿线索。反倒是惊动了一位老皇叔，他与万宝阁老板是至交，得知魏敬成没凭没据便抓人审问，大为生气，将他召到府里一顿呵斥，魏敬成被斥得灰头土脸，只能将万宝阁众人放了，这件案子也不了了之。”

夏月听得咋舌不已：“虽说那位侯府公子做得过分了些，但也不至于要杀人啊！”

东方泽冷笑道：“事情还没完呢，就在那位侯府公子死后，侯府的人接二连三发疯，最后一府十余人尽皆发疯，连八十岁的老夫人也不例外。”

“啊！”夏月骇然色变，“这事……怎么这么邪门？”

“为着这事，京兆府又传唤过万宝阁上下几次，最后还是因为没证据作罢。从那以后，再没有人敢不守万宝阁的规矩，真凑不足银两的，宁可放弃也不敢强夺珍宝。”说着，他屈指叩一叩小几，道：“一万两虽说不少，但放在万宝阁，还是少了一些底气，这样吧，我回去再想想办法，凑个一万五千两给公主，一定要得到那半本兵法书。”

“那就多谢九王了。”慕千雪没与他客气，眼下再没有什么比那半本兵法书更重要的了。

一夜无语，翌日清晨，穆王府管家白福带来八千两银票，与昨夜那七千两加在一起，凑足了一万五千两。

万宝阁位于东街，慕千雪一行到的时候，万宝阁尚未开门，不过外面已经排着一条长长的队伍，有几分像等候派米施粥的百姓，不过这里所站之人，无一不是锦衣华服的贵公子。他们三三两两聚在一起低声议论着，不时翘首看一眼紧闭的大门。

等了差不多一炷香的工夫，万宝阁的门终于缓缓打开，两名壮汉像铁塔一样站在门口，在他们后面摆了一张桌子，一个账房模样的中年人坐在那里。

队伍徐徐向前移动着，夏月眼尖，看到每一个进去的人都会往中年人手里塞一叠纸，而中年人每次收下后，都会低头写上几笔，她好奇地问道："白管家，他们在做什么？"

白福嘿嘿一笑："这是在塞银票呢。"

"银票？"夏月惊讶道，"为什么要塞银票给他？"若说给个几两银子打点还说得过去，可每个人塞的都是厚厚一叠银票，少说也在千两，这太不寻常了。

"万宝阁的规矩，任何人带来的银子，都要交给此处的账房，由他统一保管，一旦拍卖会上喊价超过他所带来的银票，就会被取消资格，至于银票，嘿嘿，恕不奉还。另外，若是少于五千两，连进万宝阁的资格也没有。"

夏月难以置信道："这……这算什么规矩，简直就是抢钱。"

白福笑一笑道："要是不喜欢这规矩，可以选择离开，可一旦踏入万宝阁，就必须遵守，谁也不能例外。不过万宝阁很讲诚信，只要没违反规矩，客人离开时，必定双手奉上代为保管的银票，一分都不会少。"

说话间，已是轮到他们，慕千雪将一万五千两银票悉数交给那名账房，后者见是一名女子，有些惊讶，打量着白纱覆面的慕千雪道："姑娘贵姓？"

"小女子姓慕。"得了慕千雪的话，账房点点头，执笔在册中记下"慕氏，银一万五千"七个字，在递过一块写着"十七"的牌子时，提醒道："慕姑娘按着这个位置去坐就行了，另外慕姑娘想是第一次来我们万宝阁，提醒一句，待会儿竞拍之时，最高不可超过一万五千两，否则不只竞拍作废，这些银票也会被没收。"

"小女子明白，多谢先生提醒。"慕千雪接过牌子，带着夏月等人走了进去，莫看万宝阁门面小小的不起眼，里面却是宽敞富丽，桌椅摆放错落有致，且每一张桌子皆用绘有四季花卉的屏风隔开，确保各桌客人相互之间不受干扰。总共约三十余桌，超过这个数，万宝阁便不再接待，晚来的客人只能败兴而归。

三十余张桌子很快便坐满了人，有侍女一一奉上香茗点心以及今日拍卖的目录名册，上面所列的第一样东西便令夏月大吃一惊："东汉青铜鼎？东汉灭亡距今已有千年，就算是皇宫之中，也难觅东汉之物，万宝阁又从何而来？"

"这就是万宝阁的神奇之处，总能搜罗到世间罕见的宝贝。"说着，白福接过名册一一看着，待得在最底下寻到慕千雪所要的那半本兵法书时，眉头顿时拧成了一个川字。

慕千雪留意到他的神色变化，问道："怎么了？"

白福神色沉沉道："启禀公主，但凡列在最后的皆为万宝阁压轴宝物，起价便是一万两。而且据奴才跟随王爷来万宝阁的几次见闻，没有一样压轴宝物最终的成交价低于三万两！"

"三万两？"夏月咋舌不已，继而想起他们眼下所面临的问题，"我们只带了一万五千两，按白总管所说，岂非没可能拍下这半本兵法书？"

白福也是一脸费解："万宝阁每次压轴之物，皆是稀世奇珍，世间罕见。"说到这里，他朝慕千雪拱手道，"恕奴才斗胆问一句，究竟这半本兵法书有何神奇之处，能被列为稀世奇珍？"

"此书所列的阵法，对于两军交战有着莫大的助益，说一句稀世奇珍也不为过。"含糊答了一句后，慕千雪蹙眉道，"这万宝阁可接受加注？"

"自是可以，但……"白福为难道，"一时半会儿间，去哪里找上万两银子。刚才那一万五千两，是王爷能够调动的所有，想要筹调更多，怎么着也要数日时间，可万宝阁不会等。"

慕千雪紧紧咬着贝齿，兵法图对东方溯至关重要，一定要取到手，只是……一文钱尚且逼死英雄好汉，更不要说上万两银子了。

粉红芳菲的桃花静静盛开在白釉花插之中，二月初的天，尽管春意渐起，但尚不是桃花盛开之时，也不知这万宝阁用了什么法子，竟然令桃花提前一个月绽放。

在一番短暂的静默后，慕千雪道："十九，你去一趟睿王府，请睿王想办法，算算时辰，这会儿应该已经下朝了。"

夏月眼皮一跳，迟疑道："公主，王爷还在与您置气，这个忙……他会帮吗？"

"事情有轻重缓急，相信王爷一定会帮这个忙。"说着，她对十九道，"时间不多，快去吧，能筹得多少算多少，此处……我尽量拖着。"

"我知道了。"十九知道事情紧急，迅速离开万宝阁，解下套在马车上面的马，一路策马飞奔赶到睿王府。

头发花白的门房见只有她一人，惊讶道："你怎么过来了，公主呢？"

"我有急事要寻王爷，他可回来了？"

"刚刚回来，这会儿应该在南轩。"门房话音未落，十九已是衣袂带风地奔了进去，令门房惊讶不已，他还是头一次看到十九这样心急火燎，也不知是出什么事了。

到了南轩，果见东方溯在里面，但另一个人也在。

赵平清惊讶地打量着不经通传就擅闯进来的十九，问道："你是……公主身边的十九姑娘？"

十九没理会她，朝东方溯行了一礼，急切道："王爷，奴婢有要事禀报。"

东方溯神情微微一变，对赵平清道："你先回去吧，本王晚些去看你。"

十九的漠视令赵平清心中不快，不过她城府甚深，自不会将心思表现在脸上，温顺地屈一屈膝："妾身告退。"

待得赵平清出去后，东方溯快步来到十九身前，紧张地问道："可是公主有什么事？"

"王爷放心，公主安然无事，只是有一事急需王爷襄助。"十九的回答令东方溯松了一口气，回身坐下后道："什么事？"

"十五打听到另外半本兵法书在万宝阁，今日就会拍卖，但公主带去的银两不够，九王那边一时又凑不出更多的银两来，所以让奴婢来找王爷帮忙。"

"还差多少？"

"总数差不多要三万两，如今公主手里有一万五千两，也就是说还差了一万五千两。"听到这个庞大的数字，东方溯双眉顿时拧了起来，他虽贵为亲王，但承帝在世之时并不重看他，所以他的庄园、田地在诸王之中都是最少的。

见东方溯不说话，十九以为他还在生慕千雪的气，解释道："公主之所以要拍这半本兵书，都是为了王爷，还请王爷以大局为重！"

"本王明白。"东方溯没有解释什么，将蔡元唤进来道，"府中还有多少银两？"

蔡元一怔，如实道："回王爷的话，大概有七千两。"

这个回答令东方溯双眉越发紧皱："只有这么些？"

"您刚刚大婚，今年的俸禄又还没有下来，所以……只剩这么些。"说着，蔡元抬了眼小心翼翼地问道，"王爷您问这个做什么？"

东方溯没有回答他的问题，思忖片刻道："立刻去将这七千两取来交给十九，另外，你随我去一趟宝恒银号。"

蔡元吓了一跳，试探道："七千两全部……都取来吗？"

"对，全部取来，快去。"在蔡元离去后，他对十九道，"你先拿这七千两过去，剩下的，我再想办法，会尽快送去万宝阁，你让公主别太担心。"

"嗯。"在十九拿着七千两银票赶去万宝阁后，东方溯也带着蔡元去了金陵城中最大的一家银号宝恒银号。

"你说什么，王爷将府中余银全部都提清了？"西院中，赵平清满面诧异地望着刚刚回来的紫燕。

“千真万确。”紫燕连连点头，“奴婢一路跟着蔡总管来到账房。他走后，奴婢去问了账房先生，他亲口与奴婢说，蔡总管奉王爷之命，提走了府中所有银票，七千两，一两都不剩！”

“王爷这是要做什么？”赵平清喃喃自语，十九的突然出现令她很是意外，故而命紫燕暗中留意南轩的动静，没想到竟会是这样。

紫燕转着眼珠子道：“蔡总管前脚回去，十九后脚就走了，奴婢想着……那些银票很可能是拿给十九的。”

赵平清脸庞微微扭曲，冷笑道：“十九不过区区一个丫头，哪里配拿七千两，分明就是给璇玑公主的，只是想不出来她要这么多银子做什么。”

“这个奴婢也不清楚。”说着，紫燕又道，“可要奴婢出去打听一下？”

“不必了。”赵平清抚着衣襟上精致的夹竹桃绣花，在紫燕不解的目光中徐徐道，“让别人帮我们去打听不是更好吗？”

紫燕还在思索这个“别人”是指谁时，杜鹃已是反应过来：“娘娘可是说王妃？”

赵平清嫣然一笑：“这么好的棋子放着不用，实在浪费，杜鹃你说是不是？”

杜鹃抚着红肿未消的脸颊，森森道：“鹬蚌相争，渔翁得利！”

听着她们的话，紫燕哪里还会不明白，笑意深深道：“奴婢这就去安排。”

且说东方溯那边，与蔡元快马加鞭赶到宝恒银号。一进门，不等伙计招呼，便立刻道：“去请你们掌柜的出来，本王有事与他说。”

伙计每日在银号迎来送往，见多了形形色色的客人，早就练就了一双火眼金睛，见东方溯衣着不凡，又自称本王，不敢怠慢，小心翼翼地问道：“不知这位爷怎么称呼？”

蔡元揉着被颠疼的腰，上前道：“我家王爷乃是当今睿亲王，赶紧去把你们掌柜叫出来。”

“是是是。”见真来了一位王爷，伙计不敢怠慢，赶紧去了后院。不多时，一个身形富态的中年人走了进来，蔡元认得他，在东方溯耳边道：“王爷，他就是宝恒银号的掌柜陶安。”

说话间，陶安已是来到近前，睁着一双绿豆眼，满面笑容地拱手道：“王爷大驾光临，实在令小号蓬荜生辉！”

“陶掌柜客气了，本王今日来，是有一事想请陶掌柜帮忙。”说着，东方溯又道，“能否借一步说话？”

“当然可以。”陶安满口答应，引着东方溯二人来到一间静室中，待得下人奉茶退下后，他试探道，“不知何事能为王爷效劳？”

东方溯知道慕千雪正在万宝阁急等着银子，无暇与陶安绕弯子，开门见山道：“本王急需一笔银两，但一时间又没有那么多的现银，所以想问贵号借银！”

陶安颔首道：“不知王爷想要借多少银两？”

东方溯伸出三根手指：“三万两！”尽管十九说只需三万两，但万宝阁是什么地方他很清楚，三万两在那里根本顶不了什么事。他这里凑个三万两，再加上之前七千两以及慕千雪手上有的，五万两差不多能够在万宝阁站稳。

“三万两？”饶是陶安见多识广，乍闻这个数字也是吓了一跳，好一会儿方才定下神来，“王爷知道，但凡银号借银，皆需质押之物，不知您用什么来质押？”

蔡元在一旁拧紧了眉毛，据他所知，自家王爷手里莫说是价值五万两的东西，就算是值一万两的也没有，实在是令人为难。

东方溯自袖中取出几张纸递过去：“本王在金陵城外有三间庄园与六百亩田地，这是屋契与田契，请陶掌柜过目。”

陶安双手接过，待得一一看过后，赔笑道：“恕小人直言，王爷这些庄园与田地，加在一起，至多只能借两万两，三万两……实在是没办法。”

东方溯似乎早料到陶安会有这般言语，并未露出任何不悦之色，只是从怀里取出一个锦盒：“再加上这个呢？”

陶安满面狐疑地接在手里，他在金陵城中经营宝恒银号多年，城里的王公贵戚不说了如指掌，却也略知一二。刚才那些屋契田契，应该是眼前这位睿王所有的家财了，还有什么东西能比之更值钱？

带着这个疑问，陶安打开了锦盒，里面并没有他意想中的奇珍珠宝，只有一方小小的鎏金印鉴，上面刻着“睿亲王印”四个字。

看到上面的刻字，陶安双手一哆嗦，忙不迭将它放回盒中，递还给东方溯：“小号万万不敢收此物，请王爷收回。”

蔡元也看清了那方印鉴上的刻字，急忙道：“王爷您怎么能拿这印鉴来抵押，这万万不可。”

莫要小看这方印鉴，那可代表着东方溯的亲王身份，万一让有心人知道他竟拿此物来抵押借银，一定会去陛下面前告状。

东方溯没有理会蔡元，盯着满面惶恐的陶安：“本王既拿了出来，断无收回之理，相信这枚印鉴，足抵一万白银。”真正值钱的不是这枚印鉴，而是它背后代表的意义。

“是足抵了，可这东西，小号实在不敢收啊。”陶安这会儿早已维持不住脸上的笑意，愁眉苦脸道，“王爷您就别为难小人了。”

“如非迫不得已，本王也不会来此，还请陶掌柜务必帮本王这个忙。”说着，东方溯起身朝陶安施了一礼，令陶安不知如何是好。

陶安思忖半晌，搓着手道：“不然这样，小人以高出市价两成的价格，收您这几份屋契地契，也就是两万四千两。”这个价格几乎是这些庄园田地的实价了，一旦东方溯到时候不来赎回，宝恒银号勉强能够回本。

蔡元上前在他耳边劝道：“王爷，两万四千两不少了，不如……就这样吧。”

“本王心中有数，你不必多言。”在蔡元退下后，东方溯道，“本王知道陶掌柜担心什么，一个月内，本王必会来赎回印鉴，利息也会一分不少。”

“小人不是这个意思，只是……实在没这个规矩啊！”陶安万般为难地盯着手里那方沦为烫手山芋的印鉴，不知该怎么说下去。

“本王知道此事令陶掌柜为难，但事情紧急，还望陶掌柜通融一二。这份人情，本王一定会牢记在心！”说着，他又朝陶安施了一礼，陶安侧身避过之余，长叹了一口气，无奈道：“罢了罢了，小人帮这个忙就是了。”

他的话令东方溯露出一抹喜色：“多谢陶掌柜。”

“王爷稍等。”说完这句话，陶安走了出去，再回来时，手里多了一沓银票，每张一千两，整整三十张。金陵城中虽然银号不少，但能够随时随地拿出几万两银票的，就只有宝恒银号一家，这也是东方溯选择来此的原因。

待得东方溯点算清楚后，陶安重新取过装有印鉴的锦盒递给东方溯：“三万两银票，就当是那些屋契与地契的当银，这枚印鉴，还请王爷收回。”

他的话令东方溯颇为意外：“那些庄园与田地，并不值三万两这么多。”

陶安笑道：“加上王爷之名，可不就值三万两了吗？”

东方溯明白，陶安这是有意在卖人情给自己，点头道：“多谢陶掌柜。”

辞别陶安之后，东方溯当即带着银票赶往万宝阁，这个时候，万宝阁里正在进行着紧张的竞拍。

“上古青铜剑一柄，以古法铸造，削铁如泥，起价一万两，每次加价不得少于一千两。”台上传来主持者的声音，是一名身着墨色长袍的中年人。

夏月忐忑道：“这已经是倒数第二样，下一件便是《风后八阵兵法图》了，公主您说睿王他能筹得到剩下那八千两吗？”

“应该可以。”话虽如此，慕千雪双手却紧紧绞着，这次拍卖会，万宝阁拿出的好几样东西都拍到了上万两的价格，两万两千两的银子……实在令她没什么把握。

上古青铜古剑的竞拍如火如荼地进行着，不过一会儿工夫，已是叫到了两万两，且还在不断继续往上升，最终以两万七千两的价格成交。

在片刻的歇息后，中年人捧上一个锦盒，打开来后，里面是一本薄薄的书册，封面上书：《风后八阵兵法图》。

“诸位贵客，今日压轴的宝贝，就是这本《风后八阵兵法图》。”

坐在慕千雪他们左侧的一位客人不以为然道：“不过是一本书罢了，算什么宝贝？”

中年人笑道：“贵客有所不知，这本《风后八阵兵法图》乃是黄帝与其大将风后研创，黄帝正是用这本书中记载的阵法，北清涿鹿，南平蚩尤，底定万国，最终一统中原。此书共有九幅图，一幅为八阵正图，另外八幅则是八个阵式，只要参透这九个阵法，就可以在战场上攻无不克，战无不胜。”

他这番话引起了不少人的兴趣：“这本兵法图当真如此神奇？”

中年人唇角微弯，反问道：“我万宝阁何时拍卖过不对板的货物？”

这句话问得众人哑口无言，是啊，虽说万宝阁规矩大，但所拍货物，无一不是货真价实，物有所值。否则他们也不会趋之若鹜，心甘情愿地带着大把大把银票过来。

见他们不再言语，主持者清咳一声，继续道：“不过《风后八阵兵法图》经数千年流传，被人拆解成了两本，今日拍卖的是其中一本。”

一听这话，台下有人道：“这么说来，若找不到另外一本，岂非没用？”

中年人微笑道：“贵客要这么说也可以，不过此书集先人之智，就算只得半本，也足以令我等获益良多。”在将锦盒合起后，他道，“《风后八阵兵法图》起价一万八千两，竟拍开始！”

底下众人一片哗然，谁都知道万宝阁的压轴宝物不会便宜，但一万八千两的起价，还是令他们吃了一惊，要知道以前最贵一次起价也不过一万五千两。

《风后八阵兵法图》……当真有这么神奇吗？

尽管心存怀疑，但并不妨碍他们竞拍，在座者，至少有一半人对万宝阁有着一种盲目的信任。

价格很快就出到了两万两千两，报出这个价格的正是慕千雪，十指紧紧绞着，浑然不知指节已被绞得发白。这已经是她所能喊出的最高价了，希望不要再有人加价了，否则……

可惜，上天并未如慕千雪所愿，仅仅片刻，左侧便传来一个清亮的男子声音：“两万三千两！”

慕千雪脸色倏然一白，终归……还是有人加价了！

夏月急得满头是汗，不住张望入口处：“睿王要是再不送银子来，这兵法图可就要被别人拍走了！”

“还有哪位出价比两万三千两更高的吗？”中年人的声音落在慕千雪一行耳中，犹如催命符一般。

“当真不能继续喊价了吗？”十九问着白福，面色难看极了。

白福无奈道：“不能了，否则不只会失去拍卖资格，连交给他们保管的银票都拿不回来。”

夏月不停地张望入口，急声道：“这个睿王，都火烧眉毛了，还不把银票送来，真想这兵法图落在别人手上不成？”

说话的这会儿工夫又叫了几轮，这会儿已是到了两万七千两，出价最高的仍是七号桌的客人。

台上中年人在喊了两遍后，笑眯眯道：“如果没有人出价比两万七千两更高，那么这本兵图，就归七号客人所有了。”

就在中年人拿起了小槌子作势欲敲下时，一名万宝阁的侍女快步来到慕千雪身侧，在她耳边低语一句，后者双眸一亮，赶在小槌落下前喊道：“两万八千两！”

十九一怔，随即会意过来：“公主，可是王爷到了？”

在慕千雪颔首后，夏月松了一口气，抚着还在突突乱跳的胸口道：“可算是赶到了，再晚一步，就算筹到银两也没用了。”话音未落，那个已经喊价数次的清亮声音再次响起，价格被叫到了两万九千两。

夏月刚刚有所舒展的眉头又紧紧蹙了起来，恼声道：“这个人想与我们争到什么时候，再这样下去的话，三万两也不够了。”

慕千雪含笑道：“睿王送来的足有三万两，加上咱们之前有的，共有五万两千两，应该足够了。”

“三万两？”夏月咋舌道，“睿王何时变得这般有钱？”要知道加上十九之前拿来的那些，东方溯总共给了整整三万七千两，是东方泽的一倍还要多。

十九也是满腹疑惑，她跟了东方溯几年，对他的情况再了解不过，就算将库房里的东西都拿去典当，也不值三万两。

“王爷……”慕千雪睫毛微垂，在面颊上投下一片形如弯月的鸦青色，“应该是将所有庄园田地的契约都拿去抵押了。”

“啊！”夏月轻呼一声，“若是到时候赎不回来，岂非损失惨重？”

慕千雪抬起眼，盯着摆在台上的兵法图，徐徐道：“王爷知道此物的重要，故而做了破釜沉舟的打算，兵法图……绝不可旁落于他人之手。”说话时，眼角余光瞥过七号桌的位置，眸中隐隐有几分担心。

十九留意到她的目光，冷声道：“公主放心，除了我们，谁也别想从万宝阁带走兵法图！”东方溯要的东西，谁都休想染指，之前若非怕动静太大，早就将兵法图夺走了，哪里还用像现在这样，倾尽所有来竞拍。万宝阁就算再强，也不可能强过整个神机营。

“三万两！”

“三万一千两！”

……

“四万五千两！”

“四万七千两！”

其他客人都放弃了竞价，饶有兴趣地看他们二人争夺不休。现在这个价，已是超过了万宝阁历年来拍卖物的最高价，而且看样子还没有到尽头。

在叫出五万两时，慕千雪手心尽是黏腻湿冷的汗。这个七号桌的客人也不知是何来历，竟然一路与她叫价，丝毫不肯相让，她手里剩下的银子，只够再叫一轮，如果到时候他还不肯收手，那……

这一次，七号桌客人没有与之前一样立刻加价，久久未曾作声，似乎是难以承受越来越高的价。就在所有人都以为这次万宝阁压轴宝贝会花落慕千雪他们那桌时，七号桌叫出了一个惊人的价格：“六万两！”

这个价格一出，举座皆惊，每一个人都看向七号桌的方向，暗自猜测着那桌客人究竟是何方神圣，竟然拿六万两去拍一本只有几页纸的书籍，这等手笔，莫说是一般富贵人家，就算是高门大户的世家也难以做到，更不要说他最后一次的加价，直接增加到了一万两。

慕千雪面色煞白，双手紧紧攥着扶手，六万两……

夏月急如热锅上的蚂蚁：“公主，现在该怎么办啊？能不能……能不能与万宝阁商量一下，把兵法图让给我们？”

白福摇头道：“没用的，万宝阁向来认钱不认人，没钱的话，就算是天王老子来了也没用。”

“不试过怎么知道，说不定……他们肯卖王爷这个面子呢？总好过眼睁睁看着别人把兵法书拿走。”其实夏月心里也知道这个希望极其渺茫，但怎么着也要试一试。

白福不住叹息，原本以为这五万多两银子怎么也够了，结果半路杀出个程咬金，生生坏了这件事，白费了公主还有自家王爷以及睿王的诸多功夫，实在是可惜。

“奴婢现在就去与他们说！”

“没用的。”慕千雪唤住意欲离去的夏月，沉声道，“正如白总管所说，万宝阁是断然不会坏了自己的规矩。”

夏月不甘心道：“那就眼睁睁地看他拿走吗？”

“呯！”那把虚悬已久的小槌终于落下，重重敲在案上，中年人满面笑容道：“恭喜七号桌客人，拍得今日本阁的压轴至宝《风后八阵兵法图》！”

第四十四章　张启凌

十九眸中寒光闪烁，俯身在慕千雪耳边道："等他出了万宝阁后，我就去将兵法图抢来。"

慕千雪紧紧抿着唇，良久，她狠一狠心，道："不要伤人。"她知这样做有失道义，但为了东方溯，只能如此。

"是。"在十九答应之时，坐在七号桌的人起身自万宝阁侍从手里接过装着兵法书的锦盒。直至他转过身来，方才发现是一个年约二十的少年公子。明明是男子，五官却精致胜过许多女子，尤其是那双眼睛，如上等黑琉璃，盼顾生辉却又深不见底，让人一不小心就会沦陷进去。

四目相对，那张俊美的面容笼上了一层浅浅的笑意，在将锦盒交给家丁后，走过来道："这位想必就是刚才与在下竞价许久的姑娘了，姑娘这份气魄，令在下佩服。"

慕千雪欠一欠身，隔着覆面的白纱，垂目道："再有气魄，终归还是输给了公子！"

男子轩一轩剑眉，似笑非笑道："听姑娘之意，并不服气？"

慕千雪淡淡一笑："心头所好，被人拍去，换了任何一个人，都不会服气。"

"这倒也是。"男子点头之余，又疑惑道，"只是……姑娘弱质纤纤，怎么会喜欢这等兵法图呢？"

夏月正看他碍眼，听得这话当即道："谁说女子一定要爱红装，我家小姐偏偏喜爱研究兵法。来了一趟万宝阁，好不容易有看中的东西，结果却生生被你夺了去。"

男子被她一顿抢白，也不生气，微笑道："如此说来，倒是在下夺姑娘所爱了。"

慕千雪阻止想要再说话的夏月，凝眸于那张阴柔俊美的脸庞："既是拍卖，自是价高者得，无谓夺与不夺。不过小女子确实很喜欢这本兵法图，不知公子能否借予小女子一观。”《风后八阵兵法图》博大精深，奥妙无穷，想在短短时间内将之参透自是不可能，但她可以凭过人的记忆力，将阵图与注解强行记下，与之前那半本合在一起。

男子笑一笑，拱手道：“说了这么久，还不知姑娘芳名，可否告之在下？”

见他避而不答，慕千雪在心里叹了口气。果然是不肯，看来只能是让十九强夺了，待她抄录之后，再行送回。

“我家姑娘的名讳才不告诉你呢！”夏月扮了个鬼脸，扶了慕千雪就要走，岂料后者竟是上前拦住，笑意不减道：“在下张启凌，还请姑娘告之芳名。”

夏月粉面微红，生出一层薄薄的怒意：“你这人怎么这般无赖，都说了不会告诉你，还要纠缠不休。”

站在张启凌身后的家丁神色一冷，呵斥道：“大胆，怎敢这样与我家公子说话。”

“不得无礼，退下。”在喝退了家丁后，张启凌笑道，“在下的名字可是告诉几位姑娘了，来而不往非礼也。”

他这话令夏月又好气又好笑：“什么来而不往，我们又没问你名字，是你自己争着要说，这会儿却又怪到我们头上来，未免可笑。”

“请公子让开！”｜九秀眉紧蹙，她一心想等张启凌离开万宝阁后出手抢夺，岂料后者竟是缠着慕千雪不肯离去。

张启凌神色恳切道：“在下并无恶意，只想知姑娘芳名，仅此而已！”

“又一个登徒浪子！”夏月暗暗翻了个白眼，正要唤万宝阁的人过来，耳边响起慕千雪的声音：“小女子姓慕，名千雪。”

“慕千雪……慕千雪……”张启凌喃喃重复了几遍，拊掌笑道：“千山雪，万重天，清雅之中又有一份无人可及的傲气，甚好！”

慕千雪眉心微微一跳，当年昭帝正是取“千山雪，万重天”之意，为她取名“千雪”。多年来，她从未告诉过别人，也从没人想到此意，连与她做了四年夫妻的萧若傲也不知，想不到今日竟被一陌生男子猜到。

“现在我们可以走了吗？”夏月没好气地问着，也就公主脾气好，若换了她，才不会告诉这个登徒浪子呢。

“且慢！”不等夏月发火，张启凌自下人手中取过锦盒，递给慕千雪，“慕姑娘忘了这个。”

慕千雪愕然道：“张公子这是……”

张启凌微笑道：“千金易得，知己难寻。难得慕姑娘与我一样喜欢这本兵法图，借之一观又有何妨。三日之后，我来姑娘府中拿回。”

夏月等人皆用看怪物一般的眼神看着他，这可是花了整整六万两拍下的兵法图，旁人恨不得拿个台子供着，派人日夜看管。可他竟然借给一个连容貌都没有见过的陌生人，而且一借就是三天，实在……让人不知该说什么。

慕千雪心中也是疑虑重重，盯着那个锦盒道：“张公子就不怕三日之后，小女子不肯归还吗？”

张启凌扬眸浅笑，如暖煦的春风：“张某相信慕姑娘不是这样的人。”

“人心难测。”

张启凌笑一笑，轻描淡写道：“若真是这样，就当张某花钱买个教训，也没什么。”

夏月与白福听得暗自咋舌，这张启凌也不知是有何等家财，六万两银子在他眼里，竟仿佛与六十两无异。

尽管对张启凌存疑，但这本兵法书对慕千雪来说太过重要，终是伸手接过。“既是这样，千雪就不与张公子客气了。三日后，请张公子来慕宅取回兵法图。”

“一言为定！”在记下具体地址后，张启凌指一指慕千雪面上的轻纱，笑言道，“希望到时候，能够让张某一睹慕姑娘芳容。”

慕千雪微微一笑，欠一欠身：“千雪告辞！”

直至明晃晃的阳光直刺入目，夏月方才回过神来，难以置信道：“公主，他还真将兵法图借给咱们了？”

“东西都在你手上了，还会有假吗？”

“这人……”夏月回首望着与他们背道而行的张启凌一行，一边摇头一边道，“可真是个怪人。”

“是啊，怪得让人捉摸不透。”慕千雪轻声接了一句，趁着白福不注意对十九道，“你去跟着他们，看他们在何处落脚，另外再查一查张启凌的身份。”

“是。”十九也对随手借出“六万两”的张启凌充满了好奇，当即悄然离去，远远跟在张启凌一行身后。

马车徐徐停在慕宅门前，慕千雪下了马车，却迟迟不曾入内，只是一味看着不远处的睿王府，夏月知道她是想见东方溯，遂道：“公主，这次睿王在短短一个时辰内筹了三万多两银子，总算做得不错。虽说最后没用上，但奴婢觉得，于情于理都该去向睿王道声谢，顺道将这些银票还给他。”

慕千雪迟疑片刻，终归是点了头，扶着夏月的手来到睿王府，在蔡元的引领下，一路来到南轩的暖阁。

蔡元接过下人沏好的茶奉予慕千雪，微笑道：“公主稍候，王爷很快便来。”

“有劳了。”待得茶喝到一半，东方溯走了进来，神情一如既往地淡漠，待他坐下后，慕千雪敛裾行礼，感激道，“千雪多谢王爷今日筹银相助。”

“本王助的是自己，公主无须道谢。”说着，他目光在慕千雪身上一转，凉声道：“看公主的神情，应该是拍到兵法图了。”

“没有。”慕千雪的回答令东方溯愕然，下一刻，两道浓眉已是皱在了一起，难以置信道：“五万多两银子都不足以拍得兵法图？”

他知道万宝阁里面所拍之物皆为奇珍异宝。可据他所知，历年来，万宝阁最贵的一样宝物也不过拍到四万余两。他与东方泽准备的银两加在一起，差不多五万两千两，怎么着也该够了。

慕千雪将万宝阁发生的事情说了一遍，待听到张启凌将兵法图借予慕千雪三日时，亦是大吃了一惊：“此人是何来历？”

“我让十九去查了，应该很快会有消息。”说着，她自夏月手中接过三万七千两银票，双手奉予东方溯，随即道，“请王爷给千雪三日时间，千雪一定为王爷补全三才阵。”

“本王说过，统兵一事，本王自己会想办法，不劳公主费心。”明明是担心慕千雪太过劳累会熬坏身子，却被他说得冰冷刺骨。

好不容易因为筹银一事对他有几分改观的夏月，听得这句话，顿时气不打一处来，插话道：“公主也是想帮王爷，王爷又何必拒人于千里之外！”

东方溯面带讽刺道：“是帮本王还是帮自己，公主心中最清楚不过。”说罢，他起身面无表情道，“本王还有事情，公主请回吧。”

慕千雪咬一咬苍白的下唇：“三日之后，千雪会将三才阵图纸送到王爷手中，用与不用，王爷自己决定！”

一直到慕千雪走得不见人影，东方溯方才松开紧攥的双手，这么一会儿工夫，两个掌心皆已是留下几个殷红如朱砂的甲印。

千雪……我答应你，就算背弃所有，甚至成为连我自己都厌弃的人，也一定会助你踏平西楚，重建南昭！

在慕千雪踏出府门后，一道隐在暗处的人影悄然离去……

早春的夜，尽管剥去了冬夜的浓厚暗沉，却依旧寒冷，每每呵气都会化成一団淡淡的白雾。

阿紫在夜色中走着，忽地一点冰凉滴在她脸上，令她脚步一顿，抬头往黑沉沉的夜空看了一眼，复又快步走着，赶在雨下大之前回到东院。

她刚踏进花厅，等在里面的沈惜君便迫不及待地问道："王爷呢，可过来了？"

阿紫行了一礼，垂目盯着自己鞋尖："回王妃的话，王爷说他……还有许多公务未阅，让您先用膳，不必等他，待过些日子空了，再陪您用膳。"

沈惜君那张精心描绘过的脸庞一白，盯了阿紫片刻，声音微颤道："他是不是又去西院了？"

阿紫目光一颤，下一刻已是笑道："怎么会呢，宗姬您别多想。"话音未落，便见沈惜君往外走去，阿兰拦都拦不住，匆忙道，"宗姬您要去哪里，外头正下着雨呢。"虽然沈惜君这会儿已是睿王妃，但阿紫几个陪嫁过来的还是习惯称她为宗姬。

沈惜君一把推开她，冷声道："既然你不肯说，我只有自己去南轩问王爷！"

"宗姬不要去！"阿紫再次将她拦住，见瞒不过，只得如实道，"奴婢去的时候，杜鹃也正好来请王爷，王爷他……他去了平妃那里！"

"赵平清！"沈惜君面色铁青地自牙缝中挤出这三个字，自从踏入睿王府，这个贱人就一直在与她争，无时无刻不想着踩到她头顶上，实在可恨！

阿兰细声安慰道："宗姬妃息怒，王爷只是一时受平妃蒙骗，假以时日，便会明白王妃才是值得他真心相待的那个人。"

沈惜君冷哼一声，咬牙道："怕只怕王爷被她迷昏了头，分不清真心与假意。"

"怎么会呢，只要王妃说服陛下，改由王爷领兵出征，王爷自然会明白宗姬您的一片苦心。"阿兰口中的王妃，自是指平阳王妃。

沈惜君想想也是，勉强压下心头怒火，回到椅中坐下。阿兰赶紧跟过去，殷勤地舀了一碗乳白色的鲤鱼汤递到她面前："奴婢知道宗姬不喜欢鱼的腥味，特意让厨房多放了一些姜，您闻闻，一点儿腥都没有呢。"

沈惜君看都不看一眼，冷声道："搁着吧，我没胃口！"尽管知道自己手里有牌，可一想到赵平清与东方溯卿卿我我的样子，就气不打一处来，哪里还有心情吃东西。

"是。"阿兰无奈地搁下鱼汤，转眸见阿紫神色踌躇，欲言又止，蹙眉道："怎么，还有事？"

阿紫瞅了沈惜君一眼，迟疑道："其实……奴婢回来时还听说了一件事，不知是真是假。"

"什么事？"

"据说，今日王爷刚下早朝，十九便来了王府。"

“十九？”沈惜君蹙一蹙两道精致的长眉，“她不是跟着慕千雪离开王府了吗，还来做什么？”

“王爷当时将下人都遣了出去，故而没人知道她与王爷说了什么，只知说完后，王爷召了蔡总管进去，让蔡总管将府里余银全部提清。”

“全部提清？”沈惜君愕然道，“王爷无端端要这么多银子做什么？”

“不是王爷要，是十九要，因为那些银票都落在十九手里。”

沈惜君当即摇头：“不可能，十九不过是一名侍女，王爷怎么会……”话说到一半，她突然止住了声音，那张姣好的芙蓉面在烛光中渐渐扭曲，咬牙道：“我明白了，是慕千雪，一定是她！”

阿紫小声道：“另外，璇玑公主午后曾来过府里见王爷，他们说的什么，与之前一样无人知晓。”

沈惜君眼角一阵抽搐，过了片刻，她面色阴寒道：“如此说来，王府里现在一分银子都没有？”

“如果此事是真的话，那么府中……怕是几百两银子都拿不出来。”阿紫话音未落，一个上好彩釉蝶纹茶碗被狠狠掼在地上，瓷片碎了一地。其中一片还溅起划破了一个下人的脸，当即出现一道殷红的血痕。那名下人不敢呼痛，与另外几名下人惶恐地跪在地上，请沈惜君息怒，阿紫二人也是心惊胆战，不敢言语。

沈惜君激动道：“慕千雪！慕千雪！她还想要纠缠王爷到几时，这次是拿走府中所有银两，下一次怕就是要整座睿王府了，到时候我们怎么办，去睡破庙吗？！”停顿片刻，她既生气又难过，“王爷也是，竟任她予取予求！”

阿兰轻声道：“王爷素来重情重义，璇玑公主派人来求，难免……”

“行了！”沈惜君烦躁地打断她的话，用力抚一抚涨痛的额头，“可知她要那么多银子做什么？”

“这个倒是不清楚。”见沈惜君神情不悦，阿紫赶紧道，“奴婢会派人去打听。”

沈惜君点一点头，起身走到朱红雕花的长窗前，用力将之推开，顿时一股夹杂着雨水的冷风迎面扑来，自领间袖间灌了进去，几乎在一瞬间抽干了她的体温，令她浑身冰冷，却不肯让阿紫她们关窗。

盯着大雨滂沱的窗外，沈惜君一字一句道：“她既然离开了睿王府，就不该再踏足此处，我不会让她有机会害王爷的，决不会！”

阿紫怕她一气之下做出什么不可收拾的事来，劝道：“奴婢明白宗姬的心情，但王爷对……”

“我知道。”沈惜君转过身，神色竟是异常平静，“眼下最要紧的是助王爷统兵出征，余下的……慢慢再说！”最后几个字夹杂在呼啸的寒风中，冷得瘆人。

在命人撤走一口未动的膳食后，沈惜君带着阿紫二人来到里屋，自紫檀顶柜中取出一个锦盒，打开后，里面是满满一盒的银票，每一张都是一千两的数额。

阿紫二人认得，这是沈惜君出嫁时平阳王妃给她的陪嫁，整整十万两银，就算平阳王府家底丰厚，这也是一笔不小的数目了。

沈惜君从中取出两万两递给阿紫：“拿去给账房，好让他们维持府里的开销，应该足够维持到王爷俸禄下来。”

阿紫摇头道：“这可是王妃给宗姬的体己钱，留着应急，怎么能拿出来填这个窟窿。”

阿兰深以为然道：“就是，王爷自己捅的娄子让他自己去想办法好了。”

沈惜君涩然一笑：“我既嫁了他，就是他的人，民间不是有句话，叫嫁鸡随鸡，嫁狗随狗、还分什么他和我。不过……”她神色一冷，“告诉账房，除了府中正常开支外，没我的同意，谁都不许动这笔银子，否则我打断他的双手。”

她虽任性妄为，霸道骄纵，却是当真爱极了东方溯，也是当真视这睿王府为她后半生的归宿。不知……当她知道真相，又或者东方溯与卫氏一族拔刀相向时，会是怎样的心情，悲伤？抑或是绝望？

若当时，她能够懂得放手，或许以后的路会好走许多，可终归……她还是没有放！

在阿紫离去后，阿兰上前道：“宗姬一口晚膳都没用，又动了那么大的气，晚上怕是睡不好，血燕最是益气润燥，不如奴婢去炖一盅来？”

沈惜君随意点点头，目光一直停留在西院的方向……

与沈惜君相比，赵平清无疑是春风得意的，成亲两日，东方溯都歇在她房中，全然不理会东院那位正主。虽然这样会令沈惜君与她隔阂更深，但……还有什么比东方溯宠爱更重要的呢，只要她握紧这份恩宠，就不必惧怕任何人，沈惜君如是，慕千雪……亦如是！

只是，她一直摸不准东方溯对慕千雪的心思。经这两日打听下来，她得知卫太后下旨赐婚前，东方溯曾与慕千雪大吵过一架，然后态度便淡了下来，之后更让她搬出了睿王府，绝少往来。

明明是那样厌恶，何以她一开口，就立刻倾囊所有，这实在不合情理，是否自己忽略了什么？

疑惑归疑惑，她并不敢开口询问睡在身边的东方溯，只能在心里默默猜测。

大雨笼罩了深夜中的金陵城，到处都是哗哗作响的雨声，更夫披着蓑衣在空旷的街道上小跑着，雨履踩在积水的街道上溅起一片又一片的水花。

慕千雪搁下看了半夜的兵法图，长吁了一口气：“这套兵法图，真是玄奇至极，我本以为借着那半本兵法图已是参悟了七八分，如今才知，竟连三分也不到。”

“三分不到？”夏月惊讶地睁大了眼睛，紧接着头摇得跟拨浪鼓似的，“奴婢不信。”

慕千雪抬眸道：“不信什么？”

“公主聪明绝顶，怎么可能被区区一本兵法图难倒，奴婢说什么都不信。”

慕千雪微微一笑：“傻丫头，我又不是神仙，岂不闻‘天外有天，人外有人’吗？”

夏月蹲下身笑嘻嘻道：“在奴婢心里，公主就是神仙，无所不能！”

慕千雪屈指弹在她光洁的额头上，笑斥道：“净胡说！”

夏月弯眼一笑，眼角余光瞧见搁在桌上的兵法图，不禁想起了日间那个人，满面好奇道：“公主，您说那位姓张的公子，是真那么相信您，还是……”她指一指脑袋，“这里不好使？”

慕千雪好笑道：“你这丫头，又在胡说了是不是。张公子谈吐不凡，目光清明，岂会精神不正常。”

“奴婢可没胡说。”夏月眨着黑白分明的双眸，“哪有人随手把价值六万两的东西借予一个连真面目也没见过的人，甚至连份借据也没写，万一公主不还，他连说理的地方都没有。”

慕千雪渐渐敛了笑意，拨弄着裙上的流苏，徐徐道：“这一点，我也百思不得其解，究竟是他随兴所至，视钱财如无物，还是……看得太过透彻。”

夏月皱一皱鼻子：“还有他的名字，张启凌，张启凌，听着就像是张起灵，怪瘆人的。”

本在仔细思索的慕千雪听得这句话，不由得笑了起来，轻刮着她红润粉嫩的脸庞：“你啊，总是这样，看一个人不顺眼时，哪里都能挑出毛病来。不管怎样，张公子总是有恩于我们，怎可拿他名字开玩笑。”

夏月不以为然道：“才不是呢，若非他在万宝阁与我们抬价，兵书早已归了公主所有，何须他卖这个人情。”

“什么都是你有理。”正自笑语间，门被人推了开来，来者正是一整晚都不见踪影的十九。

慕千雪笑意微敛："可是打听到了？"

十九点点头，在接过夏月递来的软巾拭去脸上的雨水后，道："张启凌是江宁首富张家的长公子，张家祖上以贩卖皮货绸缎起家。几代下来，累积了无数财富，堪称是富可敌国。"

夏月恍然道："难怪那么阔气，原来是有这样的身家背景。"

"张启凌虽出身富贵，却没有沾染那些纨绔子弟的恶习，反倒醉心于兵法诗书，经常十天半个月也不踏出府门一步，号称无书不读。大约是十日前受万宝阁所邀来到金陵城，一直住在八方客栈的天字号房里，而他此行的目的，就是为了这本兵法图。"

慕千雪手指在泛黄上的书籍上缓缓抚过，轻声道："如此说来，张启凌并无可疑？"

"是的。"十九简单地应了一声，又道，"如果公主还有所怀疑，我可以继续追查。"

"不必了。"慕千雪望着她被雨水打湿的衣衫，温言道，"赶紧去换身衣裳，以免着凉，我让厨房把留的饭菜热一热然后送去你房里，吃过后早些睡吧。"

临出门前，十九回过身来，迟疑道："那三才阵法……"

慕千雪知道她想说什么，微笑道："有了这半本兵法图，当可在三日之内补全三才阵的缺陷，与那些运粮的木牛一起助王爷一臂之力，出征至少要等到二月十二以后，应该来得及。"

"多谢公主。"这个回答令十九松了一口气，望向慕千雪的目光多了几分感激。

夜雨中的金陵城到处都是黑漆漆的，除了慕宅，还有几点零星的灯光亮着。

八方客栈的天字号客房里，张启凌安然地坐在桌前与自己对弈，两名眉清目秀的小厮静静地站在他身后。

想是燃得久了，透出灯罩的烛光有些黯淡，其中一名小厮取下绘有嫦娥奔月的灯罩，拿起小剪子剪去乌黑卷曲的灯芯，令幽幽黯淡的烛光重新明亮了起来。

在小厮重新罩上灯罩时，一名中年人推门走了进来。如果慕千雪在，一定会认出来者正是今日在万宝阁主持拍卖会的那个人。

中年人走到屋中，毕恭毕敬地向张启凌行了一礼："见过公子。"

张启凌抬眼淡淡地看他："走了吗？"

中年人连忙道："公子放心，小人亲眼看到十九进了慕宅，方才来见公子。"说着，他眉头一皱，"小人有一事不明。"

张启凌搁下手里的棋子，扬眉道："不明白我为何要如此大费周章？"

"是。"中年人觑了他一眼，轻声道，"只要公子放出风声，说那半本兵书在您手上，璇玑公主一定会主动与您结交，根本不必迂回万宝阁。"

张启凌淡淡一笑，他本就长得颇为俊美，这一笑更是增添了几分惊世之姿，"如你所言，自可以接近璇玑公主，却显得太过刻意，难以取得她的信任，不利于后续计划。再说……"他目中精光一转，转着拇指上的玉扳指，"万宝阁的存在，不就是为了将不合理变成合理吗？"

"公子说得是。"中年人一边说着，一边自袖中取出一沓银票，恭敬道，"这是此次拍卖所得的银两，加上公子给付的六万两，总共是十九万九千两，请公子点收！"除了万宝阁里面的少数几人之外，谁也不晓得，这个经常负责主持拍卖的中年人，就是万宝阁真正的老板。明面上那个，不过是傀儡罢了。

望着那沓足以令无数人疯狂的银票，张启凌连眼皮也没动一下，随口道："我还要在金陵城中逗留一阵，你自己派人送回去吧，行事小心，莫要露了踪迹。"

"是。"在中年人将银票收回去后，张启凌又道，"南境情况如何？"

"今日刚刚传来消息，阳关谷已破，齐军越过南境线二十余里，正在往金陵城进发，按照他们的行军速度，若是周帝不派人阻截，大约半个月后，就会抵达金陵城。"

"金陵是北周帝都，就算周帝是一个蠢货，也绝不会拱手相送，更何况……"张启凌长眸微眯，似笑非笑道，"他一点儿都不蠢。"

"公子说得极是，根据这两日的消息，周帝应该已经在命户部筹粮，兵部统兵，根据小人估摸，加上健锐营的十万，半月之内，他们应该可以筹到将近二十万的军队。"

张启凌摇头道："形势紧迫，周帝必然等不到半月。据我猜测，十日应该是他的极限了，二十万……有些难。"顿一顿，他道，"何人领兵？"

"是平阳王。"如果东方洄听到这番话，必会大吃一惊，他们现在所谈的一切都是朝廷机密，连很多身在朝堂的官员都不清楚。然而他们一个是万宝阁幕后老板，一个也不过是江宁富商之子，却对这件事情了如指掌，实在太过诡异。

"笃笃笃。"张启凌屈指一下一下叩着铺有繁花缠枝图案桌布的桌案。许久，这个声音一停，继而清朗的声音在屋中响起："很快就不是了。"

"公子是指睿王？"不等张启凌言语，中年人已是拧眉道，"据小人所知，此乃周帝金口玉言，怕是改不了。"

张启凌薄唇微勾，泛起一抹幽冷的笑容："璇玑公主聪明绝顶，惊才绝艳，连一个不受重视的皇子都能扶上帝位，又岂会改不了这么一个小小的局。"

中年人微笑道："任璇玑公主再聪明，还不是沦为公子与……老爷股掌间的一枚棋子。"

张启凌执起一枚黑棋，落在已经溃散的白棋阵营中，彻底结束了白棋的苟延残喘："棋子与执棋者从来都只有一线之隔！"

大雨还在继续，打在窗台上哗哗作响。小厮将棋盘上用玉石打磨而成的黑白棋子重新装入盒中后，中年人低声道："公子，虽然北周这会儿只能集中二十万大军，兵力不及齐国，但北周始终是第一强国，号称拥兵百万，一旦给他们足够的时间调集兵力与粮草，逼退齐国只是早晚的事情。咱们……要不要助齐国一臂之力，让北周彻底翻不了身？"

张启凌捻了一枚棋子在指尖把玩，盯着纵横交错的棋盘淡淡道："那么容易被打垮，就不是称霸多年的北周了。心急吃不了热豆腐，慢慢玩着吧。再者……"那双狭长的眼眸在烛光下深不见底，"我也很想看看她究竟能够将《风后八阵兵法图》发挥到何等地步！"

八方客栈的这番对话，无人知晓，甚至无人察觉……

第四十五章　此心谁人知

二月十二清晨，东方溯用过早膳后，与往常一样准备上朝。临出门时，他想起一事来，唤过蔡元，取出昨日慕千雪还给他的银票还有宝恒银号的票据一并递过去："这里是三万七千两，你去将田契屋契赎回来。按着约定，另付一百两利息，剩下的全部都放回到账房去，该怎么用就怎么用。"

听说银子都拿回来了，蔡元悬着的心总算落了地，笑呵呵地接过："是，小人这就去。"准备出门时，他想起一事来，"启禀王爷，王妃昨夜不知怎么着，知道了账房银子被提空的事情。"

东方溯眉头一皱，不悦道："怎么，她去账房闹了？"

蔡元面色古怪道："这倒没有，相反，王妃还让阿紫送了两万两去账房，说是给府里用的。"

东方溯没料到是这么一个答案，一时愣在了那里，好一会儿方才回过神来，淡淡道："把那银子给王妃送回去，告诉她以后不必如此。"

"是。"目送东方溯离去后，蔡元小心翼翼地揣着银子去了宝恒银号。陶安一听说他来赎东西，当即拿来押在那里的一沓子屋契田契，各自点清后，蔡元告辞离去。在他走后，一路暗中跟随的杜鹃走进了银号，伙计瞧见她进来，连忙招呼道："这位姑娘，是要来存银还是提钱啊？"

杜鹃心思一转，笑道："家里攒了一些银子，想过来存着，就是不晓得哪家可靠一些还有利息高一些，所以来打听打听。"

一听这话，伙计当即拍着胸脯道："姑娘可算是来对了，要说可靠，这金陵城里我们宝恒银号认第二，就没银号敢认第一。至于利息也是断然不会少了姑娘的。"

“我出门少，你可不要骗我。”

“瞧姑娘说的，我们做的都是正经生意，怎么会骗你。再说了，这么大的一家店在这里，还能跑了不成。”

“这倒也是。”杜鹃点点头，故作漫不经心道，“我刚才进来的时候，看到一个人出去，他也是来这里存银的吗？”

伙计想了想道：“姑娘说的想必是蔡管家。”

杜鹃故作茫然道：“蔡管家？是哪家府里的？”

伙计随口道：“睿王府里的，不过他来可不是为了存银。”

杜鹃目光一闪，试探道：“既然不是存银，那必是为了取银，对不对？”

伙计神秘兮兮道：“都不是呢。”

“这可奇怪了，既不存银又不取银，那来银号做什么？”

“这个……”这一次，伙计显得有些迟疑，杜鹃摇着他胳膊娇声道：“说来听听嘛，我保证不告诉别人。”

杜鹃本就颇有几分姿色，这一撒娇，自是迷得那伙计晕头转向，什么话都说了：“其实我也不晓得蔡总管来做什么，是掌柜亲自接待的。不过我知道他们昨日就来过。”

杜鹃耳尖地听出这句话的问题：“他们？还有人与蔡总管一起来吗？”

伙计点点头，左右打量了一眼，见其他人都在各忙各的，没人注意他们这边，方才压低了声音道：“昨儿个睿王爷带着蔡总管亲自来的，掌柜与他们说了一会儿后，提了整整三万两的银票。”

“三万两？”杜鹃失声惊呼，伙计怕被人听到，赶紧捂住她的嘴，紧张道：“嘘！小声一些，掌柜的在里面呢！”

杜鹃缓过神来后，拉下他的手：“这些银子都是给睿王的？”

“八九不离十，睿王走后，我曾瞧见掌柜的收起了一大沓东西，当时有一张掉了下来，我帮着捡起，发现是一张田契，所属人是睿王！”

听到这里，杜鹃已是理出了几分头绪：“你是说睿王将田契抵押给你们银号，换取三万两银子！”

“不然呢，你还有更好的解释吗？”说到这里，伙计紧张地叮嘱道，“这件事可千万不要说出去，否则掌柜的非打死我不可！”

杜鹃“扑哧”一笑，抿唇道：“看你样子高高大大的，想不到胆子这么小，行了行了，我保证跟谁都不说，可以了吗？”待得伙计点头后，她看了一眼外面的天色道，

“我得回去了，不然家里人该着急了。”

伙计盯着那张姣好的面容，不舍道：“那姑娘什么时候来存银？”

杜鹃随口敷衍道：“就这两天，到时候我来找你。”

一直到杜鹃走得不见人影，伙计还痴痴望着，直至后脑勺被人用力打了一下，方才回过神来，陶安不知何时站在他旁边，拧着眉毛道：“瞧什么呢？”

伙计慌忙道：“没什么，刚才……刚才有人在咱们门口吵架，我看了一会儿热闹，现在没事了。”他一边说着一边取过抹布胡乱擦着台子，掩饰心中的紧张。

陶安倒是没起疑，瞪了他道：“既是看到有人吵架，就该劝他们离开，咱们打开门做生意，最怕的就是吵架两个字，怎能只顾着看热闹，以后记住了。”

伙计唯唯诺诺应着，直至陶安离开，方才长舒了一口气，继续做事。然而脑海中的窈窕身影，令他不时走神，无法集中精神。

伙计做梦也想不到，跟他满口保证不会向任何人透露一个字的杜鹃，这会儿正一字不漏地将事情转叙给赵平清听。

紫燕关了窗子，满面惊讶道：“王爷竟拿田地契去抵押，他要这么多银子做什么？”

赵平清面色铁青道：“还不明白吗，需要银子的不是王爷，而是慕千雪。”

紫燕难以置信道：“娘娘是说，王爷为了给她筹银，不惜连田契也抵押了？”

这句话令赵平清脸色又难看了几分，寒声道：“若非我让杜鹃跟着蔡元，至今仍蒙在鼓里。”

“还有一件事。”杜鹃低声道，“奴婢来之前，特意去了一趟账房，听账房先生说，王妃昨夜让人送去两万两银子，今早蔡总管拿去还了。”

赵平清满面惊讶道：“沈惜君拿银子给账房？”

杜鹃点头道：“嗯，应该是平阳王府给她的陪嫁银子，不过奴婢怎么也想不到，她不仅没去王爷面前闹，还主动拿银子出来补窟窿。”

赵平清眼皮狠狠一跳，双手用力攥紧绣着紫玉兰的帕子，眸光阴寒道：“都说士别三日当刮目相看，真是一点儿都没错，一贯骄纵任性的昌荣宗姬，竟然也学会了‘忍’这个字。”

紫燕轻声道：“她知道一味吵闹只会令王爷离她越来越远，所以用这种方式去讨好王爷。除此之外，奴婢还听说，蔡总管将昨日提走的银子悉数还上了，再加上他去宝恒银号，奴婢猜测，应该是璇玑公主将银子还回来了。”

赵平清深吸一口气，凉声道：“账房可知慕千雪提这么多银子做什么？”

“除了银钱之外，账房什么都不知道，蔡总管那边……奴婢不敢贸然去打听，以免惊动王爷。”

赵平清缓缓点头：“继续让人盯着蔡元，至于刚才的事情，与昨日一样，想法子传到王妃耳朵里。”

杜鹃答应之余，又有些犹豫道：“娘娘，这次能行吗？”

赵平清垂目盯着掌心被粉红指甲掐出来的印子，幽幽道：“任何人做事都有一个忍耐的底线，沈惜君也不例外，相信这次的事情，足以冲破她的底线。”

在杜鹃答应后，她目光一转，落在紫燕身上：“王爷回来了吗？”

紫燕如实道：“半个时辰前刚回来，九王也来了，这会儿正在书房议事呢。”

赵平清思忖片刻，开口道：“你去书房通禀一声，就说请九王留下来用膳，我亲自下厨做几道拿手好菜。”

与养尊处优的沈惜君不同，赵平清厨艺精湛，经她手做出来的几道菜，别具风味，吃得东方泽赞不绝口。

任东方泽如何夸奖，赵平清都只是含蓄地笑着：“九王若是喜欢，往后多来，有什么想吃的，也尽管与我说，只是这万一做得不合胃口，还望见谅。”

一听这话，东方泽赶紧咽下满嘴的菜道：“既是这样，那我就不客气了。”

他这副迫不及待的样子，引得众人低低轻笑，东方溯神色温和地对已经用完膳的赵平清道：“你忙了一上午，也累了，回去歇着吧。”

“是。”赵平清低眉应着，神色是一如既往的温顺恭谨，在她离开后，一众下人也被东方溯遣了出去。

待得偏厅中只剩下他们兄弟二人时，东方泽搁下手里的筷子，取过搁在瓷碟里的方巾拭一拭唇角，摇头道：“菜是真不错，比七哥府中大厨做的还要美味几分，可惜做菜之人，心机太重，这菜……不吃也罢。”

东方溯好笑道：“我瞧你刚才不是吃得挺欢吗？”

东方泽翻了个白眼，没好气道：“我还不是为了替七哥做戏，难不成要当面揭穿她吗？”停顿片刻，他摇头道，“话说回来，也真亏七哥能忍得了，要换了是我，只怕早就憋不住了。”

“她自有她的用处。”东方溯淡然答了一句，转过话锋道，“不说她了，我让你做的事情怎么样了？”

听得这话，东方泽正色道：“我去见过杨和，他答应会支持七哥，还说如果七哥当真想挂帅出征，一定要拢住一个人。”

“谁？”

“卫晋！”

听得这两个字，东方溯顿时皱紧了眉头，静谧片刻，他道：“你怎么看？”

“卫晋是母后长兄不假，但我不认为咱们没机会拉拢他。七哥莫要忘了，当初二哥可是亲自下旨处斩了卫文斌，令卫晋自此绝后，他心里不可能没有半点儿恨意，只是不敢表露出来罢了。尽管后来母后自卫氏嫡系中选了一个男孩过继到卫晋膝下，延续他这一脉的香火。但试问，一个非自己嫡亲骨血也不曾养过的孩子，怎可能取代卫文斌在他心里的位置。”

东方溯沉吟道：“就算是这样，也不足以让卫晋站在我们这一边。”

“我这不是正在想办法吗？”东方泽抬手抚着皱成川字的眉心，心思飞转如轮，想了一个又一个的办法，却又都被他一一给否了，嘴里喃喃自语，不知在念叨着什么。

不知过了多久，东方泽目光一亮，用力一拍桌案：“有了！”

东方溯取过命下人沏来的普洱茶，递给他道：“说来听听。”

“我知道卫晋每天下朝后都会去一家茶楼坐上小半日，咱们可以找几个人扮成茶客，在他旁边提及卫文斌那件案子，勾起他对母后及二哥的恨意，然后我再从旁劝说，相信可以说动他站在七哥这一边。”

东方溯举杯至鼻前，在如泉涌般扑鼻而来的陈味芳香中吐出三个字：“行不通。”

东方泽不服气：“怎么会行不通？”

东方溯低头啜了一口汤色殷红如翡的普洱茶，初入口之时有些苦涩，待得穿过喉咙时，却有一种甘津自舌根传至舌面，满口芳香，持久不散：“这是母后所赐的上品普洱，很是不错，你尝尝看。”

东方泽这会儿哪有心思喝茶，急切道：“七哥你倒是快说啊！”

“不错，卫晋对母后确有恨意，但他们终归是亲兄妹，正所谓‘打死不离亲兄弟，上阵不离父子兵’，又岂是你几句话就可以离间的。”

这句话犹如一盆冷水当头浇下，令东方泽浑身透凉，嘴里仍是倔强道：“谁说的，亲兄弟甚至亲父子反目的比比皆是。卫文斌一事，早已令他们离心离德，只差最后一根压塌他们的稻草罢了。”

“道理是没错，只是……你握错了那根稻草。”

“握错了？”东方泽一愣，旋即目光一亮，紧紧盯了神色平静的东方溯，“七哥可是有了更好的主意？”

东方溯搁下喝了半盏的茶水，静静道：“老九，记住七哥一句话，任何时候都不要忘了‘疏不间亲’这四个字。”

“我知道，但现在……”

“我明白你的意思。”东方溯打断他急切的话语，“不管怎样，他们都是亲兄妹，强行插足，只会适得其反，想要让卫晋倒向我们，只有一个办法，那就是让他害怕。”

“害怕？”东方泽满面疑惑道，“卫晋身为军机大臣，又是皇亲国戚，他无端端地害怕什么？”

东方溯身子微倾，在他耳边低语几句，听完这番言语，东方泽露出恍然之色，拊掌含笑道：“我明白了，还是七哥高明！”说罢，他急急起身，“我现在就去找杨和。”

他心急火燎的模样令东方溯好笑：“急什么，晚些再去就是了。”

“迟则生变，还是早些安排的好。”扔下这句话，东方泽风风火火地走了出去，看得东方溯摇头好笑。

二月十三，离阳关谷传来八百里急报已有四日，朝堂上的气氛一日比一日紧张。尤其是户、兵两部，一个负责粮草，一个负责兵马。从四天前起，李鸿与姜明这两位一品大员的神色就不曾舒展过。尤其是前者，几乎每日都要面对东方洄的呵斥，惶惶不安。

这一日，派去南境查探的士兵终于传消息回来，齐军果然已经攻破了阳关谷，正往金陵这边行军，离这大约还有八九百里，按着他们的速度估计，不需十日就会抵达金陵城外。

这个情况，比之前估计的还要严重，不需十日，也就是说留给他们的顶多只有三四日时间，否则两军交战的地方离金陵太近，恐会波及城池。

尽管朝局日渐紧张，卫晋仍是雷打不动地每天下朝后去茶楼坐上半天，这日也不例外，他点了一壶茶，坐在楼上照例留给他的临窗雅座。

这家茶楼每日都会请金陵城有几分名气的杂耍班子来此表演，虽说有些重复，但胜在热闹，所以生意一直不错。

齐军逼近金陵城的消息，至今仍被牢牢封锁着，百姓对此一无所知，依旧过着他们的太平盛世。

台上一名年轻男子正在表演脚踩大瓮，他半躺在长凳上，双脚向上飞快转着一个椭圆厚实的大瓮，不时将之抛起接住，稳得不见一丝颤动。

过了一会儿，他用一只脚转着大瓮，空出来的一只脚则顶起同伴递来的另一只大瓮，与之前那只以相反的方向转着，这可比单纯一只大瓮或者转向同一个方向难多了，要求杂耍者一心二用。

在以一个漂亮的抛接结束杂耍后，二楼响起阵阵掌声，那名男子起身朝底下的观众拱一拱手，一个青衣打扮的小厮走上台，递过一锭足有十两重的银锭子道："这是我家老爷赏你的。"

"多谢。"男子朝卫晋所在的方向鞠了一躬，这些日子，他几乎每天都能收到一锭这样的银子，而每一次打赏的都是卫晋。

一开始他也曾推辞过，但一来银锭太过吸引人，二来卫晋坚持，所以最后半推半就地收下了，到现在已是习以为常。

男子离去后，卫晋收回目光，转而望着窗下熙熙攘攘的人群，突然光线一暗，抬眼望去，对面多了一个人。

"杨尚书？"卫晋惊讶地望着来人。

杨和拱手笑道："见过卫侯爷，侯爷不介意下官坐这里吧？"

"坐！"卫晋执起青瓷提梁壶，亲自替杨和倒了一杯茶。他与杨和虽没什么交情，但卫文斌犯事时，杨和曾多次反对处斩，虽然最后卫文斌还是死了，但这个人情他没有忘。

杨和道了声谢后，捧起茶盏轻啜了一口，在滚烫的茶水穿过喉咙后，他开口道："刚才的杂耍下官也看了，那人年纪轻轻就能够一心二用，着实不易。话说回来，下官瞧着那人，竟觉得有几分像当年的卫公子！"

他的话令卫晋眼角狠狠一搐，捧着茶盏面无表情道："没这样的事。"

"若非如此，侯爷又怎么会日日来此呢，论茶……此处虽不错，却怎么也比不上侯爷府上的珍藏。而且，据下官所知，茶楼老板原是想换一个新杂耍班子的，却被侯爷您给阻止了！"

卫晋神色一冷，盯着杨和道："你调查本侯？"

"岂敢。"杨和拱手道，"下官一位好友也是茶楼的常客，一次闲谈时，与下官说起遇见侯爷的事情，所以下官多嘴问了几句。"说到此处，他长叹一声，低声道，"卫公子的事情，下官很遗憾，下官一直都觉得，卫公子虽有错，却罪不至死，斩刑……实在是重了。"

他这番话令卫晋面色稍缓，沉声道："现在说这些还有什么用。"

"唉。"杨和摇摇头，盯了卫晋片刻，低声道，"卫公子的事情固然令人遗憾，但下官现在最担心的……反而是侯爷。"

"担心本侯？"卫晋诧异道，"这话怎么说？"

杨和没有正面回答他的话，而是道："虽然侯爷是太后长兄，身居军机要职，位高权重。但……很多事情，还是小心为上。”

卫晋双眉一紧，盯了杨和那张再普通不过的脸庞：“你究竟想说什么？”

杨和沉默片刻，徐徐道：“这些年来，侯爷一直是朝廷的中流砥柱，但凡有军国大事，陛下必会问侯爷意见，可是这一次……齐国犯境，平阳王出征，征调健锐营，陛下哪一件与身为军机大臣的您商量过？”

卫晋眸光一跳，漠然道：“那又怎样？”

“去年为了令公子的事情，侯爷曾与太后、陛下几度争执，陛下虽不曾说什么，但这心里头又岂会痛快。”

这一点，卫晋早就料到了，他示意小厮重新上壶茶，然后言词冰冷道：“你想说，陛下已不再倚重本侯？”

“只怕比这个更严重！”迎着那两道目光，杨和徐徐吐出五个字来，“伴君如伴虎！”

卫晋眼角一阵抽搐，双手不由自主地攥紧已经凉下来的茶碗。许久，他阴声道：“你可知道，只要本侯将你刚才那番话告诉陛下，你不只会失去刑部尚书的位置，连这条性命都不一定保得住。”

杨和苦笑道：“下官知道，可下官还是会说。”

“为什么？”

在一番短暂的静寂后，杨和忽道：“有一件事，侯爷一直不知道，其实在卫公子被处斩的前一夜，下官曾去牢房见过他，他与下官说了许多。”

听得这话，卫晋豁然起身，死死盯着杨和：“文斌……文斌都与你说了什么？”

“侯爷莫要激动，坐下说。”待卫晋重新落座后，杨和叹息道，“卫公子的事情，下官一直觉得很可惜，无奈陛下圣心已定，下官虽想尽办法亦无力回天，唯一能做的，就是最后去送卫公子一程。”

“那天夜里，卫公子哭得很伤心，他说从未忘记侯爷的谆谆教导，只是一时受人怂恿，才会犯下大错，他很想改过自新，可惜已经没了机会。还说……这辈子最对不起的人就是侯爷，如果有下辈子，下下辈子，他希望还能够做侯爷的儿子。”

“儿子……我的儿子……”卫晋眼圈发红，嘴唇不住哆嗦着。此刻的他，不再是一个位高权重的侯爷，而是一个失去独子的父亲，悲伤、痛苦、懊恼，交织成为他此刻的所有……

许久，卫晋抹去眼角的泪意，声音沙哑道：“这些话，你为什么要隐瞒到现在才说？”

杨和面有难色道："如果只是这些，下官自不会隐瞒，可随即卫公子又说了一些……不该的话。"

卫晋面有疑色道："不该的话，是什么？"

"这……"杨和迟疑片刻，终是咬一咬牙，压低了声音道，"卫公子让侯爷小心陛下！"

此话令卫晋大为意外，紧紧皱了两道花白的眉毛："这话怎么说？"

杨和四下看了一眼，确定没人留意到他们这边后，方才低声道："卫公子说陛下生性凉薄自私，任何人任何事，只要稍稍威胁到他的权位，就会毫不犹豫地将之毁去，就算是至亲之人也不例外。今日是他，明日……保不准就会是侯爷你。"

卫晋面色阴沉至极，盯着杨和的目光锐利如剑，仿佛要将其整个人看穿。杨和刚才那番话可真是大逆不道，传扬出去半句，足以令其粉身碎骨，死无葬身之地。

在阻止小厮过来后，卫晋眉目森然道："文斌是本侯的儿子，没人比本侯更清楚他的禀性，他绝不会说这样的话。"

杨和淡淡道："或许吧，但人在将死之时，心思往往会比以往更清明，从而看透一些人或者事情的本质。"

"下官说过，卫公子之罪，罪不至死，陛下若有心，救他并非难事，可是没有，因为陛下要做世人眼中公正无私的明君，所以只能牺牲卫公子！"

卫晋神色阴晴不定，不知在想些什么，许久，他的神色归于平静，面无表情道："在这件事上，终归是文斌错在先，陛下或许严了一些，但并没有错。"

"卫公子知道，所以他没有怨恨什么人，他只担心，自己的死……是一个开始，而非结束。"

"开始？"卫晋一怔，不解他这句话的意思。

杨和颔首道："侯爷为公子的事情，几次与陛下相争，陛下虽面上不说什么，但对侯爷，必然不如以前那般亲厚。"

卫晋低头不语，回想起来，这半年东方洄对他的态度确实冷淡了许多，并且开始有意无意削他手里的权。

杨和将他的神情变化看在眼里："一次不忠，百次不用。虽然侯爷是爱子心切，但在陛下眼里，从那一刻起，您与他就不再是一条心。"

卫晋冷哼一声："就算真是这样又如何，难道他还能要我的命吗？"

"要命或不至于，但侯爷往后的路，怕是会很不好走，甚至……难以在金陵城中立足！"

“胡说！”卫晋半世都活在位极人臣的尊荣之中，杨和的话自是万般刺耳，他横眉斥道，“我乃是当今太后长兄，私底下他还要称本侯一声舅舅，怎敢这样待本侯？就算他真这么做了，太后也不会答应！”

杨和摇一摇头：“下官问侯爷一句，是兄妹亲还是母子亲？更何况太后手足并不止侯爷一人。”

卫晋被他问得哑口无言，好一会儿方才自咬得发酸的齿缝间挤出一句话来：“总之太后不会！”

“侯爷要怎么想，是侯爷的自由，下官无权也无法干涉。卫公子的话，下官已经如实带到了，下官告辞。”在起身准备离开之时，他犹豫片刻，回过头来对仍坐在椅中的卫晋说了一句话，“希望侯爷在任何时候都为自己多留条后路，好比……这一次。”

卫晋若有所思地盯着杨和离去的背影，这一次……杨和指的这一次是什么，齐国犯境，还是……平阳王统兵出征？可这一切，与他有何关系，总不至于让他带兵出征吧？

思忖间，窗外传来惊急慌乱的声音，隐约还听到“抢钱”二字，低头看去，只见一名满头白发的老妇人坐在街上哭天喊地：“天杀的小贼，这是我老头子的救命钱啊，没了钱，我老头子拿什么看病抓药啊，天杀的，天杀的啊！”

行人围在她身边露出同情之色，无奈那个抢钱的贼早已跑得不见踪影。就在众人以为那银子追不回来的时候，那名抢钱男子竟然又满面慌张地奔了回来，将之前抢去的钱袋往老妇人身上一扔，然后匆匆离去。

尽管不明白是怎么一回事，但钱袋失而复得，无疑令老妇人喜出望外，赶紧起身离去。

别人没看到，卫晋却是瞧得一清二楚。在小贼跑回来的方向，站着一道英挺的人影，在老妇人捧着钱袋走后，方才微微一笑，转身离去。

那个人，卫晋认识，正是睿王东方溯。睿王……睿王……默默念了几遍，卫晋的眸光渐渐亮了起来，杨和说的那条后路他想到了！

二月十四清晨，沈惜君倚坐在池边，闷闷不乐撒着鱼食。每次撒下，池中的锦鲤都会争先恐后地抢食，千头攒动，似如一朵朵开在池中的花，有些为了争抢鱼食，甚至摆身跃上水面，带起一连串晶莹剔透的水珠，煞是好看。

“宗姬您瞧，这条锦鲤好大，怕是有些年头了。还有这条，竟长了红白黑三色，奴婢长这么大，还是头一回见到，真是稀奇。”

沈惜君随意看了一眼，冷声道：“再稀奇又如何，还不是一条只知道吃的蠢鱼！”

言语间透着一股无处发泄的怨气。

阿兰轻声叹息，蹲下身道：“奴婢知道宗姬心中不快，但……眼下这个情况，唯有忍着一些。”

沈惜君扔了一把鱼食，垂在颊边的赤金珍珠流苏随着她的动作微微晃动，“我若不是忍着，赵平清哪里还能过得那么舒服！”提及赵平清，她又是一阵咬牙切齿，打从大婚后，东方溯就一直歇在西院，碰都没有碰过她一下，每每想到赵平清在东方溯身下婉转承恩，她就恨得几欲发狂。

“奴婢相信王妃很快就会劝服陛下，到时候睿王便会明白宗姬您的一片苦心。”阿兰的话令沈惜君面色稍缓：“希望如此。”

在将一包鱼食撒完后，她闻到指尖挥之不去的腥气，柳眉微微一皱，正要让阿兰扶她去池边浣手，瞧见阿紫走了过来，急切道：“如何，可有打听到？”

前日里，蔡元将她支给账房的两万两银票原封不动地拿了回来，说是府里的银子够了，让她收回去。

她原以为是东方溯不肯收她银子，故而要来账册一观，发现账面上当真多了将近七千两银子，看样子，应该是慕千雪还回来的。

虽说银子回来了，但沈惜君心里的疑惑不减反增，仅仅借了一日便又来还了，这个慕千雪，究竟打的什么主意？

阿紫神色凝重道：“璇玑公主为何借银暂时还不清楚，不过奴婢打听到，王爷借给她的，并不止七千两。”

阿兰皱一皱柳眉，道：“宗姬看过账房的册子，确实是七千两没错，怎么一转眼又不止了？”

“账房支出的确实是七千两，但王爷另外还借了三万两给璇玑公主！”

听到“三万两”这个数字，莫说阿兰，纵是沈惜君也大吃一惊，账册记载得很清楚，府中余银确确实实只有七千两，怎可能突然又冒出三万两来，“王爷哪里来的银子？”

“从宝恒银号借来的。”

“借？”沈惜君愕然道，“宝恒银号怎会无端借给王爷这么多……”话说到一半，她忽地止了声音，面色难看道，“王爷把什么拿去抵押？”

阿紫沉沉道：“听说是王爷名下所有庄园的屋契与田契！”

沈惜君倒吸一口凉气，呆了半晌方才反应过来，难以置信道：“你说……所有？”

“是，所有！”阿紫肯定地回答，如一团烈火，穿过耳膜生生烧灼着她的五脏六腑，痛得她连站立的力气也没有。

阿兰见她面色不对，身子亦摇摇晃晃，连忙上前扶住："宗姬小心。"

许久，那惨白如死灰的脸庞挤出苍冷悲凉的笑容："他对她……原来真是这样的情深似海。"

阿兰心疼她，安慰道："不管睿王是怎样的心思，终归您才是他的正妃。"

"正妃……"沈惜君喃喃重复着这两个字，悲凉之色更甚刚才，"除了一个'正妃'之名，我什么都没有，甚至连赵平清都比不过。"透明的泪珠滑落脸颊，在浅金阳光下折射出七彩之色，唯美而凄然。她曾信誓旦旦在平阳王妃面前说自己永不后悔，可真正踏进睿王府后，方才发现，前路比自己想象的还要难走。

"平妃岂能与宗姬相提并论，您别难过，一切都会好起来的，再说这件事，阿紫也是听人说的，是真是假未为可知。"

阿紫亦有些后悔一时口快将这件事告诉她，听得阿兰之言，连忙顺势道："是啊，或许是那人胡说的。"

沈惜君吸一吸气，抹去颊边的泪痕道："蔡元是王爷贴身之人，向来不离左右，除了王爷自己之外，他想必是最清楚的那一个。阿紫，你去叫他过来，我亲自问他。"

"是。"阿紫无奈，刚走了两步，便意外瞧见蔡元往这边走来，真是说曹操曹操就到。

蔡元不知沈惜君已经知道了抵押借银的事情，走过来笑吟吟地打了个千儿："见过王妃，小人刚才去东院，底下人说王妃可能来了池边喂鱼，果然是呢。"

沈惜君淡然道："蔡总管寻我何事？"

蔡元恭敬道："回王妃的话，刚才平阳王府送来血燕、虫草、雪蛤各四盒，说是给王爷与王妃补身用的，小人拿了一半去南轩，剩下的刚刚给您送到东院去了。"

"劳蔡总管亲自走一趟，真是辛苦了。"

"王妃客气了，这是小人应该做的。"一番客气后，蔡元躬身道，"王妃若没别的吩咐，小人告退了。"

沈惜君唤住他道："蔡总管留步，我正好有一件事情，还望蔡总管替我解惑。"

蔡元有些惊讶，不过很快便恢复一贯的恭敬之色："王妃请说，小人一定知无不言，言无不尽。"

"那就最好了。"红翡滴珠贴在额头，冰凉沁心，"我听闻王爷从宝恒银号那里借了三万两银子，可是真的？"

蔡元骇然色变，怎么也想不到沈惜君竟会知晓此事，好一会儿方才缓过神来，强笑道："竟有这件事吗，小人怎么一点儿也不知道。"顿一顿，他试探道，"不知王妃……是听谁说的？"

沈惜君捋一捋耳边的碎发，凉声道："我听谁说的不要紧，要紧的是，王爷借这么多银子做什么？"

"真没这样的事情，王妃您……"不等蔡元说下去，沈惜君已道："既然蔡总管不知情，那就算了，正好我下午要出去，顺道去宝恒银号问问，我记得……那家的掌柜姓陶，逢年过节的都会去平阳王府拜会我父亲，我也见过几回。"

听她说要去宝恒银号，蔡元心里暗暗发急，又不便明着阻止，只得按捺了心中的急切，赔笑道："王妃有什么事情，交给小人去办就是了，哪里用得着劳您亲自出府。再说这天还有些冷，万一受凉了可怎么办？"

沈惜君斜睨了他一眼，冷冷道："原来蔡总管还知道我是这睿王府的王妃？"

这句话说得无疑有些重了，蔡元赶紧道："小人一直敬重王妃，断无半分不敬之念，还望王妃明鉴！"

沈惜君面色冰冷道："你若真心口如一，就不会事事瞒着我。账房一事如此，宝恒银号一事又如此，拿所有庄园屋契、田契去抵押借银。蔡元，你这差事当得可真好！"

"王妃误会了，小人没有！"面对她的呵斥，蔡元冷汗涔涔，连头也不敢抬。

"没有？"沈惜君冷笑道，"是没有隐瞒账房提银之事，还是没有隐瞒宝恒银号的事？蔡元，我知你是王爷身边的人，但这王府里的事情，我也有权知晓，不是吗？"

"王妃说得是，说得是。"蔡元哪里敢当着她的面说半个不字，连连点头。

沈惜君扫过在水面下游弋的锦鲤，冷冷道："那现在，蔡总管可以说实话了吗？"

蔡元瞒不过，只得道："是，王爷确实问宝恒银号借了三万两银子。"说着，他又急急道，"不过王妃放心，所有银子都已经悉数还回去了，那些田地屋契也都拿回来了。"

沈惜君面目阴沉道："他要这么多银子做什么？"

蔡元眼皮一跳，垂目道："这个小人是真不知情，王妃您再问一百遍一千遍，小人也是一样的回答，如果您想知道，就只能去问王爷了。"

沈惜君默然片刻，挥手道："行了，你退下吧。"

听得这句话，蔡元如逢大赦，赶紧离去，望着他近乎逃离的背影，阿兰二人对视了一眼，迟疑道："宗姬，那现在……咱们要去南轩吗？"

沈惜君闭一闭目，疲惫道："我累了，想回去睡一会儿。"

"是。"阿兰二人赶紧答应，她们心里也不愿意沈惜君去找东方溯质问，万一争执起来，只会令两人本就不怎么样的关系更僵。

是夜，蔡元与往常一样，向东方溯事无巨细地禀报着府中这一日的大小事务，以前东方溯是从来不管这些的，但从大婚后，就要求他每日禀报，任何一件小事都不许落下。

“平阳王府派人送来血燕、虫草、雪蛤各四盒，给王爷与王妃滋补，王爷那一份，小人放在了前厅，等候王爷处置。”

东方溯淡然道：“那些东西我也用不着，把我那份一并送去东院吧。”

“是。”蔡元答应一声，神情犹豫，“还有一件事，小人……觉得有些奇怪。”

东方溯眉头一皱：“何事？”

“小人今日送东西过去的时候，遇见王妃，没说几句，王妃就问小人，王爷是不是拿了屋契与田契去宝恒银号借银。”蔡元满面困惑道，“府里知道这件事的只有王爷与小人，小人从未与别人说过一言半语，王妃……又是怎么知道的，还有之前提空账房存银的事情，王妃竟也知道，实在令人奇怪。”

烛光微微一跳，一滴软红的烛泪自青铜烛台上淌下来，结成倒挂的形状：“本王知道了，你退下吧。”

蔡元答应之余又问道：“王爷，今夜可还是歇在西院？”

东方溯微一思忖，摇头道：“今夜不过去了，你让平妃早些歇息。”

在他离开后，东方溯屈指轻叩着桌案，神色若有所思。良久，他抬起双手轻拍数下，门悄然而开，紧接着一道黑影出现在书房中：“十三听候王爷吩咐！”

东方溯瞥了一眼燃烧了一半的红烛，沉声道：“派几个人日夜盯着王妃还有……平妃！”

“是！”十三简洁地应着，神机营做事，从来只听命令，不问理由。

十三离开后，书房重新恢复了寂静，只有红烛静静陪着东方溯……

二月十五日清晨，慕宅前院之中，剑光纵横，寒光凛冽，只见徐立、阿信、十九三人各执一柄长剑与十六对战，一如数日前与东方泽那场对战。

对战越久，十六眉头就皱得越紧，打到现在，他已经出尽全力，竟然仍不能压住对方。虽说是以一敌三，但他很清楚，十九只出了三分力，至于徐立、阿信，更是武功粗浅不入流，一对一地打，不出三招就可以收拾了他们。可现在……三人为阵，竟令他如同老虎遇上刺猬，无处下手。

“停下吧。”听到这个声音，诸人各自收了手里的剑，漫天剑影亦随之消失。

徐立反手握剑，满面兴奋地望着朝他们走来的慕千雪：“公主，我们做得可还好？”他从来没想过，他们竟可以挡住武功高强的十六，令其寸步难进。

“很好。”慕千雪含笑赞许了一声，看向依旧皱着双眉的十六，“如何？”

十六看了她一会儿，摇头道：“我刚才已是使尽全力，但仍破不了公主的阵法。”

听得这话，夏月兴奋道：“连十六也破不了，足以证明公主已经成功补全了三才阵。”

阿信自刚才起，就一直怔怔盯着自己的双手，直至徐立推了他一下，方才回过神来，难以置信道：“刚才在阵法里，小人觉得自己好像变成了一个高手，不惧任何人，真是……太神奇了！”

“对对对，我也有这种感觉。”徐立连连点头，“比之前任何一次对战的感觉都要好。”

自从取得兵法图下半本后，慕千雪每日都会让他们根据自己对阵法的改良进行数次对战，用以检验阵法威力。

一向沉默寡言的十九也开口道：“我相信，这一次就算是王爷出手，也破不了咱们的阵法！”

夏月满面激动道：“公主您都听到了，您这几日的辛苦没有白费，三才阵成了，真的成了，它可以助王爷上阵杀敌了，成为王爷手里的一张王牌。”

“是啊，终于成了。”慕千雪轻声应着，眼眶微微发红。为了尽快补全这个阵法，这三日，她几乎不曾睡过一个完整的觉。就算偶尔被夏月强逼着上床歇息，脑海里也不断推演着阵法，一遍遍寻找着当中存在的破绽与不足，总算皇天不负有心人，她可以助东方溯达成所愿了。

慕千雪压下心中的激动，对夏月道：“去将我最后一次画的阵法图取来，我们现在就去睿王府。”

夏月看了一眼天色，道：“王爷这会儿只怕还没下朝，去了也是干等着，还是晚些再过去吧，公主也好趁这个工夫歇一会儿。”不等慕千雪反对，她又道，“再说公主您现在脸色这么差，万一吓到王爷怎么办？”

慕千雪失笑之余，忍不住抚一抚脸颊：“当真有那么难看吗？”女为悦己者容，没有一个女子会希望自己变丑。

徐立赶紧道：“没有没有，公主还是和以前一样漂亮，就是有些憔悴，眼圈都黑了。”

夏月接过话道："所以啊，您赶紧去睡一觉，奴婢看您早膳没怎么吃，正好趁这个空去炖一盅银耳，您起来后喝正好。"

"那就依你的话吧。"慕千雪轻咳数声，熬了这么多日，确实是身心俱疲，尤其是脑中那根绷了许久的弦松下来后，疲惫感一下子爆发出来。

侍候慕千雪歇下后，夏月轻手轻脚地退了出来，在关房门时，听到里面传来几声急促的咳嗽，不禁暗自叹了口气。

徐立就在门口，也听到了慕千雪的咳嗽，忧声道："明明前阵子好了许多，怎得这些日子又变得这般严重。总是在咳嗽，有时候甚至咳得脸都青了。"

夏月神色黯然道："还不是为了三才阵，三才阵所展现出来的神奇，无一不是公主拿性命换来的。多思伤神，大夫不止一次说过要她少思静养，可她总是不肯听，想得越多，她的身子就越差，我真担心有一天，公主她会……会撑不住。"

徐立心中发慌，赶紧道："不会的，公主人那么好，一定会吉人天相，逢凶化吉，夏月姐你别多想。还有啊，这金陵城里大夫多得很，这个医不好公主的病，咱们就请另一个，总有一个能够治好公主。到时候公主就能长命百岁了，比咱们都要活得久。"

"希望吧。"夏月勉强笑一笑，但心里的阴霾并没有因为徐立的话而散去。在金陵的这半年多，慕千雪几乎看遍所有名医，连宫里的太医也是请了一个又一个，每一个都是开一些不温不火的药，然后叮嘱其静养，没有一人可以断得了慕千雪的病根。

慕千雪醒来时，已是将近巳时。喝了半碗银耳羹后，带了十九与夏月二人去往睿王府。

蔡元领着她们一路来到书房门口，停下脚步道："王爷就在里面，公主请。"

"有劳蔡总管了。"在朝蔡元浅施一礼后，慕千雪缓步走了进去。此刻日光不再似清晨那般浅淡，浓郁如金，透过敞开的窗子照进来，在地上投下明亮的光影。

"千雪见过王爷。"慕千雪屈膝行礼，髻上垂落的碎珠流苏贴在额间，在这早春里有一种疏疏的凉意。

"免礼，不知公主为何来见本王？"东方溯抬起头来，不论是神情还是声音都一如既往地疏离冷漠。夏月看得来气，干脆别过脸不看他，省得给自己添堵。

"三日前，千雪答应王爷会补全三才阵，如今阵法已全，请王爷过目。"慕千雪自袖中取出一卷细薄光润澄心堂纸，让十九交给东方溯。

看着只是薄薄一卷，展开来后却足有半丈长，从右至左，绘满了人形，三个一组，而在每一组人形旁边，都有详细清晰的注解。无须言语，便可感知到慕千雪耗费在这个三才阵上的巨大精力。

慕千雪徐徐道："只要士兵记熟阵法图上的步法与招式，就可以与数倍于他们的齐军交战而不落于下风。王爷之前发现的问题，都已经一一补全，我可以保证，就算齐军军营中有阵法师在，也难以在短时间内破解此阵。"

十九开口道："早些时候，奴婢与徐立、阿信二人组阵，十六连番强攻都未能占得便宜，可见此阵之神奇。恕奴婢多嘴说一句，除非齐军士兵数倍于咱们，否则有此阵在手，足以立于不败之地。"

东方溯没有说话，只是徐徐抚着卷纸，待得手指抚过最后一幅图案时，他终于开口道："这个阵图本王收下了，但还请公主以后不要再多事，本王的路，自己会走，不需要别人来左右。"尽管有脂粉遮掩，他还是一眼看到慕千雪隐藏在脂粉下的憔悴与疲惫。三日，加在一起不过三十六个时辰，却将阵法补得完美无缺，其中心力可想而知。他很想劝慕千雪不要那么辛苦，想告诉她，自己已经得到了平阳王妃与卫晋的支持……可是他不能说，一个字都不能说，更不能告诉她自己的真正心意，否则之前所做的一切就全都白费了，只能利用冷漠来掩饰那份关心。

第四十六章　传信告密

夏月不断地在心里告诫自己，不要理会他说的话，可听到他指责慕千雪多事，还是气不打一处来，想要呛东方溯几句，又怕慕千雪为难，只得紧紧抿着唇，努力憋住那口气。

十九从来都是无条件站在东方溯那一边的，可是这一次，连她也觉得东方溯有些过分，忍不住道："公主也是一片好心，希望能够帮到王……"

"我不需要她帮！"东方溯打断十九的话，起身缓步走到慕千雪身前，面无表情道，"你做这么多，无非是为了我能够赢，能够按你的计划一步步走下去，助你覆灭西楚。我说过，我一定会如你愿，所以你不必再多费心思。"

慕千雪迎着他的目光站起身来："我知道王爷是一言九鼎之人，可是挡在王爷面前的，无一不是位高权重之人，只凭王爷一人之力，并不足以与他们对抗。"在一阵长久的沉默过后，她道，"王爷，让千雪帮你不好吗？"

东方溯强按下胸口的抽痛，狠心道："需要之时，本王自会来寻公主，但现在……公主是认为本王无法说服陛下统兵出征，还是赢不了齐国？非得来多操这个心！"说着，他故意用不屑的语气道，"公主总做这些没用的事情，倒是让本王担心，你这身子还能否熬到覆灭西楚的那一天！"

夏月不知他真实心思，以为这是存心咒自家公主，哪里还忍得住，倒竖了柳眉道："王爷说这样的话，不觉得太过分了吗？"

"不得无礼。"在喝止了夏月后，慕千雪勉强一笑，垂目道，"是千雪多事了，请王爷见谅！"

夏月气恼道："明明就是他不对，公主何必与他道歉。"

“还说。”慕千雪轻斥一句，朝东方溯屈膝道，“夏月心直口快，王爷莫要与她一般计较。”

“本王自不会与一个丫头计较。”说着，他拂一拂袖，冷声道，“好了，本王还有事情，你们走吧。”

“走就走。”夏月气愤地说了一句，随后对慕千雪道，“既然王爷不欢迎咱们，咱们还是走吧，省得在这里碍他眼。”

慕千雪什么也没说，只是默默朝东方溯行了一礼，随即转身离开了书房。

出了书房，夏月还是气恨难消：“怎么会有这样不知好坏的人，把公主的好心当成驴肝肺。早知道这样就不帮他了，由着他去陛下那里撞墙好了。”说着，她又道，“公主往后少管他的事情，省得又与今日一样，平白添一肚子气！”

慕千雪停下脚步，回头望向已经离着极远的书房，神色复杂异常，不知在想些什么。

十九怕她从此记恨东方溯，道：“王爷对公主从来都是极好的，这一次……只是钻了牛角尖，才会说那样的话，给王爷一点儿时间，相信他会想明白的。”

夏月没好气道：“就怕他还没想明白，咱们已经被气死了，你没听到他刚才的话吗，竟然咒公主……”她咽下那个字，转而道，“依我说，往后还是少见为好，也好少受些气。”

他们言语之时，慕千雪眼底似有雾霭在流转。许久，她近乎梦呓道：“其实他一直都很明白，反倒是我……不明白。”

夏月听到她这句话，愕然道：“什么明白又不明白，公主在说什么？”

慕千雪微微一笑，摇头道：“没什么，我们走吧。”

在快要走到门口时，一道人影来到慕千雪身前，欠身道：“奴婢阿紫，见过璇玑公主。”

慕千雪心念微微一动，温言道：“阿紫姑娘免礼。”

阿紫直起身，含笑道：“宗姬知道公主来了府中，很是欢喜，特命奴婢请公主过去一叙。”

夏月暗自翻了个白眼，低声道：“什么欢喜，根本是黄鼠狼给鸡拜年，没安好心。”

她说得极轻，阿紫又离着有一段距离，没听清楚，问道：“夏月姑娘说什么？”

夏月皮笑肉不笑道：“没什么，就是佩服王妃消息灵通。”

阿紫听出她的言不由衷，但并不在意，笑吟吟地朝慕千雪道：“王妃正在东院等着，公主请。”

慕千雪知道自己不去一趟，沈惜君是不会罢休的，遂点头答应，随阿紫来到东院。在踏过院门时，慕千雪有一刹那的恍惚，庭院里的一切，与她在时并无太大差别，只是……一切已经物是人非。

进了正堂，一袭朱红锦衣的沈惜君正坐在紫檀折枝椅中，徐徐抿着茶，神色若有所思。今日天气有些回暖，故而南北长窗都开着，带着几分暖意的风不时吹入堂内，拂动沈惜君垂落于两颊的珍珠步摇，在空中划过道道华光。

慕千雪停在正中央，敛袖欠身：“千雪见过王妃，王妃万福。”

沈惜君目光徐徐地在她身上打量了几个来回，握着茶盏的手紧了又紧，方才压下心中的妒意，淡然道：“公主是王爷贵客，无须多礼，坐。”

在侍女奉上茶后，沈惜君听得慕千雪有几声咳嗽，扬眉道：“怎么，公主不舒服吗？要不要请大夫来看看？”

慕千雪在椅中欠一欠身：“小病而已，不打紧，多谢王妃关心。”

“公主既然身体不好，就该在府中静养，少出来走动，以免加重病情。既然离开了，就不应该再回头，这样于人于己都好，公主你说是不是？”冷意在沈惜君眼底若隐若现。

慕千雪自是听出了她的言外之意，垂目道：“王妃所言甚是。”

沈惜君盯了她片刻，忽地莞尔一笑：“说起来，我与公主的缘分不可谓不深，先是在街上相遇，之后又在太后寿宴上相见，再然后几次相遇，就连这东院，也是公主以前住过的。”顿一顿，她又道，“我之前还想着，若是往后与公主同住一处，倒也有趣，可惜公主搬了出去。”

夏月暗自翻一翻白眼，可惜？如果公主这会儿真与她同住在东院里，她怕是气得脸都绿了。

慕千雪神色平静道：“千雪只是此处的过客，王妃才是主人，主人来了，客人自然应该让位。”

沈惜君抚一抚脸颊，眸光渐渐冷了下来：“原来公主也知道我是此处的主人吗？”

慕千雪淡然一笑：“何止千雪，整个金陵城都知道王妃是睿王府的主人。”

沈惜君冷哼一声，倏然发难：“既是这样，你为何还要缠着王爷不放，甚至迷惑王爷抵押所有庄园田地屋契换取大笔银两给你？公主这份迷惑人心的本事，可真是高明。”

阿紫轻轻一笑，故意道：“璇玑公主本事自是极好的，否则怎么能让王爷千里迢迢跑去西楚救她呢？”

沈惜君双眉微挑，旋即笑了起来：“你不说，我倒是快忘了，公主是西楚废后呢，换了旁人能够死里逃生，从此安稳度日，已是心满意足。偏偏咱们这一位，不仅不知足，还总是妄想飞上枝头，真是可笑！”

看到她们主仆在那里一唱一和，夏月哪里还忍得住，正要说话，有人比她快了一步：“如果公主真有这个念头，宗姬今日就不会站在这里，所以还请宗姬说话客气一些！”

沈惜君面色一变，盯着神色淡漠的十九：“你这话什么意思？”

十九瞟了她一眼，淡然道：“不就是话里的意思吗，难道连这么浅显的话语，宗姬都听不明白？”

“你好大的胆子！”沈惜君紧紧咬着银牙，这个贱丫头竟然敢当面讽刺她，实在可恶。而且十九一口一个宗姬，分明就是不承认她是睿王妃。

她紧紧攥着扶手，咬牙道：“阿紫，给我掌她的嘴！”

十九刚才那几句话，听得夏月畅快不已，这会儿又听得沈惜君要掌十九的嘴，当即站出来道：“十九并没有说错什么，王妃罚得好生没道理！”

沈惜君冷冷盯了她，寒声道：“只凭她在我面前没有自称奴婢这一条，就已经足够打烂她的嘴！”

十九嘴角微扬，不屑道：“有资格让我自称奴婢的，只有王爷一人，你……不配！”

这句话不吝于火上浇油，气得沈惜君浑身发抖，尖声道：“掌嘴！给我狠狠掌她的嘴！”

见沈惜君气得似乎有些失去理智，夏月暗自皱一皱眉，俯身在慕千雪耳边道：“公主，要不要奴婢去请王爷过来？”

“不必，十九吃不了亏，再者……”慕千雪看了一眼门口，凉声道，“算算时间，她差不多也该到了。”

“他？”夏月诧异地问道：“谁要过来？”

慕千雪微微一笑：“待会儿就知道了。”

在他们说话之时，阿紫已是奉命来到十九身前，也不说话，抬手就是一掌过去，还未来得及挥下，就被人一把抓住，动弹不得。

阿紫惊怒地盯着抓住自己手的十九：“你竟敢反抗？！”

十九傲然道：“我没有错，为何要由得你们掌掴？”

“好好好！”沈惜君怒极反笑，对一旁的阿兰几人道，“你们都给我过去掌嘴，我倒要看看，她能阻挡得了几个！”

阿兰等人正要过去，有侍女走了进来，瞧见屋里这一幕，有些害怕，怯怯地不敢言语，直至阿兰问了一句，方才慌慌张张道：“平妃来了，说是要见王妃。”

阿兰转眸看向沈惜君，沈惜君这会儿哪有心情见她，冷声道：“我现在没空见她，让她明日再来。”

侍女还没来得及答应，一道人影走了进来，正是赵平清，身后跟着杜鹃，在经过慕千雪身边时，目光轻轻一掠，似流云划过。

“听闻公主在姐姐这里，果不其然。”说着，她朝面色不悦的沈惜君敛袖一礼，“平清不请自来，望姐姐恕罪。”她的声音是一贯的娇柔温软，似蒸熟的上等糯米，一粒粒地粘在一起。

“平妃倒是越来越不见外了。”沈惜君冷声讽刺了一句，道，“平妃何事来此？”

赵平清笑道：“姐姐知道平清素爱下棋，无棋不欢，偏偏杜鹃他们一个个棋力差劲儿得很，走不了几个回合便弃械投降，实在没意思。无意中听得府里的下人说，公主棋艺过人，正好又来了府里，就过来问姐姐借人了，姐姐不会见怪吧？”

沈惜君压下怒意，虚虚笑道：“当然不会，只是……”

不等她说完，赵平清已是满面笑意地打断道：“那就多谢姐姐了，妹妹与公主先行告退。”

“公主，我们过去吧。”她朝慕千雪使了个眼色，声音微微发急。

“好。”慕千雪点点头，起身朝被堵了话的沈惜君道，“千雪告辞。”

眼见她们就要走出门口，阿兰俯身在沈惜君耳边提醒：“宗姬，就这么让她们离开吗？”

沈惜君死命攥着扶手，面色由红转白，又由白转青，不知在想些什么，但始终是没有开口阻止，任由她们离去。

待她们走得不见身影后，方才松开咬得发酸的银牙，一个字一个字道：“这两人，我一个都不会放过！”

再说赵平清那边，拉着慕千雪一路疾行，直至走出东院，方才长舒了一口气，松开手温言道：“好了，应该没事了。”

慕千雪迎着她的目光道：“劳平妃特意来替我解围，实在过意不去。”

赵平清一怔，旋即轻笑了起来：“果然是瞒不过公主，只是举手之劳罢了，不足挂齿。”

听得这话，夏月恍然道："原来平妃并不是真的要找公主下棋啊？"

赵平清笑着摇摇头，随即叹口气，怅然道："我与姐姐相识十余年，她一直视公主为眼中钉，这次突然派人请公主过去，又岂会是什么好事。"说着，她对慕千雪道，"我知道公主一直对我存有误解，认为是我算计了王爷，但请公主相信，我从未算计过任何人，也不懂得算计，走到今日这一步，真的是身不由己！"

慕千雪微微一笑，漠然道："如果平妃不懂得算计，那普天之下，怕是再无懂得算计之人。"

赵平清难过道："为何公主总是不肯相信我？"

"我只相信该相信的人。"说罢，她淡淡道，"多谢平妃解围，千雪还有事，先走一步。"

夏月扶着慕千雪离去，在走出一段路后，她忍不住回头看了一眼，赵平清仍站在原处翘首相送，神情伤感而委屈。她收回目光，疑惑道："公主，平妃当真那么坏吗？"

慕千雪淡然道："怎么，觉得我不讲理？"

"当然不是！"夏月急急地否认，随即犹豫道，"奴婢只是觉得，或许平妃没有咱们想的那么坏，否则她今日也不会特意去给公主解围。"

"这正是她的高明之处。"慕千雪唇角凝起一个冰冷的微笑，"沈惜君固然霸道任性，却如一柄明枪，令你可以看得清清楚楚。但赵平清不同，她是一支隐藏在黑暗中的箭，你根本不知道这支箭会射向谁，甚至……当你被一箭穿胸之时，还不知道这支箭是从哪里射出的。记着，笑里藏刀的人永远是最可怕的，因为你分不清她哪句话是真哪句话是假。"

夏月听得惊出一身冷汗，连连点头："奴婢知道了，以后不论她说什么做什么，奴婢都绝对不会信上半分。"

十九斜睨了她一眼，凉声道："就怕一转头又忘记了，把坏人当好人，被人卖了都不知道。"

"才不会呢！"夏月朝她扮了个鬼脸，一路扶着慕千雪回到慕宅，刚进门，徐立便迎了上来，轻声道："公主，张公子来了好一会儿了，小人请他去了偏厅品茶。"

徐立口中的张公子，就是当日在万宝阁中借兵书给慕千雪的张启凌，今日已到他们约定的三日之期。

"知道了。"慕千雪应了一声，对夏月道，"你去我书房将那半本兵法图取来。"

"且慢。"十九唤住夏月，迟疑道，"公主，兵法图归还后，再借怕是不易，不如先誊抄一份？"

慕千雪微笑道：“不必，所有阵图注解，都已经刻在我脑海中，随时皆可默录出来，兵法图对我已经没用了。”

夏月离去后，十九扶着慕千雪来到偏厅，正等得百无聊赖的张启凌看到她们进来，连忙起身见礼，“见过慕姑娘。”

慕千雪屈膝还礼：“让张公子久等，千雪实在过意不去。”

四目相对的那一刻，张启凌听到自己倒吸凉气的声音，双目久久无法移开。在过去的二十多年里，他自问见了无数美人，可直至这一刻，方才知道何谓绝代色、倾城姿。那些所谓的美人，在她面前，不过是庸脂俗粉罢了，根本不能相提并论。

十九的咳嗽令张启凌回过神来，但仍难掩眸中的惊艳之色：“以往看书之时，瞧见书中写女子有沉鱼落雁之容、闭月羞花之貌，总觉得那是夸大的描述，今日见了慕姑娘，方才知道古人诚不欺我，世间当真有这样的倾城姿容。”

慕千雪浅浅一笑：“公子过誉了，再美也不过是一张皮相罢了，百年之后，依然要归于黄土。”

张启凌微笑道：“话虽如此，但美好的事物总是能够让人赏心悦目。”说着，他忽道，“幸好！幸好！”

慕千雪秀眉微微一蹙：“幸好什么？”

张启凌接过下人重新沏来的茶，笑答道：“幸好我将兵法图借给了慕姑娘，否则今日可就见不到姑娘的天人之姿了。”

“该说幸好的人是千雪才对，若非张公子慷慨相借，千雪怎有幸一观失传已久的兵法图。”

“慕姑娘客气了。”说着，张启凌有些遗憾道，“可惜只有半本，另外半本不知流落去了何处。不过慕姑娘放心，我一定会设法寻来。”

慕千雪犹豫片刻，终是没将另半本兵法图在她手里的事情说出去。这本兵法图关系重大，张启凌虽然出身富贵，终归身处朝廷战局之外，知道太多，有害无益。

这个时候，夏月拿来了兵法图，慕千雪亲自将之递给张启凌，并且再次拜谢：“千雪欠张公子一个人情，来日张公子若有需要千雪之处，千雪定当尽力而为！”

张启凌接过兵法书，似笑非笑地睇视着慕千雪：“慕姑娘此话当真？”

慕千雪微微一笑：“千雪虽是女儿身，却也明白一言九鼎的道理。”

“好！一言为定！”张启凌畅声笑着，他的五官偏向于阴柔，但每每笑起之时，却又给人一种明朗的感觉，似一道划破阴霾天空的阳光。

重新落座后，张启凌打量了慕千雪半晌，忽地低头一笑，令慕千雪好生奇怪：“张公子笑什么？”

张启凌笑道：“在下总以为女子只爱脂粉珠钗，从没想过，竟有女子喜欢看兵书，甚至愿意为此一掷万金，若非亲眼所见，在下说什么也不会相信。”

“让张公子见笑了。”在一番客气之后，二人说起在兵法一道上的见解，彼此竟是出奇一致。往往慕千雪刚说了半句，张启凌已是明白她后半句要说什么，迅速跟上她的思维，令慕千雪惊讶不已。

不论萧若傲还是东方溯，皆曾领兵出征，浴血杀敌，但论起在兵法一道上的见解，竟都不及张启凌。

张启凌想是难得遇上一个能与他谈论兵法又旗鼓相当的人，越说越兴奋，眼眸发亮道：“我江宁家中收藏了不少先人流传下来的兵书，虽比不上本兵法图珍贵，却都是难得一见的精品，公主见了定会喜欢。”

慕千雪遗憾道：“可惜远在江宁，无法一观。”

“这有什么，让人送过来就是了。”不等慕千雪言语，他已是唤过站在椅后的小断，“你现在立刻快马加鞭回江宁，将我收在书房的兵书取来！”

夏月愕然道：“江宁离此足有数百里，这一来一回，怕是得要十几二十日了。”

张启凌眼角飞扬，自信道：“日夜赶路，再加上千里良驹，六日之内足以来回。”说着，他取下随身所带的玉佩交给小断作为信物，“去吧。”

慕千雪没想到他动作如此迅速，一时阻止不及，摇头道：“其实那些兵书不看也没什么，张公子实在不必如此兴师动众！”

“只是来回一趟江宁罢了，算不得兴师动众。”张启凌眉飞色舞道，“在下醉心兵法十几年，却从未有一天像今日这样痛快过。”说罢，他举起茶盏，“在下以茶代酒，敬慕姑娘一杯！”

“好！”慕千雪亦很高兴遇到这个知音，正要举茶相饮，忽地泛起一阵剧烈的咳嗽，面色潮红，浑身颤抖，连手里的茶盏也拿不住掉落在地。

“公主！”夏月大惊，忙上前替她拍打瘦骨嶙峋的脊背。往日咳嗽一会儿也就止住了，可这一次却是一直咳个不停。就像当日在茶楼见顾长风那样，令夏月紧张不已。就在她打算让徐立去请大夫时，慕千雪终于艰难地止了咳嗽。看到慕千雪掌心并没有殷红的血迹，夏月方才松了一口气，关切道：“公主，您怎么样了？”

“没事，就是咳嗽罢了，别那么担心。”安抚了夏月一句后，慕千雪吃力地朝张启凌欠一欠身，虚弱道，“千雪没用，让张公子见笑了！”

“不碍事。”张启凌回过神来，迟疑片刻，试探道，“刚才……夏月叫慕姑娘‘公主’，难道慕姑娘是皇室中人？”

慕千雪静默片刻，嘴角弯起一个干涩的弧度：“不瞒张公子，我是南昭人。”

“南昭人……南昭……”张启凌喃喃重复着，过了一会儿，他不知想到了什么，猛然起身，满面惊讶地盯着慕千雪，颤声道，“难道慕姑娘就是南昭国的……璇玑公主？”

当年璇玑公主之名虽传遍天下，她的本名却鲜有人知。

“正是千雪！”她的回答令张启凌激动不已，语无伦次道：“我……我不知道慕姑娘就是……我以为……我……”

他这个样子，令夏月瞧着好笑，故意打趣道：“你以为我家公主只是寻常女子对吗？”

“不是！”张启凌急急否认，“慕姑娘天姿国色，才华过人，岂会是寻常女子，我只是没想到，慕姑娘就是名动天下的璇玑公主。”说着，他朝慕千雪长揖一礼，正色道，“张启凌见过璇玑公主，愿公主安康万福！”

慕千雪虚扶一礼，淡然道：“张公子不必如此，从南昭被人攻破都城的那一刻起，我就已经不再是什么公主。”

提及南昭被灭国之事，张启凌长叹一声：“当年公主下嫁还是皇子的楚帝，所有人都以为你们郎才女貌，天作之合。万万没想到，楚帝竟然这般狼子野心，趁南昭没有防备，出兵攻伐，毁了南昭百年基业！”

“都怪我识人不清，上了萧若傲的当！”

张启凌安慰道：“他存心隐瞒，公主又哪里会知道，所幸公主逃了出来，算是不幸中的万幸。”顿一顿，他又道，“公主不必太难过，天道循环，报应不爽。终有一日，他会为自己的所作所为付出代价！”

“希望如……”话未说完，她便又掩唇咳嗽起来，所幸这一次不像之前那么厉害，稍咳几声就止住了。

张启凌关切道：“公主平日里也总是这样咳嗽吗，可曾请大夫来诊治过？”

夏月接过话道：“怎么没请过，金陵城里大大小小的大夫差不多请了个遍，就是没一个能治好公主的病，只会开一堆有用没用的药，再不然就是让公主静养。”

张启凌沉吟片刻，道：“我认识一位大夫，任何疑难杂症到了他手里，都可药到病除，妙手回春，他或许可以治好公主的病。”

他的话令夏月眼眸一亮，急忙问道：“哪位大夫？住在何处？我现在就去请他过来。”

张启凌笑一笑："还是我走一趟吧，这位大夫虽然医术高明，性情却有些古怪，轻易不肯替人看病，我也是机缘巧合之下，方才与他结下几分交情。只是此人住在金陵城外，公主怕是要等上几日了。"刚说完便起身道，"事不宜迟，我现在就去请他过来。"

慕千雪唤住他道："多谢张公子一片好意，只是千雪清楚自己的病，药石难医，还是算了。"

"世事无绝对，不试过怎么知道有用没用，总之公主等我几日就是了，告辞。"他随手行了一礼，疾步离去，显然是怕慕千雪再阻止。

望着他急急离去的背影，夏月好笑道："看不出咱们这位张公子还是个急性子。"

慕千雪笑着叹气："我知他是一片好意，可惜注定是一场徒劳。"

夏月安慰道："公主别总是往不好的地方想，就像张公子说的，世事无绝对，说不定这一位真能医好您的病。"

随着出征日子的临近，越来越多的士兵集结，到了二月十八这一日，兵部调集的士兵已经达到七万之众，而健锐营也一如慕千雪所料，被征集到了这次出征大军之中，预计出征之前，士兵人数能够达到十八万。至于粮草也在紧锣密鼓的调集之中，可惜不论李鸿怎么想办法，又或者怎么计算，都距离十八万士兵需要的粮草差了一大截，令李鸿头疼不已。

就在距离出征只有三日之时，平阳王突然感染风寒，卧病难起，无法统兵出征，东方洄不得不另选统兵之人。

东方溯等的就是这个机会，呈上三才阵法以及可以自动行走运粮的机关木牛，再加上卫晋、东方泽、杨和还有平阳王妃的推波助澜，终令东方洄选他为统帅，于二月二十日统领十八万大军，阻截齐军。

二月十九，东方洄刚下早朝，正在与怀恩说话，有内监进来，恭敬道："陛下，太后来了。"

"母后？"东方洄惊讶地抬起头，果见尹秋搀扶着卫太后进来，他起身快步迎上去，在扶着卫太后坐下后，问道，"母后您怎么过来了？"

"哀家有些事要与皇帝说。"卫太后沉声说着，那张保养得宜的脸庞笼了一层阴云。

东方洄神色一动，朝垂手站在两边的宫人道："你们都退下。"

待得殿中只剩下他们几人后，东方洄轻声道："母后，出什么事了？"

卫太后转脸对尹秋道："把纸条拿给皇帝看看。"

"是。"随着这声答应，尹秋自袖中取出一封信，双手呈给东方洄，"请陛下过目。"

东方洄满脸疑惑地接过来，一张薄薄的信纸上面只写了四个字，却令他脸色大变："小心睿王。"

"这是怎么一回事？"

尹秋屈一屈膝道："回陛下的话，昨日家中送信进来，说奴婢母亲病重，将不久于人世，太后垂怜，特恩准奴婢回家照顾母亲两日，尽一尽最后的母女情分，本该昨日回来，可就在昨天夜里，有人送来这封信。奴婢不知真假，唯有今日一早入宫，将此信呈予太后。"

东方洄拧眉道："送这封信来的人呢？"

"送信的是一个五六岁的孩童，他说有人给了他一串糖葫芦，让他把这封信送过来，除了知道是一个年轻男子之外，一无所知。"

东方洄神色凝重地盯着纸上那一行墨字，许久，他抬头道："母后怎么看这件事？"

卫太后盯着殿中的乌木嵌玳瑁屏风，目光锐利如剑："哀家也不肯定，但……空穴不会来风！"

东方洄明白她的意思，犹豫道："但老七的为人母后是知道的，素来沉默寡言，也没什么野心，当不至于如此。"

卫太后微眯了双眼，冷冷道："人都是会变的，昨日没野心，不代表今日、明日都没野心。宁可信其有，不可信其无。"

东方洄面色难看道："若真如母后所言，那儿子现在将兵权许给他，岂非引狼入室？"

卫太后抚一抚云锦裙褂，叹息道："若这封信早两日送来，哀家必不会同意皇帝将兵权交给他。"

东方洄思忖片刻，迟疑道："不如……儿子现在下旨，收回老七手里的兵符，另选他人为主帅。"

卫太后思忖片刻，摇头道："明日就要出征，这会儿再改主帅太晚了，而且传扬出去，会让大周百姓觉得皇帝朝令夕改，出尔反尔。再者，若他真有反心，皇帝这会儿收回兵权，无疑是告诉他，咱们已经知道他的心思了，到时候狗急跳墙，反而对咱们更加不利。"

“母后所言甚是，但这十八万大军落在老七手里，实在令儿子很不安。”

卫太后接过怀恩奉上的茶，冷声道：“哀家何尝不是，不过现在南境危急，在将齐军赶出去之前，他应该不会做出什么过格的事情来。怕就怕得胜之后，拥兵自重，不肯归还兵权。虽说咱们大周有雄兵百万，但内战之下，国力必然大大损耗，难以再压制野心勃勃的齐国与东凌。”

东方洄咬牙道：“亏得这么多年来朕与母后对他们母子百般照拂，竟是这样的狼心狗肺！”

卫太后盯着龙椅后的六扇乌木雕花屏风，徐徐道：“皇帝可有觉得，溯儿变得与以前不太相同。”

东方洄仔细回想了一下，摇头道：“观老七平日在朝堂上的言行，倒是没什么异常。”

卫太后微微摇头：“哀家指的不是这个。”

东方洄不解道：“那母后的意思是……”

卫太后抿了口茶，淡然道：“哀家让周宁去查一些东西，应该就快来了，等一等吧。”

“是。”东方洄虽有所疑惑，却也未说什么，陪卫太后一道静静等在承德殿中，过了约莫一炷香的工夫，殿外传来叩门声，怀恩上前看过后，躬身道：“启禀太后、陛下，周宁在外求见。”

“让他进来吧。”随着卫太后的话，一名中年太监走了进来，正是宁寿宫的首领太监周宁。

周宁走到殿中，拍袖下跪：“奴才给太后请安，给陛下请安！”

“起来吧。”卫太后凉声道，“说吧，都是怎么回话的。”

“是。”周宁恭敬道，“奴才奉太后之命，问了几位阵法大家，皆说从来没有听说过三才阵，也不曾见书中有记载。”

在示意他退到一边后，卫太后道：“那几位阵法大家，皇帝是知道的，他们每一个都淫浸于阵法一道数十年，其间不知看了多少兵法书，可竟然没一个人知道三才阵，皇帝不觉得奇怪吗？”

东方洄若有所思道：“母后是说，老七得到的三才阵并不像他说的那么简单？”

“三人为阵，三三得九，化为九人之力，也就是说，十八万士兵，若是运用得宜，可以发挥出五十四万士兵的巨大威力。此等阵法，怎可能寂寂无闻，除非……”卫太后神色寂冷道，“才刚刚创出来！”

东方洄一怔，随即断然道："这不可能，老七虽略通阵法，却也仅止于此，绝没能力创出这样的阵法。"

卫太后冷声道："除了三才阵，那十头用来运粮的木牛一样不是简单之物。若非这些，他怎能得到朝中大臣的支持，连哀家的兄长都帮着他说话。"

"关于那些木牛，儿子也问过老七，他说是一个姓古的机关师所做。"

"阵法师，机关师，突然之间都汇集到了他身边，可不是巧合两个字能够解释的。"

在一番近乎凝滞的沉默后，东方洄目光冰冷道："有人在老七背后出谋划策，意图谋取儿子的帝位！"

卫太后起身走到红棱雕花长窗前，一眼望出去，树木在晨光下郁郁葱葱。忽闻"啼哩"一声轻鸣，一只羽色艳丽的小鸟自密密的树叶间穿了出来，振翅飞向一碧如洗的天空，紧接着又有几只小鸟跟着一并飞了上去，自在飞翔。

"明日溯儿就会领兵出征，让绿衣派人暗中跟踪，盯紧他的一举一动。另外，设法查出他背后的那个人。"

东方洄肃声答应："儿子知道。"

卫太后神色稍缓，转身道："神机营那边查得怎么样了？"

东方洄摇头，无奈道："他们藏得很深，至今没有线索。"

他的话令卫太后眉心紧蹙："这件事拖得越久，对咱们越不利！"

"儿子会让绿衣加紧追查，母后不必太过担心。"

卫太后点一点头，漠然道："让人盯住静芳斋，一旦溯儿当真拥兵作乱，陈太妃就是咱们最好的人质。"

东方洄应了一声，又道："如果老七真打定主意走那一步，恐怕一个陈太妃不足以挟制住他。"

"哀家当然明白，所以这是最后一步。"说着，她嘴角泛起一抹冰冷的笑意，"先帝在世时，众皇子之中，唯这对母子最不得宠，总以为他们会安分守己，不曾想竟也起了这样的心思，真是令哀家刮目相看。"

"人心不足蛇吞象，他们非要往死路上走，咱们岂有不成全之理。"东方洄言语间透着毫不掩饰的杀意。他与东方溯毕竟二十多年兄弟，竟然没有半分不忍，心肠之寡冷可见一斑。

在又提醒了东方洄几句后，卫太后离开了承德殿，一路走来心事重重，一句话也没说。回到宁寿宫，尹秋端过宫人递来的红枣银耳羹奉至卫太后面前："太后别那么担心，有陛下在，睿王掀不起什么风浪来。倒是您今日一口早膳也没用，赶紧吃一碗银耳羹垫垫饥吧。”

卫太后接在手里，却无心食用，只是缓慢地搅着，不知在想些什么，在银耳羹渐渐凉却时，她忽地对周宁道：“去传平阳王妃过来。”

第四十七章　杀机

平阳王妃到的时候已是将近晌午时分，不论是在何时何地，她的妆容都精致无瑕，挑不出一丝错来。

在向卫太后行过礼后，她有些疑惑道："太后急着召臣妾来，不知有何吩咐？"

言语间，有宫人折了新开的石榴花进来，红艳可人，卫太后折了一朵亲自簪在平阳王妃浓黑如墨的发髻上，平添一丝娇艳。

卫太后打量了一番，微笑道："你未出阁的时候，总喜欢这样折石榴花簪在发间，说是比那些个珠花更好看。"

听她提起以前的事情，平阳王妃不由得笑了起来："太后还记得。"

"你的事情，哀家怎么会不记得。只是有一件事，哀家怎么也想不明白，要子钥你来替哀家解答。"

平阳王妃垂目道："太后请说。"

卫太后盯着她，笑意渐渐冷了下去："你是从什么时候开始，学会了对哀家撒谎？"

平阳王妃心头一颤，不自在道："臣妾……不明白太后的意思。"

随着她这句话，卫太后脸上最后一缕笑意也隐了下去，眼底的冰冷让平阳王妃心惊肉跳："还不打算与哀家说实话？"

平阳王妃强自镇定道："臣妾与太后只说实话，从不敢有一句虚言。"

"是吗？"卫太后回到椅中坐下，凉声道，"那你倒是说说，平阳王是怎么病的？"

这句话令平阳王妃激灵灵一颤，强颜笑道："此事臣妾不是早就与太后说过吗，前几日王爷在书房就寝时，大意忘了关窗，吹了一夜的冷风，结果风寒入体，第二天就病倒了。”

卫太后抚过油水光滑的鬓发，漠然道：“平阳王是习武之人，身子远比一般人强健。哀家记得有一次他随先帝征战，受敌人暗算，替先帝挡了一刀，听说连骨头都露出来了，也不见有什么大碍。何以这次，仅仅只是吹一夜风，就病得这般厉害？”

平阳王妃赔笑道：“这都是十多年前的事了，王爷如今已经是年过五旬的人了，这身子哪里比得了年轻之时。”

卫太后看了她一会儿，颔首道：“说得也是，毕竟岁月不饶人，大夫呢，怎么说的？”

见她面色平缓，平阳王妃心中稍定，恭敬道：“大夫说是邪风入体引致的风寒，没什么大碍，只是病势凶猛，所以看着吓人，只要按时服药，安心静养，很快便会好转。”

卫太后摇头道：“风寒之症，可大可小，万一遇到个庸医可就麻烦了。哀家记得当年兰妃就是因为风寒走的，当时她才二十余岁，恩宠正盛，哀家每每想起，都觉得可惜。这种事情，还是小心一些为好。”说着，她转向尹秋道，“你去一趟太医院，请李太医过府为平阳王医治。”

听得这话，平阳王妃忙道：“其实王爷服了两日药，已经有所好转，不必劳烦李太医。”

“只是走一趟罢了，能劳烦什么，再说他食朝廷俸禄，理该为朝廷效力，否则养来何用。”卫太后的话令平阳王妃越发慌张，不安道：“真的没什么大碍，太后您就别担心了。”

卫太后并不理会她的话，只催促着尹秋：“还愣着做什么，快去！”

平阳王妃急得脸色发白，眼见尹秋就快走到殿门，她硬着头皮道：“太后，王爷他……”

“子钥。”卫太后截断平阳王妃的话头，却不急着说下去，伸手接过周宁递来的茶盏，盏盖刚一揭开，一阵氤氲的热气便升了起来，模糊了她的容颜。

在沁人心脾的茶香中，卫太后缓缓道：“你是哀家的妹妹，在私底下，不论你犯了什么样的错，哀家都会原谅，可一旦闹开来，就由不得哀家决定了，文斌就是最好的例子，哀家不想再有卫家人步他的后尘！”

平阳王妃听得冷汗涔涔，勉强撑了一阵子，终是抵不住心中的害怕，屈膝跪了下来：“臣妾知罪，请太后责罚！”

卫太后目光在她青白交加的脸上扫过，扬眉对周宁道：“去把尹秋叫回来。”

在周宁离去后，卫太后盯着惶恐难安的平阳王妃道：“如此说来，平阳王果然没有生病？”

平阳王妃哆嗦着两片同样失尽血色的嘴唇，艰难道：“是！”

“呯！”卫太后狠狠一掌击在紫檀雕花的扶手上，胸口起伏如潮汐，厉声道：“你好大的胆子，连哀家也敢骗！”忍耐多时的恼恨，在这一刻悉数爆发出来。

平阳王妃连连磕头，石榴花自鬓间滑落，掉在金砖铺就的地上，红艳之中带着一丝颓败的气息：“臣妾一时糊涂犯下大错，求太后开恩，求太后开恩！”

卫太后深吸一口气，勉强压下心头怒火，冷声道：“睿王让你这么做的？”

平阳王妃盯着金砖上的倒影，心思急速转着：“与睿王无关，是臣妾自己的主意。”她思虑再三，终是没有将沈惜君说出来，她太清楚卫太后的心思，除了他们几个至亲之人外，余者在其眼里皆不过是蝼蚁，沈惜君……也不例外！

不错，卫太后是很疼爱沈惜君，但也仅止于此。一旦沈惜君越过她心中的那条底线，她会毫不犹豫地牺牲沈惜君，一如当初的卫文斌。

卫文斌的死令她清楚，真正疼爱子女的，永远都只有父母。或许情况不至于像她想的那么差，但她无论如何都不敢拿沈惜君的性命去冒险，那可是她身上掉下来的肉。

大殿静若死水，明明窗外春光明媚，草长莺飞，是一年之中最好的时节，平阳王妃却有一种置身寒冬腊月的感觉，全身上下，每一处都在哆嗦。她与卫太后是姐妹不假，但在此之上，还有一层关系，那就是——君臣！

“你的主意？”卫太后眉梢眼角充斥着浓浓的怀疑，显然是不相信她的话。

“是！”尽管心中害怕，但平阳王妃还是毫不犹豫地应承下来。

春光自长窗外透进来，照在卫太后左侧脸上：“那你倒是说说，为何出这样的主意，犯下欺君大罪！”

平阳王妃缓缓抬起头，迎着卫太后冷怒交加的目光，含泪道：“臣妾知道，陛下是信任王爷，才会在齐国犯境，大周有危之时，钦点王爷为主帅，可是……陛下忘了，王爷已经年过五旬，不再是先帝在时那个年轻力壮勇猛过人的平阳王。太后刚才也说了，岁月不饶人，王爷他……老了。”

这番话，平阳王妃说得半真半假，虽然这次事情最根本的原因在于沈惜君，但她确实不放心平阳王再次披挂出征。

卫太后不以为然道：“老骥伏枥，尚且志在千里，何况平阳王只是刚过五旬，并非七老八十。”

“是，王爷今年才刚刚五十，可之前的南征北战，令王爷落下一身伤病，但他性子倔强，从不肯在人前喊半句痛。”平阳王妃越说越伤心，垂泪道，“从几年前开始，每逢阴雨天，王爷周身关节都会肿痛，严重的时候，甚至连走路都困难，可就是这样，他还强撑着去上朝，去练兵，去巡防，令所有人都以为他平阳王身子健壮。臣妾每每看到他咬牙忍痛的样子，就……心如刀割。”

“入春之后，雨水颇多，这阵子王爷关节一直隐隐作痛，万一行军打仗之时，王爷病情加重，对我军必然不利，但陛下圣心已定，臣妾不敢拒绝，思来想去，只有装病这一个办法。”说着，她俯身再次磕头，惶恐道，“所有事情，皆是臣妾一人的主意，太后要罚，就罚臣妾一人，不要迁怒于王爷。”

卫太后双眸微阖，令人无法看出她的心思。良久，寂冷如霜的声音在殿中响起：“这件事哀家就当你说得过去，举荐睿王，又是何道理？”

在平阳王告病之后，平阳王妃曾来宁寿宫，向卫太后举荐东方溯，故而有此一问。

平阳王妃拭一拭泪，哽咽道：“之前追随先帝征战的武将，老的老，病的病，实在没几个合适的人选，倒是睿王几年前曾领兵大败东凌，在年轻一辈中极是突出，除了王爷之外，他算是最适合的人选。另外，他与惜君已经成亲，算是半个卫家人，由他统兵，太后与陛下皆可放心！”

“放心？！”卫太后冷笑连连，在她看来，再没有什么话比这两个字更可笑的了。

平阳王妃微抬了头，试探道：“太后，是不是出什么事了？”

刚才她就一直心存疑虑，为何卫太后会突然知道平阳王装病欺骗，又几次三番提及东方溯，且每一次提及，都充斥着深刻的怀疑。

她知道卫太后不是真心疼惜这个庶子，但一直以来，面上都还算过得去，何以突然之间有了这么大的变化？

卫太后闭一闭双目，声音冷冷如隆冬之时结住湖面的厚厚冰层：“哀家当时就不该一时心软，答应惜君嫁给他，否则也不会有今日之祸。”

“太后……”平阳王妃待要再问，卫太后已是打断道：“该你知道的时候，自然会知道，起来吧。”

“多谢太后。”平阳王妃知趣地咽下嘴边的话，撑着酸疼的膝盖站了起来。

卫太后起身走到长窗前，望着窗外锦绣春色：“睿王明日就会领兵出征，到时候，你将惜君接到平阳王府住上一阵子。”不等平阳王妃言语，她又道，“你只管照哀家的吩咐去做就是了，不要多问。还有，没哀家的同意，不要让她回睿王府，除非……”她微侧了头，盯着平阳王妃一字一句道，“你不打算要这个女儿！”

卫太后言语间透出来的冷意令平阳王妃打了个冷战，连忙道："臣妾谨记太后吩咐。"

卫太后点一点头，收回目光："好了，你回去吧。"

"臣妾告退。"在平阳王妃将要退出正殿时，卫太后幽冷的声音在其耳边响起："这一次哀家看在母亲的份儿上不与你计较，若再有下一次，就算是你，哀家也不会轻饶。"

"臣妾明白！"平阳王妃连忙答应，在勉强撑着离开宁寿宫后，便再也坚持不住，整个人虚脱一般地往下瘫去。

"王妃！"逐春一个人扶不住她，只能由着她瘫坐在地上，所幸这会儿没什么人经过。

逐春一边替她拭着额上如浆水般不断涌出的冷汗，一边紧张道："王妃您怎么样，要不要紧？"

"我没事，只是……有些没力气。"平阳王妃低头看着自己颤抖不止的双手，手心也是出了一层又一层的汗。

在稍稍恢复了一些力气后，平阳王妃借着逐春的搀扶，勉强站了起来，走到前方不远处的一个亭子里歇息。

逐春紧紧皱着眉头，不解道："王妃，您说太后是怎么知道王爷那件事的？难不成是咱们府里有人泄密？"

"她根本就不知道。"平阳王妃双手紧紧交握，可即便这样，依旧无法抑制住双手的哆嗦。

逐春睁大了眼睛，诧异道："不知道？可她明明……"

"明明什么？"平阳王妃涩然打断，"你哪一只耳朵听到她说王爷装病的？"

逐春被她问得一怔，仔细回想了一下，还确实是这么一回事，在最初的那番言谈里，卫太后并没指责平阳王装病，是自家主子主动承认的："但太后让尹秋带李太医去为王爷诊治，分明就是起了疑心。"

"我知道，所以我才不得不承认。"平阳王妃沉沉道，"太后不知从哪里听到了风声，从而试探于我。"

逐春蹙眉道："可是知道王爷装病的，连奴婢在内，统共不过五人，都是府里使了多年且行事稳重的老人，不应该会去向太后告密。"

"不是府中之人。"

平阳王妃肯定的话语令逐春不解："王妃何以这么肯定？"

“如果是府里的人泄密，刚才我们一进去，她就该兴师问罪了，何需大费周章地试探我，而且……”平阳王妃黛眉紧蹙，“太后后面说的话，句句都在针对睿王。”

“奴婢也看出来了，尤其是让您将宗姬接回来的事情。奴婢活了这么多年，从没有听说过哪位王爷出征打仗，府中王妃回娘家居住的事情，且还特意说那么重的话，仿佛睿王府是什么龙潭虎穴似的。”

逐春本是无心之语，却令平阳王妃脑海中有一种闪电耀过的感觉，喃喃自语：“或许……睿王府真是龙潭虎穴。”

逐春猜不透她的心思，不解道：“王妃何出此言？”

平阳王妃长叹一声，沉沉道：“若我没有猜错，太后对睿王……怕是动了杀机！”

“啊！”逐春骇然惊呼，脱口道，“这怎么可能？”

“呵呵，为什么不可能？”平阳王妃冷笑一声，反问于她。

逐春定了定心神，道：“睿王虽非太后所生，但自幼走动，关系亲密，岂会突然动杀机。”

平阳王妃睨了她一眼，凉声道：“你跟在我身边的日子也不算短了，怎还这样看不明白。先帝子嗣之中，太后真心实意疼爱的从来只有陛下一人，除了陛下之外，余者皆不过是棋子，信王如是，睿王亦如是，没有例外。”

逐春咬一咬牙，垂目道：“奴婢也知道太后不可能像疼爱陛下一样疼爱睿王，可终归跟在身边十多年，就当真没有半分不忍？”

平阳王妃嗤笑道：“会这么问，只能说你太不了解宁寿宫那位。若没有那份狠厉心肠，如何能够走到今日。”

往日里，她提起卫太后的狠厉无情，觉得再正常不过。可现在，却有一种心惊肉跳的感觉，因为卫太后的狠厉，已经渐渐延伸到了她身边。

逐春默默听着，待平阳王妃说完后，她想起一件事来，紧张道：“王妃，如果太后真要杀睿王，那宗姬怎么办，会不会也……”后面的话，她不敢说下去。

“太后让我把惜君接回来，就是给惜君一条活路。”说着，平阳王妃肃声道，“明日睿王一出征，你就立刻去睿王府，将惜君给带回来。记着，不要说得太明显，否则恐怕她不肯答应。”

逐春颔首道：“奴婢知道怎么做。”

沈惜君并不知道自己与东方溯才刚刚开始的缘分即将结束，这会儿正拿着一把剪子，细细修剪着木槿花多余的花枝。

阿紫端着一盏鲜红透亮的血燕进来："宗姬，燕窝炖好了。"

"嗯。"沈惜君应了一声，搁下剪子就着侍女捧着的水净一净手后，接过阿紫捧在手里的燕窝，上面浇了一层浓稠的蜂蜜，颜色光润，香气袭人。

沈惜君尝了一口后，惊讶道："今日浇的什么蜂蜜，这般鲜甜可口？"

阿紫依言答道："与之前一样，都是枣花蜜，用量也一样，并没有变过。"

沈惜君挑眉，疑惑道："这可奇怪了，今日吃起来特别入味，甜而不腻。"话音未落，阿兰已是低低笑了起来，令沈惜君颇有些奇怪，"你这丫头，无缘无故地笑什么。"

她不说还好，一说阿兰笑得更加厉害，直至一再追问，阿兰方才笑嘻嘻道："奴婢知道宗姬为何会觉得今日这蜂蜜燕窝特别鲜甜。"

"你倒是说说。"在沈惜君的言语下，阿兰抿唇笑道："甜的根本不是蜂蜜，而是宗姬的心，因为……"她故意拖长语调，在将众人好奇心勾起来后，方才续道，"昨夜里，王爷头一回歇在咱们东院。"

听得这话，阿紫也想了起来，满面笑意道："是了是了，这会儿端来的就算是一盏黄连茶，在宗姬喝来，也是甜得很。"

沈惜君被她们说得粉面羞红，故作生气道："好你们两个丫头，连我也敢取笑，找打是不是？"

阿兰屈一屈膝，笑道："奴婢岂敢，奴婢是替宗姬高兴呢。等了这么久，总算是苦尽甘来了。"

阿紫不屑道："平妃自以为可以用狐媚手段绑住王爷，结果还不是输给了宗姬，真是活该！"

"她自然活该！"提及赵平清，沈惜君眉目冷若冰霜，她永远都不会忘记，自己在大婚之夜是怎样的孤枕难眠，默默落泪；又是怎样的丢尽颜面，遭人在背后指指点点，而这一切都是拜赵平清所赐！

阿兰笑吟吟道："经过这次的事，相信王爷已经明白宗姬的真心，也清楚宗姬才是能够帮他的那个人，从此对您一心一意，恩爱白头。"

阿紫打趣道："岂止是恩爱白头，还有子嗣昌盛，共享天伦。"

"就你们两个话最多。"沈惜君斥了她一句，脸上却是止不住的笑意，显然心里很是受用。

说话间，蔡元走了进来，满面笑容地打了个千儿："小人给王妃请安，王妃万福。"

“免礼。”沈惜君抬手示意他起身，“蔡总管怎么过来了？”

蔡元恭敬道：“回王妃的话，内务府刚刚送来一批上等的衣料，王爷命小人送来给王妃挑选。”说着，他轻轻拍一拍手，一群侍女鱼贯而入，每一名侍女手上都捧着两匹光彩耀目颜色各异的锦缎，粗粗一数，至少有二十余匹。

在命她们将锦缎放在桌上后，蔡元笑道：“请王妃慢慢挑选，王爷说了，只要您喜欢，悉数留下也无妨。”

东方溯借蔡元之口传来的话令沈惜君欢喜不已，伸手抚过层层叠叠的锦缎，微笑道：“这怕是不太好，怎么着也该拿一些去给平妃，蔡总管你说是不是？”

她们之间的明争暗斗，蔡元可是清楚得很，自不会去接这个茬，只笑眯眯道：“王妃您做主就是了。”

这只老狐狸！沈惜君在心里说了一句，笑吟吟道：“行了，都留下吧，我会派人请平妃过来挑选。”

“那就有劳王妃了。”在蔡元离去后，沈惜君扬一扬脸，道：“阿紫，你去请平妃过来。”

“宗姬，您真打算让她过来挑选？”阿紫惊讶地问着，她还以为沈惜君是随口说说，不曾想竟是真的。

“为什么不？”戴着镂金护甲的手指抚过一匹宝蓝织锦的缎子，冷声道，“这些都是各织造局进贡给宫里的上等锦缎，除了宫里头的娘娘之外，也就是各府亲王能够分到一些，她赵平清这辈子怕是都还没穿到过呢。”顿一顿，她催促道，“快去吧。”

“是。”阿紫刚要离去，有侍女进来道：“王妃，平妃在外求见。”

沈惜君一怔，旋即脸上泛起一层冷笑：“她倒是脚长，自己就来了，让她进来。”

在侍女离去后不久，赵平清扶着杜鹃的手走了进来，神色一如既往地谦卑恭顺：“平清给姐姐请安。”

在示意她起身后，沈惜君似笑非笑道：“平妃今日来，该不会又是听说璇玑公主在我这里，想找她下棋吧？”

“姐姐说笑了。”赵平清自袖中取出一块绣着两朵并蒂莲的帕子递过去，“平清给姐姐绣了一块帕子，特来送给姐姐。”

沈惜君扫了一眼她手里针脚细密绣工精致的帕子，却不接过，挑眉道：“都说无事献殷勤，非奸即盗。不知平妃这个……是奸还是盗？”

对于她的嘲讽，赵平清一如既往地浅笑盈盈，“您是平清的姐姐，做妹妹的对姐姐好，是理所应当之事。”说着，她又往前递了递，“妹妹昨夜想了很久，觉得这并蒂双生的莲花最适合姐姐，故而连夜绣了来送给姐姐。”

沈惜君盯她半晌，忽地嫣然一笑：“那就多谢妹妹了。”在示意阿紫接过后，她指了桌上那一堆光彩夺目的锦缎，“这是蔡总管刚刚送来的，我本打算让阿紫请平妃过来挑选，没想到正好你就过来，快瞧瞧，喜欢哪几匹，拿去做几身新衣裳。”

“出嫁时，母亲给了两大箱的料子，足够裁制好几年的衣裳了，这些料子，还是姐姐留着吧。”

“我一人哪用得了这么多，再说，你现在是睿王侧妃，那些普通料子如何能衬你身份，赶紧选去。”说着，沈惜君挽了她的手来到桌前，取过一匹桃红团绣的料子往她身上比了比，“我瞧这个不错。”

赵平清推辞不过，只得选了五六匹：“多谢姐姐，这些足够了。”

“足够就好！”沈惜君笑意深深地说了一句，随即来到长窗前，拿起原本用来修剪花枝的剪子，未等众人明白她的意思，剪子已是用力划在那几匹锦缎上，每一匹都被划出一个巨大的豁口。

赵平清没想到她会突然有此举动，愕然道：“姐姐你这是做什么？”

“做什么？”沈惜君缓步踱到她面前，手里还拿着毁了几匹价值不菲锦缎的剪子。杜鹃怕她对赵平清不利，急忙挡在其面前，慌声道：“你……你别乱来啊！”

沈惜君目光在她脸上掠过，曼声道：“怎么，怕我伤了你家主子？”

杜鹃面色苍白：“你若敢胡来，王爷他……他一定不会放过你！”

“是吗？”沈惜君抬手抚过她细腻白嫩的脸颊，笑靥如花道，“不如我们来试试，就从……你开始。”

“杜鹃不懂事，请姐姐息怒。”赵平清拉过浑身僵硬的杜鹃，小心翼翼道，“可是平清哪里做得不对，惹姐姐不高兴？”眼角余光一直盯着沈惜君手里的剪子，一旦有所不妥，立刻便可避开。

沈惜君冷哼道：“只要一看到你这张虚情假意的脸，我就怎么都高兴不起来。”

赵平清叹息道：“我已经与姐姐解释过无数次了，我……”

“够了！”沈惜君冷冷截断她的话，“我不想费神听你的谎话，今日只是给你的一点儿小小教训，让你好生记着自己的身份，别以为王爷对你有些宠爱，就可以无法无天，甚至踩到我头上来。哼，你那些狐媚手段迷惑得了王爷一时，却迷惑不了一世，始终我才是王爷唯一的嫡妻，而你……不过是一个妾罢了，嫡庶之别，是你无论使多少手段都越不过的坎！”

赵平清咬一咬唇，眼圈微红道：“平清从来没有忘记过自己身份，更不曾……”

“如果你真记得，就不会缠着王爷，屡屡令我难堪，更不会擅闯东院，借故带走慕千雪。”沈惜君厉声打断，在稍稍平复了怒火后，冷言道，“赵平清，你做的每一件事，我都记得清清楚楚，包括你是怎么嫁进睿王府的，往后给我安安分分待在你的西院。否则下一次，这剪子划的可就不是锦缎了。”

“平清告退。”赵平清含泪屈一屈膝，在她带着杜鹃欲离开时，沈惜君夺过阿紫尚拿在手里的锦帕，甩手扔到赵平清脸上，冷声道：“把这个还有那些锦缎带走，别说我亏待了你。”

“多谢王妃。”在命杜鹃捡起那几匹划破的锦缎后，赵平清快步离去，在她们主仆走得不见身影后，阿兰有些担忧道：“宗姬，您不怕她去王爷面前告状吗？”

“王爷现在忙着出征之事，哪有工夫见她，再说……”沈惜君红唇微勾，打量着手里的剪子道，“她可以告状，难道我们就不可以吗？”

再说赵平清那边，一路阴沉着脸，半句话也未说，直至回到西院，方才缓缓吐出憋了许久的那口恶气：“好一个沈惜君！”

紫燕瞥见杜鹃捧回来的那几匹崭新却被划破了口子的锦缎，疑惑道：“这是怎么一回事？”

杜鹃把东西往桌上一摔，揉着酸疼的胳膊，气恼道：“还不是那位蛮横无礼的王妃，娘娘好心给她送帕子，却被她连损带骂，实在可恨！”在将事情经过大概讲述了一遍后，她咬牙道：“王爷这才歇了一夜，她就已经这副德行了，要是再多歇几夜，不知得过分成什么样子。”说着，她对赵平清道，“娘娘，您得赶紧想个办法啊。”

赵平清盯着香炉中袅袅升起的轻烟，沉声道：“沈惜君本就是那个性子，我倒是更在意王爷的态度，他明明就厌极了沈惜君，自成亲以来，连个好脸色也不愿给她，何以昨夜会那么突然歇在她那里，今儿个还让蔡元送去如此多的上等锦缎，恩宠有加，实在令我思之不解。”

杜鹃想了一会儿，摇头道：“奴婢也觉得奇怪，想想昨日，除了陛下因为平阳王生病，改封王爷为出征统帅之外，并未有什么异乎寻常的事情。”

她的话令赵平清心中一动，喃喃低语：“难道是因为这个？”

杜鹃听得不真切，询问道：“娘娘您说什么？”

“没什么。”赵平清压下心里的那丝怀疑，沈惜君虽说是一品王妃，身份不凡，但并没有资格参与这样的军国大事，应该是自己想多了。

紫燕忧心忡忡道：“说到统帅一事，王爷明日就要出征了，这一去，少不得要两三个月，到时候王妃主事，咱们的日子怕是会很不好过。”

赵平清转着指间的白玉戒指，眸中闪烁着幽幽的冷光：“我原想利用璇玑公主来对付沈惜君，可惜这个女子太聪明，不论我做什么都瞒不过她那双眼，她……很危险！”

杜鹃拧眉道：“奴婢总觉着这个璇玑公主古古怪怪，只怕不好对付，娘娘您要小心。”

赵平清扬脸自那幽暗的光线中挣脱出来，似笑非笑道：“我什么时候说过要对付她了？”

杜鹃一怔：“娘娘不是说……”

赵平清拍一拍手，笑得人畜无害：“当你面前有一只狗时，需要想办法打狗。可若是有两只狗，就不必自己动手，只需挑动它们狗咬狗就行了。”

杜鹃试探道：“娘娘是说……让她们自相残杀，咱们坐收渔翁之利？”见她点头，又道，“可娘娘刚才不是还说，璇玑公主不好利用吗？”

“她自是不好利用，但不是还有一个沈惜君在吗？”赵平清透过敞开的长窗，遥遥望着东院的方向，“沈惜君有一句话说得很对，她是嫡妻，我只是一个妾，嫡庶有别。可谁告诉她，这个身份永远都不会变？”

杜鹃最先明白她的意思，笑意深深道：“奴婢相信娘娘一定会如愿以偿！”

傍晚时分，赵平清倚坐在窗前，注视着天边渐渐隐去的夕阳，在她手边的花插之中供着一束百合，晚风拂过，芳香盈动，沁人心脾。

随着一阵轻微的脚步声，杜鹃来到她身边，恭声道：“娘娘，晚膳已经在花厅备下，可以用了。”

“嗯。”赵平清收回目光，扶着紫燕的手站了起来，在准备前往花厅之时，瞧见杜鹃欲言又止，蹙眉道，“怎么，还有事情？”

杜鹃不确定道：“奴婢取膳归来的途中，似乎……看到了陶掌柜。”

赵平清眼皮一跳，讶声道：“宝恒银号的陶掌柜？”

“当时只是匆匆打了个照面，再加上天色又有些黑，奴婢不敢肯定，但……应该就是他，那天见到的那个伙计也在。”

紫燕疑惑道：“他们来做什么？”

杜鹃摇头道：“碰到他们后，我也问了几个人，可惜都一问三不知，奴婢思来想去，恐怕……只有一个可能。”

赵平清双手握紧裙裾，冷冷吐出两个字：“借银？”

杜鹃点一点头，低声道：“若真是借银，恐怕又是为了璇玑公主。”

紫燕厌恶道：“怎么总是有她的影子，跟个阴魂不散的冤鬼似的。”

赵平清屏一屏呼吸，对杜鹃道："想办法再去打听一下，看能否问出一些端倪。"

杜鹃离去后，赵平清来到花厅用膳，膳食与往日一样，四荤四素的八碟小菜，每一碟都色香味俱全，可惜赵平清这会儿没什么食欲，只是浅尝几口便让人撤了。

两更响过后，奉命去打听消息的杜鹃回来了，可惜结果令赵平清失望，一无所获。唯一有用的就是确定了，她当时见到的确是陶掌柜。

见赵平清眉绪不展，杜鹃安慰道："娘娘您别急，奴婢明日就去宝恒银号打听，那个伙计嘴不严，一定能够问出来。"

"也只能这样了。"赵平清叹了口气，正要命二人替她更衣，门外传来小断的声音："娘娘，王爷来了！"

第四十八章　出征

赵平清一怔，旋即喜上眉梢，她以为东方溯明日就要领兵出征，必会独自一人歇在南轩，没想到他竟会挑这个时候过来。

她连忙整一整衣衫，开门迎了出去。夜风之中，东方溯缓步走来，衣袂飘飘，长发飞舞，一眼望去，犹如暗夜中冷峻尊贵的神祇，令赵平清看痴了，直至东方溯走到近前，方才回过神来，连忙屈膝行礼："妾身见过王爷，王爷万福！"

"免礼。"东方溯扶起她，淡淡道，"本王突然过来，可有扰了你歇息？"

"王爷知道妾身素来睡得晚。"赵平清粉面微红道，"不过妾身确实没想到，王爷今夜会过来。"

东方溯没说什么，只道："进去说话。"

"嗯。"在跟着他入内后，赵平清对杜鹃道，"赶紧去打水来给王爷净身。"

"不必了。"东方溯阻止了杜鹃，"本王此来，是有一件事想与平妃商量。"

他的话令赵平清颇为意外，婉声道："王爷请说。"

东方溯不语，只是淡淡扫了杜鹃一眼，后者会意，赶紧拉着紫燕一道退了出去，待得朱红双门关起后，他道："本王记得平妃提过，杜鹃的年纪比你还要大两岁对吗？"

赵平清摸不准他的来意，小心地笑道："王爷记性真好，杜鹃今年已经满二十了，紫燕则小一些，才十八。"

东方溯"唔"了一声，道："男大当婚，女大当嫁，该是时候给杜鹃找个夫婿了，别耽搁了她。"

赵平清心里"咯噔"一下，升起一种莫名的不安，小心翼翼道："妾身也有这个打算，只是一时还没寻到合适的人选，毕竟杜鹃跟随妾身多年，说是主仆，其实更像姐妹，妾身不想太过委屈她。”

“这是自然。”东方溯笑一笑道，“不过嫁人嫁人，本王以为最要紧的还是挑对人，只要对方品行端正，这日子总是不会差的，平妃你说是不是？”

赵平清心里的不安感越发强烈，却又说不出个所以然来，只得维持着面上的笑意道：“王爷所言正是妾身心中所想。”

东方溯取过一个摆在盘中的龙眼，徐徐地剥着外面那个硬壳：“本王这里有一人选，倒是很适合杜鹃。”

赵平清脸色一变，怕被东方溯瞧见，忙以笑容掩饰：“原来王爷今夜过来，是要替杜鹃做媒。”

东方溯轩一轩眉，淡然道：“怎么，平妃觉得不好？”

赵平清赶紧道：“当然不是，妾身只是没想到王爷这样关心杜鹃，那丫头要是知道了，非得感动得哭了不可。”她这会儿真是有苦说不出，杜鹃行事仔细又忠心耿耿，一直被她倚为左膀右臂，若是嫁人，无异于断她一臂。

“她是你的陪嫁丫头，本王当然要上心一些。”东方溯将剥好的龙眼递到赵平清唇边，后者这会儿心绪纷乱如麻，哪里有心思吃东西，但东方溯递来的又不能不吃，心不在焉地嚼了几下，将圆核吐在小碟子里，“不知王爷相中了府里哪一个？”

东方溯取帕拭一拭指尖的汁水，随口道：“不是府里的人。”

这句话令赵平清面色微微发白，嫁与府里的护卫或者管事，她还可想办法继续让杜鹃在这边行走侍候，若嫁出府外……可就真是无计可施了。

迟迟不见赵平清言语，东方溯目光一转，落在她脸上：“怎么了，平妃不愿意？”

赵平清回过神来，赔笑道：“当然不是，王爷肯亲自替杜鹃选婿，妾身高兴都来不及，哪里会不愿。妾身只是在想，究竟是哪家子弟这么出色，能够被王爷一眼瞧中。”

东方溯微微一笑：“是宝恒银号的伙计。”

赵平清满面愕然，万万没想到会是这么一个答案，宝恒银号……听着这四个字，她有一种心惊肉跳的感觉，总觉得哪里不对劲儿，几乎要坐不住。

她到底心思深沉，虽心里惊涛阵阵，面上仍是温婉浅笑：“这宝恒银号，妾身倒是听说过，只是王爷怎么会认识那里的伙计？”

东方溯笑意深深地注视着她：“本王并不认识，不过杜鹃……认识。”

赵平清十指颤抖，脸上的笑意越发勉强：“杜鹃认识宝恒银号的伙计吗，妾身从未听她说起过。”

东方溯起身负手走到她身后，声音清冷如窗外月色徐徐垂落：“若不认识伙计，杜鹃怎么替平妃打听本王借银的事情？”

这句话如晴天霹雳，狠狠劈在赵平清的头顶，震得她花容失色，险些自椅中滑落，东方溯……东方溯怎么会知道这件事？

她紧紧攥着缩在广袖中的双手，维持住最后一丝平静：“妾身不明白王爷在说什么。”

“不明白？”东方溯俯身在她耳边轻笑，曾几何时，这笑声是赵平清最愿意听到的声音，可在此刻，她只有一种感觉，那就是逃离此处，逃得越远越好，“平妃真以为，本王对你的所作所为毫不知情吗？”

“妾身……”一只手突然搭在她肩膀，吓得本就已经慌如惊弓之鸟的赵平清浑身一哆嗦，连后面的话也给忘了。

她的反应令东方溯笑意又深了几分，贴着她的耳畔道：“平妃对本王这般关怀备至，实在令本王感激，你说……本王该怎么感谢你好？”

温热的气息喷吐在她颊边，看起来是这般的亲昵，然而赵平清却犹如转向冰窖之中，双唇不住哆嗦，隐约能够听到上下牙齿碰触在一起的声音。

“平妃为何不说话？”这句话冲溃了赵平清心里最后一道防线，屈膝跪下，于潸潸而落的泪水中道：“妾身知罪，但妾身……妾身也是紧张王爷，才会一时糊涂做下错事，请王爷开恩。”

“一时糊涂？”东方溯轻轻笑着，伸手勾起她的下巴，望着那张在烛光中看来楚楚可怜的脸庞，“这么说来，几次将消息泄露给王妃，都是一时糊涂了？”

赵平清瞳孔倏然一缩，每一次她以为事情到头的时候，东方溯总是会再给她“惊喜”，他……究竟知道多少？

东方溯收回手，长眸微眯：“本王来之前，杜鹃应该已经告诉你，刚才见到陶安与那名伙计的事情，而你……则猜测着本王召他们过来是不是又打算借银，对吗？”

赵平清哪里还敢接他的话，只惶恐道：“妾身知罪！”

“你若真知罪，就不会只有这四个字。”东方溯走到有些黯淡的红烛前，取过青铜剔子剔一剔卷曲的烛芯，令烛光重新亮了起来。

“不妨实话告诉你，本王这次召陶安他们过来，与借银无关，只是为了让他们认一个人。”

赵平清飞快看了他一眼，面如死灰地吐出两个字：“杜鹃？”

“不错。”东方溯冷然应着，杜鹃以为的偶遇其实是他刻意安排，为的就是让那名伙计辨认清楚，当日套问他话的那名女子究竟是不是杜鹃。

当时，他吩咐十三追查借银泄露一事，几经周折查到了那名银号伙计的身上。伙计被一番吓唬后，将杜鹃套问他话的事情和盘托出，在打过照面后，亦肯定地指认杜鹃就是当日来银号的女子。

在一番近乎凝滞的沉默后，赵平清开口道："王爷一直都派人盯着妾身？"

东方溯轻哼一声："本王没这个闲情逸致，是你自己做得太过了，四处盘查本王的事情不说，还想借王妃之手来闹事。"

赵平清紧紧咬着发酸的牙齿，狡辩道："是王妃欺人太甚，妾身才不得已而为之。"

东方溯讽刺道："好一句不得已而为之，一句话便将事情推得干干净净，真是能言善辩。"

赵平清抬起脸庞，含泪道："是不是妾身只要犯了一次错，在王爷眼里就会变成十恶不赦之人，一句都信不得？"

东方溯面无表情道："你犯的何止一次错？"

赵平清激动道："是，妾身是让杜鹃去宝恒银号打听了，可这不应该吗？为了璇玑公主，王爷不仅提空了账房所有的银两，还用屋契田契去银号抵押了三万两银子。王爷在做这些事情的时候，可曾想过妾身，想过府里上上下下几百号人吗？"

"你是在指责本王？"

赵平清强迫自己迎视东方溯阴冷的目光，咬牙道："妾身不敢，妾身只是觉得，王爷太不公平。"顿一顿，她道，"至于王爷说妾身利用王妃闹事，妾身没有做过。"

东方溯抬手抚过那张青白的脸庞，不论是他手指，还是赵平清的脸庞，都冷得像冬日的冰凌，没有一丝温度："本王做事，轮不到你来过问，至于是否利用过王妃，你心中最是清楚。本王既娶你为侧妃，就会以侧妃之礼待你，但前提是你好生记着自己的身份，不要总是去想一些不属于你的东西，更不要去插手与你无关的事情，否则……就是在逼本王。"

他这番话已经是近乎威胁了，而赵平清也终于肯定，东方溯知道的远比她想的还要多。她甚至怀疑，东方溯根本就对自己所作所为了如指掌。可……如果真是这样，他为何还要娶自己，实在说不通。

赵平清俯首，以额触地，艰难道："妾身……谨记王爷吩咐！"

"记着就好。"东方溯唇角微扬，亲自扶起她，声音已是恢复了惯常的温和，仿佛什么事情都没有发生过。但终赵平清一世，都不会忘记刚才的事情，也是从这一刻起，她开始畏惧东方溯。

“平妃若没意见，杜鹃的婚事就这么定了，伙计这会儿还等在南轩，你让杜鹃收拾一下东西，半个时辰后，蔡元会接她过去。”

“还有，杜鹃既然嫁了人，就不再是睿王府的人，本王不希望平妃以后再与她有什么牵扯。”抛下这两句话，东方溯拂袖离开了西院。在他走后，赵平清双腿一软，瘫坐在冰凉的地上，眼底透着十八年来从不曾有过的惶恐。

不知过了多久，她撑着身子坐在椅中，双手哆嗦着取过果盘中的龙眼，一颗接一颗地剥着。但每一次，还没剥到一半，滚圆的龙眼便从颤抖的指尖滑落，咕噜噜地滚到桌沿，掉落在地上。

杜鹃与紫燕见东方溯走了，便想进来问赵平清，结果一进来就看到满地都是龙眼，赵平清更是面色灰败。

杜鹃二人赶紧越过散落在地上的龙眼，来到赵平清身边，紧张地问道：“娘娘，您这是怎么了？出什么事了？”

赵平清没有理会她的话，依旧不停地剥着龙眼，终于有一颗被她完整地剥了出来，迫不及待地塞进嘴里，然后又不住剥了起来。

紫燕一直不见她吐出核来，急切问道：“娘娘，您赶紧把核吐出来，那东西可不能咽下去。”

赵平清并没有吐出核来，反而又往嘴里塞了一颗，在她要塞第三个的时候，杜鹃赶紧夺下她手里的龙眼：“娘娘您别吃了，那核咽多了会胃疼的，到底王爷与您说了什么，让您这个样子？”

这一次，赵平清终于有了反应，怔怔盯了杜鹃半晌，忽道：“去收拾衣裳吧。”

杜鹃被她说得莫名其妙：“收拾什么衣裳？”

“你的衣裳。”

杜鹃一头雾水道：“为什么要收拾奴婢的衣裳？”

赵平清伸出因为沾染龙眼汁水而变得黏腻的双手抓住杜鹃肩膀，她抓得那么用力，以致指甲隔着衣裳狠狠掐进肉里，杜鹃又不敢挣扎，只能皱着脸道：“娘娘，是不是奴婢做错了事情，惹您不高兴？”

紫燕看得心惊，小声劝道：“杜鹃有什么做错的，您慢慢训她就是了，别伤了您的玉手。”

在她的劝说下，赵平清缓缓松开手，木然道：“你没有做错，相反，是有喜事。”

“喜事？”杜鹃疑惑地重复着两个字，想不明白喜从何来，而且赵平清的眼神，绝不像是有喜事的样子。

紫燕心思一动，脱口道："娘娘可是想让杜鹃嫁人？"

一听这话，杜鹃顿时傻了眼，连忙道："莫要胡说，好端端的嫁什么人。"

赵平清这会儿终于止住了哆嗦多时的双手，缓缓道："紫燕说得没错，喜事——就是你要嫁人。"

杜鹃怔怔站在那里，她今年已经二十了，并非没想过嫁人，但怎么也没想到会来得这么突然，事先一点儿征兆也没有。对她来说，嫁人不是坏事，可现在这个情况，怎么想都不对劲儿。

想到此处，她试探道："娘娘，奴婢……"

赵平清抬手打断她的话，沉沉道："我知道你想问什么，这是王爷的意思，今夜……他就是为此而来。"

"娘娘是说……王爷为奴婢指婚？"杜鹃难以置信地说着，她来府里前前后后算在一起不过十来日，在东方溯面前，她的身份是赵平清的陪嫁丫头，仅此而已，怎么也想不到王爷竟会突然指婚。

紫燕却是没想这么多，欣喜地问道："娘娘，王爷替杜鹃指了哪户人家，家里可还殷实？为何之前从未听王爷提过？"

在长久的沉默后，赵平清涩声道："是宝恒银号的伙计。"

紫燕蹙眉道："咱们虽说是下人，但打小跟在娘娘身边，识文通墨，尤其是杜鹃，她可是连琴也会弹，让她嫁给一名银号的伙计，未免有些委屈。"说话间，看到杜鹃身子微微发抖，赶紧握住她的手道，"这是怎么了？"

杜鹃没理会她，望着赵平清道："王爷他……他是不是知道了什么？"

"何止知道，根本就是一清二楚！"想起东方溯那张喜怒难辨的脸庞，赵平清眼里有着无法遏制的恐惧。

在听赵平清大概讲述了一遍刚才发生的事情后，杜鹃整个人都傻了，怎么也没想到，不过是去打听一下消息罢了，竟将自己的终身都赔了进去。

待得缓过神来后，她急急在赵平清面前泣声呼道："娘娘救救奴婢！救救奴婢！"她就是再蠢再笨也看出来了，东方溯这哪是指婚，分明就是对她的惩罚！

赵平清摇头叹息："不是我不肯救，而是无能为力。"

杜鹃急急道："不会的，王爷那么宠您，只要您开口，王爷一定会听，再不然……先拖一阵子也好。"

"宠我？"赵平清冷笑连连，掐下一朵供在瓶中的粉红桃花，一字一句道，"他对我根本没有情意！"

杜鹃一怔，随即拼命摇头："王爷亲自向太后求婚赐婚，又连着那么多夜都歇在娘娘这里，怎么会没有情意。"她一想到从此要嫁给那么一个穷小子，过着挨苦受穷的日子，就浑身发冷。

"我不知道他为何娶我，但他于我，确无半分情意！"说到恨处，赵平清紧紧攥起手掌，一根根指骨在手背拱起，狰狞骇人，待得再伸开时，刚刚还娇嫩欲滴的桃花已经残败零落。

杜鹃手足无措道："那……那现在怎么办？"

一名侍女站在门外，恭声道："娘娘，蔡总管来了，说是奉王爷之命，带杜鹃姐姐过去。"

杜鹃闻言越发慌乱，紧紧抱住赵平清的双腿，涕泪俱下道："求娘娘救我！"

"请蔡总管去偏厅等候，我很快就来。"在打发了侍女离去后，赵平清抚着杜鹃满是泪痕的脸庞，徐徐道，"王爷是铁了心要把你嫁给银号伙计，你若不嫁，就只有一条路可走，不值得。"

杜鹃知道，那是一条死路，她不想嫁给一个穷伙计，但更不想死。

杜鹃死命咬着下唇，直至咬出两个血痕来，方才松开，泪眼蒙眬道："真的不可改吗？"

赵平清将她从地上拉了进来，目光冷厉如隆冬之雪："君子报仇，十年不晚。杜鹃，我答应你，一定会替你讨还今日之恨！"

要讨还的，岂止是杜鹃之恨。过往十八年，只有她负人，从没有被人所负。可今日……却被她最爱的那个人耍得团团转，让她怎能甘心。

杜鹃无奈地点点头，在紫燕的陪伴下去收拾了包袱。赵平清还算念情分，给了数百两银子，供她以后生活。

等在偏厅的蔡元瞧见她们进来，忙起身行了一礼。

赵平清点一点头，淡淡道："杜鹃已经收拾好了，蔡总管带她去叩谢王爷恩典吧。"

蔡总管隐约知道一些缘由，却不说破，只笑呵呵道："是该好好谢谢，小人跟了王爷那么多年，还是头一回见王爷给人指婚呢，杜鹃姑娘可算是天大的面子了。"

赵平清勉强一笑："赶紧过去吧，别让王爷久等了。"

在依依不舍地送一步三回头的杜鹃离去后，紫燕抹着泪道："王爷这心肠可真是狠，不过是打听一些事情罢了，就逼着杜鹃嫁人，连一个晚上都不肯让她多留。所幸杜鹃嫁在金陵城中，往后还有机会相见。"

赵平清冷冷扫了她一眼："若不想死，就不要去见杜鹃。"

紫燕骇然道："这……这是为何？"

赵平清走到屋外，抬头望着天边半圆的明月。一直以来，她都以为自己嫁来睿王府，只要对付两个人即可，如今才知道，竟要对付三个……

东方溯，我如此爱你，你却这般待我，怎么可以！怎么可以！

夜凉如水，风在窗外漫卷，数盏明灯将书房照得通亮，东方溯闭目坐在椅中，修长的食指在桌案上一下一下地叩着。

"吱呀！"随着门开的声音，蔡元走了进来，恭声道："启禀王爷，小人已经将杜鹃交给那名银号伙计带走了。"

东方溯缓缓睁开双眼："平妃可有说什么？"

"没什么，只说让杜鹃谢王爷恩典。"微微一顿，他又道，"不过小人知道王爷不愿见她，所以自做主张，让杜鹃在书房外谢恩了事。"

"好。"东方溯应了一声，见蔡元未曾退下，微一拧眉，"怎么，还有事？"

蔡元瞅了他一眼，小声道："回王爷的话，璇玑公主来了，说要见您。"

东方溯眸光沉沉，良久，轻声道："请她进来吧。"

"是。"蔡元快步离去，过不多时，一道再熟悉不过的纤细身影自夜色中缓缓走来，令东方溯呼吸为之一滞。

千雪……

东方溯在心里默默念着这个朝思暮想的名字，他闭一闭目，强行压下体内蔓延成灾的思念，冷漠道："公主深夜来此，有何贵干？"

慕千雪自袖中取出一个三角黄符递了过去："这是千雪从寺里求来的平安符，请了住持开光，当能护佑王爷此行平安。"

东方溯扫了一眼，冷笑道："你怕本王赢不了这场仗，会坏了你的计划，破了你的局？"

慕千雪静静地迎向他的目光："计划坏了可以再筹谋，局破了可以再布，千雪只求王爷平安！"

她这句话令东方溯心头狠狠一颤，几乎控制不住自己的情绪，赶紧深吸一口气，压下蠢动的心绪，漠然道："公主何时变得这么关心本王了？"

不等慕千雪言语，他又道："本王从来不信这些，这个什么平安符，公主还是拿回去吧，不送。"

慕千雪目光温柔地望着他，令东方溯很不自在，故作不耐烦道："不是让你走了吗，还站在这里做什么，非得让本王派人赶你才高兴吗？”

面对他的恶声恶语，慕千雪嫣然浅笑，眼睛弯弯如新月：“王爷一片苦心，千雪铭感于心。至于这平安符……”她上前将其放在桌案上，笑吟吟道，“既已送出，岂有收回之理。”说着，她浅施一礼，退出了书房，根本不给东方溯拒绝的机会。

直至那两扇门关起，东方溯方才回过神来，面色古怪异常，过了一会儿，一声似有若无的轻笑在书房响起。

“千雪……”伴着这声低低的呐语，他取过用黄纸裹着铜钱折成的三角符，珍重地放入怀中，心中生出温暖缱绻之意。

这一夜，对于许多人来说，都辗转反侧，难以入眠。可不论他们睡与不睡，想与不想，天都会像以往每一日一样，准时亮起。

二月二十日，遭齐国突袭南境失去了数个城池的北周，终于要反击了。十八万人马，从城内一直延伸到城外，一个个士兵盔甲鲜明，军容肃整，充斥着一股肃杀之气。站在军队最前面的，就是此次出征的统帅睿王东方溯！

“陛下驾到！”伴着内监一声叠一声的唱语，一辆鎏金八宝朱顶舆车在禁军与宫女内监的簇拥下缓缓驶来。

“参见陛下，陛下万岁万岁万万岁！”所有人皆肃容朝坐在舆车中的那位至尊天子跪地行礼，十几万个声音叠加在一起，震彻天地，也让每一个人清晰感受到那种至高无上的权威！

舆车停下，东方洄就着怀恩的手走下来，抬手道：“众将免礼平身！”

“谢陛下！”众人行礼谢恩之后，方才依次站了起来。

头戴通天冠的东方洄来到神情恭敬的东方溯身前，用力拍一拍他的肩膀：“老七，此次出征，你一定会替朕打一个大大的胜仗归来！”

别看东方洄面上对东方溯一副信任有加的样子，心里却是恨得不得了。若非木已成舟，难以再改，依着他的心思，早就撤了东方溯的统帅之位，改由自己的心腹领兵。

眼下为了大局着想，唯有暂时放过他，等打败齐国之后，再行收拾。

东方溯不知他的心思，单膝跪地，在盔甲碰撞的声音中道：“陛下放心，臣弟一定大败齐军，扬我大周国威！”

东方洄重重点头，欣然道：“好！待你凯旋归来，朕亲自迎接！”说着，他伸手道，“拿酒来。”

怀恩连忙唤过宫人，倒了两杯酒分别递给东方洄二人，在一声清脆的酒杯碰触声中，二人分别饮尽了杯中酒。

怀恩上前取过已经空了的青玉酒杯，随即提醒道："陛下，时辰差不多了。"

东方洄点点头，再次对东方溯道："起程吧，待你归来，朕再与你饮个痛快！"

"臣弟遵旨！"在东方洄登上舆车后，东方溯翻身上马，再次拱手一礼后，一拉马绳，浩浩荡荡地往城外行去。

望着远远离去的东方溯，怀恩忧心忡忡道："陛下，真的没问题吗？"

东方洄脸颊微微一抽，目光阴沉道："至少在打赢这场仗之前，不会有问题。"

那之后呢？

这句话在怀恩嘴边打了几个转，终是没敢问出口。

大军出了金陵之后，一路往南行去，按着今晨送来的急报，他们应该会在数日之后与齐军相遇，开始一场恶战。

在一处高山上，张启凌负手而立，垂目注视着山脚下黑压压的军队，站在他身后的小厮轻声道："公子，您说这一战北周能赢吗？"

张启凌微微一笑："瘦死的骆驼尚且比马大，更何况国力正盛的北周，齐国想要独占北周……"他摇头道，"还不够资格。"

小厮眨一眨眼睛，道："不是还有西楚吗？"

策马走在东方溯身后的几个人突然抬头往这边看来，张启凌脸色一变，迅速拉着小厮往后退了一步，隐身于一棵大树后，直至这些人走远后，方才缓步走了出来，轻声说了一句："好险。"

小厮心有余悸道："那几个人好厉害的感知能力，隔了那么远都能察觉到咱们的目光。"

张启凌捻着拇指上价值千金的白玉扳指，遥望着已经远去的大军，凉声道："若我没猜错，这几个，应该是平日里暗中保护睿王的高手。"

"是他们？"小厮惊讶道，"奴才还以为是北周的将领呢。"

张启凌冷笑一声："这位睿王身边的人，可比那些个将领厉害多了。"

"奴才仔细查过睿王，他排行第七，承帝在世时，他是众皇子中最不得宠爱的那一个，倒是与当时还是贵妃的卫太后走得颇近。之后承帝过世，太子登基为帝，睿王才被封为一品亲王，得以重用。可这算算时间，统共不过三年，奴才想不明白，他怎么就养出这么多人来，咱们……"

张启凌目光一横，冷冷打断："你什么时候变得这么多嘴了？"

小厮闻言，赶紧掌了自己几个嘴巴子："奴才多嘴，请公子恕罪！"

“此处无人，我尚可饶你，可若是以后在他人面前饶舌多嘴，可别怪我这个做主子的狠心。”

小斯松了一口气，赶紧道：“奴才明白。”

在训斥了小斯一句后，张启凌又将心思放到了东方溯身上，思忖半晌，凝声道：“这个睿王，必不像咱们表面所见的那么简单。”顿一顿，他想起一事，“神机营有线索吗？”

小斯摇头道：“奴才一直都按照公子的吩咐加派人手追查，可自从上次惊鸿一现后，就再没有出现。”

“神机营藏得还真是深。”张启凌抚过玉扳指上细腻的雕刻，声音冷如山石，“可就算它藏到十八层地狱，我也要把它连巢挖出来！”

小斯正要说话，眼角余光瞥见几抹浮影，连忙指着山下道：“公子您看！”

张启凌顺着他指的方向看去，只见大约有五六个身着玄色劲装的中年人策马自山上奔过，一个个太阳穴鼓起，显然都是武功高手，不过论感知能力，却是输给前面那几个，一路过去，都没发现站在山顶的张启凌二人。

小斯思忖片刻，道：“公子，其中一人，奴才在琉璃坊见过。”

“琉璃坊……”张启凌徐徐重复了一遍，唇角上扬，露出一抹魅惑邪气的笑容，“果然是有古怪。”

小斯遥遥望了山下一眼，道：“要不要奴才跟上去？”

“不急。”张启凌负手在山顶徐徐地走着，目光一直注视着山下之人，他们同样一路往南，路线与大军相同。

慢着，相同……相同……

张启凌脑中灵光一闪，拊掌笑道：“我懂了，懂了。”

小斯听得不解，好奇道：“公子您懂什么了？”

张启凌微笑道：“还记得我让你送去尹秋家中的那封信吗？”

小斯下意识地点头：“自然记得。”

“周帝既要用睿王，又怕他心生不轨，故而派人暗中跟踪，监视睿王的一举一动。”

小斯恍然道：“原来如此。”说着，他又不屑道，“自从来了金陵后，总听那些无知妇孺说什么周帝是仁君英主，但看来更是一个满腹算计的阴诡小人。”

“你也说了是无知妇孺，还听来作什么。”这般说了一句，张启凌徐徐道：“琉璃坊应该是神机营的一个据点，只是……”他蹙眉道，“我倒不知，神机营竟有这么多女子。看样子，我们还有很多事情不知道。”

小厮会意道：“奴才会派人日夜盯着琉璃坊。”

张启凌弹一弹指甲，似笑非笑道：“琉璃坊自然要盯，但有一件事更加重要。”

小厮猜不透他的意思，恭声道：“请公子示下。”

在蓬勃洒落的春光中，张启凌眯着那双似碧水琉璃的眼眸，徐徐道：“在北周与齐国军队交战之时，设法逼睿王身边那群人动手。”

只要那群人一动手，琉璃坊的人就会发现，只要他们将消息带回去，以周帝的性子，一定会想调查睿王身边的那群人。而他……只需要跟着周帝留下的脚印，就会知道一切，省了许多功夫。

在往山下行去时，小厮想到之前的问题，好奇道：“公子，您说这一仗齐国赢不了北周，可齐国那边，不是还有西楚吗？难道合两国之力，还赢不了北周？”

“如果他们真心结盟，或许有一拼之力，可惜……楚帝与齐帝都是疑心深重之辈，岂会全然相信对方，所谓结盟，不过是互相欺骗，互相利用罢了。更何况北周还有璇玑自《风后八阵兵法图》中研究出来的三才阵襄助，齐楚两国……凭什么去赢！”在说到最后一句话，话语中透出深深的不屑。

从这里望下去，能够看到金陵城的全貌，这座被称为天下第一大都的城池屋宇鳞次栉比，连绵至城墙的每一处，被围拱在正中的昭明宫更是宫阙重重，飞檐卷翘，金黄色的琉璃瓦顶在日光下耀眼夺目，华丽恢宏，犹如一颗世间最耀眼的明珠。

张启凌居高临下地伸出手，五指伸展，仿佛要将整个金陵城乃至整个天下都握在他一人的掌心！

终有一日，他会将这片江山牢牢握在手中！

盛世帝王妃 1

SHENGSHI DIWANGFEI

下册

痴心错付终身误

JIEYU WORKS

解语 著

新世界出版社
NEW WORLD PRESS

第四十九章　西楚出兵

王府中，沈惜君意外地望着正朝自己屈膝行礼的逐春："姑姑，你怎么过来了？"

逐春直起身，笑吟吟道："自您出嫁后，王爷与王妃一直都很想念，此次睿王出征，王妃想着宗姬一人在府里会冷清寂寞，特命奴婢来接您回去住些时日。"

沈惜君满面惊讶道："回平阳王府？"

"是。"逐春恭敬道，"马车已经在府外等候，随时都可起行。"

沈惜君思忖片刻，道："我也想与父亲母亲相聚，但我身为睿王妃，岂有睿王一出征，就回娘家居住的道理。你回去告诉母亲，过几日我自会去看他们。"

逐春心中着急，又不能说出实情，只得道："只是去住一阵子罢了，并不打紧。"

沈惜君犹豫再三，终还是摇头道："始终是不好，还是算了。"

逐春为难道："来之前，王妃再三叮嘱，一定要请宗姬回王府，您现在不回去……奴婢很难向王妃交差。"

沈惜君不以为然道："有什么好为难的，只管将我的原话告诉母亲就行了，母亲还能怪罪于你不成？"

"可是……"

"好了。"沈惜君有些不耐烦地打断逐春，"我还有事，你回去吧。"

"是。"见说不动沈惜君，逐春只得屈膝告退，离开了睿王府。

就在沈惜君以为这件事就此作罢之时，平阳王妃竟然亲自前来，要带她回平阳王府。

这一次，沈惜君就算再迟钝，也察觉出不对了："母亲，是不是出什么事了？"

平阳王妃掩袖抿了口茶，淡然道："能有什么事，就是想你回家住些时日，怎么，你不愿意？"

"当然不是，只是……"

平阳王妃搁下茶盏，起身截断她的话："既然不是，那我们现在就走吧，东西也不必收拾了，府里都有，再不然重新置办就是了。"

沈惜君跺一跺脚，倔强道："除非母亲把话说明白，否则女儿绝不离开睿王府半步。"

平阳王妃展一展宽广的莲袖："为娘不是已经说得很明白了吗，睿王不在，赵平清不是什么善茬儿，与其在这里与她两看相厌，不如回平阳王府住些时日，有为娘陪着你，也不至于寂寞。"

沈惜君连连摇头，满面疑色道："这不是理由。"

平阳王妃挑一挑螺子黛描绘而成的双眉："那你觉着什么是理由？还是说你觉得我这个做母亲的，连自己女儿也不能想？"

"我……"沈惜君答不出来，咬牙道，"总之女儿不走！"

平阳王妃面色一沉，冷声道："你现在连为娘的话也不听了是吗？"

"母亲若有道理，女儿自然会听，反之……"沈惜君转身回椅中坐下，"恕女儿无法盲从！"

平阳王妃本就憋了一肚子的气，这会儿见她一味与自己作对，顿时气不打一处来："如果今日我一定要带你走呢？"

沈惜君赌气道："除非五花大绑抬出去，否则休想让我离开这里。"

"你！"平阳王妃气得身子不住发抖，逐春赶紧上前扶住，劝道："王妃息怒，宗姬毕竟还小，您慢慢劝，别动气伤了身子。"

"她都已经嫁人了，还小什么？"平阳王妃没好气地呵斥了一句，再次看向沈惜君，"我问你最后一遍，走不走？"

"不走！"沈惜君自幼骄纵，吃软不吃硬，对方越是逼迫，她就越是不肯顺从。

"好！"平阳王妃缓缓吐出这个字，旋即面色阴冷地朝跟随她过来的两名小厮道，"立刻去取绳子来，绑住她的双手双脚，抬到马车上！"

此言一出，所有人皆被吓住了，尤其是沈惜君，怔怔地看着平阳王妃，几乎不敢相信自己的耳朵。

她是幼女，又是几个子女之中长得最像母亲的，所以从小到大，都得到母亲的格外宠爱，不论如何任性妄为，母亲都顺着宠着，连终身大事也由着自己做主，这会儿却说要绑自己，母亲她……她简直是疯了！

“谁敢替她说话，一律重责三十大板！”平阳王妃这句话令逐春无奈地咽下了已经到嘴边的劝说。

很快，两名小厮拿了绳子来，却畏缩着不敢上前，平阳王妃呵斥道：“还不快去！”

“是。”小厮咽了口唾沫，艰难地挪到沈惜君面前，颤声道，“宗姬，得……得罪了！”说罢，二人紧紧闭了双目，慌乱地将绳子往她身上甩去。

沈惜君一把扯住手指般粗细的绳子，难以置信道：“母亲，我可是你女儿啊，你怎么能这样对我？”

平阳王妃没理会她的话，只冷冷道：“总之今日你一定要走，至于是自己走出去，还是被人抬出去，你自己决定。”

面对强势的平阳王妃，沈惜君气得红了眼圈：“您实在太过分了！”

这一次，她终归是拗不过，被迫回了平阳王府，但心里憋了一股气，任是谁来与她说话，她都一字不接。

金陵城外，大军有序地往南方前进着，待得天黑时分，已是行进了十余里路，东方溯看了一眼天色，对身边的副将道：“传令下去，就地扎营，今晚在此过夜。”

副将离去后，东方溯勒绳下马，当他袖子垂下时，一道细微的光芒自袖中掉落，“叮”的一声滚入路边的碎石中，在月光下散发着柔和的光芒。

珍珠？

东方溯俯身捡起，眼中满是疑惑，真是奇怪，他袖子里怎么会有一颗珍珠？而且……这珍珠未免也太轻了，拿在手里轻飘飘的，论分量甚至不如一张稍厚些的纸。

一番探究后，他发现了珍珠的玄机，手指微一用力，珍珠顿时被捏碎，露出一张小小的纸条。

这粒珍珠与当日慕千雪拿到的一样，皆用特殊手法将之打磨成空心，用来藏书传信。

只看了一眼，东方溯便迅速攥起了纸条，脸色异常难看，纸上写了十一个字：“帝已疑心，切不可交还兵权！”

十三一直跟在东方溯身边，见他面色不对，低声道：“王爷，出什么事了？”

东方溯将纸条交给十三：“看过之后，立刻将它毁了。”

十三初时尚有些疑惑，待得看清纸上那一行字后，立刻攥紧了手，松开时纸张已是化为了纸屑，四散在暮色中："王爷，是谁送来的？"

东方溯摇头道："本王也不知道，刚才下马时，一颗珍珠自袖中掉了出来，捏碎之后便发现了这张纸条。"

十三扫了一眼散落在脚下的珍珠碎屑："这人能知道陛下的心思，属下若猜得不错，应该是陛下身边之人。"神机营诸人之中，以十三心思最为周全缜密，善于分析推断。故此次出征，东方溯特意将他带在身边。

十三的话令东方溯心中一动，二哥身边的人，又有机会将珍珠放到他袖中的……难道是怀恩？

这个念头刚一冒出来，便被他否决了。东方洄还是太子的时候，怀恩就已经暗中投靠，怎可能向他通风报信。可若不是怀恩，又会是谁呢？

唯一可以肯定的是，对方费那么大的功夫送来这封密信，断不会是无的放矢，东方洄……已是对他起了疑心。

"按信中所言，我一旦交出兵权，皇兄就会对我动手。"

十三点一点头，神色凝重道："兵权就是王爷的护身符，绝对不可以交还陛下。"

东方溯沉声道："可若不交，就是抗旨！"

十三叹了口气："此事确实难办，所幸咱们知道得早，可以慢慢思索对策。"停顿片刻，他疑惑道，"属下有一事想不通，既然陛下已经疑心王爷，为何还要让王爷统兵出征，这不是搬起石头砸自己的脚吗？"

东方溯心思飞如轮转，很快便猜到了其中缘由："应该是许以兵权之后才起的疑心，金口之下，难以更改，唯有装作什么事情都没发生过，待逼退齐军交回兵权之后，再对付本王。"

十三冷笑道："他倒是沉得住气，可惜千算万算，还是算漏了身边的人。"

东方溯望着金陵的方向，眸色幽冷道："立刻传书给阿二，让他加派人手，一定要保护好母妃与璇玑公主。"

东方洄既不打算念兄弟之情，自然也不会念及与庶母的情谊。至于慕千雪……与他走得太近，恐怕也难善其身。

"是。"十三答应一声，又道，"王妃与平妃那边，可要派人保护？"

"王妃是卫氏一族的人，皇兄不会为难她。至于平妃……"东方溯不带一丝感情，"看她自己的造化。"

赵平清本就是他制约刺激沈惜君的一颗棋子，并没有什么感情，更何况赵平清才入府几日就处处算计，自是令他心生厌恶。

信鸽，在夜深人静时飞起，振翅掠过夜空，飞往金陵城。

慕宅内，夏月正拿着竿子，一盏一盏点亮烛台上的蜡烛，驱散渗进堂中的黑暗，慕千雪美眸半闭，静静听着徐立这一日所打听到的事情，柔美的脸颊在橘红烛光照耀下莹然如玉。

徐立道："王爷出征后不久，平阳王妃亲至睿王府，带走了昌荣宗姬，说是怕她一人在府中寂寞，接回去住些时日。"

夏月点燃最后一盏灯，吹熄了竿子上的火苗，皱眉道："府里那么多人侍候她，哪里会寂寞，接回去住……这事传出去非得让人笑话不可。不过倒是便宜了平妃，正妃不在，这王府里就数她最大了。"

徐立道："说起平妃，小人想起一件事来，听府里的人说，昨儿个夜里，王爷亲自出面，将平妃身边的杜鹃许配了人家，连夜出的府。"

夏月冷笑道："王爷对平妃倒还真是好得很，连她身边的侍女也这么上心。"说着，她随口道，"许的是哪户人家？"

"听说是一个银号伙计，家里很穷，还有一个瞎眼的父亲。"

徐立的回答令夏月大感意外，按理来说，杜鹃是赵平清的陪嫁丫头，算是有点儿头脸，要嫁也该嫁一户殷实人家，再抬举一点儿，嫁个小官吏也未为不可，结果竟是一个穷伙计，实在有些不合情理。

"是杜鹃自己瞧中意的？"

徐立摇头道："他们说杜鹃昨夜走的时候一直在哭，好像很不情愿的样子，所以……应该是王爷的意思。"

夏月听得越发疑惑："那平妃呢，她不管这件事吗？"

"不知道，王爷先去了一趟西院，紧接着蔡总管就去接了杜鹃交给那名伙计。"

慕千雪以手支颐，轻声道："可知是哪里的伙计？"

"倒是听他们说过，小人一下子想不起来，好像是哪家银号的伙计，哪家呢？"

慕千雪眼皮轻抬："可是宝恒银号？"

徐立连连点头："就是宝恒银号。"说着，他又疑惑道，"公主怎么知道？"

慕千雪微微一笑，转眸看向若有所思的夏月："记得吗？"

夏月颔首道："奴婢当然记得宝恒银号，可王爷他……怎么突然就想到给他们两个指婚了？"

清亮的烛光倒映在慕千雪双眸中，化作两簇小小的火苗："这不是指婚，而是惩罚！"

夏月与徐立对视了一眼，疑惑道："好端端的，王爷惩罚杜鹃做什么？"

慕千雪抚过袖间银白的绣花，盯着明亮的烛火，幽幽道："与其说是惩罚杜鹃，倒不如说是惩罚赵平清。至于为什么，我也说不上来，只能猜测，与之前借银一事有关。"

夏月疑惑道："知道王爷借银给公主的不是王妃吗？怎么又扯上杜鹃了？"

"王妃自是知晓，但你怎知……平妃不知道？"慕千雪微一扬眉，淡然道，"又怎知……不是平妃告诉王妃的？"

她的话令夏月心头倏然一跳，脱口道："难道原本就是赵平清告诉王妃的？"

慕千雪微微一笑："是与不是，只有平妃知道，我可回答不了你。"

夏月默然片刻，不解道："就算是这样，王爷他不是很宠爱平妃吗？怎么又这么狠心！"

慕千雪眸光一软，遥遥望着南方："王爷对赵平清从来不是真正的宠爱，只是……"只是什么，她没有说下去，夏月二人也无从得知。

门"吱呀"一声打开，十九走了进来，在她身后是一地明澈如清霜的月光，有几瓣轻薄如绢绡的杏花随着她的走动自裙裾间飘落，化作地上的片片落红。

"公主。"她行了一礼并不说话，烛光下她的神色有些凝重，夏月心中一动，对徐立道："你去看看厨房里炖着的参汤好了没有。"

徐立离开后，十九低声道："刚刚阿二派了几个人过来，说是奉了王爷的命令保护公主。另外，我发现有人在暗中监视我们。"

慕千雪神色一变，坐直了身子道："什么人？"

在慕千雪的注视下，十九张口吐出三个她们并不陌生的字眼："琉璃坊。"

夏月愕然道："周帝的人？"话音未落，她忽地变了颜色，急急道，"难道他发现了神机营的秘密？"

十九想了一会儿，摇头道："琉璃坊这次派来的人身手一般，我瞧着不像是发现我们的样子。"

夏月想想也是，又道："可除了神机营，咱们这里还有什么值得他们监视的？"

慕千雪忆起十九之前的一句话，询问道："你家王爷让阿二派人来保护我？"

"是，阿二接到十三飞鸽传书，说王爷指名让神机营加派人手保护公主与陈太妃。"

夜风漫卷而入，吹动供在临窗长几上的几朵桃花，柔弱的花瓣不堪风力，离枝而起，随风在堂中飞舞。直至风尽之后，方才缓缓落下，其中一片正好落在慕千雪素白的衣裙上，仿佛印在了上面一般。

伸手拈起那一片粉红剔透的落花，随着指甲微微用力，花瓣上出现了一个弯弯的指甲印，汁水缓缓渗出："问题不是出在神机营上，而是……王爷！"

十九沉沉点头："去见阿二的是十六，我问过他，他说飞鸽传来的书信上虽然不曾明说，但王爷那边应该是遇到了麻烦。"说着，她咬一咬牙道，"如果公主同意，我……想去王爷身边。"

慕千雪垂目不语，指尖徐徐转着那片桃花，十九知道她是在思索事情，静静等在一旁。

不知过了多久，桌上的红烛突然毕毕剥剥地爆出几朵灯花来，在这静夜中听来，格外明显。

慕千雪回过神来，徐声道："明日一早你就出城，见到王爷后，问清楚他那边究竟发生了什么事，然后飞鸽传书告诉十六。"

"我知道。"点头之余，十九感激道，"多谢公主。"

春光在日复一日的流逝中渐渐老去，天气也变得越来越热，树上停满了破土而出的夏蝉，在白晃晃的阳光下，声嘶力竭地叫着，一声长似一声，吵得人脑瓜疼。

慕宅正堂中，一位鹤发童颜的老者正在替慕千雪诊脉。夏月与徐立静静站在一旁，老者刚一收回手，夏月便上前问道："安大夫，我家公主可有好转？"

安大夫两眼一翻，不客气道："又不是你生病，多什么嘴，一边去。"

要换了别人，夏月早就顶回去，可在这安大夫面前，她却是一个字都不敢多说，乖乖闭起嘴退到一边，看得徐立暗暗发笑。

喝退夏月后，安大夫道："公主近日可还有咳嗽胸闷的情况？"

慕千雪想一想，道："咳嗽偶尔还有一些，胸闷已是没有了。"

安大夫抚须道："观公主脉象，虽还有些虚弱，但已渐趋平稳，看来药对症了，我回去后再配五帖送过来，这五帖过后，公主体内的余毒应该可以清除干净。"

这话令夏月欣喜万分，连声音也带上了一丝颤抖："安大夫是说公主……公主可以痊愈了是吗？"

"差不多吧。"安大夫随口答了一句，起身背了医箱就走，连声告辞也不说，诸人似乎习惯了他这样，都没有半点儿不快。

将他送出门后，徐立满面欢喜道："盼了这么久，终于盼到公主病好的这一天，张公子请来的这位安大夫真不愧是一代神医。”说着，他想起一事，急忙道，“今日药还没煎，小人这就去。”

望着徐立急急离去的身影，慕千雪微微一笑，转眸看向自安大夫走后就一直低垂着头的夏月，问道：“怎么了？”

“奴婢没事，没事。”夏月别过头，用袖子飞快地在脸上抹了抹，声音听着有些哽咽。

慕千雪看到夏月袖间的那一抹水渍，拉过她的手轻声道：“傻丫头，好端端的哭什么？”顿一顿，她又道，“难道我的病能治好，你不高兴吗？”

“当然不是！”夏月急急否认，继而哽咽道，“奴婢是替公主欢喜，终于可以摆脱缠了您这么久的病痛，真好！真好！”

她的话令慕千雪有些感慨：“我总以为，这一辈子都要带着病痛而活，不曾想竟还有摆脱的这一日。”

“这就叫好人有好报。”说着，夏月又道，“不过这一次真要好好谢谢张公子，若非他几经周折请来安大夫，公主的病也不能这么快好起来。”

“是该好好谢谢他。”张启凌俊美的脸庞在慕千雪脑海中一闪而过，被另一张坚毅的脸庞所取代，“王爷那边呢，可有消息传来？”

“没有。”夏月取过一柄六棱宫扇，替她徐徐扇着风，“公主不必太担心，这一个多月来，王爷凭借三才阵，逼得齐军节节后退，相信很快就能将他们赶出南境。不过……有一件事，奴婢觉得很奇怪。”

“什么事？”

“王爷出征的一个余月里，陛下一直在勒令兵部调兵，这会儿已经调集了将近十万的兵马，明明有那么多兵马在手，却不肯下令增援王爷，听说兵部的姜尚书几次上奏请求出兵，都被陛下压了下来。虽说王爷这会儿占据上风，可终归兵力不足，如得这十万士兵，必可如虎添翼，迅速驱逐齐军。”

慕千雪素指纤纤，掠过坠在扇柄的玉坠子，这颗从地底深处开采出来的玉石，在炎炎夏日里有冰凉的触感：“没什么好奇怪的，他现在已对王爷起疑，除非北周军队溃败，否则是绝对不会增兵的。就算万不得已，真到了必须要增兵的地步，以他的性子，也必会先以出战不利为由，罢了王爷的统帅之位，用自己的心腹取而代之，更何况还要防着虎视眈眈的西楚。或许……在他看来，输给齐国，远比王爷得胜归来更好。”

夏月难以置信道：“齐国犯境，死了多少百姓，又有多少士兵为此浴血奋战而死，他身为大周的皇帝，怎么可以这样想。”

慕千雪冷然一笑：“区区百姓与士兵的性命，怎么能与至高无上的帝位相提并论？天家尊贵，但天家也是最无情的，你忘了信王是怎么死的吗？陛下连自己亲兄弟的性命都不放在眼里，你还奢望他怜惜那些身份卑微素不相识的百姓吗？”

夏月愤愤道：“有这样的君主，真是北周百姓之哀。”在外人看来，信王是意外溺水身亡，但他们这些人却明白，信王根本就是死在东方洄的手里。

慕千雪瞥了她一眼：“这句话在此说说便罢了，出了这个门，可不许再说。”

“奴婢知道。”夏月话音刚落，一股热风灌入，有人推门进来，却不是下去煎药的徐立，而是十六。

“公主，刚刚收到消息，西楚出兵了！”

慕千雪眸光一厉，紧紧盯了十六道：“出兵何处？可是西境？”

十六摇头，涩声道：“是南境。”

“南境？”这个答案令慕千雪愕然，夏月更是连连摇头，“西楚位于大周之西，怎可能出兵南境，你是不是听错了？”

慕千雪长睫微颤：“可是取道齐国？”

十六沉沉点头：“西楚十万大军，取道齐国，趁王爷与齐军交手之时出兵偷袭，王爷猝不及防，大军损失惨重。”

慕千雪大惊，急忙问道：“王爷呢，他可还好？”

“公主放心，有十三他们护着，王爷没事。”

听得东方溯安然无事，慕千雪心神一松，思绪重新飞转起来。良久，她冷笑道：“好一个萧若傲，连我都没推算到他这一步！”

不论是她还是东方洄，都以为西楚就算与齐国结盟袭击北周，也是从西境出兵，却怎么也没想到，西楚竟然取道齐国与之汇合。

此次出征，东方溯手中兵力不足二十万，且因为时间仓促，还有不少老弱士兵；齐军人数则在三十万以上，若非有三才阵相辅，东方溯根本不可能死死压制住齐军，但这已经是极限了。

第五十章　井底藏尸

三才阵固然精巧绝妙，但并非牢不可破。交战多日，恐怕齐军的阵法师已经研究出端倪，更不要说现在西楚增兵十万，这早已经超出了东方溯的极限，如果东方洄再不增兵，后续对阵，北周将会极其吃力，赢的几率也会不断被压缩，甚至……败！

夏月也想到了这个问题，迟疑道："眼下齐国与西楚合力围攻王爷，陛下应该会增兵了吧？"

"难！"慕千雪面色阴沉如铜盆中顺着冰块徐徐滑落的冰水。

夏月急声道："可……可那是整整四十万大军啊，他当王爷是神仙，可以撒豆成兵吗？"

慕千雪沉沉道："我说过，对陛下而言，王爷败比胜更好。"

夏月被她说得没了主意："那……那怎么办？"

慕千雪思忖良久，对十六道："唯今之计，只有烦劳九王出面联系所有站在我们这边的文武官员，联名上奏施压，希望能够逼陛下增兵。"

"我现在就去。"十六离去后，夏月上前关了门，忧心忡忡道："如果此战失利，陛下一定会以此为借口，对付王爷。"

"我不会让王爷败的。"说完这句话，慕千雪回到桌案后，展开搁在案上的一张图纸，上面画满了各种姿势的人像。这是慕千雪通读两本《风后八阵兵法图》后完整解析出来的阵法，相较于分散的三才阵，此阵更适合用在千军万马之中，但对于士兵相互之间的配合要求极高，想要练熟此阵，至少需要近月的时间，而东方溯明显没有这个时间，所以她现在要做的，就是在保存威力的情况下，尽量简化阵法变化。

东方泽一得到十六报信，立即去各府一一登门拜访，卫晋、杨和、江越、姜明等人都在拜访之列，就连平日没什么交情往来的，他也都觍着脸去了，多一个人支持增兵就多一分希望。

翌日早朝，共有十二名大臣联名上奏，要求东方洄增兵，但均被以粮草不足、无法维持近三十万大军的损耗为由给拒绝了。任东方泽如何力争，东方洄都不肯松口，增兵一事陷入了僵局。

福无双至，祸不单行。

在东方溯因为西楚与齐国的合兵连吃几次败仗、焦头烂额之时，一群身手诡异、出手狠辣的黑衣人夜袭北周军营，欲取东方溯性命。所幸有十三等一众神机营护卫，经过一番激烈的交战，那些黑衣人见讨不得便宜，当机立断退去，没入黑暗之中。

这一场惊心动魄的厮杀，除了北周士兵之外，还有一名灰衣人也瞧见了，他本是奉命监视东方溯，岂料竟意外看到这一出。

借着夜色的掩护，他迅速来到一处小小的山丘上，那里站着六七个与他衣饰相同的人。如果张启凌在，必会认出他们就是东方溯出征当日暗中尾随大军的那群人——琉璃坊。

一名头领模样的人，在听完灰衣人的讲述后，拧眉道："你说睿王身边有高手护卫？"

灰衣人点头道："是，而且人数不少。"

"武功比你如何？"

灰衣人思忖片刻，如实道："如果交手，属下五十招之内，必败无疑。"

头领瞳孔在月色下倏然一缩，这名灰衣人武功在琉璃坊并不算弱，却连五十招都走不到，睿王身边怎么会有这样的高手？

"可有认出他们的武功路数？"

"江湖中各大门派的招数属下都略知一些，可他们所使的招数，属下完全认不出来，唯一看出来的，就是他们出手狠辣，招招夺命。"

"这可真是奇怪了，睿王从哪里招揽来这么一群见所未见的怪人。"正自疑惑间，旁边有一人道："头领，我倒是想起一件事来。"

"说。"

"睿王为救出璇玑公主，曾于西楚境内收买亡命之徒，能否就是那些人？"

不等头领说话，那名灰衣人已是断然道："不会。"

头领惊讶道："为何这么肯定？"

"且不说睿王回大周的时候，那群亡命之徒已经散去，就算还在，也不可能像今夜这群人一样进退有序，配合默契。这种默契，绝非一朝一夕可成。”

那人思忖道：“你这话也有道理，可除了那群亡命之徒，我想不出还有什么样的高手会听命于睿王，就凭他那点儿家底，请一两个高手也勉勉强强，更不要说那么多人了，除非对方不要银子，但这不可能。”

他本是无心之语，却令头领脑中灵光一闪，若有所思道：“或许真的不需要银子。”

一听这话，那人当即道：“怎么可能，不说别人，就说咱们楼里那些个供俸，哪一个每年不拿几千几万两银子。要是没有银子，根本请不动他们。”

头领遥遥望着北周军营的方向，徐徐道：“你忘了神机营？”

“属下当然记得，神机营……”话说到一半，那人突然止了言语，盯着头领干瘦的侧脸，难以置信道，“头领是说……神机营在睿王手里？”

头领目光阴冷道：“这是唯一合理的解释。”

“不可能！不可能！”那人连连摇头，“先帝在世时，最不受待见的就是睿王，怎么可能将神机营传给他？”

头领漠然道：“可是信王、荣王还有穆王几个，我们都仔细追查过，没有一个能与神机营联系起来。”

他的话令众人无言以对，难道……神机营真在睿王手中？

灰衣人神色凝重道：“如果真如头领所言，那么睿王就是陛下最大的威胁！”

头领眯一眯眼，对他道：“你立刻回一趟金陵，将这件事告诉绿衣姑娘，请她转告陛下。”

“属下这就去。”灰衣人知道事关重大，当即策马离去，此地距离金陵百余里，足足奔了一夜，方才赶回金陵。当他风尘仆仆来到琉璃坊时，却被告知绿衣一早就进了宫，只得又赶往昭明宫。

刚到宫门，便被负责看守宫门的禁军拦住：“站住，哪里来的？”

灰衣人拱手赔笑道：“二位大哥，小人来找在承德殿当差的绿衣姑娘，烦请通传一声。”

“绿衣姑娘？”禁军上下打量了他一眼，“你是她什么人？”

“小人……”灰衣人眼珠子微微一转，顺溜道，“小人是绿衣的表哥，许多年没见了，这次来金陵办点儿货，顺道来看看她。”

那名禁军面色冰冷道：“我们二人这会儿正当值，不得离开此处，你还是回去等着吧。”

灰衣人一脸为难道："小人今日就要走了，下次不知道什么时候再过来，求二位大哥帮帮忙，通融一下。"说着，他往两名禁军手里各塞了一锭银子。

正所谓有钱能使鬼推磨，收了沉甸甸的银子，两名禁军的态度果然好了许多，刚才那人道："我二人确实无法离开，不过此处常有宫人经过，可以让他去承德殿通知一声。"

"多谢二位大哥，多谢！"灰衣人连连道谢。过了一会儿，果然有一名头发花白的老太监过来，却迟迟不见那两名禁军有所动作，眼见着老太监就要走远了，等在宫门外的灰衣人忍不住凑到其中一名禁军身边，问道："这位大哥，你们不是说可以让别人通传吗？怎么不使唤那个老太监过去？"

两名禁军听到他的话，忍不住笑了起来："你还真以为谁都能使唤啊，那位可是正四品的宫殿领侍怀公公，更是陛下面前的红人，他使唤我们哥俩还差不多。"

这边的动静惊动了怀恩，他甩一甩拂尘走过来道："这是怎么了？他又是谁？"

两名禁军连忙躬身行礼："启禀怀公公，他自称是绿衣姑娘的表哥，此次来到金陵，想见一见绿衣姑娘。"

怀恩双眉微微一挑："绿衣的表哥？咱家怎么从来没听绿衣提起过？"

灰衣人连忙道："小人与绿衣隔得有些远，又好些年没见，自是不怎么提起，不过只要一说小人名字，绿衣保准记得。"

怀恩扫了一眼他垂在身侧的双手，随口道："你叫什么名字？"

灰衣人连忙道："小人姓汪，叫汪虎。"

怀恩点一点头，道："咱家刚才过来的时候，听到陛下吩咐绿衣去办些事，这一时半会儿的，她怕是过不来。"

一听这话，叫汪虎的灰衣人顿时急了起来："那可怎么办，小人真的很想见一见绿衣。"说着，他朝怀恩连连作揖，"公公，求您帮帮小人吧。"

怀恩摇头道："罢了罢了，谁让咱家心软呢，跟咱家走吧。"

见他要带汪虎进去，禁军担心道："怀公公，他毕竟是个外人，这样带进去没事吗？万一……"

怀恩看出他的心思，笑道："怎么，你怕是刺客？"

禁军嘿嘿一笑："是有些担心。"

汪虎听到他们的对话，连连摆手："小人对天发誓，绝不是刺客，要有半句虚言，就叫小人天打雷劈，不得好死。"

虽然汪虎一个劲儿地赌咒发誓，禁军仍是有些不放心："不然还是请绿衣姑娘出来一趟吧？”

“行了。”怀恩不以为然道，“真要出了什么事情，自有咱家一力承担，怪不到你们头上。”

见他如此坚持，禁军也不便再说什么，毕竟论官职，怀恩远在他们之上。

怀恩朝还站在原地的汪虎招一招手，道：“还愣着做什么，走吧。”

“好。”汪虎赶紧答应一声，随他往宫苑行去。

怀恩一边走一边叮嘱道：“好生跟着咱家，别东张西望的，更不要多话。否则万一惊扰了哪位正好经过的主子，咱家可救不了你，还有……”

面对怀恩的絮絮言语，汪虎心不在焉地应着，他这会儿只想赶紧见到绿衣，告之神机营可能归属睿王一事。

这一走就是小半个时辰，且越走越荒凉，开始还不时能够看到宫人，待到后面，差不多一炷香的工夫，竟是一个宫人也没瞧见。路上到处都是残枝败叶，杂草丛生，显然很久没人打扫过了，两边的房屋也是越来越矮小，与前面那些华丽的宫殿截然相反。

汪虎虽然没进过皇宫，却也看得出这个地方绝不会是天子的住处，他试探道：“公公，这里似乎不是承德殿，咱们是不是走错路了？”

怀恩转过头来，微笑道：“咱家何时说过绿衣在承德殿？”

汪虎一怔：“她明明是在承德殿当差。”

“绿衣在承德殿当差不假，可咱家也说过，陛下刚才派她去办些差事，而这办差的地方，就在前面不远处。”

汪虎看着四周，好奇道：“公公，这是什么地方，为何如此荒凉？”

怀恩不疾不徐地往前走着：“这里是冷宫，关押历代被废黜嫔妃的地方，今儿个冷宫管事来禀报，说是有人在冷宫中自尽，陛下就让绿衣过来处理。”顿一顿，他又道，“冷宫这个地方啊，阴森得很，如非必要，谁也不愿意过来。”

又走了一段路，一处满目疮痍的宫殿出现在汪虎视线中，刚一走进去，便有一股残败的气息扑面而来，到处都是厚厚的蛛网与灰尘，似乎很久没人居住了。

汪虎四下打量了一番，不见绿衣，朝背对着他的怀恩道：“公公，绿衣呢？”

怀恩徐徐回过身来，脸上挂着与刚才一般无二的笑意：“绿衣是承德殿的宫女，这会儿当然是在承德殿侍候陛下。”

此话令汪虎诧异不已，脱口道：“你刚才不是说……”话说到一半，他似乎明白了什么，面色冷了下来，“你是故意引我来这里？”

怀恩的笑意更深了几分："终于明白了，可惜太晚了。"

"你想做什么？"汪虎双手暗暗蓄劲，戒备地盯着眼前这个看似风大一点儿就能被吹倒的老太监。

怀恩抚过手里用硬木制成的拂尘柄，笑盈盈道："这话该是咱家问你才对，为何要急着见绿衣？"

汪虎眼皮一跳，不动声色道："我刚才已是说得很清楚，我是绿衣的远房表哥，想要见她一面，难道不行吗？"

"当然可以，只是……"怀恩抬起那双笑纹重重的眼睛，"咱家很好奇，绿衣明明是个无亲无故的孤儿，怎么突然冒出一个表哥来。"

这一次，汪虎再也掩饰不住心中的惊意，绿衣确是一个孤儿不假，但这件事只有少数一些人知道，对外说起时，只说家人不在金陵城中，这个老太监如何会知道？

"你究竟是什么人？"

"咱家是什么人不要紧，要紧的是你这么急找绿衣，所为何事？"长年累月的屈膝赔笑，令怀恩瞧着总是一副笑眉笑眼模样，看不清他真实的表情与心思。

汪虎眸中掠过一丝杀机，冷冷道："知道太多，对你来说，可不是什么好事！"

怀恩仍是那副笑眯眯的样子："好与不好，咱家自会衡量，你只管说就是了。"

"想知道是吗？好！"汪虎徐徐点头，下一刻，一个钵大的拳头已是朝怀恩袭去，"找阎王爷去问吧！"

汪虎这一拳蓄满了他全身功力，刚猛霸道，拳未至，拳风已扑面而来，吹起怀恩垂在身前的两缕白发，被袭者想是吓傻了，愣愣地站在原处，连躲闪也忘了。汪虎暗自冷笑，这一拳若是击中，年老体弱的怀恩就算不死也得重伤。

就在这一拳眼见要击中怀恩胸口时，一只细白如女子的手握住了汪虎的拳头，就是这看似轻飘飘的一握，抵住了汪虎的雷霆一击，令他无法再进一步。

汪虎大惊失色，他清楚自己这一拳的力量，就算是一个武功在他之上的人，也难以抵挡，这个老太监……

怀恩和颜悦色道："咱家虽然年纪大一些，但身体还算硬朗，暂时没有去地府与阎王聊天的打算，所以，还是你告诉咱家吧！"

汪虎冷哼一声，用力抽回手，再次打过去，结果与刚才一样——任他如何使力变招，都无法击中怀恩，甚至连他的衣角都沾不到。

汪虎越打越惊心，怀恩的身手甚至还在琉璃坊那些供俸之上，这个老太监到底什么来头？

久攻不下，令汪虎萌生退意，在借着一招逼退怀恩后，他迅速纵身往外蹿去，快要奔到门口的时候，那两扇红漆斑驳的宫门突然“呯”的一声关了起来，汪虎急忙收势，总算没有撞上去，身后传来怀恩尖细的声音：“你可还没告诉咱家来意，怎么能走呢。”

汪虎转过身来，咬牙道：“你可别忘了，这里是皇宫，一旦被人发现，引来巡逻的禁军包围，就算你武功再高，也休想脱身。”

怀恩并没有因为他这句话而惊慌，笑意如常道：“这冷宫位处偏僻，关押的又都是一些废妃疯妇，禁军是不会来这里巡逻的。对了，还有一件事忘了告诉你，就在前两日，最后一个关在这里的废妃也死了，所以现在这里连个看守的宫人也没有。也就是说，哪怕这里翻了天，外面的人也不会知道。”他对着阳光比一比修剪整齐的指甲，说出一句令汪虎绝望的话，“你可以死心了！”

汪虎又惊又惧，自己不过是回城报个信罢了，居然遇到这么一个杀神，实在是倒霉。

“是不是我告诉了你，你就会放过我？”他一边分散怀恩的注意力，一边悄悄往后挪着，门就在身后，只要逃出这个门，就还有活命的希望。

虽然还不知道怀恩的身份，但他在宫里潜伏这么多年，一路做到今日的位置，怎么可能冒着暴露的危险放过自己。

果然，怀恩接下来的话证实了他的猜测：“放过你是不可能的，但咱家可以让你死得痛快一些。”

在怀恩说话的时候，汪虎背在身后的手已经握住了门闩，顿时信心大增，一边慢慢拉动门闩，一边敷衍道：“好，我告诉你，我来找绿衣，是为了……”

在最后一点儿门闩也被拉开后，汪虎心中狂喜，正准备用力拉门时，怀恩突然身如鬼魅地欺上身来，五指一伸一缩，用力掐住他的脖子，阴阴道：“你以为咱家真没看见吗？蠢货！”

汪虎面如死灰，他明白，自己是逃不出怀恩的五指山了，眼见求生无望，他把心一横，斥骂道：“你有本事只管杀了老子，十八年后又是一条好汉，不像你，武功高又怎么样，还不是一个不男不女的阉人。就算死了到地狱，阎王也不收你！”

他的话令怀恩额间青筋暴起，如青蛇横亘在肤下，但只是一瞬间而已，很快便又恢复了一贯的模样，笑道：“既然敬酒不吃，那唯有请你吃罚酒了！”

怀恩垂在身侧的那只手微微一屈，一粒灰色的药丸自袖中滑了出来，下一刻，已是被他拍入汪虎口中。

药丸一入口，怀恩便松开了掐在汪虎脖子上的那只手，后者虽不知道那是什么，却也明白绝不是什么好东西，连连抠喉，想要呕出那颗药丸，结果只吐出一堆清水，他惊慌地问道："这是什么药？"

怀恩微笑道："放心，这颗药丸没毒，相反，还能够克制天下毒虫，只是有一个缺点，遇水即化，这一化……"

接下来，汪虎听到了有生以来最为恐怖的话："裹在里面的毒虫就会立刻苏醒，长眠带来的饥饿会令它们疯狂寻找食物，你的肉、骨、血皆会成为它们的食物。"他俯在已经被吓傻的汪虎耳边，一字一句道，"它们会让你明白，什么叫生不如死！"

仿佛是为了印证怀恩的话，汪虎的左下腹突然传来一阵撕心裂肺的剧痛，紧接着是右胸、左肋骨、肩膀……

汪虎惨叫着在地上不住打滚，冷汗如浆水一般，不断从毛孔中涌出，每一次痛楚，都感觉体内有一块肉被生撕下来一样。身体鼓起一个个肉眼可见的小包，在皮肤下飞快地游走着，汪虎知道，这些就是怀恩所言的毒虫。

怀恩微笑地看着惨叫哀嚎的汪虎："如何，舒服吗？"

汪虎勉强抬起头，双目赤红道："杀了我，杀……"此起彼伏的剧痛令他无法继续言语，生不如死，真正的千刀万剐也不过如此。最恐怖的是，在这种痛楚下，他连自尽都做不到。

随着时间的流逝，汪虎的惨叫声渐渐弱了下去，从他身上流出来的汗液，在阳光下变成妖异的粉红色，那是体内出血太多，连汗液也染上血的缘故。

怀恩见差不多了，半蹲了身拉起汪虎，一掌拍在他的肩井穴上，随着一股热流从肩井穴涌入，在他体内肆虐的毒虫慢慢蛰伏了下来，不再四处啃咬。

汪虎坐在地上不住地喘着粗气，就这么一瞬间，他有一种从地狱到天堂的感觉。

"毒虫噬身，五脏尽毁，这条命是保不住了，不过可以少受些痛苦，就看你怎么选择了。"说着，怀恩作势要收回手，汪虎见状，立刻惊恐万分道："我说！我说！"

要是换了之前，汪虎压根不会理他这句话，可现在……他只要一想到刚才那种钻心蚀骨的痛楚就浑身发抖，这样的痛楚，他再也不要经历第二次。

"我是琉璃坊的人，奉绿衣姑娘之命，暗中监视睿王。昨夜里，一群黑衣人偷袭军营，欲刺杀睿王。交战过程中，我们发现睿王身边有一群武功高强的人护卫，怀疑是神机营的人，故头领派我连夜赶回来，将这件事告诉绿衣姑娘。"汪虎实在怕极了体内那些毒虫，竹筒倒豆子似的将事情全说了出来。

怀恩面色猛地一沉："你们怀疑神机营在睿王手中？"

到了这个时候，汪虎也没什么好隐瞒的了，如实道："不错，先帝传位于陛下，却未将神机营一并传下来，故而陛下登基后，一直派我等寻找神机营的下落。"

在短暂的沉默后，怀恩道："你们去了几个人？藏身何处？"

汪虎犹豫着没有立刻回答，他心里明白，这一说出来，头领他们必然凶多吉少。

怀恩看出他的心思，冷冷道："与其担心他们，倒不如好好想一想自己，继续受毒虫噬身之痛还是一死解脱。"

汪虎终归还是怕了，无奈道："连我在内，一共七人，在军营东南面的一个土丘上。"

怀恩点点头，面无表情道："好，你可以去死了。"随着一股阴柔的劲力涌入汪虎体内，瞬间震断了他被毒虫咬得千疮百孔的奇经八脉，气绝身亡。

随着汪虎的死，他体内那些毒虫也随之死去，一切归于平静。怀恩将他的尸身提起，掷入冷宫后面的枯井中，又找来一块石头压在上面，随后若无其事地离开了冷宫。

就在怀恩离开后不久，一个身影鬼鬼祟祟地从冷宫外面的树后走了出来，却是江福，四下看了一眼，确定没人后，悄悄推开冷宫的门走了进去。

他原本是去内务府看新到的茶叶，结果走到半道上，意外瞧见怀恩领着一个明显不是宫里人的男子往这边走来，一时好奇，就悄悄跟在后面，结果竟是一路到了无人居住的冷宫。为免被怀恩发现，他不敢跟进去，只能躲在外面等候，结果一等就是半个多时辰，奇怪的是，进去时明明两个人，出来却只有怀恩一个，那名男子去了哪里？

江福在冷宫里找了一圈，始终没有找到那名男子，奇怪，怎么没人呢，到哪里去了，总不至于插翅飞了吧？

几经思量，江福的目光落在后院压着枯井井口的大石上，这冷宫他虽然没来过，可不论怎么想，都没必要在井口压块大石，看来……这口井有古怪，又或者……他之前见到的那名男子，就藏身在里面。

想到这里，江福凑到井口，透过缝隙往里看，无奈里面太黑，什么都瞧不见，所幸让他在冷宫里找到一个火折子，吹亮后，自缝隙里探了进去，然后再往里面看去。

这一次，借着微弱的火光，江福终于看到了井中的情况——一双大睁的眼睛。

奇怪，这冷宫的井不是早就干枯了吗，怎么还有水？

呃，不对，这不是他的倒影，这对眼看似睁着却没有焦距，根本就是一双……死人眼！

“啊！”江福失声惊呼，连连后退，一屁股坐在地上，火折子也吓得扔了。死……死人？这井里怎么会有死人？！

好容易缓过神来，江福大着胆子再次凑上去，待得看清后，他满面惊讶道：“是他？”

井底那具尸体正是他刚才见过的那名男子，难怪不见他出去，敢情是死在这里，但……进来时明明好端端的，怎么一转眼就死了，还被扔在井底，是谁杀了他？

他一直都守在冷宫门口，除了怀恩，一直没见别人进来，难不成……是怀恩杀的？

江福被这个念头吓了一大跳，继而连连摇头，自言自语道：“这不可能，他怎么可能杀人，而且没理由啊！”

江福捧着脑袋想了半天，始终想不明白此人被杀的理由，不过有一点可以肯定，此人必是被怀恩所杀无疑！

江福拍去身上的灰尘，冷声道：“好一个老匹夫，竟然还懂得杀人，真是能耐！”

思忖片刻后，他忽地咧嘴笑了起来，笑声在这空旷的冷宫中，颇为瘆人，旋即拊掌道：“真是踏破铁鞋无觅处，得来全不费功夫，怀恩，我看你这次还往哪里逃，宫殿监督领侍的位置，注定是我的！”

自从上次被怀恩一顿训斥后，他表面老实了许多，可这心里从来没有放弃过取怀恩而代之的念头，只是一直寻不到机会，现在怀恩杀了人，一旦告到陛下面前，就算怀恩有九条命，也必死无疑！

天赐良机，真是天赐良机！

江福越想越兴奋，恨不得现在就去承德殿狠狠告上一状，不过在此之前，还有一件事要闹明白。

离开冷宫后，江福来到瞧见怀恩的地方，然后一路反向而行，看那人的衣着打扮，明显是从宫外来的，入宫就一定会经过宫门，只要找到他入宫的那个门，便可从守门的禁军口中问出他的身份、来意以及跟怀恩在一起的原因。

事实证明，江福这个想法是正确的。他找到了放汪虎入宫的那两名禁军，在一一问清楚之后便迅速赶往承德殿。

怀恩正好从里面出来，瞧见他过来，面色微微一沉，上前道：“你来做什么？”

江福连声师父也不叫，直接道：“我有事情禀奏陛下，烦请替我通传一声。”

怀恩眼眸微眯，冷声道："几日不见，能耐见长。"

"我是师父一手调教出来的，就算能耐再长，也比不过师父！"江福笑眯眯地说着，然而眼眸中殊无笑意。

怀恩轻哼一声，道："说吧，何事要见陛下。"

江福当然不会现在就把事情说出来，眼珠子一转，随口道："内务府刚刚送了一些金骏眉到御茶房，我瞧着色泽、香味都不如往年，故来问问陛下，是否还要每日沏金骏眉过来。"

东方洄喜饮金骏眉，每年新茶上来时，都会让御茶房每日沏一盏奉至承德殿。

"在此候着。"扔下这句话，怀恩转身进了殿，过了片刻，他自里面开了殿门，"进来吧。"

江福正一正衣衫，轻手轻脚地走了进去，即便是在白昼，承德殿内也点着手臂粗的红烛，在紫铜烛台上静静燃烧着。绿衣也在，正挽袖磨墨。

江福拍袖下跪，恭声道："奴才给陛下请安！"

东方洄头也不抬道："昨日内务府总管还说今年金骏眉丰收，胜过往年。怎么到你这里，就变成不如往年了？"

江福闻言，连忙伏下身："陛下英明，今年金骏眉确实成色极好，是奴才撒了谎。"

东方洄手中的笔一顿，下一刻已是抬头盯了江福，面有薄怒："你好大的胆子，竟敢欺骗朕！"

江福连连磕头："奴才自知罪该万死，但奴才若不这么做，怕是还没见到陛下，就已经被人害死了！"

东方洄眸中掠过一抹愕然，在盯了江福片刻后，冷然道："到底是怎么一回事？"

江福暗自睨了怀恩一眼，一字一顿道："回陛下的话，有人蒙蔽圣听，在昭明宫中残害人命，妄杀无辜！"

怀恩面色一变，呵斥道："大胆，休得在陛下面前胡言乱语！"

江福没有理会他，朝东方洄磕了头道："奴才就算有天大的胆子，也不敢在陛下面前胡言，此事乃奴才亲眼所见，千真万确。"

"陛下……"

东方洄抬手阻止怀恩，盯着江福道："你说的这个人是谁？"

"回陛下的话，此人现就在殿内，就是……怀恩！"

当最后两个字从江福嘴里吐出的时候，所有人脸上都变了颜色，连东方洄也不例外，他豁然起身，双目牢牢盯住江福，森然道："你再说一遍！"

"怀恩深受圣恩，却欺君罔上，祸乱宫苑！"江福眼里含着痛快的笑意，这么多年了，他在怀恩手下忍气吞声，卑躬屈膝，终于在今日全部报回来了！

怀恩大惊失色，连忙道："陛下您别听他胡言，奴才绝对没有做过这样的事情，江福一直觊觎奴才的位置，故意冤枉奴才！"

不等东方洄言语，江福已是伏地三拜，随即神色肃穆地抬起头，郑重道："奴才若有半句虚言，愿世世为奴，代代无子而终！"

对于太监来说，断去子孙根是他们心中的最痛，让很多太监自觉低人一等，他们最大的愿望就是攒钱赎回被留在净身房里的子孙根，死后一同落葬，以求下辈子投胎能够做一个完整的人。现在江福发下这样的毒誓，可见其决心！

东方洄目光扫过怀恩，这次眼底有了一丝明显的疑色："究竟是怎么一回事？"

江福等的就是他这一句，赶紧道："回陛下的话，大约在两个时辰前，奴才无意中瞧见怀恩领了一个市井打扮的男子往后宫的方向行去，奴才一时好奇，就悄悄跟在他们后面，结果发现怀恩带他去了冷宫。"

东方洄眉心微微一蹙："冷宫不是已经没人了吗？他们去做什么？"

"奴才当时也想不明白，所以一直等在外面，后来怀恩出来了，那名男子却不见踪影。奴才担心他们会对陛下不利，就大着胆子进了冷宫查看，结果在后院枯井中发现了那名男子的尸体。"

东方洄愕然道："死了？"

"是，凶手用大石封住了井口，显然是不想被人发现，要不是奴才恰好撞见，这件事不知什么时候才会被发现。"

绿衣的目光在低垂着头的怀恩身上打了个转，问道："你怀疑是怀恩公公所杀？"

江福神情黯然道："冷宫只有他们二人，除了怀恩……我想不出还有谁。"

绿衣没有说话，但她眼中有着挥之不去的怀疑，东方洄也是一样，怀恩能够在宫里稳站二十多年，双手或多或少有些不干净，但要说他杀人，而且还是亲自动手，抛尸枯井，实在难以令人相信。

怀恩浑身哆嗦着跪下，颤声道："陛下，奴才今日根本没有去过冷宫，也没有见过什么宫外来的男子，一切都是江福编造的谎言，您千万别相信他！"说着，他盯着江福，痛心疾首道，"当年你净身入宫，我见你聪明机灵，就收你为徒，手把手地教你做事，后来你在陛下面前搬弄是非，想逐我出宫，我念着师徒情分，没与你计较，总想着你会改过，哪知你竟变本加厉，编出这样的谎言来陷害我，你……你还有没有良心？！”

面对他的质问，江福神情激动道：“我若没有良心，就不会在知道你杀人之后那么难过，更不会想着你是不是被逼的，有什么不得已的苦衷！”

怀恩面色青白地吐出一句话来：“我没有杀人！”

江福摇头，怆然道：“你不只杀了人，还是蓄意为之。”说着，他朝半信半疑的东方洄磕了个头，“怀恩到底是奴才师父，一日为师，终身为父，奴才不想冤枉了他。所以没有立刻向陛下禀报，而是去了宫门询问禁军，那个人来自宫外，禁军应该会知道一些事，果不其然，被奴才问到了那人的身份，名叫……”他将目光转向绿衣，徐徐吐出两个字来，“汪虎。”

绿衣眼皮狠狠一跳，难以置信地盯着江福：“你确定他叫汪虎？”

“是！”江福肯定道，“守卫告诉我，他自称是绿衣姑娘的远房表哥，趁着来金陵办差的机会前来探望绿衣姑娘。守卫想着他来一趟不容易，就想着找人通知绿衣姑娘一声，好让你过来见一见。结果正好碰上怀恩经过，他说陛下派了姑娘去办差，一时半会儿过不来，接着就自告奋勇地说带汪虎来见姑娘，还说有什么事情，他会一力承担。”

绿衣面色难看得很，汪虎是绿衣派去监视东方溯的高手之一，此刻突然回京，又冒充自己表哥来宫中相见，定是睿王那边出了什么事情，结果面还没见到，就被怀恩给杀了，难不成……怀恩是睿王的人？

她不便说出实情，只能隐晦道：“陛下，汪虎确是奴婢表哥，小的时候经常一起玩耍，他待奴婢极好。前阵子奴婢还收到他的信，说是要去南境置办点儿货物，还说要是有时间就来金陵看望奴婢。那会儿正好齐军犯境，奴婢回信之时特意叮嘱他小心一些，哪知他没在南境出事，却在金陵遭了恶人毒手，是奴婢……奴婢害了他。”说着，她屈膝跪下，泪眼婆娑道，“求陛下替奴婢做主，还奴婢表哥一个公道！”

东方洄是清楚绿衣出身的，听她这么一番言语，已是明白了汪虎的身份，沉声道：“此事朕自会查个水落石出，你且起来。”

待得绿衣含泪起身后，东方洄面色阴霾地盯着怀恩：“江福所言，是否属实？”

怀恩老泪纵横道：“老奴与绿衣姑娘无冤无仇，怎么会去杀她表哥。这一切都是江福陷害老奴，陛下千万不要相信他！”

江福当即道：“陛下，尸体就在枯井里，只要派人一看便知奴才所言是真是假，还有神武门那两名见过汪虎的禁军守卫，也可证明奴才所言非虚！”

在短暂的沉默后，东方洄喝道："来人！"随着他这声呵斥，两名内监推门走了进来，行过礼后躬身等候东方洄吩咐。

"立刻派人去冷宫后院的枯井查看，如发现尸体，立刻抬过来，另外，将神武门当值的两名禁军传来，朕有话问他们。"

听到"尸体"二字，两名内监神色齐齐一变，不过他们深知在宫里头当差，最要不得的就是多问，默默咽下嘴边的惊讶，应声退了出去。

那两名太监离去后，大殿静寂无声，气氛沉闷得几乎令人窒息，东方洄一手支颐，半闭了双目靠在九龙宝座上。

伴着窗外忽明忽暗的天光还有呼啸的劲风，隐隐有闷雷声传来，看样子今日要有一场雷雨了。

在大雨从天而降浇在昭明宫地面时，那两名太监终于回来了，慌张道："启禀陛下，冷宫枯井之中果然藏了一具尸体，奴才已经按陛下的吩咐，将尸体抬了过来，神武门两名守卫也已在外面等候。"

东方洄微一点头，起身对绿衣道："你随朕出去。"

看到东方洄出来，候在檐下的一众宫人尽皆跪下行礼，绿衣掀起盖着尸体的白布看了一眼，回到东方洄身边，低声道："陛下，确是奴婢派去监视睿王的人，若他真是怀恩所杀，此事必不简单。"

东方洄望着檐外滂沱如注的大雨，面色凝重道："雨停之后，立刻飞鸽传书，问问那边究竟出了什么事。"

在绿衣应下后，他目光一转，落在因冒雨过来而浑身湿透的两名守卫身上，面无表情道："随朕进来！"

"是。"两名守卫不敢怠慢，赶紧跟在东方洄身后进了大殿，雨水顺着衣角淅沥滴落，在他们身后形成两道长长的水线。

他们刚一站稳，冷如凝霜的声音便在殿中响起："认识死的那个人吗？"

守卫相互对看了一眼，其中一人缩着身子战战兢兢道："回陛下的话，属下……属下认得他，大概两三个时辰前，他来过神武门，说自己叫汪虎，还说是绿衣姑娘的远房表哥，想要见一见她，后来……后来……"

守卫的吞吐令东方洄不耐烦，呵斥道："还不快说！"

守卫面色一白，飞快应道："后来怀公公过来，说他带汪虎去见绿衣姑娘，之后就走了，属下再见到汪虎的时候，他已经变成了一具尸体。"

东方洄长眸微眯，冷声道："你确定带走汪虎的人是怀恩？"

守卫悄悄看向怀恩，四目刚一接触，立刻急急移开，神色慌乱地答道：“属下确……确定。”

东方洄面色阴沉如外面肆虐的雷雨，缓步走到吓得面无人色的怀恩身前，寒声道：“人证物证俱在，你还有何话好说？”

怀恩激灵灵一抖，回过神来，磕头如捣蒜：“老奴冤枉！老奴真的没有杀人，求陛下明察！”

“狗东西！”东方洄一脚将他踹倒在地，厌恶道，“事到如今，你还满口谎言，说，为什么要杀汪虎？！”

怀恩顾不得身上的疼痛，赶紧重新跪好，垂泪喊冤：“陛下，老奴跟在您身边那么多年，老奴是什么样的人您最清楚不过。再说老奴今年已经五十多了，体衰力弱，平常走快一些都要喘气，怎么可能杀得了人，更不要说抛尸井中了。这一切都是江福的诡计，他狼子野心，一直想谋老奴的命，陛下您别中他的计啊！”

江福长叹一声，痛声道：“你说我要害你，那他们两个呢，难道也与我一样都想谋你性命吗？”

怀恩一时答不出来，好一会儿方才咬牙切齿道：“定是你收买了他们，让他们帮你撒谎，是我看走了眼，收你这么一个贼子为徒，以致招来今日无穷祸患！”说着，他俯首于东方洄脚尖，悲声道：“老奴与汪虎素不相识，根本就没理由要取他性命！”

东方洄盯着他花白的头顶，逐字逐句道：“为何要杀，你——心里明白！”顿一顿，他又道，“怀恩，你若从实招来，朕念在往日的情分上，尚可饶你一命。若是冥顽不灵，休怪朕不客气！”

从与东方溯扯上关系的那一刻，怀恩在他眼里已是一个死人。所谓活命，不过是哄怀恩招认的手段罢了，什么君无戏言，他有的是办法让怀恩死去，一如当年的信王。

怀恩身子哆嗦如暴雨中的残叶，泪水滑过他脸上一道又一道的皱纹：“不论陛下问老奴一千次还是一万次，老奴都是一样的回答，老奴没有杀人！”

绿衣眼中精光一闪，上前道：“陛下，怀恩奸诈成性，不动大刑，他是不会招的。”

在居高临下地盯了怀恩片刻后，东方洄拂袖回到案后，寒声道：“传令慎刑司，行鞭笞之刑！”

怀恩吓得瘫软在地，连求饶的话也忘记了，直至慎刑司管事捧着鞭子进来后，方才惊醒，连连磕头，“咚咚”之声响彻承德殿，听得人心惊。

可惜这番举动并不能令东方洄回心转意。东方洄薄唇微张，吐出两个令怀恩惊骇欲死的字来：“行刑！”

“嗻！”在慎刑司管事一声答应后，有宫人端上来满满一盆水，这是浓盐水，鞭子浸过之后，抽在人身上会令痛楚加倍，这是慎刑司惯用的伎俩。

“得罪了。”在一声微不可闻的低语后，管事抡起鞭子狠狠抽向怀恩，后者不敢躲闪，咬牙硬接，顿时一道血痕出现在他背上，痛得他惨叫一声，几乎晕过去。

而这，只是开始……

浸过盐水的鞭子一次又一次抽在怀恩身上，到后面，管事已是记不清抽了多少下，只是机械地挥动着鞭子。

满身血痕的怀恩蜷缩在地上，每次鞭子落下，年迈的身子都会伴着哀嚎抽搐一下，他那身衣裳已是被鞭子抽得破破烂烂，瞧着实在可怜，但没一个人敢替他求情。

东方洄见差不多了，示意管事停手，冷声道：“如何，肯说实话了吗？”

怀恩勉力撑起身子，艰难地说道：“老奴说的……从来都是实话。”

绿衣冷声道：“你再嘴硬，只会受更多的皮肉之苦。”

怀恩苦笑一声，抬起浑浊的眼睛：“我也想承认，可是莫须有的事情，你让我怎么承认！”

绿衣眼底掠过厌恶之色，寒声道：“不见棺材不掉泪！”

怀恩没有再与她说什么，目光一一扫过江福与那两名守卫，寒声道：“你们这样害我，我死后，一定会化为厉鬼，索你们性命！”

江福对他的话嗤之以鼻，莫说世上没那么多厉鬼，就算真的有，也自有和尚道士将它打得灰飞烟灭。

很快，长鞭加身的声音再次在殿中响起，这一次，怀恩的惨叫声比之前小了许多，眼睛不时往上翻，情况看着甚是不好。

对于满身是伤的怀恩，江福没有半分不忍，反而涌起浓重的快意，今日真是什么仇都报了，真是痛快！

怀恩啊怀恩，你做梦也想不到自己会有今日吧！

江福贪婪地望着怀恩身上那套四品太监官服，他盼了这身衣裳那么久，这次终于是快盼到了！

正当江福沉浸在自己的幻想中时，那两名守卫突然一个伏在怀恩身上，一个握住鞭子，悲鸣道：“不要再打了，求求你们不要再打了！”

江福回过神来，愕然看着那两名守卫：“你们……这是做什么？”

其中一名守卫抬起头来，怒目而视：“就算怀公公有千错万错，到底是你师父，你这样待他，就不怕遭天打雷劈吗？”

江福被他说得一头雾水：“我怎么对他了？”

守卫没有理会他，朝东方洄磕了个头，哽咽道：“属下二人一时鬼迷心窍，助纣为虐，愿听凭陛下发落，只求陛下不要错杀无辜！”

不论是东方洄还是绿衣，皆没想到事情竟会出现这样的变化，绿衣愕然道：“你们在说什么？”

守卫咬一咬牙，再咬一咬牙，哆嗦着吐出一句惊人之语：“其实带走汪虎的，不是怀公公，而是……江福！”

江福骇然色变，几乎是从地上跳起来质问二人：“胡言乱语，我什么时候带走过汪虎，你们两个是不是得失心疯了？”

“我们清醒得很！”守卫自袖中取出一沓银票，双手呈于头顶，“陛下，这是江福收买属下二人的银子，让属下们帮他冤枉怀总管！”

东方洄接过绿衣递来的银票，略略看了一下，应该在千两左右。一个禁军一年俸禄不过百两，一千两银子，就算两个人平分，也足足有五百两，抵得过他们辛苦当差五年，难怪会心动。

东方洄甩一甩那叠银票，冷声道：“既是收了银子，为何现在又改口，欺君是怎样的罪名，你们应该很清楚。”

守卫艰难地咽了口唾沫，颤声道：“属下知道，但是看到怀总管一把年纪还要遭受这样的折磨，实在过不了良心这一关，就算陛下怪罪，属下们也不能继续昧着良心。”

江福傻了眼，这两人被鬼附身了不成，满口胡言，他什么时候给过银子？又什么时候让他们冤枉过怀恩？

直至东方洄冷厉刺骨的目光望过来，江福方才意识到这番话对自己的影响，赶紧跪下道：“陛下，您别听信他们的胡言，这银子不是奴才给他们的，与奴才无关！”说着，他气急败坏地指着那两名守卫，尖细的声音刺得人耳膜生疼，“快告诉陛下，你们说的都是假的，假的！”

“我们不会再帮你害人！”冷冷抛下这句话，守卫扶起奄奄一息的怀恩，对东方洄道，“陛下，江福当时只让属下们谎称是怀总管带走了汪虎，属下并不知道他竟然会做出杀人之事，否则就算他给再多的银子，属下也不敢撒这个谎！”

“没有！没有！”江福慌乱地大叫着，事情已经彻底脱离了他的控制，而他……甚至不知道为什么会变成这个样子！

东方洄越发幽沉的眸色让江福焦急不堪，手足并用地爬到案前，急声道：“陛下，您相信奴才，奴才说的都是真的，汪虎真是怀恩所杀，他为了……为了……”江福一心想给怀恩安上动机，坐实他杀人的罪名，结果怎么也想不出来，急得满头大汗。

绿衣垂目盯着冷汗涔涔的江福：“真是你杀了汪虎？”

江福连连摆手，急声道：“与我无关，我看到他的时候，已经是一个死人了，我什么也没做过。”

绿衣拧眉不语，凶手必然在怀恩与江福之间，但……究竟是哪一个，汪虎被杀的原因又是什么？一个接一个的疑问浮上心头，无法解答。

暴雨如注，不断敲打在窗棂与窗纸上“啪啪”作响，间或夹杂着狂风呼啸的声音，再加上阴暗的天色，简直犹如地狱开门，恶鬼临世一般，令人心惊胆战。

“呼呼！”长窗突然被一股猛烈的狂风吹开，发出巨大的响声，雨水迅速打湿了临窗的长几，狂风骤雨令烛台上的烛光剧颤不止，迅速缩成黄豆大小，仿佛随时都会熄灭。

绿衣赶紧上前将窗子关了起来，只是这么一会儿工夫，就弄得满身满脸都是雨水，头发湿嗒嗒地粘在雪白的脸颊上。

在烛光重新亮起后，东方洄叩着桌案的手指一顿，对站在一旁的两名内监道：“去搜他们二人的住处，仔细了搜！”

听得这话，江福神色稍稍一定，他房里除了悄悄藏下来的一些贡茶之外，再无其他东西，当可还他清白。与眼下杀人栽赃的罪名相比，私偷贡茶，根本不算什么。

至于怀恩，被打得只剩下半条命，迷迷糊糊根本没听清楚东方洄的话。

未过多久，两名内监满身是水地走了进来，恭声道：“奴才二人奉陛下之命仔细搜查了二人住处，怀总管屋中并无异常。至于江福，奴才们在他屋里发现一些私藏的贡茶以及一块腰牌。”说着，内监自袖中取出一块黑色的腰牌递了过去。

听到这话，江福下意识地往腰间摸去。奇怪，腰牌明明在身上，怎么房间里又会多出来一块？

那厢，东方洄自内监手中接过腰牌，刚一看清腰牌上的字，立时变了颜色。下一刻，透着阴寒气息的双目已是牢牢盯住江福的面孔，寒声道："你是齐国人？"

江福被他问得愣了神，直至东方洄一掌拍在长案上，方才回过神来："奴才生于大周，长于大周，怎么会是齐国人？"

话音未落，一块四四方方的东西已是狠狠砸在他的额头上，耳边响起东方洄冰冷如深秋寒霜的声音："那这个东西你怎么解释？"

江福顾不得额上淌下来的那道殷红，手忙脚乱地捡起掉在地上的腰牌，这块腰牌以生铁铸成，入手极沉，通体黝黑，上面刻着一个大大的"齐"字。

江福一脸愣然，他从未见过这块腰牌，怎么会……无缘无故出现在他房里？

齐……齐国？齐国！

江福终于明白东方洄刚才那句话的意思，顿时吓得眼泪鼻涕都下来了，拼命摇头，结结巴巴道："陛……陛下，这腰牌不是奴才的，与奴才无关，奴才冤枉。"

"无关？"东方洄面色铁青道，"既是无关，何以会在你房中找到？"

"奴才也不知道。"江福似乎想到了什么，指着那两名内监恨声道，"定是他们收了怀恩好处，陷害奴才，说不定这腰牌根本就是从怀恩那里搜到的。"说着，他用力磕头，泣声道："陛下……陛下，奴才是被冤枉的，您一定要相信奴才！"

"冤枉？"东方洄气极反笑，"你之前说禁军冤枉你，这会儿又说他们冤枉你，再过一阵子，是不是该说朕也冤枉你了？"

江福不敢接话，只是不停磕头，一遍又一遍地说着冤枉，可惜这一切注定徒劳无功，没有人会相信他的话，一如刚才的怀恩。

东方洄缓步走到江福身前，眼里有着森冷的戾气："真是想不到，朕竟然被齐国奸细潜伏在身边多年而不知，江福，你真是能耐！"

"不是！奴才不是奸细，奴才是被人陷害的，陛下您相信奴才！"江福痛哭流涕，他的计划是揭发怀恩杀人罪行，从而取代怀恩成为正四品宫殿监督领侍，而不是将自己送上一条不归的死路啊！

东方洄一脚踹开欲来抱他双腿的江福，缓缓道："你很聪明，这次若非你贪心太重，想要一箭双雕，朕现在还被你蒙在鼓中！"

"不是……不是这样的，陛下，您听奴才说……"江福还想解释，东方洄却不想再听，挥手道："带去慎刑司用刑，在撬开嘴之前，别让他死了！"

"不要！陛下不要！"江福吓得魂飞魄散，慎刑司那个地方，别的没有，就是刑具多，一旦进了那里，就算不死也要丢掉半条命。

江福的挣扎犹如蜻蜓撼柱，根本无济于事，在他被强行拖下去后，奄奄一息的怀恩也被抬了下去。至于那两名禁军守卫，念在他们及时醒悟，东方洄网开一面，饶他们死罪，只是杖责三十，免去禁军职务，驱逐出昭明宫。

第五十一章　母女成仇

这场大雨一直下到傍晚时分方才止住，绿衣推开虚掩的殿门进来，朝负手站在窗前的东方洄道："陛下，奴婢已经飞鸽传书，明日这个时候就能传消息回来。"

"嗯。"东方洄淡淡应了一声，背对着她道，"绿衣，你可猜得到汪虎来意？"

绿衣思忖片刻，不确定道："应该是南境那边连连败退，战事吃紧，所以赶来禀报陛下。"

东方洄抬眸望着大雨过后晚霞绚烂的长空，徐徐道："战事自有军监奏禀，与他们无关，而且……你交给他们的任务，是监视睿王。"

绿衣眼皮微微一跳，轻声道："陛下担心睿王谋乱？"

"他手握近二十万大军，一旦调头反攻，金陵危矣。"窗外，梧桐树上青绿的叶子正在缓缓往下滴着水。

绿衣犹豫道："齐军步步紧逼，大周危难未解，奴婢觉着……睿王应该不会在这个时候谋乱。"

东方洄转过身来，眼眸幽黑如无底深潭："如果他与齐军达成了某种协议呢？"

绿衣心头剧烈一震，脱口道："陛下是说，睿王勾结外敌，谋夺帝位？"

"除此之外，朕想不出汪虎这么着急赶来的原因，甚至不肯用飞鸽传书。"他的话令绿衣沉默下来。

在彼此都默然不语之时，长长的殿门被人推开，卫太后扶着尹秋的手缓步走进大殿，湖水绿绣大团牡丹的云锦长裙在她身后无声逶迤。

东方洄连忙亲自上前扶住："这大雨刚歇，母后您怎么就过来了？"

卫太后在宝座中坐下，抚过一路行来纹丝不乱的鬓发，淡淡道："出了这么大的事情，哀家岂能不过来一趟。”

东方洄不想她太过担心，故作轻松道：“只是区区一个奸细罢了，儿子应付得来。”

“哀家担心的不是他。”卫太后眸光一转，落在垂首站立的绿衣身上，“汪虎是你的人吧？”

绿衣不敢隐瞒，如实道：“回太后的话，正是。”

在一记漫长的呼吸后，卫太后的声音再次响起：“睿王那边出什么事了？”

绿衣悄悄看向东方洄，低头道：“江福不肯招认，所以暂时还不清楚，不过奴婢已经飞鸽传书，最迟明日就会有消息传来。”

卫太后微一点头，肃声道：“睿王现在手握近二十万大军，皇帝一定要严加提防，万不能让他有机会祸乱大周。”

“儿子明白。”说着，东方洄叹了口气，“让他领兵出征，是儿子二十几年来做得最错的一个决定。”

“事已至此，悔之无益。”顿一顿，卫太后徐声道，“老九与老七素来走得近，最近可有什么动静？”

“与之前一样，四处联络朝中大臣，想要逼儿子增兵南境。”东方洄的回答令卫太后冷冷一笑，“他倒是讲义气得很，可惜用错了地方！”顿一顿，她凉声道，“老七若是决意作乱，一定会派人联系他，好来一个里应外合，让人盯仔细了。另外，依着先帝当年对他的宠爱，神机营最可能在他手里，大意不得。”

待东方洄答应后，她又道：“哀家刚刚收到消息，赵平清有了身孕，你派几个人过去照顾，一旦睿王叛乱，她腹中的孩子会与陈太妃一样，成为咱们的筹码。”

“儿子立刻安排。”东方洄心领神会地应着，名为照顾，实为监视！

此时，平阳王府后院一间精致的绣房中，沈惜君一口接一口地呕在阿紫捧着的漱盂中，开始还是之前喝下去的清水，待到后面变成了极苦的黄疸水。

平阳王妃心疼地抚着沈惜君脊背，不住往门口张望：“这个管事，怎么去了这么久还没回来！”

“王妃别急，应该就快到了。”逐春话音未落，门被人推开，满头大汗的管事领着一个中年人进来，“王妃，大夫到了。”

平阳王妃眉目一喜，急忙道：“大夫，你赶紧替宗姬看看，从昨儿个夜里到现在，吃什么吐什么，连喝口水都吐，这到底是得了什么病？”

“王妃别急，待小人先替宗姬诊脉。”说着，他就着阿紫端来的椅子落座，替病恹恹的沈惜君诊脉，过了一会儿，他起身，神色轻松地朝平阳王妃拱手道，“王妃不必担心，宗姬她并没有病。”

平阳王妃忧声道：“都已经吐成这个样子了，怎么会没病？”

大夫微笑道：“宗姬确实没病，之所以呕吐不止，是因为有了身孕。”

“当真？”平阳王妃与沈惜君异口同声问着，一惊一喜，惊的是平阳王妃，喜的自然是沈惜君。

“宗姬脉象快而滑，如滚珠玉盘，当是喜脉无疑。”大夫肯定的回答令沈惜君欣喜万分，双手小心翼翼地护着尚且平坦的腹部，孩子……她有了东方溯的孩子……

平阳王妃的反应则与她截然相反，脸色难看异常，趁着沈惜君不注意，她将大夫唤到一旁，低低说了几句，大夫一脸诧异道：“王妃，这……”

平阳王妃抬手打断他的话：“不必多说，总之照我的吩咐去做。”说着，她对站在旁边的逐春道，“你随大夫过去。”

在他们走后，平阳王妃暗吸一口气，笑吟吟地回到沈惜君身边：“也是为娘糊涂，一瞧见你呕吐不休就以为你吃坏了东西，也没想起问问你月信是否有至。”

沈惜君粉面嫣红道：“女儿自己也没想到，这么快就有了王爷的骨肉，也不知……他是男是女。”从刚才起，沈惜君双手一直不曾离开小腹，那样小心，如护着稀世珍宝。

阿紫抿唇笑道：“算算时间，这才一个多月呢，宗姬就迫不及待地想知道男女了啊。”

“多嘴。”沈惜君轻斥了一句，垂目低语道，“男女都好，最要紧的是平平安安。”

“小世子一定会平安长大。”说着，阿紫又笑道，“说不定宗姬腹中怀的是双生子呢，那就一胎凑成一个好字。”

“就你这丫头话最多。”话虽如此，沈惜君眼里却有止不住的笑意与渴望，双生……那是再好不过了。

平阳王妃拉过沈惜君的手，微笑道：“大夫说你胎气有些不稳，再加上吐得厉害，得仔细调养，大意不得。我已经让逐春随他去抓安胎药了，煎好后会送过来，你可要好好喝，不许再像以前一样，嫌药苦偷偷倒掉。”

沈惜君哂然一笑：“女儿又不是小孩子，分得清轻重，母亲放心，为了腹中的孩子，就算再苦，女儿也一定会喝下去。”这是她回来后第一次唤平阳王妃一声母亲。

“那就好。”平阳王妃抚过她的脸颊，目光复杂而痛苦，“你记着，不管母亲做什么，都是为了你好！”

“女儿知道。”沈惜君沉浸在重重欢喜中，并没有留意到平阳王妃的异样。

又叮嘱了几句后，平阳王妃起身道：“母亲还有事情，晚些再来看你，你一定要记着喝药。”

在送了平阳王妃离去后，阿紫关切地问道：“宗姬，您累不累，不如奴婢与阿兰扶您去床上歇会儿？”

沈惜君吐了一整日，又没吃什么东西，确实身子乏力，颔首道：“也好。”

阿紫赶紧上前扶住她的一只手，却一直不见阿兰有所动作，沈惜君蹙眉唤道：“阿兰？阿兰？”

连着唤了数声，阿兰方才如梦初醒，茫然道：“啊，怎么了？”

沈惜君盯了她道：“这话该是我问你才对，怎么回事，从刚才起就一副魂不守舍的样子。”

阿兰咬一咬唇，轻声道：“宗姬，您有没有觉得王妃的态度有些怪异？”

沈惜君愕然道：“这话从何说起？”

“大夫刚说您有身孕的时候，奴婢留意到王妃脸色很难看，似乎……似乎……”阿兰犹豫片刻，大着胆子道，“不太愿意您有这个孩子。”

阿紫连连摇头：“我瞧王妃不是挺高兴的嘛，还一再叮嘱宗姬服药安胎，你别胡说。”

阿兰急切道：“我没有胡说，王妃一开始真的很不高兴，直至与大夫说了几句后方才好转。”

她的话令沈惜君沉下脸，低着头不知在想些什么。过了一会儿，逐春亲自端了药进来，笑言道：“宗姬，药煎好了，奴婢还拿了蜜饯来，喝过药后含一颗在嘴里，这样就不会太苦了。”

沈惜君扫了一眼碗中的褐色药汁，抬眸道：“这就是大夫开的安胎药？”

“是啊，大夫说了，这药除了稳固胎气，还可以减轻孕吐。”逐春一边说着一边舀了一勺药，仔细吹凉后递到沈惜君唇边，“宗姬您快趁热喝吧，凉下来只会更苦。”

“大夫开的药方呢？拿来我看看。”沈惜君的话令逐春神色一僵，很快便又笑意如初，“在厨房与剩下那几服药一道搁着呢，奴婢一会儿就去拿过来。”

沈惜君冷冷一笑，扬眸道：“阿兰，你去厨房取来。”

见她迟迟不肯喝药，逐春心中发急，却又不能露出来，只得赔笑道：“宗姬那么着急做什么，这药方又不会长脚跑了，还是先把药喝了吧。"

她的态度令沈惜君眼中疑色大盛："这根本就不是安胎药对不对？"

逐春手微微一颤："宗姬说笑了，不是安胎药还能是什么？"

沈惜君将她这个细微的动作看在眼里，冷声道："母亲呢？我要见她。"

"王妃有些事情要处理，晚些才能过来，宗姬您还是先喝药吧，都快凉了。"

沈惜君盯了她片刻，忽地一把夺过药碗，走到窗前，用力泼了出去。逐春大惊，想要阻止已是来不及，只能眼睁睁看着那一碗药没入暮色中："宗姬您这是做什么？"

沈惜君没有理会她，对阿兰道："去请母亲过来。"

"是。"阿兰正要离去，一个清冽沉冷的声音自外面传来："不必了。"

随着这个声音，平阳王妃缓步走了进来，天边残存的余光在她身前投落一道长长的影子。

沈惜君面带讥讽道："看来母亲一直都在外面。"

平阳王妃没有理会她，瞥了一眼阿兰二人，淡淡道："天都黑了，怎么还不掌灯？"

阿兰二人赶紧答应一声，随着灯烛一盏接一盏亮起，室内变得通透明亮，恍如白日。

平阳王妃扶着逐春的手落座，接过侍女递来的茶吹一吹浮末，淡然道："为什么不喝药？这么快就忘记答应过为娘的话了？"

沈惜君面色阴霾道："如果这真是安胎药，我一定会喝，但这并不是，母亲你为什么要这么做？"既然不是安胎药，那么……就只有一种可能。

平阳王妃慢慢喝了一口滚烫的清茶："我做了什么？"

沈惜君从来都不是一个喜欢绕弯子的人，咬牙道："这是堕胎药对不对？"

平阳王妃自氤氲的茶雾中抬起眼皮："你不必管是什么药，总之为娘做的一切，都是为了你好。"

这句话一下子将沈惜君心里的恼怒激了起来："你现在是要害我腹中孩儿，这也叫为我好？"

"这个孩子留不得。"平阳王妃声音淡漠得仿佛是在说一只街边流浪的小猫小狗。

沈惜君对她的无情难以理解，激动道："这是我与王爷的孩子，为何留不得？"

平阳王妃妙目一横，看向沈惜君时多了几分锐利："就因为他是睿王的孩子，所以才留不得！”

她的话令沈惜君觉得无比荒唐：“母亲，你可知道自己在说什么？”

平阳王妃搁下手中的茶盏，凉声道：“我从来都很清楚，是你被感情蒙蔽了双目，一直看不清形势。”说罢，她看向逐春，“再去煎一碗来。”

“不许去！”在拦下逐春后，沈惜君盯着平阳王妃，咬牙道，“你先是强行带我回府，现在又要毒害我孩儿，这一切……究竟是为了什么？”

“为了你！”平阳王妃的回答简洁利落，没有丝毫犹豫。

沈惜君难以理解地盯着她：“你若真是为了我，就不会做这样恶毒残忍的事情。这是一条命啊，更是你的嫡亲外孙，你怎么可以这样对他？！”只要一想到自己差点儿被骗喝下那碗堕胎药，就后怕不已。

面对沈惜君一连串的指责，平阳王妃没有解释什么，淡然道：“以后你会明白为娘的苦心，总之这个孩子留不得！”

一听这话，沈惜君连连后退，双手紧紧护住小腹，戒备道：“这是我的孩子，他是生是死，由不得你来做主！”

“身体发肤，受之父母。你是我十月怀胎所生，我自可做主！”说着，平阳王妃朝逐春催促道，“还不快去？”

见逐春要离去，沈惜君连忙对阿紫二人道：“给我拦住她！”

阿紫她们刚走了两步，平阳王妃目光已是瞥了过来，森森道：“我看谁敢！”

阿紫二人神色一慌，不由自主地停下了脚步，这么一耽搁，逐春已是走得不见人影。沈惜君狠狠一咬银牙：“你只管让人去煎，煎一碗我倒一碗，煎十碗我就倒十碗。”

平阳王妃没有说什么，缓步走到凉风徐徐的长窗前，浓重如墨的黑暗吞噬了最后一缕天光，一轮弯月静静悬在夜空中，月华悄无声息地洒落人间。

夜风拂过，树叶簌簌作响，偶尔有那么几片被风拂落，在夜色中飞舞，平阳王妃伸手接住一片纹理清晰的落叶，缓缓道：“记得你六七岁那阵子，最喜欢缠着我讲故事，哪怕是一个重复了数遍的故事，你也能听得津津有味，唯独一个故事，你只听了一遍就不愿再听，还记得是哪一个吗？”

“嫦娥奔月。”

平阳王妃颔首道：“不错，就是嫦娥奔月。你觉得嫦娥独自飞仙，背弃了求来仙丹的后羿，所以这个故事甚至嫦娥的名字，都不愿再听。”

沈惜君冷声道：“听这种凉薄女子的故事，只会污了我的耳朵。”

平阳王妃徐徐揉着手中的树叶，淡然道：“或许真是嫦娥凉薄自私，也或许是……后羿根本不值得她与之长相厮守。”

沈惜君听出她话中有话，拧眉道：“你究竟想说什么？”

平阳王妃转过身来，夜风吹起她瑰丽的裙裾，似一只巨大的蝴蝶，她盯着沈惜君道：“东方溯对你没有半点儿情意，这样的人，不值得为他生儿育女！”

“不是！”沈惜君急急否认，“王爷对我有情，只是不善于表达罢了。”

平阳王妃上前一步，一字一句道：“若有情，他不会屡屡令你伤心；若有情，他不会娶赵平清为侧妃；若有情，他不会在大婚之夜让你独守空房。”

每一句话都如一根长针狠狠扎在沈惜君胸口，抽尽她脸上最后一丝血色，颤声道：“所以你现在想做什么……拆开我们？”

“是！”话音未落，沈惜君神色激动道：“不可能，我这辈子都不会离开王爷，绝对不会！”说到这里，她恍然道，“我明白了，从你强行把我接回来的那一刻起，就打着这个主意，为什么？你为什么要这么做，这桩婚事你之前明明是同意的。”

“这桩婚事从开始就是一个错误，为娘现在不过是拨乱反正罢了。”平阳王妃取下发间一枝赤金海棠步摇插在沈惜君髻上，步摇上那朵海棠花是用一整块珍贵的粉色碧玺雕琢而成，在灯光下灼灼耀眼，流光溢彩。

“错误？”沈惜君喃喃重复着这两个字，下一刻，她已拔下髻间的赤金海棠步摇，狠狠掼在地上，在碧玺碎裂的清脆响声中，坚定地回应道：“这不是错误，现在不是，以后也不会是！”

在这样的僵持中，逐春端着一碗与刚才气味相同的药进来：“王妃，药煎好了。”

平阳王妃眸光微微一颤，下一刻已是若无其事：“喂宗姬喝下去。”

“我不喝。”说着，她冲上去欲要打翻逐春手中的药碗，却被平阳王妃牢牢攥住手腕。平阳王妃眼神冷得让人害怕：“无论你愿意与否，这碗药都一定要喝，来人！”

两名小厮在她的呵斥下走了进来，拱手道：“王妃有何吩咐？”

“给我把宗姬抓起来！”平阳王妃冷厉的话语令沈惜君骇然失色，母亲……母亲这是铁了心要打掉她腹中的孩子。

沈惜君脸庞苍白吓人，面对不断逼近的小厮，她急急后退，直至背脊贴住冰冷的墙壁，方才不得不停止：“你若杀了这个孩子，我这辈子都不会原谅你！”

平阳王妃眼底掠过一丝决绝：“你恨我也好，怨我也罢，我都不能让你再与他纠缠不清。”

不论与齐楚两国一战是胜是负，卫太后都不会放过东方溯，一旦让她知道惜君腹中有了东方溯的骨肉，不只孩子保不住，就连沈惜君都有可能被处死，她绝不能冒这个险。

“母亲，你真要逼死女儿吗？”沈惜君被两名小厮牢牢抓着，怎么也挣脱不开。

平阳王妃没有说话，转头对端着药碗的逐春道：“去吧，好好喂宗姬喝下去。”

“是。”逐春轻叹一声，一步步向沈惜君走去。沈惜君如见恶鬼，拼命摇头：“不要！你不要过来！”

逐春将药凑到她唇边，劝道：“宗姬听话，好好把药喝了，很快就没事了。”

闻着那浓重的药味，沈惜君拼命摇头：“不喝，我死也不喝！”说着，她“扑通”一声跪在地上，拼命向平阳王妃磕头哀求，“母亲，我求求你，让我留下这个孩子，只要你肯放过他，你让我做什么都行！”

听着沈惜君一声声的哀求，平阳王妃眼圈发红，几乎想要冲过去将她扶起来，可是不能，她不能心软！

平阳王妃暗自紧握袖中的双手，紧咬了银牙道：“既然她不肯，那就……把药给我灌下去！”

沈惜君惊骇欲死，紧紧闭着双唇，可惜并没有什么用。逐春捏住她的鼻子，趁她张口呼吸的工夫，强行将药灌了下去。

尽管沈惜君拼命反抗，仍被灌入了将近一半的药，怎么也吐不出来。

在逐春灌完最后一点儿药退下后，平阳王妃上前替她拭着唇边的药渍：“只是稍微有些疼罢了，很快就没事了，到时候你又是太后最疼爱的昌荣宗……啊！”

沈惜君突然张口咬住了她的手，瞬间，鲜血混着药汁自其嘴边流了下来，令她看起来犹如来自地狱的夜叉恶鬼。

“宗姬松口！”逐春大惊失色，赶紧去掰沈惜君的嘴，费了九牛二虎之力，方才将她的嘴掰开，只是这么一会儿工夫，平阳王妃手背上已是留下了一排齿印，汩汩往外冒着血。

沈惜君双目通红地盯着平阳王妃，恨意森寒：“卫子钥，我这辈子都不会原谅你，不会！”

逐春急声道：“宗姬，王妃这么做都是为了您好，留着这个孩子，只会害了您害了平阳王府，您……”

“算了。”平阳王妃打断她的话，哀伤而疲惫，“不论你现在说什么，她这会儿都听不进去，走吧。”顿一顿，她又道：“记得派人去前厅将大夫请来，让他好生照看着惜君。”

逐春叹一口气，点头道：“奴婢知道了。”那两名小厮留了下来，一刻不离地看守沈惜君，以免她将药吐出来。

半个时辰后，殷红温热的鲜血自沈惜君体内汩汩流出，带走了她尚未成形的孩子，这一夜，她的悲鸣与哀嚎响彻了整个平阳王府……

在昭明宫中，另一个人也在不断地哀嚎惨叫着，这个人就是江福。自从踏进慎刑司之后，他就仿佛来到了人间地狱，从未有一刻像现在这样渴望死去，可是东方洄不点头，他就只能活着继续受罪。

江福受不住酷刑，胡乱招认自己是齐国派来的奸细并且杀了汪虎，不为其他，只为换取一个痛快的死法。在口供呈上去后不久，处置就下来了——如他所愿，确是死刑，只是这个死法实在不算痛快。

在管事准备动手时，怀恩扶着一名小太监的手走了进来，除了脸色有些苍白之外，看着并无大碍。

“怀总管，您怎么过来了？”管事一边说着一边迎上去，亲自扶了怀恩在刑房唯一一把椅子上坐下，不等怀恩开口，他又内疚道，“昨日之事，实在对不住，还望怀总管原谅。”

“你也是奉命行事，咱家又怎么会怪你。”说着，怀恩望向被绑着双手遍体鳞伤的江福，“咱家听说，江福的处置下来了？”

管事点头道：“江福已经招认一切，陛下下旨，剜江福眼耳口鼻，令他血尽而亡。”

怀恩长叹一声，拱手道：“咱家与他始终师徒一场，能否请管事通融一下，让咱家与他说几句话。”

“当然可以。”怀恩在宫中人缘极好，管事一口答应下来，与慎刑司众人退了下去，留他们二人独处。

江福努力撑开被打肿的眼皮，虚弱地问道：“是你……是你害我的对不对？”

怀恩缓缓站起身，那道从来都是佝偻的背脊在这一刻挺得笔直，犹如一柄出鞘的利剑，尽管尘封多年，却依旧锐利无比。

“不错，那块令牌是咱家放在你屋中的，也是咱家让那两名禁军反口的。”

江福双目暴出无尽恨意，绑着双手的铁链被他扯得“哗啦哗啦”作响：“果然是你，你才是齐国奸细，放我出去，我要去告诉陛下！”

“莫说你见不到陛下，就算见到了……”怀恩冷笑道，“陛下会相信你吗？”

“你这个奸人，一定会不得好死！”说着，江福突然“噗”的一声，将混着血水的唾沫往怀恩面上狠狠唾去。

怀恩头一侧，轻巧地避开了那口唾沫，沉声道：“天作孽犹可恕，自作孽不可活。你有今日下场，皆是咎由自取！”

“不是！是你害我的！”江福嘶声喊着，如果目光可以杀人，怀恩这会儿已不知死了多少次。

“若你没有心存恶念，我又怎么害得了你。”怀恩冷冷说着，昨日他早就发现江福尾随在后，只是故作不知罢了。

他杀死汪虎，离开冷宫后并没有走远，而是躲在暗中监视，果见江福悄悄进了冷宫，之后又去找那两名禁军打听汪虎的事情。

其实在那个时候，他就可以动手杀了江福，阻止其去承德殿告密，但他没有，因为需要有人担下汪虎的死，守住神机营的秘密，而齐国奸细，无疑是适合的。

至于江福……这种忘恩负义、贪心不足的小人，死不足惜！

在江福去向东方洄告密的时候，他去见了那两名禁军，以毒药迫他们听命行事，并每人给了五百两银子，这才有了承德殿上那一场精彩绝伦的反转！

“我要杀了你！杀了你！”江福双目赤红地喊叫着，也仅仅止于喊叫，不论他怎样不甘，胜负已是分得清清楚楚。

对于他的尖叫咒骂，怀恩连眼皮也没有动一下，淡淡道：“下辈子投胎，少长些坏心思，免得再像这一世一样。”

说完这句话，怀恩转身走了出去，任江福在身后如何叫骂，都不曾停步回头，今日之后，他与江福不会再有交集，更不会再相见，一切缘分……止于此！

走出刑房时，他又恢复了一贯的佝偻模样，那个背好像永远都挺不直一样。暮色掩映下，有乌鸦扑棱着翅膀飞过，几根乌黑的羽毛自空中缓缓飘下，落在怀恩身后。

在扶着他回到住处后，小太监恭敬道：“总管您歇一会儿，小的去御厨房看看有什么吃的。”

“好。”怀恩含笑点头，待得脚步声远去后，他取过青瓷提梁壶，倒了两杯茶后，淡淡道，“下来吧。”

随着他的话，一道黑影自梁上跃了下来，单膝跪地，声音低沉：“见过尊者！”

“起来吧。”怀恩将一盏茶递过去，淡然道，“都杀干净了吗？”

黑影恭敬回道："回禀尊者，全部都杀了，无一漏网。至于那只信鸽，卑职也截到了，按您的吩咐写了回信，但卑职不确定是否可以瞒过去。"

怀恩颔首道："做到这一步，已经很不错了，就算瞒不住，一时半会儿也不会疑到睿王身上。"顿一顿，他又道，"睿王可还好？"

黑影神色一沉，摇头道："据十三他们传来的消息，自从西楚增兵后，王爷就一直处于劣势，折损许多将士，就连公主的三才阵也快被破了。"

怀恩握着茶盏的手一紧，默然片刻，道："阿二，依你所见，照这个形势继续下去，王爷有几成胜出的可能？"

"两成。"立在怀恩面前的黑影正是神机营排行第二的高手，而怀恩就是那个神秘莫测从未露过面的神机营尊者。

直至昨日，他主动传消息让阿二来见他，阿二方才知道怀恩的真正身份。任谁都不会想到，昭明宫四品宫殿领侍、东方洄的心腹大太监竟然就是神机营的尊者。

"当真如此悬殊？"怀恩双眉紧皱，两成这个概率几乎就等于没有。

阿二如实道："王爷兵力只有齐楚两边联军的一半，能够坚持到现在，已是很不容易，想要取胜，实在很难，除非陛下肯增兵。"

怀恩冷笑道："想要他增兵，难如登天摘月。"他日夜跟在东方洄身边，东方洄的心思，没人比他更清楚。

"公主那边呢？"

"听十六说，公主在研究一个新阵法，成功与否，威力如何，无从得知。"

怀恩低头徐徐抚着茶盏，看似不经意的摩挲却令茶盏发出"咯咯"的声音，仿佛不堪受力，细看之下，会发现盏壁出现一道道细如牛毛的裂痕。

"王爷身边有多少人？"

"三十七人！"阿二的回答简单明了。

怀恩思忖片刻，凝声道："除了按王爷吩咐留下几个必要的之外，余者全部调去王爷身边，不惜一切代价，斩杀齐楚两军，总之这场仗……一定要赢！"

"可这样一来，很容易暴露咱们的身份。"阿二眉头紧拧，神机营战斗力自是毋庸置疑，当年先帝在位时，神机营曾以百人之数，歼灭岷王七千精兵。唯一的问题就是，一旦大规模动手，神机营归属睿王的秘密就瞒不住了。

怀恩慢慢喝了口温热的茶水："陛下对王爷已是动了杀心，一旦王爷输了这场仗，他手里可就没筹码了，到时候……你觉得陛下还会让王爷活着吗？"

"卑职就不信倾整个神机营之力，还护不住王爷。"阿二话里透着一股傲气与自负。

怀恩自是听出来了，微微一笑，道："以我们的实力，确实可以护着王爷逃出北周，但能逃去哪里，齐国？西楚？还是东凌？"

阿二被他问得哑口无言，是啊，不论逃去哪个国家，都会引来无穷无尽的追杀，神机营……护得了一时，却护不了一世。

"兵权与战功，是王爷最好的护身符，只要兵权在手，就算陛下知道神机营在王爷手里，也不敢轻举妄动。所以这一仗，不论付出怎样的代价，都一定要赢！"怀恩不知在心中权衡了多少遍当中利弊，方才做出这个决定。

"卑职明白，卑职回去后立刻安排。"怀恩的深谋远虑令阿二佩服不已，难怪他可以在东方洄身边潜伏多年而从未被怀疑。

怀恩微一颔首，凉声道："查出告密的人了吗？"若非有人借尹秋之手传信东方洄，让他小心东方溯，根本不会有后面的种种麻烦。这个人的存在，令怀恩心中不安，所以早在传信告诉慕千雪之时，就让阿二暗中追查。

阿二摇头道："卑职派了很多人去查，始终没有消息，就像他根本没出现过一样。"

怀恩眯了眼眸，似一头躲在草丛中寻找猎物的狮子："继续查，一定要查到这个人。"

"是。"阿二应下后，露出欲言又止之色，怀恩吹着浮在茶汤上的沫子，淡淡道："有什么话就说。"

阿二面带疑色道："王爷之祸，起于陛下，只要陛下死了，一切问题自然迎刃而解，这一点，尊者您应该清楚。"

怀恩牵一牵唇角，勾勒出一道寂冷的笑容："你想问，我为什么不杀了陛下？"

"是。"阿二既是问出了口，就不会再否认。

茶水自密布于盏壁的细纹处渗了出来，濡湿了怀恩的手，他对此并不在意，依旧慢慢饮着，阿二也不催促，安静等在一旁，该他知道的，尊者一定会说；反之，就是他现在还没资格知道。

在将一盏茶喝尽后，怀恩自怀里取出帕子徐徐拭着手中的水，淡淡道："以我的武功，杀他一人自是轻而易举，但他……从来都不是一个人。"

阿二眼皮一跳，道："尊者是说，陛下身边一直有人守护？"

"不错，不论他走到哪里，身边都会跟着两个人，但这两人……我从未见过。"在说这话时，怀恩神色异常凝重。

阿二被他说得一头雾水，既有人跟着，怎么会从未见过：“卑职不明白尊者的意思。”

“与其说是人，倒不如说是影子更贴切一些，无形无迹，却无处不在。事实上，在这昭明宫里，除了我之外，恐怕再无人知晓他们的存在。他们时刻跟在陛下身边，即便是陛下临幸嫔妃之时，也不例外。”

阿二思忖片刻，匪夷所思道：“尊者是说，他们以……影子的方式存在？”神机营的人，虽然善于隐匿，却不可能做到彻底隐藏形迹。就像十九，她要跟在东方溯身边，就必须借用侍女的身份。

“不错，要杀陛下就得先杀这两人，而我……”怀恩轻叹一声，“并没有十足的把握。”

阿二喉咙一阵干燥，人非鬼，有实体存在，要以影子的方式存在……实在难以想象，在捧起怀恩给他倒的那杯茶一口饮尽后，方才感觉好一些：“可要卑职等人入宫助尊者袭杀？”

他与阿三阿四几个都是一等一的顶尖高手，就算那两个“影子”武功再高，身法再诡异，也可抵挡一阵。

怀恩摇头道：“你们一个个都习惯了气息外露，乔装易容只能瞒过寻常武者，若遇到真正的高手，还未近身就会被发现，再说……就算杀了陛下，也无济于事。”

阿二被他说得一怔：“尊者为何这么说？”

怀恩重新取了一个杯子斟满茶水，淡淡道：“当年先帝身染沉疴之时，曾一度想废太子，但最终放弃了这个念头，你可知为什么？”

阿二思索着道：“卫氏一族势力庞大，除了太子之外，无人可以稳坐承德殿的位置。”

“正是这个道理，所以先帝几经思虑，还是将帝位传给了太子。”怀恩一直在先帝身边侍候，最清楚当年发生的事情。

“当年如是，现在亦如是。杀一个东方洄，根本解不了王爷的危局，盘踞在咱们大周的卫氏一族……才是当中关键。”若非如此，他就算拼着一死，也会杀了东方洄。

在阿二点头后，怀恩想起一事，问道：“那两名禁军怎么样了？”

“卑职已经安排人将他们连家人一道送出金陵城，不会有人找到他们，至于化神丹的解药，每年这个时候，卑职都会派人送去。”

怀恩第二次去见那两名禁军守卫时，逼迫他们服下化神丹。化神丹之意，就是指即便神仙服下，毒发之时也会化成一摊血水，可见其毒性之烈。而且化神丹没有真正意义上的解药，一旦中毒，只能靠每年一粒的解毒丸压制毒性，迟上一天，就会立刻毒发，无药可救。

“好。”怀恩颔首道，“没别的事情了，你回去吧，记住我的话，就算倾覆整个神机营，也一定要助王爷打赢这场仗！”

“卑职谨记尊者吩咐！”阿二肃容答应，再次朝怀恩行了一礼后，悄然离去，没入沉沉夜色之中。

“咕咕咕！”一只鸽子飞落在承德殿前，早有宫人等在那里，捧起鸽子来到东配殿旁边一间小小的耳房中：“姑娘，信鸽回来了。”

东方洄长眉一挑，冷声道：“原来就是为了奸细一事，难怪江福要不顾一切杀死汪虎了。”

夜风自窗外拂来，吹起绿衣的碧色衣衫：“陛下，这封信是假的。”

东方洄愕然抬眸，盯了绿衣道：“你说什么？”

“奴婢与他们传信之时，为防被假冒，都会在最后留一个暗号，可是这封信没有，而且字迹也不对。”说着，她取出藏在袖中的几张纸呈上去，那些都是这一个多月里的飞书往来，如绿衣所言，每一封书信底下都有几个黑点，乍一眼看上去，就像是写完提笔时不小心甩在上面的墨点，唯独新传过来的这封干干净净，除了那两行字之外，一个墨点也没有。

“他们不会犯这样的错误，所以奴婢敢肯定，这封回信是假的。”

东方洄搁下手里比对的书信，拧眉道：“信鸽不是直接飞到他们那里的吗？怎么会被人造假？”

绿衣垂目片刻，低低道：“可能有人中途截下了信鸽，也可能在信鸽飞抵之前……他们就已经死了。”

东方洄一惊，脱口道：“你是说有人杀了他们？”

绿衣面色凝重道：“奴婢思来想去，只有这两个可能。”不等东方洄言语，她又道，“明日城门一开，奴婢就派人去一趟南境。”

窗外传来一阵又一阵的蝉鸣，无休无止，令东方洄有些心浮气躁，起身走了几个来回方才压下心底的烦躁，一边思索一边道：“若他们因为汪虎一事被杀，那汪虎回京，很可能就不是为了奸细的事情。”

绿衣附声道：“奴婢也觉得不是，毕竟奴婢交代给他们的任务是监视睿王，齐国之事……并不在他们的职责范围之内。”

东方洄那双狭长的眼眸微微一眯，徐徐道：“所以根源还是在老七身上？”

“是。”绿衣应了一声，“其实奴婢一直觉得江福的供词有些问题，很可能是他受不住刑，又不愿供出真话，从而胡乱编造出来的谎言，借此引开我们的注意力。”

东方洄缓步走到窗前，夜风拂过，带着一丝白日残留下来的炎热：“你是说，江福是老七的人？”

绿衣恭声道：“奴婢不敢肯定，但确有这个可能，另外有一件事，奴婢一直想不明白。”

东方微侧了脸，道：“什么事？”

绿衣疑声道：“昨日江福来承德殿向陛下告状，欲将汪虎之死嫁祸怀恩，自那之后，他的一举一动都在咱们眼皮子底下，应该没机会通风报信，何以他的同党会这么清楚宫里的事情，甚至传回假信意图迷惑陛下？”

东方洄手指在窗棂上重重一敲：“你是说，宫里还有江福的同党？”

“是。”绿衣忧心忡忡道，“如果只是通风报信还没什么，奴婢最担心的是，他们狗急跳墙，会对陛下不利，祸乱宫闱。”

东方洄不屑道：“只是一群跳梁小丑，还没资格对朕不利！”

“这群人隐藏甚深，在他们动手之前，恐怕很难找到。”绿衣面有难色，昭明宫中三千宫女太监，想要找出隐藏在里面的细作，实在不是一件容易之事。

东方洄凝眸望着夜色中婆娑的树影，明黄色衣袍勾勒出简洁明了的线条：“可曾听说过‘擒贼先擒王，射人先射马’这句话？”

绿衣眉心蓦地一跳，脱口道：“陛下是说……杀了睿王？”

东方洄冷冷道：“朕倒想杀了这个脑生反骨的东西，但现在还不是时候，朕需要他继续消耗齐楚两军的兵力。”

自从西楚增兵后，齐楚两军一直死死压着北周的军队，如果在这个时候主帅阵亡，必定会令本就极为低迷的军心大乱，给齐楚两军大胜的机会，甚至兵临金陵。这个险，东方洄不敢冒。

绿衣猜不透他的心思，试探道：“那陛下的意思是……”

“战场距此有数百里之遥，除非亲自去战场求证，否则……”东方洄森然一笑，黝黑如浓墨的眸中有幽异的火苗在跳跃，“谁也不知道消息是真是假，不是吗？”

绿衣微一思索，已是明白了他言下之意：“陛下可是想散播假消息？”

“不错，只要他们以为老七死了，就一定会露出马脚。”说着，他回过身来，冷冷盯着绿衣，“这件事朕交给你去办，但凡有可疑者，一律杀无赦！”

绿衣神色一凛，肃声道：“奴婢立即去办！”

宁可错杀一千，不可放过一个。

这是他一直以来受到的教导，我负天下人可以，天下人负我却是万万不可！

与此同时，万宝阁老板毕恭毕敬地站在张启凌身前讲述着这两日南境发生的事情。

待他说完后，张启凌长眉一挑，微有些吃惊道：“你说那些人都死了？”

“是，就在今日凌晨，一群来历不明的人出现在南境，杀了监视睿王的人。”说起那些人，万宝阁老板眼底有一丝少见的惊惧，“属下亲眼见到他们杀人，这些人出手凌厉无情，杀起人来毫不手软，在属下看来，比……”

张启凌等了一会儿不见他说下去，催促道：“比什么？”

万宝阁老板微一咬牙，道：“比公子手里的影军团……有过之而无不及！”

此言一出，张启凌神色顿时变得异常严肃：“当真如此？”

“属下不敢欺骗公子，确是如此。”此话一出，屋中一片静寂，张启凌走到长窗前，随手掐了一朵长至窗台边的千日红在指尖转着，眉目低垂，不知在想些什么。

他不说话，万宝阁老板自不敢打扰，静静等在一旁。月影西斜，穿过树影照落在一身月白银绣长袍的张启凌身上，月色朦胧，光华似水，一眼望去，俊美无俦，犹如天上神祇临凡，令人不敢直视！

“梆梆梆！”远处传来打更声，不知不觉间已是三更时分，连着两日的奔波令万宝阁老板眼皮发沉，但仍强撑着站在那里。

“北周乃至普天之下能够胜过影军团的，只有一个组织。”张启凌的声音令万宝阁老板精神一振，心思迅速一转，试探道：“公子是说神机营？”

“不错，除此之外，我想不到第二个。”

万宝阁老板想一想，摇头道：“这说不通，监视睿王的就是神机营，听命于周帝，没理由会自相残杀。”

张启凌盯着掌中那朵娇艳欲滴的千日红，凉声道：“如果监视睿王的……不是神机营呢？”

他的话令万宝阁老板一惊，脱口道：“那群人很明显是周帝所派，怎可能不是神机营？”

张启凌缓缓合起手，待得松开时，花已蔫了，不复之前的娇艳之态：“从来没有人说过，神机营在周帝手中。”

万宝阁老板眼皮一跳，心中已是明白了他的意思，蹙眉道：“但一直以来，神机营都是属于北周天子的，百多年来从无例外。”

张启凌随手将残花扔在窗外，取过搁在架子上的帕子拭一拭手：“以前没有不代表现在也没有，凡事总有例外，不是吗？”

万宝阁老板迟疑道：“可那是神机营，真会有这样的例外吗？”

“忘了倚翠阁吗？”张启凌凉声道，“我之前总想不明白，周帝既有了神机营，为何还要再弄一个倚翠阁，青楼楚馆虽说可以打听情报，但终归难登大雅之堂，一旦被人知道，周帝必然颜面大损。如今想来却是清楚了，神机营根本就不在周帝手中，若我没有猜错，拥有他们之人，应该是睿王。”

若慕千雪在这里，必会惊叹他思维的缜密，仅凭这么一点儿线索，甚至不曾亲眼见过，就精准推断出神机营的归属，就连她自己，也是在见识到十六等人身手后，方才确定。

这样的智慧与心思，几乎可以与慕千雪并驾齐驱。这样的人物，当真只是区区一个富家公子吗？

“睿王？”万宝阁老板一脸惊讶地看着张启凌，无论如何都想不到他竟会说出这样的话来，疑声道，“据属下所知，睿王并不得宠承帝，不可能是他。”

“难道你还有更好的解释吗？”张启凌的反问令万宝阁老板哑口无言，好一会儿方才道：“那现在要怎么办，将神机营一事告诉周帝吗？”

张启凌抬手抚过垂在胸前的一缕黑发，转过身似笑非笑地盯了万宝阁老板：“你倒是替周帝着想得很。”

看似轻描淡写的一句话，却令万宝阁老板骇然色变，急忙跪下道：“属下只是想着此事能令周帝与睿王彻底翻脸，所以才有此建议，并非替周帝着想，请公子明鉴！”

张启凌微微一笑，伸出修长白皙的双手将他扶起：“我不过是与你开个玩笑罢了，这么紧张做什么，赶紧起来。”他徐徐道，“没必要将所有底牌都透给周帝，留着几张慢慢玩岂不是更好。”停顿片刻，他又道：“算算时间，万宝阁一月一次的拍卖差不多又快开始，都准备了些什么东西？”

万宝阁老板不明白他为何突然问起这个，但还是恭敬地答道：“准备了几样汉朝的东西，压轴的是一块天外玄铁。”

所谓天外玄铁，就是从天而降的铁块，落下之时往往带着巨大的火焰，只要掺一些这种铁块在普通生铁之中，就可锻造出格外锋利的武器。若是全部用天外玄铁铸造而成，那么就是一柄神兵利器，流传百世。传说神兵干将莫邪就是用天外玄铁铸成。不过天外玄铁极少出现，往往几十年才会出现一块，而每一次出现，都会令无数人趋之若鹜，尤其是那些铸剑师，不惜倾家荡产也要得到一块。

张启凌略一思索，道："除了天外玄铁之外，再增加一个压轴拍卖，但不是实物，而是三个问题。"

万宝阁老板疑惑道："恕属下愚钝，不明白公子的意思。"

张启凌微笑道："你放消息出去，就说请得天机老人嫡传弟子，可以为出价最高的人解答三个问题。"

张启凌口中的天机老人，是一位居住在昆仑山的隐世老人，传说他活了一百多岁，无事不知，无事不晓，若能有幸遇见，得他指点几句，将会一生受益。故世人送他"天机老人"这个称号，但真正见过他的人少之又少。

不少人为得他一言片语，不惜远赴昆仑山，日日在山中寻找，其中不乏王侯将相，但大都无功而返，只有屈指可数的几个人有幸得见，归来后都解了之前的危困，并且大多在往后的日子更上一层楼。

天机老人嫡传弟子——这八个字所蕴含的分量异常惊人，一旦传开，相信不用三日，此处的门槛就会被人生生踏破。

万宝阁老板惊声道："公子您师从天机老人之事，老爷可是一再交代，绝对不可为外人所知。"

张启凌弹一弹指甲，漫然道："我又没叫你泄露我的身份，这么紧张做什么，外人知道的只是天机老人弟子罢了，与张启凌没有任何关系。"

"公子您究竟要做什么？"

张启凌微微一笑，橘红烛光下，那抹笑容似能魅惑人心："到时候你就知道了，记住，这件事一定要传递到周帝耳中。"

万宝阁老板办事极有效率，不出两日，万宝阁请到天机老人嫡传弟子的消息就传遍了整个金陵城，街头巷尾到处都在谈论这件事，连昭明宫也传得沸沸扬扬。

也就在这个时候，另一个消息在昭明宫中疯传，据说是睿王在与齐军交战时，不甚被冷箭所伤，重伤昏迷，怕是活不了了。

相较于神秘莫测的天机老人，这个消息无疑更能勾动宫中上下众人的心思。睿王重伤，意味着那十几万士兵群龙无首。一旦齐军再次进攻，必会全军溃败，待到那时，齐楚联军将会兵临金陵。

一时之间，宫中上下人心惶惶，心思浮动，但暂时未见什么异动。就在这时，一封书信传到了绿衣手中，绿衣看过后，立刻去御书房见了东方洄。

在听完她的奏禀后，东方洄轻吸一口凉气："都死了？"

"是，无一生还，一击致命，干净利落，可见对方武功远在他们之上。"绿衣每说一句，东方洄的脸色就难看一分。许久，他轻出一口气，冷笑道："好一个老七，不声不响地背着朕养了这样一群高手，真是令朕刮目相看。"

"陛下，可要奴婢重新派一批人去监视睿王？"

第五十二章　渭水之祸

“只怕再派人去，也是落得一样下场。”东方洄一边说一边抚着用整块黄玉雕琢而成的貔貅镇纸，过了一会儿，他突然道，“你可有听说万宝阁这次的拍卖？”

绿衣会意道：“陛下可是指天机老人嫡传弟子回答三个问题一事？”

“不错，朕从未听说天机老人有收徒。万宝阁会否是借天机老人之名，赚取银钱？”

绿衣沉吟片刻，道：“虽然万宝阁来历不明，但信誉极好，百多年来从未有弄虚作假的事情。奴婢听说，有一回，万宝阁的伙计被人欺骗，收进一个假的古鼎，并且在一月一次的拍卖会上，被一个福州的商人拍了去。万宝阁发现后派人去福州取回假鼎，双倍退款给那名商人。所以奴婢觉得，这件事应该是真的。”

东方洄垂目望着手里的镇纸，凉声道：“算算时间，拍卖会明日就开始了吧？”

“是，明日辰时三刻。”

在短暂的静默后，东方洄随手将镇纸抛回到桌上：“你安排一下，明日随朕走一趟万宝阁。”

“是。”绿衣对这个吩咐并不意外，早在东方洄问起天机老人的时候，她就已经猜到了几分。

自从万宝阁会拍卖天机老人嫡徒三个问题的事情传开后，每天都有无数人来万宝阁打听情况，令守门人烦不胜烦。在好不容易打发走一批人后，还没来得及喘口气，便又有人走了过来。这次是两个姑娘，一个面蒙轻纱，只露出一双秋水明眸，另一个圆脸讨喜，没等她们开口，守门人便不耐烦道：“公子不会见任何人，你们走吧，真要想见，明儿带足了银子过来。”

夏月笑一笑道："你误会了，我家姑娘要见的是你们万宝阁老板。"

"我们老板？"守门人惊讶地打量着她们二人，"什么事？"

慕千雪妙目微转，浅声道："告诉你们老板，我有法子解决渭河之祸。"

守门人面色微微一变，思索片刻，道："你们在这里等着，待我进去通传。"

在他入内后，夏月小声道："公主，听说那位万老板架子颇大，许多人携厚礼来见，也未必能够见上一面，他……真会见我们吗？"万宝阁创阁多年，他的来历已经无从考究，外人唯一知道的是，万宝阁的老板姓万，世代相传。

慕千雪淡然道："渭河之祸困扰万宝阁多年，损失在渭河的宝物不计其数，一直都是万宝阁的心头之刺，所以他一定会见。"

为了维持一月一次的拍卖，万宝阁派了许多人四处搜寻宝物。要说哪里宝物最多，非要数那一座座埋藏在地底下的大墓不可，往往一座大墓之中藏有百十件陪葬的宝物。

渭河，宽五十丈，长不知几许，贯穿了西楚、北周以及东凌三国，金陵位于渭河之北，而在渭河之南，曾有数个王朝在那里定都，盛极一时。后来王朝覆灭，曾经的宫楼殿宇尽皆付诸大火，但那些王侯将相乃至皇帝的墓穴却是保留了下来，犹如一座座藏在地下的宝山，令后人趋之若鹜，万宝阁也是其中之一。

万宝阁重金招揽了一批身怀绝技之人，挖到宝物之后，就运送回金陵参加拍卖。原本一切顺坦，可从七年前开始，渭河出现了一批凶悍的河盗，劫掠过往船只，万宝阁也未幸免，一套刚从墓中起出的十二生肖玉如意被夺，听说高价卖给了一名富商。

尝到了甜头的河盗变本加厉，但凡发现万宝阁的船只，必出手劫掠，尽管万宝阁在金陵名声颇响，却震慑不了这群河盗。

几年下来，万宝阁在渭河上损失的银钱至少在十万两以上，被人这样挑衅欺负，万宝阁自不会忍气吞声，于是重金请来江湖高手，想要剿灭这群河盗。一开始的时候，河盗不知就里，确被他们逮到杀了几个，可很快那些河盗就学乖了，不与他们正面交锋，而是藏在水下凿船。论水性，那些高手怎么比得过在水里讨生活的河盗，一旦沉船，必死无疑。

几次下来，死在河盗手里的江湖人士足有数十个，万宝阁为此赔出数万两银子。更要命的是，没人肯再接这个活，毕竟银子再好，也得有命享才行。

最后这件事不了了之，河盗肆虐依旧，来去无踪，连官兵也拿他们没办法。

至于万宝阁，为了减少损失，只能改走陆路，绕道西楚或者东凌，时间漫长不说，还要防着被两国官兵发现，往往一年才能走个一两趟。可以说，因为这群河盗的存在，渭河南岸那些大墓几乎算是废了，收入大减，令万宝阁头痛不已。

果不其然，过了片刻守门人走出来道："我家老板请二位姑娘去正堂一叙。"

夏月心中一定，道了声谢后，扶了慕千雪随引路下人来到正堂。刚一进去，便瞧见一名体形富态的男子正在那里徐徐饮着茶，正是万宝阁的老板。在他身边还站着一个鹰眼钩鼻的中年人，慕千雪记得，他是两个月前负责《风后八阵兵法图》那场拍卖的拍卖师。

慕千雪走到正堂，敛袖一礼："见过万老板。"

"免礼。"在示意慕千雪落座后，万老板目光在她身上一扫，"两个月前，我有事离开金陵，归来后，听说有一位姓慕的蒙面姑娘与江宁张家的公子竞拍《风后八阵兵法图》，可是姑娘？"

慕千雪在椅中欠一欠身："正是小女子，让万老板见笑了。"

万老板呵呵一笑："慕姑娘巾帼不让须眉，万某佩服还来不及，何来见笑二字。"说着，他目光灼灼道，"听底下人禀报，姑娘说有办法解决渭河之祸，此话当真？"

慕千雪轻摇手中六角绫绢扇，薄如晨雾的扇面带起阵阵轻风："万老板在金陵城中德高望重，千雪怎敢以谎言相欺，自是真的。"

她的话令万老板眸底掠过一抹喜色："还请慕姑娘不吝赐教，若真能除去那群河盗，万某必然重金酬谢！"

慕千雪长睫微动，清越动听的声音自轻纱后传来："金银财帛虽好，却不是小女子想要的。"

万老板不着痕迹地皱一皱眉："不知慕姑娘想要的是什么？"

慕千雪徐徐说出此行的来意："我知道万宝阁请来了天机老人的嫡传弟子，我想用解决渭河之祸的法子交换他一个问题。"

万老板没料到她会提出这样的要求，思忖片刻，摇头道："那位公子是万宝阁的贵客，万某做不了他的主，慕姑娘还是换一个要求吧。"

慕千雪微微一笑，杏眼水波盈动，似明媚春光："可是我想要的，只得这么一样。"

万老板神色为难，他确实很想解决渭河之祸，但那一位……

在他左右为难之时，一直没说过话的中年人开口道："我们怎知慕姑娘你的话是真是假？"

“只要你们答应，我可以立刻告之解决渭水之祸的法子，相信以万宝阁的声誉，不会做出赖账之事。”

中年人沉默片刻，俯身道：“不如让属下去问一问公子？”

万老板眸光微微一亮，颔首道：“好，你快去吧。”

得了他的话，中年人离开正堂，一路来到东侧院落，两日前，张启凌以天机老人嫡传弟子的身份入住此处。

这会儿天气尚且凉爽，张启凌正站在檐下给一只羽色雪白的鹦鹉添水，中年人来到他身后，恭敬地唤了声“公子”。

张启凌抚一抚低头饮水的鹦鹉，淡然道：“什么事？”

“璇玑公主来了。”中年人的话令张启凌眉眼一扬，意外道：“她来做什么？”

“她想用解决渭水之祸的办法，换取公子一个问题。”中年人的回答简洁明了。

张启凌垂目片刻，道：“她真有法子解决渭水之祸？”

“看她样子，应该确有几分把握。”顿一顿，中年人道，“公子若不愿见，属下这就去将她打发走。”

张启凌将添水用的青玉小壶交给站在一旁的小厮，凉声道：“左右闲着无事，就见一见吧，正好我也想知道，她究竟想问什么问题。”

“属下明白。”中年人躬身退下，在回到正堂后，朝等候在那里的万老板道：“公子念及与万宝阁的交情，答应只要慕姑娘确有解决渭水之祸的法子，就破例回答慕姑娘一个问题。”

万老板点一点头，朝慕千雪道：“请慕姑娘赐教。”

“渭水之祸，在于河盗，打蛇打七寸，万宝阁之前几次围剿，皆以失败告终，并非实力不足，而是没有打到那群河盗的七寸——巢穴！”

万宝阁老板拧眉道：“你说的这些，万某何尝不知，但那群河盗来去无踪，以河为家，想找到他们的巢穴，哪里是那么容易的。”

慕千雪自袖中取出一个精巧的檀木盒子：“这里面是一种记载于古书上的奇香，此香所过之处，三日不散。你们可以将此香涂抹在运送的宝物上，只要那群河盗夺去，便可顺着香气，找到他们的巢穴，将之一网打尽。”

万老板将信将疑地接过盒子：“万某也算见过不少香料，但从未听说，有哪一种香料香气可以三日不散。”

慕千雪拨一拨耳下的翡翠坠子："天下之大，无奇不有，没见过并不代表没有。"

听着她的话，中年人摇头道："香气三日不散，必然浓郁非常，那些河盗可不是傻瓜，怎会留在手里，你这法子根本行不通。"

"我家姑娘说出来的法子，从没有行不通之事。"夏月轻哼一声道，"你们打开闻闻。"

万老板依言打开盒子，里面盛了一些晶莹细白的粉末，应该就是慕千雪口中的奇香。可令他们意外的是，这所谓的奇香，竟然一丝香气也没有，哪怕凑到鼻下，也闻不到半分，犹如一堆最普通不过的粉灰尘埃。

中年人满面诧异："这是怎么一回事？"

夏月没有回答，取出随身带来的火折子与一片艾叶，在将艾叶点燃后，她四处挥了挥，说来也奇怪，除了艾叶本身的香气外，屋中还多了一股浓郁甘美的香气，而这香气的来源，正是万老板手中的盒子。

夏月得意道："现在明白了吗？这种奇香需要借助艾叶焚烧才能闻到，那群河盗就算再精明，也绝对发现不了。"

万老板恍然之余，感慨道："想不到天下竟有此等奇香，看来渭河之祸有望平定。"

慕千雪微笑道："这么说来，我们的交易是达成了？"

"当然。"万老板看了一眼站在旁边的中年人，"你带她们过去吧。"

"是。"中年人应了一声，引着慕千雪二人来到东侧小院，小厮已经候在那里，瞧见他们进来，迎上来打了个千儿，恭敬道："公子已经在里面等候，姑娘请。"

慕千雪点点头，扶着夏月的手随他进了暖阁，至于中年人，在将她们送到后就走了。

一进暖阁，映入眼帘的就是垂落于地的巨大帘帷，生生将暖阁隔成了两半，隐约可见帘后有几道人影。

夏月不悦道："这是做什么？"

小厮答道："这是我家公子的规矩，只解答不相见，缘起于此，也止于此。"说着，他对慕千雪道，"公子就在帘后，姑娘有什么问题就问吧，只是有一样请姑娘记着，绝不可问与公子自身有关之事。"

"好。"慕千雪答应一声，望着帘后看不真切的那道身影，"八阵兵法图中，有一阵为天覆阵，按阵图所说，可攻可守，但我只能看出它的守式，看不出攻式，还望公子赐教。”

自从东方溯被齐楚两军夹攻，节节败退的消息传来后，她就一直在研究八阵图中的第一个大阵——天覆阵。

此阵攻守兼备，六十四人即可组阵，是最适合东方溯的阵法，无奈这阵法深奥难懂，就算是她也无法在短时间内参透明白。

偏偏南境那边的情况不断恶化，情况已是迫在眉睫，在知道天机老人嫡传弟子在万宝阁后，她决定来试一试。

这万宝阁的拍卖，她是万万参与不起的，只能另辟蹊径，以解决渭水之祸的法子，换取一问的权利。也亏得她博览群书，又有过目不忘的本事，方才能够凭着多年前的记忆，制作出奇香。

过了一会儿，有一名眉目清秀的侍女挑帘出来：“公子问姑娘，可有带阵图过来？”

“带了。”慕千雪自袖中取出一张折叠整齐的纸让侍女拿进去，在等回话的过程中，目光一直牢牢锁在那重重帘帷上，掌心出了一层又一层的冷汗，这是东方溯唯一逆转败局的机会，希望帘后之人不要让她失望。

夏月握一握她冰凉潮湿的手，轻声安慰道：“天机老人号称无所不知，既然里面那位公子是他的嫡传弟子，相信一定能够解开阵法奥秘，公主不必太过担心。”

“希望是这样。”即便是在说话的时候，慕千雪也不曾移开目光，时光寂静，令人觉得分外漫长。

不知过了多久，那名侍女终于再次走了出来，双手捧了阵图递还给慕千雪：“姑娘要的答案，公子已经写在上面了，请过目。”

慕千雪一喜，连忙展开阵图，只见底下写了一行遒劲丰润的小字：“逆转阵法，即可为攻。”

区区八个字，醍醐灌顶，令慕千雪心中瞬间清亮明朗。

是了，她一直在苦思阵法之间的变化，却忘记了有些阵法可以逆行，而天覆阵恰恰就是一个正为守、逆为攻的阵法。

慕千雪在将阵法纸交给夏月收起后，郑重朝帘后的身影施了一礼：“多谢公子赐教，千雪感激不尽！”

侍女走到帘边听了听，微笑道：“公子说了，这是一场交易，姑娘无须言谢。若是姑娘没别的事，就请回吧。”

“千雪告辞。”再次行了一礼后，慕千雪带着夏月走了出去，在她们离开后，侍女打起层层轻纱鲛帘，走到正在饮茶的张启凌身边，她欲言又止："公子……"

张启凌吹一吹浮在茶汤上的沫子，头也不抬道："想知道我为什么要将天覆阵的秘密告诉她？"

侍女点头道："天覆阵攻守兼备，威力巨大，若为睿王所用，很可能反败为胜，奴婢不明白公子为什么要帮他。"

张启凌抿了一口清亮的茶汤，漫不经心道："胭脂，你觉得这一战，睿王是输好还是赢好？"

胭脂正要答话，忽地心中一动，试探道："公子希望他赢？"

张启凌微微一笑，手指轻敲着莹润透光的盏壁："你认为睿王一败，齐楚联军便可兵临城下，令金陵城大乱是吗？"

"是。"在得了胭脂回答后，张启凌脸上的笑意又深了几分，双瞳黑若深潭，一眼不见底，"睿王出征的这段日子，周帝一直在征调士兵，若我没有估错，金陵内外，至少有三十万大军。"

胭脂一怔："据奴婢所知，兵部至今只调到十余万士兵，并无三十万之多。"

张启凌打了一个清脆的响指："以周帝的心思，是不会将所有底牌都展露出来的，我估他三十万……只多不少。"

胭脂思索道："金陵城的城墙都是特别加固过的，宽达十丈，又有内外护城河环绕，易守难攻。若再加上三十万守军，以齐楚联军久战疲惫之身，绝无可能攻下金陵城，反而可能受创。"

"不错，兵临城下，或许会令金陵一时混乱，却难以动其根基，这不是我要的结果。"

胭脂疑惑道："可一旦睿王得胜，北周气势必然大长，对我们更加不利。"

张启凌长眸微眯，缓缓道："想要毁一样东西，最好最彻底的法子，不是外部强攻，而是从内部破坏。有慕千雪这样一个聪明绝顶的军师在，睿王一定会明白，兵权对他的重要性，所以……他是绝对不会卸下兵权的。胭脂，你觉得这对周帝来说，意味着什么吗？"

胭脂面色一变，自唇齿间吐出一句话来："欺君叛逆，罪大恶极。"

张启凌颔首道："不错，为了皇权帝位，他一定要杀睿王，不论最后谁赢谁输，金陵都将大乱，齐楚两国一直惦记着北周这块肥肉，定会趁此机会倾巢来攻，从而后方空虚，给了咱们机会。"

胭脂恍然道："奴婢明白了，公子妙计。"说着，她又笑道，"璇玑公主自以为聪明，殊不知，她走的每一步，都在公子算计之中。”

张启凌推开长窗，望着窗外开得如火如荼的石榴花，一缕凉薄的笑容泛上唇际：“师父布下的这枚棋子，确实很好用。”

第五十三章　三个问题

翌日，在十六带着完整的天覆阵图快马加鞭赶去南境时，万宝阁被挤得里三层外三层，可谓是盛况空前。因为人太多，万宝阁不得不做出限制，只有携银万两以上的，方才可以入内，可就算是这样，万宝阁中也是座无虚席。

宾客带来的银票照例归万宝阁保管，记载于账簿上的数额一个比一个惊人，十万以上比比皆是。

拍卖会如期开始，与往常一样，每一样都是少见的珍品，但反应一直不温不火，直至天外玄铁拿上来时，气氛方才热闹了一些，最后被一位铸剑师以两万九千两银子所得。

在天外玄铁被拿下去后，许多人不由自主地屏住了呼吸，静静等待着最后一样拍卖品，这也是他们来这里的目的。

中年人站在台上，环视坐在底下的众人，朗声道："接下来要拍卖的，是本场拍卖会最后一样东西，想必诸位贵客都已经听说了，那就是询问天机老人嫡传弟子即天机先生三个问题的权利，没有起价，最高价者得，开始。"张启凌身份不便暴露，故而万宝阁以天机先生相称。

"五万两！"中年人话音未落，一名绫罗满身的富商已是张口报出惊人之数，创下了万宝阁开阁以来首轮喊价的最高纪录。

"七万两！"

"十万两！"

……

价格一路往上，短短一炷香工夫，已是升到了十九万两，且还在不断增加，不少人因为承受不住疯狂上升的价格，无奈退出了竞拍，只有三四个人还在继续。

“二十万两。”这个喊价令坐在西侧角落的东方洄皱了皱眉，侧首问站在一旁的绿衣，“我们还有多少银票？”

绿衣垂首恭敬答道：“奴婢手中大约还有七万两。”

“七万两……”东方洄喃喃自语，手指在桌上有一下没一下地敲着。为了这次拍卖，他让绿衣把琉璃坊多年来的盈利都带来了，足足二十七万两，本以为怎么着都够了，现在看来，却是有些危险。

在示意绿衣继续叫价后，他让怀恩向万宝阁借来笔墨，执笔写下一张取银二十万两的条子，取出随身所带的青玉交龙玺印盖上，递给怀恩：“你拿着朕的手谕立刻去一趟户部，问户部尚书取二十万两银票。”他就是防着银票可能不够，才特意带来这枚“以钤诰敕”的玺印，没想到还真派上用场了。

怀恩离去之时，价格已是喊到了二十五万两，接近他们现在动用的极限，而万宝阁的规矩，向来都是不许客人在没有担保的情况下胡乱喊价。

眼见对方还在不断往上加价，东方洄唤过绿衣，吩咐道：“你去与他们商量一下，延半个时辰再拍，朕相信他们不会与银子过不去。”

绿衣答应一声，走到台上，与那中年人低语了几句，后者露出为难之色：“这并不合规矩。”

绿衣微微一笑：“我明白，但是喊价越高，万宝阁得利越多，再说……这也不是没有先例的，还请先生通融一下，我家公子真的很有诚意。”

在几年前的一次拍卖上，为了一件世间罕见的珍品，几位王侯贵族竞拍激烈，其中一位带来的银子不够，而他与万宝阁老板又有几分交情，特意延了一会儿让他回府取银。

见绿衣将这件事情抬了出来，中年人有些无奈，招手唤过一名小厮低声说了一句，后者点头离去，过了一会儿小厮回来，附在中年人耳边低语几句。

“知道了。”将小厮打发下去后，中年人微笑道，“我家老板已经答应了姑娘的要求，这场拍卖将会依姑娘的要求延后半个时辰。”

“多谢先生。”绿衣浅施一礼，转身下台，在她走后，中年人朝底下等得有些不耐烦的客人道：“应二十三号贵客要求，这场拍卖延后半个时辰。”

此言一出，参与拍卖的几名客人顿时不乐意了，当下出价最高的那名瘦巴巴老头更是拉长了脸道：“没银子就闭紧嘴巴，延时半个时辰算怎么回事，我可不记得万宝阁还有这样的规矩！”

另几个纷纷出声附和，要求拍卖继续，中年人笑容一冷，淡淡道：“这是敝阁老板同意的，几位贵客要是不认同，现在就可离去，万宝阁绝不阻拦，请！”

那几人虽气不过万宝阁的傲慢，但终归舍不得那三个问题，只能强行咽了这口气，等着半个时辰后的拍卖。

在半个时辰将至之时，怀恩气喘吁吁地奔到东方洄身边，顾不得喘口气，急忙道：“陛下，奴才已经将二十万两银票交给万宝阁的账房，可以再叫价了。”

“很好！”东方洄满意地点点头，在拍卖重新开始后，一口气加了十二万两，将价格抬到了四十万两。

这个价格一出，整个万宝阁都沸腾了，纷纷猜测着这位二十三号客人的来历。至于那几名富商面色难看至极，他们虽然家财万贯，却也经不住这样漫天叫价，无奈退出了竞拍。

“四十一万两。”喊价的是那个瘦老头，他虽然还在继续，可也已经双手哆嗦，显然快要受不住了。

“四十五万。”东方洄取过搁在桌上的绢面湘竹折扇轻轻摇着，这三个问题他志在必得，谁都休想从他手里夺走。

听到这个价格，老者面如死灰，嘴唇哆嗦了几下，终归是没有再喊出来，随着中年人一槌敲下，东方洄如愿得到了问那三个问题的权利。

这样算下来，天机老人嫡徒回答一个问题的价格，竟是高达十五万两白银，实在是令人咋舌。

瘦老头面目阴沉地瞪了东方洄一眼，拂袖离去，那几名富商也是摇头叹气，满面失望。

中年人来到东方洄身边，恭敬道：“这位公子怎么称呼？”

绿衣代答道：“我家公子复姓东方。”

“原来是东方公子。”中年人拱一拱手，“恭喜东方公子拍得本阁有史以来最贵重的东西，天机先生已经在东院等候，请随我来。”

“有劳。”东方洄随手合起折扇，带着怀恩与绿衣二人随他穿过前院中庭，来到位于东侧的一进小院落里。

与昨日慕千雪来时一样，暖阁里重重鲛纱通天落地，将暖阁从中隔开，临窗的长几上，摆着一尊鎏金兽首铜炉，炉中燃着气味清幽的苏合香，细细的轻烟自炉孔中袅袅升起，散入室内每一个角落。

任凭绿衣极尽目力，也只能隐约看到帘后坐了一个人，至于那人是男是女，长相如何，却是半点儿也看不清。

“我家公子就在里面，你们有什么问题就问吧，记得，只能问三个，且绝不能涉及我家公子自身之事。”胭脂的声音清冽如蜿蜒于山间的泉水，甚是动听。

怀恩也很不满那隔帘，拧着花白双眉道：“我家公子花了四十多万两银子，拍下这次提问的权利，天机先生不该见一面吗？”

胭脂瞟了他一眼，不客气道：“莫说只是四十多万两，就算四百多万两也不见得有资格见我家先生！”

怀恩身为四品宫殿领侍，又是东方洄身边的红人，何曾被人这样说过，当即脸色一沉，呵斥道：“你这丫头，年纪不大，口气倒是大得很！”

胭脂并不将他的呵斥放在眼中，漠然道：“总之先生是不会见你们的，如果不愿意，就请回吧。”

怀恩待要再说，东方洄的声音已是传入耳中：“退下。”

见他发了话，怀恩不敢多言，躬身退后数步，东方洄目光锐利地盯着层层鲛纱，似要将它们划破：“天机先生，当真无事不知，无事不晓？”

坐在帘后的张启凌垂目望着折在手中的石榴花，语气淡淡道：“若我回答不出，银子双倍奉还。”

“好。”东方洄缓缓点头，盯着帘后那道人影，“第一个问题，神机营在谁人手里？”

果然……

张启凌无声无息一笑，徐声道：“神机营自创建以来，一直掌握在北周掌权者手里，历代相传。”

东方洄眸光一寒，冷冷道：“看来天机先生，也不过是徒有虚名之辈。”

“听你的意思，我似乎说错了？”

东方洄冷然一笑：“据我所知，神机营根本不在陛下手中，还不是错？”话音刚落，帘后传来“嗤”的一声轻笑，颇有几分讥讽之意，令他心中不快，质问道，“你笑什么？”

“我何时说过神机营在周帝手里？”张启凌随手将艳红的石榴花簪在一名侍女乌黑似墨的发间，一边打量一边道，“在我看来，承德殿的那一位，根本算不上大周的掌权者。”

绿衣脸色一变，喝道：“大胆，竟敢对圣上不敬，不怕人头落地吗？”

若有似无的轻笑声自帘缝中飘出：“那你还想听吗？”

东方洄示意绿衣噤声，开口道：“请先生不吝赐教。”

“三年前，承帝驾崩，传位于二皇子，也就是当今圣上，可是承帝对二皇子并不满意，所以悄悄将神机营传给了另外一位皇子，算起来，他才应该是北周真正的掌权者。”

东方洄背在身后的双手紧紧握着，指节握得寸寸发白，直至张启凌说完，方才缓缓松开手，静静道：“讲了这么许多，先生还是没说神机营究竟在谁手里？”

一声叹息在暖阁响起：“很多时候，不知比知更好。”

东方洄冷冷道：“先生只需要回答问题即可，其他事情不劳费心。”

这一次，帘后沉默了很久，若非那道身影还在，东方洄几乎要以为他已经离开了。

绿衣按捺不住，催促道：“先生为何不答？”

这一次，帘后很快有声音响起：“既然你们一定要知道，那好吧。”

怀恩垂在身侧的双手微微一哆嗦，眼底掠过一丝细微的担心，他这么说……难道真知道神机营的归属？

东方洄上前一步，神情急切地追问：“是谁？”这个问题困扰了他整整三年，眼见就要得到答案，怎能不激动。

张启凌轻啜一口茶水，薄唇轻张，徐徐吐出两个字来：“睿王！”

东方洄与怀恩瞳孔齐齐激烈一缩，东方洄是因为震惊，怀恩则是因为恐惧。

绿衣下意识地摇头：“这不可能，众皇子之中，承帝最不看重睿王，岂会将神机营传给他，你胡说！”

一直静立于帘前的胭脂听得她这句话，杏眼一瞪，冷声道：“再敢对先生不敬，立刻滚出去！”

绿衣被她斥得变了脸色，想要还口又怕坏了东方洄的事，生生咽下已经到嘴边的话。

怀恩这会儿已是定了心神，在一旁打圆场道：“姑娘息怒，绿衣并非存心不敬，实在是先生这个回答太过匪夷所思，神机营不可能在睿王手里。”

胭脂轻哼一声：“我家先生既然开了口，就一定是真的，信不信随你们。”

“但这……”

东方洄抬手制止怀恩的话，一步步往前走着，离鲛纱垂帘越来越近，胭脂眉心一皱，正要出言阻止，东方洄主动停了脚步，面色阴沉似乌云遮日：“先生此话当真？”

张启凌转着拇指上的玉扳指，漫不经心道："这算是第二个问题吗？"

听得这话，东方洄深吸一口气，强压下心头层层涌上来的震惊与愤怒："先生见笑了。"

张启凌微微一笑："好了，继续吧。"

东方洄垂目片刻，抬眸道："第二个问题，是谁在替睿王出谋划策？"

张启凌笑容一滞，这个问题的答案，他当然知道，可一旦说出慕千雪之名，以他对东方洄的了解，必会立刻将慕千雪抓起来。慕千雪一旦落到东方洄手里，必然凶多吉少。

不知为何，想到慕千雪会死，胸口烦闷异常，张启凌取过已经凉下来的茶盏喝了一大口后，方才舒服一些，乌深眸底掠过犹疑的暗影，沉吟片刻，他有了决定："此事我不知道，换个问题吧。"

东方洄微微眯起双目，有一种细碎如针芒的冷光自他眼中刺出："先生不是刚刚还说自己无事不知，怎么一转眼又不知道了？"

张启凌没理会他，径直道："胭脂，取九十万两银票过来，让他们走。"

东方洄还没问完想问的话，岂肯就此离去，当即道："既是这样，我换一个问题就是了，还请先生不要动气。"见帘后平静下来，他道，"南境这一仗，谁会赢？"

倒是心急得很!

张启凌在心底冷笑一声，声音一如既往地平静："没有发生的事情，我无法确切回答，但……应该是睿王赢。"

东方洄神色一变，有些急切道："齐楚两军举兵四十万，睿王手中的兵力却连二十万都没有，且有不少老弱病残，差距如此之大，他要怎么赢？"

张启凌望着投落在地上的窗影，淡淡道："你若不信，尽可拭目以待。"

"好，我等着答案揭晓的那一刻。"说着，他双目烁烁一睁，牢牢锁住帘后那道身影，"最后一个问题，你是什么人？"

胭脂柳眉一竖，冷声道："我说过，问题不能涉及我家先生之事，这么快就忘了吗？"

东方洄目光幽幽道："如果我一定要问呢？"

胭脂打量了他一眼，声音犀利尖刻："狗尚且知道守规矩，看你衣冠楚楚，却是比狗还不如。"

"该死！"胭脂一而再再而三地对东方洄不敬，令绿衣大怒，她五指一屈，迅疾如闪电地往胭脂抓去。

事出突然，绿衣又有武功在身，按理来说胭脂不可能避过，可偏偏她避开了，而且避得从容不迫，如行云流水。

绿衣眼皮一跳，意外道：“你懂武功？”

胭脂绞着一缕垂在胸前的发丝，讥声道：“若不学些武功傍身，遇到你们这种出尔反尔又蛮不讲理的人，岂非很危险？”

绿衣冷哼一声：“就算学了武功又如何，依旧逃不出我的手掌。”

胭脂掩唇轻笑：“好大的口气，也不怕风大闪了舌头！”

绿衣眸色一寒，再次攻了上去，在二女斗得难分难解之时，东方洄大步上前，他本就离着垂帘极近，不过几步就已经触手可及。

在他伸手碰到轻薄如无物的鲛纱时，帘后传来冰冷的声音：“这是打定主意要违约了？”

东方洄停下手里的动作，笑意幽冷道：“四十五万雪花白银换三个问题，怎么看都是一桩亏本买卖，偏偏我这个人最不喜欢的，就是做亏本买卖。”

“那你想怎样？”

东方洄唇边划过一丝浅薄的笑意：“先生身负惊世之才，隐匿山野实在太过可惜，不如跟在我身边，一展凌云之志，说不定还能名垂千古。那四十五万两银子，就当我给先生的酬劳。”

在片刻的沉寂后，帘后的声音再次响起：“若我不从呢？”

“那先生就是在自寻死路！”随着这句话，东方洄拍掌示意，一群手执弓箭之人立刻从外面冲了进来，利箭在弦，对准胭脂与重重垂帘，屋顶也响起脚步声，须臾之间，暖阁已是陷入重重包围。

“识时务者为俊杰，通机变者为英雄。先生博学广才，当明白这个道理。”从一开始，东方洄就没打算只是问三个问题作罢，放着这样一个万事通不用，实在太可惜也太危险，能收为己用自是最好，否则就只有杀了，绝不能让他落在别人手中。

一声若有似无的轻叹在众人耳边响起：“陛下会否太过自信了一些？”

听得这句话，东方洄神色大变，不及思虑便脱口而出：“你怎么知道我的身份？”

帘后响起一阵低笑：“试问除了陛下，还有谁会那么紧张神机营的归属。”

东方洄目中尽是荫翳，许久，他阴恻恻道：“看来朕今日是非得将先生请回去不可了。”说着，他再次抬手去掀帘子，鲛纱轻薄，即便是重重叠加，也依旧轻如无物，随着帘子渐渐掀起，一片锦蓝绉绸衣角出现在众人视线中。

想到神秘的天机先生就要露出真容，众人皆屏息静气，一眨不眨地盯着渐渐掀起的帘子。

在一双细长如女子的手露出来时，静寂了片刻的清冽声音再次响起："凉薄无信又自以为是，难怪承帝不肯将神机营传给你。"

东方洄面色铁青欲迸，无数雷电在他眼底爆发，将最后一点惜才之心焚烧殆尽。天机先生是吗？该死！

正当东方洄准备下杀令之时，帘后突然火光一闪，紧接着一大团烟雾飘了出来，迅速弥漫了整个暖阁，呛得众人咳嗽不已，无法视物。

就在烟雾出现的一瞬间，刚刚还在与绿衣交手的胭脂突然后退，隐匿于烟雾之中。

绿衣担心他们趁机偷袭东方洄，急忙喝道："保护陛下！"

众人赶紧将东方洄护在当中，所幸没有遇到偷袭，好不容易等到烟雾散去一些，东方洄急急冲入帘后，那里已经人去楼空，只剩下半盏已经冷却的茶水，东方洄恨恨一拳砸在桌上："该死！"

绿衣去外面查看了一圈后，疾步回到东方洄身边，神色骇然道："陛下，咱们安排在屋顶的几个人都死了。"

东方洄本就不怎么好看的脸色又难看了几分，寒声道："看来他们早有防备，朕真是小觑了他们！"顿一顿，他道，"去将万宝阁老板带来，朕有话问他！"既然人是万宝阁找来的，那他们肯定会知道一些，甚至……根本就是一丘之貉。

绿衣动作很快，不多时便带了万老板过来。可惜任凭东方洄如何逼问，万老板都一问三不知，只说是天机先生主动找过来的，借他们这里拍卖三个问题，那四十五万两银子也早就取走了。

怀恩凑到一言不发的东方洄身边，小声道："陛下，老奴怎么觉着……这像是一个阴谋，意图离间您与睿王？"

东方洄的目光在万老板脸上阴晴不定地巡视半晌，沉着脸道："传朕口谕，万宝阁以不当手段牟取利益，着京兆府尹彻查此案，查明之前，封锁万宝阁，并将所有人带回京兆府审问！"

东方洄亲自下的谕令，魏敬成当然不敢怠慢，赶紧带人来到万宝阁，将哭丧着脸的万老板一行人擒拿入狱，查封万宝阁。

离开万宝阁后，东方洄阴沉着脸回到承德殿，一路上他都没有说话，怀恩与绿衣小心翼翼跟在后面，大气也不敢喘，唯恐触怒圣驾，招来雷霆之怒。

怀恩接过宫人递来的茶盏，捧到东方洄身前，恭敬道："陛下用茶。"

东方洄面无表情地接在手里，揭开茶盏盯着八分满的碧色茶汤，忽地目光一寒，狠狠将茶碗往地上掼去，伴着"呯"的一声重响，雪白的碎瓷片四散飞溅，其中一片瓷片掠过怀恩衣袖，割裂出一道浅浅的口子。

怀恩赶紧伏首跪下，惶恐道："陛下息怒！"

东方洄面色铁青，咬牙切齿道："朕刚刚被一个山野草民蒙蔽，耍得团团转，你让朕如何息怒！"

怀恩微微抬起头，小声道："陛下也说了是山野草民，又何必与他一般见识，魏大人已经循着万宝阁这条线索在查，相信不出数日就能查出天机先生的身份与藏匿之处，到时候陛下想怎么处置他都可以。"

东方洄用力吸了一口气，眉目冰冷道："蒙蔽朕的又何止他一人，老七……很好！"看似平静的语气下，涌动着疯狂的恨意，骇得人心惊肉跳。

怀恩暗自咽了口唾沫，仔细斟酌着言辞道："陛下，天机先生来意不善，老奴以为，他的话信不得。"

东方洄冷冷盯着他，目光如刺，怀恩仔细维持着脸上的神色，一丝异样也不露。良久，他眸光一转，落在一直不曾说话的绿衣身上："你呢？"

绿衣知道他是问神机营一事，垂目道："回陛下的话，奴婢倒以为，天机先生或者来意不善，但神机营落在睿王手里的事情，应该是真的。"

东方洄眼底滑过一丝阴鸷之色，踩着一地碎瓷片回龙椅中坐下后，沉声道："说下去。"

绿衣欠一欠身，接着刚才的话继续道："奴婢怀疑有三：其一，一年前睿王孤身去西楚救回璇玑公主，他说是请了江湖上一些亡命之徒，但仔细想来，西楚皇宫禁军成千上万，还有天机卫，仅凭一些亡命之徒，真能护他们逃出来吗？至少奴婢觉得不太可能。其二，睿王出征南境，咱们派去监视他的人尽皆被杀，且手段干净利落，仔细想来，最有可能的莫过于神机营。还有江福，他很可能也是神机营的人。"绿衣缓了口气，徐徐道，"其三，奴婢派去监视睿王府的人，曾有一个称见到几个行踪诡异的黑衣人在穆王府附近出没，奴婢当时以为是还有其他人在监视睿王，如今想来……只怕就是神机营的人。"

"细想起来，其实睿王身上有很多疑点，只是被咱们下意识地忽略了，毕竟……谁也想不到，先帝会把神机营传给最不受待见的睿王。"

"父皇手段，从来都是高明得很。"东方洄恨极反笑，露出森白牙齿，在昼夜不熄的烛光下闪烁着令人心颤的寒光，仿佛随时会噬人一般。

怀恩听得浑身冰冷，看这样子，神机营归属睿王的秘密是保不住了，所幸他们还没有怀疑到自己，总算是不幸中的大幸。

那位天机先生究竟是何方神圣，为何会知道如此隐蔽的事情？

那厢，东方洄的话还在继续："依你所见，替老七出谋划策的那个人是谁？"

绿衣微一思忖，道："陛下是说创出三才阵的那个人？"

"不错。"东方洄眉目阴冷道，"老七有几分能耐，朕最清楚不过，绝对创不出三才阵，至于书中看来的，更是无稽之谈，母后问过几位阵法大家，遍阅古今书籍，皆没有三才阵的记载。还有那些木牛，同样不是寻常之物。"

绿衣一边思索一边道："睿王身边的人，奴婢也知道几个，但要说能创出三才阵的，还真是想不出来。"顿一顿，她试探道，"陛下，会不会是九王？"

东方洄冷笑一声："老九若有这个能耐，神机营就该归他才是。"

绿衣默然片刻，忽道："陛下，先帝在世之时，对睿王真的很不好吗？"

"你想说什么？"

绿衣徐声道："神机营的重要性毋庸置疑，传给睿王，也就意味着，在先帝心中，睿王比任何一位皇子都要重要，甚至……"绿衣瞅了东方洄一眼没有说下去，但东方洄怎会不明白，神机营的传承，意味着东方溯在父皇心里的地位比他更重，输给老九也就罢了，毕竟父皇与先皇后情深似海，老九又是先皇后唯一的遗孤。可东方溯算什么，不过是一个身份低微的庶子罢了，论学识论能力，没一样及得上他。

东方洄紧紧攥着拳头，指节被他捏得格格作响，在这静寂无声的大殿中听来，格外刺耳。

不知过了多久，东方洄缓缓松了拳头，面无表情道："在朕的记忆里，父皇对老七确实极不待见，从未给过他什么好脸色，每次恩赏，他得到的都是最薄的那一份。"

绿衣试探道："会否这一切，都是先帝施的障眼法，以此瞒天过海，保住睿王？"

怀恩心头狠狠一跳，冷汗差点儿不受控制地流出来，所幸他城府极深，不过须臾工夫，便又逼了回去，不动声色地听着他们还在继续的言语。

东方洄仔细回忆着过往之事："父皇临终之前，没有传召过老七，但朕记得……父皇病重那阵子，一直是陈太妃在旁边侍候。"说到此处，他露出恍然之色，寒声道，"朕懂了，早在那个时候，父皇就已经将神机营偷偷传给了老七。信王他们几个，皆是父皇用来迷惑朕的棋子。"说着，他连连冷笑道："好一对心机深沉的母子，竟在朕眼皮子底下演了这么久的戏，真是能耐！"

“怀恩。”东方洄突如其来的召唤，令怀恩身子一震，连忙躬身道：“老奴在。”

东方洄盯着烛台上静静燃烧的蜡烛，阴冷道：“传朕旨意，封锁静芳斋，任何人不得出入！”

“嗻！”怀恩无奈地答应着，他心里明白，这次是瞒不过去了，如果真到那个时候，就算没把握对付那两个影子，他也要试一试了。

东方洄封锁静芳斋的消息，如长着翅膀的鸟儿，迅速传遍了昭明宫。东方洄一向重视孝道，常言：“事，孰为大？事亲为大。”虽然陈太妃并非东方洄生母，但东方洄对这位庶母也颇为尊重，经常来静芳斋问安，每每送什么东西去宁寿宫，总不忘给静芳斋一份。现在突然下令封锁静芳斋，众人自是震惊得很，纷纷猜测着出了什么事情。

第五十四章　逃脱

宁寿宫树木茂盛，挺立在骄阳下，却不闻一声蝉鸣，偶尔有那么几声，也是从别处传过来的，成为整座昭明宫中独一份的安静。

凉爽宜人的大殿中，卫太后抚过纹丝不乱的鬓发，缓缓道："你说皇帝封了静芳斋？"

周宁恭敬地答道："是，就两个时辰前的事情，陛下谕令，不许任何人进出静芳斋，就连送进去的膳食也要几经检查。"

卫太后拧一拧眉："可知出了什么事？"

"奴才不知，只知陛下回宫之后，就下了这么一道禁令，旨意也是怀总管亲自去传的。"周宁的话令卫太后眉头拧得越发紧了一些，"你说……皇帝出宫了？"

"是，奴才也是刚刚才知道的，陛下今日一早就带着怀总管与绿衣出宫了，直至晌午时分方才回来。"

尹秋轻声道："太后，陛下极少出宫，恐怕是出什么事了。"

卫太后微一点头，盯着周宁道："皇帝现在哪里？"

周宁依言道："陛下回宫后，一直在承德殿不曾外出。"

寂寂片刻，卫太后的声音在众人耳边响起："备舆，哀家要去承德殿。"

入夏之后，白昼变得极其漫长，明明已经夕阳西落，天光依旧大亮，霞光当空流照，如一匹极致绚烂的五彩锦缎铺展于天空中。

卫太后赶到承德殿的时候，皇后卫氏正好也在，见她驾舆过来，连忙迎上来唤了声母后，亲自扶她下舆。

卫太后看了一眼紧闭的殿门，凝声道："皇帝可在里面？"

一听这话，卫皇后顿时垂眉露出忧心之色："陛下自宫外回来后，一直将自己关在殿中，谁都不肯见，连晚膳也不肯用，儿臣实在担心。"

卫太后瞥了周宁一眼，后者会意地上前叩门，怀恩很快探出头来，他以为又是卫皇后叩门，打算将她劝走，哪知映入眼帘的是周宁，赶紧往周宁身后望去，果然看到了卫太后，赶紧走出来唱诺行礼："奴才给太后请安，太后万福金安。"

卫太后也不叫起，对卫皇后道："皇帝这里有哀家劝着，你不必担心，回去吧。"

"是，儿臣告退。"卫皇后虽有些放心不下，但卫太后开了口，她只能遵从。

待她走远后，卫太后看向仍维持着行礼姿势的怀恩，语气冰冷道："皇帝今日去了哪里？"

怀恩不敢隐瞒，如实道："回太后的话，陛下今日……去了万宝阁。"

见卫太后面有疑惑，尹秋小声道："太后，那是一家拍卖行，算是咱们金陵城的老字号，颇有几分名气。"

她这么一提，卫太后也想了起来："皇帝去那里做什么？"万宝阁虽以拍卖珍宝出名，但还入不得天家之眼。

怀恩瞅了一眼四周，小声道："陛下听说天机老人嫡传弟子会在万宝阁拍卖，出价最高者，可问他三个问题，故而微服过去。"

卫太后拨动着手里用上等金丝楠木打磨而成的佛珠，淡淡道："问到了吗？"

怀恩恭敬道："问到了，但后面……出了些岔子。"

卫太后没有再说什么，就着尹秋的搀扶往大殿行去，怀恩赶紧上前开门，本该长明不熄的烛火这会儿竟悉数熄灭，殿内光线有些昏暗，他们的脚步声惊动了立身于暗处的东方洄，他暴喝道："朕说了不见任何人，滚出去！"

"陛下……"怀恩刚说了两个字，一只五彩冰梅蝶纹瓷瓶狠狠砸在他脚前，雪白瓷片炸得满地都是，"朕叫你们滚出去，滚！"

怀恩被吓得跪在地上，不敢言语，卫太后望着狼藉一片的地面，沉声道："连哀家也不见吗？"

大殿陡然一静，继而一道身影从暗处缓缓走了过来，正是东方洄。在借着窗外投进来的些许天光看到东方洄此刻的模样时，尹秋忍不住惊呼出声。

东方洄双目满是红血丝，薄唇抿成一个冷硬的弧度，长发自歪斜的金冠中滑了下来，纷乱散在颊边，最触目惊心的莫过于右手指尖上的点点殷红。

卫太后也是大吃一惊，三步并作两步来到东方洄身前，执起他受伤的右手："这是怎么一回事？”

东方洄不说话，只是默默望着她，卫太后左右瞥了一眼，道：“你们都下去。”

待殿内只剩下他们母子二人，卫太后神色凝重道：“告诉母后，究竟出什么事了？”

东方洄薄唇一阵哆嗦，许久，他开口道：“儿子知道了神机营在谁手里。”

卫太后眸光一亮，微微激动地问道：“是谁？”

东方洄一字一顿道：“东——方——溯！”

若非听得分明，卫太后几乎以为是自己听岔了。东方溯？那个当年在众多皇子之中没有丝毫存在感的东方溯？

卫太后指尖微颤地理着袖上莲青色的攒珠流苏，在努力平复了心中的震惊后，问道：“当真是他？”

东方洄把万宝阁的事情大概说了一遍：“虽然天机先生的来历与动机都不明，但儿子与绿衣分析过，这件事应该是真的。”说着，他爆出一声尖锐的冷笑，“自儿子懂事以来，处处讨好父皇，模仿他的一言一行，结果呢？在他心里，竟然还不如东方溯那个贱种！”东方洄双手攥得咯咯作响，鲜血自伤口中迸了出来，顺着拳头缓缓往下滴。

如果得到神机营的是信王或者穆王，他还没有这么愤恨，毕竟这两人一个是长子，一个是嫡子，且自幼深得承帝宠爱。可东方溯算什么，论出身，论才学，没一样及得上他，凭什么得到承帝的另眼相看？

神机营的传承几乎等于帝位的传承，现在神机营归了东方溯，也就是说……在承帝心里，东方溯才是应该承继帝位的那个人。

他只要一想到这个，就恨得几欲发狂，怎么可以输给东方溯，怎么可以！

沉默半晌，他忽地一把抓住正在替他包扎伤口的卫太后的双手：“母后，您一直伴在他身边，难道半点儿端倪也没发现吗？”他此刻恨极了承帝，连一声父皇也不愿叫。

卫太后面色阴寒道：“如果哀家知道，岂会允许他们母子活这么久。”

她的回答令东方洄有些失望，但这些已经不要紧了，既然他现在知道了真相，东方溯母子就只有死路一条！

东方洄见卫太后不语，知道她是担心南境之战：“母后放心，就算那个贱种真赢了齐楚联军，儿子也有办法杀了他，还有陈太妃，一个都休想活！”

他从来都是凉薄的，什么兄弟，什么庶母，与九五至尊的帝位相比，根本不值一哂。

卫太后绑好帕子，神色凝重异常："先帝既然将神机营留给陈太妃母子，恐怕还留了一些咱们不知道的东西，大意不得。"

东方洄面颊狠狠一抽，神色难看至极："母后是说……遗诏？"

卫太后徐徐点头，在拉了他至椅中坐下后，替他解下金冠重新束发："未必没有这个可能，静芳斋那边……母后亲自走一趟。"

对此，东方洄自不会有意见，他闭目感受着白玉梳齿划过头皮时细微的酥麻："母后，您说究竟是谁在替老七出谋划策？"

梳子微微一顿，复又顺着细密浓黑的长发梳下去："母后也说不准，不过老七身边的人不多，一个个想下来，总是能够找到的。"

"儿子刚才在这里想了整整两个时辰，将所有与老七有关的人都想了一遍，连老九、老三他们也没放过，没一个相符的，这人简直就像幽灵一样，无踪无影却又无处不在。"说到这里，他心烦意乱地捶一捶扶手。

"当心又伤了手。"卫太后叮嘱了一句，淡淡道，"人就是人，怎么会是幽灵，再细细梳理一遍，总是能寻出端倪的。"

东方洄用力吸了几口气，勉强让自己冷静下来，一个接一个地念着名字："老二、老九、江越、王富海……"

正如他所言，与东方溯有交情的官员并不多，很快便念了个遍，虽然文官武将皆有，但没一个是能够创出三才阵的奇才。

在将最后一缕黑发挽上去后，卫太后取过搁在桌上的金冠束好，打量了他一眼，取过镜子道："瞧瞧，这才是一国之君该有的样子。"

东方洄望着镜中的自己，唇角还未弯起便已垂了下来，神色阴郁道："再像又如何，他从来都不认同！"

卫太后自知东方洄说的"他"是谁，戴着东海明玉护甲的手指缓缓抚过儿子的脸庞："先帝怎么想不重要，重要的是今朝坐在承德殿中的人是谁。"

她的劝慰令东方洄渐渐平静下来，继续刚才的问题："母后可有猜到那人的身份？"

不论白昼如何漫长，终有尽时，夜幕如鲲鹏巨大无边的翅膀，自天边缓缓垂落，遮天蔽日。

卫太后一盏一盏点亮殿中粗如儿臂的蜡烛，烛火通明，橘红光芒驱散殿内的黑暗，在最后一枝蜡烛也被点燃后，卫太后方才吹熄了手中的灯杆回过身来："溯儿为人肃冷，不知变通，一年前，与他有交情的官员一只手就能数出来，可现在连兵部尚书姜明都隐隐站在了他那一边，皇帝知道这意味着什么吗？”

东方洄神色一振：“母后是说，那个人是最近这一年才出现的？”

卫太后舀了一勺龙涎香添在还有温度的香炉中，很快，一缕青烟自镂空的孔洞中飘了出来：“不错，皇帝不妨想一想，这一年间，都有谁在溯儿身边。”

“谁……”东方洄细细想着，嘴唇不时动着，却听不清楚在说些什么，卫太后也不催促，只是默默看着青烟不绝的香炉。

许久，东方洄似乎想到了什么，脱口道：“可是江越？”虽说江越为官多年，但与东方溯素无往来，直至一年前，交往方才有所频繁，倒也符合卫太后说的时间。

卫太后侧耳听着龙涎香在香炉中渐渐融化的声音，曼声道：“江越是先帝亲取的进士，那次殿试的试卷，哀家也看了，江越有才但也仅止于此，创不出三才阵。”不等东方洄言语，她又道，“皇帝不妨想一想江越与溯儿的联系。”

东方洄十指微微一颤，难以置信道：“母后是说璇玑公主？”

在卫太后点头后，东方洄连连摇头：“儿臣试过她，除了容貌出众之外，并无其他过人之处，只是一个平庸女子罢了。”

卫太后长长叹了口气：“哀家先前也与皇帝一般心思，现在仔细想来，只怕我们都被她给骗了。”

东方洄不解道：“母后何出此言？”

卫太后盯着他，缓缓道：“如果当日——她是故意与你说那些的呢？”

“故意？”东方洄正要发问，忽地明白了什么，脱口道，“母后是说，璇玑故意说那些话，好让儿子以为她只是一个木头美人，并无惊世之才？”

卫太后没有直接回答，而是道：“哀家刚才想了很久，除她之外，想不出第二人。”

东方洄无法反驳她的话，但心中的疑惑不增反减：“她为何要这么做，辅佐儿子怎么着也比辅佐老七好。”

卫太后抚过有些发凉的脸颊，冷声道：“恰恰错了，溯儿才是她最好的选择。”

“儿子不明白。”

“溯儿对她百般痴迷，唯她之命是从。换而言之，她可以完全掌控溯儿，甚至成为她手中的傀儡，皇帝却不行，此女心机深不可测！”说到此处，卫太后眼里有着少见的忌惮之色。她在宫中摸爬滚打三十余年，一路踩着皑皑白骨坐到今天的位置，满以为再没有人可以瞒过她的双眼，却在慕千雪身上翻了船，这会儿还是靠着别人点破方才惊醒。

东方洄额上青筋暴涨，面容扭曲如恶鬼："任她机关算尽，注定一场空。"说着，他扬声将怀恩叫进来，一字一顿道，"传旨禁军统领，带三十名禁军，将慕千雪给朕抓来。"

怀恩抬了头，愕然道："陛下现在要抓璇玑公主？"

东方洄盯了他，阴恻恻道："什么时候轮到你来质疑朕的决定了？"

"老奴不敢。"怀恩意识到自己说错了话，赶紧低头请罪，见东方洄没有怪罪的意思，方才小心翼翼道，"只是现在宫门已经关了，怕是要等到明日才……"

"那就打开宫门！"东方洄打断他，不容置疑道，"总之现在就去把她抓来，一刻都不得耽搁。"一旦消息泄露出去，慕千雪必会逃跑，到时候想再抓她就没那么容易了。

"遵旨。"在接过东方洄扔来的金牌令箭后，怀恩退出承德殿，但他没有立刻依着东方洄的吩咐去禁军营，而是先去了一趟打扫处，在那边待了片刻，方才前往禁军营。

禁军统领虽不知为何要抓一名女子，但东方洄的口谕是绝不能违背的。在怀恩用金牌令箭命令宫人打开已经上锁的宫门后，当即带了三十名禁军连夜出宫抓人。

整齐划一的奔跑声在入夜后的街道上格外清晰响亮，引得街道两边的百姓纷纷开窗探头，在看清是禁军后，又赶紧缩了回去，唯恐招祸。

禁军穿过一重又一重的街道后，终于来到位于睿王府旁边的慕府。禁军统领示意手下守住前后门，然后上前叩门。很快，有人来开了门，看到一群手执火把、军容肃冷的禁军顿时吓了一跳，面色微白道："这位军爷，有什么吩咐？"

禁军统领冷声道："璇玑公主可在里面？"

"公主这会儿已经歇下了，军爷不妨明日再……"门房话未说完，禁军统领已是喝道："前面带路。"

门房大着胆子道："军爷，这……这不太好吧？"

禁军统领冷冷盯着他："本统领奉陛下之命，前来捉拿犯人，你敢阻挠？"

听到"陛下"二字，门房吓得浑身一哆嗦，赶紧提了风灯在前面领路，很快来到慕千雪房前，敲了几次都无人答应，禁军统领心中升起一丝不安，上前推一推门，发现并没有反锁，当即夺过门房手里的风灯，推门走了进去。

望着空无一人的屋子，禁军统领脸色难看至极："人呢？"

门房也是傻了眼，结结巴巴道："小人……小人不知道啊，公主她应该是在这里的，傍晚那会儿，小人还……还见过她。"

禁军统领哪里会信他的话，喝道："把他抓起来！"

"不要！不要！"门房吓得迭声高喊，苦着脸道，"小人真的不知道公主去了哪里。"说着，他想到了什么，急急道："对了，夏月姑娘还有徐立是贴身侍候公主的，他们一定会知道。"

听到他的话，禁军统领只有两个字回应："去找。"

很快，慕宅所有的下人都被带了过来，唯独不见夏月与徐立二人，他们与慕千雪一道失踪了。

禁军统领面色阴沉得似要滴下水来，抓不到慕千雪回去复命，东方洄必然龙颜震怒，降罪于他。

"统领，都搜过了，没人。"禁军的回复令他神色越发难看，冷冷地盯着站在面前的一众下人，"三个大活人在你们眼皮子底下消失，竟然没一个人发现？"

面对他的斥问，众人缩着身子低头不语，禁军统领扫了他们一眼，冷笑道："不说是吗？好！"

众人还未反应过来，他已是喝道："来人，把他们都抓起来！"

一听这话，众人顿时慌了神，面对涌过来的禁军连连后退，有胆大一些的问道："军爷要抓的是公主，与我们无关。"

"无关？"禁军统领挑一挑浓眉，露出森冷雪白的牙齿，"你等包庇罪人璇玑，当以同罪论处！"

众人齐齐喊冤，称自己没有包庇，无奈禁军统领根本不理会他们，只示意禁军将他们悉数抓起来。

正当情况一团混乱之时，一名侍女站了出来，怯怯道："刚才……我去厨房找吃的东西，途中曾见到过公主他们几个，行色匆匆地往后门的方向行去，应该是从后门走的。"

禁军统领精神一振，冲到她面前追问道："可知他们去了哪里？"

侍女被他吓得后退一步，惶恐道："我不知道，他们也没瞧见我，不过隐隐约约好像听到他们提起九王的名字。"

禁军统领默然不语，看这样子，他们应该是逃去了九王那里。只是他们怎么知道自己会来抓人，除非……有人告密，但自己刚一领旨就立刻赶过来了，带来的三十人又都是跟随多年的心腹，根本没机会也不可能告密。

巧合？这个念头还未完全浮现便被他给否决了。三更半夜，一个女子跑去男子府邸相见，绝对有问题。

只是任他怎么思索，都想不出是谁告的密，干脆不想了，当务之急是抓到慕千雪。

想到此处，禁军统领喝道："留下几人看守此处，其他人随我去穆王府。"

很快，他带着二十余名禁军来到高大气派的穆王府。叩门不久，便有门房出来，能在穆王府当差的，自有几分眼力，一眼便认出了禁军统领，忍着心中的惊异打了个千儿："统领大人今夜怎么得空过来？"

若换了往日，禁军统领还会与他客套几句，这会儿径直道："九王可在府中？"

"王爷在，不过……"门房话未说完，禁军统领已是打断道："我有要事见九王，你速去通报。"

门房赔笑道："王爷这会儿已经歇下了，统领大人还是明日再来吧。"

禁军统领朝昭明宫的方向拱一拱手，冷声道："我奉陛下圣命而来，你让我明日再来？"

听到"圣命"二字，门房吓了一跳，赶紧入内通禀，在他进去后，禁军统领唤过一名禁军，低声道："你带几个人过去守住后门，不要让他们有机会送走璇玑公主。"

禁军领命离去后不久，东方泽披衣打着哈欠走了出来："这大半夜的，李统领怎么有兴趣来本王府上？"

"深夜叨扰，还望王爷恕罪。"虽有圣命在身，面对这位亲王，李统领也不敢过分托大。

"罢了。"东方泽不在意地挥一挥手，询问道，"你说奉陛下圣命而来，可是召本王入宫觐见？"

李统领摇头道："陛下口谕捉拿璇玑公主入宫。"

一听这话，东方泽眉头顿时拧了起来："既是捉拿璇玑公主，你们来本王府上做什么？"

"卑职刚刚去过慕宅，璇玑公主不在那里，听慕宅的人说，公主来了王爷这里，还请王爷将璇玑公主交给卑职，好让卑职回去复命。"说话之时，李统领一直盯着东方泽，试图从他脸上找出一些异常，可惜除了惊讶之外，再无其他。

"本王怎么不知道公主来了府中？"说着，东方泽对站在一旁的门房道，"公主来过吗？"

门房赶紧躬身道："回王爷的话，小人今日一直守着府门，并未见璇玑公主。"

东方泽微一颔首，道："李统领都听到了，璇玑公主并未来过，你还是去别处寻找吧。”

李统领哪肯离去，沉声道：“璇玑公主是陛下指名捉拿之人，王爷虽然身份尊贵，却也担不起抗旨包庇的罪名。”

东方泽拂一拂衣裳，凉声道：“本王说得清清楚楚，璇玑公主不在府中，何来抗旨包庇四字？”

李统领迎向他略有些冰冷的目光：“既是这样，想必王爷不介意卑职入府搜查。”

听得这话，东方泽脸色倏然一沉，盯了一身盔甲的李统领：“李统领可知自己在说什么？”

莫说，东方泽冷下脸来还真有些瘆人，连李统领也不禁生出一丝退缩之意，咬牙道：“圣命难违，还请王爷见谅！”

东方泽绕着他徐徐走了一圈：“陛下圣谕，是让你捉拿璇玑公主，可没说许你搜查穆王府。李统领，念你我同朝为官的份儿上，你现在退去，本王既往不咎，否则明日上朝，本王必将此事奏禀陛下。到时候……”他指一指李统领身上的二品武将官服，面无表情道，“你这身衣裳恐怕就保不住了。”

李统领踌躇半晌，咬牙道：“得罪了！”说着，他朝身后的禁军挥手道，“进去搜！”

禁军还未有所动作，耳边已是传来一声厉喝：“我看谁敢！”

东方泽面色铁青地挡在府门口，令一众禁军不敢妄动，在扫视了一圈后，落在李统领脸上，眸中寒意凝成一把把利刃，似要将他刺穿一般：“你一无陛下手谕，二无确凿证据，就下令搜本王府邸，好大的能耐啊！”

“卑职也是迫不得已，还请王爷体谅！”

东方泽气极反笑：“你都踩到本王头上了，还要本王体谅，李统领脸皮怕是比这金陵城的城墙还要厚上几分，难怪这些年禁军屡屡出事，有你这么一位统领在，想不出事也难。”

李统领被他这番夹枪带棒的话刺得面红耳赤，忍了气道：“王爷既然没有窝藏罪犯，又何必怕卑职搜查。”

“合着你的意思，不论是阿猫阿狗来了，穆王府都得打开大门，由着进出是不是？”东方泽讽刺起人来，可是一点儿情面也不留。

李统领面皮涨红如鸽血，好半晌方才挤出一句话来：“卑职不是这个意思。”

“不是？”东方溯冷笑一声，指着那块写着“穆王府”三个大字的匾额，一字一句道，“你们一个个看清楚了，这块匾额是先帝所赐，谁今夜胆敢强行踏入穆王府一步，就是对先帝不敬，其罪——当诛！”

一众禁军包括李统领听到他这番掷地有声的话，皆是心中一颤，双脚重若千钧，怎么也抬不起来。

李统领到底不敢与东方泽硬碰硬，几经思虑，口气软了下来，拱手道：“卑职只是奉命行事，绝非存心要与王爷过不去，还望王爷息怒。”

东方泽不假辞色道：“好一句奉命行事，难道皇兄下旨让你搜查穆王府了吗？”

“卑职……”李统领刚一张口，东方泽已是不耐烦地摆手道：“行了行了，本王懒得与你多费唇舌，你走吧。”说着，他拂袖回府，命令门房关起府门。

望着那两扇缓缓合起的朱红大门，一名禁军在李统领耳边低声道：“统领，真就这么算了？”

李统领正憋一肚子气没地方撒，听到这话，一个巴掌甩在他后脑勺：“不算还能怎么办，你闯进去吗？”

禁军哪里敢接这话，灰溜溜地低着头，李统领神色阴晴不定地盯着悬在朱红大门两边的灯笼，灯笼上面的“穆王”二字格外刺眼。

良久，他狠狠一咬牙，道：“你们在这里守着，别让穆王有机会把人送走，我这就入宫禀告陛下。”

在他离去后，大门另一端窥视的人匆匆离去，一路奔到后院的一间厢房中，里面除了东方泽之外，还有几个人在，正是李统领一心想要抓获的慕千雪一行。

门房打了个千儿，小声道：“王爷，李统领走了，但禁军还在外面围着，公主现在出去，必会被他们发现。”

夏月咬一咬银牙，道：“看样子得从后门走才行。”

东方泽面色凝重地摇头：“李统领为人小心谨慎，不然皇兄也不会将禁军交给他掌管，怕是早就在后门安排了人手。”说着，他看向慕千雪，“看这样子，得委屈公主在我这里待上一阵子了。”

慕千雪紧紧蹙了蛾眉：“我倒是没什么可委屈的，只是李统领这次没有找到我，必不会罢休，万一当真请来圣旨，九王可就挡不住了。”

东方泽弹一弹云锦弹墨长袍，神色倨傲道：“其他王府我不知道，这里……皇兄必然不敢下旨搜查。”

徐立奇道：“这是为何？”

门房笑着代答：“徐哥儿不是咱们王府的人所以不知道，这穆王府的牌匾是先帝亲书，是所有王府里的独一份儿，除非陛下甘冒不敬先帝的大不讳，否则绝不敢下旨。”

听得这话，徐立松了一口气，一脸欣喜道：“这么说来，咱们可以安心待在这里了？”

“这是自然。”东方泽傲然道，“整个金陵城，没有比本王这里更安全的了。”

慕千雪却不像他们这般乐观，凝声道：“陛下此人，不达目的誓不罢休；就算无法明着下旨，他也一定会想办法进府搜查。”

东方泽不以为然道：“兵来将挡，水来土掩，没什么大不了的。只要我在，就一定会保公主无恙。”

夏月疑惑道：“明明来穆王府一事只有咱们几个知道，这李统领怎么就追到这里来了？”

徐立猜测道：“应该是咱们出来的时候，不小心被人瞧见了。”

夏月懊恼地叹了口气，却也没办法，已经发生的事情多说无益，有那功夫倒不如赶紧想想怎么破眼前的困局。

“话说回来，皇兄无端端的为何要捉拿公主，究竟出什么事了？”刚才还没说几句话李统领就来了，他根本没时间问这个。

慕千雪轻轻一叹：“陛下已知是我在为睿王谋划。”

“什么？”东方泽豁然起身，难以置信道，“皇兄他……他怎么会知道？”

“我也不清楚。”慕千雪回忆道，“刚才我正准备歇下，一柄飞镖射了进来，上面钉着一张纸。”

随着她的话，夏月将一张纸递给东方泽，上面写着一行潦草的字：“陛下已知你底细，禁军将至，速逃！”

东方泽惊疑不定地盯着那张纸，良久，他抬头道：“公主可知这个人是谁？”

“不知道，事实上，这已经不是第一次有人传书相告。”慕千雪将东方溯大婚之日有人借珍珠传信一事说了一遍，迟疑道，“这人对陛下如此了解，当是陛下身边之人无疑，但……我不敢肯定。”

虽然慕千雪只说了半句，但东方泽本就是心思通透之人，哪里会不明白：“公主说怀恩？”

慕千雪尚未言语，夏月已是连连摇头：“奴婢听人说过，陛下还未登基之时，怀总管就与他走得极近，怎么可能背叛陛下。”

慕千雪垂目盯着露在裙裾外的小小鞋尖：“这一点我也想不明白，但除了怀总管，我想不到第二个。”

这件事实在太过诡异，任东方泽怎么思索，也理不出个头绪来，只得将它搁在一边：“很晚了，公主早些歇息吧，皇兄那边我会应付，你不必担心。”

慕千雪听着窗外唧唧不止的夏虫鸣叫，叹然道：“应付得了一时，应付不了一世，还是得设法离开才行。”

一听这话，东方泽顿时急了：“这三更半夜的能去哪里，万一被禁军发现怎么办？”

慕千雪心中也没底，但有一件事她很清楚，留在穆王府，必会给东方泽带来无穷祸患，甚至是……杀身之祸！

“但是……”

“没什么可但是的。”东方泽打断她的话，不容拒绝道，“总之公主就安安心心待在这里。”说着，他又挤眉弄眼，“七哥回来，知道我没照顾好公主，非得扒了我的皮不可。”

慕千雪被他逗得笑了起来，无奈道：“既是这样，就叨扰九王了。”

见她答应，东方泽神色一松，道：“公主有什么事情，只管吩咐院子里的下人，他们都是我差使多年的心腹，绝不会泄露半分，待会儿我再让人送几套合适你们穿的换洗衣裳来。”

夜色沉沉，昭明宫在冷月寒光下犹如一头沉默的巨兽，在黑暗中虎视眈眈，伺机把人吞没。

一道人影在朱漆宫门前停下，看守宫门的禁军看到来人，肃然行礼：“参见统领。”

李统领没理会他们，径直走了进去，借着月光一路来到承德殿，守在殿外的怀恩看到他过来，连忙迎上来，瞧见他身后空无一人，满面诧异道：“统领大人，璇玑公主呢？”

“一言难尽。”李统领简单应付了一句，“陛下可在里面？”

怀恩点头道：“陛下说了，统领大人您回来直接进去就行了，不必另行通传。”

“多谢怀公公。”李统领匆匆拱一拱手，快步走了进去。东方洄以手托额，闭目坐在椅中，龙涎香的香气充斥在大殿每一个角落。

“臣叩见陛下，陛下万福圣安。”李统领的声音令东方洄微微睁开双目，淡漠道：“把人带进来。”

李统领咬一咬舌尖，颤声道："臣办事不力，请陛下治罪。"

东方洄倏然睁开双目，坐直了身子道："怎么回事？"

李统领将穆王府门前的事情原原本本说了一遍，满腹委屈道："穆王拿先帝御笔亲题的匾额来压臣，臣实在没办法。"

东方洄目中射出灼热的怒火："你确定璇玑在老九那里？"

李统领小心斟酌着言辞道："臣未曾亲眼看到璇玑公主进穆王府，但如果九王心中没鬼，为何不让臣进府搜查。"说着，他又急急道，"陛下放心，臣已经让人守住穆王府前后府门，除非璇玑公主肋生双翅，否则绝对逃不走。"

东方洄面色稍霁，冷声道："璇玑怎么会去老九府中？"

"按慕宅那名侍女所说，璇玑公主只比臣早离开慕宅一会儿，臣在想……"李统领大着胆子说出心中猜测，"会不会是有人泄露了这次抓捕，令她有机会逃走。"

随着他这句话，东方洄眸中仅有的温度也冷了下来，一言不发地盯着李统领。李统领浑身战栗，伏首触地，万般惶恐道："臣一接到怀总管代传的口谕，就立刻带人过去，绝对没有与旁人说起一个字，否则臣也不会与陛下说这些，求陛下明鉴！"

东方洄当然不会怀疑他，而是想到了一件极其可怕的事情，可怕到他稍稍一想，就满身冷汗。

李统领的冷汗在地上滴出一个小小的水泊后，东方洄的声音终于在耳边响起："出了这个殿门，不得与任何人说起此事，若让朕听到一言半句……你这禁军统领也就不用再当了。"

"臣谨遵陛下之命！"李统领赶紧答应，过了一会儿，他试探道，"陛下，穆王府那边……"

"此事朕自有打算，退下。"听得这话，李统领如逢大赦，赶紧躬身退出了承德殿，夜风一吹，竟是打了个哆嗦。

怀恩瞧见他出来，连忙拉住道："统领大人，陛下不是让你去抓璇玑公主吗，怎么不见人？"

李统领举袖拭一拭额上的冷汗："被她给逃去了九王府，九王那边不肯交人，我也没法子。"

怀恩满面惊诧道："据咱家所知，这璇玑公主乃是一介弱质女流，竟能在李统领眼皮子底下逃走？"

李统领刚要说可能是有人通风报信，想起东方洄的话，赶紧咬住舌头，谎称是忘了守住后门，让她有机会逃走。

怀恩点头之余，又道："那陛下怎么说？"

李统领摊一摊手道："还能怎么样，人在九王府，只能问九王去要人，但我看陛下颇有顾忌。"

怀恩叹道："九王是诸王爷之中头一份的尊贵，他那王府又是先帝御笔亲提，就算是陛下，也不好直接下旨搜府，这件事实在不好办。"

"可不是这个道理嘛。"李统领好奇问道，"公公是陛下身边的人，可知陛下为何要连夜开启宫门抓捕一个女流之辈。"

"陛下的事情，咱家可不敢说，咱家只能告诉统领大人，此女远不像咱们表面所见的那么简单。"

李统领知道怀恩嘴严，既然说了"不敢"二字，就绝对不会再说，只得怏怏离去。

在他走后，怀恩转过身默默盯着六扇交花殿门以及里面透出来的灯光，不知在想些什么。

夜色浓重，星月被乌云所遮，时隐时现，树上的夏蝉还在不知疲惫地叫着，一声接一声，不分昼夜。

第五十五章　盛夏飞雪

静芳斋中，陈太妃静静地跪在正殿中。这个姿势，她已经维持了两个时辰之久，在她身后，是静芳斋的下人，烛光摇曳，映照着一张张苍白的脸庞。

卫太后端坐上首，捧了一盏碧螺春徐徐抿着，茶香自盏中徐徐散开，没入静滞的空气中。

随着茶盏搁落的声音，卫太后凝声道："还不肯说吗？"

"臣妾知道的，都已经告诉太后了，实在不知还能说什么。"陈太妃垂目轻语，神色一如既往地恭顺。

卫太后默默望着她，良久，忽道："从玉，你我相识多久了？"

陈太妃略略一想，道："臣妾初随先帝时，是文景十七年，距今已有二十六年，与太后相识亦是二十六年。"

卫太后微一颔首："这二十六年来，哀家待你如何？"

陈太妃恭声道："太后待臣妾恩重如山，昔日种种照拂，臣妾点滴在心头，未有一刻忘记。"

"好一句点滴在心头。"说话时，卫太后脸上漫出一抹看似恬淡宁静的笑容，却令正在偷眼觑她的冬梅浑身一冷，不由自主地低下了头。

"当年后宫众多嫔妃之中，哀家与你最投缘，多年来亲如姐妹，从不分彼此，自问没有对不住你的地方，可结果呢？"卫太后满面痛惜地摇头，"这么多年来你一直在蒙骗哀家，未有半分真心相托，如今更想谋夺皇帝之位。陈从玉，你实在太令哀家失望了。"

陈太妃伏首，钗环碰撞于地，传来清脆的响声："先帝重病之时，确是臣妾在旁照顾，但由始至终，先帝都没有提过神机营之事。再者，溯儿资质愚钝，不堪大任，先帝又怎么会将神机营交给他，臣妾不知是谁与太后说的这些，但此人必然用心不善，太后切莫着了他的道。”

周宁冷笑道：“陈太妃果然能言善辩，可惜此事铁证如山，纵然是舌绽莲花也没用，奴才劝您一句，赶紧说出实情，或许还有一线生机。”

陈太妃抬眸望向周宁，平静地问道：“你说铁证如山，这证据在哪里？”

周宁张一张嘴，却说不出话来，刚才是为了吓唬陈太妃说出实话，哪里真有什么证据。

“从玉。”卫太后眸中寒气煞人，一字一句道，“你现在供出实情，哀家尚可念着往日情谊，饶你与溯儿不死，否则……你就是在逼哀家动手！”

冬梅听出她话中的森森杀意，慌忙屈膝上前，伏首道：“启禀太后，太妃在承德殿侍候先帝之时，奴婢也在，奴婢可以作证，先帝确确实实没有提起过神机营，请太后明察！”

卫太后没有理会她，只是默默望着陈太妃。良久，一声叹息自她唇间逸出：“冥顽不灵，看来哀家这番苦心是白费了，也罢，尹秋。”

尹秋神色一凛，躬身道：“奴婢在。”

卫太后敛去眼底最后一丝温度，漠然道：“给哀家仔仔细细搜查静芳斋，一处都不要漏了。”她伴驾将近三十年，对承帝的心思再了解不过，神机营的传承意味着在承帝心中，东方溯才是应该坐在承德殿的那个人，只是迫于形势，才不得不改成了东方洄，在这种情况下，承帝极有可能留下了什么制约他们母子的东西，譬如……遗诏。

她忍气吞声那么多年，好不容易才拥有今时今日的无上尊荣，谁都休想从她手中夺走！

东方溯外冷内热，心思不深，倒是陈太妃，往日只觉得她深知分寸，不争不抢，细细想来，自己竟从未真正看透过她；承帝若果真留下遗诏，必是在陈太妃手中。

“谨遵太后懿旨。”尹秋肃声答应，领着宁寿宫带来的七八个人将静芳斋里里外外都搜了个遍，连下人房也没有放过。

尹秋面色阴郁地走进来，低声道：“启禀太后，没有任何发现。”

听到这句话时，冬梅眼底掠过一丝松弛，虽只是一瞬间，却被卫太后瞧在眼里，她不动声色道：“小德子回来了吗？”

在来静芳斋之前，卫太后派了人去睿王府，虽说东西在东方溯手里的可能性不大，但就算只有万分之一的可能，也不可放过。

“还没有，算算时间应该快了。”话音未落，一名内监在门口行礼，正是卫太后刚刚提及的小德子，他走到卫太后身边，低低说了几句。

“知道了。”在挥手示意小德子退下后，卫太后盯着冬梅片刻，凉声道，“将她带去宁寿宫。”

陈太妃一惊，连忙道：“太后，冬梅什么都不知道，还请您不要为难她。”

卫太后唇角微扬，有细细的皱纹在唇边若隐若现，不论怎样保养，终归是五十余岁的人，不比青春少女之时：“只要她如实回答，哀家自不会难为于她。”

不论陈太妃如何担心，只能眼睁睁看着卫太后将冬梅带走。

夜色茫茫，裙裾在残留着一丝炎热的石板上拂过，偶尔触到旁边的草丛，惊动藏匿在草丛里的夏虫，慌忙窜走。

宁寿宫用的是清一色无烟无味的销金硬烛，故而虽然殿内点了洋洋几十支，明亮如白昼，却闻不到一丝烟气。

尹秋在扶卫太后落座后，走到紫檀长几前，舀了一勺厚重的檀香放入日夜不熄的香炉中。很快，缕缕轻烟自香炉盖上一个个椭圆的孔洞中升起，散入空气之中。

卫太后接过小德子递来的茶却不饮，只是垂目望着跪在地上一动不动的冬梅，许久，她道：“可知哀家为何要带你来宁寿宫？”

冬梅盯着自己倒映在金砖上的影子，木然道：“奴婢不敢妄自猜测太后圣意。”

“不敢？”卫太后低低一笑，扬眸道，“你都敢帮着陈太妃欺瞒哀家，还有什么不敢的。”

“不论是太妃还是奴婢，都对太后敬若神明，断不敢有一丝欺瞒，太后切莫被那些居心叵测的小人所蒙蔽。”

卫太后扶一扶髻上的白玉双凤簪，微笑道：“究竟是谁蒙蔽哀家，哀家心里清楚得很。”

渐渐浓郁的檀香丝丝缕缕钻入鼻中，不知为何，本该宁神静心的檀香，却令冬梅心浮气躁。

“冬梅。”这两个再熟悉不过的字眼却令冬梅激灵灵一颤，不由自主地应道：“奴婢在。”

“前阵子哀家听陈太妃说起，你弟弟成亲多年无所出，今年方才生了一对龙凤胎，算算日子，这会儿差不多满月了吧？”

冬梅摒了摒纷乱的心思，小心翼翼道：“回太后的话，昨日刚刚满月。”

卫太后温然一笑：“生孩子不稀奇，但能够诞下龙凤胎的少之又少，这样的人家，大多是祖上积了厚德，福荫子孙。”

冬梅猜不透卫太后突然说这些的用意，低着头没有说话，大殿安静异常，连烛泪淌落在紫铜烛台上的声音都清晰可闻。

“经历数代，方才有今日的福报。你虽入了宫，但仍是赵家子孙，若因为你一人，而令赵家从此断子绝孙，来日九泉之下，你有何颜面去见赵家列祖列宗？”

冬梅脸色发青，话说到这个份儿上，她哪里还会不懂，卫太后分明是拿赵家一族的性命，威逼她供出陈太妃之事。

“哀家知道你对陈太妃忠心，为了侍候她，至今未曾婚嫁，但你也得为自己和赵氏一族考虑考虑。只要你说出实情，哀家不只赦你无罪，还可以保你与赵氏一族至少三代富贵。”

周宁在一旁接过话：“太后念你是受陈太妃所迫，方才慈悲为怀给你这份恩典，你可莫要负了太后这番苦心。”

冬梅紧紧咬着下唇，一边是跟随了二十多年待她如亲妹妹的主子；一边是与自己血脉相连的亲人，手心是肉手背也是肉，她该怎么办?

尹秋叹息道：“我知道陈太妃待你不薄，但你侍候她这么多年怎么也还够了，难道你还真想看到赵家满门灭绝吗？”

冬梅低头不语，因为太过用力，下唇被咬得渗出血来，缓缓滴落在碧绿的衣衫上，化为一点暗红印记。

卫太后也不催促，端过一旁茶水徐徐饮着，凤口衔下的白玉珠子在烛光下宝光流转。

人性都是自私的，她相信冬梅会做出一个正确的选择。

随着烛泪不断淌落，燃了大半夜的蜡烛越来越短，在剩下拇指长短时，有宫人取来新的销金硬烛，一支接一支换上。

在殿中蜡烛焕然一新之时，卫太后的声音缓缓响起：“如何，想好了吗？”

听着这犹如催命符一般的话，冬梅俯身磕头：“奴婢家人与这件事没有任何关系，求太后开恩，不要牵连他们。”

“决定牵连与否的，从来都不是哀家，而是……”卫太后折了一朵入夜前新摘的紫罗兰，亲自簪在她鬓边，“你！”

冬梅抬起颤抖不止的手抚着鬓边的紫罗兰，涩声道：“若奴婢可以做主，又何必跪在此处。”在短暂的停顿后，她似下定了什么决心，迎着卫太后的目光，缓缓道，

“三代富贵自然是好，但违心冤枉太妃得来的富贵，请恕奴婢无福消受。”

卫太后的笑容僵在唇边，周宁脸色一变，走过去用力甩了冬梅一巴掌，厉喝道：“好个不识抬举的贱婢，真以为太后不敢杀你吗？”

冬梅望着被甩落在地的紫罗兰，怆然笑道：“太后手握生杀大权，杀奴婢不过是一句话的事情，岂有‘不敢’二字，但正如奴婢刚才所说，就算是死，奴婢也绝不会冤枉太妃。”

周宁待要再言，被卫太后阻止，她缓缓道：“倒是哀家低估了你对陈太妃的忠心，既然你要做一个忠心护主的奴才，那哀家成全你。”顿一顿，又道，“尹秋，去京兆府传哀家懿旨，冬梅协同陈太妃谋乱，罪及三族，着将赵氏三族之内的人，全部押赴刑场，立即处斩，不论男女老幼，一个都不许放过。”

卫太后冰冷不带一丝感情的言语令冬梅浑身战栗，伏在地上“呯呯”磕头：“千错万错都是奴婢一人的错，奴婢愿受任何责罚，只求太后高抬贵手，他们……他们什么都不知道。”

卫太后能走到今日，成为后宫第一人，自是练就了一副铁石心肠，莫说只是磕几个头，就算冬梅这会儿死在宁寿宫中，也不会改变什么。

尹秋跟随卫太后多年，对她的心思最是了解不过，故而脚步并未停止，但令她没想到的是，就在快要退出殿门时，卫太后突然唤住了她。

尹秋满面惊讶地停住脚步：“太后有何吩咐？”

卫太后冰冷如秋霜的目光漫过冬梅，无一丝怜惜：“将她带去刑场，每隔一个时辰斩杀一人，直至她说实话为止！”

冬梅倏然抬头，两眼喷射出惊恐之色，下一刻她拼命摇头：“不可以……你不可以这么做！”

卫太后慢条斯理拨弄着缠在手腕上的佛珠，微笑道：“为何不可？”

冬梅看她的眼神犹如在看一个地狱爬出来的恶魔：“那是一条条活生生的性命，他们没有做错什么，你怎么可以说杀就杀了？！”

“他们是没有错，但你错了。所以，真正害死他们的不是哀家，而是你！”

冬梅激动道：“先帝没有将神机营传给七殿下，更没有给太妃留下什么东西，太后为什么就是不肯相信？”

卫太后扬一扬广袖，神情冷漠道：“这话你留着与被你害死的赵氏族人去说吧。”

“不要！”冬梅扑过去拉住卫太后裾角，痛哭流涕，“太后，您发发慈悲，放他们一条生路吧。”

卫太后俯身拉起她，声音低沉而诱惑：“只要你告诉哀家，先帝留给陈太妃的东西在哪里，他们就都可以活着，且从此拥有享之不尽的富贵荣华。”

冬梅抬起满是泪痕的脸庞，怔怔望着卫太后，突然她扯住卫太后腕间的佛珠，用力一拉，无数沉香木打磨而成的佛珠失去束缚，叮叮咚咚地落了满地。

谁也没想到冬梅会突然这么做，一时皆愣在那里，冬梅抹去脸上重重叠叠的泪痕，冷声道：“你如此滥杀无辜，就算拜再多的佛，念再多的经又如何，一样要下十八层地狱！”

尹秋惊怒交加，盯着擅自起身的冬梅道：“太后对你百般宽容，你竟敢恶言诅咒，实在该死！”

“这么多年来，她为了争宠，为了夺嫡，害了多少人命，手上沾染了多少无辜者的鲜血，你难道不清楚吗？宽容……那不过是虚与委蛇罢了，一旦问到了她想问的，就会毫不犹豫地杀了我，杀了所有人，什么恩旨宽赦，什么三代富贵，不过是骗人的谎言罢了。”冬梅后退数步，狠狠盯着面色阴沉的卫太后，“这些年来，你待太妃确实不错，但说到底，是因为你觉得太妃与睿王威胁不到你，否则他们早已成为你手里的两条冤魂。太后，你杀了那么多人，就没有半分不安与内疚吗？”

“贱婢放肆！”尹秋一边喝着一边上去狠狠掴打着冬梅的脸颊，恼怒之下的尹秋力气极大，不过两三掌，就掴得冬梅嘴角开裂，渗出细细的殷红，后者却恍如未觉，只是冷冷笑着。

“尹秋。”卫太后的声音令尹秋身子一颤，她收手回身，惶恐道：“贱婢胡言乱语，不值得太后为她动气。”

卫太后没有理会她，按着刺金袖口起身，一步步向冬梅走去，散落在地上的佛珠还未捡起，踩在上面极易滑倒，她却走得极稳，不论踩到多少颗佛珠，脚步都未有一丝凌乱。

卫太后在离着冬梅一步距离时停下脚步，夜风自窗外吹来，拂动她颈边长长的赤金累丝镶宝耳坠，在烛光下绽出一丝如刀锋般的冰冷：“倒是哀家疏忽了，你对陈太妃竟如此忠心，只是可怜了你赵氏满门，尤其是那对才刚出生的婴孩。”

听她提及自己无辜的家人，冬梅恨得咬牙切齿，双目喷射出噬人一般的冷厉寒光：“天道循环，不是不报，只是时辰未到。”

“天道？”卫太后浅淡一笑，拨去残留在手腕上的半截丝线，“在这大周天下，哀家就是天道，循环与否，皆在哀家指掌之间。”

冬梅冷笑连连："既是这样，你为何这么害怕神机营，害怕先帝留下的东西？"

她的话令卫太后神色微僵，但很快便又恢复如初，淡然道："神机营也好，先帝留下的东西也好，哀家都会找到，然后将之毁去，谁都休想阻止。冬梅，你这么聪明，为何一定要与哀家作对呢？"她抬手欲去抚冬梅的脸颊，却被冬梅一脸厌恶地避开。

卫太后也不生气，神色如常地收回手，对尹秋道："带她走吧，什么时候改变主意了，再带她来见哀家。"

血丝在冬梅眸底化开，染红了那一片眼白，令她看起来犹如修罗恶鬼："卫玲珑，黄泉路上，我等着你！"

卫太后转身，再不看冬梅一眼。

这一夜，对许多人来说，都格外漫长……

东方洄终归是忌惮承帝御笔亲题的"穆王府"匾额，不敢强行派兵入府搜查，毕竟那样要背负上一个违逆犯上之名，不到最后关头，他不会走这一步。

几经思忖，他将东方泽召进宫来，一番旁敲侧击外加威逼利诱，希望东方泽可以识相，主动把慕千雪交出来。

可惜不论他怎么明说暗道，东方泽都只是装傻充愣，顾左右而言其他，在憋了一肚子气后，他终是忍不住了，冷声道："老九，你这是打定主意要与朕作对吗？"

东方泽一脸委屈道："臣弟一向唯您马首是瞻，何来作对二字，皇兄这话可真是冤枉臣弟了。"

"璇玑身在何处，朕与你都清楚，老九，为了一个莫不相干的女子，沾染一身麻烦甚至是……杀身之祸，值得吗？"

东方泽一脸无辜道："臣弟说了许多遍，璇玑公主真不在臣弟府中，为何皇兄就是不信？"

东方洄忍着心底的厌恶，冷声道："既是这样，为何昨夜不让李统领入府搜查？"

"那皇兄呢？"东方泽反问道，"难道在皇兄心里，臣弟还不如一个告密者来得可信吗？父皇临终前可是一再叮嘱我们兄弟要互信互助，皇兄现在这样，将父皇置于何地，又将我们这些兄弟置于何地？"

东方洄站起身来，冷冷睨着他："老九这张嘴是越来越能说会道了。"

"臣弟说的皆是肺腑之言。"顿一顿，他又道，"对了，臣弟听说皇兄将静芳斋封了起来，还有陈太妃身边侍候的冬梅，她一家子都被拉去了刑场斩首示众，这究竟是怎么了？”

“冬梅在宫中行厌胜之术，当诛三族。”东方洄随意寻了一个借口，徐步上前，“老九，朕再问你一次，璇玑是否真不在你府里？”

东方泽摊一摊手，满脸无奈道：“臣弟还能对皇兄撒谎吗？确实是没有，皇兄非要不信，尽管下旨搜府。”

东方洄暗暗恼恨，这个老九，分明是料准他不敢下旨搜府，方才故意说这样的话，哼，来日有他后悔的时候。

良久，东方洄徐徐松开攥紧的手，露出一抹温和亲切的笑容：“朕也是随便问问，哪到搜府这么严重，再说了，就像你说的，要是连自家兄弟都不信，这天底下还有什么人能够相信。”说着，他拍一拍东方泽肩膀，“行了，没事了，若有璇玑的消息，记得告诉朕。”

“臣弟遵旨。”东方泽答应一声，试探道，“皇兄，那些禁军……”

“朕知道你想说什么。”东方泽打断他的话，微笑道，“最近金陵城不甚太平，虽然你府里有不少家奴护卫，击退一些小贼不在话下，可一旦遇实力强横的贼患，就难以应付了。父皇临终前，最记挂的人就是你，千叮咛万嘱咐，让朕一定要照顾好你，万一你出点儿什么事，朕可没法向父皇交代。所以朕想好了，除了昨夜留着的那几十名禁军之外，再派百十名禁军在你府外护卫，确保你的安全。”

东方泽勉强笑道：“多谢皇兄好意，但臣弟……”

东方洄不容置疑地打断他道：“此事就这么定了，朕一会儿就派人过去，否则这心里总是不安稳。”

东方泽满面感动道：“臣弟何德何能，劳皇兄如此记挂。”

“自家兄弟，说这种见外的话做什么。好了，朕还有些事情要处理，就不留你多说话了。”

“那臣弟先回去了。”东方泽恭敬地行礼告退，在他离去后，绿衣从屏风后走了出来，“陛下，要不要奴婢派人潜入穆王府？”

“不必，璇玑必定是在穆王府里，有那么多禁军看守着，她插翅难飞。”东方洄捧起浓茶喝了一口，冷声道，“朕交代你的事情都办好了吗？”

“都已经照着陛下的意思吩咐下去。”绿衣迟疑片刻，轻声道，“陛下，内奸……当真是他？”

东方洄面色阴沉道：“抓他个现行就知道了。”顿一顿，他冷声道，“若是走漏了风声，朕唯你是问。”

绿衣神色一凛，恭声道：“奴婢必不会让陛下失望。”

午门斩刑台上，赵氏族人一个接一个死去，血流成河，杀的人太多，连鬼头刀的刀刃都卷了起来。

赵氏族人，每个人死时都大睁双目，他们至死都想不明白，明明多年来一直安分守己，从不做犯法之事，为何朝廷要杀他们，甚至连刚刚满月的稚子都不肯放过。

冬梅跪在刑台边，她已经流不出眼泪了，只能嘶哑地干号着，在又一个赵氏族人被杀后，尹秋踩过满地鲜血，来到冬梅身边，神色冰冷道：“下一个时辰要斩的将会是你刚刚满月的侄子与侄女，也是赵氏三族之中最后的血脉了。冬梅，你若不想他们也身首异处的话，这是最后的机会了。”

“机会……”冬梅喃喃重复着这三个字，空洞无神的双眸凝起一丝焦距，茫然道，“来得及吗？”

尹秋见她有所动摇，赶紧道：“当然来得及，太后说过，会保你们赵氏三代富贵，只要血脉尚存，不出二十年，便会重新兴盛，更甚现在。”

冬梅怔怔地望着她，许久，她道：“我可以抱抱那两个孩子吗？”

“当然。”尹秋毫不犹豫地应承下来，命差役抱过那两个刚刚满月的孩子放到冬梅颤抖的手臂中。

年幼的孩子并不知道自己已经失去了父母亲人，睁着乌溜溜的眼睛四处看着，其中一个还咧开没牙的小嘴朝冬梅甜甜笑着。

“是姑姑害了你们，对不起，对不起！欠你们的，姑姑唯有来生再还！”随着冬梅的话，一滴接一滴的殷红落在孩子稚嫩的脸颊上，那是从她眼中流出来的血泪。

“别怕，不论黄泉还是奈何，姑姑都会陪着你们一起走。”冬梅俯身在他们光洁如玉的额头轻吻着，下一刻，她的目光决绝而狠厉，突然奔上刑台。

不好！

尹秋在心中惊呼一声，然而为时已晚，冬梅朝围观的百姓大喝道：“周帝凉薄无情，卫太后阴狠毒辣，他们母子为一己私利，谋害我赵氏满门无辜，大周落在他们母子手中，必亡！必亡！”

“把她给我抓下来！快！”尹秋吓得声音都变了，这件事传到卫太后耳中，就算是她也难逃责罚。

“灭族之恨，屠亲之仇，我赵冬梅死后必当化身厉鬼，索你们性命！”说完这句话，冬梅抱着两个孩子拼尽全身力气往伫立在刑台一角的黑色巨柱上撞去。

“呯！”随着一声重响，冬梅仰身往后倒去，鲜血争先恐后地从她额头涌出来，漫过大睁的双眼，流满了脸颊，至于那两个孩子，也是满脸鲜血，死在冬梅怀里，他们……甚至来不及哭一声。

空气中本就浓郁的血腥气又浓重了几分，令人几欲作呕，尹秋脸色青白难看，她没想到冬梅性子如此之烈，宁可抱着孩子一起死也不肯背叛陈太妃。

现在冬梅死了，除了陈太妃，怕是再没人知道当年承帝留下了什么，又藏在何处。

正在为怎么向卫太后交代而头疼的尹秋，并没有意识到一个更大的危机已经出现。

“赵氏族人究竟犯下何错，要招来这样的灭门之祸？”静寂人群中突然传来一个质疑的声音，紧接着更多的声音响起，皆在质问卫太后杀赵氏一族的理由。

多年来，死在斩刑台上的人不知凡几，所斩的要么是贪官污吏，要么是江洋大盗，皆是罪有应得，唯独这赵氏一族的罪行，一直含糊不清，再加上冬梅临死前的那番话语，将他们心里的怜悯与公义激了出来。

魏敬成哪里敢说实话，想要与之前一样含糊敷衍，可是这一次，百姓对他的回答并不满意，步步紧逼。

望着群情激昂的百姓，魏敬成满头冷汗，赶紧让差役拦着不断逼近的百姓，自己来到尹秋身边，慌声道：“姑姑，这……这可怎么办？”

尹秋到底跟在卫太后身边多年，见惯了各种各样的阵仗，很快便冷静下来：“魏大人莫慌，不过是一群刁民罢了，闹不出什么风浪来。”思忖片刻，她道，“你现在传令下去，让他们即刻散去，若有不从者，抓入大牢！”

魏敬成连连点头，照着尹秋的话喊了一遍，在抓捕入牢的威胁下，那些百姓脚步果然停了下来，但仍然愤恨不平。

尹秋见状在魏敬成耳边低语几句，魏敬成连连点头，大声道：“赵冬梅罪犯欺君，谋逆犯上，理应诛赵氏九族，太后顾念上天有好生之德，法外开恩，只诛其三族，赵冬梅不知感恩，还满口胡言诬蔑太后，可见其心肠之恶毒，尔等速速散去，莫要受她所用。”

正当众人猜测魏敬成这番话是真是假时，站在前面的一人突然感觉颊边一凉，伸手一摸，指腹湿润冰凉，难道是下雨了？

这时耳边传来他人的惊呼声：“快看，下雪了！”

抬眼望去，片片晶莹的雪花自天上飘落，虽然还未落地便已化为雪水，但确确实实是雪花！

要知道现在是一年当中天气最为炎热的时候，连雨水都少得可怜，更不要说下雪，若非亲眼所见，断然不敢相信。

“这是赵氏满门有大冤，上天震怒，降雪为他们申冤啊！”人群中不知是谁喊了一句，引起众人共鸣，纷纷替刑台上那一具具身首异处的尸体喊冤。

魏敬成刚刚恢复了一点儿血色的脸再次变得雪白，他手足无措地望着尹秋，后者咬一咬银牙，走上前去大声喊道：“赵氏一族罪大恶极，理当斩首，何来申冤二字。”

人群一寂，紧接着刚才那个声音又响了起来：“既是这样，为何盛夏飞雪？”

尹秋抬手接住一片旋转飘下的雪花，淡然道：“只是天气反常罢了，我记得七年前也曾下过一场不合时节的大雪，难道当时也有大冤？”

那人冷哼一声：“你说的应该是七年前三月所下的那场雪吧。三月乃是春寒料峭之时，下雪一点儿也不奇怪。可现在是五月仲夏，你什么时候听过五月下雪的？分明就是强词夺理。”

被一个市井草民当众狠狠怼了一顿，饶是尹秋也不禁沉了脸：“你口口声声说赵氏有大冤，究竟是何居心？”

一个半老头子缓步走了出来，手里拿着一根旱烟，“吧嗒吧嗒”抽了几口后，缓缓道：“居心二字，老汉担当不起，老汉虽与这赵氏一族没什么关系，但恰巧老汉也姓赵，同在这金陵城里住了那么多年，总算是有几分相识，老汉只想替他们问一句，赵氏族人何罪之有？”

魏敬成冷哼道：“本官刚才说得很清楚，赵冬梅谋逆犯上，罪犯欺君，祸及三族。”

赵老汉磕一磕旱烟，凝声道：“据老汉所知，赵冬梅只是跟在太妃娘娘身边的一个宫女，谋逆犯上……府尹大人是否太看得起她了？”

魏敬成没想到一个其貌不扬的老头子说起话来头头是道，令他一时接不上话，沉眸道：“你言下之意，是说本官撒谎？”

“老汉不敢，只是府尹大人说赵冬梅谋逆欺君，并未细言其罪名，趁着这会儿大家都在，不如仔细说说，也省得咱们胡乱猜测这盛夏飞雪。”

魏敬成恼羞成怒道：“此乃朝廷机密，岂可胡乱说给你们听，你等速速退下，否则本官治你们一个捣乱刑场的罪名。”

赵老汉仰头望着阴沉的天空，许久，他收回目光，沉沉道："若是不问个清楚明白，只怕老天爷不肯饶过我们。"

"一派胡言！"魏敬成色厉内荏地喝道，"若是再不退去，本官可就真要抓人了！"

尹秋比他沉得住气一些，凝声喊道："朝廷做事，自有朝廷的规矩，时机合适之时，自会告诉你们，勿要着急。"

赵老汉打量了她一眼，道："姑娘是太后身边的人？"

尹秋颔首道："不错。"

"既是这样，老汉能否问姑娘一件事？"在尹秋点头后，赵老汉指着鲜血斑斑的刑台，沉声道，"去年，朝廷判令卫文斌死罪，在此斩首，结果死的是别人，卫文斌一根汗毛也没少，敢问姑娘，这就是朝廷的规矩吗？"

尹秋脸色难看道："卫文斌一案，陛下事后不是已经查明，并且严惩了刑部一干涉案官员吗？"

赵老汉盯着她，一字一句道："若当时卫文斌未被挂在城楼上，陛下还会惩治刑部一干人等吗？"

尹秋眸光阴沉道："你这是在质疑陛下？"

"老汉不敢，老汉只想请姑娘告之朝廷又或者陛下与太后的规矩……究竟是什么？"这两年所发生的事情，早已令金陵百姓诸多不满，只是畏于朝廷，畏于天子之威，方才一直隐忍不敢言语，直至今日赵氏三族被灭再加上冬梅抱着两个孩子撞柱而死的惨状，将他们心里的不平激了出来。

雪越下越大，从一开始的落地即化，逐渐在地上积起一层薄薄的雪，四周的空气也越来越冷，一下子从酷热盛夏跨到了寒冬腊月。

但，没有一个人退去，无数目光隔着飞雪落在尹秋身上，等待着她的回答。

尹秋脸庞一阵青一阵白，这件事真是棘手万分，看这情形，若是回答不好，怕是要激起民愤。

她虽看不上这些市井小民，却也懂得众怒不可犯的道理，几经斟酌，开口道："不论太后还是陛下，所有心机都是为大周安宁，百姓安居。你们切莫听信小人谣言，辜负了太后与陛下的一片苦心。"

大雪纷纷，如柳絮鹅毛，伴着一阵寒风吹过，人群中爆出一声大喝："既是这样，为何明明城中有十余万驻军，陛下迟迟不肯派兵增援睿王，以平定南境之乱？"

尹秋瞳孔微缩，视线漫过大雪落在一名玄衣男子身上，这个人……她似乎在睿王身边见过。

十六知道尹秋发现了自己，但他并不在意，继续道："十几万士兵，每日都要耗损大量粮食，从而令金陵城米价激增，我们负担加重，长此以往，只怕有朝一日，我们连口饱饭也吃不着。"

对于老百姓而言，最要紧的莫过于填饱肚子，最近金陵城飙升的米价令他们极是不满，当即附声道："对，米价那么贵，我们都快吃不起了，你不是说陛下爱民如子吗，怎么不管这事？"

旁边一人愤愤道："哪止是米价，油价、布价都贵了许多，都快活不下去了！"

那群人越说越激动，不断涌上前来，与挡在前面的差役起了冲突。而这一次，任魏敬成如何呵斥都压不住局面，无奈之下，只能下令抓人，手无寸铁的百姓哪里是那些虎狼一般衙役的对手，不断有人被抓起或被乱棍打倒在地，之前站出来说话的赵老汉也被打得满身是血，场面混乱不堪。

不过很快局面就逆转，而逆转这一切的不是别人，正是十六。

京兆府差役固然懂些武功，但又怎么能与出身神机营的十六相提并论，差役一个接一个倒在地上，当最后一个也倒地呻吟时，他扶起赵老汉，然后一步步往魏敬成与尹秋走去。

魏敬成没想到十六如此强硬，几十名差役都挡不住他，吓得与尹秋一起连连后退，喝道："大胆狂徒，本官乃是朝廷命官，你……你可别胡来！"

十六根本不理会他，大步来到尹秋面前，他看尹秋的目光仿佛是在看一个死人，令尹秋浑身冰凉，颤声道："你想做什么？"

默然半晌，十六缓缓开口："你应该能猜到我是什么人，回去告诉你家主子，她若敢伤太妃与公主一根汗毛，神机营必与他们母子不死不休！"

尹秋咽了口唾沫，强作镇定道："你真以为神机营很了不起吗？说穿了，不过是睿王手底下的一群狗罢了，还能翻了这大周天下不成？"

十六不怒反笑，露出森白雪亮的牙齿："或许吧，但我们这群狗足以搅得你们鸡犬不宁。若是不信，你们尽可试试，到时候……"他抚过尹秋细细的脖颈，凉声道，"我一定会记得来找你！"

十六离开后，尹秋无力地瘫坐在地上，十指颤抖地抚上冰凉的脖颈，刚才那一瞬间，她几乎以为自己要没命了，神机营的人……真是可怕！

"姑姑，您怎么样了？"魏敬成吃力地搀起尹秋，他自己也被十六吓得够呛。

"我没事，只是……"尹秋望着不远处一个个怒目而视的百姓，长叹道，"麻烦大了。”

果不其然，卫太后知道他们捅出这么大的娄子来，凤颜大怒。尹秋被罚跪三天三夜，魏敬成更惨，被东方洄革去京兆府尹一职，并立即释放被关押的百姓，想要以此平息民怨。但他们并不懂得，真正惹起民怨的是什么，平息的不过是表面那层怨愤罢了，百姓心里那团真正的怒火并没有被熄灭，只需一个引子，就会再次被点燃，而到那时，必当焚尽一切方才能够熄灭。

当冬梅的死讯传到陈太妃耳中时，她彻夜跪在佛前，祈求佛祖保佑枉死的冬梅下辈子投胎去一户好人家，一生平安喜乐。

第五十六章　揭穿

不知是否真有冤魂作祟，自从冬梅一家被杀后，卫太后总是头疼难忍，兼夜夜噩梦，太医对此束手无策，不过短短数日，就仿佛老了十岁。

东方洄见药石无效，情急之下接受怀恩提议，请来白马观的青云道长驱邪，青云道长在宁寿宫看了一圈，又掐指细算之后，朝等得心急如焚的东方洄拱手道：“启禀陛下，贫道已经算过了，确实有恶鬼作祟，以致太后一病不起。”

东方洄精神一振，急急问道：“既是这样，请道长速速收服这些恶鬼，只要母后病愈，朕必重重有赏。”

青云道长为难道：“启禀陛下，这些恶鬼极是难缠，就算是贫道也没有收拾他们的把握。”

一听这话，东方洄顿时急了：“这可如何是好？”

怀恩在一旁安慰道：“陛下您别急，青云道长道法高深，必会有办法化解此事。”

东方洄急切道：“道长，事关母后安危，你可一定要想出办法来。”

“陛下少安勿躁。”这般说了一句，青云道长闭目掐算起来，这一次他算了很久方才睁开眼，神色疲惫道，“陛下，想要强行除去恶鬼，以贫道之力确实办不到，但可以找与太后命格相近之人来代替。”

东方洄迟疑道：“你是说……李代桃僵？”

“陛下英明。”青云道长躬身道，“只要他们以为太后不在了，冤气消尽，贫道再施法引他们入地狱，自然就没事了。”说着，他要来卫太后生辰八字，推算一番后，指着东方道：“与太后命格相近之人就在那里，她的名字里，应该有一个东字，具体是哪一个，要看过八字方才知道。”

“住在那个方向，名字里又有东字……”怀恩喃喃低语，忽地眼皮一跳，望着东方洄道：“陛下，难道是陈太妃？”

“她？”东方洄惊讶不已，在思忖片刻后，他命怀恩去内务府取来记载了宫中历代嫔妃信息的名册，找到陈太妃生辰八字报给青云道长，后者在一阵掐算后，颔首道：“此人与太后命格果然相近，恕贫道直言，若非太后命格更贵重一些，恐怕凤临天下的人就是她。”

东方洄冷哼一声，漠然道：“既然人找到了，就请道长施法吧。”

“好。”青云道长命人取来一杯无根水，又自怀中拿出一张朱砂画就的黄符，在一阵念念有词后，黄符凭空自燃，烧尽后的符灰尽皆落在那杯无根水中，原本清澈透明的水变得浑浊暗沉。做完这一切后，他将水交给怀恩：“将此水拿给那位陈太妃喝下，她与太后的命格就会暂时交换，迷惑那群恶鬼。”

怀恩面有迟疑道：“敢问道长，陈太妃喝下之后，会怎么样？”

青云道长喧了声道号，淡淡道：“自是一命换一命。”

怀恩手一哆嗦，符水险些洒了出来，待得稳住手后，他望向神色阴沉的东方洄：“陛下，这陈太妃要是死了，睿王那边可怎么办？”

东方洄狠狠咬着牙，好半晌方才道：“顾不得这么多了，救母后要紧，速速去将陈太妃带来。”

“是。”怀恩亲自走了一趟静芳斋，将被禁足多日的陈太妃带了过来，还未等她站稳，怀恩已是取过搁在一旁的符水，皮笑肉不笑道，“请太妃喝茶。”

陈太妃瞥了一眼黑乎乎的符水，问道：“这是什么？”

“自然是好东西。”趁着背对东方洄的机会，怀恩朝陈太妃使了个眼色，“太妃请。”

陈太妃转眸看向坐在紫檀蟠龙云纹宝座上的东方洄，淡淡道：“陛下还要害死多少人才肯收手？”

东方洄双手微微一紧，面无表情道：“朕并无害人之心，是他们咎由自取。”

陈太妃叹息，神色悲悯道：“那一条条人命，到了陛下口中，却是如此轻描淡写，如此下去，早晚会招来大祸。”

东方洄连连冷笑，拍一拍雕有蟠龙含珠的扶手，讽刺道：“太妃真以为凭老七的能耐可以颠覆这张宝座吗？”

“孟子有云：得天下有道，得其民，斯得天下矣；得其民有道，得其心，斯得民矣。得其心有道：所欲与之聚之，所恶勿施，尔也。”陈太妃徐徐念出这句话，带着一丝幽远的回忆道，“得民心者得天下，这是先帝在世之时常说的话，陛下应当记得。若有朝一日，陛下的宝座真被颠覆，那个人不是溯儿，而是大周千千万万的百姓。”

东方洄冷冷盯着她，正要言语，重重垂落的锦帘后传来一个沙哑的声音：“妖言惑众！”

宫人掀起锦帘，尹秋扶着面色苍白的卫太后缓步走了出来，即使是在病中，她高高梳起的发髻也是一丝不乱，流露出一种无形的威严。

东方洄快步迎上去，扶卫太后在宝座中坐下，关切地问道：“母后您怎么起身了？”

卫太后掩唇咳了几声，道：“有人在这里满口妖言，迷惑人心，哀家哪里还能睡得着。”说着，她双眼微眯，盯着神色平静的陈太妃道，“一进来就满口胡言，看来冬梅的死，并没有让你长进一些。”

尹秋走到博山炉前，舀了一勺卫太后惯常用的檀香在炉中，轻烟袅袅，宁静怡人的檀香气息很快充斥在大殿中。

陈太妃平视于她，淡淡道：“太后是知道的，臣妾从不说胡言，悬崖勒马，为时未晚。否则就算您侥幸避过这一次，也会有下一次，下下一次，永无休止！”

“冥顽不灵。”卫太后横目于怀恩，不带丝毫感情道，“把符水给她。”只要一想到承帝欲将帝位传给东方溯，她就恨透了陈太妃，若不是为了得到先帝留下的东西以及制约东方溯，她早就将陈太妃千刀万剐了。

“嗻！”怀恩将符水往前递了递，阴恻恻道，“太妃还是自己喝的好，以免老奴粗手粗脚弄疼了您。”

陈太妃望着不断自博山炉孔中飘出来的檀香，声音在寂静空旷的大殿中缓缓响起：“太后就算点尽所有檀香，也掩盖不了你犯下的罪孽。”

下一刻，她接过怀恩递来的符水一饮而尽，仅仅只是片刻，陈太妃便露出痛苦之色，揪着胸口的衣裳缓缓往地上倒去，阳光透过窗纱照在她不时抽搐的身上，透着死亡的气息。

过了一会儿，陈太妃不再抽搐，怀恩走过去探了探鼻息，躬身道：“启禀太后、陛下，已经没气了。”

“无量天尊。”青云道长稽首一礼，“好了，恶鬼怨气已平，只需再做法将它们引入地府就大功告成。恶鬼除去之后，太后只需歇养几日，凤体就可恢复。”

卫太后露出这几日来的第一抹笑容："这次真是辛苦道长了，若非道长，哀家就要被那些恶鬼害死了。皇帝，你可得好好封赏道长。"

青云道长垂首道："太后客气了，驱鬼除祟乃是贫道分内之事，不敢要什么封赏。"

东方洄笑言道："道长立下大功，理该封赏，不必谦虚。"

怀恩俯身在他耳边低声道："陛下，这陈太妃的尸体该如何处置？"

东方洄斜斜睨了他一眼，忽地露出一个意味不明的微笑："依你的意思呢？"

那个笑容令怀恩心中无端一跳，生出一丝不祥的预感，但又说不出来，只得赔笑道："依老奴愚见，陈太妃虽身犯大错，可终是先帝遗妃，不能随便扔去乱葬岗，可先帝的寝陵她又没资格入葬，不如另外寻个坟地将她埋起来。"

东方洄颔首道："嗯，朕也是这个意思，这件事就交给你办吧。"

"老奴遵旨。"怀恩连忙躬身领命，正要唤过小太监将陈太妃的尸体抬下去，卫太后悠悠道："你准备将她葬在哪里？"

怀恩恭敬地答道："回太后的话，老奴知道西城门外有一大片坟地，打算将陈太妃葬在那里。"

卫太后接过参汤抿了一口，神气平和道："嗯，是该出城，否则怎么保陈太妃平安呢。"

这句话犹如一道惊雷，骇得怀恩几乎叫出声来，勉强咽下已经到嘴边的惊叫，赔笑道："太后说笑了，陈太妃已经死了，还要保什么平安。"

卫太后目光锋利如刀，刮过怀恩皱纹重重的脸庞："怀恩，你当真以为哀家与皇帝什么都不知道吗？"

她的话令怀恩腰又弯了几分，整个人躬得像只虾米："老奴不明白太后的意思。"

卫太后森然一笑，一字一句道："先帝真是好手段，竟然布下你这颗棋子，骗过了所有人。"

怀恩一脸惶恐道："太后何出此言？"

东方洄冷然盯着他："事到如今，你还不打算说实话？"

怀恩委屈道："老奴实在是没听明白，还请陛下明示。"说话间，他悄悄往东方洄所在的方向挪了挪脚步。

卫太后目光在他身边逡视半晌，凉声道："先帝这步棋走得确实极妙，谁都想不到，神机营之人，竟然会净身入宫当太监。"顿一顿，她又道，"能够被先帝如此倚重的，想来你在神机营身份颇高，又或者说……是神机营的尊者？”

怀恩迭声叫屈：“老奴冤枉，老奴与神机营根本没有半分关系，究竟是谁在太后面前搬弄是非，胡言乱语。”

在离东方洄只剩下两步之遥时，他突然发难，屈指成爪，往东方洄喉咙抓去，既然身份已经暴露，唯今之计，只有拿东方洄来当人质。

这一抓他拼尽几十年苦修的功力，按理来说应该迅疾如闪电，指爪带风，可事实上，竟然软绵绵的，力道和速度连一个寻常成年人都不如。

怀恩大惊失色，急忙调动内息，哪知不调还好，一调之下胸口剧痛，随着一口鲜血喷出，重重摔倒在地。

青云道长满目惊骇，急忙奔向怀恩：“尊者，您怎么了？”

怀恩抬头盯着冷笑不止的卫太后二人，涩声道：“我们中计了！”

卫太后拂一拂袖，淡然道：“总算知道了，雕虫小技也敢在哀家面前卖弄，自作聪明！”她唇角微弯，勾起一抹新月般的弧度，“你果然就是神机营的尊者，真是踏破铁鞋无觅处，得来全不费功夫。”

东方洄起身走到怀恩身前，居高临下地盯着他：“以你的心思，应该早已猜到朕对你起了疑心，可是你为了救陈太妃，仍然决定铤而走险，在母后每日取用的人参里下毒。怀恩，你可真是忠心！”最后一句话，他说得咬牙切齿，如果目光可以杀人，怀恩这会儿已不知死了多少遍。

怀恩面如死灰，颤声道：“你们果然知道了。”

东方洄冷冷道：“你知道母后每日要饮用参汤，就趁夜潜入宁寿宫，以长针刺入人参顶端，然后灌入药粉，以此让母后产生被恶鬼缠身的幻觉，好让你安排的人入宫，一步步将陈太妃送出宫去。”说着，他拍一拍手，立刻有太医走了进来，行了一礼后，蹲下身探陈太妃颈脉，过了半晌，他起身道：“启禀太后、陛下，陈太妃看似气息全无，脉搏停止，但每隔十息，颈脉就会有微弱的跳动，由此可见她并未真正死去。”

卫太后冷笑道：“让陈太妃代哀家而死，然后光明正大地送出城去，嗯，这个计策倒是不错，可惜棋差一招。”

怀恩勉力坐起身，道：“你既没服药，怎么知道那药会产生幻觉？”只要卫太后病症稍有一丝不对，他就会停止后续的计划，但卫太后表现出来的症状与药效完全吻合，令他误以为计划顺利。

卫太后微微一笑，朝尹秋看了一眼，后者会意地退了出去，过了一会儿带着一个蓬头垢面的女子进来，后者看起来似乎不太正常，一边走一边神色慌乱地挥舞着双手，叫喊道："不要过来，你们都不要过来！"

怀恩认得那名女子，是卫太后身边的亲信宫女，难怪这些天一直没见到，原来是被卫太后当成了试药人，他长叹一声："难怪太后可以装得惟妙惟肖，原来如此，太后这份狠心，老奴学了几十载，还是自愧不如。"

"你这隐忍的功夫，也是令哀家佩服不已。"卫太后淡然道，"当年你投靠哀家，总以为你是想在先帝百年之后寻一个靠山，不曾想竟是先帝故意安插的内应，今日若非哀家早有防备，皇帝这会儿已是伤在你手上。"

"太后岂是今日才有防备的。"怀恩咬牙道，"你究竟做了什么手脚？"

卫太后捧着白瓷盏碗，似笑非笑道："尊者也来过宁寿宫许多次了，不觉得今日这香气与往常有些不同吗？"

怀恩脸色一变，仔细闻着一直萦绕在鼻下的香气，果然与往常的檀香有所不同，只是差别太过微小，之前根本没有注意到："你在香料里动了手脚？"

尹秋笑道："太后神机妙算，料到你不会束手就擒，所以将散息香混入檀香之中，此香对寻常人无碍，可若是懂武功的人闻了，就会内息尽散，武功全失。"

怀恩知道这个香，江湖传闻甚多，但真正见过的人少之又少，不曾想竟被卫太后得到，且用在自己身上，嘲讽道："太后为了对付我一人，还真是煞费苦心。"

"你可是堂堂神机营尊者，哀家当然要费点儿心。"卫太后笑一笑，叹息道，"想你本是一个大好男儿，却因先帝一句话，净身入宫做了太监，从此子息无望，六亲无缘，哀家真是替你可惜。"

"太后不是一向铁石心肠的吗，何时变得这样柔软了？"怀恩不理会卫太后微变的脸色，漠然道，"既是落在了你们手里，随你们怎么处置，只是别妄想从我嘴里问出什么。太后跟随先帝多年，当对神机营有所了解，慎刑司也好，刑部也罢，那些刑罚在我等眼里根本不算什么。"

"哀家知道。"卫太后微笑道，"神机营的人悍不畏死，纵然伤痕遍身，也不会皱一下眉头，所以……"她伸出涂抹着艳红蔻丹的手，指向假死未醒的陈太妃道："哀家打算用她的性命来威胁你。"

怀恩眉头一拧，旋即已是舒展开来，淡然道："不错，我是很想救陈太妃，但她还不足以重要到让我拿整个神机营来换，你们还是省省心吧。"

东方洄一脚踹在他身上，呵斥道："狗奴才，你不要敬酒不吃吃罚酒！"他只要一想到这些年怀恩对自己的欺骗，就恨不得将他身上的肉一片片剐下来。

东方洄这一脚极是用力，又正中怀恩胸骨，当即令他再次呕出一口血来，怀恩却连眉头也没皱一下，神色平静道："陛下还是不要白费力气了。"

"你！"东方洄气得牙根痒痒，抬脚欲踢，被卫太后拦住，垂目半晌，她淡然道："你真以为哀家拿你没办法？只要神机营尊者被抓的消息一传出去，你手下那群人，必会前赴后继赶来营救，同样可以一网打尽，只是到那时候，你也好，陈太妃也罢，一个都不能活。"

"难道我现在招供，就能够活吗？呸！"怀恩往地上啐了一口，厌恶道，"连冬梅都懂得的道理，我岂会不懂。赶尽杀绝从来都是你们排除异己的办法。"

"还有，你说神机营的人会赶来营救，那只能说你根本不懂得神机营的规矩，不论是谁被抓，除……非有十足把握，否则不得营救，所以你们还是死了这条心吧！"在说"除非"二字时，怀恩声音有极其细微的停顿。

东方洄早就憋了一肚子气，这会儿再被他如此奚落，哪里忍得住，恨声道："母后不必与他废话，就按您的意思去安排，朕就不相信'尊者'的名字会引不来神机营的人。"

卫太后凝神片刻，忽地笑了起来："哀家懂了，不是除非有十足把握，而是除执掌神机营的人被抓以外。"

怀恩骇然色变，他已经极力掩盖那个意思，竟然还是被卫太后发现了，这个女人实在厉害，难怪先帝也不敢与她硬碰硬。

"东方溯——他才是消灭神机营的关键，多谢尊者告之。"卫太后语气温慈感激，仿佛是真心道谢。

怀恩面如死灰，强撑着道："就算让你知道了又如何，七王乃是真命天子，岂是你们这些奸诈小人所能加害的。"

"真命天子……"卫太后对着照入殿内的夏光比一比指甲，赤金护甲闪耀着清冷的金光，徐徐道，"大周的真命天子只有一个，那就是皇帝。其他的，都是乱臣贼子，人人得而诛之！"

怀恩抹去唇角的鲜血，冷声道："时移世易，这天下早已不是太后一人能够说了算的。"

卫太后唇角微微勾起一缕幽冷淡漠的笑意："你当真以为凭那十几万士兵就可以颠覆大周吗？不自量力！"

东方洄冷笑道："东方溯倚仗的三才阵已经被齐国阵法师破解，多日以来一直损兵折将，节节败退。别说颠覆大周，能否活着回来都是未知之数。"

卫太后垂目望着怀恩："你放心，哀家会留着你的性命，让你亲眼看着哀家毁了东方溯与神机营！"

"好，老奴就睁大眼睛看先帝与太后最后一次交锋，看太后您——"怀恩一字一顿道，"怎么败！"

卫太后眸光一寒，终是压下了怒意，冷声道："尹秋，将他们二人还有陈太妃一并押去静芳斋，每隔三日，你去静芳斋点一次散息香。"

在他们离开后，东方洄沉声道："母后，怀恩被抓的消息可还要放出去？"

卫太后思忖片刻，摇头道："不必了，这件事的关键在东方溯身上，等他败了之后，咱们再行动手。"

"好。"东方洄垂目应着，神色阴郁。

卫太后拉了他一并坐下，道："怎么，心里还不痛快？"

"母后觉得儿子该痛快吗？"东方洄讽刺道，"他表面对儿子倚重信任，实际百般提防，还安排了怀恩这么一枚可怕的棋子，看他刚才出手的狠厉架势，这几年怕是没少起杀心。"自从知道承帝将神机营传给东方溯之后，他就再也不肯唤一声父皇。

卫太后望着窗外晴朗明媚的阳光，淡然道："怀恩不是没得手吗？"

东方洄眸光阴冷道："那是因为母后未雨绸缪，一早请来高手寸步不离地跟着儿子，令他没机会下手。"

卫太后微微一笑："这不就是了，只要咱们小心谨慎，仔细提防，就算他们花招再多，也害不了咱们。"

东方洄面色稍缓，随即又有所担心道："万一他真的留下遗诏，那该如何是好？"

卫太后不甚在意地笑一笑："要是这会儿先帝死而复生，哀家还真有些担心。可是遗诏……不过是一张纸罢了，哀家说它是假的，它就一定是假的，成不了真。"

东方洄徐徐出了口气："儿子懂了，多谢母后。"

怀恩被抓，慕千雪与东方泽被困，可以说东方溯在京城的后援已经没有了。接下来，东方洄要做的，就是等南境那边传来战败的消息。

纵观历史，恐怕他是第一个希望自己一方战败的皇帝了，十几万将士的损失虽然有些可惜，但与帝位比起来，不足一哂。

但南境传来的结果却令东方洄大为意外，已经被逼到绝境随时会崩溃的北周大军，竟然绝地反击，逼退了数倍于他们的齐楚联军。

据送回来的奏报，东方溯不知从何处得到一个比三才阵更加精妙且攻守兼备的阵法，齐楚联军就是败在这个阵法上。据东方溯所言，此阵名为“天覆阵”，至于阵法从何而来，无从得知。

有了天覆阵襄助，东方溯不仅止住败势，更力挽大局，逼得齐楚联军节节后退，并且损失严重。

在又一次收到南境告捷的奏报时，东方洄止不住心头恨意，将奏报狠狠摔在地上，面色铁青地咬牙道：“这个天覆阵不必问，一定是出自慕千雪之手，这个贱人，朕当时就不该让她留在老七身边。”

绿衣拾起散乱的奏折，轻声道：“睿王眼下只是暂时稳住战局，想要彻底取胜，并不容易。”

东方洄冷哼道：“三日之内，他就已经逼退齐楚联军百余里，取胜不过是早晚的事。”顿一顿，他眸色阴寒道，“不行，朕绝不能让他得胜归来。”

若让东方溯以十余万大军大败齐楚四十万联军，军功之盛，难以想象，且民心也会倾向东方溯那一边，这是他绝对不能允许的。

“查清楚老七身边有多少神机营的人了吗？”东方洄问道。

绿衣恭声道：“回陛下的话，就目前所知来看，睿王身边至少有三十余名神机营的人，实际人数，应该还要再多一些。”

“他这条命还真是矜贵得很，怀恩……”东方洄冷笑着自齿缝中挤出两个字来，“很好！”

绿衣迟疑道：“陛下，恕奴婢直言，以我们现在的人手，恐怕很难同时对付那么多神机营的人。”

“朕知道。”东方洄回到宝座中坐下，凉声道，“绿衣，可知两军交战，最要紧的是什么？”

绿衣低头思忖片刻，抬眼道：“是粮草。”话音未落，她眼皮猛然一跳，脱口道，“陛下想断睿王粮草？”

东方洄也不回答，只淡淡道：“不好吗？”

绿衣犹豫片刻，斟酌着语句道：“断绝粮草固然可以令睿王无以为继，但朝中众臣恐怕不会答应，毕竟睿王与那十几万士兵都是大周之人。”

东方洄微微一笑：“朕知道，所以这粮草不能明着断绝。”停顿片刻，他道，“前两日，南境送来要求增加粮草的奏报，朕已经让户部在准备了，应该明后日就能够准备齐全，到时候会由一支千人队伍押送至南境。朕会提前将路线图给你，到时候，你带人伏击，截下这批粮草。这粮草中途被劫，可怪不到朕身上来。”

绿衣露出一抹笑容，敛袖下拜："陛下英明，奴婢这就去准备。"

"记着，这件事一定要做得万无一失，截到粮草后，立即找一个隐蔽的地方藏起来，不要被人发现了。"

"是。"绿衣再次行了一礼，垂首退出了承德殿。

四日后，押送粮草的队伍在经过一处峡谷时，被埋伏在那里的蒙面盗匪袭击，死伤倒是不多，但粮草全部被截，半点儿也没有剩下。

没有了粮草，这支队伍只能回京领罪，出了这么大的事情，自是朝野震惊，东方洄一边装模作样地令刑部追查此案，一边命令户部尚书李鸿重新准备粮草运去南境。

之前那次运送的几乎是户部全部余粮，重新调集至少要一个余月的时间，也就是说，在这一个月里，南境那边的粮草算是彻底断了。

粮草虽断，南境大军却没有出现军心不稳的情况，在明知粮草将尽的情况下，十几万士兵无一逃走，无一怨言，依旧唯东方溯之命是从。

自出征以来，每一次与齐楚联军交战，东方溯都身先士卒，与他们并肩作战，从来没有弃他们而去的事情。两个多月下来，东方溯在士兵心目中积下了很高的威望。十余万士兵，皆愿与他同进共退。

事实上，东方溯并没有就此坐以待毙，一边宰杀前阵子俘虏的战马供士兵充饥，一边亲自带人四处筹粮。

东方溯知道这一战的关键，他何尝不知，此战一定要赢！

齐楚联军发现北周军队粮草短缺之后，知道这是一举击败北周的大好时机，当即发起猛烈的攻击，被北周军队用天覆阵挡了下来。

作为《风后八阵兵法图》的主阵之一，天覆阵精妙无比，齐楚两国的阵法师日夜拆解，始终无法破解半分。

悍不畏死的士气与天覆阵，助他们一次又一次挡下齐楚联军的疯狂攻击，而东方溯那边，也终于在南境一个大户人家那里筹到了一些粮食，虽然不多，但无疑让他们看到了希望。

有了第一个，就会有第二个，第三个……

没有一个百姓会希望自己国家的军队战败，国破家亡。在了解东方溯的难处后，纷纷送粮过来，有一些自家粮食不多的，也都尽量匀出来一些给他们，希望为南境之战出一份绵薄之力。

还有一些富户，除了捐赠自家粮仓多年存粮之外，还花钱去外地收购粮食，以最快的速度运过来。

在众多南境百姓的襄助下，粮草之困得以暂解。与此同时，神机营众人趁夜偷袭齐楚联军后方，在付出数条性命的代价后，烧了他们的粮仓，令他们也陷入断粮的困境。

虽然齐国国内存粮丰富，但他们战线拉得太长，一时之间补给难以接上。东方溯抓住他们军心不稳的机会，全力进攻，在将近半个月的交战后，终于大败齐楚联军，杀敌近万，俘虏多达七万，余者逃入齐国境内。

整整四个月的浴血厮杀，终于还南境百姓一个安宁，东方溯也因这一战成名，成为南境乃至整个大周百姓争相称颂的战神！

第五十七章　此生只助一人

当大周得胜的消息传回金陵时，东方洄气得几乎要呕出血来，他断了增援甚至断了粮草，东方溯竟然还是赢了，且赢得如此漂亮。金陵城乃至这昭明宫，但凡有人的地方，都在讨论这场近乎神迹的战役，所有功劳都让东方溯一个人给占尽了，可恨！可恨！！

卫太后踏进承德殿时，地上满是被砸碎的瓷片，一众宫人惶恐地跪在旁边，战栗不止，绿衣也是垂着头，不敢言语。

卫太后稳稳踏过那些碎瓷片，在椅中坐下，淡然道："皇帝何以发这么大的火？"

东方洄忍着心中还未平息的怒气，咬牙道："母后有所不知，那个贱种赢了南境之战，这会儿已是在班师回朝的路上！"

"哀家知道。"卫太后的回答令东方洄一怔，不解道，"母后既是知道，为何……"

"为何还能这样平静是吗？"卫太后接过宫人递来的茶，淡然道，"这一战的结果确实出乎哀家意料之外，但也算不得太坏。"

东方洄冷笑道："母后可知现在外面的人叫他什么，叫他战神，呵，战神，凭他也配！"

卫太后微微一笑，用茶盖徐徐拨去浮在茶汤上的沫子，轻啜了一口道："亲王也好，战神也罢，他仍然是你的臣子，岂不闻——君要臣死，臣不得不死。"

东方洄眸光蓦地一跳，若有所思道："以他现在的声望，恐怕……"

"声望从来不算什么，真正麻烦的是他手里的兵权，所以他一回京，皇帝就要立刻收回他手里的兵权，他若不肯……”尹秋在一旁徐徐打着扇子，拂动卫太后耳下的翡翠坠子，“陈太妃那些人，可不就是为这个准备的吗？”

在她的言语下，东方洄渐渐平静下来，迟疑道：“儿子只担心，他知道兵权是自己的护身符，宁可坐视陈太妃等人死去，也不愿交出。”

“他若有这样狠的心肠，早已成大事，哪里会等到现在。”卫太后拍一拍东方洄冰凉的手背，“所以皇帝尽管放心。”

东方洄深吸一口气，沉声道：“希望一切如母后所言。”

卫太后笑一笑，转而道：“除了陈太妃与怀恩，慕千雪以及赵平清这两颗闲置许久的棋子也该动一动了。”

一听这话，东方洄当即拧了长眉道：“赵平清还好说，慕千雪却是一直躲在老九府里不曾外出，除非硬闯，否则……”

“哎。”卫太后摇头道，“皇帝向来以孝道为先，穆王府有先帝亲笔题字，若硬闯，岂非不敬先帝，万万不可。”

东方洄被她说得一头雾水，一边说要动慕千雪，一边又不许他硬闯穆王府，这……这岂不是自相矛盾?

绿衣眉目一动，试探道：“太后，可是要请供奉出手？”虽然这两年琉璃坊折损了不少人手，但底蕴还在，要动起真格来，围攻一个穆王府不在话下。

“不必如此麻烦。”卫太后扬一扬袖，腕间一枚金镶碧玺手镯灿烂夺目，“璇玑能将老七推到今日这一步，可见聪明绝顶，她应该最清楚兵权对老七意味着什么，所以，她一定会想尽办法保老七兵权在手。”

东方洄嗤笑道：“自身都难保，还怎么保那个贱种的兵权，可笑至极！”

卫太后一正颜色，徐徐道：“是吗？为何哀家觉得一点儿都不好笑。”

她的话令东方洄大为愕然，抬眼道：“母后何出此言？”

夏光透过窗纸照在卫太后那袭蜀锦刺金绣鸾鸟长衣上，光华烁烁，乌金流转，衬得她越发高高在上。

“皇帝尽管已经知道璇玑之能，却还是低估了她，若是再给此女两年时间，承德殿这个位置，恐怕真要易主了。”

东方洄有些尴尬道：“儿子并没有小觑她的意思，但说到底，她只是一介弱质女流，无权无势，如何能够左右兵权。”

卫太后挪一挪被晒得有些发烫的手，凉声道：“凭她一人，自是不行，但老九呢？老三与老五呢？皇帝把他们几个都给忘了？”

东方洄这次终于听出了她的言下之意，长眸微眯，疑声道：“母后是说，璇玑会去找这些人？”

卫太后没有回答，只是徐声道：“那么多亲王郡王联合在一起，要保老七兵权，皇帝该当如何？”

东方洄默然不语，他虽贵为天子，权倾天下，但并不见得可以为所欲为，若老九他们真的联合上奏，要保东方溯兵权，事情会变得很棘手。

“哀家想了很久，这是当下唯一可以保住老七兵权的法子，所以璇玑，一定会去做这件事。”

东方洄冷笑连连：“老九也就算了，她凭什么以为老三老五几个会因为她的几句话，就倒戈相向，帮着老七与朕为敌？简直是异想天开。”

卫太后微微一笑：“是否异想天开不要紧，要紧的是她会离开穆王府，这就足够了。”

绿衣犹豫道：“太后说她聪明过人，奴婢担心她会猜到咱们的计划，从而躲在穆王府不出来。”

“只要她不想老七死，就算明知前路危险，也一定会踏出穆王府，毕竟老九担不起这么大的事。”卫太后笃定微笑，停顿片刻，她对绿衣道，“从今日起，派人日夜监视穆王府，只要璇玑一踏出府门，就立刻将她擒住带回，不得有误。”

“奴婢谨遵太后懿旨！”绿衣下去后，卫太后正一正髻上凤钗，幽幽道：“虽说东方溯拒不交出兵权的可能性微乎其微，但还是要做好准备，以防万一。”

“儿子明白，如今城内外共有士兵将近三十万，到时候以城墙为据守之处，足以应对。”

卫太后颔首道：“他们粮草不足，在攻城战中最是吃亏，拖上十天半月，不战也败。”

当夜，一顶小轿自穆王府后门悄然抬出，琉璃坊的人暗中尾随，在离穆王府一段路后，现身拦截，吓得那些轿夫四散而逃，他们也未去追，毕竟上头指名要的是轿里那个人。

当轿帘被掀开时，所有人都傻了眼，里面空空如也，哪里有慕千雪的影子，其中一人反应最快：“不好，中了他们调虎离山之计！”

想再抓那几名轿夫来问，已是来不及，只能匆匆赶回穆王府，继续藏身暗中监视，既然穆王府的人如此大费周章将他们调离，那么慕千雪一定是趁此机会离开了穆王府，有去必有回，只要她一回来，就立刻动手抓捕。

他们猜测得没错，慕千雪确是离开了穆王府，而她第一个去的地方，正是信王过世之后诸王之中势力最大的荣王府。

管家奉上茶，朝等在正堂的东方泽二人躬身道："请九王与璇玑公主稍候，王爷他很快就来。"

"知道了。"打发管家离去后，东方泽侧了身子，朝坐在旁边的慕千雪道，"公主你当真有把握说服三哥？"

慕千雪抿了一口茶，微笑道："九王不信我？"

"当然不是，只是……"东方泽扫了一眼站在门口的下人，压低了声音道，"咱们现在可是要劝他与皇兄作对，随时会招来杀身之祸，三哥虽然傻了些，可也不是半点儿脑子都没有，他能答应吗？"

夏月掩唇轻笑，打趣道："荣王要是听到九王您这番话，怕是立刻就得轰人。"

东方泽不以为然道："本来就是，否则哪会处处争着出头，也不怕招人记恨。"

夏月正要说话，穿着赤色绛金长袍的荣王大步走了进来，今夜的风很大，吹起他的袍角猎猎飞舞。

东方泽带着一抹挑不出错来的完美笑容迎上去，拱手行礼："深夜叨扰，还请三哥勿要见怪。"

荣王热情答道："老九肯来叨扰，我这个做三哥的高兴还来不及，又怎会见怪。"他的容貌像其生母更多一些，宽脸阔口，与遗传承帝五官的东方泽几人不太相像。

在扶起东方泽后，他望向屈膝行礼的慕千雪，神色古怪道："不过我还真没想到，你会带她过来，你就不怕让禁军看见？"

他听到管家来报的时候，着实吓了一跳，东方洄为了抓捕慕千雪动用禁军围困穆王府的事情，可是在金陵城里传得沸沸扬扬，要不是有那块牌匾挡着，早就已经冲进去抓人了。

"三哥不必担心，我们既然站在这里，自然有办法避过禁军。"别看东方泽这会儿说得轻松，为了调开禁军与琉璃坊的人，可没少费功夫。

"也是。"荣王点点头，一掀锦袍在椅中坐下，端起茶润一润嗓子，似笑非笑道，"老九你可一向都是无事不登三宝殿的主儿，更何况还把璇玑公主带来了，说吧，什么事？"

"真是什么事情都瞒不过三哥，确有一些小事要请三哥帮忙。"说是小事，东方泽却打住了话头，目光看似不经意地扫过那几个跟随荣王一道进来的下人。

荣王眸光一跳，扬声道："你们几个都下去吧，没本王的吩咐，谁也不许进来。"

待正堂只剩下他们几人后，荣王开口道："好了，现在这里没外人，老九你说吧，只要是三哥帮得上忙的，一定帮。"

"那就先谢过三哥了。"东方泽笑着施一礼，旋即道，"七哥得胜归来一事，三哥想必是听说了。"

荣王笑道："当然，这次老七立下不世战功，皇兄定会重赏于他，说不定他会是咱们这群兄弟当中，第一个得到世袭罔替殊荣的人。"

所谓世袭罔替，就是指爵位不论传承多少代，都不会变化，只要大周存在一天，东方溯的子孙就是一品亲王，永不降爵，除非没有子孙承继。

东方泽笑道："三哥，我是诚心来与你商量事情的，你说这么虚伪的话，有意思吗？"

被他当面这么一刺，荣王面色顿时冷了下来："我说的都是实话，何来虚伪二字？"

东方泽拂一拂袖上的微尘，凉声道："是虚是实，三哥你心里最清楚不过，七哥是立下了不世战功，可在金陵城等待他的，却是刀光剑影，甚至……杀身之祸。"

荣王脸色一沉，不自在道："简直就是一派胡言，若你来此就是为了说这些，恕我不奉陪。"说罢，他起身欲走，一直没怎么说过话的慕千雪唤道："请王爷留步！"

荣王收住起势，漠然道："还有什么事？"

"明人面前不说暗话，九王刚才那话虽说直接了一些，却没有错，七王在南境确实立下了赫赫战功，可这战功，于他而言，却如催命符一般。如今金陵城里，所有与七王有关的人，几乎都被陛下控制，连陈太妃也不例外。"此时，她还不知道怀恩的事情。

荣王默然片刻，道："就算真是这样，与我又有何关系？"

"以现在的形势来看，七王一踏进京郊，陛下就会要求他卸下兵权，一旦交出兵权，七王必死无疑。七王与您虽非一母所生，却也是同胞兄弟，千雪希望荣王您可以替七王作保，让他保留兵权。"

"保留兵权？"这句话落在荣王耳中，简直是一个天大的笑话，呵呵笑了几声后，讽刺道，"想是公主自幼养尊处优，不知这前朝兵权之事，方才说出如此荒诞不经的话来。"顿一顿，他挥手道："看在老九的份儿上，刚才那话，我就当没听到了，你们走吧。”

慕千雪容色平静道：“齐国虽然退兵，南境恢复安宁，但其狼子野心昭然若揭，西楚、东凌也是虎视眈眈，诸国包围下的大周，并不安宁。七王此次出征，与将士出生入死，深得军心，若由他继续执掌这十几万大军，必然能震慑诸国，让他们不敢轻举妄动，对大周有百利而无一害。”

荣王轻哼一声：“你这话该对陛下去说，他才是能够决定老七是否继续执掌兵权的那个人，与我说那么多做甚？”

“七王已成陛下眼中钉肉中刺，他又怎么会允许七王继续执掌兵权，只有依靠王爷您。”

荣王盯了她片刻，冷声道：“公主找错人了，本王可没那么大的能耐，至于老七……祸是他闯出来的，这后果自然得由他自己承担。”正如东方泽所言，他虽狂妄自大，不甘臣服于东方洄之下，却不是半点儿脑子都没有，在这种情况下帮着东方溯与东方洄作对，简直是不知道死字怎么写。

要说同胞兄弟，他与东方溯可没有什么感情，甚至一直看这个冷面冷口的七弟不顺眼。

天家之中，为皇位尔虞我诈，拼个你死我活的事情多了去了；手足情深，守望相助的则是少之又少。

见他想都不想就直接推了这件事，东方泽心中恼怒：“怎么说也是兄弟一场，三哥就当真一点儿情分都不念？”

荣王并未因他的话有所内疚，淡然道：“不是我不肯念，而是无能为力。”

“你……”东方泽正要发作，手腕微微一紧，却是慕千雪，正朝他微微摇头。

除了东方溯之外，东方泽最信服的人就是慕千雪，咬一咬牙强行咽下嘴边的话，坐回椅中生着闷气。

稳住东方泽后，慕千雪轻声道：“王爷可还记得信王是怎么死的？”

荣王不解她突然问这话的意思，狐疑道：“当然记得，是溺水而亡。”

“不错。”慕千雪按住宽广的云袖，徐徐道，“可是七王告诉千雪，信王精通水性，曾一个人游过江河，这样一个人，怎么会因为跌落河中就溺水身亡？”

荣王目光一颤，别过头道：“是吗？我怎么不知道，或许是老七记错了。”

慕千雪轻叹一声，暗红烛光倒映在她幽深的眼眸中，跳跃不定：“信王的死不是意外，而是有人不想他继续活着，现在这个人同样不想七王活着，但……七王死了，一切就都结束了吗？”

荣王的脸色越发苍白，慕千雪继续道：“不是，在那个人眼里，任何一个有可能威胁到帝位的人都应该死，信王如是，七王如是，荣王您……亦如是！”

在她说到最后三个字时，荣王后颈一凉，仿佛有什么东西抵在那里一样，骇得他慌忙往后颈摸去，确认那里并没有什么东西后，方才松了一口气，见慕千雪等人看着自己，连忙借咳嗽掩饰着尴尬，道：“大胆女子，你休要在这里妖言惑众，诋毁陛下。”

“王爷不妨再仔细想一想，信王的子嗣妻妾至今还有几个活着？自尽的，病死的，意外而死的。短短一年多，几乎全部死尽，究竟是天不容信王一脉还是陛下……”

荣王听得浑身冰凉，忍不住打断道：“够了，别再说了。”

“千雪可以不说，但陛下的杀戮不会停止，王爷真想看到这好好的王府变成人间炼狱吗？”

荣王张口，却没有声音发出，许久，他颓然跌坐在椅中，眼里充斥着迷茫的挣扎。

“事到如今，王爷想要独善其身已是不可能的了，想要保住性命，保住这荣王府，只有一条路可以走，那就是联手对抗陛下。”

荣王怔怔地看着她，下一刻，苦笑出现在他唇边：“你以为凭老七手里那十几二十万士兵就可以与他对抗了吗，简直是天真。大周拥兵百万，除去那些，陛下手里差不多还有七八十万，老七根本不是对手。”

憋了半天的东方泽冷哼道：“齐楚联军近四十万兵力，结果还不是被打得落荒而逃。七八十万又怎样，我就不相信打不赢！”他虽是皇子，骨子里却有着一股狠劲。

荣王连连摇头：“总之……”

“调兵需要时间，依我估算，陛下这会儿手里至多只有三十万军队，以七王的兵力，再加上天覆阵，胜算至少有六成。”

荣王嗤声道：“你别以为我不懂阵法，天覆阵是不错，但前提是两军正面交锋，现在是攻城战，根本一点儿用也没有。”

慕千雪微一欠身，垂声道：“王爷说得不错，天覆阵确实在攻城战中发挥不了作用，但……”她扬起眼眸，浅笑盈盈道，“谁告诉王爷，我只懂得一个天覆阵？”

荣王一怔，旋即如看怪物一般盯着慕千雪，结结巴巴道：“你……你说你什么，天覆阵？这不对！”

极度的震惊令荣王语无伦次。他虽不曾上战场，天覆阵之名却是如雷贯耳，可以说，东方溯能够逆转战局，反败为胜，天覆阵至少占了七成功劳。

现在，眼前这个娇娇弱弱，仿佛风一吹就能倒的女子居然说，在战场上大逞凶威的天覆阵是她所创，这……这怎么可能？

夏月仿佛看穿了他的心思，扬起小巧圆润的下巴，得意道："有什么不可能的，三才阵，天覆阵皆出自我家公主之手。"

虽然夏月说得信誓旦旦，荣王仍是一脸怀疑地盯着慕千雪："此话当真？"

慕千雪笑一笑，轻声念道："天阵十六，外方内圆，四为风扬，其形象天，为阵之主，为兵之先。善用三军，期形不偏。此为天覆阵之阵意。"

"竟然……真的是你。"荣王喃喃念出这句话，头脑依旧有些发晕，他一直以为慕千雪只是以美色著称罢了，不曾想竟然还是一位阵法大家。

"攻城虽不同于两军正面交锋，但还是有阵法可依，凭借阵法，七日之内，定可攻下金陵城！"

"七日？"荣王两眼大睁，像看怪物一样看着慕千雪，"你可知金陵城城墙厚多少高多少？昔年先祖在位时，东凌曾兵临金陵城下，围攻了整整一个月，硬是没打下来。你现在说七日攻下金陵城，简直是痴人说梦。"

慕千雪淡然道："齐楚两军会合，七王被断增援及后来粮草被截之时，王爷可有想过七王会赢？"

荣王被她问得哑口无言，好一会儿方才挤出一句来："既有这样的能耐与把握，你们还来找我做什么？"

"虽然可以攻破金陵城，却要付出极大的代价，随之而来的还有金陵大乱，生灵涂炭，百姓家破人亡。这不是七王所愿见到的，所以我来找王爷，希望王爷可以助七王共成大业！"

荣王眼皮狂跳不止，指着慕千雪等人的手指颤抖如秋风中簌簌而下的落叶："你们……你们好大的胆子！"

东方泽拨弄着拇指上的白玉扳指，头也不抬道："有什么好惊讶的，难道三哥你没想过？"

荣王被他一言戳中心底最深的秘密，顿时神色大慌，颤声道："你不要胡说，我怎么会……"

"好了！"东方泽打断他那不利索的言语，"都已经说到这个份儿上了，何必再遮遮掩掩呢，摆在咱们面前的就两条路，站在皇兄一边等死，或者助七哥成就大业。七哥那个性子你我都知道，外冷内热，重情重义，可比皇兄仁厚多了，他若登基，是断然不会亏待你我的。”说着，他眼珠微微一转，又道，“不妨再告诉三哥一件事，在来这里之前，我与公主去见过五哥，他可比三哥你果断多了，也更懂得‘审时度势’这四个字。”

荣王神色一震，脱口道：“你说老五答应了？”

慕千雪朝东方泽投去赞赏的目光，在这个时候说出这样一句谎话，分量可想而知。

“当然，五哥一直是咱们几个里面最聪明的。”东方泽面不改色地继续着他的谎言。

荣王面色变幻不定，这个选择关乎身家性命，实在不敢不慎重。

见他迟迟不说话，东方洄朝慕千雪使了个眼色，故意道：“公主，既然三哥不乐意，咱们就别勉强他了，去六哥那里吧。”

夏月也瞧见了他使来的眼色，憋着笑道：“奴婢听说六王与九王的关系一向不错，您开口，六王他一定会同意。”

“可不是嘛，还有八哥老十他们，这人啊，有着呢，多一个不多，少一个不少。”

听着他们两个在那里一唱一和，慕千雪心中好笑，暗自摇一摇头，起身道：“既是这样，那我们走吧。”

荣王全然没想到这是他们的计策，以为真的要走，赶紧道：“公主且慢，我……我这不是正在考虑嘛，且容我再想一想。”

在一番激烈的天人交战后，他狠一狠心再狠一狠心，面目近乎狰狞道：“好！这件事我应下了！”

慕千雪压下心中的欢喜，浅施一礼，微笑道：“王爷必不会后悔今日的决定。”

“希望如此。”荣王一脸苦笑，他这心里头除了忐忑之外，还有几分无奈。论资排辈，东方洄退位后，怎么着也该是他坐承德殿的位置，现在却被出身位序都在他后面的东方溯抢了去，实在是不甘心，可谁让东方溯手里有兵，又有东方泽以及神秘莫测的慕千雪支持，他就算再不甘，也无可奈何。

离开荣王府时，已是时近三更，更是淅淅沥沥下起雨来，东方泽撑开伞替慕千雪挡住纷落的雨珠：“天色太晚，不如我们明夜再去五哥他们的府邸吧。”

慕千雪接了一些冰凉的雨水在手中：“九王以为，明夜我们还有机会出来吗？”

东方泽以为她是担心守在府外的那些人，随口道：“明夜我们再换个法子引开禁军与琉璃坊的那些人就是了，公主不必担心。”

“周帝是不会给我们这个机会的，一旦我出现在穆王府附近，他们必会不顾一切地抓捕，而九王你……是不能阻拦的。”

他咬一咬牙道：“我在城里还有几处宅子，不如去那里暂且避一避，只要七哥回来就没事了。”

慕千雪淡淡一笑，望着漫漫雨线：“以周帝与卫太后的心思，怎会想不到这一点，自我踏出穆王府的那一刻起，金陵城中就已经没了我的容身之地。”

听得这话，东方泽大急：“公主既然知道，为何不早一些告诉我，也好另做打算。”

慕千雪摇头，唇角漫上一缕悲凉的笑容：“没有什么可打算的，摆在咱们面前的，就只有这一条路。”

东方泽执伞的手一颤：“可……公主你怎么办？”

“九王不必担心，在睿王回来之前，他们绝不会杀我。”她仰首望着那一根根劈竹制成的坚韧伞骨，这伞可以遮风挡雨，却挡不住杀机重重。

“可是……”不等东方泽说下去，她打断道：“好了，咱们去见安王吧，别浪费了这一夜时间。”

东方泽无奈地点点头，陪着她往安王府行去，有了荣王这个先例在，后面的劝说要顺坦许多，在天边露出第一缕曙光的时候，他们已经说服了包括荣王在内的三位亲王，两位郡王，都答应到时候力保东方溯不卸兵权。

在他们离开又一座王府时，与得到消息前来抓捕慕千雪的李统领迎面相遇，李统领眼眸微眯，盯着东方泽阴声道：“九王不是口口声声说不知道璇玑公主在哪里吗，怎么这会儿却与她在一起？”

东方泽面无表情道：“听李统领这意思，是说本王撒谎吗？”

李统领皮笑肉不笑道：“卑职岂敢，只是待会儿回宫复命，陛下问起，卑职不知该怎么回答，所以斗胆一问，还请九王见谅。”

东方泽盯着他半晌，忽地扬唇一笑：“李统领真是越来越会说话了，难怪皇兄如此倚重于你。”

“九王过奖。”李统领拱手，双目却一直盯着东方泽，显然是在等他回答。

东方泽算是知他的意思，淡然道：“本王过来拜会肃王叔，哪知出来的时候，碰巧遇上璇玑公主，本王想着她是皇兄要的人，就想着带去昭明宫交给皇兄，既然李统领来了，那就交给你了，省得本王来回奔波。”

“原来如此。”李统领虚虚笑着，他当然知道东方泽满口谎言，但无凭无据，知道也没办法。

“话说回来，李统领怎么也在这里？”

李统领随口道：“卑职收到消息，说璇玑公主在此出现，故而带人来看看，还真是没错，拖了这么多日，总算可以向陛下交差了。”说着，他对身边的禁军道，“去，把人带过来。”

看到禁军粗鲁地将慕千雪二人拉过去，东方泽淡漠的表情下是身后拼命攥住的双手，他怕自己稍一松开，就会忍不住上前夺人！

七哥离开之前，一再叮嘱他要照顾好慕千雪，现在却要眼睁睁看着她被东方洄的人带走，最后平安尚好，否则他真是没脸再见七哥了！

见东方泽没有异动，李统领缓缓松开握在刀柄上的手，拱手道：“卑职告辞！”

在他们离开后，东方泽也一脸阴沉地往穆王府行去，与其在这里懊恼浪费时间，倒不如回去好好筹谋，看怎么把人救出来。

李统领将慕千雪与夏月一路押到禁军营中，交由一队禁军看守，过了一会儿，他重新走进来，对慕千雪道：“陛下要见你，走吧。”

一听这话，夏月当即道：“我也去！”

李统领盯着她，三角眼中透着一丝凶厉：“这里哪有你个丫头片子说话的份儿，一边待着去。”

夏月虽有些害怕，但还是坚持道：“公主去哪里，我就去哪里。”

李统领翻一翻眼，冷笑道：“还挺有胆色的嘛，可惜啊，这里可没人保你，再敢多嘴，让你尝尝皮鞭加身的滋味。”慕千雪是东方洄指名要的人，他不敢动，但对着夏月可没那么多顾虑。

慕千雪拍一拍夏月紧紧攥着她袖子的手，安慰道：“只是去见一见陛下罢了，很快就能回来，没事的。”

“可是……”夏月瞅了面色阴沉的李统领一眼，不便说下去，只能拼命摇头。

慕千雪知道她的心思，捏一捏她圆圆的腮帮子，温言道：“当年西楚那么凶险，我不也平平安安地闯出来了吗，放心吧。”说完这句话，她缓慢却坚定地拂开夏月的手，向李统领走去，“我们走吧。”

夏月也知自己阻止不了这件事，只能忐忑不安地目送她离去，不断在心里祈祷慕千雪平安归来。

李统领在御书房门口停下脚步，道：“陛下就在里面，进去吧。”

慕千雪点点头，推开厚重的殿门走了进去，绣鞋跨过门槛时，日光自身后照进来，光影流转之间，有一种沧海桑田的错觉。

东方洄听到脚步声，自奏折堆砌的御案中抬起头来，待得看清是慕千雪后，笑容如天光散落，让人眼前为之一亮："你来了？"

慕千雪淡淡一笑，屈膝道："是，如陛下所愿。"

"如朕所愿……"东方洄细细咀嚼着这句话，下一刻已是哂然轻笑，"多日不见，公主还好吗？"他的声音温和清越，仿佛只是在与久未相见的好友叙旧。

"承陛下记挂，千雪很好。"慕千雪目光微微一转，心中升起几丝疑虑，奇怪，怎么不见怀恩，他不是从来不离东方洄左右的吗？难道……

东方洄长眉微挑，起身走到她身前，似笑非笑道："公主可是在找怀恩？"

慕千雪心中一惊，她已经尽量做得不露痕迹了，不曾想还是被东方洄发现，她不动声色道："千雪不明白陛下之意。"

东方洄淡淡一笑："公主冰雪聪明，又岂会不明白。"说着，他摇头叹息，"朕自问对怀恩对老七老九他们一直不薄，不曾想他们竟然狼子野心，这会儿更联起手来对付朕，想要夺朕的帝位，实在令朕失望。"

果然是出事了……

慕千雪在心里叹息一声，漠然道："是当真不薄，还是别有用心，陛下心中最是清楚不过。"

东方洄眸光一寒，旋即已是恢复了温和之色："看来公主对朕误解甚深。"停顿片刻，他道，"其实朕一直想与公主好生说说话，无奈被怀恩这个吃里爬外的贼子阻挠，直至今日方才得见公主。"

"怀总管……怎么样了？"几经斟酌，慕千雪还是忍不住问出这句话。

"公主放心，朕暂时还不会要他的性命。"在示意慕千雪坐下后，东方洄接过宫人端来的茶，亲自递给她，"这茶是用采自雪山顶的雪莲花冲泡而成，入肝、脾、肾三经，有舒经活血的功效，最适宜女子饮用。"

"多谢陛下。"慕千雪接过茶盏却不饮，"陛下特意召千雪过来，想必不只是为了饮茶这么简单。"

东方洄笑意轻浅如天边浮云："倒也没什么，朕只是想不明白，公主为何会选择辅佐老七，只因为他救过你性命吗？"

慕千雪举目迎向他，缓缓道："若我不助睿王，不出三年，他必遭陛下杀手。"

东方洄把玩着手中的盏盖，淡然道："那是他咎由自取，明明无才无德，却妄想帝位，这样的人，死不足惜。"

慕千雪摇头道："论才，七王并不输于陛下；论德，七王仁义心肠，赏罚分明，更在陛下之上。”

东方洄脸颊微微一搐，敛起唇边并不由衷的笑意，冷眸道：“公主可知自己在说什么？”

“陛下以为，今日大周不定，根源在睿王，却不知，这一切皆是陛下一手所为。”

“哦？”东方洄冷声道，“朕洗耳恭听公主高见。”

“若陛下真听得进去，又何至于如此。”慕千雪叹息一句，徐徐念道，“民与民同心，则家安之。君与民同心，则国兴之。大周之所以能有今日之昌盛，就是因为历代大周皇帝与民同心，将民心民意摆在第一位。忧民之忧，乐民之乐。可是到了陛下这里，却是高高凌驾于百姓之上，在陛下眼里，百姓只是供您驱策的蝼蚁，根本就不会也不屑在意他们的喜怒哀乐。”

“不只是百姓，就连您的手足兄弟也不例外，信王是第一个，但绝不是最后一个。如此心狠手辣，难怪承帝不肯将神机营传给您。”

东方洄还是第一次被人这样当面指责，一时面色阴沉似乌云密布，一字一顿道：“你好大的胆子！”

慕千雪淡淡道：“陛下与太后所作所为，早已是天怒人怨，我不过是将实情说出来罢了。”

她的话令东方洄脸色越发难看，寒声道：“朕不管你什么实情，朕只知道，只要老七死了，一切都会恢复原样！”顿一顿，接着道，“朕是一个惜才之人，只要你归顺于朕，过往之事一笔勾销，另外朕可以答应你，覆灭西楚，重建南昭，让南昭与大周一起长存于世！”

夏光灿烂，穿过薄薄的窗纸照在东方洄半边脸上，明暗交错之间，犹如一半阳间一半阴世，说不出的诡异。

慕千雪哂然轻笑，毫不留情地戳穿他的谎言：“只怕江山一统之日，就是千雪命丧黄泉之时，又何来的重建南昭，何来的长存于世？”在东方洄阴冷的脸色中，她漠然道，“陛下不必白费心机，千雪此生，只会辅助一人，那就是睿王。”

“只辅佐老七一人是吗？那看来……老七是非死不可了！”澎湃汹涌的杀意从东方洄说的每一个字语间透出来，他从未有一刻像现在这样痛恨甚至嫉妒过一个人，偏偏这个人还是他一直以来看不起的东方溯！

慕千雪随手折了一枝供在青瓷花瓶中的月季，递到东方洄身前：“花开花落无间断，春来春去不相关。不论陛下今夏如何攀折，来年都会再长出一样的花来。这是天地间永恒不变的规律，陛下纵为天子，也无法改变。”

东方洄挥手将她递来的花拂落在地，冷笑道：“谁说改变不了，只要将那根茎拔出来一把火烧了，莫说来年，就是再过百年千年，也休想长出花来。”

慕千雪捡起落在地上的花朵，拂去沾在花瓣上的尘埃，淡然道：“陛下自以为刨土毁根就可永绝后患，殊不知在此之前，种子就已经飞去别处，重新生根发芽，开出比今夏更灿烂的花朵，到时候又该如何？”

东方洄冷哼道：“那就把所有月季都刨出来烧了，朕看它还怎么开花结果！”

慕千雪轻声叹息，似失望又似了然：“陛下从来都是如此心狠手辣，不留余地，难怪承帝不愿将江山交给您。”

这句话刺中东方洄心中的最痛，太阳穴上青筋突突跳着，几欲迸裂，强行抑制心中的怒气问道：“朕再问你一次，归顺与否？”

慕千雪抬手将那朵月季斜簪在鬓边，意态平静而坚定：“不论陛下问百次千次，千雪的回答都是一样，千雪此生只助睿王一人！”

“不知好歹的贱人！”伴着这声厉喝，东方洄重重一掌掴在慕千雪脸上，力道之大，令她当场摔倒在地，眼前阵阵发黑，刚刚簪上的花也被震得再次掉落于地，重新沾染尘埃。

他俯身狠狠钳住慕千雪的下巴，阴冷的光芒如根根钢针，自他眸底穿刺而出：“真以为朕不会杀你吗？”

慕千雪忍着脸颊上的阵阵痛意，扯出一抹冰冷的笑意：“在除掉七王之前，陛下怎么舍得杀我。”

东方洄死死盯着她，气氛凝滞如胶。许久，他松开手，走到御案前捧起一叠还未批改的奏折当头往慕千雪身上砸去，恨声道：“朕自登基以来，每日阅看的奏折是这里的数倍，六部十三道，二十七省一百一十二府，朕都了如指掌。为了这个江山，这个天下，朕付出了所有心血。可为什么？为什么在你，在父皇眼里，朕都不配做这个皇帝，为什么？！”

慕千雪抹去唇角渗出的鲜血，自地上站起来，迎着东方洄怨恨的目光缓缓道：“陛下扪心自问，你所做的这些，真是为了大周江山吗？”

不等东方洄回答，她已是摇头道：“不是，你做的所有一切，都只是为了自己，为了你与卫氏一族的利益，任何人都可以牺牲。就像之前追随七王出征的那十几万将士。当他们在为大周殊死征战的时候，你呢？断援断粮，一步步将他们往死路上逼，若非七王坚毅刚强，不肯放弃，那十几万个活生生的人早已经成为战场上的一堆白骨，无数人失去儿子，失去丈夫，失去父亲。这样的你，怎配为大周皇帝！”

东方洄恼羞成怒，再次抬手掴去：“朕配不配为大周皇帝，轮不到你来嚼舌！”

这一次，慕千雪忍着金星乱晃的晕眩，勉强站稳身子，冷笑道：“天作孽，犹可恕；自作孽，不可活；陛下好自为之！”

东方洄盯了她片刻，忽地拍一拍掌，一抹绿色身影走了进来，正是绿衣：“陛下有何吩咐？”

东方洄唇角弯起，勾勒出一道残忍的弧度：“朕改主意了，把药喂她。”

“是。”绿衣答应一声，自怀中取出一个小小的锦盒，里面是一粒色若乌金的药丸，她一手捻药一手捏住慕千雪双颊，强行自齿缝中塞了下去，确定药丸入腹后，方才松开手。

慕千雪脸色微微发白：“你给我吃了什么？”

东方洄神情诡异地笑着：“自然是好东西。慕千雪，朕保证你会后悔今日的决定，一定会！”

在慕千雪被押下去后，绿衣跪道：“陛下，暂时只查到他们昨夜去了荣王与肃老王爷的府邸，是奴婢疏忽，没想到他们竟能避开禁军与奴婢派去的人离开穆王府，请陛下恕罪。”

东方洄摆一摆手，冷冷道：“罢了，她想凭那几个人制约朕，简直是痴心妄想！”顿一顿，又道，“派人监视京中各处府邸，凡有异动，立刻回报。朕要借这次机会，除去所有不忠于朕之人！”

绿衣神色一凛，肃声道：“奴婢遵旨！”

第五十八章　力保兵权

在金陵城暗潮涌动危机四伏之时，离城百余里处，一支将近二十万人的大军正有条不紊地行进着，正是不久前大败齐楚联军班师回朝的北周军队。

这会儿正是盛夏时分，明晃晃的太阳毫无遮掩地照落下来，夏蝉在被烤蔫的树上声嘶力竭地叫着，仿佛是在说："热死了！热死了！"

烈日炎炎下，每一个士兵都汗流浃背，但没有一个人喊累喊热，大家安静地走着，整整二十万人的庞大队伍，除了脚步声与马蹄声，再没有半点儿声音，可见军纪之严。黄昏时分，前面传来军令，命大军原地安营扎寨，在此休整过夜。

夏日炎热，但它的黄昏却是四季之中最美的，落日西坠，晚霞满天，似一匹又一匹繁华锦缎，铺遍长空之余映落山水，令人心醉神怡。

"咕咕咕！"正要去洗衣的十九听到这个熟悉的声音，抬眼望去，只见夕阳下，一只白鸽越过归巢的鸟群，往这边飞来。

十九叩指唇下，吹出一声清脆的哨响，白鸽听到，立刻往她这边飞来，盘旋数圈后，落在她肩上。

十九解下系在白鸽脚上的竹筒，取出里面的纸条，在看到里面的内容后，脸色顿时为之大变，赶紧快步来到一处刚刚搭建起来的营帐中："王爷，出事了！"

正在与十三议事的东方溯抬起头问："怎么了？"四个余月的艰苦征战，令他整个人瘦了一圈，气质也有了极大的变化，若说以前的东方溯只是一柄用寒冰打造的利剑，那么现在就是一把看似无华实则无坚不摧的绝世神器！

"王爷您看。"十九将攥在手里的纸条递了过去，东方溯看过后，脸色阴沉如铁，寒声道："身为大周皇帝，竟然用如此卑劣的手段，还真是令人大开眼界！"

十三看过纸条上的内容后，道："可要卑职带人入京，救出太妃与公主？"

东方溯没有说话，只是紧紧攥着双手，青筋突起，似一条条盘踞在皮肤下的青色小蛇。

许久，他缓缓松开手，沉声道："他既知你们为我所用，必会做好防备。"

十三带着一丝傲气道："禁军人数虽多，但还挡不住卑职等人！"在神机营眼里，区区禁军，就算人数比他们多十倍也不足为惧。

"我知道你们不惧禁军，但他的手段又岂会只有一个禁军。"东方溯眼底有着深深的忌惮，这次与齐楚联军交战，发生了太多的事情，也让他真正明白了东方洄的冷酷无情。

"就像这个……"他敲一敲摆在案上的纸条，"如果皇兄真要封锁消息，老九这封信根本送不到咱们手里，可他没有，也就是说……他有意引你们去！"

在一场又一场或明或暗的生死交战中，东方溯的心思远比以前周密谨慎，不放过任何一丝可疑。

他的话令十三沉默下来，见他们不说话，十九忍不住道："可若是不去救，陛下到时候以太妃与公主的性命逼王爷交出兵权，那该怎么办？"

夜风拂开帘子灌入帐中，吹得点在案上的烛火一阵摇晃，几乎熄灭，好一会儿方才稳定下来，继续徐徐燃烧着，淌下一滴又一滴的烛泪。

东方溯低沉的声音在帐中缓缓响起："传令下去，明日一早加速行军，三日之内，必须赶到五里谷。"

十三一怔，诧异道："五里谷？那不是粮草被劫的地方吗，去那里做什么？"

东方溯冷笑道："你我都知道，所谓粮草被劫，不过是皇兄自编自导的一场戏罢了，这会儿正好端端藏在某个地方呢。"

"这个卑职自然知道，但……"话说到一半，十三眼皮忽地狠狠一跳，脱口道，"王爷想找到那批被藏起来的粮草？"

"不错。"烛光倒映在东方溯双眸中，化作两簇小小的火苗，"那批粮草数量巨大，根本不可能神不知鬼不觉地运走，可偏偏它们却一下子消失得无影无踪，你说是为什么？"

十三略一凝思，心中已是有了答案："陛下根本没有运走粮草，而是将它们藏在五里谷中。"

"不错，只要找到被藏起来的粮草，我们就有了与皇兄谈条件的资格。"东方溯眸光冰冷道，"他懂得威胁我，我又何尝不懂得。"

东方洄的所作所为令他彻底心寒，从这一日起，他不会再退后半步！

东方溯的命令很快传了下去，大军于翌日清晨，加快速度进发，于第三日晌午时分抵达五里谷，在那里逗留三日后，前往金陵城。这三日里发生了什么，只有东方溯最清楚。

六月二十三，二十万大军抵达城门紧闭的金陵城外，等候半晌，禁军统领李明方与平阳王并肩走了出来，满面笑容地朝马背上的东方溯拱手："王爷大败齐楚两国，立下不世战功，实在可喜可贺。下官刚才一路过来，这金陵城的百姓可都在称赞王爷呢！"

东方溯并未因他的恭维而得意，只淡淡道："本王既然奉命出征，自该如此。"

"王爷谦虚了。"李明方笑一笑，神色恭敬地双手取过身后一名禁军捧在手里的圣旨，肃声道，"陛下有旨，请睿王接旨！"

东方溯盯了那道黄绫盘龙圣旨片刻，翻身下马，单膝跪在冷硬的地上："臣东方溯接旨！"

在他跪下的那一刻，身后那一片黑压压的人群亦连绵跪下，无声匍匐于李明方二人面前。

李明方虽为禁军统领，深得东方洄倚重，却还是第一次受整整二十万大军之跪，纵知这一拜是因为他手里的圣旨，也不禁有些飘飘然。

与李明方不同，平阳王的神色异常凝重，这二十万大军哪里是在跪拜圣旨，分明是在跪拜东方溯。在这种情况下，就算东方溯肯交出兵符，恐怕他也无法完全控制住这二十万大军。

那厢，李明方已是念完圣旨，这道圣旨除了嘉奖之外，最主要的是：

"奉天承运，皇帝诏曰：将士同心同德，共逐齐楚虎狼，护我南境安宁，扬我大周之威，朕心甚悦，所有有功将领官升两级，士兵每人赏银三十两，锦缎十匹，阵亡将士另行抚恤，以犒三军。此战之中，睿王居功至伟，当重重封赏，着令睿王入京受封，大军交由平阳王统领。钦此！"

在东方溯接过圣旨后，李明方微笑道："那就请睿王将兵符交给平阳王，随卑职入京受封。"

迎着他暗藏冷意的目光，东方溯漠然道："想要本王交出兵符，就请陛下亲自来见，只凭这道圣旨还不够分量。"

李明方脸色微微一变，还未说话平阳王已是厉喝道："放肆，你可知自己在说什么？"

“我当然知道。”东方溯嘴角勾起一抹讽刺的笑意，“为了迫我交出兵权，他不是早就做足了准备吗，又何惧见这一面。”

“满口胡言！”平阳王呵斥道，“身为臣子，当朝见陛下，哪里有让陛下来见你的道理，速速交出兵符，随李统领入京见驾，莫要铸成大错。”

“岳父不必多费唇舌，兵符我是绝对不会交的。”一旦交出兵权，不只他，母妃与千雪都会死。

平阳王沉声道：“你既还知道我是你岳父，就该明白抗旨不遵是何等罪状，不要忘了，无论你立下怎样的战功，始终都是臣子！”

东方溯面无表情道：“要说的我都已经说完了，该怎么做你们自己决定。”

李明方阴恻恻道：“陛下是不会来见你的，不过……卑职倒是可以带几个人来见见王爷。”

东方溯扫了他一眼，侧首对十九道：“让他们把东西拿来。”

“是。”十九答应一声，往后走去，过了一会儿，两名士兵抬着一个沉甸甸的麻袋过来，掷下时，几粒白米自角落里漏了出来。

看到那个打着户部标记的麻袋，平阳王脸色大变，骇然道：“你怎么会有这个？”

“若要人不知，除非己莫为。”东方溯漠然道，“这样的粮袋我还有许多，若岳父不想天下人知道陛下都做过些什么，就请将我的话带给陛下，我在此恭候圣驾！”

李明方不知当日粮草被劫的真相，疑惑道：“不就是区区一袋米粮吗，有什么了不得的？”

平阳王没有理会他，在与东方溯对视半晌后，缓缓道：“都说士别三日，当刮目相看，果然不错！”

“若没有半点儿长进，我又岂能站在这里与岳父你说话。”他笑，眸底却是寒意重重。

平阳王心中恼怒，却又不便发作，重重哼了一声：“那就请睿王在此稍等，本王这就入宫禀明陛下！”说罢，他一拂大袖，怒气冲冲地往城门行去，不明就里的李明方赶紧跟上去。

两匹红鬃烈马四蹄飞扬，载着平阳王与李明方二人一路疾奔来到昭明宫外，平阳王有免旨入宫的特权，李明方又是禁军统领，自是通行无阻。

“王爷，那袋米到底是怎么一回事，为何要惊动陛下？”在去御书房的途中，李明方忍不住问出这句憋了许久的话。

平阳王脚步猛地一顿，李明方险些撞上去，赶紧收住脚步，疑惑道："王爷您这是怎么了？"

平阳王冷冷盯了他："待会儿见到陛下，少说多听，别问不该问的话，不要到时候丢了性命还不知道自己怎么死的。"

他的话令李明方额上渗出密密的汗珠，连忙道："卑职明白，多谢王爷提醒。"

"走吧。"二人继续像刚才一样，一前一后地走着，只是这一回，李明方再不敢多问。

御书房中，东方洄正在徐徐饮着茶，绿衣在一旁打扇，轻风阵阵。

看到他们进来，东方洄眼皮微微一抬，漠然道："他不肯交出兵符？"

李明方瞅了平阳王一眼，小心翼翼答道："是，睿王自恃战功，极是狂妄，不仅抗旨不遵，还说……要陛下您亲自去城外相见！"

"哦？"东方洄低低轻笑，"去了南境几个月，这脾气还真是长了许多。"说着，眼眸一转，唤道，"绿衣。"

绿衣停下手中动作，恭声道："奴婢在。"

"带上陈太妃与赵平清，随他们走一趟吧，若睿王还是这样倔强不服管教，就拿赵平清腹中的孩子开刀。"东方洄的语气轻描淡写，仿佛只是在说一件微不足道的事情。

"奴婢遵命。"绿衣正要下去，平阳王开口道："且慢。"

东方洄眉头微微一皱："怎么，还有事情？"

平阳王叹息一声，无奈道："只怕这次，陛下真的得亲自走一趟了。五里谷那批粮草，已是落在了睿王手中。"

"什么？！"乍闻这个耸人听闻的消息，东方洄失态地自宝座中站了起来，死死盯着平阳王，"此话当真？"

"臣岂敢拿这种事情来开玩笑，刚才在城外，睿王命士兵取来一袋装满白米的麻袋，上面清清楚楚地打着户部标记。他们之前带去的粮草早已经消耗殆尽，现在这一袋……只能是从五里谷得来。"

东方洄面色阴沉如铁，下一刻目光落在绿衣身上，绿衣被他盯得浑身发寒，赶紧跪下，战战兢兢道："奴婢遵照陛下吩咐，将那批粮草藏在一个极其隐蔽的地方，实在不知睿王是如何找到的！"

"没用的东西！"东方洄狠狠一掌拍在黄花梨长案上，骇得众人惶恐伏地，纷纷请东方洄息怒。

东方洄深吸几口气，勉强压一压心中的怒意，朝唯一还站着的平阳王道：“会不会是他虚张声势？”

平阳王恭声道：“有这个可能，但万一是真的，一旦传扬出去，对陛下大为不利。”

东方洄冷笑道：“所以这一趟，朕是非走不可了对吗？”

平阳王低头不语，过了片刻，头顶传来冰冷的声音：“摆驾，朕要出宫！另外，传令下去，所有士兵集结，不得有误！”

一声令下，金陵城风起云涌，近千名禁军戒备森严地护着东方洄来到城外，在看到东方洄身影的那一刻，东方溯瞳孔倏然一缩——终于来了！

当站到东方溯面前时，东方洄脸上的冰冷狠绝已是化为重重笑意：“老七，你终于回来了，可是让朕好想！”

好想？好想要他的命才对！

东方溯心中冷笑，单膝跪地，沉声道：“臣弟参见陛下，陛下万岁万岁万万岁！”

“快快请起。”东方洄上前一步，亲自扶起东方溯，在他的手碰到东方溯时，双方人马皆无声握住了刀柄，一旦有所不对，立刻就会抽出冰冷锐利的刀身。

“多谢陛下。”隔着薄薄的衣裳，东方溯感觉到东方洄手心中的凉意，后者拉着他仔细打量了一番，颔首道：“嗯，瘦了也黑了，想是受了许多苦。”顿一顿，他满面欢愉道，“你这次立下大功，朕一定要好好奖赏你！”

“臣弟身为皇族之人，理该保家卫国，报效朝廷，不敢受赏。”

“哎！”东方洄摇头道，“有功就该赏，若是你立功朕却不赏，朕岂非成了赏罚不明之人。”说着，他又道，“你出征之前，朕说过，待你凯旋，朕必亲自相迎，哪知临出宫之前，地方上递来几封急奏，拖到这会儿才有时间过来，老七你不会怪朕吧？”

东方溯静静听着他虚假的谎言，拱手道：“陛下日理万机，臣弟岂敢相怪。”

“诸兄弟之中，就数你最明白事理，也最能体谅朕。”这般说着，东方洄亲切道，“说吧，你想要什么赏赐，只要是朕能做主的，一定应允。”

东方溯抬起眼眸，望着那张笑意满满的脸庞：“臣弟说过，保家卫国，驱逐外敌是臣弟身为大周子民应尽的本分，不敢求什么赏赐，陛下若非要赏，就请赏臣弟身边人一个平安吧。”

东方洄眼皮一跳，笑意不减道：“你这说的是什么话，你是朕的七弟，谁敢害你身边的人，吃了熊心豹子胆不成？”不等东方溯言语，他亲热地挽了手道，“朕已经在宫中设宴，为你接风洗尘，走。”

东方溯不着痕迹地抽回手：“既是这样，陛下不如先将母妃与璇玑公主交还臣弟。”

东方洄笑意不减道：“入城之后，自然会见到，也不急在这一时半刻。”

东方溯后退一步，避开他再次来握的手，冷冷道：“只怕臣弟一入城，就会万箭穿心，死无葬身之地！”

东方洄笑容一滞，长如宝石的双目微微眯起：“老七你什么时候学会开玩笑了。”

“臣弟说的是玩笑还是实话，陛下最清楚不过。”天色不知从什么时候开始暗了下来，一团团的乌云在天空中凝聚，遮蔽了正当空的太阳。

东方洄走到他身侧，用只有彼此能够听到的声音缓缓说：“只要你乖乖交出兵符，不与朕作对，她们自不会有事。”

“要是臣弟不呢？”

东方洄微微一笑，望着云雾翻滚的天空，徐徐道：“你不妨仔细想想，自古以来，哪一个与君王作对的臣子有过好下场？念在你我兄弟一场的份儿上，只要你交出兵符与那批粮草，朕保证，绝不为难你。”

“若换作以前，臣弟一定会相信，可现在……”东方溯摇头，眸底有深深的失望，“兵符也好，粮草也罢，臣弟一样都不会交！”

东方洄瞳孔微缩，望着一动不动站在东方溯身后的二十万大军，倾身在他耳边逐字逐句道：“你以为不交出这二十万大军的兵权，朕就会怕你吗？莫要忘了，朕手中拥有多于你数倍的大军，你威胁不到金陵，更威胁不到朕！”

东方溯淡然一笑：“若真威胁不到，陛下这会儿也不会站在这里了。”

东方洄眼角一抽，凉声道：“一阵子没见，老七这嘴皮子倒是越发利索了，连朕也说不过你。”

“请陛下将母妃与公主交还臣弟。”东方溯再一次提出他的要求。

东方洄一言不发地盯着他，眸中有着噬骨的寒意，忽地，他扬唇一笑：“只是陈太妃与璇玑就够了吗？其他人呢，譬如……怀恩？”

东方溯一怔，下意识地重复着他的话：“怀恩？”

东方洄拍一拍他的肩膀，来到十九身前，似笑非笑道：“朕一直以为你是老七的贴身丫头，如今想来，你应该是神机营的人。”

十九不假辞色道："是又如何，与你有何关系！"

对她的无礼，东方洄置之一笑，缓缓说出一句十九意想不到的话来："那你就不想知道神机营的尊者是谁吗？"

十九隐隐生出一种不祥的预感，但又说不出来："什么意思？"

东方洄没有理会她，只是一瞬不瞬地盯着面色沉冷的东方溯，许久，一声无解的叹息逸出薄唇："朕怎么也想不明白，为何他如此看重你，不只将神机营交给你，还为你特意在朕的身边安排了那样一枚危险的棋子，老七，朕……真是有些嫉妒你！"

东方溯心中一动："你说怀总管？"

"果然你也不知道。"东方洄冷冷一笑，语气疏冷似深冬结在湖面的寒冰，"怀恩就是神机营的尊者。"

此言一出，东方溯与神机营众人齐齐大惊，怀恩是神机营尊者，这……这未免也太匪夷所思了！

东方溯思绪回到出征之时，当时怀恩替他与东方洄斟酒，而后，他在袖中发现一粒珍珠，里面藏着提醒他东方洄起疑心，不可交还兵权的纸条。当时他就怀疑过怀恩，但觉得不可能给否决了，没想到真是怀恩，而且还是那位深藏不露的尊者。

东方洄扫过一张张布满诧异的脸庞，阴声道："很惊讶是吗，朕也没想到，那么多年来，神机营一直威风赫赫，结果到了这一代，尊者竟然是一个不男不女的阉人，简直是一个天大的笑话！"

他的讥讽令神机营众人恼怒不已，怀恩为大周为先帝忍辱负重净身入宫，到他嘴里却成了一个笑话，实在过分！

十九眸底掠过一丝冰冷，一抹幽冷寒光悄然出现在她掌心，下一刻，突然发难，向离她不足一丈距离的东方洄袭去。

射人先射马，擒贼先擒王！

只要抓住东方洄，就可以逼他们交出怀恩与陈太妃等人。

"陛下小心！"绿衣骇然惊呼，她离东方洄最近，急忙就要冲过去救驾，却被十三挡住，一时之间难以摆脱，心急如焚。

眼见东方洄就要伤在十九掌下，一道狂风突然平地而起，飞沙走石，迷了众人眼睛，令他们无法视物。

阿三与阿四脸色一变，齐齐挡在东方溯面前，神色异常警惕，平地起风，必有古怪。果不其然，一只手掌借着漫天沙尘的遮掩往东方溯袭来，被阿四所发现，后者冷哼一声，格掌相迎，令阿四没想到的是，这只看似轻飘飘的手掌竟然蕴含着千钧之力，阿四被逼得足足后退了五六步方才勉强稳住身形，胸口气血急剧翻涌，眸中露出惊骇之色。刚才那一掌，他迎得并不仓促，足足用了八成功力，却被逼迫得如此狼狈，可见对方武功远在他之上。

手掌的主人并没有恋战，与阿四对了一掌后便迅速后退，消失在漫天沙尘中。

这阵狂风来得快去得也快，被吹起来的沙尘纷纷落地，四周恢复了清明，在得以重新看清眼前的情景时，众人不约而同地发出一声惊呼。

东方洄毫发无伤地站在原处，相反，十九竟然嘴角流血跌倒在地，掉在她身边的匕首显得黯淡无光。

东方溯连忙扶起十九，命人上前医治。

东方溯站起身，神色戒备地望着意态闲适的东方洄："想不到陛下身边还有这样的高手，真是让臣弟大开眼界。"

"彼此彼此！"东方洄上前，替他拂去落在肩上的沙尘，微笑道，"不过老七，不是朕说你，你真应该好好管管手下人，下一次，可没这么幸运了。"停顿片刻，他又道："现在可以交出兵符了吗？"

"臣弟刚才已经说得很清楚，兵符与粮草，一样都不会交，陛下不必再白费唇舌。"

东方洄眼底漫出一层寒霜，缓缓敛起唇边的笑意："看来你是不见棺材不掉泪了，也罢！"在说完这句话后，他拍手示意，很快，有禁军押着几个人走了过来，分别是陈太妃、慕千雪以及怀恩与赵平清。

东方溯强忍着心中的焦灼与担忧，不动声色道："陛下以为这样就可以迫臣弟交出兵权了吗？"

"当然，南境一行，虽然让你变了许多，但朕相信，你还没有狠到可以不顾他们性命的地步。"东方洄眸光深深，似要望到东方溯心里去。

东方溯暗自攥紧双手，冷声道："陛下身为大周天子，却用这种见不得光的卑劣手段，不觉得可耻吗？"

绿衣冷哼道："对付你这种狼子野心拒不交出兵权之人，任何手段都不为过！"

"好了。"东方洄摆一摆手，似笑非笑地望着东方溯，"老七，朕再问你一次，交还是不交？"

东方溯紧紧抿着唇，他知道兵权不可交，但……若是不交，母妃他们就性命难保，东方洄一贯心狠手辣，是绝对不会顾念什么情分的，他该怎么办？

陈太妃望着东方洄，缓缓道："先帝在天有灵，看到陛下今日所为，必会痛心失望。”

东方洄脸颊一阵抽搐，咬牙道：“若他当年将神机营交给朕，就不会有今日之事，这一切都是他自己造下的恶果！”

“若非有神机营牵制，溯儿还有诸皇子早已死在陛下手中，又哪里还能活到今日。苦海无边，还望陛下及时回头，莫要执迷不悟。”

东方洄嗤笑道：“朕的事情，不劳太妃操心，太妃这会儿还是好好担心一下自己吧。”

陈太妃叹息一声，盯着东方溯，一字一顿道：“溯儿，你记着，就算今日所有人死在你面前，也绝不可交出兵权！”

慕千雪附声道：“陛下生性凉薄，言而无信，一旦王爷交出兵权，一定会杀了我们所有人，所以王爷，兵权切不可交出！”

赵平清连连点头，垂泪道：“对，妾身是生是死都不要紧，最要紧的是王爷您平安，只是……”她低头望着自己高高隆起的腹部，垂泪道，“可怜了我们的孩子！”

她当然不是真的不畏生死，相反，她迫切地想要活下去。但她清楚自己在东方溯心里的地位，莫说不及陈太妃与慕千雪，恐怕连怀恩也比不上。所以，她只能违心言语，希望可以求得东方溯一丝怜悯。

“好！”东方洄拍手道，“想不到一个个都不畏生死，真是女中豪杰，既是如此，朕……就成全了你们。”说着，他斜睨了绿衣一眼，“你说，先杀谁为好？”

绿衣略一思忖，微笑道：“这陈太妃是先帝遗妃，赵平清又怀着身孕，一身两命，不如从璇玑公主开始。”

“好，就按你的意思办。”随着东方洄的话，绿衣自一名禁军腰间缓缓抽出雪亮锋利的钢刀，横在慕千雪颈间，笑吟吟道：“七王可是仔细想清楚了，这一刀若是下去，璇玑公主这位名动天下的佳人可就香消玉殒了。”

东方溯双手拧得指节寸寸发白，方才压下冲过去救人的冲动，经过刚才的事，他可以肯定，东方洄身边必有绝世高手护卫，贸然相救，只会害了他们。

“你若敢伤他们，我必与你不死不休，而你私劫粮草，欲置我与十几万将士于死地的事情也会被公之于众！”

东方洄眸光微冷：“你在威胁朕？”

“臣弟只是将事实告诉陛下，两败俱伤，对陛下并无好处。”顿一顿，他徐徐道，“只要陛下肯放了母妃他们，臣弟在此起誓，终此一生，绝不与陛下争位！”

“一句空话就想要朕放了他们，老七，你这如意算盘打得可真好。”东方洄冷笑数声，沉眸道，“行了，废话少说，朕给你两个选择，要不交出兵权与粮草，要不看着他们死！”

绿衣执刀的手微微用力，一道血痕出现在慕千雪玉颈间，看得东方溯眼皮狂跳不止，难道……真的只能交出兵权？

慕千雪看出东方溯眼中的犹豫与挣扎，朝他微微摇头，东方洄之所以耐着性子与他们说这么久，皆是因为忌惮东方溯身后的二十万大军，一旦拱手交出，东方洄将再无忌惮，而他们……也没有继续活着的必要！

这个道理，东方溯并非不懂，但“懂得”与“做到”是两回事，要他眼睁睁看着自己至爱之人去死，实在……

“陛下！”

“陛下！”

正在这个时候，几声呼喊自东方洄身后传来，紧接着，数道身影穿过禁军出现在众人视线中，走在最前面的正是荣王。

荣王匆匆看了东方溯等人一眼，快步来到东方洄身前，跪下道：“陛下，臣弟有事启奏。”

东方洄眉头一皱，眸光冰冷道：“有什么事情回去再说。”

荣王身子微微一颤，低头道：“事情紧迫，还望陛下允许臣弟现在奏禀。”说话间，东方泽等人也到了，齐齐跪在荣王身后，要求即刻奏禀。

面对他们的一齐施压，东方洄暗自恼恨，冷声道：“既是这样，你们说就是了，不过……老三。”

听到他叫自己，荣王连忙挺一挺脊背：“臣弟在。”

东方洄一语双关道：“说话做事之前多用脑子想一想，别被人当枪使了还不知道。”

他的话令荣王面有迟疑，但很快被压了下去，咬牙道：“臣弟既来了这里，就已经想得很清楚。”

东方洄瞳孔微缩，阴恻恻道：“既是想清楚了，就说吧。”

“多谢陛下。”荣王拱手道，“南境虽平，但齐楚两国狼子之心并未灭，只怕很快又会犯我大周边境，故而臣弟以为，七弟应该继续执掌南征大军，震慑齐楚两国。”

东方洄扫过跪在荣王身后的众人，冷声道：“你们呢，也是这个意思吗？”

东方泽抬眼道：“七哥以不足敌军半数的军队，大败敌军，令敌军闻风丧胆，臣弟相信，由七哥执掌大军，楚齐两国断不敢轻易犯境！”

恪王与哲王、安王也纷纷表态，皆是一个意思，希望东方溯可以继续保留兵权。

平阳王沉声道：“陛下赐予睿王兵权，是要他保卫南境，如今南境平定，自该交还兵权，岂有继续执掌的道理！”

东方泽扬眉道：“依平阳王所言，所有统帅凯旋之后，都该交还兵权是吗？”

平阳王不假思索道：“当然！”

东方泽暗自一笑：“若本王没有记错，平阳王、汾阳王还有卫候，都有征战归来而未还兵权之事，这该如何解释？”

“你！”平阳王被他问得哑口无言，一张老脸气得通红。

东方洄面无表情道：“若朕不答应呢，你们该当如何？”

荣王肃声道：“臣弟等人一心为大周思虑，没有半分私心，还请陛下以大周江山为重！”

“好一句没有半分私心。”东方洄冷笑连连，负手绕着他们几个走了一圈后，眸色阴沉道，“为了一个女人的几句话，就赌上身家性命与朕作对，真是蠢得可以。”

恪王拱手道：“臣弟岂敢与陛下作对，只是……”

“你们什么心思，朕清楚得很。”东方洄打断他的话，声音凉如天边落下的第一滴雨水，“只是……他的兵权，朕非收不可！”

东方泽抹去打在脸上的雨水，沉声道：“陛下收七哥兵权，就是要断他生路，不管怎么说，七哥都为大周立下汗马功劳，陛下何必赶尽杀绝！”

绿衣接过内监递来的伞替东方洄挡住不断落下的雨水，冷笑道：“睿王拥兵自重，抗旨不交兵权，到穆王嘴里，却成了陛下赶尽杀绝，这颠倒黑白的本事可真不赖。”

东方泽隔着滴滴雨珠，盯了绿衣道：“是谁颠倒黑白，你心里有数，绿衣，别以为我不知道你手上沾了多少鲜血，大哥的死，想必也与你脱不了干系。”

东方洄面色一阴，凝声道：“你等立刻退去，朕尚可从轻发落，否则全部与东方溯同罪论处！”

荣王等人眸中掠过一抹惧意，谁都知道一旦东方溯落到东方洄的手里，他必会以谋逆抗旨的罪名，将其处死。同罪论处……也就是说，他们一个个都休想活命！

看来，陛下是铁了心要杀东方溯了！

正当众人为难之时，一个苍劲的声音自不远处传来：“那我呢，陛下也要以同罪论处吗？”

一个头发花白的人影缓步走来，管家在旁边亦步亦趋地打着伞，正是承帝那一辈中唯一还活着的兄弟——肃亲王。

东方洄知道慕千雪去见过他，故而对他的出现并不意外："肃王叔怎么也来了？"

"此处这么热闹，臣岂能不来。"肃王有免跪之权，故而只是拱一拱手便算作行礼，"刚才荣王他们的话，臣也听到了，睿王赤胆忠心，有勇有谋，又深得这二十万将士敬重，由他继续执掌大军，对大周有百利而无一害，臣不明白陛下为何要反对，甚至……"眸光扫过陈太妃等人，再开口时已带了几分质问之意，"拿太妃他们来威胁睿王？"

东方洄微微一笑："算算年纪，肃王叔今年也有六十岁了，难怪老眼昏花，将野心看成了忠心！"

肃王脸色一变："陛下……"

"好了。"东方洄打断他，淡淡道，"肃王叔都一把年纪，该在府里好生安享晚年才是，又何苦来蹚这浑水呢。"

肃王盯了他片刻，沉声道："若臣一定要蹚，陛下是否打算也同罪论处？"

东方洄抬眼望着天空中划破阴云的银蛇，微笑道："肃王叔既是喜欢，朕没有不成全的道理！"

"好！"肃王缓缓吐出这个字，喝道，"拿来！"

跟在肃王身后的一名下人闻言，立刻走上前来，打开一直捧在手中的匣子，里面是一根通体金黄色的鞭子，握柄处是赤金打造，雕成盘龙吐珠图案。

肃王缓缓抚过通体金黄的鞭子，带着几分思念之意："这根金鞭，是先帝亲赐，下可打佞臣，上可打昏君。今日，臣就用先帝所赐的金鞭打醒陛下！"

绿衣身形一动，挡在东方洄身前："放肆，就算是皇叔，也依旧是臣子，怎敢对陛下无礼！"

肃王冷笑道："见此金鞭如见先帝，你这小小宫女不仅不行礼，还说三道四，该死！"说着，他用力一挥鞭子，往绿衣抽去，莫看他一把年纪，挥起鞭子来还是虎虎生风！

绿衣可不会因为"先帝亲赐"这几个字，就由着他打，当即冷哼一声，揉身上前，想要夺下鞭子，岂料有人动作比他更快，手臂一转，生生缠住长鞭。

待得看清夺鞭之人，绿衣为之惊呼，脱口道："陛下！"

东方洄没有理会她，只是冷冷盯着面色同样惊骇的肃王："肃王叔真以为凭着这么一根破烂鞭子，朕就奈何不了你吗？”

肃王没想到他如此大胆，不仅拦下鞭子，还称其为“破烂鞭子”，这……这简直就是大逆不道。

待得回过神来，他又惊又怒，厉喝道：“陛下这是要不敬先帝吗？”

“不敬……”东方洄喃喃念着这两个字，脸庞微微扭曲，寒声道，“从他欺骗朕，将神机营传给老七的那一刻起，就不值得朕再尊敬！”

肃王盯着他，徐徐吐出一句惊人之语：“先帝并没有欺骗陛下，一切根源只因陛下并非先帝心目中的储君。”

东方洄瞳孔激烈一缩，直直望向他：“当年之事，你也知道？”

肃王颔首道：“不错，睿王才是先帝真正中意的那个人，可惜……他并不能做主。”

荣王等人满面惊骇地听着这些他们从不知晓的机密，原来……东方洄并不是父皇真正选定的储君。

“闭嘴！”东方洄胸口剧烈起伏，眸底通红地盯着肃王，咬牙道，“不管他怎么想，总之现在大周的君主是朕，朕说的每一个字，每一句话，都是不可违逆的圣旨。你也好，这根鞭子也罢，都休想阻止朕！”

肃王心头一沉：“所以陛下，非杀睿王不可了？”

“不错！”为了证明自己的决心，东方洄反手夺过绿衣手中的钢刀，狠狠斩在紧绷的鞭子上，随着一声轻响，鞭子被斩成两截。

这一刀，代表东方洄斩断所有约束与道德伦理，非置东方溯于死地不可！

未等肃王回过神来，东方洄已是将刀抛还给绿衣，冷声道：“绿衣，先去杀了赵平清！”

赵平清惊骇欲死，想要后退，却被人按着肩膀动弹不得，只能朝东方溯投去求救的目光。

“陛下，您真想要两败俱伤吗？”暴雨如注，不断打在东方溯脸上，令人看不清他脸上此刻的表情。

“你还没资格与朕两败俱伤！”东方洄冰冷的目光穿过重重雨帘落在东方溯脸上，“不过是一批粮草罢了，传扬出去，朕顶多被人骂个几声，没什么了不得的。可你不同，你要眼睁睁看着生你养你的母妃、看着你最爱的女人、看着你忠心的部下还有没出世的孩子，一个个死在你面前！”

他已经发了狠心，哪怕自身折损，也要置东方溯于死地，不仅是因为嫉妒，也是因为后者展露出来的实力。

在这等滂沱大雨下，二十万大军无一躲避，甚至连挪都未挪一步，全部一动不动地淋在那里，军纪之严，远胜他底下的军队甚至身后的禁军。

如果再给东方溯一些时间，后果不堪设想，所以今日，东方溯……非死不可！

绿衣执刀，一寸寸逼近赵平清喉咙，而东方溯一直都没有松口，看来，她注定要成为第一个血洒此处之人。

那么接下来，又会是谁？慕千雪还是陈太妃，抑或怀恩？

一切，看似已成定局，再没有转圜的余地……

第五十九章　勤王护驾

“驾！驾驾！”暴雨之中，一匹快马四蹄飞扬，疾奔而来，溅起道道积水，在离着十几丈远的地方，马背上的人勒住缰绳，大声道：“柳州参将王大飞前来拜见！”

“哒哒哒！”几乎是在同一时刻，又是几匹快马冒雨飞奔而来，同样在十丈左右的地方停下来。

“福州守将柳成前来拜见！”

“济州副将方玉前来拜见！”

“渝州参将郑明致前来拜见！”

……

一道又一道的声音在暴雨声中响起，此起彼伏，短短工夫，竟是来了十几人之多，而且还在源源不断地赶来。

绿衣疑惑道：“陛下，是您召他们来的吗？”

东方洄神色凝重道：“朕从未传召过他们！”

绿衣一怔，旋即神色变得与东方洄一样凝重，既然不是陛下所召，那么……这些突然出现在这里的人，只怕来意不善！

“终于来了！”荣王轻舒了一口气，自满是泥泞的地上站了起来，恪王等人也纷纷起身。

听到这句话，东方洄长目微眯，疑声道：“这些人是你找来的？”

荣王接过下人递来的帕子抹去脸上的雨水：“臣弟可没那么大的面子，卖尽这张脸面也只请到福州、柳州、长州三府的将领，其余州府的将领是四弟、五弟他们请来的，对了，肃王叔也请来许多。”顿一顿，他笑道，“这步棋，陛下没有想到吧？”

东方洄眸色阴沉地盯着他，半晌，目光一转，落在慕千雪身上："是你让他们这么做的对不对？"

慕千雪淡然道："陛下猜到我会为了保住睿王兵权而去求见荣王他们，从而派人途中设伏抓捕。但事实上，你并不在意我见到荣王，因为在你看来，他们无兵无势，根本阻止不了你，可是陛下……就算再微不足道的人，也有他的一份能力，何况这一位位都是身份尊贵的王爷。"

荣王有些得意地接过话："王大飞他们三个，原只是一介无名小卒，受我提拔方才一步步上去，在军中占据一席之地，这份知遇之恩，他们从来没有一刻忘记！"

东方泽冷冷道："郑明致几人昔年曾受母后娘家人恩惠，虽然时过境迁，他们却未曾忘记这份恩惠。"

其他将领也是差不多的情况，或是在诸王手下当过差，或是受过提拔，一接到诸王手信就立刻赶来金陵城。

肃王请来的人最多，差不多占了一半，他年轻时曾追随先帝统兵征战，虽然他现在不统兵，可曾经带过的兵还在，不少人做到参将、副将甚至一府守将。

这是一笔无形却巨大的财富，慕千雪是第一个发现之人。

"原来如此，璇玑公主果然名不虚传，难怪可以辅佐萧若傲登上帝位，实在令朕佩服！佩服！"最后几个字，东方洄说得咬牙切齿，他自幼聪颖过人，一向在众皇子中出类拔萃，又有卫太后这个母亲，可谓是要风得风，要雨得雨，何曾被人逼到过这样的地步，心中既恨又悔，恨慕千雪的欺骗，悔自己当日一时不慎看走了眼，从而给自己招来大患。

在他们说话之时，各地赶来的将领已经差不多到齐了，足有三十余人，这样的人数看似微不足道，却令东方洄不敢妄动。

三十人自没什么好怕的，怕就怕在他们身后的人。一个副将就算不能调动一府兵马，至少也可调动三四成，差不多有七八千之数，三十人……就是二十几万士兵，更不要说当中还有几个可以调动整个州府兵力的守将。

这些人手里握着的兵马，加上东方溯的二十万大军，足足是大周的一半兵力，一旦打起来，就算勉强得胜，大周也必然实力大损，难以再与齐国还有一贯神秘莫测的东凌抗衡。

东方洄扫过马背上一张张被大雨模糊的容颜，冷声道："未得朕召令，却擅自入京，尔等可知此乃死罪？！"

诸将默不作声，天地间只有大雨哗哗如注的声音。

“你等若肯现在退去，今日之事，朕既往不咎！”这一次，终于有了回音，最先赶到的柳州参将王大飞瓮声瓮气道：“末将自知有罪，但荣王有召，末将不敢不来，还请陛下恕罪！”

福州守将柳成的声音随后传来：“末将当年随肃王征战，曾受肃王救命之恩，今日他有难，末将纵然粉身碎骨，也定要还这个恩情。”

“反了！反了！”东方洄脸色铁青，暴怒地指着一众将领道，“你们一个个都想要造反不成？！”

“末将不敢。”话虽如此，柳成言语间却听不到半分敬畏之意。

这些年来，卫氏族人仗着卫太后与东方洄，横行无忌，肆意妄为，他们这些非卫氏嫡系之人没少受气，再加上近两年发生的事情，他们对东方洄皆是极为不满。

“不敢？”东方洄怒极反笑，“朕看你们一个个敢得很！”

在一声震耳欲聋的惊雷过后，肃王开口道：“陛下现在可以放人了吗？”

东方洄盯着他片刻，忽地踩过被砍断的金鞭一步步来到肃王身前，任由飞溅而起的雨水打湿衣角：“肃王叔以为这样就可以迫朕就范了吗？”

“陛下清楚，继续下去，只会落得一个两败俱伤的结局，若是因此毁了大周百年基业，你就是大周最大的罪人！”

“你们才是大周的罪人！”东方洄脸庞狰狞地吼出这句话，在喘了几口沉重的气息后，他发了狠心，一字一顿道，“朕告诉你，今日——就算毁了一切，朕也不会放东方溯进城，绝不会！”

他拂袖而回，在来到绿衣身边时，一把夺过她手里的刀，划破疾落的雨水往赵平清刺去！

赵平清绝望地看着越来越近的刀尖，终归……还是难逃一死吗？

在刀尖离赵平清只剩下一寸距离时，一只手掌狠狠击在刀身上，将其生生自东方洄手中震落。

未等众人反应过来，怀恩已是攥住赵平清、陈太妃还有慕千雪三人，往东方溯的方向奔去。

东方洄一下子寒了脸色，三日一次的散息香从来没有断过，怀恩怎么会恢复武功？

眼见怀恩已经带着陈太妃等人掠出数丈，东方洄顾不得细想，厉喝道：“截下他！”这是他最大的筹码，绝不能就此失去！

一道黑影毫无征兆地出现在他身边，如鬼魅一般穿过雨水往怀恩掠去，唯一能够看清的是一只弯曲如钩的手，寸许长的指甲尖利如钢，带着尖锐刺耳的破空声，这一爪若是抓实了，不死也得重伤。

“小心！”阿三等人一边急呼提醒一边双足顿地，以最快的速度冒雨冲过去，意图挡下黑影！

怀恩也听到了身后的破空声，以他的身手，挡下这一爪并不是难事，可他现在一手抓着身怀六甲的赵平清，一手抓着慕千雪并挟着陈太妃。

出手，就意味着至少要放弃她们当中一人！

在生死攸关的瞬间，怀恩已是做出了决定，不回头也不出手，继续以最快的速度往东方溯冲去。

“嗤！”利如钢铁的五只手指抓在怀恩后背，随着鲜血洒落，一大块皮肉从怀恩背上生生撕了下来！

怀恩闷哼一声，脸庞惨白如纸，脚步有些难以为继，所幸这会儿阿三等人终于到了，联手挡住那道神秘莫测的黑影。

东方溯随后赶到，在将陈太妃等人交由已无大碍的十九照看后，他扶住在暴雨中摇摇欲坠的怀恩，急切问道：“怀总管你怎么样了？”

怀恩抬起满是皱纹的脸庞，忍痛挤出一丝笑容，“老奴没事，现在太妃她们平安，王爷不必……再受陛下威胁……”话音未落，他双腿一软，跪坐在地上，雨水噼里啪啦打在他受伤的背脊上，与不断涌出的鲜血混合在一起，化作殷红的血水。

“我知道，我知道！”东方溯一边应着一边心急如焚地喊道，“大夫呢，大夫在哪里？！”

“没用的。”怀恩摇头，吃力道，“老奴身中散息香，刚才为了强聚功力，震裂八脉，就算没有身后的伤，老奴也是必死无疑。”

东方溯瞳孔狠狠一缩，咬牙道：“不会的，一定有办法，一定有！”

这时，一名老者背着医箱狂奔过来，正是随军同来的大夫，东方溯急忙道：“快替怀总管医治，快！”

大夫匆忙答应一声，一边取出止血散洒在怀恩流血不止的背上，一边替怀恩把脉，十三撑伞挡住疾落不止的雨水，以防药散被冲掉。

在把到怀恩的腕脉后，大夫两根手指似寒风中冻僵的秋虫，哆嗦不止，收回手指后，他声音发抖道：“王爷，怀总管他……他……八脉尽裂，就算……华佗再世，也……也救不了！”

伴着他这句话，犹如惊雷在耳边炸响，东方溯眸底血红：“别人救不了，但他是神机营尊者，武功绝顶，内力深厚，一定能够救！”

大夫跪在地上不敢出声，怀恩艰难应道：“王爷不必为老奴难过，老奴有生之年，能够看到王爷……这番作为，此生……足矣。只可惜……以后再不能辅佐王爷。”说话之时，不断有血水从他嘴角涌出，鲜血与雨水在地上汇聚成了一个触目惊心的血泊。

“先帝临终之前，最大的心愿，就是希望王爷将大周江山从卫氏一族手中夺过来，王爷……您一定……一定要达成先帝所愿！”

“我知道！”东方溯连连点头，哽咽道，“我答应你，一定拼尽所有，夺回这千里江山！”

“那就好。”怀恩露出心满意足的笑容，带着一丝遗憾，“可惜……老奴不能亲眼看到王爷登上承德殿的位置，不过……老奴知道，王爷是一言九鼎之人，一定不会让先帝……先帝失望！”

见怀恩眼眸渐渐失去光彩，东方溯急切道：“撑下去！只要撑下去就可以亲眼看到了！”

“老奴撑不动了，不过……有璇玑公主在王爷身边，老奴很……放心。”他的声音渐次低下，终复不闻，只有雨落之声依旧响彻耳边，仿佛永无止尽……

十三死死攥着伞柄，指节被攥得咯咯作响，其他人也是一般模样，平静的表象下，是深刻的悲伤与愤怒！

他们这些出身神机营的人，虽然心思比一般人要冷酷许多，却并非当真一点儿感情也没有。

是东方洄害死了尊者，终此一世，神机营与他不死不休！

东方溯将怀恩尸体平放于地，缓缓站起身来，眸光冰冷地盯着东方洄：“陛下现在满意了吗？”

东方洄脸色难看得紧，怀恩这一出，实在打乱了他的计划，令他一下子失去所有筹码，该死的阉人，实在可恨！

东方洄压下心中的恼恨，冷声道：“不管怎样，你都是臣子，若是不卸兵权，强攻金陵，就是谋朝篡位的乱臣贼子，人人得而诛之。老七，你想清楚！”

“臣弟想得很清楚，请陛下让开！”随着这句话，东方溯缓缓抬起手，在他身后，二十万大军齐喝一声，整齐划一举高了手中长矛，只待东方溯一声令下，便立刻冲出去，浴血征战。

禁军见状，顿时如临大敌，纷纷拔出佩刀死死攥着，面对迎面散发出阵阵杀气的大军。

李明方神色紧张地来到东方洄身边，脸上不知是雨水还是汗水："陛下，咱们人数不多，还是赶紧入城吧！"

东方洄面色阴沉地盯着对面蓄势待发的二十万大军，他不甘心就此退入城中，但……别无他法。

他环视周遭一眼，咬牙道："既然你们非要做乱臣贼子，留万世骂名，朕成全你们！"

就在东方洄准备在禁军护卫下退入金陵城时，一个轻柔坚韧的声音在雨中响起："他们不是乱臣贼子！"

东方洄脚步一顿，穿过重重雨帘，看向执伞立于不远处的陈太妃，嘴角勾起一抹不带半分感情的笑容："无论你承认与否，都改变不了这个事实！"

对视半晌，陈太妃缓缓道出一个惊天秘密："先帝临终之前，曾留下一封密诏，嘱咐我在陛下德行亏损，不宜再为大周君主时，将之取出，公诸天下！"

东方洄又惊又慌，厉喝道："不可能，他……父皇临终之时，朕就在榻前，从未听父皇说有什么密诏留下！"

不用想也知道，这必是一封不利于他的密诏。

陈太妃的目光如一池秋水："若一早告之，陛下必会设法毁去那封密诏，如何能够留到今日。"

东方洄咬牙道："朕敬你是父皇遗妃，你却在这里妖言惑众，实在该死！"

此时，肃王缓步过来，面色沉静道："先帝当年确实留下密诏，老臣可以作证！"

"密诏在何处？"东方洄目光阴霾，如果目光可以杀人，肃王与陈太妃早已不知死了几回。

"自是在昭明宫中。"说着，肃王拱手道，"请陛下允臣等入京，取出先帝遗诏。"

东方洄死死咬着牙，直至牙根咬得阵阵发酸，方才渐渐松开："就算真有遗诏，朕未曾失德，何须取出。"

听得这话，东方泽冷笑连连："陛下明知齐楚合攻南境，七哥兵力不足，却为一己私心，不肯增兵，置大周安危于不顾，此乃罪一；户部运送粮草，陛下却派琉璃坊之人扮作劫匪，劫去粮草藏于五里谷之中，欲置七哥与十几万士兵于死地，此乃罪二；大哥有错，但罪不至死，你却派人暗中加害，扮作溺水身亡，此乃罪三；卫氏族人横行霸道，胡作非为，陛下身为帝君，却屡屡包庇，甚至在卫文斌一案中，暗谕刑部，偷龙转凤，此乃罪四。此四桩罪，桩桩件件，无不德行亏损，取出遗诏，势在必行！”

他这番话刻意说得极重，纵然雨声滂沱，依旧传出甚远，落在禁军与那些士兵耳中。

东方洄看出他的用心，眼角一阵抽搐，阴声道：“空口白牙，没有半点儿证据！”

东方溯面色冷漠道：“粮草就在臣弟手中，可要臣弟现在取出？”

平阳王眸光一动，指了东方溯道：“分明是你们自己劫去粮草，栽赃陛下，陷陛下于不仁，否则这粮草，怎么会在你们手里。”

东方泽嗤笑道：“纵然平阳王今日舌绽莲花，也难掩陛下之罪！”

“从来只有君议臣之罪，何来臣议君之罪，你等妄议君王，已是犯下滔天大罪！”

东方泽掸一掸早已被雨水打湿的衣袍，不以为然道：“左右他也容不下我们，再多犯几条罪又有什么。”

平阳王沉眸道：“如此执迷，对九王来说可不是什么好事。”

有笑声响起，虽在滂沱暴雨中，依旧清晰可闻：“在本王看来，平阳王才是那个执迷之人。”

“当年您随父皇征战，从一名无名小卒，一步步成为大周仅有的几位异姓王之一，何等风光荣耀。父皇对您，更是百般信任，结果呢，您因为王妃而倒向卫氏一族，从此帮着他们与父皇分庭抗衡。平阳王，您扪心自问，对得起父皇，对得起大周百姓吗？”

平阳王被他说得脸上一阵青一阵白，在这件事上，他确实有愧先帝，但……他妻子是卫太后的幼妹，又怎么可能与卫氏一族划清界限？

“陛下。”东方溯的声音自漫天疾雨中传来，“是现在一道入宫去取出父皇遗诏，还是待臣弟攻下金陵城后再去，您自己选择吧。容臣弟提醒您一句，机会只有一次，若是选错了，陛下必将为此付出代价！”

东方洄死死盯着雨后那张脸庞，寒声道：“你以为朕会怕你们这群乌合之众？”

东方溯漠然道：“陛下高高在上，岂会将臣弟放在眼中，但……臣弟发誓，若起战，就算拼尽最后一个人，最后一滴血，也一定——一定会攻破金陵。到时候，不是你死，就是我亡！”

东方洄脸颊阵阵抽搐，青筋在额间暴跳，几欲迸裂！

绿衣凝声道："但凡攻城，必要数倍于守军的兵力方才可行，如今他只有区区二十万兵力，金陵城城墙坚固不说，还有三十万士兵在，可谓固若金汤，根本不是他能攻下来的。"

东方洄眯起长目，咬牙道："若是原来，朕确不用担心，可现在……他粮草充足，又有柳州、福州等将领支援，还有慕千雪这个军师，金陵城……怕是挡不住他！"当中，慕千雪最让他忌惮，他从未见过如此可怕的女人，连一向深谋远虑的母后都被她玩弄于股掌之间。

平阳王叹道："睿王已非吴下阿蒙，要挡住他，实在不容易。"

李明方试探道："难不成……真要取出遗诏？可万一这遗诏对陛下不利，该如何是好？"

东方洄心里也是烦躁得很，遗诏必然是对自己不利，麻烦就麻烦在不知遗诏藏在哪里，这阵子为了找那份遗诏，几乎将静芳斋翻了个底朝天，始终一无所获。

冬梅死后，母后曾几次逼问陈太妃，而陈太妃宁可受十指针刺之苦，也不肯说出遗诏所在。

平阳王思忖片刻，低声道："陛下，金陵城储粮不多，一旦开战，对我们甚是不利，而且……一旦粮草被劫的真相传开，只怕会动摇军心。"

东方洄面色阴郁道："所以你的意思，是放他们入京？"

"是。"平阳王颔首道，"一来，睿王入京不可能带着这二十万士兵，至多带个一两万，等于变相给了咱们机会在城中埋伏袭杀，睿王一死，这二十万士兵群龙无首，自然重归陛下麾下。二来，对陛下威胁最大的并不是睿王或者各地将领，而是先帝那份遗诏，而遗诏所藏之处只有陈太妃才知道，所以，陛下不妨先虚与委蛇，待得陈太妃取出遗诏后，再设法将之毁去，永绝后患！"

在惊雷银蛇的倾盆大雨中，东方洄艰难点头："好，就依你的意思办，绿衣，派人立刻回宫将这件事禀告母后，好让母后早做准备。"

"陛下英明！"平阳王拱手一礼，上前数步，隔着重重雨水喊道，"陛下有旨，特许睿王不卸兵权入宫，但只能带五千士兵入宫中，并且……"他扫过骑在马背上的各地将领，凝声道："请肃老王爷与诸位殿下下令诸将回各自驻地，不得有误！"他故意将允许东方溯带入城中的人数改为五千，尽量削薄他的力量。

肃王等人闻言不约而同地向东方溯看去，虽然各地将领是他们召来的，但东方溯才是那个能够下决定的人。

经过了长久的静寂后，东方溯开口道："好，我答应！"

在众将一一离去后，一直将他们拒之门外的金陵城门终于缓缓打开，相较于荣王等人的激动，慕千雪神色却是异常凝重，低声道：“入城之后，才是真正较量的开始，一定要小心！”

“我知道，多谢你替我做这么多事情。”东方溯声音清澈温柔，仿佛一朵盛开在暴雨中的明艳花朵。

慕千雪唇角漫出一丝柔情：“待得一切安宁之后，再谢不迟。”

四目相对，有脉脉情意在彼此之间流淌，无形无迹，却是任何神兵利器都无法斩断的。

赵平清默默看了一眼，走到陈太妃身边，扶着她往金陵城行去，在他们身后，是被允许跟随入京的五千士兵，余下那些士兵全部留在原地等候命令。

当他们赶到承德殿时，卫太后已经端坐于九龙宝座旁边，一袭真红蝠纹绛丝锦衣衬得她雍容威严，令人不敢直视。

“溯儿，你回来了？”卫太后淡淡说着，语气再平常不过，仿佛东方溯只是去郊外狩了趟猎。

“是，儿臣归来，给母后请安！”东方溯拱手行礼，将所有恨意与悲伤掩藏在平静淡漠的表象下。

“回来就好。”卫太后微微一笑，眸光扫过慕千雪等人，“怎么一个个的都来了，有事吗？”

肃王上前一步，拱手道：“臣等恳请太后，立即召文武百官入宫。”

“哦？”卫太后不动声色道，“什么事情要严重到召文武百官入宫，这外面可还下着大雨呢。”

肃王沉声道：“事关大周存亡，还请太后即刻传旨！”

卫太后目光如剑，在肃王身上盘旋，语气一如既往地平静宁和：“溯儿刚刚平定南境，大败齐楚两国，我大周国威正盛，这‘存亡’二字，从何而来？”

肃王抬手，迎着她锐利森冷的目光一字一句道：“边境固然安宁，内部却是祸患重重，若不及时根治，必会毁了大周百年基业。”

卫太后招手示意东方洄上前，淡淡道：“不知肃王所说的内患是什么？”

“臣等刚刚得知，先帝临终之前，曾有遗诏留下，故而恳请太后召众臣上朝，共同聆听先帝遗诏。”

卫太后拉着东方洄在那张代表至高无上权利的九龙宝座上坐下，故作惊讶道：“先帝临终之前，哀家一直陪伴左右，并不见先帝有遗诏留下，肃王从何处听来？”

“是先帝亲口相告，陈太妃也是知道的。”肃王的话令卫太后将目光转到陈太妃身上，“是吗？怎么哀家从未听妹妹提起过？”

陈太妃平静道：“先帝晓谕，除非大周有危，否则不得将遗诏一事告诉任何人，更不得取出，臣妾不敢有违。”

“原来如此。”卫太后微一颔首，“既是这样，就请妹妹告诉遗诏所在，哀家好派人去取来。”

肃王接过话道：“先帝明言，只有百官齐集，方才可以取出遗诏。”在他之后，荣王等人也纷纷请命，要求召集百官。

卫太后眸光一冷，旋即已是恢复了温和之色，侧目对周宁道：“传哀家旨意，召百官觐见！”

“嗻！”周宁躬身退下后，东方洄压低了声音，神情焦灼：“这必是一道废黜儿子的旨意，到时候……”

卫太后拍一拍他的手，打断道：“一切有母后在，无妨。”

接到东方洄报信后，她在每一处宫院殿宇都安排了人，不论遗诏藏在哪一处，只要取出，她的人立刻会不顾一切将之毁去，绝对拿不到承德殿来。

东方洄虽不知详情，却也清楚卫太后的手段，既然她说无妨，就一定出不了事。

太后传召，百官岂敢不从，尽皆冒着滂沱大雨赶来承德殿，看到东方溯等人都在，脸色皆是微微一变，城外的事情他们多多少少听到了一些，看这架势，金陵城……怕是要翻天了。

在最后一名官员踏入承德殿后，卫太后的声音徐徐响起：“今日传你们过来，是因为肃王声称先帝有遗诏留下，要当着你们文武百官的面宣读。”

百官面面相觑，皆是满面惊讶，干瘦的姜明率先走了出来，满面疑惑道：“肃王爷，先帝果真有遗诏留下？”

肃王颔首道：“先帝当年，虽然将皇位传于陛下，却有所担忧，故而留下一封遗诏，嘱咐在有必要之时取出。为免有人打遗诏的主意，这件事只有本王与陈太妃知晓，遗诏所在，更是只有太妃一人知道。”

百官齐齐一惊，目光不约而同地望着东方洄，有所担忧……难不成这封遗诏与皇位有关？

还有，先帝将这件事告诉肃王，尚且说得过去，毕竟是唯一的兄弟，可陈太妃……又是怎么一回事？难道这件事还与睿王有关？

姜明神色凝重地朝陈太妃拱手："敢问太妃，先帝遗诏现在何处？"

"先帝遗诏就在……"陈太妃目光一一环视众人的面孔，最后定格在卫太后的脸上，卫太后的神色一如既往地端庄自持，看不出一丝破绽，只有她自己清楚心中那份紧张。

遗诏……绝不能让拿到承德殿来，更不能在百官面前公开！

陈太妃抬手，指着九龙宝座上承帝亲题的"正大光明"匾额，一字一顿道："遗诏就在正大光明匾后。"

卫太后骇然，无数惊雷在眸底炸开，任她千算万算，也没有算到，遗诏竟然就在承德殿中！

东方洄更是惊得站起身来，脱口道："正大光明匾后怎么会有遗诏，简直是胡言乱语。"

肃王蓄了一丝冷笑在唇边："是否胡言，派人一看便知！"

"不行！"东方洄心思飞如轮转，"承德殿是什么地方，岂容你们胡来。"说着，他盯住陈太妃，冷声道，"陈太妃奔波辛苦，送她回静芳斋。"

禁军还未近前，东方溯已是挡在陈太妃身前，眸色冷得没有半分温度："谁敢！"

几名禁军被他盯得浑身发凉，竟是不敢再上前，姜明与几位大臣低低说了几句后，对东方洄道："陛下，事关先帝遗诏，臣以为，理应弄个清楚明白，若真是胡言，再行处置不迟。"

"不行！"平阳王态度强硬道，"承德殿乃是历代皇帝上朝的地方，岂可因为太妃一句不知是真是假的话，就任意攀爬，传扬出去，非得让诸国笑话我们大周不可。"

"不错，平阳王所言有理。"

"攀爬承德殿，就是对陛下、对先帝乃至大周历代君王无礼，此事万万不可。"一些站在卫太后这边的官员纷纷出声附和。

姜明一直都瞧他们不顺眼，冷哼一声道："有遗诏而不请出，同样是对先帝不敬。"

平阳王盯了他干瘦的身躯，淡淡道："只要姜尚书证明匾后确有先帝遗诏，本王绝不阻拦。"不爬上去，就没有遗诏；不证明有遗诏，就不许爬上去。这是平阳王故意设下的一个死循环。

在他们唇枪舌剑，争执不休之时，慕千雪在阿三等人耳边低低说了几句，诸人微微点头，紧接着阿三与阿四腾身而起，如两支疾射而出的利箭，往正大光明匾额的方向飞去。

东方洄脸色大变，不假思索地厉喝道："拦下他们！"

与之前袭杀怀恩时一样，黑影凭空出现，不过这一次是两道同时出现，在百官惊诧的目光中，截住阿三他们的去路。

在双方交手之时，又是两道身影腾空飞起，是阿五与阿六，那两道黑影虽然武功高强堪比怀恩，阿三他们却也不是善与之辈，一时半会儿无法摆脱。

"好一招调虎离山！"卫太后眸色阴冷地扫过慕千雪，下一刻，喝道："给哀家拦下他们，看谁敢在承德殿放肆！"

随着她这句话，又是两道黑影出现在众人视线中，在阿五他们将要碰到匾额之前拦截了下来。

就在肃王等人失望之时，又是一道身影腾空而起，正是十九，她的目标自然也是正大光明匾。

卫太后没想到他们还有第三组人，脸色青白交加，失去了之前的镇定，急喝道："快将他们拦下来。"

四道黑影虽然听到了她的命令，但苦于一时间无法摆脱阿三等人，只能眼睁睁看着十九接近匾额。至于李明方，早在十九刚跃起的时候就被十三挡住了去路，寸步难进。

十九知道机会只此一次，运起全身功力，以最快速度跃至正大光明匾，取下藏在后面的朱红匣子，落地交给慕千雪。整套动作如行云流水，一气呵成。

慕千雪双手捧高朱红锦匣，迎着卫太后阴狠的目光，大声道："遗诏在此，太后还不住手吗？"

卫太后眸中有雪亮的恨意，阿三也好，阿五他们也好，都是用来调虎的饵，十九才是真正的后招。

慕千雪必是猜到她身边也有影卫跟随，方才如此！

果然，这个手无缚鸡之力的女子才是最可怕的，若没有她，东方溯根本走不到这一步。

卫太后思量许久，终是不敢当着百官的面夺取遗诏，冷声道："回来！"

随着这两个字，刚刚还在与阿三他们缠斗的四道黑影，迅速退到她与东方洄身后，紧接着消失不见，仿佛从未出现过。

阿三等人双眉紧拧，这已非黑影第一次出现，可他们仍然看不透黑影出现与消失的奥秘，实在诡异得很，难怪尊者在他们母子身边潜伏多年，却一直不曾出手刺杀，如此神出鬼没，实在棘手。

百官怔怔地看着这一切，神情跟见了鬼差不多，夺取遗诏，还有那四道突然出现又突然消失的黑影是什么？

姜明率先回过神来，朝肃王道："王爷，这……这都是些什么人？"

肃王沉吟片刻，道："姜尚书可曾听说过神机营？"

"当然。"姜明点点头，将自己知道的事情说了出来，"传闻大周开国君主创立神机营，从此代代相传。神机营不入兵部，也不归军中，只听每一代君主之令，暗中守卫大周。"

肃王颔首道："不错，大周每一任君王驾崩之前，都会将神机营与皇位一道传给下一任储君，从无例外……直至先帝这一代。"

"先帝？"姜明不解道，"王爷这是何意？"

肃王看了一眼神色阴霾的卫氏，徐徐道："先帝在位之时，曾极为宠爱一位贵妃，更是在先皇后过世数年后，立其为继后，给予她母仪天下的尊荣，并重用其娘家之人。

"如此隆恩，继后与其娘家人并不知足，他们不断在朝廷乃至各地州府之中安插人手，扩张势力。等先帝发现之时，大周半壁江山已是落在他们手里。除此之外，先帝更发现，早年被他立为储君的继后之子，表面孝顺仁厚，实则凉薄无情，私心极重，并非明君人选。先帝有心废其太子之位，可这样一来，继后一族必不会善罢甘休，到时候内乱四起，邻国入侵，大周危矣。

"而且那个时候先帝龙体渐衰，精力不济，几经思量，先帝放弃了这个决定，装作什么都不知晓。在先帝龙归大海后，继后之子以储君身份继承帝位，但他并没有得到神机营，这件事令他寝食难安。他继位后，一边封赏诸皇子一边派人暗中监视，想知道先帝将神机营传给了哪位皇子。一旦找到神机营的下落，诸皇子也就没有继续活着的必要了，信王就是最好的例子。"肃王抬头，望着面色阴沉似铁的东方洄，"陛下，臣可有说错？"

有官员小心翼翼地问道："先帝究竟将神机营传给了哪位皇子？"如果先帝是迫于卫氏一族压力，方才将帝位传给东方洄的话，那么继承神机营的那个人，就是先帝真正属意的储君人选，也是真正该坐在九龙宝座上的那个人。

肃王指一指十九等人，淡然道："他们就在这里，自己问就是了。"

在百官骇然的目光中，一直未曾出现的阿二缓步走入殿中，在东方溯面前停下脚步，一字一句道：“我等奉先帝之命，追随睿王殿下，生死不得违抗！”

听到这句话，百官哗然，他们或多或少猜到了几分，但真得到确认时，仍是难掩那份惊讶，毕竟睿王在先帝诸多皇子中实在太不起眼。

第六十章　新君登基

姜明蹙着花白的双眉，满面疑惑道："既然他们是神机营，那刚才的黑影又是什么人？"

东方泽接过话道："这个问题，姜尚书得问陛下，顺道再问问琉璃坊的事情。"

琉璃坊在金陵城中名气甚响，朝中百官大多有所耳闻，有一些甚至还是琉璃坊姑娘的入幕之宾，当即有人出声询问东方泽是何意思。

"看来诸位都不知道呢。"东方泽冷笑，声音清冽如冰，"琉璃坊表面是一间秦楼楚馆，实则是咱们这位陛下用来搜集情报、监察百官的地方，还在里面蓄养了众多江湖高手，以便行刺暗杀，信王就是死在他们的手里。"说着，他朝绿衣努努嘴："喏，这位就是琉璃坊的掌事人。"

骤听此言，百官无不变色，有几位常去琉璃坊的官员，更是骇得面无人色，琉璃坊的幕后老板是东方洄，那他们在琉璃坊说的话，岂非一五一十全部传到了东方洄耳朵中？

卫太后拨弄着袖间一粒粒细小的珍珠，微笑道："泽儿编故事的本领是越来越好了，连哀家也差点儿信以为真。"

东方泽目光炯炯地望着她，忽地一笑："母后不肯承认就罢了，眼下最要紧的是宣读父皇遗诏。"

此时，肃王已自慕千雪手中接过锦匣，小心翼翼地自里面取出一个黄绫玉柄的卷轴，神色肃穆道："先帝遗诏，所有人跪迎！"

东方溯率先跪了下去，沉声道："儿臣恭迎父皇遗诏。"

在他之后，百官纷纷跪了下去，卫太后与东方洄虽心中百般不愿，却也不敢明着违旨，一道跪下迎旨。

“朕自继帝位以来，未敢忘先祖之训，多年来柔远能迩，休养苍生，共四海之利为利，以天下之心为心，保邦于未危，致治于未乱，夙夜孜孜，寤寐不遑，为久远之国计，庶乎近之。朕有心平天下，定四邦，无奈年事已高，力不从心；朕百年之后，当由太子洄承继帝位，统领大周疆土；然朕观太子生性凉薄，私利寡恩，恐非一代英主；反观皇七子溯，人品贵重，深肖朕躬，当能克承大统，承继天下；故，朕留下此诏于正大光明匾后，若太子德行亏损，有失明君之范，肃王与陈妃共取此诏，废其帝位，由皇七子溯代之。钦此！”

“不可能！”东方洄豁然起身，神情激动道，“这是假的，父皇不可能废朕之位，绝不可能！”停顿片刻，他指了肃王等人，冷笑道：“朕知道了，一定是你们觊觎帝位，伪造父皇遗诏，意图谋夺大周天子之位，你们好大的胆子！”

肃王面色不改道：“这道遗诏是先帝亲手所书，玺印也是先帝亲手所盖，何来伪造二字！”

姜明思忖片刻，道：“王爷，这道遗诏能否让下官一观？”虽然遗诏是他们亲眼看着从正大光明匾后取下来的，按理来说不可能是伪造，但这封遗诏关系到君王废立，实在不敢大意。

肃王往东方溯看去，在后者颔首后，将遗诏递给了姜明。姜明仔细看过后，点头道：“不错，这确是先帝笔迹，下官认得。”

听得他的话，几名曾侍候过先帝的朝臣围了上来，一番研究后，皆确认这封遗诏是真的。

东方洄面色铁青道：“老七素来不得父皇喜爱，怎可能将帝位传给他，这封遗诏必是伪造无疑！”

平阳王顺着他的话道：“陛下所言正是，只要有先帝笔迹参照，伪造出一封遗诏来并不是什么难事。”

原本已经相信遗诏的百官听到他们这番话，心思又动摇了起来。确实，要说先帝传位给先皇后所生的东方泽，甚至是荣王他们几个，都还说得过去，可偏偏是最不受待见连看一眼都嫌多余的七王，实在让人想不明白。

在纷杂的议论声中，陈太妃缓步上前，云丝凤纹绣鞋踏在光滑如墨玉的金砖上，“如果先帝宠爱溯儿，太后与陛下还会允许溯儿活到现在吗？”

卫太后盯着她，满面痛惜道：“妹妹，这么多年来，哀家自问没有对不起你们母子之处，为何你要这样加害哀家与皇帝？”

陈太妃微一欠身，淡淡道："臣妾岂敢，臣妾只是遵循先帝意愿。"

"先帝意愿，是大周安宁，是皇帝与诸王和睦，偏偏妹妹心有不足，弄出一封假遗诏来，想要谋权夺位，先帝若在天有灵，必然难以瞑目。陈从玉，你对得起哀家，对得起先帝吗？"卫太后一字冷过一字，待到后面，已是成为问罪之语。

陈太妃并没有因她的质问而退缩，坦然道："臣妾对得起，倒是太后，百年过后，您要如何面对先帝？"

卫太后并不回答她的话，冷哼一声，拂过朱红锦衣，厉声道："陈太妃母子以及肃王等人伪造遗诏，逼宫篡位，祸乱朝纲，立即将他们全部抓起来！"

陈太妃一向温和宁静，从不与人争执，甚至不曾大声说话，这一刻却是冷下眉眼："谁若动手，就是违抗先帝遗诏，当诛九族！"

一种无形的威严自她周身散发出来，最后四个字更是震耳欲聋，令那些禁军面面相觑，不敢再近前一步，东方洄眸底恨意闪烁，呵斥道："耳朵聋了吗，还不赶紧抓起来！"

正当禁军左右为难，不知该听谁之时，一直在与姜明等人低低私语的肃王手捧圣旨上前数步，沉声道："本王与姜尚书、江侍郎他们都可以作证，这封遗诏上面的每一个字都是出自先帝之手，绝无虚假。"

东方洄眸色阴沉道："肃王叔，朕敬你是长辈，还请你不要助纣为虐，害了自己也害了大周千千万万的百姓。"

对于他的话，肃王冷笑连连："臣若不敢出来，才真是助纣为虐，害了大周百姓。"不等东方洄言语，他重复了一遍东方泽在城门外指责东方洄的四宗罪，沉声道，"陛下身犯四宗大罪，不配再为大周君主，理当依遗诏退位，改由七王继位！"

这句毫不留情的话语，刺得东方洄勃然大怒，一掌重重落在紫檀九龙椅栏上，面色铁青道："朕是父皇当着文武百官之面册立的储君，是大周的君主，你们拿着一封假遗诏就要朕退位，简直是可笑！"喘了几口气，他转眸看向东方溯，神色阴阴道，"老七你若真想要这个位置，直接说就是了，何必弄出这么多事来。"

"陛下但凡有半分顾及兄弟之情，顾及大周子民百姓，就不会有今日之事，这一切……"东方溯扬眸，一字一字道，"都是陛下咎由自取！"

"你！"东方洄瞪着猩红的双眸，气急败坏道，"李明方，将他们全部抓起来，一个都不许放过。谁敢阻拦，皆以谋逆之罪论处！"

"是。"李明方是东方洄心腹，深知他若被赶下帝位，自己断不会有好下场，当即抽出锋利雪亮的钢刀，大喝道，"所有禁军听令，全力捉拿乱臣贼子，不得有误！”话音未落，眼前忽地一花，待得看清时，身前多了一个人，正是身为刑部官员的江越。

李明方钢刀往前一递，冷声道：“你也要一道作乱？”

江越漠然望着离面门仅有半寸距离的刀尖，看不到半分惧意：“七王承先帝遗旨，继皇帝位，你等助废帝阻拦七王，才是犯了谋逆之罪！”

“废帝”二字令东方洄脸颊一阵抽搐，两眼喷射出冷厉光芒，直欲弑人。他还在这里，江越就敢如此放肆，若他当真被逼退位，这大周，哪里还有他的容身之地！

未等东方洄问罪，江越忽地一撩官袍，朝东方溯跪下去，大声道：“臣江越，参见陛下，陛下万岁万岁万万岁！”

江越这番举动，无疑等于当众掌掴东方洄，令他面色难看至极，然而更可怕的事情还在后面。

随着江越的下跪，东方泽、荣王、哲王等人先后跪下参拜，再之后是一些站在他们那边的官员，几乎占了文武百官三分之一的人数。

“陛下！”这个时候，姜明再一次站了出来，在东方洄铁青的神色中，徐徐道，“既然先帝有遗诏留下，臣认为该依遗诏行事。”

东方洄咬牙切齿道：“你也想让朕退位是不是？”

“臣不敢，只是臣想着，陛下一向至孝，应当不会违背先帝之意。”姜明一下子堵住了东方洄的后路，令他明明恨得要命却又不能发作。

相较于东方洄，卫太后的神色要平静许多，让人看不透她的心思：“姜尚书，遗诏果然是先帝亲笔手书而非有人临摹先帝手迹而成？”

“这封遗诏上的字，笔锋依旧，却刚劲不足，收笔之时，略显软绵，正符合当时先帝龙体违和，卧病不起的情况。若是他人临摹，当与先帝往日所书一般无二才是。所以臣断定，这封遗诏，确是出自先帝之手。”

卫太后徐徐点头：“姜尚书观察入微，很好。”停顿片刻，她又道，“若这真是先帝的意思，哀家与皇帝理当遵从！”

此言一出，东方洄骇然色变，遵从……岂非要他让出帝位，这怎么可以，母后疯了不成？！

不只东方洄，其他人也是一脸诧异，不管怎么想，卫太后都应该紧攥着帝位不放，怎么会主动让出来，实在不合情理。

“母后……”

卫太后打断道：“哀家知道皇帝一时难以接受，但先帝之意不可违，而且皇帝确实有做得不对之处！”

东方洄难以置信地望着卫太后，他们可是亲母子啊，理应站在同一阵线，可现在母后……竟然帮着东方溯那伙人说话。

待得回过神来后，他面色赤红道：“朕是父皇钦定的大周天子，要朕让位于一个忘恩负义的贼子，绝不可能！”

卫太后默然片刻，抬眼看向东方溯：“能否让哀家与皇帝单独待一会儿？”

东方溯点头，扶着陈太妃退出了承德殿，在他之后，百官也纷纷退下，待得殿内只剩下他们母子二人后，卫太后上前欲握东方洄的胳膊，却被他用力挥开，厉声道：“不要碰朕！”

卫太后不以为忤地收回手，温言道：“在生母后的气？”

一听这话，东方洄顿时激动道：“难道不该吗？你是朕的母后，却帮着他们逼朕交出皇位，简直是疯了！”

卫太后叹道：“你以为哀家愿意吗？但是刚才的形势你也看到了，若不交出帝位，东方溯必不会善罢甘休。”

东方洄冷声道：“那又如何，难道还会怕了他不成？”

“东方溯气候已成，不是说对付就能对付的！”说着，卫太后又是一声叹息，“也怪哀家大意，竟然让他走到这一步！”

东方洄拂袖，态度强硬道：“他的倚仗就是那二十万大军以及那几十个将领，难道朕就没有吗？真要打起来，鹿死谁手，犹未可知！”

卫太后凝声道：“若是开战，不论你们谁赢谁输，大周都会因为内战而国力衰减，甚至——招来亡国之祸！”

东方洄脸色一变，旋即咬牙道：“就算是亡国也好过便宜了东方溯这个贱种，朕得不到的东西，别人也休想得到！”

卫太后挽起朱红翟衣，淡淡道：“哀家要的，是皇帝统领诸国，岂可成为亡国之君。”

她的话东方洄一怔，怒意渐渐平息下来：“既是这样，母后为何还要帮着他们？”

卫太后替他扶正略有些歪斜的金冠，温和道：“皇帝以为，东方溯凭什么能够走到今日，将我们母子逼得如此狼狈？”

提及此事，东方洄又恨又悔，冷冷道：“是儿子错许他兵权，再加上神机营与那封该死的遗诏，否则哪里由得他这般张狂。”

卫太后摇头道："你错了。"

"错了？"东方洄不解道，"儿子不明白。"

"皇帝说的这些，不过是表面事物，皇帝不妨仔细想想，是谁帮着他一步步从你这里得到兵权；又是谁帮着他劝动肃王他们；还有，是谁从你手里夺走了遗诏。"

卫太后每说一句，东方洄的眼神就冷上一分，缓缓吐出令他深恶痛绝的名字："慕千雪！"

"不错，若无此女百般算计扶持，就算先帝留下遗诏与神机营给东方溯，也掀不起今日这场大浪。"

东方洄薄唇微弯，勾起一抹阴冷入骨的笑意："再聪明又如何，还不是要死，儿子只恨没有早早杀了她，以致酿成今日之祸。"说到此处，他心中一动，"母后是想暂时虚与委蛇，待慕千雪死后，再夺回帝位？"

"不。"在东方洄诧异的目光中，卫太后缓声道，"就算她死了，也会事先替东方溯铺好后面的道路，让他可以继续稳坐帝位。"

听得这话，东方洄刚刚有些缓和的脸色又冷了下来："那我们岂非全无机会？"

卫太后抚过宝座上张牙舞爪栩栩如生的蛟龙，缓缓道："这样看着当然没机会，可如果……他们反目呢？"

"反目？"东方洄重复了一遍，随即连连摇头，"这不可能。"

卫太后侧耳听着殿外渐渐小下去的雨声，微笑道："没有什么是不可能的，好比今日，皇帝以前可曾想到过？"

东方洄低头不语，良久，他抬眼道："母后真有这个把握？"

"哀家何时骗过你。"卫太后按着他肩膀，让他坐在那张独一无二的九龙宝座上，冷声道，"这个宝座，是属于你的，也只能属于你，任何一个敢于争夺之人，哀家都会让他生不如死！"

对视片刻，东方洄终于下了决心，郑重点头："好，儿子听从母后安排。"

他的话令卫太后露出一抹笑容："能屈能伸，不愧是哀家的儿子。你放心，就算先帝重生，也休想夺走！"

一切商定后，百官重新入内，东方洄忍着心底强烈的恨意，沉声道："朕刚才细思登基三年以来所为，确有许多不是之处，既然遗诏确是父皇所留，朕身为父皇之子，理当遵从。所以，朕决定——退位让贤！"

对于他这个决定，站在东方溯这边的官员自是欣然接受，但站在东方洄那边的官员却是大惊失色，吏部尚书急切道："陛下，此事关乎大统，万万不可儿戏！"

在他身后，数十名朝臣纷纷出声附和，请东方洄三思。

“朕意已决，你等不必再说。”在喝止了众人的言语后，东方洄缓步走到东方溯身前，“答应朕，善待臣民百姓，凡事以大周为先，不要像朕之前一样，被一己私利蒙蔽眼睛，忘了君王之责。”

东方溯眼底掠过一丝警惕，淡然道：“既为君王，理当如此。”

“好！”东方洄缓缓吐出这个字，未等众人反应过来，他倏然屈膝跪地，一字一顿道，“臣东方洄，参见陛下，陛下万岁万岁万万岁！”

东方洄死死攥着双手，任由小指蓄养多年的指甲折断在掌中，他发誓，今日所受的屈辱，来日必百倍讨还！

有了他这一跪，百官尽皆跪下去，三呼万岁。在这响彻大殿的呼声中，东方溯缓步踏上台阶，往那张曾经高高凌驾在他之上的宝座走去。

前尘往事，一幕幕在眼前掠过，恍然如梦，唯一真实的是，他现在终于有能力去保护身边的人，不必再时时担心他们会受到伤害。

如此……就够了！

当他坐上龙椅时，下了整整一日的雨倏然止歇，乌云散尽，露出皎洁如银盘的明月，清辉淌落一地。

据史书记载，弘德三年六月二十三，弘德帝遵照承帝遗诏，退位让贤，由七皇子东方溯继任为帝，改元永平，意为天下永平，礼部几经择选，定于七月二十七行登基大典。

东方溯继位后，尊奉嫡母卫氏，生母陈太妃为两宫皇太后，封旧帝东方洄为恭亲王。

至此，一切尘埃落定。

第六十一章　碧鸳云萝

在朝廷八百里加急，将此事分报各州府之时，新君继位的消息也在金陵城中疯传。

在一处不起眼的庭院中，张启凌满面惊讶地望着胭脂："你说东方溯已经继位为帝？"

"是，他们在承德殿正大光明匾后取出承帝遗诏，东方洄按着遗诏的意思退位，改由睿王继位。"

胭脂的话令张启凌惊意更甚："你说东方洄主动退位？"

"是。"胭脂话音未落，张启凌已是连连摇头，"不可能，东方洄为人凉薄自私，嗜权如命，就算有遗诏在，也绝不可能主动交出皇权。"

"这一点奴婢也想不明白，但根据咱们得到的消息，确是如此。并且，城内外军队已经各自散去。"胭脂的话令张启凌陷入长久的沉默中。

按他的预料，东方洄与东方溯二人该为皇权斗得你死我活，两败俱伤才对。一直以来，他的预料从未出过错，直至这次……

许久，张启凌唇角渐渐凝起一丝笑意，拍掌道："有趣，真是有趣。"

胭脂讶然道："公子，何事有趣？"

张启凌这会儿已是恢复了往常的冷静，取过一颗今晨刚刚摘下的葡萄剥着皮道："我一直以为，她能扶持睿王与东方洄一战已是极限，结果她给了我大大的一个惊喜，岂不是有趣？"

胭脂刚要说话，一颗剥好的葡萄被递到朱唇边："多谢公子。"葡萄有些酸，胭脂皱着秀眉吐出几粒小小的葡萄籽，"公子是说璇玑公主？"

张启凌拭去沾在指边的葡萄皮，微笑道："这么多年来，除师父之外，她是第一个让我料不准的人，难怪一直以来师父都对她另眼相看，甚至说服父亲，将她当作平定中原的一颗重要棋子。"

胭脂点一点头，思忖片刻后忽道："公子，奴婢觉得，这颗棋子该是时候扔了。"

张启凌眼皮微微一跳，不动声色道："为什么？"

"眼下东方溯已经登基为帝，公子希望的乱局无法出现，若由着她继续留在东方溯身边，奴婢担心会助长大周国势，对咱们不利。"停顿片刻，胭脂又道，"还有，璇玑公主这般聪明，万一让她发现自己是国师与公子手中的一枚棋子，岂非大事不好。"

张启凌弹一弹半透明的指甲，淡淡道："只是偶尔超出预期罢了，无须大惊小怪。再说，这么好的棋子就此扔了，不觉得可惜吗？"

胭脂咬一咬樱唇，轻声道："是有一些，但奴婢始终觉得留着她是一个祸患。"

张启凌望着窗外明澈如金的阳光，微笑道："富贵险中求，名利危中取。是祸是福，全看你怎么用她。"

"可是……"胭脂待要再言，张启凌收回目光，打断道："好了，这件事到此为止，不必再说。"

"是。"胭脂听出他言语间细微的不悦，低头不敢多言，不知过了多久，耳边传来张启凌的声音："她回来了吗？"

胭脂知道他问的是慕千雪，摇头道："奴婢一直派人监视着慕宅，并未见她出现，应是还在昭明宫中。可要奴婢派人去宫城附近打听？"

张启凌正要说话，一名小厮双手持信走了进来，恭声道："公子，刚刚收到国师八百里加急送来的书信。"

看过小厮递来的书信后，张启凌脸色顿时沉了下来："备马，我要立刻回襄月城！另外，把影卫叫上，随我一道回去。"

小厮依言下去准备后，胭脂试探道："公子，是出什么事了？"

张启凌紧紧攥着书信，双眸冰冷道："父亲忽染时疫，病情危急，恐怕会熬不过这一关，师父让我立刻赶回去。"顿一顿，他道，"胭脂，你留在此处监视东方溯与慕千雪，一有什么动静，立刻飞鸽传书。"

"是。"胭脂应声后不久，小厮那边也备好了马，张启凌当即带着几名影卫离开金陵城，策马赶往东凌帝都——襄月城！

这一切，身在昭明宫的慕千雪并不知道，就算她知道，只怕也有心无力……

前朝的王权更替，并没有影响到上林苑中的景致，依旧花团锦簇，无尽繁花在这夏末的季节里，拼命绽放最后的美好。

夏月折了几朵色如白玉、细长未放的花朵走入亭中，笑道："公主您瞧这花，细细长长，像不像一支支玉簪子？"

慕千雪自锦绣繁花中收回目光，从夏月手中取过一朵簪在她鬓边，暖风拂过，花香盈动："玉簪堕地无人拾，化作江南第一花。传闻此花是仙女发间白玉簪所化，故名玉簪花。"

"玉簪花……"夏月轻轻念了一遍，扬眸笑道，"这花不只样子好看，名字也好听得紧。"

慕千雪走到亭边，望着外面明媚到近乎炽烈的天光，喃喃道："玉簪花开，这天……差不多该入秋了。"

"嗯，刚才折花回来，奴婢看到路边有几株丹桂已经开了。"说到这里，夏月忽道，"公主，您可是有什么心事？"

慕千雪转过头来看着夏月："为何这么问？"

"陛下继位，是一件好事，理应高兴，可奴婢看您这几日，一直愁眉不展，几乎看不到什么笑容，连这精神也差了许多。公主，到底怎么了？"

慕千雪抚一抚消瘦的脸颊，淡淡一笑："没什么，只是……"话说到一半，忽地秀眉微微一蹙，旋即已是舒展开来，"有些担心卫氏母子不会就此罢休。"

夏月皱一皱琼鼻，不以为然道："大局已定，他们纵然再不甘心，也无法翻天。"

"百足之虫，死而不僵，朝中上下仍有不少人忠于东方洄，而卫氏也仍居太后之位，不得不防。"在说到最后几个字时，慕千雪指尖微微颤抖，将十指不着痕迹地拢在袖中，"我有些饿了，你去取些点心来。"

勉强将夏月支开后，慕千雪再也压不住胸口的闷滞，倏然跌坐在地上，大口大口地喘着气，额间冷汗涔涔。

慕千雪死死攥着胸口，心脏正在里面缓慢地跳着，每一下跳动收缩，都格外艰难，像是被什么东西束缚住了一样。

心脏跳动的迟缓令慕千雪眼前一阵阵发黑，意识逐渐变得模糊。她唯一能做的，就是拼命咬住舌尖，借着那一丝剧痛，让自己不要晕过去。赵太医说过，一旦晕过去，很可能就再也醒不过来。

这样的痛楚，她已经不是第一次承受，在东方洄强迫她服下那粒不知名药丸的当夜，她就被生生自睡梦中憋醒。为免夏月担心，一直强忍着不发出声音，约一炷香后，这种令人几乎发疯的胸闷方才渐渐退去。

在那之后，每隔两日就会发作一次，且发作的时间一次比一次长。东方溯继位后，她曾悄悄传赵太医来看过，赵太医断定她中了碧鸳云萝之毒，此物长于水中，叶如丝，盘绕若绿云，奇毒无比，水中游鱼从不敢靠近，偶尔不小心触及，立时毙命，被称为十大奇毒之一。

碧鸳云萝一般长在深潭底下，再加上毒性剧烈，极难采得，故而见过碧鸳云萝的人少之又少。不知东方洄从何得来，又不知用了什么法子，竟然克制住碧鸳云萝的毒性，没有立即发作，而是一次次折磨着慕千雪。

虽然赵太医诊出慕千雪所中之毒，但也仅此而已，他并没有法子化解碧鸳云萝之毒。

七天，这是赵太医给出的时限，七天之后，碧鸳云萝的毒性就会彻底侵入五脏六腑，令其内脏俱僵而死。而今天，已是第六天……

每一次发作之前，慕千雪都会借故遣开夏月他们，故而至今无人知道她身中奇毒，命不久矣！

与以前那几次一样，腥甜味道在嘴里蔓延。然而这一回，舌尖的剧痛并不能维持住那一丝清明，意识依旧在不断模糊。

碧鸳云萝之毒，并非总是一成不变，随着一次次发作，毒性开始变得越来越猛烈，七天……或许根本就撑不了七天……

在昏厥过去之前，慕千雪隐约看到有人走进亭中，随即陷入无尽的黑暗之中。

“公主？公主？”紫燕唤了几声，见她始终没反应，俯身去探鼻息，下一刻，满面惊骇道，“娘娘，她鼻息很微弱，脸色也不大对劲，怕是出事了。”

“她素来身子孱弱，出事也不奇怪。”说着，赵平清扫了一眼四周，蹙眉道，“奇怪，怎么也不见个侍候的人，连夏月那丫头也不在。”

“想是有什么事情离开了。”说话之时，紫燕目光一直落在昏迷不醒的慕千雪身上，脸色阴晴不定，不知在想些什么。最终定格为一片狠狞之色，伸手紧紧捂住慕千雪口鼻。

赵平清见状，脸色一变，急喝道：“你在做什么？”

紫燕抬头，带着一抹残忍的笑意道：“奴婢送她一程。”

“放肆，还不赶紧松手。”面对赵平清的呵斥，紫燕不仅没有松手，反而捂得更紧，恨恨道，“娘娘忘了她之前是怎么害您的吗？还有杜鹃，要不是她在陛下面前挑拨是非，杜鹃怎么会嫁给一个低三下四的银号伙计，一辈子挨穷受苦。今日是天赐良机，不会有人知道是咱们动……”

“啪”的一声，一记耳光重重扇在紫燕脸上，扇她的不是别人，正是赵平清。

紫燕捂着刺痛的脸颊，满面愕然道：“娘娘，您……您这是做什么？”

赵平清面色冰冷道：“你跟了我这么多年，当知我最讨厌底下人自作主张，偏偏还要明知故犯，你自己说说，该不该打？”

紫燕激灵灵一颤，意识到自己一不小心犯了赵平清大忌，连忙跪地请罪：“奴婢知错，但奴婢这么做也是为了娘娘好，留着慕千雪，对娘娘来说，终归是一个大患。”

“我知道。”赵平清瞥了一眼面色发青的慕千雪，眸色冰冷道，“所以我比任何一个人都想她死。”

紫燕疑惑道：“既是这样，娘娘为何……”

“杜鹃的教训这么快就忘得一干二净了？”

“杜鹃……”紫燕刚要问是什么教训，心中猛地一动，不安地望着空寂无人的四周，小声道，“娘娘是说……还有人在暗中盯着咱们？可这附近没人啊。”

赵平清扬唇勾起一抹冰冷的笑意：“要是那么容易被发现，神机营就没必要存在了。”承德殿那场交锋后，慕千雪之才以及神机营在东方溯手里的事情，都已经不再是秘密。

“慕千雪一死，就算神机营的人没有亲眼看到你动手，也必会疑心你我，传到陛下耳中，会有什么后果，不用我说你也清楚。”

听到这里，紫燕已是出了一身冷汗，后怕不已。她很清楚东方溯对慕千雪是何等在意，莫说加害，就算与之扯上一星半点儿的关系，也足以让她们死无全尸。

赵平清的话还在继续：“另外，陛下初登大宝，根基不稳，恭王虽依先帝遗诏退位让贤，却不见得心甘情愿，难保他们母子不会兴风作浪。所以现在，慕千雪活着比死更好。”

紫燕恍然道：“奴婢明白，幸好娘娘及时阻止，否则奴婢就要闯下大祸了，只是……”她瞅了赵平清一眼，犹豫道，“奴婢担心璇玑公主会对您不利，之前她可没少使绊子，还差点儿害得娘娘您嫁不成陛下。”

“这个我自会小心。”赵平清抚着已经七个月的肚子，轻声道，“还有两个月，腹中这个孩子就要出世了，太医说过，他胎动强劲有力，很可能是个男孩，若果真如此，他将会是陛下长子，也将会是我在后宫之中最大的倚仗，所以现在……绝不能出事。”

“往后说话做事，多长些心眼，别闯了祸还不自知。”在紫燕连连点头后，赵平清又道，“现在知道该怎么做了吗？”

紫燕稍稍一想，会意道：“奴婢这就去请太医过来。”

赵平清满意地点点头，叮嘱道：“请了太医后，去一趟承德殿，将这件事告诉陛下。”

“是。”紫燕刚要出亭子，便看到夏月端着点心迎面走来，当即道，“你来得正好，公主晕了过去，快让人抬她去漪兰殿，我去请太医。”

夏月惊得神色大变，赶紧奔入亭中，果见慕千雪倒在地上，气若游丝，不论怎么呼唤都没反应，急得她直掉泪，愤愤盯着赵平清二人，质问道：“你们对公主做了什么？”

紫燕不悦道：“你不要胡说，我们来时公主就已经晕过去了。”

“我离开时公主还好端端的，怎么可能突然晕厥。”夏月一口否决，根本不信她的话。

紫燕想起她刚才意图趁机闷死慕千雪，一时有些心虚，微微往后退了一步，色厉内荏道：“娘娘一片好心，却被你如此怀疑，真是狗咬吕洞宾，不识好人心。早知这样，我们刚才就该转身离去，当作没看见才对。”

“好了。”赵平清蹙一蹙眉，催促道，“救人要紧，赶紧去请太医。”说着，她对夏月道：“是否与我有关，等公主醒来后，你自己问她就是了。”

夏月咬一咬牙没有再说话。过了一会儿，几名内监想是得了紫燕的话，匆匆抬着一架肩舆过来，将昏迷不醒的慕千雪抬回了漪兰殿。不久后，赵太医也到了，手刚一搭上慕千雪腕脉，便止不住地哆嗦起来，冷汗不住从额头渗落，碧鸳云萝，果然是碧鸳云萝发作了。

赵平清见他面色异常，疑惑道：“赵太医，公主到底因何昏迷？”

赵太医正犹豫着该怎么回答时，一道明黄身影衣袍带风地冲了进来，直奔榻前，一眨不眨地盯着那张苍白之中透着一丝青色的脸庞，神情焦灼而紧张：“千雪？千雪？”

见东方溯进来后看也不看自己，赵平清心中暗恼，但她城府极深，自不会将真实想法表露在脸上，温言道：“陛下莫急，有赵太医在呢，公主不会有事的。”

她这么一提醒，东方溯也想了起来，赶紧看向尚跪在地上的赵太医："公主为何会突然昏迷？"他原本在听礼部关于下月登基大典的奏禀，得知慕千雪昏迷不醒，立刻赶了过来。

赵太医颤声道："回陛下的话，公主她……她……"

东方溯本就心急如焚，偏偏赵太医吞吐半天也没说出个所以然来，顿时怒上心头，厉喝道："还不快说！"

赵太医吓得浑身一哆嗦，赶紧将前因后果一股脑儿说了出来："启禀陛下，公主昏迷，乃是因为身中剧毒之故。"

"剧毒？"夏月倒吸一口凉气，下一刻已是连连摇头，"这不可能，我离开之时，公主还好端端的，怎会突然中毒。"

"是啊，赵太医你诊清楚了吗？公主一直身在禁宫内苑，没道理会中毒啊。"赵平清也是满心诧异，她一直以为慕千雪是体弱引致的晕厥，怎么也没想到会是中毒。

"确是中毒无疑，其实……"赵太医欲言又止，他有心想要将碧鸳云萝一事说出来，又恐东方溯知道后会怪他帮着慕千雪隐瞒，不知该如何是好。

夏月怔忡片刻，忽地指了赵平清，厉声道："我知道了，是你，一定是你！"

紫燕脸色一变，匆匆看了一眼东方溯，急忙道："陛下面前，你休要胡言乱语。"

夏月没理会她，屈膝朝东方溯跪下，双目通红："请陛下替公主做主！"

东方溯扫过赵平清，目光精锐阴冷，赵平清一阵胆寒，如果慕千雪今日救不回来，恐怕……她不敢想下去。

在吩咐赵太医立刻替慕千雪解毒后，东方溯看向跪地不起的夏月："究竟怎么一回事？"

"今儿个午后，奴婢陪公主在上林苑赏花，公主午膳吃得不多，走了一阵后觉着有些腹饿，便让奴婢回来拿点心，结果奴婢一回去，就看到公主昏倒在地，平妃也在亭中，她一向不喜欢公主，必然是她下的毒。"

赵平清怕东方溯相信夏月的话，问罪于她，赶紧挺着七个余月的肚子跪下道："臣妾冤枉，臣妾入亭见到公主的时候，她已经昏过去了，臣妾什么都没做过，求陛下明察。"

紫燕也跟着跪下，急切道："陛下，此事确与娘娘无关，奴婢可以作证。"

夏月抹一抹泪，冷声道："你自是帮着她说话，一丘之貉！"

赵平清抬起头，垂泪道："陛下，如果真是臣妾居心不良，加害公主，又怎会让紫燕去请陛下与赵太医过来，这不是存心给自己添麻烦吗？"见东方溯不说话，她又道，“是，臣妾以前做过糊涂事，但自从陛下训诫之后，臣妾就决定痛改前非，为自己也为腹中孩子积福积德，臣妾真的没有害过公主。”

“陛下……”

东方溯抬手示意夏月噤声，盯着赵平清道：“确与你无关？”

赵平清银牙微咬，迎着东方溯冷得让人发颤的目光一字一句道：“若有一句虚言，就让臣妾不得好死。”

“好！”东方溯缓缓点头，对紫燕道，“扶你家主子起来。”

“多谢陛下。”赵平清心中一松，借着紫燕搀扶，吃力地从地上站了起来，夏月见状大急：“陛下，您不要相信她的花言巧语，必是她给公主下的毒！”

“朕心里有数。”东方溯神情冷寂道，“眼下最要紧的是救醒公主，其他事情晚些再说。”说着，他目光微转，落在赵太医身上，发现他一直呆站在原处，根本没有替慕千雪解毒，顿时大怒，面色铁青地呵斥道，“为何不替公主解毒，若延误公主病情，朕要你陪葬！”

赵太医慌乱跪地，哭丧着脸道：“陛下，不是臣不替公主解毒，而是……”他硬着头皮道，“无药可解。”

东方溯大惊，勉强按一按心头的骇意，道：“你是太医院有名的解毒圣手，怎么会有你解不了的毒？”

“世间毒虫毒草毒花众……众多，臣所能解的，不过是冰山一角罢了。”赵太医跪在地上瑟瑟发抖，冷汗出了一层又一层。多年来他一直以自己在解毒术上的造诣为荣，更对“解毒圣手”这个名号沾沾自喜。但这会儿却成了他最大的祸患，要是东方溯觉得他学医不精，一怒之下，下旨处死，他可真是连个申冤的地方都没有。

东方溯脸颊肌肉一阵抽搐，寒声道：“公主中的——究竟是什么毒？”

赵太医颤声道：“回陛下的话，公主中的是天下十大奇毒之一，碧鸳云萝。”

赵平清惊呼一声，难以置信道：“我听说过这种毒，生于深潭水底，触之即死，最是可怕不过，公主怎么会沾染此毒？”

赵太医知道瞒不过去，只得如实相告：“其实早在六日前，公主已经传臣来诊过脉，当时臣就发现她中了碧鸳云萝的毒，只得七日可活。”

紫燕心中一松，朝夏月投去嘲讽的目光。赵太医刚才那句话，无疑证明了她们主仆与慕千雪中毒一事无关，她自是解气得很。

夏月无暇理会她，难以置信地盯着赵太医：“六日前？怎么我……我从来不知道？”

赵太医叹了口气："公主有心隐瞒，又怎么会让夏月姑娘你知道。"话音未落，耳边响起阴恻恻的声音："所以你连朕也瞒了是不是？"

赵太医大惊，跪在东方溯脚下磕头如捣蒜："臣罪该万死，但臣也是迫于无奈，公主一再哀求臣，不许将她中毒的事情说出去，尤其是不能告诉陛下，臣……臣实在拗不过公主，只能答应她。"说着，他又急忙道，"求陛下开恩！求陛下开恩！"

"开恩？！"东方溯一脚将他踹倒在地，恨声道，"你延误公主病情，还有脸要朕开恩？朕告诉你，要是公主有什么三长两短，朕要你偿命！"

赵太医忍痛重新跪好，拼命求饶，东方溯努力让自己冷静下来，对夏月道："立刻去将所有太医请来。"

赵太医颤声道："臣问过每一位太医，他们……都没法子解这个毒，而医书上关于碧鸳云萝的解法，只有一个记载——无药可解！"

"朕不相信！"东方溯面色铁青地低吼着，"既然是毒，就一定有法子可解。"说着，他又喃喃自语，"对，一定会有法子。"

赵平清轻声道："陛下，不如张贴皇榜，说不定民间有大夫能解此毒。"

赵平清的话提醒了东方溯，连忙唤过内监："张进，立刻张贴皇榜，不论是江湖郎中还是贩夫走卒，只要能解碧鸳云萝的毒，赏银万两，封——三等侯爵！"

紫燕在一旁听得暗暗咋舌，赏银万两也就算了，三等侯爵，那可是多少官员梦寐以求却求之不得的荣耀。现在仅仅只是解个毒，便可一步登天，封赏三等侯爵，这份荣宠，还真是让人羡慕嫉妒。

"嗻！"张进知道事态紧急，赶紧领旨准备离去，还没等他跨出殿门，另一名承德殿的内监孙洪匆匆奔了进来，躬身行了一礼，道："陛下，恭王在外求见。"

东方溯这会儿正忧心慕千雪生死，哪有心情见他，当即不耐烦道："朕现在有事，让他改日再来。"

孙洪抬起头，带着几分茫然道："恭王让奴才务必转告陛下，说他有办法解碧鸳云萝的毒。"

东方溯双目倏地一睁，灼灼盯着他道："他人在哪里？"

"就在殿外等候。"孙洪话音未落，东方溯已是催促道："立刻带他进来，快！"

很快，身着一袭锦蓝团福刺绣长袍的东方洄出现在殿内，未等东方溯说话，他已是双膝跪地，俯首于地："臣罪该万死，请陛下治罪！"

东方溯眸光一跳，在示意赵平清等人下去后，他盯着跪地不起的东方洄，冷冷道："是你给千雪下的毒？"

东方洄抬起头，满面沉痛道："当日任臣百般劝说，公主都不肯归顺，故而……一怒之下给公主下了碧鸳云萝的毒。"说着，他又重重磕头，不停地重复着"臣该死"这几个字。

"你是该死！"东方溯冷冷吐出这四个字，强行咽下梗在喉间的怒与恨，一字一顿道，"只要千雪安然，朕答应你，之前的事，一概既往不咎。"

他虽恨极了东方洄的阴毒，却没有失去理智，眼下最要紧的是替慕千雪解毒，只要她安然无恙，留东方洄一条命也无妨，后者之所以百般请罪，无非也是想求这一道保命符。

"陛下仁德，相较之下臣之前……"东方洄激动的声音微微发抖，"实在愧对陛下。"

东方溯懒得猜测他这番话有几分真心，催促道："解药呢？"

东方洄连忙自袖中取出一个青瓷小瓶递了过去："药就在这里，但……还差了一味药引。"

"什么药引，朕立刻让人去御药房取来。"

东方洄苦笑道："若是御药房有的，臣早已去取来，哪会等到现在，这味药引——只有陛下您能给。"

殿外，紫燕瞅了一眼紧闭的殿门，小声道："娘娘，这碧鸳云萝的毒，整个太医院都束手无策，怎么恭王会有法子解？"

赵平清拨一拨耳下的珍珠坠子，凉声道："解铃还须系铃人，他下的毒，当然只有他能解。"

紫燕一惊，脱口道："是他给公主下的毒？"

赵平清颔首道："陛下应该一早就猜到了，所以才将咱们遣出来。"

紫燕恍然之余又有些不解："公主帮着陛下将他赶下帝位，按理来说，他应该恨极了公主，为何还要赶来替她解毒？"

赵平清微微一笑，垂目望着墙角早早绽开的几朵雏菊："他自是恨极了璇玑，可他也怕极了璇玑死，因为她一死，陛下一定会要他甚至卫太后陪葬，所以你说说，他怎么敢不来？！"

紫燕点点头，过了一会儿，殿内传出东方溯的声音，命他们进去。夏月一进殿，便迫不及待地问道："陛下，公主是不是没事了？"

东方溯没有说话，只是示意赵太医替慕千雪把脉，在仔细搭过脉后，赵太医一扫之前的愁色："启禀陛下，公主体内的碧鸳云萝之毒，基本已经解了，只剩下一点残毒未清，待公主醒来后，喝几服解药的汤药就没事了。”

东方溯眉目一松，紧紧握住慕千雪素白的手，声音哽咽道：“没事就好，没事就好。”

赵平清也是长长松了一口气，双手合十：“多亏上天保佑，让公主转危为安。”说着，她眼尖注意到东方溯袖口有几滴血迹，连忙上前握住东方溯的手，紧张问道，“陛下您受伤了？”

东方溯阻止欲要一探究竟的赵平清，淡淡道：“刚才不慎划了一下，没事。”说着，他又道，“你今日也累了，回去歇息吧，别动了胎气。”

赵平清温顺点头：“是，臣妾告退。”

回到含章殿时已是黄昏时分，夕阳西下，缤纷绮丽的晚霞映照在含章殿的琉璃瓦上，折射出异常艳丽的光芒，令人目眩神移。

殿内已经备好了晚膳，一名眉清目秀的内监捧着飘着玫瑰花瓣的水进来：“请主子净手。”

赵平清点点头，取下护甲，将涂着艳红蔻丹的双手浸入盆中，任由散发着淡淡香气的水包裹住她莹白如玉的十指。

这是她多年来的习惯，常年以泡有玫瑰花瓣的水沐浴净手，以此保持身体以及双手肌肤的娇嫩光滑。所以每年但凡玫瑰花开，她都会让下人搜集花瓣，晒制成干花，以供秋冬之时使用。

在水渐渐凉下来时，赵平清抬起手，接过紫燕递来的毛巾拭净手上的水渍，走至膳桌前坐下。

内监一边递过银筷，一边小声道：“主子，一直住在平阳王府的那位，今儿个刚刚进宫。”

赵平清夹了一筷鱼肉在斗彩牡丹碗中，淡然道：“陛下把她安置在哪里？”

“长信殿。”一听到这三个字，紫燕柳眉顿时皱了起来：“怎么安置到那里去了？那可是正宫皇后娘娘才能住的地方。”

“她本就是陛下的正室，住到那里去有什么好奇怪的。”赵平清不以为然地说着，鱼肉炖得火候正好，入口即化，全然感觉不到一丝腥气，唯有一股鲜美的滋味流过喉中。

紫燕眉头拧得越发紧了：“娘娘忘了，她可是卫氏一族的人，陛下怎么也不可能册她为后。”

“你错了。”赵平清接过内监递来的鱼汤，银匙轻搅，叮然有声，“陛下一定会册她为后。”

紫燕深知赵平清的性子，若不是极其确定，她不会用“一定”这个词，但册封沈惜君为后……可能吗？

赵平清看穿她心中的疑惑，凉声道：“还记得你之前打听到的事吗？”

紫燕微一思忖，道：“娘娘是指昌荣宗姬被平阳王妃逼迫小产那桩事？”

“不错。”赵平清颔首道，“虽然不是陛下逼得她小产，却因陛下而起，以陛下那重情重义的性子，又怎么可能不对沈惜君心怀愧疚，而后位……就是他给沈惜君的补偿。”

紫燕撇一撇嘴，冷声道：“一次小产就换来正宫皇后之位，可真是便宜了昌荣宗姬。”

内监赔笑道：“就是，依奴才说，正宫之位，非主子娘娘莫属！”

听得这话，赵平清脸面色蓦地一冷，厉声道：“跪下！”

内监愣在那里，直至紫燕又呵斥了一声，方才回过神来，赶紧跪下，惶恐道：“主子恕罪，可是奴才……奴才说错了什么？”

赵平清冷笑连连，冷冷道：“一个犯下弥天大错而不自知的奴才，死不足惜。”

内监被她这句话给吓坏了，连连磕头求饶，紫燕冷声道：“亏得你叫小聪子，却是半点儿也不聪明机灵，枉费了这个名字。正宫之位是你可以议论的吗，万一被人听了去，一状告到陛下面前，陛下必会以为主子觊觎正宫之位，到时候，你就算有一百颗脑袋也不够砍的。”

听到这里，小聪子方知是他用来讨好赵平清的话闯了祸，真是聪明反被聪明误。他赶紧一边认错一边自掴巴掌，也不知掴了多少个，耳边方传来赵平清的声音：“好了！”

小聪子忍着脸颊火辣辣的刺痛，磕头道：“多谢主子开恩。”

赵平清扫了他一眼，凉声道：“在这含章殿侍候，说话做事都要放机灵一些，这样的错，我不想再有第二次。”

“奴才谨记主子教诲！”小聪子小心翼翼地站起来，见赵平清递过空碗，赶紧上前重新盛了一碗浓白的鱼汤给她。

赵平清抿了一口，道：“你将昨儿个母后赏的两盒血燕取来。”

紫燕稍稍一想便明白了她的用意：“娘娘要去见昌荣宗姬？”

赵平清拭一拭唇边的汤渍，微笑道：“怎么说也是一场姐妹，多日不见，理该去看望。”

紫燕迟疑道："话是不错，但奴婢担心她会对娘娘与小皇子不利，不如……让奴婢送去。"

"她是未来的皇后娘娘，我若不去，未免会让人觉得我倚孕生骄，不敬皇后，传到陛下与母后耳中，可不是什么好事，再说……"赵平清眼波流转，似笑非笑道，"数月不见，我也真是有些惦念她。"说着，她催促道："好了，快去准备吧。"

见她心意已决，紫燕不再多言，按着她的吩咐，备了两盒陈太后赐下来的上等血燕。

用过晚膳，紫燕扶着赵平清徐徐往长信殿走去，小聪子捧着东西远远跟在后面。夜风一阵阵地扑面而来，拂动长长的裙裾，如今天气还未转凉，一路走来，夏蝉之声不绝于耳。

紫燕悄悄看了赵平清一眼，欲言又止，赵平清察觉到她的目光，淡然道："怎么，还有事情？"

紫燕咬一咬唇，轻声道："奴婢在想，璇玑公主活着，不知道是福是祸。"

赵平清垂目望着投在前面的影子："我说过，她现在还死不得。"

紫燕迟疑片刻，声音越发地轻微："奴婢记得娘娘的话，奴婢担心的是……陛下会纳璇玑公主入宫。"

她的话令赵平清脚步一滞，复又继续往前走去，幽凉声音在这夏末的夜里徐徐响起："若陛下真有这个心思，谁也阻止不了。"

紫燕忧心忡忡道："她若入宫，只怕娘娘……您会很辛苦。"

"无妨，我这辈子最不怕的就是辛苦，再说……"她遥遥望着月色下隐约可见的长信殿，"最要担心的人，可不是我。"

长信殿既为正宫，自是雕栏玉砌，大气开阔，即便是在夜里，也能感觉到那份富丽华美。

"奴才参见平妃娘娘。"有宫人迎上来行礼，赵平清虽已入主含章殿，但还未行册封礼，故而仍以在王府的称号相呼。

赵平清温和地唤起宫人："我得知王妃入宫，特来拜见，还请通传一声。"

"娘娘稍等，奴才这就去通禀。"宫人快步离去，过了一会儿，他走出来恭敬回道，"主子请娘娘进去。"

赵平清道了声谢，扶着紫燕的手走了进去，沈惜君一身朱红鸾凤锦衣，端坐在椅中，神色沉静如水。

赵平清眸光自那袭朱红鸾凤锦衣蜿蜒而下，垂目道："臣妾给娘娘请安，娘娘万福。”

短暂的静默后，沈惜君的声音在耳边响起：“平妃有孕在身，不必多礼，坐下说话。”

“多谢娘娘。”赵平清笨拙地在椅中落座，微笑道，“自从娘娘回了平阳王府后，臣妾就是一直惦念着，只是碍于种种原因，未能前去看望，还请娘娘莫怪。如今看到娘娘一切安好，臣妾就放心了。”说着，她朝小聪子看了一眼，小聪子会意地上前，打开锦盒，露出里面一排排殷红透亮的血燕。

“臣妾一点儿心意，还望娘娘莫要嫌弃。”

“平妃有心了。”沈惜君淡然一笑，目光在那两盒价值不菲的血燕上一扫而过，最终落在赵平清高高隆起的腹部，“算算日子，平妃腹中龙胎，差不多有七个月了吧，何时临盆？”

赵平清恭敬回道：“太医推算说应该是八月中旬。”

沈惜君颔首道：“也就这两个月的事情，我记得离开睿王府的时候，平妃这肚子可还没显呢。”

赵平清抚着腹部，轻笑道：“起初几个月倒还好，就最近这两个月，几乎是一天大一些，都快走不动路了。”

沈惜君的目光在她腹部久久停留，好一会儿方才收回，淡淡道：“是辛苦一些，但为了这个孩子，什么都是值得的，平妃你说是不是？”

在赵平清低眉答应后，沈惜君又道：“虽说到了这个月份，胎气已经极为稳固，但还是要小心仔细，平日里不要走动太多，尤其是这大晚上的，万一磕了绊了可怎么办？你腹中怀的可是陛下第一个孩子，大意不得。”

赵平清满面感激应道：“多谢娘娘提醒，臣妾一定牢牢记着。”顿一顿，她试探道，“漪兰殿的事，娘娘可有听说？”

沈惜君眸光微微一颤：“听说了一些，公主现在怎么样了？”

“赵太医对公主身上的毒束手无策，幸好关键时候，恭王入宫呈上解药，公主已经转危为安，陛下这会儿应该还在漪兰殿陪着呢。”

沈惜君端茶抿了一口，漠然道：“没事就好，这次陛下能够登基，她也算是出了不少力，今日天色已晚，待明日我再去看望。”

赵平清眼底掠过一丝讶色，笑意吟吟道：“可不是嘛，臣妾之前可真是担心得不得了，总算吉人天相，有惊无险。”

如此又絮语了几句，赵平清方才告辞离去。在她走后，阿兰朝地上啐了一口，咬着银牙道："这个平妃，说得好听，其实根本就是存心炫耀，好不要脸！"

"别说了。"阿紫低斥一句，上前拢住沈惜君捧着茶盏的双手，茶是热的，天也是热的，唯独她的手冷得像是一块千年不化的寒冰，"宗姬有什么不痛快，只管朝奴婢撒气，别憋在心里。"

沈惜君垂目望着茶盏中一圈圈扩散的水纹，神色平静得有些吓人："公主安然无恙，陛下也快有子嗣了，我有什么好不痛快的。"

她这个样子令阿紫越发担心："宗姬……"

"我没事。"沈惜君抽出手，缓步走到朱红长窗前，将那一盏茶水倒入黑暗之中，喃喃道，"只是……突然很想我那个可怜的孩子，要是还活着，也差不多有六个来月了。"

想到沈惜君被平阳王妃逼着打掉腹中胎儿一事，阿紫二人皆是红了眼圈。失去孩子后，沈惜君痛不欲生，接连数日水米不沾，奄奄一息。她们二人实在没办法，跪地求了整整一夜，又将远在南境征战的东方溯搬了出来，方才令沈惜君放弃寻死之念，重新进食。但从那以后，沈惜君性子大变，沉静内敛，几乎看不到喜怒变化。

阿紫抹一抹眼角的泪花，安慰道："如今陛下继位，也将宗姬接入宫中，相信宗姬很快就会怀上龙胎。"

阿兰接过话道："可不是吗，就算平妃腹中怀的是个男孩，充其量也不过是个庶出的长子，唯有宗姬您生下的，才是嫡长子。"

沈惜君牵一牵唇角，勾勒出一抹淡到几乎不可见的笑容："就算我再怀上龙胎，那也不是他了。"

她伸手，似想抓住什么东西，可终归是空无一物，只有茫茫无边的黑暗……

第六十二章　嫁给我

夜色浓稠如墨汁，渗透着昭明宫每一个角落，乌云蔽月，令夜色越发深沉。

漪兰殿中，夏月换下一支支将要燃尽的红销硬烛，令殿内光线重新变得通明透亮，如置身于白昼之中。

“梆梆梆！”打更的声音远远传来，夏月走到一直陪在榻边的东方溯身边，轻声道：“陛下，夜深了，不如您回去歇息吧，公主有奴婢照顾着。”

“朕没事。”东方溯看了一眼窗外暗沉不见半点儿星光的夜色，“你去看看药煎好了没有。”

在夏月离去后不久，东方溯看到一直昏睡不醒的慕千雪眼皮微微动了一下，心中一喜，紧了紧一直握在掌中的纤手，迭声唤道：“千雪？千雪？”

在那一声又一声的呼唤中，慕千雪勉力撑开沉重如铅的眼皮，茫然望着近在咫尺的东方溯，许久，有嘶哑的声音挤出干涩的喉咙：“陛下？”

“是朕，你终于醒了。”东方溯欣喜地应着，取过一个云丝软枕垫在慕千雪身后，让她可以稍稍坐起来一些。

慕千雪迷茫地望着被东方溯握住的手，那里有真切的温热传来，还有四周再熟悉不过的陈设布置，一切的一切都表示她还在人间：“我……还活着？”

“当然！”东方溯盯着她，语气是从未有过的霸道，“没有朕的允许，你哪里都不许去！”

慕千雪回想起昏迷前经历的痛苦折磨，心有余悸道：“我以为……自己会熬不到第七天。”

“为什么不把你中毒的事情告诉朕？”东方溯沉声问着，他只要一想到自己差点儿失去慕千雪就后怕不已。

慕千雪涩声道：“碧鸳云萝之毒，无药可解，告诉陛下，不过是多一个人伤心难过罢了，又何必呢。”

“可你有没有想过，若你就这么走了，朕怎么办？”

慕千雪静静望着他，复杂的情绪在眼波之中掠过：“陛下自是继续承先帝遗命，开疆拓土，平定诸国，令四海升平，再无战乱。”

东方溯抚过她苍白的脸颊，缓缓道：“失去了你，就算天下一统，又有什么意义，我在意的，从来都只有你一个。”

“对不起！”慕千雪眸色黯然，她何尝不想一直……一直陪着东方溯，陪他征战天下，陪他一同站在这片中原大地的最高处，可是她做不到。

东方溯眼底掠过一丝隐晦的笑意，道：“千雪，如果可以熬过这一关，你……嫁给我可好？”

慕千雪怎么也没想到东方溯会突然提出这样的要求，满面愕然：“嫁给你？”

“是！”东方溯神色郑重，“我待你如何，你最清楚不过，我知道你对我也有情，只是当初迫于平阳王府的压力，方才说出那样绝情的话，逼我娶沈惜君。现在，我已经继位为帝，千雪，我有能力保护自己，保护你，所以，嫁给我可好？”

听着东方溯情意深深的言语，慕千雪眼圈微红，别过眼道：“赵太医应该告诉了陛下，碧鸳云萝是世间奇毒，无药可解，我只剩下一天可活，陛下又何必说这些根本没可能的话呢。”她尚不知体内的剧毒已解，只道自己命不久矣。

“就算只能与你做一天的夫妻，对我来说，也是此生最大的幸事！”东方溯目光温柔地看着那张无数次出现在他梦魂中的容颜，“在被齐楚联军围攻的那段日子里，我曾无数次想过要放弃，但最终一次又一次强迫自己坚持下去，哪怕被利箭贯穿胸膛重伤垂危之时，我也告诉自己，一定要撑下去。我坚持，不是因为权位，也不是因为承德殿那张龙椅，而是因为答应过你，倾此一生，定要助你覆灭西楚，重建南昭。我不断告诉自己，在达成此诺之前，我绝不可以死！”

“值得吗？”慕千雪强忍着眼底的酸涩，哽咽道，“为了我，值得吗？”

“值得。”东方溯毫不犹豫地回答，“此生再没有比你更值得我去守护的人，千雪，嫁给我！”

“你现在是天子，只要你点头，天下女子皆会蜂拥而来，为什么是我？”她不敢眨眼，因为只要一眨眼就会忍不住落泪。

“在东方溯心中，纵佳丽三千，也不及璇玑公主回眸一笑！”

一忍再忍，终是没能忍住，晶莹的泪水滑过眼角，缓缓渗入鬓发之中，在朦胧迷离的泪眼中，她抬起手，缓缓抚过那张俊美的面容，这是她第一次对东方溯做出如此亲昵的举动："娶了我，哪怕只是一日夫妻，也要真正背负起南昭的国仇家恨，你愿意吗？"

东方溯感受着脸上温暖而蜿蜒的掌纹："东方求之不得。"

慕千雪闭目，更多的泪珠争先恐后自她眼角涌出，化作一道道蜿蜒的泪痕。在萧若傲灭掉南昭的那一刻，她觉得全天下都背弃了自己，对这世间再无一丝眷恋，唯一支撑她活下去的是对萧若傲与整个西楚的漫天恨意！

所以，当她知道自己中了无解之毒时，除了遗憾不能亲手复仇之外，并没有太多的悲伤，甚至还有那么一丝解脱。毕竟背负国仇家恨而活的感觉，真的很累很累……

可是这一刻，她很想活下去，因为她舍不得眼前这个视她如珍宝甚至愿意为她倾覆江山的男子。

老天爷……真的很爱捉弄她。

相望片刻，她咽下喉咙里的涩意，绽出一抹轻若梨花的笑容："好，我答应你！"

在她应允的那一刻，窗外乌云散尽，露出一钩如眉弯月，与漫天星光一道洒下银白的光辉，夜风带着桂花的清香拂入殿内，吹动垂地的帷帐与用来系帷帐的宫绦长穗。

东方溯怔怔望着慕千雪，仿佛还有些不敢相信。下一刻，他俯身紧紧将之抱住，哽咽道："我们终于……终于可以在一起了。千雪，你可知道我盼这一天盼了多久，等了多久。"

慕千雪抚着他垂落在身后的长发，哑声道："对不起，对不起让你等了这么久，谢谢你一直对我不离不弃。下一世，我一定会找到你，还你这份情，一定！"

南昭那一眼的错过，让他们整整错过了五年……

"不行！"东方溯抬起身子，盯了她道，"我不信来世，要还就今生还。"

慕千雪心中一痛，涩声道："千雪何尝不想，只是天意如此。"

东方溯露出促狭的笑意："刚才只顾着高兴，忘记与你说，你体内的碧鸳云萝之毒已经解了，只需再休养几日即可。"

慕千雪诧异地望着他，待得缓过神来后，激动道："不是说碧鸳云萝无解吗，怎会又有解药了？"

东方溯也不卖关子，道："是东方洄亲自拿来的解药，我让赵太医替你诊过脉，确是解了。”

慕千雪释惑之余，又浮起新的疑惑：“恭王？他怎么会这般好心？”

“他是怕朕追查下来，会发现是他下的毒。”说着，东方溯低低笑道，“总之你答应了嫁我，大丈夫一言九鼎，可不许反悔。”

慕千雪想起刚才之事，又羞又气，扭过头道：“我又不是什么大丈夫。”

东方溯也意识到自己话语间的毛病，拱手打趣道：“对对对，是我说错了话，还请璇玑公主大人有大量，莫要见怪。当然，这最最要紧的是不许反悔。”

慕千雪忍俊不禁，失笑道：“陛下可是一国之君，如此耍赖，不怕人笑话吗？”

“只要你肯嫁给我，就算天下人笑话，又有什么要紧。”东方溯紧紧握住她的手，目光深情而专注，令慕千雪双颊泛起一丝红晕，却不曾抽回手，反而与他十指交握，轻声道，“死生契阔，与子成说。”

“执子之手，与子偕老。”他对她，一直都是情深似海。

月光明澈如霜，与橘红烛光一起照在脉脉相望的二人身上。夏月站在门边，抿唇轻笑，她刚才就到了，只是怕打扰二人，才一直没有上前，想来这就是因祸得福吧。

见差不多了，夏月方才走上前去：“陛下，药煎好了。”尽管极力忍着笑，还是有那么些许从嘴角露了出来，令慕千雪脸上红云大盛，连忙不自在地抽回手。

“朕来吧。”东方溯自红漆描金托盘上接过药碗，一边仔细吹着一边道，“你体内的毒虽然大致都解了，但毕竟中毒多日，还留了一些残毒在五脏六腑之中，需要慢慢驱除。我交代了赵太医，让他每日过来请脉，直至你大好为止。”

慕千雪喝下递到唇边的那一勺药，汤药的苦涩令她眉尖微蹙：“陛下如今贵为国君，当以‘朕’自称才是。”

东方溯笑一笑：“国君也好，睿王也罢，在你面前，东方溯只是东方溯而已。”

慕千雪垂眸低笑，她明白东方溯的意思，就算今日他已是高高在上的君王，对她的情义一如当年，不移不变。

喂过药后，东方溯露出踌躇之色：“千雪，朕有一事想与你商量。”

慕千雪微一思忖，已是猜到了几分：“陛下可是想说中宫之位？”

“是。”东方溯沉沉道，“按理来说，朕该立你为后，但沈惜君……毕竟是朕利用她在先，所以……”后面的话显然令他很为难，迟迟未曾说出口。

慕千雪替他开口道：“所以陛下打算立沈惜君为后？”

“是。”东方溯紧张地望着慕千雪，“你会不会怪朕？”

慕千雪摇头道：“能与陛下相守相惜，已是上天格外恩赐，又怎敢强求中宫正位。而且，千雪始终是西楚废后，若陛下立千雪为正宫，必会引起天下人非议，这对陛下来说，并不是一件好事。”

东方溯暗自松了一口气，他原本想着，如果慕千雪当真十分在意嫡庶之分，纵然有愧于心，也要改立慕千雪为正宫皇后，毕竟她才是自己真心所爱之人。

夏月端来腌好的青梅，笑道：“公主吃一颗梅子去去嘴里的苦味吧。”

“朕来。”东方溯用银签子签了一颗，正要递给慕千雪，忽地脑中传来一阵针刺般的剧痛，整个人失控一般地往前栽去，“哗”的一声打翻了夏月捧在手里的银盘。

“陛下！”慕千雪骇然失色，连忙想要起身搀扶，无奈大病初愈的她根本使不出力气，所幸孙兴与张进他们一直候在外面，赶紧将他们唤了进来，与夏月一道将倒地不起的东方溯扶坐在椅中。

“陛下？陛下？”在孙洪等人一迭声的呼唤下，东方溯终于缓缓睁开眼睛，望着一张张近在咫尺的脸庞，茫然道：“这是怎么了？”

夏月一怔，试探道：“陛下您不记得了吗？”

东方溯揉一揉还在隐隐作痛的太阳穴，一边回想一边道：“朕只记得突然头很痛，紧接着就看到你们一个个围在朕面前。”

夏月心有余悸道：“陛下刚才突然晕倒，可是把公主与奴婢吓坏了。”

“是吗？”东方溯仔细回想了一下，还是没什么印象。张进轻声道：“陛下，可要传太医来看看？”

“不必。”东方溯摇摇头，歇了这么一会儿，脑中已经感觉不到什么痛意，起身握住慕千雪伸来的手，“让你担心了。”

慕千雪仔细打量着他，虽瞧不出异样，还是有些放心不下：“不如还是让太医来看看吧。”

东方溯紧一紧掌中的素手，微笑道：“朕说了没事，想来是今日疲累，心情又急剧起伏，以致一时头痛晕厥，现在已经没事了。”

见他确实无碍，慕千雪也不勉强，看了一眼窗外东沉的弯月，切声道：“陛下陪了千雪一日，必是疲累得很，趁着这会儿离上早朝还有些时间，快回承德殿歇歇吧。”停顿片刻，她又有些不放心，“若再有头痛不适，陛下可一定要记着召太医。”

“好好好。”东方溯眼中是无尽的宠溺温柔，眸中更是情意眷恋。

东方溯离去后，夏月一直望着慕千雪发笑，慕千雪被她笑得脸一红，嗔道：“你这丫头，疯魔了不成，一直笑个不停。”

“哪有，”夏月坐在床边的小杌子上，含笑道，“奴婢是替公主高兴，你终于又有自己的家了。”

“家……”慕千雪一边念着这个充满温馨与归属感的字眼，一边望着窗外一重又一重的殿宇。

是啊，从今往后，昭明宫于她，不再只是用来歇脚的客栈，而是家——唯一的家！

一层秋雨一阵凉，一瓣落花一脉香。

自入了七月后，天气一日凉过一日，秋雨亦是连绵不绝，十日里总有六七日是在雨中度过。

这日午后，御书房中，东方溯批完最后一本折子，轻吁一口气，搁下朱笔，接过张进递来的碧螺春抿了一口。

在将折子依类叠好后，张进笑道：“陛下今日还是去漪兰殿吗？”自那日之后，东方溯每日批完奏折都会去漪兰殿坐上一会儿，与慕千雪说说话或是下下棋。遇到天气晴朗的时候，就一道去上林苑漫步赏花。

东方溯正要点头，忽地心中一动，问道：“王妃怎么样了？”这是他将沈惜君安置在长信殿后第一次问起。

张进如实答道：“回陛下的话，王妃入宫之后，一直都待在长信殿中，未曾外出。”

东方溯沉默片刻，道：“去长信殿。”

“嗻！”张进赶紧答应，随东方溯一路往长信殿行去，在快到长信殿的时候，一直阴沉的天空淅淅沥沥下起雨来，幸而雨势不大。

负责看守殿门的内监远远看到东方溯过来，赶紧上前行礼，他尚第一次见到这位新君来长信殿，一时激动得连话也说不利索：“奴才给……给陛下请……请安。”

在示意他起身后，东方溯问道：“王妃可在里面？”

内监连连点头：“在呢，奴才这就去请娘娘出来接驾。”

“不用了。”说着，东方溯举步走了进去，还未进殿门，便看到阿紫指着几盆色泽形态各异的菊花对坐在椅中的沈惜君道：“宗姬您看，这是花房刚刚送来的菊花，这一盆盆的不只好看，名字也都极好听。喏，这盆叫胭脂点雪，这盆叫朱砂红霜，还有这盆，叫仙灵芝。明明就与灵芝长得全然不一样，偏叫了这样的名字。”

沈惜君随意扫了一眼，淡然道：“再稀奇好听又如何，还不是菊花，我不喜欢这香气，都拿下去。”

“是。”阿紫见她不感兴趣，只得与宫人一道捧下去，转身时，意外看到站在殿门外的东方溯，又惊又喜，连忙屈膝行礼，大声道，“奴婢参见陛下！”

听到这话，沈惜君浑身一震，豁然抬眼，果然瞧见那道朝思暮想的身影站在不远处。入宫这么久，他……他终于肯来看自己了吗？

沈惜君强忍着眼底的泪意，起身朝那道缓步走来的明黄身影施礼：“臣妾……叩见陛下，陛下圣安。”

“王妃免礼。”东方溯神色复杂地望着她，“王妃在长信殿可还住得习惯？”

“一切都好，多谢陛下惦念。”沈惜君目光依依，未有片刻移开。

东方溯被她瞧得有些不自在，掩饰着轻咳一声，眼角余光瞥到被一盆盆端下去的菊花，想了一想对张进道：“朕昨日去上林苑的时候，见到东北角那几株西蜀海棠还开着，王妃喜欢海棠花，你去折一些来。”

沈惜君眸光一颤，有些惊讶道：“陛下怎么知道臣妾喜欢海棠花？”她与东方溯虽说是夫妻，但赵平清的插足以及四个余月的南境征战，令他们真正相处的日子少之又少。

东方溯看了她一眼，徐徐念道：“朱栏明媚照横塘，芳树交加枕短墙。传得东君深意态，染成西蜀好风光。”

沈惜君露出一丝回忆之色，低声道：“破红枝上仍施粉，繁翠阴中旋扑香。应为无诗怨工部，至今含露作啼妆。”停顿片刻，她望着东方溯道，“想不到陛下还记着这首诗。”

东方溯颔首道：“朕听你念过，所以想着，你应该是喜欢海棠的。”

只不过是一个再微小不过的示好，却令沈惜君感动不已，哽咽道：“喜欢，臣妾很喜欢！”

“喜欢就好。”东方溯沉默片刻，终道，“平阳王府的事情，朕都听说了，过去的事就让它过去吧，登基大典之后，朕会册立你为皇后，你可以放心。”

阿紫等人听到这句话，皆有着如释重负的欢喜，虽说这长信殿是历代皇后所居之位，但东方溯一日未开口，沈惜君能否被立为中宫皇后都是未知数。毕竟她是卫氏一族的人，更不要说还有慕千雪与身怀六甲的赵平清横在中间。

“多谢陛下。”沈惜君并未像阿紫他们那样欣喜，欠身行了一礼后，平视于东方溯，“陛下册封的，并不止臣妾一人是不是？”

东方溯颔首道：“是，还有平清与……千雪！”

沈惜君眼皮狠狠一抽，血色瞬间自那张明丽妩媚的脸上褪尽，身子微微发颤，好一会儿方才平复下来，但那张脸依旧白得如同透明一般："陛下要娶璇玑公主？"

"是。"东方溯徐声道，"正宫之下，以贵淑贤德四妃为正一品，其中又以贵妃为尊，所以朕打算册千雪为贵妃，王妃意下如何？"

沈惜君还未言语，阿兰已是急声道："璇玑公主是西楚废后，陛下岂可册她为贵妃。"

东方溯目光中闪过一轮冷厉的精光，冷笑道："何时轮到你来教朕做事了？"

阿紫听到他言语间的恼意，连忙拉着阿兰跪下去："陛下恕罪，阿兰她是怕……怕……"她紧张地思索着，在手心腻出一层湿冷的汗水，方才想到说辞，赶紧道，"阿兰怕有心人拿这件事做文章来对付陛下，一时情急之下，才会出此言语，还请陛下开恩！"

东方溯目光一转，落在拇指的白玉扳指上："王妃也是一样的想法吗？"他的声音漫不经心，仿佛只是随口一问，却令殿内众人噤若寒蝉，不敢发出半点儿声音。阿兰也意识到自己一时情急之下闯了祸，又慌又急，不知如何是好。

许久，沈惜君平滑如镜的声音在殿内响起："陛下与公主一直两情相悦，只是碍于过往种种，阴差阳错，不能相守，如今有情人终成眷属，岂有不好之理。"

她的回答令东方溯甚是惊讶，在他的印象里，沈惜君从来都是霸道任性的，但凡她看中意的，一定会不择手段争夺到手，连自己的婚姻也是如此。在沈惜君的人生里，从来没有"为别人考虑"这五个字，怎么也想不到，她竟会说出这样一番善解人意的话来。

"王妃果真是这样想的吗？"东方溯眉目间有未曾掩饰的疑色。

沈惜君微微一笑："陛下是否觉得，应该大吵大闹，甚至誓死反对才合臣妾的性子？"

东方溯淡然一笑："朕知道王妃从不喜欢千雪。"

沈惜君垂目望着自己素白的指甲，自从没了那个孩子之后，她就再没有涂过蔻丹，连艳红的衣裳都极少穿。因为一看到红色，她就会想起那一夜，从自己体内流出来的血，还有……那团肉。

"是，臣妾从不喜欢她，可是陛下喜欢。"她伸手握住东方溯搁在小几上的手，那么用力，仿佛要将他的骨血融入体内一样，"失去孩子之后，臣妾想了许多，也想明白了许多。"在短暂的停顿后，她一字一句道："从今往后，只要是陛下喜欢的，臣妾都会努力去喜欢！"

对视良久，东方溯抽回手，徐徐道：“你变了！”

是啊，变了，换作以前的沈惜君，绝不会说出这样委曲求全的话来。

望着自己落空的手掌，沈惜君眼底滑过一抹失落，旋即扬唇浅笑：“不好吗？”

东方溯盯着她，眸光幽若暗火，仿佛要看到她心底里去：“若这一切，都是你心中所想，很好，也不枉朕许你后位。”

“多谢陛下。”在沈惜君又一次施礼后，张进冒雨走了进来，将新鲜折来的海棠花交给垂手站在一旁的宫人。

“好了，朕该走了，改日得空再来看王妃。”在经过尚跪在地上的阿兰身边时，脚步一顿，冷声道，“这一次，朕看在王妃的面上，饶了你，再有下一次，你也不必留在长信殿了。”

“多谢陛下。”直至脚步声远去，阿兰方才长吁了一口气，瘫软在地，不知是在南境浴血征战还是登基为帝之故，东方溯身上散发出来的威严比以前重了许多，压得她连气也喘不出。

阿紫顾不得她，起身来到沈惜君身边，紧张问道：“宗姬，您还好吗？”

沈惜君仿佛没听到她的话，一言不发地走到朱门边，遥遥望着那道滑入雨中的明黄身影，喃喃道：“他从不知道，我真正想要的是什么。”

阿紫低低叹了口气，安慰道：“正宫皇后，母仪天下，可见陛下心中还是有宗姬您的。”

“有我？”沈惜君吃吃笑着，泪水毫无征兆地自眼中流下，化作两道蜿蜒的泪痕，“他是愧疚利用了我，所以拿皇后之位来补偿，根本不是真心许我，他心里在意的，只有一个慕千雪，只有她！”

“宗姬……”阿紫心疼她，想再安慰几句，却被沈惜君一语截断，“你不必安慰我，时至今日，我还会不明白自己究竟在他心里占了几分位置吗？”

“可是阿紫……”沈惜君转过头，一边流泪一边捂着胸口道，“明明知道他对我不屑一顾，却还是毫不犹豫地追上去，就像飞蛾扑火一般。”

阿紫黯然，许久方才低低道：“不管怎么样，陛下肯许您中宫正位，总是一桩好事，您别想太多了。”

阿兰这会儿已是缓过神来，上前道：“是啊，含章殿那位怀着龙胎又百般讨好，陛下也不许她呢，还有这海棠花，奴婢相信，陛下早晚会明白您的一片情意。”

沈惜君移目落在一簇簇娇艳欲滴的海棠花上，喃喃道：“明白又如何，他的心早已许给了慕千雪。我于他，是皇后，也只是皇后而已。”她垂眸，望着自己平坦的腹部，泪水再一次潸然落下，“我甚至连怀一个他的孩子都做不到，眼睁睁看着他被人害死。”

阿紫二人不知该如何安慰，只能陪着一道落泪。

这一日，秋雨绵绵，笼罩着看似华丽的长信殿……

第六十三章　老死不相往来

秋雨中的前朝，同样动荡不宁，虽然东方洄已经退位，但在朝中仍有不少亲信嫡系，而这些人，正是东方溯需要拔除的对象。

他不杀东方洄，但也绝不能给东方洄东山再起的机会！

吏部、户部、工部、兵部、军机处、御史台……

不断有朝廷大员被御史弹劾，揪出以往贪赃枉法之事，从而被革职查办，最终结果大多是抄家流放，最好的是带着家人黯然还乡，当然也有因恶行昭昭而被问斩的。短短二十余日，就有将近二十名官员被处置，几乎是一天一个，且还在继续。

百官心里都明白，东方溯这是在借十三道御史清算旧账呢，以往那些投靠卫氏一族从而青云直上的官员，如今一个个整日提心吊胆，食不知味睡不安寝，唯恐不知什么时候自己就被罢官砍头。

连着下了好几日的雨，这一日终于放晴，云层尽散，秋阳高照，洒落一重又一重的细碎金光，但已不再如刚入秋时那般炎热。

软底绣鞋跨过及膝门槛，尹秋悄无声息地踩着一块块四四方方的金砖来到斜倚在紫檀榻上闭目养神的卫太后身边，低声道："太后，魏敬成来了。"

卫太后缓缓睁开双目，朝尹秋伸出细嫩如年轻女子的手，后者会意地扶她坐起，又让宫人端水绞了毛巾递给卫太后，后者拭一拭脸，淡然道："皇帝的刀，动到他头上了？"

尹秋轻声道："魏敬成没说，不过看他愁眉苦脸的样子，八九不离十。"

周宁打发宫人将水端下去后，小声道："奴才听承德殿的人说，今儿个有御史在早朝上弹劾魏府尹，听说罪状列了整整七项，有不敬的，有贪赃的，还有枉法的，甚至还有不孝的。这要是七罪并罚……”他咋舌道，“魏府尹就算有再多的脑袋也不够砍的，奴才猜着他这会儿来，必是找太后救命来的。”

卫太后抚过整齐的鬓发，凉声道：“可惜，哀家也救不了他，京兆府尹这个位置，皇帝是绝不会让他继续坐着的。”

尹秋询问道：“那奴婢去把他打发走？”

卫太后思忖片刻，道：“算了，把他叫进来吧，哀家叮嘱他几句，官职是保不住了，但这命还能一救。”

“是。”尹秋依言退下。很快，殿外响起急促焦灼的脚步声，继而一脸憔悴的魏敬成快步走了进来，还未走到中间便“扑通”一声跪了下来，悲呼道：“求太后救命！救命！”

卫太后知其来意，却不说破，淡淡道：“这是怎么了？”

魏敬成苦着脸道：“启禀太后，早朝时分，御史弹劾臣七宗大罪，陛下这会儿已经下令御史台还有刑部彻查，臣……臣怕是危矣了，求太后看在臣多年来忠心耿耿的份儿上，救一救臣。”

卫太后盯了他道：“你希望哀家怎么救你？”

这话问得魏敬成一愣，未等他想好该怎么回话，卫太后的声音又传了过来：“一朝天子一朝臣，皇帝初登大宝，根基不稳，自是想方设法除去你们这些老人，换上自己的心腹，哀家可以替你开这个口，但结果只会让你的罪更重！”

魏敬成面如死灰，哆嗦着道：“那……该如何是好？”

卫太后徐徐叹了一声，说出魏敬成最不愿听的一句话来：“在皇帝下旨之前，认罪辞官，或许还能保你一条性命。”

魏敬成抬头，颤声道：“臣十年寒窗，好不容易才走到今天这一步，辞官就意味着……什么都没了，太后，臣实在是不甘心啊！”

“不甘心？”卫太后抚过绿梅锦绫长裙，起身走到他身前，徐徐道，“你以为哀家就甘心被困在这宁寿宫中吗？但不甘又能怎么样，一个不懂得审时度势的人，只有死路一条。”

她这番话令魏敬成机灵灵一颤，好一会儿方才咬牙道：“臣明白太后的意思，但御史弹劾的罪名并非尽皆属实，臣……认不下！”

“认不下也得认！”卫太后垂眸，目光冰冷似寒冬时分结冰的湖水，“御史弹劾了什么罪并不重要，重要的是，这是谁的意思，谁又是他的靠山。当年皇帝还是睿王的时候，你明着暗着几次与他作对，如今他当权，又怎么可能会放过你。”顿一顿，她又道："说到这个份儿上，哀家也不妨再多说一句，这个节骨眼上，能保住你一家老小的性命，已是不幸中的大幸，与性命相比，旁的都不算什么，你说是不是？"

"太后所言极是！"这几个字，魏敬成几乎是从牙缝中挤出来，正如卫太后所言，不甘又能如何，势不如人，终归是只能低头。

在唤他起身后，卫太后意味深长道："留得青山在，不怕没柴烧。只要活着，将来的事情，谁又说得准呢？"

魏敬成先是茫然，随即渐渐化为欣喜之色，连连点头："臣明白，臣会依太后吩咐，向陛下辞官，希望陛下能够准许臣携家眷布衣还乡。"

"如此就好。"卫太后微笑道，"陛下仁德，只要你好生认罪反省，当会从轻发落。"

对此，魏敬成自是迭声答应，再次行了一礼后，离开了宁寿宫，卫太后对尹秋道："今儿个经文还未抄写，扶哀家去佛堂。"

"是。"尹秋应了一声，扶着她一路来到位于宁寿宫西侧的佛堂。进去的时候，一名三十余岁的长脸宫女正在扫尘，瞧见卫太后进来，连忙躬身行礼。

"起来吧。"卫太后走到佛龛前点了三炷檀香供上，合十片刻后，来到摆在旁侧的紫檀长桌前，尹秋赶紧上前铺纸磨墨。

卫太后取过惯用的狼毫笔，捻去一根细微的落毛后，蘸了用松烟墨磨成的墨汁，在纸上誊抄着经文，她抄的是《心经》。

檀香寂寂，化作淡淡轻烟萦绕在这佛堂中，许久，卫太后终于开了口："碧珠。"

那名长脸宫女连忙躬身道："奴婢在。"

卫太后一边继续抄写经文，一边淡淡道："去过了？"

碧珠恭敬道："是，照着太后的吩咐，奴婢去了长春观，也见到了玄明道长。"

卫太后头也不抬道："都说了什么？"

碧珠正色，低声道："回太后的话，玄明道长说了，以血为媒的效果很好，少则一个月，多则三个月就可以起效，还请太后耐心等待。"

卫太后淡淡一笑："只要有效，多长时间哀家都等得。"停顿片刻，她又道，"下次过去，告诉他，只要成事，哀家就依诺封他为国师，并扩建长春观，使其成为天下第一观，一偿他多年所愿。"

碧珠恭声道："奴婢一定一字不漏地转告玄明道长。"

"嗯。"卫太后应了一声，又抄了一段佛经后，凉声道，"哀家让你找的人找到了吗？"

碧珠恭声道："找到了，只等寻一个合适的机会就可依计行事。"

"嗯，此事倒不必太过心急，最要紧的是可靠，别到时候出什么乱子。"

"太后放心，他是奴婢一个远房亲戚，六年前家乡遭灾，来了金陵讨生活，因为他懂些武功，奴婢就在一次禁军选拔之中，托李统领让他进了禁军当差，可以相信。他与奴婢的关系，只有李统领一人知晓，只要李统领不说，就算是璇玑公主，也猜不到他是咱们的人。"

"好。"说完这个字后，卫太后不再言语，垂了双目继续一笔一笔在檀香幽幽之中抄录着佛经。

只是……这一句句导人向善的佛经，从未真正映入她心中。

丽日秋阳穿过万丈高空，照落在四季不落的广玉兰叶上，为其镀上一层薄薄的金色，昨夜才爬出泥土的秋蝉躲在树叶中，争先恐后地嘶鸣着。

小元子越过正在打理庭院花木的宫人，一路来到正殿，朝正在与夏月说话的慕千雪打了个千儿："公主。"

慕千雪眸光轻转，落在他身上："可是有什么事？"

小元子点一点头："奴才刚刚得到消息，魏府尹去了宁寿宫。"他是漪兰殿的管事太监，虽然年纪不大，说话做事却极有分寸，头脑也灵活。

夏月冷笑道："他动作倒是快，这厢刚被弹劾，那厢就去见了卫太后，只是他也不想想，卫太后现在是什么处境，哪里能够救得了他。"

小元子迟疑道："话是这么说，但京兆府尹管辖京畿重地，虽只是正四品却特许用银印，位同总督、巡抚，恐怕卫太后不会袖手旁观。"

夏月眉头微微一皱："你是说……卫太后会插手这件事？"

小元子仔细斟酌了言语道："我也只是猜测，毕竟自陛下登基以来，卫氏旧臣一个接一个被罢官甚至斩首，连卫侯也受牵连，若是再失去京兆府尹一职，卫氏一族在京中的势力可就几乎空了，卫太后……会甘心吗？"

夏月细思之下，确是这个道理，不由得露出一层忧色："公主……"

慕千雪知道她想说什么，打断道："京兆府尹一职，陛下一定是要握在自己手中的，而且……我并不认为卫太后会插手此事。"

夏月露出一抹讶然，旋即试探道："公主是说，卫太后从此安分守己，不再觊觎皇位？"

慕千雪扯过一枝供在青花瓷瓶中的玉兰花轻嗅，徐声道："她是否从此安分我不知道，但以她现在的情况，是绝不敢将京兆府尹一职握在手里，那……就是一道催命符。”

小元子听得一头雾水，茫然道：“奴才不明白。”

慕千雪微微一笑：“陛下宽仁，故而厚待她与废帝，可她要是现在出面替魏敬成求情，就等于明摆着告诉陛下，她与废帝仍有争位之心，以卫太后的心思，岂会做这等蠢事。”

小元子恍然大悟，满面钦佩道：“公主所言极是，是奴才想得不周全。”这一刻，他终于深信，宫中关于慕千雪的传言并非虚妄。

“再有几日，就要行登基大典了，虽说卫氏母子应不至于在这个时候闹出事来，但还是要防着一些。”

夏月会意道：“奴婢会派人盯紧宁寿宫。”说到这里，她想起一事，“今儿个一早，宁寿宫的碧珠出宫去了一趟长春观，跟着碧珠过去的人，在她走后打听了一下，碧珠是去找观主玄明道长求平安符，临走时还捐了些散碎银子。”

慕千雪盯着自己素白纤长的指甲，凉声道：“让十六查一查这个长春观的底细，小心为上。”

东方溯继位后，并未收回之前拨给慕千雪的那些神机营，仍然由她差遣；另外，由于怀恩身亡，神机营尊者之位，由阿二暂代。

“是。”在夏月应下后，小元子笑道：“公主，今儿个天气好，不如去太液池边走走，刚才经过那里，发现内务府的人正往池里倒刚刚运来的红白二色锦鲤，还有那荷花，往年不到七月就谢了，可如今都七月中旬了，还开得极好，半点儿没有凋谢之意，还有旁边那几株铁树也都开了花，大伙儿都说是陛下登基的吉兆呢。”

看他在那里说得眉飞色舞，夏月不禁笑道：“这话该对陛下去说才是，陛下一高兴，你还能讨些赏呢。”

“公主打赏也是一样的。”说着，小元子笑嘻嘻地伸出手来讨赏。

夏月哭笑不得道：“你这家伙，说你胖还真就喘上了，还不赶紧把手缩回去。”见她作势要打，小元子赶紧缩手，可怜兮兮地望着慕千雪：“公主……”

慕千雪笑斥道：“好了，都别闹了。”待二人安静下来后，她又道，“话说回来，我自来了漪兰殿后，就一直事情不断，着实辛苦了你们。如今陛下登基在即，是该趁着高兴好好赏一赏。”稍稍一想，她道：“前两日内务府送过来几十匹缎子，我一个人也用不了，你们拿去分了吧，若是不够再与我说。”

小元子本是一番玩笑话，没想到慕千雪真有恩赏，一时大喜过望，连忙叩首谢恩，起身后，他讨好地问道："公主可要去太液池？"

夏月在一旁道："赵太医说公主身子好得差不多了，去走走也好。"

"好。"慕千雪点点头，扶着夏月的手徐步往太液池行去，小元子倒是周到，特意取了鱼食跟在后面。

到了太液池边，正如小元子所说，碧水之上，绿叶田田，无数或粉或白的荷花亭亭立于水上，在轻软荡漾的水波与耀眼的阳光之间，折出灿如锦绣的光芒，当真是"接天莲叶无穷碧，映日荷花别样红"。

正如小元子所说，虽已入秋，却依旧灿烂盛放，没有半分凋谢之象。池水中，红白二色的锦鲤，在碧水莲叶间嬉戏游弋，为这七月秋日里难得一见的美景更增几分姿色。

"咦，这是什么花香？"夏月用力闻了几口一直萦绕在鼻尖的花香，非池中荷花也非玫瑰、牡丹一类的香气，竟是辨别不出来。

小元子笑着指了太液池一侧道："喏，是那几株铁树开花散发出来的香气。"

夏月顺着他手指的方向望去，果见那几株十多年树龄的铁树上有淡红色的花蕊绽放，她啧啧称奇："公主，奴婢长了这么大，还是头一次看到铁树开花呢。"

小元子得意道："要不怎么说是吉兆呢，太液池连现两个吉兆，可见陛下继位，乃是天命所归！"

夏月睨了他一眼，似笑非笑道："怎么嘴这么甜，还想讨赏呢？"

"哪有，我这说的可都是实话。"说话间，池边围了许多锦鲤，千头攒动，颇为壮观，这些锦鲤自幼被人饲养，一看到人来，自然而然地围过来等待喂食。

慕千雪取过一把小元子递来的鱼食洒下去，那些锦鲤顿时争相抢食，有几条甚至越出水面，鱼尾带起一连串的水珠，在阳光下犹如一颗颗晶莹无瑕的晶钻，璀璨夺目。

随着鱼食不断抛下，围过来的锦鲤越发多，与浮在水上的碧叶荷花交相辉映，煞是好看。夏月瞧着有趣，也抛了几把鱼食。

"原来公主也在这里。"身后突然传来一个娇柔的声音，夏月笑容一僵，嘀咕道："难得来太液池一趟，竟然会碰到她。"

夏月慢吞吞地转过身，与小元子一道朝大腹便便的赵平清屈膝："见过平妃，平妃万福。"

夏月现在已经变得沉稳了许多，即便心里再不喜欢，也不会轻易表露在脸上。

"免礼。"赵平清身后的阿紫等人也朝慕千雪行了一礼，她微一欠身，笑道，"我听内务府说新放了一些锦鲤在池中，就过来瞧瞧，哪知就碰到了公主，可真是巧。”说着，她仔细打量了一番，笑语道，“看公主气色，可比我上次去漪兰殿探望时好了许多，应该是大好了。”

慕千雪淡淡道：“已经好得差不多了，倒是让平妃记挂了。”

“公主说得这么客气做什么，咱们可很快就会是姐妹了。”赵平清笑意吟吟地说着，尽管东方溯未曾正式下旨，但已经露了口风。宫中传得沸沸扬扬，尤其是得知东方溯传旨御绣坊，让他们除皇后、贵妃册封所穿的吉服之外，再置办一袭从二品九嫔之一昭容所穿的吉服后，这个传言就显得更加真实了。

慕千雪笑一笑，对她的话不置可否，赵平清也不在意，径直取过鱼食撒下去，望着为争相抢食而拼命挤着同类甚至连鳞片挤落也不在意的锦鲤，微笑道：“都说人为财死，鸟为食亡，真是一点儿都不错，这些个锦鲤为了一口吃的，连命都不要了。”

夏月睨了她一眼，一语双关道：“锦鲤争抢食物是为了能够活下去，不像有些人，无关生死存亡，仅仅只是为了一已私利。”

紫燕脸色一变，斥道：“你这是什么意思？”

夏月一脸无辜道：“我能有什么意思，不就是字面上的意思嘛，听说紫燕姑娘打小跟着平妃，想来应该通晓文墨，难道连这般浅显的话都听不懂？”

紫燕被她堵得说不出话来，气恼不已，正要与其争执，耳边传来一记轻咳声，她知道，这是赵平清在警告自己，只得强行压下那股怒气，抿着唇不说话。

赵平清望着夏月，眸色深深道：“几日不见，夏月姑娘口齿越发伶俐了。”

夏月虚虚笑道：“奴婢一向笨嘴笨舌，可当不起平妃如此称赞。”

赵平清笑一笑，忽地挺着大肚子朝慕千雪行了一礼。慕千雪一怔，眉尖微蹙：“平妃这是做什么？”

“多谢公主几番襄助陛下，若非公主不顾安危，倾力相助，陛下难以走到今日，陛下能够顺利登基，公主居功至伟。平清每每想起，实在感激不尽。”秋阳下，赵平清眼角闪烁着些许晶莹，似乎真的不胜感激。

慕千雪眸光倏地一冷，仿佛整片山林在一瞬间被冰封：“陛下继承帝位，乃是承先帝之意，遵先帝留下的遗诏，怎么到了平妃口中就都变成了千雪的功劳？敢问平妃，你将先帝遗诏置于何处，又将陛下置于何处？”

赵平清被她说得一脸尴尬，站在那里不知如何是好，好一会儿方才赔笑道：“我只是感激公主罢了，并无他意，还请公主切莫误会。”

慕千雪冷冷道：“这样最好。”说着，她扫过赵平清隆起的腹部，“平妃也快生了，这阵子还是多在含章殿休养比较好，以免提前动了胎气，相信陛下也是一样的意思。”

见她拿东方溯压自己，赵平清心中气恼不已，但她城府极深，越是心里不痛快，脸上的笑意就越深：“多谢公主一番好意，我一定在含章殿好生安养，以待临盆。”

“那就好。”说着，慕千雪朝她点一点头，转身离去。望着远去的背影，小聪子气得满面通红，“这个璇玑公主，实在太目中无人了，也就主子您能忍得了她，换了旁人才不惯她这狂妄无礼的性子呢。”

紫燕瞥了他一眼：“不是主子愿意忍她，是她有陛下撑腰，不得不忍！”说着，她劝着早已敛去笑意一脸阴冷的赵平清，“现在册封礼未行，主子您暂且忍一忍，待册封礼后，不论陛下如何宠她，都只是从二品的昭容。到时候，她若再如此与您说话，便是以下犯上，无视宫规，主子可以名正言顺地处置她。还有皇后，她也不喜欢璇玑公主。”

“我知道。”赵平清咬一咬银牙，“长信殿最近可有什么动静？”

一听这话，小聪子赶紧道：“回主子的话，长信殿一直安静得很，并无异常。”

紫燕疑声道：“奇怪，陛下准备册封璇玑公主为昭容的事情传得人尽皆知，王妃不可能没听说，怎么会没反应？”

赵平清走到依池而建的水榭中，水榭的栏杆是以汉白玉雕成，不论夏季太阳如何猛烈，这栏杆永远都是触手微凉：“丢了那块肉，倒是让她长进了不少。”

紫燕神色一动，试探道：“主子是说……王妃已经知道了，只是憋着不说？”

“她既不聋也不傻，怎可能不知道。”赵平清冷笑道，“一向脑袋空空，只知道摆架子耍脾气的昌荣宗姬竟然也懂得动脑子了，真是让人意外。”

紫燕迟疑道：“那现在……”

赵平清随手将剩余的鱼食都抛入池中，盯着迅速摆尾围上来的锦鲤，冷声道：“现在什么都不做，我倒要看看，她能忍得了多久。”

再说慕千雪，一言不发地回到漪兰殿，小元子接过宫人奉上的药，递过去道：“公主，该喝药了。”说着，他嘴唇动了动，露出欲言又止的神情。

慕千雪接过药，凉声道：“想问我为何会突然翻脸？”

“是。”小元子点点头，轻声道，“虽说平妃不是什么好人，但公主最后那番话，奴才……”他瞅了慕千雪一眼，大着胆子道，“奴才还是觉得稍稍过了一些，万一被平妃拿到陛下面前做文章，怕是对公主不利。”

慕千雪吹一吹散发着浓浓药腥气的汤药，神情淡然道：“这一点你尽可放心，她绝不敢在陛下面前说这些，连一个字都不敢提。”

小元子思忖半晌，茫然摇头："奴才不明白。"

慕千雪喝了口略有些烫嘴的药汁，明眸微转，落在若有所思的夏月身上："你呢，想明白了吗？"

夏月拧眉道："奴婢只能隐约感觉到平妃的话不太对劲儿，但具体哪里不对，奴婢说不上来。"

慕千雪抚过芙蓉缎面的裙裾，容色冰凉："别看她那番话说得好听，实际上陷阱重重，一旦我应下，就等于将陛下登基的功劳全揽在自己身上，赵平清若添油加醋地传出去，就算陛下知我心意，对这样的传言不屑一顾，可陛下身边的人呢？朝臣百官呢？一旦百官受流言所惑，认定我是干预朝政迷惑陛下的妖女，就会口诛笔伐，要陛下灭妖女，正朝纲。待到那时，就算是陛下，也未必能够护我周全。"

听完这袭话，夏月与小元子皆是惊出了一身冷汗，小元子最是不堪，额头冷汗涔涔滚落，忍不住举袖擦拭，声音哆嗦着道："这平妃好生可怕，竟不声不响地挖了一个大坑来害公主，实在……实在……"他想了半天也没想出能够形容赵平清心机的话来。

慕千雪放下空碗，执帕拭一拭沾在唇角的药渍，冷冷道："面对这样擅长绵里藏针的人，就得时时仔细，以免被她套入圈中而不自知。不过，经过今日，她应该会消停一阵子。"

夏月忧心忡忡道："只怕风头一过，她又会变本加厉，防了今日未必能防明日，留着她始终是一个隐患。"

小元子也是一样的心思，连连点头："姑姑所言在理，这么下去实在不是个办法，得想个彻底解决的法子才行。"

静寂片刻，夏月眸色掠过一丝杀机，低声道："既然她一门心思想置公主于死地，咱们何不来一个'以彼之道，还施彼身'？"

小元子被她大胆的言语吓了一跳，骇然道："姑姑，这……这会不会过分了一些？"

夏月嗤笑一声道："她在害公主的时候，可曾想过'过分'两个字，过分仁慈，只会害了自己。"说着，她朝蹙眉细思的慕千雪道，"陛下当日不顾您的反对，娶她为侧妃，是想借她来刺激王妃，好借用平阳王府的势力，现在陛下登基，平妃已经失去了利用价值——死不足惜。"

慕千雪叹息一声，幽幽道："赵平清确实死不足惜，但稚子无辜，不该祸及一个未出世的孩子。再说，这是陛下第一个孩子，若是死在我手里，我无法向陛下交代。

这件事……等她临盆之后再说吧。”

夏月想想也确实如此，点了点头不再言语。

日子一天天过去，离着七月二十七登基大典的日子越来越近。尽管这件事是礼部操持，但不少事情需要内务府这边配合，故而打从入了七月后，内务府上上下下都忙得脚不沾地，经常一整日下来连喝口水的工夫都没有。

东方溯那边，既要拔除卫氏一族安插在朝中以及各州府的人，又要准备登基大典，也是忙得不可开交。所幸南境一役，震慑了齐国与西楚，令他们不敢轻举妄动。尤其是齐国，此战之后损耗甚巨，没个几年光景难以缓过来。至于东凌，还是与以前一样，笼在一团迷雾中，看不清也摸不透。

诸事缠身东方溯无法再像前阵子一样每日抽空来漪兰殿，但又怕慕千雪独自一人会寂寞，便让内务府送了一对福州府刚刚进贡的金刚鹦鹉过来解闷，这金刚鹦鹉羽色艳丽，远远望去似一团五色锦云。

夏月几个瞧着喜欢，一直在檐下逗弄那对站在铁架子上的鹦鹉，一个名叫花蕊的小宫女还在那边不停地教鹦鹉说“公主万福”，可任她怎么教，那对鹦鹉只是扑棱着色彩缤纷的翅膀，一声也不响。

小元子笑道：“这金刚鹦鹉虽然羽毛艳丽，却不会学舌，你啊就别白费那个力气了。”

花蕊被他说得有些气馁，点一点鹦鹉小小的脑袋，气呼呼道：“笨蛋，教了你这么多遍都不会，不理你了！”

夏月被她可爱的模样逗得笑了起来：“你这妮子，与两只扁毛畜生置什么气。”

花蕊脸庞微微一红，轻声道：“谁让它们这么不通窍，笨蛋！”话音未落，左侧一只鹦鹉突然张开尖尖的喙嘴，细声道：“笨蛋！笨蛋！”

听着这突如其来的声音，众人好一会儿方才回过神来，小元子满面惊讶道：“这……真是金刚鹦鹉吗？”

夏月仔细打量了一眼，蹙眉道：“看这羽色形态确实是金刚鹦鹉，可我从来没听说过金刚鹦鹉会学人说话的啊，可真是奇了怪了。”

花蕊却没那么多疑问，一脸欢喜地对着那只鹦鹉道：“快说公主万福，快说！”

鹦鹉歪着脑袋看了她一会儿，仿佛是明白了她的意思，再次张开尖嘴，但说的仍然是那两个字：“笨蛋！笨蛋！”

小元子不禁笑出声来，指着花蕊打趣道：“听到了吗，它在说你笨蛋呢！”

“才不是呢。”花蕊气呼呼地回了一句，瞪着还在不停叫“笨蛋”二字的鹦鹉赌气道，“笨鹦鹉！笨鹦鹉！”

慕千雪出来时，正好看到一人一鸟对话的滑稽情景，不觉莞尔：“你们这是做什么？”

夏月走过来将刚才的事情说了一遍，随即好奇道：“奴婢记得公主在西楚时，也曾养过几只金刚鹦鹉，奴婢当时还问过伺鸟之人，都说金刚鹦鹉美则美矣，却不会学舌，怎么到这里就会了，难道是奴婢认错了，这并非金刚鹦鹉？”

慕千雪抚一抚鹦鹉艳丽的羽毛，微笑道：“你没有认错，这确实是金刚鹦鹉，是那个人说错了，金刚鹦鹉确实大多不会学舌，却非绝对，还是有一些会模仿咱们说话，只是这样的品种少之又少，所以极少有人知道。”

“原来是这样。”夏月话音未落，眼角余光瞥见花蕊的手被鹦鹉啄了一口，痛得赶紧缩回手，生气道：“坏鹦鹉，真坏！”

慕千雪看到她手指渗出一丝殷红，道：“赶紧去找止血的药膏涂上，鹦鹉嘴利，往后不要再这样弄它了。”

不等花蕊言语，小元子已道：“我那里有止血消痛的药膏，你等着，我去取来。”花蕊上个月刚满十五岁，今年才入宫当差，还留着天真烂漫的个性，漪兰殿上下皆是很喜欢她，对她多有照拂。

小元子离开后，夏月见两只鹦鹉一直在啄铁架子，道：“它们怕是饿了，吃的东西呢？”后面那句，她是在问花蕊，刚才内务府送来时是花蕊接的手。

花蕊茫然摇头：“我也不知道，内务府只给了我两只鹦鹉，旁的什么都没有。”

“定是内务府忙得忘记送过来了。”夏月道，“公主，奴婢过去一趟吧，正好燕窝也吃得差不多了，一道去取些来。”

“去吧。”得了慕千雪的话，夏月离开漪兰殿，在艳艳秋光下往内务府行去，经过一条长巷时，突然听到一声尖锐的猫叫，紧接着一团黑影迅速朝夏月扑来。

“啊！”夏月骇然惊呼，事出突然，她只看到黑影中间一双幽绿诡异的竖瞳，根本来不及躲闪，就在黑影将要撞到她的时候，一只脚踢在黑影上，将其狠狠踢飞了出去！

“喵！”随着一声凄厉可怖的叫声，那团黑影像块破布一样落在地上，这次夏月看清楚了，是一只黑猫，但体形较寻常家猫大了许多。

黑猫甚是凶狠，被这样踢了一脚，站起来后竟然还要朝夏月扑去，吓得她连连后退，正不知所措，耳边传来一个低沉温和的声音：“别怕。”

“呯！”黑猫再次被踢得飞起，重重撞在墙上，这一次，过了好一会儿方才摇摇晃晃地站起来，但没走几步就四条腿一软，倒在地上不断抽搐着。

确定黑猫不能再伤害自己后，夏月抚着胸口长吁了一口气，随即想起刚才帮自己对付黑猫的那个人，赶紧抬眼看去，那是一名年轻俊挺的男子，看那衣饰，应是宫中禁军，正目光炯炯地打量着她。

夏月脸颊不由自主地一红，连忙后退一步，屈膝行了一个万福：“多谢公子相救。”

“不过是举手之劳，最要紧的是姑娘没事。”男子温和的笑容令夏月觉得很舒服，仿佛置身于三月春光之中。

夏月看了一眼还在抽搐的黑猫，心有余悸道：“这猫也不知怎么一回事，突然就扑了过来，真是吓人。”说着，她想起一事，有些担心道，“也不知这猫是谁人所养？”

被连着踢了两脚，这猫必死无疑，若是与她一样的宫人所养，那还好说，万一要是哪位太妃娘娘豢养，追究起来，着实有些麻烦。

男子看出她心中的忧虑，道：“姑娘放心，这猫原本是郑妃所养，郑妃随恭王搬离昭明宫时没有将它一并带走，任由它在宫中自生自灭。”

听得是野猫，夏月放下心来，既是无主的畜生，死了也就死了，不会有人再追究不休。

“这样的野猫宫里还有几只，都是原先的主子娘娘留下来的，这阵子里里外外都忙得不可开交，没人去管它们，没想到竟然凶性大发地攻击起人来。看样子得与内务府说一声，让他们派人把猫都抓了赶出去，否则下次真要是伤到人就不好了。”说着，他拧眉道，“只是我巡逻路线并不经过内务府，得找人去传话才行。”

夏月微笑道：“我正好要去内务府，我说就是了。”

“那就麻烦姑娘了。”男子欣然点头，又道，“说了这么久还不知姑娘芳名，可否告之？”

夏月有些不敢看他的眼睛，垂目低声道：“我叫夏月，在漪兰殿当差。”

“原来是夏姑娘，在下张良，在禁军五营当差。”禁军共分十二营，每营数百到上千人，并不相等。

夏月默默记下这个名字，欠一欠身道：“我还有事，先行告辞了，刚才之事，多谢了。”

张良拱手道：“姑娘客气，慢走。”

夏月举步离去，在走至拐弯处，悄悄往后面瞥了一眼，发现张良还站在原处看着自己，脸颊顿时又红了几分，心也怦怦跳得厉害，走出老远方才渐渐平复下来，但张良二字，已是牢牢印在了脑袋中。

到了内务府，等了好一会儿，内务府总管白明芳才匆匆走了进来，未等夏月言语，他已是满脸歉意道："让夏姑姑久等，实在过意不去，万望见谅，见谅！"

夏月起身道："白总管言重了，你事务繁忙，我等一会儿也是应该的。"

一听这话，白明芳顿时连连摇头："最近真是忙晕了，连喝口水的工夫都没有。喏，这不再有两日就要行登基礼了，御绣坊那边还没将龙袍绣好，礼部那头一天来催好几趟，真是急死人了。"倒了一会儿苦水，白明芳想起还没问夏月来意，赶紧道，"对了，夏姑姑亲自过来，可是公主有什么吩咐？"

"倒也没什么，就是今儿内务府送了两只金刚鹦鹉去漪兰殿，结果鹦鹉送去了，吃的东西却忘记一并送去了，另外公主素日所用的血燕也差不多吃完了，所以过来一趟。"

"这群小崽子，真是越来越粗心了。"白明芳低斥了一句，堆笑道，"夏姑姑稍等，我这就让人去拿来。"在将事情交代下去后，他又问道："除了这两样东西，姑姑可还需要什么？"

"东西倒是不需要了，就是得麻烦白总管得空的时候，将流窜宫里的野猫抓起来，万一伤到宫中哪位主子娘娘，可就不好了。"得知夏月过来之时差点儿被一只黑猫所伤，白明芳神情严肃："多谢姑姑提醒，等忙过这两日，我立刻就派人都抓起来。"

"白总管记得就好。"等了一会儿，两名小太监走了进来，各捧了两盒血燕，还有一袋栗米混着松子的鸟食。

"这么多东西姑姑一人也不好拿，让他们帮着送去漪兰殿吧，姑姑代我向公主问声好，待我忙过这阵子，就去给公主请安。"

慕千雪虽然还未正式受册封，但谁都知道她是新帝心尖上的人，白明芳自是百般讨好，不敢有半点儿怠慢。

"白总管有心了。"夏月福了一福，刚要离去，意外看到紫燕迎面走来。紫燕没想到夏月也在，愣了一愣，旋即笑吟吟道："想不到夏姐姐也在，真是好巧。"

听到"夏姐姐"三个字，夏月起了一身鸡皮疙瘩，悄悄搓了一下手臂，虚笑道："是巧呢。"

紫燕目光掠过夏月身后的两名小太监，最后落在白明芳身上，微笑道："白总管，血燕有了吗？”

白明芳一怔，悄悄看了夏月一眼，搓手道：“实在不好意思，这血燕都用光了，不过上等官燕还有许多，我立刻让人去拿。”

尽管白明芳那一眼的动作很细微，还是被紫燕发现，不动声色道：“上次来的时候，白总管说过阵子会有，结果我过阵子来，又都用光了，还真是不巧。”

“都怪底下人粗心，忘了给平妃娘娘留着，回头我一定好好教训他们。”说着，白明芳又道，“烦请紫燕姑娘与娘娘说一声，请她多担待着一些，下次再有血燕送来，我一定亲自送去含章殿。”

“娘娘一向体谅下人，当然会担待，就怕……有人利用娘娘的好心，拿着本该给娘娘的血燕送人情。”不知不觉间，她已是走到夏月身后一名内监身边，在其反应过来之前迅速揭开锦盒盖子，露出里面一盏盏通透鲜红的血燕，冷笑道，“白总管，你可真是大方。”

白明芳没想到她会突然如此，饶是向来处事圆滑的他，也不禁大为尴尬，不知怎么说才能圆这个场面，一时脸憋得通红。

夏月扫了紫燕一眼，唇角露出一丝温和的笑意：“平妃娘娘如今怀着龙胎，除了陛下，这昭明宫里头，就数平妃娘娘最矜贵了，白总管怎么会拿平妃娘娘的东西送人情呢。”

紫燕指了指四个锦盒，冷笑道：“那这些血燕算怎么回事，一边与我说血燕没了，一边就给了你们漪兰殿四盒。”

“这哪是都给漪兰殿的啊，是白总管听我提起血燕，想着平妃娘娘那边忘了送去，赶紧让底下人取来准备送去含章殿，结果你正好来了。”

白明芳朝夏月投去感激的一瞥，顺着那话道：“可不是嘛，这两盒原本就是送到含章殿去的，我忘了谁也不敢忘了平妃娘娘啊，哪知被紫燕姑娘这么误会，可真是冤枉死我了。”

紫燕冷哼一声，根本就不相信，不过白明芳与夏月统一了口风，她也不能强说什么：“这么说来，倒还是我的不是了？”

白明芳素来八面玲珑，自不会得理不饶人，笑道：“紫燕姑娘也是紧张平妃娘娘，要是换了我，只怕还要感激呢。”

紫燕虚虚一笑，取过内监手里的锦盒：“既是这样，就多谢白总管了。”

在她离去后，白明芳立时敛了笑容，面色阴沉地朝她背影啐道：“哼，有什么了不得的，不就是仗着腹中的龙胎嘛，母凭子贵，哼，还以为真能生下来吗？！”

夏月起初只当他是发牢骚，哪知越听越不对，尤其是最后那一句，分明话里有话，仿佛……有什么人要对付赵平清腹中的孩子。

夏月犹豫半晌，终是忍不住问道："白总管，平妃腹中的龙胎可是有什么问题？"

白明芳脸色一变，连忙赔笑道："龙胎能有什么问题，我那些话……就是随口乱说的，夏姑姑可千万别当真。"说着，他又急急道，"我还有事，就不留姑姑多说了，改日得空一定去给公主请安。"

他这个样子，令夏月更加肯定他有事隐瞒，且与赵平清有关，只是白明芳不肯讲，她也不好强迫，带着剩下的两盒血燕离开。

回来漪兰殿，她将这件事说给慕千雪听，临了道："奴婢想了一路，这宫里头最不希望平妃诞下龙胎的，非王妃莫属。公主您说，会不会是她？"

慕千雪思忖片刻，凝声道："沈惜君在陛下南征之时，痛失孩儿，如今见赵平清身怀龙胎，未必不会起加害之念。"

夏月迟疑道："那……可要提醒平妃？"她并不喜欢赵平清，确切来说该是讨厌才对，但她腹中怀的，毕竟是东方溯骨肉，好不容易长这么大，要是就此没了实在可惜。

慕千雪也是一样的心思，叹息一声，道："稚子无辜，有机会提醒一下吧，但别直言王妃，毕竟这一切只是猜想。"

"奴婢省得。"夏月应了一声，"奴婢去炖盏燕窝，待会儿公主午睡醒来正好可以用。"

夏月捧着血燕来到小厨房，取了一盏放到小盅里，这些血燕都事先挑净了毛，无须再挑，直接添水放到炉火上炖煮，注意火候即可。

望着暗红的炉光，不知不觉间又想起了巷间遇到的那道身影，张良……以后还会见到吗？

七月二十二日，天气与前几日一样的晴好。看这样子，登基大典时，应该也会天公作美，是秋高气爽的好天气。

这一日，自从东方溯登基后，门庭冷清的宁寿宫难得多了几位来客，沈惜君面色冷郁地扫了一眼平阳王妃，抬眼道："母后特意传儿臣过来，就是为了见她吗？"

卫太后摇头道："什么她她的，这是你母亲。"

"母亲？"沈惜君冷笑着别过头，"我没这样的母亲。"

平阳王妃走到她面前，痛声道："你这是打算一辈子都不认我了吗？"

“是！”这个字，沈惜君说得毫不犹豫，“从你逼我喝下堕胎药的那一刻起，你我就恩断义绝！”

“你！”平阳王妃身子颤抖不已，既生气又难过，哽咽道，“我生你养你，十八年来，你要什么我就给你什么，视你如掌上明珠，现在你为了一块肉和一个男人，就要与我断绝母女关系，你怎么这样狠心。”

沈惜君漠然一笑：“容我提醒一句，王妃口中的那个男人，是当今大周天子，九五至尊；那块肉，则是陛下龙种！”

“惜君。”卫太后加重了语气道，“你母亲就算真有什么错，本意也是为你好，你又何苦这样咄咄逼人。”

沈惜君冷笑道：“今日这一切，皆是她自己造下的孽，怨不得我。”说着，她抚着平坦的腹部，咬牙道，“终此一生，我都不会忘记这个孩子是怎么死的，也绝不会原谅害死他的凶手！”

“不管怎样，她终是你母亲，这样老死不相往来算是怎么一回事。”卫太后叹息一声，“惜君，听母后一句劝，得饶人处且饶人，算了吧。”

迎着卫太后带有几分警告的目光，沈惜君面无表情道：“请母后恕罪，儿臣做不到。”说罢，她屈一屈膝，“若母后没别的事情，儿臣先行告退。”

不等卫太后答应，她已是转身离去，在快要踏出朱红门槛时，平阳王妃忽道：“你以为陛下的内疚能够持续多久？”

沈惜君脚步一顿，但并未回头：“你想说什么？”

平阳王妃走到她身前，眸色深深：“我知道陛下准备登基之后册你为后，但你我都知道，陛下并不爱你，哪怕之前答应太后赐婚，也是出于被迫及利用。后位，是他对你的补偿，可一旦内疚退去，他就会越来越看你不顺眼，当这种感觉达到顶点后，他会想方设法废了你的后位，让璇玑公主取而代之，因为那才是他真正要娶的人，也是他唯一所爱之人！”

沈惜君露在刺金袖口外的十指不住颤抖，容色冰冷道：“说够了的话就让开！”

“闯西楚，平南境甚至逼宫夺位，一切一切，与其说是为了睿王自己，倒不如说是了为慕千雪。”平阳王妃伸手握住沈惜君如生铁一般冰冷的十指，语重心长道，“惜君，你醒一醒吧，他根本就不在乎你，甚至……甚至只要璇玑公主一句话，他就可以取你性命。他不值得。”

沈惜君默然相视，就在平阳王妃以为她被自己说动的时候，掌中倏然一空，耳边响起森冷的声音：“值得与否，不需要你来教我。你放心，哪怕将来粉身碎骨，死无葬身之地，我也不会后悔今日的决定，永远不会！”扔下这句话，她拂袖离去，任凭平阳王妃如何呼唤都不再停步。

望着越走越远的身影，平阳王妃无助地望向卫太后：“太后……”

卫太后抚过以银线绣大朵蟹爪菊的裙裾，淡然道：“由着她去吧，现在你就算说破了嘴，她也听不进去，非得自个儿栽得头破血流才知道后悔。”

平阳王妃忧心忡忡道：“惜君的性子，太后您是知道的，就算这头破了，血流了，她还不肯回头，再说她这个样子，怎么助太后……”

“无妨。”卫太后抬手打断道，“哀家也只是先期探探她的口风，你放心，她……”卫太后抚一抚脸颊，露出一抹意味深长的笑容，“很快就会回头。”

平阳王妃却没有这样的信心，她有一种预感，自己已经彻底失去了这个最心爱的女儿。

如果时光倒流，她还会那样非置沈惜君腹中孩子于死地吗？想来……应是不会了。可惜，这世间从来没有后悔药，所有苦果，只能独自咽下。

第六十四章　登基大典

漪兰殿的花木皆由花匠细心打理，故而并不见丝毫凋零之意。相反，各种应时花卉勃勃盛开，蔷薇、绿菊、雁来红、万寿菊在晴好的秋阳之下，竟有一种恍若春日的错觉。

慕千雪站在庭院中折了一朵蔷薇在鼻下轻嗅，粉霞锦绶藕丝缎裙垂落地面，四周繁花如锦，几片被风吹落的花瓣落在裙裾上，犹如映在上面，不时引来正在采蜜的蝴蝶，翩翩飞舞，美得令人移不开目光。

突然，一只手自慕千雪纤指间取过那朵殷红的蔷薇，簪在她如云乌发上："嗯，这样就更美了。"

慕千雪惊喜地望着眼前的身影："陛下怎么来了？"

东方溯似笑非笑道："怎么，朕不能来？"

"岂敢，只是听小元子说御绣坊刚刚才将明日登基大典要用的吉服绣好，送去了承德殿，所以陛下这会儿该是在试朝服才对，来我这里，可不是耽误事情吗？"

东方溯牵过她素白如玉的手，随口道："御绣坊手艺一向极好，这吉服想必合身，不试也罢。"

慕千雪抿唇笑道："明日可是陛下登基的日子，最要紧不过，哪里能这么随便。"说着，她推了推东方溯，"陛下还是赶紧回承德殿去吧。"

东方溯哭笑不得地望着她："朕大老远过来，你总得让朕喝口茶，坐会儿再走啊。"

慕千雪也发现自己赶得急了一些，脸庞微微一红："我也是不想陛下误事。"

"只是一小会儿罢了，误不了，而且……"东方溯叹了口气，"朕也确实有些累，想歇一歇。”

慕千雪看到他眉眼间的憔悴与疲惫，切声道：“可是出什么事了？”

东方溯低低道：“前日接到四川急报，蜀州、保宁、顺庆三地守将不肯交出兵权，起兵谋乱。”

静默片刻，慕千雪轻声道：“这种情况，陛下应该早有预料，并不是每一个人都甘心交出兵权。”

东方溯颔首，沉声道：“朕料到了，可真来临时，还是有些难过，每每起兵交战，苦的都是无辜百姓，只是蜀州一地，就已经有上百名无辜百姓受牵连，或死或伤。更可恨的是保宁守将，竟然拿保宁府成千上万的百姓来当自己的护身符，可恨！”

慕千雪反握了他略有些颤抖的手掌：“并不是每一个人都如陛下一般体谅顾念百姓，更多的是一些只顾自身利益的阴险小人，他们不值得陛下动气，更不值得陛下妥协！”

“朕知道！”东方溯轻吸一口气，冷声道，“朕已经命四川巡抚尽快剿灭这些叛贼，一个不留！”顿一顿，他蹙眉道：“只是保宁府的情况很是棘手，那个逆贼放言出来，如若攻城，就屠杀城中老幼，一个不留！”

慕千雪微笑道：“麻烦的并不是保宁府，而是保宁府的守将，只有他死了，一切问题自然迎刃而解。”

东方溯烦躁道：“朕当然知道，但……”话说到一半，他忽地止了话，若有所思道：“你是说……神机营？”

慕千雪点头道：“保宁府守将是卫氏一系之人，但他手底下的那些将领并不是，只是迫于形势或者威胁，才跟着他一同叛乱。只要他一死，叛乱的理由自然就不存在了。”

这一句句话语落在东方溯耳中，有一种拨云见日的感觉，郁结数日的心情豁然开朗，露出欣喜之色：“正是你说的这个理，唉，这么简单的事情，朕怎么就想不到呢。”

“陛下不是想不到，而是太过在意百姓安危，以致乱了方寸，神机营之人，尽皆武功高强又善于隐匿，取一名地方守将性命，当不是什么难事。”

“好，朕一会儿就传旨让十三他们去保宁府。”说着，他轻刮了一下慕千雪的鼻梁，笑道，“你替朕解了一道难题，说说，想要朕怎么谢你？”

慕千雪侧一侧头，琉璃滴珠步摇的流苏打在脸颊边，有细微的凉意：“陛下真想谢我？”

东方溯不假思索道：“当然！”

慕千雪浅笑盈盈，替他正一正九龙穿云长袍，以金线绣成的九条金龙在秋阳下凛冽夺目，似要破衣而出，乘风直上飞天：“那就请陛下，一直——一直都做一位好君王，初心永不改！”

东方溯凝视她须臾，郑重道：“好，朕答应你！”话音未落，太阳穴毫无征兆地传来一阵刺痛感，如无数尖针在刺一样，所幸这阵刺痛感来得快去得也快，很快便消失无踪。

慕千雪见他脸色不对，紧张地问道：“陛下怎么了？”

东方溯怕她担心，随口道：“没事，只是突然想到东方洄身边那几个暗卫，阿二至今还没查到他们的底细，也破解不了他们的藏身术，真不知这样的人东方洄身边还有多少，故而有些担心。”

慕千雪蹙眉想了一会儿，道：“既然破不了他们的藏身术，就让他们主动现身。”

东方溯一怔，旋即似乎明白了什么：“你是说从东方洄身上下手？”

“不错，解铃还须系铃人。既然他们是东方洄的护卫，那么在东方洄遇到危险的时候，一定会现身。只是他们武功奇高，想要将他们抓获，一定得仔细筹谋，除了人手之外，还要设法借用天时地利。”

“好，朕知道了。”东方溯话音落下不久，本该在承德殿的孙兴走了过来，恭敬地打了个千儿，垂目道：“陛下，恭亲王在承德殿外求见。”

“还真是说曹操，曹操就到。”东方溯感叹道，“他来做什么？”

“奴才不知，恭亲王只说有急事求见陛下。”听着孙兴的话，东方溯思忖片刻，对慕千雪道，“朕过去瞧瞧，等明日登基大典过后，朕再来看你。”

在慕千雪的目送中，东方溯离开了漪兰殿，到了承德殿，果见东方洄正等在那里，见他过来，连忙躬身行礼。

东方溯负手走入殿中，冷然道：“何事急着见朕？”话音未落，身后传来重物落地的声音，讶然回头，只见东方洄双膝跪地，满面悲痛道：“臣特来向陛下请罪！”

东方溯走到御案后坐下，接过孙兴递来的茶淡淡道：“皇兄这话从何说起？”

东方洄痛声道：“臣已知蜀州、保宁、顺庆三府守将谋乱一事。此事虽非臣指使，但多多少少与臣有关，想到万千百姓间接因臣受苦，臣就心中不安，尤其是保宁府，臣……实在罪该万死。”

东方溯揭开盏盖，望着氤氲升起的茶雾，淡然道：“既与你无关，就别多想了，该处置哪些人，朕心中有数，起来吧。”

“陛下圣明！”东方洄激动地磕了个头，待得起身后，他小声道，“臣听说，陛下派了四川巡抚去镇压叛乱？”

东方溯微一点头：“四川巡抚以前曾跟随父皇征战沙场，文武兼备，又长于谋略，乃是最适合的人选。”顿一顿，他轩眉道，“怎么，皇兄有意见？”

东方洄连忙道：“陛下深思熟虑挑选出来的人，自是再合适不过，臣怎会有意见，只是担心强行镇压之下，恐怕会有许多无辜百姓伤亡。”

东方溯听出他话中有话，不动声色道：“这也是没法子的事情，总不能由着他们作乱。”

寂静片刻，东方洄拱手道：“臣恳请陛下允许臣前往四川，臣一定会设法劝说他们投降，也好避免伤亡。”

东方溯盯了他半晌，凉凉一笑：“皇兄何时变得这样关心百姓了？”

“臣只想替陛下分忧，还有就是……稍稍弥补以前犯下的过错，还请陛下恩准。”

东方溯喝着青瓷茶盏中碧色盈盈的茶水，一口又一口，在茶水的清香中，缓声道：“皇兄有这个心，朕很高兴，不过此事朕已经有了安排，无须皇兄奔赴千里。再者，四川现在兵荒马乱，万一皇兄出了什么事，朕要怎么向母后交代？”

“臣……”东方洄刚说了一个字，便有冰凉的声音垂落：“好了，此事无须再议，皇兄若没别的事情，就跪安吧，朕还有奏折要看。”

东方洄无奈咽下嘴边的话，拱手退出了承德殿。孙兴望着他远去的背影，小声问道：“陛下，难得恭王肯主动要求前去四川消弭祸患，您为何不答应他？”

东方溯盯着殿外那道几乎看不见的身影冷冷一笑：“你当他真那么好心吗？”

孙兴愣了一下，小心翼翼道：“奴才愚笨，不明白陛下之意。”

“若他去了四川后，那三名守将不战而降，所有功劳就都归于他一人身上，你觉得，这是好事吗？”

孙兴恍然：“奴才明白了。”

东方溯晃一晃喝了大半的茶水，凉声道：“再者，不打这一仗，始终不知地方上还藏了多少卫氏的爪牙，这些人，哪怕留着一个也是祸患。”

“陛下圣明。”说着，孙兴又轻叹了口气，皱着那对长长的眉毛道，“只是苦了保宁府的百姓，不知得死伤多少。”

“朕已有法子对付那贼子，他掀不起什么风浪来。”说话间，张进走了进来，恭声道："陛下，御绣坊的人已经等候多时，是否传他们进来试吉服？"

东方溯搁下茶盏，淡淡说了一个字："传。"

再说东方洄那边，一直到乘上等候在宫门外的马车，方才沉下脸，等候在马车中的绿衣在示意车夫驱车前进后，轻声道："王爷，陛下可是没有答应？"

绿衣知道东方洄一退位，琉璃坊就会成为东方溯的目标，当机立断带着一群供奉离开琉璃坊，东躲西藏，直至东方洄被册封恭王并赐居恭王府，方才悄悄潜了回来，一直藏身于恭王府中。

车轮徐徐，东方洄攥了双手，恨声道："才当了几天皇帝而已，这架子就摆得十足，连话也不让本王多说一句！"

绿衣忧声道："那现在要怎么办？"

东方洄缓了缓气，冷声道："本王现在是出不了金陵城了，唯今之计，只有写几封书信，你赶在传旨信差之前送到他们手中，希望他们看到本王的信后，可以出城投降，尽量保住那些没有明着露面的官员。"说着，他恨恨一拍窗框，"都是一群没长脑子的蠢货，不事先称称自己的分量就敢起兵谋乱，还真以为凭那一两个城池，就能与东方溯抗衡吗？若真是这样，本王又岂会让出帝位，屈居在他之下！"

绿衣安慰道："事已至此，王爷再生气也没用，所幸江宁、苏州那几位都听从了王爷的劝告，不曾生事，这几个地方才是最要紧的。"

东方洄深吸一口气，颔首道："不错，四川三府，离京遥远，又处于山壤之中，没了虽可惜，却也不至于伤筋动骨，只是少了一个机会。"

"陛下应该也是防着王爷您名声太盛，所以才不肯答应。"绿衣替他抚平衣衫上深刻的纹路，幽幽道，"这陛下的心思，可是一日比一日深了。"

东方洄冷声道："再深又如何，还不是一样中了本王的计。等着吧，本王等着他亲手杀死慕千雪的那一日。"

天空中，波谲云诡，变幻莫测，一如掩藏在盛世下的种种算计。

人世间，最可怕的，永远都是人心……

七月二十七。

刚过四更，承德殿便点起数十支金销硬烛，将里外照得通明如白昼，无数宫人穿梭其中。

张进与孙兴二人小心翼翼接过宫人捧在手里的衮冕与吉服，替东方溯一一穿戴起来。

衮冕以玉草做成，前后垂下白玉珠十二旒，两边则垂下五色丝绦做成的垂绳，每条垂绳上同样要贯以黄玉，垂于两耳之旁。

相较衮冕，吉服无疑要复杂许多，玄衣、黄裳、白罗大带、黄蔽膝、素纱中单等，足足有六七层。

上面刺绣除了惯常帝王衣裳所见的九龙之外，还有日、月、星、山、火等，共十二种，预示天下升平，江山永固。

在将最后一样玉环挂在东方溯腰间后，孙兴等一众承德殿宫人拍袖跪下，三呼万岁，之后随东方溯前往宗庙，文武百官分列两边，见东方溯到，立刻跪地行礼，同时钟鼓齐鸣。

在祭告天地宗庙后，东方溯重新回到承德殿，入正大殿落座，文武百官依官职高低依次入内，在鸿胪寺官员宣读过诏书后，行五拜三叩头的大礼。

东方洄亦在其中，每磕一个头，他心中的恨就加深一分。就在一个月之前，他还坐在那个位置，受百官朝拜，然而却在一夕之间，被他从未真正放在眼里的贱种夺去，从此卑躬屈膝不说，还要处处看其脸色。

不报此仇，誓不为人！

礼毕，鸿胪寺官员捧诏书一路经奉天门、金水桥，到达午门，放入一早等候在那里的云舆之内，送至承天门，再次宣读诏书。

至此，整个登基大典结束。从这一日起，东方溯正式登基为帝，大周亦从这一日起，改元永平。

永平元年的七月二十七，经由翰林院官员之笔载入史册之中，流传千古！

大典过后，东方溯接连颁下三道册封旨意，着张进前往三宫宣旨，并晓谕六宫上下。

含章殿中，小聪子立于檐外，神情焦灼地望着宫门，翘首盼望的样子，像是在等着什么。

紫燕跨过朱红门槛来到他身边："旨意还没来吗？"

他们都知道，东方溯一登基就会立刻下旨册封，所以从早上开始，就一直等着旨意到来。

"还没有，不过应该快了。"小聪子话音刚落，便看到张进手捧圣旨走了进来，紫燕心中一喜，连忙迎上去行礼："给张公公请安。"

“紫燕姑娘客气。”张进笑一笑，“平妃娘娘可在？”

“在呢，公公请。”紫燕赶紧将他请入殿中，赵平清按捺着心中的激动站起身来，跪迎她等候多时的册封旨意。

虽不是皇后，但一品贵妃也足以让她站在无数女子之上，从今往后，赵氏满门，都将以她为荣，以她为耀！

而这——只是她的起点，终有一日，她会取代沈惜君入主长信殿，成为大周皇后，母仪天下！

张进展开绘满祥云的圣旨，扬声念道：“奉天承运，皇帝诏曰，平妃赵氏德蕴温柔，性娴礼教，位在掖庭之列。克著音徽礼昭典册之荣，宜加宠锡兹仰承皇太后慈谕。着即册为从二品昭容。尔其益修妇德、矢勤慎以翼宫闱。永佩纶言、副恩光而绵庆祉钦哉。”

赵平清愣愣跪在那里，她刚才听到了什么，从二品昭容？东方溯册封她为九嫔之一的昭容，这怎么可能？

身为正妃的沈惜君被册为皇后，她既为侧妃，又身怀龙种，理该册为贵妃，昭容……这怎么可能？

错了，一定是她听错了！

含章殿人也是满面惊愕，所有人都以为赵平清一定会被册为贵妃，结果却只册封从二品昭容，甚至连九嫔之首都不是，实在是让人难以接受。

紫燕最先回过神来，诧异地抬起头来，问道：“张公公，娘娘被册为昭容？”

“是啊，以后就该改口叫昭容娘娘了。”说着，他笑眯眯地望着一言不发的赵平清，“昭容娘娘，接旨吧！”

他的话将赵平清自纷乱的思绪中拉了回来，勉强挤了一丝笑意在脸上，恭声道：“臣妾谢主隆恩，万岁万岁万万岁！”

赵平清接过圣旨后，张进道了声喜便退出了含章殿。他一走，赵平清立刻展开圣旨，一个字接一个字地看着，在看到“从二品昭容”五个字时，瞳孔倏然一缩，面颊苍白如漂在池上的残冰，嘴唇不住哆嗦。

她没有听错，张进也没有念错，东方溯……东方溯真的只册封她为昭容……

紫燕也看清了圣旨上那一个个用朱砂写就的大字，难以置信道：“娘娘怎么会只是昭容？内务府明明置办了贵妃吉服，不对，这不对。”

赵平清眸光一抬，盯着小聪子道：“立刻去一趟长信殿还有漪兰殿，看陛下传去这两殿的旨意是怎么写的。”

“嗻！”小聪子打了个千儿，快步离去，在等小聪子归来的时间里，赵平清面色阴沉地坐在椅中一言不发。她不说话，含章殿上下自然也不敢言语，气氛沉重而僵硬。

过了小半个时辰，殿外响起急促的脚步声，紧接着小聪子出现在视线中，赵平清眸光一厉，冷声道：“如何？”

小聪子喘了口气，垂首道：“启禀娘娘，张公公在来含章殿之前，就分别去了长信殿与漪兰殿传旨，奴才设法打听了一下，陛下册了王妃为中宫皇后，至于璇玑公主……她……”小聪子瞅着面色冷郁如冰的赵平清，迟疑着不敢说下去。

赵平清眼角微微一搐，按捺心中的恨意道：“陛下册了她为贵妃是不是？”

小聪子无奈地点头：“是。”

紫燕骇然色变，脱口道：“这不可能，陛下怎么会册她为贵妃，定是你弄错了，赶紧重新去打听。”

小聪子愁眉苦脸道：“我也盼着是自己弄错了，可内务府那边已经将贵妃册封所用的吉服送了过去，所以……应该是不会错的。”

“陛下他……他……”紫燕有心想说东方溯糊涂，又恐殿中人多嘴杂，落了话柄在别人手里，生生将嘴里的话咽了下去，对垂手立在两边的宫人道，“你们都下去吧！”

在殿内只剩下他们几人后，紫燕望着面色阴沉如晦的赵平清，有心安慰几句，却寻思不出合适的话来，只能低低叹息着。

赵平清紧紧攥着紫檀扶手，咬了银牙一字一句道：“我早知他绝情，却不想绝情到这个地步，昭容……”她讽刺道，“他不怜惜我也就罢了，竟连这个孩子也不怜惜半分，真是好狠的心。”

“璇玑狐媚惑主，偏偏陛下还视她如珠如宝，连正一品贵妃之位也许了她，真是糊涂至极。”

赵平清冷笑连连：“他不是糊涂，而是在他眼里，除了璇玑，其他都不值一哂，包括他的亲生骨肉！”她越想越恨，胸口起伏如潮水，眉梢眼角皆是比禁军腰间钢刀更为雪亮锋利的恨意。

紫燕怕她心情起伏过剧会影响腹中龙胎，连忙道：“主子小心动了胎气！”

赵平清努力压了压心里的怒气，终还是压不下去，狠狠一掌拍在小几上，震得茶盏跳起老高，茶水四溅：“怕是我这会儿早产，他都不会过来看一眼！”

她一直以为贵妃之位属于自己，没想到竟是会错了意，东方溯根本就没打算册封她为贵妃。幸好她不许底下人在外胡说，否则这笑话可真是闹大了。

紫燕被她这话吓了一跳，赶紧道："娘娘怎么说这样不吉利的话！"

"都到这个份儿上了，还有什么吉利不吉利的。"赵平清盯着承德殿的方向，银牙紧咬，"我不会就这么认输的，绝不会！"

既然东方溯不肯给她贵妃之位，她就自己去争，一如当初强争睿王侧妃之位！

小聪子小声道："奴才倒觉得，主子并不会在昭容一位上待太久。"

"怎么说？"紫燕自然盼着赵平清晋封，但看东方溯的态度，实在不容乐观。

小聪子细声道："再有一个余月，主子就要临盆了，按着宫中惯例，但凡妃嫔诞下子嗣，不论皇子还是帝姬，皆要晋封一级。"

这句话终于令紫燕露出一丝笑意："是了是了，待到那时，主子您就是正二品的皇妃了，若是位皇子，说不定陛下一高兴，就封您为从一品夫人了呢，到时候虽未与璇玑公主相同，却也差不多了。"

对于她的话，赵平清只是冷笑："所谓惯例，不过是陛下一句话罢了，他说封就封，说不封——呵，有的是理由，我还能与他去争不成？"

紫燕张口结舌，好一会儿方才底气不足道："陛下……应该不会如此过分。"

"陛下……"赵平清摇摇头，眉眼布满浓密如深秋浓雾般的失望与荫翳，"只要慕千雪还在他身边，这一切就不会有任何改变！"

"璇玑公主……"紫燕默默念着这个对他们来说犹如梦魇一般的名字，在眉头拧成一个疙瘩时，她开口道，"留着她，对陛下固然是一桩幸事，可对娘娘来说，却是有百害而无一利，奴婢私以为，不该继续留她在宫中。"

小聪子被她这话吓了一跳，慌声道："姑姑你……你想对付她不成？"

紫燕扫了他一眼，冷郁道："怎么，害怕了？"

"不是不是！"小聪子连连否认，仔细斟酌了言语道，"我只是觉得，漪兰殿那位现在风头正盛，这会儿出手，实在不是一个很好的时机。"

"那也不能由着她媚惑陛下。"紫燕哼一声，对赵平清道，"主子……"

赵平清知道她要说什么，抚着腕间陈太后赏下来的玉镯，凉声打断："我若要取她性命，早在上林苑之时就动手了，哪里会等到现在。"

紫燕寂静片刻，沉沉道："奴婢明白主子的顾忌，只恐……养虎为患。一旦让她在宫中真正立稳脚跟，甚至……诞下皇子，想再除去可就难了。"

"你以为现在就容易吗？"赵平清冷笑一声，起身走到珊瑚长窗前，在没有闩住的窗棂上微微一推，窗门顿时被推开，秋风带着桂花清香吹入殿内，令人精神为之一振。

“对付她是没用的，得从陛下身上着手。”说着，她垂目望着自己精心保养的莹白双手，冷冷道，“璇玑一定要除，但……不可经咱们的手。”

在小聪子还一头雾水的时候，紫燕已是会过意来：“主子是说长信殿那位？”

赵平清冷冷一笑：“论对璇玑之恨，她比我只多不少，只不过……”她蹙眉道，“她的性子变了许多，不像以前那么好利用，此事得好好筹谋。”

紫燕讨好道：“江山易改，本性难移。任她怎么变，终还是那个人，也终是逃不出主子的算计。”

殿外有人叩门，却是赵平清每日惯常服用的安胎药煎好了，小聪子小心翼翼地端到重新落座的赵平清面前：“主子小心烫。”

赵平清刚抿了一口，眉心便蹙了起来，若有所思地盯着深褐色的药汁，小聪子在一旁道：“主子要是觉着烫，奴才端去窗边凉一会儿。”

赵平清摇摇头：“把送药的宫人叫进来，另外把煎剩的药渣带来。”

小聪子隐约觉得不对劲，但不敢多问，照着她的话去唤那名小宫女。令他意外的是，竟然遍寻不见那名宫女，问了其他宫人，都说没有注意。

细细回想起来，他从未见过那名宫女，只是看她出现在含章殿，就下意识地认为她是含章殿的宫女。

想到此处，小聪子冷汗顿时流了下来，脸色白得吓人，突然，肩膀被人用力拍了一下，吓得他整个人跳了起来。

紫燕愕然地看着他：“你怎么了，一惊一乍的，撞鬼了不成？”

“没有没有！”小聪子举袖抹一抹额上的冷汗，“姑姑怎么也出来了？”

“主子见你出来这么久都没回去，让我来看看。”说着，她四下张望了一番，疑惑地问道，“人呢？”

“人……”刚一开口，小聪子额上的冷汗便又“唰”地冒了出来，紫燕看得分明，心里“咯噔”一下，生出不祥之感，追问道：“可是那宫人有问题？”

小聪子知道瞒不过去，只得硬着头皮道：“那宫女……不是咱们含章殿的人。”

紫燕一怔，旋即满面诧异道：“她若不是含章殿的人怎么会出现在这里，你又怎么会接她的……”话说到一半，她忽地想到了什么，倏地沉下脸，厉声道，“你连人都不认得，就敢拿她送来的药给主子，要是主子有什么三长两短，你有十个脑袋也不够砍的！”

小聪子本就害怕得紧，再被她这么一喝，顿时双膝一软，“扑通”一声跪在地上，慌声道：“我那会儿没……没往深处想，总以为她就是含章殿的人，要不然，借我十个胆子也不敢接她的东西啊。”说着，他攥了紫燕的衣角，“姑姑，我真不是故意的，你相信我！”

紫燕拂开他的手，冷声道：“这话你自己与主子说去。”说着，她唤了一个宫人去小厨房取药渣，自己则往殿内走去，小聪子哆哆嗦嗦地跟在她后面。

赵平清见只有他们二人进来，疑声道：“人呢？”

小聪子跪在地上结结巴巴地将事情说了一遍，随即哀求道：“奴才知罪，求主子饶命！”

赵平清狠狠瞪着他：“我一再叮嘱你做事要仔细小心，竟然还如此大意，将我的话当成耳旁风是不是？”

小聪子的冷汗流到眼中，连连磕头：“奴才知罪，奴才保证，绝对不会再有下一次！”

赵平清气极反笑：“还有下一次？”

“没有下一次，没有！”小聪子浑身战栗地伏在地上，连大气也不敢喘。

“主子当心动了胎气。”紫燕轻声劝道，“等事情弄清楚了，再罚小聪子不迟。”

就算紫燕不说，赵平清也不敢再肆意动气，一连两次动气，令腹部不断紧缩，隐隐传来几分痛意。

此时，被差去小厨房的宫女捧着药罐子走了进来，紫燕摊开帕子，将药渣子倒在上面，刚一倒出来，紫燕便惊呼道：“这药不对！”

赵平清顺了顺气，道：“怎么说？”

紫燕拨了拨还有些热的药渣，沉声道：“奴婢记得太医开的药，里面有当归、川芎、白芍等，可是您看药渣，一样都没有，反倒是多了一样不知是什么的药材。”

紫燕家中原是开药铺的，后来她父亲一时大意抓错药，害得病人一命呜呼，所有家财都赔出去，还欠了许多，只得将紫燕卖入赵府为奴。她打小在药铺长大，耳濡目染，一些常用的药材都认识，但眼前这一块块她实在认不出来，只能大概辨出是什么东西的根茎。

赵平清扫了一眼已经冰凉的药汁，冷声道：“去把赵太医请来。”

紫燕不敢怠慢，赶紧请了赵太医过来。赵太医一入殿，便笑着拱手道贺：“娘娘册封九嫔，实在可喜可贺。”

宫中从来都是消息传递最快的地方，张进前脚刚踏出含章殿，这后脚消息就传遍了宫中，连太医院也不例外。

听着这个刺心的称呼，赵平清勉强挤出一丝笑容：“赵太医有心。”说着，她指了帕子上那堆药渣道，“还请赵太医看看，这都是些什么药。”

赵平清知道在这宫里头，有一个太医相助，可以事半功倍，她自己行事不便，遂传书赵侯夫妇，让他们一定要想办法收买一名太医。

赵侯夫妇几经周折，得以与同姓的赵太医攀上关系，狠心拿出三分之一的家财，令赵太医站在他们这一边。

赵太医应了一声，走到那堆药渣前细细看着，在看到紫燕不认识的那味药时，神色倏然一紧，骇声道：“这药娘娘喝了？”

得知赵平清只喝了一口，他舒了一口气，又端过那碗药抿了一口，神色凝重：“果然是从这里煎出来的，还好娘娘没有整碗喝下去，否则……”眼眸扫过赵平清高高隆起的腹部，一字一顿道，“要闯大祸了。”

赵平清瞳孔倏地一缩，双手下意识地扶住腹部，她早已料到这药有古怪，但听到赵太医确认时，还是心头大颤。

紫燕疑声道：“赵太医是说……这药会令娘娘早产？”

赵太医沉沉点头：“在接生的行当里，有一句话叫‘七活八不活’，就是说早产的孩子，七个月生的能够养活，八个月生的就难以养活，娘娘现在怀孕八个月，一旦早产，不只孩子保不住，就连母体也会受到牵连，甚至……出大红。”

所谓出大红，就是血崩，一旦出现这种情况，就算再高明的大夫也难以将孕妇从鬼门关中拉回来。

赵平清看似平静的表象下，十指却扼制不住地颤抖。出大红的可怕，她是知道的，曾经有一位表姐就是在临盆后突然出大红，等大夫到的时候，已是香消玉殒，魂归黄土。亏得她一发现这药的味道不对，就立刻起了警觉，没有继续喝下去，否则……很可能这会儿已是一尸两命。

紫燕轻咬着唇道：“可是我仔细看过，这些并非红花，怎么会令娘娘早产？”

赵太医捋一捋颌下稀稀疏疏的山羊须：“能够令人滑胎早产的药，可不止红花一种，只是它用得比较多罢了。”

“那这是……”

“此药名为淡竹叶，它用来入药的，并非那一片片细长的竹叶，而是根茎，味甘，淡，性寒，常人用之可清热除烦，利尿通淋，可若是孕妇用之，则会因血气流通过快而小产，功效不弱于红花。”说着，赵太医试探道，“这药……从何而来？”

紫燕将前因后果说了一遍，恨声道：“要让我知道是谁那么歹毒，一定要她好看！”

“原来是这样，真是好险。”赵太医双唇微动，仿佛欲言又止。

赵平清留意到他的异样，沉声道：“此处没有外人，赵太医有话不妨直言。”

赵太医犹豫片刻，终还是开了口：“前两日，有一名宫女来御药房，说是气血不通，想要一些淡竹叶，因为不是什么名贵的药材，内监也就给她了，因为臣当时正好在御药房，所以知道此事，当时也没往心里去，现在想来，会否……娘娘这里的淡竹叶，就是她当时要去的那些？”

赵平清容色深沉地追问道：“那宫女叫什么名字，在哪一宫侍候？”

“她当时未说，臣也未去问她。”赵太医想了一想，“对了，她右侧眼角有一颗痣。”

听到这话，小聪子猛然抬起头，急急对赵平清道：“主子，刚才送药来的那宫女也是右眼角有一颗黑痣。”

“果然是同一人！”赵平清十指一紧，指甲狠狠掐在掌心，盯了紫燕道，“查，一定要将这个人查出来！”

“是！”紫燕依言应下，在送赵太医离开后，她试探道，“主子，可要将这件事告诉陛下？”

赵平清盯着窗外略显败象的醉蝶花，答不对问：“紫燕，你说此事会是谁在幕后指使？”

紫燕心如电转，轻声道：“宫里统共就那么几位，不是长信殿就是……漪兰殿那位。”

赵平清缓缓点头：“一个是刚册立的正宫皇后，一个是陛下心尖上的人，无凭无据的，你说陛下会信我们吗？”

紫燕不服气道：“这药与药渣都在，岂是无凭无据？”

赵平清嗤笑道：“一堆死物而已，你如何证明这一切是别人加害，而非贼喊捉贼？”

紫燕被她问得哑口无言，沉默片刻，不甘心道：“难道就这么算了？”

“当然不是，人害我一分，我必还人十分！”赵平清眸中恨意分明，攥一攥双手，沉沉道，“只是咱们现在身处弱势，一步错步步错，所以一定要等人赃并获，再去向陛下告这个状。”说着，她又道，“总之当务之急，是找出那名宫女，记着，在找到幕后指使者之前，不要打草惊蛇。”

“奴婢省得。”在紫燕四处打听那名宫女下落之时，漪兰殿中，花蕊快步奔入正殿，满面欢喜道：“公主！公主！”

话音未落，后脑就轻轻挨了一掌，她愕然回头，小元子不知何时站在了她身后，不乐意道：“元公公，你好端端地打我做什么？”

“还说呢。”小元子瞪了她道，“圣旨还是你拿进内殿供着的，怎么一转头就都忘了？”

“忘了？”花蕊不解地皱着两条细细的柳眉，夏月走过来点一点她的额头，提醒道：“好好想想，陛下的圣旨上都写了些什么。”

听到这话，花蕊总算明白自己犯了什么错，连连点头：“对对对，该改口叫贵妃主子了。”

望着他们捂嘴偷笑的样子，慕千雪莹白如玉的脸庞微微一红，低声嗔道：“改不改口又没什么区别。”

“这区别可是大了，打从今儿个起，主子您可就是漪兰殿的正一品贵妃娘娘了。”夏月眉梢眼角皆是笑意，语调轻快似要飞起来一般。

花蕊插话道：“听说含章殿那位才封了从二品昭容，这会儿怕是正在生闷气呢。”

夏月嗤笑道：“从二品昭容已是抬举她，要不是怀着身孕，陛下怕是连主位都不会给她。”

小元子也笑道：“她可不这么想，恐怕在今日之前，她一直以为自己才是正一品贵妃，哪知是空欢喜一场。”

慕千雪笑斥道：“好了，一个个说得没完。”说着，她转眸看向花蕊，“你急着奔进来是为何事？”被她这么一提，花蕊才想起来自己进殿的原因，赶紧答道：“陛下过来了。”

小元子被她这话吓了一跳，急声道：“你这妮子，这么重要的事情，怎么拖到现在才说，耽搁了接驾，你担待得起吗？”

花蕊不敢争辩，低低嘟囔道：“我又不是故意的，就是一时忘了嘛。”

没等他们出去接驾，东方溯已是走了进来，浓郁似金的秋阳自他身后照入，映得那一色明黄格外耀目，令逆光行来的他犹如天神降世，一步一行皆散发着帝王之势。

慕千雪笑意盈盈地朝那道大步走来的身影欠下身去："千雪恭迎陛下，陛下万岁万岁万万岁！"

"快起来。"逆光褪去，露出东方溯蓄着温柔笑意的脸庞。他扶起慕千雪，声音温暖似身后明媚的秋阳，一寸寸暖入心中。

他携着她的手，静静相望，眼里是浓郁到化不开的深情，慕千雪被他瞧得脸颊羞红，轻声道："陛下为何这样望着……臣妾？"

她原是想与以前一样自称，忆起那道许自己无限尊荣的圣旨，也忆起自己身份已不同往日，生涩地改了自称。

"臣妾……"东方溯喃喃重复着这两个字，下一刻，他用力将慕千雪拥入怀抱，紧紧搂着，那么用力，仿佛要将她融入自己身体里一般。

"陛下……"

"嘘！"慕千雪耳边响起低沉的声音，"不要说话，让朕就这样抱你一会儿，一会儿就好！"

慕千雪怔了怔，旋即眸光一软，长睫在粉面上投下一对温柔的弧线，任由东方溯这样抱着她，夏月等人皆悄悄退了出去。

许久，东方溯终于松开了双臂，轻抚着那张不论在什么时候都精致到看不见一丝瑕疵的容颜，带着一丝细微的哽咽道："朕盼这一日盼了好久，终于盼到了。"

慕千雪感受着脸上的温暖与清晰深刻的掌纹，声音柔如三月春光下的太液池水："臣妾一直都在陛下身边。"

"是！"东方溯郑重点头，紧紧握住她纤细的手掌，一字一顿道，"从今往后，不论十年、二十年还是三十年，你都不许离开朕，一步都不许！"

慕千雪侧一侧头，笑吟吟地望着他："三十年后，臣妾都白发苍苍，满脸皱纹，陛下怕是连多看一眼都嫌多余，巴不得臣妾离开呢，好去宠幸那些年轻貌美的嫔妃。"

"你知道朕不是那样的人，朕会陪着你一起变老，一起白发苍苍，一起皱纹满面。"他低头，在慕千雪额头印下浅浅的一吻，眸光温柔似要滴下水来，"有了你，朕的人生才真正完整。千雪，这辈子，下辈子，下下辈子，朕都要与你在一起，生生世世，永不分离！"

"只要陛下不弃，臣妾定当生死相随！"慕千雪与他相视一笑，完整的又岂止是东方溯的人生，还有她……

从今往后，她除了南昭公主、西楚废后之外，又多了一重身份，也是最最要紧的身份——大周天子的女人！

七月二十七下诏册封，八月十三共行册封礼，皇后赐金册金宝，贵妃赐金册金印，昭容仅有金册而无金印。

第六十五章　早产

八月十三的月亮，将圆未圆，明澈的月光如流水一般倾落人间，照在慕千雪卸下盛妆后清丽绝美的脸上，泛起一层淡淡的光晕，仿佛月中嫦娥临凡。

慕千雪避开一直落在脸上的目光，不自在地低了头："陛下总看着臣妾做什么，又不是初次相见。"

望着她含娇带羞的神情，东方溯既怜又爱，轻笑道："就算这样看你一辈子，朕也看不腻。"

慕千雪"扑哧"一笑："陛下何时变得这么会哄人了？"

"只要你喜欢就好。"东方溯紧一紧掌中的柔荑，深情款款道，"对朕来说，再没有什么比你开心欢喜更加要紧的事情了。朕现在最希望的，就是你这一生都能够长乐无忧。"

慕千雪两颊飞红，尽管羞涩，还是轻声道："有陛下相护，臣妾此生当可长乐！"

东方溯低低一笑，低头覆上她娇艳如玫瑰的双唇，樱红撒金帷帐徐徐落下，掩住那缠绵似火的重重春色……

光滑如璧的朱红锦衾半垂在地上，东方溯伏在慕千雪身上，滚烫的薄唇不时落在她身上，点燃一簇又一簇的火焰，羞涩与不断苏醒的情欲令慕千雪肌肤泛起一层迷人的粉红，忍不住发出"嘤咛"的细细呻吟声。

唇在游移了一遍后，重新覆住她娇嫩殷红的双唇，十指紧握，长发纠缠，这个吻是那样的缠绵而深刻，不见尽头。

在东方溯进入到体内时，下体传来一阵撕裂般的痛楚，低低的痛呼溢出慕千雪唇齿之间，额间亦有细细的香汗渗出。

东方溯也察觉到不对了，强行控制了体内的情欲退出她体内，诧异地望着慕千雪："怎么会这样？"

慕千雪侧目望着自刚才起就一直相互交握着未曾松开的十指，低低道："我与……萧若傲虽夫妻四年，但他……他从来没有碰过我！"

东方溯一怔，旋即一阵狂喜涌上心头，近乎颤抖道："也就是说……你一直都是处子之身？"

慕千雪粉面红得如要滴下血来，但还是点了点头。这件事，她从未与人提过，连夏月也不知道，东方溯是第一个知晓的人。

"真好！"东方溯伏下身，紧紧搂住她，下颌抵在她颈上，沙哑道，"萧若傲虽灭绝人性，狠毒绝情，但总算做了一件好事！"

慕千雪拥住他古铜色的身子，轻声道："他是怕与我做了真正的夫妻后，会狠不下心覆灭南昭，完成不了称霸天下的愿望！"

"其实……"东方溯支起身子，凝视着她道，"如果真走到那一步，你会助他统一六国的是不是？"

慕千雪轻轻点头："我原本打算着，若他统一了五国，就劝说父亲并入其中，令中原大地真正统一。"

"可惜他聪明反被聪明误，自以为扩张了势力，其实断了自己统一中原之路。"

"也不尽然，如果……你没有来救我，那么说不定他真的可以统一诸国，成为无人可及的帝君！"

东方溯低低一笑，抚着她如羊脂白玉一般的脸庞："这就叫人算不如天算，最终便宜了我；这就叫多行不义，天必罚之！"

"你啊！"慕千雪刮一刮他高挺的鼻子，轻笑道，"得了便宜还卖乖！"

东方溯再次抱紧她，恳切道："千雪，朕一定会助你报仇复国，一定！"

"我知道。"慕千雪笑中含泪，心生欢喜，今日是她此生最开心的日子。

静静燃烧的橘红烛光中，情欲再次席卷了二人，东方溯极力放松了动作，这一次，终于合二为一。

在一番缠绵后，东方溯支起身子，静静望着在疲惫中沉沉睡去的千雪，唇角含笑，眼里有着化不开的深情。

愿得一心人，白首不分离。

千雪，朕虽未册你为后，但在朕心里，你才是唯一的皇后，朕此生都会以你之喜为喜，以你之悲为悲。

在她额上轻啄了一吻后，东方溯在旁边睡下，殿中寂静无声，只有烛芯燃烧和烛泪滑落的细微声响。

长信殿中，沈惜君站在窗边，仰首望着夜空中那一轮将圆的明月，这个姿势她已经维持了很久。

肩上蓦地一沉，却是一件天青色绣折枝玉兰的披风，阿紫轻声道："已经三更了，陛下想必不会过来了，奴婢扶您去歇息吧。"

沈惜君轻声道："陛下歇在了漪兰殿是不是？"

阿紫没有说话，但这已经给了沈惜君答案，怆然笑道："我早该料到了，可这心里总还抱着一丝希望，以为这一夜，他会来此陪我。"

阿紫低低道："主子别想这些了，明儿个还要早起受贵妃与昭容的请安呢。"

"贵妃……贵妃……"沈惜君不断重复着这两个字，眼里满是寂寥与哀伤，"皇后只是皇后，贵妃才是他此生的挚爱。我知道，我什么都知道，可是阿紫，我不甘心，凭什么慕千雪可以拥有陛下的爱，赵平清可以拥有陛下的骨肉，而我……拥有的只是皇后这个虚名，凭什么！凭什么！"说到最后，她已近乎歇斯底里，犹如一只困兽。

"主子您不要这样！"阿紫心疼地抱住沈惜君，"您相信奴婢，一切都会好起来，一定会的。"

"相信……"沈惜君喃喃低语，下一刻，她神色悲哀地摇头，喃喃道，"我也很想相信，可是我做不到。"

"您无须相信，因为这就是事实，您与陛下往后还有漫漫几十年，终有一日，陛下会回头！"

沈惜君望着自己在月光下白到近乎透明的双手："她们抢走了陛下，我本该用这双手，不顾一切地去将陛下夺回来，可是阿紫，我做不到，做不到啊！"泪水一滴滴漫出眼眸，落在地上摔得粉碎。

她深吸一口气，哽咽道："慕千雪死了，陛下一定会伤心欲绝，更会动摇他好不容易得来的帝位。赵平清……她最该死，可偏偏怀着陛下的骨肉，这是陛下的第一个孩子，我不可以加害的。"

"奴婢知道，奴婢什么都知道。"阿紫含泪安慰道，"主子您对陛下一往情深，陛下……陛下……"她不知该如何接续下去。

东方溯对慕千雪无疑是情深似海，可深情往往也意味着无情，因为他没有多余的情去给别人。但这……又能怪得了谁，在沈惜君借卫太后之手逼婚前，东方溯从来没有招惹过她，偏偏她一头栽了进去，犹如飞蛾扑火。

谁都不能怪，要怪只能怪造化弄人！

阿紫取过帕子仔细拭去沈惜君脸上的泪，眸色冰冷："贵妃对陛下有益，暂且放在一边，至于赵昭容……她就快临盆了，等她诞下龙胎，咱们就不必再对她留情。就算……赔上奴婢这条性命，也不会让她继续在主子面前耀武扬威。"

"不要！"沈惜君倏地握住阿紫的手，神色急切道，"千万不要去做傻事，我现在一无所有，只剩下你与阿兰两人，所以你们绝对不可以出事，听到了没有？"

"可是……"阿紫刚说了两个字，便被沈惜君厉声打断，"我问你听到了没有？"

相视半晌，阿紫既无奈又感动："奴婢听到了。"

沈惜君松了一口气，迎着白茫茫夜色中吹来的秋风徐声道："而且赵平清此人诡计多端，不是逞一时之勇就可以成事的，需得慢慢筹谋。"

"嗯。"阿紫应了一声，一眼不眨地望着沈惜君侧脸。沈惜君转头问道："怎么了？"

"没什么，只是觉得，主子您变了许多，不像以前那样……"想是觉得后面的话不太好，阿紫轻咬着下唇，没再说下去。

沈惜君猜到她的意思，淡然道："不像以前那样鲁莽，不知轻重了是吗？"

"嗯。"阿紫点点头，"若换了以前，您只会凭自己的喜怒行事，根本不会说出'筹谋'二字。"

沈惜君涩涩一笑，伸手越过窗台，攀了一朵不知名的小花在指间转着："经历了那样的事，若再不长进一些，如何对得起我死去的孩儿。"

阿紫怕她又想起那个早夭的孩子，连忙道："主子……"

"我没事。"沈惜君吸一吸气，仰首望着昭昭明月，低低道，"我会好好活着，连孩儿那一份，一起活下去。"

夜色漆黑如墨，秋风拂过昭明宫中连绵深寂的重重宫殿……

东方溯沉沉睡着，突然脑海中传来一阵剧痛，令他一下子清醒过来，双手捧头，死死咬着牙，不让痛呼溢出唇齿，以免惊动睡在一旁的千雪。

这样的头痛，已经出现过好几次，他也曾传太医看过，都没有发现任何异常，他怕慕千雪担心，一直都瞒着未说。

以往这样的头疼，虽痛但忍一会儿也就过去了，可现在竟是一直没有止住的迹象，疼得整个头都似要裂开一样。

东方溯勉强起身下地，只穿了一身寝衣踉踉跄跄地出了内殿，候在殿外打盹的张进被开门的声音惊醒，睁开还带着浓浓睡意的眼睛，有些茫然地看着半开的殿门。待得看清跪坐在殿门边的东方溯后，浑身一个激灵，顿时清醒过来，慌慌张张地扶住东方溯："陛下您……您怎么了？"

东方溯咬牙道："扶朕回承德殿，别惊动了贵妃！"

张进赶紧答应一声，轻手轻脚进去拿了衣裳，披在东方溯身上，深秋露重，这一路过去非得受寒不可。

东方溯疼得很厉害，一路上走走停停，用了比平常多一倍的时间，承德殿的宫人看到东方溯这个样子皆是吓坏了，不等张进吩咐，就飞奔去了太医院。

原本已经躺下的孙兴得到消息，急急忙忙赶了过来，一边走一边系着来不及绑起的衣带，还未进殿就听到东方溯痛苦异常的呻吟声。

他赶紧走了进去，只见东方溯脸庞扭曲地坐在椅中，不住用力敲打自己的头，张进手足无措地呆立在一旁。

"出什么事了？"

张进忧心忡忡道："我刚才在漪兰殿门口守着，陛下突然就走了出来，那个时候已是头疼得厉害。陛下不让我惊动贵妃，所以只能扶回了承德殿，已经去请太医了，应该很快就能过来。"

"想是之前的毛病又犯了，只是这次怎么痛得这样厉害？"他们二人是东方溯的贴身内监，故而知道他曾犯头疼的事。

"我要是知道就好了。"张进忧声道，"现在只能等太医过来了，希望陛下没有大碍。"话音未落，便听到殿外响起一阵急促的脚步声，紧接着须发皆白的梅太医走了进来，看到是他，张进神色一松，急奔过去道："梅太医您在就好了，赶紧替陛下看看，跟陛下之前传您来看时一样，但这次头疼了许久，一直没有缓解！"

这位梅太医是三朝元老了，医术甚是高明，之前东方溯就是请了他替慕千雪调理身子，今夜正好碰到他当值。

梅太医知道事情紧急，顾不得歇息喘气，疾步来到痛苦不堪的东方溯身前，强行拉过他的手把脉。

"咦！"梅太医惊疑不定地望着东方溯，把脉的手指从原来的两根变成了三根，但结果还是一样。

真是奇怪，按理来说，如此头疼，脉象应该有迹可遁，可诊东方溯脉象却是再平稳不过，没有半点儿异常，就像之前东方溯传他来诊脉时一样。若非知道东方溯不会开这样的玩笑，他真要以为这头疼是假的。

孙兴见梅太医一直不说话，忍不住催促道："梅太医，陛下究竟是怎么了，你倒是快说啊！"

梅太医松开手，如实道："陛下脉象没有任何问题。"

二人面面相觑，张进率先道："这怎么可能，明明就疼得这么厉害，不然您再仔细诊诊。"

梅太医没有理会他们二人的话，而是命随他同来的小太监捧上药箱，从中取出用红绒布裹着的银针，取了一根在手里，对孙兴等人道："你们按住陛下手足还有头部，千万不要让他动弹。"

事关东方溯安危，孙兴等人也顾不得冒犯与否了，依着梅太医的话分别按住，让他无法动弹。

梅太医神色凝重地将银针一根接一根刺入东方溯头部的穴道之中，在整整插了十二根后，东方溯脸上的痛苦之色终于缓解了，让他们长舒一口气。

张进缓缓松开手，试探地问道："陛下，您觉得怎么样了？"

"好些了。"东方溯吃力地说着，整个人犹如刚从水中捞出来一样。

梅太医神色微松，道："那臣现在开始试着拔出银针，陛下如有不适，请立刻告诉臣。"

在东方溯颔首后，他开始动手拔出第一根刺在穴道中的银针，这银针可不是随便能拔的，需得捻三捻，转三转之后方才能拔出来，

从第一根到最后一根，十二根银针，梅太医足足用了一盏茶的工夫方才取完，所幸头痛的情况并未再出现，令众人稍稍安下了心。

东方溯接过孙兴递来的面巾拭一拭满头冷汗，道："梅太医，朕究竟是得了什么病，为何时常头痛，这一次更是痛得这般厉害？"

一提起此事，梅太医眉头顿时曲折成川："臣刚才替陛下把脉，发现陛下脉象平稳有力，一丝异常也没有，臣从医这么多年，从未见过如此奇怪的情况，实在是让人想不明白。"停顿片刻，他又道，"敢问陛下，除了头痛之外，可还有什么别的异样？"

"异样……"东方溯抚一抚额，不确定道，"这会儿似乎有些头晕，但并不厉害。"

东方溯说的这些并不能帮梅太医解开疑惑，只得拱手道："待臣回去仔细翻阅医

书，尽快找出陛下的病因。在此期间，还请陛下保重龙体，不要太过操劳，以免再犯，一旦出现不适，立刻派人告之臣。”

“朕知道了。”东方溯话音刚落，殿外传来“嗒嗒”两声轻轻的叩门声，张进过去应门，片刻后，他神色慌长地走过来：“陛下，含章殿出事了！”

含章殿中，灯火通明，宫人慌乱地出入着，一盆盆清水不断端进去，等到端出来时，无一例外变成了血水，看得人心惊肉跳，内殿中不时传来赵平清痛苦的呻吟，还有稳婆让她用力的声音。

殿外响起急促的脚步声，紧接着东方溯快步走了进来，身后跟着张进二人，正焦急等在庭院中的紫燕与小聪子赶紧迎上去行礼。

东方溯看了一眼灯火透亮的内殿，疑声道：“昭容不是下月才临盆吗，怎么突然提前这么多日？”

听到这话，紫燕“扑通”一声跪在地上，泣声道：“求陛下替主子做主！”

东方溯听着不对，拧眉道：“怎么回事？”

紫燕一边垂泪一边絮絮说着：“自从月份大了以后，主子经常胸闷气短，夜间难以入睡，每每要燃安息香方才能够入眠。”

“那又如何？”东方溯前几日曾在晚膳后来看过赵平清一次，知道这个情况。

“起初的时候，一切都很正常，可就在前些日子，龙胎突然开始动得厉害，且时有下腹坠涨之感，请了赵太医来把脉，说主子脉象虚浮，有些不太好。主子以为是熬夜替小殿下做衣裳劳累之故，便暂停了这些个事，每日按时歇息、服药，可情况还是越来越糟，直至今日……”紫燕抽泣道，“主子半夜醒转，说腹痛得厉害，奴婢一看，竟是见了红，赶紧去请了赵太医过来，结果一诊脉，说是龙胎已经稳不住了，临盆在即，所幸稳婆前些日子就已经入宫了，否则……这三更半夜的，奴婢都不知道该去哪里请稳婆。赵太医觉得奇怪，问奴婢要了主子平日用的东西检查，结果发现安息香里有麝香，正是那东西害得主子早产！”

东方溯神色凝重地问道：“含章殿怎么会有麝香？”

“奴婢家中原是开药铺的，深知麝香对孕妇的危害，所以自打主子怀孕后，所有添加了麝香的东西都锁进了库房，刚才派人去库房点看过，一样不少，所以麝香并非出自含章殿。”说到此处，紫燕用力咬一咬嫣红的朱唇，一字一顿道，“事实上，这些安息香是皇后命人送过来的！”

此言一出，众人皆是变了颜色，紫燕这话，等于是指责刚刚册立为后的沈惜君谋害龙胎，这可是非同寻常的大罪。

东方溯眼角一阵抽搐，垂目盯着紫燕："你可知自己在说什么？"

比冬雪犹要冷上百倍的声音令紫燕身子十指微颤，但还是强行挺直了背脊，迎着东方溯同样冰冷的目光道："奴婢知道！"

东方溯盯了她片刻，对张进道："传赵太医过来。"

张进快步离去，不一会儿，赵太医随他走了过来，还没来得及说话，殿外传来太监尖细的声音："皇后娘娘驾到！"

很快，一袭蹙金繁绣裙裾的沈惜君出现在诸人视线中，看到东方溯也在，她微微一怔，旋即走过来道："臣妾叩见陛下。"

东方溯眸光深深地望着她："皇后怎么来了？"

沈惜君垂目道："臣妾听说含章殿连夜请来了赵太医与稳婆，怕赵昭容母子会有什么事，就赶过来看看，情况可还好？"最后那句话是在问赵太医，赵太医拱手道："回皇后娘娘的话，昭容娘娘早产，情况……怕是不太好，具体要等稳婆出来才知道。"

沈惜君蹙了细巧的眉尖："好端端地怎么会突然早产？"

"皇后当真不知道？"树影在东方溯眼底投下斑驳的影子。

沈惜君一愣，心底隐约生出一丝不祥之感："陛下这是何意？"

东方溯瞥了一眼泛起鱼肚白的天空，对赵太医道："你告诉皇后。"

"是。"赵太医咽了一口唾沫，轻声道，"启禀皇后，臣在安息香中查出……查出麝香！"

沈惜君尚未反应过来，阿紫已是脸色大变，急急否认："这不可能，绝不可能！"

"这是千真万确的事情。"紫燕哽咽道，"主子一直感激皇后娘娘送来安息香，从未有过半分怀疑，直至现在……"她泣不成声，满面难过道："就算您对主子有千般万般的不满，可那毕竟是龙胎，您怎么能够如此狠心！"

"本宫没有！"沈惜君肃声道，"本宫送来的只是安息香，绝无麝香。"说着，她眸光一转，落在赵太医身上，"赵太医，此事非同小可，你检查清楚了吗？"

赵太医低头，嗫嚅道："臣检查了数遍，里面……确实有麝香！"

曙光中，沈惜君脸色青白交错，极是难看，阿紫二人极力替她辩白，可不论她们怎么说，东方溯都是一言不发，令她们惴惴不安，揣测不到东方溯的心意。

沈惜君望着那道颀长的身影，秋风拂动她樱红滚金边的裙裾，似冷风中难以飞动的蝴蝶："陛下以为是臣妾？"

"皇后说呢？"东方溯神色一如既往地淡漠，看不出他在想些什么。

沈惜君仰首看一眼出现在东方的第一抹朝霞，一字一顿道："此事与臣妾无关！"

东方溯尚未言语，紫燕已是激动道："安息香是娘娘送来的，不是皇后娘娘还会是谁？"

"放肆！"阿兰冷眸喝道，"不过是一个小小宫女，竟敢如此与皇后娘娘说话，眼中可还有尊卑上下之分？"

紫燕没有理会她，朝东方溯跪下，痛声道："陛下，主子与小殿下遭人陷害，生死未卜，求您一定要为他们做主！"

在她说话的时候，东方溯身子微微一晃，孙兴瞧见，忙低声道："陛下可是又头痛了？"

东方溯摇头甩去突然出现在脑海中的晕眩感，望着镂花窗格紧闭的内殿，冷声道："有什么事情，等昭容诞下皇子再说。"说罢，拂袖往正殿行去，沈惜君犹豫片刻，抬步跟了上去。

紫燕见状，也只能起身与小聪子一并入内，焦灼地等着内殿的消息，殿中虽人数不少，却是寂静无声，铜漏一滴滴落下的声音清晰可闻。

东方溯坐在上首，徐徐抚着额头，不知怎么回事，从刚才起就一直觉得有些晕，思绪也不太顺畅。

不知过了多久，内殿传来一声响亮的婴啼，犹如天籁一般，令众人虚悬多时的一颗心得以放下。

东方溯心中一块大石落了地，他虽不在意赵平清，但她腹中怀的毕竟是他的第一个孩子，自是希望平安。

过了一会儿，稳婆满面喜色地抱着裹着大红襁褓的婴孩出来："恭喜陛下，贺喜陛下，昭容娘娘为您添了一位小殿下！"说着，她将孩子递了过来，东方溯有些激动地接在怀里，这个孩子没有足月，所以显得有些瘦小："孩子情况怎么样？"

稳婆笑道："陛下放心，小皇子虽然是早产，临盆也不太顺利，但哭声还算洪亮，只要精心照料，当无大碍。"

"那就好。"东方溯将孩子交还给她，记起赵平清，"昭容可还好？"

"小殿下在腹中时，胎位略有些不正，所以昭容娘娘受了许多罪，幸好临盆时胎位及时转正，得以母子平安，只是娘娘出了许多血，身子有些虚，得好好调养。"

"平安就好。"在稳婆将孩子抱下去后，东方溯侧首望向沈惜君，他的目光令沈惜君心头一紧，继而漫出重重凉意，他……终归还是怀疑自己吗？

果然，东方溯回到椅中坐下后，冷声道："皇后为何要送安息香给昭容？"

沈惜君微咬银牙，敛衣深深欠了一礼："月初之时，昭容来长信殿，说起内务府新来的一批安息香不是很好，臣妾记起长信殿还留着一些，就让阿兰拿给昭容。臣妾可以当着陛下的面起誓，在出长信殿之前，这些安息香绝对没有问题，还请陛下明鉴！"

紫燕眉头一挑，开口道："这些安息香只经过长信、含章两殿之手，不是娘娘，难道是含章殿动的手脚吗？"

沈惜君扫了她一眼，冷冷道："是与不是，你心中再清楚不过，本宫一片好意，结果却成了你们加害本宫的筹码，可真是好打算。也让本宫知道，原来'虎毒不食子'的话是假的，并非每一个做母亲的都会心疼自己骨血，有那么一些人，铁石心肠，连自己孩子都能拿来加害利用！"

紫燕神情愤怒道："主子十月怀胎，对小殿下爱逾性命，娘娘这样诬蔑主子，您良心过得去吗？"顿一顿，她又道，"奴婢知道娘娘没了孩子，一直耿耿于怀，可这一切与含章殿并无干系。正所谓'己所不欲，勿施于人'，您怎么能够这样狠心！"

饶是沈惜君心思沉稳了许多，听到这番话也不禁脸色大变，露在广袖外的双手不住震颤，这件事一直是她心中的最痛，好不容易有些结疤了，却又被紫燕狠狠撕开，痛——可想而知！

阿兰上前一步，狠狠一掌掴在紫燕脸上："大胆贱婢，竟敢在帝后面前胡言乱语，实在该死！"

紫燕捂着火辣辣刺痛的脸颊，含泪朝东方溯道："陛下，奴婢死不足惜，只求您还主子一个公允，还有……"

"好了！"东方溯打断紫燕的话，揉一揉太阳穴，有些烦躁，"孰是孰非，朕自会查明，在此之前，谁都不许再多言。"说着，他看了一眼外面渐亮的天色，走到沈惜君身前，冷声道："在朕查明之前，皇后就不要再出长信殿了。"

沈惜君身子一颤，她哪里会不明白，东方溯这是在变相对她禁足。她颤声道："臣妾——遵旨！"

东方溯离开后，沈惜君神色阴沉地盯着紫燕以及她身后的内殿，森然道："告诉赵平清，这件事，本宫绝不罢休！"

紫燕殷殷一笑，恭敬之中带着一丝挑衅："娘娘错了，不罢休的该是——我们！"

沈惜君一言不发地盯着她，许久，她冷哼一声拂袖离去，没入渐亮的天色中。

这件事，慕千雪直至晨起洗漱后方才知晓，在听完夏月的叙述，蹙眉道："陛下现在是个什么意思？"

夏月舀了一碗银耳粥放到她手边："陛下还没发落，只是暂时禁足皇后，这会儿宫中上下都在传陛下会不会就此事废了皇后，若真是这样，咱们这位，可就成了大周史上最短命的皇后了。"

小元子插话道："谋害皇嗣是宫中最要不得的大罪，一旦被查出来，非死即废，看皇后的样子怕是逃不过了，皇后这次可是把自己害死了。"

夏月叹了口气："也难怪皇后会如此，她的孩子要是还在，这会儿差不多也有七个来月了，她自己没了孩子，自然也不想含章殿那位顺利诞下龙胎。可惜啊，机关算尽，终还是一场空，赵昭容母子平安，反倒是她自己被识穿了计策，生死难料。"

慕千雪舀着碗中浓稠的银耳粥，默默寻思片刻，忽道："你们真觉得是皇后下的手吗？"

二人被她问得一怔，小元子率先道："除了皇后还会有谁？"

夏月略一思忖，试探道："主子怀疑，除了皇后，宫里头还有人不想赵昭容诞下皇子？"说到此处，她眼皮一跳，脱口道，"难不成是宁寿宫那位？"

小元子不解道："卫太后？她与赵昭容又没什么利害关系，怎么会做这样的事。"

"谁说没有利害关系，陛下膝下有子，这承德殿的位置可就比原先稳固了许多，试问她怎么会乐意。"

小元子细细思索了一番，颔首道："这倒也有道理，可她并未接触过安息香，怎么能够下药？"

这一点夏月也想不明白，正自思索间，殿外传来花蕊的声音："主子，长信殿的阿紫姑娘求见。"

夏月柳眉一紧，低声道："她这会儿过来，定是想求主子替皇后开脱，奴婢去把她打发走。"

慕千雪眸光微微一凝，说出一句令夏月惊讶不已的话来："让她进来。"

夏月迟疑道："皇后也好，赵昭容也罢，都不是什么好人，由着她们狗咬狗就是了，主子何必蹚这浑水。"

"有些事情，不能看表面那么简单，去吧。"见慕千雪坚持，夏月只得开了殿门让阿紫进来。阿紫双眼肿得桃核一般，显然是哭过了，一见到慕千雪，便双膝跪地，悲声道："求贵妃救救皇后娘娘！"

慕千雪对她的言行并不意外，淡淡道："是皇后让你来的？"

阿紫摇头道："是奴婢自作主张，主子并不知道。"说着，她伏地叩首，贴着冰凉坚硬的金砖道，"奴婢知道主子有许多对不住贵妃之处，但主子对您从未起过杀心。这一点，奴婢可以用性命担保。"

"我知道。"慕千雪吃了一口银耳粥，声音平滑如镜，不见一丝波动。

阿紫猜不透她的心思，狠一狠心道："只要贵妃娘娘肯救主子，奴婢愿意任听您发落，是杀是剐，奴婢绝无怨言。"

尽管东方溯还未下旨发落，但谁都看得出来，长信殿凶多吉少，眼下这种情况，能救沈惜君的，唯有慕千雪一人。

慕千雪轻轻一笑，翡翠滴珠耳坠在颈边晃动："罢了，你且将含章殿那件事仔细说一遍。"

阿紫心中一喜，连忙把昨夜的事情仔细说了一遍，随即气愤道："主子当日完全是出于一片好意，才将安息香给了她，没想到赵昭容如此卑鄙，暗自添加麝香陷害主子！"

夏月摇头道："赵昭容虽说不是什么菩萨心肠，但也不至于加害自己骨肉，你可别乱说。"

阿紫神情激动道："我可以用性命发誓，长信殿没人动过手脚，也是我亲自送到含章殿的，除了赵昭容自己，还会有谁？"

夏月一时也找不到反驳她的话，但还是不认为赵平清会拿自己与皇嗣的性命演这场戏，万一当中出了什么岔子，可是要出人命的。

小元子也是一个念头："小殿下是赵昭容在宫中立足的根本，她当不至于拿这个来赌！"

"这个人工于心计，狠毒异常，有什么事情是她做不出来的！"阿紫一门心思认定是赵平清所为，自是别人说什么都听不进去。

阿紫泣声道："奴婢实在走投无路，只能来求娘娘，还望娘娘垂怜一二，此恩此德，奴婢与主子都会铭记于心，永不敢忘！"

慕千雪拢一拢挽臂的珍珠纱帛，道："你的来意，本宫已经清楚了，本宫会尽力而为。"

阿紫大喜过望，连连叩头谢恩，直至额头叩得通红，方才退了下去。在关了殿门后，夏月欲言又止，终是忍不住道："主子，您真觉得皇后是无辜的？"

小元子迟疑道："奴才虽与皇后接触不多，但也听夏月姑姑说了一些，赵昭容固然工于心计，但皇后……也不是什么善人。”

“本宫知道。”慕千雪舀了一勺淡黄色的银耳粥，轻声道，“皇后算不得一个好人，但她对陛下却是爱之入骨，否则也不会千方百计地嫁给陛下。所以，她会恨本宫，恨赵平清，却绝不会恨陛下。”

夏月隐约明白了她的意思，试探道：“主子是说……皇后爱屋及乌，不忍加害赵昭容腹中的孩子？”

“不错。”绵软的银耳滑过喉咙，留下一丝清甜，“所以这件事，应该与她无关！”

夏月轻叹口气：“就算真无关，主子其实也不一定非救她不可。”

“本宫知道。”慕千雪微微一笑，轻声道，“但总归有些不忍，毕竟……她也是一个可怜人！”

“可怜之人必有可恨之处。”夏月知道自己阻止不了，只得道，“希望皇后逃过此劫后，能够明白主子的一片苦心。”

慕千雪笑笑道：“只要不负己心就好，别人怎么想，由得他去。”顿一顿，她对小元子道，“你去打听一下，看最近含章殿都有哪些人出过宫，既然他们没动过库房里的麝香，那这东西，一定是从宫外带进来的。另外……”眸光微微一沉，凝声道，“再打听一下宁寿宫的动静。”

在小元子依言下去后，慕千雪吃完剩下的小半碗银耳粥，唤过夏月道：“让花蕊去将给小殿下备的礼取来，随本宫走一趟含章殿。”

夏月眼中精光一闪，很快归于平静，命人备了肩舆，与从库房取来锦盒的花蕊一道随慕千雪过去。

含章殿离得并不远，不过一炷香的工夫便到了，含章殿宫人远远瞧见慕千雪的肩舆过来，尽皆跪下行礼。

慕千雪刚下肩舆，紫燕便得到消息迎了出来，恭敬道：“奴婢恭迎贵妃娘娘玉驾！”

“免礼。”在示意紫燕起身后，慕千雪关切地问道，“本宫听说昭容突然早产，特意过来看看，昭容母子可都还好？”

紫燕躬身道：“劳娘娘记挂，小殿下很好，至于主子，因为流血过多，故而身子有些虚弱，所幸没有大碍，昏睡了一夜，刚刚才醒，娘娘您请。”

慕千雪微一颔首，随她走了进去，产妇在月子里不能受风，内殿窗子皆密密关着，一丝缝隙也不留，令空气略有些浑浊。

赵平清正在喝药，看到慕千雪进来，连忙要起身行礼，慕千雪上前一步，按住她的肩膀：“你身子虚弱，好生躺着就是了。”

“多谢娘娘。”赵平清欠一欠身，半感激半惶恐道，“要娘娘亲临含章殿，臣妾实在过意不去。”

“你为陛下诞下皇嗣，劳苦功高，本宫理该看望。”慕千雪就着紫燕端来的绣墩坐下，询问道，“小殿下呢？”

“奶娘带着呢，奴婢这就去抱来。”在紫燕离去后，慕千雪与赵平清絮絮说着无关紧要的闲话，过了一会儿，紫燕抱着裹在大红襁褓中的孩子进来，笑言道，“奴婢过去的时候，小殿下正在喝奶，所以等了一会儿。”

“让本宫抱抱。”慕千雪接过正在熟睡的孩子，仔细打量了一番，笑道，“眉眼很像陛下，待他长大后，当与陛下一样英伟不凡。”

“承娘娘吉言。”赵平清望着睡得香甜的孩子，愁色在眸中若隐若现，“臣妾不求他如何出色，只求他平平安安，无灾无祸。”

慕千雪轻轻叹了口气：“安息香的事情，本宫也听说了，都说大难不死，必有后福。既然他熬过了这一关，定会否极泰来，昭容不要太担心了。至于皇后……”她顿一顿道，“虽有嫌疑，但未必就是凶手，还是要等查清楚之后再说。”

小聪子撇一撇嘴：“安息香是皇后所赠，之后就一直由紫燕姑姑保管，在赵太医查出混有麝香之前，从未经他人之手，除了皇后还能有谁？”

“不得放肆！”赵平清斥了他一句，低低道，“臣妾也希望不是皇后娘娘，但是……”

慕千雪等待良久，始终不见她说下去，询问道：“但是什么？”

紫燕瞥了一眼低头不语的赵平清，插话道：“还是奴婢说吧，大约在半个多月前，也就是陛下登基的前夕，主子照常服用安胎药，却意外发现药味异常，召来赵太医一问，发现这碗根本不是安胎药，而是——堕胎药！”

花蕊轻呼一声，诧异道：“怎么会这样？”

紫燕苦笑道：“是啊，怎么会这样，层层追问之下，终于发现问题所在，药虽是小元子拿来的，但将药递给小元子的，却是一个从未见过的宫女，而她……甚至不是含章殿的人！”

慕千雪蹙眉道：“是什么人？”

紫燕摇头道：“奴婢四处打听，也去内务府问过，没人知道她是谁，也不知道她在哪处当差。但让奴婢意外打听到一件事，长信殿一名宫女因犯错而被赶出宫，巧的是，她被赶出宫的日子，正好是安胎药被调包的当日，至于她犯了什么错，长信殿那边一直讳莫如深。”

花蕊双眉一紧，脱口说出心底的猜测：“难道她就是调包安胎药的人？”

夏月神色微变，低斥道：“不要胡说。”

紫燕涩声道：“不瞒娘娘，奴婢与小元子都是这样的猜测，毕竟皇后娘娘从来都是不喜欢主子的，她自己又……做出这样偏激的事情，并不奇怪。奴婢当时劝主子将这件事告诉陛下，但主子说一来没有真凭实据，二来陛下国事繁忙，不愿他再为此分心，怎么也不肯说。所以，除了奴婢几个外，娘娘您是第一个知道的。”

“若果真如此，皇后娘娘就实在过分了。”慕千雪抱得有些手酸，将孩子平放在赵平清身边。

夏月寻思片刻，朝赵平清欠一欠身：“奴婢有一事不明，能否请问昭容？”

赵平清握住孩子细嫩如柳枝的手指，低低道：“夏月姑娘只管问就是了。”

“既然您对皇后娘娘有所怀疑，为何还要用她赠给您的安息香？”夏月自问，若换了自己，就算对方给的东西再好，也是不敢用的。

赵平清苦笑一声，喃喃道：“是啊，为什么还要用？”静默片刻，她抬眼看向慕千雪，“臣妾知道，娘娘从来不喜欢臣妾，因为臣妾嫁入睿王府的手段并不光彩，甚至……可以说卑劣，连自己的父母都利用了，可是……除此之外，臣妾别无他法。皇后娘娘有太后撑腰，有平阳王府做后盾，臣妾有什么？”她摇头悲声道“没有，什么都没有，想要什么，想得到什么，只能靠自己去争取，去抢夺。”

“喜欢陛下的，并不是只有皇后娘娘一个，臣妾也是，臣妾不想……一辈子都在后悔中度过，所以就算再为人不齿，再卑劣过分，也要用一次手段。”赵平清吸一吸气，含泪道，“结果，臣妾如愿了，可皇后娘娘也恨死了臣妾。”

慕千雪淡淡道：“你毕竟背叛了她，难怪她会如此。”

“臣妾知道，所以不论皇后如何针对，臣妾都没有过半句怨言，只盼皇后能够明白臣妾的心意，从此化干戈为玉帛。”说着，她盯着慕千雪姣好静美的面容，“娘娘是否觉得臣妾在说谎？”

慕千雪绛唇微弯，勾勒出一抹意味不明的笑意：“昭容想多了。”

“无论娘娘相信与否，这些都是臣妾的肺腑之言，没有半句虚假。”赵平清幽幽一笑，“臣妾愧对皇后，所以臣妾想赌了一次，结果……臣妾输了，还差点儿害死了自己的亲生骨肉！”泪水落在孩子稚嫩的脸庞，划过两道透明的痕迹，在这昏暗的殿内看来，悲凉如秋水。

慕千雪沉吟片刻："麝香是否皇后经手，犹未可知，昭容且先把心放宽一些。"

赵平清连连摇头："不是臣妾不肯放宽，而是无法放宽。是，臣妾亏欠了皇后，她怎么对付臣妾都是应该的，可孩子有什么罪，她三番两次下杀手。"她狠狠咬了银牙，紧紧握着孩子细小的手指寒声道，"这一次，无论如何，臣妾都要替孩子讨还公道！"

想是她握得过紧，孩子感觉到疼痛，在睡梦中发出"哇"的一声哭泣，赵平清赶紧放开手，紧张地抱起来哄着，直至孩子停止了哭泣方才放下心来，但仍然抱在怀里。

慕千雪取过花蕊捧着的锦盒，里面是一个羊脂玉雕成的流云百福颈圈，通体脂白无瑕，遍雕蝙蝠与云纹，云纹形若如意，绵绵不断，意喻如意长久。蝙蝠寓意遍福，象征幸福美满："这是本宫送给小殿下的诞辰之礼，请昭容替他收藏，待周岁之后，再给他佩上。"

赵平清连忙道："娘娘这份礼太过贵重，孩子怎么受得起，还是……"

"他是陛下长子，天皇贵胄，岂有受不起世间俗物的道理。"慕千雪抚一抚孩子柔软的脸颊，怜惜道，"玉，石之美者。有五德，润泽以温，仁之方也；䚡理自外，可以知中，义之方也；其声舒扬，专以远闻，智之方也；不挠而折，勇之方也；锐廉而不忮，洁之方也。本宫希望他长大后，谦谦如意，仁义智勇洁俱全。"

赵平清感激道："臣妾代孩子谢过娘娘一片苦心。"

在将锦盒交给紫燕后，慕千雪微笑道："好了，本宫不打扰昭容歇息了，改日再来看望昭容。"

"臣妾恭送娘娘。"在赵平清恭敬的声音中，慕千雪离开了内殿，在踏出含章殿后，她回头望了一眼宫殿门内依旧维持着行礼之姿的紫燕，一缕细微的笑意在唇畔蔓延。

第六十六章　东凌四皇子

在回漪兰殿的途中，夏月忽道："主子，您现在还觉着皇后是无辜的吗？"

慕千雪眼角微扬，似笑非笑道："你相信赵平清的话？"

夏月摇头道："赵昭容心思诡猾，奴婢怎会轻易相信。但有一件事，奴婢知道是真的，在陛下登基前夕，长信殿确有一名宫女被赶出了宫。奴婢那一日正好在内务府，无意中听白总管说起，她们没有撒谎。"

"所以调包安胎药的事也是真的，是吗？"慕千雪脚步一转，往上林苑的方向走去。

夏月一边思忖一边道："皇后痴迷陛下，不愿赵昭容诞下皇嗣也属正常。另外，奴婢看赵昭容对小殿下的爱护不似作假，当不至于拿小殿下的性命来陷害皇后。"

秋风漫过，卷起宫人未及扫去的落叶，慕千雪伸手接住一片，望着那一条条清晰分明的叶脉徐声道："此事真假姑且不说，不过紫燕的话，倒是给了本宫一些提示。"

花蕊仔细回想了一下，茫然摇头："提示？没有啊。"

在她们二人茫然的神色中，慕千雪徐声道："紫燕在说安胎药调包一事时，曾几次提及赵太医，这一次也是赵太医在安息香中发现了麝香。在整件事中，赵太医是不可或缺的关键人物，但不论本宫还是陛下，都忽略了他，这次可真是要谢谢紫燕了。"紫燕若听到她的这句话，怕是会恨不得多扇自己几个巴掌。

夏月试探道："主子是打算从赵太医身上下手？"

"不错，赵昭容的龙胎一直是赵太医在负责，太医院的脉案一直都胎气稳固，母子安然，但究竟是个什么情况，只有赵太医一人知道。不错，按着常理，赵平清不会拿唯一的孩子去陷害皇后，但如果这个孩子有问题，根本熬不到足月呢？”

夏月折了一朵长在小径旁的秋杜鹃簪在自己发间，凉声道：“那就趁这个机会除去皇后，一举两得。”说着，她道，“奴婢立刻去查赵太医。”

“去吧，不要打草惊蛇，陛下那边，本宫自会去说。”

入秋之后，天色暗得越来越早，往往酉时未过就一片漆黑，得点灯照明。

恭王府外，管家正在命人点亮悬在府门两边的绢灯，转过身时，看到东方洄自黑暗与灯光的交界处走来，赶紧迎上去，讨好道：“王爷，您回来了。”

“嗯。”东方洄随口应着，面色阴沉似铁，今日他去见了几位朝廷大员，结果无一例外，皆吃了闭门羹，连面都没见着。

想当年他为皇帝时，一个个百般讨好，各种溜须拍马，现在他退了位，就如避蛇蝎，唯恐与他扯上关系。世态炎凉真是一点儿都没错。

管家见他心情不好，小心翼翼道：“王爷，有位公子来了，说是您的旧友。”

“谁？”东方洄眸中掠过一丝异色，自打他退位后，还是第一次有人主动来恭王府拜访，就连那些旧部，也不敢明着来府中，唯恐惹东方溯不喜。

管家摇头道：“他不肯说，只说是王爷旧友，瞧着也就二十来岁的样子，奴才怕误王爷事，不敢往外赶，让他们在偏厅等候，王爷您……可要见一见？”

东方洄脚步一顿，远远望着透出灯光的偏厅，思忖片刻，道：“让人奉茶。”

“是。”管家离去后，东方洄举步往偏厅走去，进得厅堂，只见一名月白长袍的男子背对着他，负手欣赏挂在壁上的画作。

东方洄盯着那道陌生的身影，沉声道：“尊驾是哪位？”

男子转过身来，橘红烛光下，清俊如玉，五官柔和更胜女子，微笑道：“王爷这么快就不认得在下了吗？”

东方洄脸色豁然一变，眸中射出两道冷厉的寒光，这个声音他永远都不会忘，竟然是他！

“天机先生？”

张启凌扬一扬眉，端茶抿了一口：“原来王爷还记得。”

东方洄压下心中的震惊，盯着他道：“你怎么会在这里？”

张启凌摊一摊手：“这里是恭王府，我来这里，自是为了见王爷，不然还能有什么？”

在示意奉茶进来的管家退下后，东方洄冷声道：“之前在万宝阁，先生无论如何都不肯见我，何以今日又主动来访？”

“此一时彼一时，就像王爷……”他走到东方洄身前，似笑非笑道，“两个月前还是大周天子，九五至尊，今日却成了阶下臣子。”

东方洄脸颊狠狠抽搐了几下：“若先生此来，就是为了嘲笑本王，那可以请回了。”他根本不敢奢望张启凌会帮自己，身为皇帝之时，他都请不动对方，何况是现在。

张启凌身子前倾，在他耳畔低低道：“王爷……不想重登那个至高之位吗？”

此言一出，东方洄顿时脸色大变，眸光阴沉地盯着他：“你好大的胆子，不过一介布衣，竟敢妄议帝位，你可知仅凭刚才那句话，本王就可以奏禀陛下，治你死罪？”

张启凌笑意不减道：“王爷当然可以禀告陛下，但这样一来，王爷这辈子都要屈居在一个远不如你的庶子之下，向他卑躬屈膝，甚至摇尾乞怜，以求活命，王爷甘心吗？”

东方洄面色阴沉，心思飞转如轮，但无论他怎么想，都猜不出张启凌来此的用意与目的，助他……可能吗？

秋风带着细微的轻响吹入厅中，绕着鎏银烛台打了个转，令烛光一阵摇曳，在明暗不定的光线中，东方洄徐徐道：“先生想要什么？”

张启凌拍一拍掌，笑道：“果然还是与聪明人说话最舒服。”说着，他伸出三根白皙如美玉的手指，“只要王爷答应我三个条件，我就全力襄助王爷夺回承德殿的位置。”

东方洄没有接他的话，取过茶盏徐徐抿着茶水。张启凌的话看似轻飘飘没什么分量，其实重若千钧，一旦他接了，就是承认自己有谋反之心，在摸清楚前者底细之前，他是绝对不会正面回答的。

张启凌料到他会有这个反应，故而不在意，自顾自说出他的三个要求：“第一，事成之后，王爷需封我为国师；第二，东方溯等人交由我发落；第三……我要东城十二府。”

听到第三个条件，东方洄一直都还算平静的神情顿时被打破，且还是支离破碎的那一种，眸中冷光四射，死死盯着张启凌：“你说什么？”

张启凌微笑道：“我想我应该说得很清楚，东城十二府。”

“不可能！”东方洄想也不想就拒绝了他的要求，东城十二府，简直是在开玩笑。所谓东城，就是靠近东凌的城池，总共有十二座，虽说不算繁华，却是抵抗东凌入侵的屏障。历数北周历史上与东凌发生的战争，每一场，东城十二府都发挥了巨大的作用，无一例外。现在张启凌张口就要东城十二府，简直是狮子大开口，而且大周立国百余年，从来没有割让国土的事情。

张启凌也不生气，笑意浅浅道："用东城十二府，换一个大周国君之位，这笔买卖，王爷可是占了大利。"

"那先生呢？"东方洄沉声道，"先生要东城十二府的目的又是什么？"

张启凌一拂长袍，在花梨木椅中坐下，微笑道："王爷想不想听听我当日拒绝你的原因？"

"洗耳恭听！"

"王爷是一个有雄才大略之人，这一点，从我第一面见到王爷就肯定了，而这样的人，往往不会甘居一隅之地，想必从王爷继承帝位的那一刻起，就一直在想着征伐诸国，一统中原大地，对吗？"

东方洄眸光微闪，冷声道："但凡大周国君，无一不以统一中原为己任。"

对于他这个模糊的回答，张启凌笑一笑："王爷原本是有这个机会的，可惜，璇玑公主惊世之才世所罕见，若有她扶持，征伐天下，指日可待。可惜啊，天意弄人，反倒是成全了东方溯。"他说着东方溯的名字，没有任何敬畏或是尊重。

东方洄冷冷道："你早就知道璇玑公主之才是不是，也知道她是我命中的大劫，为何当日不肯说？"

张启凌眼神泛起一丝细微的波动，很快又归于平静，颔首道："师父确与我提过璇玑公主，而她也是师父此生唯一称赞的人，但我并不相信一个女子可以搅动六国风云，所以——我想亲眼看一看！"

东方洄面色阴沉似铁，垂在身侧的双手死死攥着，一字又一字地挤出牙缝："就因为你这一眼，害得我失去帝位，害得我屈居在这恭王府里，你可真是能耐！"

"我知道害了王爷，所以今日过来将功赎罪，只是不知道，王爷是否愿意给我这个机会。"

东方洄寒声道："你已经骗过本王一次，还妄想本王会相信你，甚至拱手奉上东城十二府？"

"信与不信，王爷自己决定，至于东城十二府……"张启凌摇头道，"与帝位相比，根本不足一哂。"张启凌话音刚落，东方洄的话便接了上来："那你呢？又为何一定要东城十二府？"

"我刚才说过，王爷是一个有野心之人，以王爷的性子，会允许谋臣在大功告成之后还活着吗？东城十二府，只是我向王爷求的一个保命符罢了。王爷重登大宝之日，就是我离开金陵之时，以后我会长居东凌十二府，绝不踏出半步。”

东方洄眼皮一阵狂跳，对方的分析半分不差。如果当日万宝阁中，天机先生选择归顺于他，他确会对其百般礼遇，奉为上宾，但也仅止于此。功成之日，就是天机先生命丧之时，太过聪明的人，是助力的同时也是一种极大的威胁。这也是为何皇帝不太喜欢过分聪明臣子的原因。

在长久的静寂后，东方洄缓缓开口道：“先生的意思，本王大概都懂了，不过本王心中还有一惑，希望先生可以如实回答。”

张启凌伸一伸手，态度恳切：“王爷请说。”

“为什么要帮本王？”不等张启凌开口，他先一步道，“不要说什么内疚或者补偿，你知道本王不信这些。”

张启凌坐直了身子，神情肃然道：“因为名！”

东方洄没想到会是这么一个答案，诧异道：“名？”

“不错，天机一脉之所以多年来一直隐世不出，是因为师父不想参与俗世纷争，认为这一切都是过眼云烟，可我不这么认为。”

“既能窥视天机，为何不为自己在史书上留下一笔，传名百世，让后世之人都知道天机一脉。”

东方洄道：“先生这是打算背叛天机老人了？”

张启凌笑一笑道：“谈不上背叛，师父虽不愿涉身俗世，却也没有强迫我。”

在又一阵吹入屋中的冷风中，张启凌轻拍双掌：“好了，王爷想知道的，我都已经回答，现在该轮到王爷了。”

东方洄面色阴晴不定地盯着摇曳的烛火，心思飞转如轮。良久，他沉声道：“此事关系重大，能否让本王考虑几日？”

“当然可以。”张启凌倒也干脆，起身道，“一日，明日此时，我会再来，希望王爷到时候能给我一个清楚的答复。”

“当然！”东方洄应下后，张启凌拱手离去，在那道身影没入夜色之后，东方洄眸光一凉，“出来！”

一道诡异模糊的身影，凭空出现在东方洄身前，他并没有蒙面，但任凭偏厅中烛光如何明亮，却怎么也照不见他的脸庞，仿佛那是一个光线穿透不进的无底深渊。

“王爷有何吩咐？”声音尖锐刺耳，犹如掐着脖子说出来的一样。

东方洄盯着厅外深沉无尽的黑暗，面无表情道：“跟着他，看他住在哪里。”

“是。”在这声答应后，黑影与出现之时一样，凭空消失，尽管这样的情况东方洄已经见过无数次，还是忍不住为之惊讶，简直如同鬼神手段。

这几个人是母后花费无数心血与金钱寻来的，武功高强，忠心不二。最难得的是，他们有一身匪夷所思的藏匿功夫，可惜这是他们的不传之秘，无法得知一二。

东方洄也曾问过母后，从何处得来这四个绝顶高手，可惜母后一直讳莫如深，不愿与他多言，只说他们几人绝对可以信任。事实上，这些年也确实帮了他许多，还曾替他截住过几次不为人知的暗杀。

自恭王府出来，夜色已深，街上看不到几个人，茶馆酒肆皆已经打烊，稀稀疏疏的灯光从门板缝里透出来几丝，偶尔听得远远传来一声狗吠。

在走到一条无人的小巷时，张启凌突然停住脚步，回身盯着黑暗的虚无之处，淡淡道：“出来吧。”

夜色静寂，并没有人回答他的话，张启凌唇角微弯，勾勒出一抹完美无瑕的弧度：“影术虽然神奇，但并非真的一点儿痕迹也寻不到，出来吧。”

这一次，虚空处泛起一丝波动，紧接着一道黑影显现出来，两只眸子在黑暗中闪烁着幽幽绿光，如深山之中的野狼，一眼不眨地盯着张启凌，声音既尖又冷：“你怎么知道影术？”

张启凌微微一笑：“我不仅知道你用的是影术，还知道你是影军团的人！”

黑影瞳孔骤然一缩，身影一晃，下一刻已是出现在张启凌一步之遥的地方，伸出干瘦似鸡爪的手指往后者脖子抓去，眼见就要抓住，斜刺里突然伸出一只手，与他碰撞在一起。

“呯！”黑影被震得退后一步，难以置信地盯着张启凌的右侧。在那里，一只手迅速缩了回去，消失在茫茫夜色之中，刚才的事情仿佛只是错觉，但在黑影看来，只有两个字——恐惧！

他很清楚，那个人并没有离去，而是藏身于黑暗之中。一旦他动手，就会再次出现，只要那个人在，他就无法近张启凌的身。

之所以恐惧，是因为那人与他一样，都精通影术，甚至还在他之上。普天之下，会影术的只有一种人，而这些人，在没有特例的情况下，只会跟随与保护一种人。

黑影压下心中纷乱的思绪，盯着犹带着淡淡笑意的张启凌道：“你是什么人？”

张启凌仰头看一眼夜空中渐渐被乌云遮蔽的星子：“我是谁，你不是已经猜到了吗？”

黑影忍住后退的冲动，带着一丝不易察觉的惊恐道：“东凌皇室？”

张启凌缓缓敛去笑意，星子倒映在那双黑眸之中，犹如一幅星图，他答非所问道："难怪这么多年来一直找不到你们这群影军团的叛徒，原来是躲在北周皇室之中，倒是聪明。"

黑影咬一咬钢牙："你是哪一位皇子？"他们离开东凌已经有十年，昔日幼童长成了翩翩公子，模样大变。

"你还不配问我。"张启凌语气还是一如既往的温和，但多了一种上位者的威严与骄傲，令黑影不敢再追问。

"我知你跟来做什么，回去告诉东方洄，合作与否，他自己决定，我不会强迫他什么，但这样的手段，还请以后不要再用。"

黑影微一犹豫，开口道："以你的身份，没有立场帮王爷夺位。"

"有没有立场，轮不到你来过问，另外……"张启凌目光掠过黑影，一个眼神而已，竟令黑影汗毛直竖，这样的事情，多年都没有出现过了，无关武功高低，只是……一种深入灵魂的畏惧与害怕。

"不许将我的身份告诉东方洄，否则我会将你们的事情告诉父皇，到时候影军团倾巢而来，他们颠覆不了北周，但相信……足以令你们彻底消失在阳世，甚至连一缕阴魂都不剩，而东方洄，呵，他护不住你们。"

黑影暗暗咬牙，他很想将张启凌的话当成耳旁风，可惜……做不到，但要是不说，后果怕是同样不堪，到时候一样要死。

张启凌看出他的犹豫，淡然道："你放心，这一次我是真心助东方洄夺回帝位，重掌北周。至于背后有怎样的原因，我暂时不可告诉你们。唯一可以说的，就是不论最后结果怎么样，你们这份人情，我都会记住，向父皇求情，解除对你们的追杀，到时候，你们就不用再担惊受怕。"

这句话，在黑影心中搅起阵阵惊涛骇浪，许久，他狠狠一咬牙："好，我会将你的话带到！"

"多谢。"随着张启凌这两个字，黑影重新没入夜色之中，望着重归平静的黑暗，张启凌唇边泛起一抹令人捉摸不清的笑意，转身往相反的方向走去，在走了差不多一炷香的工夫，进了一间金陵城中最常见的独门院子里。

等候多时的胭脂看到他回来，笑着迎上来："公子，您回来了。"

进到正厅，胭脂接过下人沏来的茶递到张启凌手中："恭王他可答应了？"

张启凌轻吹着滚烫的茶水，淡淡道："说是要考虑一下，明日给我答复。"

胭脂冷笑道："都已经落魄到这个地步了，还要拿捏身段，真是可笑得紧。"

“无妨。”张启凌啜了一口茶水，“他一定会答应，只是早些与晚些的区别罢了。”他眼珠一转，落在窗外一株长过窗台的野草上。入秋之后，春夏时分盛开的草木纷纷凋零，唯独野草依旧在肆意生长，丝毫不见枯萎之意。

张启凌端茶来到窗边，问道：“他们人呢？”

胭脂神色一肃，低声道：“大殿下已经到了金陵城，奴婢打听了一下，似乎比咱们来得还要早，至于其他几位，暂时还没发现。”

张启凌淡淡一笑，随手将还剩下大半杯的茶水浇在那株半人高的野草上，滚烫的茶水令野草以肉眼可见的速度萎倒，不复之前的精神：“大哥的动作一向很快。”

胭脂不屑道：“来得快又如何，还不是让公子占了先机，公子占尽天时地利，又有国师相助，其他皇子不过是白费心机罢了。”

张启凌随手搁下茶盏，冷冷道：“一日没赢，就一日不能大意，岂不闻‘骄兵必败’这四个字！”

胭脂心里一慌，赶紧低头认错：“奴婢知罪，奴婢会派人日夜盯紧大殿下一行，以免坏了公子大事。”

张启凌手指一下一下地敲着窗台，“笃笃”的声音在静夜中听来，分外明显。许久，他手指一顿，冷声道：“大哥不是蠢人，很快就会发现东方洄是搅动北周朝局的关键，从而设法拉拢。”

胭脂思索道：“公子师承国师，又曾与恭王有过接触，奴婢相信他一定会选择公子。”

“这是自然，但……”张启凌眸底冷意森森，“大哥会罢休吗？其他几个会罢休吗？”

胭脂想了一下，不禁有些无奈：“那该如何？”

“先盯着吧，等时机合适之时，我与他们见一面，绝不能让他们坏了我的计划。”张启凌一边说着一边回到椅中坐下，“不过这次去恭王府，倒是有了意外的收获。”

胭脂好奇道：“是什么？”

张启凌望着外面沉沉的夜色，道：“可还记得十年前，震动东凌朝野上下的那件事？”

胭脂美眸一转，试探道：“公子是说影军团左系一派背叛陛下之事？”

“不错。”张启凌一手支颐，似笑非笑道，“那些人自从逃出东凌之后，十年来一直下落不明，原来是躲在金陵城中。”

胭脂能够一直跟在张启凌身边，自不是蠢钝之人，很快便猜到了张启凌未曾说出口的话：“与恭王有关？”

张启凌颔首道：“之前你打听到东方洄身边有善于隐匿的高手时，我就曾有过怀疑，结果还真是他们。我从恭王府出来时，东方洄派了其中一人来跟踪我。”

“这就叫天网恢恢，疏而不漏。”胭脂冷笑一声，转而道，“奴婢这就将消息传回东凌，请陛下派人剿杀。”

张启凌唤住准备离去的胭脂，含了一缕浅薄的笑意道：“我何时说过要告诉父皇？”

胭脂被他说得一阵错愕：“公子您……”

张启凌扬一扬斜长入鬓的剑眉，徐徐道：“与其这么杀了，倒不如留着他们为我所用，东方洄可不知道我与他们的关系。”

胭脂迟疑道：“可万一被陛下知道您知情不报……”

“父皇不会知道。”张启凌冷冷打断她的话，“此次胜负关乎帝位归属，绝不可放过任何一个可用的机会。”

胭脂讨好道：“公子胸有远略，神武过人，又有国师支持，帝位自是非公子莫属。”

张启凌冷笑道：“哪有这么容易，我那些兄弟没一个是省油的灯，之前趁着父皇病重垂危，他们一个个想尽办法拉拢朝臣，排除异己，就等着父皇驾崩后好登上帝位。若非师父早有安排，我怕是连襄月城都进不去。不过父皇虽然熬过了那一关，但毕竟年老体衰，撑不了多久，传位之事势在必行，所以他才会定下这样的比试。”

所谓江宁首富之子，不过是张启凌多年来的掩护，他真正的身份，是东凌帝国的四皇子，他骗过了所有人，包括——慕千雪。

当日，东方溯逼宫夺位，他本该趁着朝局不稳的机会，设法将之扰乱，哪知突然接到天机老人八百里加急传书，书中说凌帝突然重病，随时可能驾崩，让他速速赶回襄月城，以免帝位落入旁人之手。

不同于北周等国，东凌的传承从来与长幼嫡庶无关，众皇子想要成为下一任帝君，只有一个准则——能者居之。

所以多年来，凌帝从不干涉众皇子之间的明争暗斗，甚至还会推波助澜，为的就是选出一个最适合东凌的君主。

众皇子之中，又以大皇子与张启凌风头最盛，前者积累多年，自己也是八面玲珑，在朝中人缘极佳；后者则是国师——天机老人唯一的弟子，聪明过人，深得凌帝欢心。

凌帝病重之时，众皇子之间争夺已是白热化，若非前者转危为安，重掌大局，一场大战在所难免。

凌帝知道册立太子一事不可再拖，故而他当着所有皇子与大臣的面宣布，谁能攻下金陵城，谁就是东凌下一任帝王。

多年来，东凌一直有称霸中原的野心，但北周强盛，令他们不敢轻举妄动，如果能够攻下北周，统一诸国之事就等于成功了一半，所以凌帝才定下这样的比试。

北周强大异常，之前齐国与西楚联手，不仅未能攻下北周，甚至还弄得自己损兵折将。既然强攻不可，那就只有智取了。无论多么强大的国家，在遇到内乱时，都会变得异常脆弱，被逼退位的东方洄，无疑是引起北周内乱的最好棋子。

这一点，张启凌能够想到，其他皇子也能够想到，金陵注定要成为风云汇聚之地！

第六十七章　镜中人

天亮之时，一场秋雨不期而落，浇在人身上寒凉异常。卫太后与沈惜君一样不喜菊花，所以尽管如今是菊花盛开的季节，却难在宁寿宫中觅其踪迹。

卫太后站在窗前，神色凝重地望着窗外漱漱秋雨：“他当真这么说？”

站在她身后的东方洄点头道：“是，一字不差，儿臣答应了今夜给他回话，不知母后意下如何？”

“天机先生……”卫太后徐徐重复着这四个字，她的目光如蒙了一道纱障，令人看不清她心中的想法，片刻，她眸光一转，落在静立一旁的尹秋与周宁身上，“你们怎么看这件事？”

尹秋思忖道：“东城十二府是咱们抵御东凌入侵的堡垒，若是给了天机先生，万一他与东凌勾结，对我们甚是不利。”

周宁附声道：“奴才也是一样的意思，天机先生虽然口口声声说是为了青史留名，别无他意，但这话是真心还是假意，谁也不敢肯定。”

卫太后不置可否地点点头，转身对东方洄道：“可否换几个城池？”

东方洄想了片刻，摇头道：“儿臣没问，但看他的意思，怕是非东城十二府不可。”停顿片刻，他神色凝重，“昨夜他离开时，儿子派了影子暗中尾随，想看看他在何处落脚，岂料被他发现，无功而返。”

卫太后捻着佛珠的手一顿，眉眼间露出惊骇之意：“你说他识破了影子的跟踪？”那些人是她亲自招揽的，没人比她更清楚他们在藏身隐匿一道上的能耐，就连当年身为神机营尊者的怀恩也无法彻底识破，这个天机先生……未免也太可怕了一些。

“是，虽不知他是否真可窥视天机，但此人确实深不可测。”

卫太后微眯了眼眸，徐徐道：“这样的人，若真能站在咱们这边，自是千好万好，哀家只恐……他是一把双刃剑！”

“那我们……”不等东方洄说下去，卫太后打断道，“且让哀家好好想一想。”

偌大的宁寿宫中，静得可以听到拂珠在指尖捻动的声音，庭院中种了许多杜鹃，不断有花瓣因为不堪秋雨之重，掉落在湿漉漉的地上，结束了它静美短暂的一生。

许久，卫太后的声音在寂静中响起：“答应他。”

“母后不担心他另有居心吗？”东方洄尽管也偏向这个选择，但真到抉择之时，免不了有些犹豫。

卫太后抬手抚过油光水滑的鬓发以及插在上面的一枝白玉凤簪，静静道：“当然担心，但哀家更担心将他推到东方溯那一边。”

“这……”东方洄迟疑道，“应该不至于吧。”

“想要赢，就不能留任何一丝机会给对方，而且……”卫太后站得有些累了，扶着尹秋的手回到椅中坐下，“不论他有怎样的心思，留在身边，总是好猜也好防一些。”

东方洄思忖半晌，点头道：“儿子知道了。”

卫太后颔首，取过搁置良久的茶盏抿了一口，茶水的凉意令她蹙起了眉尖，将之递给周宁，周宁会意地拿下去重新沏了一盏来，卫太后接在手里，凉声道：“赵昭容那件事，可有什么进展？”

周宁恭敬地答道：“自打将皇后禁足之后，承德殿那边就一直没有新的消息，不过奴才打听到，赵昭容早产的那天夜里，陛下曾传召梅太医去承德殿，至于原因……承德殿上下皆是讳莫如深。”

东方洄眸光一亮，仿佛暗夜里突然亮起的火烛：“看样子玄明道长的法术起效了。”

卫太后垂目望着在滚烫茶水中徐徐舒展的茶叶，唇角漫出一缕悄无声息的笑意：“瞧着吧，好戏就要开场了。”

这场秋雨下了将近两日方才止歇，但天色依旧阴郁，偶尔有细微的阳光穿过厚重的云层照落在宫殿华丽的琉璃瓦上，泛起一层浅薄的金光。

鹅黄裙裾曳过青石铺就的地面，有细微的沙沙声，夏月跨过及膝的朱红门槛，走入正殿，朝正在与小元子说话的慕千雪行了一礼，轻声道：“主子，查到了。”

慕千雪长睫一动，道："怎么说？"

"赵太医虽有一妻二妾，却子嗣单薄，将近四旬之时，方才得了一子，中年得子，再加上是独苗，赵家上下对他极是娇惯，从而养成了他骄纵自大的性子，这些年大大小小的祸闯了不少，每一次都是赵太医带他登门赔罪，前前后后不知赔了多少银子，亏得赵太医医术不错，常得宫中主子赏赐，否则家底早就被他给败光了；可惜赵子不仅没有引以为戒，反而变本加厉，闯的祸一次比一次大，最终犯下伤人案。

"听说那日，他与一群狐朋狗友去听戏，看中了台上的一个青衣，他倒是没打算强抢，就想相识一番，结果同在一起看戏的另一人也瞧中了，双方争执起来，他一时失手，打断了对方一只胳膊。这户人家在京里也有点儿势力，不买赵太医的面子，张口就要一万两汤药费，赵太医家底本就已经很薄了，就算卖了所有家当还有宅子也凑不齐一万两，登门求着对方少要一些，无奈对方态度强硬，一两也不肯少，更给出三日期限，三日之后没收足一万两银子的他们一状告到京兆府尹那里，非要追究到底。要不是魏敬成与赵太医有些交情，一直拖着这件案子，赵家公子早就被判刑了。这次新府尹上任，断的第一桩案子就是这一件，可就在这个时候，那户人家突然撤诉，赵公子无罪释放，而就在前一日，赵太医曾登门拜访。"

小元子眼珠一转，道："我猜应该就是这两日的事情吧？"

出乎他的意料，夏月摇头道："不，撤诉是在一个月前。"

小元子愕然道："一个月？可赵昭容前几日才早产啊！"

"早做安排，自是好过临时抱佛脚。"慕千雪淡淡答了一句，转而道，"刚才小元子告诉本宫，长信殿确有一名宫女在半个多月前被赶出长信殿，原因是打碎了皇后喜欢的花瓶，但当时的决定仅仅是赶出长信殿遣回内务府，真正将她赶出宫的，是白明芳。"

小元子在一旁道："所以奴才一直在想，会不会这白总管也是赵昭容的人。"

夏月蹙了蹙眉尖："有这个可能，但……她拿什么来收买白总管？"

小元子低了头不说话，是啊，赵太医因为儿子犯事，急需银钱。可白总管不一样，他是内务府总管，虽然俸禄不高，但油水是宫中头一份的丰厚。在京里置办了好几间宅子，还养了几个妻妾，个个锦衣玉食，听说光是那几间宅子，就值好几万两。所以他可不缺钱，可除了钱，赵氏父女还能给他什么？

正在百思不解之时，慕千雪突然道："白明芳不会是赵昭容的人。"

夏月眨着杏眼，不解道："主子为何这么肯定？"

慕千雪抚一抚脸颊，望着夏月道："可还记得一个余月前你在内务府遇到紫燕时，白明芳都说了什么吗？”

“一个月前……”夏月仔细回想一番，终于记了起来，连连点头，“主子说得不错，确实不可能。”

听着她们在那里打哑谜，小元子满心好奇，追问道：“夏姑姑，白总管说了什么？”

“我那会儿去内务府拿血燕，赶巧紫燕也在那会儿过来，因为血燕的事情，与白总管争执了几句。在她走后，白总管发了几句牢骚，话里话外，可以看出他对赵昭容甚是不满，如果他们是一伙的，何至于此？”

“这倒也是。”小元子点头之余，忽地心中一动，脱口道，“难不成是皇后？”

夏月听到他的话，眸光微动：“皇后家族势大，卫太后更是她的姨母，白明芳投靠皇后，倒是合情合理。”停顿片刻，她望了慕千雪道，“主子，或许赵昭容这次早产，真与皇后无关，但未必皇后就没有害他们母子之心，奴婢还是觉着，她不值得主子这样费心筹谋。”

“本宫总觉得这件事没那么简单。”慕千雪轻轻说了一句，正自思忖间，花蕊突然神色慌张地奔了进来，气喘吁吁道：“主子、不好了，张……张公公带着圣旨去长信殿了！”

慕千雪脸色豁然一变：“可知圣旨内容？”

花蕊喘了口气，摇头道：“不知道，但动用了圣旨，又是张公公亲自去传旨意，想来不会是好事。”

慕千雪心思飞转如轮，片刻后，她敛袖起身，肃然道：“立刻随我去长信殿。”

一路急赶，终于在离长信殿不足百步之遥的地方截住了张进，后者看到突然出现在面前的慕千雪，满面惊讶，随即恭敬道：“奴才身负陛下圣旨，不便行礼，还请娘娘见谅。”

“本宫明白。”慕千雪目光在那道明黄圣旨上打了个转，“本宫知道张公公此行是去长信殿宣读陛下旨意，本宫有一个不情之请，还望公公能够答应。”

张进察觉到她的目光，垂目道：“娘娘请说，只要是奴才能够答应的，一定不敢推辞。”

慕千雪清楚，像张进这样在宫中打滚多年的人，在清楚自己的来意之前，是绝不会轻易允诺的，故而她也不绕弯子，如实道：“本宫想请张公公暂缓宣读旨意，待本宫见过陛下之后再说。”

张进没想到会是这么一个要求，怔忡片刻，摇头道：“这件事，奴才帮不了娘娘。”

“只是暂缓片刻罢了，并不会有大碍，只要张公公肯通融，本宫往后必当还公公这个人情。”

张进苦着脸道：“并非奴才不肯通融，实在是延误不得，否则传到陛下耳中，非得砍了奴才脑袋不可。”不论是哪朝哪代，故意延误传旨都是一项重罪，张进虽不想得罪慕千雪，但更不想就此丢了性命。

张进犹豫半晌，终是忍不住道：“恕奴才多嘴问一句，娘娘为何要这么做，因为皇后？”他身为东方溯的近身内监，又奉命传旨，自是清楚圣旨上的内容，慕千雪特意赶来拦截，想必也是猜到了，只是……在他印象里，慕千雪与皇后并无任何交情，何以这一次会甘愿为她冒此大险？

秋阳自云层缝隙中落下，正好照在圣旨上，在耀目的阳光下，金线绣成的双龙仿佛活了过来，张牙舞爪：“因为皇后，更是因为陛下。”

“陛下？”张进一怔，满面不解，“敢问娘娘此话何意？”

慕千雪叹息一声：“若本宫没有猜错，这道应该是废后诏书，对吗？”

张进没有说话，但他的默认已是最好的回答。见自己猜对了，慕千雪继续道：“公公想想，陛下立后才多少日子，突然就要废后，朝野上下会认同陛下这个决定吗？”不等张进言语，她已是摇头道，“不会，朝臣只会认为陛下朝令夕改，喜怒无常，从而人人自危，陛下初执大宝，若是落了这样的印象，对陛下百害而无一利。”

张进默然片刻，轻声道：“皇后谋害皇嗣，陛下废其后位，并不算过。”

“安息香一事，皆是含章殿一面之词，是真是假还有待商榷，且缺少人证。贸然废后，必会授人把柄。本宫知道，张公公原是在静芳斋侍候的，陛下登基，太后特意将你调来承德殿，代她照看陛下。想来张公公也不愿看到陛下因为一时疏忽而犯下大错，给朝中一些有心人可乘之机。”

张进低头不语，慕千雪也不催促，静静等着，秋风寒凉，吹起地上枯黄的落叶在半空中打转，其中一片枯叶晃晃悠悠地脱离了风势，落在张进脚背上。望着这片不起眼的落叶，张进的眼睛猛然一亮，左右看了一眼，来到路边一块供人歇坐的大石前，抬脚用力踹在坚硬的石头上。

骨头与石头相撞，结果可想而知，张进痛得冷汗直冒，好一会儿方才勉强挤出一句话来：“奴才途中不慎……踢到石头，难以走路，所以不能及时去长信殿传旨。”

慕千雪露出一抹赞许之色：“辛苦张公公了，本宫定会尽快请陛下收回旨意。”

承德殿中，正在批阅奏折的东方溯不时停下朱笔揉一揉额角，神色看起来有些疲龛与烦躁。在他又一次抬手揉额时，孙兴小声道："陛下若还是觉着不舒服，不如传太医来看看？"

东方溯执笔沾一沾殷红的朱砂，头也不抬道："太医前前后后传了不少，没一个能说出个所以然来，不传也罢。"

"可……"孙兴刚一开口，便被东方溯打断："行了，不过是小病罢了，不必大惊小怪，去点些沉香来。"

见他这么说，孙兴只得咽下嘴边的话，应了一声，来到临窗的长几边。那里摆着一尊兽首错金博山炉，孙兴揭开香炉盖子，舀了一勺淡黄色的沉香粉倾入香炉之中，香炉隔层下一直煨有炭火，所以沉香粉一入香炉，立刻便有轻烟袅袅升起，同时一股清悠绵远的淡雅香气在殿中徐徐蔓延。

东方溯用力吸一吸气，沉香独有的香气，令头脑恢复了几分清明，但那份烦躁依旧盘桓在心头，挥之不去。

这个时候，殿外传来宫人细细的声音："启禀陛下，贵妃娘娘求见。"

"让她进来。"随着东方溯的话，朱红殿门徐徐开启，一道纤细的身影背对着淡薄的秋阳走入殿中，屈膝道，"参见陛下。"

"免礼。"东方溯微微一笑，伸手道，"到朕身边来。"

慕千雪依言上前，将手放入他掌中，指尖的冰冷令东方溯蹙了眉，取过搁在架上的玄色镶风毛披风覆在她身上，对垂手站在一旁的夏月二人道："最近天凉无常，极易受凉，出门的时候，记得给你们主子加件衣裳，她身子不好，最要小心受凉。"

慕千雪抚着领口的风毛，笑道："其实臣妾身子已经好多了，陛下不必担心。"

东方溯不容置疑道："那也不能大意，朕可不想再看到你病恹恹的样子。"

慕千雪笑一笑，道："臣妾此时是有一事想问陛下。"

东方溯拉了她坐下，随口道："什么事？"

"臣妾听闻陛下派了张公公去长信殿传旨，不知传的是什么旨意？"她的话令东方溯神色微微一冷，不过他也没想隐瞒，淡然道："沈氏无德，谋害皇嗣，不配再为皇后。"

"所以陛下想废后？"

"朕原以为她经过那些事，会改一改往日那骄纵的脾气，好好做她的皇后，哪知她不仅没有悔改，反而变本加厉，做出谋害皇嗣的事情来，这样的人，岂可再居中宫？或许……"寒意掠过东方溯眉眼，漠然道，"朕从一开始，就不该许她后位。"

慕千雪在心里斟酌了片刻，轻声道："臣妾倒觉得此事尚有许多疑点，眼前所见，未必真实。”

东方溯不想她会突然说出这么一句话来，拧眉道：“什么疑点？”

慕千雪将对赵太医的怀疑说了一遍，其间隐晦地提了提赵平清，东方溯面无表情地听着，待慕千雪说完后，眸色沉沉地问道：“所以你觉得是昭容串通赵太医，用皇嗣来陷害皇后？”

“不无这个可能，所以臣妾恳请陛下，暂缓废后旨意，等查明真相之后，再行定夺，臣妾总觉得……皇后未必是真凶。”

“不可能是昭容。”东方溯想也不想便否决了她的话，“不错，昭容确实不喜皇后，但她不是蠢人，应该很清楚这个孩子对她的重要性，为了对付皇后而将孩子置于险地，这不是她会做的事情。”

“但……”

“好了！”东方溯不耐烦地打断她，揉一揉额头：“此事朕意已决，你不必再多言。”

慕千雪没想到东方溯会如此武断，着急道：“事关重大，还望陛下谨慎行事，以免冤枉无辜。”

“无辜……”东方溯神色阴晴不定地盯着慕千雪，“贵妃何时变得与皇后如此要好，处处帮着她说话？”

慕千雪听出他隐藏在言语间的不悦，无奈道：“臣妾并没有帮任何人，只是对皇后的心思略知一二，皇后虽有千万般的不是，但她对陛下确是一片痴情，正所谓爱屋及乌，臣妾相信她不会做出伤害陛下的事情，还望陛下三思。”

东方溯额间青筋突突跳着，他本就心情烦躁，这会儿更是差到了极点，若眼前站的不是慕千雪，早已经被他赶了出去。勉强压下心中的躁怒后，他沉声道：“朕并不觉得她会如贵妃所言的那样，再者，这会儿圣旨已经传到了长信殿，不可收回。”

“臣妾途中见到张公公，他不慎伤了脚，难以行走，所以圣旨这会儿应该还没传。”

东方溯脸色豁然一变，目光阴冷地盯着她：“是你拦住了张进？”

慕千雪垂目道：“臣妾不敢，张公公确实是伤了脚。”

东方溯死死盯着她，良久，一缕阴寒的笑意渗出嘴角：“你以为朕会相信吗？”

在短暂的停顿后，他又道：“你说皇后对朕一片痴情，那你呢，千雪你呢？”

慕千雪抬眸迎向他阴冷瘆人的目光：“千雪对陛下自然也是一样。”

“不是！”东方溯神情激动道，“你从来都没有将朕真正放在心上，你要朕为大局考虑娶沈惜君，好，朕答应你。你要朕夺位，好，朕也答应你。现在你又为了沈惜君，不由分说地拦了朕的旨意。朕百般包容，换来的却是你的得寸进尺，千雪，你实在令朕失望！”

他说的每一句话，都如一把利刃，狠狠刺在慕千雪心中，令她瞬间苍白了面容，如深秋中一片在枝头摇摇欲坠的单薄树叶。

见东方溯这样误解慕千雪，夏月哪里还忍得住，开口道：“主子若不在意陛下，今日就不会来承德殿，陛下废后容易，但……”

东方溯眼皮不住地跳着，在夏月说到一半之时，终于按捺不住心中的怒意，面色铁青地暴喝道：“这里什么时候轮到你说话了？滚下去！”

夏月从未见过他这样疾言厉色的模样，一时愣在那里，直至东方溯再次呵斥，方才回过神来，虽心里害怕，还是守在慕千雪身边。

东方溯怒极反笑，噙了一抹不带任何感情的笑容道：“不滚是吗？好，孙兴！”

孙兴身子一哆嗦，赶紧上前道：“奴才在。”

东方溯抬手指着了夏月，冷声道：“将她拖下去杖责三十！”

众人骇然色变，谁也想不到，东方溯竟会因为一件小事而龙颜大怒，全然不似他往常的性子。要知道这宫里头用的廷杖足有成人手臂那么粗，要是铆足了劲儿打，三十杖下来，夏月就算不死也得终身残废。

孙兴大着胆子道：“陛下，夏月一介女流，怕是受不住三十杖！”

几乎是在孙兴话音落下的同时，东方溯毫无感情的目光落在他脸上：“你也想与她一道受罚是吗？”

冷汗如浆水一般，瞬间自孙兴额头涌了出来，他不敢举手擦拭，忙不迭地跪下请罪，唯恐慢上半步就会招来无妄之灾。

东方溯冷哼一声，再次道：“拉下去！”

“且慢！”慕千雪将夏月护在身后，迎向东方溯森冷而陌生的目光，“夏月并非有意不遵陛下圣谕，只因担心臣妾，方才有所失当，还望陛下看在臣妾的薄面上，饶过她这一回。”

若换了以往，慕千雪亲自开口相求，莫说夏月犯的只是一桩微不足道的小事，就算再严重，东方溯也会网开一面。可这一次，他却是铁了心，面无表情道：“就因为朕饶她的次数太多，才养成她不分尊卑、不知上下的性子，长此以往，只会害人害己。”

慕千雪从未见过东方溯如此专横不讲道理的样子，若非那张脸再熟悉不过，她几乎要以为站在自己面前的是另外一个人。

“夏月是臣妾的奴婢，她犯错，臣妾这个做主子的难辞其咎。陛下若一定要罚，就请连臣妾一并罚了。”无论如何，她都不会让夏月平白挨这三十杖。

东方溯瞳孔猛地一缩，缓步来到慕千雪身前，伸手徐徐抚过她垂在颊边的珠玉流苏：“贵妃这是在威胁朕？”

“臣妾不敢。”话音未落，东方溯手指倏然一用力，那支缀有各色宝石的錾金双蝶七宝明玉步摇已是被扯了下来，重重掷在地上，白玉雕成双蝶四翼当场断开，流苏也被扯断，珠玉散了一地。

东方溯看也不看那支价值千金的步摇，只是一味盯着慕千雪，浑身散发着从未有过的危险气息，犹如一团狂奔失控的烈火，一旦有人靠近，就会将之焚烧殆尽，半点儿不留。

“你在想什么，朕很清楚，你觉得朕今日能够成为皇帝，能坐上这个位置，都是你的功劳。是，你是帮了朕许多，但不论你做了多少，始终朕才是皇帝，是承德殿的主人，你没资格威胁朕，永远都没有这个资格！”每一个字，每一句话，都是从那口森白雪亮的牙齿中挤出来，语气之冷，令人不寒而栗。

他的话，如一根根雪亮的钢针，狠狠刺在慕千雪胸口，痛得她几乎站不住，勉强压下眼底的涩意，轻声道：“臣妾从未有半分不尊陛下之意，也从不敢居功自傲，只是夏月……”

“主子。”一直不曾说话的夏月忽然开口道，“奴婢知道您舍不得奴婢受皮肉之苦，但刚才之事，确是奴婢犯错在先，陛下罚奴婢受杖三十，已是格外开恩，您就别再为难陛下了。”说着，她朝孙兴道，“烦请孙公公监刑。”

慕千雪紧紧拉住意欲离开的夏月不肯放手，她知道夏月这么说，是不想自己为她之事触怒东方溯，但……那是整整三十杖啊，如果行刑之人往实了打，夏月这两条腿非得废了不可。

她在西楚之时，被萧若傲背叛，一无所有，只有夏月一直不离不弃，甚至跟随她来了北周，她怎么可以眼睁睁看着夏月受这样的无妄之灾。

夏月淡淡一笑，缓慢但却坚定地拉开慕千雪的手，随孙兴走了出去，望着她渐渐远去的单薄背影以及东方溯由始至终都不带半分感情的目光，慕千雪痛苦地闭起双目。

她一直以为东方溯不会利欲熏心，可现在看来……似乎是她错了。

难道真的所有人都逃不过权力的诱惑吗？

孙兴总算心肠不错，嘱咐了行刑太监几句，令他们没往死里打，可饶是这样，三十杖下来，夏月也去了半条命，后背血肉模糊，看着极是吓人。

数完最后一杖，孙兴命人将夏月抬回漪兰殿，自己则来到等候在一旁的慕千雪身前，躬身道："此事非奴才本意，还请娘娘恕罪。"

"本宫明白，公公也是奉命行事，身不由己。"

孙兴叹息一声，略有些苍白道："陛下想是今日心情不好，才会如此，娘娘您别太往心里去，至于夏月姑娘，奴才嘱咐过他们手下留情，所以这伤势看着严重，其实都是皮肉伤，没伤到筋骨，养上一阵子就没事了。"

"多谢公公周全。"慕千雪道了声谢后离开了承德殿，由始至终，她都没有再回头看一眼那道朱红殿门。

目送慕千雪离开后，孙兴踏上一阶阶平整的汉白玉台阶，鼓起勇气推开厚重的殿门走了进去。正要说话，意外看到东方溯神情呆滞地坐在地上，在他身边，是一堆炸裂的碎瓷片，想是他刚才怒意难平，随手砸在地上的，有几片边角锋利尖锐的瓷片。离着东方溯只有一寸之遥，看得孙兴眼皮一阵狂跳。

他赶紧奔过去，俯身将那些碎瓷片拨走，确定伤不到东方溯后，方才松了一口气，轻声道："陛下，您怎么坐在地上，这会儿天寒露重，万一受凉了可怎么办？"

东方溯没有理会他，依旧呆呆地盯着不远处一片手掌大小的瓷片，不知在想些什么。许久，他突然伸手，孙兴赶紧阻止："陛下小心伤了手。"

东方溯不顾他的劝阻，将之拿在手里，这是一块白瓷，官窑烧制的白瓷雪白明亮，可以照见人影，犹如镜子一般。

"孙兴。"孙兴正自心惊肉跳之时，耳边突然传来东方溯的声音，赶紧答道："奴才在。"

东方溯盯着瓷上的影子，低低道："朕刚才……是不是很过分？"

孙兴不想他会突然问这话，一时不知如何回来，斟酌许久，方才小心翼翼道："夏月犯错在先，陛下责罚她也是理所应当。"

"理所应当……"东方溯喃喃重复着这四个字，忽地怆然一笑，摇头道，"这并不是你心中真正的想法。"

孙兴闻言连忙伏地磕头："奴才说的皆是肺腑之言，万万不敢在陛下面前撒谎。"他战战兢兢地说着，唯恐一个不小心落得与夏月一样的下场，冷汗一层接一层地冒出来，濡湿了贴身衣裳，他侍候东方溯也算有一阵子了，但今日，他完全揣测不出东方溯的喜怒。

望着孙兴惊慌失措的模样，东方溯眼中闪过一抹哀色：“朕没有怪你，起来吧。”

他的话令孙兴心中稍定，但仍是紧张得很，谢恩起身，低眉垂目地站在一旁，连口大气也不敢喘。

东方溯望着窗外不知何时蒙上的那一层薄薄雨雾：“她是不是很生气？”

孙兴自是知道东方溯口中的那个“她”是谁，踌躇片刻，小声道：“夏月毕竟跟随贵妃娘娘多年，娘娘难免有些心疼，过几日就没事了，陛下不必太担心。”

听着他的话，东方溯努力扯动唇角，可终归是无力弯起：“朕从未想过要伤害她，可刚才……”他颤抖地举起瓷片，盯着自己映在白瓷上的面容，无措道，“朕也不知道怎么一回事，突然之间就变得生气易怒，说了许多伤人的话，朕不想……朕真的不想，可是……朕控制不住自己。”

慕千雪出去后，他还是恨意难平，连着砸了数个花瓶，无意中看到自己在瓷片上的倒影，表情是从未有过的狰狞恐怖，简直就像一头咆哮发怒的野兽，这才令他清醒过来。

孙兴轻舒了一口气，小声劝道：“想是陛下这阵子太过疲累，故而容易动怒，好好睡上一觉就没事了。”

“不，不是这样。”东方溯摇头，目光突然变得迷茫而恐惧，“就好像……”他捧头，“脑海里多了一个人，想要将朕变成另一个人。”

孙兴听得不明不白，赔笑道：“这个奴才实在有些听不明白，一个人就是一个人，怎么会又多一个？”

东方溯自己也说不清楚，转过话题道：“你去传张进回来，如果……旨意还没传的话，就先缓缓。”

“嗻！”大殿恢复平静后，东方溯低头再次看向一直拿在手里的白瓷片，瓷片明亮，清晰映出他的容貌，这张脸他看了二十多年，理应再熟悉不过，可这会儿，他竟觉得异常陌生，分不清是自己还是……别人！

他总觉得，自从头痛出现后，就有些不太对劲，可具体哪里不对，又说不出来。

东方溯思忖无果，正准备扔掉瓷片，余光无意中瞥见映在瓷片上的人影正咧唇轻笑，笑意透着一种说不清道不明的阴森诡异。可他很清楚，自己并没有笑，这是怎么一回事？眼花吗？

东方溯看了一遍又一遍，确认自己不是眼花，而映在白瓷上的那个人，也确实是他本人无疑。

这……这到底是怎么一回事？

东方溯一慌，撑起有些酸麻的双腿，踉踉跄跄地来到内殿，直奔摆在紫檀顶柜旁边的铜镜，铜镜打磨得极为光滑，清晰映照出他的身影，一样的明黄织锦缎袍，一样的绛丝束腰金带，一样的墨玉金翅凤冠，一样的……笑容！

东方溯张皇失措地抚上脸颊，镜中那个人亦是一样，唯一不同的是，笑意由始至终都未从镜中那人的嘴角褪去，只是这一次，除了刚才所见的阴森诡异之外，还多了一丝讽刺。

他面庞雪白地盯着镜中的自己，下一刻，豁然转身，背对着镜子自言自语道："错了，一定是朕看错了，不可能，不可能这样的。"随着一遍又一遍的重复，东方溯渐渐平复下来，鼓起勇气转过身来，结果却令他崩溃，镜中的他，依旧笑意不止。

东方溯指着镜中的自己，歇斯底里地吼道："不许笑！朕命令你不许笑啊，听到没有！"

"笑的是你自己，怪我做什么？"突如其来的声音，令东方溯毛骨悚然，紧张地看向四周，"是谁？谁在说话，给朕出来！"

"呵呵呵。"那个声音低低笑了一会儿，轻声道，"你现在不正看着我吗？"

东方溯犹如看鬼魅一样盯着镜中的自己，厉喝道："你到底是何方妖孽，想做什么？"

"妖孽？我还是第一次听到有人这样称呼自己。"镜中人噙着邪魅的笑意，"我——可不就是你吗？"

"不可能！"东方溯用力摇头，"你不是朕！不是！"

镜中人微笑："确实来说，我才是真正的你，也是真正的大周皇帝。"

东方溯神色有些恍惚，但很快便警醒过来："刚才是你在控制朕？"

"说不上控制，只是帮你做出正确的决定罢了，你太在意那个女人了，让她一次次得寸进尺。该是时候让她知道，谁才是这昭明宫的主人！"

"闭嘴！"东方溯双目赤红地指着他，"滚！立刻给朕滚！"

镜中人笑道："我就是你，你就是我，滚？你让我滚到哪里去？"说着，他靠近几步，脸仿佛贴在了铜镜的那一边，用一种蛊惑人心的声音说着，"慕千雪心思诡狡如狐，今日她可以帮你夺位，明日同样也可以帮别人，早晚会成为大患！"

东方溯连连摇头，神情激动道："不会，千雪不可能害朕，一定不会。"

"你想得太天真了，你为她不惜抗旨拒婚，结果呢？她为了利益，为了报仇，逼你娶一个自己根本不爱的女人。还有现在，麝香明明就是皇后下的，她却强说不是，还阻截圣旨。她自恃功高，根本就没把你放在眼里，亏得你还对她一往情深，根本就是一个天大的笑话。

“她帮你，根本不是因为在意你，只是需要你这个傻瓜听她的话，替她报仇复国。”

“不是……不是这样的。”东方溯怆然后退，双手捧头，“不要说了，不要再说了！”

镜中人根本不理会他的话，继续道：“等她达成所愿之时，你就没有继续存在的价值了，到时候，她会毫不犹豫地杀了你，取而代之。”

东方溯心底最深处的那根弦被狠狠拨动，他冲到铜镜前，狠狠盯着镜中那张与他一模一样的脸，咬牙切齿道：“你再敢胡说，朕就杀了你！”

镜中人大笑道：“我就是你，你就是我，你要怎么杀我？东方溯，你认清现实吧，在这世上，你真正能够信任的人，只有我一个！”

“不是……不是这样的，不是！”东方溯喃喃说着，下一刻，他用力将铜镜推倒在地，镜台倒地的重响惊动了候在殿外的宫人，他们不敢擅闯，只得在殿外隔门呼喊：“陛下您怎么了？”

东方溯没有理会他们，低头盯着镜中那张依旧在笑的脸庞：“你不是朕，绝不是！”

“信不信由你，总之……慕千雪留不得！”在说到最后几个字时，镜中人神情异常阴森，东方溯生出一股强烈的恐惧，不是因为镜中人可怕的表情，而是……在镜中人说出那句话时，他心底竟然真的漫出一缕杀机！

他……他怎么可以对千雪动杀机，不该是这样的，不该！

殿外，宫人一遍遍焦急地隔门呼喊，可殿内始终没有声音传来，令他们担心不已，想要进去一探究竟之时，殿门突然大开，面色灰白的东方溯出现在他们面前，未等行礼，耳边已是响起东方溯的声音：“立刻去将所有道观、佛寺的掌教、主持传进宫中！”

宫人面面相觑，不明白他为何突然提此要求，其中一人大着胆子道：“陛下，出什么事了？”

“有妖孽横行宫中，意图迷惑于朕。”说着，他催促道，“还不快去！”

尽管宫人听着不太对劲，但见东方溯面目狰狞，不敢再多问，赶紧依着他的话下去传旨。

第六十八章　各方博弈

漪兰殿里，慕千雪神情紧张地盯着正在替夏月检查的梅太医，好不容易等到梅太医收回手，赶紧问道：“如何？可有伤到筋骨？”

梅太医拱手道：“娘娘放心，臣替夏月姑娘检查过，都是皮肉伤，筋骨无碍，待臣给她开一些内服外敷的药，好好养上一阵子就没事了。”

见他说得与孙兴相同，紧绷半日的神经总算松弛了下来：“劳烦梅太医了。”

“娘娘客气。”梅太医再次行了一礼，随小元子下去开药，花蕊端了一盆热水进来，搁下铜盆正要绞毛巾，慕千雪已是接了过去，花蕊赶紧道：“姑姑身上都是血，还是奴婢来吧，以免污了娘娘的手。”

“无妨。”慕千雪绞了一把热毛巾，走到昏迷未醒的夏月身边，随着被血水浸透的衣裳撩起，血肉模糊的伤口露了出来，看得慕千雪险些掉下泪来，忍着心里的难过，一点点替夏月擦拭着已经凝固的血水，足足换了四盆清水，方才将伤口清理干净，皮肉因为失血而呈现出一种诡异的灰白。

小元子拿了外敷的药进来，慕千雪小心翼翼地将淡绿色的膏体抹在伤口处，一圈抹下来，足足用去了半瓶药膏。

“公主……”在慕千雪将剩余的药膏递还给小元子时，耳边传来虚弱的声音，垂目望去，夏月不知何时睁开了眼睛，她抚一抚夏月没有血色的脸庞，“梅太医替你检查过，没伤到筋骨，不必担心。”说着，她又道，“是不是疼得很厉害？”

夏月努力扯动唇角，轻声道：“奴婢忍得住，公主不必担心。”

慕千雪握住她冰凉的手，哽咽道：“刚才在承德殿，为什么要答应受那三十杖？你知不知道，要是动刑的人下手狠一些，你这条命就没了。”

夏月沉默片刻，低低道：“奴婢知道，三十杖虽可怕，但奴婢更怕连累了主子。”

她的话令慕千雪又感动又心疼：“真是个傻丫头。”

夏月犹豫了一会儿，小声道：“陛下……后来有没有再为难主子？”受刑到一半，她就晕了过去，连自己怎么回的漪兰殿都不知道。

小元子代答道：“这倒是没有，你一受完刑，我与主子就回来了。”说着，他气愤道，“但我怎么也想不明白，主子只是希望暂时缓一缓废后之事，等查明真相后再定。说到底，这也是为陛下好，陛下不领情也就罢了，借题发挥责了你三十杖不说，还那样说主子，实在是过分。”

夏月想起东方溯说的那些伤人话，反握了慕千雪的手，轻声道：“陛下今日想是心情不好，方才会冲口说出那些话，奴婢相信并非陛下本意，主子您别往心里去。”

殿内寂静无声，夏月以为慕千雪不会回答，然而她低低道：“本宫一直以为，陛下与东方洄和萧若傲他们不一样，现在看来，似乎是本宫错了。”

夏月怕她难过，安慰道：“奴婢看得出陛下是真的爱主子，一定不会是第二个楚帝。”

慕千雪怆然一笑，没有再说什么，但夏月跟随她多年，看得出慕千雪心中并未释怀，也难怪，东方溯今日说的那些话，实在太过伤人。

“笃笃”外面传来叩门声，小元子走过去应门，过了一会儿，他走回来道：“主子，刚刚收到消息，陛下召回了张公公与那道圣旨，应该是打算将废后的事情压下来。”

夏月心中一松，望着慕千雪道：“陛下肯收回圣旨，可见这心里头还是很在意主子的。”

小元子续道：“除了此事之外，还有另一桩事，陛下传令将金陵城所有寺院、道观的掌教住持都传到宫中。”

慕千雪诧异道：“这是为什么？”

小元子神色古怪：“听说是要驱邪，陛下说宫中有妖孽作祟。”

花蕊耸一耸眉心，好笑道：“青天白日，又是皇城禁苑，怎么会有妖孽作祟，陛下究竟在想些什么？”

慕千雪蹙着黛眉，道：“还打听到些什么？”

“暂时没有了，这件事陛下似乎很急，催着他们立刻将那些掌教住持请进来。”说着，小元子双目轻动，满面好奇，“难不成……陛下见鬼了？”

花蕊眨着一双大大的杏眼，既好奇又害怕："这世上真的有鬼吗？长得什么样，是不是像戏里演得那样青面獠牙？"

夏月忍痛稍稍侧了一些身子："鬼神之说，历来有之，但若非要论个真假，怕是谁都没有办法。"

花蕊待要再问，慕千雪已道："派人继续留意承德殿，有什么动静立刻来报。另外……"她神色凝冷，"盯紧宁寿宫。"

小元子应声之余，又有些不明白："主子，为什么要盯紧宁寿宫，难不成这鬼魅妖孽还与宁寿宫有关？"

慕千雪看一眼窗外落尽繁花的海棠树，雨线漫漫，打在青黄不一的叶子上，激起一层微薄的雨雾："是否与宁寿宫有关本宫不知道，但本宫相信，卫太后一定不会放过任何一个攻击陛下的机会。"尽管东方溯那些话令她极其心寒，可到底做不出不闻不问。

"另外，你去一趟潜邸，告诉十九让她安排几个人日夜盯紧恭王府，本宫要知道都有谁出入过恭王府，还有恭王都去了哪些地方。"潜邸又称潜龙邸，是指非太子身份继位的皇帝在登基之前的住所，也就是以前的睿王府。

小元子恭敬回道："是，奴才这就去传娘娘懿旨。"十九不习惯宫中的种种规矩与约束，所以没有跟随慕千雪入宫，而是与十六他们一道留在潜邸之中听候差遣。

后宫是秘密最多的地方，也是最藏不住秘密的地方，不出一个时辰，夏月被重责三十杖的消息就传遍了三宫六院。

自从东方溯登基之后，卫太后就深居简出，终日只是抄经念佛，少有踏出宁寿宫的时候，俨然是一副不理世事的模样。但实际上，昭明宫大大小小的事情，从未有一桩逃过她的耳朵，这次自然也不例外。

在袅袅的檀香中，尹秋轻声道："陛下虽不顾贵妃劝阻，重责了夏月三十杖，但终归是收回了那道旨意，延后发落。"

"嗯。"卫太后淡淡应了一声，随着手腕的动作，一个个端正的字在笔下成形，串连成一句又一句的佛经。

周宁往香炉里添了一勺檀香，轻声道："太后，咱们要不要推上一把？"

卫太后头也不抬："怎么，担心皇帝改变主意？"

周宁点头道："要换了是别人去求，奴才真不担心，可贵妃……太后您是知道她能耐的，一张嘴伶俐万分，死的也能说得活的，再加上陛下对她百般信任，照此下去，废后……恐怕是难了。"

"往日自是百般信任，可现在……"卫太后蘸一蘸用上等涂金松烟墨磨成的墨汁，唇角勾勒出一抹淡淡的笑意，"暂缓废后已是她所能做到的极限，想要让皇帝改变初衷，无疑是痴人说梦，否则夏月何至于挨那三十杖。不过哀家倒是没想到，她竟会去替惜君求这个情。"

尹秋思忖片刻，低声道："贵妃素来心思缜密，想必是看出了隐藏在这件事背后的危机。与其说是帮皇后，不如说是在帮陛下，可惜陛下并不领她这个情。"

晚风拂入，吹动松烟墨独有的馨香，与檀香混在一起。卫太后缓缓道："她并不明白，皇帝已经不是她所认识的那个皇帝了。"

"陛下很快就会众叛亲离，难以再稳坐承德殿的位置。"说着，周宁低眉轻笑，"姜始终是老的辣，任贵妃如何诡计多端，也想不到太后您会走那一步。"

卫太后搁下青玉笔杆，拭着掌心的汗渍，徐徐道："她以为一道遗诏就可以缚住哀家手脚，由着他们霸占本该属于洄儿的天下？简直是笑话。既然她那么喜欢斗，哀家就与她斗到底，看笑到最后的那个会是谁。"

"自然是太后。"周宁讨好地说着，"太后，含章殿那边，咱们要不要再添一把火，好让赵昭容闹得更凶？"

"不必。"卫太后微笑道，"一只狗被别的狗咬了一口，就一定会反咬回来，赵平清……从未让哀家失望过。"

又是一阵秋风吹入佛堂，这次风中带着一层霜雪之寒，令卫太后打了个冷战，尹秋赶紧过去关了窗，自责道："都怪奴婢大意，忘了关窗，冻着了太后。"说着，她又问道，"太后，可要生炭盆？"

卫太后没有理会她的话，怔怔望着窗纸上斑驳的树影，思绪被拉回到多年之前，幽幽道："哀家还记得，当年哀家被先帝废入冷宫之时，就是这样的天气，秋冬交替，天寒露重。哀家虽然勉强熬了过来，却落下一身畏寒的毛病，这么多年来，吃下的药数以万计，却始终不见好，每每还未入冬，这宁寿宫就已经生起炭盆，烧起地龙。"

尹秋叹息，轻声道："都过去那么多年了，太后何必再去想它。"

"哀家何尝愿意想，只是……"护甲尖划过光滑暗红的桌面，留下一道无法修复的印记，"洄儿登基，哀家总以为不需要再与人斗，结果一旨遗诏，一个孽种，一个亡国妖女，逼得洄儿退位，也逼得哀家蜷缩在这宁寿宫，连大声说句话都不能。"

周宁安慰道："这一切都只是暂时的，奴才相信，太后很快就能拨乱反正。"

"回想起来，先帝表面敬重哀家，实则处处提防，若非当年哀家早有防备，早已与洄儿一道沦为陈太妃母子刀俎下的鱼肉。夫妻至此，也真是没有意思。”桌案上划痕道道，触目惊心，“既然先帝无情，那哀家又何必与他讲情义，纵然将大周搅得天翻地覆，哀家也要夺回帝位！”

卫太后攥紧双手，在窗外呼啸不止的风声中一字一句道：“哀家这辈子从来不怕与人斗，就怕斗得不够狠不够绝，不够解哀家——心头之恨！”

卫太后看人从来都是极准的，慕千雪是她生平唯一一次看错，也就是那一次错看，令她输掉了大半江山！

“启禀太后。”宫人进来，轻声道：“平阳王妃求见。”

尹秋柳眉微皱：“这已经是王妃第三次过来了，太后您要不要见她？”

卫太后松开手指，摩挲着掌心暗红的指甲印，淡然道：“她来无非是为了惜君的事，不见也罢。”

尹秋点点头，对尚候在一旁的宫人道：“你去回了王妃，就说太后抱恙在身，不便相见，请她改日再来。”

“是。”宫人出去后不久，又走了进来，面有难色道，“太后，王妃说一定要见您一面，否则……否则……”她觑着卫太后不敢说下去。卫太后淡淡道：“否则就不走了是吗？”

宫人无奈地点点头，卫太后轻哼一声：“她倒好，吃了那么多年米饭，倒学会死缠烂打这一招了。”

尹秋思忖道：“不如奴婢出去劝劝。”

卫太后摇头道：“子钥是什么性子，哀家最清楚，你劝不动她的。”说着，她重新执起青玉笔杆，蘸了浓黑的墨汁淡淡道：“既然她那么喜欢等，就慢慢等着吧，哀家并非没有给过惜君机会，今日这个局面，是惜君咎由自取，怪不得哀家。”

在平阳王妃苦苦等候之时，含章殿中，赵平清面色阴沉地听着小聪子絮絮叙说，待听到东方溯收回圣旨时，忍不住重重一掌击在床榻上，咬牙道：“又是她坏本宫好事！”

紫燕拧眉道：“这皇后与贵妃素来不睦，何以这次贵妃会这样帮着她，甚至不惜赔上夏月半条命。”夏月是跟着慕千雪一路从西楚逃过来的，两人感情之深可想而知，远非一个沈惜君可以相提并论。

小聪子深以为然道：“可不是这个理嘛，开始的时候，奴才还以为是自己耳背听岔了，哪知千真万确，真是让人想不明白。”

听着小聪子的话，紫燕忽地心头一跳，脱口道：“难不成贵妃知道了安息香的秘密？”

赵平清冷哼一声，眸色阴冷地盯着小聪子，小聪子被她盯得后颈阵阵发凉，连连摆手道：“奴才一个字都没与人提过。”见赵平清犹有不信之色，他赶紧三指朝天，赌咒道，“如果奴才透露一个字，就肠穿肚烂，不得好死！”

紫燕亦在一旁道：“小聪子虽做事还有欠妥帖，但这张嘴还算牢，应该不会是他说出去的。”

赵平清终于移开目光，小聪子长出了一口气，就这么一会儿工夫，就出了一身的冷汗。

紫燕试探道：“除了奴婢与小聪子，知晓这件事的就只有赵太医一人，会不会是他？”

赵平清思忖片刻，摇头道：“他不是蠢人，应该清楚这件事一旦传出去，第一个活不了的人就是他！”

紫燕满面疑惑道：“那可真是奇怪了，不是奴婢与小聪子，也不是赵太医，贵妃究竟从何处得知？”

赵平清徐徐攥紧暗红锦衾，原本柔顺平滑的丝缎已是被揉得褶皱丛生，她冷冷道：“若本宫没有猜错，她应该没有确知此事，只是猜测而已，她最擅长的不就是揣测人心吗？”

紫燕难以置信道：“可这件事咱们做得万般小心仔细，没理由会被她猜到的。”

赵平清启唇一笑，恍若一道拂尽百花的凛冽寒风：“她连帝位都替陛下谋到了，还有什么猜不到的，慕千雪！”

“本宫处处委曲求全，甚至是讨好她，她却宁可帮着从不给她好脸色看的沈惜君，也不肯与我走近半分，好！好！”赵平清用力绞着锦衾，伴着“嘶”的一声轻响，上好的锦缎竟然被她生生撕破。

“虽说皇后那道旨意暂时缓了，可她也赔了夏月半条性命进去，可见陛下待她已不如往日那般千依百顺，若她还不知收敛，失宠只是早晚的事情。”

赵平清冷哼道：“她若失宠，本宫定当额手称庆。”

静默半晌，紫燕小声道：“主子，要不要送几瓶药膏去漪兰殿？”在这宫里头，不管心里头怎么怨恨，表面上都会客客气气，让人挑不出一丝错来。

赵平清自然深谙这个道理，吸一吸气，颔首道：“你亲自送去，仔细着说话，别让她探出什么来。”说罢，她转眸看向小聪子，“去传赵太医过来，虽然他不至于做出自掘坟墓的蠢事，但还是要警告几句，以免一时大意，徒生事端。”

“嗻！”二人先后离去，过了约莫一炷香的工夫，小聪子慌慌张张地奔了进来，喘着气道：“主子不好了！”

赵平清心中一沉，坐直了身子道：“出什么事了？”

小聪子咽了口唾沫，急切道：“奴才刚才奉主子之命，去传赵太医，结果到了那边，正好遇到孙公公，他奉了陛下之命来传赵太医，奴才旁敲侧击了几句，仿佛是与主子的事情有关。”

赵平清脸色大变，急问道：“孙兴可有问你去太医院做什么？”

“问了，奴才怕他生疑，没敢说实话，随便寻了个借口敷衍过去。”小聪子害怕了，“主子，您说陛下会不会掌握了什么证据？还有赵太医……万一他真供了出来，可怎么办？”

“你还嫌本宫不够烦吗？”赵平清心乱如麻，无法思考，在狠命掐了自己几下后，终于冷静下来，“你立刻去承德殿那边看着，一有什么动静，立刻来报。”

“是。”小聪子走了几步，又被赵平清唤住，赵平清静一静气，道：“这件事让底下人去办，你去一趟静芳斋，就说小殿下终日哭闹不休，求一串太后用过的佛珠安枕。”

小聪子不解道：“主子，这是为什么？”

赵平清掐一掐掌心，凝声道：“万一事败，孩子就是本宫最后的护身符，而太后，是宫里头除了贵妃之外唯一可以影响陛下的人，她越怜惜这个孩子，本宫就越有机会脱身。”

小聪子恍然大悟：“对对对，奴才这就过去。”

在小聪子飞奔前往静芳斋的时候，赵太医正惶恐不安地跪伏在承德殿坚硬光滑的金砖上。

“赵太医。”这三个轻飘飘不带一丝分量的字却令赵太医浑身一颤，再次伏低了身子，惶恐道：“臣在。”

伴着一下又一下的脚步声，一双千层底玄青色蛟龙出海纹式的靴子出现在赵太医低垂的视线中，“朕听说，你儿子犯事打伤了人？”

赵太医心里“咯噔”一下，强自镇定道：“是，都怪臣不懂得管教，养成逆子忤逆不听话的性子，四处惹是生非，乃至闯下大祸。”

东方溯垂目，面无表情道：“后来呢？”

“后来……那户人家告到京兆府，张口要一万两汤药费。”冷汗缓缓自赵太医黑白交错的后鬓角滴下，渗入衣领中。

东方溯挑一挑眼角，望着窗外在秋雨中暮色四合的天空，淡然道："朕记得你的俸禄一年也就几百两，一万两可不是一笔小数目，赔了吗？"

赵太医唯唯诺诺道："赔……赔了。"

"哦？"东方溯俯身，盯着身子僵硬的赵太医，似笑非笑道："朕倒是不知道，赵太医家底原来……这般丰厚。"

赵太医赔笑道："臣……就是靠着陛下与宫中诸位主子的赏赐积下了一点儿，这一次已是赔得倾家荡产！"

"是吗？"东方溯神色倏冷，寒声道，"就算每次看诊都有赏，也没有一万两那么多，你好大的胆子，竟然敢在朕面前撒谎。说，那一万两银子是从哪里来的，是不是赵侯贿赂你的？"

"不是！不是这样的！"赵太医吓得浑身哆嗦，不住磕头否认，待情绪稍稍平稳了一些后，他颤声道，"臣家中藏了一根千年人参，是祖父那一辈传下来的，只要还有一口气，这千年人参就能把命从阎王手里夺回来，它一直视为传家宝，这次……实在是被逼得没办法，臣就做主卖了这人参。"

东方溯一怔，拧眉道："那一万两银子是卖人参得来的？"他之前控制不住脾气将慕千雪赶走，但镜中人那件事后，他在等那些个掌教、住持过来的时候，静下心来细细思索了一阵，觉得赵太医那件事确有可疑，随即命孙兴将其传来承德殿中，询问那一万两银子的来历，岂料却问出这么一个结果。

"是，整整一万两。"赵太医话音未落，东方溯的追问已是接二连三在耳畔响起，"买参之人是谁？现住何处？还有谁人知道这件事？"

"买参的是一名来京城办货的外地商人，臣只知道他姓王，从江南而来，具体姓名地址，臣实在不知。"赵太医略略抬起头，"因为人参贵重，所以买卖一事臣并没有大肆张扬，除了臣之外，就只有王姓商人知道。不过祖传人参一事，臣妻也是知道的，犬子因为好惹是生非，所以从未告诉过他。"

东方溯绕着他徐步走了一圈，冷声道："你身为宫中太医，当知欺君是什么罪名，朕再问你一次，钱——从何而来？"

赵太医死死抿着唇，隐约能听到牙齿在里面"咯咯"打战的声音，他暗暗拧了一下胳膊，颤声道："是臣卖祖传人参得来。"

"好！"东方溯忽地露出一抹冷酷的笑意，"希望你进了慎刑司，也是一样回答。"

此言一出，莫说赵太医，连孙兴也被吓了一跳，赵太医虽只有六品官阶，但也是正儿八经的朝廷命官，非宫人所能相提并论，无凭无据就将他发落去慎刑司，实在……有些说不过去。

赵太医吓得魂飞魄散，他虽未进过慎刑司，却听多了那里的可怕，自大周立国建起昭明宫以来，死在那里的宫人乃至妃嫔不计其数，就算侥幸能够活着出来，也得搭上半条命。

他连连磕头，身体发抖："臣不敢欺瞒陛下，那银子确是臣卖了祖传人参得来的，陛下若是不信，可以问臣妻，求陛下明鉴！"

东方溯没有理会他，只对候在一旁的孙兴道："还不带他下去？"

孙兴瞅了一眼东方溯，鼓了勇气道："陛下，慎刑司向来是关押宫女太监的地方，赵太医去那里……是不是不太合适？"

殿内瞬间静了下来，连外面的寒风细雨都似乎停止了，一种可怖的寂静弥漫在灯火通明的大殿中。

一滴冷汗自孙兴额头滑落，蜿蜒至左眼中，汗水里的盐分灼痛了眼睛，火辣辣的。

"噔！噔噔！"千层底靴踩在金砖上的声音，犹如一柄大锤，一下又一下敲在孙兴胸口，令他心惊肉跳，暗暗后悔自己刚才的多嘴。

脚步声在孙兴身后嘎然而止，殿内再次变得寂静无声，孙兴甚至能够听到自己凌乱急促的心跳。

"朕倒是不知，原来朕做事还要问过你孙公公的意见。"寒如数九冰冷的声音自孙兴身后传来，吓得他双膝一软，急急跪在地上，"奴才不敢！"

"不敢？"清凌凌的笑声在空旷的殿内回响，半晌，他倏然一收，不带丝毫感情的声音再次响起，"朕看你敢得很！"

"奴才知罪，求陛下开恩！"孙兴不住磕头，冷汗如浆水一般争先恐后地涌了出来。他不是第一天在承德殿当差，深知伴君如伴虎的道理，所以处处小心，一直都还算太平，可这几日东方溯像是变了个人似的，喜怒完全无法捉摸。

东方溯溢出一抹冰冷的笑意，待要说话，有宫人走进来："启禀陛下，大兴寺、明觉寺、白马观、长春观等诸位住持掌教已经进宫，等候陛下召见。"

"传！"宫人退下后，东方溯盯着战栗不止的孙兴，冷声道，"还不将他带去慎刑司？"

"喳！"孙兴暗自舒了一口气，他知道自己捡回一条命。这一回就算再借他十个胆子，也不敢再替赵太医求情，赶紧唤了两名孔武有力的内监进来，强行将不断哀呼求饶的赵太医拖了下去，一路引来众人侧目，包括刚刚被传入宫中的几位住持掌教。

在纷纷拧眉猜测的人群中，唯有一人唇角微微上扬，泛起一抹悄声无息的笑容。

赵太医被发落入慎刑司的消息，无疑勾起了赵平清心底最深处的害怕，尽管迅速做出安排，可还是惶惶不安，害怕赵太医将她供出来，经常从噩梦中惊醒。

至于承德殿那边，几位掌教住持入宫后，就在东方溯的示意下一一驱邪除妖，但都效果不佳，镜中人依旧存在，如梦魇一般，挥之不去。

这样的情况在第二日终于有了变化。长春观的玄明道长是最后一个施法的，在他施法之后，东方溯再没有看到镜中人，脑袋也清明了许多，没有再出现自己无法控制的感觉，令他大喜，将其余人都遣了出宫，只留玄明一人。

依着玄明道长说法，那是一只怨气邪气形成的镜妖，虽名为镜妖，其实并不在镜中，而是藏在东方溯体内，只有通过镜子方才能够看到它，它会逐步控制东方溯的言行思想，最后取而代之，就像道家说的“夺舍”一样。

在又一次施法后，东方溯睁开眼睛，活动了一下手脚，感到前所未有的松快舒畅，仿佛百病全消。

他望着前方正在收功吐气的玄明道长，笑道：“道长，朕这会儿感觉神清气爽，那镜妖可是已经除了？”

玄明道长神色凝重：“这只镜妖有千年道行，非同一般，贫道现在只是将它暂时压制住，不能再控制陛下的思绪。”

这个答案对东方溯来说，无疑是失望，所幸玄明道长很快又道：“虽然不能立刻除之，但贫道有信心，一个月之内，定可将镜妖彻底消灭，永绝陛下后患。”

东方溯心中一松，笑道：“只要道长能替朕解此危难，朕必厚赏于你。”

“多谢陛下。”在玄明道长叩首谢恩之时，宫人端了一杯无根水进来，道长自怀中取出一张黄符，口中念念有词，黄符迎风一晃，无火自燃，烧至大半，探手放入无根水中，原本清澈透明的水顿时变得有些混沌，“请陛下喝符水。”

东方溯点点头，取过符水一口饮尽，这是每次施法后的惯例。按着玄明道长的说法，这符水对人无害，对潜藏在东方溯体内的“镜妖”却是毒如砒霜，会渐渐消减镜妖的功力，直至死亡。

第六十九章　深宫争斗

宁寿宫、含章殿、承德殿、慎刑司、恭王府，在监视两日后，终于有消息传到漪兰殿，小元子挑帘入内，朝正在看书的慕千雪打了个千儿，轻声道："主子，含章殿那边有动静了。"

慕千雪黛眉微微一挑，放下书卷，道："怎么说？"

小元子上前一步，压低了声音道："含章殿的小聪子不慎打碎了赵昭容的药碗，赵昭容一怒之下，将他发落去了慎刑司，还是紫燕姑姑亲自带过去的。"

花蕊咋舌道："只为了一个药碗，这就要发落去慎刑司，赵昭容未免也太狠心了一些。"

慕千雪扫了她一眼，淡淡道："醉翁之意不在酒。"

花蕊想一想，茫然摇头："奴婢不明白娘娘的话。"

慕千雪回到椅中坐下，凉声道："如果赵太医是她的人，那么这是一个可以与赵太医接触又不会引起陛下怀疑的最好法子。"

"原来如此。"花蕊恍然大悟，随即道，"那我们现在要不要去告诉陛下？"

"无凭无据的陛下岂肯相信，需得抓到现行方可，且让本宫想一想。"在短暂的停顿后，她忽道，"陛下今日又没上早朝吗？"

小元子瞅了她一眼，无奈地点点头："陛下一早就召见玄明道长施法驱邪，无暇早朝，只让孙公公将百官递上的奏折送去御书房。"

慕千雪轻叹一口气，眸底有着难掩的失望与痛心，自从东方溯登基之后，变得越来越陌生，杖责夏月，宠幸道士，荒废朝政。这在以前，是绝对不可能与东方溯扯上关系的，可是现在……

权力——真的这样可怕吗？

慕千雪望着窗外不断被秋风吹落的海棠叶子出神，有宫人轻手轻脚地走了进来，附在小元子耳边低低说了几句，后者神色大变，思忖片刻，沉声道："确定了吗？"

宫人肯定地答道："是，慎刑司管事这会儿已经去承德殿禀报了。"

"知道了。"在示意宫人下去后，小元子上前一步，朝已经转过神来正望着他的慕千雪道，"主子，刚刚得到消息，赵太医……死了！"

慕千雪一怔，旋即紧紧拧了双眉，疑惑道："怎么这么快的动作？"

"应该与赵昭容无关，据说是负责用刑的人一时大意，让赵太医挣脱了绳索，双方纠缠之时，赵太医被推倒，后脑恰好撞在台阶上，意外身亡。导致赵太医死亡的小太监已经被绑了起来，慎刑司管事亲自去的承德殿，算算时辰，陛下这会儿应该已经知道了。"

这个回答大出慕千雪意料之外："确定与赵平清无关？"

"据传回来的消息，赵太医出事的时候，紫燕他们才刚到慎刑司，还在与管事说话，奴才怎么想也没法将这件事与他们扯上关系。"说着，他摇头，觉得有些可惜，"赵太医也真是倒霉，要是老老实实把事情交代了，或许还能捡回一条命，结果就这样糊里糊涂地死了，留下这么个烂摊子。"

慕千雪捡起一片从窗外吹进来的叶子，若有所思道："这宫里头真有这么多的意外吗？"

小元子愕然："主子是说……这不是意外？"

"本宫也说不准，但总觉得这件事透着几分蹊跷。"她徐徐捻着叶子，叶子的边缘都已经发黄，只有中间一块还翠绿得很，如一块上好的碧玉，叶脉清晰，如一张精致小巧的网。

"若真是这样，那个害赵太医跌倒的小太监就有可疑，只是……"小元子紧紧拧着双眉，"赵昭容要是早早就买通了那个小太监，又何必再借故罚小聪子去慎刑司，那不是多此一举吗？"

花蕊咬着指甲，思索道："会不会是赵昭容担心有失，所以做了两手准备。"

小元子想了一想，摇头道："虽然你说得也有些道理，但我总觉得不太可能，也不像赵昭容往日的作风。"

"可除了赵昭容，还有谁会要赵太医的性命，总不能是陛下或者太后吧？"花蕊本是随口一语，却似一道惊雷在慕千雪耳边炸响。

这些日子，她将心思过多地放在了含章殿，总以为是赵平清觊觎后位，想借腹中孩子陷害沈惜君，却忽略了宁寿宫那一位，后位悬空对卫太后固然没有好处，可废后带来的影响与争议，对于一个意图复辟帝位之人来说，是再好不过的。

尽管卫太后这段日子深居简出，吃斋念佛，过着与世无争的日子，但她从来不相信，这个斗了一辈子的女人，会甘心就此老死深宫。

蛰伏——从来都只是为了更好地复出！

只是……若换了其他人，或许有可能因为贪图一时之利，而与卫氏母子合作。但赵平清不会，她很清楚这个人的心思，深沉谨慎，她不可能不清楚卫氏母子一旦复位，对她弊大于利，更不要说还是拿她唯一的孩子作筹码，无论从哪一方面考虑，赵平清都不可能答应。

但……孩子确实是早产了，赵太医也确实一直参与赵平清一事之中，究竟这里面隐藏了什么样的秘密？

赵平清与卫氏是绝对不可能自己说出秘密，思来想去，还是只能从赵太医身上下手，他虽然已经死了，但生前留下的东西还在，当能查到一些蛛丝马迹。

想到这里，慕千雪唤过小元子道："你立刻去一趟太医院，将这一年来赵太医所有出诊的脉案全部拿来，一个都不要漏了。"

"是。"小元子答应一声匆匆离去，过了约莫大半个时辰，拿了厚厚一叠册子进来，花蕊一边接过一边疑惑道："这么多册子，少说也有千八百个脉象吧，统共不过一年的工夫，赵太医哪里看得了那么多人？"

小元子苦笑道："赵太医一人自是没那么许多，可整个太医院就不同了。"他拂一拂被压皱的袖子，对慕千雪道，"主子，太医院那边说没有分别单独记载每一位太医的脉案，所以奴才只能将这一年来所有的脉案都拿了过来，还请主子恕罪。"

"这也是没法子的事，你与花蕊一起看看，将赵太医的脉案挑出来单独记载。"

小元子还没说话，花蕊已是红着脸庞道："主子，小元子倒是认得字，可是奴婢就勉强会写自己的名字，别的字……它认得奴婢，奴婢不认得它啊。"

小元子轻斥道："你还好意思说，平日里让你多识几个字，你就是躲懒不肯，现在知道害臊了。"

花蕊朝他扮了个鬼脸，忐忑不安地看着慕千雪，唯恐遭到怪罪。

慕千雪笑一笑道："不识字就罢了，有小元子帮本宫看就行了，你下去吧。"

"还有奴婢。"随着这个清悦的声音，一道身影挑起帘子，一瘸一拐地走了进去，竟是夏月。

花蕊赶紧上前扶住，紧张问道："姑姑你怎么起来了，身上的伤可都还没好呢。”

夏月笑道：“已经好多了，在床上躺了几日，再不下来走走，非得憋出病来不可。”

慕千雪轻斥道：“净知道胡说，别人躺了几个月怎么不见憋出病来？你现在伤口才刚刚好转，万一不慎弄裂，导致伤口恶化可就麻烦了，赶紧回屋躺着，不许胡闹。”

“奴婢是真感觉好了许多，梅太医的药很有效，这一路走过来也不怎么觉得疼。”

慕千雪面色稍缓：“就算是这样，也不能大意，听本宫的话，快回去歇着，要实在闷得慌，让花蕊过去陪你说话。”

“奴婢都已经过来了，主子您就让奴婢留下来帮您吧，否则这么多脉案，您与小元子两人要看到什么时候。”见慕千雪不语，她又道，“奴婢答应您，一旦觉着不适，立刻回去歇息，绝不逞强。”

慕千雪拗不过她，道：“既是这样，你留下来吧，不过要是让本宫发现你逞强令伤口恶化，在伤势完全好转之前，一步都不许下地。”

“奴婢遵命。”夏月笑着答应，花蕊取来厚厚的棉花垫子给她垫在椅上，以免坐痛伤口。饶是这样，夏月也只能斜着身子，利用伤势较轻的地方挨坐在椅边儿。

随着案册的翻阅，关于赵太医的脉案被一条条挑了出来，由小元子统一记录。等翻完最后一本，已是记录了将近两百条脉案。既有静芳斋的，也有宁寿宫或者其他宫殿的，而在近三个月的脉案中，每天都有关于含章殿的记载，写在脉案上的，大都是胎气稳固，母子安康一类的话，瞧不出什么问题。

小元子指着其中几条脉案，问道：“主子，根据脉案记载，赵太医有时候一日去含章殿两次，这算不算异常？”

慕千雪看了一眼，摇头道：“陛下继位之时，赵平清月份已经颇大，难免会有胎动不安需要传召太医的时候。”

小元子揉一揉酸疼的脖子，不无失望：“那奴才可就真看不出什么问题了。”

慕千雪一时也是没什么头绪，瞧着外面不知什么时候黑下来的天色，道：“看了这么久，你们也累了，都歇一会儿吧。”

花蕊点完最后一盏明灯，上前道：“主子，晚膳都备好了，可是现在传膳？”

“五……十……十五……二十……”慕千雪正要言语，耳边传来夏月低低的声音，疑惑道：“你在数什么？”

夏月抬起头来，递过她在看的那几页脉案：“主子您瞧这几条，都是赵太医去宁寿宫的脉案，奴婢刚刚数了一下，两个月里，有二十三条，差不多三四日一次。可在刚刚与小元子交换的那几页脉案里，奴婢只找到五条。”

小元子赶紧数了一下手里那几页脉案，果然，在今年一二月间，赵太医去宁寿宫只请过五次脉。

“二十三次……”慕千雪眸光微动，盯着夏月道，“是最近这两个月对不对？”

“是。”夏月颔首道，“虽然奴婢还想不通其中原因，但次数相差这么多，必有古怪。”

半透明指甲在千枝百叶的桌布上徐徐划过，拨动着细细的绣线。良久，手指一顿，一口浊气徐徐自喉咙中吐出；“本宫明白了，他这是在向卫太后报信。”

“报信？”小元子不解，待要问个明白，忽地眼皮狠狠一跳，脱口而出，“他是卫太后的人？！”

“这不可能。”夏月率先否决了他的话，蹙眉道，“赵昭容为人一贯谨慎仔细，龙胎又关乎她后半世的荣宠，必然百般仔细，岂会将他交给卫太后的人照顾？”

慕千雪眯眸望着窗外无处不在的深秋景象，徐徐道：“若她不知道呢？”

夏月眉头一紧，试探道：“主子是说……赵太医是一个双面细作？”

慕千雪把玩着指尖细长的叶子，颔首道：“赵平清以为赵太医是她的人，实际上，卫太后才是真正控制住赵太医的那一个。这样一来，之前百思不得其解的事情也就能说通了。”

小元子低头想了一会儿，隐约猜到了她的意思：“所以想让赵太医闭嘴的，除了含章殿，还有宁寿宫那边？”

“不错。”慕千指甲微一用力，在叶子上留下一个浅浅的甲印，“卫太后的手段，可比赵平清高明多了，若非意外发现这个秘密，谁又能想到，慎刑司的意外其实是一场精心策划的谋杀。”

夏月轻吸一口凉气，面庞微微发白：“只有死人才能够保守秘密。”说着，她又露出一抹疑色，“可奴婢想不明白，卫太后这么做的用意是什么，要说是为了加害龙胎，龙胎可是好端端地生了下来。要说为了害皇后，可她是皇后的亲姨母。”

“亲姨母又如何，怎及这万里江山来得重要。”在夏月等人疑惑的目光中，慕千雪道，“若本宫之前没拦下那道圣旨，皇后如今已被废为庶人，新后初立即废，又没有十足的证据，百官自不会轻易作罢，若到时候再有人暗中推波助澜，陛下就会成为百官口诛笔伐的那一个。新君登基，本就根基未稳，再出现这样君臣离心之事，你们说会怎么样？”

小元子听得惊出一身冷汗，举袖擦一擦脑门上的汗珠，声音颤抖道："会……会令帝位动摇，恭王若能趁机笼络百官，或可重夺……帝位。"

殿内是死水一般的寂静，众人犹如被冻结在厚厚的寒冰之中，没有半点儿声音，只能从或惊悸或惶恐的表情中看出他们内心的震惊。

半边天空已被黑暗吞噬，剩余的半天还有浅薄的天光，穿过树枝投落在地，形成一道道明暗交错的光影，寂寂半晌，夏月沉声道："她还真是无所不用其极。"

"她从来都是这样的人。"慕千雪立在窗前，伸手，此刻树叶随风而起，在空中盘旋几圈后落在了黑色的土壤上。不需一日，叶子就会逐渐腐烂，最终化为泥土的一部分，滋养树木熬过秋冬，来年重新抽枝发芽。

夏月坐得有些疼痛，扶案起身："虽说废后旨意被主子拦下了，但毕竟只是权宜之计，拖得了一时拖不了一世，还是得彻底解决这件事才行。"

小元子思忖道："既然赵太医是宁寿宫的人，那麝香应该就是他伺机加在安息香中，然后嫁祸给皇后。只要能够证明这一点，皇后自然就可洗清冤屈。"

夏月摇头道："证据呢？你别忘了，赵太医可是已经死了，除非能够令他死而复生，否则一切都是空口无凭，陛下不会相信的。"

"赵太医是死了，但害死赵太医的那个人还在，只要严刑审讯，奴才相信，一定能够问出实情。"

夜风入殿，吹得烛火晃动，明暗不定，花蕊忙上前关了窗子，挡住愈吹愈烈的风。慕千雪回身，声音寂冷："没用的，以卫太后的心思，是不会留下这样的把柄给我们的，慎刑司那名小太监必是她的死忠之士，哪怕你把他生生打死，也难以问出半句来。"

小元子满面失望道："这么说来，岂非没法子指证卫太后？"

慕千雪端起半凉的茶水徐徐抿着，喝了几口。有宫人走进来，躬身道："启禀娘娘，静芳斋派人传旨，请娘娘过去。"

慕千雪眉眼微露讶色："现在吗？"

在得到宫人肯定的答复后，慕千雪颔首道："知道了，去备肩舆吧。"

待宫人下去后，夏月疑惑道："都已经这个时辰了，太后召主子去做什么？"

慕千雪望着不见一丝烟气的红烛，静静道："漏夜传召，只怕也是为了皇后一事。"

夏月上前替慕千雪扶一扶将要滑落的金簪，轻声道："太后是陛下生母，她的话，陛下多少能听进一些，主子此去，不妨请太后劝一劝陛下。若您不便开口，让小元子提个头儿也行。”她虽有心跟去，无奈身子不允许，坐了这么久，后背早已疼痛不堪，只是一直强撑着未说。

慕千雪拍一拍她的手：“本宫心中有数。”说话间，宫人进来禀告肩舆已经备妥，在示意花蕊将夏月扶下去休息后，慕千雪带着小元子登上肩舆，一路往静芳斋行去。

四名抬肩舆的内监步伐齐整，如出一人，抬得极是平稳，两边的草丛中不时传来秋虫最后的嘶鸣。

漪兰殿与静芳斋同处西宫范围，很快便能隐约看到点在静芳斋门口的两盏绢红宫灯，小元子远远看了一眼橘红的灯光，轻声道：“主子，待会儿见了太后，可要奴才设法提一提陛下的事？”

慕千雪想一想，道：“还是本宫寻机会与太后说吧，虽说太后宽仁，但你的身份始终不宜在这件事上多嘴。”

“是。”小元子应了一声，不再言语，一路来到静芳斋门口，在他扶慕千雪下肩舆之时，秋月已是得到消息迎了出来，笑着行了一礼，“娘娘可来了，太后一直等着您呢。”

“劳烦姑姑了。”慕千雪浅施一礼，秋月不敢正面受礼，侧开一步，恭声道：“娘娘请。”她与死去的冬梅一样，都是跟随陈太妃多年的宫人，一生未嫁。

慕千雪点点头，随她来到东偏殿，陈太妃正坐在上首与宫人低语，见她进来，挥手示意宫人退下，笑意在她保养得宜的脸上漾开，如一抹在水中晕染的赤色，她神情和悦道：“来了？”

“是。”慕千雪轻应一声，屈膝道，“儿臣参见母后，母后万福金安。”

陈太妃笑一笑，招手道：“来，到哀家身边来。”

慕千雪依言上前，挨着她的身边坐下，试探道：“不知母后传召，有何吩咐？”

陈太妃拉着她的手，温言道：“也没什么，就是觉着一个人用膳有些冷清，正好这次新来的御厨曾在南昭待过一段时间，做得几道正宗的南昭小菜，所以把你叫过来一道用膳。”

听到“南昭”二字，慕千雪神色有些恍惚，须臾回过神来，感激地欠一欠身：“多谢母后如此记着儿臣。”

正在领着宫人摆膳的秋月听到这句话，笑道：“除了陛下，太后心中最记挂的人，就数娘娘您了，之前听说夏月受伤，催着奴婢请太医去看，后来得知有梅太医医治，方才安心。”

“就你话最多。”陈太妃轻斥了一句，“夏月伤势怎么样了？”

“请母后放心，梅太医给的药极好，敷了几天，夏月背上的伤已是好了许多，刚才还帮着儿臣看了几本册子，相信很快就会没事了。”

“那就好。”陈太妃接过秋月盛好的乌鸡枸杞汤递给慕千雪，似笑非笑道，“若哀家没有猜错，夏月帮你看的，应该是赵太医生前出诊的脉案对吗？”

慕千雪手微微一颤，溅了几滴汤汁在手背，所幸这汤已是晾了一会儿，不至于烫到：“母后知道了？”

“哀家刚才让郑福去太医院拿脉案，结果那边说是漪兰殿先一步拿走了，哀家想着，你应该是与哀家想到一块儿去了。”

慕千雪望着一道道摆上桌的菜肴，轻声道：“母后也在怀疑卫太后？”

陈太妃淡淡一笑：“哀家在她鼻息下活了大半辈子，比任何人都要清楚她的脾性，卫玲珑从来不会认输，风平浪静，只因还没到掀起滔天巨浪的时候。”顿一顿，她道，“好了，与哀家说说赵太医的脉案吧。”

“在陛下继位的三个月里，赵太医去宁寿宫请脉的次数多达二十三次，远远高于之前，所以儿臣怀疑他是卫太后安插在赵昭容身边的一个细作，用来陷害皇后。一旦陛下盛怒之下废后，百官必然不满，令君臣矛盾加深，从而……”后面那句话牵涉过大，慕千雪迟疑着没有立刻说下去。

陈太妃神色平静道：“从而将皇帝赶出承德殿是吗？”

慕千雪连忙顺着椅子跪下：“臣妾惶恐。”

陈太妃伸手将她扶起，目光温和：“你是个好孩子，当日为了阻止皇帝废后，受了不少委屈，皇帝……”提起东方溯，陈太妃眼里有着深深的无奈。

秋月插话道：“娘娘有所不知，太后知道那件事后，亲自去见了陛下，但陛下始终不认为自己做错，后来还与太后争执起来，奴婢也算是自小看着陛下长大的，还是头一回见他那样与太后说话，为了这件事，太后一直闷闷不乐，也就娘娘您来了，太后才有些笑颜。”

陈太妃叹息道：“哀家真是不明白，皇帝怎么突然变成这个样子了？如今还留那个玄明道长在宫中，无缘无故地说要驱什么邪。都说知子莫若母，可哀家现在全然猜不到他的心思。”

慕千雪勉强笑一笑，宽慰道：“陛下只是一时钻了牛角尖，儿臣相信他很快便会想明白。”

“希望如此。”说话间，陈太妃又细细打量了慕千雪一眼，微笑道，“哀家之前一直担心，你会否就此不理这件事，幸好你没有让哀家失望，皇帝能够有你在身边，是他此生最大的福气。”在短暂的静寂后，她忽道，“千雪，答应哀家一件事可好？”

“母后请尽管吩咐，只要儿臣能力所及，一定为母后办到。”

“好！”陈太妃拍一拍她的手，旋即神色郑重，“哀家要你答应，不论皇帝变成什么样子，你都要留在他身边——永不背弃！”

虽说东方溯已经继位，但帝位并不稳固，更不要说还有卫氏母子在一旁虎视眈眈，稍一不慎，就会落得与东方洄一样被逼退位的下场，只是以卫氏母子一贯的手段，是绝不会留他活路的。

如果说谁能够在危难之时力挽狂澜，保东方溯帝位不失，非眼前这个看似弱质纤纤的女子不可。

她知道慕千雪不是薄情寡义之人，但始终共富贵容易，同患难却极难，否则也不会有那句“夫妻本是同林鸟，大难临头各自飞”。所以，她想趁这个机会，要慕千雪一句承诺。

听得是这么一个要求，慕千雪不禁莞尔一笑：“母后多虑了，除非儿臣魂归地府，否则绝不会离开陛下。”

她的回答令陈太妃心中一松，但仍有些担心：“就算是与天下人为敌，也不会？”

“是！”慕千雪答得没有半点儿犹豫，一字一句许下她守了一世的承诺，“宁与天下为敌，亦不背离陛下！”

“好！好！好！”陈太妃连说了三个好字，在双眸微微泛红的同时，心中一块大石也终于落了地，欣然道，“有你这句话，哀家就放心了。”

秋月笑道：“太后您不是一直说要让贵妃娘娘尝尝家乡风味，可您要是再说下去，菜都要凉了。”

“对对，哀家尽顾着说话，倒把正事给忘了。”说着，她亲自挟了菜放到慕千雪面前的五彩白底瓷碗中，“来，尝尝这几道菜，看与你以前在南昭吃的是不是一样，若是还能入口，往后就让那御厨常做一些，送到漪兰殿去。”

“多谢母后。”慕千雪低头尝了一口，笑道，“儿臣很久没有尝到这么正宗的家乡风味了。”

“那就好，来，多吃一些。”陈太妃又挟了几筷到她碗里，笑道，“哀家看你这小半年身子虽说强健了一些，但还是太过清瘦，这个样子怎么替皇帝延绵皇嗣，开枝散叶，哀家可是一直等着抱孙子呢。你才智无双，诞下的孩子必然也是聪慧过人。”

慕千雪没想到她会突然说这个，一时羞红了脸，尤其听到小元子他们低低的笑声，更是红如鸽血，低头小声道："赵昭容不是才为陛下添了一位小皇子吗？"

陈太妃笑容微微一敛，淡淡道："她的孩子怎么能与你的相提并论。"顿一顿，她又道，"赵太医被皇帝传去问话的那一日，含章殿的小聪子来哀家这里求了一串用过的佛珠，说是那孩子自出生后，一直哭闹不休，求去给孩子安枕之用。"说着，她饶有兴趣地望着慕千雪，"贵妃，你一向聪敏，可有从这件事上看出什么来？"

慕千雪盯着碗中乳白色的鱼汤，静心思忖片刻，道："她想求太后庇佑？"

陈太妃颔首道："不错，可惜聪明反被聪明误，她这么做，反而暴露了在赵太医一事上的心虚，那个孩子……也是可怜。"尽管不喜赵平清，但对那个早早落地的长孙，她到底还是心存怜惜。

"太后……"慕千雪刚说了两个字，便被陈太妃抬手打断，"先用膳吧，待会儿哀家给你看样东西。"

"是。"慕千雪咽下嘴边的话，陪陈太妃一道用过晚膳，待宫人将膳食撤下去后，陈太妃唤过垂手立在一旁的郑福，"去把东西拿来。"

"是。"郑福应声离去，过了一会儿，他捧了一本册子进来，在陈太妃的示意下递到慕千雪面前。慕千雪疑惑道："母后，这是……"

"这是御药房近三个月的记录，哀家没拿到赵太医的脉案，就想看一看御药房的用药记录，看是否有线索，结果还真让哀家发现一些有趣的东西，你翻到八月初的那几页看看。"

慕千雪依言翻到八月初的页面，上面详细记载着每一日御药房所有药材的出入情况，在看到其中一条时，她停住了目光："血府逐瘀汤？"

"不错。"陈太妃赞许地点点头，"哀家传御药房的人来问过，他说八月初八这一日，紫燕拿着一张血府逐瘀汤的方子去御药房，说近日常常胸痛头痛，趁赵太医去含章殿请脉的机会请他把了一下脉，赵太医说是胸中血瘀，血行不畅所致，依症开了这张方子，紫燕抓了六帖。在这张药方里，有一味孕妇最忌讳的药材——红花。"

慕千雪盯着那一条寥寥几字的记载，沉沉道："虽然每一帖药里的红花都不多，但若加在一起，足以令一个怀孕八九月的孕妇早产。"

秋月蹙眉道："其实她手中已有麝香，闻上几日自会早产，何必还要辗转去求红花呢？"

慕千雪挽一挽臂上的刺金披帛，淡然道："麝香药性霸道，分量极难控制，稍一不慎，就有可能终身不孕。相较之下，红花就要温和许多，只要控制得当，几乎不会留下后遗症，但凡懂医理之人，都不会选择麝香来堕胎或者催产。”

“原来如此。”秋月恍然之余，又道，“如此说来，小殿下早产一事，根本是赵昭容一手所为，与皇后无关？”

慕千雪神色迟疑道：“应该是了，但还有一件事想不明白。”

陈太妃接过宫人递来的茉莉花茶，揭开盏盖，温热芬芳的茶雾袅袅升起，化入纹丝不动的空气之中：“想不明白她何以会为陷害皇后而赌上后半世是吗？”

“是，以儿臣对赵昭容的了解，这不像是她会做的事情。”

陈太妃抿了口茶，微笑道：“哀家给你讲个故事吧。先帝还在世的时候，有一位新晋入宫的美人，因为长得像过世的先皇后，故而极得先帝恩宠，几乎可以说是集三千宠爱于一身，就连当时代摄六宫之事的卫贵妃也在她面前黯然失色。从六品美人到贵人再到三品贵嫔，只用了短短半年时间。宫中众人都在猜测，她若一朝诞下皇子，先帝会册她为九嫔还是妃，又或者……是与卫贵妃并驾齐驱？”

慕千雪望着一针一线绣在生丝绢面屏风上的海棠花：“不论是昔日的卫贵妃还是今日的卫太后，都不会允许一山容二虎。”

“在伴驾九个月后，那位贵嫔天葵迟迟未至，遂召来太医把脉，太医说是气血阻滞之故，给她开了活血行气的药，结果服药当夜出了大红，尽管召来了整个太医院，依旧未能保住她的性命，失血而死。她之所以天葵未至，根本不是气血阻滞，而是怀了龙胎，可就因为太医一句话以及一帖大剂量的红花，不仅龙胎不保，连她自己也死于非命。”尽管已经过去多年，陈太妃回忆起来，仍有些唏嘘，“先帝并非没有怀疑过卫氏，但一来太医在事发后已经自尽。二来卫氏一族当时已经成了气候，如果彻查，必定导致朝政动乱不宁，所以这件事最后不了了之。”

陈太妃抿了口茶，静声道：“哀家与你说这些，是想告诉你，太医一句话，足以左右整件事情的发展，咱们眼中见到的，未必就是真相，明白吗？”

慕千雪一边思索一边慢慢道：“母后是说，在这件事上，赵太医极有可能误导了赵昭容？”

陈太妃颔首道：“不错，但他用了什么样的说辞哄赵氏心甘情愿服下红花，哀家暂时还猜不到，你思虑缜密长远，不妨帮着想一想。”

小元子轻叹道：“可惜赵太医已经死了，不然重刑之下，不怕他不招！”

紫铜烛台上的销金硬烛因为燃得久了，烛芯蜷曲发黑，不复之前的明亮。秋月执了银剪子，将发黑的烛芯一一剪去，令烛焰重新明亮起来。

殿外，一直呼啸不止的冷风突然停了下来，寂寂无声，连一声虫鸣也没有，静得吓人。

不知过了多久，慕千雪的声音幽幽响起：“赵太医只需一句‘胎儿腹中窘迫，熬不到足月’，就可以让一切依他的意思发展，赵氏视他为心腹，断不会有半分怀疑。”

陈太妃握着茶盏的手微微一紧，颔首道：“不错，有这一句话足矣。”停顿片刻，她缓声道，“这件事卫氏做得滴水不漏，想从她那边下手是不可能的了，赵太医又死无对证，眼下能够着手的，就只有赵平清一人。贵妃，你可有法子？”

慕千雪思量半晌，抬眸道：“儿臣没有十足的把握，但愿意一试。”

“好。”陈太妃神色凝重道，“你且先去，若然不行，再与哀家说，总之绝对不可以在这个时候废后。”

慕千雪敛袖行礼，肃声道：“儿臣明白，儿臣一定会设法让陛下打消此念。”

在慕千雪踏出静芳斋之时，一道隐在黑暗中的人影也悄然离开，在夜色的掩映下一路来到宁寿宫，踏入弥漫着檀香的大殿，卫太后闭目坐在椅中，尹秋跪坐在地上，手执玉轮替她徐徐按摩双足。

来人打了个千儿，恭声道：“启禀太后，贵妃今日在静芳斋用的晚膳，不久前才刚刚离开。”话音刚落，外面传来打更的声音。

卫太卫微睁双目，似笑非笑道：“晚膳吃到两更时分，她们还真是有兴致。”

尹秋忧心忡忡道：“这二人一个拿了太医院的脉案，一个拿了御药房的药材记录，分明是对赵太医之死起了怀疑，依奴婢愚见，太后还是应该早做提防。”

卫太后抚一抚脸颊，淡然道：“没什么好提防的，她们那么喜欢查，就由着她们去查。”

尹秋被她这回答弄得一怔，愕然道：“太后就不怕……”

“怕什么？”卫太后睨了她一眼，凉声道，“赵太医已经死了，慎刑司那个是咱们的人，除非得了失心疯，否则就算刀斧加身，也绝对不会吐露半个字，你觉得她们能查到什么？哪怕退一步说，真的查到了，禀到承德殿，你觉得皇帝……会听得进去吗？”

卫太后取过淮南上贡的蜜橘，徐徐剥着橘皮：“哀家承认，慕千雪很聪明，正面交锋哀家必败无疑，可只要是人，就一定会有弱点，她的弱点就是皇帝，只要控制住皇帝，任她有千般万般的能耐，也无法施展。”广袖微微一扬，一大块橘皮被掷入炭盆之中，随着橘皮蜷曲发黑，一股清新之气在殿中弥漫，与浓郁的檀香混在一起。

尹秋双手接过卫太后递来的橘子，笑道：“是了，陛下现在深信玄明道长，道长一句话，相信足抵贵妃千百句。”

“所以你说哀家还要担心什么。”卫太后拭一拭沾在指上的汁水，冷声道，“咱们现在要做的，就是看他们自相残杀，看东方溯如何亲手毁了这个好不容易得来的帝位，相信……一定会很有趣！”

尹秋会意一笑：“太后圣明。”

深宫争斗，素来不见硝烟兵刃，可从来都是最残酷的。

第七十章　十五之死

夜风在空旷无人的街道上呼啸，吹起地上的残花落叶在空中打转，一轮弯如新眉的明月悬在夜空中，俯视着苍生大地，偶尔自远处传来几声狗吠。

恭王府后面是一条僻静的小巷，即便是白天都极少有人经过，何况是夜深人静的现在。

随着“吱呀”一声轻响，紧闭的后府门打开，伴着一盏小小的风灯，两道身影一前一后走了出来。走了几步，前面那道身影倏然停下脚步，蹙眉张望着静寂暗沉的四周。

胭脂提了提风灯，照见她疑惑不解的眉眼：“公子，怎么了？”

张启凌一言不发地望着浓黑如墨的前方，良久，他摇头道：“没什么，我们走吧。”

见他不愿多说，胭脂不敢多问，执灯在一旁引路，灯光幽幽，很快便没入黑暗之中，只余浅薄的月光静静照着重新恢复平静的小巷。

“子时三更，平安无事。”巡夜的更夫经过旁边的街道，一边打着梆子一边喊着惯语，一遍又一遍，直至渐渐远去。

在更夫声音远至不可闻之时，一道黑影自墙头上站了起来，朦胧的月色下隐约能够看出是一个男人，一言不发地望着张启凌离开的方向。

片刻，他转身意欲离去，猛然发现身后离着十余步的地方，不知何时多了一男一女两道身影，女子手里提着一盏熄灭的风灯。

张启凌轻笑道：“我认识你，你是神机营的人，排行十五。”

“你到底是什么人？”十五警惕地盯着他，双手暗暗蓄劲。他们几个接到慕千雪命令，轮流监视恭王府，今夜是他与十九当值，分别监视恭王府的前后门，至今已有好几天，一直未见动静，直至今夜……

他是见过张启凌的，而在今夜之前，他对张启凌的印象一直都是江宁首富之子，翩翩公子并且精通兵法阵书，与慕千雪相识于万宝阁，有些交情。无论如何都想不到，他竟会与东方洄扯上关系。

东方洄是什么人，莫说江宁首富，就算是大周第一富商，也未必会被他看在眼里，现在不止漏夜出入恭王府，还能悄无声息地欺近自己身周，并一语道破自己的身份与名字，这个张启凌……绝不简单。

“我？”张启凌指一指自己，嘴角凝着浅薄的笑意，“江宁人氏，姓张名启凌，世代经商，薄有家产，你不是都知道吗？”

“既然你不肯说实话，那就只有带你回去了！”话音未落，十五已是迅如闪电地飞扑过来，一柄利刃悄无声息地出现在手中，目标直指张启凌，这人给他一种极其危险的感觉，所以一出手就用上了全力，誓要在最短的时间内将之擒住。

张启凌只是静静笑着，丝毫没有躲避之意，他这个样子令十五心中越发不安。果然，在刀锋离着还有一寸距离时，一只带着天蚕金丝手套的大手自虚空探中，一只手攥住精钢打造的刀刃，令十五眼皮狂跳，未等他反应过来，一股大力袭来，震得虎口发麻，体内气血翻涌，不得不松开利刃，疾步后退。

即便是在黑暗之中，依旧能看到弥漫在十五脸上的苍白。自执行任务以来，一招就被人夺去兵器还是第一次，张启凌身边……怎么会有这么恐怖的高手？！

宝蓝绎丝团纹靴子踩在不过一脚宽的墙上，如履平地，张启凌弹一弹在月光下半透明的指甲，微笑道：“若是你们神机营排名前几之人来此，我或许还有些担心，可现在……只有你一人。”那只手在夺去十五兵器之后，再次隐入黑暗之中，仿佛从来没有出现过。

看到这一幕，十五眼皮一阵狂跳，他记起来了，在东方洄与卫太后身边也有这样一群来历神秘善于隐匿之人，怀恩就是死在这些人的手里。想到此处，十五脱口而出：“你是东方洄的手下？”

低低的笑声在这条空寂的小巷中回响。须臾，张启凌止了笑声，带着一股傲气冷冷道：“我与他不过是合作罢了，他还不配做我的主子！”

“东方洄大势已去，只剩下一个王爷的虚名，与他合作，弊大于利，不如趁着现在还能退，赶紧抽身，明哲保身。”十五一边说一边悄悄往后挪动脚步，尽管只交手了一个回合，他已经很清楚，自己绝不是那个人的对手。何况，他并不能肯定，张启凌身边只隐藏了这么一个人。

眼下最要紧的，是将张启凌与东方洄勾结的消息告诉贵妃，让她有所提防。

“都说神机营的人冷漠无情，看来并非实话，只是……”张启凌眼眸扫过十五双脚，唇边笑意渐浓，“你为何要后退？”

十五心头猛然一紧，知道他识破了自己的意图，当即蹿身逃入黑夜之中，发足狂奔，只是几个起落，已经奔出十余丈。

胭脂有些担忧：“公子？”

“他逃不走。”说完这句，张启凌一敛笑意，不带一丝感情道，“杀了他！”

“是！”黑暗中传来一声回答，继而一道劲风掠过，往十五的方向扑去。很快，前方传来打斗的声音，但仅仅过了片刻，又归于虚无，听不到半点儿声音。

张启凌唇角微弯，对胭脂道：“咱们过去吧。”

“是。”胭脂重新点起风灯，随他落地往前行去，大概走了二三十丈后，十五的身影重新出现在视线中，只是这一次，他躺在了地上，胸口裂开一个大洞，鲜血涓涓地从伤口中涌出来，几枝梅花袖箭散落在血泊之中，想是他平日藏在身上的暗器，出其不意，可惜这一次并未能助他逃命。

十五还没有死，看到张启凌过来，似乎想要说什么，然而刚一开口，血沫就从喉咙里涌了出来，只能听到“唔唔”的声音。

张启凌蹲下身，嘴角噙着一抹幽凉的冷笑：“我知道你想问什么，我确实不是东方洄的人，而是……东凌人！”

听到最后三个字，十五极力睁大了眼睛，死死盯着张启凌，他之前想过很多，但怎么也没想到，张启凌竟然会是东凌人。

他懂了，张启凌根本不是真心要与东方洄合作，只是想借东方洄之手，令北周大乱，给东凌可乘之机。

不行！他要把这个消息传出去，绝不可让东凌阴谋得逞，否则陛下与贵妃都会有大危，尤其是——贵妃！

十五拼尽最后一丝力气，借着身子的掩护，利用沾血的手指在地上艰难挪动，刚写了几个字，一只蹬着宝蓝靴子的脚狠狠踩在他手背上，令他动弹不得。

张启凌取过胭脂手中的灯笼，在橘黄的烛光下，可以看到十五手边有用鲜血写成的字——小心弓……

胭脂亦看到这几个字，脸色一变，赶紧用鞋底抹去那几个血字，厉喝道：“死到临头，还在耍心眼，果然该死！”

张启凌俯身在十五耳边低笑道："没用的，这个秘密你注定只能带去地府，你放心，我这个人很周到，不会让你一人在地府中寂寞。三个月，三个月里，我会让神机营所有人都去地府陪你，包括你的主子——东方溯！"

十五惊怒交加，抬起另一只手，死命抓住他的衣角，勉强自满口血沫的嘴里挤出一个字："你……"

十五不想死，不想还没传出这个秘密就死去，可终归敌不过阎王催命，在逐渐流尽的鲜血中停止了呼吸，散大的瞳孔直直盯着夜空，仿佛是在向天哭诉。

张启凌冷笑一声，自他蜷曲的手中抽出袍角，不想十五抓得太紧，银灰色的袍角生生被撕了一片下来。

张启凌阻止欲要上前掰开十五手指的胭脂，松开风灯，任由它掉落在十五身上，蜡烛引燃了灯罩，很快燃起大火，熊熊燃烧，吞噬了十五的尸体。

"我们走吧。"秋风猎猎，吹起张启凌的衣衫在半空中舞动，恍如一只冷厉的鹰隼，任谁被他盯上，都休想全身而退。

随着他们的离去，周遭重新恢复了平静，只余一团燃烧不灭的大火。

不多时，小巷中响起急促的脚步声，继而气息微促的十九出现在巷中，火光在她脸颊上投下妖艳的嫣红。

十九怔怔地望着那团烈火，脚步徐徐往前挪着，下一刻，一抹深切的恐惧出现在她眉眼间，脚步亦迅速加快，不顾扑面而来的灼热奔过去。

她原本潜伏在恭王府前门附近，意外发现此处火光冲天，一向平静如水的心中也在这个时候泛起种种不安，仿佛有什么不好的事情发生，于是急急赶了过来。

她看清了，支撑那团火燃烧的，不是别的东西，而是一个人，确切来说，应该是一具尸体，仿佛……仿佛是十五！

这个念头刚一浮现，便被她狠狠压了下去，不会的，十五武功高她许多，怎么可能悄无声息地死在这里，对，不是十五，一定不是！

十五这会儿……一定藏在某个角落里。十九这样安慰着自己，转身正要呼喊，脚下踩到一个东西，低头看去，是一支沾着鲜血的梅花袖箭，下一刻，整个人不可抑制地颤抖起来。

她认得这支袖箭，就在昨日，她亲眼看着十五装入箭筒之中。十五说过，这是他的保命暗器，非危急关头是不会动用的。现在袖箭染血，十五不见踪迹，看来……

十九手足僵硬地转过身，面色苍白地盯着燃烧不止的大火，在火光的照耀下，一滴清泪涌出眼眶，缓缓滑过脸庞。

十九手指颤抖地抹过脸庞，怔怔望着指尖的湿润，脑海中不断闪现关于十五的记忆，一切都是那么清晰，仿佛就在昨日，包括她第一次见到十五……

“神机营规矩不多，但每一条你都要牢牢记着，不可违背，尤其是第一条：断绝七情，摒弃六欲。不问对错，唯主之命是从。”

年幼的十九仰头望着比自己高一个头的十五，怯怯应着：“是。”

“很好。”十五满意地点头，“从今日起，我会负责教你规矩，督促你习武。往后，你若违背规矩，也会由我负责惩戒。”

十九睁着黑白分明的大眼，茫然道：“什么是惩戒？”

“惩戒就是杀了你！”十五的话令十九惊恐不已，勉强平复下来后，她小声问道：“他们说母亲死了，也是被人杀的吗？”

“我不知道，但你记住：一入神机，回头无岸。从今往后，以往一切于你而言，都如过眼云烟，再无任何关系，你也不许再提以前的事情，否则就是坏了规矩。”

从那以后，十九一直跟着十五，十五于她，犹如半个师父。神机营不许人与人之间有羁绊牵挂，殊不知，人从来都不可能单独活在世上，就算斩断过去，也会被现在乃至将来羁绊。

十九对东方溯动了情，十五对她，何尝不曾动情，十九一直都知道，只是她不能也不敢回应，而十五也从来不敢说破。从他们各自踏入神机营的那一刻起，就被剥夺了相爱的权利，唯一能做的，就是默默守护着心中所爱。一如十九，一如十五……

一阵疾风吹过，火势往十九这边扑来，发尾瞬间蜷曲，散发出毛发烧焦的气味，十九却恍如未觉，依旧呆呆望着指尖渐渐化作虚无的那层湿润。

以后不会再有人像十五一样拼尽性命却又不着痕迹地护着她，不会再有……

火光惊动了恭王府的人，一个个奔出来提水灭火，随着一桶接一桶的水泼上去，大火由盛转衰直至熄灭，看到大火扑灭后，里面是一具焦黑的尸体，众人尽皆骇然失色，不敢往前，只有十九缓步上前，垂目默默望着不复生前容颜的十五：“你若有灵，就告诉我，是谁杀了你，让我替你报仇。”

不知是冥冥有灵还是凑巧，一阵秋风吹过，十五一直紧蜷的焦黑手指松了开来，露出一片因为高温而与皮肉粘在一起的银灰色布料，十九俯身拿在手里，低声道：“杀你那人留下的是吗？好，我答应你，只要我不死，就一定将他带来见你，你等着。”说着，她伸手指了两名站得远远的恭王府下人，冷声道，“把他抬上跟我走。”

那两人听得莫名其妙，其中一人大着胆子道：“我们为什么要听你的话？”话音未落，眼前倏地一花，随即脖子一紧，耳边传来阴恻恻的声音："就凭这个，够了吗？"

那人被十九掐得说不出话来，只能拼命点头，待得掐着脖子的手松开后，他不敢有半刻耽搁，赶紧与另一人奔过去抬起烧焦的尸体，跟着十九离去。等东方洄得到消息出来的时候，他们已是走得不见踪影，好不容易等到那两个下人回来禀告说是抬去了城西一座残旧的庙宇之中，赶紧带人过去，结果那边早已经人去楼空，只能悻悻而回，成为一个不大不小的谜团。

入了九月，就是深秋了，连梧桐树都开始有落叶，不时被冷风自枝丫间吹落，归于泥土。

赵太医的"意外"身亡，无疑令赵平清松了口气，随意寻了个借口，将小聪子赦出了慎刑司，安心坐她的月子。

这日清晨，赵平清自倚在床头逗弄刚刚喝足奶水的孩子，殿外传来内监惯常的尖细声音："贵妃娘娘驾到！"

赵平清眉心一蹙，低声道："她来做什么？"

紫燕替她拨了拨垂在枕上的长发，道："听闻贵妃这几日一直在为皇后的事情奔波，今日过来，恐怕也与此有关。"

赵平清轻哼一声，冷笑道："她对皇后倒是好得很，可惜赵太医已死，任她有通天的本领，也撬不开死人的嘴，皇后……必废无疑。"

朱红殿门缓缓推开，长长的流彩飞花蹙金裙裾曳过光洁如镜的地面，逶迤如天边彩云。

赵平清眸底掠过一丝隐晦的嫉妒，扶着紫燕的手下地，神色恭敬柔顺："臣妾恭迎娘娘，娘娘万福。"

慕千雪亲自扶起她，微笑道："昭容尚在月中，不必多礼，快回去躺着。"

"多谢娘娘。"赵平清重新躺下时，小聪子端了花梨木雕花椅子，请慕千雪落座。慕千雪打量了他一眼，含笑道："本宫之前听说你被罚去了慎刑司，还想着今日过来要不要在昭容面前讨个情面，不曾想你已经出来了。"

小聪子受宠若惊道："奴才何德何能，竟劳娘娘惦记。"说着，他又道，"主子怜惜，只罚了奴才一夜，就下令放了出来。"

赵平清在一旁道："其实小聪子一直侍候得很好，只是臣妾当时被孩子哭得心躁，他又赶巧在这个时候打破了药碗，这才一怒之下就将他罚去了慎刑司。事后想想，着实有些重了。”

“小聪子也是个有福之人，能够遇到昭容这么一个心慈又肯怜惜下人的主子。”面对慕千雪的称赞，赵平清连忙道：“娘娘谬赞，要说心慈，臣妾怎比得上母后与娘娘。”

慕千雪笑一笑，自奶娘手里抱过孩子，养了半个余月，孩子比刚出生时白胖了一些，软软的一团，令人爱不释手。在孩子右手上，缠着一串伽楠木佛珠，一颗颗光滑如玉，显然是常被拿在手里摩挲：“本宫前日陪母后用晚膳，听说昭容去母后那里求了一串佛珠，想必就是这一串了？”

赵平清笑道：“是呢，也不知是否早产之故，这孩子出生后夜夜哭闹，奶娘怎么都哄不好，直至求来了母后用的佛珠，方才好了许多，所以这佛珠求来后一直都贴身戴着，从不解下。”

慕千雪轻拍着困顿欲睡的孩子，摇头道：“怀胎十月，方才瓜熟蒂落，可这孩子才在昭容体内待了九个月，就被强行诞下，实在可怜，难怪他会如此哭闹。”

赵平清眼圈一红，低低啜泣：“皇后对臣妾不满，臣妾是知道的，但万万没想到，她竟会狠心到连一个无辜孩子都不肯放过。幸好孩子没有大碍，否则……否则臣妾也活不下去了。”

慕千雪望着低头拭泪的赵平清，暗自冷笑，若非早知实情，怕是真要被她瞒过去了，她将已经睁不开眼的孩子交给奶娘，道：“殿下困了，抱他去睡吧。”

奶娘依言离去后，慕千雪长睫微动，凉声道：“昭容与本宫都很清楚，皇后赐下的安息香，只是安息香，并无麝香。”

赵平清眸中精光一闪，复又如常，含泪道：“臣妾知道娘娘一直认为皇后无辜，但安息香中明明白白混着麝香，若非皇后，又会是谁？”

慕千雪按一按玫红刺金广袖，忽道：“昭容真以为赵太医是你的人吗？”

赵平清一怔，小心地斟酌了言语：“臣妾不明白娘娘之意。”

慕千雪淡淡一笑，对小元子道：“把册子拿给昭容看看。”

“是！”小元子自袖中取出一卷薄薄的册子，双手递给一脸不解的赵平清，后者翻看了几页，愕然抬头，问道：“脉案？”

慕千雪接过小聪子递来的君山银针，淡淡道：“不错，这是本宫摘录出来所有关于赵太医的脉案，昭容不妨仔细看看，本宫相信以昭容的心思，当能从中瞧见端倪。”

赵平清摸不准她的心思，只得半信半疑地仔细翻看脉案，初时还好，待到后面，脸色渐渐难看了起来。

许久，她猛地一合册子，抬眸盯着正在徐徐饮茶的慕千雪，沉声道："他与宁寿宫那位有往来？"

慕千雪含了一缕浅淡的笑意："螳螂捕蝉，黄雀在后的道理，昭容不会不懂，只因太过相信赵太医，方才上了当，成为他们手中的一枚棋子而不知。"

赵平清神色连变，良久，她暗自吸一口气，凉声道："臣妾不明白娘娘的意思。"

慕千雪双眸微眯，凝起一缕慑人的寒光："到了这个时候，昭容还要满口谎言吗？"

"臣妾……"不等赵平清说下去，慕千雪冷冷道："麝香是你掺在安息香中的，为的就是陷害皇后，确切来说，在你从皇后那里求得安息香之时，就布下了这个局，如果没有意外，皇后会因为谋害皇嗣、无德忝居中宫之位而被废。"

每一句话每一个字都如寒冰结成的利锥，狠狠扎着赵平清的双耳，刺得她耳膜生疼，脸颊不由自主地抽动着。

紫燕压下心中的惊涛骇浪，道："奴婢知道娘娘想替皇后脱罪，但也不能将罪名安到主子头上来，难道小殿下早产一事，也是假的吗？"

慕千雪唇角微微一扬，素手轻抬，小元子会意地将一张叠得四四方方的纸放入她掌心："本宫这里有一道药方，名为血府逐瘀汤，你可有印象？"

紫燕面色倏然一白，衣袖下的双手微微哆嗦，勉强维持着表面的平静："奴婢又不是大夫，怎会知道。"

她的回答令慕千雪笑意渐深："那可真是奇怪了，据御药房记载，八月初八这一日，紫燕姑娘你曾拿着这张方子去抓了六帖药。"

紫燕眼皮一颤，强笑道："原来那个就是血府逐瘀汤啊，娘娘不说，奴婢还不知道呢。那阵子奴婢常觉头痛胸痛，就请赵太医把脉开了张方子，奴婢识字不多，根本不知那叫什么方子。"

"这张方子里，有一味极为重要的药材，名为红花，但凡孕妇堕胎催产，都会用到此物，虽然每一帖血府逐瘀汤里的红花不多，但六帖加在一起，足以让一个怀孕八九月的孕妇早产。"

"主子历经种种艰难方才熬到这个月份，视小殿下如性命，怎可能在小殿下还未足月之时服用红花催产，娘娘说出这话，不觉得可笑吗？"紫燕心中惊骇无以复加，怎么也想不明白，这么隐秘的事情怎么会被慕千雪给知道，但有一点她很清楚，无论如何，这件事绝不能承认。

小元子面色一寒，上前斥道："放肆，你怎敢这样与娘娘说话！"

"无妨。"慕千雪示意小元子退下，目光在一言不发的赵平清脸上冷冷搜寻，"若本宫没有猜错，赵太医应该是告诉昭容，胎儿窘迫，熬不到足月，需要即刻催产，对吗？"

赵平清紧紧攥着锦衾，心脏在胸口疯狂跳动，她比紫燕更懂得审时度势，所以她辨得出，慕千雪并没有在讹自己，而是真的识破了一切。

良久，她终于在窗外一阵又一阵的风声中寻回了自己的声音："娘娘想怎样？"

慕千雪直视她："在回答昭容之前，本宫想先问一个问题，希望昭容可以如实回答。"

赵平清低头片刻，道："能够回答的，臣妾一定如实回答。"她面色颓败而苍白，在透过窗纸照进来的天光下，甚至能看到细微湛蓝的血管。

"皇后废黜，于你并无直接的好处，为何非置其于死地不可？"这是整件事件里，慕千雪唯一弄不明白的一点。虽说一山难容二虎，可现在应该还不到拼死相争的时候。

赵平清盯着那张令天下女子尽皆为之失色的容颜，轻吸了口气道："娘娘可还记得宫女调包安胎药一事？"待慕千雪颔首后，她缓缓道，"那件事是真的，臣妾没有撒谎，是皇后不仁在先，怪不得臣妾不义。"

慕千雪沉思须臾，扬眉道："昭容可曾想过，那件事根本与皇后无关？"

"不可能！"赵平清略有些激动道，"那件事后，长信殿一名宫女立刻被驱赶出宫，臣妾曾按着内务府记载的地址派人去寻过，结果她根本就没回去，家人也不知她去了哪里，仿佛人间蒸发。若非心虚，何至于此。"

慕千雪淡淡一笑："昭容对赵太医之死，有何见解？"

赵平清不想她会突然将话题转到此处，愣了片刻方才道："赵太医意外身亡，臣妾亦觉得……"话说到一半，她突然止住了声音，面色难看异常。

她突然想起，既然赵太医是卫太后的人，那么他的死，很可能不是意外，而是……谋杀！

慕千雪将她的神色变化看在眼里，微笑道："既然她可以在你眼皮子底下收买赵太医，又令他死得像一桩意外，又为何不能收买一个小小的宫女？"

赵平清低头极力思索着，眉心皱得犹如一棵虬曲老树，紫燕连连摇头："卫太后是皇后的姨母，百般疼惜尚来不及，又怎么可能加害于她，这根本就说不通。"

小元子嗤笑一声，讽刺道："你跟着昭容日子也不短，怎么还这般天真，卫太后若真的疼惜皇后，就不会一连多日都对平阳王妃避而不见了，分明就是不打算插手。"

紫燕被他说得脸上一阵青一阵红，好一会儿方才从齿缝中挤出一句话来："卫太后凤体违和，闭门谢客也是很正常的事。"

小元子正要与她再争辩，赵平清忽道："皇后被废，于她并无好处。"

慕千雪听着窗外一声又一声的杜鹃啼鸣，淡淡道："新后初立即废，百官必会反对，但陛下的性子昭容是知道的，说一不二，到时候陛下与百官将成水火之势。陛下虽登大宝，可终归根基薄弱，如若与百官离心，帝位恐将难保。到时候，谁会受益？"

赵平清手涔涔发凉，冷汗出了一层又一层，整个人都是冰凉的，她一直以为这是一场自己与沈惜君的争斗，殊不知，她早已沦为卫太后手里的一颗棋子，前行还是后退，皆在卫太后掌控之中。

寂静半晌，她长长吐了一口气："都说卫太后厉害，臣妾今日才算真正领教了。"

"该说的本宫都已经说了，昭容是个聪明人，本宫相信你会为自己……也为小殿下做出最好的选择。"

赵平清死死咬唇，要她就此放过沈惜君实在心有不甘，可若不放，眼前拥有的一切，都会化为虚有。而以卫太后一贯的手段，一旦重掌大权，第一件事就是斩草除根，她与还在襁褓之中的幼子，皆会成为刀下亡魂！

"只要昭容点头，本宫可以应承你，绝不会在陛下面前提你半分错处，你陷害皇后一事，永远都会是一个秘密。并且本宫会向陛下举荐，以皇长子生母为由，册封你为正二品皇妃。"

她的承诺，终于令赵平清有了决定："好，我答应你。"

"一言为定。"慕千雪展颜一笑，拂袖道，"本宫知道昭容尚在月中，本不该出门，但此事已拖延许久，若不尽快解决，本宫担心陛下又会起废后之念，故而唯有厚颜请昭容即刻随本宫前往承德殿面见陛下。"

"臣妾明白，请娘娘稍候片刻，臣妾换件衣裳便随您过去。"

"辛苦昭容了。"慕千雪点一点头，带着小元子二人去了偏殿，在他们走后，紫燕取来衣裳，一边替她更衣一边道："主子，您真打算替皇后开脱吗？"

赵平清淡淡道："本宫已经亲口答应她了，还能有假吗？"

紫燕忧声道："虽然贵妃嘴上说得好听，可究竟她心里是个什么算盘，咱们并不清楚，万一她事后食言，可怎么办？"

赵平清抬手入袖，冷声道："她若敢过河拆桥，本宫绝不会让她好过。"兔子急了还蹬老鹰几根毛，何况她从来就不是一只任人宰割的兔子。

第七十一章　唯有废后

在她们赶往承德殿之时，东方溯正面色铁青地坐在龙椅中，气氛沉重异常，孙兴等人低了头站在一旁，连口大气也不敢喘。

殿门悄然开启，随着一道从门缝中照进来的浅金阳光，张进轻手轻脚地走了进来，细声道："陛下，玄明道长来了。"

东方溯精神一振，连忙道："快请。"

在张进退下后不久，头戴紫阳巾、身穿八卦衣的玄明道长走了进去，清风在他身后拂动，吹起道袍。一眼望去，倒还真是仙风道骨，恍若神仙。

"无量天尊。"玄明道长稽首一礼，"不知陛下急召贫道过来，有何吩咐？"

在示意张进与孙兴之外的宫人退下后，东方溯神情急切道："道长之前不是说已经压制了镜妖，正在慢慢炼化之中，何以朕今日又在镜中看到了它？"

玄明道长满面惊讶道："陛下又看到了镜妖？这怎么可能！"

"朕真的看到了。"东方溯焦躁不安，"它还在镜中与朕叫嚣，说道长你收服不了它，还说很快就会取朕而代之，这……这可怎么办，道长你快想个办法！"

玄明道长蹙眉道："这可真是奇怪了，按理来说，这些日子下来，它已经很虚弱了，根本不能在镜中成形。"说着，他安慰道，"陛下别急，容贫道先算一卦。"

"快算！快算！"东方溯连连催促，镜妖的再次出现令他刚刚松弛了几天的神经再次紧绷到了极点。

玄明道长取出三枚铜钱，依次掷在地上，随即拇指在四指指节间飞快地掐动着，口中念念有词。

良久，他轻舒一口气，松开了手指，东方溯见状，迫不及待地问道："如何，算到了什么？”

玄明道长沉沉点头；“贫道之前一直以为，镜妖固然难缠，但陛下乃真龙天子，有龙气护身，辅以贫道的功法与符咒，将它消灭并非难事，眼下看来，却是贫道想得太过简单了。”

东方溯面色苍白：“道长这么说……难道是除不了镜妖？”

“倒不是除不了，只是……”玄明道长沉吟片刻，“敢问陛下，宫中几位娘娘里，可有名中带水又生于九月的？”

东方溯没想到他会突然问起这个，思索片刻道：“皇后与昭容名中都有水，至于生辰……朕倒是不清楚。”

张进轻声提醒：“陛下，奴才记得皇后娘娘是九月生辰。”

“皇后？”玄明道长面露诧异，低头再次掐算，动作快到竟有残影出现，实在令人咋舌。

在用了比之前多一倍的时间后，他停下动作，恍然道：“果然如此，贫道明白了。”

东方溯早已等得心如猫抓，见他算毕，急切问道：“到底怎么一回事？”

“女子属阴，水属阴，九月亦属阴，三者一起，在道家之中，称为阴女；阴女会散发一种阴气，虽无形无质，但对于属性为阴的妖物而言，却是大补之物，皇后是凤凰化身，除了阴气还有凤凰之气，镜妖正是得了这些，这才变得如此难缠。”

张进疑惑道：“陛下这些日子并未见过皇后，这阴气从何而来？”

玄明道长摇头道：“陛下与皇后乃是结发夫妻，彼此早就气息相通，息息相关，就算彼此不见，甚至相隔天涯海角，依旧能够影响彼此。贫道之前千算万算，却唯独算漏了这一点，方才给了镜妖可乘之机。”

东方溯眸中泛过一丝厌恶，道：“那现在要怎么办？这镜妖是万万不能留的。”

“贫道明白。”玄明道长满面为难道，“镜妖得皇后阴凤之气滋养，实在是不好办，若勉强除之，恐怕会伤及陛下，但若不除去，又……”

东方溯知道他后面的话，眸光猛地一颤，咬牙道：“朕绝不可被这妖物占去了身子。道长，你一定要帮朕！”

玄明道长脚步沉重地在殿中来回走着，不知走了几趟后，脚步一顿，抬头道：“贫道思来想去，只有一个办法可以保陛下平安。”

东方溯神色一振，连忙道：“什么办法，快说！”

“废后！”玄明道长缓缓吐出这两个字，那双深黑色的眼眸中似有幽异的火苗在跳动。

张进二人齐齐一震，尽皆露出骇然之色。皇后位居中宫，母仪天下，立废虽然还称不上动摇国本，但也牵连甚广，这个道士竟然一张口就是废后，实在胆大得很。

东方溯也是满面惊诧，疑声道："这是何故？"

"镜妖能得皇后阴凤之气滋养己身，皆因皇后是陛下之妻，若没了这层关系，这阴凤之气，自然就断了。"说罢，玄明道长突然跪下道，"贫道身为方外之人，擅议皇后废立，请陛下治罪！"

"道长一心为朕，何罪之有，快快起来。"在亲手将之扶起后，东方溯拧眉道，"当真没有第二个办法？"

他并非舍不得废沈惜君，事实上，上次若非慕千雪阻止，沈惜君早已被打入冷宫。他收回圣旨，就是默许千雪调查此事，现在事情未查明就再次废后，多少有些说不过去。

玄明道长叹息道："如果还有其他办法，贫道万万不会也不敢提'废后'二字，实在是别无他法，这个时候强行出手，哪怕赌上贫道性命，胜算也不过三四成，而且就算成了，也会大大损伤龙体，所以'废后'是最好的法子。"

东方溯闭目不语，背在身后的手紧紧攥着，指节寸寸发白。

张进与孙兴对视了一眼，皆从对方眼中看到了深深的忧虑，这阵子因为东方溯整日跟着眼前的道士打坐喝符水，荒废朝政之故，百官已经多有怨言，如果在这个节骨眼上废后，恐怕……这朝堂怕是难安了。

"张进，磨墨铺纸，朕要拟旨废后！"

听得这话，张进暗自一咬牙，来到东方溯身前跪下道："陛下，此事虽属后宫，却关乎前朝，还请陛下三思。"在他之后，孙兴也跪了下来，呼喊道："请陛下三思！"

深广的殿宇中，清寒无声，只有沉香在香炉中缓缓融化的声音，紫铜烛台上的红烛想是燃得久了，幽沉黯淡。

冷汗一滴滴地自张进额头滑落，渗入衣领之中，孙兴比他还要不堪，藏青衣衫下，身子控制不住地发抖。

东方溯目光冷冷自二人头顶掠过，寒声道："你们好大的胆子，什么时候轮到你们来过问皇后废立与否了？"

张进忍着头皮传来的阵阵刺痛，磕头道："奴才自知人微言轻，不应言议，但皇后初立即废，恐怕令百官不满，还有贵妃娘娘那边恐怕也不会赞成，所以奴才斗胆，请陛下三思再三思！”

孙兴瞅了一眼玄明道长，咬牙说出藏在心底许久的话：“陛下，奴才以为，应等查明是否真有镜妖后，再做定论。”

玄明道长抚须的手一顿，盯了瑟瑟发抖的孙兴沉声道：“孙公公这话，是说贫道在撒谎？”

孙兴咬牙道：“奴才不敢，只是……觉得镜妖一事太过玄乎，而且道长口口声声说镜妖，但从来没有人见过。”有一回东方溯撞见妖怪，他恰好也在，亲眼看到由始至终都是东方溯一人在对着铜镜自问自答，根本就没有什么妖怪的踪迹。不过东方溯当时的情况确实有点儿瘆人，像是撞邪又像是精神不对。

因为亲眼见过，所以在镜妖一事，他与张进一直心存疑虑，也曾绕着弯子劝过几句，可往日冷静睿智的东方溯在这件事上竟一反常态，对玄明道长言听计从，信任到近乎偏执的地步，现在还要为此废后，简直就像变了个人。

玄明道长满面痛惜道：“贫道一心替陛下除妖，却遭你们怀疑，实在……”他叹息一声，朝东方溯拱手道，“出家人不打诳语，贫道说的每一句话做的每一件事，都是为了陛下，陛下若不信，可以现在就将贫道赶出昭明宫。”

“道长多虑了，朕对你岂有不信之理，莫要听这两个狗奴才胡言乱语。”说着，他来到孙兴身前，徐徐绕着走了一圈。

“叮！”一滴冷汗沿着孙兴的下巴滴在地上，若非双手撑着，他早已抵不住这股无形的压力，饶是如此，也战栗难止。

“你以为……”东方溯幽幽笑着，下一刻，瞬间由晴转阴，近乎狰狞，狠狠一脚踹在孙兴身上，“你算什么东西，竟要朕以你的话为准？！”

肋骨传来的剧痛令孙兴冷汗直冒，忍痛重新跪好：“奴才不敢，只是……”

“朕看你敢得很！”东方溯暴声厉喝，冷光在眼中闪烁，张进看得心惊胆战，唯恐他一怒之下会治孙兴一个死罪，慌声道：“陛下息怒，虽然孙兴的话有所不是，但他……也是为陛下着想，毕竟废后不是小事，不如……”他紧张地思索着后面的话，总算在东方溯开口之前想到了话，急急道，“不如陛下与贵妃商量一下？”思来想去，能够令东方溯回心转意的也就漪兰殿那一位了。

玄明道长眸光微微一闪，开口道：“这话可是好笑，陛下乃大周天子，大周子民生杀予夺之权皆在陛下一人之手，贵妃亦是臣子，岂有天子与臣子商量的道理？你说这话，简直是在藐视陛下！”

张进被他这一句句锋利似刀的话堵得哑口无言，孙兴也寻不出反驳的话来，冷汗出了一层又一层，尤其是在瞧见东方溯眼中闪烁的杀意后，更是面如死灰。

这一次，只怕……不止皇后要被废，他们两个的小命也要交代在这里！

大殿内的气氛就如一块拉到极致的布匹，只需稍稍再加一丝劲，就会从中撕裂，不复完整。

“陛下，贵妃娘娘携赵昭容求见。”这个声音令气氛倏然一缓，张进、孙兴二人眉眼露出一抹喜色，太好了，贵妃娘娘过来，他们与皇后都有救了！

东方溯一怔，迟疑道：“赵昭容？”慕千雪过来还算正常，可是赵平清……她还在月中，过来做什么？

“是。”门外那道身影又弯了几分，恭敬道，“二位娘娘求见陛下。”

东方溯思忖片刻，道：“让她们进来。”

“是。”朱红高大的殿门缓缓打开，果见慕千雪与赵平清立于汉白玉阶之上，一前一后走了进来。

在她们欠身行礼后，东方溯盯着低眉立于慕千雪之后的赵平清问道：“你不在含章殿坐月，来这里做什么？”

赵平清悄悄看了一眼侧前方的慕千雪，展袖跪下，泣声道：“臣妾是来向陛下领罪的！”

东方溯被她这突如其来的举动吓了一跳，拧眉道：“领什么罪？”

慕千雪不动声色地瞧了玄明道长一眼，欠身道：“烦请陛下屏退左右，好让昭容细禀。”

在他们说话之时，玄明道长一直在屈指掐算，这会儿听得慕千雪言语，稽首一礼，道：“敢问贵妃娘娘，您与昭容此来，可是为了皇后娘娘？”

慕千雪脸色微微一变，转瞬已是恢复如常，含了一缕得体的微笑道：“道长是天外神仙，不该为俗事扰了多年的清修。”

玄明道长注目于她，幽幽道：“这么说来，贫道猜对了？”

慕千雪淡淡一笑，一语双关道：“道家崇尚自然，清静无为，无所不容，怎得道长如此执着对错，对如何，错又如何？道家避世，道长却屡屡沾染红尘俗事，不怕坏了自己的修为与因果吗？”

玄明道长眸光一冷，璇玑公主……果然比张进孙兴之流厉害多了，难怪太后会一再叮嘱自己小心此女。

“无量天尊。”他喧了一声道号，垂目道，“天下太平之时，道家自是避世隐居。可若是妖孽兴起，祸乱天下，道家子弟便有责任入世斩妖除魔，济世救民。”

慕千雪蹙一蹙精致的长眉，扬唇道：“恕本宫不能认同道长的话，陛下登基之后，推行仁政，四海升平，国泰民安，何来‘妖孽兴起’这四个字？”

殿内气氛再次变得针锋相对，只是这一回，哑口无言的人变成了玄明道长，脸上青一阵白一阵，偏又无法寻出话来反驳。

东方溯见气氛有些尴尬，转过话题道：“道长怎么知道贵妃此来是为皇后？”

玄明道长暗自松了一口气，垂首道：“回陛下的话，娘娘进来之时，贫道在心中起了一卦，又根据卦象推算了一番，应该八九不离十。”

东方溯将目光转向慕千雪，显然在等她的回答，后者犹豫片刻，颔首道：“是，臣妾与昭容为皇后而来。”

“她怎么了？”等了一会儿不见慕千雪说下去，东方溯挥一挥手，不以为然道，“道长是朕倚重信任之人，贵妃有话只管说就是了。”

见他执意不肯屏退玄明道长，慕千雪只得道：“臣妾近日一直在追查安息香一事，如今终于有了眉目，特来奏禀陛下。”

“怎么了？”东方溯眉心涌动着一丝不加掩饰的厌恶，接二连三的事情，令他对沈惜君的耐心到了极限。

慕千雪睨了一眼随她一道过来的小元子，后者会意地呈上册子，东方溯并不接过，只道：“这是什么？”

“是臣妾摘录出来的脉案，赵太医在替昭容安胎的日子里，一直有去宁寿宫，而昭容也证实，赵太医不止一次有机会单独接触到皇后所赐的安息香。可就在陛下罚他入慎刑司不久就意外身亡，这一切的一切，陛下不觉得太巧了吗？”

东方溯面色冷凝如铁，走到离慕千雪一步之遥的地方：“贵妃是说……麝香是赵太医下的，而指使他的人，就是太后？”

“是。”在慕千雪这声答应后，跪在一旁的赵平清言之切切道，“臣妾当日受赵太医巧舌蛊惑，一心以为是皇后娘娘容不下臣妾，故而施以毒手。可细细想来，皇后娘娘素来爱陛下，伤害龙胎就等于伤害陛下，皇后娘娘怎么忍心。而且臣妾事后回想，安息香初送来的那几日，气息清新淡雅，后面则变得浓郁厚重，当时以为是香料放多了，现在想来，根本是有人暗中动了手脚，而这个人就是赵太医。”

东方溯面色连变，良久，他伸手去接小元子一直捧在手中的册子，在手指快要触到书册之时，两边太阳穴突然传来一阵剧痛，犹如钢针生生刺入进去一样，痛得那么厉害，以至于他大脑一片空白，除了痛还是痛，手脚也僵硬得无法动弹。

慕千雪留意到他面色不对，关切地问道：“陛下您怎么了？”

东方溯对她的话恍若不闻，一动不动地站在那里，五官因为痛楚而扭曲狰狞，令慕千雪越发担心，紧张道："小元子，快去请梅太医过来。"

"是。"小元子不敢怠慢，急急离去，在他快要走到门边的时候，殿内响起一个清冷的声音："不必了，朕没事。"

说话的不是别人，正是东方溯。只一会儿工夫，他脸上表情已是恢复如常，不复之前的痛苦之色，只是还有些苍白。

慕千雪放心不下，道："臣妾看陛下脸色不太好，还是让梅太医来替陛下看看吧。"

东方溯盯了她片刻，忽地笑了起来，幽幽道："怎么，贵妃很希望朕有事吗？"

慕千雪没想到他会这么问，一时愣在那里，辨不清他是玩笑还是认真，良久方才缓过神来，摇头道："臣妾日夜祈愿陛下龙体安康尚不及，岂会有这样的想法。"

"是吗？"东方溯徐徐笑着，不知为何，一样的五官一样的笑颜，却令慕千雪生出一种换了个人的荒谬想法。

东方溯走到临窗的长几前，取过小元子刚才顺手搁在那里的册子，随手翻了几页，凉声道："太后是皇后姨母，自幼疼爱有加，贵妃倒是说说，为何要借赵太医之手加害皇后？"

"因为陛下。"慕千雪压下纷乱无绪的心思，"陛下册立皇后不过月余，就下旨废黜，必然引起百官不满，一旦君臣离心，就给了他们可乘之机。"

东方溯浓眉轻扬："贵妃是说，他们还未死心？"

"当日在百官面前，他们迫于先帝遗诏以及当时的形势，方才不得不退位。但陛下与他们相处多年，当知这对母子的禀性，权欲熏心，贪得无厌，这样的人，岂会懂得死心二字，皇后就是他们用来对付陛下的一枚棋子，还请陛下千万不要中计。"

赵平清附声道："陛下，臣妾相信皇后娘娘是遭人陷害，还请您即刻开释娘娘，免受无……"话说到一半，她忽地打了个冷战，东方溯漫过她的目光冷得没有一丝感觉，后面半句话竟是再也说不下去。

"陷害……太后……赵太医……"东方溯缓缓念着这几个字，突然间他将册子狠狠掷在赵平清身上，低吼道，"皇后给了你什么好处，让你这样帮她说话，连自己亲生骨肉差点儿被害死都可以不管？！"

赵平清没想到他会突然发这么大的火，一时被吓傻了，连话也忘了说。

慕千雪眉头紧蹙，道："陛下，昭容她……"

"朕在问昭容话，你多什么嘴！"东方溯语气森冷，看慕千雪的目光不带丝毫感情，仿佛是在看一个毫不相关的陌生人。

这一次，就连小元子也感觉到不对劲儿了，打从他在漪兰殿当差开始，从未见东方溯用这种语气与自家主子说过话。

看到连慕千雪都受了斥责，赵平清心里慌得不得了，对于自己答应慕千雪过来的决定后悔不已，只是走到这一步已经无法回头，只能硬着头皮继续下去："臣妾十月怀孕，历经动乱，九死一生方才生下孩子，岂有不疼他之理？但推己及人，臣妾实在不愿见到皇后因为一件莫须有的事情而受责罚，更不愿帝后有隙，所以斗胆请陛下赦皇后娘娘无罪！"

"你是说朕怪错了人？"这一刻，东方溯的声音在寂静空旷的承德殿听来异常平静，仿佛无风时一动不动悬在枝头的树叶。

这样的平静落在赵平清耳中，却是越发慌乱，赶紧磕了一个头，颤声道："臣妾不敢。"

东方溯冷哼一声，拂袖来到慕千雪身边，落在她脸上的目光森冷如出鞘的钢刀，令人寸寸生寒："你又是何时变得与皇后如此要好，三番两次帮着她说话，现在还连昭容都拉了过来？"

听着他冷言冷语，慕千雪心中蓦地一痛，自来了北周之后，她所做的每一件事每一个决定，都是为了东方溯，换来的竟是这样的重重质疑。

她抬眸，坦然迎向他质疑的目光："臣妾做的这一切，都是为了陛下。"

"为了朕？"东方溯徐徐笑着，眉目间的森冷却更甚刚才，片刻，他倏地敛了笑意，寒声道，"你若真为了朕，之前就不该阻拦朕废后，那样镜妖也没机会得她这个阴女的滋养。"

"什么阴女？"东方溯怀疑承德殿有妖物作乱一事她是知道的，但"阴女"一词从未听闻。

玄明道长上前道："贵妃娘娘有所不知，陛下近日被镜妖缠身，原本在贫道施法之下，已经奄奄一息，很快就会灰飞烟灭，不能再兴风作浪；偏偏皇后闺名带水，又是九月生人，在道家之中称之为阴女。帝后是结发夫妻，息息相通，故而皇后一直在冥冥中滋养着镜妖，令它功力大增。若放任下去，陛下危矣。"

慕千雪忍着心底的冷笑，盯了一派仙风道骨的玄明道长道："那依道长之见，该怎么办？"

玄明道长抚着长须，缓缓吐出八个字来："欲救陛下，唯有废后。"

"放肆！"慕千雪厉声呵斥，瞪了他道，"你是什么身份，皇后是什么身份，凭你也敢在陛下面前妄议废后，简直是不知死活；你可知只凭刚才那一句，本宫已经可以治你一个僭越之罪，流放边疆，永远不得踏入金陵城一步！”

玄明道长没想到她会突然发难，一时又羞又怒，脸上一阵青一阵红，下一刻，他朝东方溯跪下，老泪纵横道：“贫道只是想驱除镜妖，还陛下一个安康太平，不曾想竟招来贵妃这样的误解，请陛下允许贫道即刻出宫。”

慕千雪怎会听不出他这是在以退为进，冷冷扫了一眼，道：“陛下，皇后是凤凰化身，而凤凰是百鸟之王，瑞祥高贵，怎可能滋养妖物，分明是这道士信口开河，妖言惑众，您切莫听信于他。”

东方溯冷眼片刻，缓步向慕千雪走来，脚步声在空旷寂静的大殿中格外清晰，在近至能感受到彼此呼吸时，他停住脚步，漠然道：“所以，无论如何，皇后都不能废，即使她会害朕也无所谓是吗？”

他的话令慕千雪心中无端一慌，明明离得那样近，却有一种相隔千山万水的错觉，她下意识握住东方溯垂在身侧的手，掌心传来的温暖令她心中稍定：“陛下是九五至尊，臣妾相信，这世间没有任何妖物能够伤害到陛下，就算真的有，臣妾也一定会挡在陛下前面，不会让陛下受半点儿伤害，所以还请陛下切莫中了奸人的诡计。”

东方溯静静望着她，眸中冷意似乎消融了一些，就在慕千雪以为他听进了自己劝说之时，掌中突然传来一股大力，将她的手生生甩开：“陛下……”

“够了！”东方溯厉声打断，满面痛惜道，“朕总以为经历过之前的种种艰难后，你心里会有那么一点儿在意朕，现在看来，根本是朕自作多情，由始至终，你心里都没有朕，一点儿都没有！”说到这里，他紧紧攥住慕千雪的胳膊，咬牙道：“你之所以答应与朕在一起，是想借朕之力，助你复国报仇是不是？”

“陛下误会了，臣妾……”慕千雪还没说几个字，东方溯已经眸底血红地咆哮道：“朕没有误会，你一直都在诓骗朕，一直都是！”

他狰目欲裂，指节咯咯作响，捏住慕千雪双臂的手指不断收紧，仿佛要将胳膊生生捏断一般，慕千雪痛得面色煞白，一个字也说不出。

东方溯这副暴戾的模样吓坏了殿内众人，愣在那里不知如何是好，还是小元子最先回过神来，急急跪下道：“请陛下松手！”

东方溯对他的话充耳不闻，依旧死死攥着，仿佛站在面前的，不是他一直以来深爱的女子，而是恨不得杀之而后快的仇人！

“请陛下松手！”小元子一遍又一遍地喊着，心急如焚，他就跪在慕千雪身侧，能够清楚看到后者渐渐灰白的手指，再这样下去，这双手怕是真的要废了。

见东方溯迟迟不肯松手，小元子脱口喊道："陛下想要杀了贵妃娘娘吗？"

这句话令东方溯身子一颤，终于恢复了几分神智，他刚一松手，慕千雪便软软跌坐在地，双手垂在身侧，稍稍一动便传来钻心剧痛。

东方溯怔怔望着神色痛苦的慕千雪，良久，他怆然道："为什么……为什么连你也要背叛朕，难道朕对你还不够好吗？"

慕千雪忍痛道："没有人背叛陛下，臣妾更没有。"

"没有？"东方溯喃喃重复了一句，悲声道，"你宁可向着皇后也不肯向着朕，还不是背叛吗？"

"臣妾说过，一切与皇后无关，是宁寿宫的阴谋，陛下废后，只会正中他们下怀，酿下大祸。"她瞧出东方溯的异常，可眼下没有时间让她细细思量，阻止废后才是当务之急。

这句话又一次触怒了东方溯，他狠狠拂袖道："皇后！皇后！你除了皇后还会说什么？朕告诉你，如果这一切真是宁寿宫阴谋，以皇后与他们的关系，必然知情并参与其中，所以她同样要废！"

"不是的，皇后她……"

"够了！"东方溯努力抑制着胸口翻涌上来的怒意，寒声道，"朕意已决，贵妃不必多言！"说着，他朝还跪在地上的张进呵斥道，"立刻取纸磨墨！"

张进忍着心中的害怕，颤声道："奴才……斗胆，以为贵妃所言在理，还请陛下三思！"

在张进之后，除了玄明道长以外，所有人都伏首请东方溯收回废后旨意。

东方溯环视周遭，怒极反笑："好啊，一个个都反了是不是？"望着伏首不语的众人，他眸光一冷再冷，仿佛一座千年不化的冰山，漠然道，"可惜，朕意已决，就算天下人跪在朕面前，朕也不会改变心意，沈惜君——不配为后！"扔下这句话，东方溯来到御案前，竟是准备亲自铺纸磨墨，他的举动众人心中涌起阵阵绝望，终归……是阻止不了吗？

玄明道长悄悄看了一眼正在磨墨的东方溯，唇角微弯，泛起一抹细微到几乎不可见的诡异笑容。

他自以为隐秘，殊不知皆被慕千雪瞧在眼中，这个道士果然有问题，从刚才起，他就一直在借镜妖之事，有意无意地怂恿东方溯废后，难不成……他也与宁寿宫有关？

若果真如此，卫氏母子布的局比她以为的还要大，不行，她一定要阻止东方溯废后，一定要！

慕千雪狠狠一咬牙，起身来到御案前，忍痛抬起手臂，紧紧按住已经铺开的明黄圣旨，令蘸了朱砂准备一挥而就的御笔无处可下。

“贵妃！”东方溯冷冷盯着她，警告之意已是十分明显。

殿外，寒风又开始肆虐，呼呼作响，朝东的一扇窗没有关严，被吹了开来，冷风肆意而入，吹得烛光一阵摇晃的同时，也带走了殿内仅有的温度。

慕千雪神色平静道：“在陛下写这道废后诏书之前，臣妾想先求一道旨意。”

她的话令东方溯意外：“什么旨意？”

“贵妃慕氏，数违教令，以下犯上，冒犯圣颜，虽教而不改，不明尊卑，不正典仪，实有负圣恩，亦难为后宫表率，着即——赐死！”慕千雪一个字一个字地念着，在这空旷的大殿听来，有清晰的回音。

东方溯眼皮一阵疾跳，双目紧紧地盯着慕千雪，良久，他缓缓道：“你可知自己在说什么？”

“臣妾知道，请陛下下旨！”那张精致无瑕的脸庞没有半分变化，恍如一池静水，她这是在用自己的性命赌这一局，输了，从此世间再无慕千雪此人！

第七十二章 本性渐失

东方溯脸庞在摇晃不定的烛光下折射出一层阴冷的光泽："贵妃，你一定要这样逼朕吗？"

慕千雪迎着他凌厉似刀锋的目光，神色宁静道："臣妾只想请陛下悬崖勒马，莫要被奸人所惑！"

"好一句悬崖勒马！"东方溯缓缓吐出这七个字，面无表情道，"你真以为朕舍不得杀你？"

小元子大惊，急忙道："陛下，主子与您几经出生入死不说，还助您夺回帝位，难道在您心里还不及这个来历不明的道士可信吗？"

东方溯没有理会他，只是森森盯着慕千雪，眼角露出几分凛冽如数九寒冬的杀机。

慕千雪目光平和："臣妾的命是陛下救的，还给陛下又有何妨。"

东方溯眸中杀机大盛，缓缓道："好，朕——成全你！来人！"

此言一出，赵平清等人尽皆失色，骇然望向东方溯，他……竟然真打算杀慕千雪？！

慕千雪也是面色惨白，酸涩无法抑制地爬上眼眸，化作一滴滴透明的泪水，滴落在明黄圣旨上，徐徐晕染开来，犹如一朵朵开在尘埃里的杜若。

在这一滴滴的泪水里，东方溯脸上的杀机突然迅速消退，眉眼中露出痛苦挣扎之色。

两名内监推门走了进来，恭声道："陛下有何吩咐？"

一道夹杂着枯叶的寒风从他们身后吹了进来，在殿内盘旋，发出"呜呜"的声音，烛光摇曳得越发厉害，随时会熄灭。

在这忽明忽暗的烛光中，东方溯刚刚有所缓和的脸色重新冷了下来，一字一顿地重复着慕千雪刚才的话："贵妃慕氏，数违教令，以下犯下，冒犯圣颜，虽教而不改，不明尊卑，不正典仪，实有负圣恩，亦难为后宫表率，着即赐……"在只差最后一个字时，他突然双手捧头，紧紧咬住下唇，发出低沉如野兽的闷哼。

他咬得那样用力，不过须臾就有殷红的鲜血滴下来，看得众人眼皮狂跳，不明白东方溯今日是怎么一回事，一言一行皆反常得很，仿佛是真的……撞了邪。

慕千雪骇然色变，连忙上前扶住，焦灼而紧张地问道："陛下您这是做什么，快松口！快！"

在慕千雪迭声呼喊下，东方溯终于稍稍松开了一些，只是这么一会儿工夫，鲜血已是染红了他的衣襟。

相视半晌，他犹如牙牙学语的婴儿一般，艰难缓慢说道："千……千雪……"

慕千雪握住他的手，泪眼婆娑："在，臣妾在这里，陛下您不要吓臣妾。"

"朕……不会……一定不会杀你！"不过短短九个字，东方溯却几乎费尽了全身力气。

慕千雪用力点头，哽咽道："臣妾知道，就算天下人举刀相向，陛下也一定会护着臣妾。"

她的话令东方溯露出欣慰的笑容，但很快便再次化作痛苦之色，双手握拳不住捶打自己的头，眼底爆裂的血管染红了双眸，令他整个人看起来极为恐怖。

这样足足捶了十几下后，他终于停了下来，推开慕千雪的手挣扎着站起来，嘴里发出"呼呼"的喘息声。许久，他神色冰冷地指着殿门："朕不想看到你们，全部都出去！"

慕千雪迟疑片刻，终是没说什么，屈身告退，在她之后，赵平清等人也相继退去。未过多久，除了东方溯之外，只剩下玄明道长还在。玄明道长思忖片刻，凝声道："启禀陛下，皇后不废，镜妖难除，还请陛下即刻……"没等说出"下旨"两个字，一个白玉镇纸狠狠砸在他的额上，当即鲜血直流。

东方溯面目狰狞地咆哮道："朕让你滚！滚啊！"

玄明道长大为惶恐，不敢再说，捂着额头的伤口急急退了出去。他走后，东方溯跌跌撞撞奔到内殿，盯着铜镜中的自己，咬牙道："朕不会让你伤害千雪，绝对不会！"

镜中人渐渐弯起还残留着鲜血的薄唇："你以为还能阻止我多久？"

"只要朕在一日，就不会让你胡来！"回应东方溯的是低沉诡异的笑声，下一刻，他贴着铜镜，阴声道："很快，我就能取你代之，成为大周的皇帝，待到那时，再没有人能够救慕千雪，她一定要死！"

东方溯恨声道："你敢动千雪一根汗毛，朕就要你死无葬身之地。"

"呵呵呵。"镜中人发出一连串毛骨悚然的笑声，"我就是你，你就是我，杀了我，你也得死。"停顿片刻，他又道，"东方溯，你阻止不了我，因为……这是天命！"

东方溯狠狠一拳捶在铜镜上，将光滑的镜面生生打得凹了进去，眉眼狠厉道："朕从来不信天命，若真有那一刻，朕不介意与你同归于尽！"

镜中人身影因为铜镜凹凸而变得扭曲，冰冷的声音幽幽传来："真是痴心得很，为了这么一个女人，连命都可以搭上，可惜我不会让你死，就像刚才你不让我杀慕千雪一样，就看最后……谁才是赢家。"说着这句话，镜中人消失，镜中的投影恢复了正常。

东方溯体内的力气像是被人抽尽一样，无力地坐在地上。良久，他起身来到紫檀四门柜前，从中取出一柄镶刻精美的匕首，双手微一用力，匕首出鞘，锋寒之气扑面而来，令人不寒而栗。

"呛！"匕首重新入鞘，东方溯面色冷郁地将它放入袖中。

当秋风重新吹在脸上时，众人皆有一种死里逃生的感觉，今日的东方溯是赵平请从未见过的可怕，实在让人心惊。

赵平清望着捂伤离去的玄明道长，来到同样注目于其身上的慕千雪身前，疑声道："娘娘您说，会不会真有镜妖作乱？"

慕千雪横了她一眼："什么时候昭容也变得怪力乱神？"

赵平清被她说得有些尴尬："臣妾不是这个意思，只是陛下刚才的样子娘娘也看到了，由不得臣妾不信，娘娘……"

慕千雪淡然打断她的话："本宫说过，陛下是九五至尊，就算真有镜妖，也近不了陛下身旁。"不等赵平清言语，她又道，"这件事本宫会设法查清，在此之前，希望昭容能够管好自己的嘴，不要说一些不该说的话，以免招来不必要的麻烦。"

赵平清眸光一颤，低头道："臣妾明白。"

慕千雪挽一挽臂上的刺金披帛，凉声道："昭容尚未出月，不宜多吹冷风，快回去歇着吧，本宫改日得空再去看你。"

"是，臣妾告退。"赵平清温顺答应一声，乘上候在一旁的肩舆往含章殿行去，在她走远后，小元子低声道："主子，奴才总觉得那个玄明道长有古怪，要不要派人盯着？"

慕千雪往玄明道长离去的方向看了一眼，漠然道："回去再说。"

小元子点点头，扶着她上了肩舆，一路无话。刚到漪兰殿，花蕊便迎上了来，欠一欠身道："主子，十九姑娘来了，在西暖阁候着。"

慕千雪眉心一动，颔首走了进去，花蕊拉住落后几步的小元子，好奇道："你知道那个十九姑娘是什么人吗，我以前从未见过她，看装束也不像是宫里头的人。"

小元子拧眉道："我也不清楚，只是偶尔听主子提过几次，好像是以前在潜邸侍候的。"

花蕊点了点头，又想起一事："对了，主子是不是已经说服陛下，放弃废后之事？"

小元子叹气道："我也不知道算不算是说服了，今儿个真是在鬼门关走了一趟。"他看了一眼前方越走越远的身影，朝还要再问的花蕊道，"晚些再说给你听，先进去吧。"

当慕千雪看到等在暖阁里的十九时，不禁骇了一跳，眼前之人形容枯槁，面色惨白，若非五官轮廓还在，她几乎要认不出来。

慕千雪扶住欲要行礼的十九，神色凝重道："出什么事了？"

十九眼眸一颤，几欲落泪，又生生将泪水逼了回去，摊开一直紧握的右手，露出一截焦黑卷曲的东西："十五死了，这是他至死都握在手里的东西，应该是从凶手那里撕下来的。"

慕千雪倏然色变，尽管有所预料，却怎么也想不到竟会是这样的噩耗，定一定心神，肃然道："到底怎么回事？"

"前夜，我与十五分别监视恭王府前后门，夜深之时，我看到府后有火光冲天而起，就过去看看，结果……"十九心中一恸，身子微微颤抖，"十五被人所杀，对方更打算烧尸毁迹，若非十五一直将这块布攥在掌中，早已经被烧成了飞灰。"

慕千雪接过残余着一丝银灰的料子，细细打量了一番，道："可有凶手的线索？"

"没有，但恭王应该与此事脱不了干系。"说这话时，十九眼里掠过深切的恨意，垂在身侧的双手攥成两个发白的拳头，目光冰冷道，"不论是谁，敢杀神机营的人，就必须得死！"

慕千雪听出她话中的决绝，怕她做出什么傻事，道："十五一事，本宫会调查，你不要轻举妄动。”

十九看了她片刻，摇头道：“我知道娘娘聪敏过人，但娘娘身居后宫不得外出，又怎么能够调查宫外之事，还是不劳烦娘娘了。”

慕千雪盯了她片刻，忽道：“十九，你信不信本宫？”

十九一怔，下意识道：“当然信，只是……”

“既然信就好，本宫答应你，十日之内，一定查出杀死十五之人，若本宫失言，你再用自己的办法追查不迟。”

阴沉多时的天空突然传来一声闷雷，惊了栖息在树上的寒鸦，怪叫一声，振翅飞起，一根黑羽毛自半空中徐徐飘落。

长久的对视后，十九缓缓点头：“好，我等娘娘十日。”

慕千雪目光微松，道：“除了十五的事，可还有什么发现？”

“这阵子金陵城中出现了几批来历不明的人，我曾暗中试探，发现他们的武功路数与千代本樱那群人有几分相似。”

听到这个名字，慕千雪眉梢微扬，在又一声闷雷中问道：“东凌人？”

十九低头想了一会儿，道：“我不能肯定，但很像。”

“可有向九王打听过？”

“有。”十九点头道，“九王也不知道，另外千代本樱一行人前几日突然失踪，九王一直派人在寻找，但至今不知去向。”

慕千雪走到桌前坐下，纤白如玉的手指徐徐划过织花团金的桌布，沉声道：“十五……东凌人……看来事情越来越复杂了。”

静默片刻，十九道：“娘娘如没别的吩咐，我先走了。”

“且慢。”慕千雪唤住欲要离去的十九，徐徐道，“你对道家之术有几分了解？”

“道家？”十九一怔，想了一会儿道，“听人说起过一些，大多与鬼神有关，玄之又玄，也不知是真是假，怎么了？”

慕千雪盯着不时被银蛇照亮的长窗，一字一顿道：“本宫怀疑有道士用邪法迷惑陛下。”

听得这话，十九脸上顿时变了颜色，急急道：“谁如此大胆，敢对陛下施厌胜之术？”

慕千雪冷冷一笑，反问道：“这金陵城谁最见不得陛下好？”

十九微一思索，已是有了答应：“是卫氏母子。”

慕千雪点一点头，道：“陛下自从召了长春观的观主玄明入宫后，就对他言听计从，整日打坐参道，说要驱妖除魔，甚至为此荒废朝政，实在令人忧心。本宫曾让十六查过这个长春观，当时并无发现，你且再去查一查，尤其是那个观主。”

“长春观……”小元子低低念着，他总觉得在玄明道长进宫之前，就在哪里听说过这个观名，但一时之间又想不起来。

“好，我立刻去查。”十九也知此事要紧，当即答应下来，随后不放心道，“陛下他怎么了？”

想到东方溯，慕千雪长叹了一口气：“陛下现在喜怒无常，冷酷无情，与以往判若两人，言行也是诸多古怪诡异，所以本宫才会有此怀疑。”

小元子插话道：“十九姑娘有所不知，陛下刚才差一点儿就下旨杀了主子。”

十九眸中掠过重重惊色，没人比她更清楚东方溯对慕千雪的感情，看来情况真是不大对劲。

这个时候，小元子终于想起自己在哪里听到“长春观”这个名字了，急急道：“主子，奴才记得了，碧珠曾……”

“本宫知道。”慕千雪打断他的话，眉目沉沉道，“卫太后身边的碧珠曾去长春观求平安符，此人十之八九与宁寿宫有关，这个局她应该在恭王退位之初就开始布了，不破此局，陛下危矣！”

十九离开漪兰殿后，慕千雪思忖片刻，唤过小元子：“你走一趟内务府，将御衣坊的管事唤来，本宫有话问他。”

“是。”小元子答应一声，迅速离去，约莫过了半个时辰，一名长脸的中年太监随小元子走了进来，在依着规矩行过礼后，小心翼翼问道：“不知娘娘传奴才过来有何吩咐？”

慕千雪接过花蕊递来的茶，吹着浮在上面的茶沫子，淡淡道：“你在御衣坊当差多少年了？”

管事摸不准她的心思，如实道：“回娘娘的话，奴才一入宫就被派去御衣坊当差，开始只是负责保管各织造府送入宫的料子，总管见奴才做得还算用心，就让奴才负责御衣坊的事情，算起来，差不多有二十年了。”

慕千雪抿了口茶，道：“你在御衣坊的二十年，想必见了许许多多的绫罗绸缎？”

听得这话，管事微露得意之色：“二十年来，奴才见过的锦缎种类不下百种，相信宫中不会再有人比奴才见得更多。只需一眼，奴才便能辨出它的产地以及织法。”

“好。”慕千雪微一点头，将十九留下的那一小块衣料递了过去，“你且看看，这块料子产自何地，又盛行于何地。”

“是。”管事刚一接过，双眉立刻蹙如峦峰，眼前这块料子实在少得可怜，除去烧焦的部分，大概仅有指甲盖大小，要凭此辨别来历，实在有些困难。他捻出一根丝线走到窗边，对着并不敞亮的天光细看，无数种常见的锦缎在脑海中闪过，却并没有一种与眼前的丝线完全相符。在比到最后一种时，终于有了眉目，他赶紧抹一抹额上的冷汗，来到抿茶等候的慕千雪身前：“启禀娘娘，奴才瞧出来了，这锦缎产自东凌，也盛行于东凌。”

慕千雪眼皮狠狠一跳：“你肯定？”

管事颔首道：“大约四年前，江宁知造府曾供上来一批产自东凌的锦缎，据说是从一名东凌商人手里买来的，这种锦缎相对要厚实一些，足抵寻常锦缎两层。东凌素来神秘，所以这也是奴才唯一一次见到东凌的锦缎，不论织法还是捻线都与娘娘手上这块一模一样，应该不会有错。”

“本宫知道了。”慕千雪接过锦缎，盯了他道，“若有人问起，本宫传你来做什么，你该怎么回答？”

管事刚要答话，心中倏然一动，赶紧改了嘴边的话：“娘娘不喜欢奴才前几日送来的那批料子，让奴才重新送一批过来。”

慕千雪满意地笑了笑：“下去吧。”

管事走后，小元子疑惑道：“奴才之前一直以为是恭王害死十五，眼下看来，似乎并不关他的事。”

慕千雪合上青瓷盖碗，冷冷道：“谁说不关恭王的事？”

小元子愕然道：“管事明明说料子出自东凌，那杀十五，当是东凌人，恭王……”话说到一半，他突然意识到一个极为严重的问题，身子不住战栗，花蕊瞧见他这个样子，不解道：“怎么了？”

小元子没理会她，紧张地望着那张平静得不见一丝涟漪的脸庞，艰难地问道：“主子是说，恭王勾结东凌？”

慕千雪眸光倏地一冷，重重搁下捧了半晌的茶盏，一字一顿道：“只要有本宫一日，就绝不会让他们母子如愿！”

三日后，十九传回长春观的消息，长春观原本只是一个名不见经传的小观，香火一直不旺，观里的道士只是勉强混个温饱。大约在五年前，前任观主过世，将道观一并传给了游历归来的首徒，也就是玄明道长。他任观主后没多久，附近几个村子就开始频频出现怪事，后面更是出现家畜频死的情况，皆是被咬断喉咙致死。村民恐慌，上山求助，玄明道长亲自下山察看，说是山妖作乱，初时吸食牲畜鲜血，等实力强大后，就会开始吸食人血。他当即施法收服山妖，虽然没有一个村民看到过山妖，但此后，村中确是再没有出现过怪事。随后又出现了几桩类似的事情，都是玄明道长出手解决。自那以后，村民将他奉若神灵，长春观的香火也随之旺盛了起来，在短短几年内成为远近闻名的大观。

小元子一口气将这件事说完，夏月蹙眉道：“主子，您有没有觉得五年前山妖一事，与现在宫里的情况有些像？”

花蕊思忖半晌，惊声道：“难不成当年的山妖有漏网之鱼，这会儿缠上了陛下？”

夏月冷笑道：“哪里有这么多的妖物，分明是有人装神弄鬼。”

慕千雪盯着桌上刚刚点亮的烛火：“人有好坏，术有正邪，这位玄明道长在外游历之时，没少学害人的邪术。”说罢，她问道，“十九可有查清潜藏在金陵城那几拨人的底细？”

“十九姑娘没提，不过奴才听说这阵子金陵城不太平，出了好几桩人命案子，而且……”小元子压低了声音，“死的都是朝廷命官，弄得现在金陵城里人心惶惶。”

夏月蹙眉道：“是谁那么大胆，竟然敢谋害朝廷命官？京兆府没查吗？”

“查了，但行凶者下手干净利落，没有任何线索留下，只能加强夜间巡逻。”说着，小元子眼皮一跳，低声道，“主子，会不会又是恭王？”

慕千雪抚额不语，接二连三发生的事情令她感到异常棘手。静坐半晌，她挽袖走到窗前，默默注视着暮色重重的天空：“这个局涉及甚广，想要破解，就不能一味枯坐宫中。”

夏月眸光一跳，已是猜到了她的心意，盯着那道锦衣逶迤的背影道：“主子想要出宫？”

“不错，玄明也好，东凌也罢，都要从宫外破局。”

夏月为难道：“奴婢明白，但主子现在身份不同以往，恐怕陛下不会答应您出宫。”

慕千雪回过身来，目光深深道：“本宫明白，所以这件事绝不能让陛下知晓。”

夏月眼皮狠狠一跳，脱口道：“主子您想私自出宫？”不等慕千雪言语，她已是断然摇头，“现在金陵城形势那么乱，主子孤身外出太过危险，万万不可。”

小元子也不赞同：“陛下因为皇后一事，对主子多有不满，若再被陛下知道您私自出宫，只怕……不会轻易罢休。”

“你们说的这些本宫都知道，可若不出宫，就无法查清整件事情的前因后果，一旦动乱发生，陛下与本宫将没有任何还手之力，还有陛下的病……”慕千雪长叹一口气，凝声道，“出宫一事，势在必行。”

夏月咬一咬牙：“既是这样，奴婢陪您一道去。”

“你伤势还未大好，行动不便，有小元子陪着本宫就行了，你留在漪兰殿中，万一有什么事，也好应付一二。”不等夏月言语，她又道，“本宫会知会十九他们跟随，就算真有人想对本宫不利，也足以应付。”

见她心意已决，夏月只得点头：“那好吧，主子您万事小心，早去早回。”

“咚——咚！咚！咚！咚！”随着一慢四快五声梆响，闭了一夜的宫门缓缓开启，外面早已经列了一长排的各色官轿，此时天色尚黑，故而各个官轿前皆点着一盏羊角灯，灯笼上印着主人的姓氏。

赵、李、吴、王……各家姓氏尽皆不一，而在半年前，这些灯笼上大多印着一个姓氏——卫。

在一众朝官下轿整一整衣裳准备入宫时，一名太监疾步奔来，正是张进。他在宫门处站定，拉长了声音道：“陛下有旨，今日免朝，各位大人请回！”

听得这话，那些朝臣脸上皆露出不满之色，更有窃窃私语之声在他们中间响起，这已经是东方溯接连五日罢朝了。哪有皇帝这么多日不上朝的，之前递上去的折子也是至今未阅，只知宠信那名不知来历的道士，简直是不知所云。昔日东方洄掌权之时，虽说偏袒卫氏一族，不够公允，却也从来没做出这样荒唐的事情。

在百官三三两两退去后，东方泽唤住欲要离去的张进：“张公公，陛下今日何事不上朝？可是龙体不适？”

“陛下……”张进瞅了一眼四周，叹息道，“九王您也不是外人，奴才就直说了吧，陛下龙体并无大碍，只是……一早就去了玄明道长那里练气打坐，要到晌午才能好，所以这早朝……”张进苦笑着没有说下去，但意思谁都明白。

东方泽连连摇头，道：“你前面带路，本王要见陛下。”

听得这话，张进露出为难之色，好一会儿才道：“王爷有所不知，陛下打坐练气的时候谁都不见，而且……奴才私以为，就算您见了陛下，也没什么用，昨儿个……”

东方泽等了一会儿不见他说下去，追问道：“昨日怎么了？”

张进带着一丝惶恐道：“昨日贵妃与昭容求见陛下，说小殿下早产与皇后无关，请陛下释了皇后禁足，哪知……陛下龙颜大怒，非得废后不可，后来差一点儿下旨赐死贵妃。”

听到最后一句，东方泽几乎不敢相信自己的耳朵：“你说什么，赐死贵妃？这怎么可能。”

“奴才亲耳所闻，千真万确，陛下现在……”张进摇头道，“真是与以前大不相同了。”顿一顿，他又道：“所以奴才劝您一句，陛下余怒未消，您还是不要去了，等陛下心情好一些再劝不迟。”

东方泽拱手道：“本王知道了，多谢张公公提醒。”

“王爷客气，没别的事，奴才告退了。”张进离去后，东方泽望着承德殿的方向重重叹了口气，无奈地转身离去。

在天边露出一丝曙光时，两名太监来到宫门前，小元子递过两块腰牌与盖有贵妃宝印的手谕，赔笑道：“几位大哥，我二人奉贵妃娘娘之命，出宫办差。”

其中一名禁军接过腰牌与手谕，仔细看过后，又打量了他们一眼：“两人一道出宫？”各殿遣宫人出去办差是常有的事情，但一般都是一个人，两人一起的极为少见，所以禁军有此一问。

“是啊，娘娘交代的事情有些麻烦，所以让我跟小安子一道去。”别看小元子面上轻松，其实心里紧张得要命，他旁边站的可不是什么小安子，而是乔装打扮的慕千雪，万一被他们瞧出来，一状告到东方溯面前……他简直不敢想下去。

在一番紧张忐忑的等待后，那名禁军终于发话了：“既是这样，去吧，记着时辰，别等宫门关了才回来。”

小元子暗自松了一口气，取回腰牌与手谕：“知道了，多谢这位大哥提醒。”说着，他对一直低着头的慕千雪道：“咱们走吧。”

慕千雪不便出声，点头示意，随小元子往外走去，在离那及膝门槛只有一步路时，身后突然传来另一名禁军的声音：“慢着！”

小元子的心一阵狂跳，在压下惊呼的冲动后，挤出一丝笑容在脸上：“还有什么事情？”

那名年长些的禁军目光一直落在慕千雪身上，疑声道：“我见过小安子，怎么瞧着不太像？”

小元子努力维持着脸上的笑容：“就是同一个人，哪里会有像不像的事情，定是你记错了。”

禁军没有理会他，只是一味盯着慕千雪，绕着徐徐走了一圈后，忽道："抬起头来。"

小元子心中大急，正不知如何是好时，一个清冽的声音在耳边响起："主子不是让你们赶紧去吗，怎么还在这里磨蹭？"

夏月！

小元子连忙抬头，果见夏月站在不远处，赶紧拉着慕千雪过去，故作委屈道："不是我们有意磨蹭，而是这几位禁军大哥不肯放行。"

夏月挑一挑细长的柳眉，走到那名禁军身前，淡淡道："可是他们的腰牌有问题？"

"没有。"禁军话音刚落，夏月便又接了上来，"那就是手谕不对？"

"也不是。"

夏月蹙眉道："那我就不明白，手谕与腰牌都没有问题，为何你们不肯放行？"

"原本确该放行，只是……"禁军指一指装扮成太监的慕千雪，"元公公说他是小安子，我瞧着有些不像，怕是别人顶替，所以想再仔细看看。"说着，他朝夏月拱手道，"并非有意为难，实在是职责所在，还请姑姑见谅。"

"我明白。"夏月微一点头，似笑非笑道，"你也怕有人冒充内监，私自出宫。"

"姑姑明白就好。"禁军话音未落，夏月突然沉下脸，指了他喝道，"你好大的胆子！"

禁军被她吓了一跳，愕然道："姑姑这是何意？"

夏月冷笑道："娘娘贵为一品贵妃，代掌六宫，若要遣人出宫，发一道手谕即可，莫说两块腰牌，就算是十块、二十块，敬事房也会巴巴地送来，哪里需要冒充顶替。你不过是一个小小禁军，竟然敢如此诬蔑娘娘，真是胆大包天，待我回去，定与娘娘好好说道说道！"

她刻意咬重了后面几个字，听得禁军冷汗涔涔，旁边一人见势不对，赶紧上来打圆场："姑姑误会了，我们哪里敢对娘娘不敬，您可千万别往心里去。"

夏月横了他一眼，面无表情道："我字字听得清楚，没有什么误会。"说着，她朝小元子暗自使了个眼色，道，"既然他们不许，就别出宫了，省得落人话柄，反正误了娘娘的事情，自有他们担待着，怪不到你们二人头上。"

小元子明白她的意思，故意大声道："是！"

听得这话，禁军额上的冷汗更是冒个不停，这事要是真闹到慕贵妃面前，他这差事也算是当到头了，见夏月要走，赶紧上前拦住，迭声道："是我不好，我糊涂，还请姑姑息怒，息怒！"

"不敢。"夏月淡淡道，"这些话你还是留着去与贵妃娘娘说吧。"说着作势欲走，禁军哪里敢放，不住拱手赔罪，"是我瞎了眼，不认得安公公，闹出这样的笑话来，我……我现在就放行，姑姑您大人有大量，不要与我一般见识，更不要告诉贵妃娘娘。"他急得几乎要跪下来，暗恨自己刚才多事，招来这么一场无妄之灾。

小元子暗自好笑："怎么，这会儿又认得小安子了？要不要打个灯笼让你再看清楚一些？"

禁军哪里敢答应，连连摆手："不用不用，我看得很清楚，确实是安公公无疑。"

见戏做得差不多了，小元子假意劝道："姑姑，念在他是初犯又已经知错的份儿上，饶他这一次吧。"

夏月也深知见好就收的道理，在禁军眼巴巴的目光中，冷声道："既是小元子帮你求情，这次就算了，再有下一回，定禀到娘娘面前，请她发落。"

"是是是！"禁军连连答应，唯恐慢上半分夏月会改了主意，随即又朝小元子二人赔笑道，"二位公公请！"

看到小元子二人远去，夏月绷了半晌的弦才渐渐松下来，幸好她放心不下跟了过来，否则还真是麻烦了。

希望……主子此行能够一切顺利。

她在心里暗暗祈祷一番，回身往漪兰殿行去，没走几步，意外看到张良迎面走来。

张良也看到了她，当即加快步伐，三步并作两步来到夏月面前，还未站定便已迫不及待地问道："你怎么出来了，这伤都好了吗？"

他的关心令夏月脸庞微红，笑道："我若没好，又怎么能好端端地站在你面前？"

张良想想也是，但还是有些放心不下："真的没事了？"

"真的，就是偶尔还会有些疼，不碍事。"说着，夏月想起一事，"对了，我还没谢谢你上次托人送来药膏，很管用。"张良得知夏月受杖责，托人送了一盒止血愈合伤口的药膏去漪兰殿。

"有用就行。"张良自袖中取出一个小小的瓷瓶，笑言道，"这是我昨日刚问大夫要来的，还想着托谁带给你，现在可不愁了。"

夏月推辞道："伤都好得差不多了，你还是自己拿着吧。"

“差不多就是还没好，快拿去，再说我自己留着做什么，难道等着挨杖吗？”

夏月被他引得笑了起来，推辞不过，只得收下，接过青花瓷瓶时无意中碰到张良的手指，仿佛触电一样的感觉令夏月面颊泛起一层红云，正要收回手，竟被张良紧紧握住，说什么也不肯放。

夏月又羞又急，挣扎道：“你……你做什么，快放手。”

张良俊挺的面容也是微微泛红，但还是执着地握着，没有一丝松开的意思，他鼓足了勇气道：“我也不知道自己着了什么魔怔，自从上次在集市与你分开后，总是会不由自主地想起你，很想很想，后来知道你被责罚，心里很难过，恨不得能代你受罚，我想……我是喜欢上你了。”

在长巷相遇后，有一次夏月奉慕千雪之命出宫办些差事，竟又意外遇到张良，两人聊得甚是投机。

夏月没想到他会突然表白，一时愣在了那里，待得回过神来，满面通红道：“你……别胡说。”

张良认真说道：“我没有胡说，自我记事起，从没有这样记挂过一个女子，你是第一个。”说到这里，他终于松开手，夏月赶紧抽回潮湿的双手，心如鹿撞，不知如何是好。

张良自袖里取出一支精巧的银累丝鎏金发簪，含情脉脉道：“这是我昨日从医馆出来时无意中瞧见的，看到的第一眼就觉得很适合你，我替你戴上。”

夏月紧张得几乎能听见自己心跳的声音，脸颊红得犹如要烧起来一般，但终归是没有拒绝，任由张良将发簪插在她髻上。张良仔细打量了一番，笑道：“果然很好看，往后遇到好看的，我再给你买。”

夏月摸着发簪，心里一阵欢喜，口中道：“买那么多簪子做什么，也不怕浪费。”

张良望着她，脸上是宠溺的笑容：“只要是你喜欢的，就不浪费。”

夏月不敢看他的眼，低低道：“你倒是会哄人开心。”

张良怕她误会，急忙解释道：“我从来不会哄人，也不知怎么哄人，不相信你可以去问禁军营的人，他们都是知道的，我真的没有骗你，你相信我！”

看他在那里急得面红耳赤，夏月不禁笑了起来，声似悬在殿檐前的银铃，清脆动听：“我又没说不信你，那么紧张做什么。”

张良松了一口气，笑道：“我怕你以为我是满口谎言的轻薄浪子。”

“我知你不是这样的人。”夏月低低说着，面色绯红似三月桃花，停顿片刻，她道，“你若没旁的事情，我……我先回去了。”

“我巡逻也是往这边去，陪你走一会儿吧。”面对张良的提议，夏月轻轻应了一声，并肩在朱红宫墙间徐徐走着。

走了几步，张良随口道：“你这么早来此处做什么？”

夏月盯着翠绿绣鞋的目光微微一动：“没什么，主子吩咐了小元子二人出宫办差，一时匆忙，忘了交代事情，所以让我来转述一声，幸好赶得及，否则明儿个还得再出宫一趟。”

“原来如此。”张良恍然之余又关切地嘱咐道，“你伤还未大好，回去后好生歇着，别总是逞强，贵妃娘娘一向疼惜下人，料想不会怪你。”说着，他搓一搓手，有些忐忑：“过几日我家那边有灯会，一起去可好？”

“灯会？”夏月惊讶地眨着眼，“不是正月十五才是元宵灯会吗？”

张良笑一笑道：“一年又不是只有一次灯会，我们村子世世代代传下来，在九月十五之时要行灯会，虽然比不上元宵灯会，但也很热闹，你一定会喜欢。”

夏月被他说得有些心动，但并没有马上答应下来：“这会儿离十五还有好几日，我回去想想再答复你。”

“好。”张良应了一声不再言语，与夏月并肩前行。在走到内宫门口时，他停下脚步，目送夏月进去，直至夏月不见踪影，方才依依不舍地收回目光。

出了昭明宫后，慕千雪先回了一趟潜邸，见到了十九他们，一番密议后，又先后去了十五遇害之地以及那几拨来历不明的人的落脚处。慕千雪只是远远观察，并未引起他们的怀疑。

慕千雪终于肯定，这些就是东凌人！

自从知道千代本樱那群东凌人的存在后，慕千雪曾让十九他们暗中监视过一阵，并要求他们每次将前一日监视到的事情，事无巨细地向她陈报，甚至包括用了几顿膳，喝了几次水。

经过长时间的监视，慕千雪发现一件事情，就是东凌人在喝水时，小指总会有意无意地碰一下茶水，这件事还是她无意间从十九嘴里问出来的。

初时，他们以为是一时大意，可在发现每一次每一个人喝水都这样后，便明白这是他们东凌特有的习惯。之所以如此，是因为他们的小指指甲里藏着一条细细的银线，用来沾茶试毒。她借东方泽之口，一番旁敲侧击，方才知道东凌极缺干净的水源，多条河流因为源头或者其他原因蕴有毒性，一个不小心就会中毒。所以但凡东凌人，都有在小指藏银线试毒的习惯，这也是辨别东凌人最好的法子。

一路走来，在经过古逸臣居住的宅院时，慕千雪停下了脚步。说起来，自从她入宫之后，就再没见过他，不知他现在可好，是否又凭借过人的机关术造出了一些稀奇古怪的东西。

慕千雪微微一笑，对小元子道："去敲门吧。"

小元子点点头，上前准备敲门，结果那门只是虚掩着，轻轻一敲便"吱呀"一声开了，他惊讶道："主子，门开着呢。"

慕千雪眉眼间掠过一丝疑色："进去看看。"

宅院里面的布置与她之前来时一样，并无变化，唯一的区别就是里面没人，而且里外都积了厚厚一层灰，显然好久没人住过了。

慕千雪抚过布满灰尘的桌子，指腹顿时沾了一层灰。奇怪，古逸臣去了哪里，据她所知，他只有这一处宅院，也没什么要好的亲戚。

思忖间，十九走过来道："都看过了，衣物细软银钱都在，也没有翻动的痕迹。但书柜空了，上面的书全部被搬走，一本不剩，如果猜得没错，应该都是与机关术有关的书籍。"

她的话令慕千雪越发担心，古逸臣如果远行，多少会带一些衣物银钱，偏偏什么都没拿，只带了一些书，实在不合情理，难道是出事了？

慕千雪思索半晌，唤过正在打量那些机关物件的小元子："你去一趟京兆府，让府尹派人查一查古逸臣的下落，看他是否还在京城里。"寻常百姓要离开住地，必须持有官府派发的路引，否则守城士兵是不会放行的。

"奴才这就去。"在小元子离开后，慕千雪也离开了宅院，一路穿过小巷，来到街上。金陵素来繁华，虽不是集市，但街上依旧人来人往，甚是热闹。

"慕姑娘？"一个惊讶的声音自身后传来，讶然回头，一张欢喜而熟悉的脸庞映入眼帘："张公子？"

张启凌带着胭脂三步并作两步来到慕千雪面前，俊美的脸上挂着不加掩饰的欣喜："刚才远远瞧见，还以为是我看错了，没想到真是慕姑娘。我前两天还去了慕宅，那里的下人说慕姑娘出了远门，没想到这么快就回来了。"

慕千雪微微一笑："是啊，刚刚才回来，我也没想到张公子这么快就从江宁回来了，家中的事情都处理好了吗？"

当日，张启凌离开京城时，曾派人送了一封信到慕宅，说是家中急事，要回江宁一趟。当时慕千雪已经进宫，这封信辗转递到她手上。

张启凌半真半假道："家父突然生了急病，病势凶猛，家人怕会熬不过去，所以让我赶紧回去，所幸家父善有善报，熬过了这一关，现在已经没事了。”

“没事就好，人生一世，难逃生老病死的轮回，张公子得空当多多陪伴在二老膝下，以免将来遗憾。而且最近金陵城里不甚太平，若是张公子没什么事，就早些起程回江宁吧。”慕千雪隐晦地劝着，全然不知眼前之人就是祸乱金陵的始作俑者。

“好。”张启凌应了一声，又蹙眉道，“最近在金陵城发生的凶案，我也听说了一些，不知是从哪里流窜来的江洋大盗，竟敢在天子脚下逞凶，简直目无王法。”

他的话令慕千雪想起卫氏母子，叹息道：“这世上从来不缺目无王法之人，为着各种各样的私欲，做尽恶事，甚至不惜推无辜之人去死。”

“人都有善恶两面，若皆是善人，世间就不会有这么多纷争了。”话未说完，一滴冰凉突然落在脸上，继而是更多的冰凉，不断自阴沉的天空中落下，竟是下起了雨，且有越下越大的趋势。

张启凌不假思索地展袖替慕千雪挡住冰凉的雨珠，他这样的举动令慕千雪微微诧异。胭脂一时也找不到伞，四下打量了一眼，道：“公子，前面有家茶楼，不如去那里避避雨。”

得了慕千雪同意后，张启凌护着她来到茶楼，只是这么一会儿工夫，门口就站满了避雨的人，显然都没想到这天会突然下雨。

到了楼上雅座，张启凌要了一壶西湖龙井，他接过小二提来的紫砂茶壶，亲自替慕千雪倒了一杯：“这雨虽下得突然了一些，但不失为一件好事。”

“好事？”慕千雪疑惑道，“这话从何说起？”

张启凌捧起散发着幽幽清香的茶盏，似笑非笑道：“若非骤雨突至，我又怎有机会坐在这里与慕姑娘饮茶。在江宁的那段日子，经常会想起与慕姑娘研讨兵法，如果可以，我真希望时光可以永远停留在那时。”他神色微微恍惚，沉溺在往日美好的记忆中。

慕千雪七窍玲珑，怎会听不出他话里的意思，没说什么，只能默默饮茶，坐在对面的张启凌也在恍惚中啜了一口茶。就是这么一个再平常不过的动作，却令慕千雪身子倏然一震，眸中露出难以置信之色，未等张启凌发现，她已是迅速低了头，掩住眸中的那份惊骇。张启凌后面说的话，她一个字都没听进去，直至张启凌迭声呼唤，方才回过神来，茫然道：“什么事？”

“我问你有没有兴趣随我同去江宁，游赏江南美景？”说着，他又疑惑道，“你刚才在想什么，一副魂不守舍的样子。”

慕千雪抚一抚脸颊，摇头道：“没什么，昨夜没有睡好，所以今日总有些恍恍惚惚的，倒是让张公子见笑了。”

“无妨。”张启凌笑一笑，再次问道，“慕姑娘可愿同往？”

慕千雪垂首笑道：“多谢张公子一番美意，只是千雪已嫁为人妇，不便与其他男子共游山水，还请张公子见谅！”

张启凌面色微微一白，勉强笑道：“是张某唐突了，还请慕姑娘莫怪。”说着，他似有些不甘，追问道，“不知谁那么幸运，可以娶到慕姑娘为妻。”

慕千雪浅浅一笑：“幸运的应该是我才对。若不是他，我早已魂归地府。”

张启凌眸光微微一亮：“这么说来，慕姑娘嫁给他，是为报恩？”

慕千雪摇头：“恩是恩，情是情，我不会以情报恩。”

张启凌眼底掠过一丝痛楚，他当然知道慕千雪已经成为东方溯的贵妃，但内心却始终无法割舍，所以借着游赏山水试探于她，结果……

他压下心中的酸涩，道：“慕姑娘真觉得他是你的良人？”

“是。”慕千雪的语气坚定，没有一丝犹豫，“不论过去多少年，也不论问多少遍，我的回答都不会变。他是我唯一的良人。”

张启凌握着白瓷茶盏的手微微颤抖，碧绿茶汤泛起一层又一起的涟漪，许久，他低低道：“我明白了。”

这句话后，彼此都不再言语，雨声还有旁边茶客的高谈阔论充斥在他们之间，气氛甚是尴尬。

慕千雪看一眼不断打在屋檐黑瓦上的雨滴以及楼下正在卖力吆喝油纸伞的小贩，缓缓道：“这雨不知要下到什么时候，我还是先回去了。”

“也好。”张启凌没有再挽留，对胭脂道，“你下去替慕姑娘买把伞。”

“不用了，我自己买就好，告辞。”浅施一礼后，慕千雪带着十九下了茶楼，买了伞后徐步离开。在远离了茶楼后，慕千雪的脸色瞬间冷了下来，执伞的手亦微微发抖。

十九疑惑道：“姑娘你怎么了？”

慕千雪银牙微咬，盯了她道：“你替我去办件事。”说着，她附在十九耳边一阵低语，待她说完后，十九满面愕然：“这是为什么？”

慕千雪神色凝重道：“不要多问，总之照我的吩咐去做，切记小心行事，不要露了痕迹。”

“好。”十九简短地应着，追根究底从来不是她的性子。

在回宫之前，她去潜邸换上小太监的衣裳，小元子已经等在那里，看到她进来，打了个千儿道："奴才去京兆府问过，没有古公子离开京城的记录，应该还在金陵城中，府尹答应了会帮忙追查古公子下落，等过几日奴才再去一趟。"

"好。"慕千雪应了一声便不再说话，自从离开茶楼后，她就一直显得心事重重。在回宫的路上，小元子悄悄问了问十九，十九也是一头雾水，又哪里说得出，只得作罢。

回到昭明宫，已经是黄昏时分，雨还在继续下着，"叮叮咚咚"打在琉璃瓦顶，激起白白的水花。

回到漪兰殿，慕千雪隐约觉得有些不对劲儿，这一路走来，竟是一个宫人都不见，虽说这会儿天色已晚又正在下雨，但也不至于连一个人都没有，难道……

慕千雪心中一沉，加快了脚步，当正殿门被缓缓推开时，她的担心终于应验了。